J. EDGAR HOOVER
The Man and the Secrets

秘密控制一切

J.埃德加·胡佛传

上

〔美〕柯特·金特里◎著　舒云亮◎译

感谢我的兄弟G.派特·金特里、我的编辑埃里克·P.斯温森，以及我的好朋友唐纳德·R.黑兹尔伍德、德恩·巴特·贝蒂克勒克、汤姆·麦克戴德和比亚·麦克戴德，他们都为本书提供了特别的帮助。

目　录

秘密是会令人着迷的。

　　　　　　　—— J. 埃德加·胡佛

第一部 五月的三天

真是令人震惊。

假如这个世界有永垂不朽的人物，

那就是胡佛先生。

——《萨凡纳晨报》，一九七二年五月四日

第一章　五月二日

詹姆斯·克劳福德没有理由感觉忧虑，但他还是忧虑了。

他走进西北第三十街，扫视着这条死胡同的两头。

看上去一切正常。没有陌生的汽车，没有什么大的动静，只有寥寥几个人离家准备去上班，都是熟面孔。

这些邻居是应该在这个时候去上班。这么多年之后，他了解他们的习惯，如同了解自己的习惯一样。

既然没看到什么异常，那种忧虑的感觉就应该消失了。但没有消失。他凭本能知道有什么事情不对头。他不知道最近有什么针对老板的威胁。

克劳福德自一月份起就已经退休了，他再也听不到日常的闲言碎语了。作为一个秘密组织，人们是会经常闲谈的，虽然是在他们内部。他们甚至还为此起了个名字，叫"小道消息"。但如果真的出了什么大事，肯定会有人来告诉他，比如安妮、汤姆或甘迪小姐。

虽然有些人深信，但克劳福德从来没有当过老板的保镖。早年，《黑檀木》杂志的一位记者写道："克劳福德先生，担任老板的保镖肯定是激动人心的！"于是其他人就信以为真了。一开始，他还去纠正他们，解释说他是老板的司机——而且感到很自豪——但因为他们不相信他的话，认为是有人要他这么说的，于是后来他就不再提出异议了。事实上，那么多年来他从来没有携带过枪支。当然，他知道如何射击。他参加过训练，是在昆亭可，当然是隔离的单独生活①，因为那是在四十年代。当时他们这些人都要参加射击训练。他还领到了

---

① 克劳福德是黑人，这里指的是当时昆亭可训练基地的黑人隔离区。——译注（本书所有注释除译注外，均为原注。）

一支枪，但他把它留在了办公室里，从来没去检查过。

不，威胁是没有的。不然的话，他现在应该已经看到了。其他人也许不会注意到，但他可在几个街区之外发现盯梢监视。有时候，在出事情的时候，比如共产党人闹事，这个宁静的住宅街区会聚集起几十人来围观。老板的邻居吹嘘说："这是华盛顿特区最安全的街道。"只是，现在哪里都不安全了。刚刚两年之前，就有人偷走了老板家里的圣诞树灯饰！

相隔两个街区，克劳福德发现了那辆黑色的卡迪拉克防弹车，面朝他停在街道的左边，正对着4936号住宅——是应该泊车的位子。熟悉的景象应该能够让他放下心来。但他还是放心不下。

他曾经驾驶过这辆汽车，或者类似的汽车——第一辆是皮尔斯箭头——达三十七年之久。退休后，他的妹夫汤姆·莫顿成了老板的新司机。现在所有问题都由汤姆去承担了。再也不用担心因为装甲钢板底盘的重量而造成的爆胎，或每行驶几百英里就要更换刹车片这样的问题了；再也不用担心老板的洁癖和火爆脾气了。这些都由汤姆去接手了。

虽然已经正式退休，但克劳福德还是几乎每天都过来。老板不信任"外人"，他是这么称呼其他人的，因此克劳福德还是来监督房子的维修，照看花园、鱼池和院子。今天的工作是他特别欣赏的。老板已经从他最喜欢的杰克逊和珀金斯商店订购了一些玫瑰花，头天晚上他打电话告诉克劳福德，玫瑰花将通过空运抵达，要求克劳福德上午八点三十分过来帮他种花。

克劳福德很守时，也就是说到得很早。他把汽车开到街道的尽头，掉转车头，停在了卡迪拉克后面，但留有足够的空间，遇到麻烦的时候不会堵住道路，然后他看了一下手表。这时候是上午八点十五分。

这是一栋两层楼的住宅，用红砖砌成，外墙涂成了乳白色，屋顶盖有灰色的瓦片，具有老式的风格，曾被称为"联邦殖民式"。房子与街道之间隔了一段短短的距离，从而形成了一个小小的前院。看到院子，克劳福德做了一个苦脸。现在这已经成了一个习惯。一九六八年，克劳福德住院接受脑外科手术，老板也许担心他挺不过来，于是把他所钟爱的梅里恩蓝草换成了阿斯特罗草皮。这事他至今依然耿耿于怀。

克劳福德沿着车道走过去，听到了狗叫声，那是"游戏仔"和"辛蒂"在里面吠叫。它们并不是因为饥饿而发出呜咽——老板的管家兼厨师安妮·菲尔茨，总是在老板下楼之前给狗喂食——但它们发出了短促的尖叫声，是在夜间老板应该回家时的那种叫声。克劳福德猜测，由于某种原因老板好像是睡过了头。

这是不寻常的，即使已经那么多年了，他还是保持着严谨的习惯。

克劳福德朝坐在厨房里喝咖啡的安妮和汤姆挥手示意，然后走到后院去为玫瑰花拆箱。他迟疑着没有开始挖坑，不知道老板想把玫瑰花种在哪里。

他记不清是什么时间了，但应该是过了十五分钟到二十分钟，安妮来到了院子里，告诉他说，她很"关心"。这个时候，她本应该听到老板冲澡的声音了。当然，狗一直在叫。

克劳福德说他去看看。

虽然没有说出原因，但克劳福德知道安妮自己为什么不上楼去看。老板尽管有许多丝质睡袍，但他是裸睡的。

厨房门开向客厅，这里和房子到处摆满了各种古董，走路必须在古董之间绕来绕去。而且地上铺有东方地毯，上面还覆盖了用后就扔的廉价地毯，使得走路像是在穿越障碍。

门厅处有更多的古董，再加上朝向正门的楼梯口也安放着古董，还有一幅时任总统与老板的合影大照片。（这样的照片，除了杜鲁门之外，从罗斯福到尼克松都曾在这里挂放过。）在楼梯的第一个过渡平台，又挂有老板的一幅油画，画面上的老板似乎是三十年前的模样。（房子各处，他的形象留在了一尊很大的半身青铜雕像、石膏半身雕像、木头小雕像、贝壳雕像，以及宾客留言本的浅浮雕上。）在楼上通往书房和极少使用的客房走道的墙壁上，挂有几十幅图画、蚀刻版画和卡通画，大多数画面中都有老板的肖像，通常有一个很夸张的斗牛犬那样的下巴。墙壁上还点缀着名人的照片，包括许多好莱坞影星，有些是现在的，但大都是过去的。同样，照片里几乎都有他的身影。其他的人看上去好像能与他合影是很自豪的一件事情。

地毯掩盖了克劳福德的脚步声，于是在抵达主卧室后他重重地敲响了房门。在第二次敲门仍然没有应答之后，他去开门。门没有上锁。他开了一条缝，去看里面。

外面春光明媚，空中只飘着一丝淡淡的云彩，但房间里面很暗，因为老板喜欢私密。不但百叶窗关得严密，还拉上了厚厚的窗帘；此外，在窗户和四柱罩盖大床之间竖起了一块巨大的中式屏风。

光线倒是够了，足以让克劳福德看到蜷缩在床边东方地毯上的那个身体。他大吃一惊，走过去触摸老板的手。那是凉的。

克劳福德感觉天崩地裂，他跌跌撞撞地回到了走道上，大声喊道："安妮！汤姆！"[1]

在安妮与老板的私人医生罗伯特·乔伊瑟大夫通话的时候，克劳福德用另一部电话拨打给克莱德·托尔森，想在对方离家上班之前与他说上话。托尔森已经离开了，但因为忘了什么东西，又返回来开门，这时候他听到了电话铃声。

华盛顿特区大多数人都记得，多年来托尔森与老板是一起坐车上班的。在接上老板之后，克劳福德会驾车去接托尔森；然后如果天气不错，他会让他们在第十七大街和宪法大道下车。早在哈里·杜鲁门之前，他们会轻快地走过宪法大道的五六个街区，抵达司法部大楼的后门。记者们会在沿途守候，他们知道，如果老板愿意，他们就能够立即获悉重要的新闻。

这一切都已经改变了，再也没有早上一起散步一起坐车的事情了。由于一年前托尔森的最近一次心脏病发作，他自己的司机每天先是把他送到医生那里检查，然后再送他去上班。

一起坐车发生了许多故事。其中一个故事是经常重复的，尤其是由被托尔森称为"那个令人作呕的垃圾记者"的专栏作家杰克·安德森所重复和传播，那是关于老板帽子的故事。老板是坐在汽车后排右座的，托尔森坐左侧。但老板会把自己的桶帽放在托尔森椅子的后面，故事说，那样的话，万一有暗杀阴谋什么的，老板就不会中弹了。

真相要简单得多了，但也无法反驳这个谎言。第一辆防弹防爆车，他们不得不把底板做得很高，这样座椅升高了许多，帽子就会触及车顶的天花板。然而，这只是一部分解释。老板虽然要求手下的特警都戴上帽子，但私底下他是不喜欢帽子的。所以在钻进汽车后，他要做的第一件事情就是摘下帽子，用左手把它放在座椅的后面——托尔森的一侧。

这是一个无害的习惯，但媒体就此搬弄是非做起了文章。

克莱德·托尔森不太喜欢媒体。

从前可不是那样的，那时候朋友很多，敌人很少。虽然回想起来让他心烦意乱，但即使杰克·安德森曾经也是在"特别通讯员"的名单上。

杰克·安德森很可能让托尔森颇费心思，头一天的《华盛顿邮报》开始发表新的一连串的专栏文章，攻击联邦调查局和老板。这样的攻击并不是什么新鲜事，但依据的却是联邦调查局自己的档案！从前，档案资料是不会泄露出去的，除非是他们故意为之。

安德森也不是唯一的叛徒。托尔森知道，政府的高层在搞阴谋，目的是想让老板辞职。这也并不新鲜。以前的好几任总统和司法部长都曾经考虑把老板替换掉，但后来都不了了之。老板掌握了他们的许多秘密。然而，真正起到损害作用的是现任总统理查德·尼克松，与他的几位前任不同的是，尼克松曾经是老板的密友。事实上，老板为帮助尼克松出过大力。

"从前……"托尔森现在经常使用这个短语。近年来，许多事情发生了变化，变好的则少之又少。

他怀念早上一起坐车和散步的日子，他明白那都是过去的事情了。

他身体不好。除了患有心脏病、高血压、十二指肠溃疡和腹部主动脉瘤之外，在过去的五年时间里他还有过三次严重的心脏病发作。虽然为隐瞒他的病情已经做了很多的努力，但还是很难瞒住。他的体重已经从一百七十五磅下降到了一百三十五磅。他走路缓慢，拖着一条左腿。他的身体左右两侧都有部分麻痹，有时候，他甚至连书写自己的名字和刮胡子都发生困难。他的右眼几乎完全瞎了，视力一度恢复了几个星期，后来又毫无征兆地再次消失了。有几次，他说话含糊不清，而且虽然他在别人面前尽力掩饰，但有时候——不是经常，而是有时候——他会走神。

他已经七十一岁了，比老板年轻六岁，在没有其他人在场的时候，老板会叫他"小字辈"。多年来，他还有其他的绰号。三十年代发生在与哈里·布鲁内特之间的著名的纽约枪战，让他得了个"杀手托尔森"的绰号。外勤特工们以为他没有听到，但他全都听到了。那是他的工作。克莱德·托尔森的授权很简单：为保护老板免受敌人可能的攻击，不管这个敌人是来自外部或内部，如有必要，可采取任何反击手段。

"打手"是另一个绰号，使用的频率不算低。对于人们叫他这个绰号，他倒并不怎么介意。不管是真是假，这样的恐惧自有其作用。

他还被称为"局里最聪明的脑袋"（说话者总是要加上一句"当然，除了老板以外"），以及"有着照片般记忆力的百科全书"。

但那也是在过去。过去，他没有忘记过事情。

现在，托尔森接听了这个电话，克劳福德温和地告诉了他。托尔森回答说，差一点克劳福德就会找不到他，因为他已经发动了汽车，后来他明白忘了什么东西。假如克劳福德是两分钟之前或之后打电话，那么……

克劳福德知道，托尔森深为震惊，而且乔伊瑟大夫很快就会赶到第三十大街的那幢住宅，于是他提议他让司机直接把他接送到那里去。

托尔森挂断电话后，发生了某种事情。这就像是过去的时候那样，尽管过去的时候已经一去不复返了。托尔森开始拨打老板机要秘书海伦·甘迪的电话，把消息告诉了她，并开始下达命令。

她要通知主管行政事务的局长助理约翰·莫尔。莫尔则要转而通知主管调查事务的局长助理亚历克斯·罗森，以及局长特别助理马克·费尔特。然后他们俩要通知局长的十二位助手，这些人负责通知自己的部门，还要用加密电传通知总共五十九个外地分局的分局长，以及所有十九位驻外代表（联邦调查局特工的职务是法律随员）。

莫尔还要负责葬礼安排的所有事务。他要立即通知代理司法部长，请对方报告总统。

虽然多年来托尔森的这套特别程序往往不被重视，因为老板是直接找总统的，但他依然坚持流程。现在这个时候坚持流程不但是需要的，而且是至关重要的。

即使现在的形势是前所未有的——老板当了四十八年的局长，在八任总统和十八任司法部长手下服务过——但这是有专门规定的。

托尔森可能很久以后才会记得司法部的规定，他下达命令只是因为他一直在下达命令，不是因为他现在是联邦调查局代局长。根据规定，在局长死去后，副局长将填补他的职位，直至总统任命新的局长。

托尔森甚至很可能没有想到这个情况。如果由老板以外的人来担任联邦调查局的领导人，多年来这样的事情绝对是异端邪说。

海伦·甘迪一直害怕某一天也许会接到这样的电话通知，但害怕并不意味着已经做好了准备。

甚至在他当局长前六年的一九一八年起，她就为他工作了，先是文员，后来是他的秘书，自一九三九年起是执行助理。与老板一样，她也是从来没有结婚，把自己的一生贡献给了联邦调查局。虽然她现在已是七十五岁了，但她依然领导着这个办公室，监督着各项工作的每一个阶段。

　　她举止文雅、说话温柔，与老板形成了强烈的对比。但在温文尔雅的后面，她的坚毅并不比他逊色，她的影响力也并不比他小。局里不少人的职务提拔都是由她悄悄安排的。

　　即使那些不喜欢局长的人，也对她表示了赞赏，尤其欣赏她与各种不同类型人打交道的能力。她能够在这个位置上安坐五十四年，就是最好的证明，因为局里的老生常谈是，对于越与他接近的人，老板的要求就越苛刻。

　　他们之间的关系是死板的、正式的。他一直称呼她甘迪小姐（在发火的时候是用一个单词喊出）。五十四年来，他从来没有叫过她的名字海伦。

　　听到这个消息，她没有崩溃，没有回家去休息，此后也没有这样的事情。不管她私下里感觉如何，她没有流露出来。她把约翰·莫尔叫到她的办公室里，静静地通知了局长的死讯和托尔森的指示。

　　在联邦调查局的组织机构图中，约翰·莫尔不是三号人物。该职位由局长近来的宠儿马克·费尔特局长特别助理担任。[①] 但费尔特的职务是最近才创立的，没有固有的权力。内部人员知道，自一九三九年以来，除了局长和托尔森之外，虚张声势而且常常是咄咄逼人的荷兰人莫尔，一直是联邦调查局的实权人物。

　　作为主管行政事务的局长助理，莫尔还有一个职责是编制局内的预算。这样，他不但控制了联邦调查局的钱袋子，而且还能影响到全局的行动和决策等事务。檀香山分局长，或者是俄克拉荷马城的一名外勤特工，是否可以得到提升，通常不是取决于他的工作能力，而是取决于他是不是莫尔的门生。好像他的权力还不够大似的，他还负责局内六百五十万份档案的保管。

　　长期研究联邦调查局的专栏作家约瑟夫·克拉夫特认为，联邦调查局近年来已经分化成几个互相对抗的集团，只是害怕一位老人才得以维持团结。这话

---

① 　虽然费尔特已经59岁了，但在联邦调查局许多老资格官员的眼里，他依然不够资深。

有部分是真的。局内有一些经常争斗的团体，包括尼科尔斯派、德洛克派、萨利文派和莫尔派。但尽管其追随者依然留着，尼科尔斯、德洛克和萨利文本人都早就离开了联邦调查局，只有莫尔挺过来了。

约翰·莫尔是一位精于算计的牌局玩家，他已经系统性地修补了他的损失，巩固了他的成果。他知道公开展示权力是危险的，于是他出牌谨慎，通常是在幕后策划和暗地里搞动作。局里发生的事，不管是行政方面的还是调查方面的，很少有他不知情的。他也知道，局内的权力是临时的，极易变更，因此他两面讨好，既巴结局长，又尤其不忘向托尔森献媚。

这一招奏效了。虽然没有明显的接班人，但局长从来都不想准备一个。托尔森选择莫尔负责通知，尤其是局长的葬礼安排，是一种家长式的祝福，不会让局内人士感到失望。

莫尔先是告诉马克·费尔特。费尔特惊讶地看到约翰·莫尔站在他的办公室门口。通常他是先打电话的，通常他也会用低沉有力的声音说话。只是这次，在仔细地关上房门之后，他的声音很轻柔，几乎是耳语般的："他死了。"

费尔特吃了一惊，但并不感到惊奇。多年的共事，而且接管了他的许多职责，费尔特清楚地知道克莱德·托尔森身体很不好。

"他的心脏病又发作了？"费尔特问道。

"不，你误解了，"莫尔回答说，"局长死了。"[2]

尽管很多人不喜欢约翰·莫尔，但几乎人人都喜欢马克·费尔特。有些人说，这就有问题了。费尔特只是有点像变色龙。在与罗伊·柯亨说话的时候，他似乎是极端保守派；在与罗伯特·肯尼迪说话的时候，则是一个开明的自由派。然而，虽然莫尔和费尔特几乎是在互相争斗，但有一件事情他们是共同的：一旦最初的震惊过后，两人都认为自己是最合逻辑的局长接班人，而且他们也不是孤独的。

在接下来的几个小时内，联邦调查局内部会有许多耳语般的电话和低声的交头接耳，好像是在扰频电话和反窃听设备时代似的，低声耳语依然是传播这种重大新闻的唯一安全方法。还有政治活动——测试压力点，试图利用过去实施的恩惠，提醒国会的关键人物，以及诸如"前联邦特工协会"和"美国退伍军人协会"那样的同情和支持联邦调查局的团体——但这些举措的效果如何就没有把握了。

如果按照克拉夫特的观点，害怕是把联邦调查局员工团结起来的黏合剂，那么，局长的去世并没有损失凝聚力，反而使其变得更加强大了，因为现在害怕的并不是一位老人，不管他有什么过错，他总归是他们中间的一员，但如果来一个外人，那么在几近五十年来，就会第一次决定联邦调查局未来的命运。

消息起先是有选择地在传播。在局长助理、部门领导人和员工之间，在覆盖了美国全部领土的五十九个分局内部，在从东京到伦敦的十九个外国城市的法律代表之中。

在司法部大厦五楼整个联邦调查局的指挥中心——近年来叫作 FBIHQ（联邦调查局总部），但一些老员工依然在叫 SOG（总部）——气氛中并没有多少悲伤，更多的是一种巨大的迷茫和失落的感觉。

对许多特工、秘书、文员、译员、打字员、实验室技术员和指纹档案保管员来说，这相当于失去了父亲，虽然一般员工很少见到过他，或者只是擦肩而过时看到过一眼。因为联邦调查局无疑是美国政府中最具家长式风格的机构，有其严格的监护规定——通过一系列备忘录和联邦调查局员工手册，一本比《圣经》还要大、里面全是"汝等不可"的东西——来告诉员工如何完成工作；强烈建议什么人可以或不可以交朋友，什么组织可以或不可以参加；决定他们可以在哪里居住并监督他们的品行；甚至还告诉他们应该如何着装；在他们认为应该的时候，如何实施表扬、嘉奖、批评和惩罚。

更有甚者，多年来大多数员工都知道，局长与联邦调查局一直是一体的，现在要把他们分割开来，似乎是不可能的外科手术。毫不夸张地说，问题是：一个人的去世，是不是意味着其他人的死亡？

有些人的反应是古怪的。一位特工拿上一沓函件去局长办公室要他签字，根本不理会别人告诉他局长已经死去的消息。一位局长助手命令把司法部大楼整个都封起来，并在每一个办公室门外配置卫兵站岗。

然而，在这一切发生之前，在大约上午刚过九点钟的时候，约翰·莫尔开始拨打司法部长办公室的电话。

通常，美国联邦调查局局长和司法部长都是在司法部大楼的五楼办公的。两个办公室之间的共同廊道，有时候是他们之间唯一的共同之处。但由于理查德·克兰丁斯特的任命认可还挂在参议院，所以他依然坐在司法部副部长的四楼办公室里，处在五楼联邦调查局局长办公室的正下方。

这样的安排似乎对他的员工也有一些象征意义。司法部其他官员在谈及局长的时候也会露出苦笑，他们认为应该把局长"赶到上面去"，因为他像无所不知的神仙那样盘踞在他们的头顶上。

这样的谈论近来颇为普遍，代理司法部长往往也会加入其中。虽然在公开场合克兰丁斯特会热情地与局长说话，但私下里他告诉被逐出的前局长助理威廉·萨利文，与大多数人不同，他不相信局长已经老态龙钟，他认为他是发疯了。

但不管克兰丁斯特的真实感觉如何，这消息让他大为震惊。

按照约翰·莫尔的说法："说得委婉些，克兰丁斯特处在了震惊之中。"[3]

这好比是把一块五百磅的石头扔给一个走钢丝的人，要他玩杂耍似的。

两个多月前的二月十五日，白宫宣布司法部长约翰·米切尔已经提交辞呈，准备去担任总统改选委员会主任，他的接班人是司法部副部长理查德·克兰丁斯特，那是亚利桑那州联邦参议员巴里·戈德华特的门生——戈德华特在一九六四年竞选总统时，曾提出"法律和秩序"的口号。克兰丁斯特已经让参议院通过了认可的听证，没有一个反对，只是在杰克·安德森揭露了迪塔·比尔德备忘录之后，才被发回重审。这次，参议院司法委员会把焦点对准了克兰丁斯特批准庭外解决由政府提出的针对国际电话电报公司的三大不信任案，以及国际电话电报公司几乎同时许诺的为一九七二年共和党全国代表大会贡献四十万美元的资金。

只是在五天以前，听证会才最后结束了，献金一事还是没能得到证实，于是委员会再次投票认可，这次的结果是十一对十四。但参议院内部的争斗还在后头，最后的投票离确认相去甚远。①

当前，他最讨厌再次发生复杂的事情，这事有可能成为大事件。但他毕竟是一位老练的政治家，他肯定已经明白，这消息也有其正面的作用：如果合适

---

① 克兰丁斯特是在 1972 年 6 月 8 日得到认可的。他在 1973 年 4 月 30 日与 H. R. 霍尔德曼、约翰·埃利希曼和约翰·迪安一起辞职。他受到了在参议院做伪证的指控，这是一项重罪，于是他坦白了。他承认犯有轻罪，没有全面回答问题。之后，他被判处一个月徒刑，缓期执行，还被处 100 美元的罚款。

的人被任命和认可为局长，那么司法部长就是几十年来首次真正成为联邦调查局局长的上级，而不仅仅是名义上的。

克兰丁斯特猜测，局长的人选很可能会是他的自己人。虽然从法律上来讲，是总统任命新的局长——按照约翰·米切尔的说法，这个步骤是"本世纪总统要做出的最重要的任命"——克兰丁斯特相当肯定，尼克松总统会叫他提出人选。[4]

但在此之前，他必须把这个惊人的消息报告给总统。

与曾经接近过尼克松的其他人一样，克兰丁斯特现在很少与他当面说话。虽然还不为公众所知，尼克松的自我封闭，从一九六八年大选开始之后，现在已经几近完全了。无论是多么重大的事件，连司法部长也不能直接打电话给他，必须把信息告诉一位"宫内卫士"，通常是约翰·埃利希曼，或 H. R. 霍尔德曼。克兰丁斯特与埃利希曼互相看不惯，于是他没有多大的选择。按下一个按钮后自动为他接通了白宫的总机，他亮明自己的身份，要求与总统的幕僚长说话。

在霍尔德曼进入椭圆形办公室后不久，总统也从居室走过来了。他还没来得及说完"嗨，你好，鲍勃"，霍尔德曼就开门见山地说："J. 埃德加·胡佛死了。"

经过难以忍受的长时间沉默之后，总统的喘气声清晰可辨，然后他吐出了他最喜欢的两个感叹语："天哪！那个老混蛋！"[5]

杰里迈亚·奥利里走进《华盛顿星报》的市内办公室，听到有人在喊："J. 埃德加·胡佛死了！"奥利里说了声"噢，糟了！"之后，就向报社的资料室走去。但使他惊讶的是，那里没有备妥的祭文。

然而，那里有至少四十个抽屉的剪报，而《星报》是一份晚报，现在不是把它们全都浏览一遍的时候。但奥利里报道胡佛已经很多年了——好长时间里他都是被看作备受赞赏的"特别通讯员"，即使后来被列入了"不可接触"的名单之内①——他感觉他对胡佛是相当了解的，在二十分钟内，他很快写好了一

---

① 多年来，胡佛的敌人名单听说有几种叫法，包括"不可接触"的名单和"不可接受接触"的名单，那些同盟则被标以"特别通讯员"或"联邦调查局朋友"之类。

篇关于胡佛的简历、联邦调查局及其处理过的几个大案的文章，需要核实的只是胡佛的生日及其母亲的娘家姓氏。

但祭文没有备妥的念头一直困扰着他："我们没想到那老家伙会死掉。"[6]

《纽约时报》的华盛顿分社倒是没有这样的问题。年轻的记者克里斯·莱登一直在为该报的星期天杂志撰写关于胡佛的故事。经修改润色后，他很快写完文章，发往纽约去了。

但那天夜里印刷出来后，文章的调子变了。有好几处，句子的时态没有从现在时改为过去时。看到这样的文章，读者会产生奇怪的感觉：《纽约时报》恐怕还没搞清楚 J.埃德加·胡佛是否死了。[7]

"再也不会有第二个 J.埃德加·胡佛了。"

杰克·安德森放弃了这标题，去思考另一个。

"消息是今天早上得知的。"

这个他也不喜欢，接下来的几个也一样。最后在写满一张纸之后，他确定下来了：

"J.埃德加·胡佛如愿倒在了工作岗位上。"

这个消息，安德森并不是从其传说的渠道获悉的，而是从首都最快的秘书小道消息得来的。他在采访一位政府的小官员，那人的秘书闯进来说："有件事情应该让你知道一下……J.埃德加·胡佛死了。"

假如那位官员没有掉下手中一直在把玩的小剪刀，那么他是能够掩饰其震惊的。

安德森匆匆返回办公室，打了一个确认的电话，然后告诉自己的秘书奥珀尔·吉恩，要求提醒财团方面，第二天会有一个替代的专栏。他不想放弃这个还要连载一周的系列。这事现在最为重要。

安德森知道，消息出来后他肯定需要写一个声明，于是在完成替代的专栏文章之后他用打字机打出了一份简短的声明：

"J.埃德加·胡佛把一个由雇佣文人、不称职者和法庭溜须拍马者组成的联邦调查局，改变成为世界上效率最高、威力最大的执法机构之一。在他的领导下，联邦调查局的职工没有一个试图去干预案子、骗取纳税人的钱款或出卖祖国。①

　　"一开始，胡佛也很谨慎，不会越过一名警察的界限。但如果我不说我就是虚伪了：他在晚年的时候，有时候会跨越那些界限。

　　"我一直批评联邦调查局越权调查商业交易、性习惯和美国著名人士的隐私。

　　"我对这个国家的希望是，胡佛先生的接班人能够像胡佛早期那样来管理联邦调查局。"

　　这是一份诚挚的声明，但也与官僚主义者的面子一样，隐藏了他的个人感情。可是不然怎么表达在获悉一个强大的对手去世时所产生的巨大失落感呢？[8]

　　查尔斯·罗布夫人与局长有一个预约，时间定在十点十五分，但她提早了。作为最近受雇于《妇女家庭杂志》的年轻作家，这次采访是一个漂亮的行动——尤其是局长几乎从来没有接受过采访，自八年前的一九六四年起还没有答应过女人的采访。当时，他在一群女记者面前说，他把黑人民权运动领导人小马丁·路德·金说成是"这个国家最臭名昭著的骗子"。但那时候她与老人的关系非同一般。

　　十点钟的时候，局长的一名助手来到了接待室，轻柔地对她说道："你能保守秘密吗？"

　　她感到很有趣，于是回答说："在我父亲当总统的时候，我对许多秘密都能做到守口如瓶。"

　　"局长昨晚死了。"

　　与别人一样，她也大吃一惊，但也许她的震惊比别人更为深刻，因为她对局长的了解不止一面。在林登·约翰逊担任众议院联邦议员的时候，他家的两个女儿与街道对面的胡佛是邻居。胡佛就像一位慈祥的老伯伯，记得她们的生日，帮助她们找回迷失的宠物，甚至还送了一条猎兔犬给她们，以替代已经死去的一条狗。

　　在她们的父亲成为总统之后，她与露西明白胡佛还有另一面。例如在她们父亲的要求下，胡佛命令联邦调查局对她们的每一位求婚者开展调查，其中的

---

① 几年后外界才获悉，至少在胡佛的坚持下，有些例外的情况从来没有被报道过，尤其是没有杰克·安德森的报道。

一份调查报告结束了她与一位电影明星沸沸扬扬的罗曼史。

现在她主要关心的是这消息对她父亲会产生什么影响。老父亲身体很不好，他自己与胡佛的关系特别亲近。他曾经悄悄地告诉过不止一个人，包括那时的当选总统理查德·尼克松，假如没有 J.埃德加·胡佛的帮助，他是不可能成为总统的。

离开司法部大厦后，琳达·伯德·罗布想找公用电话，她要把消息告诉在德克萨斯庄园的母亲。

至于父亲，她认为他很可能已经听说了。[9]

根据白宫的命令，克兰丁斯特把约翰·莫尔召唤到了司法部长的办公室。本来是可以用电话解决的，但这事太敏感了，克兰丁斯特不想让他的命令遭到误解。

办公室里并不是只有克兰丁斯特一个人，与他在一起的还有帕特里克·格雷三世。莫尔是第一次见到他。

格雷生性固执，当过潜艇艇长和五角大楼的副官，一九六〇年离开海军后，他成为尼克松参选总统的军事顾问。继尼克松大选失利之后，格雷加入了康涅狄格州新伦敦的一家律师事务所，一直待到尼克松一九六八年的大选胜利。应召返回华盛顿后，他被任命为新政府几个部门的副手，先是担任卫生、教育和福利部部长助理，然后从一九七〇年起担任司法部副部长，主管民法部门。在过去的三个月时间里，他的主要工作是指导克兰丁斯特迎战认可听证的狂风暴雨。他工作努力，讲究方式方法，具有团队精神，对上级领导忠心耿耿。

虽然没有提及，但现在在场的三个人很可能都在思考同样的主题：J.埃德加·胡佛传说中的那些档案。

克兰丁斯特后来会作证说，不管档案里有什么内容，他对此不感兴趣（"我也许与众不同，可我不想为好奇而浪费时间，我还有大量的工作要做"），[10]但他至少对自己的档案是有点兴趣的。例如在担任司法部副部长期间，曾有人要向克兰丁斯特行贿十万美元，要求是在一个股票操纵案子里撤销对有关几个人的指控。克兰丁斯特没有报告行贿人的意图，但后来 J.埃德加·胡佛告诉他说，他已经知道了这事，联邦调查局正在进行调查。①

———————————

① 贿赂款是用于尼克松的竞选，行贿人是夏威夷参议员邝友良的行政助理罗伯特·T.卡森。他后来因为行贿罪和做假证而被罚款 5000 美元，并被判处 18 个月的监禁。

莫尔完全按照指示去做了。

那天的晚些时候,他给克兰丁斯特发送了一份备忘录:

"根据你的指示,胡佛先生的办公室已于今天上午十一点四十分封闭。为完成施封,有必要更换门锁。

"据我所知,办公室内部的物品保持原封不动,就像胡佛先生今天上午来上班那样。该办公室唯一的钥匙存放在我这里。"[11]

莫尔没有告诉代理司法部长的是,胡佛的办公室里没有保存着档案。联邦调查局的机密档案,存放在他的机要秘书海伦·甘迪小姐的办公室里。

现在,在她为之服务长达五十四年的雇主去世之后仅仅过了几个小时,在悲痛和接听悼念电话以及葬礼时送葬人员座位表的争论声中,甘迪小姐已经开始整理那些档案,对其进行分门别类和做标记,有的要用粉碎机销毁,有的则放到一边,以便做特殊处理。

此刻在做这事的并不只是她一个人。

多年来这样的文件有过许多代号,但通常指的是 D 清单,该字母有可能代表了"销毁"(Destruct),保存在司法部大楼联邦调查局的地下室印刷厂里,距离局长和其他人观看黄色电影的那个同样秘密的小剧场不远。

"万一……"文件的第一段是这么开始的,据一位前官员说,好像是在读灾难小说的目录似的。每一种意外情况都考虑到了,包括地震、火灾、核攻击、外国军队入侵美国、联邦调查局局长被敌人抓走,以及发生由中情局或其他政府机构策划的可能的政变。

清单的最下面内容是不可思议的——也正是刚刚发生的事情:万一现任的局长去世,不能履行职责……

在发现胡佛遗体后一个小时之内,D 清单就在事先确定的联邦调查局官员内部传阅了。他们对照清单,开始销毁某些特殊的档案、胶卷和录音。[12]

"怀着十分悲痛的心情,我宣布 J. 埃德加·胡佛昨天夜里在家中去世了。

"国家失去了一位爱国巨人。"

代理司法部长克兰丁斯特的讣告是延迟到上午十一点四十五发布的,以便先行通知内部员工。结果当克兰丁斯特走进白宫新闻发布室时,许多记者已经得知了死讯的传言，但另一个更为烦人的谣言也传播得很快，说 J. 埃德加·胡佛是被谋杀的。

克兰丁斯特想结束这样的猜测，他声明说："他的私人医生告诉我，他是死于自然原因。"[13]

克兰丁斯特继续说，胡佛的遗体是大约早上八点钟由他的女佣所发现。

克兰丁斯特所不知道的是，他也参与了真相的掩饰。胡佛的一些高级助手出于他们自身的原因，认为应该隐藏克劳福德在场的事实。根据克兰丁斯特现在向媒体透露的联邦调查局的官方版本，是安妮·菲尔茨发现了遗体。从来没有提到过詹姆斯·克劳福德。

当克兰丁斯特结束声明的时候，美国总统出人意料地走了进来。面对电视摄像机镜头，尼克松表达了自己的悲痛和哀悼。二十五年前刚刚作为联邦众议员来到华盛顿时，他第一次遇见了这位"真正伟大的人物"。尼克松说，在漫长的四分之一世纪时间里，胡佛成了他的一位"亲密朋友和顾问"。

尼克松没有提及阿杰尔·希斯和南瓜文件事件、众议院院外活动委员会，以及他的六次危机，但资深记者们都记得。他和胡佛一起书写了很多历史。

尼克松也没有提及近年来的许多历史事件，这是媒体都不知道的：他在一九七一年时想赶走胡佛，但结果失败了；这个老头曾经站出来反对他和整个情报界，反对赫斯顿计划，并取得了胜利；以及由于胡佛拒绝联邦调查局的参与，他只得创建自己的秘密警察，即特别调查组，或"白宫管道工"。

总统的声明是由白宫笔杆子帕特里克·布坎南撰写的，但尼克松添加了自己的话，他说虽然他已经下令政府机关大楼都降半旗致哀，但"根据 J. 埃德加·胡佛在迎战邪恶的进攻时所表现的极大的勇气，联邦调查局的旗帜将永远高高飘扬"。[14]

总统离开后，记者们也纷纷离去找电话。

美联社击败合众社先行在上午十一点五十五分发布了"紧急公告"，但两家通讯社都被电台和美国广播公司、哥伦比亚广播公司和全国广播公司的电视抢在了前头。这些广播电视公司已经中断正常的节目，播出了特别新闻。

一个小时之内，许多大报加印了特刊，头版的通体大标题是：

胡佛死了！
美国警察头子在睡眠中死去
全国哀悼一号联邦特工

大多数媒体认为，这是一个时期的结束，其间充满了一些耳熟能详的名字，如迪林杰、巴克妈妈、阿尔文·"毛骨悚然"·卡尔皮斯、"机关枪"·凯利、罗森伯格夫妇、哈里·德克斯特·怀特和阿尔杰·希斯，还有那些令人难以忘怀的林德伯格绑架案、抓捕纳粹破坏分子，以及暗杀约翰·肯尼迪、罗伯特·肯尼迪和小马丁·路德·金的事件。

祭文应该是对死者的一个总结，但这个特别的死亡事例似乎是在呼唤判断，尤其是东部地区一些主流大报的社论文章。

《纽约时报》："在将近半个世纪的时间里，J. 埃德加·胡佛和联邦调查局是无法区分的。这是胡佛的权威和联邦调查局的弱点……"[15]

《华盛顿邮报》："在美国的历史上，很少有人，如果有的话，像 J. 埃德加·胡佛那样获取并长久掌控了那么大的权势……"[16]

《华盛顿星报》："今天，在华盛顿这个由官僚所创建和居住的城市，他们在哀悼很可能是他们中间最强大的人。"[17]

但就联邦调查局本身来说，真正起到舆论效果的一直是横跨美国东西海岸的许多小报。这些报纸比大都市的媒体更积极地接受、支持和促进了胡佛传说的宣传。三十多年来，它们刊登了联邦调查局的新闻稿，而且一直是很高兴刊登，在每年五月十日的局长就任周年纪念日发表祝贺的社论文章，每当有人提出要撤换他的时候，就会发起一场书信请愿运动。

然而都市报纸的共识似乎认为，胡佛是个传奇人物，他早就已经过时了，它们的共同主题是，在美国急需领导人的时候，却失去了一位伟人。

俄克拉荷马城《伊尼德早报》："美国的执法先生死了。"[18]

洛杉矶《门罗晨报》："星期二他的去世，好像是国家的支柱倒塌了。"[19]

《拉斯维加斯太阳报》："假如没有 J. 埃德加·胡佛的贡献和地位，谁知道我们也许会在某一天早上醒来发觉我们已经完全失去了自由。"[20]

并不是每个人都感到悲伤，也不是所有的评论都是一片赞赏。

科丽塔·金感觉她丈夫被这个人摧毁了，于是在她发表的一份长篇声明中她没有掩饰自己的痛苦。在朋友被杀后继任了南方基督教领袖会议主席的拉尔夫·艾伯纳西博士，曾经通过安置在教堂讲坛的一只"窃听器"为胡佛讲道，他的评论颇为古怪："J.埃德加·胡佛的去世，使我想起了'人在做，天在看'这句话。"[21]

几个激进分子则嘲讽地评论说，假如胡佛是在半夜前去世，那么他是死在了共产党的盛大节日——劳动节。

美国共产党总书记格斯·霍尔——有些人感觉，该党派只有霍尔和胡佛在认真对待——的评论则少了想象、多了尖刻。他称已故的联邦调查局局长是"一个种族主义、反动和压迫的公仆"，是一个"政治变态者，他的被虐狂情感驱使他根据《人权法案》原则实施野蛮的攻击"。[22]

相比之下，塔斯社对死讯的报道只是简单的一句话，没有发表社论文章："自一九二四年起担任美国联邦调查局局长的J.埃德加·胡佛，在华盛顿去世，享年七十七岁。"[23]

快中午时，消息传到了国会山。

早在正式的通知送达主席台之前，从会场的楼上座席就可以看到消息已经在国会两院的廊道里轻声传播。

在参众两院，消息宣布之后是一分钟的默哀，然后是宣读颂文，不但宣读了一整天，而且延续了一个多星期。朋友和敌人都宣读了颂文，现在也分不清敌友了。众议员约翰·鲁尼十分自豪地说，在他担任众议院拨款小组委员会主席的时候，他从来没有克扣过联邦调查局预算的一个铜板，有时候他还主动增加了胡佛提出的预算数额。众议院多数党领袖黑尔·博格斯的赞美之词，一点也不比鲁尼吝惜，虽然刚刚在两三个月前他还谴责过联邦调查局窃听其电话。

虽然是在休会期间——离民主党与共和党的大会召开，只有几个月的时间——主要的总统候选人也发表了严肃的悼文，尽管其中两位参议员，乔治·麦戈文和埃德蒙·马斯基曾经发誓，如果当选，就要替换这个年老的局长。

毫无疑问，许多评价都是诚挚的。曾经当过联邦特工的加州联邦众议员 H.艾伦·史密斯的悲痛之情是深切感人的，他说："除了父亲，J.埃德加·胡佛是我知道的最好的人。"[24]夏威夷州联邦众议员斯帕克·M.松长的态度也是真诚的，他回忆说，珍珠港事件之后，是胡佛强烈反对大规模监禁占夏威夷三分之一人口的日裔美国人。[25]

有几个人甚至习惯性地称呼他为"我们这个时代最伟大的美国人"。

虽然在《国会议事录》中是找不到的，但这个消息也让许多人产生了另一种感觉：一种轻松的感觉。

有些人有理由要关心。之前高度赞扬联邦调查局与犯罪做斗争能力的一位众议员，其档案中有许多关于 92 – 6054 号黑手党密级备忘录。在参议员队伍中，一位从自由评论家变为联邦调查局朋友的人，对胡佛更为赞赏，但他的档案中包含了一份警方的报告，内容是关于一九六四年他在格林威治村的同性恋酒吧遭到过逮捕。

即使档案中那些极少或没有负面材料的人，也感到坐立不安，因为他们不知道真实记载。

在宣读颂文的过程中，经参议院投票后决定，尚未完工的联邦调查局新大楼以已故局长的名字命名。国会的两院还投票决定，胡佛的遗体可以安放在国会大厦的圆形大厅内。

这是十分崇高的荣誉，过去只授予了二十一位美国人——总统、政治家和战斗英雄——从来没有授予过公务员或警察。

中午十二点十五分，一辆不起眼的轿车从西北第三十街后面的巷子里缓慢开出来了。车内原本的后排座位已被拆除，绑上了一副担架，上面覆盖着一块金色的布，里面躺着 J. 埃德加·胡佛的遗体。

虽然前面的街上有许多记者、摄影师和联邦特工，但在发现尸体后根据白宫的命令，搬运尸体已经延迟了将近四个小时，这样消息就不会在官方公布之前泄露出去。显然为了同样的理由，殡仪办理人约瑟夫·高勒父子公司使用了一辆普通轿车，而不是通常的灵车。

根据胡佛私人医生罗伯特·V. 乔伊瑟大夫提供的病历，哥伦比亚特区验尸官詹姆斯·L. 卢克大夫把死因归结为"高血压引起的心血管疾病"，[26]但乔伊瑟大夫本人却向记者否认说，他的病人从来没有显示过有心脏病的证据。胡佛是有点高血压，也就是说二十年来他的血压稍微有点偏高，但这并不影响他的工作，而且他也没在服用降血压药片。[27]

因此，一时间就有了关于谋杀和阴谋的传言，胡佛之死也许不可避免地会导致谣言的出现。但因为缺乏证据的支持，这些流言蜚语也就很快不攻自破了，虽然确切的死因依然存在着争议——卢克大夫决定"没有必要"进行尸检——事实似乎相当简单：他是老人，而老人是随时会死的。

直到很久以后，有几个人注意到，有关死因还有其他许多矛盾之处。

一年后，谣言又冒出来了，这次是戏剧性的，在水门事件的秘密听证会上，使众多参议员和秘书们大跌眼镜的是，好像叙述常识似的，一位证人煞有介事地提及了"J.埃德加·胡佛的谋杀事件"。[28]

就在胡佛的遗体要安放到国会大厦圆形大厅去的时候，碰巧在大厦外面的台阶上还会发生另一个事件：第二天下午晚些时候会有一场反战的示威游行，那个时候，国会要宣读美国越战阵亡官兵的名字。公布的发言人包括了女演员简·方达、律师威廉·昆斯特勒，以及当前政府的头号反对派人物丹尼尔·埃尔斯伯格。

有人认为，这是一个不容错过的好机会。只有一个人提出，该计划不是很清楚，但白宫顾问查尔斯·寇尔森打电话给杰布·马格鲁德，把这事告诉了他。寇尔森说，命令直接来自尼克松总统。

为报复对胡佛纪念活动的这种诽谤，寇尔森要马格鲁德组织一次反示威，其真正目的是打乱集会，撕破越共的旗帜。马格鲁德提出了反对意见（尤其是派遣无辜的共和党年轻人去参加这样的一场战斗），寇尔森指责他对总统不忠。马格鲁德于是请示了总统改选委员会主任、前司法部长约翰·米切尔。两人决定把任务交给戈登·利迪去执行。

利迪早年当过联邦调查局特工，现在是总统改选委员会的情报顾问，他显然对这个阴谋稍微添加了一些修饰，因为后来在与白宫顾问和前中情局情报官霍华德·亨特商量的时候，他说，游行示威者意图掀翻准备安放胡佛棺材的灵柩台。

亨特打电话给迈阿密的一位老战友伯纳德·巴克。代号为"男子汉"的巴克，在中情局组织的猪湾入侵战时曾经是亨特的副手。更早些时候，巴克是联邦调查局在古巴独裁政权巴蒂斯塔秘密警察中卧底的线人。

经过讨论，阴谋逐渐成熟了。巴克招募了另外九个人，大都是反对卡斯特罗的古巴人，他告诉他们，"一些嬉皮士、叛徒和共产党人"试图"对胡佛撒泼"。[29]

拿到机票和活动经费后，这些人计划第二天飞抵华盛顿特区，他们的目标是扰乱反战游行示威，尤其是要彻底摧毁埃尔斯伯格。

也许事情泄露了，或者有人明白，那些档案可能不是安全地锁在前局长的办公室内。因为那天的早些时候，主管行政事务的局长助理约翰·莫尔来了一位客人——司法部副部长 L.帕特里克·格雷三世。

莫尔正忙于安排胡佛的葬礼事宜，他也是这么对格雷说的。格雷代表司法部对于葬礼的座位表和议程提出了几个问题。莫尔通常说话比较冲，那天更是如此，他告诉格雷，葬礼会按照联邦调查局自己的方式办理。

最后格雷说出了此行的重点："秘密档案在哪里？"莫尔是联邦调查局主管行政、档案和通讯部门的，问他是理所当然的。

莫尔回答说，没有秘密档案。老格雷糊涂了。

格雷没去理会对方的反应，他重复了他的提问。莫尔重复了自己的回答。

格雷暂时放弃了这个问题。[30]

"老格雷糊涂了。"多年后在向《华盛顿邮报》记者罗纳德·凯斯勒否认的时候，莫尔这么解释说。何况，格雷自己也问错了问题。那些档案虽然对公众来说是秘密的，但对联邦调查局员工来说则不然，莫尔强词夺理地解释。举例来说，假如格雷问的是国会议员的卷宗，"那么我就会回答有的。"[31]

一九七五年，当莫尔被召唤到众议院档案失踪调查小组委员会的时候，他的解释更为简单。根据定义，莫尔说："所谓秘密档案是会标上秘密标签的。"而这些档案没有这样的标签。[32]

再后来，在格雷发给该委员会的一封信件中，他本人这样说："现在回想起来，当时我不知道该如何正确地提问。"[33]

格雷既不是第一个、也不是最后一个被档案的词义所欺骗的人。①

------

① 按照约翰·埃利希曼的说法，总统亲自命令格雷去拿取胡佛保管的秘密档案。埃利希曼在其《权力的见证》一书中陈述说："那天（5 月 2 日）尼克松指派司法部副部长派特·格雷去拿取胡佛保管的所有个人档案，把它们交给白宫。但格雷晚了一步：胡佛的机要秘书已经捷足先登。"[34]

五十多年来，胡佛一直是共济会会员，约翰·莫尔计划办成一个共济会仪式的葬礼。但在下午二点十五分，莫尔接到了白宫的一个电话：总统决定赋予胡佛国葬的规格，使用全套的军队仪仗队。

莫尔把这话传达下去了。联邦调查局的公关部门刑事信息部几乎立即开始准备新闻资料袋，计划安排在仪式之前分发出去。

那天下午有广泛报道说，代理司法部长克兰丁斯特召开了一系列"提名"会议，为的是挑选一位联邦调查局新局长。

正如克兰丁斯特所预计的，总统把球踢回到了他那里。尼克松罕见地似乎不想雇佣和解雇官员，更愿意让别人来替他做这项工作。去年，总统把胡佛叫到白宫两次，想让他辞职。虽然当时只有尼克松和胡佛——加上白宫的录音机——知道这些谈话的内容，但胡佛在离开椭圆形办公室后都依然是局长。

到底谁参加了这些提名会，以及他们的意见起到了什么作用，都是不得而知的。但有一点是知道的，即联邦调查局的高级官员都没有参加。

媒体猜测，马克·费尔特和亚历克斯·罗森的"可能性"最大，前联邦调查局高官威廉·萨利文、路易斯·尼科尔斯和卡萨·"迪克"·德洛克，也在名单上。

当然，这是可能的，但这些名字甚至都没有得到提及；决定显然已经做出了，新局长不是来自联邦调查局内部。坚持胡佛传统的风险实在是太大了。内部人员肯定会继承胡佛的传统，包括其独立的风格。本届总统已经一再表示不喜欢天马行空的独立风格，效忠才是最重要的。

在媒体猜测的"外来和尚"中，有最高法院法官拜伦·怀特（有人怀疑他或许不想换工作）、华盛顿特区警长杰里·威尔逊、联邦特工出身的洛杉矶警长彼得·皮彻斯和前伊利诺伊州库克县警长约瑟夫·伍德（他也是总统秘书罗丝·玛丽·伍德的兄弟）。

克兰丁斯特选中的人，在两张纸的名单上排在很后面。华盛顿的新闻界很少有人听说过他。他完全没有执法经验，但他具有优秀的品质，其中最大的优点是：他绝对忠诚于两位理查德——理查德·克兰丁斯特和理查德·尼克松。

已经决定，对 L. 帕特里克·格雷三世的任命公布安排在第二天，在圆形大厅的遗体告别仪式之后，但在胡佛的葬礼之前。

有一个名字都没有得到提及，因为他年纪已经很大，而且身体也不好，那是现任的代理局长克莱德·托尔森。

即使死亡也阻止不了官僚主义的繁文缛节。胡佛死后，联邦调查局总部发出的第一批指令中，有一份文件专门规定，所有的正式函件，都必须经由代局长克莱德·托尔森签字。

由于托尔森没有回总部上班，许多文函是由他的秘书多萝西·斯基尔曼代劳签署。然而，不知是由于弄错还是要让托尔森感觉还是需要他的，几批备忘录被送到了他在第三十街的住宅。但托尔森因为悲伤过度无法处理，于是由克劳福德大声念给他听，经托尔森同意后，在文件上签署托尔森的名字。

备忘录是每天都有的，但现在却不是时候。几十年来，J.埃德加·胡佛一直反对招募黑人员工，除了在联邦调查局干粗活的以外。在美国有色人种协进会的压力下，为使他们在二战期间不被征兵，克劳福德和少数几个黑人，全是司机或办公室打杂的，当上了外勤特工，虽然他们的任务依然大致不变。后来，在罗伯特·肯尼迪当司法部长的时候，胡佛才不得已增加了黑人员工，但数量不是很多。

在胡佛死去的那天，联邦调查局共有八千六百三十一名特工，其中三个是印第安人、十五个是亚裔美国人、六十二个是西班牙裔美国人，还有六十三个是黑人。

这在联邦调查局正式历史上永远不会被记录，但在一个短时期内，在为数不多的黑人特工中，詹姆斯·克劳福德不是在法理上，而是在事实上成了联邦调查局局长。

J.埃德加·胡佛的遗嘱，虽然在两个星期内是不会公开的，但在认证的时候，托尔森知道，除了几件零星的个人遗赠之外，胡佛的所有不动产，包括其住宅和内部家具物品，都是留给他的。

胡佛唯一活着的亲属，侄子、侄女、外甥、外甥女四个人，都没在遗嘱中提及。

当天晚上，托尔森就搬进了这座住宅，先是睡在客房内，继之大约在一个月后住进了主卧室。

一位房产评估师后来评价说："好像托尔森已经售卖了自己的所有物品，拎着一个皮箱住进来了。他没有带来自己中意的一把椅子什么的。但显然他并不喜欢遗物。"①[35]

那天晚上，尼克松总统在日记中写道："他死在了合适的时间；幸好他是死在了岗位上。假如他是被赶出去的，或者他是自愿辞职的，那么他是会被杀死的……还好我没在去年年底逼他离职，对此我感到特别高兴。"[37]

群龙无首的联邦调查局各分局和办事处，似乎退缩到了处于真空状态的总部。当天，各地的分局长纷纷飞到了华盛顿。到了晚上，他们与其他几百个特工和前特工去了位于威斯康星大道的约瑟夫·高勒父子公司的殡仪馆，默默地祈祷，并绕着敞开的棺材走了一圈。

有一个人后来告诉作家桑福德·昂加尔说："他们为他洗了头发，染发剂都褪色了。他的眉毛也一样。他看上去像一个头发花白的脆弱疲惫的小男人。他躺在棺材里，所有的锋芒、所有的权威和所有的光环，都已经褪尽了。"[38]

资料来源：

［1］詹姆斯·克劳福德采访录；在托尔森遗嘱的争论会上，克劳福德的证词；奥维德·德
　　马里斯专著《局长：J.埃德加·胡佛口述传记》（纽约哈帕斯杂志出版社，1975 年），
　　第 32—47 页。

［2］马克·费尔特采访录；费尔特专著《联邦调查局金字塔》（纽约：普特南出版社，
　　1979 年），第 176 页；在托尔森遗嘱的争论会上，约翰·莫尔的证词。

［3］"调查"，第 17 页。

［4］《洛杉矶时报》，1972 年 4 月 3 日。

［5］绝密来源。

［6］杰里迈亚·奥利里采访录。

［7］克里斯托弗·莱登采访录；《纽约时报》，1972 年 5 月 3 日。

---

① 地区法院首席评估师托马斯·米德和首席评估师助理巴里·哈根，花了 3 天时间为住宅中的 800 多件古董物品进行了编目，编制了一本厚达 52 页的清单册子。"光是地下室里的箱子就堆积如山，"米德后来回忆说，"好像是礼品商店的仓库似的。"[36]

[8] 关于 J. 埃德加·胡佛的杰克·安德森档案；杰克·安德森、约瑟夫·斯皮尔和莱斯·惠顿采访录；《华盛顿邮报》，1972 年 5 月 3 日。

[9] 《纽约时报》，1972 年 5 月 3 日。

[10] "调查"，第 8 页。

[11] 莫尔致克兰丁斯特，1972 年 5 月 2 日；同上，第 114 页。

[12] 前联邦调查局官员。

[13] 美联社，1972 年 5 月 3 日。

[14] 《美国四位伟人：理查德·尼克松总统的颂词》（纽约：双日出版社/读者文摘图书公司，1972 年），第 59 页。

[15] 《纽约时报》，1972 年 5 月 4 日。

[16] 《华盛顿邮报》，1972 年 5 月 3 日。

[17] 《华盛顿星报》，1972 年 5 月 3 日。

[18] 《美国国会对 J. 埃德加·胡佛的怀念和赞赏，以及关于他的生活和工作的各种文章和社论》，第 93 届国会第 2 次全会，参议院文件第 93 –68 页（华盛顿特区：政府出版署，1974 年），第 257 页。

[19] 同上，第 287 页。

[20] 同上，第 270—272 页。

[21] 《洛杉矶时报》，1972 年 5 月 3 日。

[22] 《纽约时报》，1972 年 5 月 3 日。

[23] 同上。

[24] 《怀念和赞赏》，第 70—74 页。

[25] 同上，第 125 页。

[26] 《华盛顿星报》，1972 年 5 月 3 日。

[27] 同上。

[28] "快乐旋转木马"，1972 年 11 月 23 日。

[29] J. 安东尼·卢卡斯：《噩梦：尼克松时代的阴暗面》（纽约：维京出版社，1976 年），第 211—213 页。

[30] "调查"，第 88—89 页。

[31] 《华盛顿邮报》，1975 年 1 月 19 日。

[32] "调查"，第 89 页。

[33] 同上，第 177 页。

[34] 约翰·埃利希曼：《见证权力：尼克松时代》（纽约：西蒙与舒斯特出版公司，1982

年），第167—168页。

[35] 哥伦比亚特区法院评估师托马斯·A.米德和巴里·哈根1976年的陈述，记录人：蒂莫西·H.英格拉姆，众议院政府关于信息与个人权力的运作小组委员会人事组长（以下称米德/哈根陈述）。

[36] 同上。

[37] 《理查德·尼克松回忆录》（纽约：格洛赛特和邓洛普出版社，1978年），第599页。

[38] 桑福德·J.昂加尔：《联邦调查局》（波士顿：大西洋月刊出版社，1975年），第273页。

第二章　五月三日

有些人不相信所有的权威随着局长消退了。他们深信，打开谜团只需一把钥匙。

胡佛死后第二天上午快九点时，格雷又出现在莫尔的办公室。这一次，他态度很坚决：他现在就想知道，那些秘密档案放在哪里。

莫尔再次否认了它们的存在。在莫尔看来，格雷显得很激动。他自己也有点激动，他后来回忆说："我认为我稍微诅咒了他。我认为秘书们甚至也听到了我在办公室里与他说话。"

"听着，莫尔先生，"格雷咆哮起来，"我是一个顽固的爱尔兰人，谁也别想欺负我。"

莫尔直视着对方的眼睛，回答说："听着，格雷先生，我是一个顽固的荷兰人，谁也别想欺负我。"[1]

在莫尔的印象中，更多的是从格雷的态度，而不是从其言辞中来看，格雷是在寻找能让尼克松政府难堪的档案，如果真是那样，那么他是两手空空地离开的。

莫尔清楚地感觉到，他掌握了主动权。关于那些档案的情况，司法部副部长并不比上次提出要求时知道得更多。

六个小时之内，约翰·莫尔就会接到通知，尼克松总统已经任命 L. 帕特里克·格雷三世为联邦调查局代局长。

灵车抵达国会大厦时，比预定时间晚了二十五分钟。假如胡佛还活着，他很可能会怒骂或撤换开车的司机。

原先的毛毛雨，现在变成了持续的倾盆大雨。八名年轻的军人从汽车后部扛出覆盖着国旗的棺材，经过肃立的仪仗队，缓慢地抬着灵柩踏上了三十五级台阶。虽然在雨中看不清楚，但八个军人全都大汗淋漓，其中两人已经引发疝气。为保护局长遗体的安全，约翰·莫尔和海伦·甘迪小姐选择了一口用铅板衬里的棺材，其重量大大超过了一千磅。走到台阶上面的平台后，抬棺材的军人穿过巨大的青铜大门进入了圆形大厅。

美国总统没来参加——他要在次日的葬礼仪式上发表悼文——但华盛顿的许多官方机构都来了。最高法院、内阁、国会、外交使团和联邦调查局的高级官员静静地站立着，看着棺材慢慢地安放到黑色的灵柩台上，那里曾经安放过七位总统，包括林肯、艾森豪威尔和肯尼迪的棺木，还有诸如麦克阿瑟陆军上将那样的战斗英雄的棺木。

这一次虽然没有挽歌或鼓乐，只是长时间的静默，但此后参议院的牧师爱德华·埃尔森——也是胡佛长久的牧师和朋友——开始领头祈祷。

跟在埃尔森后面的是最高法院大法官沃伦·E.伯格，他的声音回荡在一百六十英尺高的圆顶之下。伯格在颂文中念道："半个世纪以来，这位杰出的人士把他的生命贡献给了这个国家无比壮丽的事业。"他称呼胡佛"具有极大的勇气，不会轻易放弃原则"。最后，大法官总结说："能参加这次悼念活动，我感到很自豪。他是美国的一位伟人，为这个国家做出了很大的贡献，并获得了所有坚持有序自由的人们的赞赏。"[2]

沃伦·E.伯格是由 J.埃德加·胡佛提拔为最高法院大法官的。天生聪明、又积累了五十年的政治斗争经验的局长，把他推到了其他几位人选的前面，经联邦调查局的背景调查之后，其他人就被淘汰了。

在众议院牧师爱德华·哈奇宣告祝福之后，白天的其余时间和整个夜晚圆形大厅就对公众开放了。再过几个小时，国会大厦的台阶上还会发生另一个事件。

圆形大厅的仪式结束后不久，代理司法部长理查德·克兰丁斯特就拨打 L.帕特里克·格雷三世的车载电话，通知格雷下午二点十五分到他办公室里来。克兰丁斯特说，他们要一起去白宫。

格雷猜测应该是国际电话电报公司案子的新进展，或者是任命事项。在他走进司法部长办公室后，克兰丁斯特告诉他："派特，我要提名你为联邦调查局代局长。"

起先格雷还以为他的老板是在开玩笑，在发现是当真后，他"惊得目瞪口呆"。在一位助手的陪伴下，两人直接去了白宫，按照格雷的说法，总统与他交谈了关于"该工作的重要性，以及必须是与政治无关的"。[3]

任命格雷为"代理局长"而不是"正式局长"，其本身就是一个明智的政治举措。这能够消除大选之前又一场狂风暴雨般的认可听证。这能使联邦调查局人心安定，正式局长的宝座是开放的，被任命者依然可能来自联邦调查局内部。更好的是，这可能是一个超越党派的举动，因为十一月份的大选获胜者，不管是民主党的还是共和党的，可以自由地任命他自己的人。

会晤结束后立即发布了正式的任命。

格雷找到妻子贝亚的时候，她正在美容店里，她已经听说了。在他的四个儿子中，至少有一个感到很惊奇。帕特里克是位于马里兰州切斯特敦的华盛顿学院的学生，他问父亲："如果我告诉同学们，我爸成了警察头子，他们会怎么说呢？"[4]

如果说 J. 埃德加·胡佛去世的消息对联邦调查局造成的打击，是相当于里氏八级的地震，那么他的接班人是一个没有执法经验的外来和尚的消息公布，则至少是达到了里氏五级的余震。

离人心安定相差甚远的是，好几个局长助手准备提交辞呈。莫尔和费尔特好说歹说才暂时留住了他们。

在任命宣布之后，格雷的第一项正式举动是打电话给克莱德·托尔森，以表达自己的慰问。托尔森拒绝接听这个电话。反之，托尔森自己打电话给马克·费尔特，要求对方准备他的辞呈。费尔特后来回忆说："该辞呈的措辞比托尔森温和得多了，假如是他本人口述，口气就会比较硬。"辞呈很简单："由于健康原因，本人特提出辞职。克莱德·A.托尔森。"辞呈不是托尔森签名的，而是由他的秘书斯基尔曼夫人代劳。[5]

格雷走马上任后，越过约翰·莫尔，也打了个电话给马克·费尔特，要求他在下午四点召集联邦调查局十五位高级官员开会。格雷知道他们很悲伤，但他告诉费尔特，他认为让他们见见"胡佛的这位接班人"是很重要的。费尔特同意了，由此表示了他对新局长的很快效忠。[6]

会议气氛颇为紧张。与会的大多数高级官员，不但讨厌格雷的上任，而且感觉现在开会也不是时候。因为胡佛尸骨未寒，尚未下葬。

格雷感觉到了这种敌意，但他迎难而上。在表达对联邦调查局及其创始人的崇高敬意之后，格雷观察到他不是 J. 埃德加·胡佛，他是他自己，他要做出改变，但他与前任的共同点是，他要努力"维持联邦调查局这个机构"。虽然与会者持有保留意见，但许多人表示了赞同。[7]

会议结束后，格雷被引见给了海伦·甘迪小姐。她立即放下手头的工作，花了三十五分钟时间陪同他在局长的办公套间看了一遍。其间，费尔特询问格雷打算什么时候搬进来。格雷说，从星期五起再隔一周，也就是五月十二日，他们是不是有足够的时间来搬走胡佛的"个人物品"。虽然，格雷心里想的也许是他现在厌恶地看到的迪林杰的死亡面具，还有同样狰狞可怕的手工艺品，但他很可能指的是几百件照片、牌匾、画卷，以及显眼地陈列在外间办公室和廊道里的荣誉证书。

甘迪和费尔特保证说，时间足够有余。

第一次看到甘迪小姐，格雷就注意到了"她办公室里的许多包装箱，文件柜的档案抽屉都敞开着"。[8]在他表示关注时，甘迪小姐告诉他，那些是胡佛先生的个人文件，包括他的房地产、所得税反馈、股票买卖、石油租约和其他投资的资料，还有他的房产证、他的宠物狗血统证书，以及差不多半个世纪的个人通信往来。局长交际范围广泛，有许多名人朋友，甘迪小姐说。胡佛先生担心死后这些书信也许被作为纪念品出售，于是他指示她安排销毁。她说，她当然按照他的意愿办理。①

格雷向她表示感谢，让她继续去忙手头上的工作。他不知道他看到的正是

---

① 以上是 L. 帕特里克·格雷的版本。

海伦·甘迪小姐后来作证说："我请他是不是看看这些个人往来的书信。他翻看了一两个抽屉。他说这么做（销毁）是完全正确的。"[9]

在承认批准销毁胡佛的个人往来书信之后，格雷强烈否认甘迪小姐的一部分证词："我肯定我们是在她的办公室门口谈话的，而且在这次或以后到她办公室的时候，我都没有翻看过档案柜的抽屉。"[10]

马克·费尔特也许不想得罪任何一方，他后来作证说，他记不起当时自己是否在场，虽然后来在他的《联邦调查局金字塔》一书中他阐述说："格雷随意地看了看其中一个拉开的档案抽屉。"[11]

J. 埃德加·胡佛的那些绝密档案。

假如不是两次指望都落空，那么到现在这个时候，总统很可能已经知道了那些苦苦寻找的档案的下落。

在与 J. 埃德加·胡佛的长期交往期间，理查德·尼克松已经与他的一位高级助手路易斯·尼科尔斯建立了特别紧密的关系。多年来，尼科尔斯一直负责刑事信息部，即联邦调查局庞大的公关部门。他们的关系，在尼科尔斯离开联邦调查局后延续下来了。一九六八年，尼科尔斯在总统候选人的六人顾问团工作，负责投票箱的安全事务。他和尼克松都深信，一九六〇年大选期间，选票被民主党人偷走了，尼科尔斯和由前联邦特工组成的一个特别小组，就是要保证这样的事情不会再次发生。

根据尼科尔斯的说法，尼克松坚信，虽然德克萨斯州的选票被偷走了，但他们一九六八年的竞选战役已经"保住了伊利诺伊州、新泽西州和其他几个州"。

在尼克松竞选获胜之后，他们在纽约市皮埃尔酒店的尼克松公寓里见面了，当选总统告诉尼科尔斯："路，我知道你为我们挽救了这次大选。不用说，如果你有什么要求，请尽管提出来。"

尼科尔斯只有两个要求："别再中伤胡佛了"，以及在胡佛决定退休后，"承诺胡佛的接班人是来自联邦调查局内部的"。两人握手成交。[12]

尼克松及其高级顾问约翰·埃利希曼不但没有阻止这样的中伤，而且他本人至少有两次几乎要求胡佛辞职。至于第二个承诺，在胡佛去世后的两天时间内，尼科尔斯一直在找总统，但尼克松从来没有回电。尼科尔斯是知道秘密档案下落的极少数几个人之一，但这样一来，他也就从来没把此事告诉过尼克松。

自一九二四年接管调查局以来，J. 埃德加·胡佛就认为，最好别把某些高度敏感的资料放到档案室里去。这样分开储存的理由，是不想让档案管理员看到，以免泄露。这些材料，包括卷宗、备忘录、信件、照片、证词、案件总结、窃听记录、总统的通讯往来和特别调查报告，放在了甘迪小姐办公室的绝密档案柜子里。

到了一九四〇年代初期，档案数量的增加成了一个问题。因此在一九四一年十月一日，传阅人数非常有限的备忘录——只供局长助手以上高级官员参阅的——胡佛命令把它们分为三个密级的文件。一级是送往防务处的（战后移交给特别档案室），包括"秘密特工和特别情报处雇员；秘密线人的姓名、编号和简历；技术监控和临控史的名单；对经由国务院批准实施制裁的外交代表的监视名单，以及类似的项目"。

第二级的机密档案，存放在路易斯·尼科尔斯的刑事信息部。虽然胡佛的备忘录没有清楚地标明什么材料应该归于这个档案，但尼科尔斯的另一个职责是国会的联络员，该档案中至少有几位国会议员的个人卷宗。卷宗的内容，也许像联邦调查局联系人与特定的参议员或众议员（有时候要求联邦调查局去选民那里巡游）的一份平淡无奇的名单那样；也许常常包括了个人信息，有时候其性质还是贬义的，来源于诸如逮捕记录那样的事实文件，或者是对没有依据的谣言或匿名信的授权核查。

第三级，也是最机密的文件，从一开始就留存在原处，即甘迪小姐的办公室里。这类文件应当是"有限制的"，胡佛在一九四一年的备忘录中这么标注，"只限于多多少少与局长个人有关的绝密事项"。[13]

虽然胡佛故意把这些"绝密事项"搞得模糊不清，但他标示的"有限制的"意思则是没有问题的。这些材料是特别敏感的，只有确实需要并经胡佛个人批准之后，局长助手级别的人才得以调阅一份特定的文件。

一九五七年，路易斯·尼科尔斯退休了，胡佛显然不信任尼科尔斯的接班人去保管他现在数量浩瀚的记录，于是把这种文件大量转移回甘迪小姐的办公室里。在那里，两类文件合并起来了，并做上了特别标记："官方/绝密"或者是"OC"档案。

联邦调查局内很少人知道有 OC 档案的存在。看到过部分内容的人就更少了。在甘迪小姐摆满了落地文件柜的办公室里，知道这种特别档案确切存放处的人，则少之又少。其中知道的人里面，有一个是路易斯·尼科尔斯，但直到他自己去世前三年的一九七五年，他才披露，那些个人的 OC 档案"存放在胡佛的私人通讯往来之中，是以字母顺序编排存档的"。[14]

关于这些事件，如果人们接受格雷的版本，那么甘迪和费尔特都认为在代局长来走走的时候，是不宜提及的。他们也没有告诉他，甘迪小姐保管着这些档案的私人索引，是用三乘五英寸的卡片做成的，带有"PF"字母的白色卡片，代表了"私人档案"，而标有字母"OC"的粉色卡片则指的是"官方/绝密"

档案。

即使格雷翻阅这些文件夹，寻找令本届政府难堪的信息，在缺乏索引的情况下，他也是不大可能发现的，因为一些特别敏感的文件夹的标签是故意误导的。例如，关于本届总统的一个文件夹，上面的标签不是"理查德·尼克松"，而是"淫秽事情"。

仪仗队由五人组成：陆海空军和海军陆战队的各一名代表，以及联邦调查局的一名特工。夜间，每小时仪仗兵都要换班，每小时都有上千人进来，他们大都含着眼泪，默默地排队经过黑色的灵柩台。

大多数人从来没有见过他，但几乎都知道他代表着什么。人群中有游客，在他们看来，这是另一座华盛顿纪念碑，在旅程结束的时候应该来看看和谈论一下；还有中年人，他们在童年的时候佩戴过联邦特工的徽章，至少是间接地成了联邦调查局神秘的一部分。

还有其他人，是联邦调查局过去的老职员，虽然能认出他们来的人不是很多，但在他们的心目中，这个人已经成为整个组织的象征。他们是：查尔斯·阿佩尔，他创建了著名的联邦调查局实验室，并证明了林德伯格绑架案的赎金字条是由布鲁诺·理查德·豪普特曼书写的；爱德华·塔姆，二战时期胡佛的高级助手，他确立了联邦调查局的格言——忠诚、勇敢和正直；来自芝加哥分局的艾伦·米哈根，八十二岁的他，是局里依然在职的最老的特工；还有公关天才路易斯·尼科尔斯，他塑造了联邦调查局及其局长的公众形象。

离开圆形大厅的时候，很多人看到了国会大厦西边台阶上的集会，但很少去评论，驻足倾听的人就更少了。

没有越共的旗帜要去扯下，而且无法触及处于远处台阶上面的埃尔斯伯格，但巴克他们尽了最大的努力。他们一遍遍地呼喊"叛徒"和"共党分子"；看到这么做似乎没起到什么效果，他们就单方面挑起打架斗殴，把一个没有抵抗的示威者打倒在地，还用拳头打了另外两个。

国会大厦的警察抓走他们中的两个人——弗兰克·斯特吉斯和雷纳尔多·比科——驱散了其余的人，但一个穿灰色西装的身份不明人士，晃了晃中央情报局或联邦调查局的证件，简单地与警官说了几句话，保证那两个被抓的是美国良民，后来他们被带到街上放走了。

虽然行动是以失败告终，但值守观察和名字审核在通宵进行着，亨特和利迪并不怎么失望。他们后来开车接上巴克，在华盛顿市内兜圈子行驶，从他口中简单地了解情况后，他们几乎是兴高采烈了。

当他们驾车经过水门的时候，利迪告诉巴克说："那是我们下一步要做的工作，男子汉。"[15]

资料来源：

[1] "调查"，第 89 页。

[2] 《怀念和赞赏》，第 xviii 页。

[3] 《华盛顿邮报》，1972 年 9 月 10 日。

[4] 同上。

[5] 费尔特：《金字塔》，第 183 页；《纽约时报》，1972 年 5 月 5 日。

[6] 费尔特采访录。

[7] 费尔特：《金字塔》，第 190 页。

[8] "调查"，第 176 页。

[9] 同上，第 53 页。

[10] 同上，第 176 页。

[11] 同上，第 88 页。

[12] 路易斯·尼科尔斯采访录。

[13] J. 埃德加·胡佛备忘录，1941 年 10 月 1 日；"调查"，第 154—155 页。

[14] 《华盛顿邮报》，1975 年 1 月 19 日；尼科尔斯采访录。

[15] 卢卡斯：《噩梦》，第 214 页。

第三章　五月四日

　　一大早，在警方十二辆摩托车和一些没有标志的联邦调查局公务轿车的护送下，胡佛的遗体被运往位于内布拉斯加大道的全国长老会总部，那是一栋用白色石头筑成的现代化教堂。因为差不多所有的华盛顿政要都去参加，所以安保措施特别严格。沿途最后两个街区的道路旁，站满了都市警察和公园警察的队列。参加葬礼的人有两千多个，但都是邀请的客人。三大媒体网络要进行长达一个小时的实况报道，让几百万民众分享仪式的经历。

　　葬礼已经成为政治事件。

　　但有些人讨厌这样的安排，其中一个是马克·费尔特。葬礼仪式已经变成了"一场壮观的电视直播，重点是突出总统，而不是缅怀去世的局长"。在胡佛死后几个小时，爆发的有关葬礼仪式座席安排的争议，还留有残余的敌意。头天下午，代理司法部长理查德·克兰丁斯特利用职权，把他自己的席位从与副总统斯皮罗·阿格纽相邻的左边第二排长椅，换到了右边联邦调查局区域的第一排长椅第一个座位，这样他就隔着走道直接与总统相邻了，而且"意外地，"费尔特后来说，"正对着电视摄像机的镜头。"①[1]

　　自然地，克兰丁斯特从不同的角度来看变化。在要建立联邦调查局不是一个独立机构，而是在司法部和司法部长领导下的一部分的持续战役中，这只是一场小冲突。

　　虽然 J. 埃德加·胡佛已经死了，应该已经安息了，但他原先的所有战役还在继续，好像已经获得独立似的。

---

① 费尔特没有提及，克兰丁斯特坐到了原来是费尔特的座位上。

由新上任的代局长格雷夫妇陪同，尼克松总统夫妇在十点半到达了。按照国家事务中死板的外交礼仪，他们坐到了左边第一排的长椅上，旁边是玛米·艾森豪威尔。后面就座的是内阁成员和其他政要。

克莱德·托尔森、海伦·甘迪、胡佛办公室的其他职员，以及他的为数不多的几位依然健在的亲戚，坐在教堂内一个私密的部位，超出了公众的视线。

右边的前面两排长椅上，坐着代理司法部长克兰丁斯特和十五位抬棺的司仪人员、代理副局长费尔特（托尔森辞职后，格雷已经提升他为第二把手）、局长助理莫尔和罗森，以及十二位局长助手。在他们后面长椅上就座的是前联邦调查局高级官员（但仅限于与局长关系良好的那些人），以及按照级别高低排列的总部官员。联邦调查局的等级制度并不比国务院逊色。

分局长们都坐在唱诗班楼座里，象征性地体现总部与"各地分局"的分隔。

詹姆斯·克劳福德和安妮·菲尔茨坐在后面。

在联邦调查局座席中，有一个人不是当前或曾经的特工，虽然千百万人认为他是的。他叫艾弗伦·津巴利斯特，是电视连续剧《联邦调查局》的明星演员，他的形象深深地影响了已故的局长，所以他下令特工们应该努力仿效这位演员。

简短的共济会仪式结束后，埃尔森博士首先发言，他回顾了他和局长的多年老朋友关系，他揭示说："大多数人不知道的是，胡佛先生童年时代有一段时间曾经在心灵深处有过迷茫，不知道将来是献身于牧师事业还是司法事业好。司法界一直感到十分痛苦的是，教会失去了一位伟大的先知和精神领袖。"[2]

在祷告、军队合唱队的两首颂歌和朗读赞美诗以及《新约全书》节选之后，美国总统走向讲台去诵读悼词。

J.埃德加·胡佛被埋葬在国会墓地，与他双亲和幼年夭折的一个姐姐埋在一起。国会墓地是首都最老、最不时尚的墓地，距离他出生的排屋只相隔十三个街区。

来坟茔送行的人，更是经过了精心挑选，人数不足百个，但并不全都是应邀的客人。联邦调查局官员凑成了几个小团体，在一边谈论诸如胡佛的档案，以及应该尽快结束外来和尚担任他的接班人那样的事情。几个黑人小孩坐在附近的墓碑上，等待着仪式结束后来抢走菊花和其他鲜花。

最后的祈祷结束后，埃尔森博士从棺材上取下国旗，折起来后递给了克莱德·托尔森。托尔森轻声说着："谢谢，非常感谢。"[3]根据一位旁观者的说法，托尔森似乎是迷茫更大于悲伤。在旁人的搀扶下，他坐进了轿车里面，对在场的大多数人来说，这是他们最后一次看到他。此后他再也没有回到联邦调查局上班。

然而有时候他会来到这个墓地，由克劳福德驾驶自己的汽车送他过来。但他从不下车。他让克劳福德把鲜花放到坟头上，自己则默默地坐在汽车的后排座位上，脸上没有表情。过了一会儿，他会摇摇头，似乎要摆脱杂乱的思绪，不耐烦地示意克劳福德驾车送他回家。

偶尔，他们会经过银泉市吉福德冰淇淋店，克劳福德会进去买两个圆筒冰淇淋，而且往往是由他付款。克劳福德还经常支付汽车的油钱，但他从不抱怨。当初，是托尔森给了他这份工作。

最后的几年，克莱德·托尔森年老多病，显得更加老态龙钟，而且——正如他的遗嘱附件修改的丑闻要显露的——或许很容易受到操控。他还可能非常孤独。

四十多年来，他一直生活在局长的阴影下。虽然私下里他常常不同意老板的意见，而且有时候他的意见能够得到采纳，但在公众场合，他一直在表现为华盛顿最著名的好好先生——支持胡佛的每一个决定，千方百计地保卫他，与批评他的敌人展开斗争，甚至执行他的最骇人听闻的怪念头。

然而在托尔森最后的孤独日子里，他做了一件古怪的事情。他是悄悄地做的，人们往往会惊恐地怀疑，如果其他人获悉，那么他毫无疑问是会担当起来的。

他用偷偷获得的信息匆忙地拨打电话，有时候亮明自己的身份，但有时候显然是没有亮明，他努力用他自己的方法，去纠正或弥补由他为之长久服务的机构所造成的某些冤假错案。

那天的某个时候，海伦·甘迪把第二批大量的档案文件交给了马克·费尔特，让他在办公室里安全地保管起来。费尔特后来陈述说，总共能装满十二个纸箱。

或许是受到了埃德加·爱伦·坡经典短篇小说《失窃的信件》的启发，费尔特把档案文件"藏"在了普通的地方：放在他外间办公室配有组合密码锁文件柜的六十二个抽屉里。

在胡佛去世前七个月的一九七一年十月二十一日，甘迪小姐的助手艾尔玛·梅特卡夫夫人准备了一份文件清单，这些档案卷宗一共是一百六十七份。

后来，与联邦调查局高官有关的三份档案消失了。到底是在移交给马克·费尔特之前还是之后失窃，就不知道了。虽然在接受作者采访的时候，费尔特表示他了解这些档案的标题和内容。

在剩余的一百六十四份文件中，有些只有一页纸，有些则有几百页，但总数超过了一万七千七百五十页。时间跨度有五十年，包含了从二十年代到最近年份发生的事件。

在一百六十四份卷宗中，至少有八十四份或刚刚超过半数，包含了负面的信息：有些是犯罪记录，更多的是比较难以界定的纷乱的不老实、不道德的事情，但最多的是两性关系。

通常，在这些档案中，即使一百六十四这个数字也是含糊的。例如在一个卷宗内，里面有七年来华盛顿分局（管辖首都及周边地区）写给局长的许多信件，内容涉及了关于几百人的闲言碎语和丑闻事件。

按照字典的字面界定，这些卷宗很少可以称之为完整档案。大部分包含了一些要点：尤其是信息的零星摘要；未解决谜团的长期缺失部分；从某人一生中抽取的某些事件。这些是联邦调查局无数次调查的精髓，不管合法与否，摘编到了一百六十四个组合之中，装满了柜子的十二个大抽屉。

一位官员后来把它们描述成为"装满了政治癌症的十二个抽屉"。[4]

这话并不夸张，因为其内容包括了：对美国政治王朝元老及其妻子儿子和其他女人的要挟材料；由胡佛泄露出去的对两名同性恋的逮捕指控，对击败一位能言善辩、温文尔雅的民主党总统候选人，起到了推波助澜的作用；对一位美国著名的第一夫人及其一男一女和一黑一白两个情人的监控报告；局长用来掌控其一位具有红色意向门生的密件，该门生曾有骚扰儿童的记录；在胡佛局长经历的八位总统当政期间，联邦调查局列出的白宫间谍名单；非法窃听几百个人的禁果，包括一位司法部长（后来是最高法院法官）收到过来自芝加哥辛迪加报酬的证据；还有一些名人的档案，包含了胡佛收集起来的关于一些娱乐界大腕的难以启齿的流言蜚语。

这一百六十四份档案内容广泛，不尽相同，但有一个共同点：每一份都被用局里只有一个人可以使用的蓝墨水标上了字母"OC"。

那天下午，代局长 L. 帕特里克·格雷三世举行了上任后的首次新闻发布会——这本身就与胡佛的传统做法大相径庭。他告诉媒体："你们是不会相信的，我也不知道如何能够让你们相信，但这里没有秘密档案，只有普通档案。我已经采取措施来保持这些档案的公正。"[5]

也许格雷应该派人去注意办公楼的货梯。

在接下来的一周时间里，在代局长搬到楼上之前，海伦·甘迪转移了第二批，至少把三十二个抽屉的档案装入了纸箱内。但与那些包含了"OC"的档案不同，这些不是转交给马克·费尔特的。相反，通过联邦调查局的卡车，这些档案材料穿越华盛顿市区，抵达了西北三十街 4936 号的地下室，那是 J. 埃德加·胡佛的故居，现在是克莱德·托尔森的住宅。

在相同的时期，除了纸箱外，至少有六个——很可能多达二十五个——文件柜，也被搬移到了胡佛的家中。

后来，在过了很长时间的后来，甘迪小姐作证说，那些纸箱里装了"胡佛先生的个人书信"，柜子里则是他的纳税申报单、石油和股票购买等资料，她安排把它们搬走了，以便腾空办公室迎接格雷先生的到来。

她进一步陈述，纸箱和柜子里都没有官方资料、联邦调查局的文件之类，"甚至连他的徽章也没有"。

这些事件，根据甘迪小姐的版本，在搬走有关胡佛先生的遗产之后，她"系统性地"、"非常仔细地"检查了剩余的"每个人档案"的"每一页"，没有发现与联邦调查局有关的任何备忘录、书信或文件，于是她把这些东西撕碎后装进纸箱，运往华盛顿分局进行粉碎。虽然这工作持续了两个月的时间，但由此结束了她在老板死后几个小时开始的工作，即全部完成了 J. 埃德加·胡佛个人档案的销毁。[6]

海伦·甘迪在作证时肯定是感觉很安全的，事实也正是如此，谁会提出异议呢？这些档案的内容，只有一个人知道，但他已经死了。

如果按照一些人怀疑的，并不是全都销毁了——为保护联邦调查局的利益起见，某些文件已被抽出来交给了其他人——那些人会承认吗？不大可能。

又如果按照一些人相信的，"个人档案"的数量要远远超过胡佛先生的个人书信——大都是官方性质的——那又有什么证据呢？

个人档案已经不存在了，至少不是以档案的方式存在了。人们可以在总索引中去查阅五千五百万张卡片，但不会找到一张标有"个人档案"（PF）或"官方/绝密"（OC）的卡片。

与联邦调查局大多数记录不同的是，这两个档案的许多文件从来没有编过"序号"，所以按序号去查询是不会发现这些档案的。

两个档案都有索引，她自己的索引：白色卡片代表"个人档案"，粉色卡片代表"官方/绝密"。她已经把粉色卡片连同"官方/绝密"档案一起，移交给了马克·费尔特。但她已经销毁了白色卡片，从而根除了最后的、也是唯一的"个人档案"的记录。或者她是这么相信的。

还有时间的因素。在她作证的国会关于"前联邦调查局局长 J. 埃德加·胡佛档案的销毁询问录"，是在这些事件发生后的三年，即一九七五年，如果那个时候没有对她的陈述提出质疑，那么以后还会提出吗？

在她的说法面临各种各样的矛盾和歧义的时候，海伦·甘迪小姐怒气冲冲地回答道："我说，你们就相信我的话好了。"她清楚地知道，不管他们信不信，他们其实拿她没办法。[7]

在胡佛死后的三天时间里，做了一些掩饰的工作，其中许多是对搞了多年的蒙骗的延续。背后的动机各有不同。有些纯粹是习惯，诸如压制也许会让"联邦调查局难堪"的事情，其他的则真的是错综复杂了。联邦调查局某些高官决定不去提及是克劳福德发现了胡佛的尸体，因此克劳福德与胡佛之死就没有任何关系了。他们想对某些也许会随之而来的问题实施先发制人，因为他们担心会发生多米诺效应，最终或许会导致他们卷入一些明显无关的事情，比如把成千上万的美元挪用到政府和私有基金会，或者是由联邦调查局支付的加价高达百分之七十的秘密采购协议。

相比之下，海伦·甘迪小姐采取的关于胡佛秘密档案的各种措施的动机，则很可能是相当简单的、高尚的和无私的：维护 J. 埃德加·胡佛及其创建的联邦调查局的声誉。因为她知道那些档案的真正秘密：里面的内容并不如其存在的事实那样负面。

但这样的特别掩饰，在刚开始几天后差点搁浅，因为有人写了一封信给 L.

帕特里克·格雷。

发往联邦调查局总部的邮件，是由收发处接收的，开启后打上日期和时间印戳，做好批注给有关部门处理。接着送往保密处，标上密级号码和索引标签。然后进行档案查核，看看现有的档案中有没有这个主题，如果有，就标上相同的档案号码；如果没有，就建立一个新的档案，标上下一个接续的案例号码。接下去是编上第三个号码，即序列号，并制作索引卡片。此后，就送到有关官员那里去处理。负责所有这些部门的局长助理，是约翰·莫尔。

写信人有可能知道这个套路，因为他避开整个流程，把信件寄给司法部长办公室去转交，并做上了这样的标记：私人信件，请交收信人亲启。

格雷刚刚被任命为政府中一个大机构的棘手岗位，但又缺乏该工作的背景知识，因此他特别忙。而且他喜欢走动，想了解和认识各分局的负责人。他设定的其中一个目标，是走访所有五十九个分局，包括在阿拉斯加州的。他更喜欢在公众面前说话，他的助手正在处理几十个请求。虽然他工作十分努力，但这样一来，他没有多少时间来管理联邦调查局的事务（不久他就得了个"三天格雷"的绰号）。但他有经验丰富的同事，比如费尔特、莫尔、尼古拉斯·卡拉汉、汤姆·毕晓普，以及前胡佛的助手，来管理内部事务。然而格雷还是挤出时间来阅读这封特别的信件，即使这是一封匿名信。

与所有通信一样，这封信也得到了认真的对待。信封和信纸都被送往联邦调查局实验室进行检验。

实验室报告说，信封和信纸是用不同的打字机打印的（信封用的是史密斯·克罗纳精华型打字机，信纸用的是国际商用机器公司的比卡型打字机）；信封和信纸都没有水印或缩进排版；信文本身是复制品，是直接通过静电复制的，而不是间接的复印机复印方法。① 除了缺少大多数逗号和所有格符号，打字的格式也缺乏单数辨认特征。鉴定人在报告末尾总结说，已经在匿名信档案和其他可能的渠道进行了搜查，"但没能分辨出什么结果"。[8]

简言之，对信件的科学检验没能查出谁是写信者。但从科学领域回到直觉之后，强烈怀疑不管是谁，这个写信人熟悉联邦调查局实验室的工作方法。

---

① 写信人寄发复制件的目的，很可能是想表示，假如这信件在抵达格雷之前遭销毁，那么其他的还会继续邮递。

对于揭穿遮遮掩掩，这封信件具有巨大的潜力。信的开头是这样写的：

"胡佛死后，克莱德·托尔森立即从胡佛的住宅打电话到联邦调查局总部，估计是打给了约翰·莫尔。托尔森指示说，保存在胡佛办公室里的所有绝密档案要转移出去。上午十一点钟的时候，档案都被搬到了托尔森的住所。现在不清楚这些档案是否还在那里。问题是——约翰·莫尔告诉你这样的档案不存在时，他对你说谎了——档案是存在的。许多事情都在刻意瞒着你。"[9]

格雷把这封信转给了莫尔，要他解释一下。在五月十一日的一份备忘录里，莫尔做出了愤怒的但也是仔细的回答，对所有的指责，他一概予以否认。

他陈述说："据我所知，胡佛先生办公室里的所有官方档案，都已被移交给了费尔特先生。"虽然句首的前面四个字限定了后面的内容，但这话可能是真实的。

也许并不令人大为惊奇的是，莫尔没有使用"官方/绝密"这样的词语或"OC"这样的字母。因为格雷知道，他有可能是在说"敏感的档案"以及甘迪交给费尔特的其他档案。

他继续说："根据我与甘迪小姐的谈话，我知道她销毁的只是胡佛先生的个人书信。"

当时，这也可能是真话。但更重要的是，他使用的是过去时态，好像甘迪小姐已经完成了销毁。甘迪小姐和莫尔都不大可能预计到，这项工作还要两个月才能完成，莫尔很清楚她还没有完成。实际上，在五月十一日莫尔写这份备忘录的时候，甘迪小姐甚至还没有把那些纸箱搬走。最后搬运到托尔森的住处要等第二天的五月十二日才实施。但莫尔无疑知道，十二日那天格雷要去纽约市，走访五十九个分局中的第三个。格雷要等到返回后才能看到莫尔的备忘录。

莫尔还说："我绝对不知道把档案带到了托尔森住宅的事情。根据我与甘迪小姐的谈话，这个指责是绝对站不住脚的。"

这里，又出现了语义学的区别：与大多数人一样，对于格雷来说，"档案"一词是一个笼统的说法，意思是夹子里的一沓文件；对于联邦调查局职员来说，它指的是相当特殊的东西，与密级、案子和序列号有关的一组材料，与大多数"普通档案"一样，通常装订在一个或多个卷宗里。

但更加重要的是，除了这个否定，莫尔的备忘录中没有显露任何东西被搬运到了托尔森的住宅。

考虑到格雷在被任命为代局长之前就对胡佛的秘密档案表示了强烈的兴趣，即使对于像约翰·莫尔那样的扑克老玩家来说，这应该是一次虚张声势。要来问他，格雷只需要事先派两个信得过的人去托尔森住宅核查一下就可以了。

但莫尔的手头还藏着两张王牌。一是他在备忘录中确实没有撒谎；他只是没有说出全部的真相。二是为甘迪小姐打包装箱的设备科人员、负责运输的卡车司机和装卸工人，都是他手下的人。

因此，莫尔的自信心还是相当强的。他在备忘录中总结说："补充说明一下，我要让你知道，在你被任命为联邦调查局代局长的时候，我并没有感到伤心痛苦。在你被任命之前，我明白这个职位也许是一颗酸葡萄，在许多场合我都说过，我没有想当局长的野心。现在也一样。"[10]

十三日那天，格雷返回华盛顿后读到了莫尔的备忘录。他在备忘录的左下角空白处加了手写的批注后把它退回去了。为强调起见，他在字体下面加了下划线，并添加了一个感叹号：

"我相信你！"[11]

显然，L. 帕特里克·格雷三世在海军长期服役期间没有学会打扑克。或者他不知道他是在玩游戏。

那封匿名信、实验室的鉴定报告和备忘录被归档了，而且——暂时地——被遗忘了。①

J. 埃德加·胡佛死后还不到三个星期，约翰·莫尔就获得了克莱德·托尔森的授权委托。结果，他在西北三十街4936号花了好长的时间，协助托尔森管理胡佛的房地产和帮助托尔森修改其遗嘱那样的事情。这段时间要持续到七月十七日，直至华盛顿分局来提取最后一批要销毁粉碎的资料。其间，海伦·甘

---

① 1972年5月18日——在回复莫尔备忘录后的第5天——格雷收到了另一封信，告诉他说，如果他真诚地相信没有媒体报道的那些秘密档案，那么他是被误导了。

只是这封信不是匿名的；署名人是一位前联邦特工（曾服务了18年）。而且他还报出了现任两名联邦特工的名字，说他们愿意帮助他寻找那些档案。

虽然那两位特工和写信人都居住在华盛顿特区，但格雷不想去联系他们，他说："对那些并不存在的秘密档案或政治档案，我确信我已经搞清楚了。"[12]

那两个特工—— 一个已经工作了26年，另一个已经工作了31年——都选择在格雷当局长期间的1973年退休了。

迪继续在地下室工作，至少有一次，很可能是几次，她请示托尔森和莫尔如何处置一些特别档案。

在此期间，有一位邻居注意到克劳福德来帮助约翰·莫尔，把一些纸箱装上他的汽车。后来在一次出庭作证被问及这是怎么回事时，莫尔证实说，这些纸箱里面装的是四箱"已经变质的葡萄酒"，他说他把它们搬到自己家里去了。不幸的是，没人想到问问他为什么葡萄酒已经坏了，他还要搬去储藏。

胡佛的邻居们并不喜欢打探，但多年来他们一直睁大眼睛盯着（谁知道哪一天说不定会有总统进出局长的家门呢？）。胡佛死后过了几个星期，一位对兰利①比较了解的邻居，注意到一辆陌生的旅行车停在 4936 号住宅后面的巷子里。起先他看不清楚司机，因为那人弯着腰在后面装箱子，但当那人直起腰来时，他看到那是一个个子高高瘦瘦的中年人，戴着一副厚厚的眼镜，而且即使干这个力气活，他却穿着一套看上去相当正规的黑色西服。他认为他认出了那个人，但这是不可能的。在华盛顿所有的情报机构中，中情局是已故局长最讨厌的。

邻居没有十分的把握——他没有看清楚——但他后来告诉几位熟人说，根据那人低调的风格，至少是很像与局长一样的一个传奇人物。他认为那人看上去像是中央情报局反间谍处处长詹姆斯·耶萨斯·安格尔顿。

参加完胡佛的葬礼返回白宫之后，总统宣布他要把尚未竣工的联邦调查局办公楼命名为"J.埃德加·胡佛大厦"，从而实现了国会在两天前投票做出的决定。

在胡佛死去的时候，该楼房还需要三年时间才能完工，大楼的结构已经在九年前开工了。即使在此之前，谣传说承担大楼建造的其中一家建筑公司是黑手党的，楼房本身也与讲究建筑理念的华盛顿市容风格不相符合。竣工后，大楼的总造价高达一亿两千六百万美元，成为联邦政府最昂贵的楼盘，是其上级部门面积的两倍，占据了宾夕法尼亚大道对面整整一个街区，轻易地超过了司法部那栋庄严的但只有七层的办公大楼。建筑评论家说，不管它看上去像不像监狱，建有封闭式的院子似乎让人望而生畏不敢闹事，或者像不像中世纪的城堡，配有护城河和不可攀越的城墙，这是大道上最难看的楼房。《华盛顿邮报》记者沃尔夫·冯·埃卡特说它是"混凝土的一个矛盾体"，以及"英国作家乔治·

————————

① 中央情报局的所在地和代名词。——译注

奥威尔小说《一九八四》① 的一个完美的戏剧性的舞台"，他还补充说，"政府想在这里建造的不是办公楼而是形象。"[13]

胡佛本人花了大量的时间对图纸提出修改意见。多年来人们说，大楼建成之前胡佛是不会退休的；据说，他对设计图纸的频繁改动，就是不让它建成。

胡佛听到了这种说法，在后来一次公众场合露面的时候他还对此进行了嘲笑。那是在前联邦特工协会活动时他的一次讲话，他说："有人坚持认为，我留任局长的唯一原因是想在大楼竣工时出席庆典。这绝对是胡说八道。根据目前大楼的建造进度，竣工的时候我们这些人都不会聚集在这里了。"[14]

实际竣工典礼是在一九七五年九月三十日，参加的有一位新总统、一位新的司法部长和一位新的局长，海军陆战队乐队演奏了一首新歌《J. 埃德加·胡佛进行曲》。在宾夕法尼亚大道的入口处，巨大的金色字母宣告了这座"J. 埃德加·胡佛大厦"的诞生。

五年后，国会的一项法案考虑取消大楼胡佛的名字。

就像胡佛没有活下来看到大楼的完工一样，他也没有看到自己传奇的消退。但他已经预计到了。他一生中绝大部分时间，尤其是他的晚年岁月，心头上一直有一种恐惧，害怕自己精心构建的形象会轰然倒塌。具有讽刺意味的是，如同银行内部贪污钱款的职员，胡佛从来不去度假，因为他害怕休假期间他的秘密会被发现。在胡佛生命中的最后几年，他成了自己档案的受害人。他不能退休，因为他不能相信他的接班人会保管好这些档案。但他也不能把档案销毁（在死去前七个月，他已经尝试过了），但即使在那个时候，他已经相信这些档案是他的权力源泉。这就更具讽刺意味了，因为这是多年来他自己精心培育的，即使他清楚地知道，它们只不过是一个来源，很可能并不那么重要。

似乎大楼的命名还不足以纪念他似的，胡佛死后不久，联邦调查局官员悄悄地飞去迪士尼乐园求助，要求他们帮助设计一个新的展厅，让联邦调查局成为一个大众的旅游景点。有消息泄露说，那是胡佛办公室的一个复制品，一位记者据此推测，那是一个真人尺寸的人体模型，比亚伯拉罕·林肯稍微矮一点，

---

① 这是一部政治讽刺小说，创作于 1948 年，出版于 1949 年。书中讲述了一个令人感到窒息和恐怖、以追逐权力为最终目标的假想的未来极权社会，通过对这个社会中一个普通人温斯顿·史密斯的生活描写，投射出现实生活中极权主义的本质。——译注

但更为圆润，安放在办公桌后面，为游客提供三小时不间断的游览，包括了解联邦调查局最著名的一些案例。

最终完工的展厅要简单得多——里面有胡佛那张巨大的办公桌、他的台灯、绣有联邦调查局印玺的办公室地毯——而且以其独特的方式，显得更为令人敬畏，因为看到这个会使人明白在将近四分之一的美国历史上，有一个大权在握的人坐在这张书桌后面呼风唤雨，以其正直高尚和令人可怕的方式，指引着这个国家向着他自己以为正确的方向前进。

局长最佳的墓志铭，不是来自总统、国会或媒体，而是来自胡佛本人，是他在死去前两个月写就的。

一九七二年三月二日，他在众议院拨款小组委员会最后一次亮相，他的老朋友约翰·J.鲁尼与他会面打招呼。鲁尼是来自布鲁克林的民主党联邦众议员，也是委员会的主席。

一位有权来参加公开和秘密听证会的助理后来回忆说，这次会面，其方式不但是历史性的，也是"凄惨"的，因为在主席和局长礼节性地寒暄的时候，"他们就像两只老恐龙，殊不知他们都已经灭绝了。"

鲁尼先生："很荣幸今天上午我们能迎来大名鼎鼎的联邦调查局局长、尊贵的J.埃德加·胡佛先生。我要对他说，那些左翼分子一直在攻击他，但就他今天在这里的气色而言，他显得容光焕发。我认为到目前为止，没人能够战胜他。"

胡佛先生："主席先生，我有一条哲理：因为朋友，你显得荣幸；因为敌人，你显得尊贵。我一直是尊贵的。"[15]

在写完关于局长的人生经历之后，《时报》驻白宫记者休·赛迪决定为《生活》专栏再写一篇长文章。完稿日期还有一个星期，因此他有充裕的时间来思考和回忆。

"在参加总统就职典礼游行或送葬队列或国家重大庆典时，我记不清多少次坐车或步行走过从国会到白宫的那段著名的一英里距离的路程。几乎每当我们经过联邦调查局大楼的时候，我都会抬头去看，J.埃德加·胡佛就在他的办公室阳台上。他是那么高大、那么遥远、那么安静，在经历了一位又一位总统、一个又一个十年之后，在迷雾般的联邦调查局王国背景的衬托之下，正在遥望前方……

"现在，这已经成为过去。如今走在这条大道上感觉空荡荡的。"[16]

资料来源：

［1］费尔特：《金字塔》，第 184 页。

［2］《华盛顿星报》，1972 年 5 月 4 日。

［3］《华盛顿邮报》，1972 年 5 月 5 日。

［4］前司法部官员。

［5］《纽约时报》，1972 年 5 月 5 日。

［6］"调查"，第 37、39 和 45 页。

［7］同上，第 48 页。

［8］C.F.唐宁致 I.康拉德，联邦调查局实验报告，1972 年 5 月 16 日。

［9］致格雷的匿名信，未标明日期（1972 年 5 月初）。

［10］"调查"，第 13—14 页。

［11］同上，第 178 页。

［12］同上，第 176 页。

［13］《华盛顿邮报》，1972 年 7 月 12 日。

［14］《华盛顿星报》，1972 年 1 月 1 日。

［15］胡佛在众议院拨款小组委员会会议上的证词，1972 年 3 月 2 日。

［16］《生活》杂志，1972 年 5 月 12 日。

第二部
雄心壮志

我认为，

约翰·埃德加在早期就决定要干大事。

我认为他是不会分心的。

    ——玛格丽特·芬内尔，J.埃德加·胡佛的侄女，

        也是他多年的邻居

第四章　就职典礼

阴沉的天气并没有影响到人群的聚集。伍德罗·威尔逊是十六年来第一位民主党的总统。他既不是政治家，也不是战斗英雄，而是大学校长，这对政府来说是一个新的尝试。而且当然，这是一个节日。

即使是两个小时的等待——总统在吃午饭，是他在白宫的第一顿饭——也没有减低成千上万人的热情，他们聚集在游行路线的两边。在威尔逊踏上台阶登上检阅台后，近处能看清他的人群爆发出热烈的欢呼。总统兴奋地微笑着，似乎想给这个场面锦上添花，但没有机会了。随着总统就职仪式委员会主席发出的一个信号，小号齐声吹响，游行重新开始了。领头的是著名的柯尔沃军事学院的黑马队伍，当马车行进到检阅台前面时，他们向总统和他身后宏伟壮丽的白宫齐刷刷地脱帽致敬。

人们发出欢呼，总统也摘下了他那顶丝质圆顶礼帽，国家的精英队伍列队走了过去。在唯一有资格演奏《向总统致敬》乐曲的美国军乐队的后面，是西点军校学生、安纳波利斯的海军军校学生、骑兵队、野战炮兵队、四十名正宗的印第安酋长、各州的民兵部队，以及与往常一样的新国旗，现在有了四十八颗星，亚利桑那州刚刚在一年前的一九一二年加入了联邦。人们都认为，这是国家历史上最壮观的总统就职典礼。

这也是时间最长的典礼，为时四个小时。仪式一直在进行着。在场的所有官员中，只有总统自始至终一直站着。似乎现在的时间预示着将来的年份，他那颀长的身影似乎越来越疲惫了，甚至也越来越孤独了。

那天在游行过程中，人们的嗓子似乎早就已经喊得嘶哑了，但突然间又爆发出欢呼声来，是从宾夕法尼亚大道方向传过来的。威尔逊吃了一惊，去看到底是什么事情而激动。

原来是当地一所中学的一个操练队。根据旗帜判断，是中心高中学员团的B连。

这也是精锐的尖兵部队。领队的年轻上尉学员在喊出"向左看齐"的口令时，他的话声依然带有童音，即使检阅台上的将军们也微笑着表示了赞许。

那天的所有情景——人群的专注、总统的点头认可、领导的威严以及对自己装束的自豪——将永远留在这位叫约翰·埃德加·胡佛的学员上尉的记忆之中。

在学员团的队伍走过以后，总统不大可能会知道这个十八岁高中生的名字，更不大可能还会再次想起他来。但不管记住与否，他会留下美国第二十八任总统的印记。

八年后当伍德罗·威尔逊离开白宫的时候——与他身体部分麻痹一样，他的内心也很疲惫——参加过他的两次宣誓就职游行的许多年轻人，死在了弗兰德地区的罂粟地里，再也不会想起威尔逊已经凭借"他没让我们参战"的口号再次赢得了大选。除了他自己热情的想象，死去的还有他的美国参加国际联盟的梦想，以及参议院先是拒绝批准《凡尔赛和约》，继之又否决了美国加入国际联盟的提案。作为他第一次战役主题的"新自由"，已经被遗忘了。即使是老自由，也将在威尔逊当政的时代饱受创伤，在司法部长 A. 米切尔·帕尔默发起的臭名昭著的"搜捕赤色分子"行动中遭受玷污。

帕尔默的那些袭击计划和行动，将会得到司法部一位年轻律师的协助，那就是前 B 连的上尉学员。

约翰·埃德加·胡佛降生在美国首都的国会大厦附近，他外曾祖父的弟弟是一名瑞士石匠，曾经参与了大厦柱子的凿刻。胡佛出生的那天，正是新年元旦，距离二十世纪的开始还有五年，距离没什么名气的司法部调查局的创立只有十三年的时间，以后他将把这个机构转化为联邦调查局。

在很大程度上，他是那个时代的产物，即第一次世界大战前美国与世无争的最后几十年纯真年代。他从来没有放弃过传统的维多利亚式的举止和风俗，正义的基督教意识一直贯穿他的整个人生，但也是构成他的复杂人格的导火线——他那谦和而又威严的思想形成，可以从他一成不变地对待上帝、国家、责任、女人（包括好女人和坏女人）和"色彩"① 的态度上得到佐证。（到了一九四三年的时候，他还会向富兰克林·德拉诺·罗斯福总统报告说，最近发生在华盛顿的种族问题，是由于"不安分的黑人"和"一个低档次的红帽子"的原因。）[1]

同样，胡佛也是那个地方的产物，华盛顿特区依然是南方边远的一个小镇。在以后的岁月里，他将捍卫华盛顿，与"外来的乌烟瘴气"、搞爆炸破坏的无政府主义者、争取奖金的游行示威者、共产党人、隐蔽的同性恋、搞骚乱的黑人、邋里邋遢的反战分子、好战的牧师、无数的政治家和几位总统做斗争。他会用残暴的手段来进行这些斗争，只有你明白他感觉自己的家受到了攻击，你才会理解他的做法。在胡佛看来，华盛顿是这个国家不可分割的首都，是政府的所在地，是他和全国的乃至世界的权力中心，也是他的家乡——保卫华盛顿，不但是责任和义务，而且是一种生来就有的权利。

除了由他的特工发来的报告，他对这个世界的其他地区知之不多，或者就此而论，他对自己的国家也不甚了解，但他对首都华盛顿的了解程度，或许就好像他家是世世代代的公务员那样。他几乎凭本能就知道，总统是走马灯似的来来去去，只有这种官僚政治的本身才是持久的，才是政府的真正基础。

他要利用这种知识，加上杰出的技巧来建立和维持他的错综复杂的权势机构，在将近五十年的时间里与所有的敌人作斗争。

胡佛家的住房，是一座外墙经过拉毛粉饰的两层楼房，位于苏厄德广场413号，处在中层官员的住宅区内。在父亲迪克森·奈勒和母亲安妮·玛丽·斯凯特琳的四个孩子中，他是最小的。父亲这边具有英国和德国血统，母亲这边是瑞士血统。他父亲和爷爷都为美国海岸测量队工作，父亲负责印刷部门。他的唯一的哥哥小迪克森比他年长十五岁，后来成为美国船舶检验局的总验船师。

但他以后在接受采访时提及最多的则是他母亲那边的家族，说她的先祖曾是瑞士雇佣军，她的叔公约翰·希茨曾担任过瑞士驻美国的首任法律总顾问。

无疑，对胡佛产生最大影响的是他的母亲。显然，在多年后遇到过他的人看来，诸如总统的密友乔治·艾伦，"他是一个依赖母亲的男孩"。[2]

---

① 此处指的是种族。——译注

家里的事务由母亲安妮·胡佛管理。她身材矮矮的丰满的，做事认真严格，坚持传统美德，并要求子女仿效。她对小儿子——称呼他为埃德加，而家里的其他人则叫他 J. E.——的影响特别大。以后，她的女儿莉莲会出嫁搬去外地；她的大儿子小迪克森也会结婚和搬走，虽然只是搬到隔壁。埃德加终生未娶。他与母亲一起居住在苏厄德广场的房子里，直至母亲过世。那年他四十三岁。

埃德加是家里的幺弟，在小姐姐去世的两年后出生，他自然得到了特殊的待遇。但事情不只如此。按照他侄女玛格丽特——她是埃德加多年的邻居，他经常推着她家的童车去国会大厦附近散步——的说法，安妮"一直期望 J. E. 将来有出息"，而且用正确的方向"鼓励"他。[3]

但即使是对于母亲，他有时候也会展示其叛逆的倔脾气。

有一件事情，安妮·胡佛是最认真的，那就是她所坚持的宗教原则，即路德教。孩提时的埃德加跟着她去新教教堂唱诗班唱高音，获得了一本《新约全书》，并连续五十二个周日参加《圣经》学校的听课。但那个时候，十几岁的他违背母亲的意愿，改换教派门庭，加入了长老会。

这样的改换，更多的不是教派，而是人性。

"我的想象被一位年轻的长老会布道者给捕获了，他叫唐纳德·坎贝尔·麦克劳德博士。"胡佛后来回忆说。麦克劳德是古老的华盛顿第一长老会的牧师。一位作家把他描述为"一个喜欢与男孩们一起玩闹的教士，他还向他们显示，一个基督教信徒没有必要胆小柔弱"。胡佛记得"麦克劳德相信男孩们就像相信自己一样。他对年轻人的关心和同情，使得麦克劳德博士成了我的偶像……如果每一个牧师都像麦克劳德博士那样，那我也想当牧师。"[4]

由于胡佛要参加星期天学校，还有一段时间担任教会的青年部管理员，命运让他选择了另一个职业。但他终生相信，他已经从教会学会了明辨是非。

几十年后，在一次古怪的事件中，童年时代记忆中的偶像鲜明地体现到了联邦调查局局长满腔愤怒的复仇决心上了，复仇的对象是一个他拒绝称呼其为牧师的人——小马丁·路德·金。

胡佛的宗教期，正好与美国的一个自我帮助大时期巧合。那个时期，千百万人每天早上和晚上站在镜子前，重复着埃米尔·库埃①的格言："不管怎么样，

---

① 法国著名心理学家。——译注

每天我都感觉越来越好。"

年轻时，胡佛说话结巴。在研究这个课题的时候，他发现一篇文章介绍说，某个治疗的方法是让口吃的人说话不要慢吞吞的，而要快。于是他把自己关在房间里练习（他那年轻的侄女有时候会去偷听），他学会了快速讲话，而且——除了面临巨大压力之外——克服了这个问题。但他并没有就此止步。所有结巴一个共同的噩梦，是面对人群讲话。胡佛参加了辩论会，在中心高中就学的初期他就领导团队一路过关斩将获得了十二场竞赛的胜利，他自己积极参与诸如"美国应该吞并古巴"和"妇女选举权的谬误"这样的辩论话题。

原先"小个子"后来才赶上的胡佛，身材比同龄的男孩矮小。但在辩论的时候，身材和个子并不重要。相反，重要的是小事情，尤其是对方辩论时的细节。细节常常显示对手的弱点。在攻击这些薄弱点的时候，胡佛明白他可以击败最可怕的敌手。这个教训他永远没有忘记。辩论也让他懂得，如果他能够影响一场会话，那么他就可以操控它。

他那断断续续的讲话，机关枪似的语速（速度如此之快，以致传说法庭的一位速记员扔下铅笔，抱怨说他的速记速度是每分钟两百个单词，但胡佛说话的速度至少是翻了一番）；一眼就能看出一位重要人物是警察还是官员，或者在胡佛看来两者皆是；影响会话的能力，不管是与下级还是上级说话，在说话过程中总是能够以自己的方法去引导——所有这些早期的特征都会成为胡佛的印记。

他深信自己已经克服了性格中所有的不完美，于是他对那些不会见机行事的人缺乏耐心和尊重。这种态度，在几乎各方面，从犯罪的原因到他手下特工的行为举止，粉饰了他的洞察力。在为自己设定了极高的标准并达到了之后，他对手下人员也提出了相同的要求。至于他们常常没能达到他的高标准，他会感到愤怒，但从来不会奇怪。

自身没有弱点的他，成了研究人类弱点的一位勤奋学生，这种激情他与多位美国总统分享过，包括罗斯福、艾森豪威尔、肯尼迪、约翰逊和尼克松（对于他人的花边新闻，尼克松的反应是严肃地皱起眉头说出习惯性的评论："是啊，可我们怎么利用起来呢?"）。

胡佛甚至克服了自己的缺点。联邦调查局的公关部门——刑事信息部——会用事先准备好的答案来回复关于他身高的询问："局长只差一点点到六英尺。"

他的书桌放在了一个高台上，高个子人士得不到聚会邀请，高个子特工也很少得到提拔，这一切都是用来维持他的错误观念。①

宗教和辩论并不是年轻人胡佛的唯一兴趣。他还喜欢运动。根据昆廷·雷诺兹的说法，胡佛被一个飞球击中后成了拳击手那样的塌鼻梁，而高中时代他的绰号"速度"则来自他在橄榄球场上的灵活表现。雷诺兹把这两个都搞错了，虽然人们怀疑是胡佛本人把他引入误区的。

要参加橄榄球队，胡佛的体重太轻了。下午放学后他为古老的东市场送蔬菜水果。报酬通常是十美分，不管要走的路途是一个街区还是五个街区。他明白送货的次数越多，挣的钱就越多，于是他以最快的速度跑回市场，从而得到了"速度"这个绰号。遇上好日子，他能够挣到两美元。

同样传奇的是关于胡佛鼻子的雷诺兹版本。考虑到他是在"白鹳俱乐部"②时期认识胡佛的，那时候联邦调查局局长已经与诸如"昆特"和沃尔特·温切尔那样的名记者，以及像吉恩·滕尼和杰克·邓普西那样的体育明星混腻了，因此这样的错误也是可以理解的。

他们都是开玩笑的高手，假如胡佛告诉他们真相，他是因为当送货员而获得了"速度"的绰号，以及他那糊状的鼻子是小时候患脓肿的结果，那么他们很可能会牢牢记住他的。

中心高中期间使其他一切黯然失色的事情，是学校的候补军官团。他努力奋斗，投入了与参加辩论一样的热情和精力，很快就一步一步地得到了提升。进入高年级后，他通过了后备军官训练的考试，晋升为上尉，指挥 B 连。由于宾夕法尼亚大道与苏厄德广场相交，所以在一九一三年三月四日伍德罗·威尔逊初次就职总统的典礼上，他父母可以通过楼上的窗户，观看儿子率领他的候补军官团队参加游行。学校对他们这次表现的评语，虽然不是那么公正，是第二名，仅次于西点军校的学生。

---

① 考特尼·赖利·库珀是胡佛早期的一位影子写手，他写过关于联邦调查局局长的第一部书《隐身人》，熟练地处理了胡佛的身高和体重的问题，把他描述为"一个身材不错的人，个子高高的，但比例很协调，使得他的身高看上去不那么显眼"。[5]
② 1929 年至 1965 年开设在纽约曼哈顿的一家夜总会。——译注

评语还报告说，胡佛被提升为 A 连连长，他立即做出了改革举措。原先每月一次的军官会议，现在改为每周一次，而且是强制的，还强调了三个方面的要求：参加、斗志，以及优秀的着装和训练。

他把 A 连的模式套用到联邦调查局，甚至把各个部门作为班来对待。

在毕业前不久的告别讲话中，胡佛上尉对同学们说："这一年最痛苦的时刻，是我必须离开已经成了我生活中一部分的一群战友。"[6]

但毕业后胡佛的友谊都结束了，因为他没有要好亲近的人。按照他侄女玛格丽特的说法，J. E. "害怕与别人发展亲密的关系"。[7]他对待异性也是这样的态度。

多年后，以前的同学在被问及胡佛在高中时期是否有约会时，他们确信地回答说，有啊，但都记不住他对哪个姑娘有兴趣。有一位同学说："他爱上了 A 连。"

再后来，联邦特工在被问及为什么局长始终不结婚时，他们回答说："他结婚了，与联邦调查局。"这是一个"伶俐的"回答，但更重要的是，也是一个"安全的"回答。[8]

在他的高年级年度评定报告出来的时候，胡佛已经选择了自己的职业。这既不是神职，也不是部队。中心高中一九一三年对他的评语是："一位勇敢无畏的绅士，其品质毫无瑕疵。"还说："'速度'打算上大学攻读法律，毫无疑问他肯定会像高中时期一样优秀。"[9]

不清楚他是何时以及为何做出这个决定的。或许，就像他后来与埃尔森牧师所说的，是因为内心痛苦的思想斗争，宗教也是他很想从事的职业。或者可能是一旦决定遵循家庭的传统去当公务员，那么他认为政府的底层官员中很少有法律学位，而高层官员则有这样的学位。

在班级里，胡佛是名列前茅的，他还被选为毕业典礼上的发言代表。他收到了弗吉尼亚大学的入学邀请，但他谢绝了。他选择了待在家里，在母亲的严密监管之下，上了乔治·华盛顿大学的夜校。他一直很清醒，知道自己没有上过著名的法学院，这或许可以解释，为什么他终生反感哈佛大学及其毕业生，而且在后来的日子里，他几乎贪得无厌地争取名誉学位。

那个时候，华盛顿大学为政府雇员开设了夜校特别速成班。为取得资格，他在离家只有四个街区的国会图书馆找了份工作，那是世界上最大的档案储存机构。

虽然开始的时候只是一个信使，年薪只有三百六十美元，但不久他就晋级为目录编写员，然后是文员。三年后在他离开的时候，他的工资已经加到了一年八百四十美元。他的雄心壮志，以及不管大事小事愿意承担任何工作的态度，并不是没有引起注意。后来一位前同事评论说："如果他留下来与我们在一起，那么他肯定能够当上馆长。"[10]

在国会图书馆工作期间，他掌握了杜威十进分类法，运用这个分类法则和数字分解，他成了联邦调查局中央档案和管理索引系统的专家。

研究工作一般接触不到参议员或众议员，但他知道他们的兴趣所在，同样重要的是，他发现了他们身边的秘书和助理所发挥的作用。这些工作人员通常为领导撰写发言稿、准备听证资料、处理竞选事宜，几乎代办所有的事情，除了投票之外。

在繁忙的工作之余，胡佛挤时间参加社会活动，主要是限制在 KA 兄弟会①的活动，但即使是那样也是在严格的管控之下。母亲安妮·胡佛成了兄弟会非正式的管家婆。

他似乎喜欢男士的友情，一起说笑。一位会员后来回忆说，胡佛"厌恶诸如低俗的游戏、扑克和酗酒那样的愚蠢事情"。[11]

他唯一的亲密朋友弗兰克·鲍曼，则样样都喜欢，而且还喜欢女人。鲍曼心地善良、性格外向、穿着漂亮，喜欢去娱乐场所，偶尔甚至诱惑埃德加一起去玩。他还得到了胡佛母亲的赞同，常常去苏厄德广场的胡佛家中走动。一九一七年当鲍曼当兵要开赴海外的时候，胡佛和母亲去华盛顿的联邦车站为他送行。

胡佛本人没去海外打仗。他甚至没有应征入伍，虽然根据他的预备役军官训练营的背景，本应该是要当兵的。然而在一九一七年七月二十六日（这日子是后来联邦调查局每一位特工都必须记住的），他加入美国司法部，当了一名文员，年薪是九百九十美元。与他在国会图书馆不同的是，这份新工作是可以免

---

① 美国大学里的学生社团。——译注

除兵役的。

这就为以后溜须拍马的传记作者制造了麻烦。据一位作者说："战争爆发后，虽然胡佛想入伍，但他被司法部宣布他的工作是'必要的'，因此他没有参军。"[12] 这样的解释在时间上产生了问题。美国参战是在一九一七年四月六日，而约翰·埃德加·胡佛则是三个月以后才加入司法部，在成为"必要的"之前，他有足够的时间参军入伍。

也不是说胡佛是当时流行说法的"逃避兵役者"。客观地说，这里有几个日期和事实需要澄清。胡佛在一九一六年获得学士学位，一九一七年获得硕士学位，那个时候他通过了哥伦比亚特区的律师资格考试。在读完法学院之前，国会图书馆的工作是临时性的。有了学位和资格之后，他要发展自己的事业。对一位具有雄心壮志的年轻律师来说，司法部作为起步工作是最理想的。

另两个日期很可能更具说服力。一九一三年，胡佛还在中心高中上学的时候，他父亲被送进了马里兰州劳雷尔附近的疗养院，按当时的说法是精神失常。虽然在几个月后就出院了，但他的状态——间歇性容易发怒和极度悲伤——恶化了。一九一七年四月五日，就在美国宣战的前一天，他被迫辞去年薪两千美元的美国海岸测量队的工作。虽然他已经为美国政府的这个机构服务了三十二年，但他没有资格领取养老金。

约翰·埃德加·胡佛没办法去参军，因为他姐姐莉莲也生病了，而且度日艰难。他和他哥哥小迪克森是父母亲唯一的生活支柱。

精神病在当时的上层社会是很忌讳的，"急性抑郁症"这个词语甚至还没被收进医学词典。显然，由于父亲病情而产生的羞辱感，使他心安理得地告诉未来的传记作者，战争时期他的工作是必要的。

他深信他是在为自己国家发挥必要的作用，这话也是没有任何问题的——即使在未来的年月里他会极力贬低他所发挥作用的重要性。

一九一七年七月，胡佛去报到工作了。那时候，司法部大楼走道和办公室里的主要话题，是联邦助理检察官哈罗德·A.柯南特成功地起诉了臭名昭著的无政府主义分子艾玛·戈尔德曼和亚历山大·伯克曼，罪名是阴谋鼓动年轻人逃避兵役登记。

一时间柯南特成了风云人物。恭维和赞美，以及报纸的标题肯定是对胡佛这位年轻律师起到了影响作用，他研究了这个案例。从类型来说，该案子是经典的。控方无法证明戈尔德曼和伯克曼怂恿年轻人不去登记，但柯南特当时表现出强烈的民族主义狂热。他从他们的文章和讲话中断章取义，认定他们鼓动暴力，诋毁他们使用了德国的赃钱，在其最后的辩论中，抛出了完全是虚假的断言，说艾玛·戈尔德曼曾经在一九〇一年卷入了暗杀麦金莱总统的阴谋。

胡佛从中吸取了经验教训。在两年后的一九一九年，当戈尔德曼和伯克曼走出监狱大门时，胡佛将带上新的逮捕令等待着这两个老牌无政府主义者。在后来对他们进行"审讯"的时候，胡佛参与了对他们指控的每个方面。他使用柯南特的策略，加上他自己的一些方法，甚至做得比柯南特更好：赢得了更多的媒体报道，他成功地把艾玛·戈尔德曼和亚历山大·伯克曼，以及其他二百四十七人，驱逐出了美国。

胡佛迅速崛起。司法部缺少人手，许多聪明的年轻人应征入伍，只是部分的原因。更为重要的是胡佛的能力。"从他进入司法部的第一天起，有些事情标志着胡佛与许多年轻的法律工作者不同。"杰克·亚历山大在一九三七年的一份《纽约客》杂志上介绍说。他进行了大量的采访，让人们回忆胡佛最初几年在司法部工作的情况。"胡佛比大多数人穿着讲究，稍微有点时髦。他工作认真，细节能力很强，处理小事情时显示了满腔热情和有始有终。他时常要求担当新的责任，喜欢加班工作。在与自己部门的一位官员一起参加大会时，他的举止是一位期望得到提升的年轻人。他给上司留下了深刻的印象。"[13]

因为印象深刻，所以在一九一七年参加工作不到三个月，他就得到了晋升。然后再三个月后，他又晋升了。由于战时有大量的案子，司法部长托马斯·W.格雷戈里任命约翰·洛德·奥布莱恩为司法部长特别助理，处理与战争有关的案子。奥布莱恩是一位进步的共和党人，来自纽约州布法罗。他很快就注意到了胡佛，因为胡佛总是在场。似乎只有他知道哪里有事情，以及如何又快又好地解决事情。"我发现他晚上和星期天也在加班工作，"奥布莱恩后来回忆说，"根据他的优点，我提升了他好几次。"[14]在被奥布莱恩提拔为其助手之后，胡佛开始负责"敌国侨民登记科"的一个小组。

二十二岁的约翰·埃德加·胡佛找到了生活中自己适合的工作。他已经成为一名对付人的猎手。

资料来源:

[1] 胡佛致沃森（富兰克林·德拉诺·罗斯福），1943 年 8 月 2 日和 3 日。

[2] 乔治·艾伦采访录。

[3] 德马里斯：《局长》，第 5—6 页。

[4] 《当前传记》，1950 年 5 月；弗莱彻·克内贝尔，"J. 埃德加·胡佛：警察也是人"：《瞭望》，1955 年 5 月 31 日；爱德华·R. 埃尔森，"你应该知道的 J. 埃德加·胡佛"，《军队牧师》，1950 年；《国会议事录》，众议院，1971 年 6 月 2 日。

[5] 考特尼·赖利·库珀为 J. 埃德加·胡佛专著《隐身人》所作的序言（波士顿：小布朗出版社，1938 年），第 viii 页。

[6] 拉尔夫·德托莱达诺：《时代人物：J. 埃德加·胡佛》（纽约州新拉罗舍尔：阿灵顿出版社，1973 年），第 40 页。

[7] 德马里斯：《局长》，第 9 页。

[8] 《纽约时报》，1959 年 10 月 8 日。

[9] 德托莱达诺：《胡佛》，第 41 页。

[10] 《华盛顿邮报》，1968 年 2 月 25 日。

[11] 德托莱达诺：《胡佛》，第 41 页。

[12] 同上，第 46 页。

[13] 《纽约客》，1937 年 10 月 2 日。

[14] 约翰·洛德·奥布莱恩，哥伦比亚广播公司电视访谈，1972 年 5 月 2 日。

第五章　遗漏的年月

随着战争的爆发，一切与德国有关的都招人厌恶。许多学校的德语课已经禁止了。贝多芬和巴赫的曲目已经从交响乐中消失了。德国泡菜已被改名为自由卷心菜。反沙龙联盟①的一些偏激盟友利用大多数啤酒商是德国人这个事实，在经过几个州的立法之后，帮助通过了《联邦第十八修正法》，使《联邦禁酒法》得以实施。以工会拥有"敌人资金"的指控（后来才被证明是冤枉的）罪名，对世界产业工人联合会（世界产联）的镇压，造成了新的声势。在此期间，很快通过了《反间谍法》（一九一七年）、《反煽动叛乱法》（一九一八年）和《外侨驱逐法》（一九一八年），和平主义成了卖国主义，对工资和工作条件的牢骚怨言成了"煽动言论"，邻里吵架和酒吧斗殴被上纲上线为叛国行为。

流言蜚语和怀疑一切促成了"传染性的疯狂"。胡佛的老板约翰·洛德·奥布莱恩就这么说："在这个国家里，即使再小的社区，如果没能抓捕或处决至少一个德国间谍，肯定会有人表示不满。"[1]

除了州警察和地方警察之外，至少半数的联邦机构投入到了追查间谍的活动之中，包括司法部的调查局②、财政部的联邦经济情报局，以及军事情报局。"肩负着赢得战争任务的这些不同的机构，其调查活动时常互相重叠。"调查局资深特工 F. X. 奥唐奈后来回忆说，"往往有这样的经历，在调查的过程中本局的一名特工会去询问别人，以便搞清楚其他六七个政府机构是否研究过同一件事情。"[2]

---

① 当时美国的一个主要禁酒组织。——译注
② 调查局是司法部长查尔斯·约瑟夫·波拿巴在 1908 年建立的，后来几经改名，最后在 1935 年成为联邦调查局。

然而，政府行动迟缓做得又少，其动机也往往与爱国主义无关，于是高度警惕的民间爱国团体如雨后春笋般地在各地冒了出来。其中最大最活跃的是美国保卫同盟，该组织由志愿者组成，得到了工商界的支持，还取得了附属司法部的半官方身份。美国保卫同盟的目标是在全国的每一个银行、商号和工厂内安插一名保卫同盟的特工，会员的数量从一九一七年刚刚成立后几个月的十万人，发展到了一九一八年的号称二十五万。会员们除了能为自己祖国服务和在家乡干出一番英雄壮举，而且还有利可图。每一位会员只需要缴纳七十五美分的会费，就可以领取一枚像警察那样的徽章，上书"司法部下属的美国保卫同盟"字样。每抓到一名敌国的间谍还可获得嘉奖，每抓到一名逃避兵役者能得到五十美元的赏金。

　　这里有一个大问题，战争时期没有那么多的德国间谍可去抓捕。自威尔逊宣告对德宣战后几个小时，那些被认为是"危险分子"的人差不多都被抓起来投进了监狱。这些抓捕和其后的拘押行动，几乎完全摧毁了在美国活动的德国间谍网。

　　但还有世界产联的大量工会会员，他们还会让调查局和美国保卫同盟忙上一阵子。

　　一九一七年九月五日，在美国保卫同盟人员的配合下，调查局特工对二十四个城市的世界产联总部发动了袭击，起获了该组织的书籍、会议纪要、财务账册、通讯录和会员名单。光是在芝加哥，就有一百个工会会员被抓起来审讯，根据战时的各项法律法规，有九十八人被判有罪，其中的二十人——包括世界产联领导人威廉·"大比尔"·海伍德——被判处有期徒刑二十年，并处两万美元的罚金。袭击行动和旷日持久的审判达到了预期的效果，摧毁了羽毛未丰的"一个大规模的工会"运动。他们的真正目的与其说是为了爱国主义，还不如说更多的是为了利润，这可以从一位美国律师发给司法部长格雷戈里的一份报告中得以证明："我认为，让世界产联的那些外国侨民因为没有登记的过失而忙于保护自己免于起诉，是一个好主意，这样他们就没有时间去动脑筋挣钱了。"[3]

　　在对世界产联实施袭击后的第二年，调查局和美国保卫同盟开展了一次最大规模的联合行动。在仅仅两天时间内和四个城市中，他们抓捕了五万名可疑分子，但那些人既不是工会会员或激进分子，也不是外侨，只是普通的美国公民。

　　一九一七年五月九日的《兵役法》，要求年龄在二十一岁至三十岁的男子都要参加兵役登记。因深信许多年轻人没去登记，还有些人在参军后做了逃兵，战争部部长牛顿·D.贝克和司法部部长格雷戈里允许调查局局长 A.布鲁斯·比拉斯基，在匹兹堡、芝加哥和波士顿开展一些试验性的小规模"搜捕"行动。比拉斯基对这样的许可喜不自胜，他决定索性玩得大一些。一九一八年九月三日，三十五名调查局特工、两千名保卫同盟会员、相等数量的军人和七百名警察，以扇形的阵势扑向纽约市、布鲁克林、泽西城和纽瓦克。他们用刺刀威逼街上的行人和电车上的乘客，把人们从理发店、剧院、台球房、客栈和写字楼里拖出来，要求他们出示兵役登记证，或者是出生证，以证明他们年纪太小或太大可以免除兵役。那些没有随身携带该等证件的人就惨了，大都被赶往临时搭建起来的"畜栏"里关押起来，直至他们的状态能够得到证明。这些袭击者真是热情过头了，他们在纽约抓到的一批人中，包括了一个拄着拐杖的七十五岁的瘸子老头。被他们抓捕的人多得没有地方容纳，许多人被囚禁在仅能立足的地方，而且两天两夜内没有水，没有食物，也没有卫生设施。

与袭击世界产联不同的是，这些搜捕行动受到了国会和媒体的谴责。为维护调查局的职能，纽约分局负责人查尔斯·德伍迪陈述说"假如能够发现两三个逃避兵役者"，就可证明这次搜索行动的合法性了。① 司法部长格戈里也因为这种过于简单的回答而受到了批评。威尔逊总统要求他做出解释，于是他声明说，即使调查局的行动是"违背法律的"，也是违背他的"明确指示"的，但作为司法部长，他个人为该事件承担"全部责任"。他辩解说，搜捕是唯一可行的方法，他谴责超越法律的做法（包括不出示逮捕证和不说明抓捕的事由），但他补充说，特工们的行动是出于对"公众利益的过度热情"。[4]

要为抓捕逃避兵役者承担主要责任的两个人，是司法部长托马斯·格雷戈里和战争部长牛顿·D.贝克。

这两个人分别都有一个很优秀的得力助手，以后都会步步上升执掌大权。格雷戈里的得力助手是负责敌国侨民登记科的特别助理约翰·埃德加·胡佛。

---

① 到底有多少个"逃避兵役者"被抓捕起来，依然是不清楚的，调查局局长比拉斯基几次发布的数据都是自相矛盾的。他在最后的报告中声称，在 50000 名被捕人员中，1505 人被送往部队服役，15000 交由各地征兵局处理。然而，他的一位助理愚蠢地承认说，在被抓捕的每 200 人中，有 199 人肯定是抓错了。

贝克的得力助手是他的机要秘书克莱德·安德森·托尔森。

由于时间的长久、文件的缺失，或许一些故意的掩饰，J.埃德加·胡佛在一战中的确切职能长期以来一直是一个谜。一九一七年九月对世界产联发动袭击时，胡佛才加入司法部不到两个月的时间，似乎不大可能在袭击的计划和执行中发挥重要的作用，而第二年九月的搜捕逃避兵役者的行动，似乎与敌国侨民登记科没有多大的关系。

但这里有一条线索。一九三〇年代中期，胡佛要求他的两位亲密同事，哈罗德·"老爸"·内森和查尔斯·阿佩尔，撰写关于联邦调查局的历史。根据阿佩尔的说法，他们写就的标题为"联邦调查局简史"的手稿，是依据对调查局前特工和司法部官员的几十次采访，以及从司法部档案中挑选出来的"许多许多"档案书写出来的，时间跨度从一九〇八年开始，历经胡佛当局长的前十年，描述了这个机构的发展历程。

胡佛在审读稿件的时候发现，他自己认为的许多业绩和功劳却算到了其他人的身上，于是他把这事情压下来了。

但前司法部长霍默·S.卡明斯拿到了一个副本，因为在他一九三七年出版的《联邦司法》一书中的一个脚注，是他从中引用的。在讨论一九一九年成立的总情报处时，卡明斯引用了"联邦调查局简史"中的内容。他陈述说，该机构是"在J.埃德加·胡佛的直接领导和管理之下组建的，自一九一七年以来，作为司法部长的特别助理，胡佛负责反激进行动"（楷体是添加的）。[5]

如果内森和阿佩尔没有搞错，那就意味着早在一九一七年胡佛就参与了反激进行动，比"授权的"联邦调查局历史所说的指派他承担——几乎极为勉强而且只起到微小作用——这个职责，早了两年时间。那也意味着早在A.米切尔·帕尔默发现"外侨威胁"之前，他就在关注与激进主义的斗争了。

确切知道的是，即使没有直接参与，胡佛也是仔细研究了袭击世界产联和搜捕逃避兵役者的事件，成为司法部开展类似搜查行动的最坚定支持者之一，他利用这样的知识，不久后，在一九一九年至一九二〇年间发动了更为臭名昭著的"搜捕赤色分子"的行动，其起到的作用远远不止微小。

一九一八年三月，加入司法部还不到一年的这位年轻的反激进专家，已经有足够的资格可以配置自己的专职秘书了。他要求为他工作的秘书必须能够分享他的信念，据此他面试了一些申请人，选了一位声称没有立即结婚打算的女士。他选中的是在司法部从事档案工作的文员海伦·甘迪，一个来自新泽西州诺里斯港的二十一岁女子。此后她将一直担任胡佛的秘书，直至他在五十四年后死去。

停战后，司法部许多人离职了。一九一九年二月，司法部长托马斯·格雷戈里递交了辞呈。接下去离开的是 A. 布鲁斯·比拉斯基，他的调查局局长职务由约翰·洛德·奥布莱恩的助理威廉·E. 艾伦接任。此后不久，奥布莱恩本人也提出辞职，返回了民营企业。

虽然胡佛表面上是一个诚诚恳恳地履行职责的下属，但他与老板的关系从来就没有亲近过。在后来的几年，奥布莱恩和其他领导都不愿意推荐胡佛担任调查局局长职务，而奥布莱恩的法律合伙人和门生威廉·多诺万，将成为胡佛不共戴天的仇敌。从胡佛这边来讲，是奥布莱恩首先向他灌输，那些他所称为"虚伪的自由主义者"，是终生不能信任的。

战前，奥布莱恩一直是知名的共和党进步人士，他的政治观点与塔夫脱和威尔逊不谋而合；战后，他被称为是"一位著名的具有正义感的人权卫士"。[6]但在战时，在胡佛看来，他是一个循规蹈矩的人。是奥布莱恩成功地指控了几个最重要的《反间谍法》案子，包括社会党总统候选人尤金·V. 德布斯，他因为在俄亥俄州坎顿发表反战演说而获十年徒刑（奥布莱恩争辩说，和平主义者的发言不是《第一修正案》提及的"自由演讲"）；也是奥布莱恩，在幕后敦促格雷戈里同意接纳美国保卫同盟为司法部的附属机构，并在遭到财政部长威廉·麦卡杜和其他人的攻击时为之出面保护；还是奥布莱恩，在因为艾玛·戈尔德曼和亚历山大·伯克曼的定罪而触发全球抗议浪潮的时候，向媒体提供了一个虚假的故事，说他们与虚构的德国间谍圈子有联系。

然而又是奥布莱恩，现在胡佛去恳求他帮助保留自己的工作。奥布莱恩后来回忆说："战争结束的时候，在停战时期，胡佛告诉我他想继续在司法部工作，我带着他的请求亲自去见新任司法部长 A. 米切尔·帕尔默。"[7]

资料来源：

［1］约翰·洛德·奥布莱恩："我们时代的民权自由"：《国会议事录》参议院，1919 年 1 月 17—18 日。

［2］丘奇委员会记录，第 3 册，第 381 页。

［3］威廉·R. 科森：《无知的军队：美国情报帝国的兴起》（纽约：戴尔出版社/詹姆斯·韦德，1977 年），第 55 页。

［4］麦克斯·洛文塔尔：《联邦调查局》（纽约：威廉·斯隆联合出版公司，1950 年），第 34—35 页。

［5］霍默·卡明斯和卡尔·麦克法兰：《联邦司法：司法历史和联邦行政的重要篇章》（纽约：麦克米兰出版公司，1937 年），第 429 页。

［6］斯坦利·科本：《A. 米切尔·帕尔默：政客》（纽约：哥伦比亚大学出版社，1963 年），第 201 页。

［7］奥布莱恩，哥伦比亚广播公司采访录。

第六章 红色恐慌

有些人认为，停战并不意味着战争的结束，而只是换了敌人。那些有幸从欧洲战场返回来的美国人，发现自南北战争以来，自己的国家陷入了深深的分裂。

与任何战争一样，还有暴力的存在。

一九一九年六月二日大约晚上十一点十五分，在新上任的司法部长 A. 米切尔·帕尔默的华盛顿住宅，他关掉楼下的电灯，上楼去与已经上床了的妻子一起睡觉，这时候他听到了正门有沉闷的撞击声。几乎是随之而来的爆炸，震破了周围邻居家的窗玻璃。

在杜邦广场对面，海军部部长助理富兰克林·德拉诺·罗斯福和妻子埃莉诺，刚刚参加完晚餐派对回到家里。假如他们晚一步回家，那么他们就还会在外面，处在爆炸杀伤力的直接范围以内。罗斯福赶紧跑到楼上去，看到儿子詹姆斯没事，就去安慰一直在大喊"世界末日来了"的厨师，之后他匆匆跑过去，想看看帕尔默家是否需要帮助，但首先他必须跨过倒在他家台阶上的血肉模糊的躯体。

帕尔默夫妻都没有受伤，罗斯福回来后说。唯一的受害人是安放炸弹者本人，显然在走向帕尔默家的过道时，他绊倒了。但根据詹姆斯的说法，相比之下，他父亲更感兴趣的是他的另一个发现。富兰克林对妻子埃莉诺宣布："原来米切尔·帕尔默是贵格会教徒，这我可是从来不知道的。他一直在忽悠我呢。"[1]

"我家房子被炸后的第二天上午，"帕尔默后来作证说，"我与参众两会的议员一起站在我家书房的废墟上，他们异口同声地用强烈的措辞要我行使一切可能的权力……把幕后罪犯缉拿归案。"[2]

第二天，在没有任何证据的情况下，《纽约时报》发表权威评论说："犯罪活动肯定是布尔什维克或世界产业工人联合会（世界产联）指使的。"[3]

红色恐慌开始了。

其实，自一九一七年俄国十月革命后，这种恐慌就开始积聚起来了。十月革命对美国左翼人士的鼓励，在程度上几乎与其对保守人士产生的恐慌一样。

这是一个孤独疯子所为的说法，很快就不攻自破了。在帕尔默家发生爆炸后的一个小时之内，类似的爆炸也在其他八个城市发生了，造成了一人死亡。死者是一个守夜人，死在了纽约一位法官住宅的外面。在此之前的四月下旬，爆炸装置邮寄给了美国三十六位著名人士，包括约翰·D.洛克菲勒和J.P.摩根。虽然大多数炸弹没有寄达他们心目中的受害人手中——因邮资不足遭邮局扣留——但有一个邮件抵达了佐治亚州前参议员托马斯·哈德威克的家里，炸断了开启邮件的一名女佣的双手，还炸伤了站在旁边的哈德威克夫人。第二天，愤怒的市民在当地警察和美国保卫同盟的协助下，在十几个城市爆发了"五·一"示威游行。

虽然造成了帕尔默家爆炸案的死者身份依然没被验明，但线索倒有一条——标题为"实话实说"的一个无政府主义组织的大约五十份传单，被发现散落在四周的邻里。

但帕尔默不同意只对少数几个危险的无政府主义者开展追猎。他对所有的激进分子宣战，如同历史学家小亚瑟·施莱辛格所说的，同时"也为他自己积累了处理国家危机的经验"。[4]

爆炸事件发生后，帕尔默立即在司法部做出了几个改变。他任命自己的助手弗朗西斯·P.加文为司法部副部长，全面负责对激进分子的调查和起诉工作，他还把奥布莱恩的前助手威廉·艾伦从调查局局长的职位上撤下来，让威廉·J.弗林取而代之。①

帕尔默、加文和弗林组成了强大的三驾马车。

---

① 帕尔默用自己的人撤换了约翰·洛德·奥布莱恩的大多数手下人，认为他们不够坚强，不能担当手头上的工作。胡佛能够在清洗中幸存下来，是因为他在反激进主义方面业绩出色，还因为他通过加文使帕尔默相信，他不是"奥布莱恩的人"。威廉·艾伦在调查局局长的位子上只干了短短的不到6个月的时间，就消失在调查局浩瀚的历史之中。

A.米切尔·帕尔默是一个矛盾人物。在他服务了五届的众议院,他自称是劳工运动一位"激进的朋友";但作为司法部长,他自豪地镇压了六次大罢工。作为宗教上的和平主义者,他拒绝了威尔逊总统要他出任战争部长的提名,但在担任外侨财产监护办公室领导人的时候,他的严厉风格使他获得了"好战的贵格会教徒"的绰号。曾经一度为威尔逊内阁最进步人士,现在他很快就做出决定,在国家的危急关头,废除《人权法案》是完全合法的。

战时帕尔默的首席调查官弗朗西斯·P.加文,出身于富裕的商人家庭,是耶鲁大学的毕业生。他对父亲是爱尔兰移民这个问题很敏感,但在对待最近抵达的移民时,他模仿帕尔默并使用了诸如"肮脏的外侨"这样的词语。按照帕尔默的传记作者斯坦利·科本的说法,司法部长及其副部长有三个共同点:"讨厌某些'外国人';感觉内部危险的敌人正在阴谋造反;努力为帕尔默的事业做出贡献。"[5]顺序并不一定是这样。A.米切尔·帕尔默最着迷的是想成为美国总统。

新的调查局局长威廉·J.弗林,是前联邦经济情报局局长,他也是——帕尔默在宣布他的任命时就已经注意到了——这个国家主要的"无政府主义者的追猎者":"那种人他全都知道。他甚至叫得出他们的名字"。[6]

这样的三驾马车,不久就有第四个人加入进来,而且很快就会更有名气。

在离开司法部之前,约翰·洛德·奥布莱恩的最后一项工作,是把司法部的职员削减到战前的人数。但现在有了新的威胁,帕尔默认为这是恢复人手的一个机会。六月十三日,他请求国会紧急增加五十万美元的拨款,把司法部的年度预算提高到两百万美元。

众议院对司法部增加预算的请求采取了踢皮球的策略,于是帕尔默和加文去找参议院。

犹他州联邦参议员斯穆特:"如果你们认为我们把预算增加到两百万美元,你们就能够发现一个扔炸弹的人——只抓住一个?"

加文先生:"我会努力的,我只能这么说。"

帕尔默则胸有成竹。他揭示说,最近的一些爆炸事件,是想推翻美国政府的一个巨大阴谋的一部分,而且危险迫在眉睫。他告诉参议院:"我们收集了许多情报,获得了许多信息,几乎已经成为事实的是,听说某一天会有另一次

（企图），要一举摧毁政府。"[7]私下里，帕尔默泄露信息说，阴谋暴动的日期是七月四日。

他拿到了钱。

一九一九年六月十七日，司法部长与加文、弗林和他们的助手开了一整天的会议。会议决定，处理新威胁的最好办法，应该是开展大规模的行动，把外来的激进分子都集中起来驱逐出境。

这个决定带来了几个问题。不是所有的激进分子都是外侨，许多人是在当地出生或已经入籍美国。司法部没有权力实施驱逐出境，这是各州的移民局管辖的，而移民局是隶属劳工部的。况且，随着战争的结束，《反间谍法》已经期满，没有联邦法律禁止人们成为社会主义者、共产主义者、世界产联会员或无政府主义者。

尽管有这些小小的阻碍，参加会议的小组人员仍然开始制订秘密的袭击计划。

与在战时一样，敌方的最新信息是很重要的。他们决定，利用国会的这笔追加拨款，在司法部内部建立一个总情报处，其职能是搜集和联络由调查局、其他情报机构、军方、当地警察和民营机构提供的有关激进分子的信息。

加文的心目中有这个新部门负责人的名字——二十四岁的约翰·埃德加·胡佛。小伙子已经在司法部工作了两年，积累了一定的经验，加文在敌国侨民登记科当领导的时候就已经注意到了他。

七月二日，在媒体关于炸弹调查进度如何的催促下，显然还在做最后努力的调查局局长弗林宣告说，犯下了这些滔天罪行的人"与俄国布尔什维克有联系，并由德国佬提供经费"。[8]实际上，调查局还是不知道炸弹袭击者是什么人。

七月四日来了又结束了，那天，烟花爆竹倒是放得最热闹。但帕尔默后来暗示说是在以后的日子。媒体越发歇斯底里了，把从最近在华盛顿和芝加哥发生的造成数十人死亡、数百人受伤的种族骚乱，到几乎每个产业都会爆发的"劳工闹事"，都看作是革命的预兆。自一九一四年以来，生活成本增长了一倍，但这五年期间的工资反而下降了百分之十四，而随着战争的结束，失业人口增加迅猛。由于劳动力价廉且过剩，全国制造商协会投入大量资金发起了一场自由雇佣企业①的运动，现在叫作美国式劳资交涉法②。到一九一九年末，有四百多万工人参加了罢工。光是九月份爆发的钢铁工人罢工，就已经扩散到了十个州的五十个城市，司法部长吹嘘说："通过司法部采取的行动，钢铁工人的罢工最后被'终止'了。"

有些人解读说，这些事件把美国的动乱渗入到了战后的经济之中。帕尔默则另有想法。

"就像草原大火，革命的火焰正在席卷法律和秩序的每一个机构……它已经一路蔓延到了美国普通工人的家庭，革命的火舌正在吞噬教堂的祭坛，蹿上了学校的钟楼，波及了美国千家万户的角角落落，要用放荡的法律来替代神圣的婚姻誓言，把社会基础燃烧殆尽。"[9]

A. 米切尔·帕尔默已经找到了他的战役目标。

总情报处是在一九一九年八月一日正式成立的。帕尔默同意加文的提议，任命约翰·埃德加·胡佛为司法部部长特别助理和总情报处处长。③

胡佛很快就证明了他是名副其实的。作为第一项工作，这位前图书馆员建立起卡片索引系统，列上了在美国的每一个激进领导人、激进组织和激进出版物。找到他们就像他以前要找一本书那样容易，他将终生遵循这种简单有效的方法。三个月后，他已经收集了十五万个名字，到一九二一年有了大约四十五万个。而且，他可以根据地点进行交叉检索，因此如果在印第安纳州加里市发生罢工，很快就能够查明当地所有"煽动者"的身份。

有名的人物、团组和期刊，就有详细的记载。胡佛及其同事不久就列出了六万个名单，包括与"极端激进团体或运动有联系的任何人"。

起先，胡佛依据的是美国保卫同盟的报告、世界产联会员的名单、在艾

---

① 既雇佣工会会员，也雇佣非工会会员的企业。——译注
② 主张雇员与雇主不通过工会而直接谈判的雇佣方法。——译注
③ 名字先是叫激进或反激进处，后来改为总情报处，以扩大其调查活动的范围。
　　在 1920 年 10 月 5 日的一份备忘录中，胡佛本人描述了扩展情况："总情报处的工作起先仅限于对激进运动的调查，现在扩展为更加广泛的情报工作，不但包括国内外的激进活动，也包括国际问题，以及经济和产业动乱事件的研究。"[10]
　　"产业动乱"一词是"罢工"的委婉说法，帕尔默领导下的司法部正在成为全国性的罢工镇压机构。

玛·戈尔德曼多次被捕时起获的邮寄名单,以及调查局自有的浩瀚的档案材料。但他并没有就此止步。他动员地方警察建立起他们自己的"红色档案",把他们的发现与华盛顿共享。由受罢工影响的公司所雇佣的私家侦探机构,提供了大量的名字。通过不同的手段,包括购买、夺取和偷窃,获得了激进组织的全部情况。"搜集的报纸扎成了捆,传单堆成了山。"四十名懂多门外语的译员在外文期刊里查找名字和煽动性的语录;速记员被派去参加公众大会,记录发言内容。在华盛顿,三分之一的特工接受了反激进斗争的工作;在外地分局,一半以上的特工人员去执行任务,许多人是暗中行动的。"在钢铁工人和煤矿工人罢工,以及铁路工人扬言举行罢工期间,"调查局局长弗林后来自豪地承认说,"秘密特工经常深入到最积极的煽动者中间,由此搜集到了大量的证据。"[11]

但炸弹爆炸事件依然没有得到解决。

八月十二日,弗林发了一封密信给"所有的特工和雇员(便衣人员的委婉说法)"。没有提及要发动袭击,但经验丰富的特工猜测,弗林下令针对所有的无政府主义者、布尔什维克和"类似的煽动者"开展"一场坚决的全面的调查"意味着什么。虽然说调查应该是特别针对外侨,其目的是实施驱逐,但弗林补充说:"根据目前的情况或联邦法律或以后也许会实施的这种法律,为获取可能有用的证据,你们也要对美国公民的类似活动展开全面的调查……"

简言之,除了调查外侨为可能的驱逐行动做准备——对此司法部和调查局都没有法律授权——还要对美国公民进行调查,期望这样或许在将来某一天国会可能还会通过关于公民的信仰和社交的法律。

至于要发送给华盛顿的信息类型,特工和线人应该报告一切:"各种性质的所有信息,不管是道听途说的还是怎么的。"[12]

弗林没有解释特工该如何去判断谁是或者什么是"激进的"以及其程度如何;指控是否属实或莫须有或风马牛不相及;或者什么是危险的信仰,什么是许可的信仰。这一切全都由华盛顿来做出决定,由胡佛的总情报处说了算。

在弗林发送密信的时候,美国共产党还没有诞生。这件事情要等两个星期之后才会发生。在芝加哥的社会党大会期间,在内部已经有分歧争斗的情况下,左翼党员走了出去,从而诞生了一对孪生子:美国共产主义劳动党和美国共产党。

帕尔默利用这一进展大肆宣传红色恐慌(这两个都是无足轻重的小党派,

为美国劳工所蔑视，在司法部新闻发布会上也都没有得到提及）①。胡佛借此以反共斗士的姿态去发展自己的生涯。

事业腾达的基础，是那年秋天胡佛亲自书写的两份诉讼案情摘要报告，一份是关于美国共产党的，另一份是关于美国共产主义劳动党的。

根据唐·怀特黑德在其"经授权"的历史书《联邦调查局故事》中的说法，是在研究了马克思、列宁和托洛茨基之类的著作之后，J. 埃德加·胡佛才发现"一个如此惊人、如此大胆的阴谋，很少有人能够明白共产主义愿景的气概。那是要完全彻底摧毁宗教、政府、制度，以及犹太教、基督教、佛教、伊斯兰教和所有的宗教信仰"。胡佛最后总结说：共产主义是"人类历史上最邪恶最丑陋的阴谋"。[14]

这样的情感，很少倾注在案情摘要报告之中。报告本身干巴巴的，也很啰唆，但因为几个原因又是很重要的：

首先，报告提供了搜捕的合法性，《纽约时报》后来报道说，逮捕证的签发是依据"J. E. 胡佛提交的"报告。[15]

其次，报告被作为"证据"引入到了许多驱逐案子之中。

第三，或许是最重要的，报告确立了胡佛作为美国第一位和最有影响的共产主义问题专家的地位。②

这里面有点讽刺的成分，因为——在他以后的许多讲话、文章和书籍之中习以为常——胡佛既没有做过研究，也没有写过摘要报告。研究是调查局和总

---

① 由此开始，美国共产主义运动的规模就一直成了有争议的事情。根据西奥多·德雷珀在《美国共产主义根基》一书中所说："这两个政党当然是夸大自己，贬低其对手的。共产主义劳动党说，自己有5.8万名党员，共产党有2.7万名党员。"在对有关资料，包括实际缴纳的税款进行了研究之后，德雷珀总结说，美国共产主义运动很可能"在开始时最少是2.5万人，在大会以后最多时的登记党员是4万人"。[13]

    但德雷珀注释说，这个数字在很大程度上是虚假的，因为不同的外语团体参与了大规模的注册登记，往往没有通知其成员。袭击之后的证据表明，那些被拘捕的人连自己都不知道自己是共产党员。

② 关于法律上的争论，可以简单地这么说：两个政党都坚持第三国际的教导和纲领；第三国际声称要通过群众行动来推翻一切非共产党的政府；群众行动包括使用武力或暴力；因此，美国两个共产党的外侨党员是要被驱逐出境的，因为他们不是声称，就是隶属于声称要用武力或暴力推翻美国政府的组织。

    法律学者和法院都不会仁慈地对待这种逻辑。

情报处各个不同的员工做的，包括芝加哥分局长雅各布·斯波兰斯基，他参加了两个共产党的成立大会，并做了笔记；而根据调查局老员工的说法，摘要报告本身是由乔治·F.鲁赫为胡佛撰写的。

鲁赫是胡佛许多影子写手中的第一个，他在怀特黑德的历史书中很少得到提及，在脚注中被证明是乔治·华盛顿法学院的毕业生，于一九一八年加入调查局，充当"胡佛在研究方面的主要助手"。观察到"鲁赫在一九三八年死去之前一直是胡佛的一位密友"，怀特黑德也陈述说，"他在一九二三年离开司法部，成为 H.C.弗里克煤炭公司的一名高管"，但他没有提及，鲁赫在弗里克的工作是负责劳工反奸细行动的。[16]

鲁赫既不是调查局第一个、也不是最后一个在民营企业找到这种工作的人。

这个时候，秘密搜捕的计划正在准备之中。

帕尔默已经说服了劳工部长威廉·B.威尔逊，按照一九一八年的《移民法》有关驱逐条款，这行动应该是针对外侨激进分子的，这就清除了最大的绊脚石。又因为劳工部预算较紧、人手缺少，而司法部有额外的资金和庞大的调查员队伍，帕尔默的援助已被对方及时接受了。

双方商定，司法部开展调查和提供名单；劳工部则签发逮捕证；司法部实施逮捕；劳工部在司法部的协助下，处理驱逐出境的案子。

因为帕尔默是全国最高的司法长官，威尔逊没想到去问他这一切是不是合法。帕尔默也没有向他透露计划的内容。

那年的夏天快结束时，调查局的骨干特工和经挑选的移民官员去华盛顿参加秘密会议。他们被告知，要开展两次大规模的集中搜捕行动：第一次（后来被称为"练手袭击"）的主要目标是俄国工人联合会；第二次是大行动，要在几个星期后开展，目标集中在两个共产党。

虽然后来胡佛否认参加了这些计划会议，但有证据表明，他是积极参与的。

袭击后进行法庭审案时，联邦法官乔治·W.安德森就逮捕程序问题，询问波士顿移民局专员亨利·J.斯克芬顿。

问："这些你们称为'袭击'的逮捕，是你们的人实施的，还是司法部实施的？"

答:"是司法部,法官阁下……"

问:"你说司法部特工是根据什么法规去实施逮捕的?"

答:"哦,这个我不清楚,法官。只不过我们是按规定行事的。我们没有人手。他们必须提供人手,他们也确实提供了。"

问:"关于这个程序,你们是不是得到过什么指示?"

答:"我们有一个认识。"

问:"书面指示?"

答:"不是的。我们在华盛顿的司法部开了一个会,与胡佛先生和司法部的另一位先生。"

问:"胡佛先生是什么人?"

答:"司法部长特别助理。"[17]

有一个人也许可以阻止袭击行动,那就是美国总统,但他已经对此无能为力了。

九月二十五日,伍德罗·威尔逊正在各地游说以争取对国际联盟的支持。他在科罗拉多州普韦布洛演讲的时候倒下了。虽然他的严重病情对公众是保密的,但在此后的任期之内,威尔逊只是名义上的总统。他确实出席过一次内阁会议,在会上,他用气若游丝的声音恳求他的司法部长:"帕尔默,别让这个国家发狂!"[18]

但那个时候已经太晚了。

"练手袭击"的目标和时间都是精心选择的。

俄国工人联合会是在一九○七年成立的,会员全都是俄国移民,它欢迎"无神论者、共产主义者和无政府主义者"的加入。但在一九一七年革命后,大多数激进的创始人已经返回俄国去了。按照科本的说法:"几个会员继续宣讲激进主义、开展革命宣传;但到了一九一九年,该组织的作用主要是孤独者的社交俱乐部和有志者的教育机构。"[19]

时间选在了一九一九年十一月七日,俄国十月革命两周年的纪念日。

袭击是当地时间晚上八点钟在十二个不同的城市同时发起的。在曼哈顿,调查局特工在纽约炸弹组的协助下，蜂拥般地冲进了东十五街 133 号的俄罗斯人民大厦。工会只在大楼里占了一个房间；除了一个小食堂，其余的是教室，讲授英语和公民守则那样的课程。但都遭到了冲击。

底层的人是幸运的，他们没被扔下楼梯。

根据《纽约时报》报道，袭击期间，"楼里有些人遭到了警察的野蛮殴打，他们头上缠着绷带，控诉着他们所遭受的粗野对待"。

总共有三十三人被带到了位于埃利斯岛上的移民局，另有大约一百五十人被释放了。然而，《纽约时报》注意到，"他们大都鼻青脸肿或头皮流血，应该是富有进取心的联邦特工以崭新的姿态，给赤色分子和赤色分子嫌疑人留下的纪念"。[20]

这样的事情也发生在其他许多城市，《纽约时报》并没有对这种做法提出批评。全国几百家报纸的普遍态度，是赞美"勇敢者"A. 米切尔·帕尔默最后终于对"红色威胁"动手了。

十一月十四日，在总情报处年轻头目的陪同下，帕尔默来到国会，请求通过和平时期的《镇压叛乱法案》。虽然这个请求以及此后的请求都没有获得成功，但帕尔默受到了鼓掌欢迎。在这样的鼓励下，大规模袭击的准备工作就紧锣密鼓地开始了。

但也有投诉。全国公民自由局的艾萨克·肖尔律师写了一封信给司法部长，要求调查纽约的打人事件。帕尔默让胡佛处理这个投诉。胡佛显然没有看过纽约的报纸，因为他汇报说，他不知道有暴力的发生。胡佛的建议，是不去理睬肖尔的投诉信，以免给了答复之后会引起没完没了的争论。这正中司法部长的下怀。

至于肖尔这个人，胡佛认为应该给他一个模糊的区别对待：他成了已知的第一个登上 J. 埃德加·胡佛黑名单的人物。胡佛不但为他建立了一个档案，还写信给司法部长特别助理约翰·克莱顿，建议"取消肖尔律师在移民局的出庭资格"。[21]

十一月的袭击有一个问题让胡佛感到心烦意乱，但既不是暴力也不是许多违法行为，而是《第二十二条款》。

移民法规该条款说："在听证开始的时候……外侨应被允许查验逮捕证，以及逮捕证上所列的所有证据，并被告知他可以聘请辩护人。"[22]

但外侨一旦与律师见面之后，许多人会拒绝回答关于社团和信仰的问题，在缺乏其他证据的情况下，只能把他们释放。

胡佛担心同样的情况也会在袭击共产党的时候发生，于是他在十一月十九日写信给移民专员安东尼·卡米内蒂，敦促他修改《第二十二条款》。在将近一个月时间过去还没有得到回复之后，胡佛写了第二封信。眼看离大规模袭击的日期只有几个星期了，他重申了自己的要求，强调了其紧迫性。[23]

在以后的年月里，J. 埃德加·胡佛会被赞美为"美国最著名的人权卫士"，而这两封信，里面有他别去理会宪法权利的建议，则被遗忘在司法部的档案之中。

胡佛显然忘记得更快。不到六个月之后，他作证说："关于《第二十二条款》的修改，就司法部而言，是没有参与的。该条款是在移民局官员的坚持下才修改的。"[24]

十二月二十一日，现在离大规模袭击只有几天的时间了，但是关于《第二十二条款》的修改还是没有消息。胡佛挤出几个小时的时间，去为一个团队送行。虽然这是官方安排的活动，但并不是缺乏乐趣，因为这标志着他早期一个最著名案子的成功总结。

资料来源：

[1] 詹姆斯·罗斯福和西德尼·沙勒特：《性情的富兰克林·德拉诺·罗斯福：孤独者儿子的故事》（纽约：哈考特和布雷斯出版公司，1959 年），第 60 页。

[2] 参议院司法委员会：《非法行动的指控……》，1921 年，第 580 页；科本：《帕尔默》，第 206 页。

[3]《纽约时报》，1919 年 6 月 4 日。

[4] 小阿瑟·M. 施莱辛格：《罗斯福时代》第 1 卷：《旧秩序的危机，1919 年—1931 年》（波士顿：霍顿·米夫林出版公司，1957 年），第 42 页。

[5] 科本：《帕尔默》，第 130 页。

[6] 路易斯·F. 波斯特：《驱逐 1920 年的谵妄：官方历史经验的陈述》（芝加哥：查尔斯·H. 克尔出版公司，1923 年），第 49—50 页。

[7] 洛文塔尔：《联邦》，第 75—76 页。

［8］《华盛顿时报》，1919 年 7 月 3 日。

［9］ A. 米切尔·帕尔默，《赤色分子案子》：《论坛报》，1920 年 2 月。

［10］ J. 埃德加·胡佛备忘录，1920 年 10 月 5 日；丘奇委员会记录，第 6 卷，第 552 页。

［11］《纽约时报》，1920 年 1 月 3 日。

［12］ 弗林信件，1920 年 8 月 12 日；《致美国人民：关于美国司法部非法行为的报告》
（也叫作"十二位律师报告"）（国家通用政府词汇，1920 年），第 46 页，（以下称
"十二位律师报告"）。

［13］ 西奥多·德雷珀：《美国共产主义的根基》（纽约：维京出版社，1957 年），第 188—
190 页。

［14］ 唐·怀特黑德：《联邦调查局故事：给人民的报告》（纽约：兰登书屋，1956 年），
第 41、43 页。

［15］《纽约时报》，1920 年 3 月 3 日。

［16］ 怀特黑德：《联邦调查局故事》，第 331 页。

［17］ 十二位律师报告，第 46 页。

［18］ 约瑟夫斯·丹尼尔斯：《威尔逊时期：和平岁月，1910—1917 年》（教堂山：北卡罗
来纳大学出版社，1946 年），第 546 页。

［19］ 科本：《帕尔默》，第 219 页。

［20］《纽约时报》，1919 年 9 月 9 日和 11 月 8 日。

［21］ J. 埃德加·胡佛致克赖顿，1919 年 12 月 4 日。

［22］ 科本：《帕尔默》，第 223 页。

［23］ J. 埃德加·胡佛致卡米内蒂，1919 年 11 月 19 日和 12 月 17 日。

［24］ J. 埃德加·胡佛在参议院司法委员会的证词：《非法实践》，第 649 页；科本：《帕尔
默》，第 318 页。

第七章　苏维埃方舟

港口是纽约；轮船是"布福德"号，那是一艘破旧的运兵船，年代久远到是美西战争期间美国从英国人那里购买的。船舶的目的地是经由芬兰到俄国。载运的货物，按照《纽约时报》的说法，是"二百四十九个宗教亵渎者，他们不但拒绝美国的盛情好客、攻击美国的宪法，还阴谋发动暗杀和恐怖战役，摧毁这个自由的国度"。或者按照其他报刊的说法，是"二百四十九个无政府主义者"。[1]实际上，船上的一百八十四个乘客是俄国工人联合会的会员，是在十一月袭击时被抓捕的；其余十四人被认为是道德堕落或在公共场合滋事生非的外侨；只有五十一个乘客是无政府主义分子，但其中两个臭名昭著：艾玛·戈尔德曼，争取言论、爱情、音乐、艺术自由和其他事宜的女权主义斗士；另一个是她的临时伴侣亚历山大·伯克曼。

柯南特和奥布莱恩都已经离开了司法部，胡佛认为"接手"戈尔德曼–伯克曼的案子可以提高他的知名度。一九一九年八月二十三日，在那两个人还在监狱里服刑两年的时候，胡佛发了一份备忘录给克莱顿，警告说："毫无疑问，艾玛·戈尔德曼和亚历山大·伯克曼两人，是我们国家最危险的无政府主义者，如果把他们放回到社会上，将会祸害无穷。"[2]

经克莱顿同意后，胡佛准备亲自办理那两个人驱逐出境的案子，虽然这事本应该是由劳工部而不是司法部来办理的。他计划在伯克曼跨出亚特兰大监狱时把他逮捕起来；他去参加伯克曼的听证，亲自进行了部分的审问；他安排移民局专员卡米内蒂把戈尔德曼的听证地点从圣路易斯变换到了纽约，他显然感觉纽约的法官更喜欢为政府断案；他协助参与了审讯；他敦促卡米内蒂"尽快"结案，[3]这样她就不可能到处游说寻求支持；当听说保释金只是正常的十五倍时，他亲自表达了不满。

还是这位年轻的胡佛，他安排借用部队的舰船和担任卫兵的战士；他开玩笑地向军事情报局索要俄国地图，这样他就可以熟悉"我们的几个无政府主义朋友马上要去度假"的地点。[4]现在他来到了码头边，率领一个由要人组成的小小的团队来为船舶送行。他指点着说，没错，那个身材强壮、有点俗气的中年妇女就是"无政府主义的红色女王"，而那个戴着歪斜的双光眼镜的瘦骨嶙峋的老头，则是她的臭名昭著的情夫。

"布福德"号的秘密启航是匆忙做出决定的，这样那些外侨就不可能去法院上诉了。因此——也因为轮船是在一个寒冷的十二月凌晨四点十五分开航的——送行的人不是很多，其中有胡佛、弗林、卡米内蒂、一些军官和众议院移民与入籍委员会的几个议员。亲友们都没有在场。许多被驱逐者是匆忙集合起来的，没有来得及为冬天的航程准备好合适的御寒衣物。几十个家庭则失去了生活费的来源，有些家属是几天后才知道她们的丈夫发生了什么事情。

根据胡佛自己的回忆，当戈尔德曼踏上轮船舷梯的时候，一位众议员喊道："圣诞快乐，艾玛。"对此，这位无神论的无政府主义者的反应是用大拇指抵住自己的鼻子。[5]

对胡佛来说，安排亚历山大·伯克曼的驱逐并没有那么困难。因为伯克曼不相信政府，所以他从来没有入籍美国取得公民身份；他承认是无政府主义者；他不但鼓吹暴力，而且一生中至少有一次使用了暴力。一八九二年，伯克曼试图以暗杀卡内基钢铁公司董事长亨利·克莱·弗里克的方式，来结束红斯泰德钢铁工人大罢工。结果事与愿违，他只是击伤了弗里克，失去了罢工工人的同情，他自己被判入狱十四年。

与伯克曼案子不同的是，艾玛·戈尔德曼的问题有点棘手。首先她是公民身份，因为嫁给了一位入籍美国的公民。其次，虽然她自豪地承认自己是无政府主义者，但她的无政府主义有不同的哲学理念；她本人反对暴力，在她许多演讲和发表的文章中都是这么阐述的。

废除艾玛前夫的公民身份，就把她的公民身份也给废除了。从她主办的《大地母亲》杂志和其他文章中断章取义，发现她以各种方式与革命挂上了钩。她与伯克曼的长期联络和她的被捕记录（罪名是鼓动骚乱、公开鼓吹计划生育和阻碍征兵），很可能足以证明她是一个道德品质低劣的人物，但胡佛留了一手，他还指控她与一系列罪行有瓜葛，他从自己的记录中知道，她并没有参与诸如一九一〇年《洛杉矶时报》爆炸案那样的事情。

最重要的是，他提供"证据"证明，艾玛·戈尔德曼要对暗杀威廉·麦金莱总统负责。这并不是一个新的罪行，实际上在暗杀发生后不久的十八年之前就已经被否定了。

一九〇一年九月六日，在纽约州布法罗的泛美博览会上，麦金莱站在欢迎的队列前，这时候年轻的波兰裔工人利昂·乔尔戈什没去与总统握手，而是在近距离朝他的胸口开了两枪。八天后，麦金莱死去了。

在布法罗警方的审问下，乔尔戈什承认自己是"无政府主义者"，而且他是自行决定杀死总统的，因为"麦金莱在全国到处喊叫繁荣富裕，但穷人并没有繁荣富裕"。[6]

戈尔德曼很快就与这个犯罪案子联系起来了。第二天，报纸上出现了颇具典型的标题文章："暗杀麦金莱总统的无政府主义者杀手，供认是受艾玛·戈尔德曼所指使。无政府主义女头目受到了通缉。"[7]

在芝加哥被捕之后，戈尔德曼受到了酷刑逼供，还掉了几颗牙齿。在她被羁押的两周时间，对她指控的案子准备提交给大陪审团。

虽然不是媒体所描述的斯文加利式的老师与学生的关系，但乔尔戈什与戈尔德曼确实是有联系的。戈尔德曼见过乔尔戈什两次。几个月之前，乔尔戈什参加过戈尔德曼在克利夫兰的一次公开演讲，此后他要求她讲几次课。几个星期后，他出现在芝加哥一个无政府主义的报社办公室里，艾玛也在场。因为急于赶火车，她没时间回答他的问题，只是把他介绍给她的同志们。他们很快就深信，乔尔戈什是一个奸细，因为他崇尚暴力，于是他们在自己的报纸上刊登了一条大致的警告消息。

总统遭谋杀后，虽然全国各地为之歇斯底里，但艾玛·戈尔德曼被释放了，大陪审团认为"没有艾玛·戈尔德曼犯罪的证据"。[8]

或许这是因为大陪审团已经看到了乔尔戈什的实际供词，在此他陈述他是单枪匹马自己干的，他否认了——虽然警方已经尽力要他承认——戈尔德曼或任何其他人的参与。

十八年后，胡佛也在指控艾玛·戈尔德曼的案子中引入了乔尔戈什的供词。或者不如说是其中的一部分。在下面的一段问答中，楷体的是未做标记的省略语，是胡佛故意忽略的：

> 问："你相信，如有必要，杀人是正义的行为，是吧？"
> 答："是的，先生。"
> 问："你是不是必须要杀人或者发誓要杀人，是或者不是？抬起头来说话，你有没有这回事？"
> 答："没有，先生。"
> 问："你最后是听谁这么说的？"
> 答："艾玛·戈尔德曼。"
> 问："你听到她说，如果把这些统治者都从地球上消灭干净该有多好啊？"
> 答："她没说这话。"
> 问："关于总统，她说了什么，或者她对你说了什么？"
> 答："她说——她根本就没有提及总统，她提及了政府。"
> 问："她是怎么说政府的？"
> 答："她说她不信任政府。"
> 问："而且所有支持政府的人，都必须被摧毁。"
> 答："她没说必须把他们摧毁。"
> 问："你想帮助她的工作，认为这是最好的方法，你是不是这么想的？或者如果你有别的想法，那就告诉我们是什么想法。"
> 答："她没告诉我这么做。"
> 问："你的想法是，她认为如果我们没有这种政府，是一件好事情？"
> 答："是的，先生。"[9]

用这个篡改了的证据，约翰·埃德加·胡佛赢得了他的第一个大案，其结果是把艾玛·戈尔德曼驱逐出境。

遭驱逐的人乘船驶过才竖立不久的自由女神像，她的火炬在召唤欧洲"亿万个渴望自由"的人。他们踏上了单程的旅途，与刚刚离开的国度相比，他们正在奔赴一个对待无政府主义和言论自由更为冷酷无情的国家。胡佛返回华盛顿去了，他发现以后的袭击行动会遇到一个很大的障碍。

资料来源：

［1］《纽约时报》，1919 年 12 月 17 日。

［2］J. 埃德加·胡佛致克莱顿，1919 年 8 月 23 日。

［3］理查德·德林农：《天堂的叛乱：艾玛·戈尔德曼传记》（芝加哥：芝加哥大学出版社，1961 年），第 217 页。

［4］J. 埃德加·胡佛致考克斯，1919 年 12 月 19 日。

［5］怀特黑德：《联邦调查局故事》，第 48 页。

［6］罗伯特·J. 多诺万：《杀手》（纽约：大众书屋，1962 年），第 69 页。

［7］德林农：《叛乱》，第 69 页。

［8］同上，第 72 页。

［9］《司法部的调查活动：司法部长（帕尔默）来信》，1919 年 11 月 17 日；德林农：《叛乱》，第 70 页、第 213—214 页。

第八章　事实记录

袭击的障碍是这个国家的第一任劳工部长威廉·B.威尔逊。

威尔逊当过煤矿工人，曾经多次反对针对世界产联的行动。但在一九一九年夏秋之际，他心里想的大都是其他的事情——不但他自己生病，而且他妻子和母亲都快死了——好长时间他都没在上班，把劳工部的许多日常工作交给了他的下属去处理。

虽然威尔逊已经同意了胡佛的意见，即美国的共产党员是会遭到驱逐出境的，但在十二月二十四日来上班的时候，他发现胡佛已经呈交了三千份逮捕证。

数量之多让他大为震惊，显然他第一次明白，司法部打算再搞一次大规模的搜捕行动。当天晚上，威尔逊在自己的办公室召开了一次高层会议。出席这次圣诞节前夕会议的除了威尔逊本人以外，还有劳工部副部长约翰·W.艾伯克龙比、部长助理路易斯·波斯特和移民专员卡米内蒂。四人中，只有卡米内蒂支持那些袭击行动。有几件事情让威尔逊他们感到烦恼。

首先是劳工部没有能力处理那么多的案子。

其次是罪行的证词没有价值，在差不多所有的案子中几乎都没有证据，只有外侨的名字和他是党员的指控。其原因在于，威尔逊获悉，是总情报处不想亮明告密者的身份。简而言之，人们只能相信胡佛所言，那样的证据是存在的。

第三，也是更为基本的，威胁有多少真实性？是不是像帕尔默所断言的，有一场革命正在酝酿之中？除了仍未解决的炸弹案子，劳工部没人看到过这方面的证据。又是一人所言，那就是帕尔默，加上卡米内蒂的狂热赞同。①

显然，那就足够了。他们决定配合司法部长。但威尔逊提出了一个条件。在威尔逊不上班时担任代理劳工部长的艾伯克龙比，要按指示根据每个案子的特点来区别对待，仅仅断言党员是不够的——必须附上干过什么错事的证据。

胡佛听到这个消息感觉再高兴不过了，他肯定是夜里晚些时候获悉的。但他很可能已经知道，这问题并不是不可解决的。

圣诞节胡佛是与父母亲一起过的，他还是与双亲住在一起。这是一个特殊的节日，因为胡佛大学时代的一个密友弗兰克·鲍曼也在他们家。那是他返回美国后第一次庆祝圣诞节。从法国回来后，鲍曼就加入了调查局，在胡佛的推荐下，弗林录用了他。

迪克森和安妮有理由为他们的小儿子感到自豪。虽然他加入司法部还不到三年，但已经是一个重要的大部门负责人了，而且还被认为是司法部长最信赖的助手之一。

但即使是节日，J. E. 也没法轻松。那天他在电话上花了很长时间，不停地拨打和接听电话。

圣诞节前夕，劳工部副部长艾伯克龙比站在威尔逊和波斯特一边，反对袭击行动。

节后那天，艾伯克龙比完全不顾威尔逊提过的条件，他签署了所有的三千份逮捕证，没有要求提供附加证据。

是什么原因导致艾伯克龙比对抗上级的指示，至今依然是个谜。已知的是，艾伯克龙比是帕尔默的人，相比自己的老板，可能更忠诚于有可能成为总统的

---

① 移民专员安东尼·卡米内蒂是第一位被选为联邦参议员的意大利裔美国人，也是第一批当上政府高官的意裔美国人之一。与第二代爱尔兰人弗朗西斯·加文一样，卡米内蒂讨厌激进分子，不相信新近的移民，他感觉他们应该好好学习美国珍贵的自由。心目中，他认为移民法还不够严厉。

在当上总情报处负责人之后，胡佛很快就与卡米内蒂建立了"非常愉快的关系"[1]。一、根据怀特黑德的说法，驱逐外侨的案子让卡米内蒂和胡佛"几乎每天都在一起工作，研究法律问题"[2]。二、卡米内蒂早在 7 月份就得到通知说有搜捕行动，他全心全意地表示赞同，还积极解释有些模棱两可的专业术语，以适用特殊案子。

帕尔默。

逮捕证签署之后，调查局局长弗林下达了行动的命令。

十二月二十七日，弗林的主要助手弗兰克·伯克用无线电发送秘密指示给要进行袭击的三十三个城市的司法局长，通知他们说："谨让你本人知道……对共产党员实施逮捕的预定日期，是一九二〇年一月二日星期五。"

下面一段话，是两个共产党组织已经被完全渗透的铁证：

"如果可能，你们应该安排卧底线人在晚上召开共产党和共产主义劳动党的会议。我接到调查局官员的通知说，要进行这样的安排。这样，当然能够便于采取袭击行动。"

卧底线人竟然可以按照自己选定的时间召开会议，表明他们已经渗入了高层。

伯克显然深信，外侨——或者在这件事情上的公民——是不适用宪法的，他的指示一而再、再而三地违反了宪法条款。

除了袭击会场，特工还去党员干部的住宅搜索，起获了所有的图书、报纸、党员名单、会议记录和通讯录，加上"挂在墙上的一切"。（要对墙壁进行敲打，如果是空心的，就把墙壁推倒。）"只要能够进去，你们可以全权决定采用何种手段。"伯克指示说，"根据当地的情况，如果你们认为逮捕的时候还必须取得搜查证，那就提前几个小时联系地方当局。"

每一个遭逮捕的人，都要立即进行搜查。没有提及应该告知他们有什么权利，或者认为他们有什么权利。在头目被抓起来之后，特工们"应该立即努力从他们身上获取他们是哪个共产党派成员的承认，以及有关他们的公民状况的陈述"。伯克没有讲清楚用什么手段去获取那种承认。如果对于被抓起来的人没有逮捕证，伯克说，那就向当地的移民局提出申请。伯克说明，"这次"不要求逮捕美国公民，但如果被抓，就要把他们的案子移送到地方当局。

在后来的年月里，使胡佛感到难堪的是，伯克在秘密指示中频繁提及了他的名字：

"在逮捕行动的晚上，本办公室通宵工作，在逮捕过程中如有任何重要情况或发生什么问题，我要求你们通过长途电话与胡佛先生取得联系……我要求在逮捕后的次日上午，你们把被逮捕人员的完整名单、他们的家庭地址和所属的党派，以及是否包括在原先的逮捕证名单之内，标上'胡佛先生收'的字样，通过特快专递，送交本办公室……我要求在逮捕后的次日上午，你们发电报给'胡佛先生'，详细汇报逮捕行动的结果，说明每个组织被拘禁的总人数，以及获得的任何有价值的证据。"[3]

在伯克于十二月三十一日午夜前发给司法部所有特工的最后"绝密指示"中，又出现了胡佛的名字："逮捕行动必须在一九二〇年一月三日星期六……全部完成，详细报告要用专递发给胡佛先生。"[4]

这些指示是因为事情的后续发展而引起的，是卡米内蒂先生给胡佛先生的一份迟来的圣诞礼物。

前一天，卡米内蒂已经说服了艾伯克龙比修改《第二十二条款》。根据修改后的条款，应该告知外侨可以聘请律师的权利，"最好是在听证开始的时候……或者在听证的发展过程中，在有利于保护政府利益的时候……"[5]

但在伯克的最后指示中，他清楚地表示，在司法部做好准备之前，谁也不能享受那种权利。"被关押起来的人，在本部门查验并允许之前，不得与外界的任何人进行联系。"[6]

在这些过程中，只有一个头脑清醒的声音，但这个声音来得实在太晚了，而且也不是很坚定。

十二月三十日，劳工部长威尔逊回到办公室后，发现艾伯克龙比没有理会他的指示，大规模的搜捕行动已经迫在眉睫了。他写了一份备忘录，向帕尔默提出了抗议，声称"不可能立即处理"三千个案子，他建议不搞全国性的袭击，而是根据案子的进度一个一个地处理。①[7]

帕尔默倒是给威尔逊写了回复，他声称最好是进行同时袭击，如进行单个袭击，惊奇的效果就会消除，也会让激进分子逃匿或销毁犯罪证据。但他等到袭击之后才发送这样的答复。

一九二〇年是大选的年份，竞选活动也相应地开始了。

伊利诺伊州库克县司法局长（共和党人），不想让追猎赤色分子的功劳都让美国司法部长（有可能当总统的民主党人）一人独占，因此在预定的全国性袭

---

① 威尔逊不可能知道，在几个小时之内，被捕的人数不是3000，而是1万。

击之前二十四小时，他自行发起了芝加哥及其周边地区的袭击共产党人行动。

这让调查局芝加哥分局长雅各布·斯波兰斯基和他的手下人员有点糊涂了，但其他三十二个城市的袭击行动，都差不多是在当地时间一九二〇年一月二日晚上八点三十分开始的。

斯波兰斯基还遇到了其他问题，很可能与其他袭击小分队遇到的问题相同。美国两个共产党组织之间为争夺党员，都向愿意接受的人分发红色卡片。还有社会党的所有支部，以及几个外语的社团，也大规模地自动转为美国这个或那个共产党的党员，常常连党员本人都不知情。斯波兰斯基后来回忆起下面一段很典型的对话：

斯波兰斯基："你为什么有这个红卡?"
外侨："他们告诉我说，我的红卡就是护照。"
斯波兰斯基："护照? 有什么用处?"
外侨："返回原来国家时可以使用。"

据斯波兰斯基观察，许多囚徒"识字不多，甚至连'共产党员'（Communist）这个单词都拼写不出来，要理解其意思就更加困难了"。

"对于囚徒显然是被误导或强迫入党的那些案子，"调查局芝加哥分局长评论说，"我们很快就把受误导者放走了。"[8]

在芝加哥也许是这样，但在其他地方则不然。

尽管在数字上颇有争议，但被捕的人数显然高达一万。总人数中，大约四千人在几天后被释放了，要么因为他们是美国公民，要么因为没有红卡可资证明他们的党员身份。其余遭羁押的人，一半以上是在没有逮捕证的情况下被抓起来的。在许多案子中，逮捕证是在实际逮捕后才获得的。至于搜查证，则从来就没有出示过。

在纽约市，大约有七百人被抓。根据《纽约时报》报道："对公众开放的会议，遭到了野蛮的冲击。所有在场的人，不分外侨和公民，都被粗暴地抓起来搜身，好像是在现场被抓住的盗贼那样。在没有出示逮捕证的情况下，人们被逮捕后带往警署和其他临时拘留所，在那里遭到秘密警察的盘问，也就是通常所说的'酷刑逼供'，他们的陈述写在了油印的查访表格上，而且不管正确与否，他们还需宣誓确认。"[9]

虽然这已经成了差不多的标准流程，但也有各种不同的形式。在西雅图，根据一位移民官的证词，司法部特工没去查清激进分子，也没去把他们与逮捕证对应起来；"特工们去了外国人聚集的各个台球房等地方，他们只是把所有在场人员都装上了卡车。"[10]在波士顿，有三百人被用铁链拴在一起上街游行，押往波士顿港鹿岛，那里的条件简直令人难以忍受，以致有个人从五楼跳楼身亡，另一人被迫装疯卖傻。在底特律，八百人在联邦大厦顶楼一条狭窄的廊道里被关了六天，那里空气稀少，只有一个淤塞的抽水马桶，饮水和食物只是偶尔才会提供。①

《纽约时报》的头版文章标题为"革命被粉碎了"，其社论文章则对司法部长大为赞赏。在所有报纸中，最显著的特征是调查局局长弗林的评论，他说对于摧毁迫在眉睫的暴乱，发动袭击是必要的。

如果此话属实，那么革命者真的是太大意了。弗林没有告诉媒体的是，在搜查几百个开会地点和住宅的时候，特工们只发现了四支枪械（其中三支是生锈的手枪，是在一家古董商店没收的），没有发现爆炸物。在纽瓦克发现了四颗"炸弹"。主人声称那是保龄球，袭击者看了一眼，但没看到球孔，于是赶紧把它们浸到了水桶里。特工们都没听说过这种意式地滚球。

袭击之后，胡佛一直都很忙。除了安排每次移民局的听证都有一名司法部特工参加以外，他还接二连三地发送备忘录给卡米内蒂，敦促他要么不接受保释，要么把保释金定在无法提供的数额，比如一万或一万五千美元。外侨保释出去，就可以接触律师了。"那是徇私枉法。"胡佛争论说。他还主张，如果被关在里面，他们就无法进行宣传了。[11]

舆论宣传是胡佛心目中比较重视的事情。一开始，外界没什么抗议的声音，很可能是因为两三个星期之后，囚徒被允许会见他们的家属和律师，而去监狱和拘留所探视的朋友，也被抓了起来。② 虽然批评只局限在诸如《民族》和

---

① 在1924年参议院询问期间，胡佛争辩的不是廊道的条件，而是它的面积，他把调查局底特律分局长的报告作为证据，说廊道的面积为4512平方英尺。对此，参议院表示怀疑，于是传唤了大楼的管理部副主任，该人作证说，实际面积是448平方英尺，平均每个外侨半平方英尺不到一点点。
② 帕尔默后来问道，除了激进分子，谁会成为激进分子的朋友？他以此对第二次逮捕行动做了辩解证明。

《新共和》那样的宣讲自由的出版物，但胡佛和加文在总情报处内部组建了一个宣传科。联邦调查局阵容强大的刑事信息部这个宣传机器的开路先锋，向各种报纸和杂志的编辑提供了大量信息，都是经过精心编辑的最具煽动性和措辞最强烈的文章；支持帕尔默搜捕赤色分子行动而精心准备的社论和漫画的铜版；加上来自司法部长本人的一封信，表示要为编辑们提供"一般案子和特别案子的详情"。[12]

帕尔默对他喜欢的记者提供仍未结案的卷宗，其本身就是非法行为。显然，他本人倒是没有因此而惹上什么，但将来联邦调查局的刑事信息部就会有点麻烦了。

至此，至少在公众看来，胡佛基本上还是在幕后。现在，他要登台亮相亲自为那些袭击行动进行辩护了。

一月二十一日，在向全国媒体开放的一次公开听证会上，劳工部长威尔逊听取了驱逐第一批共产党人的案子辩论。代表美国共产党的四名律师争论说，由于该党派并不宣扬武力，因此其党员是不应该遭驱逐的。被《纽约时报》称为"特别律师"的 J. A. 胡佛，为司法部的案子辩护说，"摧毁""消灭"和"暴力"这样的词语大量出现在共产党的许多出版物里面。①[13]三天后，威尔逊裁定，以共产党员的言行是可以把他们驱逐出境的。然而，因为当天劳工部长的另一个决定，使得前中心高级中学辩论家的胜利，稍微失去了一些光泽。威尔逊显然是第一次听说《第二十二条款》的修改，他当即予以否定。但这个时候，大多数外侨已经被囚禁了三个多星期，因此他的决定效果甚微。

一月二十六日，作为"帕尔默助理"的胡佛接受了《纽约时报》的采访。他宣布说，在最近搜捕行动中被关押起来的三千六百名外侨，三千个是"铁定"要遭驱逐的，因为在抓捕他们的时候起获了他们的党员卡。至于其他六百个，"胡佛说，相信他们的党员身份可以用其他证据来证明之"。

《时报》继续报道说："胡佛宣称，将会很快推进驱逐听证和轮船遣送出境的工作。随着定罪的进展，将会根据必要安排第二批、第三批和更多批次的

---

① 但胡佛的第一次亮相，是移民专员卡米内蒂把他推上台去的。根据《纽约时报》的说法，卡米内蒂对听证会进行了"壮观的润色"，他大声嘲讽共产党员的辩护律师。

'苏维埃方舟'，他这么说，实际驱逐将不会等待所有的案子都了结。"[14]

反应来得较为缓慢，但到来的时候却是排山倒海般的。随着更多的袭击详情的披露，一些教会团体和民间组织抗议囚徒受到的野蛮待遇。"后来，我被司法部副部长加文派往纽约，我发回报告说，那里发生了野蛮的袭击。"三十五年后，在接受《瞭望》杂志采访时，胡佛这么告诉作者弗莱彻·克内贝尔，那时候他还承认说："他们逮捕的许多人不是共产党员。"[15]

胡佛也许发送过这样的报告，但司法部档案里没有留存的副本。然而，胡佛的另一份备忘录倒是保留着，日期是一九二〇年一月二十八日，收件人是司法部长帕尔默。胡佛在备忘录中说，他断然拒绝了粗暴待遇的说法。"在实施逮捕之前，特工人员都进行过仔细的训练。"他说，他们得到过指示，"在任何情况下，都不得使用暴力"。[16]

至于他后来的承认，说许多不是共产党员的人遭到了逮捕，如果在当时进行了否认，那么档案中也是不会存在的。但其他几份备忘录倒是存在的，是发给卡米内蒂的，胡佛敦促说，即使不能证明与激进主义的联系，也不能把那些外侨放走，因为将来某一天也许会在"这个国家的其他地方"发现证据。[17]

这个时期胡佛的另一份备忘录也是存在的，虽然多年来也是受到了压制。一九二〇年二月二十一日，在发给调查局局长助理弗兰克·伯克的一份"绝密"信息中，胡佛私下里承认说："法律没有授权司法部在与激进活动有关的驱逐程序中采取任何行动。"[18]

胡佛还写信给伯克和其他人，说现在共产党已经不碍事了，他还是希望"自动地强制地"执行对世界产联会员的驱逐进程。而且虽然对袭击的诟病（对此，他谴责"不当的宣传"）越来越强烈，他还是坚持使用搜捕的方法，尽管是采用稍加改进的形式，"有选择性地"逮捕"五百号人团体"的世界产联煽动者。[19]

然后在一九二〇年三月，艾伯克龙比突然离开劳工部，去担任阿拉巴马州参议院的负责人。在威尔逊部长又因为身体不好不上班的时候，助理部长路易斯·F.波斯特成为代理劳工部长。

波斯特是一个有良心的人。他已经签署了对艾玛·戈尔德曼的驱逐令。直到那个时候，他一直是她的朋友。他后来对自己的行动解释说："不管我喜欢该法律与否，都是无济于事的。我不是立法者，而是执法者。"[20]但这样的辩解并不能让他感觉心安理得。

圣诞节前夕在劳工部长办公室开会时，他也在场。与其他人一样，他也赞同卡米内蒂的狂热主张，为一月份的袭击行动开了绿灯。

三月份，新任代理部长悄悄地撤销了几百份逮捕令。

四月初，波斯特还撤销了托马斯·特拉斯案子的驱逐令。特拉斯是长老会的一名理事，也是波兰人社区的领导人，他的党员身份已经自动地从社会党转为共产党。波斯特认为，特拉斯——或者其他外侨——如果不知道自己是被禁止组织的成员，那就不应该遭到驱逐。

到了四月十四日，在总共一千六百份驱逐令中，波斯特撤销了一千一百四十一份，占比是百分之七十一，由此他在胡佛的黑名单上占据了显赫的位置。

四月下半个月，胡佛的总情报处几乎每天发布公告，预计早就期望的革命将会在五月一日发生。

四月二十四日，威尔逊部长结束请假回到了办公室，他听取了关于共产主义劳动党党员卡尔·米勒案子的辩论。胡佛又是作为特别律师出现了，他声称最近发生的罢工和工人骚乱，其中至少百分之五十是可直接追溯到两个共产党组织的。

至于共产主义劳动党，他把其党员描述为"一帮残酷无情的外侨，他们来到这个国家是想用暴力推翻政府"。[21]威尔逊部长对该问题进行了周密考虑。

五月一日，全国许多城市都有部队出动去维持秩序。在纽约，整个警力都提高了戒备。但什么事情也没有发生。

五月二日，原先支持司法部长开展行动的媒体，纷纷发表社论文章批评帕尔默"狼来了"的幻觉。

五月五日，威尔逊部长宣布了关于米勒案子的决定，撤销了对这位共产主义劳动党党员的逮捕令，其理由是共产主义劳动党的宗旨，并没有排除走议会道路进行改革的可能性，因此不能说它只主张暴力革命。这个决定最终导致了对所有共产主义劳动党党员逮捕令的撤销。

早在此之前，愤怒的司法部长在总情报处和调查局头目的支持下，要求弹劾路易斯·波斯特。帕尔默也对最近的挫折深为关注，他的国会同盟召集众议院规则委员会讨论"关于对劳工部部长助理路易斯·F.波斯特在驱逐外侨事情上的行政调查"的日程安排。波斯特本人在一九二〇年五月七日和八日作证。

胡佛的总情报处向规则委员会准备了在咨询的时候用过的大量的反波斯特材料，通过实力强大的众议院移民与入籍委员会主席艾伯特·约翰逊，秘密地发送过去了。作为司法部长的非正式观察员，胡佛自己也去参加了听证。他写给帕尔默的报告，不但总结了波斯特的证词，还不是故意地提及了整个搜捕赤色分子的事情：按照胡佛的说法，波斯特声称"在针对赤色分子的行动中，司法部违反了所有的法律……这些行动都是司法部长所知情的和批准的"。[22]

胡佛没有提及的——没有必要，因为帕尔默清楚地知道报纸的标题——是众议员们相信波斯特。

七十一岁的助理劳工部长，凭着他对每个案子的清晰记忆，以及对公平公正的耐心和坚持，赢得了委员会的支持，即使那些死硬委员也被他说服了。这个案子被撤销了，因为区别于"知道"，这是"自动"转变党员身份。这样，因为当事人在获悉其目标之后已经退党。他已经撤销了这些案子，因为没有逮捕令，或者没有证据，或者证据是非法采集的，或者因为该外侨签署的是他既看不懂也不明白的文件，或者因为使用了武力。

现在受到严厉批评的是 A.米切尔·帕尔默。而且批评的火力没有减弱。五月二十五日，全国政府联盟发布了其对袭击事件的研究报告，这是一本册子，共有六十七页，开头是这样写的：

"我们都是在这里签名的坚持美国宪法和法律的律师。六个多月来，我们看到了越来越多的人遭逮捕，看到了美国政府的司法部持续践踏宪法和违反法律的行为。"[23]

接下来是经仔细研究的关于袭击期间和其后的违法行为的一份目录，附有记录下来的誓言和照片。但册子的最大影响力不是在于内容，而是在于发起人和签名人。

该联盟是一个有威信的都市改革团体，即使总情报处也不敢称其为激进组织；册子的十二位签名者包括了美国一些最著名的法学人士。

其中三位最有名气的都与哈佛大学有关：罗斯科·庞德是哈佛大学法学院院长，被广泛地认为是美国最著名的法学学者；费利克斯·弗兰克福特和泽卡赖亚·查菲都是大学教授，后者还是经典著作《美国的言论自由》的作者。他们的签名为这本册子增加了特殊的分量，这是司法部的那些人所不甚明白的，对于宪法原则就更加不太关注了。

有充分的理由可以相信，乔治·华盛顿大学法学院的那位毕业生是在认真对待的。

然而，到目前为止，就公众而言，也许最重要的签名者是名气最小的前费城司法局长弗朗西斯·费希尔·凯恩。在接到伯克的指示后，凯恩立即联系他的上司司法部长帕尔默，抗议说如果再搞一次大规模的搜捕行动，那就毫无疑问会有许多不公平，会造成对许多无辜者的伤害。他对此反应强烈，威胁说如果帕尔默不取消一月二日的袭击，他就提出辞职。在一月三日之前，帕尔默没去理会他的信件，在此期间，凯恩向司法部长和总统提交了辞呈。据科本说："凯恩的反应，代表了一位负责任的公务员以及司法部一位相当重要官员的态度，即在袭击期间，法律遭到了践踏，而且并不是所有被逮捕的人都参与了革命阴谋。"①[24]

十二位律师用抗议书的形式提出对司法部的谴责，在美国的司法界造成了轩然大波，而且在离民主党全国代表大会召开只有一个月的前夕，对帕尔默的支持者造成了恐慌。

胡佛做出的反应将会成为独特的时尚。他为每一个签名者建立了一份档案。他也在他自己的档案中搜寻，并让他朋友马尔伯勒·丘吉尔将军在军事情报局的档案中查找，以期找到那些批评者与激进分子有联系或者具有激进主义信仰的证据。这工作难度很大，因为如同唐纳德·约翰逊在其《挑战美国自由》中所说："这些人都支持战争，其中许多人当过政府官员，他们的名声是不容诋毁的"。[25]

除了路易斯·波斯特，胡佛甚至走得更远。他深信，由于某种原因波斯特

---

① 另8位签名者是欧内斯特·弗罗因德，芝加哥大学法理学和国际公法教授；杰克逊·H.拉尔斯顿，在弹劾听证会上担任过波斯特的辩护律师，还与另一位签名者斯文do, 黑尔一起，做了册子的大部分编辑工作；弗兰克·P.沃尔什，一位著名的纽约辩护律师；蒂勒尔·威廉斯，圣路易斯的华盛顿大学法学教授；孟菲斯的R.G.布朗；费城的戴维·沃勒斯坦，以及巴尔的摩的阿尔弗雷德·S.奈尔斯。

是世界产联的一个工具，他让芝加哥调查分局筛选世界产联浩瀚的通讯往来，看看有没有提及波斯特的名字。①

但胡佛的重磅炸弹是波斯特与艾玛·戈尔德曼的友谊。当帕尔默本人被传唤到规则委员会面前时，他指责波斯特是有罪的，因为波斯特隐藏着"对社会革命家怀有一种习惯性的挂念，并对这个国家触犯刑法的无政府主义者滥施同情"——没有提及是路易斯·波斯特签署了对艾玛·戈尔德曼的驱逐令。[26]

至于册子的签名者，帕尔默称他们为"据说是律师的十二位绅士"。使他吃惊的是，他们竟然说出"这些愚昧的外侨"，而没说他自己的特工"这些聪明人，这些真正的美国人"。他们的批评肯定是有"更进一步的动机"。这些律师有的甚至代表外侨出庭，这就"相当清楚地"说明"他们之所以会出现在那里，是因为他们相信共产主义的理念，并渴望为之提供辩护"。[27]

帕尔默没去理会加入到谴责阵营的其他许多著名人士，其中有约翰·洛德·奥布莱恩、查尔斯·埃文斯·休斯，以及哥伦比亚大学法学院院长哈伦·菲斯克·斯通。

尚不知道的是，胡佛是否也为他的前老板和美国最高法院两位未来的大法官建立档案。但没有理由把他们排除在外。

到六月一日，事情有了很大的转变。A.米切尔·帕尔默被传唤到规则委员会，去回应"路易斯·F.波斯特起诉司法部"的案子。

胡佛陪同司法部长一起去，并坐在他的身旁，在需要的时候把有关文件递给他，偶尔还在帕尔默的要求下，确认他提出的观点。

司法部长没有像波斯特那样提出疑问，而是选择了朗读一份二百零九页的声明。

胡佛在这份声明的起草中至少起到了一部分的作用是可能的，因为字里行间含有不久就会闻名的胡佛主义的词汇，如"道德叛徒""吃里扒外"和"只

---

① 这方面，胡佛失败了，但更有用的信息在华盛顿出现了。这位助理部长的秘书在秘密从事第二职业。他是一份叫《结孔》的闲言碎语杂志的一名编辑，该杂志声称"华府出生，生而有罪"，其每一期文章都得罪了半数的国会议员和大多数的内阁成员。这事与指控无关，而且显然甚至连波斯特都不知情，但当帕尔默在国会揭露这事时，其产生的效果是瞬间的震撼。

会高谈阔论的布尔什维克"。帕尔默描述外侨的其中一个句子，至少听起来完全像是胡佛的口气："在他们狡黠和奸诈的眼神中，流露出贪心、残忍、疯狂和犯罪；根据他们歪斜的面孔、下垂的眉毛和畸形的身材，无疑可被看作是典型的罪犯类型。"

帕尔默的声明是否认和承认的奇怪的混合。

布法罗当地共产党组织有一位负责录音的秘书，一直忙于招募新党员，波斯特指控他是一个"绝密的线人"，帕尔默否认了。他说，那是一名"调查局特工"。他承认是在没有逮捕证的情况下实施抓人的，但否认这么做是非法的，因为警察在发现犯罪时可以在没有逮捕证的情况下抓人。他否认他的特工使用了武力或暴力；只有激进出版物才会那样指责，帕尔默说，他没去理会出现在《纽约时报》和其他非激进出版物上的那些文章和照片。他承认在诉讼的初期律师已被谢绝，但在律师到场的时候，起诉"毫无进展"。他否认他的特工在一份供词上伪造过签名，但后来承认说，他的特工添加了"仅供证明之用"的签注。

帕尔默做完陈述之后，主席匆忙宣布委员会要举行"秘密会议"，由此截断了接下来要对司法部长提出的问题。[28]

如果说委员会内部争得面红耳赤（后来很快就不管这事了），那么美国的媒体也一样。即使帕尔默令人惊异的披露，说那个爆炸案最后已经解决了（这事他拖到了他作证的最后一天，即一九二〇年六月二日，碰巧也是他家挨炸的一年之后），被当作是又一次政治阴谋，或者更加糟糕，是为了解释最近一次奇异的令人难堪的死亡事件的尝试。

即使《纽约时报》也把这个爆炸的故事放在了报纸的内页，全然不知道这已经引发了美国历史上很有争议的著名的萨科－瓦内蒂案。

帕尔默显然认为他已经完全保护了自己，于是他回到了竞选总统的战役中去了。

但在六月底，他的战役和他的征讨赤色分子行动又遇到了挫折，这次是在波士顿法庭，在那里，三个月之前开始的一次例行的人身保护法的动议，演变成对司法部在新英格兰州袭击事件的严厉核查。在政府的强烈反对下，联邦法官乔治·W.安德森坚持把调查局的一些特工传唤到了法庭。他对秘密的线人尤其感兴趣。他发现至少有一个，在当地建立了自己的党派，这使得安德森宣布，

"应该没有疑问，这样的情况等于政府拥有并在指挥共产党的某一部分"。[29] 还有一个人（共产党相信他是一名特工，对此司法部予以否认）帮助起草了两份重要的文件，应用在所有的案子之中：美国共产党宣言及平台。安德森决定，根据这样的证据，谁也不应该被驱逐，然后在六月二十五日——在民主党全国代表大会召开前三天——他命令把十八名被告全都释放。

安德森法官因为在诉讼程序上的某一点，提及了胡佛藐视的"所谓的简短声明"的证据，由此上了黑名单。该案子的另三个参与者已经在黑名单上了：罗杰·鲍德温、小泽卡赖亚·查菲和费利克斯·弗兰克福特。鲍德温领导的羽毛未丰的美国公民自由协会，为"十二位律师"的册子展开了基本的调查。该协会还为波士顿的案子提供律师，包括查菲和弗兰克福特，他们都是册子的签名者。胡佛越来越讨厌弗兰克福特，在他成为富兰克林·德拉诺·罗斯福的密友和最高法院法官后，更是对他恨之入骨，因为是弗兰克福特对调查局波士顿分局长的交叉核查，迫使司法部公布了伯克对特工下达的指示，从而暴露了"胡佛先生"的嘴脸。

罗杰·鲍德温和费利克斯·弗兰克福特，除了他们的友谊和对待公民自由的共同的热情之外，在以后的年月里，还会有一些共同的事情。

他们两人——在 J. 埃德加·胡佛生涯的不同阶段——都将会保护胡佛，帮助他保住乌纱帽。

到了六月，红色恐慌看上去如果还没有结束，至少也已经是在走下坡路了，也很少有人还在为由国家的头号执法官授权的几百次非法行动做辩解了。

然而约翰·埃德加·胡佛便是其中之一。六月份，他出现在国会面前，要求通过一部和平时期的反煽动叛乱法。时至那年的十月份，当他在书写总情报处年度完成任务报告的时候，还在为那些袭击行动作辩解。① 到了一九二一年，当袭击行动成为国会（这一次是参议院司法委员会）又一次审查主题的时候，

---

① 在报告中，胡佛自豪地声称，大规模的逮捕和驱逐，"已经彻底粉碎了这个国家的共产党"，激进的报刊也被完全镇压了，并"已经停止了其有害的活动"。但激进主义的危险依然与以往一样存在着，胡佛主张：现在需要的是，以立法的形式，扩大袭击的行动，"使联邦政府能够适当地保卫和保护自己和自己的机构，打击那些在美国的外侨，以及从事非法煽动勾当的美国公民"。[30]

他依然在为它们做辩解。帕尔默又被传唤去作证，胡佛又陪同他一起去，只是这一次这位总情报处头目发挥了更大的协助作用。在回答提问的时候，帕尔默重复地不是转向胡佛征求答案，就是让参议员们直接问胡佛，表明作为司法部长或许他还没有那么健忘，很可能是在袭击行动的准备期间胡佛没有向他报告这样的细节，而是直接按照他认为必要的方式去执行了。

是在这次听证期间，胡佛否认说，司法部并没有参与《第二十二条款》的修改，他本人也没有在许多案子中要求高得离谱的保释金。

帕尔默以轻蔑的口气总结了他的证词：

"就司法部的这件事情，我用不着道歉。这工作的结果，我感到自豪和欢欣鼓舞；我之前已经说过，如果我们在各地的一些特工，或者司法部的一些特工，在对待他们认为想要摧毁他们的家园、宗教和国家的外侨煽动者的时候，稍微有点粗鲁或冷漠或简单，那么我认为，他们是出自强烈的爱国热情，而这一点很可能恰恰是被忽视了。我要说的就这些。"[31]

如果帕尔默感觉痛苦，那是有理由的。他在参议院面前的"审讯"，是一月份开始的，在一九二一年三月三日结束。第二天，某个人将宣誓成为美国第二十九任总统。

一九二〇年六月下旬，帕尔默去旧金山参加了民主党全国代表大会。他是党内的积极分子，很受大家的欢迎，而且还能得到巨大的资金支持。他镇压罢工和压制许多反垄断法大案的起诉，以及他与银行关于保管外侨财产的一些交易，使他得到了相当数量的党内支持票。他相信，他还能获得所有"正宗美国人的百分之百的支持"。但劳工组织强烈反对他，还有"主张禁酒者"，威尔逊总统也已经不愿意挺他了。在四十四张选票投下之后，民主党选择了俄亥俄州州长詹姆斯·M.考克斯，从而结束了这位"剿红专家"的政治生涯，在第三十八张选票投下之后，A.米切尔·帕尔默极不情愿地被排挤出局了。

共和党大会也已陷入了僵局。一九二〇年六月十二日，在大约深夜两点钟的时候，共和党领导人走进了芝加哥一个烟雾腾腾的旅馆房间。里面住着的一个人，即使其传记作者也把他说成是一个"和蔼的好心肠的庸人，是每个人的第二选择"。[32] 他们问那人，在上帝面前凭良心说，他的一生是不是有让党蒙羞或者没有资格作为候选人的事情。他考虑了十分钟，然后回答说没有。那天的晚些时候，共和党正式宣布已经选定俄亥俄州联邦参议员沃伦·G.哈定为他们的候选人。

十一月二日，投票人选择"回归正常"，在哈定和考克斯之间挑选了哈定。

在胡佛为保住饭碗而努力的时候，帕尔默的最后一个月是在他自己的办公室里度过的，忙于清理和作证，很可能就是这个顺序，因为当他离去的时候，他当部长期间的许多记录也随之离去了。

红色恐慌虽然是从一次爆炸开始的，但并不是在呜咽声中而是在哈欠声中结束的。A.米切尔·帕尔默的"狼来了"叫得太多了。

从一开始，反激进的战役就是一场反劳工的战役，但颇具讽刺意味的是，战役是代表反动派展开的，但又代表工商界对美国劳工联合会进行了安抚。迫害者都怀着一种本土主义的恐惧，极力维持现状，抵抗可能的变化。这么做都伴随着一定的风险，在一九二〇年年中，这样的风险已经很大了。打击激进的持不同政见者是没错，但进一步收紧移民人数的配额，则会威胁到廉价的欧洲劳工的流入。

当杜邦、克雷斯吉和施瓦布那样的工商巨头开始批评帕尔默的时候，他的日子已经不长了，美国的媒体——从一开始就没有质疑帕尔默牵强附会的声明，反而再三敦促他对"恐吓"采取更强大的行动——现在很快刊登了这些工商巨头的批评文章。

红色恐慌的结束，其根本原因是这已经再也不是什么好事情了。

然而，这并不意味着搜捕赤色分子的行动本身已经结束。当胡佛吹嘘已经"粉碎"了美国两个共产党组织的时候，他的夸口至少在数字上是真实的。一年内，他们的党员总数已经下跌至一万人，两年内又跌落到五千人。按照西奥多·德雷珀的说法："在一九二〇年一月的袭击之后，共产党和共产主义劳动党匆匆转变为秘密组织。"[33]

转入地下的并非只有共产党和共产主义劳动党。从正确意义上来说，总情报处也加入了他们。虽然总情报处的反激进努力目前在很大程度上已经不做宣扬了，因为考虑到公众的情绪，但胡佛却一刻也没有失去过对"赤色分子"的兴趣。调查局的许多线人依然在位。一九二〇年四月，雅各布·斯波兰斯基的搜捕队在准备对美国共产党发起袭击之前，收到了秘密指示说，苏俄领导人派遣一名特使到美国，命令共产党和共产主义劳动党要"达成团结，不然的话……"[34]

档案依然留着。胡佛如此耐心收集和整理起来的信息并没有浪费。在红色恐慌期间，许多州通过了狂暴的反工团主义法（例如在加州，拒绝向国旗敬礼要被判处最长二十年的徒刑）。总情报处现在能获得信息，调查员常常去协助这些起诉。当地警方的"赤色分子搜捕队"（其中纽约、芝加哥和洛杉矶的最顽强，一直坚持到一九七〇年代），从胡佛的信息库获益匪浅，还有军事情报部门、企业雇佣的私家侦探机构和美国劳工联合会（司法部向萨缪尔·冈珀斯提供秘密名单，帮助他在美劳联各级干部中清洗激进分子）。

这是互惠互利的安排。一九二〇年十月，在胡佛的主索引目录中有十五万张卡片；到一九二一年秋天，数量激增到了四十五万张；两倍的增长是在红色恐慌表面上早已结束之后达到的。

但至少爆炸事件已经解决了，或者如帕尔默和弗林所声称的。

帕尔默住宅的爆炸线索中，有散落在爆炸现场周围的《实话实说》的传单。根据一名线人提供的情况，布鲁克林的一家印刷厂一直在承印无政府主义的刊物，调查局特工逮捕了厂里的两名职员，安德烈·萨尔塞多和罗伯特·伊莱亚，两人都承认是无政府主义者。虽然是根据驱逐令做出的逮捕，但他们两人没被移交给移民局；而是在公园路的司法部曼哈顿办事处里被非法拘禁了两个星期。根据后来伊莱亚签名的一份证词，萨尔塞多遭受殴打，最后不得不向调查局长弗林"供认"，是他印刷了传单。按照弗林的说法，他否认逼供，萨尔塞多还签署了一份声明，暗示了真正的炸弹袭击者。

一九二〇年五月三日凌晨，萨尔塞多从该楼房的十四层坠落，或者是跳楼，或者是被推下。

那天上午，当他们两人的律师抵达的时候，一名特工通知他说："嗯，你的当事人萨尔塞多自由了。"①[35]

---

① 总情报处的一份报告——由胡佛精心准备的为帕尔默去规则委员会做解释用的——也同样冷酷无情。该报告声称，萨尔塞多是"他自己选择被关押两个月的"，为的是他的自我保护，而且"任何时候他都没有遭受过虐待、殴打、恐吓或威胁"。报告率直地总结说："萨尔塞多从公园路大楼 14 层跳楼自杀从而结束了自己的生命。"[36]

对萨尔塞多的"自杀"，有些人表示怀疑——例如路易斯·波斯特，他把该事件称为"萨尔塞多谋杀案"——但没有进行进一步的调查。由于某些无法解释的原因，伯克安排把他的唯一证人伊莱亚驱逐出境，由此事情似乎是结束了。

但还有遗留问题。大约在萨尔塞多死前的一个星期，又一名无政府主义者——一个来自波士顿的鱼贩子，来纽约寻找失踪的朋友们。虽然他没找到他们，但经过打听之后，他获悉他们被关押了。回到波士顿后，他与另一个无政府主义者——一名鞋匠，开始组织抗议会，他们把时间定在了五月九日晚上。有理由相信，他们两人都受到了调查局特工几近经常性的监视，至少是从纽约之行开始，很可能更早。

抗议会永远没能举行。在萨尔塞多死去后两天的五月五日，鞋匠和鱼贩子被逮捕了，罪名似乎是他们的无政府主义活动。只是在后来，他们被告知，他们受到了谋杀的指控，受害人是一名发工资的出纳员和一名保安，事情是四月十五日发生在马萨诸塞州南布伦特里的一次工资款劫案。①

在帕尔默开展的袭击行动的遗留问题中，有一个是尼古拉·萨科和巴尔托洛梅奥·瓦内蒂案。

虽然弗林声称，萨尔塞多签名的声明暗示了实际的炸弹袭击者——这个说法弗林从来没有重复过，也没有任何证据的支持，受指控的声明本身从来没有公之于众，如果真的是存在过——他们的身份至今依然是个谜。

更为迷茫的是，两百六十万美元的额外预算和庞大的警力投入到了芝麻绿豆的事情上，总情报处和调查局都没能发现，一九一九年到一九二〇年间，美国的激进运动组织松懈、分工不明、力量单薄，最多只能搞一些零星的孤立的小打小闹行动，根本不可能图谋推翻整个政府。

资料来源：

[1] J.埃德加·胡佛致伯克，1920 年 2 月 21 日。

---

① 1973 年，黑手党线人文森特·特里萨在其《我在黑手党的生活》一书中声称，南布伦特里的案子实际上是莫雷利帮干的，其中一名成员巴特西·莫雷利已经向他承认了此事。

［2］怀特黑德：《联邦调查局故事》，第 331 页。

［3］伯克致美国各地司法局长，1919 年 12 月 27 日；十二位律师报告，第 37—41 页。

［4］伯克致司法部特工，1919 年 12 月 31 日。

［5］科本：《帕尔默》，第 223 页。

［6］伯克致司法部特工，1919 年 12 月 31 日。

［7］威尔逊致帕尔默，1919 年 12 月 30 日。

［8］雅各布·斯波兰斯基：《美国共产党的踪迹》（纽约：麦克米兰出版公司，1951 年），第 19 页。

［9］《纽约时报》，1920 年 1 月 2 日；罗伯特·W. 邓恩编辑的《帕尔默的搜捕行动》（纽约：国际出版公司，1948 年），第 30 页。

［10］参议院司法委员会：《非法实践》，第 58 页；科本：《帕尔默》，第 228 页。

［11］J. 埃德加·胡佛致卡米内蒂，1920 年 1 月 22 日和 3 月 16 日；小威廉·普雷斯顿：《外侨和持不同政见者：1903 至 1933 年间联邦政府镇压激进分子》（芝加哥：哈佛大学出版社，1963 年），第 219 页。

［12］十二位律师报告，第 64—67 页。

［13］《纽约时报》，1920 年 1 月 22 日。

［14］《纽约时报》，1920 年 1 月 27 日。

［15］《瞭望》，1955 年 5 月 31 日。

［16］J. 埃德加·胡佛致帕尔默，1920 年 1 月 28 日。

［17］J. 埃德加·胡佛致卡米内蒂，1920 年 2 月 2 日和 4 月 6 日。

［18］J. 埃德加·胡佛致伯克，1920 年 2 月 21 日；普雷斯顿：《外侨》，第 210 页。

［19］同上。

［20］波斯特：《驱逐》，第 16 页。

［21］《纽约时报》，1920 年 4 月 25 日。

［22］J. 埃德加·胡佛致帕尔默，1920 年 5 月 25 日。

［23］十二位律师报告，第 1 页。

［24］科本：《帕尔默》，第 230 页。

［25］J. 埃德加·胡佛致丘吉尔，1920 年 1 月 23 日和 5 月 13 日；唐纳德·奥斯卡·约翰逊：《对美国自由的挑战：第一次世界大战和美国民权自由联盟的兴起》（莱克辛顿：肯塔基大学出版社，1963 年），第 159 页。

［26］《纽约时报》，1920 年 6 月 2 日。

［27］帕尔默在参议院司法委员会的证词：《非法实践》，第 73—75 页。

[28] 帕尔默在众议院规则委员会的陈述，1920 年 6 月 1—2 日，第 1—209 页。

[29] 马萨诸塞州地区法院在 1920 年 6 月 23 日审理《科利尔等人诉斯凯芬顿》一案中，乔治·W. 安德森法官的言论。

[30] J. 埃德加·胡佛关于总情报处的备忘录，1920 年 10 月 5 日；丘奇委员会记录，第六册，第 551—553 页；丘奇委员会记录，第三卷，第 386—387 页。

[31] 帕尔默在参议院司法委员会的证词：《非法实践》，第 582 页。

[32] 弗朗西斯·拉塞尔：《开花树丛的阴影：沃伦·G. 哈定时期》（纽约：麦格劳 – 希尔出版公司，1968 年），封面。

[33] 德雷珀：《根基》，第 205 页。

[34] 斯波兰斯基：《共产党》，第 16 页。

[35] 弗雷德·J. 库克：《没人知道的联邦调查局》（纽约：麦克米兰出版公司，1964 年），第 113 页。

[36] 同上，第 115 页。

第三部

调查局局长

在我每天下班离开办公室的时候，

如果我没有做出践踏美国公民权利的事情……

那么我就感到满意了。

——调查局代局长 J．埃德加·胡佛致美国公民
　　自由协会创始人罗杰·鲍德温，一九二四年

第九章　水性杨花部

A. 米切尔·帕尔默的离去和新的共和党政府的出现，让约翰·埃德加·胡佛感受到了丢掉饭碗的危险。司法部的其他年轻员工也面临同样的威胁，要么接受降级，要么寻求跳槽。胡佛则不然。他已经是经验丰富的官员了，他把变化看作是上升的一次机会，上升到更有权力的地位。

为达到这个目的，他使用了各种技巧，有些是新的，有些现在已经是老套路了。他再次让新上任的司法部长——这次是哈定的前竞选班子主任哈里·M.多尔蒂——感到他是不可或缺的人物。多尔蒂很快就发现，这位总情报处头目收集的档案，不但有关于激进分子，而且还有哈定总统政治对手的信息，这方面年轻的胡佛愿意拿出来与之分享。

在宣誓就任司法部长后才几个小时，多尔蒂就开始对司法部实施大刀阔斧的"重组"。主要举措是用共和党人替换民主党人。虽然一直与一度的民主党人帕尔默关系密切，但胡佛躲过了这次清洗。由于哥伦比亚特区的居民不能投票，因此胡佛用不着留下记录他是属于哪个政党的。这样，他就可以不受阻碍地向新的领导表示效忠。甚至他对前司法部长的支持，也成了一个优点。胡佛已被证明对上级是忠心耿耿的——尤其是在参议院为帕尔默所做的辩护，这样的辩护既是受人欢迎的，又能让他得到个人的好处——并没有被忽视。

胡佛也没有害羞地等待人家来请他：为了自己想要的工作，他四处游说。他从"搜捕赤色分子"，尤其是其余波中吸取的一个重要的教训，是搞好与国会关系的重要性。作为帕尔默的助理，他已经认识了国会的许多关键人物。大权在握的众议院移民与入籍委员会主席艾伯特·约翰逊，被轻松地说服后，认为胡佛应该担当更大的责任。另一位有影响力的朋友感觉年轻的胡佛应该得到提拔，那是商务部长赫伯特·胡佛的机要秘书劳伦斯·里奇，他与约翰·埃德加一样，也是共济会会员。还有证据表明，胡佛从其神秘的军事情报部门朋友那里得到了暗中的支持，那是马尔伯勒·丘吉尔准将和无所不在的拉尔夫·H. 范德曼少将。

不知道胡佛是什么时候遇上这位"美国情报界元老"的。也许是胡佛还在约翰·洛德·奥布莱恩手下工作的时候，范德曼就发现他是一个"能人"，于是尽其所能促进他的职业生涯发展，就像他曾经提拔了许多年轻的门生那样。已知的是一九二二年，范德曼安排陆军军事情报局授予胡佛后备军官的军衔（到一九四二年辞去军衔的时候，胡佛已经升到了中校）；在帕尔默发起袭击期间和其后，范德曼安排胡佛与他的接班人——军事情报局局长马尔伯勒·丘吉尔——一起工作；胡佛与范德曼保持着一种互利的关系，一直延续到范德曼在一九五二年去世。①

与领导的推荐同样重要的是，胡佛是一位专家，他的特殊知识和才能是新政府大为赏识的，随着加文和伯克以及最后弗林的离去，胡佛很可能是新政府中最了解美国激进主义的人，对于由他自己建立的档案他就了解得更多了。

实际上，胡佛也由于他自己的小小"红色恐慌"而声名鹊起。一九二一年三月多尔蒂刚开始担任司法部长的时候，对"恐慌"没有任何兴趣；到八月份的时候，他已经变得相当狂热了。其间，胡佛就国内外的激进主义活动，给司法部长发去了许多备忘录，还有每周一份的情报摘要。②

司法部长是个大忙人。他个人卷入了后来发现的哈定政府的腐败案子之中，他需要五个月的时间"重组"调查局。

---

① 范德曼少将1929年从部队退休后，在接下来的20年时间里经营他自己的全国性的线人网络，安排线人渗入到共产党、工会、宗教团体、公民自由协会和各种民权组织机构之中，同时积累了大量的军事秘密档案。参见《纽约时报》作者理查德·哈罗兰的文章摘要："范德曼的档案核心，根据看到过的军方人士说，包含了范德曼将军定期从陆军、海军和联邦调查局获取的绝密情报。"[1]

　　这是互惠互利的安排。30多年来，胡佛一直能够从一家私人投资的情报机构拿到关于公民、军队和警方的信息，或者与之交易，根本不会让他的上级——不管是司法部长或总统——知晓或者需要经过他们的同意。

② 在多大程度上是由于多尔蒂自己的转变，是很难知晓的，但胡佛肯定是起了很大的作用。胡佛很可能夸大了案子的严重性，因为多尔蒂对这个主题越来越狂暴了。有一次，他声称他的"红色敌人"已经把毒气喷洒在他要演说的讲台花束里了。

首先，他用一封措辞粗鲁的电报辞退了弗林，代之以他的警卫员朋友威廉·J.伯恩斯。

接着在四天后的一九二一年八月二十二日——未来的联邦调查局特工必须记住的又一个日子——他任命二十六岁的约翰·埃德加·胡佛为他一直在游说的职位——调查局局长助理。

同时，多尔蒂还把总情报处从司法部剥离出来，转到了调查局，依然由胡佛直接指挥。这样，除了协助管理调查局，胡佛保留了总情报处和他那日益扩大的档案的掌控权。

尽管无从知道，但多尔蒂做出了一个几乎是永久性的任命。胡佛将留在局内一直到死，他的形象和这个组织变得如此难以区分，以致只有极个别人能够回想起，调查局在胡佛加入之前已经存在了十多年，或者在此之前调查局是相当封闭的。

一开始调查局就是非法诞生的，那是在一九〇八年七月一日。当时，一位众议员把其贴上了"官僚私生子"的标签，那是因为调查局的成立未获美国国会的批准。然而，其父亲则是一个大名鼎鼎的人物。他是查尔斯·约瑟夫·波拿巴，是拿破仑一世在美国出生的侄孙子，他在一九〇六年至一九〇八年期间担任美国司法部长。

波拿巴先是在一九〇七年做国会的工作，要求授权在司法部内部成立"一个小型的永久性的侦探部门"。司法部虽然担负着侦查和起诉针对美国的犯罪行为，但没有自己的调查员，必须向隶属于财政部的联邦经济情报局借用特工。波拿巴指出，这样做有许多问题。由于必须告知财政部借用人员的理由，案子的调查就很难做到保密。再者，那些能借到的特工往往都是打杂的，不是骨干特工。他们是根据每个案子的情况临时借调的。通常，在临时提供帮助的情况下，个人也许希望能够长期留任。波拿巴解释说："如果花钱雇人来做工作，他要想长期做下去就得有更多的工作要做，这样是会有风险的……迫使他成为国外所说的'特工代言人'，他就会炮制犯罪，这样他就有侦查工作可做了，也可以惩处犯罪分子了。"[2]

众议院拨款委员会主席詹姆斯·A.托尼不信那一套，他拒绝了司法部长的要求。

波拿巴在一九〇八年四月又做了一番努力，但这个时间是再糟糕不过了。国会急于休会，以便议员们返回各自家乡参与竞选活动；有广泛的谣传说，西奥多·罗斯福总统已经动用联邦经济情报局"来调查国会议员们匆忙地踊跃地'寻欢作乐'的有关情况"。[3]

波拿巴又强调了形势的严峻性。例如光是在反垄断方面，就有七八个大案要处理，包括标准石油公司的。

这个例子无法说服国会。许多议员多亏了"泰迪"① 坚定的信任才得以当选。

但国会还有其他理由来反对建立永久性的联邦警察部门，在这次和以后的听证期间做了表达。

这么做会不会有风险？这些侦探会不会成为秘密警察，去偷听办公室内的讲话？

波拿巴承认说："警察机构都有某些天生的危险，尤其是在刑事警察系统。"但他向国会保证说，他的警察队伍绝对不会参与政治。[4]

怎么保证他们不去刺探美国人的私生活呢？

波拿巴回答说："我不会批准……使用侦探去调查只涉及个人私生活的丑闻和闲言碎语，不管是政府还是个人提出来的。"[5]

他会招募什么样的人呢？一位议员问道，他回想起了一句老话："会不会贼喊捉贼呢？"

"从事这个职业的人，必须具有良好的品行。"波拿巴解释说，但如果让他挑选人员和安排训练，他保证可以创建一支纪律严明的精英队伍。[6]

任何机构都是从小到大的，如何保持这支队伍不会成为吃预算的巨兽呢？

他会保持这支队伍的规模，波拿巴解释说，因为他深信，小规模不但可以产生高效率和维护团队精神，而且便于监督管理。

那么，如何管控这些联邦侦探呢？

"司法部长时刻知道，或者应该知道，他们在做些什么。"波拿巴说。当然，国会也可以调查他们是否滥用职权。[7]

一位议员认为，以后调查局或许会对国会隐瞒什么。波拿巴说这是不大可能的。

---

① 西奥多·罗斯福的昵称。——译注

肯塔基州联邦众议员和民主党人士 J. 斯沃格·谢尔利还是不同意建立联邦警察。"我在读史的时候注意到，没有哪一届政府因为没有秘密警察而衰落，反而是由于间谍系统而衰落。如果盎格鲁－撒克逊文明代表着什么，那就是政府要保护好穷人百姓，使之免受政府秘密行动的迫害。"[8]

假如众议员们表现得更为仁慈，他们也许会简单地投票否决司法部长的提议。但他们在《杂项拨款法案》中增设了一个附加条款——在新的财政年度开始时，即一九〇八年七月一日生效——甚至禁止司法部借用联邦经济情报局的特工。

在他们辩论期间，不管是因为个人的还是团体的理由，国会议员们已经预见到了今后调查局会出现的几乎每一个问题，只有一个除外：虽然他们担心总统或司法部长也许会利用这样的警察力量，但他们没想到局长本人将来会神通广大，以致他可以指挥总统和司法部长，甚至国会。

与他的叔祖拿破仑一世不同，波拿巴拒绝接受失败。他动用数额有限的自由资金，悄悄地去财政部挖人了。不幸的是，联邦经济情报局的大多数资深特工都是高薪的，他不得不在质量和数量之间做出妥协，最后挑选了九个人。

六月三十日，就在大限之前的几个小时，这九人从财政部辞职，立即跳槽加入了司法部。

有了九个人，加上第二天从司法部其他部门抽调过来的一些检验员和会计员，波拿巴现在有了一支精干的侦探队伍，总人数只有二十三个——虽然是一年后波拿巴的继任人乔治·威克沙姆才把它命名为调查局（BI），并且直到一九三五年才成为众所周知的联邦调查局（FBI）。

一九〇八年七月二十六日，西奥多·罗斯福签发总统令，授权司法部长波拿巴组建这个永久性的部门，由此算是追认了它的合法性。

可以预见，国会抱怨了，但不是很强烈。没人愿意被指责是在支持和帮助犯罪分子，尤其是在大选之年。国会就此事举行了一次专门的听证，但由于他们现在面对的是一个既成事实，因此也就提不出什么意见。监督管理的必要性倒是讨论了很多，但没人能够说服其他人举行投票表决。遇上这种事情，国会也是讲究现实的，他们很快就明白，新部门意味着新人的任命。

因此，"官僚私生子"就这么诞生了，此后获得了合法身份。波拿巴任命他的首席检验官斯坦利·W.芬奇为第一任负责人，芬奇一直干到一九一二年。

到那个时候，调查局已经发展到了一定的规模，总人数达到了将近一百，更为重要的是，其扩展的方向是司法部长波拿巴所从来不曾预料到的。

也许，关于这个新局的最好的处方，是弗朗西斯·拉塞尔给出的，他称其为"一个职责模糊不清的干零活的侦探机构"。[9]

联邦经济情报局的职责是保护总统和追查假钞及间谍。邮政局有自己的调查员，负责追踪恐吓邮件。联邦政府的其他机构大都也一样。司法部的调查局捡起了剩余的。早年，其职责包括了调查：反垄断、银行业务、破产倒闭、违反中立；在印第安人保留地的违法行为；跨州销赃、避孕药具、淫秽图书和拳击赛电影；一九一〇年之后，还包括鸨母、妓女和皮条客。

没过两年时间，调查局就违背了波拿巴做出的关于不去调查个人隐私的承诺。具有讽刺意味的是，调查局这么做依据的是国会的批准。

一九一〇年的《白奴贩卖法》——或者更应该称作引进该法律的伊利诺伊州联邦众议员的名字"詹姆斯·罗伯特·曼恩"，即《曼恩法》——其目的是进口在国外出生的妓女。但联邦特工不久就发现，卖淫在美国也是有根基的。

实施新法的第一步，是要核查美国每一家已知妓院的情况。鸨母及其"姑娘们"会受到盘问，以确定她们的真实姓名、出生地、从业时间和购买者的身份。不定期的突击检查也是有的，虽然其收获的可用证据往往比不上线人所提供的。许多鸨母成了定期的"调查局消息源"，她们不但揭发竞争对手的情况，还提供遭通缉的逃犯、买卖赃物和其他犯罪行为的信息。几年后，这样的信息导致了约翰·迪林杰的被杀，以及臭名昭著的巴克妈妈帮最后一名成员阿尔文·"毛骨悚然"·卡尔皮斯的被捕。

违反《曼恩法》的附带证据，是调查局特工积累了大量的有关信息，诸如哪个警察局、哪个城市的官员和政治家在收取报酬，谁在各家妓院、客栈和妓女作为据点的出租房里入股赚钱（洛克菲勒、梅隆和范德比尔特只是其中最有名气的几个房东），常常还有当地银行家、议员和法官那样很有名望的客户名字。

这样的信息及时报告了在华盛顿的调查局总部，汇入到了总档案之中。

尽管用意良好，但《曼恩法》的条文用词却很糟糕。① 虽然其目标是商业

---

① 例如，该法律没有界定"任何其他不道德的行为"这个短语，让调查员自己去理解辨别。

上的不端行为，但该法律不久就被应用到了非商业的不道德行为。任何男子，如果带着一个不是老婆的女子跨越州界并与之发生性行为，是要被抓起来的。还有许多情况，包括重量级拳王杰克·约翰逊，他的真正罪行是，身为黑人却有一个白人情妇，其他人——诸如报业大王威廉·伦道夫·赫斯特——将成为"《曼恩法》敲诈"的受害人。

一九一二年，芬奇为 A.布鲁斯·比拉斯基所替代，比拉斯基在局长的职位上经历战争，做到了一九一九年。是比拉斯基——在其上司的允许下——把这个国家给搞乱了，大约二十五万名私家侦探，打着司法部的旗号，四处追猎逃避兵役者、外侨、持不同政见者和好战的工会会员，闹得举国上下鸡飞狗跳，德国间谍倒是没有抓到几个。

比拉斯基的继任人是威廉·E.艾伦。他担任局长的时间不长，在司法部长帕尔默家遭炸弹袭击后不久就离任了，继之是威廉·J.弗林。弗林开展了一九一九年至一九二〇年搜捕赤色分子的行动。

弗林的接班人是威廉·J.伯恩斯和他的新任助手约翰·埃德加·胡佛。

与前任一样，伯恩斯也是前联邦经济情报局的头目。一九〇九年退休后，他创办了自己的私家侦探社，自我标榜为"国际著名大侦探"。他侦破了许多大案要案，包括一九一〇年的《洛杉矶时报》爆炸案。在美国参战之前，他也曾为德国人刺探情报，他还被指控破门进入一家律师事务所为客户复制文件。

虽然伯恩斯接受了多尔蒂的任命，但他经营着获利丰厚的监视劳工的生意，尤其是在全国制造商协会又发起了一场开放式雇佣①战役的时候，所以他不愿放弃，也没有放弃。他让政府雇员的调查局特工来履行他自己公司承揽的业务。

从各方面来看，胡佛都是伯恩斯最完美的补充。虽然调查局局长只有六十二岁，但媒体通常把他描述为"年长者"，这话已经算是客气了，因为许多人说他已经未老先衰。形成对比的是，胡佛的年轻和活泼是一个优势。伯恩斯不熟悉调查局的行动，缺乏法律背景，只会想方设法去规避。他需要一位首席得力助手来处理调查局的日常事务。在过去的四年间，胡佛在调查局经历过大事，

---

① 雇员可以是也可以不是工会会员。——译注

绝对符合这样的要求。

当伯恩斯去国会争取调查局年度预算时，胡佛会陪同他一起去。他们两人是形成鲜明对比的一对，"年长的"私家侦探穿着五彩缤纷的方格子老式礼服，而他的年轻的助手则衣着时尚，回答问题时轻快敏捷。伯恩斯在作证的时候，胡佛会递给他图表和统计数据。胡佛喜欢统计数字，虽然他常常是随意地使用。在学生时代的辩论会上他就已经明白，统计数字几乎可用来证明一切。

例如在一九二一年，伯恩斯要求并如愿以偿得到了雇佣新特工的资金，作为辩解，他引用了大量的积案。在一九二二年作证的时候，调查局局长情不自禁地吹嘘说积案"至今已经很多了"，但过了一会儿，他要求为雇佣更多的特工增加资金。委员会问道，如果积案已经拖延到今天，那为什么他还需要更多的特工？这问题让伯恩斯迷糊了，但他的年轻的助手则头脑清楚。在与胡佛商量了一下之后，伯恩斯回答说，虽然百分之七十的旧案已经得到了清理，但新案子上升到了百分之八十。

胡佛甚至还可以证明——他年复一年地这在做——虽然调查局要求更多的资金，但其运作的成本其实是较低的。

一九一九年，国会通过了《全国反机动车偷窃法》（通常称为《戴尔法》），该法律规定，驾驶遭偷窃的机动车跨越州界是联邦犯罪行为。就调查局而言，从统计上来看，这是国会通过的一部最重要的法律。因为这种偷窃行为往往是喜欢开车兜风的年轻人干的，把他们抓住和追回车辆并不困难。但他们大量增加了调查局的逮捕人数，把车辆的价值计算进去后，数额就很大了。

这样，伯恩斯就可以声称，如同他在一九二二年所做的那样："我局追回的汽车价值，已经超过了我们的预算。"[10]

把追回车辆的总价值加到法庭对各种犯罪实施的罚款之上，看上去调查局似乎往往获利巨大。

然而，罚款数额和追回的价值，不可避免地总有一天会抵不上调查局迅速增加的成本。早在这样的事情发生之前，胡佛就预见到了，他灵机一动，加上第三个因素：费用节省。费用节省的计算是把调查局所有雇员记录的自愿无薪加班总小时数，乘上平均工时费。①

---

① 任何一位前特工都可以作证，"自愿"这个词语是使用不当的，应该是从来没有"自愿"的。1960年代，自愿无薪加班达到了荒唐可笑的极端，纽约分局长要求每一名特工的自愿加班时间必须超过办公室人员的平均。

有时候，调查局甚至会提出少于上年度的预算，这么奇怪的事情肯定会引起委员会惊异的评论。往往（比如发生在一九二四年的），胡佛会在年度中返回来，解释说目前有了什么什么威胁，从而获得了补充拨款。

考虑到自己的迅速崛起，胡佛应该是很高兴的，其实不然。

胡佛被任命为调查局局长助理的那一年，他父亲因为"抑郁症"去世了。父亲走后，胡佛成了母亲唯一的伴侣和唯一的支柱。两个性格倔强的人在一起，发生冲撞是在所难免的，但在 J. E. 的侄女和邻居玛格丽特看来，他们两人是很滑稽的。例如，早上 J. E. 一去上班，他母亲就会把房子里的百叶窗全都放下；晚上他回到家里后，会跑上跑下把它们全都拉上去。玛格丽特回忆说，他还"对食物非常霸道"。[11] 他最喜欢的早餐是水煮荷包蛋加吐司。如果蛋黄破了，他就会把它送回厨房。但即使按照他的标准蛋黄很完整，他也只是咬上一口，然后把盘子放到地上让狗去吃完。①

他对其他事情也很霸道。他身上的清教徒意识还很强烈，外加有一点受挫的传道士味道。即使他的侄女和外甥女到了婚嫁年龄，他还是提醒她们，去什么地方和与什么人交往都要当心。一天晚上，玛格丽特要与朋友们一起出去，她向他吐露说她们要去一个"地下酒吧"。他告诉她："如果这个地方遭到了袭击，别说出你的真名。"[12]

胡佛很看重自己的名声。在市区一家商店申请赊购记账的时候，他被拒绝了。询问原因之后，他获悉华盛顿市区还有另一个约翰·埃德加·胡佛，该人不断赊购积累起许多账单，支票也在城里一直遭到拒付。从此后，他在文件上签名"J. 埃德加·胡佛"。胡佛已经着迷于自己名声的保护，而且延伸到了他为之工作的组织。

常常，在他告诉人们他在哪里工作之后，人们会报之以一个会意的微笑。在哈定总统当政时期的华盛顿，司法部已被人们戏称为"水性杨花部"。过了一段时间，胡佛索性说他在政府工作。

根据唐·怀特黑德说，胡佛的心情变得很糟糕，他甚至考虑到了辞职。虽

---

① 父亲死后一年，由于他常常工作到很晚才回家，为让母亲有个伴，这是他买来的第一条狗，是艾尔谷犬，起了个名叫斯比·D. 博佐。多年来，在斯比·D. 博佐以后又有 8 条不同品种的狗。它们有两个共同点：都被养娇了，而且从来都不安分，常常把客人搞得很不自在。

然没有证据支持该说法，但他很烦恼，因为他与一个让他感觉不到自豪的组织有联系。

多尔蒂和伯恩斯一起，很快就把调查局改变成为政工人员的卸货站。由于特工的岗位有限，许多新来者只是领取象征性薪俸的雇员。而有些人，尤其是负责禁酒法案的人，其月薪高达两千美元。

然而，与伯恩斯引进的另一个门生加斯顿·B.米恩斯相比，这只是小菜一碟。与他的前特工和密友一样，即使伯恩斯自己的历史似乎也是清楚的。战争期间，米恩斯曾同时为英国人和德国人工作，为英德双方刺探对方的情报。米恩斯是他那个时期的一个大骗子，他向同事吹嘘说，他曾被指控犯下了法律全书中的所有罪行，包括谋杀，但被宣判无罪。由于米恩斯名声不好，伯恩斯没有为他安排职务，但给了他一个办公室，与胡佛的办公室在同一条廊道上。

"他拥有办公室、警徽、电话、办公用品和调查局全套的档案，"哈定时期的传记作家弗朗西斯·拉塞尔说，"他所需要的都齐备了。"[13]

米恩斯与黑社会很熟，他出售调查局的保护伞给一些黑帮，出售调查局的档案给另一些黑帮，还承诺为任何有兴趣的人"搞定"联邦案子。他还出售制酒卖酒的营业执照给一些私酒贩子，并为那些愚蠢的无证售酒者说情开脱。显然，他搞得有声有色。虽然他作为调查局的"特聘雇员"，只领取七美元一天的工资，但他养得起一栋大别墅、三名仆人和一名为他开卡迪拉克豪车的司机。

米恩斯还为政府接受了许多"绝密的特殊任务"，包括压制了一本图书的出版。该书声称哈定总统是"混血种"，在刺探国会民主党议员和他们的家庭。米恩斯后来作证时谈及了一个屡试不爽的技巧：

"这房子里有一个仆人。如果她是一个有色人种的女仆，那就找一个有色人种的女侦探带她出去，招待她，从她口中套出该房子的详细布局、家里人在餐桌上的谈论详情和家庭情况，全都记下来，写成报告。你发现的任何情况，也就是说——报告你所发现的一切……然后如果该情况是有害的，那当然，为什么要去用它呢。如果是好的，那为什么不用呢。这样做是没有害处的。"[14]

胡佛了解米恩斯的历史背景（虽然米恩斯自己的档案，在其开始为调查局工作的那天"消失"了），他立即对那个人产生了厌恶，而且至少有一次，他要求伯恩斯命令米恩斯离他的办公室远一点。根据怀特黑德的说法，"胡佛不喜欢那人的消费习惯和品行"。[15]

哈定政府的腐败，被一点一滴地挖掘出来了，但大都是小问题。可是来自蒙大拿州的资深联邦参议员托马斯·J.沃尔什认为，他看出了一种模式，尤其是加州麋鹿山和怀俄明州茶壶山的石油保留地事件。沃尔什越是一点一滴地发掘，就越是发现更多的"巧合"，也越是感觉参议院应该进行调查。

沃尔什与他的朋友，蒙州新当选的年轻联邦参议员伯顿·K.惠勒，讨论了这事。惠勒也认为事情有猫腻，但他渴望亲身参加战斗。如果能把多尔蒂部长及其水性杨花部拿下，该有多好啊？

他们明白，这会是一场恶战，两个"蒙州愤青"要去挑战的差不多就是政府当局。力量对比的悬殊他们倒是不怕——如果不进行战斗，他们会感觉不舒服——而且他们也曾战斗过、胜利过，就在这场战役之前，打破了阿纳康达铜矿公司对蒙大拿州的控制。

多尔蒂很快获悉了他们的意图，于是采取了应对措施。甚至在听证之前，调查局局长伯恩斯就派遣三名特工去蒙大拿州，去调查惠勒是否存在什么污点。由共和党全国委员会雇佣的第四个人，也被派去对沃尔什展开同样的调查。

在华盛顿，调查局特工对两位联邦参议员及其家人和朋友实施了监控。惠勒后来回忆说："司法部特工……驻守在我家门口和周围，监视着进进出出的人，还经常跟踪我和我妻子。"[16]

根据递交给国会各委员会的证据，他们还窃听电话、截取邮件，并闯入办公室和家中，复制往来的通信和私人文件，搜寻任何可以用来实施敲诈的材料。①

他们还试图对伯顿·惠勒设置圈套。

虽然沃尔什和惠勒关系密切，但他们两人很不相同。在年纪上，惠勒比他的偶像年轻了二十五岁，但还有其他方面的不同。沃尔什做事理智，他心目中的战斗是先发制人，在对方刚刚提起拳头的时候他就已经出击了，而且往往能够获胜。他个人生活简朴，简直是个苦行者。相比之下，惠勒身体强壮、性格急躁，倾向于先行动再看情况。

---

① 除了惠勒和沃尔什，至少还有另两位联邦参议员（罗伯特·拉福莱特和撒迪厄斯·卡拉韦）和一位联邦众议员（罗伊·伍德拉夫），也受到了这样的待遇。他们5人都敢于批评司法部。

伯恩斯想用标准的道具让惠勒就范：一个女人和一个旅馆的房间。他之所以失败是因为惠勒事先得到了消息。伯恩斯之所以这么尝试是因为他了解惠勒。他也了解沃尔什，但他不会对沃尔什来这一套。

差异也体现在他们参加的听证。沃尔什的听证是在一九二三年十月举行的，搞得静悄悄的，没有喧闹。三个月后，惠勒发起一场史无前例的行动，违反了参议院的所有传统：在首次发言时，这位新当选的联邦参议员要求美国司法部长立即辞职。

沃尔什仔细地构建自己的案子，一点一滴地收集材料，直至他的证据看上去是无可辩驳的。相比之下，惠勒的证据不多，但效果巨大。最说明问题的是，当沃尔什在询问地质学家、记账员、审计和会计的时候，搞得几个旁听者昏昏欲睡。而惠勒则宣誓，他的主要证人不是别人，正是富有传奇色彩的大骗子加斯顿·米恩斯。①

米恩斯作证的时候，没人昏昏欲睡了。他娓娓道出他经常挂在嘴边但很难证实的故事，就像一个唠唠叨叨的洗衣女工那样，只不过他挂出来的脏衣服是属于哈定政府的。

这是难以想象的证词，包括了报酬、贿款、回扣、性贿赂和贩卖私酒。然而，由于这些话出自米恩斯之口，问题在于有多少值得相信。

例如，米恩斯作证说，在多尔蒂刚开始受到批评攻击的时候，他去找司法部长为其出谋划策。米恩斯提议说，如果多尔蒂要让这个国家真正站在他一边，就必须再搞一次红色恐慌。多尔蒂喜欢这个想法，但他拒绝了米恩斯提出要炸他自己家的建议，即使米恩斯赶紧补充说："当然，在你的家人外出期间。"

即使是在听证进行期间，伯恩斯和胡佛也没有丝毫松懈。巨大的压力集中在茶壶山案子和司法部要调查的可能的证人身上。许多人逃离了这个国家，或者诚如惠勒所指出的，"干脆失踪了"，而"与委员会合作过的有些证人则接到通知说，他们已被政府解雇了"。[17]

---

① 在多尔蒂的坚持下，伯恩斯最后甩掉了他的前特工朋友米恩斯；他的偷盗行径让司法部蒙羞，司法部长显然是板着面孔说这话的。当米恩斯同意为惠勒作证时，他显然是从来不想出庭作证的。在出庭的前一天，米恩斯用调查局的密码试图联系多尔蒂，如果司法部长撤销对他的其他指控，他就不去出庭作证。多尔蒂没去理会他，很可能让他终生遗憾。

塞缪尔·霍普金斯·亚当斯回忆起这么一个案子。调查局有一位女员工，担任了某个委员会的传唤工作。她作证说，给她的选择是要么作证，要么挨批评。"第二天，"据亚当斯说，"她收到了 J. 埃德加·胡佛的一封信……专横地命令她辞职。"[18]

惠勒在其自传《西部美国人》中写道："有人来找我们的一些证人，想知道他们会说些什么。还有些证人受到了跟踪。"惠勒补充说，好像这与之前的两次陈述有联系似的，"听证期间，调查局当时的局长助理 J. 埃德加·胡佛，一直坐在多尔蒂的被告席旁边"。[19]

沃尔什后来也回忆说，在他审查搜捕赤色分子事件期间，当时的司法部长特别助理胡佛就坐在帕尔默旁边，协助他回答问题。

除了当局，其他的似乎都没有改变。

调查局现在更加粗野了。

美国的许多大报已经联合起来支持共和党政府，对于国会各委员会的发现，他们要么轻描淡写，要么干脆不予报道。只有一家大媒体例外，那是报业大王威廉·伦道夫·赫斯特主办的连锁报纸。但突然间，他们也停止了对诉讼程序的报道。

惠勒去找赫斯特手下的一名记者。他信任对方并问对方是不是知道为什么突然间发生了变化。

"伯恩斯攻击赫斯特，还拿什么事情威胁他。"记者神秘兮兮地回答。虽然明显地不愿多讲，但他最后还是吐露说："嗯，他们在调查赫斯特带马丽恩·戴维斯①跨越州界的案子。他们已经告诉赫斯特，除非他暂时停止你们的调查，否则他们就会起诉他。"[20]

惠勒自己的痛苦还没有结束。在距离听证日期还不到四个星期的时候，蒙大拿州大瀑布城的一个大陪审团起诉这位联邦参议员的渎职。② 在惠勒回到大瀑

---

① 美国电影女演员、制片人和编剧。——译注
② 预审期间，沃尔什参议员担任惠勒参议员的辩护律师。他不但否认指控，还通过盘问迫使两名主要证人承认他们之前做了伪证；他还出示有力证据，表明整个案子是由多尔蒂的办公室设想的，其目的是诋毁惠勒的调查。
    陪审团进行了两次投票。据惠勒回忆："第一次是外出吃饭，由政府埋单。第二次是宣判我无罪。"[21]

布城出席预审时，似乎这个城市在举行司法部大会；他的朋友们数了数，大街上有二十五到三十名特工。

惠勒在大瀑布城有一些朋友。其中一个——在惠勒的自传中没有亮明其身份，但很可能是当地的一个电话接线员——提供了一个耐人寻味的帮助。后来惠勒回忆说："一天晚上，我在自己的旅馆房间里接到了一个电话。一个陌生人问我，对于司法部与本案特别检察官之间的夜间电话会谈报告，我是不是有兴趣。"

在他自己的参议院听证会上，惠勒曾经激愤地指责司法部窃听电话交谈的行径。但那是在华盛顿；这里是大瀑布城。如果这个帮助导致了惠勒的良心谴责危机，那他在自传中没有提及。他继续陈述说："我自然地回答有兴趣。发话人说，每天晚上的某个时间如果我在房间里，他就让我倾听。"惠勒确保自己遵守约定。然而，"那些长途电话原来是打给 J. 埃德加·胡佛的例行进度报告，它们只是证明（胡佛）一直在密切关注着预审的进展。"[22]

尽管如此，该事件增添了惠勒与沃尔什分享的某些疑点：威廉·J. 伯恩斯的第二把手和主持日常工作的 J. 埃德加·胡佛，无疑是知道，或许甚至是在命令开展诋毁他们的许多违法行动。

沃伦·甘梅利尔·哈定总统没有看到他的政府的倒台。一九二三年八月二日，在宣誓就职两年之后，第二十九任美国总统死在了旧金山的一个旅馆房间里，对其死因，医生们此后是颇有争议的。他死后留下了一位悲伤的寡妇；一位撰写回忆录的情妇，他曾与之在白宫卫生间里调情；至少一个私生子；还有他的"俄亥俄帮"朋友，他曾把他们的一些人安排到政府高官的位置上。

哈定死后，副总统加尔文·柯立芝成为美国第三十任总统。柯立芝不善言辞，不会急于求成，包括清理他所继承的腐败。直到惠勒发起指控和沃尔什的调查进入到第四个月之后，柯立芝才开始认真考虑撤换司法部长的问题，但他还没有动手。这时候多尔蒂犯下了一个愚蠢的——虽然或许是可以理解的——错误，他藐视联邦参议院，拒绝作证或把司法部的记录转交出去。

在国会发怒的压力下，柯立芝总统给司法部长发去了一份措辞严厉的条子，命令他辞职，并在多尔蒂还没来得及回答之时就宣布了这项辞职。过了一段时间，柯立芝似乎下决心要把身边人员换成"诚实的人"，先从内阁成员开始，制订了方案。一九二四年四月八日，多尔蒂的接班人宣誓就职。他是哈伦·菲斯克·斯通，前哥伦比亚大学法学院院长。

司法部长新官上任放的第一把火，是把之前要求司法部拿出来的档案交给惠勒委员会。但当惠勒翻阅这些档案的时候，他发现"它们似乎已被阉割过了"。[23]哈里·多尔蒂已经从 A. 米切尔·帕尔默那里至少吸取了一个教训。

虽然沃尔什的茶壶山丑闻探查导致了一些起诉、预审和几个人的定罪，但惠勒自己对司法部的调查却收效甚微，只是暴露了调查局开展的各种非法行动，其中大都已为调查局长所宣誓承认。

前司法部长哈里·多尔蒂已被审讯两次，罪名是阴谋欺骗美国政府；在陪审团两次都没有同意之后，罪名被撤销了。伯恩斯，虽然他在司法部长斯通上任一个月之后就被解雇，但从来没被指控在调查局长任期内犯有什么罪行，倒是他的两名特工被定罪为企图操纵陪审团。加斯顿·米恩斯经审讯后因偷窃和阴谋罪行，被判处两年有期徒刑。被定罪之后，他写信给多尔蒂，否认了他在参议院所做的证词，但那没有用，他没有得到减刑。

看到米恩斯入狱，胡佛应该是很高兴的。他极为讨厌这个人，在哈定当政时期，米恩斯已经成为影响调查局声誉的腐败问题的一个公开象征。

但胡佛没有看到米恩斯的最后下场。米恩斯将在林德伯格绑架案中再次出现，他从女继承人埃瓦琳·麦克林那里敲了一笔十万美元的"赎金"，差不多是她所拥有的"希望蓝钻石"的价值。在狱中，他在临终之时，还想进行最后的诬骗，临死时他知道他的最后一个受害人不是别人，正是他的老"朋友"J. 埃德加。

胡佛也没有最后看到伯顿·K. 惠勒和托马斯·J. 沃尔什。

幸运的是，胡佛既没有能力也没有时间去进行预言。他目前的问题已经够多的了，因为过去的一个幽灵又出现了。新来的司法部长哈伦·菲斯克·斯通，曾经强烈反对帕尔默开展的袭击行动。

资料来源：

[1]《纽约时报》，1971 年 9 月 5 日。

［2］哈里和伯纳罗·奥弗斯特里特：《在我们开放社会的联邦调查局》（纽约：W. W. 诺顿出版社，1969 年），第 24 页。

［3］同上，第 25 页。

［4］洛文塔尔：《联邦》，第 6 页。

［5］同上。

［6］同上，第 7 页。

［7］同上，第 11 页。

［8］同上，第 8 页。

［9］拉塞尔：《阴影》，第 516 页。

［10］威廉·J. 伯恩斯在众议院拨款小组委员会的证词，1922 年 11 月 16 日。

［11］德马里斯：《局长》，第 6 页。

［12］同上，第 7 页。

［13］拉塞尔：《阴影》，第 518 页。

［14］库克：《联邦调查局》，第 131—132 页。

［15］怀特黑德：《联邦调查局故事》，第 57 页。

［16］洛文塔尔：《联邦》，第 365 页。

［17］伯顿·K. 惠勒和保罗·F. 希利：《西部美国人：来自蒙大拿州的美国出生的联邦参议员及其坦诚和激荡的人生故事》（纽约州花园城：双日出版社，1962 年），第 234 页。

［18］塞缪尔·霍普金斯·亚当斯：《难以置信的时代：哈定的一生和时期》（波士顿：霍顿·米夫林出版公司，1939 年），第 330 页。

［19］惠勒：《美国人》，第 228 页。

［20］同上，第 234—235 页。

［21］同上，第 241 页。

［22］同上，第 239 页。

［23］同上，第 230 页。

第十章　胡佛局长

　　得到参议院的确认后，新任的司法部长离开白宫走到街上，他问一个警察："司法部在哪里?"如果风向对头，他是用不着问路的。"在我当了司法部长后，"哈伦·菲斯克·斯通后来回忆说，"调查局有……一股难闻的怪味。"[1]他很快发现，司法部的其他部门也一样。虽然他必须让伯恩斯离去，但其他事情更加重要，因此一个月前，他才把调查局局长叫到自己的办公室。

　　其间，他把自己认为调查局的错误行为做了笔记："有些人有不良记录……许多人有犯罪前科……整个组织无法无天……许多行动未经联邦法律授权……特工的行为极为残忍和粗暴……费利克斯·弗兰克福特说，关键是人……对此我是同意的。"[2]

　　斯通也向身边人咨询，他应该挑选谁去接替伯恩斯。"我不知道应该信任谁，这些人我都不了解。"他对约翰·洛德·奥布莱恩吐露说。[3]

　　奥布莱恩现在在华盛顿办了一家私有企业。他没有推荐他的前助手，当时他显然也没有严肃地说过关于他的什么坏话。但其他许多人提及了他。"胡佛"这个名字斯通听到得最多了，虽然不是所有人推荐他，当然也有人表示疑问，常常是偶尔提到的。"许多人认为胡佛太年轻了。"斯通回忆说，或者他"与伯恩斯走得太近了"。[4]

　　斯通甚至在一次内阁会议上提及了这个问题。当时的商务部长赫伯特·胡佛转告他的助手劳伦斯·里奇说，斯通在找人要替换伯恩斯。

　　"他们为什么要到外面找人? 他们内部就有一个合适的人选，一个年轻的受过良好教育的律师，名叫胡佛。"

"你认为他能行吗?"商务部长问道。

"我认为他可以的。"里奇回答说,"他是我的好朋友。"[5]

劳伦斯·里奇以前推荐过他的朋友担任调查局局长助理,他本人的背景很不寻常。他在十三岁就开始为美国联邦经济情报局工作。通过地下室的窗户看到一帮人在制作假币,他告发了他们。此后,特工们就利用他去开展监视、非法闯入和正规特工太显眼的其他工作。十六岁时,他成为一名正式特工。二十一岁时担任西奥多·罗斯福总统的警卫员。离开联邦经济情报局后,他建立了自己的侦探事务所。三十二岁时,他被引见给担任第一次世界大战粮食管理员的赫伯特·胡佛。赫伯特·胡佛招募他负责调查粮食项目的欺诈和腐败犯罪。在接下来的四十二年时间里,直至他死去,里奇一直是"总工程师"①的主要助手和秘密线人。据一位作家说,里奇是"一个神秘的甚至是邪恶的人物",他有"一种特殊的天赋,善于挖掘政治对手的点滴丑闻"。[6]

里奇和J.埃德加·胡佛都属共济会的同一个分会,也是同一个大学俱乐部的会员。里奇喜欢谈论他的联邦经济情报局经历,那时候胡佛会认真地倾听。

里奇的推荐分量很重,商务部长胡佛把话传给了司法部长斯通。

在后来的年月里,前总统胡佛偶尔会评论说:"在某种程度上,我应该对任命J.埃德加·胡佛负责。"在讲这个故事的时候,他总是补充说:"可这不是搞裙带关系,告诉你们,我们根本不是亲戚。"[7]

J.埃德加也赞赏赫伯特·胡佛对自己的任命,这种说法出现在联邦调查局授权的所有印刷品之中。

但斯通的传记作者艾菲厄斯·托马斯·梅森看过所有的资料,也采访过或联系过大多数的有关人员,他声称最应该负责的是一位妇女,叫梅布尔·沃克·威利布兰特夫人,她是当时司法部长的一位助理。

一天上午,斯通询问威利布兰特,胡佛这个人怎么样。她告诉他说,她认为胡佛是一个"诚实的消息灵通人士",还说胡佛"像电线那样灵敏,一按开关就有反应"。

"人人都说他太年轻了,"司法部长告诉她,"但或许这是他的优势。显然,他还没有学会尊重政治家,我相信他会组织起一批年轻人作为调查员,并向他

---

① 赫伯特·胡佛的绰号,因为他当过多年的采矿工程师。——译注

们灌输和培育坚强的意志，能够顶住国会和政治的压力独立开展工作。"①[8]

有人向斯通做了出色的推销工作。

虽然 J. 埃德加·胡佛赞赏赫伯特·胡佛，梅森赞赏威利布兰特，仍然还有一个因素在推荐中起到了重要的作用。斯通在写信给他的接班人、哥伦比亚大学法学院院长扬格·B. 史密斯，谈及他的选择的时候还评论说："我发觉他能够接受我的想法。"[9]

胡佛善于迅速判断细微的差别，他很可能早就感觉到，斯通真的很希望有人能够分享他的想法并去贯彻执行。

五月九日，司法部长把威廉·J. 伯恩斯叫来自己的办公室，要他辞职。伯恩斯说，他不想辞职。这对斯通来说算不得什么新闻；一个月以来，伯恩斯一直对记者这么说的。

斯通回答说："或许你最好还是考虑一下。"

伯恩斯有理由相信，斯通也许在盘算要起诉他，于是他在第二天辞职了。[10]

那天，司法部长对媒体发布了一份声明。该声明以其自己的方式，强调要回归开始，重申了理想和希望。这是司法部长波拿巴在创建调查局时提出来的，但有一个不同，即承认在之前的年月里有些事情做得很不好。

"秘密警察制度一直都有可能导致滥用职权，从而对自由政府和自由体制构成可能的威胁，这一点人们也许难以立即理解或明白。然而近年来，随着联邦民事及刑事立法的大量增加，调查局已经成为一支必不可少的执法力量。但重要的是，调查局的活动必须严格限定在其创立之初的这些职能范围之内，其特工人员不能凌驾于法律之上，不能超越法律的范围。

"调查局不能去干涉个人的政治或其他观点，只能规范自身的行为，并对美国法律所禁止的行为进行干涉。如果警察机构超越了这些限定，就会危及司法

---

① J. 埃德加·胡佛之所以从来就没有公开承认过威利布兰特夫人在他任命中起到的作用，很可能主要不是因为性别歧视，而是因为这个出色的女人能够挑起公开辩论的能力。

人们通常会忘记梅布尔·沃克·威利布兰特做出的许多成就，只记得她这样的事情，诸如在 1928 年大选时介绍阿尔弗雷德·史密斯加入天主教（虽然她后来也皈依天主教）；在回答记者关于三 K 党的提问时说："我并不反对人们穿上床单那样的服装，如果他们自己欣赏那样的事情。"抛弃丈夫（一说她丈夫陷入了一个沸沸扬扬的官司）；以及——作为司法部首席禁酒官员退休之后——获取政府补贴，为加州葡萄种植业向市场投放葡萄浆产品提供便利，这样的产品，如果加入水和糖，再等待 60 天，就能够酿制出 12 度的葡萄酒。

行政和公民自由，而这些恰恰是我们必须坚决捍卫的。在这个框架之内，警察机构应该对违法作恶者形成一种威慑。"[11]

那天的晚些时候，司法部长把二十九岁的 J. 埃德加·胡佛叫到了自己的办公室。胡佛当然知道，伯恩斯已经被炒掉了。他所不知道的是，他后来说，下一个会不会轮到自己。

进入办公室后，胡佛对两件事情大为吃惊：即使坐在办公桌后面，司法部长依然显得高大（斯通身高六英尺六英寸，体重超过两百五十磅）；而且他阴沉着脸。

"年轻人，"斯通突然说话了，"我要你担任调查局代局长。"

胡佛回答："我可以接任这工作，斯通先生，但有几个条件。"

"什么条件？"

"调查局必须与政治分离，不能是政治文人的接待站。任命必须考虑优点。第二，晋升要根据能力，而且调查局只对司法部长负责。"

"如果是其他条件，那我是不会答应你的。"司法部长回答，他依然皱着眉头阴沉着脸，"就这样。再见。"[12]

上面是关于一九二四年五月十日会面胡佛自己的版本，是他说给梅森、怀特黑德和其他许多人听的。由于哈伦·菲斯克·斯通还活着（他当时是美国最高法院大法官），而且没有挑战这种说法，人们可以认为基本上是这么回事。但这里少了一个重要的细节。在所有的叙述中——除了梅森的例外——都没说这是一个临时性的、过渡性的任命。据梅森说（他的来源是斯通写的一封信）："五月十日，斯通要胡佛担任代局长，双方都理解这是临时任命，直至司法部长能够找到合适的人选。斯通在做出临时任命的决定时很谨慎，而且还要求胡佛直接向他报告。"[13]

在华盛顿，胡佛的临时替工身份并不是什么秘密。在与胡佛会面后六天，司法部长告诉《华盛顿先驱报》："我并不是急于要选定伯恩斯先生的接班人，因为我要挑一个合适的人选。在我找到之前，我想亲自监督调查局。"[14]

胡佛只是一个试用工。如果想保住这个饭碗，他就必须让斯通深信，他不但干得很好，而且比斯通能够找到的任何人都干得更好。

斯通说他要监督调查局，这话是当真的。在胡佛被任命后三天，司法部长发给了他一份备忘录，里面有他要求的六点内容：

"一、调查局的活动要严格限制在违法事件的调查，要按照我的指示，或主持司法部日常工作的副部长的指示行事。

"二、我要求把调查局员工人数，减低到能够与其行使正当职责的工作量相符的数量。

"三、我要求你审查调查局的全体人员，从有利于工作起见，解聘那些不合格或不可靠的人员。

"四、之前我下达过指示，除了司法部在办案的正式员工，那些所谓的'象征性薪俸'人员，应予解聘。请监督这些事情的尽快执行。

"五、我要求在新的指示下达之前，没有我的批准不能安排新的职位。在安排职位的时候，请任命德才兼备的人员，优先考虑那些接受过法律培训的人。

"六、我特别想增强调查局员工的士气，我相信这条路的第一步是遵守前面提及的几项建议。"[15]

如果说斯通怀疑胡佛的办事能力，那么三天后他的疑云消散了。代局长汇报说：针对一，他已经发布命令把所有调查工作都严格限制在违反联邦法律的案子内；针对二和三，他正在审查调查局每一个员工的档案，"为维护调查局的利益"分拣出那些要终止雇佣的人员；针对四，他已经通知那些"象征性薪俸"的人员，调查局不再需要他们了；针对五，他已经提高了招聘条件，申请人如果没有经过法律或财务知识培训，将不予考虑。

至于六，"调查局员工将会尽一切努力提高士气……并不折不扣地执行你的指示"。[16]

经斯通的迅速批准后，胡佛解雇的第一个人是加斯顿·米恩斯，他人在狱中却还是调查局花名册上的"停薪留职"人员。伯恩斯的秘书杰西·达克斯坦夫人在惠勒委员会作证后不久，胡佛也解雇了她。但她被解职的原因恐怕与其作证的关系不大，更可能是因为海伦·甘迪现在是全面负责办公室的工作。

虽然老特工谈及了"一九二四年大清洗"，但没有大规模的裁员。在接下来的七个月时间里，只有六十一人离开了调查局，其中特工人数不到一半。胡佛理解华盛顿，他立即解聘了凭政治影响走后门进来的人员。斯通可以是理想主义者，处在试用期的胡佛必须是现实主义者。在共和党当政时期，如果大量解聘共和党赞助人介绍的人员，那是不现实的，也是自取灭亡。他解雇了几个，慢慢地打发了另一些。在获悉有严格的新规之后，离职者大都心平气和没有怨言。即使那样，胡佛也是小心翼翼很谨慎。

一个特工放着调查局的任务不去执行，而去为一位著名参议员的竞选活动跑腿。胡佛决定给他最后一次机会，把他调去了另一个州。过了几天，胡佛被召唤到了斯通的办公室，看到了皱着眉头的司法部长和一位怒气冲天的参议员。斯通询问是怎么回事。胡佛凭记忆做了汇报。在他说完后，司法部长评论说："胡佛先生，我不知道你是不是犯了一个错误。"然后，经过长时间的停顿之后，他补充说："我认为应该把那个特工炒掉。"[17]

接下来几天、几周和几个月发生的事情，在政府的编年史上很可能是唯一的。在司法部长的监督之下，代局长从上到下重新整合了调查局。

首先是业务方面，胡佛重建和加强了上下级的命令和报告制度。当初芬奇在调查局当家的时候曾建立过一个，但到了弗林和伯恩斯时期，这个规矩基本上被打破了。

最高的是政府所在地的调查局华盛顿总部，与以往一样，负责人是局长和副局长。

在他们之下，原先有四个部门，其职能常有重叠。胡佛设立了六个部门，相互间职责分明。之前，各部门负责人是直接向副局长报告的。现在，不是偶尔而是每天和每天多次，有时候是当面但更多的是通过备忘录，向上级报告有利害关系的情况。

更有甚者，为避免局限性，胡佛建立了部门负责人的每周例会制度，讨论各部门的问题和全局的问题。

在华盛顿总部之下是各个"分局"——整个美国及其海外领地分为五十三个大小不同的部分，每个部分的管理机构是分局，由一名主管特工担任分局长。

多年来，有些分局长已经成为"封疆大吏"，建立了自己的地盘，常常处于几乎是独立于总部的自治，虽然没有从地方政府获得自治。

胡佛在一九二四年七月一日写给各分局长的备忘录，改变了这一切。备忘录的开始部分平平淡淡的："我把主管的分局长看作是我的代表，"胡佛这么写道，"我认为，你们的职责是要保证特工和分局的其他职员都是全力服务于政府事务的。"

再看下去，分局长们发现他们将会得到比以往更大的权限。每位分局长不但要负责分配给他的特工和其他职员，还要监督进入其地盘执行特殊任务的外地特工。此外，他还要给他们打分，鉴定他们的业绩。之前，偏爱往往可以决定谁可以得到晋升。现在，唯一的标准将会是效率。严格的优缺点评判制度建立起来了。随着时间的推移，这个制度越来越严格和分明。超越期望和要求的漂亮的行动，能够得到表扬；没有达标的表现，或者任何违规行为，都会受到批评。做得够好的，意味着晋级和加薪；反之，则是停薪留职、降级降薪、打入冷宫或做辞退处理。

然后事情急转直下。增加了额外的责任后，就会有更严格的责任制。各分局长还要由总部给他们评级，采用的标准远比普通特工更高。下级犯下的错误，分局长本人也要负连带责任。[18]

胡佛七月一日指示所产生的震惊还没有结束，又有了其他的要求。

为监督新规的执行，建立了检查制度。总部的巡视检查组会不定期地突然降临分局，检查工作量、流程、总工时、特工任务，以及——虽然胡佛认为不宜提及——分局长是不是在办公室里工作或者在外面。

有些分局长没能挨过第一轮巡查。另一些没能挨过返回华盛顿的"再培训"，这是胡佛的又一个革新项目，即每一位分局长（最后还要求每一个特工）定期返校"回炉"，学习新规则和新技能。

但有些人什么也用不着担心了。年底的时候，通过撤并和重新分配工作量，胡佛撤销了五十三个分局中的五个；到第二年年底，只剩下了三十六个；到一九二九年时，只有二十五个了。

胡佛改革的关键是标准化。此前，每个分局都有自己的档案系统。前国会图书馆馆员为各分局建立了一个标准化的系统。比如一名特工从佛罗里达州杰克逊维尔调到了华盛顿州西雅图，他第一天上班就可以开始使用档案。

之前，特工是通过当时最方便的形式发送报告的：邮件、电报、电话或当面汇报资深特工。报告、证据，甚至整个案卷的丢失也不是很少发生。胡佛引进了一份打印的表格，配上了清楚的如何使用说明。光是这个，就减少了调查局三分之一的纸面工作量，节省的电话费为每个分局每年平均九百四十美元，节省的时间可去处理其他的案子。在报告预算的时候，这一切都可以转化为统计数据。

更为重要的是，这能够协助提升最重要的统计数字：定罪。

联邦检察官可以看着表格——用不着花上几个小时的时间询问特工或者证人——就判定证据是否有力，案子是否可以移交法院。

在伯恩斯当家的时候，几百个案子从来没有得到起诉，因为遇到了难题。但也有几百个案子败在了法院，因为收集证据的特工不知道什么证据是依法可采纳的。现在，法律培训成为必要条件，培训课程把重点放在了规则和证据上面，遗漏的"好案子"减少了，送法院的"坏案子"减少了，由此显著地提高了定罪的百分比。

对于这些标准化，感受至深的莫过于新中心学校的军官学员，即调查局特工。虽然人与人各有不同，各有所长，胡佛决心让他手下的人员能适应各个部门，人人都能够做各项工作，不管是追猎贪污犯或白奴。即使是法学院毕业的特工，也被要求去学习会计课程。

但事情不止于互换工作。总部给各分局下发了奇特的规章制度，建立起有关工作业绩、行为举止，甚至还有着装的期望标准。很快，备忘录会装满一个活页笔记本，然后会变成一份手册和几份手册。一名特工能够从中找到他的各种问题的答案，从如何审问一个醉酒女疑犯，到上班要戴什么颜色的领带。

随着时间的推移，他们的生活变得更加标准化了。而且常常，该标准就是约翰·埃德加·胡佛自己的标准。

比如关于禁酒的问题。不管喜欢与否，这是美国的法律。"在有些人看来，我很可能是个怪人，"局长在写给所有特工的一封信中说，然而，"在本局内如果我发现有人在任何场合沉溺于任何酒类，那么我决心立即把他开除出去……我本人不喝酒……因此，我也不希望特工破这个戒。"①

就这样，胡佛自己的标准成了那些特工、会计员、秘书、文员和调查局其他员工的标准。在这些事情上光是坚持法律是不够的；即使是不合适的行为也不能出现，必须避免。

----

① 丹佛分局长递了一杯酒招待来自华盛顿的一位旅途劳累的客人。一个星期之内，丹佛分局换了一位新的分局长。

"我深信，当一个人加入调查局后，他就必须遵循正式和非正式场合的行为规范，消除因为其行为或举动而产生的受批评的可能性。"[19]

调查局的好名声有了危机。随着时间的推移，还有 J. 埃德加·胡佛的好名声也慢慢陷入了危机。

许多想法并不新鲜：波拿巴和芬奇优先考虑的是员工的法律知识，比拉斯基为新加入的特工建立了第一个培训学校——虽然在弗林和伯恩斯的私家侦探时期，这两种做法已经放弃不用了。①

胡佛自己的才能不是创新，而是把好想法重组起来，并找到执行的方法。许多改革都是特工们自己的建议，尤其是总部胡佛周围那帮人出的主意。胡佛选中的副局长、博览群书的哈罗德·"老爸"·内森，自一九〇三年起就在政府工作了。进入调查局是一九一七年，是从"基层"调来的，在那里他的组织才能大都浪费掉了，他回忆起在"火线"遇到的许多问题，后来一个个改正过来了。文森特·休斯也比胡佛先进山门，他是一个优秀的技术人才。胡佛让他负责两个调查处的其中一个。在休斯的领导下，"专案组"的理念建立起来了。②查尔斯·阿佩尔是会计员和检验员。有一天，他走进局长的办公室，询问能否参加在西北大学举办的警察学习班，胡佛同意了，条件是他也得帮助芝加哥分局摆脱困境。回到华盛顿时，阿佩尔只带来一个借用的显微镜，创建了名闻遐迩的联邦调查局实验室，把调查局带入了现代科学调查的时代。詹姆斯·伊根建立了许多行政新流程。严守纪律的伊根还建立起监察制度，并成为调查局的首位监察官。曾经为胡佛领导下的总情报处执行过某些敏感任务的 E. J. 康内利，继续发挥这个作用。胡佛大学时代唯一的密友弗兰克·鲍曼，成为调查局第一位弹道专家，后来也是调查局的一位火器教官。为"新局"做出重大贡献的其

---

① 大多数主意也不是斯通或胡佛的。斯通认可的模式是苏格兰场。对其实际的运作流程，他知之甚少，但苏格兰场具有他所认为的一个成功警察组织的三大要素：（1）其本身必须遵纪守法；（2）所有的人员都接受过有关情报和其他教育；（3）他们都参加过专业工作的强化训练。

② 专案组是为重大案件设立的，由几名特工组成。搜捕约翰·迪林杰就是一个专案。每个专案组由一名经验丰富的特工担任组长。专案组长不是在华盛顿，而是在现场工作，他有权当场做出决定，亲自挑选精干的小组成员，他可以打破各分局的界限，根据线索派遣组员去现场调查。这种高度集中的进攻，是现代打击力量的先行者，侦破了调查局的许多大案。

他人，还有约翰·凯斯、休·克莱格、查尔斯·温斯特德和爱德华·塔姆。

公众是不知道这些人的。局外人很少了解他们的名字或成就，因为从一开始，每次抓捕、每封函件、每次新闻发布会——以及每次嘉奖、调动、批评、晋级或降级——都有代局长的签名或其合适的复制签名。

如果是胡佛获得了荣誉，那是有争议的，但事情出错时，也是胡佛受到责备。一开始的时候，谁也不关心谁获得了荣誉。大家关心的都是，这个方法行得通吗？

在老员工看来，用经验丰富的资深特工汤姆·麦克达德的话来说，是"我们生活中最激动人心的时期"。查尔斯·阿佩尔后来回忆说："胡佛调动了人们的积极性。"爱德华·塔姆解释说："我们雄心勃勃，我们不但要做得对头，而且要做得更好。""那时候，"阿佩尔继续说，"有那么多的工作需要改进。胡佛喜欢被看作执法先锋，他什么都想尝试一下。"[20]

不久开始了演讲。胡佛的侄子侄女和外甥外甥女们回忆起他在镜子前面的排练。早期的这些演讲会让他后来的粉丝们感到震惊。胡佛坚持认为，犯罪的原因是社会和经济的问题。如果能够消除贫困，犯罪本身就会减少。

在执法和公众的角度来看，这不是一个受欢迎的姿态，在司法部长斯通辞职后不久，胡佛就丢掉这事，投身到法律和秩序主题中去了。这个主题后来成了他的印记。

但他尝试过了。

他甚至尝试招募女特工。最早的两个都是财务科的，在一九二四年通过了培训学校的课程，领取了警徽和证书。不到四年，两人都离职了。她们是最早的两个也是最后的两个。就胡佛来说，这项实验失败了。

但他尝试过了。

一段时间内，每项改革都产生了矫枉过正的现象。督查制度成了高官们清洗异己和提拔朋友的手段。培训学校自动排斥有独到想法或独立倾向的人。建议成了戒条；灵活硬化成死板。避免错误的出现变成比避免错误本身更为重要。为了保持调查局和局长的好名声，甚至犯罪也不在乎。随着时间的推移，胡佛接受新想法的能力下降了。一时间，老办法成为唯一的办法。

但也可以说是开始。看到代局长的成就，司法部长哈伦·菲斯克·斯通很是高兴，从 J. 埃德加·胡佛的角度来看，他的见习期差不多可以看到头了。

只有两个问题。一个问题是威廉·"野比尔"·多诺万，另一个问题是罗杰·鲍德温。

虽然斯通答应胡佛，调查局只对司法部长负责，但他并没有书面的确认。司法部还有其他一连串的规定。胡佛的直接上级是负责刑事司的司法部长助理，除了调查局，部长助理还主管另外六个局。

八月份的时候，斯通发现了他认为合适的一个部长助理人选。

即使在任命正式公布之前，胡佛就已经了解了他的新"老板"的详情。威廉·约瑟夫·多诺万的出生日期是一八八三年一月一日，比胡佛年长十二岁，而且他们是同一天的生日。

似乎，这就是他们的所有共同之处。

多诺万出身于纽约州中产阶级的爱尔兰人家庭，娶了一个上流社会的富家女子。他获有哥伦比亚大学的法律学位，在学校橄榄球队担任四分卫，也是富兰克林·德拉诺·罗斯福的同班同学，更为重要的是，他还是当时的哈伦·菲斯克·斯通教授的得意门生。

多诺万还有一个"后台老板"。他的朋友和政治良师，而且毕业后还在其律师行里工作过一段时间，这个人不是别人，正是胡佛的前老板约翰·洛德·奥布莱恩。据可靠消息说，多诺万将成为"奥布莱恩在司法部的耳目"。

美国参战后，作为纽约国民警卫队第一骑兵团第一骑兵连的上尉，多诺万去了法国。在三次受伤和两次在战场上当场晋升之后，多诺万上校带着战斗英雄的荣誉回来了，他的胸前挂满了勋章，还得了个"野比尔"的诨号。

不但是战斗英雄，"野比尔"·多诺万还是美国历史上功勋卓著的军人，是获得全国三项最高功勋的第一个人：优秀服役勋章、优秀服役十字勋章和国会荣誉勋章。他还是美国退伍军人协会的创始人之一。

多诺万回归平民生活后，许多第一流的律师事务所邀请他加入。他没有接受，却开始构筑政治基础，加入了几个合适的俱乐部和委员会，发展友谊和未来可能的同盟。一九二二年，多诺万作为共和党候选人首次竞选纽约州副州长，但没有成功。胡佛明白，多诺万这次尝试，远比其失败更为重要。由于之前就知道，艾尔·史密斯领导的民主党依然能够坐稳奥尔巴尼①，显然，奥布莱恩安排他的门生参与竞选的用意，只是为了亮相和积聚党内人气。在胡佛看来，此后两年多诺万担任纽约东区的司法局长，以及现在的任命，都是以后政治上飞黄腾达，甚至可能成为司法部长的铺垫。

胡佛所不知道的是，多诺万的梦想更为伟大。约翰·洛德·奥布莱恩曾对一位朋友吐露说："比尔具有雄心壮志，他的抱负是成为美国第一位天主教总统。"[21]

他们之间截然不同的背景，以及多诺万的政治抱负，都不是问题。所有这些胡佛都能够对付，假如他的新老板没有其他特征。

多诺万很快就处处表现出"帝国缔造者"的样子，这是胡佛特别憎恨的。

即使是多诺万后来的传记作家和联邦情报局的同事斯图亚特·艾尔索普和托马斯·布雷顿也干脆地承认说，他"不是第一流的管理者"。另一位同事和朋友斯坦利·洛弗尔甚至说得更为直率："认识多诺万的人和在他手下工作的人，都认为他的组织能力很差。"[22]

更为糟糕的是，以胡佛的观点来看，多诺万什么都想管，事事都要干涉。当然，包括调查局的事务。

在花几个月时间建立起各种规章制度和纪律条例之后，突然间胡佛发现自己的命令被取消了、流程被改变了、纪律制度被搞乱了——常常是既没有事先的协商，也没有事后的解释。

可以预见，他做出了反应。通过备忘录和亲自找上去，胡佛对这种干涉提出了强烈抗议，声称这样做降低了他的权威、干扰了调查局的工作。

但是，他发去的备忘录常常得不到回答。没多久，每当胡佛直接找过去的时候，多诺万都很忙，没时间见他，把这些"胡佛的事情"转给在办公室的随便哪位助手去处理。有一次（几十年后回想起来依然令人痛苦）代局长带着他认为非常委屈的事情——多诺万"借用"他的几名特工去搞他自己喜欢的事情——去了部长助理的办公室。一位助手嚼着口香糖，简短地说："恐怕上校又有了新的念头。"如果说胡佛夸大了这种事情的严肃性，那么多诺万则是极大地低估了此事对胡佛的重要性。

---

① 纽约州首府。——译注

从一开始，多诺万就完全误判了他的调查局长。他认为，胡佛只是一个公务员，而且是个"临时工"，没什么来头或权势。他常常轻蔑地把他当作一个"仔细的人"，意思是他缺乏想象，视野不够开阔。胡佛善于掌握和运用细节不是弱点而是强项这个概念，按照多诺万的性格，完全是陌生的，他甚至没去思考这个问题。忽视了这个，他还忽视了胡佛对这个细节的持久的重视。

换成另一个时间或在另一种情况下，胡佛很可能索性"绕道"越级去找司法部长斯通。但他知道多诺万是斯通喜欢的人，而自己还在见习期。胡佛很少去冒绕道越级汇报的风险。他只能强压怒火。

直到多年后——当他们的斗争上升到了全球规模的时候，当威廉·J.多诺万的伟大梦想一个个破灭之后——对于J.埃德加·胡佛的"可怕的耐心"来说，他才明白同事意味着什么。

多诺万本人是个游戏大师，虽然他不欣赏胡佛的记恨，但他很快就发现了他的一些计策。

"胡佛要用备忘录把你淹死。"后来的一位司法部长拉姆齐·克拉克回忆说，"司法部长很可能要把所有的时间都花费在给局长回备忘录。"任何一天，胡佛也许会把五十份备忘录送交司法部长的办公室，其中四十九份都是些例行公事。"但除非你是一份份一行行地阅读，否则你有可能错过一段真正重要的内容。"[23]此后，如果他提出异议，胡佛就会回答说，我已经告诉过你了，在某一天。

多诺万不久就学会了报复，不是从数量上而是从类型上。

早在一九二四年六月十日，斯通就要求检查一下联邦刑法对美国共产党活动的适用性。虽然司法部长正忙于对整个司法部进行改革，但他显然是忘记了这个要求。多诺万注意到胡佛还没有回答，于是就逼他，直至他被迫写了一份令他长久后悔的备忘录作为回复。

日期是一九二四年十月十八日；收件人是威廉·J.多诺万，主管刑事司的部长助理；发件人是调查局代局长J.埃德加·胡佛；主要内容是：

"当然，需要记住的是，目前共产党和其他激进分子的活动，还没有违反联邦法律，因此从理论上说司法部没有权利去调查这种活动，因为没有违反联邦法律。"[24]

虽然用了一些修饰短语，但胡佛不得不书面承认，作为总情报处的负责人，他的大多数行动都是非法的。但由于他在帕尔默和多尔蒂手下都干过，自己又是这方面的专家，胡佛清楚地知道，档案里面的内容以后是可以抽走的。

但这次，多诺万显然已经开始重新评估他对胡佛的初始印象，他做了代局长在做的事情。他自己开始保存胡佛的档案。

当司法部长告诉他，准备考虑任命胡佛为调查局正式局长的时候，多诺万不但反对这项任命，而且敦促斯通把他炒掉。

好像胡佛的麻烦还不够多似的，帕尔默袭击事件的阴魂又出现了，这一次是以美国公民自由协会的传单形式，标题为"全国范围的间谍系统集中在司法部"。

对付传单的最简单方法是不予理会。但胡佛没有采用这个选择。美国公民自由协会的创始人罗杰·鲍德温，发了一份传单给司法部长，斯通批转给了胡佛，上面写了条批语："请评论"。

传单的内容好多超越了帕尔默时期，包括多项新的指控，其中有调查局特工协助当地警方开展一九二三年的"五·一"大袭击；伯恩斯利用自己的职位和调查局特工，发展自己的侦探事务；以及司法部向各工商企业主提供激进分子嫌疑人的黑名单。

这一切都是真的。这一切也可以追究到伯恩斯的身上。

胡佛最关注的问题，既不是这个，也不是现在标准的窃听、邮件截取和非法闯入的指控，而是传单上对调查局档案的强烈谴责，包括档案的搜集、保存和传播。除了许多档案之外，美国公民自由协会还指责调查局保留着一套总索引，内有被标上了激进主义"支持者"的"几十万人"的名字。否认是不容易的，因为伯恩斯最后一次出现在众议院拨款委员会面前的时候，曾经自豪地声称这套总索引和档案的存在。

还有两件事情肯定也让胡佛颇为头疼：一是这个批评的时间问题，正是他想说服斯通他想转正当局长的时候；二是其消息的来源问题。罗杰·鲍德温和哈伦·菲斯克·斯通不但都持有自由的观点，他们两人还是好朋友。①

---

① 多年后，罗杰·鲍德温透露说："哈伦·斯通是我们很好的朋友。他有我们的想法，我们有他的想法。"[25]

在回复斯通的要求时，胡佛写了七页纸进行反驳，他否认了许多指责（调查局"没有电话窃听的设备"，胡佛说，他清楚地知道这话是不真实的）；把其他指责推到伯恩斯和弗林的头上；确认保留着索引和档案，因为要与其他机构共享（比如国务院的护照申领审查）；谴责美国公民自由协会为世界产联提供诸如法律援助那样的不负责任的做法。

虽然做得很谨慎，但胡佛还是忍不住提及，发出指责的罗杰·鲍德温这个人是有前科的。

斯通给鲍德温和胡佛的回复，都提出了相同的建议：你们两人可不可以坐到一起讨论一下？[26]

罗杰·鲍德温是很愿意的。事实上，他还是带有些许的欣赏期待着这次会面。虽然与胡佛先生从未谋面，但他对调查局还是有所了解的。一九一八年八月三十一日，在一个叫宣传联盟的爱国团组协助下，调查局特工对和平主义的全国公民自由局纽约办事处发动袭击，起获了一些文件，并抓走了包括其创始人罗杰·鲍德温在内的一些人。①

在监狱服刑期间，鲍德温迎来了一位不速之客。曾经领导过八月份袭击的调查局特工雷米·芬奇提出了一个令人难堪的要求。宣传联盟的小伙子们搞乱了全国公民自由局的文件，看得他一头雾水。鲍德温能否帮助他们整理清楚？

深信这些文件可以证明他的组织并没有所指控的鼓动逃避兵役，鲍德温同意了。在接下来的一个月里，每天上午一名特工把鲍德温带出监狱，接到位于公园路15号的调查局办公室去整理文件。作为主人，雷米盛情款待。中饭时分，他坚持要带鲍德温去上档次的餐馆吃饭。有一次，为打破这种单调的工作氛围，他甚至招待他去看了一场滑稽戏演出。他还连续几个小时为他讲述他自己当特工的激动人心的冒险故事。

鲍德温后来回忆说："他自豪地向我展示了他的电话窃听设备，还问我要不要听听其他人的会话；我说出来的人名，他都已经安排窃听了。我谢绝了。他还向我展示了成立世界产联当地基层机构的整个圈套——形式、会员卡、刊物。

---

① 全国公民自由局是美国公民自由协会的前身之一，其宗旨是保护有良心的批评者的权利。宣传联盟是由团结联盟俱乐部的会员所组成。与司法部象征性薪俸的雇员一样，他们也可以免除兵役。

这样，（调查局）就可以去抓捕他们认为的'罪犯'。"

在整理档案的时候，鲍德温发现调查局的一份文件错误地插入进去了。文件的标题是：罗杰·鲍德温——世界产联的鼓动者。"我把该文件递给了芬奇，没作评论。"鲍德温回忆说，"他第一次看上去有点尴尬，说'即使不对，我们也要让证据显得充分一点'。"[27]

虽然调查局的指控撤销了，鲍德温因为反对征兵而被定罪为逃避兵役，并被判处九个月监禁。现在，他期待着与胡佛先生的会面。他有好多问题要问这位伯恩斯先生的接班人。

相比之下，胡佛是在司法部的法律资料室里为这次会面做准备，他在研究有关滞留和销毁联邦记录的法律。

J.埃德加·胡佛（乔治·华盛顿大学法学院 1916 届毕业生）和罗杰·鲍德温（哈佛大学 1905 届毕业生和考德威尔监狱曾经的囚徒），在一九二四年八月七日会面了。虽然在场的还有司法部长，但他基本上是让调查局代局长在说话。

在鲍德温看来，年轻的胡佛先生一点也不像伯恩斯先生。胡佛彬彬有礼，一副律师的样子，很快就让鲍德温相信，他是"迫不得已"才参加帕尔默、多尔蒂和伯恩斯他们的行动，声称他对他们的策略表示遗憾，但他没有能力改变他们。他说话语速很快，逐条说出了司法部长的新原则，确切地解释哪些原则他已经在执行了。总情报处或反激进处已经解散；渗入工会和政治团体是过去的事情，调查局参与州和地方工团主义案子也一样；私家侦探和象征性薪俸的人员已经被清退了，代之以经精心选择和特别培训的法学院毕业生。胡佛告诉鲍德温，他唯一关心的是如何帮助司法部长建设一个高效率的执法机构。

似乎这更像是背诵而不是对话，但给鲍德温留下了深刻的印象。胡佛与伯恩斯和弗林不同，他表示了一种欢迎的态度。而且哈伦·斯通信任他，他也信任哈伦·斯通。

会面结束离开时，鲍德温感觉他打了几个胜仗。当然，最重要的是撤销了总情报处。胡佛已经向他保证，司法部现在没有任何人在执行调查激进分子的任务。

至于胡佛，他也获得了胜利，而且是一个伟大的胜利。根据他的研究，司法部长已经告诉鲍德温，没有国会的授权，他无权销毁由前任编制的总索引和个人档案。斯通说，他能做的只是答应鲍德温，只要他是司法部长，就不会滥用这些资料。

胡佛赢得了保留这些档案的权利。这个权利再次受到小小的挑战是在几十年之后了。

十月十七日，鲍德温和胡佛又见面了，这次斯通没有在场。在他们之前的会面时，胡佛敦促鲍德温，如果他的特工还有什么做错的地方，可以联系他"本人"。作为回报，胡佛承诺要进行一次彻底的调查，如果证据确凿，就会坚决改正。

鲍德温准备考问一下胡佛的这个承诺，他带来了一份强烈指责的清单。胡佛对此一一做了专门的回答：这次逮捕是联邦经济情报局搞的，不是调查局；这些是邮政检查；显然这个人假冒联邦特工——我们会调查的。

与其他许多人一样，鲍德温也欣赏胡佛的管理能力。在手头上没有事实依据时，他会很快从助理那里得到。每件事情，不管有多详细，常常都已经印在了他那惊人的记忆之中。更为重要的是，胡佛似乎很真诚很坦率，司法部进入了一个新的时代。

确实，他似乎热情地提供配合：调查局和美国公民自由协会共同努力保护所有公民的权益。①

胡佛告诉鲍德温，新的调查局只有一个委任权：调查违反联邦法律的指控。再也不会在乎个人观点或个人信仰。

胡佛还向鲍德温保证，美国公民自由协会绝对不是、从来不是调查局的调查对象。[28]

事实恰恰相反。差不多自从其创立之日起，美国公民自由协会就一直是受到重点调查的对象，这种状况一直保持着，至少延续了五十二年。

这件事情，胡佛既不能否认事实，也不能转移指责。写给新组织的第一份

---

① 多年后，在 92 岁生日的前夕，罗杰·鲍德温——他活下来看到了联邦调查局关于他自己的档案——苦笑着回忆起这些会面和其后的会面："胡佛先生声称信仰公民自由权。他经常对我讲述关于公民自由权的课程。"

鲍德温在 1981 年 8 月 26 日过世，享年 97 岁。

报告，一份日期为一九二〇年三月一日的绝密备忘录，是为总情报处处长"胡佛先生"出谋划策的。胡佛也不能声称他不认识这份备忘录的作者。他是胡佛的密友乔治·F.鲁赫，曾"协助研究"胡佛著名的反共资料。

一个代号为"836"的联邦经济情报局特工，曾经写过一份冗长的报告，鲁赫在自己的报告中据此总结说，美国公民自由协会不久会发起一场全国性的战役，抗议最近的袭击行动，要求言论自由和出版自由。关于"言论自由"，鲁赫令人难以置信地指出，这些人的意思是"任何人，无论是无政府主义者、世界产联会员、共产党人或其他人，都应该被允许发表或书写他们想反对这个政府或其他政府的言论或文章"！显然，鲁赫从来没有听说过美国宪法和人权法案那样的革命文件。

鲁赫感觉到言论自由战役的"重要性"，他建议胡佛指派836特工"专门"关注此事。[29]

到了一九二一年一月，关于美国公民自由协会的资料已经收集得很多了。美国公民自由协会的开会情况，有谁参加、谁说了什么，以及资金筹集到了多少。还有该组织可怜巴巴的银行小额账户清单，记录了所有的存取款情况。至少有一名特工旁听了罗杰·鲍德温的每次发言讲话，记录了大量的常常是误导的笔记。① 其他的报告介绍了美国公民自由协会的高层会议情况。由于这样的会议纪要从来没有公开过，因此其"绝密来源"肯定是使用了窃听设备或者是该组织高层的通风报信或者是盗取的。最后，调查局还"获得"了美国公民自由协会的邮寄清单，打上美国激进分子基本名单的标记，并经复制后发给了外地的每个分局。

一九二一年六月二日，特工E.J.康内利对鲍德温最近的一次讲话断章取义后，发了一份报告给胡佛，建议针对这个组织"立即做出一项决定"。决定倒是做出了，但康内利和胡佛都感到很不高兴，那是司法部长多尔蒂做出的决定，"到目前为止"，美国公民自由协会"还没有被认为是违反任何联邦法律的举动，因此，现在政府不宜采取行动"。虽然遭到了否定，但调查工作从来没有停止过。

---

① 特工们和他们的局长似乎都没有明白，鲍德温和美国公民自由协会想干什么。例如1934年胡佛向罗斯福总统的新闻秘书史蒂夫·厄尔利报告说，美国公民自由协会已经"积极参加了与私刑和激进有关的活动，等等"。[30]

到了一九二四年一月，按照特工 H. J. 列侬的说法，这个"粉色和红色"的组织和"所有在此之间的色彩"，已经在公民自由领域成为一个卓越的组织；或者，用列侬的话来说，美国公民自由协会现在成了"扔炸弹的无政府主义者、打架斗殴的和平主义者和职业懒鬼中的老大哥"。[31]

这个组织本身也不是唯一的调查对象。美国公民自由协会全国委员会的每一名委员，都被建立了一份档案。有几个人，诸如鲍德温和弗兰克福特，都已经有了厚厚的资料。根据哈佛大学教授弗兰克福特的档案，他"被认为是一个危险人物"。历史上著名的盲人和聋哑人作家海伦·凯勒，在调查局的眼里，是"一个激进主义的作家"。诺贝尔奖获得者、芝加哥"赫尔福利馆"创建者简·亚当斯，是一个"狂热和顽固的激进和革命运动的支持者"。克拉伦斯·达罗律师最近在著名的"田纳西州猴子审判"中，成功地为约翰·斯科普斯老师进行了辩护，他被指控帮助其他激进分子利用进化论，从而"取得……迄今未对他们的宣传敞开大门的……某些梦寐以求圈子……的入场券"。

至于鲍德温本人，他已经不是"世界产联的鼓吹者"，而是"知识分子无政府主义者"，假如他的祖先不是搭载"五月花"号抵达，那么凭此他就是一个要遭驱逐的对象。[32]

胡佛也没法争论这事发生在司法部的"新时期"之前。到了一九二四年八月二十八日——就在他与鲍德温第一次会面之前的三个星期——胡佛收到了一份关于美国公民自由协会活动的最新报告，该报告详细到了包括其传单的确切销售额：三十六点五四美元。十一月十九日，调查局"获取"了曾为"新激进的报纸"《公民自由》投稿的一百三十人的名字和地址。甚至到了一九四〇年，胡佛还在亲自关注这样的事情，他批准了每位卧底特工每人五美元的会员费。[33]

与胡佛对鲍德温承诺相反的是，调查局从来没有停止过对个人观点或信仰的关注。

也与他对鲍德温和斯通的誓言相反，调查局从来没有停止过对受指控激进分子的资料收集和建档。在从一九二四年到一九三九年的十五年间，各分局的特工持续向他们的分局长发送这样的信息，分局长则把它们转发给总部。

总情报处解散了（直至一九三九年），调查局确实停止了对这些特别敏感领域的新的调查。但这些都已经没有必要了——司法部长斯通及其以后的大多数接班人所不知道的是——胡佛已经秘密地做出了其他的安排，能使他不冒风险地获得他所需要的信息。

胡佛给鲍德温留下了极为深刻的印象。"我认为我们之前对他的态度估计是错误的。"在给斯通的一封信中，鲍德温愉快地承认说。写信后几天，美国公民自由协会举行了一次新闻发布会，称赞司法部长斯通的新路线和他选定的代局长约翰·胡佛。在此后的无数次演讲中，鲍德温向听众们保证，美国公民自由协会现在相信，司法部"搜捕赤色分子"的日子已经结束了。[34]

或许颇为惊讶的是，胡佛与这位"知识分子无政府主义者"的友好对阵也结束了，他写了一封热情洋溢的感谢信给鲍德温，他在信中说："在我每天下班离开办公室的时候，如果我没有做出践踏美国公民权利的事情……那么我就感到满意了。"[35]

由此，对方开始了一种奇特的伙伴关系，也就是美国的主要执法机构与全国最有名的——只是在当时——决心捍卫个人自由的组织之间的那种关系。

在未来的几十年里，这种伙伴关系变得更为奇特了。

不管知觉与否，胡佛通过了他的最后的考验。代局长的试用期结束了。在过去的七个月时间里，司法部长斯通不但观察着胡佛的表现，而且还静静地考虑其他的人选。他后来回忆说，胡佛"比我所听说的任何人都更为信誓旦旦"。斯通强烈地感觉到，胡佛"在智力、机警和执行能力方面都是一个出类拔萃的人"。[36]

一九二四年十二月十日，司法部长斯通把胡佛叫到自己的办公室，甚至带着一丝微笑的痕迹通知他说，他可以去掉头衔前面的"代"字了。

斯通补充说，他还在进行其他方面的改革。例如，威廉·J.多诺万不再是刑事司的负责人了。他要把他提拔为位居所有各司局之上的司法部第二把手——副部长。

虽然没有记录，但很可能在这次会面期间，斯通与胡佛之间共享着一个秘密。在六天前的十二月四日，斯通给自己的儿子写了一封信，开头是这样写的，"绝密，年初时我很可能被调往最高法院。"[37]

斯通的任命在一九二五年一月五日宣布了；参议院在二月二日投票确认了该项任命，当月的二十四日，斯通递交了他的司法部长辞呈。

斯通离任之前，胡佛考虑对待多诺万的问题。他做得很巧妙。他很害怕，他对斯通吐露说，在未来的几年里，政治家们也许又会来接管调查局。如果他们得手了，那么斯通所有的想法和概念，以及为了达到目标而做出的努力全都会付之东流。

一九二五年一月十二日，司法部长斯通发布了一份政策声明，是以写给司法部全体官员和职员的一封信函的形式。信函说，司法部长全面监督管理调查局，该局局长直接向他汇报，并且只听取他的指示。

在与威廉·"野比尔"·多诺万的斗争中，约翰·埃德加·胡佛赢得了第一次战役的胜利。

海伦·甘迪把这份信函归档，她在卷宗上书写的标题是"司法部长（递交的备忘录）"。在以后成为"官方/绝密"档案时，这是第一批档案中的一份。[38]

多年来，"公正"·斯通先生定期来看望胡佛局长，听取他的述职。斯通依然极为欣赏他所选拔的人，在许多战役中悄悄地在幕后护着他。只是在他的晚年岁月里，他才有所保留地论及调查局的某些做法，即使在那个时候，批评的声音也是很轻的，也是私下里的，在老朋友和值得信赖的朋友之间还是有信心的。例如，他抱怨说，联邦调查局的名声太张扬了，这对该组织只会有害处。

胡佛则把哈伦·菲斯克·斯通奉若神明。他的画像是挂在胡佛办公室内的唯一的司法部长正式画像。多年来，司法部长来来去去，走马灯似的——胡佛喜欢的没有几个——但都在某个时刻明白了，即不管他们做了什么，在胡佛的眼里，他们永远无法与这个皱着眉头的人相比。

胡佛转为正式局长的消息没怎么见诸报端。《时报》倒是提及了，但只说胡佛以记忆力特强而闻名。只有《华盛顿明星晚报》认为应该刊登一整篇文章来报道之。但因为是刊登在讣告版上，而且标题又是"'老侦探'的日子结束了"，所以大多数读者很可能认为这又是一份死亡通告。

在某种意义上说确实如此，因为这是关于一个时期的结束。但更重要的是，这宣告了一个新生：胡佛神话的开始。

"'老侦探'的日子结束了，"《明星晚报》宣称，"老时代的侦探、'影子'人物，以及'阴谋诡计'和'以任何手段掌握证据'已经是过去的事情了。"

司法部有一种"新秩序",《明星晚报》说,领头的是代表"刑事侦查新学派"的"'黑石头'的门徒约翰·埃德加·胡佛"。①

"作为伯恩斯的助理,年轻的胡佛接受过老派的艺术教育。但他大都弃之不用。他独树一帜,有新的套路。他不会派人到参众议员的办公室来打探消息。他会努力以合法的方式开展工作。"

新局长是"内部培养"的,该报纸自豪地评论说,是前中心高中的候补军官,伴随着索萨进行曲的节拍毕业后,成为现在"预备军官团军事情报部门"的一员。

"年轻的胡佛先生……没有帮派体系。"《明星晚报》报道说,"在朋友圈内,他被认为像猎狗的牙齿一般清廉……

"司法部长斯通在进行着一场有趣的实验……从苏格兰场到东京,全世界老派的侦探们都会注视华盛顿的这个新观念。"[39]

《明星晚报》这篇文章的作者罗伯特·T.斯莫尔,不单单是一名当地的记者,他还是记者协会的华盛顿通讯员。他的关于胡佛的文章被美国几十家报纸转载了。

早在胡佛妈妈还远没有在剪贴本上完成剪报的裱糊之前,关于他儿子的第一篇杂志文章就出现在大众化的《文摘杂志》上。

斯莫尔也为《文摘杂志》撰写文章。《文摘杂志》的编辑拿来斯莫尔关于老派新派侦探的主题,添加了些许文采后说,与"声名卓著的和令人厌烦的"伯恩斯相比,"新的探长约翰·埃德加·胡佛是一位学者、绅士和科学家"。

这是令人兴奋的文章,适合于任何年龄段的人。对于新局长来说,则会沉湎其中。

资料来源:

[1] 艾菲厄斯·托马斯·梅森:《哈伦·菲斯克·斯通:法律的支柱》(纽约:维京出版社,1956 年),第 147—149 页。

[2] 同上。

---

① 这里的"黑石头"(Blackstone)是指司法部长斯通(Stone)。——译注

［3］同上，第 150 页。

［4］斯通致迪恩·扬格·B.史密斯，哥伦比亚大学；怀特黑德：《联邦调查局故事》，第 71 页。

［5］同上，第 66—67 页。

［6］迈克尔·梅德维德：《影子总统：总司令及其高级顾问的秘史》（纽约：时代图书出版公司，1979 年），第 185 页。

［7］爱德华·塔姆采访录。

［8］梅森：《斯通》，第 150 页。

［9］斯通致史密斯，1924 年 12 月 10 日；怀特黑德：《联邦调查局故事》，第 71 页。

［10］梅森：《斯通》，第 150 页；《纽约世界报》，1924 年 5 月 10 日。

［11］《纽约时报》，1924 年 5 月 10 日。

［12］怀特黑德：《联邦调查局故事》，第 67 页。

［13］斯通致亚历山大，1937 年 9 月 21 日；梅森：《斯通》，第 150 页。

［14］《华盛顿先驱报》，1924 年 5 月 16 日。

［15］斯通致 J.埃德加·胡佛，1924 年 5 月 13 日。

［16］J.埃德加·胡佛致斯通，1924 年 5 月 16 日。

［17］路易斯·尼科尔斯致梅森，1950 年 9 月 9 日；梅森：《斯通》，第 152 页。

［18］J.埃德加·胡佛致各分局长，1924 年 7 月 1 日；怀特黑德：《联邦调查局故事》，第 69 页。

［19］J.埃德加·胡佛致各分局长，1925 年 5 月；怀特黑德：《联邦调查局故事》，第 70 页。

［20］托马斯·麦克戴德、查尔斯·阿佩尔和爱德华·塔姆采访录。

［21］科雷·福特：《战略情报局的多诺万》（波士顿：小布朗出版社，1970 年），第 71 页。

［22］斯图尔特·阿尔索普和托马斯·布雷顿：《绝密：战略情报局和美国的情报活动》（纽约：雷纳尔和希区柯克，1948 年），第 17 页；斯坦利·P.洛弗尔：《间谍和计谋》（新泽西州恩格尔伍德峭壁：普伦蒂斯霍尔出版社，1963 年），第 177 页。

［23］拉姆齐·克拉克采访录。

［24］J.埃德加·胡佛致威廉·J.多诺万，1924 年 10 月 18 日。

［25］罗杰·鲍德温采访录。

［26］"他们每时每刻都在监视我们：罗杰·鲍德温与艾伦·韦斯廷谈话录"，《民权自由评论》，1977 年 11 月/12 月。

[27]《民权自由评论》，1977 年 11 月/12 月。

[28] 鲍德温采访录。

[29]《民权自由评论》，1977 年 11 月/12 月。

[30] 同上。

[31] 同上。

[32]《华盛顿邮报》，1977 年 6 月 19 日；《旧金山观察家报》，1977 年 6 月 19 日。

[33] 同上。

[34] 鲍德温采访录。

[35]《民权自由评论》，1977 年 11 月/12 月。

[36] 斯通致亚历山大，1937 年 9 月 21 日。

[37] 梅森：《斯通》，第 179 页。

[38] 官方绝密档案，30 号。

[39]《华盛顿星报》，1924 年 12 月 29 日。

[40]《文摘》，1925 年 1 月 24 日。

第十一章　最后的稻草

哈伦·菲斯克·斯通的接班人约翰·加里波第·萨金特身体不好，他不喜欢华盛顿，所以尽可能在那里少待。多年后，胡佛在接受一次采访时回忆说，萨金特是他最喜欢的司法部长之一。

然而萨金特不在的问题，是胡佛不得不与其第二把手打交道，那就是司法部副部长威廉·J. 多诺万。但胡佛想出了一个对自己有利的方法。

华盛顿内层人士相信，斯通在当了一年不到的司法部长即被调任最高法院，是因为他的工作干得太好了，他清理了司法部，尤其是在处理反垄断案子方面，这在他的前任多尔蒂和帕尔默时期都是很衰弱的。①

现在负责反垄断局的多诺万，为自己部门的预算不足而苦恼（国会在一九二七财政年度给的拨款只有二十万美元，一九二八年还要减少两千美元），其结果是人员严重不足。据他的首席助理的说法，多诺万不得不与 J. 埃德加·胡佛"商量"，在反垄断调查中动用那些学过法律或会计的调查局特工。[2]

胡佛总是会提出补偿的条件。这一次，条件很简单：多诺万必须放手调查局的工作，尽可能不要来监督。

多诺万心里也另有打算。卡尔文·柯立芝已经宣称无意竞选连任，赫伯特·胡佛则有意谋求共和党总统候选人的任命。自第一次世界大战以来就是"总工程师"密友的多诺万，成为胡佛竞选战役的"战略谋划大师"，[3]为这位

---

① 司法部长助理梅布尔·沃克·威利布兰特后来回忆说："我可以肯定，斯通去了最高法院是'明升实降'。我感觉他也是这么认为的。在他告诉我这个任命的时候，他有一种遗憾感，因为他说：'我喜欢现在的岗位。有许多工作要做，而我才刚刚开始呢。'"[1]

候选人的战略战术、集会支持出谋划策，说服天主教教友不要抱住民主党领袖阿尔弗雷德·E.史密斯不放，甚至还帮胡佛起草总统候选人提名演讲稿。

作为回报，赫伯特·胡佛给了威廉·J.多诺万一个坚定的承诺：如果当选，他就任命多诺万为美国司法部长。

在当局长的前六年，J.埃德加·胡佛静静地、稳健地重建了调查局。在林德伯格绑架案发生之前，没几个案子有过报纸的大肆渲染。但他们树敌不少。

还在当司法部长的时候，斯通命令调查局对亚特兰大监狱的条件开展一次秘密调查。特工们扮作囚徒，发现了许多贪污、盗窃和拿钱后为非法制酒贩酒商提高待遇的证据。他们还调查了华盛顿特区警察局（粗暴执法情况），以及贪污受贿盛行的辛辛那提警察局（违反禁酒和毒品管理情况）。虽然三个调查都成功地进行了起诉，但并没有使胡佛和调查局在司法界赢得特别的赞誉。（在辛辛那提被定罪的六十二人中，四十八人是警察。）据查尔斯·阿佩尔说，在华盛顿调查之后，要求对全国七十二个警察局立即开展调查。胡佛已经在警方配合方面遇到了麻烦——调查局查处的许多白奴案子，暴露了警察从妓院鸨母处拿好处费的现象——他明智地拒绝了这些要求，说是没有授权。

胡佛已经开始明白，应该选择什么案子才会有利于调查局。

胡佛可以通过一连串的命令、严明的纪律、固定的流程和使命感的教育，来对调查局施加影响；他做不到的——应该由员工自己努力——是团队精神。在一次枪杀事件之后，团队精神建立起来了。

即使是在"新局"时期，特工依然以调查员而不是执法者身份开展工作。他们无权逮捕人。特工抓到疑犯后，必须通知地方警察、郡县治安官或联邦法警来实施逮捕。他们也不能携带火器。在特工们无望地四处寻找电话的时候，有些罪犯就乘机逃走了。

违反规定携带自己枪支的特工也是有的。但埃德温·沙纳汉没有携带武器，他孤身一人，一九二五年十月十一日，他去芝加哥的一家汽车修理厂找窃车嫌疑人马丁·德金。德金在旁边的汽车座位上放着一支枪，他朝沙纳汉的胸口射击。沙纳汉是自一九〇八年调查局成立以来第一个在执勤时牺牲的特工。

获悉沙纳汉的死讯后，胡佛告诉自己的助手："我们必须抓住德金。如果我们的特工被杀死，而杀手可以逃走，那我们所有的特工都会成为枪杀的目标。去抓住他。"[4]

在追捕杀害沙纳汉凶手的三个月时间里，调查局上上下下空前团结。小分队之间开展竞争。即使没接受该案子的小分队，也自愿请战。德金最后在圣路易斯城外的一列火车上被抓获，那是因为调查局特工行程数千英里横跨十二个州对他进行苦苦追踪的结果。然而，特工们只能站在一旁，由地方警察对他实施逮捕。同样丢脸的是，德金只能在州法院受审，因为没有禁止枪杀美国政府特工的联邦法律。但损失了一位同事和成功抓获杀手，让调查局有了前所未有的一种感觉——集体自豪感。谁也不再为言及自己是调查局特工而感到羞愧了。

这方面，胡佛向特工们承诺，他会坚持斗争直至国会通过法律，一是赋予他们实施逮捕的权力，二是允许他们携带和使用火器，三是规定谋杀特工是联邦犯罪。

花了九年的时间——加上堪萨斯城大屠杀——才使胡佛得以履行自己的诺言。

一九二八年十一月六日，主张禁酒的赫伯特·克拉克·胡佛以压倒性的票数，击败了坚持开禁酒类的天主教徒阿尔弗雷德·E.史密斯。

这对三十三岁的调查局长来说也是一个胜利，因为他们是同姓的。通过新总统的秘书劳伦斯·里奇，J.埃德加·胡佛第一次获得了白宫的入场券。

在赫伯特·胡佛当选和次年三月就职的过渡期，调查局长与里奇多次见面。虽然他们之间谈话的备忘录显然已经不存在了①，但已知的是他们讨论的其中一个议题是司法部副部长威廉·J.多诺万。

大选后不久，当选总统把多诺万叫到了他在加州帕洛阿尔托的家中，要他起草一份拟任命入阁的人员名单。多诺万照办了，但只留下了一个空缺的职务。据多诺万的传记作者理查德·邓洛普说："回到东部后，多诺万有充分的理由认为，胡佛总统会任命他为司法部长。"[5]

在多诺万等待期间，"这项提名遇到了巨大的压力。"胡佛总统后来承认说。[6]三K党和许多有影响力的基督教牧师反对多诺万，因为他是天主教徒。詹

---

① 最有可能的推测是，这些备忘录归入了局长的个人档案之中，而海伦·甘迪后来作证时的说法是已经销毁了。

姆斯·加农主教和反沙龙联盟也反对他，因为虽然多诺万本人是个绝对禁酒者，但他"对沃尔斯特法案①缺乏热情"。[7]反对多诺万的阵营，还有最不可能的三驾马车：伯顿·K.惠勒和托马斯·沃尔什，以及虽然不是那么公开的调查局长J.埃德加·胡佛。

最后，多诺万被召唤到当选总统在华盛顿S街的家中。多诺万出来后满脸通红。

"他有没有要你担任司法部长？"一位记者问道。

"没有。"多诺万回答。

"他有没有要你出任战争部长？"

"没有。我们尴尬地坐在那里，最后他问我，想不想当菲律宾总督。我告诉他，我没有兴趣。那个时候，我们都感觉很不自在，于是我就离开了。"[8]

多诺万从司法部辞职，重新下海经商去了。作为司法部长的人选，新总统任命了威廉·D.米切尔，他既是基督教徒，也是主张禁酒者。

多诺万否认是新总统的垫脚石，据邓洛普说："多诺万一直认为他在胡佛那里的待遇，是他人生中最大的失望。"[9]

虽然当时多诺万主要是指责赫伯特·胡佛屈服于压力，和对待他不真诚，但多年后并历经多次战役后，多诺万表达了对另一个胡佛的怀疑。与他之前的疑虑相比，他怀疑J.埃德加·胡佛对当选总统施加的影响起到了更大的作用。

至少有一个人对J.埃德加·胡佛发挥的作用深信不疑：一九五二年，在前战略情报局老板威廉·"野比尔"·多诺万有可能出任中央情报局局长的时候，联邦调查局局长当着克莱德·托尔森和其他高级助手的面评论说："我在一九二九年就没让他当成司法部长，现在我还要阻止他。"[10]

胡佛把调查局当成了家。几乎每天晚上，通常是在他的大学老同学弗兰克·鲍曼的陪伴下，加上另两名官员——往往是文森特·休斯和查尔斯·阿佩尔——他会在同一家饭店吃晚饭。那是一家很受欢迎的饭店，名叫哈维，位于康涅狄格大道，距离五月花只相隔一个街区。他会坐到靠近角落的同一张桌子，以避开干扰。阿佩尔后来回忆说，话题通常只有一个，即调查局——如何改进它和

---

① 即禁酒法案。——译注

如何保卫它免受敌人的攻击。虽然胡佛和他的伙伴们偶尔也会在饭后去看上一场电影，或在大学俱乐部消磨一两个小时什么的，但更经常的是回到当时坐落在佛蒙特大道与 K 街交叉口的总部继续工作。

（鲍曼、休斯和阿佩尔都已经结婚。他们的家属不久就明白，如果为胡佛工作，就应该是调查局优先。）

在胡佛的指使下，调查局获准建立起共济会自己的分支——忠诚分会。会员和星期一会议的参加者是"自愿的"，但那些有抱负的人很快就明白，在这个半社交场合与局长交往，几乎就是能够获得提升的先决条件。

多年来，造成了这样的一个结果：调查局的天主教徒很少晋升到上层，犹太人就更没有了，只有一个例外——胡佛的第二把手哈罗德·"老爸"·内森。

内森极少陪伴胡佛的晚上活动。这位知识渊博的副局长喜欢下班后回家看书，主要是看经典著作。他对许多下属员工表达过自己的理念：如果你在指定时间内没有完成自己的工作，你就是不够努力。但按照内森的说法，"指定时间"的意思是一周六天加上星期天的部分时间。

胡佛也有自己的理念。他认为，一个人工作干得很好，并不意味着他不能干得更好。他似乎想实施"库埃法则"，把大量的工作扔给助手们，远远超过了他们的能力，让他们去努力处理。"不进则退"，这是胡佛的名言。[11]这也是考验。那些抱怨或失败的人，很快就从领导层中消失了。

胡佛要求下级做到的，也正是他自己做到的：把一生献给调查局。（鲍曼和阿佩尔的第一次婚姻都以离异结束，文森特·休斯在总部坐电梯时因心脏病发作去世。）

每天晚上，胡佛都把一公文包的工作带回家。那些不肯仿效他的人，被严厉指责为缺乏"正确的态度"。他还安装了一部直线电话，连接了总部和他在苏厄德广场的住宅，他留下话说，如果发生重要的事情，不管白天和夜晚任何时候都要打电话向他报告。

一九三二年三月一日夜晚十一点钟过后不久，这样的电话打过来了——根据警方的打字电报通讯——著名飞行员林德伯格及其妻子安妮·莫罗的二十个月大的儿子，查尔斯·奥古斯塔斯·林德伯格，在位于新泽西州霍普韦尔的家中失踪。相信他已经遭到了绑架。

由于绑架不是联邦犯罪，调查局对这个案子没有管辖权。但胡佛要求，随时向他报告情况的进展。深夜一点钟刚过不久，他又接到了电话说，犯罪现场发现了一张纸条，索要五万美元的赎金，而且是要小面额的纸币。

胡佛立即召唤司机，送他去总部。在他到达的时候，他的助手们大都已经在那里了。他们很快做出决定，调查局将为家长提供"非正式"的协助，并成立了林德伯格专案小组，起初由二十人组成，组长是资深特工托马斯·西斯克。

孩子的安全获释，是调查局头等重要的大事，胡佛告诉西斯克。但他不可能不知道，如果他的特工能够把孩子找回，那么调查局就能获得大量的公开赞赏。此外，孩子的外公德怀特·莫罗，是强烈批评胡佛的一位参议员；毫无疑问，成功结案还能让他转变为调查局的盟友。

但西斯克的专案组马上就遇到了一个很大的障碍。新泽西州的州警察和纽约的地方警察，已经在处理这个案子了，他们拒绝让"联邦大侦探"分享他们的任何证据。几个星期以来，他们甚至不让调查局看到赎金纸条的复制件，因此调查局不得不用各种借口去获取。

绑架发生后三天，胡佛亲自去霍普韦尔，为孩子的双亲提供协助。但他们拒绝见他，让他去找新泽西州警察局长 H.诺曼·施瓦茨科普夫上校。施瓦茨科普夫有礼貌地向胡佛表示了感谢，但他说他手下的人员能够处理好这个案子。

这里有一个很可能是编造的、但在各个警察部门流传广泛的故事，说是在视察了犯罪现场，观察了屋檐下的一只鸽子后，胡佛激动地声称，这也许是一只信鸽，带来了绑匪的信息。故事说，警察被逗笑了，但他们认为没有必要去询问局长，这只鸽子是何时由何人，又是如何把它调教成降落到林德伯格家的屋顶下。

胡佛指示他的特工们要调查每一条线索，哪怕看上去是无望的线索也不能放过。结果，他们带着难以名状的牢骚怨言，花费了数百小时的时间，追踪各种怪异的、匿名的和神经兮兮的打电话提供线索者。当调查局特工在一对意大利夫妻的家中"发现"孩子的时候，专案组的利昂·图罗也在现场。在报告等着向媒体发布消息的胡佛之前，他想去揭开孩子的内衣，却发现那是女孩。据图罗说，林德伯格的专案组承受着特殊的痛苦，瞒着这种鲁莽的错误不让记者知道，以免引起媒体措辞强烈的批评。（调查局）正在努力获得认可和尊敬，不能闹出笑话来。[12]

四月二日上午，林德伯格专案组获悉晚上要支付赎金。虽然安排在现场——布朗克斯地区圣雷蒙德公墓地——守候是很容易的，但胡佛指示特工们，孩子安全获救之前，在任何情况下都不得进行干涉。图罗后来回忆说，在接到这样的指示后，他有一种"被束缚的饿鬼看到了美味佳肴那样的感觉"。[13]

约翰·F.康登博士是一位爱发牢骚的退休教师，他还爱出风头，自愿提出充当中间人。午夜时分，他把装有五万美元赎金的包裹交给了一个有德国口音的高个子男子。虽然康登看到那个男子，但站在旁边的林德伯格上校只听到了他的声音。作为交换，康登收到了一张纸条，上面写着应该是扣留孩子的一家商店的名字和地址。

这家商店是不存在的，五月十二日，在距离林德伯格家不足五英里的一个浅浅的墓穴里，孩子的尸体被发现了，显然早在绑架的当天夜里就已经死了。

从案发开始，胡佛就一直通过司法部长、里奇和其他人，谋求说服总统下令由调查局负责该案子的侦破调查。但直到孩子的尸体被发现后，赫伯特·胡佛才最后采取行动，而他的行动远远超过了调查局局长的要求。他命令所有联邦执法机构都要协助抓捕该绑架谋杀案的罪犯。除了司法部的调查局之外，这些执法机构还包括财政部的联邦经济情报局、海岸警卫队的情报和警察部门、缉毒局、国税局的情报部门、禁酒局、邮政检查局和海关局。

不但大多数部门各行其是；而且新泽西州警察局拒绝把发现的线索与任何部门分享。

胡佛继续为该案子四处游说。司法部长写信给新泽西州州长，建议"考察一下J.埃德加·胡佛作为协调人的能力"。[14]州长没有理会这个建议。

想当领头人的意图受挫之后，胡佛朝另一个方向努力。在新闻发布会上，调查局长主动承担了主要的责任，过了一段时间至少公众相信，调查局是负责该案子的联邦方面事务。

六月二十二日，国会通过了《林德伯格法》，该法律规定绑架是联邦犯罪，授予调查局管辖权——但仅限于遭绑架的受害人跨越州界被运送到了另一个州。两年后，在一九三四年五月和六月，该法律经修改后增补了死刑，并规定如果受害人七天后还没有归来，就可推定是跨越州界运送。

这些法律对将来的调查局是很重要的，但目前不适用于林德伯格绑架案，到法律的增补得以通过的时候，胡佛很可能感到遗憾，因为调查局还没能接管该案子。不但罪犯没被逮捕，胡佛的宣传策略也太好了。现在，即使媒体也在批评调查局长没能"解决"林德伯格的案子。在绑架的两年六个月零十四天之后，才抓了个人。

但调查局抓的是加斯顿·米恩斯。林德伯格绑架案发生后三天，米恩斯说服《华盛顿邮报》老板已分居的妻子埃瓦琳·沃尔什·麦克林，他与绑架了孩子的一个黑帮团伙联系过，只要肯出十万美元，孩子就能得到安全释放。几天后，富裕的、好心肠的，但容易上当受骗的社交名媛给了米恩斯十万美元，再加上四千美元的"经费"。只是那个时候，她的律师才获悉付款事宜，于是报告了 J. 埃德加·胡佛。

查尔斯·阿佩尔躲在麦克林夫人家的门廊处，耳朵上套了一个他引以为时尚的原始的监听设备。这时候，米恩斯的一个联系人还想从她那里再骗取三万五千美元。使阿佩尔感到难以置信的是，他听到麦克林夫人问联系人，是不是想看看她所拥有和一直携带在她坤包里的"希望蓝钻石"。一九三二年五月五日，米恩斯被捕了，他被指控"骗取信任后的盗窃"，也就是侵吞盗用罪。

在对司法部这位前特工预审的时候，胡佛挤时间去参加了。他倾听着米恩斯讲了一个又一个离奇的故事（他甚至——很可能对胡佛有好处——指责绑架是共产党人干的）。离开被告席后，米恩斯坐到了调查局长旁边，问道："嗯，胡佛，你认为怎么样？"

"加斯顿，你说的一切全都是谎话。"胡佛回答说。

"哦，"米恩斯微微一笑，"你必须承认，这是一个很好的故事！"[15]

即使被定罪和被判处十五年监禁之后，米恩斯还是没有放弃。每当发生大案要案之时，他就会联系胡佛，主动要求帮助破案。当然，回报是放他出狱。胡佛断然拒绝了他的要求，但米恩斯又尝试一个新的计谋。胡佛曾经告诉媒体，即使米恩斯被定罪，他也不会认为案子已经了结，要等到依然失踪的十万美元追回来才可以算。米恩斯假装后悔，他通知胡佛说他最后已经做好了指认地点的准备。胡佛怀疑米恩斯是在说谎。但他还是急于结案，为他的追款统计数字添加十万美元。只是特工潜水员在波托马克河河底的淤泥和垃圾中筛选了几天之后，胡佛才承认被骗了。这一次，他亲自去牢房里探视米恩斯，要求囚徒告诉他钱在哪里。"你这个讨厌的加斯顿，"局长对他说，"别再说谎了。"

据胡佛说（他后来对作家詹姆斯·费伦重述了这个故事），这个时候，米恩斯按住自己的胸口，可怜地看着他说："埃德加，这是最后的稻草。你已经不相信我了！"[16]

加斯顿·米恩斯施展了他最后的骗局。几年后，他死在了狱中——离十五年的刑期还有九年时间——但他甚至成功地诓骗了 J. 埃德加·胡佛。十万美元从来没有追回来过。

新总统的"蜜月期"，没能挨过一九二九年十月的股市崩盘。随着美国进入大萧条，对赫伯特·胡佛的批评日益增多。劳伦斯·里奇的一个职能，是保管总统敌人的"黑名单"。名单上的好几个人是受到监视的，其中有威廉·J. 多诺万，他的一举一动会"随时报告给总统"。[17]

里奇是否借用了调查局特工去开展这样的行动，尚不得而知。他很可能没有这么做。里奇曾经是联邦经济情报局一名经验丰富的特工，情报资源广泛，他很可能通过其他途径。

一九三〇年六月，里奇安排对民主党纽约市总部进行了一次偷窃活动。罗格斯大学历史教授杰弗里·M. 多沃德，在其一九八三年出版的《职责的冲突：美国海军的情报困境》一书中首次披露了这次非法闯入："赫伯特·胡佛遭遇了历史上最糟糕的经济萧条，他的总统职位摇摇欲坠，他还被恶毒的政治攻击搞得晕头转向。因此，在收到了一份绝密报告说，民主党已经整理了一份令人可怕的数据材料，如果公之于众将会摧毁他领导的共和党和整个政府，胡佛决定设法去搞到这份材料。"[18]

为开展这项非法闯入行动，里奇挑选了驻扎在华盛顿的海军情报官格伦·霍维尔（他的秘密日记为多沃德的报告提供了部分参考）。与四十二年后的水门事件一样，霍维尔和他的平民助手罗伯特·J. 彼得金闯入民主党总部，但没能找到那样的文件。

总统的秘书没有使用调查局长及其特工去执行闯入行动，可能是因为里奇感觉，即使是那样的提议也会让胡佛认为在道德上有矛盾。然而也有可能是因为里奇与胡佛交往多年，共享许多秘密，不希望这个潜在的爆炸性信息留在调查局的档案之中。

不管怎么样，这是一个明智的决定。没过四年，J. 埃德加·胡佛就开始调查他的"好朋友"劳伦斯·里奇。

就 J. 埃德加·胡佛来说，民主党在一九三二年十一月八日的唯一压倒性亮点，是彻底击败了威廉·J. 多诺万竞选纽约州州长的尝试。在富兰克林·德拉诺·罗斯福当选总统后，调查局长失去了白宫的入场券，突然间，他的饭碗也不一定保得住了。

罗斯福当选后没几天，就有谣传说，当选总统意图任命蒙大拿州联邦参议员托马斯·沃尔什为司法部长。接下来的谣言更加令人烦恼。沃尔什显然已经向朋友们吐露，他上任后要放的第一把火，就是把 J. 埃德加·胡佛炒掉。

一九三三年二月二十八日，第一个谣言成为事实，罗斯福宣布了对沃尔什的任命。第二个谣言意味深长，同一天，在被《纽约时报》记者追踪到佛罗里达州代托纳比奇时，沃尔什确认说，他已经接受了该项任命，声称"他一上任就准备重组司法部，很可能几乎全部换成新人"。[19]

资料来源：

[1] 梅森：《斯通》，第 183 页。

[2] 罗尔斯通·R.欧文，由安东尼·凯夫·布朗进行了引用：《最后的英雄："野比尔"·多诺万》（纽约：时代图书出版公司，1982 年），第 97 页。

[3] 理查德·邓洛普：《多诺万：美国间谍大师》（芝加哥：兰德·麦克纳利出版社，1982 年），第 162 页。

[4] 德托莱达诺：《胡佛》，第 94 页。

[5] 邓洛普：《多诺万》，第 163 页。

[6] 《哈罗德·L.伊克斯的秘密日记》卷 3：《乌云低垂》（纽约：西蒙与舒斯特出版公司，1974 年），第 88—89 页。

[7] 邓洛普：《多诺万》，第 163 页。

[8] 福特：《战略情报局》，第 216 页。

[9] 邓洛普：《多诺万》，第 168 页。

[10] 前胡佛助手。

[11] 爱德华·塔姆采访录。

[12] 利昂·G.塔罗：《我投下的影子：刑事侦探二十年》（纽约州花园城：双日出版社，1949 年），第 109 页。

［13］同上，第 114 页。

［14］乔治·沃勒：《绑架：林德伯格案子的故事》（纽约：戴尔出版社，1961 年），第 125 页。

［15］胡佛：《人》，第 277 页。

［16］《星期六晚邮报》，1965 年 9 月 25 日。

［17］邓洛普：《多诺万》，第 166 页。

［18］杰弗里·M.多沃特：《职责冲突：美国海军情报机构的迷茫，1919—1945 年》（马里兰州安纳波利斯：海军学院出版社，1983 年），第 3 页。

［19］《纽约时报》，1933 年 3 月 1 日。

第十二章　延迟惩罚

赶赴华盛顿路途的第五天
新娘发现丈夫沃尔什死了

候任司法部长的参议员
火车上突发心脏病去世

罗斯福和胡佛感到震惊
国会休会筹备就职仪式

——《纽约时报》一九三三年三月三日

上周末——即使他的老朋友和参议院同事伯顿·惠勒也感到大为惊奇——自一九一七年第一个妻子死后一直单身的托马斯·沃尔什又结婚了，迎娶的新娘出身古巴望族。在哈瓦那举行婚礼之后，一对新人飞到了佛罗里达。沃尔什感觉身体不舒服，于是在代托纳比奇去看医生了。医生的诊断是消化不良。两人登上了赴华盛顿就职的火车。三月三日上午刚过七点钟，就在火车驶近北卡罗来纳州落基山城的时候，沃尔什夫人一觉醒来，发现参议员丈夫脸朝下躺在床铺旁边的地板上。等找到一位医生的时候，沃尔什已经死了。由落基山城一位内科医生签发的死亡证明书，写着死因"不明，可能是冠状动脉血栓症"。[1]

虽然沃尔什之死会一直笼罩着迷雾——一位作家甚至建议说，胡佛在某种程度上暗示了沃尔什的死亡，引用的证据是火车上有一个神秘的调查局特工——显然，七十二岁的候任司法部长，是因为老夫少妻蜜月期间体力消耗过多死去的。[①]

根据调查局授权的说法，在总统和当选总统驱车经过宾夕法尼亚大道前往国会山去宣誓的时候，胡佛总统敦促罗斯福留用 J. 埃德加·胡佛为调查局长。富兰克林·D. 罗斯福未做承诺，但他"答应会考虑胡佛的建议"。[2]

然而按照大多数历史学家的说法，两人在整个车程期间几乎没有说话。他们"默默地尴尬地"坐在车上，小亚瑟·M. 施莱辛格描述说，罗斯福做了个表示友好的评语，但发出来的"只是一个含糊不清的咕哝声"。[3]

遭受惨败的赫伯特·胡佛，会在谈话中选择这样的一个话题，要求留用一个区区的局长——一个甚至连观礼台上的位子都轮不到的人——就像头一天要去白宫正式拜访但遭到了拒绝的罗斯福，会认真考虑赫伯特·胡佛的建议一样不太可能。

"我坚定地认为，我们要害怕的只是害怕本身。"

在佛蒙特大道与 K 街交汇处的调查局总部，J. 埃德加·胡佛和他的几位高级助手，正在收听电台播放的富兰克林·德拉诺·罗斯福的就职讲话。虽然已经在计划之中了，但位于宾夕法尼亚大道与第九街交叉口的司法部新大楼，还要两年时间才能竣工。然而，不能保证 J. 埃德加·胡佛会是该大楼的一名员工，但至少沃尔什之死能够暂时缓解一下。

甚至在沃尔什下葬之前，罗斯福就选定了霍默·S. 卡明斯为新的司法部长。卡明斯是一位能力很强的律师，来自康涅狄格州，具有丰富的法律和政治经验。

使用现在已经是屡试不爽的方法，胡佛很快就让自己变得不可或缺了。许多司法部长上任时常常搞不清华盛顿迷宫般的官僚作风。J. 埃德加·胡佛知道其中的捷径。即使他们了解华盛顿，但还是会对这么重大的工作担子感到吃惊。胡佛铺天盖地般的信息丰富的备忘录，表明他能够掌控每一个案子，由此让他们放心地去对付其他的工作，不用担心调查局。

———————————————

① 获悉沃尔什死亡后，胡佛立即用无线电联络被派往北卡罗来纳州的特工爱德华·E. 康雷，要他登上火车护送寡妇和参议员的遗体返回首都。他自己也到车站去迎接，表达了他个人的哀悼。

霍默·卡明斯不久就发现，调查局的工作安排得井井有条。有一个星期天，他去司法部加班，但没带上证件。门卫保安告诉他："没有通行证我不能放你进去，哪怕你是 J. 埃德加·胡佛也不行。"[4]

更使卡明斯印象深刻的是，他发现胡佛也是像他那样的一个讲原则的人。即使自己的职位岌岌可危，在会影响到调查局的有关议题上，胡佛还是毫不犹豫地反对他和总统。三年前，腐败丑闻不断的禁酒局从财政部转移到了司法部。上任三个月后，罗斯福总统签署行政令，让禁酒局与调查局合为一体，合并后的机构称为调查部。九年来，胡佛一直在努力重建调查局及其信誉。现在大笔一挥，似乎一切都成了泡影。胡佛用备忘录和登门的方式，与卡明斯据理力争。他们一起研究出一个看上去是妥协的办法，实际上是胡佛的胜利：两个局并入到一个部门，但调查、办公室、人事和档案工作都完全各自为政。

在另一个更为重要的战役中——因为"贵族实验"① 已被证明不光彩地失败了，宪法修正案第十八条的废除和禁酒局的撤销，只有几个月的时间了——总统签署了另一个行政命令，把公务员制度延伸至联邦政府的大多数部门。在卡明斯的支持下，胡佛努力使调查局免受波及。他争论说，晋级凭的是能力，而不是资历。他还相当直率地说，如果不得不接受共产党人和其他不受欢迎的人员，他宁愿辞职。虽然这场战役延续了好多年，经历了一次次听证和法院决定，胡佛最终成功地挡住了调查局职员的公务员身份。

这意味着他可以辞退、提拔或降级他所选定的任何人，用不着解释自己的行为或提交讨论。不管在政府中的地位有多高，只有极少数人有这种无限的权力。J. 埃德加·胡佛要保持和使用这种权力，直到死去的那天。

按规定是由司法部长，不是总统，来决定谁担任调查局长。但胡佛知道谁的权力更大。

胡佛不但努力讨好他的新老板，甚至动用了各分局的特工。他把分局长们叫来，要他们利用当地著名人物的影响——银行家、警察局长、民主党政治家——请他们写信给总统和国会要求让他留任调查局长。

罗斯福收到的许多信函，内容雷同得令人可疑。信函大都说，J. 埃德加·

---

① 指禁酒。——译注

胡佛先生与前总统没有干系，差不多异口同声地说，如果调查局长换人，那么黑帮成员、黑市商人和其他违法乱纪分子都会欢喜雀跃，因为他们已经领教了埃德加·胡佛的厉害。①[5]

胡佛对自己职位的威胁非常重视，甚至去向他的敌人献殷勤。联邦参议员伯顿·K.惠勒依然沉浸在失去了老朋友托马斯·沃尔什的悲伤之中，使他惊讶的是，调查局长居然登门拜访。惠勒后来写道，有些民主党人士建议，如果他"反对J.埃德加·胡佛，那么他就会被安排去替换调查局长"。惠勒补充说："胡佛听到了这次谈话的风声，于是来看我了。他坚持说不会对我实施报复。我是不想把胡佛置于死地的——幸好我也没有这么做。"②[7]

即便是费利克斯·弗兰克福特也被利用了。在获悉胡佛也许会被替换之后，最高法院法官哈伦·菲斯克·斯通知道他的朋友弗兰克福特颇得新总统的信任，于是在一九三三年四月十四日写了一封措辞强烈的信函给弗兰克福特，列举了胡佛的一些辉煌成就。③

四月二十二日，富兰克林·D.罗斯福发备忘录给弗兰克福特："我可以向我们的朋友（斯通法官）保证，他的信函我已经回复了，关于埃德加·胡佛没什么问题。霍默·卡明斯同意我的意见。"二十六日，弗兰克福特写信给总统："多谢您关于埃德加·胡佛的便条。我已经把这个令人安慰的信息转给我们的朋友了。"[10]

如果J.埃德加·胡佛感谢费利克斯·弗兰克福特为他说情，那么他没有表露出来。在他的余生，弗兰克福特依然在他的仇人黑名单上位列前茅。

然而，弗兰克福特并不是总统唯一信任的人。在政治方面，与总统最接近的人是路易斯·豪。他是一位优秀的战略家，除了帮助罗斯福获得许多政治战

---

① 至少有一封信函，明显是由调查局参与的。众议院军事委员会主席 J. J. 麦克斯威——或许不是巧合——是拉尔夫·范德曼将军的朋友，他在信中说，"在 24 个分局中……至少有十五六个"是"由民主党人当家的"。只有调查局的高层人士才能提供这样的信息。[6]

② 惠勒对这个事件的回忆，收录在他的自传《西部美国人》之中，该书直到 1962 年才得以出版。到那个时候，惠勒已经成为一个孤独分子和保守分子，对于胡佛已经几次改变了看法，以后他还会改变。按照熟悉惠勒的威廉·萨利文的说法："他以不信任胡佛开始，以不信任他结束。"[8]

③ 斯通写信给弗兰克福特说："他从调查局清除了一些可疑人员；他拒绝向政治压力屈服；他在调查局提拔了一些受过教育的能人，致力于建设一个精神风貌名副其实的组织；他完全取消一些超越法律的行动，努力提高这个组织在刑事犯罪调查方面的效率。"[9]

役的胜利之外，他也是——胡佛用非常轻蔑的语气说出来——一位"夸夸其谈的犯罪学家"。

雷蒙德·莫利是罗斯福智囊团的一名成员，也是胡佛的坚定支持者，他评论说："罗斯福承受着巨大的压力，因为各地的政治家要求用更听话的这个或那个警察局长来替换胡佛……路易斯·豪利用自己的权势支持这些人的要求。"

还有"在外面徘徊的"几个牢骚满腹的前调查局特工，莫利回忆说："他们巴不得看到胡佛滚蛋，为他们能够重新加入铺平道路。有一个这样的人来找我了，他抱怨胡佛对下级铁面无私。在我看来，这是对胡佛最好的赞扬。因为高效率的警察机构都必须有严格的纪律。"

虽然给弗兰克福特写了回信，但莫利知道，罗斯福的心中依然对"继续使用J.埃德加·胡佛的愿望存有疑虑——这个疑虑是路易斯提出来的"。莫利为胡佛据理力争，最后打败了豪："至少我争取到了延期惩罚，让卡明斯去做决定。卡明斯很快就明白胡佛是不可或缺的，于是胡佛留下来了。"[11]

一九三三年七月三十日，司法部长卡明斯宣布他已经任命J.埃德加·胡佛为"新的调查部负责人"，其职责范围包括了调查局、身份局和禁酒局，这个部门将"在全国范围内开展打击非法经营、绑架勒索和其他犯罪活动"。①[12]

虽然胡佛赢得了这场战役，但他很清楚，这也许只是漫长冲突中的第一次遭遇战。胡佛不愿意保持这个势力强大的敌人，他想把路易斯·豪争取过来。他的方法很简单。知道路易斯喜欢侦探故事，他开始为他提供根据调查局著名案子写成的"内幕故事"备忘录。令人惊讶的是，这一招居然奏效了。至少，路易斯·豪再也没有反对过胡佛。

即使豪已经投降，但他发动的战役已经势头强劲。《新闻周刊》指出，根据胡佛协助帕尔默搜捕赤色分子的表现，"对于胡佛的任命，华盛顿一些经验丰富的人士深感震惊，这位新局长的举止被描述成不像警察，更像是基督教青年会的秘书"。[13]

---

① 实际上，这基本上是改了个名字而已。调查局和身份局（保存了350万套指纹档案和犯罪记录）已经合并了，而禁酒局的日子已经不长了。

反应最强烈的是《科利尔杂志》。在一九三三年八月十九日那一期中，华盛顿记者站站长雷·塔克发表文章，取笑胡佛及其不够成熟的密探，并给出了很容易甩掉"尾巴"的建议。

"无视一切的滑稽表演和满口大话，"塔克继续说，"这个秘密的联邦警察机构仍有其危险的和罪恶的一面。它热衷于搞个人阴谋和党派政治。"在胡佛的领导下，塔克指控说，这个以普鲁士风格运作的微型美国"契卡"①，被用作胡佛的"个人政治机器。他比总统还要难以接近，他还以恐惧和敬畏来管理特工，心血来潮时把他们随意开除和调离工作岗位，政府的其他机构都没有这么高的员工流动率"。

也没有那么渴望出名的，杂志的总编说："局长对宣传的胃口是贪得无厌的，虽然根据其性质这应该是一个特别的机构，其各项行动也应该是秘密的。尽管胡佛先生下达了严格的命令，禁止特工抛头露面做宣传，他自己却从来不受这样的制约。"

虽然不是那么光明正大，《科利尔杂志》的文章还第一次提及了谣传中胡佛的性取向："外貌上，胡佛看上去完全不像故事书中的侦探……他衣着讲究，喜欢艳蓝色服装，配之以相应颜色的领带，手帕和袜子……他个子矮矮的、胖胖的，一副公事公办的样子，走路有点忸怩作态。"[14]

其他倒是没说，但暗示已经表达了。在华盛顿，当时和现在都是一个自成体系的城市，谣言和闲言碎语，就像货币那样，有其自身的价值，三十八岁单身的 J. 埃德加·胡佛，与母亲一起生活，从来没看到他与女人在一起，这一切已经足以让人们去思考了。

男子汉气质不够的说法，深深地刺痛了局长，他显然立即采取措施修补这种形象。在《科利尔杂志》的文章刊登后不到两个星期，华盛顿一位闲言碎语的专栏作家询问人们是否已经注意到，自从塔克的指责之后，"胡佛的脚步已经明显加大了跨度和力度"。[15]针对"胖胖的"和"走路忸怩作态"的说法，另一家全国发行的名叫《自由》的杂志刊登了一篇文章声称，胡佛"紧凑结实的身材，加上轻量级拳手的双肩，身上没有一丝肥肉，体重正好一百七十磅，浑身

———————————

① 苏俄秘密警察组织，克格勃的前身。——译注

充满了阳刚之气"。①[16]

胡佛保住了职位。他很快重新调整了自己的效忠对象：不管什么人，只要是目前坐镇在宾夕法尼亚大道 1600 号的。在被任命为新部门局长后几个星期之内，胡佛去向司法部长卡明斯告发了前总统助手劳伦斯·里奇的最近活动。这个里奇当初帮助他保住了这份工作。

与华盛顿的许多人一样，内政部长哈罗德·伊克斯也保存着他的一本"秘密日记"。在一九三三年五月二日的记载中，伊克斯写下了司法部长卡明斯以一个戏剧性的消息震惊了内阁。

"在今天的内阁会议上，卡明斯说他获悉针对内阁成员和政府高官正在实施一项深入的间谍活动。该工作的负责人是前总统胡佛的秘书劳伦斯·里奇，应该是专门为（赫伯特·）胡佛服务的，当然也为共和党服务。"[18]

虽然前总统在新总统宣誓就职后就离开了华盛顿，但劳伦斯·里奇留下来受托执行"一项神秘的任务"。显然，J.埃德加·胡佛很快就发现了是什么任务。[19]

伊克斯写道，司法部长卡明斯"警告我们要注意提防有人强行提醒我们，他说我们的家属和家人也要这样防范。他的信息是有几个妇女受雇后来找我们的家属搬弄是非"。[20]

霍默·卡明斯没有告诉内阁，但向胡佛透露了的是，一个私家侦探，显然受雇于里奇，一直在干涉他自己的个人生活，试图证明他与一位朋友的老婆"关系暧昧"。

卡明斯是一位经验丰富的政治家，他很可能希望解除这个危险——对此他是断然否认的——因此他赶在别人之前告诉了胡佛。当然，胡佛保证保守这个

---

① "胡佛走路和讲话都没有忸怩作态，"多年后在读到《科利尔杂志》"恶毒攻击"的文章时，前胡佛的一位助手回忆说，"他矮墩墩的，那双脚是我看到过的男人最小的脚——但他走路与他说话一样，都是很快的。当他在大厅里朝你走过来时，看上去就像是一个火车头直线奔驰而来。你知道他是不会绕道而行的，所以你就自动地往旁边避让。
"但如果你是从后面看到他，情况就完全不同了。他的臀部——嗯，是那种弹性十足的。
"你最好别去看，别去注意，因为，嗯，第一，他是局长；第二，如果你笑了，唯愿上帝保佑你！"[17]

秘密，并立即口述了一份备忘录存档。

在为林德伯格的绑匪准备赎金的时候，财政部首席执法官埃尔默·艾里将赎金中掺入了好多金圆券①，作为身份辨别的一个方法。② 一九三三年四月，罗斯福总统宣布最晚于五月一日起美国放弃金本位制，所有这种钞票都兑换成其他形式的货币。

这是案子的第一次重大突破，专案组特工都深信很快就能实施逮捕了。在最后期限前一周，用作赎金的五十张十美元金圆券在纽约市两家不同的银行来兑换了。然而在承兑的时候，柜台的营业员都没有核查五十七页的赎金清单，也说不出兑换者的身份。五月一日，又一批二千九百八十美元也来纽约的另一家银行兑换了，但同样没有引起注意。虽然更多的赎金得到了兑换，但大都是以个人交易的形式，案子似乎陷入了停滞。

胡佛看到了自己的机会。他报告司法部长说，新泽西州警长斯瓦茨科普夫及其衣着花哨的警察们不知道在干些什么。而且，地方、州和联邦执法机构的重复劳动，对案子的侦破只有坏处没有好处。自从《林德伯格法》通过以来，调查局已经侦破了所有参与的绑架案（只有两个除外，都是受害人家庭拒绝合作）。况且与其他机构不同的是，调查局拥有两大优势，即现代化科学的犯罪实验室以及全球最大的指纹数据库。

卡明斯本人被说服后，又去做罗斯福的工作，说胡佛应该负责与调查有关的所有联邦方面的事情。一九三三年十月十九日，罗斯福发布的总统令让埃尔默·艾里感到十分愤怒，因为他的财政部特工不得不退出这个案子。斯瓦茨科普夫现在明白了，与其独自承受还不如分担这个批评，他勉强表示接受合作，最后把他的档案向调查局和纽约警方敞开了。

然而差不多一年后，案子才取得真正的突破，靠的不是什么优秀的侦探，而是一个加油站职工的警觉。一九三四年九月十五日，一个汽车司机在上曼哈顿的一座加油站购买了五加仑的乙基汽油，用一张十美元的金圆券来付款。加油工在拿零钱找他之前，把车辆的牌照号码——4U – 13 – 41 N. Y.——潦草地写

---

① 即黄金凭证。——译注
② 林德伯格上校起先反对包括金圆券或记录赎金纸币编号的做法，只是在艾里威胁要撤销案子的时候，才勉强同意了。

在了账单上。三天后，谷物交易所信托银行的一名柜台营业员把钞票的编号与赎金清单进行了对比，然后就打电话给纽约分局的托马斯·西斯克。

经与纽约机动车牌照管理局核对之后发现，这是一辆深蓝色的道奇轿车，车主是布鲁诺·理查德·豪普特曼，家庭地址是布朗克斯第 222 街东 1279 号。

豪普特曼是一个失业的木匠，已经受到了监视。胡佛和西斯克希望在通过另一个法案之后去抓捕豪普特曼，于是想延迟逮捕行动，一开始警方似乎同意了。然而，知道胡佛爱出风头，很可能怀疑他又在策划类似的想法，警方显然决定自行动手实施抓捕。第二天，在尾随道奇轿车的当地和联邦执法机构的车队中，纽约警方的一辆警车突然加速驶向前方，把道奇轿车逼停在人行道边，并把豪普特曼从车上拖下来实施了逮捕。①

在接下来的管辖权争论中，警方拒绝让联邦特工搜查豪普特曼本人及其汽车。但一名大胆的调查局特工设法"拿起"豪普特曼的钱包，从中抽出了一张手写的购物清单。那天的晚些时候，塔罗从车辆牌照管理局取得了豪普特曼的驾照申请书；再后来，他和警察说服豪普特曼抄写了报纸的几篇文章。然后他把这些手写的笔迹样本立即发给在华盛顿的查尔斯·阿佩尔。阿佩尔在实验室里通宵达旦地工作，把这些笔迹样本与赎金纸条的副本进行对比。

当阿佩尔在早上八点半打电话过来的时候，筋疲力尽的塔罗已经在纽约分局的一张行军床上睡着了。

"查尔斯·阿佩尔的声音一点也不优美动听，"塔罗后来回忆说，"但在那个阴沉的上午，如果能配上竖琴和木管的背景音乐，那是再美妙不过了。'对起来了，'他简单地说，'祝贺你'。"[21]

得知豪普特曼被抓获之后，胡佛坐第一班火车赶赴纽约。那天上午晚些时候，他去看了夹在十二名侦探队列中间的豪普特曼。"这其实很好辨认，"塔罗回忆说，"侦探们都是身高六英尺，胡子刮得干干净净的，显得精神抖擞。豪普特曼个子矮小，而且之前徘徊在一个土耳其浴室，两天两夜未曾合眼。"[22]

只有一个人见过赎金接收人，并与之交谈过，那就是爱出风头的约翰·F.

---

① 警方后来解释说，他们之所以抓捕豪普特曼是当时的临时决定，在看到他闯红灯后，他们认为他已经发现了尾巴想逃离。利昂·塔罗在其《我投下的影子》一书中同意这种说法。上述关于豪普特曼被捕及其后事情的版本，是根据查尔斯·阿佩尔的回忆，虽然阿佩尔本人没有在场，但他与在场的特工都谈过话了。

康登。但即使大都是由警察组成的这个队列，康登也拒绝积极指认，闹得胡佛、斯瓦茨科普夫上校，以及准备在下午召开新闻发布会的纽约警方很不高兴。他们还是如期举行了记者招待会，宣布说："我们现在已经拘捕了接收赎金的人。"[23]他们就说了这么一句话。"从这一点来说，我们的司法案子比纸牌屋还脆弱。"塔罗评论说。[24]

逮捕豪普特曼时从他身上搜出了一张赎金的纸币，但新泽西州警方对他家中的"彻底"搜查却一无所获。胡佛和林德伯格专案组深信，钱应该是在房子里面或附近，"豪普特曼脑筋迟钝，不可能藏到其他地方去。"[25]斯瓦茨科普夫上校起先强烈反对，但最后同意让调查局特工去搜查。

他们在车库墙上发现了一个藏匿处，起获了一千八百三十美元，全是十美元的金圆券，都在赎金的清单上。

但是由于搜查的时候没有房子业主的家人在场，这钱还不能用作证据。作为补救，他们把钱放回到墙壁里，再把豪普特曼夫人叫了过来，然后这钱又被"发现"了。后来在车库里又发现了第二个和第三个隐藏处，起获的钱款总数达到了一万四千六百美元。面对这些钱，豪普特曼声称那是一个叫伊西多·菲什的人留下来的，此后那人就死了。

胡佛深感轻松，在一九三四年十月十日，他召集了一次新闻发布会，宣布调查局已经撤出该案子。

在被利昂·塔罗描述为一次"滑稽的"审讯之后，理查德·布鲁诺·豪普特曼被认定是谋杀小查尔斯·奥古斯塔斯·林德伯格的凶手，并在一九三六年四月三日被电刑处死。

长期遭压制的调查局内部备忘录显示，这案子留下了一个疑点。没在队列中指认豪普特曼的康登博士，两天后告诉塔罗："他不是那个人，但看上去像他的兄弟。"与他在公墓地把赎金交过去的那人相比，豪普特曼的身材"壮实得多了"，康登说，豪普特曼的"眼睛和头发等都不相同"。[26]四天后，康登改变了主意，在审讯期间他积极指认。林德伯格上校也一样，他指认了豪普特曼的声音。虽然陪审团认为他的证词是可信的，但塔罗极为怀疑："许多人，包括我自己，认为林德伯格发誓说能够辨认出两年前在黑暗的林中听到过的几分钟声音，这真的是很了不起。"[27]

怀疑是有充分理由的：几个月之前在大陪审团面前，林德伯格证实，他不能"积极地确认"这是同一个声音。[28]另一个关键的证人，林德伯格家的邻居，指认豪普特曼就是他看到的在他们家房子附近徘徊的人。但调查局的一份备忘录说，那位邻居是一个"说谎的人，完全是不靠谱的"，还说调查局在第一次审问他的时候，他否认在房子附近看到过任何人。[29]查尔斯·阿佩尔坚定地认为，赎金便条是豪普特曼写的；但胡佛本人在一九三四年九月二十四日的一份备忘录中承认，豪普特曼的指纹与在赎金便条上提取的潜在印象不相符合。[30]关于豪普特曼是单干的还是另有帮凶的问题，特工们也是意见分歧。在调查局撤出案子那天写的一份备忘录中，休·H.克莱格总结了林德伯格专案组的不同意见，他说："还有其他人参与的理由是符合逻辑的，但也有同样多的理由认为为什么只有一个人。"[31]即使胡佛本人也有怀疑，他在一份秘密备忘录中评论说："我怀疑某些证据。"[32]

还有其他的遗留问题。庭审期间，林德伯格告诉财政部的埃尔默·艾里："假如没有你们参与案子，豪普特曼现在是不会站在被告席上的。他的被捕，你们是有功劳的，你们的组织应该受到表彰。"对于林德伯格这样的评论，胡佛一直耿耿于怀。[33]

虽然林德伯格赞扬埃尔默及其手下的特工，但按照刑事信息部书写的历史，是联邦调查局获得了所有的功劳和荣誉。参观过赫赫有名的调查局展览的游客都会留下这么个印象，是调查局独立侦破林德伯格案子的，而艾里坚持的赎金中应包括金圆券的观点，在调查局官方的说法中并没有提及。

"艾里是个很好的基督教徒，他不会破口乱骂，"他的多年助手马拉奇·哈尼评论说，"只是在提及林德伯格绑架案的时候，气氛就沉闷了。"[34]

资料来源：

[1]《纽约时报》，1933年3月3日。

[2] 德托莱达诺：《胡佛》，第99页；怀特黑德：《联邦调查局故事》，第90页。

[3] 施莱辛格：《危机》，第2页。

[4] 约瑟夫·克拉夫特：《权利的描述：华盛顿内幕》（纽约：美国图书馆出版社，1967年），第131页。

[5]《新共和》，1940年3月11日；联邦众议员J.J.麦克斯韦致富兰克林·德怀特·罗斯

福，1933 年 7 月 25 日。

［6］麦克斯韦致富兰克林·德怀特·罗斯福，1933 年 7 月 25 日。

［7］惠勒：《美国人》，第 243 页。

［8］威廉·萨利文采访录。

［9］梅森：《斯通》，第 152 页。

［10］麦克斯·弗里曼编辑：《罗斯福与弗兰克福特：1928—1945 年间通信录》（波士顿：小布朗出版社，1967 年），第 129 页。

［11］雷蒙德·莫利：《七年之后》（纽约：哈珀出版社，1939 年），第 274—275 页。

［12］《纽约时报》，1933 年 7 月 30 日。

［13］《新闻周刊》，1933 年 8 月 22 日。

［14］《科利尔杂志》，1933 年 8 月 19 日。

［15］《华盛顿先驱报》，1933 年 8 月 28 日；理查德·吉德·鲍尔斯：《秘密与权力：J.埃德加·胡佛的一生》（纽约：自由出版社，1978 年），第 185 页。

［16］《华盛顿邮报》，1968 年 2 月 25 日

［17］前胡佛助手。

［18］《哈罗德·L.伊克斯的秘密日记》，卷 1：《开始的一千天》（纽约：西蒙与舒斯特出版公司，1954 年），第 30 页。

［19］梅德维德：《影子》，第 192 页。

［20］伊克斯：《一千天》，第 30 页。

［21］塔罗：《影子》，第 122 页。

［22］同上，第 123 页。

［23］《纽约时报》，1934 年 9 月 20 日。

［24］塔罗：《影子》，第 124 页。

［25］同上，第 125 页。

［26］塔罗备忘录，1934 年 9 月 21 日。

［27］塔罗：《影子》，第 127 页。

［28］美国广播公司/电视新闻，1981 年 9 月 9 日。

［29］同上。

［30］J.埃德加·胡佛备忘录，1934 年 9 月 24 日。

［31］休·H.克莱格备忘录，1934 年 9 月 24 日。

［32］《旧金山观察家报》，1982 年 6 月 6 日。

［33］德马里斯：《局长》，第 62 页。

［34］同上，第 61 页。

第四部

黑帮时代

迪林杰毙命芝加哥：

剧院门口遭联邦特工射杀

——《纽约时报》，一九三四年七月二十三日

弗雷德和"巴克妈妈"

在奥克拉瓦哈死于与警官交火

——《杰克逊维尔日报》，一九三五年一月十六日

卡尔皮斯被捕

在新奥尔良

遭胡佛本人生擒

——《纽约时报》，一九三六年五月一日

第十三章　打黑英雄

媒体给他们起了名字——"帅哥约翰尼"·迪林杰、"娃娃脸"·尼尔森、阿尔文·"毛骨悚然"·卡尔皮斯、"巴克妈妈"、乔治·"机关枪"·凯利、查尔斯·亚瑟·"美少年"·弗洛伊德——还粉饰了他们的行为。随着大萧条的加剧，他们的罪行和对他们的追猎，以及他们有时候的逃脱，就像周六日场的系列剧那样在持续上演。

"中西部犯罪浪潮"使得调查局名噪全国，但这个浪潮相对来说持续时间不长。事情是一九三三年开始的，到第二年年底就基本偃旗息鼓。而且范围有限，大多数犯罪活动发生在七个州：密苏里、伊利诺伊、印第安纳、俄亥俄、威斯康星、明尼苏达和爱荷华。

但在犯罪浪潮延续期间，引起了公众的关注，"激怒了具有长老会善恶观念的 J. 埃德加·胡佛"。[1]

人们知道，"帅哥约翰尼"是个好青年，后来变坏了，但或许还没有坏到无药可救；维恩·米勒是战斗英雄，当过警长；"巴克妈妈"虽然以那种方式杀人，但在她那凶残的念头里依然充满了母爱。

粗看起来，他们就像侠盗罗宾汉那样实施劫富济贫。每次抢劫银行时，"美少年"不但拿走现金，还拿走银行贷款和抵押的记录。这并不奇怪，因为那个时候，银行取消了成千上万家庭、农场和企业的抵押品赎回权，弗洛伊德和他那样的人差不多成了全国英雄。迪林杰帮成员哈里·皮尔庞特在被抓住后对记者总结说："说良心话，我偷的是银行家的钱，他们偷的是人民的钱。我们所做的一切，有助于增加保险公司的生意。"[2]

迪林杰使用一支木头枪（或者如他声称的类似道具）从克朗波因特监狱成功

越狱，后来，因为没有真枪，就去警署抢劫，这样的壮举很难不让人们为之欢呼。

他们基本上都是农村而不是城镇的罪犯，与《禁酒法》后冒出来的大城市黑帮和犯罪团伙相差甚远。虽然报道中都说他们很狡猾，其实他们并不聪明。抢劫银行是用不着动什么脑筋的，与其他大多数犯罪不同，黑帮喜欢的绑架至少会有三方面的风险：实施犯罪的时候、赎金交付的时候和花钱的时候。

公众为他们的壮举感到激动，似乎忘记了他们大都也是恶贯满盈的杀手。

直至一九三三年六月十七日。

那天早晨，堪萨斯城联邦车站的站前街道上，进站和出站的旅客熙来攘往。有一个团队，出站后走在一起。走在团组中间的是戴手铐的弗兰克·"果冻"·纳什，他是抢劫银行的逃犯，是两天前被捕的。围在他身边的是四名调查局特工和三名警察。团队刚刚走到准备把纳什送往利文沃思监狱的汽车旁边时，突然遭到了持有手枪和冲锋枪的三个人的伏击。交火停止后，有四名执法人员死亡，包括雷蒙德·卡弗里特工，还有两人受伤。暴徒想劫走的纳什也死了。

杀戮事件震惊了全国。这可不是黑帮间火并的情人节大屠杀。在公众场合、在光天化日之下，枪手肆无忌惮地公然射倒了七个人。在胡佛看来，这种明目张胆的践踏宪法的行径，就是对"法律秩序和文明社会的公开挑战"。

胡佛很快就迎接这次挑战。在第二个月举行的国际警察局长协会的大会发言时，调查局长呼吁全国警察力量团结起来向犯罪活动宣战。"我们要去追猎那些参与了冷血屠杀的歹徒，"胡佛做出了承诺，"他们迟早会受到应有的惩罚。"①[3]

一九三四年五六月间——部分是由于公众对堪萨斯城大屠杀的反响，以及

---

① 胡佛查明了堪萨斯城杀手的身份，他们是查尔斯·"美少年"·弗洛伊德、亚当·里凯蒂和维恩·米勒。

　　1934 年 11 月 29 日，米勒被发现死在了底特律附近的一条排水沟里。他是窒息身亡的，他的舌头和脸颊被冰镐捣烂了，身体遭到过烙铁的烧灼，脑袋遭到过钝器的猛击——显然是对黑社会的一次报复。1934 年 10 月 21 日，亚当·里凯蒂在俄亥俄州威尔斯维尔附近被当地警方抓获，经审讯后被认定是堪萨斯城屠杀案的凶手，于 1938 年 10 月 7 日被处决。里凯蒂被捕的次日，在与此相距几英里的地方，弗洛伊德在与调查局芝加哥分局长梅尔文·珀维斯和调查局其他特工交火时被击毙。

　　有些作家相信，弗洛伊德和里凯蒂没有参与联邦车站的枪杀，坚持认为真正的杀手是米勒、毛里斯·丹宁和威廉·"索利"·维斯曼，他们都是职业的雇佣杀手，签下了把纳什灭口的合同。

中西部地区的犯罪浪潮，但也因为是大规模的努力，比如胡佛局长和司法部长卡明斯的游说——国会几乎以全票通过了关于九大犯罪的一揽子法案。

这些新法，桑福德·昂加尔认为，"再怎么看，也是最重要的'新政改革'措施之一"。新法首次给了联邦政府一部综合性的刑法典。新法不但显著地扩大了调查局的委任管理权，还赋予其新的强大的执法权。[4]

调查局再也不限于调查白奴案子、州际偷车和违反联邦破产保护。在新法下，抢劫联邦储备系统的全国性银行或其连锁银行是联邦犯罪，运输赃物、传播恐吓、州际非法经营、跨越州界运送重罪犯或证人以逃避指控或作证也一样是联邦犯罪。《林德伯格法》也进行了修改，增补了死刑，还增加了七天后跨州运送受害人的推定，由此允许调查局处理该案子。而且——胡佛履行沙纳汉死后许下的诺言——调查局特工有权实施逮捕、签发逮捕令和携带火器，杀死或袭击政府特工也被列为联邦犯罪。

小局的时代已经结束了，同样结束的，还有特工只是调查员的时代。

悄悄地、不做声张地，调查局依然保持着只招收法学院毕业生和会计员的做法，胡佛利用其增加了的拨款去挖"雇佣枪手"——有实际从警经验的前司法人员。这样的人员，局内已经有了一些，比如约翰·凯斯和查尔斯·温斯特德。但胡佛大量增加了他们的人数，招募了格斯·T.琼斯（前德克萨斯州护林员）、C.G."杰瑞"·坎贝尔和克拉伦斯·赫特（两人都来自俄克拉荷马城，后者当过侦探队长），以及鲍勃·琼斯（他在达拉斯也干过侦探队长）。

他们大都没有上过大学，学过法律的人就更少了，都不符合胡佛之前描述的特工形象。他们大都穿着牛仔靴，戴着宽边牛仔帽，并携带他们自己的枪械——凯斯是两支柯尔特45转轮枪，温斯特德是一支357的麦林枪——他们全都凭本能和经验做出反应，不是按照规定。但胡佛很聪明，他知道暂时他还是需要他们的。虽然他们在局内获得了传奇人物的形象，并在早期的几个大案侦查中起到了显著的作用，胡佛还是决定不去宣传他们的壮举。①

---

① 有一段时间，约翰·凯斯被分配到培训学校担任火器教官。他违反胡佛的禁酒规定，晚上要喝酒后才上床，第二天在靶场上他用颤抖的手照样能比其他人都射得更准。是凯斯的威信才没人去向胡佛告发。

查尔斯·温斯特德被发配到了新墨西哥州的一个偏远办事处，他告诉每一个新加入到他手下的特工："一是不要理会总部要你们怎么做，二是让那些规章制度都见鬼去吧。"[5]

但对于梅尔文·"小梅尔"·珀维斯，他就没那么成功了。

一九二七年一月，梅尔文·珀维斯怀着当外交官的理想，抵达了华盛顿特区。这是他第一次离开家乡南卡罗来纳州登上北行的火车。之前他在小镇搞过律师事务，但很快就厌倦了，他渴望旅行和追求刺激。但在听说国务院没在公开招聘之后，他走进司法部大楼申请当一名特工。

他有三个缺陷。身材太苗条，身高距离五英尺的标准差了一点点，也就是说，他没能达到身高和体重的最低要求，再者，虽然他已经达到了当时的最低年龄条件，即二十三岁，但他看上去不像。"老爸"·内森不无慈爱地说："你看上去还是个孩子呢。"珀维斯在回答时撒了两个谎：他已经具有丰富的经验，而且他走过许多地方。对此，内森微笑着说："或许是走遍了南卡罗来纳州。"[6]但过了几天，他收到了入职通知书。到一九三二年，加入调查局才五年的他，已经是调查局第二大分支机构——芝加哥分局的负责人。

调查局大张旗鼓地宣称，不接收有政治影响的申请人，不提升有政治影响的员工。恰恰相反的是，多年来，局长希望保持和发展与历任总统、参众议员、州长和大型企业董事长的关系。例如与新当选总统关系密切的员工，常常能够快速晋升到调查局的上层，或者获得诸如担任白宫联络员那样的专门设立的岗位。只要靠山依然有职有权，他们就能顺风顺水，但也有许多"例外情况"。

梅尔文·珀维斯就是其中一个。他父亲是一个贵族农场主，与南卡罗来纳州有权有势的参议员埃德·"棉花"·史密斯私交甚笃，而且还有业务交往。但即使没有这一层关系，珀维斯依然可能成为胡佛手下的红人。当时，胡佛还是亲自审阅每个特工申请人的简历。他肯定已经注意到，这位珀维斯身材太矮小了，不能参加高中的橄榄球队，但在当地军官预备学校已经成为上尉。而且，站在"小梅尔"旁边，即使局长也显得身材高大了。①

"几分钟之前，约翰·迪林杰从克朗波因特监狱越狱出逃。"一九三四年三月三日，芝加哥分局长珀维斯发电报向胡佛报告。[7]电文很简单，之前珀维斯从

---

① 珀维斯还是华盛顿学院的校友会会员，内森、克莱格、爱德华兹和由胡佛提拔到高层的许多其他人也一样。

一个记者那里得到了消息，但直至第二天他才得以证实，迪林杰在从印第安纳州"不可逾越"的监狱越狱之后，偷取了警长的汽车，驾车跨越州界进入了伊利诺伊州。

胡佛对这个消息感到很高兴。他已经等待了一年多，为的是能够对付美国臭名昭著的亡命天涯者。在犯罪法案通过之前的几个月，银行抢劫或州际逃逸都不是联邦犯罪——但偷车跨越州界行驶，则违反了《全国机动车法》，胡佛就有权让调查局处理这个案子了。

很快就建立了一项特别行动，代码为JODIL，是调查局对"约翰·迪林杰"（John Dillinger）的电文缩写。但过了一个半月之后——其间这个亡命者成功地躲过了调查局设置的两个陷阱——珀维斯接到了一个电话消息说，迪林杰和他团伙的其他五名成员藏匿在小波西米亚，那是一个避暑胜地，位于威斯康星州莱茵兰德以北约五十英里处。

查阅了办公室墙上的大比例地图后，胡佛认为距离莱茵兰德最近的两个分局，分别是圣保罗（空中距离一百八十五英里）和芝加哥（空中距离二百七十五英里），于是他命令特工小分队从两地分别坐飞机赶过去。

特工队员还在路上的时候，胡佛召开了新闻发布会宣称，他的特工已经把迪林杰包围起来了。他要记者们通知他们的报社，做好报道好消息的准备。

当第一批特工降落的时候，天色几乎已经黑了。他们搭乘能够搞到手的车辆，匆匆赶赴小波西米亚，但在抵达的时候已经太晚了，无法侦察那座木屋周围的情况。而且在他们匍匐前进，想去包围该房子的时候，一条狗叫了起来。疑犯肯定是警觉了，珀维斯命令特工们做好射击的准备。过了一会儿，好像是证实了珀维斯的猜疑，三个人匆匆走出木屋，坐进了一辆汽车。现在天已经完全黑了，他们没有看到特工；而且由于开着车载收音机，加上发动机的轰鸣声，他们也没有听到要他们投降的命令。在他们驾车离开的时候，特工们一阵齐射，打死了一人，重伤了另两人。这三人都是当地的工人，路过木屋来讨口水喝。

现在枪声惊动了迪林杰及其同伙——"很可能是现代群体最大的亡命徒被围困在一个地方"，梅尔文·珀维斯后来痛苦地回忆说[8]——他们从后窗逃走了。过了一会儿，在离小波西米亚几英里的一条小路上，迪林杰帮的成员莱斯特·吉利斯，又名"'娃娃脸'·尼尔森"，遭遇了三名执法人员，在对方还没来得及掏枪的时候，就把他们击倒了，结果杀死了特工卡特·鲍姆，击伤了另一名特工和一名当地的警察。

那些为胡佛答应的"好消息"而留好了版面的报纸，刊登了不同版本的故事。拂晓前，中西部地区的记者潮水般地涌到了小波西米亚。根据《迪林杰的日子》一书作者约翰·托兰的说法，"美国的犯罪故事从来没有如此激动人心"。[9]袭击惨败的消息传出后，人们立即对调查局及其局长发起了铺天盖地的批评。

一如威尔·罗杰斯所说，"他们已经把迪林杰包围起来了，正要准备向他射击的时候他出来了，但另几个老乡在他前面出来了，所以他们就开枪把他们给撂倒了。迪林杰因为局外人而侥幸逃过一劫，不然的话，他是免不了会被击倒的"。[10]

这一次，调查局长让司法部长去对付记者招待会。卡明斯部长否认 J. 埃德加·胡佛会被降级或辞退。他对惨败的解释——假如调查局有足够的资金配备装甲车的话，结果就会完全不同了——引起了国会共和党议员们的哄堂大笑。

在一片批评声中，胡佛想找一个替罪羊，他选择了他曾经最喜爱的分局长。梅尔文·珀维斯极不情愿地递交了辞呈。他的辞呈没被接受。但是虽然珀维斯保住了芝加哥分局长的乌纱，胡佛却把迪林杰追捕队的指挥权交给了山姆·考利。考利曾经是摩门教教徒，一直在给"老爸"·内森当助手，他没有战场上的实际经验。但他是一个严厉的队长，干起活来甚至比队员还要努力。

胡佛向考利下达指示："尽可能抓活的，但要保护好自己。"司法部长说得更为直率："开枪打死他——然后数到十，看看他到底死了没有。"[11]

胡佛还把追捕队的人员增加了一倍多，把赏金提高到了一万美元。一九三四年六月二十二日——约翰·迪林杰的三十一岁生日那天——出于公关的需要，胡佛授予他"头号公敌"的称号。①

---

① "公敌"这个词语的创造，是一直备受争议的。芝加哥犯罪委员会的弗兰克·J.洛奇在 1930年年初的时候使用过这个词语，那年的晚些时候，纽约的报纸宣称私酒贩子欧文·"上蜡"·戈登为"头号公敌"。

胡佛花钱花力气对这两个表达方法进行了宣传。但到了 1950 年，调查局引进了其"十大通缉亡命徒"的名单，由刑事信息部向各报纸杂志和广播电视做了通报。其他执法机构声称，许多亡命徒只是在快要被捕的时候才上名单的，由此来吹嘘调查局的破案率。

过了差不多一个月，印第安纳州警察马丁·扎尔科维奇中士联系了珀维斯。他说，妓院鸨母安娜·坎帕纳斯，人称安娜·塞奇，是他的一个线人。她来找过他，要求做一个交易。① 作为一个不受欢迎的外侨，塞奇夫人可能会遭驱逐，她愿意交出迪林杰，从而领取悬赏金和撤销对她的驱逐。

珀维斯与塞奇夫人见了面，了解到了许多信息，从而深信她确实在与亡命徒迪林杰联系。他向胡佛报告这个消息，并确定了交易。虽然交易的条款后来引起了争议，但胡佛显然答应她不但可以拿到一笔"数量可观"的赏金，而且司法部还会尽最大的努力去说服处理移民事务的劳工部，撤销对她的驱逐。

据塞奇夫人说，迪林杰现在化名杰米·劳伦斯，最近一直在与寄宿在她那里的女服务员波莉·汉密尔顿见面。三人打算第二天晚上去看电影。不，她不知道去哪个剧院看电影；在他们定下来之后她就会通知珀维斯。

第二天傍晚五点三十分，塞奇夫人打电话给珀维斯。他们还没有定下来；但电影院很可能是传奇剧院或马博尔剧院。特工被派去守候在两个剧院附近，但追捕队的大多数队员依然留在芝加哥分局，与考利待在一起。考利与华盛顿家中的胡佛保持着电话的畅通。这一次，局长没有通知媒体。

晚上七点钟，珀维斯接到了另一个电话。"他来这里了，"塞奇夫人耳语着说，"我们马上就要出发了。"但她还是不清楚是哪个剧院。[12] 只有两个人认识塞奇夫人：扎尔科维奇中士和珀维斯。扎尔科维奇加入到了守候在马博尔剧院的特工人员之中；珀维斯坐在传奇剧院对面的一辆汽车里等待着。

珀维斯发现了塞奇夫人。她与两个同伴正要入场，她穿了一件橙色的裙子，在天光下显得血红炫目。珀维斯看了一下售票处，获悉上演的电影是《男人世界》，主演是克拉克·盖博和威廉·鲍威尔，片长九十四分钟。珀维斯联系了考利，考利则请示胡佛。考虑到迪林杰很可能携带着武器，他们决定不在剧院内逮捕他，以免伤及无辜群众。

考利和其余的特工匆匆赶到了传奇剧院。虽然考利是追捕队长，但珀维斯级别比他高，因此就成了负责人。他驻守到了售票处外面。作为提醒其他特工的暗号，在看见迪林杰时，他就点上雪茄烟。

然后他们开始了等待。对在首都的胡佛来说，九十四分钟时间"像是一辈

---

① 后来披露出来，扎尔科维奇也是塞奇夫人妓院的一个常客。

子那么长"。[13]

好像气氛还不够紧张似的，剧院经理看到一些陌生人在外面徘徊，害怕会发生抢劫，于是报告了警察。根据胡佛的明确指示，珀维斯没有把此次逮捕行动通知芝加哥警方。

晚上十点二十分，离电影散场还有十分钟的时候，两名芝加哥刑警从巡逻车跳下来，把枪口指向了C.G."杰瑞"·坎贝尔和詹姆斯·梅特卡夫特工，命令他们证明自己的身份。两名特工出示了证件，解释说是在搜寻"一名亡命徒"。警察感到满意后驾车离去了。

十点半，迪林杰在两个女人的簇拥下走出了剧院。珀维斯马上就发现了他们——他们就走在他的前面——但他的双手颤抖得很厉害，没法点上雪茄。当三人左转走向街道时，迪林杰感觉到了什么或者是看到了什么，他开始奔向传奇剧院旁边的巷子。

珀维斯高声大喊："举起手来，约翰尼。我们已经把你包围了。"迪林杰没去理会，他从外套的口袋里掏出了柯尔特380自动手枪。三名特工开火射击。赫尔曼·霍利斯没有击中。警察出身的克拉伦斯·赫特和查尔斯·温斯特德击中了对方。

珀维斯用剧院办公室的电话向胡佛报告："我们搞定他了!"

"死了还是活的?"胡佛问道。

"死了。"珀维斯回答，"他掏枪了。"

"我们的人员有没有受伤?"

"没有。人群中有一位妇女受了伤，但看上去伤势不重。"

"谢天谢地。"[14]

在祝贺珀维斯和考利干得漂亮之后，胡佛匆匆赶往司法部去安排官方的新闻发布会了。

过了不到一个月的时间，迪林杰的死亡面具、他经常戴的草帽和他的柯尔特自动手枪，被安放在总部的一个玻璃陈列柜里面。当一九三七年杰克·亚历山大为《纽约客》撰写人物简介的时候，那些东西还在那里（又安放了三十五年，直至L.帕特里克·格雷担任代局长）。亚历山大写道："外间办公室有其他的展柜，但这个展柜，像头皮奖品那样，显要地摆放在胡佛办公室的近旁。"[15]

多年后，在被问及漫长的职业生涯中什么时候"最激动人心"时，胡佛立

早 年 时 代

1895 年元旦，约翰·埃德加·胡佛出生在国会山旁边苏厄德广场 413 号的一栋排屋里。在未来的一个世纪，这个土生土长的华盛顿人和第三代公务员操控国会的手段，连历届总统也望尘莫及。

——国家档案，编号 65-H-340

在双亲的心目中，他是"埃德加"或"J.E."。父亲迪克森·奈勒·胡佛在美国海岸测量队工作，他的精神病是家里严守的秘密。母亲安妮·斯凯特琳·胡佛对孩子很严格，她具有老派的传统美德，也要求后代同样能够坚持这种美德。

——国家档案，编号 65-H-297-74

胡佛四岁的时候。他是家里四个孩子中最小的，也是大器晚成的，按照对他最熟悉的人的说法，他是"母亲娇生惯养的男孩"。

——国家档案，
编号 65-H-111-2

中心学校高中候补军官团上尉，很可能是在伍德罗·威尔逊总统 1913 年就职典礼的游行时拍摄的。他将来会把 A 连的模式套用到联邦调查局，把各个部门作为班来对待。

——《联邦调查局》

高中毕业的时候，胡佛被选为毕业典礼上的班级发言代表，此后他上了乔治·华盛顿大学。胡佛母亲是儿子在大学社团 KA 兄弟会的非正式管家婆。

——国家档案，编号 H-65-297-6

胡佛晚上参加法学院的夜校，白天则在世界上最大的档案管理机构国会图书馆工作；然后在美国参加第一次世界大战三个月后的 1917 年 7 月，他因为在司法部外侨登记科工作，从而获得了免除兵役的待遇。二十二岁的胡佛发现了适合自己的工作：他成为猎人者。

他还追猎女人。胡佛的第一个大案是驱逐臭名昭著的无政府主义者艾玛·戈尔德曼。

——国会图书馆资料，编号 USZ62-20178

司法部长和有望成为总统的 A.米切尔·帕尔默。胡佛在幕后工作，操纵了帕尔默臭名昭著的"搜捕赤色分子"行动；但当这么多的非法拘捕引起人们指责的时候，他力图撇清自己的参与。

——大世界图片

加斯顿·布洛克·米恩斯在惠勒委员会挂出了哈定政府的"脏衣服"。在天使般面孔的背后是一个高超的骗子。在林德伯格婴儿绑架案期间，他从容易听信上当的社交名媛那里骗取了 10 万美元，差一点就拿到了"希望钻石"，临死前还想诓骗 J.埃德加·胡佛。

国会图书馆资料，编号 12362

胡佛的恩师哈伦·菲斯克·斯通，这是他被任命为司法部长不久后的照片。在选拔 29 岁的胡佛为调查局"代"局长的时候，斯通根本不知道他做出了一个终身的任命。

——合众社/贝特曼新闻图片

1924 年被任命后不久的 J.埃德加·胡佛。这位由司法部长斯通选拔的新局长，把腐败的调查局改变成为全世界最强大的执法机构之一。

——国家档案，编号 65-H-369-1

难得一见的联邦调查局局长与其主要助手的一张非正式照片。从左到右：克莱德·托尔森，调查局第二把手和局长不可或缺的伴侣；弗兰克·鲍曼，胡佛最老的朋友和联邦调查局火器教官；胡佛；R．E．"鲍勃"·纽比，总部一名监察官；约翰·M．基思，一名"雇佣枪手"；W．R．格拉文，行政部工作人员；以及C．E．威克斯分局长。场景是1935年7月联邦调查局与巴尔的摩警察局的一场棒球比赛。

——国家档案，编号65-H-5-1

第九街与宾夕法尼亚大道交汇处的司法部大楼。联邦调查局局长从五楼的阳台（中央的），观察了总统的来来去去、就职典礼的游行和葬礼的队列。

——《联邦调查局》

黑 帮 时 代# WANTED

JOHN HERBERT DILLINGER

On June 23, 1934, HOMER S. CUMMINGS, Attorney General of the United States, under the authority vested in him by an Act of Congress approved June 6, 1934, offered a reward of

$10,000.00

for the capture of John Herbert Dillinger or a reward of

$5,000.00

for information leading to the arrest of John Herbert Dillinger.

DESCRIPTION

对约翰·迪林杰的通缉令海报，从印第安纳州克朗波因特监狱成功越狱后，迪林杰驾驶一辆偷盗的汽车跨越州界进入了伊利诺斯州，由此成为调查局管辖的案子。然而在四个月之后，胡佛的人员才根据妓院鸨母的通风报信，在芝加哥传奇剧院外面围堵了这个亡命天涯的逃犯。

——大世界图片

越狱之前，约翰·迪林杰在克朗波因特监狱里，他后来声称是用一支木头枪越狱的。从左开始：警长莉莲·霍利，迪林杰就是偷取了她的汽车；检察官罗伯特·埃斯蒂尔；以及迪林杰，他的一条胳膊随意地搭在了检察官的肩上。这张照片的公布——胡佛说这照片最让他感到愤怒——结束了埃斯蒂尔的政治生涯。

——合众社 / 贝特曼新闻图片

在传奇剧院的枪战之后，约翰·迪林杰躺在库克县停尸室的一块石板上。这张照片成了某种历史。迪林杰双手的位置以及死后僵硬，导致了这个亡命徒的阴茎有一英尺长的神话。史密森尼博物馆每年还在收到大约一百次的咨询，询问是否在展出迪林杰的尸体。

——合众社 / 贝特曼新闻图片

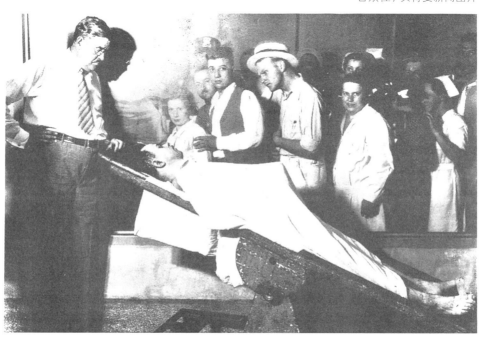

射杀迪林杰使得芝加哥分局长梅尔文·"小梅尔"·珀维斯成为公众头号英雄,这是联邦调查局长不愿让其分享的荣誉。胡佛,照片显示了他与珀维斯(左)和司法部代部长威廉·斯坦利(中)在一起,把他曾经最喜欢的特工赶出了调查局。珀维斯后来自杀了,使用的是在他退休晚会上一位特工同事送给他的一支枪。

——美联社/大世界图片

凯特·巴克和她的儿子弗雷迪在佛罗里达州威尔湖的枪战中被击毙后的情景。当特工们冲进小屋的时候,"巴克妈妈"怀里抱着一支汤普森冲锋枪,弹鼓里有一百发子弹。唯一携带照相机的汤姆·麦克戴德特工拍摄了这几张之前未经公布的照片。

此前,亚瑟·"码头"·巴克已经被捕,拉塞尔·吉布森已被射杀,只有黑帮成员阿尔文·"毛骨悚然"·卡尔皮斯依然逍遥法外。

——1991年 图片版权:托马斯·麦克戴德

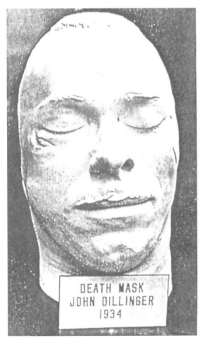

迪林杰的死亡面具。胡佛在其外间办公室里展示着战利品——迪林杰的头皮。

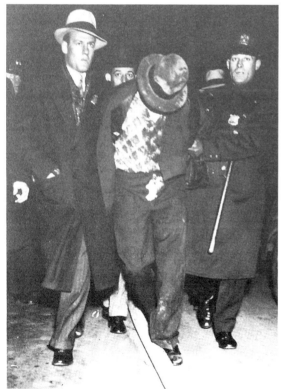

联邦调查局局长的男子汉权威受到了怀疑，说他从来没有抓住过歹徒。1936年5月1日，他在新奥尔良亲自"抓获了"阿尔文·卡尔皮斯。

照片里，在新奥尔良的航班抵达之后，胡佛引领卡尔皮斯进入明尼苏达州联邦大厦。根据特工们和卡尔皮斯本人的说法，实际上是胡佛的一名"雇佣枪手"克拉伦斯·赫特实施了抓捕。照片里的赫特（最右边）在大衣的遮掩下拿着一支冲锋枪。

——国家档案，编号 65-H-130-6

在抓捕前图书管理员和绑匪哈里·布鲁内特的时候，克莱德·托尔森大出风头。过度使用武力——几百发子弹射入了布鲁内特蛰居的公寓，都没击中这个亡命徒，但击伤了他的老婆，并导致公寓起火——使他获得了"杀手托尔森"的绰号，并引发了纽约警察局和联邦调查局之间的公开对抗。

——国家档案，编号 65-H-52-1

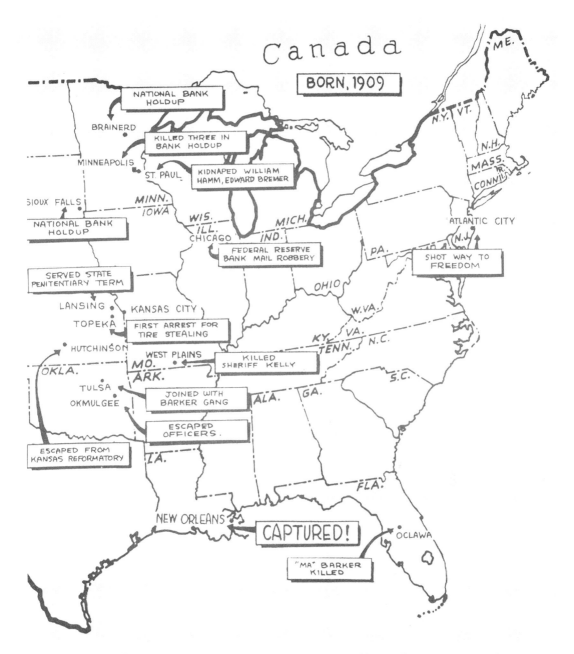

在受人欢迎的联邦调查局游览中，有关于新的头号公敌阿尔文·"毛骨悚然"·卡尔皮斯生涯的陈列和描述。卡尔皮斯承认犯有一次绑架罪，他相信这样他最多会被判处十年监禁，结果被判处终身监禁。胡佛想让重罪犯人收监，他施展影响拒绝了假释。卡尔皮斯服刑三十三年，其中二十三年是在恶魔岛度过的。他是在这座"岩石"岛上被囚禁时间最长的犯人，其余十年是在麦克尼尔岛上的联邦监狱，他在那里教一个叫查尔斯·曼森的窃车贼如何弹奏钢弦吉他。

——大世界新闻图片

绑匪、破坏分子和间谍

照片显示的是，布鲁诺·理查德·豪普特曼与新泽西州的一名警察在一起。他因为实施对林德伯格婴儿的绑架和谋杀，刚刚被判处电椅死刑。在长期受到压制的联邦调查局一份备忘录中，胡佛承认，"我怀疑某些证据。"

——大世界图片

媒体报道打出了"联邦调查局捕获由潜艇登陆的八名德国间谍"这样的标题。胡佛甚至对总统也掩盖了真实的故事，即乔治·约翰·达施是主动投降的，然后供出了其他人。

——大世界图片

司法部的间谍。朱迪思·科普朗因为向联合国工作人员和苏联间谍瓦连京·古比切夫提供秘密文件，刚刚接受了提审。虽然科普朗被定罪为窃取政府文件并提供给外国，但在联邦调查局的各种非法活动被曝光之后，在上诉的时候，该定罪被撤销了。

——大世界图片

1953 年，就哈里·德克斯特·怀特的案子，联邦调查局局长 J.埃德加·胡佛在参议院国内安全小组委员会作证。克莱德·托尔森在局长的左边，路易斯·尼科尔斯在右边。现在胡佛的权力和自我已经相当膨胀了，他可以把前总统说成是骗子而不会受到惩罚。

——合众社／贝特曼新闻图片

1945 年在旧金山，照片中的联合国组织大会秘书长阿尔杰·希斯与杜鲁门总统握手。（右边是国务卿小爱德华·R.斯退丁纽斯；后面是杜鲁门的军事顾问哈里·沃恩将军。）没过上五年时间，希斯身陷囹圄，被定为伪证罪，否认向共产党员惠特克·钱伯斯提供过秘密文件。

在胡佛的帮助下，希斯案使得一位叫理查德·米尔豪斯·尼克松的加州联邦众议员脱颖而出。

——大世界图片

审判之后，被定罪为核机密间谍的埃塞尔·罗森伯格和朱利叶斯·罗森伯格。虽然没有确证表明埃塞尔的罪行，然而胡佛坚持要她出庭受审，"作为杠杆"让她丈夫招供。但该计划失败了，1953 年 6 月 19 日，两人在辛辛监狱被处决了。最近公布的文件揭示，法官欧文·S.考夫曼在预审之前、预审期间和预审之后，与检方进行过片面的谈话。

——合众社／贝特曼新闻图片

追求出名和害怕纠缠

"你结婚了吗?" 女童演员问道。"没有," 联邦调查局局长回答, "我与母亲住在一起。" "那我就吻你。" 她说。秀兰·邓波儿·布莱克在她的自传《童星》中回忆。"胡佛的下摆外突。大腿肉感, 双膝紧紧地并拢, 没有抖动或晃动。"

——大世界图片

在公开拍摄的一张照片里，J.埃德加·胡佛（中）与"阿莫斯"（弗里曼·戈斯登）（左）和"安迪"（查尔斯·科雷尔）（右）在一起。两人在大众娱乐广播节目中扮演典型的黑人。当联邦调查局局长被指责对美国有色人种协进会抱有偏见的时候，他辩解说，阿莫斯和安迪都是他的密友。

——国家档案，编号 65-H-104-1

1946 年，在马里兰州巴尔的摩市皮姆利科的普里克内斯跑马场，胡佛与多萝西·拉莫尔（威廉·霍华德三世夫人）在一起。胡佛已经积习难改，有十多匹马以他的名字命名，周六去跑马场的次数更多了。

——国家档案，编号 H-65-791

胡佛与玛丽莲·梦露和米尔顿·伯利在一起。联邦调查局局长在其地下娱乐室里收藏了梦露有名的一本裸体日历，还在他的外间办公室保存着关于她生活的一份厚实的档案。

——国家档案，编号 65-H-1250

著名的拳师犬／斗牛犬图片。联邦调查局最大的宣传机器刑事信息部拍摄了这张照片，为的是显示局长还有轻松活泼的一面。胡佛本人不喜欢这两种狗，他喜欢的是凯恩梗：多年来，他有过六条凯恩梗，把其中三条命名为"游戏仔"。

——大世界图片和国家档案，编号 65-H-1187-1

电影《难逃惩罚》的一个场景，胡佛向托尔森"射击"。最右边的是制片人比尔·米勒和查尔斯·福特。联邦调查局局长支持拍摄和制作了几十部电影、电视剧和广播剧。有一次，他甚至建议联邦调查局自己拍摄影片，以增加收入，但最终是理智战胜了这个念头。

——国家档案，编号 65-H-240-1

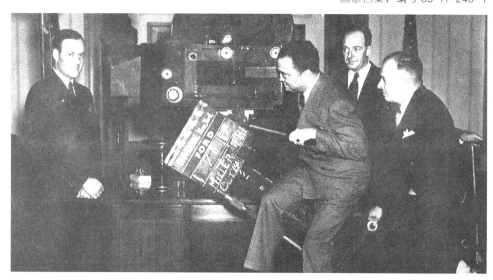

在《联邦调查局故事》专著的电影版中，吉米·斯图尔特扮演了一名普通特工，负责侦破调查局所有的大案要案。（在迪林杰离开传奇剧院的时候，梅尔文·珀维斯确实点上了一支雪茄，但他在联邦调查局批准的所有影视作品中都被删去了。）从左开始：瑟琳·沃尔特斯饰演迪林杰的女友波莉；斯考特·莱特斯饰演迪林杰；琼·怀尔斯饰演安娜·塞奇，即"红衣女子"；以及斯图尔特。出演这部影片的演员，都经过了联邦调查局的审查。

——美联社 / 大世界图片

模仿艺术。电视系列剧《联邦调查局》的明星小埃弗雷姆·津巴利斯特与局长在一起。胡佛要求手下的特工应该仿效这位演员。胡佛把这部电视系列剧的报酬，以及他的图书和文章（由调查局职员利用上班时间为他撰写）的版税，捐献给了一个叫联邦调查局娱乐协会的神秘的基金会。

——国家档案，编号 65-2098-1

孩 子 们

请在图上着色，并且记住规则

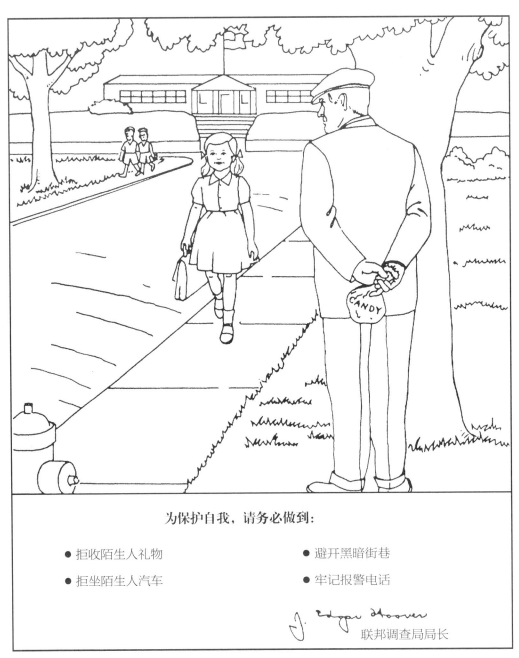

为保护自我，请务必做到：

- 拒收陌生人礼物
- 拒坐陌生人汽车

- 避开黑暗街巷
- 牢记报警电话

J. Edgar Hoover
联邦调查局局长

胡佛相信，坚持美国的道德规范是他的分内事。除了让影子写手撰写文章，警告关于汽车旅馆和提供服务到车边的"激情陷阱"危险之外，联邦调查局还向儿童分发预防性骚扰的涂色传单。"当时我们没想到会那么受欢迎，"胡佛告诉国会，"但该活动立即得到了全国几百家执法机构、报纸和公民团体的响应，他们表示要通过图片的着色比赛来促进儿童的安全保护工作。"

即答道："我们搞定约翰·迪林杰的那天晚上。"[16] 他没有提及第二天上午。

美国的全民公敌约翰·迪林杰死了。第二天早上，胡佛一觉醒来发现，他已经被"公众一号英雄"梅尔文·"小梅尔"·珀维斯给替换了。

这个小小分局长随意接受记者的采访。虽然他谦虚地降低了自己的作用，但媒体是不会上当受骗的。他在各方面都受到了赞扬，不但策划了对迪林杰的围捕，而且还开枪击毙了他。

胡佛不愿意公布向迪林杰开枪的特工身份，也没有安排进行弹道对比。据胡佛说，之所以这样是基于两个理由：他不想让某个特工背上杀人的包袱，他不想让该特工成为迪林杰帮成员和朋友的报复目标。①

两个理由似乎都是令人信服的。但胡佛还有两个更令人信服的理由没说出来：他不想让人们知道，迪林杰是被两个"雇佣枪手"杀死的，而不是被调查局培训出来的法学院毕业生杀死的；他不想再扶植更多的英雄人物了。有了一个已经是够多的了。一夜之间，梅尔文·珀维斯的知名度已经超过了 J. 埃德加·胡佛。

然而，打倒一个公众英雄要比打倒一个全民公敌困难得多。在公开场合，胡佛表扬考利和珀维斯，两人都得到了晋级。私下里，他写信给考利："主要功劳……应该归你。"珀维斯没有收到这样的表扬信。[17]

直到九月二十九日，随着林德伯格案的布鲁诺·理查德·豪普特曼的被捕，光环才从珀维斯身上消退，然后在十月二十二日，光环又回到了他的身上，媒体赞扬他击毙了查尔斯·亚瑟·"美少年"·弗洛伊德。

弗洛伊德落入调查局特工的陷阱，被包围在俄亥俄州的一个农场里，但他选择开枪拒捕并受了重伤。珀维斯率领追捕队，问倒在地上的这个亡命徒是不是"美少年"，他拒绝了绰号，回答说："我是查尔斯·亚瑟·弗洛伊德。"[18] 然后他就死去了。虽然珀维斯从来没有声称是他向弗洛伊德射击的——在他的《美国特工》一书中，他明显地暗示是另一名端着冲锋枪的特工——但公众需要

---

① 特工们很清楚是谁射杀了迪林杰。在参加火器培训的时候，特工汤姆·麦克戴德从克拉伦斯·赫特和查尔斯·温斯特德那里听说了传奇剧院枪击场面的详情。梅尔文·珀维斯没有发射一枪一弹，他自己也没有声称开枪射击过。

一位英雄。几天后，好莱坞的一家电影制片厂宣布，要为"梅尔文·H.珀维斯的追猎行动"拍摄一部电影。司法部长卡明斯立即声明，司法部不会批准这个计划。"这些事情不符合我们的理念。"卡明斯说。[19]

一九三四年十一月二十七日，在伊利诺伊州巴林顿附近的一次枪战中，山姆·考利和另一名特工赫尔曼·霍利斯被"娃娃脸"·尼尔森杀害了。珀维斯匆匆赶到已经奄奄一息的考利的病床旁边，对记者说，他以考利的鲜血发誓，要为他报仇。在胡佛看来，这是最后的稻草，他把珀维斯调离了这个案子。

顾虑到公众的反响，胡佛既不能把珀维斯降级，也不能把他炒掉。但他还有一个选择：给他在调查局内部穿小鞋，逼他自己离职。

虽然名义上依然是芝加哥的分局长，但珀维斯接连被派往外地巡视，通常是去边远的办事处，远离记者。每次提及迪林杰和弗洛伊德之死的时候，胡佛总是强调追捕队发挥的作用，意思是集体功劳，不是某个分局长的个人努力，才结束了这几个以及其他亡命徒的生涯。在调查局内部，胡佛让大家都明白，他要珀维斯对小波西米亚的两人死亡和四人受伤负责。这样的话传到珀维斯耳朵里后，他火冒三丈，因为胡佛实际上是在为他的亲密同事和朋友卡特·鲍姆之死而谴责他。

尽管只是一个小动作，但珀维斯找到了自己的反击方法。胡佛的"阿喀琉斯之踵"，即唯一的缺点是自以为是。每当破获了一个大案，调查局的习惯做法是在新闻发布会上宣读："J.埃德加·胡佛今天宣告……"这是一个习惯做法，但在芝加哥除外。芝加哥分局长梅尔文·珀维斯取代了胡佛的名字。

一九三五年六月十二日，在迪林杰死去一周年的前十天，珀维斯宣布从调查局辞职。在回答记者提问的时候，他否认是因为与领导之间的"分歧"，他说他是因为"个人"的原因而做出的决定。媒体猜测，珀维斯是在胡佛对安娜·塞奇食言（虽然她得到了迪林杰悬赏金的一半五千美元，但调查局没有做出努力去撤销对她的驱逐，她已经被遣送回原籍国罗马尼亚）之后愤怒地提出辞职的，但分歧已经根深蒂固了。

在珀维斯辞职后几个小时，胡佛宣布逮捕了一个敲诈勒索的惯犯。但这一招没有奏效。报纸刊登的新闻提要是关于"全民公敌死对头的梅尔文·珀维斯……

捕获过当代一些恶贯满盈的罪犯，如今分道扬镳成为不共戴天的仇敌"。①[20]

离开调查局后，珀维斯自己开了一个侦探事务所。然而传言说，执法机构没有一家与他开展合作，过了一段时间，他关了这个事务所。一九三六年，珀维斯的自传《美国特工》出版了。这本书——里面显然没有提及胡佛的名字——立即成了畅销书。胡佛自己的影子写手写成的第一本书《隐身人》是在两年后出版的，书中重复了许多相同的案子，该书虽然分别被拍成了三部不同的电影，但没能吸引读者的眼球。胡佛对《美国特工》提出了自己的观点，即把珀维斯的辞职改为一个"带有偏见的终止"。②

一九三七年，胡佛又一次光火了，因为在波斯特食品公司的赞助下，珀维斯以初级联邦特工俱乐部的梅尔文·珀维斯法律秩序巡视组组长的名义，其名字、面孔和功绩出现在全国的早餐盒上。

在一个"未经许可"的叫"联邦调查局最高机密"的电台节目中担任了一阵子主持人之后，珀维斯在北卡罗来纳州的一家小型广播电台找了份工作。第二次世界大战期间，他加入了胡佛的死对头威廉·J.多诺万的战略情报局，在欧洲担任一名特工，常常与利昂·塔罗一起工作，塔罗也是在招致胡佛生气后离开调查局的。一九六〇年，在获悉患上了不可治愈的癌症之后，珀维斯开枪自杀了，用的是在自己的退休聚会时一位特工同事赠送给他的一支枪。

珀维斯之死应该是彻底清除了胡佛的一个仇敌。但胡佛甚至下决心要去掉对梅尔文·珀维斯的记忆。在联邦调查局授权的迪林杰案子总结中，珀维斯的作用被降到了最低，有时候甚至被全部删除了。然而理查德·吉德·鲍尔斯认为，这产生了一个问题："传奇剧院门口总得有个负责人吧。"

"在珀维斯不体面地离开了调查局之后，山姆·考利是一个完美的人选。"鲍尔斯说，"首先，他已经死了，这样他就不会往自己的脸上贴金了；其次，歌

---

① 感觉到胡佛对迪林杰案子结果的愤怒，并不限于梅尔文·珀维斯一个人。印第安纳州警察局长麦特·利奇上尉指导了追猎行动，直至调查局进来接管了调查的指挥。迪林杰死后，利奇批评胡佛的"莽撞方法"。拒绝与印第安纳州警方合作的胡佛，引用 13 个例子指责利奇拒绝与联邦调查局配合，从而后来成功地把他炒掉了。

② 《纽约时报》对《隐身人》的评论说："该是胡佛先生为他的影子写手提供一些新素材的时候了。本书因为太多的陈词滥调而黯然失色。那些读过考特尼·赖利·库珀早期著作的人，再读这本书恐怕都会产生一种似曾相识的感觉。"[21]

颂他为联邦调查局牺牲的烈士，也能给调查局本身带来荣耀；第三，因为考利在迪林杰案子中是胡佛的个人代表，考利的任何荣誉都直接返回到华盛顿，不会让分局的特工去分享。因为这些理由，联邦调查局剥夺了珀维斯的荣誉，把考利树立为联邦特工的典型英雄人物。"[22]

资料来源：

[1] 怀特黑德：《联邦调查局故事》，第 107 页。

[2] 约翰·托兰：《迪林杰的日子》（纽约：兰登书屋，1963 年），第 197 页。

[3] J. 埃德加·胡佛在国际警察局长协会上的发言，芝加哥，1933 年 7 月 31 日。

[4] 昂加尔：《联邦调查局》，第 77 页。

[5] 托马斯·麦克戴德和威廉·萨利文采访录。

[6] 梅尔文·珀维斯：《美国特工》（纽约：双日与杜兰出版公司，1936 年），第 24 页。

[7] 同上，第 2 页。

[8] 同上，第 18 页。

[9] 托兰：《迪林杰》，第 285 页。

[10] 同上，第 286 页。

[11] 米尔顿·S.梅耶，"联邦特工的神话"，《论坛报》，1935 年 9 月。

[12] 托兰：《迪林杰》，第 321 页。

[13] 《华盛顿邮报》剪报，日期不详（很可能是 1934 年）。

[14] 德托莱达诺：《胡佛》，第 123 页；珀维斯：《特工》，第 275—276 页；托兰：《迪林杰》，第 322—325 页。

[15] 《纽约客》，1937 年 9 月 25 日。

[16] 《华盛顿邮报》剪报，日期不详（很可能是 1934 年）。

[17] 怀特黑德：《联邦调查局故事》，第 106 页。

[18] 托兰：《迪林杰》，第 338 页。

[19] 《纽约时报》，1934 年 10 月 25 日。

[20] 《纽约时报》，1935 年 7 月 13 日。

[21] 《纽约时报》，1938 年 2 月 6 日。

[22] 理查德·吉德·鲍尔斯：《联邦特工：美国公众生活中胡佛的联邦调查局》（卡本代尔：南伊利诺伊大学出版社，1983 年），第 130—131 页。

第十四章 身份问题

迪林杰死后不久，司法部长卡明斯邀请专栏作家德鲁·皮尔逊和罗伯特·艾伦到他家吃饭。他想听听两人的建议。

在公众的眼里，黑帮人物已经成了罗宾汉那样的侠盗。司法部甚至受到了强烈批评：为什么要杀死迪林杰而不是活捉？卡明斯深信——胡佛显然也是持有相同的看法——要取得"打击犯罪"的胜利，公众的舆论必须站到执法部门一边。关于这次会话，皮尔逊回忆说："卡明斯认为，如果黑社会相信联邦调查局是战无不胜的，那么绑架案就会收敛了。为此，他就任命一位才华出众的公共人物征求我们的意见。"皮尔逊和艾伦都同意选择《布鲁克林鹰报》驻华盛顿通讯员亨利·苏达姆。

苏达姆被任命为卡明斯"特别助理"的消息，是在一九三四年八月二十九日宣布的。据皮尔逊的说法，他"做出了惊人之举。他真的走访了好莱坞、广播电台和大众传媒，让人人都相信联邦调查局是战无不胜的"。[1]苏达姆的成功，有两个互相关联的事件起到了很大的作用。

一九三三年九月，当调查局特工抓获乔治·"机关枪"·凯利的时候，凯利恳求说："别开枪，联邦特工，别开枪！"这是特工们第一次听到"联邦特工"（G-Men）这种说法，凯利解释说这是黑社会的俚语，意思是"公家人"（government-men）。[2]许多报纸的专栏作家和电台的评论员——包括报纸和电台两栖评论员沃尔特·温切尔——不久就启用并推广了这个词语。

一年后的一九三四年下半年，好莱坞自愿采取电影审查制度，禁止拍摄大量描写黑帮的电影。但制片人以塑造联邦特工英雄形象为主题，避开了这种禁令。光是一九三五年，就拍摄了六十五部这样的电影，最有名的是《执法铁汉》，主演詹姆斯·卡格尼，是四年前在电影《国民公敌》中扮演黑帮人物汤米·鲍尔斯而一炮走红的影星。

还有关于联邦特工的电台节目、低俗杂志、漫画连载和玩具，甚至还有泡泡糖卡片。报刊上赞美调查局的文章数量增加了十倍。

富有同情心的记者，诸如《华盛顿星报》的雷克斯·科利尔和《美国杂志》的考特尼·赖利·库珀，被允许面见胡佛，以及调阅他的有趣案例的备忘录，里面有经调查局批准的有关调查局最著名案子的内幕消息。这些备忘录千篇一律地突出了局长的功勋。根据杰克·亚历山大的说法："执法队伍总得有个象征。局长认为由于他的位置应该是他。"他一直"不愿接受这个作用"，胡佛告诉亚历山大，"因为这意味着在联邦特工的说法流行之前，要牺牲他一直在享受的个人隐私，但他感觉光是因为厌恶而拒绝是不对的。"[3]

在报刊上，J.埃德加·胡佛成为整个调查局的象征和唯一的发言人。他负责每一个案子，发布所有的命令，做出所有重要的决定，而特工们都归属到了默默无闻的匿名人。在局长看来，不能再出现梅尔文·珀维斯了。

在苏达姆的帮助下，他成为了一个富有色彩的演说家。一九三五年，在国际警察局长大会期间，《纽约时报》把他的发言描述成"由一位公众官员说出来的关于犯罪的很可能最直白的谈论"，胡佛还攻击假释制度，及其"哭哭啼啼的法官""罪犯的溺爱者""不择手段的律师和其他法律的害虫"。他说，由于他们的存在，才使得像约翰·迪林杰那样的"人类老鼠"茁壮成长。[4]

当司法部的一位官员批评他说话太坦诚的时候，胡佛告诉他说："我要诉说关于这些老鼠的真相；我要诉说关于他们那些肮脏的患病女人真相；我要诉说那些保护他们的可悲的政治家的真相；还有那些虚伪愚蠢的法官由于感情用事或根据见鬼的假释规定，生生地把他们给放走了。如果人民不喜欢听，可以把我炒掉。可这话我还是要说的。"①[5]

胡佛没被炒掉，倒是司法部的那位官员后来辞职了。

也有人怀疑，胡佛新近树立起来的"铁警"形象，至少在某种程度上是对

---

① 在反对假释制度的时候，胡佛还直接批评了司法部的另一个机构——联邦监狱局。胡佛的批评对象，包括了辛辛监狱的典狱长刘易斯·E.劳斯。此后，每当辛辛监狱的假释者犯下大罪的时候，胡佛会不厌其烦地公开案子的事实。

关于他的同性恋谣言而采取的反击。时事评论员路·尼科尔斯不久将取代苏达姆，并接受媒体关于卡尔皮斯案子报道的战火洗礼。多年后他告诉作者时也是这么暗示说："这事（捕获卡尔皮斯）基本上结束了那种'奇谈怪论'。"[6] 其实不然。

形象问题并不只关乎胡佛一个人。自成立之时起，调查局本身就沾染了类似的问题。

多年来，它一直被叫作调查局、调查部，甚至简称为美国调查局，其特工也有侦探、探员、调查员、公家人（可适用于政府机构所有工作人员）等称呼。

自从第一次被任命为局长起，胡佛就一直在考虑这个问题。如同把自己的名字从约翰·埃德加·胡佛改为 J. 埃德加·胡佛一样，其用意是不会被错误地当作那个欠债不还的老赖，所以他现在领导的这个组织也需要一个名字，以示与弗林、伯恩斯和加斯顿·米恩斯领导下的调查局之区别。

据埃德·塔姆说，最后的决定是因为一个电台的节目。经调查局批准后，多年来，美国烟草公司承办了一个电台的节目，说的是代号为 K-5 的一名特工的冒险经历。一九三四年，赫斯特集团的报纸未经调查局批准推出了一部连环漫画，题目为"X-9 特工"。①

只要调查局缺乏一个明显的容易识别的名字，这样的意外事情还是要发生的，局长说。他命令他的高级助手提交可供选择的名字，他特别说明最好是有一个朗朗上口的缩写名字。例如苏格兰场的刑事调查处，世人都知道是 CID。

是塔姆，"经过努力"想出了一个名字，以后会让这个组织举世闻名：联邦调查局。胡佛起先并不同意，后来塔姆解释说，其缩写名字 FBI 也可代表体现了特工品质的三个原则：忠诚（Fidelity）、勇敢（Bravery）和正直（Integrity）。②

改名也不是那么容易。决定做出后，胡佛命令印制新的文具。据塔姆说，司法部长卡明斯看到后"气炸"了。"联邦调查局"的字样，比"美国司法部"

---

① 胡佛命令对这个连环漫画展开调查。在漫画家亚历克斯·雷蒙德，以及作家和前平克顿侦探事务所侦探达希尔·哈米特身上都没有发现负面的情况。然而，关于后者的报告是首次记载，在此后的 70 年间累积起关于后者长达 278 页的档案。负责调查的特工报告胡佛说，他的意见是该连环漫画"不是颠覆性的"。[7]
② 三个原则也出现在共济会的规则之中，其中的"忠诚"是调查局自己的共济会篇章的名称。

的还大。[8]

强烈反对新名字的人还有财政部首席执法官埃尔默·艾里。他抱怨说，在至少十几个机构中，包括财政部的联邦经济情报局，这个新名字暗示着只有胡佛的组织才是唯一的联邦调查局。

胡佛敏捷地避开这个批评，绕过了上级司法部。一九三四年十二月十八日，他出现在众议院拨款小组委员会面前，把改名的功劳归于司法部长卡明斯。是他的主意，胡佛补充说："我衷心地赞同。"[9]

埃尔默·艾里并不是胡佛唯一的敌人。这份不断增加的名单还包括了华盛顿一些有钱有势的人物。但为平衡起见，胡佛也与罗斯福的一些内层官员结交成为了朋友，包括助理国务卿雷蒙德·莫利和阿道尔夫·伯利（他的前领导是范德曼将军），总统秘书埃德温·M."爸"·沃森少将，总统新闻秘书史蒂芬·厄尔利，以后还有总统本人。

在他的敌人中，除了他从来没有真正信任过的路易斯·豪，还有詹姆斯·法利，罗斯福的邮政总局局长和非正式的主要赞助人，他想让自己人当调查局局长；总统的密友和幕僚长哈里·霍普金斯；老冤家费利克斯·弗兰克福特，他最近已被提拔到了最高法院；总统夫人埃莉诺，以及或许是最重要的，艾里的老板，财政部长亨利·摩根索。

一九三五年春天，虽然遭到了行政抗议，国会还是通过一项法案，授权提前支付一战退伍补助金。罗斯福决定行使否决权，他计划在国会联合会议期间做演讲，解释他的行动。

担心可能会发生游行示威，道格拉斯·麦克阿瑟将军一九三二年镇压"补助金进军"造成的"华盛顿惨案"，至今令人记忆犹新。演讲那天上午一大早，国会警察打电话给胡佛，请求派一个特工小组来众议院协助。虽然保护总统是隶属于财政部的美国联邦经济情报局的职责，但胡佛自行决定派遣一支三十人的队伍，由路·尼科尔斯特工带队，赶赴国会。

显然，特工们不会不引人注目。甚至罗斯福的讲话还没有结束，有关胡佛人员在保护总统的消息就上了电台广播。盛怒之下，财政部长摩根索打电话给胡佛，把他痛斥了一顿。为保护自己，胡佛赶紧写了一份备忘录给卡明斯，把所有的责任都推给国会警察。"我现在向你详细报告，"联邦调查局局长在备忘录中对司法部长说，"因为我认为摩根索先生也许会与你说起此事，他似乎有点恼火和生气。"[10]

摩根索何止有点恼火和生气。他正确地怀疑，胡佛想接管对总统的警卫工作。联邦经济情报局特工每天与总统发生直接的紧密的接触，而且由于他们的存在，他们也知道白宫的许多秘密情况。

胡佛不但渴望这样的参与，还贪求并图谋渗入到四任总统的工作之中，最后，约翰·F.肯尼迪总统在由联邦经济情报局保护下遭到暗杀之后，胡佛才放弃了这个念头。

这也不是胡佛与摩根索之间发生的唯一冲突。在迪林杰遭射杀后，联邦经济情报局的两名特工对调查局开展了一项秘密调查，看看胡佛的人员在这个案子和其他案子中，是否有滥用职权或过度执法的证据。得知这一情况后，胡佛向卡明斯提出了强烈抗议，卡明斯转而直接去找了总统。虽然摩根索把这两名特工降了级，并写了一封信向卡明斯道歉——他在信中说："这两个人不负责任的做法，我是打心底里不同意的，也不会允许再次发生。"——胡佛还是认为，是摩根索本人唆使这次调查的，是为诋毁调查局和巩固财政部的调查机构，使之成为"一个将来超越联邦调查局的唯一机构"。[11]

在摩根索看来，胡佛成了一个有能力对联邦调查局局长的历史结论施加影响的人物。在为罗斯福政权服务的所有四个任期中，财政部长保留了一部独特的"日记"。一位助理逐字逐句记录了摩根索认为是重要的会话，包括财政部长的电话。其中许多是与J.埃德加·胡佛的通话，或者是与其有关的通话。

胡佛最强大的一个敌人既不是在白宫，也不是在内阁。他在国会山，其地位和权势足以给局长和联邦调查局带来很大的伤害。

后来的司法部长弗朗西斯·比德尔回忆说："联邦参议员（肯尼斯·道格拉斯·）麦凯勒自一九二六年起就在参议院了，是负责向司法部拨款的小组委员会主席。因此，他是一个轻易惹不得的人物。"[12]

胡佛惹了他，那是早在一九三三年，胡佛拒绝了麦凯勒的一些选民想当特工的要求。在田纳西州的民主党向司法部长卡明斯抱怨之后，胡佛采取了进一步的行动，第二个星期，他炒掉了来自田纳西的三名特工。

比德尔说，麦凯勒是参议院很有权势的人物；他也"很固执、具有强烈的报复心——而且他会记仇"。[13]

虽然国会通过了一揽子刑法法案，捉襟见肘的办案经费也已经下拨了，但一九三六年春天，胡佛还是亲自去了参众两院的拨款委员会，要求另外拨款五百万美元——差不多是其上年估计预算的两倍。

麦凯勒正等着他。在局长助理克莱德·托尔森的陪同下，一贯衣冠楚楚、擅长使用统计数据和图文报表的胡佛出现了。他告诉各位参议员，由于他的特工的努力，绑架犯罪已经在美国几乎销声匿迹了。自《绑架法》在一九三二年实施以来，调查局已经开展了六十二个案子的调查。"这些案子每一个都解决了"。[14]比较普遍的联邦银行抢劫犯罪率，已经大幅度下降。中西部的犯罪浪潮已经结束。迪林杰已经死了，还有莱斯特·吉尔斯，又名"娃娃脸"·尼尔森，也死了；乔治·"机关枪"·凯利和他老婆凯思林，已经被捕和定罪；"巴克妈妈"及其儿子弗雷德已经在佛罗里达州威尔湖的枪战中被击毙，亚瑟·"码头"·巴克及其臭名昭著的一些黑帮成员，也已经被逮捕。

这里有一个显著的例外，这是局长认为不适宜提及的。虽然阿尔文·"毛骨悚然"·卡尔皮斯（他后来吹嘘说："我的职业是抢劫银行、抢夺工资款和绑架富人。"）[15]已经被提升为国民头号公敌，并悬赏五千美元要他的人头，但他成功地避开了联邦调查局在新泽西州、俄亥俄州和阿肯色州设置的陷阱。在阿肯色州，联邦特工把燃烧弹扔进了一座空楼房，把它烧为平地。对胡佛来说，不幸的是房屋的业主碰巧是阿肯色州联邦参议员约瑟夫·罗宾逊的一个朋友，联邦调查局最近抓捕卡尔皮斯的失败，遭到了媒体的广泛评论。

等到胡佛解释完调查局需要额外经费的理由，麦凯勒打开了他的陷阱。

麦凯勒参议员："有没有直接或间接地把钱花在了广告上？"

胡佛先生："没有。我们不允许以任何方式去做广告。"

麦凯勒参议员："你们有没有参加，举例来说，电影的制作？"

胡佛先生："这是调查局坚决反对的。我相信，你应该看过关于联邦特工的几部电影。"

麦凯勒参议员："我看过……那些电影实际上是在宣传调查局，因为你的形象在电影里频繁出现呢。"

胡佛不得不承认这是确实的，但他声称这不是他的做法："我们断然拒绝任何形式的认可，与他们的制片没有任何关系；那些影片的制作，我们不提供任何指导，不管是技术指导还是其他方面的指导。"

胡佛对其最亲密的助手说过，他反对那些电影。为什么让好莱坞赚那么多钱呢？还有，如果调查局自己拍摄电影，那就能够完全控制情节了，他争辩说。

副局长哈罗德·"老爸"·内森依然在为胡佛的狂热充当和事佬，他说服局长丢掉那个念头，说这会使调查局受到比麦凯勒更厉害的批评。

麦凯勒继续问道："你们这么宣传，我认为对司法部是个很大的伤害。"

胡佛声称，"在每一个例子中"调查局都有正式的不赞成的记录。[16]

对胡佛来说，幸好麦凯勒没有提及广播节目。就在来委员会之前不久，胡佛同意菲利普·H.洛德在电台安排一个题目为"联邦特工"的系列广播节目，内容是联邦调查局的一些历险。三个月后播出的第一集，题目是"约翰·迪林杰的生死"，洛德还写了个前言：

"这个题目为'联邦特工'的系列节目，是经过美国司法部长的同意，并由联邦调查局局长 J. 埃德加·胡佛提供了合作。今晚播出的每一个事实，都直接来自调查局的档案。

"我去了华盛顿，受到了胡佛先生的热情接待，这些剧本全都是在司法部大楼内编写的。我把今晚的节目交给了胡佛先生，他亲自审阅稿件，提出了一些非常宝贵的建议。"

麦凯勒参议员也没有提及"连环漫画"诸如"打击犯罪的战争"，其续集是由胡佛的朋友和调查局长期的宣传员、报业人士雷克斯·考利尔编写的。在胡佛作证一个月后播出的第一集，也声称是"根据正式的档案"，而且是在"经由联邦调查局的同意和提供合作的基础上"制作的。[17]

但麦凯勒确实问了，胡佛的不同意是否适用于杂志文章和故事。

胡佛承认，"有几次，偶尔有几次"，司法部长同意作家进来编写故事。

胡佛没有界定"偶尔有几次"是几次。光是去年，关于联邦调查局的五十多个长篇文章，大都可以证明是由调查局提供合作的。

　　麦凯勒参议员："有没有付费给这些作家？"
　　胡佛先生："没有，先生。一分钱也没有。"

麦凯勒参议员："你们部门有没有作家，或者你们有没有雇佣作家？"

胡佛先生："调查局是没有的。"

麦凯勒参议员："没有雇佣作家？"

胡佛先生："调查局是没有的。"

胡佛的回答是很仔细的。亨利·苏达姆是在司法部的工资单上。①

麦凯勒继续批评调查局贪天之功据为己有，真正的功劳应该属于其他执法机构或有公德心的公民。

怀俄明州的联邦参议员约瑟夫·奥马奥尼不知道调查局不肯与当地警方合作的说法是不是正确。胡佛回答说，调查局是提供了合作，"只要我们认为当地警方是诚实的、愿意配合的，而且不会向媒体透露消息"。

一个月之前，在获得当地警察的消息后，阿尔文·卡尔皮斯避开了联邦调查局在阿肯色州霍特斯普林斯设置的陷阱。

麦凯勒总结了关于胡佛额外经费需求的辩论，他说："在我看来，似乎你们的部门发疯了，胡佛先生……我只是在想，胡佛先生，手里拿着那么多的钱，你们就挥霍无度了。"

胡佛先生："你让我声明一下好吗？"

麦凯勒参议员："我认为这就是声明。"

并不是所有的委员都持反对意见。来自密苏里州的联邦参议员显然是站在联邦调查局局长的一边。具有讽刺意味的是，后来他们会成为不共戴天的仇敌。

---

① 几个月后，胡佛逼迫苏达姆辞职。他这么做有可能是为了避开麦凯勒他们的批评，但很可能还有一个更大的原因。苏达姆认为自己是受雇于司法部长，那也是他的"打击犯罪的战争"。苏达姆犯了一个错误，他努力成就卡明斯和整个司法部，而不单单是胡佛及其孤独的调查局。1937年年初，胡佛秘密说服国会的朋友们，在司法部拨款条文中增加一条，专门规定不得为没有法律文凭的司法部长助理支付工资。这只影响到一个人，即亨利·苏达姆，不久他就辞职了。

这一次，联邦调查局局长自己的宣传帝国已经牢固地建立起来了。如同德鲁·皮尔逊所指出的，"亨利在为胡佛开了一个头之后，胡佛在公关方面就没有问题了"。[18]

杜鲁门参议员："还有多少个案子没有得到办理？"

　　胡佛先生："我们现在有六千七百九十个案子没有得到办理，因为人手不够。"

　　杜鲁门参议员："你们的收入是多少，罚款收入？"

　　胡佛是统计专家，他再次感觉双脚踩到了实地上："去年我们收进来的款项，包括罚没款、追回损失和节省款项，一共是三千八百万美元，我们的预算拨款是四百五十万美元。"

　　麦凯勒想就这些数据与之争论，但显然没有做好充分的准备，因此只能作罢。然后他提出了一个很不公平的问题：他暗示胡佛至少要对手下四个人之死承担部分责任。

　　麦凯勒参议员："自从获准使用枪支以来，你们部门杀死了多少人？"

　　胡佛先生："我认为，有八个亡命徒被我们的特工击毙，我们也有四名特工被他们杀死。"

　　麦凯勒参议员："也就是说，自从你们部门配发枪支以来，达到的效果是杀死了八个亡命徒和四名联邦特工。"

　　胡佛强忍怒火，他解释说，他的特工都严格执行尽可能抓活的的命令，只有在疑犯掏枪或射击的时候，特工才可以使用自己的武器。

　　麦凯勒没有理会他："我很怀疑，是不是应该有法律来规范你们，可以像军队那样携带武器在各地活动，枪击你们怀疑是罪犯的人们，或者你们怀疑对方有枪，允许你们的人开枪射击。"

　　不顾胡佛的反对，麦凯勒还补充说："胡佛先生，我不是在指责你没有执行哪些法规，因为这是国会的过错。如果我们把枪发给你们，告诉你们去杀死那些你们怀疑是罪犯的人，那是我们的过错。"即使一名执法官知道有一个人是杀人凶手，他也无权去杀死他，麦凯勒声称："我们有法院来处理那种事情。"

　　胡佛先生："即使他把枪口对准了你？"

　　麦凯勒参议员："我们有法院来处理那种事情，我们必须用这种方法来对付他们。"

这时候，哈里·S.杜鲁门再也忍不住了："参议员，如果他们开始朝你开枪，我们怎么去抓住他们?"

麦凯勒不得不承认，"也许"有些案子"可能有这个必要"。

胡佛被麦凯勒激怒了，其中有段对话特别使他愤怒，多年后每当回想起来依然十分恼火。

麦凯勒参议员问胡佛，他的工作资格是什么。胡佛立即回答：在司法部的十九年工作，以及十二年的调查局长资历。

"我的意思是犯罪学校。"麦凯勒打断了他。

胡佛解释说，他已经在调查局设立了一个培训学校。

但这并没有使麦凯勒满意："那么你的所有知识都是在司法部学来的?"

> 胡佛先生："我学到了第一手的知识。是的，先生。"
>
> 麦凯勒参议员："你有没有实施过逮捕?"
>
> 胡佛先生："没有，先生。我开展过调查。"
>
> 麦凯勒参议员："你实施过多少次逮捕，都逮捕了什么人?"
>
> 胡佛先生："我调查了艾玛·戈尔德曼的案子，向主管移民当局的劳工部长提起了诉讼。我还处理了亚历山大·伯克曼的案子，以及前布尔什维克驻美国大使路德维希·马尔滕斯的案子。"

麦凯勒回到了原来的问题上："你有没有实施过逮捕?"

> 胡佛先生："逮捕是移民局官员实施的，在我的监视下。"
>
> 麦凯勒参议员："我在谈论的是实际的逮捕行动……你确定从来没有逮捕他们?"[19]

胡佛知道，最好不要解释调查局直到一九三四年才有逮捕权。麦凯勒已经明确了其观点，美国的警察头子从来没有逮捕过任何人。

这是一个可笑的指责——不但忽视胡佛在组织和领导方面的杰出才能，还说他缺乏勇气，因为他这个总司令从来没有亲自领导部队打过仗——但这没有关系。麦凯勒的指控让人刺痛。

胡佛感觉，按照一位传记作者的说法，"他的男子汉气概受到了非难"。[20]

在参议院小组委员会作证时，胡佛依然认为驱逐艾玛·戈尔德曼是他的一个巨大成就。虽然这事发生在十七年之前，但在胡佛看来并不是遥远的过去：就他来说，这依然是一个公开的案子。

一九一九年遭驱逐登上"苏维埃方舟"之后，艾玛·戈尔德曼和亚历山大·伯克曼希望在俄国找到避难地。然而不久他们就对共产党政府失望了，于是他们在欧洲各国走动，想找一个能够容纳他们居住的国家。似乎有一段时间，他们获准留在法国。但在一九三一年他们得知，他们的要求已被拒绝，"为的是取悦美国"。

他们不会知道，这是有一个人在作祟。在被迫离开法国时，伯克曼写信给罗杰·鲍德温和其他朋友："很难相信，（罗杰猜测的）美国爱管闲事的人或联邦经济情报局的某些人，能够对法国政府产生那么大的影响。"

然而，戈尔德曼的一位传记作家理查德·德林农写道："即使艾玛和伯克曼已经基本忘记了把他们赶出国家的那些呆板的公职人员，但胡佛并没有忘记他们以及他的第一个重大'案子'。只要他对法国人说上一句话，经执行之后，就足以使他们的阴谋得逞了。"[21]

一九三四年初，艾玛·戈尔德曼要求返回美国讲学。虽然遭到了 J. 埃德加·胡佛的强烈反对，但罗斯福政府的劳工部长弗朗西斯·皮尔金斯对戈尔德曼的要求做出了积极的回应——并得到了诸如约翰·杜威、罗杰·鲍德温、H. L.门肯、舍伍德·安德森、辛克莱·刘易斯和西奥多·德莱塞的支持——同意她回来九十天。但胡佛也赢得了妥协。艾玛想唤起人们对希特勒和法西斯的警惕。结果她只获准讲述两个课题：文学和戏剧。

当她在美国期间，胡佛几乎每天都对她实施监视。在费城演讲的时候，她脱离允许的主题，叙述美国人民是幸运的，可以享受言论自由，美国人千万不要放弃这种自由。一名特工把她的言论报告了胡佛，胡佛随之向他的司法部领导建议，"目前她在这个国家的活动"，很可能"违反了她被允许入境的条件"。[22]

"但正义的车轮滑脱了。"德林农说，"因为胡佛先生也许已经发现，他的绝密报告脱离了他的日历日期和每天的报纸。"胡佛的备忘录日期是一九三四年五月四日。[23]那个时候，艾玛已经结束她的美国之行去加拿大逗留几天了。

在结束与参议院麦凯勒小组委员会的对话回到总部后，胡佛指示塔姆，阿尔文·卡尔皮斯的行踪一旦确定要立即通知他，这样他就可以参加逮捕行动了。

三个星期后，卡尔皮斯和另一个亡命徒弗雷德·亨特被追踪到了新奥尔良运河街的一个公寓内，并被监视起来了。① 胡佛和局长助理克莱德·托尔森在纽约听到了这个消息。虽然头天晚上他们在斯托克俱乐部，作为客人坐在专栏作家沃尔特·温切尔的专席，玩得很晚才结束，但他们当天就租了一架飞机赶赴新奥尔良。

资料来源：

[1] 德鲁·皮尔逊：《日记》，1949—1959 年，编辑：泰勒·阿贝尔，（纽约：霍尔特、莱因哈特和温斯顿出版公司，1974 年），第 284 页；《纽约时报》，1934 年 8 月 29 日。

[2] 怀特黑德：《联邦调查局故事》，第 101 页。

[3] 《纽约客》，1937 年 9 月 25 日。

[4] 《纽约时报》，1935 年 7 月 10 日。

[5] 胡佛：《人》，第 xvii—xviii 页。

[6] 路易斯·尼科尔斯采访录。

[7] "达希尔·哈米特案件"，公众电视网电视节目，1983 年 3 月 19 日。

[8] 爱德华·塔姆采访录。

[9] J.埃德加·胡佛在众议院拨款小组委员会的证词，1934 年 12 月 18 日。

[10] J.埃德加·胡佛致司法部长（卡明斯）的备忘录，1935 年 5 月 23 日。

[11] 怀特黑德：《联邦调查局故事》，第 111 页。

[12] 弗朗西斯·比德尔：《简单的权利》（纽约：双日出版社，1967 年），第 263 页。

[13] 同上，第 264 页。

[14] J.埃德加·胡佛在参议院拨款小组委员会的证词，1936 年 4 月 11 日。

[15] 阿尔文·卡尔皮斯和比尔·特伦特：《阿尔文·卡尔皮斯的故事》（纽约：伯克利大勋

① 根据前特工们的闲聊，关于卡尔皮斯落脚点的消息来自格蕾丝·戈尔茨坦，那是霍特斯普林斯的一位女士，偶尔也充当这个亡命徒的情妇。一名特工在调查白奴案子的时候与她建立了密切的关系。

章图书公司，1971 年），第 13 页。

［16］J.埃德加·胡佛在参议院拨款小组委员会的证词，1936 年 4 月 11 日。

［17］鲍尔斯：《联邦特工》，第 132、144、147 页。

［18］皮尔逊：《日记》，第 284 页。

［19］J.埃德加·胡佛在参议院的证词。

［20］德托莱达诺：《胡佛》，第 132 页。

［21］理查德·德林农和安娜·玛丽亚·德林农编辑：《无家可归：艾玛·戈尔德曼和亚历山大·伯克曼流放书信》（纽约：肖肯图书公司，1975 年），第 208 页。

［22］J.埃德加·胡佛致司法部副部长约瑟夫·凯南的备忘录，1934 年 5 月 4 日。

［23］德林农：《叛乱》，第 279 页。

第十五章　赴宴的人

关于胡佛与托尔森何时首次相遇，至今依然迷雾重重。

一九〇〇年五月二十二日，克莱德·安德森·托尔森生于密苏里州拉莱多附近的一个农场里，年轻时移居爱荷华州，在锡达拉皮兹市上了一年的商校，然后在一九一七年随着战争的爆发，他去了华盛顿，在战争部找了一份文员的工作。托尔森精力旺盛、工作努力、才能出众，不到一年时间就当上了当时战争部长牛顿·D.贝克的机要秘书。这工作他干了八年，经历了贝克的两任接班人：约翰·威克斯和德怀特·戴维斯。同时他还上了胡佛的母校乔治·华盛顿大学的夜校，并在一九二五年获得了文学学士学位，一九二七年获得了法学学士学位。一九二八年四月，经申请后他立即如愿以偿加入调查局，当上了一名特工。

根据唐·怀特黑德认可的正式说法，克莱德·托尔森是"赴宴的人"。在申请的时候，托尔森煞有介事地说，他想在调查局工作一段时间，积累点经验和钱，然后去锡达拉皮兹市自己开一个律师事务所。这种不寻常的坦陈实在是太虚构了，以致胡佛下命令说："接纳他，如果经考验和调查之后他是合格的，那么他会成为一名优秀的员工。"[1]

然而，按照对两人都很了解的乔治·艾伦的说法，胡佛和托尔森在此之前早就认识了。根据与该两人的谈话，在艾伦的记忆中，局长第一次遇到托尔森时，后者还在贝克手下工作，他对托尔森印象很深，后来说服他加入了调查局。

还有一种说法也是可能的，即托尔森是由他以前的一位法律教授介绍给胡佛的，或者是通过他们共同的熟人拉尔夫·H.范德曼将军。

接下去的事情就没什么秘密了。克莱德·托尔森的快速上升，在调查局的历史上将会是绝无仅有的。一九二八年四月，在被任命为特工后，他第一次（也是唯一的一次）被派去波士顿执行任务；那年九月份回到华盛顿后升为高级文员；一九三〇年晋升为高级督察员；一九三一年当上了局长助理；看来在哈罗德·"老爸"·内森退休之前是没有上升空间了，但他的耐心最后终于有了报偿，一九四七年专门为他设置了一个副局长的岗位。

他们从一开始就几乎形影不离。两人都是单身汉（虽然托尔森经常暗示，早年在首都时与合唱班的一个女孩有过浪漫史），他们一起工作，大都是一起吃饭，甚至一起度周末，通常是在调查局最大的分局所在地纽约，住进华尔道夫·阿斯托利亚酒店的一个免费套间。虽然调查局记录中局长从不休假，但他们两人会去佛罗里达州过圣诞节，在德尔玛赛马季期间去加州。

对弗兰克·鲍曼和查尔斯·阿佩尔两人来说，克莱德·托尔森的到来，让他们感觉轻松了。这意味着每周至少有几个晚上，甚至偶尔的周末他们也可以与家人一起度过了。

胡佛与托尔森一起相处，不仅仅是单身汉的缘故。两人以前都当过文员，熟悉华盛顿的官场及其错综复杂的潜规则。两人都学得很快。在政府部门的多年工作，两人都已经学会了快速阅读备忘录，掌握其中的要点，发现分歧，而且常常能够理解其中的暗示——书写备忘录的真正用意。能把他们捆在一起的还有他们所分享的许多秘密。托尔森当过三任战争部长的机要秘书，他知道许多绝密的军事情报。他把这些情报与胡佛分享是没什么疑问的。因此，除了海伦·甘迪以外，托尔森是唯一获得胡佛允许可以调阅他的所有档案的人。

在某些方面，他们两人很相像。尽管是个公众人物，"胡佛有点害羞和缺乏自信，"查尔斯·阿佩尔回忆说，"托尔森也一样。那就是他们气味相投的原因，他们都是孤独的人。"[2]

除了调查局，他们没什么其他兴趣。胡佛只有两个爱好：看赛马和收集古董。虽然托尔森也与局长一样喜欢马驹——星期六他们常常会出现在附近的一个赛马场——他也喜欢各种体育运动，尤其是棒球和网球，而一个人的时候他似乎爱好动手搞发明创造。他获有专利——利用联邦调查局的实验室，他发明了可重新使用的瓶盖，以及窗户自动上下的开闭装置。

虽然托尔森常常被看作是胡佛的密友，但他们之间也有很大的差异。在外貌上，托尔森身子瘦瘦的，长相普通，只比胡佛高了一点点。有人说，这是他走路的时候总是稍微有点弯腰的原因。① 两人中，托尔森没那么死板，没那么正式。他也免不了成为调查局团队里的出气筒。与要么给你上课，要么保持安静，"非常安静"的胡佛不同，拉姆齐·克拉克回忆说："托尔森可以对许多话题进行非常投入的会谈。"

司法部长出了一本书，对调查局颇有微词，胡佛和托尔森对克拉克展开了恶毒攻击（胡佛骂他是"没有脊梁骨的水母"，还说这是他为之工作的最差劲的司法部长）。但即使受到那样的攻击，克拉克还是评价说："在我看来，托尔森似乎是一个温和的人。他似乎很绅士，善于思考。"克拉克感觉托尔森有"热情，这是在胡佛身上从来感受不到的"。[4]

多年来对两人都很熟悉的艾伦·贝尔蒙特注意到，胡佛比托尔森更为外向，明显地更有幽默感，但他"更多地把克莱德·托尔森当作朋友"。与两人一起工作过的罗伯特·威克、罗伯特·亨登和其他人也是类似的评价。[5]

这样的人在华盛顿有好多，克莱德·托尔森被认为是"绝对的应声虫"。查尔斯·阿佩尔回忆说，即使是在早期，胡佛也喜欢身边有一帮应声虫围着。阿佩尔相信，这种特征对胡佛和调查局都是不利的。这也是阿佩尔在这个组织三十年期间所遇到的"唯一困难"。[6]

后来放弃第三把手职位去当联邦法官的爱德华·塔姆认为，托尔森是一个"安静的人，时刻防备着，时刻小心翼翼地执行任务，唯恐跟不上局长的节奏。没有局长的认可，他不会同意施展'母爱'或'家庭气氛'。"托尔森每次都是用铅笔书写备忘录，这样如果局长有不同的意见就可以进行修改。蓝墨水是最后的文本。

此外，托尔森"对局长很忠诚，非常忠诚"。塔姆补充说："我认为，这也意味着多年来对调查局的忠诚。'局长'和'调查局'完全成了同义语。"[7]

但托尔森的作用不只是胡佛的影子。根据贝尔蒙特的说法，克莱德·托尔森是调查局的看门狗：他永远是一种悲观的态度，所有事情他只看到最坏的一面。但贝尔蒙特强调，这是"一个必要的作用"。托尔森的工作是保护局长的两翼，发现和清除任何可能给局长或调查局带来批评的错误。[8]

---

① 在回忆自己很欣赏的前秘书的时候，战争部长牛顿·D.贝克说，托尔森做过很有趣的评论："假如贝克的身高能够增加两英寸的话，我相信他会成为美国总统。"[3]

按照另一位前同事考特尼·埃文斯的说法，托尔森的主要贡献有两个方面："一、有时候他可以节制局长的观点；二、在局长想解决一件事情但又不想自己出面的时候，他会悄悄地对托尔森说一声，托尔森就会去做好，谁也不会知道胡佛与此有什么关系。这是他对这个组织最大的贡献，我认为他的作用是很有价值的。"[9]

并不太惊奇的是，托尔森成了人们所知的"胡佛的打手"。特工中间流传着一个故事，说的是有一天，局长看到副局长脸色不好，于是建议说："克莱德，为什么不安排人员调动？这样你会感觉好点。"见托尔森还是提不起精神，胡佛提议："这样吧，炒掉一个人；或者你真的感觉不好，就炒掉你看不顺眼的人。"那些在调查局获得负面评价，但又在其他政府机构找不到工作的员工，并不认为这种说法幽默有趣。常常，他们不是指责胡佛，而是指责托尔森。

充当缓冲器，是他起到的几个"必要的作用"之一。

是的，或许他比其他人更重要的是，他是 J. 埃德加·胡佛唯一真正的密友。罗杰·鲍德温在临死时接受采访时说，这是很自然的。鲍德温认为如果某个处于这么高位的人没有至少一个"知己朋友"，没有一个可以吐露秘密和信任的人，那才不自然呢。[10]

其他人另有解释。"小字辈"和"老板"的经常做伴，在华盛顿或外地分局不会不引起关注或提及。作家戴维·怀斯评论说，胡佛的单身生活方式，"不可避免地会引发关于他的性取向的闲言碎语"。[11]

一九三六年四月三十日，托尔森陪同胡佛飞往新奥尔良，去研究关于卡尔皮斯的线索。特工们已经守候在运河街的公寓楼周围，之前他们得到举报说，卡尔皮斯就在楼内。现在负责专案组的 E. J. 康内利，在新奥尔良分局办公室的一块黑板上画了一幅楼房及其周边街道的草图，指派特工去屋顶、消防通道和每一个可能的出口处值守。当专案小组在现场集合后，没有预料到的事情发生了：卡尔皮斯和亨特走出公寓楼，穿过马路，坐进了一辆汽车。

根据联邦调查局的官方版本——十多篇文章和图书——卡尔皮斯刚刚坐进司机座，胡佛就冲到了他旁边，康内利跑向亨特就座的另一边。后座上放了一支步枪。卡尔皮斯还没来得及抓住那支步枪，胡佛就从敞开的车窗一把抓住了这个亡命徒的衣领。"他张口结舌说不出话来，身体像中风般地颤抖不已，"胡佛后来回忆说，"那个被叫作头号公敌的家伙像黄鼠狼那样蜷缩着。"阿尔文·"毛骨悚然"·卡尔皮斯看到闻名遐迩的联邦调查局局长，吓得脸色惨白，束手就擒。"小伙子们，把他铐起来。"胡佛下达命令。只是在这个时候，特工们才发现万事俱备，只欠东风，竟然没人记得带上手铐。他们凑合着用一名特工的领带把卡尔皮斯的双手捆绑起来了。[12]

在驱车把卡尔皮斯送到新奥尔良分局后——路上还得由这个刚刚被抓捕的重罪人犯指路，因为车上的特工都不是城里人——胡佛召开了新闻发布会，宣布了他的第一次抓捕。

"现在卡尔皮斯已被抓住，那么谁成了头号公敌?"一名记者问道。

局长抓住这个现成的机会，向参议员麦凯勒发起了进攻，他回答说："政治本身是头号公敌。妨碍和干涉联邦和其他警察及检察机关特工的政治企图，是目前真正的威胁。"然后胡佛不点名地特别批评那些试图控制特工的任命和岗位的政治家，以及那些本身就与黑社会有干系的人。[13]

五月一日，《纽约时报》的头版文章标题是：

卡尔皮斯被捕

在新奥尔良

遭胡佛本人生擒

五月八日的头版标题是：

敌人名单减至一个

J. 埃德加·胡佛在托莱多

擒获坎贝尔

五月十一日是：

罗宾逊在加州格兰岱尔被捕

国民公敌清扫干净

五月十三日，"时事评论"专栏作家评论说："时间的安排如此富有戏剧性，以致人们不由怀疑是否有舞台提示，好像 J. 埃德加·胡佛已经把三个猎物拿在手里，然后一个接一个释放出来。"[14]

根据麦凯勒的提议，拨款委员会建议把联邦调查局要求的预算削减二十二万五千美元。事情提交到参议院后，来自密歇根州的共和党人亚瑟·H. 范登伯格认为这是一个机会，可以借此刁难新政，攻击麦凯勒是个守财奴，他的吝惜将导致美国有婴儿的千家万户受到绑架的威胁。

根据杰克·亚历山大的描述："在范登伯格发言期间，民主党领导人开会经过激烈的争论后决定撤销麦凯勒的抠门提议。显然，民主党不想与黑社会同流合污。在范登伯格说完坐下来之后，民主党参议员一个接一个站起来发言，极力赞颂联邦特工以及他们的工作。当颂歌的回声渐渐消失的时候，建议削减预算的修正方案在一片'不'的吼声中遭到了否决，参议院投票赞成全额拨款。麦凯勒像古罗马反叛者卡提兰在元老院受审那样，默默地孤独地坐在一边，他的朋友和敌人都唯恐避之不及。"①[15]

一周之内，众议院也投票通过，把联邦调查局局长 J. 埃德加·胡佛的年薪从九千美元提高到了一万美元。

参加过抓捕阿尔文·卡尔皮斯的特工都知道，局长的版本与事情是有出入的，但他们谁也不敢公开质疑官方的说法。

然而那天在运河街现场的还是有一个人讲述了一个不同的故事，虽然已经事隔三十年之久，但他还是能够回忆起来。据阿尔文·卡尔皮斯说，当时不是胡佛，而是克拉伦斯·赫特跑到他的车边，把点 351 自动步枪对准了他的脑袋，问道："卡尔皮斯，你有枪吗？"

"没有。"卡尔皮斯回答。

"你肯定没有携带枪支？"

---

① 参议员麦凯勒——他在联邦调查局有几个档案，其中一个归入到了"官方/机密"之中，其标题是：联邦调查局拨款的障碍——再也没有反对过胡佛。1943 年，麦凯勒参加了胡佛的"犯罪学校"学生的毕业典礼，在发言时他赞扬"这个伟大的执法工具是由你们局长这位伟人缔造的"。[16]

卡尔皮斯承认说有两支步枪用毯子裹着，放在汽车的后备厢里；但由于天气炎热，都穿着短袖衣衫，无法穿大衣来藏匿点45口径枪支，因此他和弗雷迪都把它们留在了后面。

"这样啊，"赫特是警察出身，也是射杀迪林杰的其中一名特工，"那我把保险关上，免得发生误伤。"[17]

这时候，卡尔皮斯声称："我听到一个家伙在喊，'我们抓住他了，我们抓住他了。都搞定了，头儿'。"然后有两个人走出了公寓楼。"他们都穿着西装和蓝衬衫，系着整洁的领带。一个人稍微瘦一点，长着一头金发；另一个人身材壮实，深色皮肤。我认出了那个深色皮肤和壮实身材的人，我看到过他的照片，人人都认识他的……那个时候，我确切地知道，联邦调查局终于把我抓住了。"

按照阿尔文·卡尔皮斯的说法，只是在他和亨特都被安全地抓起来之后，联邦调查局局长 J. 埃德加·胡佛和副局长克莱德·托尔森才出现在现场。

在一九七一年出版的自传中，卡尔皮斯透露了胡佛"第一次逮捕"的全部真相。例如，关于后座上的那支步枪。"什么步枪？什么后座？我们是一辆一九三六年版的普利茅斯双座汽车，没有后座的。"

"英雄胡佛的故事是虚假的，"卡尔皮斯坚持说，"他没有带领对我发起的进攻。他躲在一边，在我被多支枪口对准后他才出现。他一直等到通知说情况已经安全了。然后他就出来摘取荣誉……

"一九三六年五月一日，我让胡佛获得了无畏警官的荣誉。这个荣誉是他不应该得到的……是我让那个狗杂种得到的。"[18]

卡尔皮斯被控在哈姆和布雷默的绑架案中犯有四宗罪行。① 他企望能够从宽处理，承认在哈姆绑架案中犯有一个罪行；他还是被判处终身监禁。虽然服刑十五年后他可以获得假释，但 J. 埃德加·胡佛不想让这个重罪犯自由而要将其继续囚禁，他反对假释的要求。于是卡尔皮斯服刑三十二年，前二十三年在恶魔岛监狱，是在这个岩石岛上服刑时间最长的囚犯；后来转到麦克尼尔岛监狱，在那里他教

---

① 这是发生在明尼苏达州圣保罗的两个不同的案子，哈姆啤酒公司总裁小威廉·哈姆，以及当地一家银行的总裁爱德华·布雷默遭到绑架，在支付了赎金之后被释放了。联邦调查局认为，这是罗杰·"可怕的"·图伊黑帮绑架哈姆的"铁案"。然而，使胡佛颇为懊恼的是，图伊他们全都获得了无罪释放。只是在那个时候，调查局才认定两个绑架案都是卡尔皮斯－巴克帮所为。

过一个叫查尔斯·曼森的偷车贼弹奏钢丝吉他。一九六四年获假释后，卡尔皮斯被驱逐到加拿大，后来移居西班牙。

一九七八年，前特工托马斯·麦克戴德追踪卡尔皮斯到了西班牙。当初在伊利诺伊州巴林顿，麦克戴德曾与"娃娃脸"·尼尔森驱车互相追杀和交火，他还是在威尔湖击毙弗雷迪和"巴克妈妈"的袭击队成员。现在他与老对手卡尔皮斯谈起了往事。他们两人——猎手和猎物——计划合作搞一个电视节目，但卡尔皮斯在第二年死了，享年七十一岁，显然是误服了过量的安眠药片。

胡佛接下来的一次重大逮捕行动，发生在一九三六年十二月十五日的午夜之后。

哈里·布鲁内特是一个二十五岁的前图书管理员，也是一个遭通缉的要犯，他伙同默尔·范登布什绑架了新泽西州的一名警察，还犯下了一系列银行抢劫罪。纽约警方紧密配合新泽西州警官，追踪到布鲁内特及其老婆在西 102 街的一套公寓内，并安排了监视。出于礼节——让他们后悔不已——他们通知了联邦调查局。

十二月十四日下午，三个执法机构的代表碰面后同意推迟到第二天下午两点钟实施逮捕，因为那个时候人称"夜猫子"的布鲁内特应该还在睡觉。他们还希望，在等待期间或许还可以抓住他的同伙范登布什。三方商定，由于是纽约警方锁定了布鲁内特的位置，这个亡命徒应该由纽约警方去实施抓捕。

快到午夜时分，纽约警察局担任守候的两名警官去喝咖啡了。在他们离开后，胡佛和托尔森从中央公园南边的圣莫里茨饭店坐出租车抵达了。也许是回想起在逮捕豪普特曼的时候纽约警方抢在了调查局的前头，胡佛没有等待两名纽约警察的到来，他下令发起袭击。

这一次，局长让"小字辈"出手去获取荣誉。在布鲁内特拒绝投降的时候，托尔森用冲锋枪扫射公寓的门锁。当布鲁内特从室内回击时，特工们朝公寓投掷催泪瓦斯弹，引发了火灾。布鲁内特的老婆大腿中弹后投降了，但这个亡命徒却逃到了楼下的一个储藏室，在那里他与特工对抗了三十五分钟，直至弹药用尽。

其间，消防队赶过来了。但他们要灭火和疏散楼内其他居民的努力，遭遇了挫折，联邦调查局一名特工用枪口挡住了他们。

"讨厌，你没看到吗？"一名消防员愤怒地说，他指着自己的头盔，"如果你还是用枪口对着我的胸口，我就砸扁你的脑袋。"特工退缩了。[19]

联邦调查局也没有遵守之前的另一个约定，在二十几名特工的簇拥下，托尔森把布鲁内特作为联邦调查局的俘虏，带到位于弗利广场联邦大厦的纽约分局去了。

但报刊的大字标题上却是胡佛，而不是托尔森。

在胡佛的率领下
二十五名联邦特工
在西 102 街的战斗中
捕获匪徒

此后几天，还有其他的大字标题：

胡佛袭击这里的绑匪巢穴
遭纽约警方吐槽
纽约和新泽西警方
指责联邦调查局头头
企图窃取荣誉

漂亮的袭击
胡佛的"辉煌"
联邦特工的功绩
上了头版新闻
警方成了无名英雄

胡佛为抓获布鲁内特之辩解
联邦调查局头头声称
绑匪被发现时
警察不在现场[20]

纽约警察局长刘易斯·J.瓦伦丁指责联邦调查局局长，不但是亡命徒的猎手，也是"新闻标题的猎手"。[21]胡佛之前已经给瓦伦丁和消防局长约翰·J.迈克利戈特发去了热情洋溢的感谢信，感谢他们的"合作"。现在他回答说，他的调查局"从来没有欺骗任何人"，"后知比先知更好"，所有的预防措施都采取了，为的是避免伤及无辜群众，包括消防队员。胡佛坚持说，应该记住的重要事实，不是如何和为何把布鲁内特抓住，而是"这个卡尔皮斯或迪林杰的胚胎现在被囚禁起来了"。[22]

此外，副局长获得了一个新的绰号：杀手托尔森。由于布鲁内特的抓捕，联邦调查局与纽约警察局的分裂加大了。不久，相互之间即使是象征性的合作也不肯进行了。

两个月之后，警方不费一枪一弹抓获了布鲁内特的同伙。范登布什向警察交代说，他当时要去见布鲁内特，走在半路上听到了枪声；他说，他已经相当激动，"因为他几乎可以伸出手去搭局长的肩膀了"。[23]

除了路易斯·莱普克——他的投降是由专栏作家沃尔特·温切尔安排在两年以后——这是J.埃德加·胡佛最后的一次逮捕壮举。虽然他亲自参加过在迈阿密的几次袭击行动——证明他并不是去那里度假的——当地的酒店老板都抱怨他毁了旅游业，由此结束了他的参与和那些袭击行动。

胡佛之所以退出聚光灯的照射，还有另一个原因：他已经把国民公敌清扫干净了。

然而，胡佛用不着登高远望去寻找新的"威胁"，从而证明他不断增加预算的合理性。事实上，他找到了两个。一是共产主义这个老威胁，现在重新复活了；另一个是法西斯主义，它与一个奇特的阴谋挂上了钩——据说一些全国闻名的大企业家在搞一个政变阴谋，他们联合起来想把罗斯福总统赶下台，有必要时甚至可以使用武力，从而接管美国政府。

资料来源：

[1] 怀特黑德：《联邦调查局故事》，第 120 页。

[2] 查尔斯·阿佩尔采访录。

[3] 怀特黑德：《联邦调查局故事》，第 336 页。

［4］拉姆齐·克拉克采访录。

［5］艾伦·贝尔蒙特、罗伯特·威克和罗伯特·亨登采访录。

［6］阿佩尔采访录。

［7］塔姆采访录。

［8］贝尔蒙特采访录。

［9］考特尼·埃文斯采访录。

［10］鲍德温采访录。

［11］戴维·怀斯：《美国的警察国家：政府对人民》（纽约：兰登书屋，1976年），第
　　276页。

［12］《纽约晚报》，1936年5月2日。

［13］《纽约时报》，1936年5月4日。

［14］《纽约时报》，1936年5月13日。

［15］《纽约客》，1937年10月2日。

［16］官方绝密档案，65号；怀特黑德：《联邦调查局故事》，第335—336页。

［17］托马斯·麦克戴德采访阿尔文·卡尔皮斯，马拉加和斯佩恩，1978年，并详述给作
　　者；麦克戴德，"迟来的相遇"：《悬疑小说作家年报》，1979年第6期。

［18］卡尔皮斯和特伦特：《故事》，第10、202—203、222—223页。

［19］《新闻周刊》，1936年12月26日。

［20］《纽约时报》，1936年12月15—17日和20日。

［21］《纽约时报》，1936年12月17日。

［22］《纽约时报》，1936年12月16日。

［23］《纽约客》，1937年10月9日。

第五部 奇特的关系

我不想成为

一个潜在的敲诈勒索组织的头目。

——莫里斯·厄恩斯特引用 J.埃德加·胡佛的原话，
　题目为"为什么我不再害怕联邦调查局"
　发表在《读者文摘》一九五〇年十二月号

如果局长不能使用，

那我们档案中的资料还有什么用处呢？

——克莱德·托尔森副局长在联邦调查局高层会议上的讲话

第十六章　政变阴谋

随着一些阴谋的发展，这事无疑是荒唐可笑的。但这是——在一九三二年阴谋暗杀当选总统之后几个月才出现的——可能的，而且是很可怕的，在 J. 埃德加·胡佛的巧妙处理下，这可以帮助他掌控美国所有的国内情报。

一九三三年七月，国会荣誉奖章两次获得者、前美国海军陆战队司令斯梅德利·达灵顿·巴特勒少将，因为谴责贝尼托·墨索里尼，最近被迫退休。[1] 他接待了美国退伍军人协会两位著名官员的来访：杰拉尔德·C.麦圭尔和威廉·多伊尔。

一开始，麦圭尔和多伊尔的建议倒也没有什么可疑之处。在十月份举行的退伍军人协会芝加哥大会期间，他们要巴特勒竞选全国总司令一职。麦圭尔说，巴特勒是合适的人选，可以引领平民百姓反抗协会根深蒂固的做法。

巴特勒来了兴趣。他之前就觉得多年来协会一直在"出卖"普通战士。但他是一个务实的人。他担心一般的老兵是否有能力来参加这次大会。麦圭尔告诉他，他们已经预计到了这个问题。足够的资金已经筹集起来了，能够让成千上万名老兵来芝加哥聚会。作为证明，他取出银行存款凭证，指向两笔存入，金额总计超过了十万美元。

---

[1] 在费城一次平民集会的演讲时，巴特勒把意大利总理贝尼托·墨索里尼描述成"一条疯狗"，还警告说，墨索里尼及其法西斯同伙将会"把欧洲搅乱"。巴特勒的评论上了世界各大报纸的头条，引起了意大利驻美国大使的正式抗议，还导致了赫伯特·胡佛总统下达命令，要求巴特勒撤回评论，不然就面临军事法庭的审判。巴特勒拒绝道歉，于是被迫退役，并几乎在一夜之间成为全国英雄和可能的总统候选人。这位前海军陆战队指挥官依然心直口快，他告诉记者，虽然他没有认真地考虑过赫伯特·克拉克·胡佛或富兰克林·德拉诺·罗斯福，但他无意竞选总统。

麦圭尔告诉巴特勒，这只是他们下次会议肯定能够筹集得到的一小部分钱，九位富商已经同意投入资金供他们开展活动，他说明其中一位是他的雇主，即华尔街金融大亨格雷森·墨菲。①

在这次会面的时候，麦圭尔给了巴特勒要他在大会上发言的演讲草稿。巴特勒粗粗看了一下，发现稿件里要求美国恢复金本位。在被问及为什么包括了这个要求时，麦圭尔解释说，那是为了说服老兵们，他们的一战补偿金应该以硬通货来支付，而不是以纸币。

巴特勒现在已经相当怀疑了，他告诉麦圭尔，在做出决定之前他需要一些时间来考虑一些原则问题。此后不久，又有一个客人来访，那是华尔街经纪人罗伯特·斯特林·克拉克。克拉克告诉巴特勒，他有三千万美元，愿意拿出一半留下一半。如果巴特勒去做演讲，克拉克说，老兵们会听从他的领导，团结一致逼迫政府恢复金本位。

巴特勒从克拉克那里还了解到，他并不是这工作的唯一候选人。"虽然我们小组推荐了你，"克拉克告诉他，"但摩根集团说你是不可靠的，你太激进了……他们想要道格拉斯·麦克阿瑟。"巴特勒感觉演讲稿内"有些事情很敏感"，他告诉克拉克，他们最好挑选麦克阿瑟，他不想参加。

那年的十月，美国退伍军人大会批准了金本位的决议。

一九三四年春天，麦圭尔又来接触这位退休的少将。他说他刚从欧洲回来，他在那里研究了老兵团组在德国纳粹党、意大利法西斯党和法国火十字团组织中的作用。他和他的承办人认为，美国老兵可以发挥类似的重要作用。麦圭尔说，为把美国从"共产党威胁"中拯救出来，需要的是彻底改变这个政府。为达到这个目的，麦圭尔他们要巴特勒率领五十万老兵向华盛顿进军，并在那里上演一场政变。

虽然巴特勒感觉"整个事情有点造反的味道"，但一时间他没有说出来，而是要求了解进一步的详情。

如果罗斯福答应了他们的要求，他们或许会让他留在总统的位子上，麦圭尔说，但不会有实权，相当于在墨索里尼操控下的意大利国王。国务卿将会是

---

① 除了拥有自己的经纪公司，墨菲还是安纳康达·库珀矿业公司、固特异轮胎、伯利恒钢铁和几家摩根银行的董事。

他们的人，他将实际管理政府。

但首先他们要赶走副总统（约翰·南斯·加纳）和当前的国务卿（科德尔·赫尔）——"如有必要就使用武力"。

如果罗斯福反对他们，"如果他不同情法西斯运动"，那他就得"被迫"辞职。

那么起义所需的资金呢？巴特勒问道。都已经安排好了，麦圭尔告诉他，并声称他们手头上有三百万美元，如果需要还能拿到三百万。

"是不是已经有了什么响动？"巴特勒问道。"有的，你看，"麦圭尔告诉他，"在两三个星期之内，报纸就会报道。"他不肯明确解释。

"你参加吗？"麦圭尔问道。巴特勒犹豫着，说他还想再考虑考虑。

两个星期后，美国自由联盟宣告反对全国政府内部的"激进"运动。其一百五十六位发起人——全都做出了相当大的资金贡献——都是美国大型企业的老板或董事：美国钢铁、杜邦公司、通用汽车、标准石油、杰西潘尼、蒙哥马利–沃德公司、固特异轮胎、互惠人寿保险和其他二十个财团。其中的大佬有伊雷内·杜邦和雷芒特·杜邦、休厄尔·艾弗里、阿尔弗雷德·P.斯隆、S.B.科尔盖特、伊莱休·鲁特、E.F.赫顿、约翰·J.拉斯科布、J.霍华德·皮尤和E.C.萨姆斯。他们的可控资产合在一起超过了三百七十亿美元。

巴特勒少将注意到，美国自由联盟的财务部长不是别人，正是格雷森·墨菲。

整个事情肯定是疯狂的——以反法西斯演讲而出名的巴特勒，被要求成为美国的法西斯领袖。

这个时候，巴特勒没有去向罗斯福总统或联邦调查局局长胡佛报告情况。他知道，现在他只有麦圭尔、多伊尔和克拉克的一面之词。他认为他需要独立核实，于是他联系了一位熟人——《费城记录报》记者保罗·科姆利·弗伦奇。装作是阴谋的同情者，弗伦奇赢得了麦圭尔的信任。麦圭尔告诉他"大致与将军说过的相同故事"。他还补充了新的情况：他们需要的所有武器和弹药，都可以通过杜邦公司的赊账，从雷明顿武器公司拿到，杜邦是雷明顿的控股公司。

这一次，当麦圭尔再次询问前海军陆战队军官是否愿意率领老兵进军华盛顿时，巴特勒直截了当地回答："如果你们能组织到支持法西斯的五十万士兵，我就再动员五十万个，跟在你们后面，我们打一场真正的内战。"[1]

只是在那个时候，巴特勒才去向 J. 埃德加·胡佛报告这个情况。胡佛知道巴特勒是实情举报的。这听起来像是要推翻美国政府的一个阴谋。但如果调查局去调查巴特勒的指控，他就有可能疏远美国一些最有实力的财团领导人。

胡佛通知巴特勒，因为无法证明是违反了联邦刑事法律，因此调查局无权开展调查。

大概在相同的时候，国会的一个小组委员会正在调查美国的纳粹宣传活动。很可能是胡佛或他的一个助手提出建议，要求巴特勒带上证据去找他们。如此的话，很可能这是胡佛第一次利用后来人们所知道的众议院非美活动委员会。

一九三四年十一月二十日，巴特勒出现在该委员会的一个小范围会议上，他叙述了关于可能的法西斯政变。弗伦奇揭露阴谋的文章也在当天见报，与他一同作证的还有海外作战退伍军人协会全国总司令詹姆斯·范赞特，他们也来找过他，他说的情况基本上与巴特勒相同。然而在找过巴特勒的那些人当中，只有麦圭尔被要求作证，但在承认与巴特勒见过几次面的同时，他声称巴特勒"误解"了他。

墨菲、克拉克、麦克阿瑟和美国自由联盟的成员都没有得到传唤。在委员会最后撰写会议纪要的时候，所有的名字以及提及过的联盟，都被删除了。但委员会陈述，"可以证明巴特勒将军所有的中肯声明"，还补充说，"毫无疑问，这些企图得到过讨论和策划，也许会在资金提供者认为方便的时候去实施。"[2]

在弗伦奇的揭露之后，美国自由联盟的许多赞助人撤回了他们的支持，到了一九三六年，在罗斯福竞选第二任总统职位的时候，该联盟名声变得很坏，共和党乞求他们不要举荐他们的候选人。

虽然该组织从人们的视线中退缩了，其支持者依然反对罗斯福，他们的重点现在转移到支持其他右翼团体，诸如美国第一党、共和国哨兵和十字军。

这也不是最后一次听到有关斯梅德利·达灵顿·巴特勒少将的消息。一九三六年八月，他第二次约见了 J. 埃德加·胡佛。尽管媒体报道了巴特勒在委员会的露面——以及他后来指责委员会是在"掩饰真相"——但又有人来找他了，这次是法西斯右翼的一名代表，带来了另一个阴谋。

这一次，胡佛甚至要绕过司法部长直接去报告罗斯福。

胡佛没有告诉巴特勒，其实在一九三四年秋天巴特勒第一次找他的时候，联邦调查局已经在调查美国的法西斯主义了。一九三四年五月八日，总统曾在白宫召开会议，研究美国纳粹运动的含义。该运动对法西斯主义进行了补充，并自一九三三年阿道夫·希特勒上台后取得了显著的发展。除了罗斯福和联邦调查局局长以外，参加会议的还有司法部长卡明斯、财政部长摩根索、劳工部长弗朗西斯·皮尔金斯和联邦经济情报局局长 W. H. 莫兰。

罗斯福要求联邦调查局与其他情报机构合作，针对纳粹运动，特别是其反激进和反美国的活动，开展"一场非常谨慎和探索性的调查"，重点是"与在美国的德国政府官方代表的可能的关联"。[3]

胡佛指令各分局，这应该是一次"所谓的情报调查"——也就是说，其目的是为了情报而不是指控。虽然很快就跨越了边界，但起初的用意是一次有限的调查，在特定的方向之内，首先是集中在弗里茨·库恩的德美同盟。①[4]这也是脱离司法部长哈伦·菲斯克·斯通的一九二四年法令，即调查局的活动"应该限制在调查违法的情况"。

巴特勒带来的新阴谋是关于查尔斯·E.库格林神父的。库格林来自密歇根州罗亚尔奥克，是一个通过无线电传播福音的狂热的教士。虽然曾经一度支持罗斯福（"'新政'就是基督的政策，这个哲理我是绝不会改变的"），库格林神父在一九三六年转而攻击罗斯福及其所代表的一切，他与那些反对"新政"的人结盟，宣称如果要在共产主义和法西斯主义之间做选择，他会高兴地拥抱后者。[5]他尤其批评罗斯福对墨西哥总统拉萨罗·卡德纳斯的"不干涉"政策，卡德纳斯的反教权法令对天主教会产生了巨大的影响。如果罗斯福无动于衷，那

---

① 弗里茨·库恩是在德国出生的福特汽车公司员工，在亨利·福特的帮助下，他自封为美国元首。在一次典型的联盟集会上，诸如1939年2月10日在麦迪森广场花园，两万名狂热的拥护者探索把美国精神与纳粹主义结合起来。集会有一幅巨大的乔治·华盛顿画像，边框是更大的若干个黑色万字饰；乐队在演奏美国国歌《星条旗永不落》和纳粹德国军歌《德意志，德意志高于一切》；1500名褐衫冲锋队队员行纳粹礼宣誓效忠美国。

通过收买线人，包括库恩的几个助手和盗取会员名单，最终联邦调查局成功地验明了该组织每一个成员的身份。

么他库格林将会动手。一九三六年夏末，库格林神父接触了巴特勒将军，敦促他率领一支武装远征军去讨伐墨西哥，目的是推翻卡德纳斯政府并恢复教会。

巴特勒把这次谈话报告了 J. 埃德加·胡佛。由于司法部长卡明斯离开华盛顿出差在外，联邦调查局局长就写了份关于库格林－巴特勒事件的备忘录，直接发给了总统。同一时期，他也给罗斯福发送了几份备忘录，内容是关于美国共产党和一个叫康斯坦丁·奥曼斯基的苏联使馆随员的活动情况，根据其在美国的四处游走，胡佛怀疑他是一名间谍。

不知道罗斯福是不是认真对待巴特勒将军的各项指控。还没宣誓就职就被当成暗杀企图的目标，深知敌人会不择手段把他赶下台，富兰克林·德拉诺·罗斯福很可能非常重视美国自由联盟的事情。[①] 至于库格林，罗斯福应该不怎么在意这个教士的十字军圣战，反倒关注其政治影响：库格林的每周广播据说听众有一千万之多。

人们知道，比起美国的共产党，罗斯福更关注法西斯主义，以及诸如蛊惑民心的政客、路易斯安那州州长和潜在的总统对手休伊·朗格，他的前助手和反闪族人[②]的煽动者杰拉尔德·L.K. 史密斯，还有吹嘘其半军事化的银衫队队员人数已经超过了两万的威廉·达德利·佩利那样的人。根据斯坦利·库特勒的说法："在一九三九年之前，有组织的劳工及其领导人是'新政'的重要同盟，在政府的眼里他们干不出什么坏事。共产党对工会的影响——不管是指控的还是实际的——用不着去特别关注。人民阵线的思想正在流行之中。左翼方面的敌人已经萎缩到最小规模了，共产党的政治活动基本上符合政府的目的。"按照罗斯福部下一位司法部长罗伯特·杰克逊的说法，直到一九三九年和苏德条约的签订，"罗斯福才开始积极反共——在军事上"。[6]

一九三六年八月二十四日，富兰克林·德拉诺·罗斯福把 J. 埃德加·胡佛叫来白宫秘密商讨。在这次会面和接下来的次日会面期间，他们到底说了些什

---

① 1933 年 2 月 15 日在佛罗里达州迈阿密，失业的泥瓦工朱塞佩·赞加拉朝当选总统开枪，结果杀死了芝加哥市长安东·切尔马克，还击伤了其他 4 人。赞加拉后来说，他之前是打算去华盛顿杀死胡佛总统的，但那里天气太冷了，所以在罗斯福来迈阿密短期度假结束的时候，他决定枪杀罗斯福。

　　有人怀疑说，已经失宠于芝加哥财团的切尔马克，是暗杀的目标。

② 闪族人：泛指阿拉伯人和犹太人。——译注

么是颇有争议的，因为只有一份记录：胡佛自己的存档备忘录。① 简而言之，他们讨论的事情以及——同样重要的是——讨论的重点，只有胡佛的说法。

据胡佛说，总统之所以把他叫去白宫，是因为他要讨论"在美国的颠覆活动，尤其是法西斯主义和共产主义"。但如果胡佛的备忘录是对讨论情况的真实描述，那么关于法西斯主义，只提及了库格林－巴特勒事件和美国自由联盟事件。会面的其他内容是胡佛报告了共产主义的活动，尤其是那些参与了美国劳工运动的人。据胡佛说，在哈里·布里奇斯领导下的西海岸码头工人工会，"其实受控于共产党"，共产党"有明确的计划要控制"约翰·L.刘易斯的联合矿工工会，而且报业公会有"强烈的共产主义倾向"。胡佛认为，如果共产党控制了这三个工会，他们"就能够随时使国家瘫痪"。

总统（还是按照胡佛的说法）陈述，"他感兴趣的"是共产主义和法西斯主义运动及其活动，也许会"影响整个国家的经济和政治活动的详细情况"。

胡佛告诉总统，联邦调查局缺乏开展这种调查的权威。罗斯福问他有什么建议。胡佛抓住了这个机会："我告诉他，联邦调查局的拨款有一个限制条件，只有国务院认为事情有关调查局，我们才可以开展调查；如果国务院要求我们开展这样的调查，我们才可以根据我们目前的权限去开展工作。"[7]

第二天，总统和局长会见了国务卿科德尔·赫尔。关于这次会面，胡佛的备忘录是这样陈述的："总统指出，这两个运动都是国际范围的，尤其共产主义是直接来自莫斯科的……所以这是属于外事的范畴，因此国务院有权要求开展调查。"[8]

觉察到这样的形势，赫尔告诉局长——其使用的语言没有出现在局长存档的备忘录之中——"去调查清楚，那些混蛋在搞些什么名堂"。[9]

罗斯福要胡佛协调联邦调查局与军事和海军情报部门的关系。他还强调，他"希望悄悄地把事情处理好"。[10]

由于不知道——除了胡佛的备忘录——总统究竟想干什么，因此不能说联邦调查局局长是否超越了总统的意图。如果总统只是要求开展一场一般性的情

---

① 总统显然答应过把一份手写的备忘录放进他的保险箱，该备忘录包含了他对联邦调查局局长下达的指示，但在全国档案系统和在海德公园的罗斯福信件中都没有找到过。很有可能，在这个事例中，由于罗斯福命令的合法性是可疑的，他决定不用手写。

报行动，搞清楚法西斯主义和共产主义运动是外国导向的，那么胡佛肯定是超越了命令。八月二十八日，胡佛的助手埃德·塔姆提交了一份调查提纲草案。在其"总体分类"中，有海运、钢铁、煤炭、制衣、时装和皮草工业，新闻界、政府事务、武装部队、教育机构、共产党及其分支组织，法西斯和反法西斯运动，以及工会组织活动。局长在提纲的空白处用蓝墨水批示说，这是"一个良好的开端"。[11]

九月五日，胡佛指示他的各个分局，要求"通过所有可能的渠道"，① 努力获取发生在美国的颠覆活动的情报：由共产党人和法西斯分子，以及"鼓吹要通过非法手段推翻或替代美国政府的其他组织或团体的代表或代言人"[12]这种纯粹扩大到国内情报的说法，甚至超越了胡佛关于总统指示的备忘录。

直至卡明斯回到华盛顿的五天以后，联邦调查局局长才向上司报告，根据总统的提议，国务卿已经要求他调查"国内的颠覆活动，包括共产主义和法西斯主义"。到了这个时候，胡佛显然已经推定，他有权调查他怀疑参与了颠覆活动的任何团体或个人。

司法部长是否对联邦调查局局长把总统逼到了墙角表示了关注，那就不得而知了——或许是因为他们会面的唯一记录，又是胡佛自己的。在他的关于这次会谈的备忘录中，胡佛写道，"司法部长口头指示我去开展这项调查"。[13]胡佛显然认为没有必要告诉他的老板，其实他已经开始了调查。调查局再次进入了调查"颠覆活动"的领域——这方面胡佛不想受到其定义的限制。

实际上，胡佛从来没有对这个题目失去过兴趣。自一九二四年司法部长斯通的法令之后，调查局没有发起过新的调查，但各分局负责人继续打报告给局长，汇报关于美国共产党和美国公民自由协会，以及几百个被怀疑在从事"激进活动"的个人情况。没有记录显示，胡佛曾经命令他们别再汇报了。分局长都知道如何取悦局长，因此他们一直在发送报告。

调查局也在维持与军队情报部门的密切的和秘密的关系。在帕尔默的袭击行动之后，胡佛就已经与军事情报部门达成了交易。总情报处的报告可以与军

---

① "所有可能的渠道"，这里指的是线人、跟踪盯梢和技术监控、邮件截取，以及"黑包工作"（也叫"黑包行动"，指的是"盗贼"携带黑色工具包，实施技术开锁、开保险箱、复制钥匙印模、拍摄文件、安装窃听器等工作——译注）或直接盗取。

事情报局分享；在对方有要求的时候，也开展调查行动。作为回报，军方同意向胡佛提供其从国外收集到的情报——这是胡佛梦寐以求的，也是被国务院拒绝了的。

虽然斯通的禁令应该结束了胡佛的这种交易，但他很快就绕过这条禁令。一九二五年，他通知詹姆斯·里夫斯上校说，虽然调查局已经结束了对激进活动的"一般性调查"，但他会继续发送有关联邦违法特别调查的情报，"这也许能引起军方的兴趣"。[14]

而且自一九二九年起，胡佛就一直与退役的拉尔夫·H. 范德曼少将和自己的私人情报网维持着互惠互利的关系，各自把其机密情报让大家分享。

在胡佛与罗斯福和赫尔会面期间，总统曾命令他协调联邦调查局与军事情报局和海军情报局的关系。罗斯福的要求只是确定了已经在发展的关系。而且由于军事情报局和海军情报局缺乏受过训练的调查员，他们依赖联邦调查局"在严格的国内民事范围内开展调查行动"。[15]

这给了胡佛国内情报的整个领域。一旦有了之后，他就会努力保留下来。

具有讽刺意味的是，他的一个很大的威胁却是媒体宣传。局长写了一份备忘录给总统，强调联邦调查局与军事情报局和海军情报局"在绝密的情况下开展工作，以避免这种合作可能会引起的批评或反对意见"。胡佛反对任何新的立法来支持调查局情报项目的扩展，因为这也许会"让人怀疑调查局在进行着反间谍的重大特别行动"。[16]这样，联邦调查局回归国内情报就能对国会和公众都保守秘密了。

这也不是唯一的威胁。随着欧洲形势的恶化，其他五六个联邦情报机构——包括联邦经济情报局、邮政部，甚至国务院本身——都想在情报这块蛋糕中分享他们的份额。

在胡佛的要求下，司法部要求这些情报机构向他们的人员发出指示，所有"有关破坏和颠覆活动的情报"都要立即转送联邦调查局。[17]使胡佛很不高兴的是，大多数情报机构都没有理会这个要求，导致局长向司法部长抱怨说，他们试图"插手这种工作"。[18]在写给其助手埃德·塔姆的一份便条中，胡佛甚至说得更为简洁明了，"我们不能让这事从我们的手指缝中滑落"。[19]

作为妥协，政府成立了一个部门间委员会。任何有关情报都要报告国务院，再由国务院分配给其认为应该去执行该调查任务的机构。

对于一个官僚来说，胡佛几乎极不寻常地很难适应和很不愿意做出妥协，他特别反对这种做法。他要求所有的国内情报都汇集到联邦调查局。他争论说，这会导致"重复劳动"和"持续的争吵"，他敦促新的司法部长弗兰克·墨菲写报告给总统，要求废除这个委员会。墨菲同意了，在由调查局帮助起草的一封信中他说，只有联邦调查局和军事情报部门才有能力承担这种重大的任务。除了已经收集起来的"有关外国情报机构在美国行动的浩瀚的情报"之外，联邦调查局还有一支"高技术的"调查队伍，一个"超高效率的"技术实验室，还有一个身份识别部门，已经储存了"一千多万人的信息资料，包括大量外国血统的人"。[20]

罗斯福不需要向他兜售联邦调查局，他的新任司法部长也一样。一九三九年六月二十六日，罗斯福下达了一条绝密的总统令——由联邦调查局和司法部官员起草——给有关部门的领导人，声称"我要求所有关于间谍、反间谍和破坏活动的事宜，都由联邦调查局、军事情报局和海军情报局来控制和处理"，"除了上述三个情报机构之外"，任何其他部门都不得处理这些范围的调查工作。①[21]

一九三九年九月一日，德国入侵了波兰。在全世界关注欧洲爆发战争的时候，胡佛忙于清除另一个针对他自己权威的威胁，这个威胁基本上是内部的。根据自己的特工从纽约发来的消息，联邦调查局局长获悉纽约警察局局长刘易斯·瓦伦丁——自布鲁内特事件之后的胡佛死对头——已经成立了一个反破坏小组；五十名侦探已经到位了，以后还要补充一百名。

胡佛认为继续保密现在是弊大于利了，他在九月六日发了一份备忘录给司法部长，敦促总统签发一份公开声明"给美国所有的警官"，指示他们把"获得的任何有关间谍、反间谍、破坏和违反中立规定的情报"都转给联邦调查局。[22]

接到局长备忘录后的几个小时之内，墨菲起草了一份声明，并派专人送去了白宫。当天晚上六点二十分，司法部长打电话给塔姆，向他宣读了总统的声

---

① 罗斯福的指令，后来胡佛把其当作联邦调查局情报收集的正式纲领，并没有提及"颠覆活动"，也没有表示除了违反联邦法令联邦调查局还可以调查其他事情。

明。局长如何控制司法部长，可在塔姆的会话备忘录中窥见一斑：

"墨菲先生声称，在他准备这份声明的时候，他尽可能使用了强烈的措辞。他要求我把这份声明尽快转交给胡佛先生，他还说他知道局长会很高兴听到这个消息。墨菲先生说，他是根据局长写给他的备忘录起草这份声明的。"[23]

对于罗斯福的声明，联邦调查局后来把它称作是行政令或总统令，但实际上是新闻发布。这声明第一次提及了"颠覆活动"——还有间谍、反间谍、破坏和违反中立法的行为——但这是一般性的提及，没有定义，只是要求执法机构立即把这种信息报告给联邦调查局。①

在发布新闻的时候，司法部长墨菲告诉记者："二十年前，非人道的野蛮的事情是以正义的名义做的；有时候，见义勇为者和其他人接管了该工作。今天，我们不想让这样的事情再次发生，因为该工作现在已经交给了联邦调查局。"[25]

J.埃德加·胡佛已经成功地上演了他自己的政变——通过备忘录。

资料来源：

[1] 巴特勒、弗伦奇和麦圭尔所做的大部分陈述，可见于众议院非美活动委员会的听证：1934 年《众议院第 73 届大会第 2 次全会关于纳粹宣传活动和其他某些宣传活动的调查》，以及众议院非美活动委员会 1935 年《众议院第 74 届大会第 1 次全会关于纳粹和其他宣传的调查》。关于"巴特勒事件"和美国自由联盟的其他资料，包括吉尔伯特·塞尔德斯的《政治迫害：诱捕赤色分子的手段和收益》（纽约：当代图书公司，1940 年），第 259—267 页；艾伯特·E.卡恩的《叛逆重罪：反对人民的阴谋》（纽

---

① 总统的声明如下：

"我已经要求司法部长，指示司法部的联邦调查局负责调查有关间谍、破坏和违反中立法规的事情。

"这工作必须在全国范围内有效地全面地展开，所有的情报都必须经过精心筛选和使之互相关联，以避免迷茫和不负责任。

"为此，我要求所有的警官、警员和美国的其他执法官员，把他们获得的有关间谍、反间谍、破坏、颠覆活动以及违反中立法行为的情报，立即转告就近的联邦调查局代表。"

与后来胡佛的声称相反的是，总统的声明没有授权联邦调查局去调查"颠覆活动"。第一段是指示联邦调查局负责这些事情的调查，并没有提及"颠覆活动"，该条目只出现在第三段，只是要求所有这些事情都要报告给联邦调查局。[24]

约：李尔出版公司，1950 年），第 196—204 页；小亚瑟 · M. 施莱辛格的《罗斯福时代》第 3 卷和《动荡的政治》（波士顿：霍顿 · 米夫林出版公司，1960 年），第 82—83 页；杰拉尔德 · 科尔比 · 齐尔格的《杜邦：尼龙帘子的后面》（新泽西州沉香崖：普伦蒂斯霍尔出版社，1974 年），第 292—298 页。

[2] 众议院非美活动委员会《关于……宣传的调查》。

[3] J. 埃德加 · 胡佛的备忘录，1934 年 5 月 10 日；丘奇委员会记录，第 6 卷，第 558 页。

[4] J. 埃德加 · 胡佛致各分局的备忘录，1934 年 5 月 10 日；第 6 卷，559 页。

[5] 施莱辛格：《政治》，第 23 页。

[6] 斯坦利 · I. 库特勒：《美国的调查：冷战中的正义与非正义》（纽约：希尔和王出版社，1982 年），第 136 页。

[7] J. 埃德加 · 胡佛的备忘录，1936 年 8 月 24 日；丘奇委员会记录，第 3 册，第 393—394 页；丘奇委员会记录，第 6 卷，第 561 页。

[8] J. 埃德加 · 胡佛的备忘录，1936 年 8 月 25 日；丘奇委员会记录，第 3 册，第 394 页。

[9] 德托莱达诺：《胡佛》，第 152 页。

[10] 同上。

[11] 塔姆致 J. 埃德加 · 胡佛，1936 年 8 月 28 日；丘奇委员会记录，第 6 卷，第 562—563 页。

[12] J. 埃德加 · 胡佛致各分局，1936 年 9 月 5 日；丘奇委员会记录，第 3 册，第 396 页。

[13] J. 埃德加 · 胡佛致塔姆，1936 年 9 月 10 日；丘奇委员会记录，第 3 册，第 396 页。

[14] J. 埃德加 · 胡佛致里弗斯，1925 年 5 月 14 日。

[15] 丘奇委员会记录，第 3 册，第 399 页。

[16] J. 埃德加 · 胡佛的备忘录，内有司法部长墨菲致富兰克林 · D. 罗斯福的书信，1938 年 10 月 10 日；丘奇委员会记录，第 3 册，第 398 和 400 页。

[17] 司法部副部长凯南致司法部长，1939 年 2 月 7 日；丘奇委员会记录，第 3 册，第 398 和 401 页。

[18] J. 埃德加 · 胡佛致司法部长，1939 年 2 月 7 日；丘奇委员会记录，第 3 册，第 401 页。

[19] J. 埃德加 · 胡佛致塔姆，是 1939 年 5 月 16 日给 J. M. 丘吉尔上校的一封信件的附件；丘奇委员会记录，第 2 册，第 34 页。

[20] 司法部长致富兰克林 · D. 罗斯福的书信，1939 年 6 月 26 日；丘奇委员会记录，第 3 册，第 402 页。

[21] 富兰克林 · D. 罗斯福致司法部领导的书信，1939 年 6 月 26 日；丘奇委员会记录，

第 3 部，第 403 页。

［22］J. 埃德加·胡佛致司法部长，1939 年 9 月 6 日；丘奇委员会记录，第 3 册，第 404 页。

［23］塔姆备忘录，1939 年 9 月 6 日；丘奇委员会记录，第 3 册，第 406 页；丘奇委员会记录，第 6 卷，第 571—576 页。

［24］(富兰克林·D. 罗斯福) 总统声明，1939 年 9 月 6 日；丘奇委员会记录，第 3 册，第 406 页。

［25］《纽约时报》，1939 年 10 月 1 日。

第十七章　遭遇玷污

胡佛后来声称，"联邦调查局和司法部以外的人，都不知道这些政变差点就搞掉了我们"。[1]

但胡佛本人触发了对联邦调查局的一次"几近致命的"打击，那是一九三九年十一月三十日他在众议院拨款小组委员会的工作汇报。

首先他造成一个既成事实。他用权威的口气引用九月六日"总统的宣告"，通知委员会说，他已经新雇用了一百五十名特工，新开设了十个分局，对政府总部实施了每天二十四小时的待命。为此，他需要紧急补充拨款一百五十万美元。

这个增幅是很大的——使特工的总数达到了九百四十七人，调查局的年预算差不多达到九百万美元——国会议员们要求他做出保证，一旦目前的威胁结束之后，联邦调查局要回到原来的规模。在拖延了一段时间之后，局长最后保证调查局可以做到。①[2]

然后胡佛扔出了一颗"重磅炸弹"。两个月前，他宣称："我们发现有必要在华盛顿组建一个总情报处……这个部门现在已经编写了内容广泛的名单，涉及参与颠覆活动、间谍活动或任何可能损害美国国家安全的个人、团体和组织。

"名单不但按照字母顺序排列，而且还按照地区排列，所以一旦我们卷入国外的冲突，我们就可以进入任何社区，并确定可能会对我们国家安全造成巨大危险的个人或团体的身份。在危急情况下，这些名单能起到非常重要的作用。"[4]

---

① 弗兰克·多纳评论说，"二次大战会开始和结束，但'紧急情况'就不同了"。小调查局的时代现在已经一去不复返了。[3]

J.埃德加·胡佛对过去的批评不屑一顾，他已经复活了令人讨厌的总情报处，并准备了疑似颠覆分子的索引和名单。他甚至连名称都没有改动。

胡佛还不止走到这一步。在对国会和公众保密的情况下，他还——根据他自己的原创，在没有法定授权之下——编撰了一份拘禁名单，如有必要，可把那些人赶拢，投入到集中营里。该名单除了"外侨、德裔和意大利裔美国公民，以及共产党同情者"之外，还包括了激进的劳工领导人、批评政府的记者、批评联邦调查局的作家，以及某些国会议员。①[5]

纽约州联邦众议员维托·马尔坎托尼奥是第一批对胡佛宣称建立了总情报处提出批评的人，因为该部门在一九二四年就被司法部长斯通废止了。在众议院发言时，马尔坎托尼奥指责胡佛的"索引卡片恐怖系统"有点盖世太保的味道，实际上是在准备"大规模侵犯民权……与帕尔默时代的袭击活动非常相似"。[6]

马尔坎托尼奥是左翼人士，经常支持共产党拥护的事业，这可以用来挫败他的批评。但联邦参议员乔治·诺里斯就不那么容易对付了，这位七十九岁的内布拉斯加州进步人士说，他"很担心"联邦调查局是不是"在践踏或超越法律"。至于胡佛，诺里斯称他是"北美洲最想出名的人物"。诺里斯说他有一个朋友，是中西部一家大报的编辑，该朋友告诉他说，"他平均每星期会收到胡佛先生的一封来信"。对他的要求只是正面提及联邦调查局，这样他就会收到"胡佛先生的一封来信"。诺里斯指出，联邦调查局更感兴趣的是在报纸上处理案子，而不是在法庭上。

同时，诺里斯也承认，他清楚地知道有些报纸和不同的公众人物会"跳起来保卫胡佛"，指责他企图"玷污……一位现在掌控了我们国家未来生活的伟人"。那也没办法。他说的是真相，该说的还是要说。[7]

随之是其他的攻击，分别来自左翼和右翼，攻击的次数和强度都是因为众所周知的联邦调查局的两次袭击行动。

---

① 虽然胡佛是在 1939 年 11 月 9 日下令准备这份名单的，但正式命名为拘禁名单是在 1940 年 6 月 15 日。经定期修改和补充新的敌人之后，该名单后来被重新命名为"安全索引"（SI）和"行政索引"（ADEX），最终繁殖出诸如"预留（或共产党员）索引""煽动分子索引"和"暴乱煽动分子索引"。

一九四〇年一月十四日星期天下午——为安排星期一上午的头条新闻——各报纸记者被召集到了纽约分局，胡佛在那里宣布，联邦调查局刚刚粉碎了一个"巨大的阴谋"，抓捕了十七个人，他们企图推翻政府并建立法西斯专政。这一次，阴谋者不是斯梅德利·巴特勒将军指控的社团领导人，而是库格林神父的基督教阵线。据胡佛介绍，该团伙一直在聚集弹药和爆炸装置，只是在获悉他们打算对一座公共建筑实施爆炸的时候，联邦调查局才采取了行动。一位记者评论说，十七个人恐怕很难构成一个"巨大的阴谋"，对此胡佛的反应是他很喜欢引用的一句话："当初只是二十三个人就推翻了俄国。"[8]

然后在二月六日凌晨五点钟的一系列袭击中，联邦调查局逮捕了十二人——全都是亚伯拉罕·林肯旅的老兵，在西班牙内战中他们站在保皇派一边，与弗朗西斯科·佛朗哥的民族主义军队作战——指控他们违反了联邦法律禁止在美国本土招兵去国外作战。

这是一个旧案——招兵发生在一九三七年，现在战争已经结束，佛朗哥获得了胜利——但司法部长弗兰克·墨菲，无疑是在 J. 埃德加·胡佛的鼓动下，把这个陈年旧案翻出来，递交给了联邦大陪审团。

对这些袭击做出反应——和对联邦调查局的野蛮手段提出指责——的有美国大多数的左翼团体，还有《华盛顿时代先驱报》《纽约每日新闻报》《圣路易斯邮报》、专栏作家韦斯特布鲁克·佩格勒、一百多位牧师和十几个工会加入到了诺里斯参议员一边，要求司法部长调查"美国的'国家政治保卫总局'"。[9] 虽然胡佛现在已经与公民组织建立了紧密的个人关系，但即便是美国公民自由协会也对那些袭击提出了批评。更糟糕的是，胡佛再也不能指望得到弗兰克·墨菲的支持了。

霍默·卡明斯成为罗斯福"最高法院改组计划"的牺牲品辞职后，弗兰克·墨菲于一九三九年一月走马上任成为司法部长。

甚至在墨菲宣誓就职之前，胡佛就为他的新老板建立了一份档案。里面也不是没有负面的信息。与胡佛一样，墨菲也是一个终生的单身汉，但与之不同的是，这位前密歇根州州长是一个"臭名昭著的色鬼"，在征服女性的时候显然用不着担心自己的婚姻状态（在华盛顿的一次宴席上，女主人曾向墨菲开枪，导致他和其他就餐客人跳窗逃跑）。

就任司法部长后，墨菲宣布联邦调查局在这样的一个能人的领导之下，他就可以大胆放手了。大多数时候，他是说话算数的。但墨菲是极端老派的爱尔兰人，有些人认为，在他的身上有"一种贪得无厌的，几乎是病理般的追求出名的欲望"，[10]他很快就知道，要达到这个目的的一个方法是与胡佛拴在一起。一九三九年春天，一直不喜欢有人来抢风头的胡佛，这次被拉去陪伴墨菲在美国各地巡回演讲。墨菲的做法太富戏剧性了，当两人未经通知突然抵达利文沃思监狱的时候，差点引发了一场骚乱，此事上了报纸的头条新闻。

还有一次，墨菲和胡佛都要参加在埃尔帕索举行的律师协会大会，并在会议上发言。因为联邦调查局局长发言在先，于是他和托尔森提前一天抵达了，为消磨时间，当地的分局长问他们愿不愿意陪同他去一趟边境对面的华雷斯。他要证实一名线人提供的一些信息，该线人是一家妓院的女老板。

胡佛和托尔森去了那里，胡佛后来评论说——这是他经常重复的一个故事——"很开心的一次访问，与美女相伴，当然是为了联邦调查局的工作"。

第二天，司法部长墨菲抵达了埃尔帕索。他经常听说华雷斯的夜生活很丰富，于是他告诉胡佛能不能安排去游览一下。

游览的时候，他们经过了一个妓院。使司法部长大吃一惊的是，一位妓女认出了胡佛和托尔森，她靠在窗口大喊："嗨，帅哥们，你们今晚又来这里了？"①[11]

在后来的年月里，胡佛回忆墨菲是他最喜欢的司法部长之一，无疑部分是因为在担任最高法院大法官之前墨菲只当了一年的司法部长。在那一年，他们之间只有一个比较大的分歧，而且墨菲把它解决了，从而使胡佛颇为满意。与卡明斯不同，墨菲反对联邦调查局人员免除兵役——但他同意在"紧急情况"结束之前暂不考虑。到战争结束的时候，墨菲早就不在其位了，他的历任接班人都不敢去挑战联邦调查局局长。

虽然在任时间短暂，但弗兰克·墨菲对胡佛和调查局都是很重要的，主要是因为他的不作为。他不反对胡佛重建总情报处的计划，反而立即把胡佛的要求递交给总统批准。他全心全意地支持调查局回归对个人观点和政治观点的调查。更为重要的是，墨菲没有阻止胡佛绕过他直接向总统汇报，包括备忘录汇报和当面汇报的做法。这样，美国司法部长降低了自己的权威，同时极大地提

---

① 据说这两次短暂的墨西哥之行，是J.埃德加·胡佛唯一走出美国国门的旅行。

高了联邦调查局局长的威望。

墨菲宣誓就任美国最高法院大法官之后十一天，他的继任人罗伯特·杰克逊撤销了关于西班牙保皇派的所有指控，声称他认为"既然西班牙内战已经结束，今天就没有必要在美国复活关于西班牙内战的仇恨"。①[12]

在四面楚歌中——甚至没能得到他的名义上领导的支持——胡佛在托尔森的陪同下，飞去迈阿密，在豪华的海螺饭店的一座小房子里安顿下来了。他亲自领导了一系列沸沸扬扬、颇具争议的袭击行动。但即使这样还是引起了反弹。根据《华盛顿时代先驱报》报道："胡佛经常被看到出现在海滩上的夜总会。人们说，在媒体的陪伴下，联邦特工在那里开展行动是不受欢迎的，妨碍了带着美元前来寻欢作乐的游客，影响了当地商人的生意。"[13]这些袭击行动——胡佛最后亲自督阵——还导致了佛罗里达州政治家克劳德·佩珀向参议院作了汇报，指责联邦调查局局长侵犯人权。

批评声并没有随着他的返回而静止。在发现胡佛与朋友沃尔特·温切尔在纽约度周末的时候，联邦众议员马尔坎托尼奥发起了又一轮进攻，把联邦调查局局长称为"斯托克会所的侦探"；《纽约每日新闻报》则刊登了一张旧照片——是在三年前的新年前夕拍摄的——照片中的胡佛戴着一顶滑稽的筒帽，用一支玩具机关枪"对准了"当前重量级拳击运动员詹姆斯·布拉多克。[14]

事情有可能更加糟糕。

也许是多喝了一点酒——毕竟这是他的生日，也是元旦的前夕——胡佛听从温切尔和斯托克会所老板谢尔曼·比林斯利的劝说，想摆个姿势搞一次舞枪弄棒的"恶作剧"。他扫视了一下周围，看看有没有让他实施"逮捕"的对象，发现附近桌子边的一个人看上去长相凶狠。但那人生气了，不但拒绝摆姿势，还匆匆离开了俱乐部。然后布拉多克自告奋勇来接替他。

温切尔和比林斯利都宽慰地松了一口气。与胡佛不同，他们都认识那个人。

---

① 胡佛的遭遇并不比基督教阵线的案子好多少。预审期间，提供的证据表明，联邦调查局关键的线人拿到了 1300 美元的好处费，还使用调查局的资金购买弹药和酒，"巨大的阴谋"就是在这样的情况下出笼的。结果，17 名被告中 1 人自杀，5 人无罪释放，另 11 人则撤销了对他们的指控。

那是特里·雷利，是一个黑社会杀手，目前正在到处徘徊寻找敲诈勒索的目标，还在假冒联邦调查局特工。

胡佛与温切尔虽然是在一九三四年林德伯格案子期间初次相会的，但在一九三八年胡佛母亲去世之前，他们的关系一直不是很亲密。

J. 埃德加·胡佛四十三岁的时候，他的母亲安妮·胡佛去世了，在此之前她已经卧床三年，很可能得的是癌症。他曾雇用了一个全职护理工，但因为他的哥哥和姐姐不肯分担护理费用，造成了他们之间关系的终生决裂。虽然他姐姐莉莲是个寡妇，体弱多病，而且还是瘸子，但胡佛从来不去探望；在她去世后，胡佛带着托尔森"去参加葬礼时迟到且又早退"，他的侄女玛格丽特·芬内尔夫人说。她还补充说："公平而论，如果我们去看他，J. E. 是会接待我们的，但他不会主动联系家人……我认为他不是一个顾家的人。"①[15]

如果说父亲的去世对他产生了影响，那么他从来没有向采访的记者谈起过。相比之下，母亲之死的影响他一直没有真正克服过。

胡佛去外地分局出差时，每天都要打电话给母亲，一天至少一次，常常是两次。回家时，他总是带来礼物，经常是珠宝或古董，但有一次是一只金丝雀，是他从"阿尔卡特兹的养鸟人"罗伯特·斯特劳德②那里买来的。安妮给这只鸟起名为"笼中鸟"，并继续小心饲养和呵护，但在换毛后，他们发现它原来不是金丝雀而是普通麻雀，是斯特劳德把羽毛染成了黄色。

多年来，胡佛一直试图说服母亲搬离苏厄德广场小区，因为居住环境已经开始"恶化"。星期天下午，他们会一起去看房子，通常是在比较高端发展的切维蔡斯社区，但她总会挑出一些不尽如人意的缺点。

母亲死后的第二年，胡佛在华盛顿的石溪公园购买了一栋单层的砖砌房子，花了两万五千美元。住进去之后，他在上面加了一层。有人感觉，第三十街广场 4936 号差不多成了安妮·胡佛的一个圣地。几乎每个房间都挂满了她的照

① 他的另一个侄女安娜·基纳斯特说："奶奶死的时候已经差不多 78 岁了……我常常想，这是他一直没有结婚的一个原因。他没有机会。当他想结婚的时候，家里有母亲在，腾不出房间来容纳另一个女人，而且他也没钱拥有两套房子。"[16]
② 美国鸟类专家，曾在监狱里饲养和出售小鸟，1962 年拍摄的电影《阿尔卡特兹的养鸟人》描写了他的传奇一生。——译注

片。她儿子在那里又居住了三十三年，直至一九七二年去世。

母亲死后，在副局长的陪同下，胡佛基本上是去纽约度周末的。如果有人质疑这个——没人质疑，只有后来的马尔坎托尼奥——理由是充分的，因为这是联邦调查局最大的分局所在地，虽然除了举行新闻发布会胡佛极少去纽约分局访问。

星期五晚上坐火车过去后，星期六上午两人就在免费的华尔道夫酒店的套房内用早餐，通常还会招待一两位客人，再由客人陪同他们去附近有马驹在跑动的小路。虽然周六晚上都是在斯托克会所温切尔的桌边度过，但他们之前通常是在苏乐、马克西姆或盖拉赫饭店吃晚饭的，然后再去"21"会所或图茨·索尔饭店逗留一下。禁酒期间，索尔经营过地下酒吧，他回忆说："当胡佛把你当作朋友看待的时候，在某种程度上你感觉像是一个纯净和高尚的人。"在盖拉赫饭店，J.埃德加·胡佛的照片至今依然挂在墙上。[17]

但如果要去度假，纽约的距离还是太近了。从一九三八年起，每年的十二月，胡佛和托尔森会去佛罗里达州逗留两个星期，通常由温切尔陪同，温切尔也顺便在那里度假。根据胡佛朋友乔治·艾伦的说法："自从母亲死后，他从来不在华盛顿过圣诞节。"[18]

"这就像法国的'美丽年代'，"欧内斯特·库尼奥后来回忆说，"这就像杜飞在'大奖赛日'的画作龙骧。"不但有"衣着漂亮的美女——叹为观止的形式、叹为观止的优雅和叹为观止的色彩——还有风雅。与粗糙截然不同"。

"斯托克会所，"库尼奥不无怀念地说，"属于现在已经过去了的年代。"

吸引人的不单单是美女。在斯托克会所，特别是在贵宾厅的 50 号桌，吸引了"许多世界要人——报纸和图书的出版商、银行家、好莱坞巨星、各界名人和国际《名人》——因为在电视之前的年代，唯一的信息渠道是通过专栏作家"。

沃尔特·温切尔是他们的领头人。库尼奥是温切尔和德鲁·皮尔逊的律师，按照他的说法，八卦专栏作家温切尔的读者大概每天有四千八百万人，但这个数字并不表示他的影响，因为"星期天晚上沃尔特的广播节目听众达到了美国成人的百分之八十九"。[19]

二十多年来——直至他的报纸《纽约镜报》拒绝了他，他的电视承办人抛弃了他，因为他暗示阿德莱·史蒂文森是同性恋——他一直在赞美他的朋友约翰·埃德加·胡佛。

两人无疑是在互相利用。是温切尔，而不是其他记者，把联邦特工的形象介绍到了美国的千家万户；而胡佛，根据库尼奥和其他人的说法，则向温切尔提供"内部情报"，让他得以"抢先发布"某些重大案子的消息。

对此，胡佛是否认的。"其实我没有向温切尔透露什么绝密的消息，"一九五四年联邦调查局局长告诉《纽约时报》，"我不能有偏向。"[20]

真相是，除了透露消息，在温切尔需要旅行的时候胡佛还常常向他提供联邦调查局的司机；在他经常遇到死亡恐吓的时候为他提供联邦调查局的特工作为保镖；一九三四年还为他获取了海军预备役的名额；然后又在一九四二年帮他脱离了部队，因为身为美国海军现役军人的他，却被揭露在领取每周五千美元的广播节目报酬。[21]

但即使是双方在互相利用，他们之间也存在着真正的友谊。

有段时间，他们的友谊经历了严峻的考验。有两年时间，路易斯·"莱普克"·布哈尔特是全国头号通缉的亡命徒。布哈尔特是人称"谋杀公司"的黑帮关键人物，不但受到联邦调查局的通缉，更是纽约负责打黑的司法局长托马斯·杜威决心捉拿的要犯。五万美元的悬赏金没能查明他的落脚点（他住在一个带家具的房间内，就在布鲁克林警察总部的隔壁），纽约警察局和联邦调查局转而对黑社会成员施加压力，不但打击他们的"营生"，而且还骚扰他们的生活。①

一九三九年八月初的一天晚上，温切尔在斯托克会所接到了一个电话。他听到对方说，如果条件可以，莱普克也许愿意投降自首，但只对联邦调查局自首。因为纽约司法局长杜威发誓要处死他。

温切尔打电话给自己的律师欧内斯特·库尼奥，库尼奥转而报告了司法部长弗兰克·墨菲。墨菲在托尔森父亲的葬礼上找到了胡佛。葬礼结束后，两人坐飞机从爱荷华州飞到了纽约。胡佛太想抓住莱普克了，但他更想抢杜威的风头。

---

① 据温切尔说："联邦调查局……在折磨他们的老婆孩子，到学校里问同学们：'你们知道小雪莉的父亲是黑帮吗？'对邻居们说：'你们知道布哈尔特先生是谋杀公司成员吗？'如此等等。"[22]

星期天晚上，当温切尔开始广播的时候，胡佛和托尔森就坐在他旁边。"注意，头号公敌路易斯·'莱普克'·布哈尔特！"温切尔上气不接下气地宣告，"我受联邦调查局约翰·埃德加·胡佛委托，如果你向我或向联邦调查局特工投降，那么我可以保证你的安全。我重复一遍：莱普克，我受联邦调查局约翰·埃德加·胡佛的委托……"

结束广播后，温切尔接听了一个电话："沃尔特吗？好的。再见。"

几天后，又来了一个电话。这一次发话人说他是代表莱普克的，想知道他会被判处什么徒刑。温切尔去华尔道夫酒店找胡佛了。虽然杜威想以谋杀和敲诈勒索起诉布哈尔特，但他身上只有两项联邦犯罪：逃亡和吸毒。如果定罪，胡佛告诉温切尔，他很可能会被判处十二年至十五年徒刑。

温切尔转达了这个消息。

在接下来的三个星期里，温切尔几乎每天晚上都会接到一个电话，发话人自称是莱普克的代言人，每接一个电话，温切尔都会老老实实地报告给越来越不耐烦的 J. 埃德加·胡佛。

胡佛深信自己受到了嘲弄，他最后当着贵宾厅内每一个人的面发作了。"我听够了你和你朋友的废话！"联邦调查局局长朝着专栏作家喊道，"他们可以糊弄你，但他们糊弄不了我和我的特工！"

"他们可不是我的朋友，约翰。"温切尔抗议说。

"他们是你的朋友！他们是你的朋友！"胡佛铁青着脸，一遍接一遍地说着："你也别叫我约翰！我认为你可以称得上是城里的牛皮大王！

"你为什么要这样忽悠我？你的档次下滑了是不是？你想重新拉上档次是不是？

"告诉你的朋友，如果他在四十八小时内不来自首，我就下命令枪杀了他。"

温切尔感觉他的对手们很快就能编好这个故事，他愤怒地冲出了斯托克会所。托尔森跟出来，在街上追上了他，敦促他按照胡佛说的去做。

"都两年时间了你们的人还找不到他，"温切尔怒冲冲地说，"现在怎么能够在四十八个小时内找到他呢？"

两天后，温切尔接到了另一个电话。他打电话到华尔道夫酒店向胡佛汇报，但局长的声音是冷冰冰的。温切尔后来承认，他自己则是相当的热情。"约翰，"温切尔告诉胡佛，"我的朋友要你去二十八大街和第五大道的交叉口，时间是今晚十点十分到十点二十分之间。现在只有半个小时的时间了。他们要我告诉你单独赴会。"

"我会去的。"胡佛厉声说,然后啪的一声挂断了电话。

莱普克被捕的联邦调查局官方版本是这样的,"一九三九年八月二十四日晚上,胡佛局长独自穿行纽约的街道,走到了第二十八街和第五大道的街角。在那里,亡命徒布哈尔特向他投降了。联邦调查局抓住了布哈尔特,温切尔拿到了独家报道的故事。"

事实大相径庭。胡佛不是步行去的,他也不是孤身一人。温切尔不知道的是,二十多个特工之前已经把那个街角监视起来了。温切尔按照指示在相隔几个街区把莱普克接上车后,行驶到局长那辆与众不同的汽车旁边停了下来。然后他和莱普克坐进了联邦调查局的车辆。温切尔后来回忆说,胡佛"用墨镜伪装起来,以免被路人认出"。

温切尔为两人做了介绍。胡佛拒绝与对方握手,他说:"你能过来还是不错的。"在路上,莱普克询问关于他可能的刑期,胡佛重复了十二至十五年的估计。只是在这个时候,莱普克才明白他被自己最信任的一名助手给出卖了。阿布纳·"长腿"·阿维尔曼后来被发现"自杀",死在了他那豪华的新泽西州住所内,之前他曾告诉莱普克,胡佛已经答应他至多只是十年的徒刑,然后如果表现好只需服刑五六年就可以出狱。在 J. 埃德加·胡佛和沃尔特·温切尔的不知情的帮助下,这个黑帮成员对路易斯·"莱普克"·布哈尔特设置了陷阱。[23]

温切尔甚至没能得到独家新闻。晚上十一点十五分,胡佛刚刚抵达纽约分局几分钟,就召开了"捕获"莱普克的新闻发布会。当姗姗来迟的《镜报》出现在街头上的时候,《纽约每日新闻》及其关联的报纸早就刊登了这个故事,而在新闻发布会上,胡佛只是宣称,"沃尔特·温切尔给了联邦调查局相当大的帮助",这个,除了温切尔自己的报纸,其他报刊都只不过略微提及了一下,不超过两行字。[24]

胡佛强调说,纽约警察局和地区司法局长杜威都没有参与逮捕行动。这导致了《纽约时报》的评述说,"不同的执法机构之间的交恶,几乎给莱普克被捕的事实蒙上了阴影"。[25]

虽然杜威高姿态地祝贺胡佛的逮捕行动,但他要求把莱普克转交纽约警方,以谋杀和敲诈勒索罪对其进行审讯。胡佛的反应是甚至拒绝让杜威去盘问莱普克。

司法部长墨菲叫来了胡佛，当着欧内斯特·库尼奥的面，他说："埃德加，这家伙犯有谋杀罪。你看这事我们怎么处理？"

根据库尼奥对这事的记忆，胡佛涨红了脸，他愤怒地回答："司法部长先生，我必须履行我对黑社会的承诺。"

莱普克受到了联邦犯罪的指控，并被判处在利文沃思监狱服刑十四年。即使他被定罪之后，杜威还是继续主张自己的要求，但现在他的理由明显是出于政治目的。《芝加哥论坛报》和共和党的其他报刊，都指责联邦调查局和司法部与莱普克达成了交易，不让他说出他所知道的关于罗斯福政府与"谋杀公司"之间的联系。

罗斯福光火了，他命令司法部长"把那个狗娘养的交给纽约方面"！

经审讯后莱普克被确定犯有谋杀罪，他被判处死刑。在一九四四年三月临刑前，他捎话给杜威说他最后愿意招供。杜威当时已经是纽约州州长，那年秋天的大选中他还将成为罗斯福的共和党对手，他指派纽约司法局长弗兰克·霍根去辛辛监狱会见莱普克。霍根后来告诉库尼奥说，莱普克暗示罗斯福的支持者、美国服装工人联合会国际协会主席西德尼·希尔曼，至少参与了一次谋杀。按照莱普克的说法，他和他的同事接受过希尔曼支付的七万五千美元，要他们去结果反对希尔曼搞工会运动的一家服装厂的老板。但此事木已成舟无法改变，霍根告诉库尼奥，因为莱普克的指控是未经证实的。①[26]

按预定时间，路易斯·"莱普克"·布哈尔特一九四四年三月五日在辛辛监狱被施以电刑处死。他不知道他的案子对 J. 埃德加·胡佛和联邦调查局来说，是某种事情的一个里程碑。

莱普克是 J. 埃德加·胡佛亲自动手抓捕的最后一个人，他也是联邦调查局逮捕的主要黑帮人物的第一个人（多年来一直是唯一的）。

纽约州联邦众议员维托·马尔坎托尼奥把联邦调查局局长描述成"斯托克

---

① 谋杀发生后，希尔曼受到盘问后被释放了，但罗斯福因此受到了几年的牵连。胡佛显然能够获得纽约司法局长办公室的内部消息，早在 1941 年 3 月，他就向总统报告"与西德尼·希尔曼被控有关的事件进展"。[27]

会所警察"，使得胡佛耿耿于怀，这是马尔坎托尼奥本人所不知道的。胡佛一直对批评意见很敏感，时刻注意保护自己和自己组织的"好名声"，他的休闲生活不是很多。星期天去土路上看马。他每年的"非假期"是在加州的拉霍亚和佛罗里达州的迈阿密度过的。周末在纽约。甚至在斯托克会所他也是格外谨慎。为避免偶尔的不当举止，在允许拍照之前，必须从桌子上撤走酒杯。在特里·雷利事件之后，他在与人合影的时候一直是倍加小心。

一九四〇年后，胡佛虽然还在纽约度过许多周末，但他几乎戒掉了夜生活。他的世界本来就不大，现在就更小了。

胡佛对参议员诺里斯、众议员马尔坎托尼奥和其他挑刺者的反击，得到了路易斯·尼科尔斯的精心策划。尼科尔斯现在是联邦调查局主管公共关系的刑事信息部负责人。如同参议员诺里斯所预计的，批评胡佛和联邦调查局被认为是"反美"言行。全国广播公司评论员厄尔·戈德温说："在许多情况下，攻击胡佛就是攻击美国总统，甚至是攻击政府的安全。"[28]

在专栏文章和广播节目中，沃尔特·温切尔和德鲁·皮尔逊都重复了这个主题，而且还由讨好尼科尔斯的"跟屁虫"编辑转载到了全国几百份报刊上。

胡佛本人做了十几次演讲，批评那些挑刺者。他没有点名内布拉斯加州进步人士和共产党人诺里斯，但他做了大量的暗示，声称"玷污战役"是由"不同的反美势力导演的"。他详细阐述说："共产党人指望把联邦调查局束缚起来后，他们就可以不受妨碍地从事他们那种挖墙脚的行为，从而推翻我们的政府。"[29]

对于众议员马尔坎托尼奥，他就没有那么转弯抹角了。他说马尔坎托尼奥是一个"容易受骗的'左倾'分子"和"虚伪的自由人士"。但他没有对保守的专栏作家威斯布鲁克·佩格勒发起猛烈的攻击。佩格勒无疑非常嫉妒温切尔和皮尔逊是胡佛的红人，他加入了联邦调查局局长的批评者队伍。这个佩格勒，胡佛说，患上了"精神口臭症"。[30]

再次在尼科尔斯的精心策划下，由联邦调查局"训练出来的赛马"纷纷跑去参众两院发言，为他们的局长和组织辩护，还在《国会议事录》中安插了一批听话的编辑。尼科尔斯甚至通过赫斯特出版集团的一位记者，说服杰拉尔德·奈赞扬胡佛之所以在佛罗里达，是因为那里有许多美国的富人在避寒，但受到了黑帮的威胁。[31]

尼科尔斯并不是所有的策略都那么透明。虽然司法部的一个特别调查小组已经澄清，联邦调查局在西班牙保皇派逮捕行动中没有过度执法行为，但有几位记者似乎倾向于相信对在抓捕一位年轻漂亮妇女时的野蛮行为的指责，直至尼科尔斯——多年后他吹嘘自己的壮举——"从她身下拖出了一只肥皂箱"并向媒体透露说这个白人女子，在与一个黑人出租车司机"同居"。①[32]

在司法部长杰克逊撤销了西班牙保皇派案子之后，华盛顿的许多知情人士猜测，当然并不完全准确，自由人士杰克逊不是 J. 埃德加·胡佛的粉丝。有些人得出结论认为，既然司法部长已经不支持他了，那么总统本人也已经决定胡佛应该"挪窝"了，他的离职不日即会宣布。那样猜测的人都不明白 J. 埃德加·胡佛与富兰克林·德拉诺·罗斯福之间的奇特关系。

富兰克林·德拉诺·罗斯福的儿子埃利奥特回忆说："父亲与固执的局长保持着一定的距离。他认可他的效率……虽然他怀疑在许多方面胡佛都不是管理团队的成员，但他的工作能力是不容置疑的。所以，父亲采取务实的方法从来不去干涉，尽管他知道有许多关于胡佛同性恋的谣言。父亲认为，这些都不是把他调离的理由，只要他的能力没有缺陷。"[33]

其他人则用完全不同的眼光来看待这种关系，包括胡佛本人，他后来阐述说："我与富兰克林·德拉诺·罗斯福很亲近，不管是个人关系还是工作关系。我们经常在白宫他的椭圆形办公室里共进午餐。"[34]

埃德·塔姆是联邦调查局总部的第三把手，他陪同局长去白宫有二三十次之多。据塔姆说，局长和罗斯福先生"相处得很好。经常会有明显的友谊和令人羡慕的表示。当然，罗斯福先生有魅力，能给他与之打交道的每个人留下印象，但他对待胡佛先生确实是非常非常友好"。[35]

接替罗伯特·杰克逊、并在战时担任司法部长的弗朗西斯·比德尔则说得更为简单扼要："那两个人互相喜欢互相理解。"[36]比德尔也许应该补充但没有

---

① 这个时期，尼科尔斯还负责为联邦调查局起草了第一份"不与往来者名单"。名单上的人——不管是记者个人或整个报刊或广播电台——在研究和证实新闻故事方面，都遭到了联邦调查局的拒绝合作。当然，这也意味着在以后的逮捕行动中，他们也得不到消息的"透露"。

补充的是——更为重要的是——他们互相利用。

虽然罗斯福听到了许多人对联邦调查局局长的抱怨（总统夫人埃莉诺也很有意见），拉尔夫·德托莱达诺敏锐地指出，这对于胡佛很可能是利大于弊。"如果罗斯福周围著名的知识分子抱怨胡佛在监视他们的活动，那么罗斯福绝对不能确认是真是假——可他认为胡佛也许在监视哈里·霍普金斯或白宫的其他警卫员，但只要胡佛能够为他收集和提供所需的情报，供他个人使用就行。因此，这些抱怨只会加强而不会削弱胡佛。"[37]

与当时流行的诽谤相反的是，罗斯福个人反对搭线窃听和类似的联邦调查局做法。《新共和》专栏记者约翰·T.弗林很早就明白，"如果没有当局的赞同，那么这种事情J.埃德加·胡佛连十分钟都搞不下去。"[38]

虽然"玷污"胡佛的"共产党阴谋"一直延续到他死的那天——至少J.埃德加·胡佛的心里是这么想的——虽然他与司法部长罗伯特·杰克逊的斗争才刚刚开始，但对联邦调查局的"几近致命的"攻击，却在一九四〇年三月十六日象征性地结束了，那天白宫举行了一场正式的年度记者招待晚会。

与往常一样，总统是嘉宾。在人群中发现联邦调查局局长后，罗斯福叫他："埃德加，国会山那些人想对你干什么啊？"

胡佛回答说："我不知道呢，总统先生。"

罗斯福微微一笑，做了个大拇指朝下的手势，同时评论说："他们是那样的。"[39]他的声音响亮得附近餐桌边的人全都听到了。

罗斯福很会选择时间和场合，一个简单的手势就消除了胡佛已经不再得到他支持的谣言。

这是一个——对罗斯福来说永远是一个——代用品。几天后，总统开始算账。

资料来源：

[1] 怀特黑德：《联邦调查局故事》，第170页。

[2] 丘奇委员会记录，第2册，第29页。

[3] 弗兰克·J.多纳：《监控的年代：美国政治情报系统的目的和方法》（纽约：阿尔弗雷德·A.诺普夫出版公司，1980年），第60页。

[4] J.埃德加·胡佛在众议院拨款小组委员会的证词，1939年11月30日。

［5］J. 埃德加·胡佛致各分局长，1939 年 9 月 2 日和 1939 年 12 月 6 日；J. 埃德加·胡佛致塔姆，1939 年 11 月 9 日。

［6］《国会议事录》，1940 年 1 月 1 日。

［7］《国会议事录》，1940 年 2 月 27 日。

［8］《纽约时报》，1940 年 1 月 15 日。

［9］《新共和》，1940 年 3 月 11 日。

［10］小 J. 伍德福德·霍华德：《正义先生墨菲：政治传记》（普林斯顿：普林斯顿大学出版社，1968 年），第 220 页。

［11］奥利里采访录。

［12］《华盛顿邮报》，1940 年 2 月 2 日。

［13］《华盛顿时代先驱报》，1940 年 2 月 28 日。

［14］《纽约每日新闻》，1940 年 2 月 28 日。

［15］德马里斯：《局长》，第 9 页。

［16］同上，第 8 页。

［17］《纽约邮报》，1959 年 10 月 9 日。

［18］艾伦采访录。

［19］欧内斯特·库尼奥采访录。

［20］《纽约时报》，1954 年 5 月 12 日。

［21］官方绝密档案，编号：162。

［22］沃尔特·温切尔：《温切尔专访》，欧内斯特·库尼奥推荐（新泽西州恩格尔伍德峭壁，普伦蒂斯霍尔出版社，1975 年），第 135 页。

［23］库尼奥采访录；《温切尔专访》，第 134—148 页；鲍勃·托马斯：《温切尔》（纽约州花园城：双日出版社，1971 年），第 151—153 页；怀特黑德：《联邦调查局故事》，第 110 页。

［24］《纽约时报》，1939 年 8 月 25 日。

［25］《纽约时报》，1939 年 8 月 27 日。

［26］库尼奥采访录。

［27］J. 埃德加·胡佛致沃森（富兰克林·D. 罗斯福），1941 年 3 月 15 日。

［28］怀特黑德：《联邦调查局故事》，第 341 页。

［29］威廉·W. 特纳：《胡佛的联邦调查局：其人及其神话》（洛杉矶：舍伯恩出版社，1970 年），第 141 页。

［30］德托莱达诺：《胡佛》，第 148 页。

[31] 《新共和》，1940 年 3 月 11 日。

[32] 尼科尔斯访谈录。

[33] 艾略奥特·罗斯福和詹姆斯·布拉夫：《命运的相遇：白宫的罗斯福家族》（纽约：普特南出版社 1975 年），第 236 页。

[34] 《国家商业》杂志，1972 年 1 月。

[35] 塔姆采访录。

[36] 比德尔：《简单》，第 166 页。

[37] 德托莱达诺：《胡佛》，第 160 页。

[38] 《新共和》，1940 年 3 月 11 日。

[39] 怀特黑德：《联邦调查局故事》，第 180 页。

第十八章 罗斯福算账

在富兰克林·德拉诺·罗斯福的最初两届任期，联邦调查局在权威、管辖权和规模上扩展很快。总统特别照顾局长，先是拒绝换人，然后是在他遭到批评的时候站在他一边。

在一九四〇年大选前六个月，罗斯福开始算账。之前总统曾利用调查局开展政治调查——例如一九三四年在激烈的路易斯安那州选举的时候，他要求胡佛密切监视可能的总统竞选对手休伊·朗格——但那样的要求不是很多，在大多数情况下，至少是可能违反了联邦法律。这些新的要求，都不符合这样的基本原理。

一九四〇年五月十六日，总统就防务问题在国会大会上发表演讲。至少一个爆炸性的话题——许多人认为这是美国走向干涉欧洲冲突的重大一步——罗斯福的批评家很快做出了反应。

五月十八日，总统新闻秘书史蒂夫·厄尔利写报告给胡佛："根据总统的指示，我现在把自从他在演讲之后收到的一些电报转发给你……这些电报或多或少都是反对国防建设的。总统的意思是，你或许想看看这些电文，并注意发报人的名字和地址。"[1]

这工作胡佛做得很好。他把那些名字与联邦调查局的档案进行了核查，然后把他的发现写成了"评论和报告"——超出了罗斯福的要求，但或许给的恰好是他所需要的。

发现胡佛这么听话之后，罗斯福提出了其他的要求。五月二十一日，罗斯福致厄尔利："这里还有一些电报要转交给埃德加·胡佛。"五月二十三日，厄尔利致胡佛："总统要我把所附的电报给你看看。"五月二十九日，厄尔利致胡佛："尊敬的J.埃德加·胡佛。"到五月底，胡佛已经核查了反对罗斯福的一百三十一名批评者的背景情况，其中有参议员伯顿·K.惠勒和杰拉尔德·奈，主张不干涉的美国第一委员会的许多领导人，包括查尔斯·A.林德伯格上校。[2]

罗斯福不知道的是，自从儿子的绑架谋杀案得到解决，林德伯格把功劳归于财政部，而不是联邦调查局之后，胡佛一直保存着他的档案。现在这个档案已经很丰富了，包括公开的和私下的情况，"孤鹰"林德伯格显然很欣赏"新德国"。在纳粹空军司令部的感染下，林德伯格已经接受了赫尔曼·戈林①的吹嘘，声称德国空军是不可战胜的。他还说，既然英国是注定要战败的，美国就不应该站到失败者一边。"林德伯格的广播讲话已经接近背叛了，"雷克斯福德·特格韦尔评论说，"但听众倒是不少。"[3]

罗斯福并不是不欣赏胡佛的努力。六月十二日，他要求总统秘书埃德温·M."爸"·沃森少将"写一封热情洋溢的信给埃德加·胡佛，感谢他的所有调查报告，告诉他我欣赏他的出色工作"。[4]

沃森起草的信件，经总统签字后，显得简单扼要，意思也不是很明确，但胡佛显然深为感动。

亲爱的埃德加：

我一直想写信给你，感谢你为我写就的许多有趣的和有价值的报告，报道了关于最近几个月形势的快速发展。

你的工作很出色，我表示满意和欣赏。

并致问候。

你诚挚的

富兰克林·D.罗斯福[5]

胡佛的回信情感是溢于言表的：

敬爱的总统先生，

您在一九四○年六月十四日写给我的便条，是我有幸收到过的最

---

① 纳粹德国空军元帅。——译注

鼓舞人心的信息，我把它看作是我们国家原则的一个象征。当我们国家的领导人，在肩负重担、日理万机之中抽时间向一个局长做如此表达的时候，让人感到浑身充满了力量，更加坚定了执行任务的信心。

鉴于我们国家与其他不那么幸运的国家之间的巨大差异，我深深地感激我们政府的领导人具有人类优秀的、诚挚的和团结的品质。

向您致以最崇高的敬意和最深切的感谢。

您恭顺的

J.埃德加·胡佛[6]

罗斯福显然知道如何操纵胡佛。联邦调查局局长除了写信之外，还给总统发送了关于他的政治对手的一批新的报告。似乎在花言巧语之中敲定了一笔交易。

继林德伯格发表了反对总统外交政策的讲话——"把这个国家推向战争的三个最重要的团体是英国人、犹太人和罗斯福政府"——之后，厄尔利又交给了胡佛三十六份电报。[7]

但这次胡佛的做法超越了"做评论和写报告"。他把一些最有趣的材料泄露给了温切尔和皮尔逊。按照皮尔逊的女婿和传记作家奥利佛·派拉特的说法，联邦调查局局长做事不是代表他自己，而是"按照白宫的命令骚扰孤立主义者"。[8]

有一份报告是温切尔和皮尔逊都没有使用过的，该报告说林德伯格有一个德国情妇，暗示她充当了与纳粹最高司令部的联络渠道。

在胡佛的热情鼓舞下，罗斯福提出了一些更为敏感的要求。一九四〇年七月二日，内政部长哈罗德·伊克斯——显然是代表了总统——要求胡佛调查罗斯福的共和党对手温德尔·威尔基的背景情况。谣传说，威尔基是由乌尔克耶改姓过来的。如果此事属实，那就不仅仅可以用来疏远波兰裔的美国选民，而且还有依然在为波兰的沦陷而做出反应的所有美国人。[9]

埃德·塔姆发出忠告说，对于司法部来说，开展政治调查将会是"一个严重的错误，据此胡佛拒绝了这个要求"。[10]

对于威尔基，罗斯福用不着胡佛的帮助。一九四〇年秋天，总统使用从美国无线电公司老板戴维·萨尔诺夫那里借来的一件设备，作为一个秘密的窃听系统，安装到了椭圆形办公室。总统的书桌底下隐藏了一只话筒，另一头接到了地下室的一台录音装置上。但是该设备很原始，往往录上了总统清晰的讲话声，而没有其他人的声音；过了几个月，罗斯福就弃之不用了，代之以藏在暗处的一个速记员，把他认为重要的讲话快速记录下来。

在幸存下来的为数不多的录音带中，有一盒显然是在一九四〇年八月录制的，罗斯福在获悉威尔基与《纽约书评》编辑艾丽塔·范多伦有风流韵事之后，指示他的助手：

"传播出去，通过人与人的方式，往下传。我们自己的发言人不能提及此事，但下面的人让他们去说。我的意思是国会的发言人和各州的发言人，如此等等。他们可以使用原始材料。嗯，嗯，如果他们最终想玩肮脏的政治，我们也有我们自己的人。"[11]

胡佛还婉拒了一个要求——这次是总统本人的要求——要他在邮政局长詹姆斯·法利的电话上安装窃听器。法利虽然是罗斯福一九三二年和一九三六年大选竞选班底的负责人，但他也想获得民主党的提名，因而转为反对罗斯福第三次任期的竞选。而罗斯福则怀疑他给反新政的编辑雷·塔克传递负面情况，因而想抓他的把柄。

胡佛不喜欢法利，一九三六年的时候法利就想替代他。但按照总统提出要求的时候正好在白宫的塔姆的说法，胡佛的反应是"我不能做这事。我不会去做这事，因为泄露出去的可能性很大。如果消息传播出去说，你对一位内阁成员的电话进行了窃听，对你造成的损害是不能挽回的。我不能做这事。我不会做这事"。塔姆后来回忆起这事："总统有点恼火，但他明白了合乎逻辑的理由，于是他就把这事搁置下来了。"①[12]

这段对话，还有另一个版本，说的是胡佛拒绝对法利实施监听，但补充了一句使罗斯福高兴的话："但我会去窃听雷·塔克的电话。"[15]如果此事属实，那么胡佛无疑是特别满足的，因为也是这个雷·塔克，一九三三年在《考利尔》杂志上发表文章取笑联邦调查局局长，说他走路的时候"扭怩作态"。

---

① 按照一篇已发表文章的说法，似乎根据前特工搜集的情报，从法利在1933年想替代局长的时候起，胡佛就对他实施了窃听和跟踪，甚至想在新奥尔良的一家妓院对他设置陷阱，但没有成功。[13]

对于法利心目中想替代胡佛的人选——纽约市私家侦探瓦尔·奥法雷尔，胡佛派人渗入到他的侦探事务所，并写了一份备忘录给卡明斯，声称"奥法雷尔在受雇于纽约警察局期间受到过贿赂的指控，去年还当过黑帮头目达奇·舒尔茨的保镖"。[14]

虽然拒绝窃听法利，但局长认为把有关他的政治情报发送给总统是没有什么不妥的。一九四○年三月三日，胡佛发了一份绝密备忘录给罗斯福，其大意是，税务局在检查法利的所得税，听说事情很严重，足以排除他成为候选人的可能性。

在罗斯福安全地获得了再次大选的胜利之后，胡佛还发给了总统一些关于威尔基私下评论和个人参与的情况，使人认为联邦调查局局长之前之所以拒绝罗斯福的要求，只是在不大可能的共和党候选人获胜的事件中能够保护他。

他经常声称，有两个人对于任命他为局长起到了关键的作用，那是前总统赫伯特·胡佛和他的长期助手劳伦斯·里奇，但对他们两人的调查他并不感到内疚。一九四○年七月二日——法国投降后十二天——阿道尔夫·伯利通知塔姆说，总统已经从记者马奎斯·蔡尔兹那里获悉，前总统及其助手已经发电报给法国前总理皮埃尔·拉瓦尔，希望说服他揭露罗斯福曾经秘密答应派遣美军去帮助法国人。但当纽约分局去电报公司核查的时候，却没能找到这种记录。

知道罗斯福想了解前任总统的活动，联邦调查局局长就继续监视他们。一九四一年二月四日，前总统与英国大使洛德·哈利法克斯在英国使馆私下共进午餐。胡佛通过沃森，把他们谈话的详情告诉罗斯福，他说他是从一个"他认为可靠的"渠道获悉的，这是胡佛经常使用的一个委婉说法，其实指的是窃听器。[16]不管结盟与否——哈利法克斯本人是强烈主张绥靖的——胡佛甚至对英国使馆也实施了窃听。他在——这个时候和此后不久——窃听或监听德国人、意大利人、日本人和苏联人，还有诸如维希法国、西班牙、葡萄牙和瑞士那样的所谓"中立国"的使领馆。①

到了这个时候，胡佛也在开展其他更为秘密的调查活动。在经过阿道尔夫·伯利编辑的一九四○年三月二十一日的日记里，人们可以窥见一斑："与J.埃德加·胡佛和塔姆先生一起吃中饭，话题是有关联邦调查局的事务。在一个半小时里，我们讨论了许多事情。大都是关于新政的不足之处……有些事情，

---

① 起初的安排是胡佛不喜欢的，即联邦调查局窃听领事馆，军方窃听大使馆。但没过多久，虽然有界限方面的争议，大家都各自行动了。例如，维希法国政府是由联邦调查局、战略情报局、军事情报局和海军情报局进行"渗透"的。除了窃听装置，许多情报机构还使用线人或他们自己的便衣特工。艾伦·杜勒斯喜欢吹嘘，战略情报局情报官是作为应邀的客人出席外交活动的，而联邦调查局特工的在场，只不过是聘用的帮工。

J. 埃德加·胡佛不得不按照某些人的直接指示去处理，去悄悄地处理。"①[17]

虽然罗伯特·杰克逊没有为难 J. 埃德加·胡佛，而是指责弗兰克·墨菲通过了对西班牙保皇派的起诉，但司法部长和局长不久以后就因为其他事情闹起了冲突。

获悉"拘禁项目"后，杰克逊想让司法部去进行监管。但胡佛声称，他担心"会暴露调查局现在使用的秘密线人的身份"，强烈地抵制了五个月，最后杰克逊命令他交来名单上那些人的"档案"。也许杰克逊认为这是一个胜利。如果那样的话，那么他是受骗了，因为胡佛交给司法部的是"档案"（或概要），而不是原始报告，因此他可以编造消息来源（这无疑是包括了窃听），还可以筛选什么情报适合司法部去看。[19]

一次得逞并不意味着第二次还能得逞。首次面对愤怒的司法部长要求看指定档案的命令，胡佛在一九四〇年四月十一日悄悄地建立了一个新的档案系统。

其实，这更像是一个"不归档"系统。有关局长的特别敏感事件的备忘录，是打印在蓝纸上，而不是白纸上。② 由于没有密级系列号，这些备忘录就不会包括在总索引之中。没有编号，就可以随便把它们销毁，不会留下任何痕迹。由于只有一个文本，局长一人就可以决定是留档、销毁还是退回。

这样，一位调查官就可以向局长报告，某些证据是偷来的，用不着担心以后会在法庭上出现。分局长也可以要求，并获得在邮件开启的名单上增加一个

---

① 其中一件事情很可能是有关克米特·罗斯福的失踪，克米特是西奥多·罗斯福的儿子、富兰克林·德拉诺·罗斯福的堂兄弟。总统要求联邦调查局跟踪他那当女按摩师的情妇，从而找到他，让他住院医治各种疾病。富兰克林·德拉诺·罗斯福还要求胡佛尽可能切断他们之间的关系。[18]

② 唯恐落入不应该看的人手里，胡佛 1940 年 4 月 11 日的命令，没有提及特别敏感的材料。对于如此机密的内部指令，通常的做法是，蓝纸备忘录的真正目的只是口头传达给总部人员、部门领导和分局长。其本身的形式也只标上了"本备忘录用于行政目的——行动执行之后即予以销毁，不得作为档案或信息备忘录——不得送往档案科"。[20]

　　"不归档"系统的本身有一个问题，这只能怪 J. 埃德加·胡佛。前分局长尼尔·J. 韦尔奇注意到，"在档案导向的调查局，特工们认为，任何属于'不归档'的文件，都是重要的，都应该保存下来"。[21]

　　这样，局长助理那里，还有分局办公室里，都保存着胡佛认为已经销毁了的大量的秘密档案。例如纽约分局就保存着特工从 1954 年到 1973 年间悄悄地留下来的几近所有的记录。

名字的授权，然后清除掉受牵连的文件。

在胡佛一年后建立的"官方/绝密"档案中，许多内容是"不归档"的备忘录。从杰克逊开始，没有一位司法部长被告知，联邦调查局保留着存档系统的双轨制。

胡佛与杰克逊之间最火爆的冲突是在搭线窃听方面。

当初司法部长斯通在一九二四年禁止窃听的时候，胡佛自己也宣称这种做法是"不道德的"。他还答应美国公民自由协会的罗杰·鲍德温，那是"过去的事情"。然而有证据表明，到一九二八年的时候，经过或没经过局长的同意，调查局至少有一些特工在搞电话搭线窃听。[22]

一九三○年，当禁酒局划归司法部的时候，威廉·米切尔发现了一个问题：他的一个部门，即禁酒局，在搞窃听，而另一个部门调查局则没有那么做。米切尔解决了这个问题，允许两个部门都搞窃听。到一九三二年，调查局又开始了电话窃听，虽然胡佛煞有介事地把电话窃听限制在"涉及国家安全的"绑架和白奴调查案子之内。[23]

但在一九三四年，国会通过了《联邦通讯法》，其中的第 605 条款规定，"未经发话人授权，任何人都不许截听任何通讯，以及向任何人泄露或公开遭截听的该通讯的内容、目的、效果或意思。"[24]

联邦调查局根本不理会这种禁令，先是争辩说，该法规不适用联邦特工或他们的执法活动，后来经美国最高法院驳回后，又争论说，窃听内容的泄露或许可以禁止，但由此获得的证据则不然。一九三九年十二月，最高法院又否决了这个争议，声称第 605 条款不但禁止泄露"通过禁止手段截听的内容"，而且禁止"衍生使用"据此获得的证据，因为这种证据好比是"毒树的果子"。[25]

一九四○年三月十五日，司法部长杰克逊宣读了最高法院的决定，并签发命令禁止联邦调查局开展搭线窃听。在公开场合，胡佛与老板保持一致，带有正义感地声称，"我不想成为一个潜在的敲诈勒索组织的头目"。[26]

私下里，他努力想推翻杰克逊的禁令。这花了他不到三个月的时间。胡佛没有直接去找总统，这会使他的新上司不高兴，他在幕后开展斗争。他向他喜欢的记者透露，杰克逊的法令如何妨碍了联邦调查局工作的惊恐故事。例如，德鲁·皮尔逊报告说，联邦调查局特工听说德国间谍阴谋炸毁停泊在纽约港的英国邮船"玛丽王后"号，但由于杰克逊的禁令，只能停止窃听该阴谋。更重要的是，胡佛鼓励其他部门——包括国务院、战争部、海军部和财政部——向总统施压，驳回司法部长的命令。他对财政部长亨利·摩根索的思想工作最为成功。这位先生前面讲到过，他安排一个助手记录了他自己的会话。摩根索在一九四〇年五月二十日下午四点二十记载的日记如下：

"我与J.埃德加·胡佛说了，问他能不能通过窃听手段监听（纳粹）间谍，他说不能。罗伯特·杰克逊给他的停止命令还没有撤销。我说我马上去做工作。他说他十分需要好结果。

"他说有四名纳粹间谍在国境对面的加拿大布法罗活动，加拿大皇家骑警已经要求他帮助，他说他无法提供帮助。

"我打电话给（总统秘书）沃森将军，要求解决这事。他说：'我认为这是非法的。'我说：'如果是合法的呢？'过了五分钟，他打电话给我说，他已经报告了总统，总统说：'告诉鲍勃·杰克逊，把J.埃德加·胡佛叫过来命令他去做，书面备忘录后补。'"[27]

这肯定是一次很难堪的会面——对司法部长罗伯特·杰克逊来说。

第二天，总统发了一份绝密的备忘录给司法部长说，他同意最高法院的决定，但他肯定，最高法院绝对不想把其决定应用在"关系到国家防务的重大事情上"。他还说：

"因此，现同意你，在经你批准的各个案子中，如经调查认为确有需要，你可授权有关调查机构，对从事反对美国政府的颠覆活动嫌疑人，包括间谍嫌疑人，有权通过监听设备……获取情报。在此还要求你尽可能减少这些调查，尽可能限制对外侨的调查。富兰克林·德拉诺·罗斯福。"[28]

总统站在他的下属一边，没让司法部长特别在意，倒是罗斯福的备忘录"敞开大门，可以随心所欲地对任何颠覆活动嫌疑人开展搭线窃听"使他深为不安。这种做法依然没有界定。[29]

杰克逊心情沉重，他努力使自己脱离整个事情的干系，让联邦调查局局长去决定他要窃听什么人。按照当时的司法部副部长弗朗西斯·比德尔的说法，"鲍勃（·杰克逊）不喜欢那样，不喜欢未经自己对案子发表意见就交由埃德加·胡佛"。[30]

杰克逊甚至不想知道谁遭到了窃听。在一份存档的备忘录里，胡佛写道："司法部长决定，他不想保存有关使用无线电监听的详细记录。他同意，由我在自己的办公室里保留备忘录的本子，记载时间、地点，以及使用本程序的案子。"[31]

迫于总统要他转变的压力，杰克逊现在写报告给众议院司法委员会说，他对第 605 条款的理解是，只有在截听和泄露通讯内容时，才是非法的。这样，联邦调查局就可以继续监听电话，并使用由此获得的任何信息或调查线索，只要不在法庭上泄露此种信息就可以了。

虽然这"需要法典诠释的技能"，如同历史学家弗兰克·唐纳所指出的，司法部长杰克逊的解释，"在一九六〇年代末期之前，一直被其后来的继任人用来为这种或那种形式的搭线窃听进行辩解"。[32]

按照一位朋友和同事的说法，罗伯特·杰克逊憎恨胡佛，在后来的年月里经常说，"他很遗憾没有炒掉他"。他是否能够这么做是有疑问的，如同他敢不敢一样。[33]

在去世前不久的一九五四年，罗伯特·杰克逊对联邦调查局发起了间接的猛烈攻击，他写道，"我不能说，我们国家如果没有中央警察就不会有极权主义，但我可以肯定地说，没有中央集权的国家警察，就不会产生极权主义……有必要的是建立起国家警察组织，能够调查各种犯罪，然后用市井的话来说，即使没有受到起诉，人们也已经受够了，所以就没人反对它的政策。即使有人想监督这个机构，也很可能会害怕它。我相信，为保卫我们的自由，就必须对国家警察或调查机构进行限制，首先把它严格限制在少量的联邦犯罪范围内，然后把它建设成一个非政治的机构。"

豪言壮语——但即使位居美国最高法院大法官的杰克逊，还是不敢批评胡佛本人。针对上述言论，他不得不补充说："这个联邦调查机构，在其现任领导人的管理下，我们也许是有信心的，这并不意味着该机构不会回到过去的时代，即司法部的当家人可以把调查权用于满足他们自己的目的。"[34]

与往常一样，胡佛具有最后的发言权。当大法官在他一位女秘书的公寓里死去之后，胡佛通过刑事信息部，向媒体泄露了"内部故事"。①

———————————

① 从联邦调查局获悉故事的其中一位记者，是《芝加哥论坛报》华盛顿记者站站长沃尔特·特罗安，他也是胡佛多年的老朋友。在他的《政治动物》一书中，特罗安说："杰克逊参与了在纽伦堡的战犯审判，在那里他学到了军人的豪爽品质。当他死在华盛顿一个女秘书公寓里的时候，据说他从弗吉尼亚州的家里到首都来，是为了去西尔斯·巴罗克百货公司购物，虽然靠近他家乡就有一家西尔斯·巴罗克。还有解释说，每当他感觉郁闷的时候，他就会想起这位秘书的公寓，就会匆匆赶去避难和休养。"[35]

为胡佛受到批评而打抱不平的人当中，有一个莫里斯·L.厄恩斯特。"莫里斯·厄恩斯特从纽约打来电话，"阿道尔夫·伯利在一九四〇年三月二十二日的日记中这么记载，"对于媒体攻击 J.埃德加·胡佛，他深感愤怒。如他所指出的，J.埃德加·胡佛管理的秘密警察极少与民权发生冲突，他是一位值得指望的秘密警察头目"。[36]

考虑到厄恩斯特当过胡佛的个人律师，常常与局长和副局长出现在斯托克会所的温切尔桌子边，他为联邦调查局局长的辩解也许是可以理解的。①

但莫里斯·厄恩斯特不单单是 J.埃德加·胡佛的律师和朋友，他也是一位坚强的民权卫士——与审查制度做斗争、捍卫詹姆斯·乔伊斯的《尤利西斯》，以及法庭许多大案要案的受人尊敬的律师。而且在从一九三〇年到一九五四年的二十四年间，他还是美国民权同盟的首席法律顾问。

罗杰·鲍德温原先一直是胡佛的美国公民自由协会的联络人，他甚至还帮助调查局局长保住了他的工作。然后胡佛遇见了厄恩斯特。几乎在一夜之间，鲍德温回忆说，"厄恩斯特就与胡佛建立了私人关系，一时间，我们还以为这对我们是有利的"。[39]

但莫里斯不单单是两个组织之间的非正式联络员。他几乎成了联邦调查局及其局长的狂热的捍卫者。

除了在几十次讲话和几十篇文章中捍卫调查局（例如《为什么我不再害怕联邦调查局》，是刑事信息部说服《读者文摘》在一九五〇年十二月发表的），

---

① 1975 年，莫里斯·厄恩斯特在去世前一年接受采访时，他的记忆力已经衰退了。他承认担任过胡佛的个人律师，但记不起自己起到的具体作用。不过他还是记得，与他所欣赏的胡佛一起"在斯托克会所度过的灯红酒绿的夜晚"。[37]

在被问及特别问题的时候，厄恩斯特对作者说起了他与胡佛和路易斯·尼科尔斯之间的通信往来，这个他已经交给了在奥斯汀的德克萨斯大学人文中心。但那份通信中有巨大的差异（例如，时间是从 1947 年才开始的），根据《信息自由法》以来披露的那些信件和备忘录，显然是不全的，使人怀疑厄恩斯特和尼科尔斯的许多材料，或许是在已被海伦·甘迪小姐销毁了的个人档案之中。

胡佛显然不止一次地反对厄恩斯特把自己描述成是他的"个人律师"。但在 1971 年，胡佛告诉当时《洛杉矶时报》的戴维·克拉拉洛，厄恩斯特是他"多年的个人律师"。[38]

有一次，胡佛就一个专业问题征询厄恩斯特的意见——他在考虑对《时报》进行诽谤诉讼，因而征询厄恩斯特的法律意见。

他给胡佛、托尔森和尼科尔斯发去了雨点般的信件，要求——有时候几乎是乞求——为他们提供服务。

在给路·尼科尔斯的信中，他写道，"昨天与你讨论之后，我在想或许我可以在参议院或众议院委员会有关律师公会的咨询方面提供帮助。"[40]

在给克莱德·托尔森的信中，他写道："针对《星报》上刊登的恶毒的文章，我能为你和 J. 埃德加·胡佛提供什么帮助吗？"[41]

尤其是在给"我亲爱的埃德加"的信中，他写道："你是一位伟人，我是你的兵。"[42]

"……许多人认为，我只是你的一个配角，可我认为这是对我的恭维。我愿意公开支持的人是很少的。"[43]

"与你在一起，我深感荣幸。"[44]

"我很快就被人们认为是联邦调查局的卫士。"[45]

"听到人们反复地说联邦调查局在调查工作中效率低下和作风懒散，我感觉很不安。有没有什么事情要我帮忙的？"[46]

厄恩斯特做了许多工作。他在美国公民自由协会内部有效地消除了对联邦调查局的批评。他向胡佛报告了一些私下的，有时候是秘密的会话。他从联邦调查局的批评者那里收到过一些信件，包括记者 I. F. 斯通、专栏作家麦克斯·勒纳、联邦众议员韦恩·莫尔斯和联邦通信委员会主席劳伦斯·弗莱（他因为搭线窃听的事宜而与联邦调查局局长闹翻了），但在作者不知道的情况下，他把这些信件交给了胡佛。他还挑动争斗，使得经验丰富的共产党人伊丽莎白·格利·弗林被排挤出美国公民自由协会的董事局。他在美国公民自由协会采纳罗森伯格案子[47]"不涉及民权事宜"中充当工具，他甚至主动要求担任两个被控泄露核秘密间谍的辩护律师，但对他们的帮助（他已经认定朱利叶斯·罗森伯格及其妻子埃塞尔是有罪的）还不如对联邦调查局的帮助更多。如果尼科尔斯关于他们的会话备忘录是可信的，那么厄恩斯特的主动帮助是"因为一个理由，也就是说，他能够做出点贡献"，还因为他深信如果朱利叶斯·罗森伯格忍不住全盘招供，"这将是一个可怕的故事，很可能对调查局最有帮助"。[48]（不管明智与否，罗森伯格夫妇拒绝了厄恩斯特的帮助，两人后来都被定罪和处决。）

更为重要的是厄恩斯特的不作为。在他担任美国公民自由协会律师的将近四分之一个世纪里，经历了诸如针对外侨的《史密斯法》那样的划时代的事件，联邦忠诚度调查，希斯、罗森伯格、拉铁摩尔和奥本海默案件，黑名单，还有众议院非美活动委员会以及联邦参议员约瑟夫·麦卡锡对共产党人的迫害。然而莫里斯·厄恩斯特没有一次批评、质疑，或者甚至是认真地检验过联邦调查局在这些案子以及其他有关事件中起到的积极作用，这些案子差不多都涉及了违反宪法赋予的权利。

这些贡献，厄恩斯特——还有美国公民自由协会——收到的回报都是微小的。一九三九年，胡佛安排厄恩斯特与联邦众议员、众议院非美活动委员会主席马丁·戴斯的秘密会面，其间显然达成了一个交易：众议院非美活动委员会将撤回其对美国公民自由协会的"共产党阵线"的指控，作为回报美国公民自由协会将清洗内部已知的共产党员。美国公民自由协会很快就开展了对伊丽莎白·格利·弗林的"审查"，戴斯宣布该组织已经消除了红色污染。多年来，胡佛也帮助"清理"了厄恩斯特的一些客户，他们的忠诚度或社团组织是有问题的。

这是一方面。在许多方面，胡佛给厄恩斯特的，都是鼓励和支持他的自我标榜的联邦调查局卫士的战役。"如果你遇到涉及我们的争议而需要弹药的时候，不管白天或黑夜，尽管打电话过来好了。"尼科尔斯敦促厄恩斯特。[49]当哲学家伯特兰·罗素指控联邦调查局制造证据和胁迫证人在罗森伯格案子中作证时，尼科尔斯通知了渴望参与争论的厄恩斯特："你肯定能够回忆起，一九四〇年罗素准备担任纽约市学院教授时，他的任命被纽约最高法院给撤销了，其理由是，由于'在对待异性方面的不道德和好色态度'，他不适宜担任该职务。"[50]

对于罗素的信誉，厄恩斯特没有动用这颗重磅炸弹。但美国公民自由协会发表了一份声明，称罗素对联邦调查局的指控是"毫无根据和完全不公正的"。[51]

厄恩斯特是个坚定的反共分子——他反对共产党企图夺取报业公会和律师公会——这也许可以部分地解释他与联邦调查局事业的联姻，但这并不是唯一的理由，而且很可能没有莫里斯·厄恩斯特的人格某些方面那么重要——人性的弱点，这是胡佛和尼科尔斯认识到的，也被他们用来以期达到他们自己的目的。

与局长一样，厄恩斯特喜欢纽约的夜生活（"他们都是气味相投"，罗杰·

鲍德温说），[52]虽然厄恩斯特偏好"21会所"，他会在自己的桌子边办公。而胡佛会吸引一些名人，厄恩斯特则被他们所吸引——而且几乎对他们摇尾乞怜。J.埃德加·胡佛是他们中间的一位重量级人物。厄恩斯特喜欢认为自己是秘密推手，是幕后策划者。他为罗斯福处理了一些机密事情。他常常把给胡佛的信件写上"仅供你参阅"的前言。胡佛和尼科尔斯抛给他刚好足够的一些珍闻，让他相信自己知道他们最私密的事情——而他，在某种程度上，影响了他们。厄恩斯特认真地发挥自己的作用，还常常对局长上课。虽然经常被惹恼——有时候被他的煞有介事搞得勃然大怒——但胡佛装作认真考虑他的提议，常常很快把它归档，然后就忘记了。还有一件事情。用不着询问莫里斯·厄恩斯特对弱者的真正关切，人们就可以知道，他为不光彩事业的辩护常常使他成为焦点人物，而他却是乐此不疲。在自由左翼队伍内，捍卫联邦调查局肯定是最不光彩的事情。

由于美国公民自由协会诉求的《信息自由法》的结果，当一九七七年厄恩斯特与胡佛的通信首次被公开的时候，该组织当时的执行董事阿里耶·奈尔总结说："根据联邦调查局档案，我能够对莫里斯·厄恩斯特做出的最严苛的评判是双重的：他看重像J.埃德加·胡佛那样的一帮人，他帮助抵挡了美国公民自由协会对联邦调查局的批评，不是采用偷偷摸摸的手段，而是公开捍卫，这在我看来似乎是无法捍卫的。没错，他很固执，但不是奸细。"[53]

哈里森·E.萨里斯伯利在《民族》杂志上发表了一篇精彩的文章，题目是"莫里斯·厄恩斯特与J.埃德加·胡佛之间奇异的通信往来"，在此他总结了厄恩斯特的作用："总的说来，似乎很明显厄恩斯特对联邦调查局的最大价值是作为宣传家，是经正式认可的某种'好管家'。"[54]

但莫里斯·厄恩斯特远比这个更为重要。由于他，在差不多二十五年的时间里，美国左翼一个有资源、有威望的独立性组织，本可以对联邦调查局许多非法行为展开调查和曝光——由此，通过公共监督的手段，至少可以对胡佛不断扩张的权力予以警告——却选择不予批评，或者甚至保持沉默，反而进行盲目的支持。

少数留在左翼阵营里，否认与美国公民自由协会为伍、否认其名声，但敢于批评联邦调查局的人，被轻易地扣上了"共产党人、亲共分子和其他类似害虫"那样的帽子。

如果说胡佛感激厄恩斯特的帮助，那么他没有表露出来。厄恩斯特所不知道的是，胡佛从来就没有信任过他，这从他们之间通信往来的蓝墨水标记就可以清楚地辨明。虽然胡佛接受了美国公民自由协会的支持，但他也不信任这个组织。他的特工从来就没有停止过对该组织的调查，监视其一切活动，包括其在银行的账户及其参加会议代表的汽车牌照号码。

厄恩斯特也不知道的是，自己这么重视与局长的亲密关系，却从来没有与J. 埃德加·胡佛真正通信过。几乎所有由胡佛署名的信件，都是由路·尼科尔斯书写的。"操纵"莫里斯·厄恩斯特是尼科尔斯的一项任务。

虽然罗杰·鲍德温后来承认，"恐怕我花了好长时间才得出结论，他其实是一个威胁"，但莫里斯·厄恩斯特从来没对胡佛起过疑心。[55]

当他们的通信突然在一九六四年中断的时候——是被莫名嫉妒的克莱德·托尔森截断的——厄恩斯特崩溃了。他永远不会知道，他那么引以为豪的"友谊"其实早在十年前就结束了。自从厄恩斯特从美国公民自由协会首席联邦调查局律师的岗位上退休之后，胡佛就再也不需要他了。而且在这个时候，胡佛已经在美国公民自由协会内部开发了其他的联系人，为讨好联邦调查局，他们愿意比莫里斯·厄恩斯特走得更远。

一九四〇年五月，胡佛失去了一名老对手，也在最后的战役打了个败仗。因为心脏病发作，艾玛·戈尔德曼死在了多伦多。移民和入籍事务局不顾胡佛的反对，同意了她的最后要求：在流亡了二十一年之后，允许她重返美国。她被埋葬在芝加哥的瓦尔德海姆墓地，靠近在"干草市场事件"中牺牲的同志们的坟墓。①

在一九四〇年的总统大选期间，联邦调查局对罗斯福的政治对手开展了两百多次全面或部分的调查。由于数量太大，或许不可避免地会有一次泄露情况。这次泄露发生在大选的最后一个月，使罗斯福失去了全国一个强大的工会的支持。

十月十七日，矿工联合会主席约翰·L. 刘易斯来白宫找总统。联邦调查局

---

① 她的多年老朋友亚历山大·伯克曼 4 年前开枪自杀。"让这位优雅的知识分子去搞暴力，这样的角色分配实在太不妥当了，"理查德·德林农评论说，"他把自杀搞得笨手笨脚。他发射的子弹击穿腹部和肺部，嵌入了脊柱骨内。过了 16 个小时他才最后死去。"[56]

在调查他，刘易斯愤怒地指责。他们甚至窃听了他的电话。他被告知，他们之所以这么做是因为总统亲自下达的命令。①

"这是个卑鄙的谎言。"罗斯福厉声说。

"没人说我约翰·L.刘易斯是说谎者，"劳工领导人说着站起身来冲出门去，"尤其是富兰克林·德拉诺·罗斯福就更不应该这么说了。"[57]

几天后，约翰·L.刘易斯发表广播讲话，谴责罗斯福，转而支持威尔基，并把搭线窃听的指责公之于众。

经仔细斟酌言辞后，胡佛否认了指控："事实是，联邦调查局过去没有、现在也没有在对约翰·L.刘易斯开展调查。因此，这个影响到联邦调查局的故事是完全失实的。"[58]

这么说倒也是正确的。联邦调查局从来没有开展过对刘易斯本人的"全面调查"。但确实对他的女儿，一个秘密共产党员实施过监视，因为她与父亲住在一起，而且在他的办公室工作，因此联邦调查局对这位劳工领导人的电话实行了监控。

而且联邦调查局正在对产业工会联合会（产联）开展详细调查，还有产联的各个会员工会。而当时刘易斯是这个组织的领导人。

即使没有刘易斯的支持，罗斯福也能够轻而易举地击败威尔基。十一月六日，胡佛给总统发去了一封热情洋溢的信件，祝贺他获得大选的胜利。在结尾处他写道："如您所说，我感觉摆在面前的一个最大的任务，是在这个危急关头团结我们所有的人，加强我们的国防力量，筑起一道铜墙铁壁，阻止任何极权主义独裁念头的威胁。"[59]

团结很可能是胡佛心目中最不想做的事情。为努力保护他认为是联邦调查局的地域——时刻准备着扩展其势力范围——他现在打响了反对陆军、海军、国务院和众议院非美活动委员会的白热化的官僚主义战役。

资料来源：

[1] 斯蒂芬·厄尔利（富兰克林·D.罗斯福）致 J.埃德加·胡佛，1940 年 5 月 18 日。

---

① 愤怒之下，刘易斯说漏了嘴，他说这个指责的消息来源不是别人，而是前司法部长弗兰克·墨菲。

［2］富兰克林·D. 罗斯福致厄尔利，1940 年 5 月 21 日；厄尔利致 J. 埃德加·胡佛，1940 年 5 月 23 日和 29 日。

［3］雷克斯福德·G. 特格韦尔：《民主党人罗斯福：富兰克林·D. 罗斯福传记》（纽约州花园城：双日出版社，1957 年），第 570—571 页。

［4］富兰克林·D. 罗斯福致沃森，1940 年 6 月 12 日。

［5］富兰克林·D. 罗斯福致 J. 埃德加·胡佛，1940 年 6 月 14 日。

［6］J. 埃德加·胡佛致富兰克林·D. 罗斯福，1940 年 6 月 18 日。

［7］韦恩·S. 科尔：《美国第一：反对干涉的战役》（麦迪森：威斯康星大学出版社，1953 年），第 144 页。

［8］奥利佛·派拉特：《德鲁·皮尔逊外传》（纽约：哈珀杂志出版社，1973 年），第 9 页。

［9］官方绝密档案，编号：161。

［10］塔姆采访录。

［11］R. J. C. 布托，"富兰克林·D. 罗斯福录音带"：《美国传统》杂志，1982 年 2 月和 3 月。

［12］塔姆采访录。

［13］《纽约星报》，1948 年 9 月 28 日。

［14］阿塔恩·西奥哈里斯和约翰·斯图尔特·考克斯：《老板：J. 埃德加·胡佛与美国的宗教大审判》（费城：天普大学出版社，1988 年），第 114—115 页。

［15］特德·摩根：《富兰克林·D. 罗斯福传记》（纽约：西蒙与舒斯特出版公司，1985 年），第 523 页。

［16］J. 埃德加·胡佛致沃森（富兰克林·D. 罗斯福）1941 年 2 月 8 日。

［17］伯利：《简况》，第 297 页。

［18］鲍尔斯：《秘密》，第 268—269 页；西奥哈里斯和考克斯：《老板》，第 168 页。

［19］J. 埃德加·胡佛致中立国科负责人 L. M. C. 史密斯，1940 年 11 月 18 日。

［20］J. 埃德加·胡佛备忘录，1940 年 4 月 11 日。

［21］尼尔·J. 韦尔奇和戴维·W. 马斯顿：《胡佛的联邦调查局内幕》（纽约州花园城：双日出版社，1984 年），第 200 页。

［22］萨利文访谈录；昂加尔：《联邦调查局》，第 443 页。

［23］怀特黑德：《联邦调查局故事》，第 154 页。

［24］美国法典《联邦通讯法》，第 605 条款。

［25］纳尔多内诉美国，1939 年。

［26］莫里斯·厄恩斯特，"为什么我不再害怕联邦调查局"，《读者文摘》，1950 年 12 月号。

［27］摩根索日记，卷 3，1940 年 5 月 20 日。

［28］富兰克林·D.罗斯福致司法部长杰克逊，1940 年 5 月 21 日。

［29］比德尔：《简单》，第 167 页。

［30］同上。

［31］J.埃德加·胡佛备忘录，1940 年 5 月 28 日；官方绝密档案，编号：163。

［32］弗兰克·多纳，"电子监控：国家安全博弈"，《民权自由评论》，1975 年夏季号。

［33］菲利普·埃尔曼采访录。

［34］罗伯特·H.杰克逊：《美国政府体系中的最高法院》（纽约：哈珀·托奇图书出版社，1963 年），第 70—71 页。

［35］沃尔特·特洛伊：《政治动物：一位伤感批评家的回忆录》（纽约州花园城：双日出版社，1956 年），第 406 页。

［36］阿道尔夫·奥古斯塔斯·伯利：《从 1918 到 1971 年的快进：阿道尔夫·A.伯利论文选》（纽约：哈考特·布雷斯·乔瓦诺维奇出版社，1973 年），第 298 页。

［37］莫里斯·厄恩斯特采访录。

［38］戴维·克拉斯洛与 J.埃德加·胡佛的会面记录，1971 年 10 月 13 日。

［39］鲍德温采访录。

［40］厄恩斯特致尼科尔斯，1950 年 9 月 21 日。

［41］厄恩斯特致克莱德·托尔森，1948 年 9 月 29 日。

［42］厄恩斯特致 J.埃德加·胡佛，1948 年 11 月 29 日。

［43］厄恩斯特致 J.埃德加·胡佛，1948 年 1 月 20 日。

［44］厄恩斯特致 J.埃德加·胡佛，1949 年 7 月 12 日。

［45］厄恩斯特致 J.埃德加·胡佛，1948 年 11 月 25 日。

［46］厄恩斯特致 J.埃德加·胡佛，1953 年 6 月 4 日。

［47］《曼彻斯特卫报》，1956 年 4 月 3 日。

［48］尼科尔斯备忘录，1952 年 12 月 19 日。

［49］尼科尔斯致厄恩斯特，1954 年 12 月 2 日。

［50］尼科尔斯致厄恩斯特，1956 年 4 月 4 日。

［51］《曼彻斯特卫报》，1956 年 4 月 3 日。

［52］鲍德温采访录。

［53］阿里耶·奈尔，"坚持原则：1950 年代以来的教训"，《民权自由评论》，1977 年 11/

12 月号。

［54］哈里森·E. 索尔兹伯里，"莫里斯·厄恩斯特与 J. 埃德加·胡佛 1939—1964 年间怪异的通讯往来"，《民族》，1984 年 12 月 1 日。

［55］佩吉·拉姆森：《美国公民自由协会缔造者罗杰·鲍德温》（波士顿：霍顿·米夫林出版公司，1976 年），第 261—262 页。

［56］德林农：《叛乱》，第 300 页。

［57］索尔·D. 阿林斯基：《约翰·刘易斯》（纽约普特南出版社，1949 年），第 187 页。

［58］J. 埃德加·胡佛致厄尔利（富兰克林·D. 罗斯福），1940 年 10 月 31 日。

［59］J. 埃德加·胡佛致富兰克林·D. 罗斯福，1940 年 11 月 6 日。

第十九章　阳台景色

在位于宾夕法尼亚大道和第九街交叉口的司法部大楼的阳台上，J. 埃德加·胡佛观看着富兰克林·德拉诺·罗斯福的第三次总统宣誓就职仪式。虽然联邦调查局局长与司法部长的办公室都在五楼，但能俯视宾夕法尼亚大道的那部分，是在联邦调查局一边，根据目前局长与司法部长的关系，谁也不会提议一起观看。

随着罗斯福的再次当选，关于替换胡佛的议论突然停止了。事情很明显，尤其是在他的敌人看来，胡佛是总统的耳目，除非他犯下大错，不然调查局在未来的四年间依然能够保持特权的地位。

胡佛本人倒不是那么乐观。从阳台望出去，他看到政府所在地受到了四面八方的围困。自从去年的"玷污战役"以来，针对诋毁他和联邦调查局的"阴谋"，使胡佛已经变得越来越狂暴了。关于德国间谍用局长的名字开立银行账户，从而暴露了他悄悄地在为纳粹工作的谣言，迅速扩散开来，导致了一场延续了六个月的调查，曾经一度，差不多涉及了整个调查局，虽然没有任何证据可以支持这个故事。

毫无疑问，他的一些助手，包括路·尼科尔斯，在利用胡佛的恐惧。还有的人，诸如负责局里调查事务的埃德·塔姆，则悄悄地核查指控的材料，如发现没有根据，就公事公办地说服局长，这些是没有依据的。有这样的一个"阴谋"，一位心理失常的线人指控说，至少有二十三个人参与了一场"继续议论胡佛先生的战役"，[1]虽然遭到塔姆的揭露，还是存入了"官方/绝密"档案之中。

关于胡佛是同性恋的谣言也一样。多年来，胡佛一直不理会那样的谣言。然后在一九四〇年代初期，他改变以往的态度，坚持要对每一个谣言进行调查。

例如联邦调查局一位女员工在华盛顿特区一家美容店做头发的时候，无意间听到女老板对另一位顾客说，胡佛是个"怪人"。在两名特工去调查的时候，美容店女老板否认说过那样的话。但她还是做了一份有四页纸的笔录，加上她自己的档案，都存入了"官方/绝密"档案之中。[2]

也许，针对胡佛的最不可能的阴谋，被联邦调查局局长公之于众了，他说共产党人指示他们的两名作家"把我描述成百老汇富有魅力的男士，尤其想来刺探我在纽约与女人之间的风流韵事"。

根据胡佛自传的作家拉尔夫·德托莱达诺后来的评论，这个——人们怀疑是幽默的玩笑——"完全是徒劳无功，因为胡佛从来都不喜欢女人"。[3]

抛开偏执狂不说，针对联邦调查局局长的真正阴谋确实是有的，但并不是全都由共产党鼓动的。

最渴望替代 J. 埃德加·胡佛的人，其中有来自德克萨斯州的联邦众议员和众议院非美活动委员会主席马丁·戴斯。

戴斯患有"重度的妄想狂"，胡佛告诉司法部长杰克逊。[4]他一心想当联邦调查局局长。

按照历史学家迈克尔·莱斯钦的说法，戴斯的真正目的是想"把众议院的这个调查部门改变成一个执法机构，从而能够与司法部和联邦调查局平起平坐"。[5]

胡佛不想成为打击颠覆分子的风光人物——他已经在工作了，不会去要求总统赋予他权力以致不输给来自德克萨斯州的一位政治新星——发起了一场诋毁戴斯的幕后战役。联邦调查局特工被派去监视这个委员会。其结果，甚至在报告出来之前，也是令人可笑的。戴斯的反政府言论清单，谣言（诸如戴斯要脱离民主党，去参加共和党副总统的候选人竞选）被当成了事实来汇报。对戴斯的负面报道被泄露给了总统、司法部长、国会的其他议员以及关系亲密的媒体联络员。

一九四〇年十一月二十二日，司法部长杰克逊公开宣战，指责戴斯及其委员会在干涉联邦调查局的工作。

一个星期后，戴斯去见总统，说出了他对司法部，尤其是对联邦调查局局长胡佛的怨言。戴斯后来声称，罗斯福拒绝认真考虑他的指控，说他赞赏斯大林，甚至打趣地说他的一些最好朋友是共产党人。然而，罗斯福是了解戴斯的，他已经为这样的结果做好了准备，他悄悄地安排了一名速记员，把他们的会话全都记录下来了。没有这样的声明。但在把人们标示为共产党人或法西斯分子的时候，记录显示了两人之间不同的价值观，以及富兰克林·德拉诺·罗斯福愿意妥协的态度。

罗斯福说，最近几年，或许有五十万美国人投了共产党候选人的票，他还补充说："对于在一九三六年至一九四〇年间投票给共产党的那些人，我是不会禁止他们的爱国行动做法，你也不会。"

戴斯先生："我对他们表示怀疑。"

总统："噢，我会去查清楚的——绝对的，但在投票给共产党是合法的情况下，光凭他们投了共产党的票，我们不能对公众说'那些人是不忠的'。他们也许是忠诚的。"

戴斯先生："但有一件事情，总统先生，曝光可以把无辜者筛选出来，能够把面粉与麸皮分离开来。在对他们参加这个组织的实际目的进行了审查之后，他们就没事了，没有任何伤害。"

总统："如果辩护最终击败了指控……我认为教育是很有必要的，马丁，只要你不去伤害人，因为，如我所说，当无罪释放最终击败了没有根据的指控的时候，这是非常难堪的。"

戴斯先生："换句话说，为保护无辜的人们，我们必须极为小心，只要他们愿意与你合作。"

直至临近会话结束的时候，戴斯才开始谈及他对胡佛的抱怨："我承受着极大的压力，我被人取笑了，我受到了指责，我不得不为自己的所作所为付出高昂的代价。我要与你一起工作，我不想与执法部门发生误会，我唯一的要求是司法部作为回报应该提供某种程度的合作。这里有个例子。胡佛先生是个很优秀的人，但他抛出了一篇文章，在各方面都反对我们，该文章在全国的报刊上几乎都得到了转载。他说他无意反对我们，但公众的理解是在攻击我们。然后我们做了一些解释，他认为这是在攻击他。"[6]

罗斯福提议戴斯去与鲍勃·杰克逊谈谈，看看能否努力消除这种误解。戴斯确实去见了杰克逊，他们达成了交易。非美活动委员会同意，经司法部澄清之后，公开其能够获悉的任何情报，以避免干涉联邦调查局的调查工作。反过来，司法部同意向委员会提供感觉不能成功胜诉的案子情况。

这样，罗斯福和他的自由人士司法部长罗伯特·杰克逊就建立了一个机制，在以后的年月里，他们利用这个机制玷污了成千上万的美国人。

但胡佛不喜欢这个结果。

对马丁·戴斯来说，他的"珍珠港事件"来得早了四天。① 一九四一年十二月三日，埃德秘密会晤了这位联邦众议员并告诉他说，他有证据表明戴斯拿了两千美元的好处费，帮助一位来自古巴的犹太难民获得进入美国的法律许可。戴斯有口难辩只得承认指控，这样他就得靠 J. 埃德加·胡佛的手下留情了。此事没有正式起诉，塔姆那份关于谈话内容的一页纸的备忘录，淹没在局长的官方档案之中。

在一九四四年的委员会主席期满之前，虽然戴斯继续发布新闻攻击罗斯福（甚至还更加强烈地攻击其妻子埃莉诺），但他再也没有参加过委员会的公开听证会。而且，或许用不着言明，他也没有再次攻击联邦调查局或其局长。

马丁·戴斯已经不会"乱说乱动"了。至于众议院非美活动委员会，在戴斯继任人的领导下，已经几乎成了联邦调查局的附属机构。在以后三十年该委员会继续存在期间，J. 埃德加·胡佛为了自己的目的，一直在掌控和利用它。

一九四一年七月一日，查尔斯·埃文斯·休斯退休了。罗斯福任命了胡佛的老领导、美国最高法院首席大法官哈伦·菲斯克·斯通作为他的接班人。为填补由此引起的空缺，富兰克林·德拉诺·罗斯福指定罗伯特·杰克逊去担任最高法院的领导人。

在被问及喜欢让谁接替司法部长的时候，杰克逊推荐了自己的朋友、时任副部长的弗朗西斯·比德尔。联邦调查局局长地位之巩固，可从罗斯福的立即追问中得到再好不过的暗示："弗朗西斯与胡佛合得来吗?"[7]

从各方面来看，他们都是很难相处的。比德尔在巴黎出生，在哈佛上学，是费城的贵族和自由人士，他正是胡佛通常所鄙视的那种人。但他们却能够相处，而且相处得很好，也许是因为比德尔是试图认真"剖析"J. 埃德加·胡佛的第一位司法部长。

比德尔后来承认说，在对待首都的政治问题上，他也是有点天真的。"当时

---

① 相对于使美国倒霉的 1941 年 12 月 7 日的珍珠港事件，这里指的是戴斯的倒霉事件。——译注

的华盛顿，现在也一样，到处都是阴谋诡计，我是比较纯洁的。在发觉被捅了一刀之前，我很难怀疑和认定有谁不忠。"[8]

比德尔还在考虑是否上任履职的时候，《纽约先驱论坛报》记者问他是否打算炒掉 J. 埃德加·胡佛。这是一个老套路，比德尔却中招了，他立即否认这种意图。也许是胡佛一位助手设定的问题，显然没有在他身上发生。

比德尔不但不想炒掉胡佛，还不相信这个可能性。他明白，联邦调查局局长"是由司法部长任命的，不是根据几年的任期，而是根据其在任上的良好表现，而且没有一位司法部长会想到辞退他"。比德尔努力去理解胡佛的"复杂性格"。他咨询了几个人，包括首席大法官斯通。斯通点拨他说："如果胡佛信任你，那么他就会绝对忠诚；不然的话，你最好当心点。"斯通还提醒比德尔说，胡佛"必须时刻适应新来的司法部长"。[9]

"从性格上来说，"比德尔发现，"胡佛是一个保守的人，虽然这样简单的分类显然很难正确地反映和描述一种性格。埃德加·胡佛本质上是一个讲究立即行动的人。"而且，"与所有喜欢行动的人一样，"比德尔认为，"他在乎权力，在乎更大的权力；但与许多人不同的是，他把权力应用到毕生的工作之中——联邦调查局的成功。"[10]

胡佛也有一些弱点，比德尔很快明白，包括"他喜欢出风头，他其实大可不必对共产党员撒网捕捉，他对批评他所敬爱的调查局的过度敏感"。然而，"权衡他所取得的具体成就，"比德尔最后认为，"这些都不会使天平倾斜。"[11]

在他们打交道时，比德尔还感觉到了另一面，联邦调查局局长一直仔细克制着。在胡佛的"绝对自我控制的"背后，比德尔怀疑，"胡佛是有脾气的，如果他没能控制得住，或许是相当粗暴的。"[12]

在新上任的司法部长看来，联邦调查局局长的能力还没有完全发挥出来。根据记录，胡佛回避做决定，把自己定位为调查员的角色，他的工作是建立事实和准备案子的起诉，不是依据证据来做决定。诚如比德尔所指出的："这就针对批评筑起了一道防护墙。"然而，感觉"这么有价值的人，应该参与讨论和政策的制定"，司法部长建立了每周决策会议制度，与会人员是小范围的司法部高层官员，同时坚持要胡佛也参加。[13]比德尔承认，这些会议通常争论激烈，但至少他们迫使胡佛表态，或许由此可以减少某些幕后阴谋。

他还努力拉近与胡佛的个人关系，并产生了有趣的结果。"我想赢得他的信任。不久，他就在我办公室隔壁的房间里与我单独吃午饭了。他跟我开始互动，让我分享他的见多识广，主要是关于我的内阁同事们的一些趣闻，包括他们的喜好和厌恶，以及他们的弱点和关系。……

"埃德加不怎么欣赏高官的负面故事，尤其是如果这个矮个子伟人高傲自大或者一本正经。我必须承认，在一定的限度内，我喜欢倾听这些。他对人性的解读是敏锐的，或许是受到了经常性的负面行为曝光的影响。"

比德尔体会到，胡佛从自己的角度"知道如何恭维上司，让他感到舒服"。出差旅行时，司法部长可以指望一名特工来火车站见他，给他带来一大沓报纸，供他在旅途上阅读，抵达目的地时，也有特工来接站，用联邦调查局的公车带他去他想去的任何地方。

比德尔相信，这样的细致安排体现了"埃德加·胡佛人性的一面，这不是他一直能够享受的"。[14] 比德尔没有想到的是，这样的细致体贴也是监视的一种手段。

霍默·卡明斯曾经坚持严格的级别制度，但也协助建立了一个宣传帝国，在打击犯罪的斗争中、在削弱司法部长重要性的进程中、在把调查局局长提升为几近传奇人物的过程中，给了联邦调查局许多荣誉。弗兰克·墨菲则放手让胡佛去干，只要自己也能够一起出风头。罗伯特·杰克逊反对胡佛搞搭线窃听，但后来在总统站到联邦调查局局长一边的时候，他改变了态度。相比之下，胡佛虽然私底下经常批评比德尔——他的指控力度太软弱，胡佛对自己的助手抱怨——但他与这位司法部长相处得"很舒服"。比德尔在司法部长的位子上一直干到一九四五年罗斯福去世。[15]

原则上，比德尔是反对搭线窃听的——但没有付诸实践。"我一直认为，"比德尔在自传中写道，"搭线窃听是'肮脏的事情'，但并不比密探、便衣特工或线人更肮脏。当然，这是侵犯隐私的；但在侦破犯罪活动时，这一招特别有效。"杰克逊是一副与整个事情毫不相干的样子，相比之下，比德尔仔细审核每一个搭线窃听的申请，"有时候要求提供更多的情况，偶尔在（他）认为没有必要的时候，就予以拒绝。"①[16] 这一点也难不倒胡佛。如果不能使用搭线窃听，

① 但司法部长比德尔在 1941 年 11 月批准了对洛杉矶商会的搭线窃听要求，即使他知道该组织"在那个时候并没有间谍活动的记录"。[17]

他就代之以监听器，因为按照他的理解，话筒监听不需要司法部长的批准。

一九四三年，司法部长比德尔发现并审查了"监禁拘留名单"，他认为这是"不切实际、不明智、不合法和绝对不可靠的"。他命令胡佛弃之不用。[18]从字面上，胡佛照办了，他把名字改为"安全索引"，指示他的助手对司法部保密。但作为全国首席司法官的比德尔，却批准了强制拘留十一万名日裔美国人——其中七万人是在美国出生的——把他们关进了铁丝网内的"安置营"。

（胡佛反对这种拘留，但不是因为经常要遵守的《第一修正案》的理由，而是因为他相信，最有可能的间谍，已经在珍珠港事件爆发后的二十四小时内被联邦调查局逮捕。因此这个安置营，以胡佛的观点来看，暗示着对调查局努力不够的批评。战后，胡佛的反对意见得到了许多报道。但根本没有提及联邦调查局局长在一九三八至一九四〇年间发给罗斯福的备忘录，警告总统说，纳粹和苏联已经在犹太难民中安插了秘密间谍，也没有报道胡佛反对放松欧洲犹太人的移民配额，因为他深信，其中许多人是共产党员。）

在胡佛的大力支持下，比德尔反对在一九四〇年六月通过的《外侨登记法》（或《史密斯法》①）。但他只是在回顾往事，因为他已经起诉了第一批二十九个被告。

杰克逊离开司法部长办公室之后，比德尔继承了哈里·布里奇斯遭驱逐的案子。在承认这位劳工领袖共产党员身份的证据"不足"的情况下，在胡佛的刺激下，比德尔还是把该案起诉到了美国最高法院。[19]而且在布里奇斯抓住联邦调查局两名特工搞妥协的把柄之后，比德尔还挺身而出为调查局长辩解。

"只要提起哈里·布里奇斯的名字，局长就会脸色发青。"旧金山分局一位前特工回忆说，"许多人的生涯随着该案子开始和结束。这是胡佛最大的失败之一，除了自己，他指责了每一个人。"[20]

哈里·兰顿·布里奇斯出生在澳大利亚，一九二〇年以海员移民的身份抵达美国。他在旧金山码头当了一名装卸工，成为一个好斗的劳工组织者，领导

① 《史密斯法》是以弗吉尼亚州联邦众议员霍华德·W.史密斯的名字命名的，该法律要求外侨进行登记并留下指纹，如果他们参加了宣称要推翻美国政府的任何组织，则是违法的。这是按照组织来认定有罪的第一部联邦法律，在通过的时候没有得到广泛的宣传或辩论，因为大多数人都认为这只涉及外侨留指纹的事情。

了一九三四年的西海岸码头工人罢工，后当选为国际码头和仓库工人工会主席。在美国产业工会联合会（产联）从美国劳工联合会（劳联）分离出来后，他当上了西海岸的产联主席。与东海岸的对手不同，国际码头和仓库工人工会没有腐败。该工会还拒绝与船公司签订"损公肥私"的协议。[1] 其间，船公司已经与其他的一些大企业筹集了一笔巨款，其唯一目的是要摧毁布里奇斯及国际码头和仓库工人工会。胡佛为这些企业积极效劳。旧金山分局的布里奇斯专案小组，花费了几千个工时，企图证明布里奇斯是一个秘密共产党员，因而可驱逐出境。在调查报告材料积聚到两千五百页，并经过十多次询问、听证和上诉之后，布里奇斯还稳稳当当地在美国，依然是国际码头和仓库工人工会的领导人，依然是产联的实权人物。[2]

好像这样还不够糟糕似的，布里奇斯还犯下了一个不可饶恕的罪行：他公开取笑联邦调查局。

受到多年的调查之后，布里奇斯发觉很容易发现联邦调查局的监控。他告诉《纽约客》杂志作家圣克莱尔·麦凯尔维，当你登记入住酒店的时候，联邦调查局特工通常想租住隔壁的房间。"因此，你通过隔壁房间的底下门缝去看去听。如果你能看到两双男人脚在房间里走动，而且听不到讲话只有耳语的时候，你就基本上可以肯定，那个房间里住了联邦特工……当然，你还常常可以看到搭线窃听的设备——电线和耳机等——全都堆放在那个房间里，然后你就确信无疑了。"

一旦发现他们，布里奇斯喜欢与特工们玩玩小游戏。其中一个游戏是请来一帮朋友。"我们天南地北地什么话题都谈——例如，我们打算接管金贝尔百货公司的罢工，这样我们就可以用漂亮的金贝尔女营业员去接管纽约的码头工人。"对布里奇斯来说，打字声表示，这个耸人听闻的消息很快就会抵达 J. 埃德

<hr>

[1] 指工会领导人与雇主签订的有利于自己但不利于工人的协议。——译注
[2] 虽然布里奇斯的案子两次上诉到美国最高法院，而且两次判决都是有利于他，但直到 1955 年，司法部才宣布决定放弃长期以来要驱逐布里奇斯的诉求，而这个决定只是在联邦地区法官做出裁决之后才公布的。联邦法官裁决的依据是，政府没能证明布里奇斯是共产党员，或者他在入籍的时候隐瞒了这一事实。然而，又过了 3 年布里奇斯才获得美国公民的身份。即使在那个时候，胡佛还是没有放弃。直至 1972 年，即胡佛死去的那年，联邦调查局特工依然在监控布里奇斯的活动，并向局长报告。

加·胡佛的手中。或者布里奇斯干脆保持沉默，直至特工们认为他已经离开了房间；然后他就尾随他们到门厅、到电梯，一语不发地伴随他们到楼下的大堂。

发现大堂里的特工就更容易，布里奇斯声称："如果我没有发现认识的联邦特工，我就留心观察样子古怪的看报纸男人。他们手中的报纸放得很低，不时地从报纸上方用眼睛窥视周围的情况。"

甩掉"尾巴"也不成问题，折返后他就可以尾随他们了，通常可以一路跟到当地的分局。

一九四一年七月和八月，布里奇斯去了两次纽约。两次他都入住爱迪生酒店，而且两次拿到的都是同一个房间，即使在第二次去的时候他要求换一个便宜点的房间。确认自己的怀疑之后，他通过隔壁房间房门底下的隙缝看到了两双脚和一卷电线。

这一次，他决定与联邦特工玩个游戏。隔着第六大道的爱迪生酒店的正对面，是皮卡迪利酒店。在再次甩掉尾巴之后，布里奇斯在那里要了一个房间，由此可以俯视对面他自己和特工的房间，然后邀来一帮熟人，搞起了监视联邦特工的晚会。

知道联邦调查局很重视"垃圾桶"，布里奇斯就撕碎普普通通的信封和信纸，扔进了爱迪生酒店自己房间的垃圾桶内，然后走到马路对面与朋友们一起观看特工们耐心地拼凑信纸信封。为搞一些花样，他有时候会留下一些纸娃娃。或者，知道联邦调查局"很喜欢复写纸"，他向在一家旧衣店工作的女速记员要了一些已多次使用的复写纸。他确信，这些复写纸会很快被送往华盛顿的联邦调查局实验室，在那里，技术人员很可能会花上几个小时的时间，试图破译隐藏在里面的秘密代码，弄得手指头脏兮兮的。

在"与联邦调查局玩腻"了之后，布里奇斯邀请几位记者来观看演出。他还让他们检验了他从自己电话机上拆下来的话筒，以及联邦特工曾邀请过的一位年轻女子的证言，然后一起来倾听搭线窃听。①

看到马路对面的情景，两名特工突然间从对方的笑脸上明白自己受到了监视，他们狼狈地逃离了房间，匆忙中忘了拿走有联邦调查局信头的一份报告。[21]

---

① 从技术上来说，这不是"搭线窃听"，而是"无线监听"，因为特工们没有搭接电话线，但在布里奇斯房间内的电话机里安置了一个话筒。这种区别是相当重要的，因为搭线窃听需要司法部长的同意，而比德尔没有批准。

得知这个事件之后，克莱德·托尔森严厉盘问了两名特工；① 路·尼科尔斯试图隐瞒这个故事，但没有成功（《下午》杂志在封面刊登了该事件，麦凯尔维的文章也在几个月后登载在《纽约客》上，并成为一个经典故事——由此两份杂志双双上了调查局"不可接触"的黑名单）；丢尽了面子的 J. 埃德加·胡佛不得不向司法部长承认了这个令人窘迫的事件。

"我只得建议胡佛，让他把这个不幸的搭线窃听事件直接告诉总统。"比德尔回忆说，"我们一起去了白宫。富兰克林·德拉诺·罗斯福很开心；他露出了迷人的笑容，倾听着每一句话，在胡佛说完之后拍了拍他的背。'看在上帝的份上，埃德加，这是你第一次光着屁股被抓到了！'"[22]

胡佛显然认为这事情没那么有趣。当比德尔把这个故事写进他的自传《简单的权力》，并于一九六七年出版后，胡佛称这位前司法部长在说谎，并否认发生在白宫的这个事情。当然，那个时候罗斯福早就死了，再也不可能反驳他了。

司法部长比德尔知道"那两个人互相欣赏互相理解"，所以在罗斯福和胡佛私下里会面，没有他参与时，他从不抱怨。他也没有认为这样的会面是在回避他的权威。他知道"总统不太在乎行政细节"，所以他认为，每次会见应该都是罗斯福安排的，而不是胡佛。他之所以这么相信，是因为胡佛这么告诉过他。"（罗斯福）不时地把埃德加·胡佛叫过去，讨论他要悄悄地去做的事情，而且通常很急。胡佛会很快向我报告这事。我知道总统有时候会在事后解释说：'弗朗西斯，顺便说一下，我不想打扰你，前两天我叫埃德加·胡佛过来讨论了……'"[23]

弗朗西斯·比德尔是认真研究过 J. 埃德加·胡佛的第一位司法部长。他既不是第一位也不是最后一位胡佛所"分析过"的司法部长——与往常一样，胡佛都是分析得十分准确的。

有了与总统直接接触的渠道，司法部长可以提出他要求的所有事情，联邦

---

① 多年后，两名特工的其中一人，伊维尔·扬格当选为加州司法局长。竞选期间，共和党候选人扬格常常提及他在联邦调查局的 5 年光荣生涯。这引起了已经退休的国际码头和仓库工人工会主席的极大兴趣，因为他与朋友们一起欣赏过这个笑话，但他没有声张，因为那个时候他自己也是共和党人。

调查局的权限近来也扩展到不但包括国内情报，而且还有西半球的国外情报，[①]胡佛应该很满足了。但他没有。他还想得到更多。

阿道尔夫·伯利是国务院的副国务卿，他在一九四〇年六月三日的日记中写道："……去 J. 埃德加·胡佛的办公室参加一次长时间的会面，讨论情报协调的问题。我们同意设立我一直在敦促的一个小组，进行计划制订……我们也做出决定，该是我们必须考虑建立一个秘密情报部门的时候了，因为我猜想世界上每一个大国的外交部都有情报机关，而我们从来不曾触及。"[24]

在与罗斯福和伯利，尤其是在与自己助手的谈话中，胡佛显然有一个特别的目标，即把联邦调查局扩展成为一个全球情报收集机构。

对胡佛不幸的是，其他人也有类似的想法。而且因为是秘密开会讨论，胡佛心目中梦寐以求的奖品，将会落入威廉·"野比尔"·多诺万的手中。

随着战争在欧洲的爆发，根据国务院关于任何形式的国际合作都是违反美国中立的命令，联邦调查局已经切断了与英国情报机关的联络。

许多急需海上运输的物资，受到了在西半球活动的德国间谍的威胁，英国人，尤其是温斯顿·丘吉尔，急于与美国情报机关重新建立紧密的工作关系，因此在一九四〇年春天，英国派遣密使威廉·史蒂芬森（代号"勇士"）到美国接触联邦调查局局长。

拳击冠军吉内·滕尼是他们共同的朋友，他介绍他们见面了。胡佛认真听取了史蒂芬森提出的英国建议。史蒂芬森的情况透露使事情相当清楚了，他说，美国驻伦敦使馆——也就是约瑟夫·肯尼迪大使的领域——的一名译电员一直在截取罗斯福与丘吉尔的通话，并把内容转给了德国人。

---

① 1940 年 6 月 24 日——为结束联邦调查局、军事情报局、海军情报局和国务院之间的明争暗斗——罗斯福总统签署命令，指定西半球所有的情报工作，都由联邦调查局新成立的部门特别情报处来负责。

　　军事情报局、海军情报局和国务院或多或少地负责世界的其他地区。这些情报机构都应该分享获取的情报，其实往往是做不到的。

　　特别情报处的人员组成，基本上是新雇佣的 150 名特工，这事胡佛在 1939 年 11 月向众议院拨款委员会报告时提及过。因为语言能力和其他技能而录用的这批精英干部，经过特别培训后，被派往墨西哥、中美洲、南美洲、加勒比海和加拿大，在那里他们与那些国家的情报官建立了紧密的联系。

　　战后，这些特工有一部分辞职离开联邦调查局，成为中央情报局内部的"胡佛间谍"。

胡佛回答说，他很愿意与英国人合作，但由于国务院的命令他不能那样做。"没有总统的直接批准，我不能违反这个指令。"

"如果我能得到总统的同意呢？"史蒂芬森说。

"那我们就直接开展合作。"胡佛回答，"就你我之间，别人都不得参与，国务院也不行，任何人都不行。"

"你会得到总统的批准。"史蒂芬森告诉胡佛。

欧内斯特·库尼奥也是他们共同的朋友，他去见罗斯福了。根据库尼奥的说法，总统的反应相当热情，总统告诉他说："联邦调查局与英国情报机关之间应该有最亲密的联姻。"[25]

如果罗斯福是书面批准的，那么该批准书从来没有出现过。更有可能的是，他的同意是口头的。① 但即使是口头同意，风险依然很大：根据当时美国的孤立主义姿态，这样的许可如果公之于众，很可能会构成违反中立，其结果肯定会不利于罗斯福在一九四〇年的连任竞选战役。

在英国贸易委员会的招牌下，史蒂芬森建立了英国安全协调中心，其初期与联邦调查局的合作是很紧密的，连这个名字也是胡佛给起的。虽然其总部只是在纽约洛克菲勒广场的一个小套房——3606 房间，但高峰期在美国有一千人在为英国安全协调中心工作，在加拿大和拉丁美洲另有两千人。其开展的最大的一次行动，是在最不可能的地点——百慕大。但南美与欧洲之间的所有邮件，都是通过那里中转的，包括外交邮袋，英国安全协调中心建立了一个强大的情报站，配置了经验丰富的信件开启和密码破译人员，其成果与联邦调查局分享。

这是一种奇特的联姻——英国人很快就明白，胡佛是仇英的，② 但在一段时间内还是不错的。光是一九四一年期间，英国安全协调中心就向联邦调查局提交了十万份绝密报告。更难能可贵的是，喜欢对自己的行动保持低调的史蒂芬森，欣然同意把英国人的成就全都归功于胡佛。

可以预见这场联姻会在什么时候变味：事情发生在一九四一年七月十一日，

---

① 这可从 1941 年 12 月 22 日司法部长弗朗西斯·比德尔写给总统的一份备忘录得到证明。比德尔在备忘录中提议，他"正式确认"联邦调查局与英国、加拿大和墨西哥情报组织之间的"非正式协议"。[26]

② 威廉·萨利文不得不忍受胡佛的偏见，根据他的说法："胡佛不喜欢英国人、不在乎法国人、讨厌荷兰人、不理解澳大利亚人。"[27]

那天罗斯福任命威廉·多诺万为情报协调局负责人。

　　多诺万和胡佛虽然是哥大法学院的同学，但两人既不是同路人，也不是朋友。多诺万在一九三二年竞选纽约州州长失利后，甚至参加了与罗斯福竞选总统的战役。随着欧洲形势的持续紧张，约翰·洛德·奥布莱恩说服总统，他那旅行经验丰富的门生或许是执行"特别任务"的优秀人选。罗斯福来了兴趣，他派遣多诺万去执行一些任务，包括好几次英国之行，在那里他避开持失败主义观点的美国大使约瑟夫·肯尼迪，直接与英国首相温斯顿·丘吉尔和其他英国高官打交道。

　　知道多诺万与美国总统关系密切，威廉·史蒂芬森很快与他"合作"了。多诺万了解了英国情报机关的内部观点，尤为重要的是关于密码破译、破坏、反间谍、心理战和政治战的情况。史蒂芬森也说服多诺万，美国急需其自己的能够协调全球情报的一个机构。多诺万拥有从英方获悉的精准的军事情报，他转而说服了罗斯福。于是在一九四一年七月，总统任命多诺万为一个新的组织——情报协调局的负责人，这使胡佛和他在国务院、陆军和海军情报部门的对手很不高兴。一年后，该组织改名为战略情报局。

　　虽然胡佛竭尽全力反对多诺万的任命，但他也应该为此承担部分责任。几个月来，联邦调查局局长一直在与陆军情报部门的谢尔曼·迈尔斯将军较劲，焦点是哪个组织具有哪方面情报的权力。理查德·邓禄普评论说，总统"被迈尔斯与胡佛之间这种毫不妥协和小家子气的口水战搞得十分恼火，他认为早就应该成立一个统一的战略情报机构"，于是他采纳了多诺万－史蒂芬森的计划。[28]

　　史蒂芬森发电报给伦敦说："经过几个月的战斗和在华盛顿的艰难驾驭，我们的人终于到位了，我真的可以松一口气了。"[29]

　　胡佛清楚地知道史蒂芬森帮了多诺万大忙，他停止了与英国安全协调中心的合作。他继续使用该中心发来的报告，当作是他自己的报告转发给罗斯福，但英国人很快就发现，现在这已经是一条单行线了。

　　"联邦调查局的日常工作关系一直是很有帮助的，"英国安全协调中心的赫伯特·罗兰德回忆说，"只是在看到罗斯福采纳了成立一个统一的能够协调的情报机构的建议之后，胡佛才命令下属部门领导人切断与我们的合作。"[30]

　　史蒂芬森手下的"肮脏把戏"专家、海军少校尤恩·蒙塔古看得很透彻，他回忆说，胡佛"事事都想出风头，由此来增强联邦调查局的声望。我们不敢向他透露某些计划，害怕会泄露出去。我们的方法是依赖于保密的。所以胡佛是最不可信任的。一个可怕的时期开始了"。[31]

即使那样，英国安全协调中心的日子也要比多诺万的新机构好过一些。根据胡佛的命令，精心挑选的特工渗入了羽毛未丰的情报协调局，有些后来上升到了战略情报局以及改名后的中央情报局的关键岗位。由于联邦调查局承担着战略情报局和中央情报局申请人的背景调查工作，胡佛知道多诺万手下特工的身份，许多人都受到了监视。露丝·希普利夫人是胡佛在华盛顿的一个亲密盟友，她也是美国护照管理局的负责人，她在多诺万要去参加秘密行动的护照上盖上了"OSS"（战略情报局）的章，直至总统接到了抱怨才停止这种做法。早在一九二四年多诺万是胡佛在司法部的名义上领导人的时候，胡佛就为多诺万建立了档案，现在其中添加了泄密、① 金融交易和无数次通奸的报告。每当多诺万或其手下人员犯下严重错误的时候——前情报协调局/战略情报局情报官承认确实有许多——胡佛就会急忙写成一份备忘录送往白宫。例如，战略情报局特工独自行动，闯入日本驻葡萄牙使馆，偷走了外交密码本——殊不知美国的情报部门已经破译了密码。发现损失后，日本人改变了密码，由此多诺万又多了一个官场上的敌人——参谋长联席会议。

即使战略情报局官员的亲属，也没有逃过胡佛的关注。一九四二年，一个波兰的大学教授申请加入联邦调查局担任俄语译员。联邦调查局的监视发现，他与艾伦和约翰·福斯特的妹妹埃莉诺·杜勒斯有风流韵事，两人一星期幽会三次（周二、周六和周日），已经有五年时间了，胡佛因此而拒绝了他。对多诺万来说，胡佛的敌人就是朋友，他很快录用了他，还评论说："我们比胡佛更需要俄语专家。"②[33]

---

① 斯坦利·洛弗尔评论说："比尔·多诺万把他的安全官员韦斯顿·豪兰和阿奇博尔德·范博伊伦逼得快要发疯了。据我们安全主管的说法，比尔·多诺万在鸡尾酒会或晚宴上毫无顾忌地谈及绝密事情，受到批评时还火冒三丈。"[32]

② 杜勒斯家庭传记作家伦纳德·莫斯利说，那人"在情报协调局/战略情报局一直工作到二战结束"，而"他与埃莉诺·杜勒斯的每周三次幽会关系又维持了十四年"。虽然艾伦·杜勒斯从多诺万那里知道了该事，但他从来没有告诉妹妹他知道这事。莫斯利还补充说，艾伦也没有对他的兄弟福斯特提及此事。[34]

多诺万经常成为受捉弄的目标。例如他的人员招募工作做得很烂。欧内斯特·库尼奥回忆说，有一次多诺万要求为他招募的一个人发放特别的入境签证，但受到了胡佛的阻止。问题在于，多诺万告诉库尼奥，那人犯过"几个幼稚的错误"。库尼奥去见司法部长比德尔。比德尔说，幼稚的恶作剧错误是可以忽视的。库尼奥刚刚跨进自己的办公室，电话铃就响起来了，比德尔要他返回司法部。当他抵达的时候，联邦调查局局长与司法部长在一起。"几个幼稚的错误？"比德尔一反常态地喊道，"告诉他，埃德加！"胡佛朗读了那人的刑事犯罪登记表，内容包括两次一级谋杀罪、两次过失杀人和一长串驳回的起诉。[35] 胡佛还把这事在情报界广为传播。

对胡佛来说，更大的罪孽是多诺万对共产党人的态度。多诺万常常说，只要能做好工作，任何人都可以受雇。胡佛三番五次地告诉他，某某申请人是已知的或怀疑的共产党员，但多诺万照样录用。

虽然胡佛认为他的反对意见都记录在案，但他没有传播这些事件。他把它们保留下来，以备以后之需。

胡佛对多诺万的名誉攻击，使得英国安全协调中心几乎难以为继。英国安全协调中心情报官唐纳德·唐斯评论说："联邦调查局与战略情报局之间的无人地带，是一块危险的区域。"[36]

胡佛在国务院的亲密盟友阿道尔夫·伯利反对英国安全协调中心。他在日记中吐露："没人给过我们正当的理由，为什么要在美国设立一个英国的间谍系统。"他试图割断战略情报局与英国安全协调中心之间的联系，建议说英国安全协调中心应该只能与联邦调查局联系。获悉此事后，英国情报部门指派一个叫佩因特的特工负责"搜罗"伯利的"丑闻"。警惕到这个阴谋后，埃德·塔姆警告了这位副国务卿。胡佛和塔姆还通知史蒂芬森，要他让佩因特在今晚六点钟之前离开美国，"不然后果会很严重"。声称"他手下的人会做出惊奇和恐惧的事情"，史蒂芬森当晚就让佩因特坐上了飞往加拿大蒙特利尔的一班飞机。①[37]

---

① 伯利还深信英国安全协调中心在窃听他的电话。担任英国人与白宫之间联络员的欧内斯特·库尼奥试图说服他别瞎猜，对此，伯利苦笑了一下说："你要不要听听录音回放？"[38]

伯利与联邦调查局局长不仅仅是同盟的关系。胡佛还秘密地支持由他曾经一度的敌人、参议员肯尼斯·麦凯勒提议的一个法案，即最大限度地限制外国特工——不管是友好的还是敌对的——在美国开展行动。而且该法案还要把原来由国务院负责对他们活动的监督，转移到联邦调查局来，并让国务院对联邦调查局开放所有的记录。史蒂芬森的代理人多诺万直接去找富兰克林·德拉诺·罗斯福，说服他否决了该法案。总统后来签署的该法案的修订版，给英国安全协调中心开了个绿灯。

罗斯福不想为难战略情报局和英国安全协调中心。它们都是很有用的。他利用这两个机构开展了一些秘密行动，这么做他要么是不信任胡佛，要么是他感觉联邦调查局局长也许会拒绝。例如，在丑化持孤立主义观点的参议员伯顿·K.惠勒的战役中，史蒂芬森是幕后推手，英国安全协调中心的特工收集到的情报显示，这位参议员的一个助手利用国会免费邮寄的特权在散布纳粹宣传。

胡佛没能赶走英国安全协调中心，但现在他只对其提供象征性的合作。英国客人访问联邦调查局时，受到的接待是冷冰冰的，虽然可以说是正式的，这是海军中校伊恩·弗莱明①陪同英国海军情报局局长访问联邦调查局局长时的感受。弗莱明发觉胡佛是"一个矮矮胖胖的谜一般的人物，他的眼睛转动迟缓，嘴巴像个陷阱似的。他体面地接待我们，专注地（像个证人）倾听我们讲述的某些安全问题，然后坚定地但有礼貌地说，他对我们的任务不感兴趣"。

"胡佛的否定回答，就像猫爪子那样轻柔，"弗莱明在战后回忆说，"在为我们帮忙的气氛中，他带我们参观了联邦调查局实验室和记录处，接着去了地下室的射击场。至今我的脑海里还会映现出那个庞大的黑乎乎的地窖，我的耳畔还会响起教官在对着靶子试射汤普森冲锋枪时的爆裂声。然后，一次坚定的握手之后，他就把我们送到了门口。"[39]

英国特工达斯科·波波夫，也就是人们认为伊恩·弗莱明塑造的詹姆斯·邦德的原型，所受到的接待更为冷漠——由此对美国造成了悲剧的结果。

花花公子波波夫出生在南斯拉夫一个富商的家庭。一九四〇年初，德国军事情报局阿勃维尔找上门来，要求他当间谍。他立即把这事报告了英国反间谍

---

① 也是 007 系列小说的作者。——译注

机构——军情六局。经过德国人和英国人对他的强化培训之后——德国人给他的代号是"伊凡",英国人给的是"三轮车"——波波夫成为英国最成功的双面间谍,他提供给纳粹的假情报,使英国人打了几场漂亮的间谍战。

一九四一年夏天,阿勃维尔安排波波夫去美国。带上阿勃维尔提供的最先进的随身装备,包括"微粒"——微缩技术,即一页纸的文件经拍照后可微缩至一个句号或逗号那样的尺寸,然后插入到普通的通讯之中——波波夫肩负着两项使命,他要建立一个庞大的间谍网,还要为日本人执行一项非常重要的任务。波波夫被告知,后者是"头等重要"的。

在赴美国之前,波波夫报告了军情六局。他的英国管理员对日本人的调查问卷尤其感兴趣,所以他得到了一个微粒文件。

一九四一年八月十六日,英国"二十委员会"主席 J.C.马斯特曼收到了调查问卷的一个副本。仔细审阅之后,马斯特曼注意到,其中三分之一的问题与夏威夷有关,尤其是珍珠港。他还观察到其他的问题都是一般性的或者是统计数字,而有关珍珠港的问题都是特别的。例如,调查问卷要求"关于珍珠港岛上的海军弹药和水雷库的详情。最好提供草图……扫雷舰艇的基地哪里?船闸东边和东南边入口处的挖泥进展如何?水深多少?……码头的具体详情和草图,包括泊位、修理车间、油库,以及一号干船坞和正在建造的新船坞的情况"。调查问卷还要求提供能够显示有关希卡姆、惠勒、卢克和卡内奥赫机场的确切地点和设施草图。[40]

马斯特曼认为:"因此可以合理地推测,该调查问卷非常清楚地表明如果美国参战,那么珍珠港是第一个会受到攻击的目标,而且到一九四一年八月的时候,进攻计划已经是高级阶段了。"[41]

波波夫和英国人得到的其他情报,不但支持这种结论,还显示了可能的进攻模式。另一个双面间谍,也是波波夫的朋友,与德国空军武官随员一起,最近陪同日本海军军官的一个访问团去了意大利塔兰托。波波夫被告知,日本人的主要兴趣,是确定如何在偷袭中使用从航母上起飞的鱼雷机,英国人已经几乎忘记了意大利舰队。

抵达美国后,波波夫遇到了联邦调查局纽约分局的珀西·福克斯沃思。他向对方解释了微粒的秘密,并把日本人的调查问卷和其他材料交给了他。

然后波波夫等待联邦调查局同意他设立虚假的间谍网。这是一次漫长的等待。其间他恢复了花花公子的生活方式。他用德国人提供的经费，在公园大道与第六十一街的街角租了一个顶楼套房，在那里他与法国女演员西蒙妮·西蒙重续前缘。在西蒙妮返回好莱坞后，波波夫也没有闲着。纽约分局一位前特工说："据我记忆——我的记忆是很清楚的——波波夫喜欢双胞胎姐妹，但由于双胞胎不好找，他常常与另外的两位女房客共度良宵。"[42] 许多事情都难以逃过联邦调查局的关注，波波夫向另一位英国特工抱怨说："如果我弯腰去闻盆花，也会触及监控器，弄得我鼻尖痒痒的。"[43]

"胡佛先生是道德高尚的人。"福克斯沃思提醒波波夫，他在准备已经耽搁良久的与局长的见面。福克斯沃思很想补充说一下，但没有说出来的是，局长很不高兴，因为这个双面间谍频繁出入他喜欢的地方——斯托克会所，局长在那里出手大方，名声很好，女伴愿意进入贵宾包厢服务。

会面很简短。联邦调查局局长不需要外国间谍的帮助，局长告诉他："没有你或者任何人的帮助，我照样可以抓住间谍。"他还指责波波夫"与所有的双面间谍一样。你乞求获得情报，以便出售给你的德国朋友赚取大量金钱，去过你的花花公子生活"。

没有提及日本人调查问卷和微粒。胡佛相信，微粒的发现是很重要的，于是在波波夫抵达后几天的一九四一年九月三日，他发了一份"绝密"报告给白宫。[44] 战争结束后，他的一个影子写手以此为题材，在《读者文摘》上刊登了一篇文章，称其为"敌人的骗局杰作"。

文章本身就有点"骗局杰作"的味道。它没有提及波波夫，把功劳都归属于联邦调查局实验室一位匿名的技术员，还声称起初微粒是在"（一个）信封的正面"被发现的，显然试图掩盖联邦调查局在开启往来国内外邮件的事实。根据一个特别项目，调查局的这种做法一直延续到一九六六年七月，中间只有过几次短暂的停顿。[45]

但胡佛并没有夸大微粒的重要性。联邦调查局从英国人在百慕大审查中获取的第一批微粒信息，包括了有关美国原子能项目的问题。

波波夫不知道的是，联邦调查局已经有了其他的证据表明日本对夏威夷特别感兴趣。一九四一年春天，英国人截获了一份报告，那是代号为康拉德的德国间谍发给一位"中国史密斯先生"的，报告的内容包括了夏威夷群岛的防务详情，还有地图和照片，尤其是珍珠港的。康拉德写道："这个，我们的黄种人盟友应该会特别感兴趣。"[46]

康拉德的报告，加上波波夫的日本人调查问卷——以及他的关于此事最为重要的指示——应该能够在联邦调查局总部敲响警钟，但显然没有。虽然联邦调查局能够确定，"中国史密斯先生"是德国间谍使用的一条邮路，但他们一开始没能确定康拉德的身份。

然而，一九四一年三月十八日晚上，一个男子在纽约市时代广场穿过百老汇大街的时候，被一辆出租车撞倒了，然后遭到了第二辆汽车的碾压。那人一直昏迷不醒，第二天死在了医院里。① 根据那人下榻的塔夫特酒店经理的报告，联邦调查局打开了他的行李，从中发现了信件和其他证据，表明他是个纳粹间谍。在英国人的帮助下，但主要还是依靠自己特工的艰苦努力，联邦调查局摧毁了整个阿勃维尔的间谍网，很可能这是当时在美国开展的最大规模的一次行动。联邦调查局还获悉，车祸的受害人名叫乌尔里希·冯·奥斯滕，是德国情报机构的一名上尉，他也是谍报网的间谍头子，使用过好几个代号，包括康拉德。

考虑到日期，在康拉德遭截获的报告未能抵达之后，有可能阿勃维尔给波波夫布置了任务，也有可能波波夫要建立的间谍网其实是要取代冯·奥斯滕的。在他死去和其后的逮捕活动中，阿勃维尔知道事情已经"黄了"。

J.埃德加·胡佛不是这么看。他不相信双面间谍。虽然有时候他也授权使用他们，② 但他是事出无奈的。谁能够保证，背叛了一次就不会再次背叛？

---

① 不止一个理由暗示，死亡并不是因为意外的车祸。威廉·史蒂文森在他的《一个叫勇士的男人：秘密战争》一书中坦陈，该间谍是被英国安全协调中心"撵走"的。根据史蒂文森的说法："英国安全协调中心有其自己的处理这种讨厌事情的特工小组。正常的做法是该受害人'已经去了加拿大'，这样的命运安排似乎比警察的死亡公告更为可信。"欧内斯特·库尼奥怀疑谋杀。假如真的是谋杀，他说，那么胡佛或罗斯福知道后，英国人就得立即从美国滚蛋。[47]

② 虽然大多数双面间谍的建议都被胡佛否决了，因为他喜欢使用线人，但联邦调查局大张旗鼓渲染的其中一个案子，则涉及一个叫威廉·西伯德的双面间谍的使用。西伯德是入籍美国的公民，他受到了在德国亲属会被处死的威胁，于是他同意为德国人刺探情报，实际上他报告了联邦调查局。在长岛设立无线电台之后，特工们冒充西伯德向德国发送假情报，而西伯德本人则被用作诱饵去诱捕其他间谍。电影《间谍战》就是根据该案子改编的。

他还强烈反对波波夫放荡的生活方式。如果波波夫在与联邦调查局合作的事情传出去，则让"调查局难堪"的潜在影响将会是巨大的。

从不信任波波夫，显然只要跨出一小步就是不信任他带来的情报，虽然该情报与联邦调查局已经得到的情报相符合。英国人相信波波夫的情报是真实的，但在 J.埃德加·胡佛看来，这是没有说服力的。

而且，联邦调查局很可能已经收到了关于敌人意图的几百份报告，其中很多是自相矛盾的、不正确的或干脆是虚假的。

但还是难以解释胡佛当时的做法。他什么也没做。他没去警告总统，两个德国间谍接受了为日本人研究珍珠港防务的任务，最后一个间谍还被告知"这是头等重要的"，表明只是一个时间问题。他也没有告诉总统，关于日本海军团组考察意大利的事情。

然而他确实发送给总统——在一九四一年九月三日那天，他发送了几封信件，其中一封他表达了发现微粒的功劳——关于日本人调查问卷的节译本；但他省略了关于夏威夷的整个部分，包括针对珍珠港的所有特别问题。①

对达斯科·波波夫来说，他在美国的使命几乎是灾难性的。联邦调查局不但没有使用他的独特的处境和才能——波波夫相信，或许是正确的，假如他能够建立起他的虚假的情报网，那么联邦调查局就能够在战争期间控制和指挥在美国的所有德国间谍——调查局还扣留了他从阿勃维尔收到的经费，差一点逮住了他的德国联络员（这会使他在德国人面前暴露他的双面间谍身份，从而结束他在英国人手里的用处），在他把一个未婚女子带往佛罗里达之后，还威胁要以违反《曼恩法》对他进行起诉。

在胡佛的坚持下，英国人辞退了达斯科·波波夫。对于离职，波波夫并没有感到不高兴。他觉得美国之行是浪费时间。只有一个特别重要的例外。

当日本人对珍珠港发动"奇袭"的时候，波波夫知道美国人应该已经做好了准备，正张网等待着。

---

① 人们纳闷，不知道"海军人士"——丘吉尔称呼罗斯福的代号，因为罗斯福担任过海军部副部长——在看到日本人调查问卷全文后，会得出什么结论。

资料来源：

[1] 官方绝密档案，编号：108。

[2] 官方绝密档案，编号：113。

[3] 德托莱达诺：《胡佛》，第 148 页。

[4] J. 埃德加·胡佛致司法部长杰克逊，1941 年 3 月 12 日。

[5] 迈克尔·雷斯津，"戴斯委员会，1938 年"，编辑：小亚瑟·M. 施莱辛格和罗杰·布伦斯：《国会调查：1792 年至 1974 年的历史记录》，卷 4（纽约：切尔西出版社，1975 年），第 2949 页。

[6] 总统与马丁·戴斯会面的记录稿，1940 年 11 月 29 日。

[7] 比德尔：《简单》，第 164 页。

[8] 同上，第 256 页。

[9] 同上，第 258 页。

[10] 同上，第 258—260 页。

[11] 同上，第 261 页。

[12] 同上，第 259 页。

[13] 同上，第 257 页。

[14] 同上，第 258—259 页。

[15] 德托莱达诺：《胡佛》，第 161 页。

[16] 比德尔：《简单》，第 167—168 页。

[17] 司法部长比德尔致 J. 埃德加·胡佛，1942 年 11 月 19 日。

[18] 司法部长致司法部副部长考克斯和 J. 埃德加·胡佛，1943 年 7 月 16 日。

[19] 比德尔：《简单》，第 300 页。

[20] 前联邦特工。

[21] 圣克莱尔·麦凯尔维，"联邦调查局趣事"，《纽约客》，1941 年 10 月 11 日。

[22] 比德尔：《简单》，第 166 页。

[23] 同上，第 182—183 页。

[24] 伯利：《快进》，第 321 页。

[25] 库尼奥采访录；H. 蒙哥马利·海德：《3603 室：二战时期在纽约的英国情报中心的故事》（纽约：巴兰坦图书公司，1977 年），第 28—29 页；威廉·史蒂文森：《一个叫勇士的男人：秘密战争》（纽约：哈考特·布雷斯·乔瓦诺维奇出版社，1976

年），第 79—80 页。

[26] 司法部长比德尔致富兰克林·D.罗斯福，1941 年 12 月 22 日。

[27] 威廉·C.萨利文和比尔·布朗：《联邦调查局：我在胡佛手下的三十年》（纽约：W.
W.诺顿出版社，1979 年），第 184 页。

[28] 邓禄普：《多诺万》，第 280 页。

[29] 海德：《3603 室》，第 169 页。

[30] 史蒂文森：《勇士》，第 250 页。

[31] 同上，第 244 页。

[32] 洛弗尔：《间谍》，第 217 页。

[33] 伦纳德·莫斯利：《杜勒斯：埃莉诺、艾伦和约翰·福斯特·杜勒斯及其家庭关系
网》（纽约：戴尔出版社，1978 年），第 140—141 页。

[34] 同上。

[35] 库尼奥采访录。

[36] 唐纳德·唐斯：《红线：战时谍报冒险》（伦敦：德里克·弗斯科伊尔出版公司，
1953 年），第 87 页。

[37] 伯利：《快进》，第 400—402 页。

[38] 库尼奥采访录。

[39] 史蒂文森：《勇士》，第 163—164 页。

[40] J.C.马斯特曼：《1939 至 1945 年战争期间的二十委员会系统》（纽黑文：耶鲁大学
出版社，1972 年），第 196—198 页；约翰·F.布拉泽尔和小莱斯利·B.劳特，"珍
珠港、微粒和 J.埃德加·胡佛"，《美国历史评论》，1982 年 12 月。

[41] 马斯特曼：《二十委员会》，第 80 页。

[42] 前联邦特工。

[43] 达斯科·波波夫：《间谍与反间谍》（康涅狄格州格林威治：福西特出版公司，1975
年），第 6 页。

[44] J.埃德加·胡佛致沃森（富兰克林·D.罗斯福），1941 年 9 月 3 日。

[45] J.埃德加·胡佛，"敌人的骗术杰作"，《读者文摘》，1946 年 4 月。

[46] 海德：《3603 室》，第 88—89 页。

[47] 史蒂文森：《勇士》，第 163 页和第 278 页；库尼奥采访录。

第六部
秘密战争

坎农先生："胡佛先生，这次战争涌现了好多优秀的指挥官，他们回来时得到了全国的认可。但我认为他们都没有你做得更好。我怀疑他们在战争中是不是真正像你那样做出了贡献，我祝贺你取得的伟大成就。但我希望你也能为财政部的收入做出同样大的贡献。"

——内华达州民主党联邦参议员霍华德·坎农
参议院拨款委员会，一九四五年十月二日

第二十章　敌国间谍

一九四一年十二月七日星期天。

局长助理埃德·塔姆与联邦调查局其他几位官员星期天下午放假了——那是两个多月来他的第一次放松——他们去观看华盛顿红皮队与费城老鹰队之间的一场橄榄球赛。比赛是在华盛顿的格里菲斯体育场举行的，赛事已经开始了，但在下午大约两点三十分的时候，扩音器里传来呼叫："爱德华·A.塔姆请注意……"

听到要去总部报到的通知后，塔姆及时回到联邦调查局总机房，接上了檀香山分局长罗伯特·希弗斯与正在纽约度周末的联邦调查局局长的无线电通话。

"日本人在轰炸珍珠港，"希弗斯告诉胡佛和塔姆，"消息是千真万确的——是日本的飞机。这是战争。"然后，希弗斯把电话听筒拿到敞开的窗户边，说："听吧！"[1]

虽然连接不是很好，线路上有许多静电声，他们两人听到的声音是不容置疑的。那是炸弹的爆炸声——炸弹击中停泊在港内的美国海军战列舰、巡洋舰、驱逐舰和其他舰船的爆炸声。

在整个华盛顿哥伦比亚特区，正在收音机旁边收听橄榄球比赛转播的联邦调查局员工，听到了广播里呼叫塔姆的声音，他们不等呼唤就去总部集中了。胡佛和托尔森是最后一批抵达的，因为要从纽约拉瓜迪亚机场租用飞机赶过来。

据罗伯特·亨登回忆，当时大家都有点迷茫，但更多的是郁闷。几个月来，联邦调查局一直在为这样的最终结果做准备，已经编制了在战争情况下很可能是危险人物的外侨名单。虽然已经做好了逮捕的准备，但没有司法部长的书面授权，联邦调查局是不能付诸实施的，而现在司法部长还在从底特律赶过来的路上。

在等待期间，塔姆通知各分局，名单上所有的 A、B 和 C 类日本人都要对他们进行严格监控。没有总部的命令还不能对他们实施拘留，但另一方面，也不能让他们逃走。

然而在比德尔抵达之后，他发现他还不能签署适当的授权书，必须等到总统签发一份紧急宣言之后，因此，第一批逮捕要等夜里才能开始。在德国和日本第二天向美国宣战后，联邦调查局已经把逮捕证都准备妥当了。在珍珠港遭偷袭后的七十二个小时之内，联邦调查局抓捕了三千八百四十六名日本、德国和意大利侨民。抓起来之后，他们就被移交给了移民和入籍事务局关押，直至举行听证会。与第一次世界大战期间的集中抓捕相反的是，这次的围捕很少发生暴力，也极少搞错身份。①

在百忙中的十二月八日，罗斯福要 J. 埃德加·胡佛"负责所有的报刊审查安排"。虽然这是个临时的任务，等到负责审查的局长选定、新的机构建立起来后就结束了，但胡佛认真接受了任务。在刚刚负责了几个小时之后，他就成功地封杀了《纽约时报》的一篇头版文章，该文章把珍珠港遭偷袭描述成美国历史上海军最糟糕的败仗（虽然显然事实如此），他还"说服"德鲁·皮尔逊和罗伯特·艾伦编辑一个"华盛顿旋转木马"的专栏，介绍了在夏威夷发生的实际详细损失。

根据胡佛发给总统新闻秘书史蒂夫·厄尔利的一份备忘录，他通知皮尔逊说，如果他和艾伦"继续刊登这样不正确和不爱国的声明，那么政府就会被迫直接恳求读者，并取消他们在媒体与政府之间关系的所有特权"。[2]

皮尔逊对他们的这段会话，有不同的回忆。他在日记中写道："我接到了胡佛的一个电话……其大意是，如果我们不封杀那个揭露珍珠港事件真相的故事，就把我投入监狱。我告诉埃德加，他是疯子，他不能违法把我投入监狱，法律也不是由他说了算。这些他都承认了，还说白宫的史蒂夫·厄尔利给他打了电

---

① 然而这是一次大规模的围捕。在第二次世界大战期间被抓的 16062 名敌侨中，只有不到三分之一的人遭拘留或遭返；大多数人不是获得假释就是得到释放——不可避免地导致了联邦调查局与移民和入籍事务局在对待危险分子上的不同标准的结论。

话，要他来吓唬我。"[3]

与往常一样，胡佛还是两边都不得罪，保持着与皮尔逊和厄尔利的亲密关系。

总统要联邦调查局局长负责报刊审查的决定，并不是任性的。几个月之前，在预计这个需要的时候，胡佛就已经指示他的助手为一个独立的机构建立一个模型计划，由一位平民负责，只向总统报告，运作模式是采取自愿的原则，由媒体和广播电台自行审查。十二月十八日，审查局第一任局长走马上任，他采用了业已存在的官僚主义结构，只是稍加改进，在整个战争时期一直是这个模式。

几个月之前，胡佛就明白一旦战争爆发，是急需语言人才的。他已经设立了联邦调查局语言培训学校。战争期间，该学校培养了几百个急需的翻译人才。

也在美国参战之前，胡佛已经建立了一个"工厂保护系统"，为的是保卫国防工厂和其他关键产业。每当发生令人可疑的事故，志愿通风报信者就会向联邦调查局报告。① 后来在战争结束的时候，胡佛吹嘘说，多亏了这个项目，联邦调查局才能保护美国的工业免受破坏。

虽然看起来胡佛已经考虑到了一切，但还有一个问题是联邦调查局局长所没有预见到的：特工的大量离职。

面对海量的离职要求，胡佛很快就放言说，如果任何人感觉入伍从军比在联邦调查局当特工更为重要或更为爱国，那以后就不要来申请复职。但还是有人离职去参军了，而大多数人则撤回了要求。

更大的威胁是征兵。在总统和司法部长的支持下，胡佛战胜了战争部、财政部和其他几个嫉妒心很强的机构，获得了"联邦调查局骨干员工免除兵役的许可"。[5]受益者包括 J. 埃德加·胡佛中校和克莱德·托尔森司令员，他们辞去了在陆军和海军的预备役；全体特工；实验室大多数技术员；指纹专家；和其他文员。②

但胡佛并不满足于现状。用免除征兵和降低招聘标准的诱惑——甚至再也没有了申请人必须具备法律或财会知识的要求——胡佛很快就把调查局的规模

---

① 不无巧合的是，志愿通风报信者也报告罢工活动、工会活动和其他劳工闹事的情况。根据《联邦调查局故事》，"通过这种反破坏的机制，联邦调查局才在战争的早期获悉共产党对几个工会组织的渗透程度，由此得到了共产党活动范围的警告"。[4]

② 1944 年春天，在国会和公众舆论的压力下，胡佛取消了 25 岁以下特工免征兵役的特权。

差不多加大了一倍。在战争初期的两年，联邦调查局员工的数量从七千四百二十增加到了一万三千三百一十七人，其中特工的人数从二千六百零二增加到了五千七百零二个。

在五千七百零二名特工中，大约十二个是黑人。面临司机和办公室文员的缺少，胡佛让他们当了特工，由此回击了美国有色人种协进会对联邦调查局的经常性抱怨，说它"像莲花般洁白"。①

但也不能说他保持着联邦调查局的"纯洁"。在一九二四年当上局长后，他留用了黑人特工詹姆斯·阿莫斯。阿莫斯曾经是西奥多·罗斯福的警卫员、男仆和朋友（罗斯福死在了阿莫斯的怀抱里），在胡佛的手下，他的主要工作是在靶场清理武器。除了阿莫斯，联邦调查局的其他黑人特工还包括局长的三个司机（在华盛顿特区的詹姆斯·克劳福德；在纽约市的哈罗德·卡尔；在洛杉矶的杰西·斯特赖德），和两名总部工作人员沃辛顿·史密斯和山姆·努瓦塞特。

《黑檀木》后来刊登的一篇标题为"联邦调查局的黑人"的颂扬文章，描写了胡佛与努瓦塞特，"他们两人的关系实际上为这个大机构设立了人种关系的模式"。[6]

这是文章中差不多唯一的真实描述。在十几个黑人特工中，"山姆先生从事的是最显而易见的工作，他是胡佛办公室的管家。他的职责是引导客人、当局长从单独的洗手间出来时递上毛巾、帮他穿大衣，以及打苍蝇"。

多年来，胡佛一直对虫子有一种神经质的害怕，还有苍蝇。有一次，胡佛在办公室里发现了一只苍蝇，命令努瓦塞特把它打死。努瓦塞特举起苍蝇拍，然后在半空中停住了，他犹豫了：苍蝇停在了局长身上！"打死它，打死它。"胡佛发出了尖叫，于是努瓦塞特挥拍打了下去——他后来复述了这个故事——"其实根本不需要那么用力"。[7]

努瓦塞特承担着陪同新特工礼节性地去与局长第一次见面的任务，借此机会他常常私下里与他们交上了朋友，警告他们在总部工作的危险性。比如当诺曼·奥勒斯塔德想在洗手间里发起交谈时，努瓦塞特打断了他。走到卫生间外面后，努瓦塞特提醒他说："小伙子，司法部隔墙有耳。"在这栋大楼里他必须事事当心、处处留意，尤其是在洗手间内，因为经常受到监控。"事实情况

---

① 指清一色白人，没有黑人和其他有色人种。——译注

是，老板不理解同性恋，但又对同性恋怕得要死，所以在头顶上方对你们实施了监控。"[8]

战前，胡佛对手下的特工专横霸道。因为联邦调查局不受民权的制约，无论受到多大的委屈或不公，都只能忍气吞声，但员工可以辞职。随着战争的爆发，很少有人提出辞职，因为离开调查局后就会应征入伍。胡佛对人员的控制现在几乎是绝对的了。

虽然哈罗德·"老爸"·内森要等一九四五年才退休（在政府部门服务四十二年之后），查尔斯·阿佩尔和弗兰克·鲍曼要留到一九四九年，调查局早期的大多数传奇人物现在都已经走了。

对于他们的离去，胡佛并没有不高兴。在新的联邦调查局，个性化是不受欢迎的。在需要他们特殊技能的时候，他只能忍受他们的个性，但他已经不再需要他们了。经过一堂接一堂课程的教育，穿上从流水线生产出来的统一的制服，联邦调查局培训学校培养出胡佛需要的那种人。感觉到不祥的预兆之后，约翰·凯斯在一九三六年辞职，去飞哥公司当了一名安全顾问。① 查理·温斯特德，胡佛最后的"雇佣枪手"，也在一九四二年离去了。胡佛之所以那么长时间能够忍受他的犟头倔脑，只是因为温斯特德已经被发配到了一个偏远的办事处，在那里他可以少惹些麻烦。但他还是触犯了一位女记者，说她对苏联的观点是"乌七八糟的，不值得一看"。虽然局长肯定不赞同该记者关于"苏联在为我们打仗"的说法，但他抓住这个机会教训温斯特德，命令他道歉并让他去调查局最令人讨厌的俄克拉荷马城报到。但温斯特德告诉局长"见鬼去吧"，然后就辞职并加入陆军情报部门，当了一名上尉情报官。[9]

新来的特工是不会惹麻烦的。战时加入联邦调查局的许多特工都留下来了，其中有些人升上了领导岗位，这当中有约翰·莫尔和威廉·萨利文。据萨利文的说法，他和二战期间毕业的同学们创立了一种特殊的思维模式，并一直伴随着他们在调查局的生涯："我们一直坚定地认为，在珍珠港事件之后，我们一直坚信……就像战场上的士兵那样。当他向敌人射击的时候，他不会自问：这是

---

① 两年后，在获悉自己得了不可开刀手术的癌症之后，凯斯开枪自杀了。与梅尔文·珀斯一样，他使用的也是在自己退休晚会上他的一位特工同事赠送给他的枪支。

不是合法？这是不是符合伦理道德？作为士兵，这是他应该做的事情。

"我们做的是该做的事情。这成了我们思维的一部分，我们人格的一部分。"[10]

在被告知别去理会"法律细节"之后，他们就一直没去理会，在冷战、朝鲜战争、越南战争和反情报项目——联邦调查局自己的反对持不同政见者的战争——中一直如此。

到一九四二年的时候，联邦调查局已经执行了许多非法行动，以致"不予归档"系统不得不进行扩容，以隐藏这些文件的踪迹。

一九四一年十二月初，依然是临时审查局长的胡佛，要求电报公司——西联、美国无线电和国际电话电信——在二十四小时内暂停向五六个国家发送所有的信息，以便联邦调查局能够复制和审查。"发送副本"的项目，在战争结束后也没有停止。如同詹姆斯·班福德在其《迷宫》一书中所说，该项目只是发展。"到一九四六年秋天，联邦调查局直接通过电报公司，正在秘密地获取与大约十三个国家之间的电文往来通讯。"[11]至少直至一九七五年，联邦调查局一直在审读往来美国的国外电报，其间只有几次短暂的中断。

虽然雨雪冰雹不能阻止邮递员的指定路线，但联邦调查局却能够。一九四〇年，英国史蒂芬森学院理科班的审查专家，为专门挑选的六名联邦调查局特工上了一堂邮件开启检查的技术课。他们的初始目标是轴心国设立在华盛顿特区的外交机构。从国外邮寄过来和由国内邮寄出去的邮件，都在邮政总局被截留下来，带往联邦调查局实验室去开启和拍照，然后返回邮局汇入到进出的其他邮件之中。① 联邦调查局实验室技术人员超越英国老师，开发出一个简单的设备，只要一两秒钟就可以开启信件。

这个初始项目的代号是 Z 项目。与联邦调查局的其他项目一样，该项目一旦开始之后，也得到了发展——包括了在纽约市和几个所谓的中立国的使领馆。Z 项目比轴心国还要活得长，一直活跃了二十六年。虽然在二战之后略有停顿，但在冷战时期恢复了，还有了新的目标。而且这只是同期联邦调查局八个邮件

---

① 帮助联邦调查局的那些邮局员工，都不知道邮件被开启过了。他们相信，特工是在获取"信封信息"——抄录信封上的名字、地址和邮戳信息——这是联邦调查局已经搞了几年的检查工作，在当时被认为是合法的。

开启项目之一。① 其他七个为期较短，但覆盖的地区更为广泛。邮件开启设备及其使用的培训，涉及了至少其他参与的分局，包括波士顿、底特律、芝加哥、丹佛、西雅图、旧金山和洛杉矶。虽然这些项目大都是按照"监控名单"的原则，但有些是抽查的。例如在一九六一年十月至一九六二年二月间，联邦调查局执行了一个实验性的项目，即从华盛顿特区和纽约市寄往旧金山的所有邮件都经过了筛选。[12]

为查找外国间谍，不知道联邦调查局开启了多少份邮件。但在一九七六年，丘奇委员会在核查了联邦调查局提供的数字以后，得出结论说"即使是由调查局自己吹嘘的最成功项目，有几百个美国公民的邮件受到了开启检查，为的是查找发给非法间谍的每一次通讯"。[13]

邮政部长、司法部长和总统都没有接到通知说，联邦调查局在非法开启国内外的邮件。成千上万的美国公民、社团组织、工商企业也不知道，联邦调查局在开启和读取他们的往来邮件。

是否违宪、违法或违反伦理道德的问题，也从来没有提出来过。联邦调查局官员威廉·布兰尼根解释说："我的理解是，我们所做的一切，都是我们必须要做的。"[14]

联邦调查局使用"偷偷记录"的信息，在二战之前就有了。老特工们回忆起，有些正式认可的非法闯入可以追溯到胡佛担任局长两年后的一九二六年。但直到一九三九年——在罗斯福总统"授权"联邦调查局调查颠覆活动之后——这种做法才成为按照一位前特工的说法，"普通的调查技术"。到了一九四〇年，联邦调查局已经在开办关于"绕过"的特别课程。[15] 当美国政府的法律机器在下面的楼层隆隆运转的时候，特工学员们却在司法部大楼的顶层练习撬锁技术。有些成了技术精湛的专家。一位前特工这么吹嘘说："我们的人员，如果变坏，就会成为世界上最优秀的窃贼。"[16]

在珍珠港事件之前，主要的目标是轴心国的外交机构。然而在宣战之后，这些使领馆都关闭了，于是重点转移到了那些已知的在悄悄地为敌人提供帮助的国家，诸如西班牙、葡萄牙和维希法国。

---

① 虽然胡佛在 1966 年 7 月终止了联邦调查局所有的邮件开启项目，但他要挟中情局，要求对方提供他们自己项目的禁果，在 1973 年之前调查局一直在收到中情局的这种禁果。

这些还不是唯一的目标。即使苏联现在应该是同盟，但联邦调查局对美国共产党的兴趣，并没有因此而消退，这只是使联邦调查局感兴趣的大量的"国内颠覆组织"的其中一个。非法闯入也应用到了普通的刑事案子之中，诸如抢劫银行、绑架和劫持人质。虽然由此获得的证据不为法庭所认可，但往往还是有变通办法的。非法闯入还能经常获得其他可被采纳的证据。而且特工们在非法闯入住宅或办公室之前已经知道会有什么收获，他们很容易就能够编造出足够"可能的理由"来说服法官签发搜查证。如果这一切努力都没有奏效，他们随时都能够创建一个"可靠的线人"。

"偷偷记录"和"黑包工作"都是总部的用语。在各地分局，分局长通常称之为"提包工作"，"但绝对不会说'偷盗'，"一位前局长助理热切地解释说，"因为没有拿走任何东西。"[17]

通常是没有——除了信息。通常会留下某个东西：窃听器。虽然前联邦调查局官员不肯讨论，但有时候，在极为特殊的案子中，非法闯入后留下了一个犯罪证据，然后在法庭授权的搜查中被"发现"了。①

其他各种非法行动也是真实的，胡佛对"偷偷记录"控制得很严。必须由他本人或托尔森亲自批准。

如果分局长想实施非法闯入，他必须首先进行可行性研究，确定进入和撤离会不会留下什么痕迹。只有在可行性结果显示没有风险的情况下，才会考虑这个要求。就胡佛来说，行动的安全性——以及"调查局免受可能的难堪"——比期望的收获更为重要。

完成之后，分局长会把自己的要求做成两份：一份打印的原件和一份"备忘录"或复写的副本。他留下备忘录，放进自己的保险箱内，把原件发送给主管联邦调查局总部有关部门的局长助理审核。如果局长助理同意了，他就转给局长或副局长。

如果获得了批准——不管是口头的还是用缩写字母"H"或"CT"表示——

---

① 在一次神秘的"打猎事故"中遭受重伤、并在死去前不久接受采访时，前局长助理威廉·萨利文承认说，他"听说"这种事情"有时候发生过"，但他不肯谈论发生过的特别案子。在被问及是否在罗森伯格、希斯或奥斯瓦尔德案子中发生过时，萨利文回答："这个我不会说的。"

另一位不肯透露身份的总部官员简单地说："这种事情发生过很多，只是大家都不肯承认罢了。"[18]

原件就存放到局长助理办公室一个特别的保险箱内，然后向分局长拍发一份加密的用户电报。分局长在其备忘录文本中记下批文号码，并销毁用户电报。在下次分局工作检查的时候，检查员会把分局长记下的批文号码与华盛顿总部的一份清单做对比，然后就销毁分局长的文本。局长助理的档案也会做定期的清理。①

由于这个流程，不可能确定联邦调查局到底搞了多少次非法闯入。在丘奇委员会问及这个情况的时候，联邦调查局回应："由于没有确切的偷偷记录，我们无法获取其准确的数量。"然而，"从一九四二年到一九六八年四月，在至少二百三十八次记录中有至少十四个国内颠覆的目标"。[19]

这些数字由于各种原因而令人质疑。② 也许最佳的答案，是由服务了二十五年的前特工 M. 韦斯利·斯韦林根提供的。"在芝加哥分局工作期间，我自己参加了二百三十八次以上，"斯韦林根说，"芝加哥分局搞了几千次'提包工作'。"这只是一个分局。[21]

从已知的情况来看，总统或司法部长又是从来不曾接到过通知说，联邦调查局在搞非法闯入活动，虽然有些领导肯定是很迟钝的，没去猜测胡佛许多报告的情况来源。

对非法闯入的最多的辩解是其实用性。例如，对一个可疑组织邮寄清单的偷偷记录，也许可以节省要进行监视和查明会面者身份的几百个工时。这是胡佛以前也许会在众议院拨款委员会面前采用的争论——只是众议院也不知晓非法闯入。

众议院被告知了一些无线电窃听。每年胡佛在报告年度预算的时候，必须说明下一步会有什么动作。

众议员鲁尼："当前在管辖范围内，调查局平均每天开展电话窃听的数量是多少？"

---

① 公平地说，分局实施的非法闯入，大都是来自联邦调查局总部的压力，要求对某个案子尽快侦破。然而，如果一项行动取得了"妥协"，则通常应该由分局来负责。

② 弗兰克·多纳指出："虽然联邦调查局保护自己免受可能的欺骗指控，解释说其名单是'不全的'，但人们还是会得出结论，欺骗丘奇委员会的意图——关于偷偷记录和目标，以及盗窃行动的终止日期——是故意的。没有证据可以表明，收集数据给丘奇委员会的这个组织能够如此清楚地进行误导——实际上，应该为指导盗窃技术负责的，是设在弗吉尼亚州昆亭可的联邦调查局培训中心。"[20]

胡佛局长："今天调查局实施的电话窃听总数是九十个。只是在涉及美国国内安全的案子，我们才做这一步。除了绑架案，我们在通常的刑事调查中是不会这么做的。"然后胡佛还会继续说，他个人没有授权安置电话窃听装置。"那是司法部长决定的。我向司法部长建议实施电话窃听，批准与否由他来定。"[22]

虽然声明的数字每年都不一样，但每次都没有超过一百个。显然，胡佛考虑到这是一个安全的数字。从联邦调查局监控国家敌人方面来看，这个数字是够大的了，但从联邦调查局没有监控每一个人来看，数字是够小的了。

这也是一个假数字。胡佛讲话中的关键词语是"今天"。在他一年一度赴国会山之前，有些窃听行动撤下来了；在他作证之后，这些窃听行动又恢复了。

即使司法部长也不知道有多少搭线窃听，联邦调查局常常只是在窃听装置已经安装好并已经产生了有用的信息之后，才提出搭线窃听授权要求的。这减低了要求的数量，以及没有产出的窃听数量。①

胡佛说的数字，也不包括根据联邦调查局的要求由地方警察安置的搭线窃听，或者未经总部同意由地方分局特工设置的搭线窃听。后者被称为"自杀性搭线窃听"，因为如果被发现，特工们就得对自己的生涯说再见了。②

最重要的是，这数据没有包括"窃听器"。胡佛很仔细，没有——对总统或司法部长——提及。颇有讽刺意义的是，假如想提及，他可以引用罗斯福一九四〇年五月的备忘录，作为使用微型话筒和搭线窃听的授权，因为总统使用的词语"监听设备"在广义上可以把两者都包括进去。

但这是胡佛最后要做的事情，因为这份备忘录也要求每次申请必须经过司法部长的批准。然而不管弗朗西斯·比德尔如何配合，他肯定不会批准非法闯入行动。要安置监听器，通常首先必须偷偷地做好记录，这显然是违反了《第四修正案》。因此胡佛什么也没有说，继续自行授权悄悄地实施窃听。

---

① 前司法部长拉姆齐·克拉克相信，搭线窃听的真实数量，至少是胡佛向众议院报告的两倍。霍勒斯·汉普顿是切斯皮克和波托马克电话公司的高管，在过去的 22 年时间里，他处理过哥伦比亚特区的全国无线电安全窃听问题，他在作证时声称，光是特区范围内，在任何特定时间，大约有 100 个涉及国家安全的搭线窃听器在工作。[23]

② 因为没有保存的记录，所以也不能确定有多少个"自杀性搭线窃听"。然而，前特工威廉·特纳指出："根据我的经验，我怀疑这种做法是相当普遍的……调查局不知道的是——或者不想知道的是——不可能对人员进行了培训并把电子监控设备配发下去之后，要他们站着别动。这么方便的捷径，谁都忍不住想一试身手。"[24]

联邦调查局的"语音学校"提供搭线窃听和监听培训。在不同的时期，这个学校隐藏在华盛顿的身份识别楼内，或者是设在昆亭可的培训学校内。

与往常一样，总部是有其自己术语的，是从电报文体衍生过来的。ELINT 表示电子监控，这有两种类型：TELSUR 是指电话监控，MISUR 是微型话筒监控，FISUR 则是人员实际监控。在各分局，这三种形式通常分别被称作"搭线窃听""话筒监听"和"盯梢"。

电话监控的主要优点在于，不用偷偷摸摸地溜进去。由于当地的电话公司能够提供成对的号码和实施监控的地点，因此在搭接电话窃听的时候不大可能被抓住，不像对哈利·布里奇斯安置监听器那样。此外，电话监控能窃听到两头的电话交谈。

然而，话筒监控的使用更为广泛更为隐蔽，而且不需要经过法院或司法部长的批准。在安装了这种窃听器的房间内，不但能够监听到电话谈话，而且还能听到所有的说话声和其他各种声音。① 虽然通常需要两次或多次的偷偷摸摸进入（一次安装监控器，另一次取走，而且其间经常要返回去修理或更换损坏的监控器），但往往不需要实际的非法闯入。通过"晃动国旗"的方法，也就是打着爱国主义的旗号，特工们通常能够说服房东让他们进入目标房间。许多大酒店（包括华盛顿的威拉德、纽约的华尔道夫、芝加哥的黑石酒店和旧金山的圣弗朗西斯），和一些连锁宾馆（其中有希尔顿酒店和假日酒店）特别配合，把特定的客人安置到事先安装了监听器的房间。

然而虽则有这些优点，但二战期间使用电话窃听远比话筒监控器更为频繁，一个原因是：当时的话筒笨重庞大，很难隐藏起来。只是在战后随着微电子技术的发展，话筒监听器才占据了优势。

战时被安装了监听器的，有华盛顿和纽约市的一些高档妓院。安置监控器的理由是出于"国家安全"，联邦调查局发言人后来解释说：其目的是为了在妥

---

① 这种监控器的一个故事成了调查局的传奇。在发现特工诺尔曼·奥勒斯塔德与黑手党财务部长迈耶·兰斯基的女儿在约会时，迈阿密分局长把奥勒斯塔德叫过来，命令他解释。奥勒斯塔德临时编造说，他说在开发 CI，即"犯罪信息"。分局长息怒了，他接着想出了一个好主意。在奥勒斯塔德下次去兰斯基家里的时候，他把抽水马桶堵塞了。一名联邦调查局特工扮作管道工，把抽水马桶疏通了然后把一只监控器安装到了卫生间内。"我们从录音设备里得到的唯一信息，"奥勒斯塔德回忆说，"是连续几个小时的流水声，冲马桶的声音和偶尔的一次放屁声。"[25]

协的时候抓捕外国的外交官，然后作为把柄说服他们为联邦调查局通风报信。然而，监控器分不清国籍，而且还把美国的一些著名人士的尴尬信息记录下来了，其中包括好几位国会议员。所有这些信息全都进入了胡佛的档案之中。

至少有一次，监控器帮助澄清了一名嫌疑人。一九四二年五月，在海军情报官的陪同下，纽约市刑警袭击了位于布鲁克林的一家同性恋妓院，因为怀疑那是"纳粹间谍的一个老巢"。被捕后受到审问时，妓院老板古斯塔夫·比克曼指认说，他的一位常客是来自马萨诸塞州的联邦参议员戴维·I.沃尔什，也是参议院海军事务委员会主席。比克曼还说，他好几次看到沃尔什与另一个顾客交谈，那是"E先生"，是一个已知的纳粹间谍。

这故事经媒体披露后，总统要求胡佛开展调查。① 胡佛没有告诉总统，几个月来，联邦调查局一直在对布鲁克林的这家妓院开展实际监控和话筒监控，他命令进行全面调查。经联邦调查局长时间审问之后，比克曼崩溃了，他撤回了对顾客身份的指认。特工们还成功地确认了另一位顾客的身份，那人在有疑问的日期到过妓院，而且他们注意到，他长得很像参议员。

虽然沃尔什从这些特别指控中得到了"澄清"，但在调查中发现了另外的负面信息，所有这些汇成了一份长达八十五页的卷宗，归入到了胡佛的"官方/绝密"档案之中。[26]

监听、搭线窃听、非法闯入、邮件开启和电报查验——这些只是在打着"战争需要"的旗号而开展的一些非法行动，而且被认为是相当有用的捷径——成了胡佛领导下的联邦调查局的标准调查工具，虽然是秘密的。

这些还不是联邦调查局唯一的秘密。颇具讽刺意味的是，战争时期一个严加保密的事件——曾经一度，胡佛显然还对总统保密——是其大肆宣扬的一个案子：调查局"捕获"八名德国特务。

一九四二年六月十三日午夜过后不久，在长岛阿默甘西特附近一片孤零零

---

① 按照罗斯福传记作者特德·摩根的说法，总统很快就猜测指控是真实的，一点都没有同情心。他告诉参议员艾尔本·巴克利，在部队里这种事情的处理方法，是让一位同事军官把一支装了子弹的枪交给这位被告，相信他会用这支枪做出正当的事情。[27] 然而，沃尔什是一个孤独者。可以预见，当类似的罪状指向他的密友——副国务卿萨姆纳·韦尔斯的时候，罗斯福做出了不同的反应。

突出的海滩上，年轻的海岸警卫队队员约翰·卡伦正在巡逻，他遇到了四个人和一艘硕大的橡皮艇在波浪中挣扎着。

在被问及的时候，四人声称是渔民，皮筏在这里搁浅了。但卡伦起了疑心，尤其是他们给了他二百六十美元的封口费。此外，那些人还带有武器，其中一人若有所思地用德语说了些什么。而在离岸一百五十英尺的海面上，卡伦发现了一个长长的细细的物体，看上去像是潜艇。由于孤身一人，而且没带武器，卡伦决定假装什么也没看见，并接受了贿赂，然后他匆匆返回站里，报告了这个事件。

虽然卡伦深信那些人是德国间谍，而且有可能是武装入侵的一部分，但他的上司表示怀疑，并争论着要不要发出警报。假如他们这么做了，那么现在长岛阿默甘西特车站等候早上六点钟火车的那四个人，以及在海滩沙洲搁浅的潜艇，都会被捕获。但因为害怕闹笑话，甚至因为谎报军情而受谴责，他们什么也没做。直至黎明前，才派遣卡伦和一名武装队员返回那个地方。虽然到现在人员和潜艇都早就不见了，但海岸警卫队员挖出来一些藏匿的物品，包括许多炸药、导火索、雷管、定时器和引爆装置（有些是铅笔状的），还有德国军服、香烟和白兰地。

然而直到中午，联邦调查局才从长岛的警长那里获悉登陆的情况。当第一批特工接到收取证据和进行秘密监视的命令抵达那里的时候，二十多个度假的游客已经在观看了。那个时候，四个可能的破坏分子已经到达纽约市内，分成两对，住进酒店后，开始在享受丰盛的午餐了。

胡佛匆匆穿过门厅，走进司法部长的办公室，激动地向比德尔报告了登陆的情况。"埃德加·胡佛所有的想象力和能动力都想立即开展有效的行动。"比德尔后来回忆说，"他决心在破坏发生之前去抓住他们。他一直坚持这场战斗可以在没有破坏的情况下打响。但当然，他很担心。"[28]

他自有担心的理由。必须立即做出决定。如果进入军事戒备——即使在他们商量的时候，其他的潜艇或许正在登陆——媒体肯定会获悉，其结果也许会造成民众的恐慌。当然，也会惊动他们的猎物。

另一个选择是联邦调查局独自行动，期望能够在实施破坏之前把四个人全都抓住，但这也有风险。为胡佛的联邦调查局的未来着想，有很大的风险。如果联邦调查局失败了……

但胡佛相信自己的组织，他选择了后者。司法部长也一样。"可我需要总统的批准，然后打电话给胡佛。"比德尔后来回忆说，"他同意了。"[29]同时实行了消息封锁，而胡佛则命令开展调查局有史以来最大的追猎行动，向美国所有的分局发出了全面警告。

即使在那个时候，事情也差不多黄了，不是一次而是两次。登陆的那天，破坏小组组长乔治·约翰·达施通知他的伙伴恩斯特·彼得·伯格说，他真正同情的是美国，因为他在美国生活了差不多二十年，他打算报告联邦调查局，然后去自首。达施后来声称，如果伯格反对，他已经准备把他从旅馆房间的窗户推出去。

伯格没有反对，他自己也是入籍美国的公民。伯格承认，他也无意执行任务。他计划带着阿勃维尔提供给他们的八万四千美元消失。听到这话，达施接管了活动经费。

在联邦调查局的许多分局，对特工来说，最无聊的工作是"值班"。纽约分局那天轮到值班的特工，接听了一个可疑的电话，听了达施的故事，他回答说："莫名其妙。"然后就挂断了电话。[30]虽然整个分局都接到了警报，但没人通知过他。他认为事情太可笑了，甚至都没有记录下来。

遭到拒绝后，达施决定去见胡佛本人，在把钱装进旅行箱后他坐火车去华盛顿了。司法部的接待缺乏热情。从一个个办公室问过去，最后才获准在局长的一位助理——D.M."米奇"·莱德的办公室待上五分钟。莱德负责国内情报部门，处理所有的破坏、谍报、内部安全和追猎间谍。但由于消息封锁，莱德深信，达施只不过也是听说了登陆然后渴望出名和为自己搞点钱的一个怪人。莱德已经在把他往门口推过去的时候，达施明白必须搞点戏剧性的动作，来使这个麻木不仁的联邦调查局官员相信。

"我抓起一直放在地板上的旅行箱，一把打开盖子，把里面的东西全都倒在了办公桌上，"达施后来回忆说，"三英尺的桌面放不下八万四千美元的现金。一沓沓钞票纷纷从桌边滚落，形成了一个微型的瀑布。"

即使那样，莱德依然疑虑未消。"这是真钞吗？"他问道。[31]过了一会儿，他才带着乔治·约翰·达施去见局长。

对达施的审问持续了八天，其间他为联邦调查局提供了许多有价值的情报，包括他和其他人在阿勃维尔学校接受的破坏培训、他们在美国的任务目标（包括美国铝业公司、尼亚加拉大瀑布水电站和纽约供水系统），以及他们的联络员——加上同样珍贵的关于德国军工生产、计划、代码和潜艇活动的情报。①

在达施向华盛顿的联邦调查局投降两天之后的六月二十日，伯格和另两名在长岛登陆的团组成员在纽约市落网。伯格也相当配合。根据他提供的情报——包括真名、假名和可能的联络员名单详细情况——联邦调查局追踪并逮捕了在佛罗里达州杰克逊维尔附近登陆的所有四个破坏分子，团组的最后一个是六月二十七日在芝加哥被抓获的。

这是一个巨大的成就。自长岛登陆后正好两个星期，八名德国特务都被囚禁起来了。他们甚至都没来得及开展一次破坏活动。胡佛在赌博中获胜。

在某个时候——不清楚是什么时候，但很可能是在纽约市的逮捕之后——胡佛和他的助手们做出了决定：在公布登陆事件的时候，不能提及达施的自首和伯格的自愿配合。

掩盖这种信息的理由明显是为了欺骗德国人。现在是战争时期，敌人知道得越少越好。如果阿勃维尔不知道达施的背叛，那么其领导人就可能得出结论，美国的海岸线是不可逾越的铜墙铁壁，更重要的是，联邦调查局是消息灵通、效率很高的，再去搞登陆行动无疑是在浪费间谍。

这种解释使得联邦调查局的决定成为一个巧妙的误导阴谋。但很难解释胡佛为什么还觉得有必要去欺骗美国总统。

六月十六日至二十七日之间，胡佛给总统送去了关于此案的三份"绝密"

---

① 达施后来声称，光是他提供的关于德国 U 型潜艇的情报，就对美国海军具有巨大的战略价值。除了指认美国情报部门根本不知道的德国潜艇基地，他的"关于潜艇能下潜到当时还没有听说过的 600 英尺深度的情报——远比美国潜艇能够下潜的深度深，而且是美国深水炸弹够不着的——对于如何与一直在击沉美国舰船的'狼群'（纳粹德国潜艇——译注）作战，都证明了是极为重要的"。[32]

更为紧迫的是，在告诉了特工可去哪里抓捕伯格和另两个人之外，达施还通知他们说，第二艘潜艇已经在佛罗里达登陆，又送来了 4 名破坏分子。

而且这还只是刚刚开始，达施说。计划每 6 个星期安排一次登陆。通过破坏重要的工业设施，以及在诸如火车站和百货商店那样的公众场合安放炸弹，阿勃维尔意图在美国国内发动"一波恐惧的浪潮"。[33]

备忘录。第一份备忘录是在达施自首之前写的，胡佛总结了在登陆现场发现的证据。第二份备忘录是在六月二十二日写就的，他自豪地告诉总统说，联邦调查局"已经逮捕了长岛登陆小分队的所有成员"，还补充说："我期望能够抓住第二个小分队的所有成员。"虽然在他包括的信息中已经相当明显了，即有一个或更多的间谍是配合的，但没有提及达施的自首，或者是他指认的小分队的另三个成员，或者是伯格提供的信息，才使得胡佛指望能够抓住第二个小分队。

六月二十七日，在得到最后一次逮捕的消息之后，胡佛马上打电话到白宫，要求总统秘书马文·麦金泰尔通知总统，所有八个德国特务现在都被抓起来了。麦金泰尔知道罗斯福很感兴趣，他要胡佛发一份备忘录给总统，大致说明案子的进展情况，这事胡佛在当天就完成了。在第三份也是最后一份备忘录中，胡佛不但没有提及上述的所有情况，甚至还改变事实，隐瞒了达施的关键作用："一九四二年六月二十日，罗伯特·奎林、海因里希·海因克和恩斯特·彼得·伯格，在纽约市被联邦调查局特工抓获。小分队队长乔治·约翰·达施，是在一九四二年六月二十二日被联邦调查局特工组在纽约市逮捕的。"[34]

通过编造达施"被捕"的日期和地点——他是一九四二年六月十八日在华盛顿特区向联邦调查局投诚的——胡佛安排得似乎达施的被捕是其他逮捕的结果，而不是原因。

如果说胡佛的目的是为了欺骗德国人，那么这样的改变是说得通的。但他欺骗总统是什么目的呢？或许线索是在一个小小的阴谋之中，是由路·尼科尔斯在刑事信息部酝酿的。

经总统和司法部长批准后，胡佛结束消息封锁，于一九四二年六月二十七日召开了新闻发布会。在美国还没有取得辉煌的军事成果的时候，胡佛令人惊奇的宣告，上了全国各大媒体的头条新闻。

联邦调查局捕获由潜艇登陆的八名德国间谍[35]

虽然这是战争时期一个激动人心的故事，但胡佛的新闻发布简短得令人着急。"他没有详细说明联邦调查局是如何'侦破'此案的。"《纽约时报》抱怨说，"联邦调查局官员坚持认为，那必须等待到战后。"[36]

但媒体是不会就此满足的。比德尔后来回忆说："普遍认为，联邦调查局一位特别优秀的特工，很可能也在八名间谍参加过培训的学校学习，他获得了内部消息，定期发回报告给美国。合众国际社说，胡佛先生不肯评论联邦调查局特工是否不但渗入了盖世太保，而且还打入了德国军方高层，或者他看到了纳粹特务的登陆。"[37]

新闻发布会之后，罗斯福总统收到了几十份电报和信函，要求授予 J. 埃德加·胡佛国会荣誉奖章。这场战役是由联邦调查局自己的刑事信息部领导人路·尼科尔斯秘密策划导演的，但没有成功。但在七月二十五日，也就是胡佛要庆祝加入司法部二十五周年的前夕，总统和司法部长都发表声明赞扬联邦调查局局长。

胡佛因为没有得到奖章而感到失望，但失望的不止他一个人。乔治·约翰·达施认为，美国最不应该这么对待他的自我牺牲的英雄壮举。

但达施还是与其他人一样受到了审讯，也与他们一样被判处死刑。

在绝密的情况下——公众和媒体都不知情，审查命令要求严防任何可能的泄露——八个德国特务在由七名将军组成的一个军事委员会面前受审。虽然这是军事审判，但平民司法部长弗朗西斯·比德尔是公诉人。胡佛坐在司法部长旁边，在每一位证人走上来作证的时候，把对应的打印证词递交给比德尔。这个场景与帕尔默时代颇为相似。

这是一次快速的审讯。比德尔评论说："显然，如果这些破坏分子能够得到快速处理，那么公众对政府的信赖将会极大地加强。"[38]审讯正好花了一个月的时间，认定他们有罪，判处死刑，八人中的六人在哥伦比亚特区监狱被施以电刑。

公众最早知道判决和处死，是在最后的处决执行后几个小时总统发表的一份简短的声明。声明说，根据"司法部长和法官发言人陆军将军的共同意见"，总统减轻了两个人的刑罚。

"经总统要求减刑之后，恩斯特·彼得·伯格被判处终生苦役，乔治·达施被判处三十年苦役。"

"所有八个案子的记录都将被封存起来，直至战争的结束。"[39]

即使那样，胡佛还是坚决反对公布真相。在联邦调查局的历史上，再也没有比抓住德国精英间谍更能体现其战无不胜的神秘，所以这是永垂不朽的。胡佛不允许对此进行任何玷污。

一九四五年秋天，《新闻周刊》记者约翰·特雷尔，要求杜鲁门政府第一任司法部长汤姆·克拉克公开司法部的这些案子。特雷尔说，战争已经结束，没有理由不让公众知道事实。克拉克同意了，他才刚刚上任，不知道司法部长还要获得下属的允许。

获悉第二天要刊登的文章之后，胡佛对他的新老板提出了"强烈的"抱怨，司法部长转而通知《新闻周刊》编辑部，请求延缓登载。"胡佛要做些改动。"克拉克说。[40]但由于克拉克承认该案子事实清楚、依据正确，《新闻周刊》决定按原计划刊出这个故事。

到了这个地步，胡佛还不死心。在路·尼科尔斯的指挥下，刑事信息部员工忙了一个通宵，写成了一篇新闻稿。该稿件贬低了达施自首以及其后配合的重要性，把联邦调查局描写得英勇善战。稿件在次日一早发表了，抢在了《新闻周刊》的前面。①

当美军在欧洲和南太平洋地区顽强战斗的时候，一场秘密的官僚战争也在家里展开了。该战争的对手不是敌国的间谍，而是其他部门和机构的首脑。有时候，似乎联邦调查局局长是在与华盛顿的每一个人交战。

胡佛与联邦通讯委员会主席詹姆斯·劳伦斯·弗莱的战役成了传奇。从指纹到搭线窃听，两人什么都吵。胡佛甚至指责弗莱要对珍珠港事件负责，声称假如一九三九年九月，联邦通讯委员会同意联邦调查局的要求对日本外交电报通讯进行监听，那么美国就会得到日本人要搞偷袭的预警。

财政部长亨利·摩根索虽然协助说服罗斯福允许联邦调查局开展搭线窃听，但他依然是一个对手。他们之间的冲突几乎是不可避免的：尽管背景情况很不相同，但两人很相像。两人都是官场老手，对自己的权益寸步不让，而且一有

---

① 然而直到 3 年后，杜鲁门总统才赦免了达施和伯格，并下令把他们驱逐回德国。在那里，他们被当作叛徒，不但背叛了祖国而且造成了 6 位战友的牺牲。达施根据自己可以理解的悲痛的故事写成的书《八个间谍在美国》，直到 1959 年才得以出版，而且当时基本上没有引起评论家的重视。

机会就寻求扩展。而且两人都是完美主义者，习惯于自己的套路，遇到阻碍都是不依不饶。他们暗地里的较劲很少公开，但政府内部始终能感觉到他们两人的唇枪舌剑。他们针尖对麦芒，什么都吵，从政府内的共产党人（摩根索经常告诉他的助手哈里·德克斯特·怀特，他不相信财政部有共产党员。怀特后来被指控是苏联间谍），到胡佛一辆旧汽车的处置。美国参战后不久，联邦调查局局长——假定是出于爱国主义的热情——要把他的一辆防弹车送给总统。深信这是胡佛又一次损害财政部下属的联邦经济情报局职权的图谋，摩根索否决了联邦调查局的礼物，把税务局从阿尔·卡彭①那里拿来的一辆防弹车，经特别改装后，交由联邦经济情报局让总统乘坐。

虽然通常联邦调查局能与联邦经济情报局的特工一起配合工作，但与军事情报局和海军情报局却经常发生争吵，常常须由白宫出面解决。例如在一九四四年八月，海军击沉了一艘德国潜艇。幸存的德国水兵中有一个阿勃维尔的间谍，他被派来美国是要与业已建立的间谍网取得联系。但当胡佛要求审讯他的时候，主管海军情报局的罗斯科·舒伊尔曼海军上将告诉他不能那样做，因为该间谍是德国武装部队的现役军官，所以如果消息传出去，那么在德国的美军俘虏也有可能受到盖世太保或其他警察组织的审讯。盛怒之下，胡佛写了三页纸的投诉报告给哈里·霍普金斯②，争辩说，在这么重要的一个案子里，"法律术语的随意咬文嚼字应本着美国人民的切身利益和战争努力，不能损害到美国的事业"。罗斯福同意了，那人就转交给联邦调查局去审问了。[41]

然而，胡佛的主要敌人依然是威廉·J. 多诺万。一九四一年十二月，珍珠港事件才刚刚过了两天，战略情报局局长说服罗斯福，授予他对所有北美情报机构活动的协调工作，从而对联邦调查局发动了他自己的偷袭。

胡佛很快进行了反击，他抗议说，总统已经让联邦调查局负责西半球所有的情报工作。

在交叉火力中，罗斯福站到了胡佛一边，并于十二月二十三日签发总统令，重申联邦调查局拥有的权力。

接到命令的副本后，多诺万提出了抗议。这一次有了军事情报局和海军情

---

① 芝加哥黑帮教父。——译注
② 时任总统特别顾问。——译注

报局领导人的加盟，他们认为军事情报的管辖范围受到了挑战。

罗斯福有更重要的事情要处理，他决定退出这场官僚主义的争斗。十二月三十日，他发了一份备忘录给各有关方，宣称："十二月二十三日，在未经审核的情况下，我签发了一条绝密的总统令……我相信这命令干扰了已经由其他机构在执行的工作。鉴于此，请你们来参加一个碰头会，把整个事情理清楚，然后根据需要我来修订命令。"[42]

一九四二年一月六日，争吵的各方在司法部长比德尔的办公室碰面了。这不是一场对抗赛。确信自己的情报范围维持不变后，军事情报局和海军情报局站到了联邦调查局局长一边。十二月二十三日的命令得到了确认，只是胡佛做了一点小小的让步。战略情报局特工被允许在西半球开展行动，但只能在美国国门以外，而且事先要通知联邦调查局。还有，他们不能开展秘密行动。

由于这让多诺万较大地扩展了行动范围，包括了欧洲，① 他应该可以满意了。但他并没有满意。四天后，他写信给司法部长比德尔抱怨说，联邦调查局没有把南美的情报拿出来分享："到目前为止，你们在南美洲获取的情报没给我们看。这是不应该的，因为轴心国在南美的活动和意图，要与从其他国家得到的情报进行评估分析。"

多诺万声称，他无意接管胡佛的组织，或者在南美洲建立自己的一个组织。他要求的只是能够分享联邦调查局的情报，因为战略情报局"在那个地区没有观察员，也没有特工人员"。[43]

胡佛知道得更多。他很清楚多诺万不但在中南美，而且甚至在更靠近美国的地区开展行动。

月内，战略情报局侵入联邦调查局的地盘，对西班牙驻华盛顿特区的使馆搞了一次"提包行动"。获悉战略情报局的非法闯入后，胡佛忍耐着等待时机的到来。

四月份，战略情报局再次潜入西班牙使馆的时候，联邦调查局两辆警车驶到门口，拉响了警笛。正在里面忙于拍摄文件的多诺万手下的特工，赶紧匆匆

---

① 根据修改后的关于情报工作的总统令，战略情报局局限于西半球以外的中立国，并针对敌国和敌国占领的国家。但还有一个限制，麦克阿瑟上将和尼米兹海军上将都不允许战略情报局在太平洋战区开展行动。该地区的情报活动，由反对多诺万的军事情报局和海军情报局负责，而胡佛或许享有在禁区小范围内活动的权力。

逃了出去。①

战略情报局负责该项行动的唐纳德·唐斯，把遭遇惨败的消息告诉了多诺万。"我从来没有看到他生过那么大的气。"唐斯后来回忆说。第二天上午，多诺万去白宫抗议，但是胡佛已经捷足先登。多诺万被命令把所有的美国行动，包括线人，全都转交给联邦调查局。[44]

多诺万发牢骚说："阿勃维尔在联邦调查局手里的待遇，也比我们要好。"他向联邦调查局宣战了。后来，他告诉艾伦·杜勒斯："联邦调查局渗入我们的队伍，在西班牙使馆上演了惊险的一幕，那个时候我想，这游戏我们可以一起来玩。我在联邦调查局也有我们的人员，已经渗入几个月了。"[45]多诺万也开始建立自己的档案，记载联邦调查局的错误。他还下令秘密调查传说中的胡佛与托尔森的同性恋，这是第一批探究的事情之一，这样的调查探听在战略情报局改名为中央情报局后又延续了很长时间。

一九四〇年七月，当胡佛把下属特别情报处的第一批特工派往中南美洲去的时候，他们的任务是收集情报，尤其是在德国移民数量庞大和亲德的国家。但不久，他们就发挥了更多的作用，即协助围捕轴心国的间谍、破坏分子和战争物资走私者，以及转移纳粹意图帮助拉美企业的资金。

在玻利维亚，特别情报处与英国人齐心协力，揭露了轴心国鼓动的一次政变。假如政变成功，美国的钢铁和武器生产将会受到严重影响，因为玻利维亚是钨锰铁矿的主要供应国，钨就是从这种矿石提炼出来的。在阿根廷，特别情报处报告说，副总统胡安·D.裴隆的声望正在上升，截获的信息表明，他在与阿道夫·希特勒联络。在墨西哥，联邦调查局的法律随员②与总统打得火热，他能够向总统报告其内阁的想法，甚至还能够为总统起草法律文件交予其签署。

---

① 联邦调查局自己对西班牙使馆的监控是绰绰有余的。除了监听、盯梢、邮件和电报截取，联邦调查局在使馆内还有 3 个秘密线人。类似的监控手段也施加于西班牙大使和其他外交人员；在纽约的西班牙信息处，以及西班牙驻各地的总领馆，包括纽约、新奥尔良、芝加哥、费城、旧金山和波多黎各的圣胡安。此外，由于联邦调查局之前的非法闯入，美国专家已经成功地破译了西班牙外交和商业密码。
② 在美国驻外使馆工作的联邦调查局代表，其公开身份一般是法律随员或法律顾问。——译注

在拉丁美洲的九个国家，联邦调查局代表担任了警方的技术顾问，其间建立了良好的工作关系，在战后也延续了好长时间（有几次让胡佛感到很难堪）。到一九四四年的时候，胡佛可以声称，特别情报处开展的公开和秘密行动，成功地找到并清除了二十九个秘密电台，并能够通过"逮捕和拘留等手段"，① 使二百五十名敌国间谍，加上几百个线人和轻微的通敌者"完全失去作用"（在巴西的一次围捕轴心国间谍行动，共抓住了五百人）。②[46]

阿道尔夫·伯利的国务院接收了联邦调查局的许多情报信息，后来他称赞调查局在拉美的行动"干得很漂亮"。欧内斯特·库尼奥是史蒂芬森的英国安全协调中心和胡佛的联邦调查局与白宫的联络员，他简单地称之为"了不起的工作"。[47]

胡佛无可非议地为特别情报处的成就感到自豪，在期待战争结束的同时，他开始计划要把他的组织扩展到全世界的范围。然而对联邦调查局局长来说，不幸的是，战略情报局局长也有他自己的算盘。

针对珍珠港的灾难，美国组织了八个分别的调查行动。但日本人的调查问卷和达斯科·波波夫的名字都没有在任何调查报告中提及。③

假如提及了，那么 J. 埃德加·胡佛长期占据的联邦调查局局长职务，无疑将会突然结束。然而，结果美国海军成了替罪羊，陆军也受到了一定的影响。在以后举行的听证会上，在胡佛最后一次作证之后，来自加州的联邦众议员伯特兰·吉尔哈特评论说："假如陆军和海军能够像胡佛先生那样认清形势，那就很可能不需要在这个时候开展这次调查了。"[48]

从联邦调查局的作用来说，珍珠港事件的掩盖是大获成功的，除了一个重要的例外。

英国人是知道的。

------

① 这里的"等手段"，包括了在巴西、阿根廷、智利和在美国运河禁闭区绑架纳粹间谍。

② 在高峰期，特别情报处在拉美有 360 名特工，许多人是搞秘密行动的。4 人在执行公务时牺牲，都是飞机坠毁，包括局长助理珀西·福克斯沃思，也就是达斯科·波波夫把日本人的调查问卷交与的那位特工。

③ 直到 1972 年 12 月，即 J. 埃德加·胡佛死后的 7 个月，在 J. C. 马斯特曼的《1939 至 1945 年战争期间的"二十系统"》一书出版之后，有关日本人调查问卷的存在及其全文才得以公开。波波夫自己的回忆录《间谍反间谍》，是在两年后才出版的，因为当时联邦调查局特工曾试图说服出版商格洛赛特和邓洛普，说波波夫的故事是虚假的。

波波夫及其英国情报机关的管理员受到《大英帝国官方保密法》的约束，并没有让胡佛感到宽慰。如果符合目的，那么英国军情六局的官员是会泄露绝密情报的，这个胡佛很清楚，因为他常常是这种泄露情报的接收人。

英国人是知道的。即使知情，甚至如果从来不去揭露，也是可用来要挟的一个把柄。那种游戏的规则，用不着任何人对胡佛进行解释。

资料来源：

[1] 塔姆和亨登采访录；怀特黑德：《联邦调查局故事》，第 182 页。

[2] J.埃德加·胡佛致厄尔利（富兰克林·D.罗斯福），1941 年 12 月 12 日。

[3] 皮尔逊：《日记》，第 91—92 页。

[4] 怀特黑德：《联邦调查局故事》，第 207 页。

[5] 同上，第 343 页。

[6] "联邦调查局的黑人"，《黑檀木》，1962 年 9 月 29 日。

[7] 萨利文：《调查局》，第 124 页。

[8] 诺曼·奥勒斯塔德：《联邦调查局内幕》（纽约：莱尔·斯图尔特出版公司，1967 年），第 163—165 页。

[9] 萨利文采访录；萨利文：《调查局》，第 33—34 页。

[10] 丘奇委员会记录，第 3 册，第 145 页。

[11] 詹姆斯·班福德：《迷宫：关于美国最秘密机构的报告》（波士顿：霍顿·米夫林出版公司，1982 年），第 246 页。

[12] 丘奇委员会记录，第 3 册，第 642 页。

[13] 同上，第 638 页。

[14] 同上，第 145 页。

[15] 威廉·特纳在《洛杉矶时报》上发表的文章，1973 年 8 月 25 日。

[16] 《新闻周刊》，1975 年 7 月 28 日。

[17] 贝尔蒙特采访录。

[18] 萨利文采访录；前联邦调查局总部官员。

[19] 丘奇委员会记录，第 2 卷，第 2、113、279 页。

[20] 多纳：《年代》，第 130—131 页。

[21] 同上，第 132 页。

[22] J.埃德加·胡佛在众议院拨款委员会的证词，1956 年 2 月 1 日。

[23] 拉姆齐·克拉克采访录；霍勒斯·汉普顿在霍尔珀林诉讼案的证词。

[24] 威廉·特纳，"我是联邦调查局的盗贼、窃听者和间谍"，《堡垒》，1966 年 11 月；
特纳：《联邦调查局》，第 318 页。

[25] 奥勒斯塔德：《调查局》，第 262 页。

[26] 官方绝密档案，编号：153。

[27] 摩根：《富兰克林·D.罗斯福》，第 684 页。

[28] 比德尔：《简单》，第 327 页。

[29] 同上。

[30] 萨利文：《调查局》，第 183 页。

[31] 乔治·J.达施：《八个间谍在美国》（纽约：罗伯特·M.麦克布莱德出版社，1959
年），第 22 页。

[32] 达施：《间谍》，第 131 页。

[33] J.埃德加·胡佛致麦金泰尔（富兰克林·D.罗斯福），1942 年 6 月 22 日。

[34] J.埃德加·胡佛致沃森（富兰克林·D.罗斯福），1942 年 6 月 16 日；J.埃德加·胡
佛致麦金泰尔（富兰克林·D.罗斯福），1942 年 6 月 22 和 27 日。

[35] 《纽约每日新闻报》，1942 年 6 月 29 日。

[36] 《纽约时报》，1942 年 6 月 29 日。

[37] 比德尔：《简单》，第 328 页。

[38] 同上，第 336 页。

[39] 总统声明，1942 年 8 月 8 日。

[40] 《纽约每日新闻报》，1945 年 11 月 8 日。

[41] J.埃德加·胡佛致霍普金斯（富兰克林·D.罗斯福），1944 年 8 月 19 日。

[42] 科森：《军队》，第 206—207 页。

[43] 多诺万致司法部长比德尔，1942 年 1 月 10 日。

[44] 唐斯：《红线》，第 95 页。

[45] 莫斯利：《杜勒斯》，第 129 和 141 页。

[46] J.埃德加·胡佛致沃森（富兰克林·D.罗斯福），1944 年 3 月 7 日。

[47] 伯利致 J.埃德加·胡佛，1946 年 9 月 17 日；库尼奥采访录。

[48] 《纽约时报》，1945 年 11 月 14 日。

第二十一章　第一夫人

对伊迪丝·B.赫尔姆的调查，一开始只是例行的背景情况审查，是联邦调查局在开展的几百个调查之一。日益增加的联邦机构和部办委局，由于缺乏自己的调查员，只得依赖联邦调查局来确定他们的就职申请人、拟提拔人员和雇员是否与颠覆活动有关。胡佛很喜欢该工作；他承揽下来了，他想象着以后想进入美国政府部门工作的人，首先得由联邦调查局审查同意。①

拿到一份名单后，特工们首先会去查阅档案，确定申请人有没有刑事犯罪的记录，或者是不是在安全名单上面；然后他们就采取实地走访和电话采访的形式，访问前任和现任雇主、老师、银行经理、医生、邻居和熟人。

对这种打听，联邦调查局工作手册有明确的规定，但每个特工都有自己的套路，气氛可能会因为询问、闲聊或指责的形式而不同。例如，特工通常不会去问邻居，她开什么汽车，她有没有乱花钱和入不敷出的迹象，有没有参加吵吵闹闹的聚会或者有没有长相奇特的客人，有没有拿错过邮件，有没有看过外国杂志。那《工人日报》②呢，看过没有？现在就你我两人，当然，不会录音。

---

① 开展这种调查的授权，是根据 1940 年的《哈奇法》修订条款，该条款规定，联邦机构的雇员，如果参加了旨在推翻"我们的宪法政府"的任何政党，则是违法的。与往常一样，胡佛对此的理解更为广泛，不但调查可能与颠覆活动有关，还调查"被调查人员的背景、资质、经验和信誉"。[1]

政府岗位的申请人，必须按要求说明其性格取向。假定他们的性格取向都不会对主体产生负面的影响，联邦调查局对他们面试时，主要还是想获知其他人名字，那些人很可能愿意揭露主体可能想回避调查的生活上的情况。这种类型的人是愿意合作的，往往会被发展为固定的线人。

② 美国共产党党报。——译注

你有没有怀疑她或许不是百分之百的美国人？

这是一种例行的询问，一种典型的走街串巷调查——只是伊迪丝·B.赫尔姆是埃莉诺·罗斯福的社交秘书，已经工作了将近十二年。

获悉联邦调查局在调查赫尔姆夫人后，第一夫人向总统和司法部长提出了强烈的不满。得知罗斯福夫人的"关注"之后，胡佛给她写了一封绝密的私人信件，解释说，联邦调查局按要求对国防委员会顾问委员会的所有人员开展调查，赫尔姆夫人就是这个政府部门的工作人员。胡佛声称，联邦调查局在开始调查的时候，并不知道"伊迪丝·B.赫尔姆的身份，也不知道她是你的一位秘书"。假如事先知道的话，他解释说："就不会去查问了。"[2]

假如罗斯福夫人不知道，还有人在打听她的另一位秘书玛尔维娜·"汤米"·汤普森的私生活，那么事情也许就到此结束了。接到胡佛信件两天后，第一夫人做出了回应：

"你来信中关于对赫尔姆夫人的调查，我感到很惊讶。我还惊讶地获悉，有人在汤普森小姐的公寓楼打听她的情况，询问她何时来何时去，她有几个伴侣等。

"在我看来，这种调查很像盖世太保的做法。"

不管心里是怎么想的，华盛顿的官员极少胆敢对联邦调查局局长说这种话。但埃莉诺·罗斯福这么做了。她就此事直接指责J.埃德加·胡佛本人。

"关于调查赫尔姆夫人的解释是错误的，在我看来好像是下达命令的人效率低下的一种表现……如果想避免这种错误，只要看看赫尔姆夫人去年夏天填写的调查问卷，就会明白自从我们在这里起，她就是白宫的工作人员了，而且她父亲和丈夫都是海军上将。

"这两个案子的做法，让我难以忍受心中的怒火，如果你对其他人也开展了这种调查，那么我相信全国人民将会极度紧张不安。"[3]

胡佛生性不会道歉或承认错误——尤其是在这件事情上，他感觉没有必要道歉——但他还是努力了，他强压怒火，又写信向她解释："我想指出的是，这工作不是联邦调查局主动要做，而是我们接受的一个任务。"但罗斯福夫人还是不买账。[4]

即使胡佛希望这个事件是"个人的和绝密的"，但联邦调查局局长的失礼是很难瞒得住的。在财政部，亨利·摩根索中断了正在讨论的关于新的联邦储备情况通报，发表评论说："我们暂停一下，现在来讲个让你们感兴趣的故事……好像是关于赫尔姆夫人的——社交秘书——这个故事我给你们讲过没有？"

他的几位助手，包括哈里·德克斯特·怀特，都向他确认没讲过。于是摩根索就解释说，胡佛得到了国防部雇员的一份名单，要进行审查，其中一个人是赫尔姆夫人。"他认为，通过正常的方法他得不到重要的信息，于是他派人去了她的伊利诺伊州家乡……他们走访了整个镇子……他们走访了她的每一个朋友，还深入到农场打听，人们说：'啊，赫尔姆夫人怎么啦？她犯什么罪了？'……赫尔姆夫人火了，她说她回到家乡时不知道该如何向乡亲们解释。顺便说一下，赫尔姆夫人担任罗斯福夫人社交秘书的时候，乡亲们马上就知道了。所以，联邦调查局调查她有哪些朋友，他们查出她的一位朋友是罗斯福夫人的机要秘书汤普森小姐，所以他们也开始调查她（笑声），他们到她住的酒店，询问前台服务员，她有什么客人来访，他们晚上什么时候来访，他们什么时候离开，如此等等……

"你们知道汤米是怎么告诉前台服务员的……'下次联邦特工来打听我的时候，就说让他见鬼去吧。'

"噢，天哪，胡佛已经向赫尔姆夫人、她父亲沃森将军以及其他人道歉了……他们都咽不下这口气呢。你们有没有听说过比这个更愚蠢的故事？"[5]

摩根索的幸灾乐祸是有原因的。一九四一年二月十四日——"赫尔姆事件"后不到一个月——当时的司法部长罗伯特·杰克逊命令联邦调查局，除了与司法部有关的以外，停止一切有关个人情况的调查。此后，杰克逊还下令，这种性质的所有询问，都由文官委员会①和财政部负责。

然而，那年的九月，杰克逊被比德尔取代了，胡佛则抓紧时间说服新上任的司法部长，要求总统批准否决杰克逊的命令。罗斯福同意了。联邦调查局恢复了对个人背景的调查，该事件也就被淡忘了。

人们都忘记了，但胡佛没有。埃莉诺·罗斯福由于坦率而付出了高昂的代价：简短的一封信，使她树立了一个终生的敌人。

一九六〇年，一位要求进步的年轻特工来向局长请安。使他吃惊的是，胡

---

① 相当于政府的人力资源部门。——译注

佛三言两句地说了说见面的目的，然后平白无故地一口气讲了四十五分钟，谴责"调查局最危险的敌人"——埃莉诺·罗斯福。胡佛说，要不是与她丈夫的个人关系很铁，罗斯福夫人"也许成功地干扰了调查局对在美国出现的共产主义威胁的打击"。①[6]

这是赫尔姆事件的二十年之后，也是前第一夫人去世的三年之后。胡佛既没有忘记，也没有宽恕。

这对胡佛肯定是极大的打击，因为只要富兰克林·德拉诺·罗斯福还在总统的位子上，他就无法报复。但他可以抱怨，也确实直接向总统抱怨了几次。例如在一九四三年，埃莉诺指责联邦调查局和戴斯委员会"骚扰"亚伯拉罕·林肯旅②老兵。在从白宫回来后，胡佛欣喜地告诉托尔森和尼科尔斯，罗斯福已经回答说："嗯，埃德加，别激动。你要为我着想。我总得与她一起过日子吧！"③[8]

但大多数时候，胡佛并不采取直接攻击，而是旁敲侧击，诋毁她的朋友和事业。通过一份又一份的备忘录，胡佛多次提醒白宫注意她那令人可疑的社交活动。在获悉第一夫人参加了一个委员会的会议，谋求释放因护照欺诈罪而锒铛入狱的美国共产党领导人厄尔·布劳德之后，胡佛迫不及待地报告了会议结束后委员们对她的负面评论。他还密切关注着她代表黑人参加的各项活动。在一九四四年写给哈里·霍普金斯的一份备忘录中，联邦调查局局长警告说，罗斯福夫人计划在底特律市埃比尼泽浸礼会的露面，也许会引起种族骚乱，因为牧师是"反罗斯福、反行政（原文如此）和反犹太人"的，而集会的人群很可能是由"那种不负责任的、好奇的和不稳定的有色人种所组成"。[10]

据威廉·萨利文说，胡佛指责罗斯福夫人煽动黑人闹事，他在一份备忘录的空白处写道："如果她不同情他们，不鼓励他们，他们就不会那样说话了！"[11]

与大多数妇女相比，埃莉诺·罗斯福的社会活动相当频繁。百忙之中，她甚至在报纸"我的一天"的专栏里记录她的活动。然而，胡佛最感兴趣的是她

---

① 这位年轻的特工名叫 G. 戈登·利迪，后来在"水门事件"中声名狼藉。在回忆这次谈话的时候，他说："我对关于埃莉诺·罗斯福的无缘无故的独白所感到的迷茫，就好像一个小小的教区牧师能够聆听教皇的个别指点似的。"[7]

② 林肯旅，也叫第十六国际旅，由英美和其他国家的官兵混编而成，参加了 1937 年的西班牙内战。——译注

③ 据时任总部总管的威廉·萨利文回忆说，还有一次，胡佛与总统会面后回来时脸色很难看。"总统说，老母狗现在是更年期，我们只得忍着她。"胡佛解释说。[9]

的私生活。

"据我所知，"萨利文回忆说，"我们从来没有对埃莉诺·罗斯福进行过监视。因为没有必要。之所以没有必要，是因为在她的活动圈子里我们有线人，许多线人。"[12]

埃德·塔姆则有不同的说法。虽然在他的记忆中，罗斯福夫人从来都不是联邦调查局的监控"目标"，但在监控其他人的时候，好几次都有她的出现。[13]

也许是因为她与丈夫之间缺乏热情——自一九一八年埃莉诺发现富兰克林与他的社交秘书露西·默塞尔有风流韵事起，两人的关系就冷漠了——罗斯福夫人用关爱来进行遮掩，努力不让朋友们知道。这样的"充满激情的友谊"，特德·摩根适当地指出，常常为局外人所误解，尤其是 J. 埃德加·胡佛。

第一夫人拒绝联邦经济情报局的保护，使胡佛深信，她肯定是在躲藏。她在纽约格林威治村有一套秘密公寓，朋友们经常去那里看她，但总统从来没去过，这加深了联邦调查局局长的怀疑。

胡佛深信，她躲藏的是极为频繁的性生活。因为她的朋友圈内有好几个女同性恋——尤其是美联社前记者洛雷娜·希科克，她的性取向是华盛顿人人皆知的——胡佛得出了结论，认为罗斯福夫人也是一个女同性恋。但胡佛也深信，有时候，她也有许多男情人，至少包括一个黑人；一个前纽约州警察，担任她的司机兼保镖；① 一位陆军上校，有时候陪同她参加正式场合的活动；她的医生戴维·古雷维茨；还有两位左翼的劳工领导人，其中一人是共产党官员。

约瑟夫·柯伦是全国海员工会主席，弗雷德里克·"黑人"·迈尔斯是他的副手。虽然迈尔斯是共产党全国委员会委员，但柯伦本人从来没有加入过共产党。在他感觉有利可图时，他利用共产党，也被共产党所利用，无利可图的时候，例如在一九四八年，他无情地把共产党员从工会中清除出去了。② 战争期间，柯伦频繁出入白宫，有时候是去请愿，代表苏联鼓吹"第二战线"；有时候是去做客。与许多为了事业而去恳求的人一样，柯伦发现通过第一夫人容易接近总统。在又一次访问白宫返回加州后，柯伦对迈尔斯说——联邦调查局特工

---

① 死前不久接受采访时，前纽约州警察厄尔·米勒否认关于他与第一夫人之间关系的闲言碎语。"怎么会与罗斯福夫人那样的人睡觉呢？"他还直率地补充说，"我是喜欢年轻漂亮的。"[14]

② 沃尔特·古德曼评论说："柯伦根本不懂马列主义。他把共产党当作通向彼岸的桥梁，一旦达到目的就过河拆桥。"[15]

在监听他们的谈话——"他奶奶的，黑人！我已经做出了够大的牺牲。下次你去服侍老母狗！"[16]

显然这成了两个老海员之间一个经常性的玩笑，但胡佛和特工们是认真对待的。他们深信柯伦，很可能还有迈尔斯，在为埃莉诺·罗斯福提供"性服务"，无疑是按照共产党的命令。

胡佛给罗斯福发去了几十份报告，都是关于柯伦及其工会的——频繁地预先警告柯伦和其他工会领导人试图为这样那样的事情在谋求任命——但这些特别报告他都自己留底保管起来了。

是约瑟夫·拉什中士的奇事，使胡佛获得了对付埃莉诺·罗斯福的杀伤力最强大的武器。罗斯福夫人与约瑟夫是在一九三九年十一月相遇的，当时拉什与美国青年代表大会的其他领导人一起被传唤到戴斯委员会，回答关于该组织是否听命于共产党的指控。

美国青年代表大会由相关的大约六十个团体的代表所组成，包括基督教女青年会和美国和平与民主联盟，其表面的目标是争取联邦政府资助年轻人的教育和就业。对此，罗斯福夫人是完全同意的，为表示支持，她不但出席听证，还邀请该团组到白宫吃饭和留宿。

她还告诉媒体说，早在戴斯委员会之前，她就对该组织进行了她自己的调查，没发现"能够表明失控"的情况。[17]实际上，她只是询问青年会领导人是否如指控的那样受共产党的影响，而且天真地相信了他们的保证没有的回答。

约瑟夫·拉什是埃莉诺的白宫客人，他知道得更多。他那个时候已经二十八九岁了——戴斯称他为"一直读书的老学生"——他也是美国学生会全国委员会的秘书，这个组织也是戴斯委员会和联邦调查局感兴趣的。① 虽然当时不肯承认，但拉什一直是一个"积极靠拢共产党的人士"，他后来陈述："实际上我已经是党员了，只是在组织上没有加入。"[18]但在那年八月的《苏德互不侵犯协定》之后，在西班牙内战中站在共和派一边的拉什，与共产党决裂了，现正在美国青年代表大会和美国学生会中努力消除共产党的影响。

约瑟夫·拉什成了埃莉诺·罗斯福的门生。他结束了她对美国青年代表大

---

① 实际上，联邦调查局对美国青年代表大会和美国学生会都进行过"提包工作"，收获的除了相关的以外，还有与第一夫人的许多通信记录。

会的纯真幻想。而她则经常写信给他或见他，频繁地邀请他到白宫或海德公园（富兰克林摇匀马提尼，拉什调制埃莉诺的老式鸡尾酒），主动提供贷款和提出忠告，管着他的每一件事，从他的政治到他的爱情生活。后者稍微有点复杂，因为拉什与已婚妇女特鲁德·普拉特有风流韵事，特鲁德也是学生会领导人，与丈夫关系疏远，但还没离婚。更为浪漫的是——她也同样对待玛莎·盖尔霍恩和欧内斯特·海明威——埃莉诺策划把情人们聚集起来，甚至让他们使用她在海德公园的一座小房子作为幽会地点。

她还代表拉什干涉戴斯委员会，另外安排了一次秘密的辩解听证会（第二天风声就传到了专栏作家威斯布鲁克·佩格勒那里），并在美国参战后，居然天真到连她自己也感到惊讶地暗中牵线，想让拉什进入海军情报部门。但由于他"被怀疑与共产党有牵连"，海军说什么也不要他，于是在一九四二年四月，拉什应征加入了陆军。

他的背景以及他与总统和第一夫人的亲密关系——被佩格勒和其他反对"新政"的专栏作家闹得沸沸扬扬了——从一开始就引起了陆军情报部队的兴趣。（陆军情报部队是陆军中的"联邦调查局"，开展内部的调查。）显然是的，一九四三年初，他被分配到位于伊利诺伊州夏努特菲尔德的气象观察学校后，当地陆军情报部队军官 P. F. 博耶中校，很可能是根据五角大楼的指令，开始调查约瑟夫·拉什。

按照博耶的命令，夏努特陆军情报部队对拉什的邮件实施监控，截获并复制了来自罗斯福夫人的一份电报，[①] 监听了他们之间的一次电话交谈，对拉什的床脚军用小箱子进行了一次"提包工作"，发现并拍摄了特鲁德·普拉特和总统夫人的来信（根据监控报告，后者"在信件的结尾处语气相当热情"），由此获悉罗斯福夫人在周末的三月五日至七日要来这个地方，并希望见到拉什。[20]

三月五日那天，在机要秘书"汤米"·汤普森小姐的陪同下，罗斯福夫人登记入住了位于厄巴纳的林肯酒店。据一名线人说，在说明不要惊动媒体之后，

---

① 该电报在交给拉什之前进行了复制，电文内容是："将在 30:7 至 4 点之间从密苏里州哥伦比亚与你联系，爱你的，ER"。（ER 是埃莉诺·罗斯福的姓名缩写——译注）截获该电报的军官一直警惕着是否有颠覆活动的含义，他在报告中写道："以上是电报原文……是否在发送或译码的时候搞乱了，则有待研究。电文的意思也许是：'将在 4 点至 7:30 之间从密苏里州哥伦比亚与你联系，爱你的，ER'。"[19]

罗斯福夫人要求开两个房间，声称是在等待"一位从夏努特菲尔德过来的年轻朋友"。她拿到了330和332两个相邻的房间，都是两张床的标间。[21]

拉什不知道的是，从他离开基地起，身后就有了尾巴。抵达酒店后，他在服务台登记并拿到了330房间的钥匙。过了一会儿，汤普森小姐打电话到服务台，要求把她的行李从330房间转移到罗斯福夫人的房间。然后罗斯福夫人订了三个人的晚餐。监控在晚上十点十五结束，在第二天恢复，三个人在酒店的餐厅吃中饭。晚餐也是三个人，是在罗斯福夫人的房间吃的。监控在晚上十点三十五结束。第二天上午，拉什返回夏努特去了。罗斯福夫人在付清两个房间的住宿费后，也离开了酒店。

接下来的周末，特鲁德·普拉特访问了拉什。房间也是预订在厄巴纳的林肯酒店，拉什拿到了202房间，普拉特夫人是206房间。同样，自拉什离开夏努特起到他的返回，其间都受到了实际监控。根据陆军情报部队的报告，除了用餐和散步，两人整个周末都在普拉特夫人的206房间里，拉什只有两次回到自己的202房间，都是"故意把卧具搞乱"。

然而这一次，拉什和他的伴侣都被窃听了。监控报告说，"主体和普拉特夫人之间特别亲热，还进行了几次性交。"[22]

这一切全都记录在磁带上了。当录音稿整理出来后，博耶中校马上把它发给五角大楼的约翰·T.比塞尔上校，一并送去的还有监控报告和罗斯福、普拉特、拉什的信件照片。"从五份证据推导出来的结论是令人震惊的，"博耶在报告中对比塞尔说，"这些证据表明有一个巨大的阴谋，参与者不但有主体和特鲁德·普拉特，还有ER、华莱士①和摩根索等人。"至于他是怎么得出这个令人震惊的结论的，则不得而知。

博耶还向比塞尔报告说，开始的时候他们想在周末期间逮捕拉什，罪名是道德败坏，"因为涉及了性交"，但从窃听器的谈话中获悉那两个人计划在四月三日的周末还要在芝加哥会面之后，他们决定等待，并安排芝加哥警方——而不是军方——去抓人，期望由此把事情"闹大，这样ER就不会来干涉了"。[23]

四月三日的幽会没有发生。在之前的周末，罗斯福夫人和汤普森小姐在赴西雅图演讲会的路上，在芝加哥作停留，登记后住进了黑石酒店。那天夜晚，

---

① 应该是1941—1945年间担任美国副总统的亨利·阿加德·华莱士。——译注

拉什从夏努特坐大巴车抵达了，于是三人开始聊天和玩"金拉米"纸牌游戏，后来拉什累了，竟然不拘礼节地睡着了。

拉什又受到了监控。但这次罗斯福夫人也被监控了。此外，不管她何时离开酒店，还对她实施跟踪，陆军情报部队在她的房间安置了窃听器。

星期天，在拉什离开之前，酒店员工通知第一夫人，陆军已经对她实施了监控，甚至还在窃听她的会话，包括她与总统的电话交谈。虽然她没对拉什说什么，但在返回华盛顿后，她向哈里·霍普金斯和陆军总参谋长乔治·马歇尔上将提出了强烈抗议。

总统在获悉自己妻子遭监控后的反应，可从以下窥见一斑。或许与博耶中校一样，总统感觉到了阴谋，只不过这是由陆军中的右翼分子导演的，因为在几周之内，比塞尔上校被免职并失去了晋升的机会；命令实施监控的博耶中校，被谪贬路易斯安那州；而且，引用陆军情报部队一位历史学家的话："许多高级军官遭到了苛责。"[24]此外，陆军情报部队有关颠覆分子的档案被勒令烧毁，约瑟夫·拉什中士则被发配去了南太平洋。①

从陆军情报部门的渠道，胡佛获悉了陆军情报部队对埃莉诺·罗斯福的监控。监控报告说，根据隐藏在酒店房间里窃听器的录音，"显然清楚地表明，罗斯福夫人与拉什进行了性交。"[25]

显然，在某种程度上来说，有人——故意或不经意间——把拉什周末访问罗斯福夫人和访问特鲁德·普拉特给混淆起来了。

胡佛和他的助手们还是相信这个版本——即使在一九四六年收到了应该已经烧毁的陆军情报部队的档案之后。②

这个版本，加上他的关于埃莉诺·罗斯福的大量其他"负面"材料，是胡佛可以用来打击她的利器——一旦她丈夫离开总统的宝座。

---

① 在从海外回来后，拉什娶了特鲁德·普拉特；成为《纽约邮报》的记者；后来写了一部传记《埃莉诺与富兰克林》（1971年），获得了普利策奖，随后是其姐妹篇《埃莉诺：孤独的岁月》。在他的其他著作中，还有两本书与前第一夫人有关：《埃莉诺·罗斯福：一位朋友的回忆录》（1964年）和《亲爱的埃莉诺：埃莉诺·罗斯福和她的朋友们》（1982年）。
② 胡佛局长保管的关于约瑟夫·拉什的"官方绝密"档案，大概有200页，内容包括博耶中校发送给比塞尔上校的所有文件的照片，但不包括在黑石酒店窃听的实际录音，或录音带和根据录音整理的文字材料。如果这些材料是存在的，那么至今还没有浮出水面。

埃莉诺·罗斯福并不是引起 J. 埃德加·胡佛特别关注的唯一政界名人。虽然联邦调查局局长曾经拒绝调查威尔基或窃听法利，但在富兰克林·德拉诺·罗斯福最后两届当政时期，经总统批准后，他对美国副总统、副国务卿和总统最亲密顾问的妻子展开了绝密调查。

亨利·阿加德·华莱士在一九四一年当上副总统的时候，联邦调查局已经完全渗透了美国共产党。通过线人、监听器和搭线窃听的手段——联邦调查局甚至监听到了厄尔·布劳德和罗伯特·迈纳在亚特兰大州立监狱里的谈话——胡佛获得了大量的证据，表明共产党领导层认为，理想主义者的华莱士是一个很容易操纵的卒子。与埃莉诺·罗斯福的案子一样，胡佛亲自出马警告华莱士，声称据说他的客人和朋友有颠覆分子背景的嫌疑。例如在一九四二年十月十日，联邦调查局局长通知副总统说，他同意见面的一个妇女团组，实际上是共产党的前沿组织派过来的。在当月的晚些时候，胡佛写信给华莱士说："引起我关注的是，一九四二年十月二十七日星期二，联合反法西斯难民委员会要在纽约市阿斯特酒店举办一个活动，你也许已经接到邀请，将在晚宴上发表讲话。"唯恐副总统不清楚，他还补充说，该委员会是共产党的一个前沿组织。[26]

胡佛没有告诉华莱士的是，通过哈里·霍普金斯，他也给总统送去了相同的报告；他在监听副总统的许多电话交谈，使用的手段是搭线窃听他的密友和同事，包括他的秘书；他也在检查他们的邮件，并拍摄由华莱士本人书写的信件；或者，甚至在因公出差的时候，副总统也受到了监控。继一九四三年的拉美之行后，胡佛发备忘录给司法部长比德尔说："我向你汇报一个消息，这是我通过绝密的渠道（一名特工）获知的，该消息说，副总统有可能不知不觉地受到了玻利维亚共产党的影响。"[27]

还有一次，当华莱士在洛杉矶工会大会上发言时，胡佛的另一名特工报告局长说，"听众中有许多著名的共产党人"，而且会议本身是在他们的"完全掌控"之下。[28]

在胡佛向比德尔报告华莱士"不知不觉地受到影响"的时候，他隐藏了他的真实感受。虽然他怀疑埃莉诺·罗斯福的忠诚（用蓝墨水书写的笔记里有这样的话："我经常纳闷，她是不是像她宣称的那么天真，或者这只是一个借口，用以哄骗人们不要去怀疑。"），[29]胡佛深信，亨利·华莱士是共产党阴谋的一个世故的代理人，而且还有秘密的"亲苏关系"。①[30]

同样敏感的还有萨姆纳·韦尔斯案子。

一九四〇年九月，来自亚拉巴马州的联邦众议院发言人威廉·班克黑德因心脏病发作过世。总统专列开往亚拉巴马去参加葬礼，总统因为工作太忙脱不了身，由副总统亨利·华莱士和政府其他官员代表总统出席。回程的旅途上，大家喝了很多酒，华莱士注意到，副国务卿萨姆纳·韦尔斯喝得特别多，超过了他的酒量。半夜里回到专列上自己的包厢后，韦尔斯反复按铃叫搬运工。当几个搬运工应声前来的时候，韦尔斯走出来，提出了"相当淫荡的同性恋建议"。[31]

在国务院，萨姆纳·韦尔斯是富兰克林·德拉诺·罗斯福的人。经常绕过国务卿科德尔·赫尔——认为他心胸狭窄而且缺乏想象力——罗斯福在外交决策方面很倚重韦尔斯。虽然韦尔斯的专长是拉丁美洲，因为他在那里工作过几年，但外交事务的秘密很少有他不知道的。而且，类似于罗斯福，韦尔斯也是出身贵族家庭，实际上是与罗斯福家族一起成长的。在埃莉诺和富兰克林的婚礼上，他是小侍从，在哈佛大学，他与埃莉诺弟弟霍尔是同班同学。他与妻子马蒂尔德和第一夫人特别亲近。②

旅程结束后，一位搬运工写了一份投诉报告给其雇主南方铁路公司，于是该事件的闲言碎语很快就扩散开来，其中威廉·克里斯蒂安·布利特起到了极大的推波助澜作用，因为他获得了一份书面的投诉报告。

专栏作家马奎斯·蔡尔兹把布利特描述为"埃古③中的埃古"，[32]布利特是个自我推销的机会主义者，自我感觉极度膨胀。根据特德·霍根从多萝西·罗森曼那里得到的消息说，布利特甚至诱奸了富兰克林·德拉诺·罗斯福的秘书玛格丽特·"小姑娘"·利兰，"他们的关系对接近总统是极为有利的"。[33]被任命为驻苏联大使后，布利特无法与苏联人相处，还认为该职位太低下了，继而说服总统任命他为驻法国大使。虽然在那里也并不开心，但他一直待到了德国

_____

① 1944年，富兰克林·德拉诺·罗斯福决定抛弃华莱士这个竞选伙伴，其中胡佛的报告究竟起到了多大的作用，是不得而知的。很可能主要是罗斯福的顾问们的预测，他们认为华莱士在投票总数中的存在，会影响到总统100万至300万张选票。

② 韦尔斯夫人显然也有问题。朋友们说，每天晚上她都会为母亲铺床叠被，虽然她母亲早已过世。

③ 莎士比亚悲剧《奥赛罗》中的一个反面人物。——译注

人入侵。目前，他在谋求新的大使职位，看到韦尔斯事件，他认为这是达到目的的一个途径。况且他不喜欢韦尔斯，认为他的副国务卿岗位应该由一位朋友来担任。

一九四一年一月三日，哈里·霍普金斯把联邦调查局局长召唤到了白宫。根据总统的指示，霍普金斯委托胡佛去执行一项特别任务：调查有关对萨姆纳·韦尔斯的指责。

胡佛让埃德·塔姆负责这项调查，联邦调查局获取了搬运工和火车上其他人的陈述。他们还获悉之前也发生过事情——有一次甚至是在总统的另一个专列上，在赴芝加哥的途中——喝醉酒的韦尔斯游荡在华盛顿的公厕和公园，寻找同性恋伙伴，而且偏好"有色人种"。似乎正是因为这种活动——本案是与年轻小伙子——几年前韦尔斯被从古巴召了回来。[34]

调查工作还在进行的时候，一位搬运工问副国务卿，是不是听说了外面在流传的故事。韦尔斯大吃一惊，赶紧联系司法部长比德尔，给出了火车上事情他自己的版本。他承认那天晚上酒喝得"太多"了，感到不舒服，服了安眠药后，他向餐车订了咖啡。此后，他应该是睡着了。其他的事情他记不清了。

一月二十九日，胡佛向总统简要报告他的调查结果。胡佛说，总统专列上的人员是经过精心挑选的，他们的背景情况和社会关系都是经过仔细审查的。再说，他们也没有理由要说谎。胡佛告诉富兰克林·德拉诺·罗斯福，"韦尔斯先生要求与列车工作人员发展不道德关系"的指责，是真实的。胡佛还告诉总统，是他的朋友威廉·布利特在传播这个故事，他还告诉了他的敌人、参议员伯顿·K.惠勒和其他人。[35]

总统没有询问联邦调查局局长该如何处理，胡佛也没有主动献计献策。虽然按照当时的法律韦尔斯犯下了重罪，但根据塔姆的说法，从来没有要起诉他的问题。联邦调查局特工已经从搬运工那里做了笔录，不是那种通常要向法院提起诉讼的"签认宣誓证词"。但韦尔斯的所作所为，很可能会使他受到敲诈勒索。[36]

从布利特那里听到这个故事后，国务卿赫尔面见总统，要求把韦尔斯炒掉。这时候埃莉诺来干涉了，说她担心韦尔斯被解职后也许会自杀。司法部长比德尔也想与总统讨论此事，但罗斯福对此则是轻描淡写，他评论说："嗯，他不是在上班时间干这个的吧？"[37]

罗斯福显然认为，如果他不追究，事情也就不了了之了。但布利特却不依不饶，几个月后，他强行推动此事的处理，他本人拿着搬运工宣誓证词的副本去找总统。罗斯福扫视了一下证词文本，承认说："指控是真实的。"但这样的事情再也不会发生了，总统向布利特保证，因为韦尔斯现在有了一个监护人，那人不但是保镖，而且不分白天黑夜时刻监视着他。

布利特并没有就此满意。他要韦尔斯立即离职。韦尔斯的继续留存，会损害国务院的威望。战争的努力是什么？部队的官兵们如果获悉国务院的二号人物是罪犯和性变态，他们会怎么想？布利特一向高傲自大，他向总统发出了最后通牒：除非韦尔斯遭到解职，不然在任何情况下，他绝对不会考虑在国务院或驻外机构中接受新的职务。[38]

显然，这是罗斯福受不了的。他借口身体不舒服，示意"爸"·沃森把布利特送走，并取消了当天的其他会议和约见计划。罗斯福后来告诉史蒂夫·厄尔利："可怜的萨姆纳也许会被毒死，但下毒的不是他，而是比尔。"①[39]

为了让布利特安静，罗斯福派他去了开罗，但回来后布利特试图把这个故事兜售给罗斯福的三大敌人：埃莉诺·"西茜"·帕特森、她的兄弟约瑟夫·梅迪尔·帕特森和他们的表兄罗伯特·R.麦考米克，他们都是出版商，分别代表了《华盛顿时代先驱报》《纽约每日新闻报》和《芝加哥论坛报》。虽然他们都不喜欢"西茜"·帕特森经常称呼罗斯福"白宫的那个瘸子"，但即使如此，他们也不为所动。

一九四二年十月二十四日，在列车事件过去了两年多以后，国务卿赫尔安排了与J.埃德加·胡佛的一次秘密会面，地点是在局长的沃德曼公园酒店的套房里。赫尔声称知道联邦调查局对韦尔斯事件进行了调查，现在他想看看调查报告。胡佛虽然确认了是有这样的调查报告，但他说要征得总统同意后才能给赫尔看，这就没有那么快了。当然，胡佛把这次会面的事情报告了总统。

也许是在时间上的巧合，那天胡佛还给总统送去了一份备忘录，是关于另一次秘密会议的，这次是美国共产党几位领导人在弗雷德里克·范德比尔特·菲尔德②的纽约家中开会，会议期间讨论了萨姆纳·韦尔斯。据说胡佛的一位线

---

① 比尔是威廉的昵称，此处指的是威廉·布利特。——译注
② 美国左翼政治家。——译注

人也参加了会议，他声称"布劳德轻蔑地提及了韦尔斯先生。他把韦尔斯描述成共产党领导人的次等情报，随时都可以让他出丑。"[40]

共产党是不是知道韦尔斯是同性恋？在线人的报告中没有提及，但布劳德的奇特言论，激起了令人不安的波澜。威廉·布利特怀疑共产党是知道的，而且认为韦尔斯已经是苏联的一个卒子。

没能说服总统把韦尔斯解职之后，赫尔和布利特现在带着这个故事去找缅因州共和党参议员欧文·布鲁斯特，指望他能够去劝说杜鲁门委员会，因为他是该委员会的成员，由此去开展调查。布鲁斯特也去找了胡佛，要求看阅调查报告，但也同样遭到了拒绝。后来在与司法部长比德尔讨论韦尔斯情况的时候，胡佛注意到，在两次报告中，韦尔斯都是喝醉了酒，他不由得纳闷，一个人在酩酊大醉的情况下能否做出这样的举动，然后他就把这种想法从脑海里完全清除了。胡佛告诉比德尔，韦尔斯的问题显然是缺乏自控。这是一个有趣的看法。

面临一九四四年大选前夕国会可能的调查，罗斯福最终明白，虽然他很需要韦尔斯，但他只能放弃他了。一九四三年八月，在保护了将近三年之后，罗斯福要求萨姆纳·韦尔斯辞职，并收到了辞呈；胡佛则给自己的"官方/绝密"档案增添了一份厚厚的卷宗。①[41]

副国务卿遭曝光的时候没被解职，胡佛后来告诉他的助手们，是因为"老母鸡埃莉诺·罗斯福护着他"。她之所以护着他，联邦调查局局长补充说，是"因为他对苏联的温和符合美国共产党的利益"。[43]

除了华莱士和韦尔斯，总统还要求胡佛调查他最信任的顾问的妻子。

在总统任期的最后几年，罗斯福越来越关注对媒体的消息泄露。他尤其恼火在白宫的个人谈话，会一字未改地出现在埃莉诺·"西茜"·帕特森的《华盛

---

① 特德·摩根在他的《富兰克林·德拉诺·罗斯福传记》中写道："韦尔斯的辞职，对国务院造成的打击是灾难性的。在韦尔斯擅长的拉美事务方面，这标志着'泛美团结'和'友邦政策'的结束。韦尔斯是高层领导中少有的职业人员，他同情犹太人，他的继续存在或许能对难民问题另眼相看。"[42]

　　韦尔斯又活了18年，但生活在凄凉和绝望之中。虽然他可以写几本关于美国外交政策的书，但在1952年，他的演讲代理抛弃了他，说是因为他的嗜酒和同性恋。

　　至于威廉·布利特，罗斯福倒是为他提供了大使的职位，地点是沙特阿拉伯。这是他心目中最不想去的地方。罗斯福知道他会拒绝，他确实拒绝了。

顿时代先驱报》上。① 罗斯福决心要查出泄露源，他让胡佛对哈里·霍普金斯的妻子实施监控。

一九四二年，哈里·霍普金斯第三次结婚，娶了《时尚芭莎》前巴黎编辑露易丝·梅西为妻。有一段时间，罗斯福似乎被霍普金斯的新娘子迷住了，她不但美丽动人，而且名声很好。② 让埃莉诺很不高兴的是，他甚至说服新婚夫妻搬进白宫来住。然而，到一九四四年的时候，罗斯福的好感消退了，而且他怀疑是霍普金斯夫人把白宫的闲言碎语泄露给了她朋友"西茜"·帕特森，于是总统——经哈里·霍普金斯同意之后——要求胡佛对她进行实际和技术监控。

虽然监控时断时续地贯穿了整个一九四四年和一九四五年年初，但其结果未能确认罗斯福的怀疑。胡佛显然认为监控资料是值得存档的。尽管白宫命令销毁监控报告的所有文本，但他留下一套，放进两只牛皮纸信封内，归入了哈里·霍普金斯的"官方/绝密"档案之中。[45]

胡佛虽然在十几条不同的战线上与敌人作战，但他的主要对手还是威廉·"野比尔"·多诺万。

一九四三年十二月，战略情报局局长多诺万——显然未经白宫、国务院或参谋长联席会议的事先批准——与苏联外交人民委员③维亚切斯拉夫·莫洛托夫洽谈一个秘密协定。表面上是为了协调打击德国的活动，美国战略情报局与苏联内务人民委员会，即苏联的秘密警察，互相交换特工小组，战略情报局在莫斯科设立联络处，内务人民委员会也在华盛顿特区设立了一个。

虽然胡佛是两个月后才得知这个计划的——从国务院、五角大楼，无疑还有战略情报局本身的"绝密和可靠的"渠道获取——获知后他马上行动了。一九四四年二月十日，他写了一封抬头是"亲爱的哈里"的信件，警告霍普金斯

① 埃莉诺·"西茜"·帕特森对富兰克林·德拉诺·罗斯福的厌恶达到了深仇大恨的地步，而罗斯福对她的印象也好不了多少。华盛顿有一个流传广泛的故事，律师莫里斯·厄恩斯特写信给总统说，他已经给帕特森发了传票，让她在他的当事人沃尔特·温切尔提起的一个诽谤诉讼中作证，到那个时候，他想把"西茜"剥至内衣内裤进行"检查"。罗斯福不想参加，声称"胃不舒服"。[44]

② 据哈罗德·伊克斯说，在嫁给霍普金斯之前，露易丝·梅西做过一些富人的情妇，包括伯纳德·巴鲁克和乔克·惠特尼，据说两人都给了她巨额赔偿金。

③ 战后改称外交部部长。——译注

说，多诺万建议允许苏联间谍来美国自由游荡。他指出，英国已经那么做了，结果"内务人民委员会在英国的历史清楚地表明，其行动的主要目的是在那里窃取英国政府的秘密"。[46]

在写给比德尔的另一份备忘录中，他说得更严重了。内务人民委员会的秘密特工已经在美国活动了，他提醒司法部长，"企图获取战争部的绝密情报"。[47]比德尔知道，胡佛指的是最近美国共产党和内务人民委员会试图获取有关原子弹的机密，这是联邦调查局通过搭线窃听和其他监控手段后发现的。

接到胡佛的警告后，威廉·利希海军上将和参谋长联席会议的其他成员，也向总统提出抗议。罗斯福已经对多诺万先斩后奏的做法相当不感冒了，他搁置了战略情报局和内务人民委员会的特工人员交换提议。J.埃德加·胡佛似乎又赢得了与其主要对手的一场战役。

联邦调查局局长不知道的是，假如他深入追究这事，他就会发现重要的情报，其损害程度也许会使罗斯福炒掉多诺万。因为多诺万已经抢先行动了。在多诺万死后很久，情报历史学家安东尼·凯夫·布朗获准查阅前战略情报局局长的私人文件。由此他获悉，多诺万并没有等到罗斯福的批准。"文件、特种装备、秘密情报——全都大量地从战略情报局流往内务人民委员会。受阻碍的情报或装备的种类是很少的，美国发送了昂贵的设备，诸如微型相机、微型微粒制造系统和微缩胶卷相机和放映机——全都被内务人民委员会用来在当时的美国开展大规模的间谍行动。"[48]

到此为止，胡佛与多诺万的冲突都是小打小闹的。最重要的战役还在前头。美国的情报控制已经濒临险境。

与联邦调查局、海军情报局和军事情报局不同，战略情报局是一个临时机构，是为战争而设立的。一九四四年秋天，欧洲的战事似乎临近结束，多诺万开始向总统施加压力，要求成立一个战后能够覆盖全世界的情报组织。多诺万争论说，假如这样的一个组织能够在一九四一年开展行动的话，美国就绝对不会在珍珠港遭受那么丢脸的偷袭了。

罗斯福刚刚听取了关于珍珠港事件的一系列汇报，对军事情报的失误大加指责，现在这样的提议他是喜欢听的。于是在十月三十一日，罗斯福要求战略情报局局长把他的建议写成书面的。两个星期后，就在总统再次当选后的一个星期，多诺万递交了计划。

该计划远不止想把他现在的组织永久化。多诺万描绘了一个超级的中央情报机构，由总统直接控制，而参谋长联席会议——现在已经对战略情报局疏于管理——则降格为顾问。新组织的领导人——对这个岗位的人选多诺万无疑是心中有数的——将有获取美国其他军事或平民情报机关的资源、档案和报告的无限的权力，但只向总统负责。

罗斯福把该计划的一个副本交给参谋长联席会议去评论。在把报告标上绝密的密级之后，参谋长联席会议复制了十五个文本，分送美国各个情报机关，包括联邦调查局。

领头反对该计划的是胡佛的盟友乔治·维齐·斯特朗将军，他是前陆军总参谋部军事情报局负责人，现在负责战后的计划。斯特朗差不多与胡佛一样痛恨多诺万。就在一年前，斯特朗差一点可以说服罗斯福撤掉多诺万，把战略情报局归入他的领导之下，而且多亏斯特朗的反对，才没让战略情报局分享由破解"超级"和"魔幻"的密码而获得的敌人情报。

军方不信任多诺万，可以追溯到多年前。早在一九四一年，斯特朗的军事情报局前任领导谢尔曼·迈尔斯将军，就警告陆军总参谋长乔治·C.马歇尔说："有相当的理由相信，有一项运动在筹划之中，是由多诺万上校在推动的，目的是想建立一个能控制所有情报的超级机构。这意味着，这样的一个机构要收集、审查，甚至评估我们现在从国外收集的所有军事情报。以战争部的观点来看，这样的动作似乎是很不利的，如果不是灾难性的话。"[49]

迈尔斯的怀疑现在被证明是先知，他的几任接班人团结起来反对多诺万的计划。十二月下旬，当时的军事情报局领导人克莱顿·比塞尔出席参谋长联席会议，他警告说，如果这个计划被采纳，那么多诺万，光是多诺万一人，就可以决定要让总统看什么情报。"一个人大权在握不符合民主政府的最佳利益，"比塞尔告诉参谋长联席会议，"我认为这是符合独裁的最佳利益。我认为这对德国是很相配的，可我认为这不符合我们在这个国家建立的民主，我们做事情要讲究审查和平衡。"[50]

与往常一样，胡佛在幕后战斗——在这个事件中，提供大量的弹药给斯特朗和其他人使用。他还通过哈里·霍普金斯，继续一份接一份地发送备忘录给总统，历数战略情报局犯下的种种错误。战争部部长亨利·史汀生在日记中写到，胡佛"经常去白宫……毒害总统的心灵"。[51]

显然，这个毒药，虽然是慢性的，但还是起到了效果。十二月十八日，罗斯福要求他的顾问小理查德·帕克上校，对战略情报局开展秘密调查。帕克回忆说："某些信息引起了（富兰克林·德拉诺·罗斯福的）注意，及时开展了必要的调查。"[52]

帕克上校在军事情报方面是个举足轻重的人物，因为他几乎每天都要去见总统；他负责白宫的地图室，这是斯特朗将军任命他的。

在一份长达五十四页的报告中，帕克罗列了战略情报局及其人员的一百二十多条罪状——包括无能、腐败、放荡、任人唯亲、黑市交易、安全漏洞和情报工作不力，其中有些失误导致了十二个人的牺牲。相比之下，帕克认为战略情报局只有七项行动值得提及。

胡佛－斯特朗同盟显然在帕克的最后推荐中得到了证明：战略情报局应该予以解散，代之以联邦调查局－海军情报局－军事情报局南美结构模式的情报组织。

罗斯福生前没看到帕克的报告，但他用不着看这个就可以做出决定。他之所以做出决定，是因为在一九四五年二月九日，总统最讨厌的三家报社在头版刊登了相同的故事。

《华盛顿时代先驱报》："多诺万建议为战后的新政成立超级间谍系统""将接管联邦调查局、联邦经济情报局、海军情报局和军事情报局"。

《纽约每日新闻报》："美国超级间谍项目的秘密备忘录公开""新政计划建立超级间谍系统""密探的触角将伸向美国和全世界/组建的命令已经起草就绪"。

《芝加哥论坛报》："新政计划窥视世界人民和美国人民""超级盖世太保组织正在酝酿之中"。[53]

逐字逐句引用了多诺万绝密建议的文章，其署名的作者是华盛顿记者沃尔特·特罗安。人们知道，特罗安是 J. 埃德加·胡佛喜欢的记者，能够得到联邦调查局许多绝密消息。

国会内部的反罗斯福力量很快抓住这个故事发难，总统只得搁置多诺万的计划。盛怒之下，多诺万把绝密文件的泄露称为"叛变"，要求把责任人揪出来曝光，还要求参谋长联席会议任命"一个司法团体或准司法团体，赋予传唤的权力……强制推行宣誓作证"。[54]

但与多诺万的超级特工机关计划一样,该提议也被搁置起来了;没人想让联邦调查局局长来作证。

多诺万当然是深信胡佛应该为此事负责。如果属实,没人能够证明。多年后,在对这个插曲进行了深入的研究之后,中情局的一位历史学家得出这样的结论,即只有胡佛"有动机、有办法和有能力来做这事"。[55]

然而沃尔特·特罗安否认他的消息来源于联邦调查局局长。在相关的人全都死去多年后接受采访的时候,特罗安声称是总统的新闻秘书史蒂夫·厄尔利给了他文件,说是"富兰克林·德拉诺·罗斯福想把这个故事流传出去"。[56]好像他这么做的理由是想听听公众的意见,然后再决定是否批准该计划。

特罗安的原因解释似乎是站不住脚的。虽然这已经不是罗斯福第一次把测风气球放飞到媒体那里,但他选择反新政的帕特森和麦考米克的报纸,则几乎肯定会使计划胎死腹中。再者,这个时候,富兰克林·德拉诺·罗斯福在对他的亲密顾问的妻子露易丝·梅西·霍普金斯进行监控,因为他怀疑她把白宫的消息透露给《华盛顿时代先驱报》的"西茜"·帕特森。

幸好,多诺万用不着等待很久就可以对胡佛进行复仇。

肯尼思·韦尔斯是战略情报局远东地区的分析员,一九四五年二月下旬,他在一份没什么名气的《美亚》杂志上看到了一篇关于英美在泰国关系的文章,由此产生了一种强烈的似曾相识的感觉。整个段落好像都很熟悉——这并不奇怪,因为这是他自己写的文字,是在几个月前的一份秘密报告中。

韦尔斯拿上这份杂志,去找战略情报局的安全部长阿奇博尔德·范博伊伦。范博伊伦极为关注,立即坐飞机去纽约,把杂志交给了战略情报局负责调查的弗兰克·布鲁克斯·比拉斯基。

比拉斯基也遇到了多诺万的建议遭泄露的问题——该报告分送给了三十个人——他决定走捷径。三月十一日星期天夜晚,他和战略情报局的五名特工(大都是原联邦调查局特工),加上海军情报局的一名锁匠,对《美亚》杂志的纽约编辑部办公室实施了"提包作业"。

海军情报局的锁匠没能施展技艺:比拉斯基晃了晃工作证之后,大楼的管理员就放他们进去了。进入里面后,他们发现了大量的宝藏——到处都是政府文件。比拉斯基后来估算有两三千份文件。光是一只手提箱内，就装了三百多份文件，全是原件，全有密级，而且全都盖有印章，表明之前的某个时候这些文件曾被送往国务院。"我把文件拿过来摊开，"比拉斯基回忆说，"几乎涵盖了除联邦调查局之外的政府每个部门……文件的来源有英国情报机关、海军情报局、陆军情报局、国务院、审查局、战略情报局……实在太多了，我们无法全都列出来。"①[57]

比拉斯基从中抽出战略情报局文件和几份其他的文件作为样本，饭后匆匆返回华盛顿，把战利品交给了多诺万。多诺万立即抓住了这次发现的机会。战略情报局依靠自己的力量，似乎已经发现了一个巨大的间谍网——就在与联邦调查局纽约分局相隔几个街区的地方活动，而且显然胡佛他们还蒙在鼓里。如果说美国需要一个新的情报机关，那么这就是证明。

他很快就要用这个证据去说服总统。但在此之前，因为有国务院的印章，多诺万要求紧急会见科德尔·赫尔的接班人爱德华·斯退丁纽斯国务卿。审核了文件之后，斯退丁纽斯告诉他的助理朱利叶斯·霍姆斯："天哪，朱利叶斯，如果能够查清这事，我们就可以结束一直在折磨我们的许多事情。"[59]

多诺万敦促立即逮捕《美亚》杂志社全体职员——现在是战争时期，罪名总是可以找到的——并主动要求由自己的机构来开展调查。但斯退丁纽斯没有理会这两个提议，只是告诉战略情报局局长，这事从现在起由国务院来处理。

多诺万的复仇，短暂得他还来不及品味。多诺万一离开，国务卿就告诉了司法部长比德尔，比德尔则把整个事情都转告了联邦调查局。

虽然《美亚》案子困扰了政府将近十年的时间，而且使战略情报局和联邦调查局反受其害，但至少产生了一个立竿见影的效果。它给了多诺万需要的一个切入口，由此他可以去说服总统重新考虑他的情报计划建议。

三月三十日，罗斯福坐火车去了佐治亚州沃姆斯普林斯疗养和休息。多诺万虽然渴望重返战区，但他还是待在华盛顿等待总统的决定。决定在四月四日来了，是一张便条："你在一九四四年十一月十八日写的备忘录，关于建立一个

---

① 文件的类型，从美国战略轰炸日本的绝密计划，到关于"蒋介石和蒋夫人的亲密关系"报告，可谓应有尽有。比拉斯基还说："我向你们保证，该报告真的是很亲密，一共有 3 页呢。"[58]

中央情报机构的提议，你最好能够召集各个国外情报机构和国内安全机构的领导，一起开会讨论，以便达成各种意见的共识（原文如此）……要求他们就提议的中央情报机构发表意见和建议。"[60]

罗斯福还没有批准多诺万的计划；他只是对他收到的一九四四年十一月的书面建议做出了考虑的回应。但多诺万把这张便条当作批文，没去理会不可能达成共识的事实，因为国务院、战争部、海军部和司法部依然是一致反对的。

多诺万深信已经打赢了这场战役——还确信自己会被任命为新组织的领导人——他匆匆回去参加另一场战争了。飞到欧洲后，他忙于把战略情报局欧洲总部从伦敦转移到新近获得解放的巴黎，在那里，他征用了之前由赫尔曼·戈林占用的里兹饭店的套房。

是在巴黎，他获悉了总统的死讯。

在美国，那是一九四五年四月十二日星期四下午。埃莉诺·罗斯福刚刚在华盛顿的西格雷夫俱乐部结束演讲，就被叫去接听电话。"是总统秘书史蒂夫·厄尔利，口气相当的心烦意乱，要我马上回家，"她后来回忆说，"我没问他什么事情。我心里知道，一定是发生了什么可怕的事情……我坐进汽车，在赶赴白宫的路上一直攥紧双手。在心灵深处，我知道是发生了什么事情，但人们很难实际构想这些可怕的念头，除非是说出来。"

听到消息后，她做出了反应："相比我们自己，我更为美国人民和世界人民感到遗憾。"[61]

将近下午五点钟的时候，参议院休会了，副总统溜进山姆·雷伯恩那间没有标记的办公室，与这位众议院的发言人及其朋友们一起喝酒。听说史蒂夫·厄尔利来电话找他，他后来回忆说："我回了电话，立即被转接到了厄尔利那里。'请马上过来，'他告诉我，语气很紧张，'从宾夕法尼亚大道的入口处进来。'

"大约在下午五点二十五我抵达了白宫，立即坐电梯到二楼，并被带往罗斯福夫人的书房……罗斯福夫人看上去很镇静，一如既往的那种优雅和高贵。她走上前来，把手搭在了我的肩上。

"'哈里，'她静静地说，'总统死了。'"[62]

静静地愣了好长时间后，哈里·杜鲁门问道："有什么事情要我们帮你吗？"

"有什么事情要我们帮你吗？"她回应说，"因为现在是你有了麻烦。"[63]

消息是在下午大约五点四十传到联邦调查局总部的，传输的途径有点曲折，先是联邦经济情报局通知了调查局的一位局长助理，该助理又转告了埃德·塔姆。胡佛和托尔森刚刚离开，要去哈维餐馆吃晚饭，走出电梯的时候，塔姆打到楼下来的电话把他们截住了。

当局长和局长助理返回五楼的时候，塔姆在打电话向白宫确认该消息。一个月前，有谣言说，罗斯福在结束雅尔塔会议的返回途中，死在了军舰上，其实死的是他的一位多年的军事顾问埃德温·"爸"·沃森少将。但总统新闻秘书厄尔利的电话很忙。他已经与三家通讯社安排了新闻发布会。即使三家是同时接到通知的，但国际社还是比美联社和合众社抢先了大约一分钟，在下午五点四十七播发了消息："华盛顿电讯——罗斯福去世。"

联邦调查局局长正式接到通知说，富兰克林·德拉诺·罗斯福因大面积脑溢血去世。几乎在同时，美国老百姓在广播中听到："现在中断这个节目，向大家播报特别公告……"

由此，胡佛比多诺万早知道这个消息。跨大西洋的电报暂时中断，几个小时之后，也就是巴黎时间的十三日早上，战略情报局局长正在里兹饭店套房的卫生间内刮胡子，一名助手冲进告诉他说，罗斯福死了。

与塔姆一样，多诺万也记得前不久的谣言，他表示怀疑，最后他给战略情报局华盛顿总部的奈德·巴克斯顿打了个长途电话。

巴克斯顿确认了总统的去世，然后问道："那战略情报局会怎么样呢?"

"恐怕这下子完了。"多诺万回答说。[64]

在富兰克林·德拉诺·罗斯福的支持下，联邦调查局已经成为美国政府最重要的机构之一，经总统的宽容批准，其局长已经成为华盛顿最强大的人物之一。

如果说 J. 埃德加·胡佛悼念富兰克林·德拉诺·罗斯福的去世，那么这样的记录是没有的。在接到局长助理塔姆的通知回到办公室之后，他的第一行动是打电话给刑事信息部的路·尼科尔斯，命令他把哈里·S. 杜鲁门的全部档案都拿过来。[65]

资料来源：

[1] J. 埃德加·胡佛致沃森（富兰克林·D. 罗斯福），1941 年 1 月 24 日。

[2] J. 埃德加·胡佛致埃莉诺·罗斯福，1941 年 1 月 24 日。

[3] 埃莉诺·罗斯福致 J. 埃德加·胡佛，1941 年 1 月 26 日。

[4] J. 埃德加·胡佛致埃莉诺·罗斯福，1941 年 1 月 27 日。

[5] 摩根索日记，第 353 卷，1941 年 9 月 21 日。

[6] G. 戈登·利迪：《意志》（纽约：圣马丁出版社，1980 年），第 83 页。

[7] 同上。

[8] 尼科尔斯采访录。

[9] 萨利文采访录。

[10] J. 埃德加·胡佛致霍普金斯（富兰克林·D. 罗斯福），1944 年 1 月 25 日。

[11] 萨利文：《调查局》，第 37 页。

[12] 同上。

[13] 塔姆采访录。

[14] 约瑟夫·P. 拉什：《亲爱的埃莉诺：埃莉诺·罗斯福和她的朋友们》（纽约州花园城：
  双日出版社，1982 年），第 122 页。

[15] 沃尔特·古德曼：《委员会：众议院非美活动委员会的特别生涯》（纽约：法勒、施
  特劳斯和吉鲁出版社，1968 年），第 81 页。

[16] 前联邦特工。

[17] 古德曼：《委员会》，第 83 页。

[18] 约瑟夫·P. 拉什：《埃莉诺·罗斯福：一位朋友的回忆录》（纽约州花园城：双日出
  版社，1964 年），第 282 页。

[19] 拉什：《亲爱的》，第 465 页。

[20] 同上，第 470 页。

[21] 同上，第 476 页。

[22] 同上，第 481—482 页。

[23] 同上，第 487—488 页。

[24] 唐纳德·S. 拉姆采访录。

[25] 拉什：《亲爱的》，第 493 页。

[26] J. 埃德加·胡佛致华莱士，1942 年 10 月 23 日。

[27] J. 埃德加·胡佛致司法部长比德尔，1943 年 5 月 3 日。

[28] R. B. 胡德致 J. 埃德加·胡佛，1944 年 2 月 4 日。

[29] J. 埃德加·胡佛在报纸专栏文章中对埃莉诺·罗斯福做的标记，1951 年 7 月 14 日。

[30]《旧金山纪事报》，1983 年 9 月 6 日。

[31] 塔姆采访录。

[32] 马奎斯·蔡尔兹：《权力的见证》（纽约：麦格劳－希尔出版公司，1975 年），第16—17 页。

[33] 摩根：《富兰克林·D. 罗斯福》，第 697 页。

[34] 同上；塔姆采访录。

[35] J. 埃德加·胡佛备忘录，1945 年 1 月 29 日。

[36] 塔姆采访录。

[37] 萨利文采访录。

[38] 摩根：《富兰克林·D. 罗斯福》，第 680—681 页。

[39] 蔡尔兹：《见证》，第 17 页。

[40] J. 埃德加·胡佛致沃森（富兰克林·D. 罗斯福），1942 年 10 月 24 日。

[41] 官方绝密档案，编号：157。

[42] 摩根：《富兰克林·D. 罗斯福》，第 684 页。

[43] 萨利文采访录。

[44] 莫里斯·厄恩斯特采访录。

[45] 官方绝密档案，编号：87。

[46] J. 埃德加·胡佛致霍普金斯（富兰克林·D. 罗斯福），1944 年 2 月 10 日。

[47] J. 埃德加·胡佛致比德尔，1944 年 2 月 12 日。

[48] 布朗：《多诺万》，第 424 页。

[49] 同上，第 159 页。

[50] 约翰·拉尼拉：《中央情报局：从野比尔·多诺万到威廉·凯西，中情局的兴衰》（纽约：西蒙与舒斯特出版公司，1968 年），第 97 页。

[51] 布朗：《多诺万》第 159 页。

[52] 同上，第 792 页。

[53]《华盛顿时代先驱报》《纽约每日新闻报》和《芝加哥论坛报》，1945 年 2 月 9 日。

[54] 布朗：《多诺万》，第 631 页。

[55] 同上，第 632 页。

[56] 同上，第 633 页。

［57］1950 年在第 81 届国会第 2 次会议，参议院对外关系小组委员会（也叫"泰丁斯委员会"）"关于开展国务院是否存在着对美国不忠雇员的调查决议听证会"上，弗兰克·布鲁克斯·比拉斯基的证词。

［58］比拉斯基在泰丁斯委员会的证词；厄尔·莱瑟姆：《在华盛顿关于共产主义的争议：从新政到麦卡锡》（纽约：雅典娜神殿出版社，1969 年），第 205 页。

［59］德托莱达诺：《胡佛》，第 141 页。

［60］布朗：《多诺万》，第 735 页。

［61］约瑟夫·P. 拉什：《埃莉诺与富兰克林：关于他们关系的故事——根据埃莉诺·罗斯福的私人资料》（纽约：W. W. 诺顿出版社，1971 年），第 721 页。

［62］哈里·S. 杜鲁门：《回忆录》，第 1 卷：《决策的年月》（纽约州花园城：双日出版社，1955 年），第 4—5 页。

［63］罗伯特·J. 多诺万：《冲突与危机：哈里·S. 杜鲁门在 1945—1948 年的当政期》（纽约：W. W. 诺顿出版社，1977 年），第 8 页。

［64］邓禄普：《多诺万》，第 465 页。

［65］尼科尔斯采访录。

第七部
独立城来客

亲爱的贝丝：

　　昨天下午收到了你星期四的来信……我很高兴，联邦经济情报局的工作做得更好了。我是担心现在的形势。埃德加·胡佛做梦都想接管，议员们都怕他。我是不怕他的，这个他也知道。假如能够做到预防，那么这个国家就不会出现内务人民委员会或盖世太保。在谍报机关走向平民化的过程中，埃德加·胡佛的组织会有一个良好的开端。不是为了我。

　　很高兴听说埃拉阿姨正在好转……

　　　　　　　　　　　爱你的
　　　　　　　　　　　哈里
　　　　　　　　　　　一九四七年九月二十七日

第二十二章　特别案例

罗斯福去世后的第二天，胡佛命令在全局范围内查找与新总统有个人关系的调查局员工。

疯狂查找的结果，倒是找到了一个人，那是特工小莫顿·奇尔斯。他父亲是杜鲁门在密苏里州独立城的孩提时代朋友。应召抵达华盛顿后，奇尔斯接受了总部领导威廉·萨利文向他布置的任务。

杜鲁门总统刚刚接手管理国家的重任，手头上有许多工作要处理，心里是老大不愿意的，但他还是抽时间接待了老朋友的儿子。重温了几句在独立城的童年时代之后，杜鲁门问奇尔斯此次来访有什么事情。

奇尔斯解释说，他是作为联邦调查局局长 J. 埃德加·胡佛的个人特使来白宫的，他想知道联邦调查局是不是有什么地方可以为他效劳……

总统是看着这个年轻特工出生和长大的，现在他对他表示感谢，要他带个回信给胡佛。这是哈里·S.杜鲁门特有的方式，直率和开门见山。总统说，他应该转告胡佛先生，"在需要联邦调查局的时候，我会告诉司法部长的。"

奇尔斯带着难以启齿的总统信息回到了联邦调查局总部。"从那个时候起，"萨利文后来回忆说，"胡佛就对杜鲁门恨得咬牙切齿。"[1]

但局长不甘心就此罢休。四月二十三日，他第一次登门拜访新总统，向他汇报联邦调查局目前在开展的一些调查。杜鲁门唯恐对方习惯性地登门，于是叫来了他的军事助理哈里·沃恩准将。在为两人做了介绍后，他告诉联邦调查局局长，今后如果有特别重要的事情要立即向他报告的，可以找沃恩。

然后胡佛与沃恩简短地见了面，联邦调查局局长由此建立了他们之间分离的、不均衡的关系，他告诉沃恩如何避开记者来他的办公室。虽然会面很简短，但胡佛通过自己储存的档案，客观地总结了沃恩。

当天，胡佛发了一份备忘录给沃恩，开头部分是这样写的："我认为你和总统也许想知道……"然后他开始汇报一些党派的政治情报。[2]

沃恩的回答是要求了解更多："这条路径以后的通讯，或许是令人感兴趣的，以你的观点来看，这是必要的。"[3]

胡佛也发送了秘密报告给总统的其他助手，包括马修·康内利、西德尼·索尔斯、E.D.麦金，以及复兴银行董事乔治·艾伦，他充当了胡佛在杜鲁门政府内部的一个间谍。

在杜鲁门当上总统后的三十天之内，联邦调查局就在为白宫执行秘密调查了。

六十天内，联邦调查局已经在为白宫开展搭线窃听和监视了。对律师——和政治修理工——托马斯·"软木塞汤米"·科科伦的办公室和住宅电话的窃听，持续了三年，由此产生了一百七十五份记录和六千二百五十页稿纸，结果导致了对政府许多重要人物的监视。

在了解此事之前，杜鲁门就已经妥协了。

罗斯福死后六个星期，杜鲁门炒掉了弗朗西斯·比德尔。但这事他没有处理好，他把它交给了一位顾问去办理，该顾问把司法部长叫来，对他说，总统要求他立即递交辞呈。比德尔对于自己遭解职的反应，与其说是雇佣终止的本身，倒不如说他觉得"突然和丢脸"。离职并不出乎意料，因为在去年夏天的民主党大会上他反对杜鲁门担任党的副主席。现在他要求面见总统。

费城贵族出身的比德尔向堪萨斯城的服装店老板杜鲁门①讲述了这种事情的正确处理方法，然后他递交了辞呈。司法部长与总统的关系在很大程度上是私人的关系，比德尔说，就像律师和当事人，重要的是总统应该任命自己的人。他只有两个问题。

首先，他在哪方面的表现让总统不满意了？

没有，杜鲁门回答说，他认为比德尔工作做得很好。

第二，总统能否告诉他，他的接班人会是谁？

————————————

① 一战结束从美军部队退伍后，杜鲁门在堪萨斯城开过服装店。——译注

"你会高兴的，" 杜鲁门说，"他是你部门的人——汤姆·克拉克。"[4]

比德尔没有高兴。就在几个月之前，比德尔想炒掉克拉克，因为他认为克拉克完全不称职。但克拉克去找了联邦参议员汤姆·康纳利，康纳利与罗斯福说了，罗斯福传下话来说，别动克拉克。

多年后，在杜鲁门下台以后，《实话实说：哈里·S.杜鲁门口述传记》的作者默尔·米勒问这位前总统："你当总统时犯过的最大错误是什么？"[5]

杜鲁门回答："毫无疑问，任命汤姆·克拉克是我最大的错误。"仔细分析了克拉克的缺点之后，杜鲁门发觉，"倒不是说他有多坏，只是他很笨。"

最高法院法官费利克斯·弗兰克福特的看法不尽相同。他的一位密友和前律师后来回忆说："费利克斯常常说，（克拉克的）品行有点变味。"对此，弗兰克福特的朋友、前联邦贸易委员会主席菲利普·埃尔曼补充说："这话说得轻了。"[6]

一九四五年七月一日，汤姆·克拉克宣誓就任司法部长。按照华盛顿一位见证过报酬支付的内部人士说，一个半月后，司法部长汤姆·克拉克接受了一笔巨额贿款，是对他敲定了一桩军工生意的回报。①

胡佛与克拉克相处得很好，联邦调查局局长还给了司法部长一辆旧的防弹车（由于战争已经结束，克拉克批准胡佛的预算要求，给换了一辆新的），甚至偶尔邀请司法部长与他和托尔森共进午餐或晚餐。

一九三七年进入司法部之前，克拉克是德克萨斯州一些石油公司的游说人，他和胡佛有一些共同的朋友，包括石油大亨克林特·默奇森、锡德·理查森和比利·拜尔斯——这些人都是局长一年一度去拉赫亚度假时的"玩伴"——还有联邦众议员林登·贝恩斯·约翰逊，他最近把家搬到了西北第三十街，住在了胡佛家的对面。

更为重要的是，克拉克无意去监督联邦调查局。他很少阅读胡佛发给他的报告。克拉克回忆说："那么多的报告文本，我看都看不过来——除非我二十四小时不睡觉了——所以，我让（司法部副部长詹姆斯·）麦金纳尼代我去看。他会告诉我什么是我应该看的，什么对我来说是很重要的。"同样，他也把搭线窃听报告的审批交给了一位助理，因为他"不想知道谁被窃听了，谁没被窃

---

① 该案子在《华盛顿奇事》中有详细报道，作者是前游说人罗伯特·N.温特－伯格。

听"。遭否决的申请是很少的。在克拉克看来，胡佛要求的事情就是需要的事情：
"根据是否必要，主要由胡佛先生自己决定。"[7]克拉克甚至对档案也不感兴趣，①
根本不想去看——只有一个例外，上任后不久，他要求看联邦调查局他自己的
档案，胡佛用各种借口拖延着，直至最后克拉克命令他把档案拿出来。胡佛就
给他看一个经仔细删改之后的版本。看到没有负面信息后，克拉克满意了，他
再也没有要求重新看看。

即使发生意见分歧的时候，克拉克通常会向胡佛做出让步。虽然他远没有
像联邦调查局局长那样关注共产党的威胁——"我们的大多数案子，我认为有
点像榨汁后的橙子那样索然无味。"他回忆说——但他照样迫害共产党人。[9]

在 J.埃德加·胡佛的眼里，汤姆·克拉克是个几近完美的司法部长。他批
准联邦调查局局长的每一个要求。他甚至——不知不觉地——极大地扩展了胡
佛的权限。

一九四六年七月七日，司法部长写信给总统，要求更新罗斯福一九四〇年
的无证搭线窃听授权。虽然克拉克在信中引用了那个授权，但省却了关键的一句
话："你们必须进一步把这些调查限制在最低数量，尽可能限制对外侨的调查。"

去掉这句话及其限制条件之后，给了胡佛几乎是没有限度的权力，他可以
随意实施搭线窃听，他想窃听谁就可以窃听谁。

杜鲁门批准了该要求，其实他根本不知道里面省略了什么，或者司法部长
的来信实际上是 J.埃德加·胡佛起草的。②

一九四五年五月七日，德国投降了，使得战略情报局的许多工作也就此结
束，因为切斯特·尼米兹海军上将和道格拉斯·麦克阿瑟上将都不允许战略情
报局去太平洋地区活动。八月十四日，继美国在广岛和长崎投下原子弹之后，
日本也投降了，第二次世界大战就此结束。九月份，使胡佛极为满意的是——

---

① 克拉克甚至不能确定是否有秘密档案，他后来回忆说："在报告中他常常会有一两个段
落——例如，他不喜欢摩根索，他也许会去挖掘他，或者他也许会表示，国务院有怪人，但
是至于针对某个人的档案，我的一生中还从来没有看到过任何人的档案。"[8]
② 显然，克拉克也不知道省略的内容或者该内容的效果是什么。在胡佛死后不久的一次采访
时，前司法部长和最高法院法官克拉克回忆说："我进来的时候，胡佛先生要我写信给白宫，
内容他已经起草好了，要求继续实施（搭线窃听），这个我照办了。"[10]

因为他和他在国务院、战争部和海军部的盟友在很大程度上是要负责的——杜鲁门总统解雇了威廉·"野比尔"·多诺万，并解散了战略情报局。

与胡佛不同，多诺万没有明白，有些最重要的战役是在国内进行的。除了已经疏远了情报界的几乎每一个人，战略情报局局长没有致力于获得国会或大众对他的组织的支持。他也没有真正努力去搞好与罗斯福接班人的关系：自杜鲁门上任之后，他们只见过一次面。战略情报局眼前的消亡，其实在年初时就显露端倪了，那时候联邦调查局和战略情报局都递交了一九四六年的预算。由安东尼·凯夫·布朗在多诺万的文件里找到的下列图表，描述了发生的事情：[11]

战略情报局
　　要求预算：四千五百万美元
　　预算局减为：四千两百万美元
　　众议院减为：三千八百万美元
　　总统减为：两千四百万美元

联邦调查局
　　要求预算：四千九百万美元
　　预算局减为：四千六百万美元
　　众议院调回：四千九百万美元
　　总统减为：四千三百万美元

在最后的时刻，通过一场宣传的闪电战，多诺万确实努力想赢得公众的支持。前战略情报局官员汤姆·布雷登后来说："几个星期来，一系列耸人听闻的故事占据了报刊的许多版面，赞扬战略情报局在秘密战争中的丰功伟绩。约翰·沙欣及其助手在寻找文件的时候，把那些事实解密后交给了'碰巧在华盛顿的'战略情报局作家们，在他们转交给如饥似渴的记者的时候，战略情报局的伞兵们从秘密战争中返回来，期望听到通常的调侃的时候，突然发现他们成了英雄人物。"[12]

但这一切已经为时太晚，而且与刑事信息部长期计划的关于联邦调查局如何赢得这场战争的雪片般的故事不相吻合。胡佛鼓动的关于战略情报局挥金如土的一系列泄露、关于战斗英雄尼米兹和麦克阿瑟不信任战略情报局的宣传，以及关于战略情报局高层中有共产党人的首次披露，对多诺万都是没有帮助作用的。

杜鲁门对解雇人员还是有点下不了手。九月二十日，总统签署了由预算局长哈罗德·史密斯为他准备的第 9621 号总统令：终止战略情报局并处置其职能。他还向史密斯布置任务，要他去通知多诺万。史密斯也不想亲自面对战略情报局局长，于是他把这工作交给了他的一名助手，告诉他说："总统不想做这事，我也不想，但我可以命令你去做。"[13]

伴随着终止令，杜鲁门发给多诺万的冷淡而又简短的信函是这么写的："我很欣赏你和你的人员在日本人投降之前就开始的工作，即清理战略情报局在战时的活动，在和平时代，不需要战略情报局了……值此之际，我向你表示感谢，你在担任战略情报局局长期间领导开展了战时重要的行动。你应该为战略情报局的成就而感到满意，为你自己的贡献而感到自豪。这本身就是极大的嘉奖。"[14]

当时的副总统杜鲁门看不到战时的大多数情报报告，因而不了解战略情报局的许多功绩。相反，他对战略情报局的零星了解，是他从该组织的一些批评家那里得到的，尤其是从他的前任委托的帕克报告那里获悉的。然后还有他从胡佛的报告里获知的——是通过沃恩，由他进行口述——有些信息是极为负面的，那是关于多诺万的一次婚外情，这种性质的信息，深深地触怒了顾家男人杜鲁门。

多诺万和战略情报局退出舞台后，胡佛很快进去填补空缺。十月二十二日，通过司法部长，他给总统送去了他的"美国全球秘密情报系统计划"。

胡佛写道："我们建议，久经考验的西半球行动项目扩展到全世界的范围。"把联邦调查局、军事情报局和海军情报局的代表派往世界上每一个国家，他们可以在使馆内工作，负责收集国外情报，通过国务院的渠道向国内报告。在华盛顿这边，可以成立一个委员会来制定基本的政策，委员会成员可由国务卿、战争部长、海军部长和司法部长组成（胡佛显然深信他能够控制克拉克），而行动或工作委员会，则可以由副国务卿、军事情报局、海军情报局和联邦调查局局长组成。

胡佛强调说，该计划必须马上得到执行，"没时间进行培训和组建一支新的部队"。幸好陆军、海军和联邦调查局都有现成的南美特工人员。[15]

但胡佛不知道的是，他的计划在递交之前就已经注定要失败。哈里·S. 杜鲁门并不是联邦调查局的拥趸，对胡佛要求的一九四六年预算砍去六百万美元就是一个态度。

杜鲁门也不认为南美洲的行动是一个好主意。在与预算局长哈罗德·史密斯的一系列谈话中，杜鲁门抱怨联邦调查局、军事情报局和海军情报局花钱太多。而且他告诉史密斯说，他也不能确信，联邦调查局在南美的存在，是否有利于维持美洲国家间的良好关系。美国的警察机关为什么要在国外开展行动呢？至于调查局本身，杜鲁门与往常一样是实话实说的。他"坚决反对建设一个盖世太保式的警察机关"，而且他"强烈"反对联邦调查局的某些做法，尤其是胡佛对一些官员和国会议员的性生活的打探。[16]

一九四五年九月五日，在胡佛递交他的计划的一个多月之前，杜鲁门告诉史密斯说，他打算把联邦调查局的管辖权限制在美国国内。

胡佛会想办法打擦边球，在主要国家的首都设立"法律随员"这个岗位，表面上担任与外国政府机构的联络。但当一九四六年一月二十二日，杜鲁门签署总统令，成立国家安全局（其前身是国家安全委员会）和中央情报组（中央情报局或中情局的前身）的时候，胡佛没有轮到在第一个机构的任职，更不是第二个机构的领导人选。但也没有威廉·J. 多诺万的份儿。

即使那样，胡佛也没有放弃。根据哈里·沃恩的说法，联邦调查局局长去了一趟现在不常去的白宫，想说服总统，中央情报组应该是他的组织下面的一个附属部门。杜鲁门没有同意。他告诉过沃恩，一个人不应该管理两个组织。不然的话，他就"胖得连裤子都穿不进了"。他补充说，胡佛在美国有许多事情要做。

胡佛对总统的拒绝很是恼火，沃恩回忆说："他试图与总统争论，宣传他的组织，说联邦调查局干得很好，能够比新建立的组织更容易扩展行动。

"杜鲁门愿意倾听争论，但一旦下定决心是不会改变的。他说不行，看到胡佛还要坚持，他说：'你不能超越界限。'"[17]

虽然对这个决定感到很不愉快，但胡佛只得退让。暂时地。①

"没有一个人或一个不法分子团组能够支配全国范围的有组织犯罪。"[19]使执法机关其他人震惊的是，全国警察头子、联邦调查局局长依然是这种公开姿态，自禁酒至否定禁酒的整个时代不改初衷。

没有"有组织犯罪"那样的事情，胡佛坚持说，也没有"黑手党"那样的事情，而且存在着"全国犯罪集团"的说法，其本身就是"胡说八道"。只有当地犯罪，当然，那是当地警方的过错。

一九三九年，曾经一度似乎胡佛可以把暴徒都一举拿下。但"捕获"路易斯·"莱普克"·布哈尔特是一次性的事情，如同胡佛的批评家们及时指出的那样，"莱普克"向胡佛（和沃尔特·温切尔）投降的唯一原因，是"莱普克"的同伙决定牺牲他来减轻对他们自己活动的压力。

一系列的理论试图解释胡佛奇特的鼠目寸光。前特工们指责这是局长对"统计数字"的着迷。对于抢劫银行、偷窃汽车、绑架和白奴的案子，维持百分之九十六到九十八的破案率并不是难事，而且可以选择要起诉的案子。但有组织犯罪的案子就难对付了，从开始到结束都一样。光是控告一个暴徒，或许会消耗几百个工时，然后常常会碰上犹豫不决的陪审团或者宣告无罪。习惯了顺风顺水的胡佛，不喜欢这种逆境。

还有实际的考虑。在已经宣誓拒绝作证②的一个封闭的社会里，要发展线人是不容易的。同样，建立信任、寻找潜在线人的弱点也需要很长的时间。根据局长喜欢的特工材料的"类型"——即使胡佛同意使用他们，其实他并没有同意，把他们培养成可信服的便衣特工的可能性也是没有的，除非是涉及共产党人的案子。

担心腐败也是一个因素。曾与胡佛就有组织犯罪事宜有过许多次争论的前司法部长拉姆齐·克拉克指出："胡佛个性很强，他是一个独特的人，不管怎么说都不是坏人。他真的崇尚正直，他是这么界定的，也是这么看待的。他为联

---

① 1972年在接受奥维德·德马里斯采访时，沃恩补充说，胡佛"对于国际行动的重要性有很好的见解。他是一个自我的小家伙，这是毫无疑问的。他认为在一切特别的问题上，没人像他那样正确，这是很难与之争论的"。[18]
② 指黑手党徒的一种行为准则。——译注

邦调查局没有腐败而感到自豪。对他来说，这是一个重要的信条。有组织犯罪依赖于腐败，这个他是知道的。你进入有组织犯罪内部，里面一片混乱，你把人拿下，把人买通，你看着安斯林格和霍根（哈里·安斯林格是联邦麻醉品管理局局长，弗兰克·霍根是纽约司法局长）他们，以及其他人在泥潭里挣扎，为的是出淤泥而不染，争取职业生涯的清白。

"这是脏活，有时候可以把肮脏洗去，而他喜欢干净的活，容易的活。他想成为赢家。"[20]

人格或许也与此相关。司法部一位前副部长回忆说："他不喜欢哈里·安斯林格，与他斗气。安斯林格把黑手党徒从阴沟里抓出来，与胡佛把共产党人从阴沟里抓出来一样。所以胡佛坚持认为没有黑手党。"①[21]

还有其他的理论。"一个是（胡佛）不想给国会山、市政厅和州政府一些要人朋友添麻烦，因为他们与暴徒们关系不错，"桑福德·昂加尔写道，"另一个理论是局长的一些富商朋友在与黑社会做生意。"[22]

其他人甚至怀疑是出于其个人的原因。他们认为，J. 埃德加·胡佛本人拿了好处，他已经与犯罪集团达成了交易，尤其是与纽约的黑帮头目弗兰克·科斯特洛。

这样的说法并不新奇，在一九三〇年代局长去斯托克会所活动的时候就开始了。虽然威斯布鲁克·佩格勒等少数几个人在媒体上有过暗示，但其可能性却在执法机构中得到了广泛的讨论，大家都感到吃惊，因为胡佛否认了即使连最底层的片警都知道的事情。

有一个故事说，胡佛和科斯特洛定期在中央公园——很难算得上是一个秘密的会面地点——的一把长凳上碰面，讨论互相的利益问题，包括赛马的信息。其他的说法是两个人在华尔道夫酒店会面，各自有一个免费的套房，或者，最多的版本是在斯托克会所。②

与胡佛一样，科斯特洛也是斯托克会所的常客，还有许多歹徒人物，以及

---

① 胡佛最讨厌安斯林格称呼他的组织——联邦麻醉品管理局，而且根据威廉·萨利文的说法，每当胡佛看到联邦麻醉品管理局的 FBN 缩写，他就会愤怒得脸色发红。
② 有一个难以置信的故事说，演艺业专栏作家厄尔·威尔逊声称，当胡佛邀请科斯特洛来华尔道夫酒店的咖啡厅喝咖啡时，他也在场。据威尔逊说，科斯特洛婉拒了，说："我对社交要小心一点。人们会指责我与问题人物混在一起。"[23]

会所的老板谢尔曼·比林斯利。比林斯利把 J. 埃德加·胡佛看作知心朋友，他本人以前是贩卖私酒的，在利文沃斯监狱里蹲过。胡佛对比林斯利的过去是很清楚的，但显然在联邦调查局局长看来，比林斯利也只不过与他所讨厌的工会、"黑鬼"和犹太人（只有少数几个例外，最有名的，当然是沃尔特·温切尔）差不多。

胡佛小心翼翼地维护着自己的名声，唯恐被看到与科斯特洛那样的臭名昭著的歹徒称兄道弟。据科斯特洛的传记作家伦纳德·卡茨的说法，在寻找"莱普克"期间，温切尔介绍了两人认识，但"他们互相之间都以文明的方式对待……很难称得上关系亲密"。有这么一件事，卡茨说："科斯特洛不喜欢胡佛，认为他是一个'职业的敲诈勒索者'，假公济私利用单位收集的信息办自己的事。"[24]

但没有疑问，他们见面了，或者他们达成了某种交易。胡佛的朋友和总统的好友乔治·艾伦，有一次在华尔道夫酒店的理发室现场，看到科斯特洛想与胡佛攀谈。但局长愤怒地回绝了他，说："你管你的，我管我的，你我井水不犯河水。"[25]

他们就是这样。科斯特洛基本上不会去触犯联邦法律，尤其是 J. 埃德加·胡佛声称的管辖范围。胡佛则由于其依然令人莫测的原因，拒绝承认全国犯罪组织的存在。①

还有其他的谣言，都是经久不息持久不散的，其大意是据说犯罪集团获得了胡佛同性恋的证据，由此要挟他，让他别来插手他们的活动。

如果胡佛真的怀疑有组织犯罪的存在，那么在一九四六年当阿尔·卡彭黑帮决定接管获利丰厚的赛马信息业务的时候，他肯定是改变了看法。

将近二十年来，该业务一直是由全国新闻在经营。从一九二〇年代初期由摩西·"莫"·安南伯格开始，该业务提供最新的赔率，并向美国、加拿大、古巴和墨西哥二百二十三个城市的赛马赌注经纪人播报比赛结果。这是暴利生意——用户为这项服务支付固定的费用——并且与他所拥有的《每日赛马新

---

① 科斯特洛并不是唯一持有这种态度的人。20 年来，卡罗·甘比诺是有组织犯罪集团最强势的大佬，在 1976 年他的去世讣告中，《纽约时报》评论说，甘比诺"反对黑手党染指绑架和麻醉品交易，因为这些活动会招惹联邦调查，而不是当地警方的调查"。

闻》，使得安南伯格对赛马信息几乎是在垄断经营。显然，因为与全国犯罪集团有一个谅解，所以只要安南伯格依然是老板，黑社会就不会去插手赛马信息业务。但在一九四〇年，安南伯格因为偷税逃税而锒铛入狱，该业务现在改名为洲际信息，由他的合伙人詹姆斯·拉根接手。

一九四六年，黑社会动手了。根据卡彭的前副手杰克·"油腻大拇指"·古兹克的指令，本杰明·"巴格西"·西格尔建立了竞争的业务，取名为跨越美国信息服务，采用威胁和铁腕策略，说服西海岸许多赌注经纪人抛弃洲际，转而投靠跨越美国。光是在加州，就有二千三百个赌注经纪人屈服于西格尔的强硬劝说。

古兹克还想直接接触，提出以一百万美元收购洲际，并可以分享利润。拉根盘算，不管哪个提议，他都会被清除出去，即使他知道这意味着"把他的名字打上一个大×"，他还是拒绝出售。

知道黑帮已经盯上了他，拉根与乔·利博维茨秘密见面了。利博维茨是公民运动领导人，目前正在开展一场清理风城①的战役。拉根告诉利博维茨，他愿意报告联邦调查局，条件是能够得到保护。利博维茨把这话传给了他的朋友德鲁·皮尔逊，专栏作家转而把话"出售"给了司法部长汤姆·克拉克和联邦调查局局长 J. 埃德加·胡佛。

詹姆斯·拉根知道得很多。他与摩西·安南伯格从小就是朋友，在臭名昭著的芝加哥报纸战争中作为发行经理，曾经一起浴血奋战，此后就一直是伙伴。当他们建立起第一个信息业务的时候，拉根帮助摩西制订了一个宏伟的计划，确保他们的业务成为"不但在美国具有支配地位，而且是唯一的"。[26]安南伯格避开可能的指控，让拉根去处理棘手的经营。拉根不但了解卡彭组织的内部套路，他还知道犯罪企业"令人尊敬"的门面是什么，以及哪些警察、法官和政客在接受贿赂。而且由于他在与整个美国和其他三个国家的赌客打交道，他的知识并不局限于芝加哥。他知道各地的许多黑帮头目，包括安南伯格的密友迈耶·兰斯基。

同样重要的是，一九四六年也是美国有组织犯罪历史上的一个转折点。现在第二次世界大战已经结束了，全国的辛迪加正在协调，通过分配特定地盘和

---

① 风城是芝加哥的别称。——译注

犯罪企业给特定家族集团的方式，来努力解决不同黑手党"家族"之间的分歧，同时接管一些合法的经营业务，并把诸如拉根那样的"散兵游勇"排挤出去。

这一切胡佛应该都是知道的，因为他指派一个特工组去接待拉根的汇报。这次汇报花了将近两个星期的时间。

然而，与路易斯·"莱普克"·布哈尔特和安娜·塞奇一样，詹姆斯·拉根也领教了 J.埃德加·胡佛有时候的食言。当特工们完成对拉根的询问之后，联邦调查局局长不但拒绝向他提供保护，而且有人——很可能是司法部的人——还把信息捅给黑帮说，拉根"向联邦特工告密"了，于是一个月后，三个男子在芝加哥的一个街角处开枪把拉根撂倒了。①

似乎出现了奇迹，拉根幸存下来，而且康复情况良好。但六个月后，他突然发生剧烈抽搐，然后就死了。虽然芝加哥的一名警察守护在他的病房外面，但有人在他的可乐里灌进了水银。

"虽然我恳求 J.埃德加·胡佛，但他不肯为乔（·利博维茨）提供保镖，"德鲁·皮尔逊回忆说，"他之前已经拒绝了为拉根提供保镖。"

这位专栏作家对拉根告诉特工的情况很感兴趣。他在日记中写道："联邦调查局详细询问了拉根。他们获悉了许多消息、线索和证据。汤姆·克拉克后来告诉我，这些线索引向高层。J.埃德加·胡佛也暗示了同样的事情。他说，拉根检举的那些人现在已经改变了。我后来听说，线索指向希尔顿连锁酒店、亨利·克朗、芝加哥的犹太人金融家，以及费城《问询报》的出版商沃尔特·安南伯格。②"

但随着拉根遭谋杀，"调查工作甚至从来都没有开始过"。[27]

---

① 4 个目击者证明，枪手是伦尼·帕特里克、戴夫·亚拉斯和威廉·布洛克。然而，在把他们押上审判席之前，一个目击者遭谋杀，两个改口，第四个失踪了，于是案子撤销了。除了是为古兹克工作，3 个嫌疑人还有其他的共同点：他们都是芝加哥一个叫杰克·鲁宾斯坦的三流恶棍的朋友。杰克·鲁宾斯坦又名杰克·鲁比，17 年后因谋杀李·哈维·奥斯瓦尔德而名声大噪。

② 1940 年，摩西·安南伯格和他儿子沃尔特都被指控偷逃所得税。但在与司法部和财政部谈判之后达成了一项交易。为争取撤销对他儿子的指控，摩西承认有罪，被判处 3 年有期徒刑，追缴税款、罚金及利息共计 800 万美元。

　　摩西·安南伯格入狱后，沃尔特接管父亲的出版帝国，业务得到了很大的扩展，增加了各种报纸、连锁的广播电台和电视台，以及《十七》和《电视指南》杂志。安南伯格为理查德·尼克松 1968 年的竞选战役起了很大的作用，他后来被任命为驻英国大使。

母亲去世后，胡佛都是在外地过圣诞节的。通常在十二月第一或第二周，他与托尔森去迈阿密，在过完自己的元旦生日后返回华盛顿。沃尔特·温切尔也在同时同地方度假，他们通常一起吃晚饭，大都是在乔氏石蟹餐厅。

一九四二年十二月十日，胡佛和温切尔都在迈阿密，他们获悉他们的朋友达蒙·鲁尼恩[①]因患癌症刚刚去世。那天晚上，他们一起乘坐局长的防弹车穿越市内黑暗的街道，路上他们共同追忆这位朋友，回想起他的"即使能够让人们暂时记住"的愿望。[28]胡佛提议或许他们能够做点事情，以帮助其他的癌症受害人。达蒙·鲁尼恩癌症基金会就此诞生了。

几年前，劳军联合组织也有个类似的开头。娱乐经理人比利·罗斯来找联邦调查局局长，谈及了他的犒劳军人的想法。胡佛热情地安排罗斯去见罗斯福总统。罗斯福衷心地批准了这个计划。

在一九四六年十二月的那个夜晚，假如温切尔和胡佛乘车去了迈阿密机场，那他们就会看到一个令人难忘的景象，或许能够改变联邦调查局局长关于有组织犯罪存在的看法。各大黑帮纷纷从美国各地集中到迈阿密，再前往哈瓦那去迎接"教父中的教父"查尔斯·"福星"·卢西亚诺的归来。卢西亚诺是不到一年前被从美国驱逐回意大利的，现在他已经秘密溜回了古巴。菲谢蒂兄弟（阿尔·卡彭的表兄弟）甚至还带来了霍博肯的歌手弗兰克·辛纳特拉，为圣诞夜助兴。

J.埃德加·胡佛也许不相信全国犯罪集团把触角伸到了国家的每一个地方，但他的多年老对手、联邦麻醉品局局长哈里·安斯林格是相信的。在迈阿密南方六十英里处，联邦麻醉品局特工注视着黑帮头目们在哈瓦那机场纷纷下了飞机，然后坐上大轿车去了民族饭店，他们在那里包下了所有的三十六个豪华套房。

在向"大佬中的大佬"表示敬意的那些人中，有弗兰克·科斯特洛、维托·杰诺维塞、威利·莫雷蒂、乔·阿多尼斯、麦克·米兰达、艾伯特·安纳斯塔西亚、约瑟夫·普罗法齐、约瑟夫·博纳诺、托马斯·卢凯塞和乔·马格里奥科（纽约市）；托尼·阿卡多、罗科和乔伊·菲谢蒂兄弟（芝加哥）；莫·达利（克利夫兰）；卡洛斯·马塞洛（新奥尔良）；桑托斯·特拉菲坎特（坦

---

① 美国记者和小说家。——译注

帕）和迈耶·兰斯基（哈瓦那和迈阿密）。来捧场的还有来自费城、布法罗、底特律和堪萨斯城的代表。

本杰明·"巴格西"·西格尔显然没有参加欢迎仪式，但被谈论得很多，他正忙于火烈鸟酒店在圣诞节后的开业典礼。在拉根被谋杀之后，古兹克的两名副手已经接管了洲际有线信息，西格尔被要求关闭跨越美国的业务。他断然拒绝了，声称除非付他两百万美元。西格尔的梦想是把拉斯维加斯这个小小的风沙弥漫的社区建设成为赌城，为此犯罪团伙已经投资了六百多万美元，而且酒店甚至还没有竣工。由于时机不对（碰上假期）和坏天气（计划把贵宾和名人从洛杉矶摆渡过来的飞机，一直没能起飞），十二月二十六日火烈鸟酒店的开业成了灾难。更重要的是，赌场在开业的两周之内损失了十万美元，而且还在亏损。这一切，加上听说西格尔的女朋友弗吉尼亚·希尔多次难以解释的瑞士银行之行，使得犯罪集团的头目投票决定"干掉"西格尔。①

在对卢西亚诺的电话进行搭线窃听之后，安斯林格获悉，黑帮最高级会议的主要目的是建立新的渠道，加快毒品从欧洲进口到美国。安斯林格没能说服古巴当局把卢西亚诺驱逐出境（古巴独裁者富尔亨西奥·巴蒂斯塔，和以联邦调查局学校毕业生而引以为豪的警察头子贝尼托·赫雷拉，都在卢西亚诺那里拿钱），于是他决定把事情公之于众。专栏作家罗伯特·鲁阿克，不是沃尔特·温切尔，获得了独家新闻的发布；而哈里·安斯林格，不是 J.埃德加·胡佛，获得了名誉。在美国政府的压力之下，卢西亚诺在二月二十三日被抓起来，并在两个月之后遭到了放逐。

一九四七年二月二十六日，胡佛对弗朗西斯·艾伯特·辛纳特拉，又名弗兰克·辛纳特拉，建立了第一份档案。虽然有段时间联邦调查局有辛纳特拉的

---

① 1947 年 6 月 20 日晚上，在加州弗吉尼亚·希尔的比弗利山庄别墅，西格尔正坐在客厅里看报纸，这时候，"不知什么人"从窗户射进来 9 颗子弹，其中 4 颗击中了西格尔，使其当场殒命。20 分钟后——早在西格尔的死讯新闻播出之前，格斯·格林鲍姆、莫·塞德维和莫里斯·罗森走进火烈鸟酒店，通知员工说，酒店已经归新的领导层接管。
前芝加哥警察威廉·德鲁里上尉怀疑，射杀拉根的 3 名已确认身份的枪手——伦尼·帕特里克、戴夫·亚拉斯和威廉·布洛克——也涉及西格尔之死。然而 1950 年，就在即将出席埃斯蒂斯·基福弗委员会会议，讨论州际贸易有组织犯罪的调查之前，德鲁里本人也遭到了谋杀。

三百多页档案——大多数是在肯尼迪当政的时候积累的——当初的记录只有四页纸的调查局档案信息摘要，内容是关于辛纳特拉的背景情况和这位歌手"与暴徒混在一起"的报纸文章的概要。

但胡佛还是认为，应该把它归入到"官方/绝密"档案之中。

即使在安斯林格的揭露之后，胡佛依然坚持认为有组织犯罪是不存在的。如果胡佛真的想知道有组织犯罪已经达到了什么程度，那么他只需要打开自己的办公室门去看看大厅的外面就足够了。

黑帮集团入侵的一个利润更为丰厚的领域，是劳动力欺诈。这方面，芝加哥黑社会尤为活跃，其影响一路扩展到了好莱坞。一九三四年，经一次非法操纵的选举之后，卡彭的组织把自己的人手乔治·布朗安插到国际戏剧舞台雇员与电影放映员同盟当主席。布朗的真正老板，和在各个犯罪团伙中的合伙人，是前皮条客和劳工组织者的威利·拜奥夫。在击败独立剧场的老板之后，两人胆子更大了，继而拿下了连锁剧场。然后在再次成功的鼓励下，他们决定干一番真正的大事业。一九三六年，拜奥夫通知大型制片公司的代表，只要两百万美元，就可以搞定劳工，让他们老老实实不闹事。二十世纪福克斯、米高梅、洛伊、派拉蒙、雷电华和华纳兄弟经简单考虑之后，已经同意支付。然而，二十世纪福克斯公司董事会主席约瑟夫·M.申克犯了一个错误，他对一次结算进行了个人核查，由此引起了国税局的注意。被控偷逃所得税之后，申克揭露了敲诈计划。为免除对他的税收指控，申克告发了拜奥夫和布朗。在被定罪之后，拜奥夫和布朗供出了芝加哥黑帮的弗兰克·尼蒂、路易斯·坎帕尼亚、菲尔·安德烈、查尔斯·焦埃尔、约翰·罗塞利、弗兰克·马里托特和保罗·里卡。

这些人可不是低档次的歹徒。在阿尔·卡彭因偷逃所得税而锒铛入狱之后，弗兰克·"打手"·尼蒂攫取了芝加哥黑帮组织，而保罗·"服务员"·里卡——因许多谋杀，包括对一个家庭十四名成员的屠杀而遭到过盘问——将接替尼蒂，最终成为芝加哥黑手党的教父。

除了弗兰克·尼蒂在定罪后的次日自杀之外，其余的全都被带到纽约接受预审，定罪后，在一九四三年十二月三十一日被判处在利文沃思监狱服刑十年。在他们被定罪后，芝加哥黑帮剩余的头目立即开始活动，努力争取他们的获释。

弗朗西斯·比德尔显然是铁面无私的。汤姆·克拉克则不然。一九四七年八月十三日——在他们才服刑三分之一的时候——联邦假释委员会同意假释里卡、安德烈、坎帕尼亚和焦埃尔，据说是因为司法部长克拉克的个人干预。

芝加哥黑帮头目的释放，导致了沸沸扬扬的丑闻，以致众议院指定一个委员会开展调查。但司法部长坚持分权制，他拒绝作证，也不让该委员会核查假释委员会的记录。经过几个星期的没有结论的作证，委员会写了一份措辞仔细的报告说，虽然假释的"同意是草率的，但没能发现其中有受贿的情况"，然而委员会委员们后来陈述，他们深信司法部长克拉克知道得很多，但不肯全都说出来。

对这个案子，J.埃德加·胡佛保存着自己的档案。虽然案子中的许多信息在众议院调查中没有显露——例如，他可以看到假释委员会的记录——但他与委员会一样，无法证明他的老板接受过贿赂。

直到一九六四年，也就是十七年以后，联邦调查局局长才拿到了证据。但那个时候，汤姆·克拉克早就不是司法部长了，限制令也在此后失效了。即使还有效，胡佛也不能在法庭上使用该证据，因为这是通过非法的话筒窃听监控手段获取的。但即使在法律上得不到认可，在政治上还是有效果的，因为胡佛通过窃听设备听取芝加哥一家裁缝店的相关会话时，听到汤姆·克拉克在那里搞活动，庆祝他在美国最高法院担任陪审法官十五周年。

随着战争的结束，征兵不再是威胁了，那些为逃避征兵而加入联邦调查局的特工，终于可以逃离局长的严厉控制了。调查局内部的小道消息说，在二战对日战争胜利纪念日的第二天，二十四名特工递交了辞呈。如果此言属实，那么他们只是第一批要求离职的特工。

胡佛尽一切努力想留住他们——倒不是因为辞呈而要开除他们，那会影响他们以后在政府部门的就职，也会吓倒许多人——直到一九四七年，胡佛才堵住辞职潮流。那年，不顾预算局的反对，财政部、公务员事务局、总统和国会一致通过了联邦调查局特别退休法案。这在当时是联邦政府中最宽松的退休金项目。当了二十年特工后，退休时可以拿到在职时年平均最高工资的百分之四十；干了四十年特工的，则可拿到百分之八十。①

---

① 为从数额上来加以说明，维克托·纳瓦斯基引用了一个例子：一位局长助理工作 24 年后在 1964 年离开调查局，他拿到的退休金是 25 万美元。假如他再工作 16 年，那么其退休金就会是将近 50 万美元。[30]

这阻断了离职潮——也给了局长更大的控制权。对征兵的担心，现在变成了对失去年金的担心。

战争结束后离去的其中一人，是副局长哈罗德·内森，他是在一九四五年退休的，在联邦调查局干了二十八年，在政府部门总共工作了四十二年。埃德·塔姆曾经说，内森"好比是轮船的防摇鳍，防止我们从一边到另一边摇晃得太过分。他时刻提醒我们：'别掉到海里去。'"。留下来的员工中，很少有人胆敢这样忠告局长。①[31]

其中一个人的离职，震动了整个调查局。一九四八年，联邦调查局失去了"舵手"：爱德华·塔姆从调查局辞职，接受了华盛顿特区联邦地区法官的任命。胡佛把塔姆的离去当作叛变看待，他散播谣言说，塔姆接受该项任命，是要做出回报的，那就是洗清杜鲁门在堪萨斯城选举舞弊中涉及"彭德格斯特机器"②的影响。认识塔姆的人，或者熟悉调查详情的人，都知道这是胡说八道，但在若干年内，埃德·塔姆③一直在"不可交往"的名单上。虽然局长后来宽恕了他——在他担任上诉法院法官的时候，刑事信息部称他为"联邦调查局一位令人尊敬的校友"——塔姆在碰到涉及联邦调查局案子的时候，都采取了回避策略。

内森退休后，当了那么多年调查局实际上"第二把手"的克莱德·托尔森，被任命为正式的副局长，他在这个岗位上一直干到一九七二年胡佛去世。虽然许多人坐上过"第三把交椅"——主管调查的局长助理——但没人能够真正替代埃德·塔姆。在塔姆离去之后，这把交椅成了"烫椅"。很少人能够坐得长久。其中最短命的占有者是利兰·"李"·博德曼。

一天上午，坐上这把交椅才几个星期的博德曼，打电话给托尔森，问道："喂，你们中饭是不是已经安排好了？"

---

① 内森是联邦调查局仅有的几个犹太人之一，他机智诙谐、博学多才，常常应邀去给"契约之子"（犹太兄弟会，成立于 1843 年，是美国最大最古老的犹太社团组织，旨在追求教育和社区活动，关注世界各地的犹太人权益——译注）和其他犹太人组织演讲。内森离开后，被任命为局长助理的亚历克斯·罗森，接手了这个任务。

  联邦调查局官员经常解释说，联邦调查局缺乏犹太人，不是因为反犹主义，而是因为犹太人自己声称不喜欢从事执法工作。
② 汤姆·彭德格斯特是一位政治大佬，1925 年至 1939 年间控制了堪萨斯城和密苏里州杰克逊县的政治舞台。——译注
③ 埃德（Ed）是爱德华（Edward）的昵称。——译注

托尔森回答说："中饭我与局长一起吃。"

对此，博德曼说："哦，那我加入你们。就安排三个人吧。"

大约一个月后，博德曼被调到了华盛顿分局。在调查局工作了那么多年的博德曼，竟然会犯下这样的错误，这使大家目瞪口呆。"我认为，因为他是第三把手，所以他以为是属于家庭内部的，"威廉·萨利文评论说，"但谁都进不了家庭内部——那个家庭只有两个人。"[32]

退休项目的一个长期副作用，是那些已经爬到了上层的人会尽一切努力保住权位，直至能够拿到退休金。许多优秀的年轻特工，仰望联邦调查局的金字塔，看不到爬上去的希望，于是另谋发展了。

在胡佛的联邦调查局，只有两个位子真的是永久性的。任何人都有可能跌倒，确实有很多人跌倒了，有时候还跌得很惨。不管你是局长助理，还是普通的特工，或者是讨人喜欢的驻外代表——法律随员，都是一样的。

虽然比胡佛年轻五岁，但托尔森似乎常常生病。有一年冬天，他得了关节炎，胡佛建议他去古巴疗养一周，晒晒太阳。

听说总部的副局长要来，还要准备红地毯，联邦调查局驻古巴的法律随员想让托尔森对哈瓦那留下特别难忘的印象。最近他认识了一位著名的北欧性爱女星，她因为移民方面的问题没有解决，想结识高层的朋友。一天晚上，酒足饭饱之后，托尔森返回自己的酒店套房，发现床上已经躺了一个人。

托尔森显然既没有激情，也没有兴趣。不久，哈瓦那的法律随员换了一个新人。

资料来源：

[1] 萨利文：《调查局》，第 38 页。

[2] J. 埃德加·胡佛致沃恩（哈里·S. 杜鲁门），1945 年 4 月 23 日。

[3] 沃恩致 J. 埃德加·胡佛，1945 年 4 月 23 日。

[4] 比德尔：《简单》，第 365 页。

[5] 默尔·米勒：《实话实说：哈里·S. 杜鲁门口述传记》（纽约：伯克利大勋章图书公

司，1974年），第225—226页。

[6] 埃尔曼采访录。

[7] 汤姆·克拉克采访录。

[8] 德马里斯：《局长》，第126—127页。

[9] 同上，第128页。

[10] 汤姆·克拉克采访录。

[11] 布朗：《多诺万》，第782页。

[12] 汤姆·布雷登：《中央情报局的诞生》，《美国传统》杂志，1977年2月。

[13] 科森：《军队》，第247页。

[14] 哈里·S.杜鲁门致多诺万，1945年9月20日。

[15] 致总统（哈里·S.杜鲁门）的备忘录，1945年10月22日。

[16] 哈罗德·史密斯笔记，1945年5月11日和17日、7月6日和9月5日；罗伯特·
J.多诺万：《冲突与危机》（纽约：W.W.诺顿出版社，1977年），第174页。

[17] 德马里斯：《局长》，第107页。

[18] 同上，第107—108页。

[19] 昂加尔：《联邦调查局》，第392页。

[20] 拉姆齐·克拉克采访录。

[21] 在德马里斯的《局长》第142页提及的威廉·亨德利。

[22] 昂加尔：《联邦调查局》，第393页。

[23] 伦纳德·卡茨：《弗兰克大叔：弗兰克·科斯特洛自传》（纽约：袖珍书出版社，
1975年），第274—275页。

[24] 同上。

[25] 艾伦采访录。

[26] 约翰·库尼：《安南伯格家族：腐败王朝的挽救》（纽约：西蒙与舒斯特出版公司，
1982年），第69页。

[27] 皮尔逊：《日记》，第468页。

[28] 托马斯：《温切尔》，第194页。

[29] 官方绝密档案，编号：139。

[30] 维克托·S.纳瓦斯基：《肯尼迪的正义》，（纽约：雅典娜神殿出版社，1971年），第
18—19页。

[31] 塔姆采访录。

[32] 德马里斯：《局长》，第87—88页。

第二十三章　胡佛大法官

到一九四五年年底的时候，联邦调查局已经破获了——主要是通过其他情报机关和悔过自新的前共产党线人——应该是不少于五个的苏联大型间谍网。通常，联邦调查局局长会吹嘘这样的成就，并在审核预算的时候用这个筹码要求增加资金和特工。但在这些案子中，他没有那么做。从第一个开始，案子一个接一个都让他感到羞耻。只有一个定罪了，但即使如此也靠的是花言巧语。

在从战略情报局那里接手《美亚》杂志调查的时候，联邦调查局立即模仿其他情报机关的策略，潜入该杂志的办公室内。但胡佛意犹未尽。他指派去执行任务的七十五名特工，至少开展了六次另外的"提包工作"、安放监听器、窃听电话，并对杂志的编辑、员工和可疑渠道实施了严密的监控。

然而，战略情报局和联邦调查局行动最大的不同，是联邦调查局被识破了。

根据由此得到的证据——在一些政府的文件上甚至还有可以辨别的指纹——胡佛深信，联邦调查局有了可以起诉的间谍案子。然而，当时的司法部犯罪局内部安全负责人詹姆斯·麦金纳尼有不同的看法。他争论说，大多数证据，由于是从话筒窃听或非法搜查获得的，因此难以认可。此外，他觉得那些文件"平淡普通，非常平淡普通……只比饭后茶余的聊天层次稍微高了一点点"。[1] 至于间谍的指控，没有证据表明任何材料已经发送给了外国。

但麦金纳尼不想与 J. 埃德加·胡佛较劲。他同意起诉，指望联邦调查局实施逮捕之后，能够获得足够的有力的证据来支持起诉。

他并不着急，然而在耽搁的期间，有人散播谣言说，是总统本人推迟该行动的，这样就不会干扰到目前在莫斯科进行的霍普金斯－斯大林会谈。杜鲁门获悉后非常恼火，以致——完全忘记了他曾经强调的等级制度——他不但召来了司法部长汤姆·克拉克，甚至联邦调查局局长 J.埃德加·胡佛，而且还有联邦调查局负责该案子的主管马龙·格尼亚。根据当时在椭圆形办公室内的某个人的说法，总统告诉格尼亚："这是总统在说话。我不管是谁要你停止该案子的。你必须去做。直接开展行动，别理会谁会受伤。这案子必须追查到底。如果有人要你延迟行动或怎么地，你不能听他的，你首先要经过我本人的批准。"[2]

胡佛的心情肯定是比较复杂的：首先是总统违反了官场的礼仪——他绕过他直接下命令给他手下的特工——有损他的形象；但另一方面，杜鲁门突然变成了同盟，站到了他的一边。

按照总统的命令，一九四五年六月六日，联邦调查局同时发起一系列袭击，起获了大约八百份文件，并以违反《间谍法》的指控逮捕了《美亚》杂志的两名编辑和四个可疑分子。

为撑住这个案子，麦金纳尼打破常规，在逮捕行动之后向联邦大陪审团提供了证据。但陪审团根本不为所动，拒绝给六人中的三人定罪——编辑凯特·米切尔、作家马克·盖恩和外事主管约翰·斯图尔特·塞维斯——并减轻了针对剩余三人——资深编辑菲利普·贾菲、海军情报局安德鲁·罗思中尉和国务院工作人员伊曼纽尔·拉森——的指控，从间谍活动降低为非法持有政府文件。

但该案子早就漏洞百出，因为在逮捕的时候，抓捕队的其中一个特工说漏了嘴。拉森在自己的公寓里被捕时，他听到一个特工告诉另一个到哪里去找某些文件。明白联邦调查局已经来过这里，拉森最终迫使抓捕队长承认，之前派特工来过两三次。一九四五年九月二十八日，拉森的律师用这种私底下偷偷摸摸进去搞证据的把柄，提出动议来反驳对他当事人的指控。

凑巧的是，也是在那一天，菲利普·贾菲的律师艾伯特·阿伦特与司法部的检察官见面了，想为他的当事人开脱。为预防他获悉拉森的动议，司法部检察官试图说服法庭书记员暂时别泄露情况。眼看这一招没有得逞，他们立即转为退却，与阿伦特进行了四个小时不间断的谈判。从会议室出来后，阿伦特深信他为当事人达成了最好的交易——以未经授权持有政府文件的罪名，换取五千二百美元的大额罚款。然而，他的满意十分短暂；第二天他在法庭上谴责司法部的检察官是"狗娘养的"。[3]

《美亚》案子不但结束了短暂的杜鲁门－胡佛同盟；也成为司法部长汤姆·克拉克与联邦调查局局长之间友好关系的一个转折点。当拉森的动议提出来的时候，克拉克第一次获悉了关于对《美亚》的非法闯入，他回忆说："我告诉过胡佛，我认为那样做是错误的，我们必须消除这种指责。他很恼火。很可能从那个时候起，我们之间的关系开始恶化。"[4]

　　在联邦调查局的官方历史，即唐·怀特黑德的《联邦调查局故事》中，没有提及《美亚》案子。胡佛本人后来解释说，这案子之所以缺乏说服力是由于战略情报局非法闯入的污点，完全忘记了被识破的是联邦调查局。①

　　被识破后，联邦调查局并没有改变其做法——继续监听、潜入和搭线窃听——但胡佛从该事件中至少吸取了一个教训：不能确切地告诉司法部，证据是怎么获得的。

　　大概是在同一时期，他也开始寻找其他途径来惩罚那些他认为有罪的人，寻找可以陷害法官、陪审团和法庭的途径。

　　J.埃德加·胡佛一生中第三个最重要的女人——排在他母亲和艾玛·戈尔德曼后面——在一九四五年八月下旬走进了康涅狄格州纽黑文分局，告诉接待她的特工说，五六年以来，她一直在华盛顿特区为一个苏联的间谍网担任交通员。

　　虽然媒体后来把伊丽莎白·本特利描述成"金发谍后"，但她不是玛塔·哈莉。② 她是金发女子，年龄三十七岁，但看上去要老得多，她身材太胖，一副邋

---

① 虽然菲利普·贾菲此后已经在他朋友厄尔·布劳德的传记中承认："从 1930 年到 1945 年，虽然我不是党员，但我渐渐地十分同情美国共产党。"可是问题依然没有得到回答：战略情报局是否发现了真正的间谍网？[5]

　　弗雷德·库克表示怀疑："回想起来，耸人听闻的《美亚》指控似乎是有效的。这根本就不是间谍案。从政府文件中获得信息后，作者和编辑就编写和发表了详情，肯定不是典型的间谍活动。"[6]

　　但厄尔·莱瑟姆在对该案子进行了深入的研究之后，得出结论说："《美亚》案子，从一个方面来看就像希斯事件。虽然按照法庭的标准实际上似乎不可能建立谍报活动，但那些文件就是证明。《美亚》案子不是谍报活动，就是国务院文件的安全出了怪问题，有关官员必须得到纪律的处罚。"[7]

　　只有 J.埃德加·胡佛没有疑问。联邦调查局的监控记录表明，贾菲曾经进入苏联领事馆、共产党总部和布劳德的家里。在胡佛看来，如果没有法庭的审理，这样的证据已经足够了。

② 20 世纪著名女间谍。——译注

里邋遢的样子，而且显然相当神经质。

特工们显然没有对她或她的故事留下什么印象。十一个月后，纽约分局对她进行了进一步的讯问。

假如其间没有发生另一个事件，那么这次讯问也是没什么结果的。九月五日晚上，苏联驻加拿大渥太华使馆的译电员伊戈尔·古森科，带着怀孕的妻子和年轻的儿子，以及一百多份秘密文件，试图向加拿大人投诚。他先是去找《渥太华日报》，然后去找司法部和政府的其他机构，但没人甘冒得罪苏联的风险。① 只是由于一位同情的邻居和加拿大皇家骑警的勉强努力，古森科一家才没被内务人民委员会抓住。

虽然没人愿意听，但古森科还是告诉加拿大骑警，战争时期，当加拿大、英国和美国在浴血奋战帮助苏联盟友的时候，这位盟友却一直在这三个国家大搞谍报活动，他们的最高目标是获取原子弹研发的情报。

作为译电员，古森科接触过许多加密的名字。但利用文件和他听到的谈话，加上其他线索，情报官们确认了几十个人——包括加拿大国会的一位议员——是苏联间谍，最重要的是还有一位英国的核物理学家艾伦·纳恩·梅。② 这个梅不但向苏联提供原子弹制造的许多技术细节，以及在曼哈顿项目工作的许多英美科学家名单，他甚至还为他们提供了丰富的铀-235 和铀-233 的样本。

九月十日，胡佛的两名代表抵达渥太华。加拿大人和英国人，包括英国安全协调中心代号为"勇士"的威廉·史蒂芬森爵士，把情况对他们进行了通报。然而，直到十月份，他们才被允许讯问古森科本人。虽然该译电员做出了几个积极的指认，但他提供了一个特别诱人的线索。他说："在苏联使馆的武官办公室，库拉科夫中尉告诉他，一九四五年五月，苏联在美国有一个间谍，他是当时国务卿爱德华·R.斯退丁纽斯的一名助理。"[9]

---

① 获悉古森科要来投诚的消息后，加拿大总理麦肯齐·金甚至建议，最好是让古森科自杀，就像他自己威胁的那样，然后让他的一名特工扮作警察，核查了那些文件，因为正式接纳他们"肯定会在苏联和加拿大之间产生摩擦，导致两国外交关系的中断"。[8]

② 经古森科揭露后，有 21 个人遭到了起诉，其中 9 人被定罪，包括梅，他被判处十年监禁。另有至少 50 人被调往非敏感岗位，或允许离职。

在对嫌疑人伊斯雷尔·霍尔珀林的住宅进行搜查的时候，加拿大皇家骑警起获了一个笔记本，里面有这样的记载："苏格兰爱丁堡大学乔治巷 84 号，克劳斯·福克斯。"与该案子的其他文件一起，一份报告发送给了英国情报机关和联邦调查局。从福克斯会引出哈里·戈尔德，从戈尔德又会引出戴维·格林格拉斯、朱利叶斯和埃塞尔·罗森伯格——但直到 4 年后的 1949 年，加拿大皇家骑警、英国军情五局和美国联邦调查局才续上这些线索。

联邦调查局突然对伊丽莎白·本特利产生了浓厚的兴趣。一九四五年十一月七日，在最后找到她并对她进行讯问的时候，她讲述了自己的故事。本特利出生在新英格兰州，毕业于瓦瑟学院，然后去意大利留学攻读研究生学位；惊恐地见证了法西斯主义的兴起；深信共产主义是唯一能够与之抗衡的，于是在回到美国后加入了美国共产党。证明自己的身份后，大约在一九三八年，她接受指令转入地下活动，并被分配到雅各布·戈罗斯的手下。戈罗斯是内务人民委员会的间谍，在纽约开了一家名叫"走遍世界"的旅行社作为门面。本特利担任戈罗斯的交通员——他也成了她的情人——每隔半个月去一次华盛顿，她在那里的主要联系人是农场合作社经济师格里高利·西尔弗马斯特。据本特利说，西尔弗马斯特是苏联一个大型间谍网的头目，几乎政府的每一个机构都有他的联系人，他们向他提供"成千上万"的官方报告。他对报告进行拍照——她说他家里的地窖有一个暗室——把未经冲洗的胶卷交给她，让她转交戈罗斯。

一九四三年戈罗斯因心脏病去世后，本特利有过好几个管理员，包括阿纳托利·戈罗莫夫，后来才知道他原来是苏联使馆的一秘，她还短暂地担任过另一个间谍网的交通员，该谍报网的头目是在战时生产委员会担任经济师的维克托·珀洛。此外，她还自己收集情报，主要是从纽约市的熟人当中。

本特利没有看到过文件和照片，因此她不知道里面的内容是什么。她也没有见过两个间谍网的大多数人。但她获悉了他们的一些名字，这些名字她现在提供给了特工们。

开始的时候，本特利显然提供了十四个名字。在后来的讯问中，该数字上升到了四十三个，一九四八年在非美活动委员会"露面"的时候，数字超过了一百个，不由得使人怀疑，本特利是不是在供述她遇见过的、听说过的或受指使的每一个人。

本特利说，情人死后，她对共产主义的幻想破灭了，于是与共产党决裂了；然后就是八月份去访问联邦调查局纽黑文分局。

然而，本特利与共产党显然是藕断丝连的，因为在一九四五年十月十七日——在纽黑文分局露面的三个月之后，和第一次由联邦调查局详细讯问之前的三个星期——本特利会见了戈罗莫夫，并接受了两千美元。[①]

这并不是本特利供述中的唯一矛盾之处，但显然胡佛更操心的是，在整个战

---

① 本特利后来作证说，她是在监控之下按照联邦调查局的提议这么做的。但在 10 月 17 日，联邦调查局还在到处找她的下落，自从在纽黑文露面之后，本特利已经搬家了。

争期间，两个庞大的共产党谍报网就在他的鼻子底下活动，而他竟然一无所知。

其实，联邦调查局早就知道了戈罗斯——一九四一年，他因为没有参加外国代理人的登记而被起诉，他承认有罪，被罚款五百美元后得到了缓刑处理——但不知怎么回事忽视了本特利小姐，她不但是他的情人，而且还在他新组建的旅行社当上了副总经理和秘书。之前的"走遍世界"旅行社因为与苏联的关系遭曝光后关闭了。

本特利的故事还有其他的问题。首先，最重要的是根本没有得到证实。没有证据、文件或其他材料可以支持她的说法。然后，她虽然一副歇斯底里的样子，如果被叫去作证，肯定是说话颠三倒四的。但推翻这些疑问的，很可能是她提供的信息能够极大地打击联邦调查局局长恨之入骨的两个敌人。

胡佛没有浪费时间。十一月八日，在讯问本特利后的第二天，他派遣一名信使，经哈里·沃恩之手，给总统送去了一份绝密的备忘录。备忘录的开头是这样写的：

"根据调查局的调查结果，最近从一个绝密渠道流出来的信息显示，美国政府的一些工作人员一直在把数据和情报提供给联邦政府的外人，那些人把情报转发给苏联政府的间谍。"

然而胡佛不得不承认："目前尚无法确定那些人对于传递的情报究竟了解多少。"但他向总统保证："我在继续努力调查，以便查清那些人参与这个间谍网的程度和性质。"[10]

然后他列出了本特利提供的名单。在十四人中，六人曾经在战略情报局工作，其中的邓肯·李当过战略情报局的总顾问，也是威廉·J.多诺万以前开律师事务所时的合伙人。① 其余的人，有几个人一度在财政部工作。当然，最有名的是财政部长亨利·摩根索的得力助手哈里·德克斯特·怀特。

随着对本特利的审讯的继续，其他备忘录也接连发出。十一月二十七日，胡佛通过沃恩，给杜鲁门送去了一份七十一页的报告，标题为"苏联在美国的

---

① 邓肯·李后来向非美活动委员会作证说，他和妻子只知道本特利的名字叫海伦·格兰特，与其关系纯属普通交往，过了一段时间，他们决定结束这种关系："我们认为，她是一个孤独的神经质的女人，受到过挫折，而且她对我们的喜欢也是过于强烈。我们开始感觉，她是套在我们脖子上的感情枷锁，作为一般的熟人她真的不必对我们有这么强烈的情感。"[11]受本特利指控的其他人，也作了类似的陈述。李否认是共产党员，也否认给过本特利任何情报。

谍报活动"。总统没对十一月八日的备忘录做出反应，胡佛确信，这份报告不会被忽视，他把副本抄送给了国务卿詹姆斯·伯恩斯、司法部长汤姆·克拉克和其他几个机构的领导人。十一月二十七日的报告，包括了有关怀特的其他信息，以及由本特利供认的和古森科揭露的其他许多人。报告还首次提及了阿尔杰·希斯这个名字。

希斯和怀特这两个名字对联邦调查局来说并不陌生。

一九三九年九月二日，在德国刚刚入侵波兰的第二天，在《苏德互不侵犯条约》签订后不到两个星期，一个叫惠特克·钱伯斯的幻想破灭的前共产党员，告诉副国务卿阿道尔夫·伯利和作家艾萨克·唐·莱文说，希斯兄弟，即唐纳德·希斯和阿尔杰·希斯——两人都是国务院工作人员——是共产党的地下党员。① 在一长串他认为要么是共产党员要么是同情共产党的名单末尾，钱伯斯提及了希斯兄弟。但他没说谍报活动，他也没有提及哈里·德克斯特·怀特。这是故意的遗漏，钱伯斯后来声称：他之所以没有说出怀特，是因为当时他还以为已经说服怀特退出共产党了，只是后来他才发现他没能说服。

这在当时看来并不是十分重要，但钱伯斯还告诉伯利，他是在一九三五年退党的。

然而，怀特的名字在两年后确实出现了。据担任英国安全协调中心与白宫之间联络员的欧内斯特·库尼奥的说法，一九四一年的一个周末，英国驻美国大使爱德华·哈利法克斯勋爵因为有"十分重要的事情"，要求面见总统。罗斯福安排了时间。"总统先生，"哈利法克斯告诉他，"在你的组织中，有一个苏联高级间谍。"

"是谁？"富兰克林·德拉诺·罗斯福问道。

"哈里·德克斯特·怀特。"哈利法克斯答道。

"不会吧，"罗斯福回答说，"我认识哈里·怀特多年了。他不可能是苏联间谍。你还有什么事情吗？"

库尼奥从英国人那里获悉了这次谈话的内容，他假定罗斯福已经把消息告

---

① 钱伯斯原来是想找总统的，但莱文只安排他与伯利的会见。伯利每天都记日记，他后来总结了对钱伯斯的印象："这个人自以为是在说真话，但他很可能已经患上了神经衰弱症。"[12] 伯利因为持怀疑态度，所以显然没把这个信息转给他的朋友 J. 埃德加·胡佛。

诉了 J.埃德加·胡佛。如果罗斯福告诉了,那么这事就没有下文。[13]

一九四一年十月,众议院非美活动委员会的联邦众议员戴斯,给司法部长比德尔发去了一份名单,上面有一千一百二十四个名字,据说都是共产党员和共产党的拥护者或同情者。阿尔杰·希斯和他兄弟唐纳德·希斯都在名单上,还说他们是一个叫"民主行动华盛顿委员会"的激进团组的成员。然而,非美活动委员会经常出错,这次又把情况搞错了:其实是他们的老婆参加了该团组。但因为这条线索,联邦调查局在一九四二年对阿尔杰·希斯进行了第一次讯问,其间他告诉特工们,他不是共产党员,而且从来没有加入过共产党。

那年的五月轮到了惠特克·钱伯斯——这个时候,至少有一位前共产党员指认他是党员——虽然他重复了他在三年前向伯利告发的大多数情况,但他还是没有提及间谍活动和怀特,而关于阿尔杰·希斯的情况,在由纽约分局送往联邦调查局局长的八页讯问报告中,只有短短的三句话。

钱伯斯告诉特工们,他是在一九三七年初退党的。

胡佛对钱伯斯的故事兴味索然,他评论说:"他的信息,不是过时的,就是假想或者推理。"那年的十二月,该案子结束了。[14]

直到三年后,钱伯斯又受到了讯问,这一次是由雷蒙德·墨菲主持。墨菲是国务院安全部门的,之前胡佛给他送去过讯问报告。一九四五年三月,阿尔杰·希斯被任命为联合国临时秘书长——他要去旧金山主持联大的组织大会——这个名字显然在联邦调查局敲响了警钟,胡佛本人既反对这个新的国际组织,又怀疑与其相关的任何人。

到墨菲主持讯问的时候,在钱伯斯提供的地下共产党员长名单上,阿尔杰·希斯的名字已经不再排在末尾了。墨菲引用钱伯斯的话说:"名列前三位的地下党领导人,一是哈罗德·韦尔,① 二是李·普雷斯曼,三是阿尔杰·希斯。这是

---

① 哈罗德·韦尔是美国著名的共产党人艾拉·里夫·"大妈"·布卢尔的儿子。韦尔名字的提及,后来还让著名的经济学家约翰·肯尼思·加尔布雷斯惹上了麻烦,虽然他从来没有遇到过韦尔。在 1946 年的一次安全调查中,普林斯顿大学的一位教授把哈佛大学的学者加尔布雷斯描述为"教条主义者"。不知怎么回事,在后来的报告中,这个说法被误读为加尔布雷斯是"韦尔博士"的追随者,(在英语中,教条主义者"doctrinaire"与韦尔博士"Dr. Ware"读音比较接近,所以有可能张冠李戴了——译注),在联邦调查局关于加尔布雷斯的档案中,这样的指控重复了 20 年。[15]

联邦调查局还把加尔布雷斯的身高描述为 5 英尺 6 英寸;其实他的身高是 6 英尺 8 英寸半。

根据他们的地位重要性排序的。"

这一次，钱伯斯确实提及了怀特，他把他描述成为"一个逍遥自在的党员，但相当害羞"。钱伯斯说，怀特的主要任务是为地下党员寻找财政部的工作岗位。（本特利后来把其扩展为，怀特的任务是把共产党的间谍渗透到所有的政府机构中去。）钱伯斯没说怀特在进行谍报活动：这个说法他一直保留到怀特死后的一九四八年，钱伯斯还告诉墨菲，他是在"一九三七年年底"退党的。[16]

现在，胡佛开始认真对待钱伯斯的指控了，五月十日，特工们对他进行了八个小时的审问，结果写成了一份二十二页的报告。①

九月份，古森科投诚了。十月份，他告诉联邦调查局关于那个神秘的苏联间谍的情况。那人在五月份的时候是国务卿斯退丁纽斯的一位助理。获悉这个情况后，胡佛几乎立即推测，古森科指的是阿尔杰·希斯。这样的猜测存在着几个问题。虽然斯退丁纽斯很器重希斯，但他从来没当过国务卿的助理。他是国务院特别政务办公室主任，一九四五年五月的时候正在旧金山主持联合国成立大会。

十一月份，联邦调查局询问了伊丽莎白·本特利。她回忆起从一个渠道听说过"一个叫希斯的人，他是国务院的工作人员"，在另一个间谍网活动，与她效力过的间谍网不同。她说她后来还从一个苏联联系人那里得知，"这个有问题的希斯是国务院迪恩·艾奇逊的顾问，名叫尤金·希斯"。[17]

国务院没有尤金·希斯那样的人。国务院官员认为，本特利把名字搞错了，应该是唐纳德·希斯，他在艾奇逊手下工作。但胡佛深信，这个人是阿尔杰·希斯。

经司法部长比德尔授权，胡佛对阿尔杰·希斯夫妇的住宅电话进行了搭线窃听。他还对两人实施监控、邮件检查和深入的背景调查（还包括唐纳德·希斯及其妻子），甚至还把他们的保姆发展成为通风报信的线人。同时，国务院的安全部门也对阿尔杰的工作采取了监视。类似的方法也用在了钱伯斯和本特利指控的其他许多人身上，包括怀特和财政部的其他人。

---

① 在胡佛的眼里，钱伯斯的状态变化，很可能增加了他的声誉。1939 年，在与伯利谈话的时候，钱伯斯还刚刚是《时代周刊》的图书评论员。到 1945 年胡佛审他的时候，他已经是资深编辑了。

调查局也对格利高里·西尔弗马斯特的住宅开展了一次"提包作业",发现地窖里确实有个暗室。但这是唯一能够支持本特利故事的实际证据,当然在法律上是得不到认可的。

搭线窃听和电子监控也没有多大的收获。得到的无非是互相认识的一些人,从来没有争议的事情。对希斯的窃听还维持了二十一个月,即从一九四五年十二月至一九四七年九月。但是,诚如后来联邦调查局在一份绝密报告中所勉强承认的那样,"从这个渠道没发现希斯在从事谍报活动"。[18]

没有犯罪活动的一个可能的解释是,在古森科投诚后,苏联立即关闭了大多数的间谍网。但联邦调查局不久就获悉,这是临时性的关闭。

还有一种解释,这是胡佛永远都不会承认的,至少是书面上,但虽然如此,这种解释肯定是与他有关的:希斯不是苏联间谍,或者至少他已经不再活动了(钱伯斯指控的全都是在一九三〇年代)。

胡佛只带着钱伯斯和本特利的指控,匆匆去见总统。一年后,他还是缺乏证据去支撑这两个站不住脚的指控。即使重新激活现在已经是双重间谍的本特利,也没有取得成功;她在曼哈顿的一个街角与戈罗莫夫见了一面,但没有拿到新的任务。

不管是否为苏联间谍,至少在胡佛的眼里,希斯是一个安全隐患。联邦调查局局长决心把他赶出政府机构。

这就没那么简单了。与联邦调查局不同,国务院工作人员是公务员。要把希斯解雇,首先得举行听证,这是胡佛反对的,因为诚如他对克拉克解释的,"指控希斯的材料是绝密的,如果不使用,就没有足够的证据来指控他"。[19]事实上,不管绝密与否,胡佛手头上只有惠特克·钱伯斯的指控。

但胡佛选择了另一个方法,故意散布这些指控;由此指望能对希斯产生足够的压力,逼他辞职。威廉·萨利文负责泄露工作,有选择地向某些国会议员重复,还有天主教牧师约翰·F.克罗宁神父。

在调查局的早期,上层领导中难得有几个天主教徒,但共济会教徒倒是不少。虽然胡佛否认有偏见,但直到一九四〇年代中期,联邦调查局才开始招募诸如乔治敦大学、福特汉姆大学和圣母大学那样的天主教大学的毕业生。这样的改变,有两个因素:联邦调查局局长明白,天主教会是强烈反共的,因此可以是一个有价值的同盟；需要补充在战争结束时大量离职的特工。此外，招聘天主教徒为特工，还可以发展与天主教会官员的关系，诸如弗朗西斯·斯佩尔曼红衣主教、① 富尔顿·J. 西恩主教和约翰·F. 克罗宁神父。

克罗宁与联邦调查局的关系——以及后来与理查德·尼克松的关系——发展得特别亲密。身为全国天主教福利会社会部副部长的克罗宁，接受了一项任务，要撰写一篇关于美国共产主义运动的绝密文章。他向联邦调查局求助，获得了许多帮助，有些资料直接来自调查局的保密档案，这使他成了这个主题的专家。② 一九四五年十一月，在写给主教的一份报告中，克罗宁四次提及了阿尔杰·希斯的名字，说他是共产党地下党员。

然而希斯没有辞职。一九四六年的一月和二月的大多数时间，他与罗斯福夫人和阿德莱·史蒂文森一起在伦敦，参加联合国大会第一次会议，很可能甚至根本不知道自己已经受到了压力。

三月份，胡佛、国务卿伯恩斯和司法部长克拉克碰头研究解决希斯问题的方法。伯恩斯也想让希斯离去以避免以后国务院和政府可能产生的难堪，他提出了几个可能的方案，但胡佛找出理由反对这些提议。然而联邦调查局局长自己确实有个建议。他没有通知国务卿，他已经这么做了。几个月前，胡佛提议伯恩斯"联系参众两院的一些关键人物，向他们解释他的困境"。[21] 然后他就可以把希斯叫来，通知他国会各个委员会对他提出了严厉的指控。这样的话，希斯就不会知道，指控是来自联邦调查局，或是伯恩斯自己想甩掉他。

伯恩斯很欣赏胡佛的幕后策划，他接受了这个主意，不知道联邦调查局局长主要是为了隐蔽自己。这样就用不着提供指控希斯的证据了，因为他的证据是相当脆弱的。而且这样一来，如果联邦调查局局长之前的泄露遭到曝光，那么胡佛可以指责是伯恩斯搞的。

---

① 联邦调查局与斯佩尔曼保持着亲密的关系，主要是通过路·尼科尔斯，后来是通过纽约分局长约翰·马龙，即使胡佛的档案中有许多材料，指责斯佩尔曼是个很活跃的同性恋。
② 在联邦调查局的推荐下，美国商会秘密雇佣克罗宁为其影子写手，撰写关于战后反工会运动的 3 篇文章。一是在 1946 年出版的《共产党在美国的渗透》，该书的另一个作用，是指 1946 年和 1948 年的两次战役中，被共和党用来指控民主党的红色玷污；1947 年出版的另一本书《工会运动中的共产党员》，按照弗兰克·多纳的说法，在"对于呼吁立法，要求工会宣誓不受共产党影响这方面来说，是特别有效的"。[20] 这样，胡佛可以在政府不知觉的情况下悄悄地帮助商会和共和党。

三月三十一日，国务卿与希斯谈话了。希斯对于指控感到迷惑，显然，有些指控是在华盛顿的鸡尾酒会的闲谈中听到的。然后希斯按照伯恩斯的提议，想约联邦调查局局长谈谈，结果只有米基·莱德愿意接待他。莱德接到过指示，要他什么也别说，只管倾听并记下希斯说的话。胡佛明确命令莱德千万别提及惠特克·钱伯斯这个名字。

希斯否认是共产党员或者共产党的同情者；他回顾了过去发生的也许会导致这种怀疑的几个事件（例如三十年代初他与国际法律协会的交往，那是一帮左翼的律师，参与了劳工法和公民自由的案子）；他还追溯了自早年新政时期自己在农业合作社工作以来，直至在奈委员会（负责调查一战军工生产）① 的生涯，以及最近在联合国的任命和目前在国务院的工作。

希斯还说，他就读于哈佛大学法学院，在二年级时被选为《哈佛法律评论》编辑，后来成为费利克斯·弗兰克福特的门生，毕业以后，在弗兰克福特的推荐下，在美国最高法院担任奥利佛·温德尔·霍姆斯法官的书记员——这个经历很可能是联邦调查局局长所不喜欢的。

这是一次漫长的单边谈话。莱德遵照胡佛的命令，只提了很少几个问题，这样希斯就无从知道是谁提起的指控或者该指控有多严重。

然而，胡佛的算计或许是很严密，但结果事与愿违。希斯没有辞职，在离开联邦调查局后，他深信他已经把事情说清楚了。

然后胡佛试图加大压力，给白宫和国务院发去了更多的备忘录，放出了更多的风声。听到这样的风声后，沃尔特·温切尔在九月二十九日报告说，"可以说，美国一位高官的忠诚和正直问题，已经引起了总统的关注"（这事也可以指哈里·德克斯特·怀特）。[22]伯恩斯尽其所能，在国务院的晋升名单上去掉了希斯的名字，还不让他看到敏感的材料。但直到一九四六年十二月，希斯才最后辞职，接受任命，成为卡耐基国际和平基金会主席，而且工资也增加了许多。②

---

① 正式名称是参议院军工调查特别委员会，主席是参议员杰拉尔德·奈。——译注
② 在卡耐基董事局主席约翰·福斯特·杜勒斯向他提供这个工作岗位的时候，希斯没有立即接受，他先要与国务卿伯恩斯谈一次话，看看他的离去是否"会对国务院造成损害"。伯恩斯同意他的离职。伯恩斯还出人意料地写了一封信，高度赞扬他的工作，这很可能意味着伯恩斯本人或许对胡佛的信息有所怀疑，虽然伯恩斯后来声称，这封信实际上是由迪恩·艾奇逊写的。

在希斯离开政府部门后，虽然胡佛又对他进行了八个月的电子监控和实际跟踪，但两年时间的深入调查，没能获得可以支持惠特克·钱伯斯指控的任何证据。但在后来倒是起到了很大的帮助作用。

胡佛与哈里·德克斯特·怀特的遭遇甚至更为糟糕。

在一九四五年十一月八日给总统的备忘录中，联邦调查局局长说明怀特是十四人之一，他们——有意无意地提供的信息，最后转到了苏联政府的间谍手中。在十一月二十七日的报告中，他重复了这个指控。

就在两个月后的一九四六年一月二十三日，杜鲁门总统宣布提名哈里·德克斯特·怀特为国际货币基金组织的美国首任执行董事，并把名字提交参议院讨论批准。

联邦调查局局长惊得目瞪口呆，他感到难以置信。杜鲁门显然根本没有理会他的报告。胡佛立即命令准备一份新的报告，这份报告完全针对怀特。现在，他把怀特定性为"苏联地下间谍组织的一个得力助手"。他陈述说，这个信息来自于三十个渠道，"其可靠性之前已经得到了验证"。[23]

长达二十八页的落款日期为二月一日的新报告，在二月四日交给了沃恩，这也许是杜鲁门第一次获悉对怀特的指控。杜鲁门后来说："现在我能确定的是，我第一次知道怀特遭指控是在一九四六年初。"这表明，如果杜鲁门没有记错，那么之前的两份报告都被忽视了。[24]

也有可能杜鲁门看过了这些报告，经与财政部长弗雷德·文森讨论过后，没怎么去相信。杜鲁门的传记作者罗伯特·J.多诺万认为，这是很有可能的，他说："从当时的政府部门工作人员中搜集回忆片段拼凑成的故事，似乎是杜鲁门征询财政部长文森的意见，而文森没有重视胡佛的检举信。当时的杜鲁门也没重视。毕竟，检举信没有指明怀特有什么犯罪的举措，甚至也没有解决怀特是否知道他提供的信息据说被转交给了'苏联间谍组织'这个问题。"①[25]

但杜鲁门也有可能认为，胡佛只是在喊"狼来了"。与他的前任（和后任）

---

① 当选为总统后，杜鲁门替换了罗斯福内阁的大多数成员，任命了前肯塔基州联邦众议员文森接替摩根索的财政部长。由于缺乏财政知识，文森不但很倚重怀特，而且推荐他担任国际货币基金组织的领导职务，这是一个合乎逻辑的选择，因为怀特是基金和世界银行的专家。

一样，杜鲁门也被淹没在联邦调查局洪水般的备忘录之中，其中相当数量的备忘录是指控某个人或某些人是共产党员。①

但很可能最重要的是，就在几个月前，杜鲁门冒险在《美亚》事件中支持胡佛，只是联邦调查局局长没能获得足够的证据可向法院起诉。

然而，总统不能忽视二月份的备忘录。国务卿伯恩斯给他发送了一个副本，还有之前的报告，他强调说："我认为（这些）是很重要的，所以你最好是能够看看。"[27]

第二天的二月六日，杜鲁门与伯恩斯碰面了。他对伯恩斯向他报告的内容极为震惊，直截了当地问他怎么办。

他有什么建议呢？杜鲁门问道。伯恩斯回答说，他认为应该立即联系参议院，撤回这项任命。总统的一位助理随即打电话给参议院秘书莱斯利·比弗尔，查询该任命的审批进展，得到消息说刚刚获得批准。

接下来是不同时间召开的一系列会议，与会的有总统、国务卿、财政部长和司法部长——但没有联邦调查局局长。（杜鲁门不想与 J. 埃德加·胡佛讨论内阁的事情。）假如直接征求了他的意见，那么联邦调查局局长就有可能说服总统，他有大量的证据可以支持对怀特的指控。

胡佛深信，怀特是一个积极活动的苏联间谍。没错，在三个月的调查期间，他是没有传递任何情报，但根据监控、搭线窃听和线人的陈述，联邦调查局获悉，怀特频繁地接触间谍网内的几乎每一个联系人。在怀特的推荐下，这些人有好多已经进入了政府工作。而且好几个，甚至在本特利出现之前，联邦调查局就已经怀疑他们是亲共产党的。

---

① 例如在 1946 年 5 月 29 日，胡佛通过乔治·艾伦给杜鲁门发去了一封私人绝密信件，声称在华盛顿有"一个庞大的苏联间谍网"，其目的是"搜集关于原子能的所有可能的信息"。然后他检举的主要嫌疑人有：副国务卿迪恩·艾奇逊、他的助理赫伯特·马克斯；前战争部副部长约翰·J. 麦克洛伊（曾主持过纽伦堡审判）；战争部副部长霍华德·C. 彼得森；商务部长亨利·华莱士；标准局的爱德华·康登博士；预算局的两个人；联合国的 3 个工作人员，包括阿尔杰·希斯；以及众议院原子能委员会的两位顾问；他确认战争动员与复员局的一名工作人员很可能是间谍网的负责人。胡佛说，这些信息是由调查局"一个可靠的渠道提供的"。[26]

在正常的情况下收到这样胡说八道的控告后，总统理所当然没去重视联邦调查局局长对怀特的检举。

但没人来向胡佛征询意见。而且包括胡佛的老板司法部长克拉克在内，没有人确切地知道，联邦调查局局长是否掌握了什么确凿的证据。（显然，胡佛甚至对总统也不信任。在他最初给杜鲁门的报告中，甚至对本特利的性别也进行了伪装，只说一个"联络员"从西尔弗马斯特那里接受胶卷后转交给戈罗斯。）

　　与希斯的案子一样，一些方案再次得到了讨论，只是这次胡佛没有参与。总统可以要求参议院重新考虑任命；他可以拒绝在怀特的任命书上签字；他可以让任命获得通过，然后悄悄地把怀特解职，不做声明；或者，他可以把怀特叫来，说他已经改变了主意，要他自己辞职。杜鲁门似乎倾向于采取最后的方案。二月二十六日，司法部长向联邦调查局局长做了通报。克拉克说，不管怎么样，要努力让怀特"挪位"，虽然他怀疑这办法是否行得通。如果怀特去上任，克拉克告诉胡佛，那么他"周围的人全是经过精心挑选的，不会有安全风险"。①

　　克拉克说，总统表示对"继续监控是感兴趣的"，胡佛回应说，如果总统希望，那么联邦调查局"就会继续进行调查"。[28]

　　杜鲁门选择的是不采取任何方案。使胡佛感到失望的是，他让任命获得了通过，一九四六年五月一日，怀特走马上任，担任了国际货币基金组织的执行董事。

　　但怀特事件还没有就此结束。两年后——在距离一九四八年的总统大选不到三个月的时间——胡佛想让杜鲁门难堪，悄悄地把怀特案子公开告诉了众议院非美活动委员会。但他依然没有感到满足。强忍此事的怒火以及累积起来的委屈，联邦调查局局长等待了五年，才实施他最后的复仇。当他难得地却是大张旗鼓地在美国参议院亲自露面时，他指控说——措辞是经过仔细斟酌的，但意思是明白无误的——前总统哈里·S.杜鲁门说谎了。

　　从一九三〇年代末期开始，联邦调查局工作人员必须向他们的上司报告其海外关系。从一九四六年一月开始实施一项新的政策：任何员工如与白宫工作人员有任何关系——正式的、社交的或意外相遇的——都必须向局长办公室报告。

　　海外关系再也不是联邦调查局唯一的敌人了。

---

① 从来没有说清楚过，这方面谁可以保证。实际发生的事情恰恰相反。上任之后，怀特把本特利指控的两个人安排到了国际货币基金组织的关键岗位。

一九四六年十一月，共和党自一九二八年以来首次在参众两院获得了多数。新面孔中有三位"战斗英雄"（或者是在宣传画册中所声称的）：来自威斯康星州的共和党联邦参议员约瑟夫·R.麦卡锡，以及两位联邦众议员，即来自加州的共和党人理查德·M.尼克松，和来自马萨诸塞州的民主党人约翰·F.肯尼迪。

与往常一样，所有新议员都由联邦调查局建立了档案，保存在路·尼科尔斯的办公室内，因为他负责与国会的联络。然而，胡佛已经有了他们的档案。最有潜在威胁的——而且最厚的，包含有两百五十份文件，总共有六百多页——最初存放在尼科尔斯的办公室，后来转移到了局长办公室，成为胡佛的个人"官方/绝密"档案。

虽然档案的内容大都与约翰·菲茨杰拉德·肯尼迪的性生活有关，但并不是以他的名字编号的，而是以"保罗·费耶什夫人，娘家姓名英戈·阿瓦德－IS－ESP－G"为标题的，缩略词 IS－ESP－G 是调查局对"内部安全－间谍活动－德国"的缩写。

共和党的大获全胜，还带来了众议院非美活动委员会领导人的变化，现在的主席是 J.帕内尔·托马斯，来自新泽西州。虽然托马斯的任期很短暂——在一九四九年因虚报办公人员工资单而被定罪，获刑三年①——一九四七年是他担任主席的第一年，这一年他建立了非美活动委员会与联邦调查局的秘密关系，在以后的几年一直保持着这种模式。

一九四七年三月，联邦众议员约翰·兰金宣称，非美活动委员会要调查共产党对美国电影业的破坏——如果确有其事，倒是很吸引眼球的新闻。

然而五月份，就在讯问开始之前的一个月，托马斯主席向洛杉矶分局长理查德·胡德承认，委员会没有足够的信息可以举行听证。托马斯抱怨，委员会"因为缺乏信息而无能为力"，无法讯问预期的证人。例如，委员会想传讯好莱坞的九个人，但没有背景资料可以讯问他们。至于听证的目的——曝光共产党

---

① 托马斯反对委员会证人援引第一或第五修正案，他要求无罪申诉，以避免在自己的预审时作证。他在康涅狄格州丹伯里联邦监狱的狱友有小林·拉德纳和莱斯特·科尔，两人都是"好莱坞十人案"的成员。（第二次世界大战后，麦卡锡主义泛滥，众议院非美活动委员会为调查所谓的"好莱坞被共产党渗透的程度"，传讯了大批好莱坞电影界人士。其中有 10 人拒绝作证，不愿透露任何人的政治背景和思想倾向，结果被判入狱和罚款。此外还有大批艺术家被迫改行、改名换姓或流亡国外。这个案件被认为是美国历史上的丑闻。——译注）

对电影业的渗透——委员会因缺乏证据，很难决定是否值得派遣一名调查员到西海岸工作一个月，调查有关线索。

简言之，兰金在宣布了调查之后，陷入了进退两难的地步，而托马斯则在乞求联邦调查局的帮助。托马斯不是不知道 J. 埃德加·胡佛传说中的自负，但他还是付诸恳求，他争辩说，他们需要的背景信息——他答应对来源进行保密——"将发展胡佛先生的假设，即与共产党作斗争的最佳办法是把他们曝光。"

胡德分局长与路·尼科尔斯讨论了这个请求，两人都同情托马斯的处境，于是在确保不会让"调查局难堪"的前提下，他们考虑了局长也许能够接受的几个建议。

尼科尔斯了解自己的老板。在接到他们的提议后，胡佛在报告的空白处批注："尽快执行。我要求胡德向委员会提供一切协助。"

本案的一切协助，意味着不但要向非美活动委员会提供其要求的——托马斯要求的关于九个人的背景情况，加上"共产党在好莱坞活动"的秘密备忘录总结，这样虽然晚了一些，但可以提供听证会所需的证据——还有两份非常重要的名单。第一份名单是广播电影业或附属广播电影业的人员，据说他们在过去或现在属于共产党或某个"阵线"，以联邦调查局的观点来看，那样的组织要么是受共产党控制，要么是受共产党影响。第二份名单是三十二个人的情况简介，他们被联邦调查局认为是潜在的"合作对象或友好的证人"。[29]（名单上的人员包括演员罗纳德·里根，他后来自愿到委员会作证。自一九四三年起，里根就为联邦调查局秘密通风报信，在担任工会主席期间，他曾经刺探演员工会会员的活动情况。）

最后在十月份举行的听证会，获得了委员会所指望的所有的宣传，而且还有更多的收获。

假如没有 J. 埃德加·胡佛的帮助，那么好莱坞的听证会——以及由此产生的并很快从电影业扩展到广播电视业的黑名单；"好莱坞十人"和其他许多人的锒铛入狱；数以百计的职业生涯、家庭和友谊的崩溃，以及几百条生命的结束，其中十多个人是自杀身亡——或许永远不会发生。

从马丁·戴斯那里吸取经验教训后，非美活动委员会再也不想谋求与联邦调查局的平起平坐，而是仿照家庭的兄弟关系，以小弟来对待联邦调查局大哥。

联邦调查局则从其自身的角度，近三十年来向委员会秘密提供了其工作人员、证人、受害人和指控的信息。

诚如当年向众议院拨款委员会提供财会人员去调查自己的预算要求一样，联邦调查局也向非美活动委员会派遣了老练的反共专家，有些是出借的，还有些是寻求再就业的前特工。不管是哪种情况，调查局首先追求的是自己的利益，而且在向委员会泄露情况的同时，很可能有同等数量的信息反馈到了联邦调查局总部。例如，胡佛知道托马斯有麻烦，甚至比他本人知道得还早。

在诸如伊丽莎白·本特利和惠特克·钱伯斯那样的秘密线人失去了作用，或者已经不能在大陪审团面前提出有效指控的时候，联邦调查局允许他们在委员会面前"冒出水面"或"公开露面"，但举证之责是由被告承担，而不是原告承担，甚至还让他们在作证之前先行排练。在本特利的案子中，彩排是逐字逐句的，在她去委员会之前，"甘迪手下的姑娘们"甚至接受任务帮她购买了一大堆衣服，但有一位姑娘后来承认说："那是在白白浪费。无论穿上什么衣服，她都是俗不可耐。"[30]

联邦调查局不但给了非美活动委员会所需要的名单，还在联邦调查局档案的指控基础上给了要讯问的问题清单。即使档案本身也不是公平公正：联邦调查局把其内容有选择地泄露给委员会，常常是通过诸如克罗宁神父那样的中间人，要么是以口头的形式，要么是以秘密备忘录的形式。

作为回报，非美活动委员会除了允许联邦调查局调阅其自己的档案（一九六九年时数量达到了七十五万四千份）以外，还把 J. 埃德加·胡佛奉若神明。在胡佛偶尔来到委员会的时候，接待工作搞得像是宗教仪式。沃尔特·古德曼回忆起一九四七年的一次到访："胡佛来委员会访问，好像大主教来看望一帮俗人兄弟似的。他屈尊惠顾他们；他们则对他大惊小怪。"[31]

虽然胡佛对联邦调查局帮助非美活动委员会的事情尽力保密，但委员们则没那么谨慎了。"委员会与联邦调查局之间的关系非常亲密，"托马斯主席吹嘘说，"我不能说本委员会与司法部的关系有多亲密，但本委员会与联邦调查局之间的关系是非常亲密的。我认为，我们之间有着很好的谅解。但这方面我们不能说得过多。"[32]南达科他州共和党人卡尔·E.蒙特，在被选为联邦参议员的时候，曾在一九四三年至一九四八年间在该委员会工作。他把非美活动委员会描述成是"联邦调查局调查工作的一个有价值的补充"。有时候，蒙特坦率地解释说，联邦调查局会汇编共产党渗入的证据，但还不足以提起指控。"常常在这样的案子中，联邦调查局会向国会的委员会暗示，美国的安全形势产生了危险。然后委员会的咨询就有可能把这个案子公开，而且由于共产党间谍的嫌疑人通常会援引《第五修正案》的保护以免遭起诉，所以有可能消除这种特别的威胁。"①[33]后来担任主席的哈罗德·维尔德当过特工，他在一九三五年宣称，他希望看到"非美活动委员会与联邦调查局之间一个感觉良好的新时代"。他详细解释说："有许多档案可供我们很好地利用，如果艾森豪威尔政府允许我们利用这些档案，我是很满意的。"[35]

虽然调查局告诫他闭嘴，但他没有失望。

一九四七年，杜鲁门总统想把共产党的事情从共和党、非美活动委员会和J.埃德加·胡佛那里偷过来，作为他自己的事情。在选举失利和政府安全措施不到位的批评压力下，总统做出的反应，是在三月二十一日签发第9835号行政令，批准了后来被称为"全国有史以来最大规模的国家公务员忠诚调查"。[36]这对两百多万名联邦政府工作人员产生了影响。

该行政令规定，对联邦政府雇员的指控和其他负面信息，将由公务员委员会或联邦调查局开展调查，并把调查结果呈交忠诚审查委员会。然后委员会决定提供的证据是否符合辞退的标准，该标准的界限是"有合理的理由怀疑其忠诚"。除了这些认定的谋反、煽动和破坏，以及《哈奇法》所规定的禁止宣扬武力和暴力之外，还增加了一个新的更为广泛的领域，那就是后来人们所知道的司法部长的名单。该名单包含了被司法部长称为"极权主义、法西斯主义、共产主义和颠覆活动"的组织。[37]附属于名单上任何组织的，都可被认定是不忠

---

① 卡尔·蒙特沉湎于值得纪念的评价。

1948 年 12 月 20 日，国际教育研究所所长和受人尊敬的拉丁美洲问题专家劳伦斯·达根，从纽约办公楼的 16 楼跳楼身亡。两个星期之前，曾在 1939 年陪同惠特克·钱伯斯去见阿道尔夫·伯利的作家艾萨克·唐·莱文，向委员会作证，钱伯斯已经指认达根是共产党机关一个"六人小组"的成员，该小组一直在提供政府文件。在被问及什么时候可以说出另5 位成员的名字时，蒙特回答说："在他们跳楼后，我们就会说出他们的名字。"

然而，钱伯斯对莱文的回忆有不同的意见，他说他之所以提及达根，只是因为他相信有人在与共产党开展合作。司法部长克拉克后来认为，达根一直是"美国政府一位忠诚的工作人员"。[34]

诚的证据。①

虽然是由司法部来决定哪些组织应该列入名单，但胡佛递交了一份候选名单，由此明显地增加了他的本来就已经不小的权力。

胡佛权力的增加，引起了哈里·S.杜鲁门的警惕，他担心联邦调查局会成为美国的盖世太保。他写了一份备忘录给他的顾问克拉克·克利福德，"J.埃德加·胡佛很可能会转身向国会索要权力。这很危险。"[39]

但杜鲁门找到了削减那种权力的办法。他向国会申请两千五百万美元，用于执行忠诚计划，其中三分之二的调查预算分配给公务员委员会，三分之一给联邦调查局。

但在提议的审批过程中，发生了一件奇怪的事情。国会批准了要求（虽然把数额削减到了一千一百万美元），但把调查基金的分配比例倒过来了，给了联邦调查局三分之二，这使得胡佛自动地掌控了联邦安全的大多数调查工作。

虽然杜鲁门据理力争了一段时间，但最后彻底投降了，在一九四七年十一月的一份备忘录中他通知司法部长，联邦调查局可以执行所有的忠诚调查。

胡佛打赢了这场战争，但他远没有因为这次胜利而感到满足。他有新的更加雄心勃勃的目标：取代哈里·S.杜鲁门。

胡佛恨托马斯·E.杜威，自他担任曼哈顿司法局长打击非法经营和在媒体上频频亮相的时候就恨他了，但他更恨哈里·S.杜鲁门，即使不当联邦调查局局长也难解心头之恨。

计划很简单，是由路·尼科尔斯和杜威的得力助手一起起草的，经得了联邦调查局局长和有望出任共和党总统候选人的一致同意。联邦调查局将秘密帮助杜威当选总统。作为回报，当选总统将任命J.埃德加·胡佛为司法部长；克莱德·托尔森将成为司法部副部长，基本上继续担任胡佛的副手，虽然只是搬到大厅对面与他的老板一起办公；然后在宣誓担任司法部长后，胡佛将任命路易斯·尼科尔斯为联邦调查局局长，这样就能继续直接掌控住调查局。然后，

---

① 即使那样，杜鲁门的批判者声称该行政命令的步子还是不够大，3年后，总统签署了另一个行政令，斯坦利·I.库特勒对此的评论是："明显地改变了辞退的标准。"根据第10241号行政令，如果对联邦雇员的忠诚有"合理的怀疑"，就可以把他辞退。库特勒还注意到了"举证之责转移到被告或疑犯"这样的变化。[38]

在经过一段时间，在方便和有空缺的时候，杜威总统将任命胡佛为美国最高法院大法官，下一步打算把他提拔为首席大法官。

胡佛甚至没有等到杜威当选为共和党的领袖，就开始履行协议中他的任务。在初始的战役期间，他为杜威提供了其主要的共和党对手哈罗德·斯塔森的负面信息。杜威和斯塔森计划在五月十七日开展全国广播辩论。萨利文回忆说："许多特工——我是其中一员——忙了几天，在联邦调查局档案中挑选可让杜威使用的事实资料。我记得事情很急，找到材料后立即安排了一架私人飞机空运至奥尔巴尼①……得到调查局给他的帮助之后，（杜威州长）在辩论的时候击败了斯塔森……杜威获得了提名，而胡佛则开始计划搬迁到司法部长办公室的准备工作。"[40]

杜威打败斯塔森后，胡佛马上转移目标，开始为这位共和党的候选人提供杜鲁门与堪萨斯州政客彭德格斯特的交往材料。这是老掉牙的材料，已被证明是错误的，因此没什么大的用处，但胡佛还有许多材料，其中至少有关于杜鲁门内阁的两位部长，一是他的老板司法部长汤姆·克拉克，还有杜鲁门的几位顾问，包括哈里·沃恩准将。（胡佛同时通过沃恩向杜鲁门提供关于亨利·华莱士及其进步党的材料。）此外，调查局刑事信息部还为杜威准备了立场文件，主题有关于犯罪、少年犯罪和共产主义运动，是以候选人的名字发表的。

更为重要的是，胡佛确保焦点是"美国政府中的共产党员"这个议题。六月份，联邦调查局局长安排伊丽莎白·本特利和惠特克·钱伯斯都去见联邦大陪审团。在大陪审团拒绝认定他们指控的人有罪之后，路·尼科尔斯根据联邦调查局局长的指示，把伊丽莎白·本特利检举的情况透露给了联邦参议员霍默·弗格森。十月三十日，弗格森把这个俗气的前共产党员传讯到了他的调查委员会。② 第二天轮到了非美活动委员会，本特利作证说，作为共产党地下交通员，她的作用是接收秘密情报，来源有几十个人，包括杜鲁门总统任命的国际

----

① 当时杜威是纽约州州长，纽约州的政府所在地是奥尔巴尼。——译注
② 尼科尔斯的活动并不是没人知道。德鲁·皮尔逊在其"华盛顿旋转木马"栏目中报告说，"这座城市的名字不是莫斯科，但这里的侦探跟踪侦探的做法，几乎与内务人民委员会的秘密警察如出一辙。例如那些跟踪密歇根州联邦参议员弗格森的侦探注意到，一个星期内他有3次与联邦调查局长相英俊的路·尼科尔斯一起吃饭……而监视路·尼科尔斯的侦探则观察到，他进出联邦众议员 J.帕内尔·托马斯办公室的频率，就像羽毛球那样来来往往。"[41]

货币基金组织的领导人哈里·德克斯特·怀特。过了一个星期，非美活动委员会传讯了惠特克·钱伯斯，他的指控更为耸人听闻，他声称前国务院官员阿尔杰·希斯在三十年代的时候是共产党地下党员。（钱伯斯的作证，是通过克罗宁神父作为中间人，由新上任的联邦众议员和非美活动委员会委员理查德·尼克松精心策划的。尼克松和克罗宁建立了特别亲密的关系：从一九四八年到一九六〇年，这位天主教神父担任了尼克松的首席演讲稿写手。）此后怀特的否认、他在委员会作证三天后的心脏病发作去世，以及希斯与钱伯斯的当面对质，都确保了这事一直能够保持沸沸扬扬的热度，几乎直至大选日的来临。

非美活动委员会主席托马斯后来承认，这些听证是受到了政治因素的驱使，而且共和党全国委员会主席修格·斯科特在催促他"举行间谍听证"并"留在华盛顿，保持对哈里·S.杜鲁门的热度"。[42]

差不多每个人都认为，杜鲁门的大选获胜概率是在不可能与可能性很微弱之间。首先，他不是富兰克林·德拉诺·罗斯福。其次，他的党派已经四分五裂了。在那年七月份的民主党全国大会期间，一些南方代表在斯特罗姆·瑟蒙德的带领下，宣布另立中央组建南方民主党，许多自由派人士也选择投诚，加入了进步党及其候选人亨利·华莱士的阵营。

九月份，杜鲁门登上列车，开始了旅行访问。评论员们说，杜鲁门每抵达一站都遇到出乎意料的大量人群并不意味着什么，只是投票人想最后看一眼杜鲁门。百分之六十五的日报发表评论员文章支持杜威，只有百分之十五支持现任总统，而在民意测验中杜威已经遥遥领先。

大选日是十一月二日星期二，第二天深夜一点半的时候，杜威的竞选团队经理赫伯特·布劳内尔宣布："我们现在已经知道，杜威州长将获得纽约州五万张选票，是美国的总统了。"[43]杜鲁门没有听到这个消息，他也没有看到《芝加哥论坛报》的早间新闻，其大字标题是"杜威击败杜鲁门"。总统已经回到独立城参加投票，在喝下两杯烈性葡萄酒后，他早早上床睡觉了。

杜鲁门一觉醒来，发现他还要当四年的总统。最后的统计结果显示杜鲁门得票百分之四十九点五，而杜威的得票是百分之四十五点一，其余的选票大都流向了华莱士和瑟蒙德。不但杜威失败了，而且共和党在国会参众两院再也不能占据多数席位了。

"大选后的翌日上午，调查局内气氛阴沉，比我记得的任何时候都阴沉。"萨利文后来回忆说。人人都以为局长不会来上班，但他来了，待了好长的时间，用自己的备忘录来回应路·尼科尔斯的致歉备忘录。

对于杜鲁门的获胜，胡佛没有责怪选民，而是责怪调查局刑事信息部的头目。"尼科尔斯把我推举到了树上，但树干却是锯断了的，"他恼怒地用蓝墨水写道，"假如不是尼科尔斯，我就不会这么狼狈了。"

"我们可以从胡佛的笔迹中看出，他的火气有多大，"萨利文回忆说，"蓝墨水的笔迹很粗，好像他是特别用力在书写。"[44]

十一月五日，杜鲁门回到了首都。好像是提前进行就职典礼的游行那样，在总统坐车从联邦车站驶向白宫的宾夕法尼亚大道上，几十万人发出了热烈的欢呼。

J.埃德加·胡佛没在欢呼的人群之中。他的阳台空荡荡的。那天，或者是此后的几天，联邦调查局局长没去上班。直到十一月十七日，他才出现在联邦调查局总部，这个时候，美联社报道说："今天，联邦调查局局长正式上班了，他已经从最近的肺炎发作中康复了。"[45]

肺炎是没有的，但胡佛病了，因为他不得不面临再与哈里·S.杜鲁门打四年交道的前景。坊间甚至还有人说他也许会辞职，但这样的说法，与以往任何时候一样，都是不成熟的。

至于杜鲁门是否获悉，胡佛代表共和党候选人的活动能力，或者他的先是当上司法部长，再去最高法院当大法官的如意算盘，则不得而知——但杜鲁门不需要忠诚审查委员会来告诉他，司法部有一个危险的颠覆分子。

资料来源：

[1] 莱瑟姆：《共产主义的争议》，第64页。

[2] 多诺万：《冲突与危机》，第64页。

[3] 莱瑟姆：《共产主义的争议》，第214页。

[4] 昂加尔：《联邦调查局》，第62页。

[5] 菲利普·J.贾菲：《美国共产党的兴衰》（纽约：地平线图书公司，1975年），第10页。

［6］ 库克：《联邦调查局》，第 282 页。

［7］ 莱瑟姆：《共产主义的争议》，第 215—216 页。

［8］ 麦肯齐·金未出版的日记；H.蒙哥马利·海德：《原子弹间谍》（纽约：雅典娜神殿出版社，1980 年），第 15 页。

［9］ J.埃德加·胡佛致沃恩，1945 年 11 月 11 日。

［10］ J.埃德加·胡佛致沃恩，1945 年 11 月 8 日。

［11］ 库克：《联邦调查局》，第 295 页。

［12］ 伯利：《快进》，第 598 页。

［13］ 库尼奥采访录。

［14］ 联邦调查局与惠特克·钱伯斯的谈话，1942 年 5 月 13 日；艾伦·温斯坦：《伪证：希斯－钱伯斯案》（纽约：阿尔弗雷德·A·诺普夫出版公司，1978 年），第 341 页。

［15］ 约翰·肯尼思·加尔布雷思，"我在联邦调查局的四十年"：《君子杂志》，1977 年 10 月。

［16］ 雷蒙德·墨菲，1945 年 3 月 20 日会话备忘录；温斯坦：《伪证》，第 346 页。

［17］ 莱德致 J.埃德加·胡佛，1949 年 1 月 28 日；温斯坦：《伪证》，第 357 页。

［18］ 约翰·查博特·史密斯，"世纪的争论"：《时尚杂志》，1978 年 6 月。

［19］ 联邦调查局总结报告，1948 年 12 月 10 日；温斯坦：《伪证》，第 368 页。

［20］ 多纳：《年代》，第 174 页。

［21］ 温斯坦：《伪证》，第 358 页。

［22］ 同上，第 366 页。

［23］ J.埃德加·胡佛致沃恩，1946 年 2 月 1 日。

［24］ 哈里·S.杜鲁门的无线电广播，1953 年 11 月 16 日。

［25］ 多诺万：《冲突与危机》，第 174 页。

［26］ J.埃德加·胡佛致艾伦，1946 年 5 月 29 日。

［27］ 伯恩斯致哈里·S.杜鲁门，1946 年 2 月 5 日。

［28］ J.埃德加·胡佛在参议院听证会上的证词，1953 年 11 月 17 日。

［29］ J.埃德加·胡佛致胡德、克莱德·托尔森致 J.埃德加·胡佛，1947 年 5 月 12 日；尼科尔斯致克莱德·托尔森，1947 年 5 月 13 日；西奥哈里斯和考克斯：《老板》，第 254—255 页。

［30］ 前联邦调查局雇员。

［31］ 古德曼：《委员会》，第 207 页。

［32］ 第 80 届国会第 2 次会议，众议院非美活动委员会听证会，1948 年 7 月 31 日。

［33］弗兰克·J.多纳：《非美活动》（纽约：巴兰坦图书公司，1961年），第275页。

［34］古德曼：《委员会》，第282—283页。

［35］多纳：《非美活动》，第275页。

［36］库特勒：《美国的调查》，第36页。

［37］同上。

［38］同上。

［39］克拉克·克利福德致哈里·S.杜鲁门，1947年5月23日，丘奇委员会记录，第三册，第434页。

［40］萨利文：《调查局》，第44页。

［41］"快乐旋转木马"，1948年9月26日。

［42］多诺万：《冲突与危机》，第414页。

［43］同上，第433页。

［44］萨利文：《调查局》，第44—45页；萨利文采访录。

［45］《纽约时报》，1948年11月18日。

第二十四章　木偶戏案子

哈里·S.杜鲁门的当选，并不是联邦调查局局长 J.埃德加·胡佛的唯一问题。

一九四八年八月十七日，众议院非美活动委员会安排了由惠特克·钱伯斯与阿尔杰·希斯之间的当面对质。希斯已经表示，他根本不认识钱伯斯，现在他发现指控者原来是一个叫乔治·克罗斯利的人，那是一个欠债不还的老赖，大约在一九三五年的时候，他曾经把一套公寓转租给克罗斯利，看到克罗斯利没有交通工具，还把一辆大约价值二十五美元的一九二九年产的旧福特汽车①留给他使用。克罗斯利欠下了一屁股房租后突然一走了之，那是他最后一次见到他。希斯不但否认自己是共产党员，还挑战钱伯斯敢不敢在众议院外面重复他的指控。这个，在八月二十七日的"记者招待会"上，钱伯斯是做到了，接着正好在一个月之后，希斯提起了要求赔偿五万美元的诽谤罪诉讼，指控钱伯斯侮辱人格。

到这个时候，钱伯斯——在他与阿道尔夫·伯利的一九三九年会面、在一次大陪审团面前、至少十四次与联邦调查局的会面和与非美活动委员会以及国务院的无数次会面的时候——还没有提及间谍活动或传递文件。相反，他频繁地否认这样的事情，他最近的一次否认是在一九四八年十一月四日，当时希斯的律师在为诉讼做准备，他按该律师的要求宣誓作证。他声称，希斯和他报出名字的其他六人，都是共产党华盛顿特区支部的成员，他们的目标是渗入到美

---

① 而钱伯斯则作证说，希斯是免费提供公寓给他的党员朋友居住的，而且那辆旧汽车是一位共产党干部给他使用的。

国政府部门，慢慢地上升到可以做出决策的高位。

但在十一月十七日，钱伯斯受到了压力，因为他自己的律师要求他提供能够支持起诉的证据。他突然出具了六十九份文件，其中六十五份是国务院报告摘要的打印件，另外四份是阿尔杰·希斯手写的便条。① 钱伯斯说，所有这些材料，都装在一只牛皮纸信封内，自一九三八年起就放在他妻子外甥家中没在使用的饭菜升降机上面。

在对希斯家的一次大规模搜查中，发现了一台伍德斯托克牌子的旧打字机。钱伯斯说，阿尔杰和他老婆普里希拉曾经用这台打字机打印摘要，但新生产的纸张又是一个问题。多年来，钱伯斯的每次声称或作证都是五花八门，说他的退党时间是在"一九三五年""一九三七年初""一九三七年底"，以及在"一九三七年春天"。只是在最近的八月二十五日，他作证说："从一九二四年起，到大概一九三七年或一九三八年，三八年初，我是共产党员。"八月三十日，他把退党的时间说成是"一九三八年二月下旬"。但所有的文件日期都是在一九三八年一月五日至一九三八年四月一日之间。

为纠正这些分歧，一是钱伯斯现在改口说，他是在一九三八年四月十五日才退党的；二是联邦调查局压下了他之前自相矛盾的陈述。

这也不是他对证词的唯一改变。在差不多其他几十份证词中，有些是主要的——他现在说，自一九三四年以来，希斯在奈委员会工作的时候，一直提供文件给苏联。有些证词相对是次要的——在听说阿尔杰·希斯从来不会打字的时候，钱伯斯现在说，是普里希拉打字的，通常是他在旁边的时候。

显然，那个时候胡佛与理查德·尼克松的个人联系还是很少的。年轻的新任联邦众议员和非美活动委员会成员尼克松把希斯案子当成他自己的讨伐。② 但

---

① 在律师出示了文件的照片之后，希斯立即指认其中 3 份是他自己的笔迹，还说第四份很可能也是他的。至于打印的文件摘要，他说以前没看到过；然而，在看过内容之后，他声称这些资料实际上肯定是国务院报告的摘要。他说，他不能理解的是，这些材料怎么会在钱伯斯的手里。

　　在对国务院的档案进行查找之后，没发现据以摘录的文件原件。虽然密级的标示是"保密"或"机密"，但这些文件没什么敏感，大都是贸易协议之类的，对苏联应该没什么重要性。

　　更有意思的是，文件大都没有转往阿尔杰·希斯或唐纳德·希斯的工作部门，由此推测，可能是其他人把文件交给了阿尔杰——或者反过来，直接给了钱伯斯。

② 这也许是个错误，因为联邦调查局许多关于非美活动委员会和希斯的案子，尤其是关于理查德·尼克松的文件，从来都没有公开过。一个可能性是，在海伦·甘迪销毁前局长个人档案的时候，也把这些文件销毁了。但还有其他的可能性，将在以后的章节中讨论。

联邦调查局局长提供了许多帮助，虽然是间接的。在调查过程中，特工埃德·赫默为约翰·克罗宁神父提供了线索和其他背景情况，克罗宁把它们转交给了尼克松，这样就给了联邦调查局和非美活动委员会可以否认的依据。

克罗宁神父后来向加里·威尔斯①承认："埃德每天都会打电话给我，向我报告他们的新发现；我就转告迪克，② 然后他就知道了去哪里寻找，可以找到什么。"③[1]

只是在一九四八年十二月一日，才由联邦众议员尼克松通知联邦调查局，他是深夜里打电话给路·尼科尔斯的，说是获得了鼓舞人心的进展。钱伯斯刚刚承认，他"没有把知道的全都告诉联邦调查局"，尼克松通知尼科尔斯说。牛皮纸信封里面不止六十九份文件；钱伯斯还有其他的文件和材料，可以"支持和维护他现在还没有公之于众的地位"。[4]一经获得传票，尼克松打算马上派出委员会的调查员去钱伯斯的农场拿取那些材料。

尼克松之所以打电话给尼科尔斯，是想让联邦调查局事先获知事情的进展，还想请他们帮忙。杜鲁门上个月出人意料地获取大选胜利后，司法部依然是民主党人在掌控。尼克松担心如果司法部先拿到那些材料，或许会把它们压下，尼克松要求胡佛别把这个进展告诉他的老板司法部长，直至在预定的十二月十八日的非美活动委员会下次会议期间他才能够揭露。

胡佛的做法是不让别人获得荣誉。但由于不知道钱伯斯拥有什么材料，他面临着危险的处境，即他们拿取材料或许会起到反作用，使联邦调查局感到难堪。显然，感觉还是让非美活动委员会去冒这个风险更好，于是胡佛同意了尼克松的要求，没对司法部长说起这事。

那天晚上，钱伯斯带领非美活动委员会的两名调查员去了他的农场南瓜田。他的手伸进一只已被掏空了的南瓜，说是为了安全起见把文件放在了里面，以

---

① 美国作家、记者、历史学家、普利策奖获得者。——译注
② 指理查查·尼克松，他的昵称是"迪克"，他的绰号是"诡计多端的迪克"。——译注
③ 理查德·尼克松在其回忆录中虽然掩盖了克罗宁神父的作用，但部分地确认了上述的说法，他声称："由于杜鲁门的行政令，我们无法获得 J.埃德加·胡佛或联邦调查局的直接帮助。然而，我们有一些信息联络员，有一个低层次的特工，这在我们的调查中是很有帮助的。"[2]
　　司法部长汤姆·克拉克——从非美活动委员会主席卡尔·蒙特那里获悉，他从联邦调查局收到许多文件——把局长助理 D.M.莱德叫过来，用杜鲁门总统很可能使用过的行政令的措辞，告诉他说："哪个狗娘养的胆敢向联邦众议员蒙特提供信息，让他滚出这栋大楼……我要你把这话传达下去，不管是什么人，如果把信息告诉该委员会，就给我滚蛋，滚蛋！"[3]

避开希斯案子的调查员，他取出五个微型胶卷，其中两个已经冲洗了。①

胡佛用不着长久保密。几天之内，美国各报纸纷纷刊登了"南瓜文件"的故事，还配上了一张照片：联邦众议员尼克松拿着放大镜在窥视微型胶卷。

一九四八年十二月十五日，在对新发现的证据进行考虑之后，纽约大陪审团指控阿尔杰·希斯在两件事情上作了伪证——虚假否认他给过钱伯斯文件，以及类似的否认在一九三七年一月后遇到过钱伯斯——但没起诉他的妻子普里西拉。指控的是作伪证，而不是间谍，后者的三年期限已经过了。

钱伯斯还有更多的惊人之举。一九四九年一月下旬，在准备希斯预审的关键证人的时候，纽约分局的特工发了一份令人震惊的电传给局长。钱伯斯拒绝指认希斯是共产党华盛顿支部的成员。在局长要求澄清的命令下，特工们再次报告说，钱伯斯"之所以没有把希斯归入这个支部，是因为他不能确定阿尔杰·希斯是不是属于这个支部"。更让人烦恼的是，钱伯斯还拒绝证明自己从希斯那里接收过文件。在一九四九年二月二日的事先审理备忘录中，特工们总结了他们的困惑："现在尚不清楚，钱伯斯是否能够作证他从希斯那里收到那六十九份文件，但根据现在的形势，可以确定是谁介绍了这些文件。"[6]然而在预审的时候，钱伯斯又改变了主意，他作证说，希斯属于华盛顿支部，还确实给了他那些文件。

这还不是这个惠特克·钱伯斯的唯一惊人之举。一九四九年二月十五日，他把一个信封交给了一位特工，叫他在离开房间后阅读里面的内容。里面是一份冗长的供词。钱伯斯说，他不但是前共产党员，而且还是前同性恋者，在"征服"自己苦恼的同时，他退出了共产党。[7]经过一番思考之后，他想让联邦调查局知道这事，以免希斯的律师发现他的秘密后用以指责他的证词。他补充说，他从来没有与阿尔杰·希斯或其他党员发生过性关系。

但之前早就知道，希斯的继子已经因为心理原因，据说还有同性恋，而在

---

① 两个已冲洗的胶卷里面有电报和国务院的其他文件，有些是加密的，但时间全都是在1938年初。这些材料全都被纳入了此后的法律程序之中。另3个胶卷，因为安全的理由，经冲洗后，没向大陪审团、法庭和希斯的辩护律师出示。按照理查德·尼克松的说法："有些文件相对不怎么重要，但在文件被从政府档案中拿走10年后的1948年，国务院还是感觉，'南瓜文件'全部公布会影响国家的安全。"[5]

　　直到1975年，阿尔杰·希斯——由于援引《信息自由法》的结果——才被允许查看那3个微型胶卷。其中两个是来自美国海军部的，内容是灭火器、救生筏和降落伞的使用说明，第三个胶卷是空白的。

一九四五年被海军辞退，所以联邦调查局能够相对比较容易地化解这个威胁。在讯问这个年轻人的时候，特工们问及了他被辞退的问题，由此谈到了如果辩护律师选择钱伯斯造谣的同性恋议题，那就不可能不提及他的问题，所以这个事情从来没有提交法庭。希斯甚至不想让他的继子出庭——虽然他很想，而且很可能会证明在他家里搜查到的那台伍德斯托克打字机——担心的是他会当众受辱。

在预审的时候，希斯的伍德斯托克打字机——或者看上去像伍德斯托克牌子的打字机①——已经被发现并被当作了证据，但在审讯过程中几乎没起什么作用，只是放在那里作为摆设，控方已经决定来做对比，把打印的文件和所谓的"希斯标准"，即在一九三三年一月至一九三七年五月间由普里西拉·希斯用打字机打印的字母进行比较。（希斯夫妇声称，一九三九年搬家时已经把那台旧打字机处理掉了，因为状况不好。）相信与久负盛名的联邦调查局实验室挑战是徒劳的，辩方犯了一个严重的错误，没让这个证据去参与竞争。

在预审开始前三个星期的五月十日，J. 埃德加·胡佛举行了担任联邦调查局局长二十五周年的庆祝活动。各级领导还鼓励特工们赠送银器，礼品的大致价格做成了清单，归入到了人事档案之中。局长办公室门口两侧摆满了送来的花卉。在齐腰深的剑兰中，胡佛和托尔森身穿白色西装，在摆姿势拍照。受邀的客人中，有美国地区法官亚历山大·霍尔佐夫，他是前司法部官员，也是联邦调查局的坚定卫士。

"当我走进来时，"霍尔佐夫回忆说，"局长拉住我的手，走过了那些花篮。'我给你看一样东西。'他说。他自豪地向我展示了放在他书桌上的一朵小花。对他来说，这是最有意义的，因为它是联邦调查局一位员工在自家的花园里种

---

① "打字机是很关键的，"据说尼克松总统是这么告诉查尔斯·科尔森的，在场的还有约翰·迪安和白宫的录音机，"我们在希斯的案子中安置了一台。"[8]尼克松没有说明"我们"指的是什么人。

许多人认为，是否"由打字机伪造"的问题是解开希斯案谜团的关键。根据《信息自由法》解密的文件，以及此前由联邦调查局压制的文件，似乎证明作为证据的那台打字机，并不是希斯家使用过的那台，因为它是在希斯的那台伍德斯托克牌购买两年后才制造的。同样受到压制的还有联邦调查局实验室的一份早先报告，该报告总结，对比之后，不能说明普里西拉·希斯打印过那些文件（联邦调查局文件"专家"拉莫斯·菲恩后来的作证则表达了不同的意见）。

植出来的。"[9]

参众两院的贺电，载入了《国会议事录》，后来还为局长及其朋友们印制了纪念版，两院议员还起草法案，以胡佛的名义为失学男孩建立一所模范学校。"因为，"他的朋友德鲁·皮尔逊在其"华盛顿旋转木马"的栏目中写道，"他为男孩们所做的工作，是他最伟大的贡献之一。"[10]

J.埃德加·胡佛基金会建立起来了，全国性的资金筹集工作也开始了，为的是在马里兰州上波托马克河附近购买一块五百三十英亩的土地，作为失足少年的学习地点。国务院的《美国之音》还为欧洲播发了一个特别节目，说明警察局长并不是令人可怕令人痛恨的，而是充满了爱心和令人尊敬的，美国人民要以他的名义建造一所少年学校。

但联邦调查局局长谢绝了那样的荣誉，皮尔逊在其五月二十八日的专栏节目中做了颇为遗憾的报道，谦逊地说："他认为不应该为活人树碑立传。"①

六个星期后也没有喜讯可言，希斯的预审，因为陪审团的四票认为无罪和八票认为有罪，未能达成一致意见，使得案子悬而未决。

胡佛亟须胜利来弥补《美亚》案子的惨败。此外，他还有朱迪思·科普朗的间谍案，该案子面临许多严重的问题，从他的特工（四名特工已经被审查了）到检察官，他责备了每一个人。只有联邦众议员理查德·尼克松逃过了局长的责骂，这可能是因为他在局长的二十五周年庆典上说了许多赞美之词，但最可能的是因为他似乎比局长还要愤怒：他不但要求弹劾希斯案的法官，甚至还威胁要把持不同意见的陪审团成员传讯到非美活动委员会去作证。

那年的十一月，希斯案进行了再次的审理，指控还是原来的两项，但增加了证据，包括赫德·马辛的证词。马辛是一个已知的苏联间谍，也是共产党员格哈特·艾斯勒的前妻，她声称一九三五年她与希斯在一位共同的朋友诺埃尔·菲尔德的家中碰面，还争论他们之间由谁去招募菲尔德。这一次，陪审团一致认为希斯有罪。

在后来的询问时，陪审团似乎对钱伯斯关于希斯个人生活的丰富知识印象

---

① J.埃德加·胡佛基金会，最初得到了两个前私酒贩子刘易斯·罗森斯蒂尔和约瑟夫·肯尼迪的大额捐款赞助，由罗伊·科恩和路易斯·尼科尔斯担任中间人，此后有一段漫长而曲折的历史。

特别深刻（例如，他知道希斯是业余鸟类爱好者，曾经发现了一只罕见的蓝翅黄森莺；他可以描述出希斯的每一处住宅，详细到家具的摆放和墙纸的颜色；他还知道私下里，希斯叫他妻子为"迪莉"或"普洛斯"，而她则叫他为"希利"）。他们不知道，两年来联邦调查局一直在窃听希斯家的电话，检查他们的银行账户和纳税情况，调查他们的亲友、同事、保姆和管家（把其中的一个管家发展成线人），在这个过程中获取的他们家生活细节，甚至超过了希斯夫妇的记忆；威胁马辛如果不去作证就要把她驱逐出境；知道菲尔德已经在斯大林的清洗中被捕入狱身陷囹圄，无法否认她的证词（获释后他确实否认了，但一切已经为时太晚）；监听希斯与他的律师谈话；在案子的关键时刻安排对他律师的纳税进行审计；在希斯的辩方律师雇佣的私家侦探中安插一个线人；买通证人作伪证；不但在之前钱伯斯颠三倒四的陈述中压下证据，而且甚至在陈述的次数上也压下证据（辩方被告知，联邦调查局只对钱伯斯进行了三次传讯，出具了两次的传讯总结，其实光是在一九四九年一月至四月间，特工托马斯·斯潘塞和弗朗西斯·X.普兰特就对钱伯斯进行了三十九次传讯）。陪审团也不知道，每次传讯都是在联邦调查局的名单上核查，发现有两人是联邦调查局职员的亲戚。一九四九年十一月二十一日，预审开始的时候，在纽约分局副局长艾伦·贝尔蒙特告知这个事实之后，控方对收到的信息"表示欣赏"，"并要求不要说出去"。这个当然是能做到的。[①][11]

一九五〇年一月二十五日，定罪后五天，阿尔杰·希斯因为两次伪证，各被判处五年监禁，两次徒刑合并执行。

十五天后，在西弗吉尼亚惠灵的共和党妇女会议上，一位叫约瑟夫·R.麦卡锡的来自威斯康星州的举止古怪的联邦参议员，发表了演说。

虽然胡佛极不愿意承认，但二战后一些重大的间谍案的发现，至少部分是

---

① 1976 年，在死去前不久接受采访时，艾伦·贝尔蒙特被问及："你对希斯案子有什么怀疑吗？"他回答说："没有……这案子我没有任何怀疑。"然后他补充说："我私下里一直认为，希斯夫人比阿尔杰·希斯更加坚强。"[12] 其他的前特工也有类似的评论，说他们深信普里西拉·希斯是她丈夫"不忠行为"的幕后推手。然而，这是标准的胡佛方法论：艾玛·戈尔德曼比亚历山大·伯克曼更坏，凯瑟琳比乔治·"机关枪"·凯利更坏，普里西拉比阿尔杰·希斯更坏，埃塞尔比朱利叶斯·罗森伯格更坏。

胡佛似乎深信，每一个坏男人后面，都有一个更坏的女人。

多亏了他的长期死对头威廉·J.“野比尔”·多诺万的预见和花费的大成本。

战争期间在芬兰的一个战场上，克格勃的一个部分烧毁的密码本被发现了。一九四四年十一月，经过一系列秘密谈判后，战略情报局局长向芬兰人支付一万美元，购得了这个密码本和他们发现的其他加密情报。但购买的事情引起了国务卿斯退丁纽斯的注意，他担心美国也许会被指责刺探盟国的情报，于是下命令把材料还给苏联。

多诺万勉强接受了命令（诚如预见，克格勃改变了密码），但他事先复制了副本，并把复制件交给了军事安全局去进行破译。

梅雷迪斯·加德纳是军事安全局的译电员，已经有了三年的经验，他努力破解电码。一开始，这似乎是不可能的：电码本已经部分烧毁，无法辨认；密码本身也已经用了一段时间，大致是从一九四四年初到一九四五年五月，多亏斯退丁纽斯，苏联人已经放弃了；克格勃在人名、地名和事情上都使用了代号；但最重要的是，密码与“一次性的”译码本相连，这在理论上是不可破译的。

加德纳不但有耐心，而且有运气。在战争的迷茫中，莫斯科有人错误地发出了两份一次性译码本；自战争初期起，电报公司就把发往国外的电报提供给了联邦调查局，他可以使用这些电报的大量存货，他还有一沓过期的白话文克格勃电讯，是纽约分局在一九四四年对苏联采购委员会纽约办事处的一次非法闯入时起获的。

最后在一九四八年，加德纳成功地破译了克格勃在一九四四年至一九四五年之间的密码，开始对积存的电报进行译电。第一批电文包括了温斯顿·丘吉尔发给当时新总统哈里·S.杜鲁门的绝密电报，最终联邦调查局认定，英国驻美国使馆中有一个间谍。另一次译电是关于提炼铀-235 的气态扩散加工的一份科学报告，显然是由“曼哈顿项目”的某个人提供的。

甚至还有发生在家里的。一九四八年下半年，加德纳向他的联邦调查局联系人、高级特工罗伯特·兰菲尔提供了令人震惊的消息：司法部有一个克格勃间谍，或者至少在一九四五年初的时候是存在的。看阅了破译的电报之后，兰菲尔能够确定的只是该间谍是女人，她是在纽约入职的，一九四五年一月份调派到了华盛顿。但这些信息已经足够了。核查司法部的人事档案之后，发现只有一个人符合这些特征，那就是朱迪思·科普朗，她出生在纽约布鲁克林，毕业于巴纳德学院，今年二十八岁。科普朗不但还在司法部工作，而且目前是司法部外国特工登记科的政治分析员——J.埃德加·胡佛年轻时的工作范围——能接触到联邦调查局的许多调查报告，内容涉及已知或怀疑的苏联间谍。

一开始，胡佛和司法部长克拉克都想马上辞退科普朗。其中克拉克对她的受雇更感窘迫。当初调查她的背景情况的时候，联邦调查局获悉科普朗小姐在巴纳德学院学习期间是共青团员，还在论文中写过亲苏的文章，但司法部还是雇用了她，在她的个人档案中，还有一封克拉克签名的信，称赞她工作出色，并让她得到了晋升。但科普朗的发现正好是在联邦调查局局长最尴尬的时候。虽然大陪审团刚刚就两项伪证罪对希斯进行了起诉，但他的定罪还是相当遥远的事情，而《美亚》案的惨败还记忆犹新。加上这个可能的负面宣传，即联邦调查局的"隔壁"有一个间谍，而自己还一无所知。然而，在加德纳和安全组其他人的敦促下，胡佛同意让她暂时留在岗位上，希望能查明她的联系人。

在确保科普朗接触不到特别敏感的情报之后，胡佛对她开展了技术和实际监控，她的住宅和办公电话都被搭线窃听，还有她父母家以及她目前正在相处的司法部一位检察官的电话。此外，为跟踪她和她的联系人，联邦调查局在她家的马路对面设立了一个"工厂"（监视和监听站）。

通常，特工们都不愿接受监控任务，但这次他们都自告奋勇。这是因为在与男朋友一起娱乐的时候，科普朗小姐很少会拉上房间的窗帘。

在调查局工作程序中，这工作被命名为"科普朗苏联间谍案"。在内部，特工们称其为"木偶戏案子"。①

朱迪思·科普朗每个月去纽约度一两次周末，探望父母亲。但在一九四三年一月四日，她没坐地铁去布鲁克林，而是去了郊区的华盛顿高地，她在那里与一个男士碰面了。特工们后来查明，那男子叫瓦连京·古比切夫，是联合国秘书处的工作人员。二月十八日，两人在同一个街角处又见面了。虽然特工们都没看到科普朗交给古比切夫什么东西，但有那么几段短暂的时间，他们跟丢了那对男女。

查明古比切夫的联合国工作人员身份后，胡佛和克拉克从头到脚浑身冰冷

---

① 一位前特工评论说："这样消遣一个下午或晚上是很理想的。我们都享受得津津有味。"[13]

了。他们想按照忠诚和安全计划，① 现在悄悄地辞退科普朗。但兰菲尔的老板霍华德·弗莱彻说服局长，再给他们一点点时间。弗莱彻说，这是暂时的缓刑。

为加快进度，兰菲尔决定对科普朗和古比切夫"投放诱饵"。[14]在等待他们的下次会面的时候，兰菲尔准备了一份虚假的备忘录，他认为肯定会引起这个苏联人的兴趣。这份备忘录是由联邦调查局局长 J.埃德加·胡佛发给司法部长助理佩顿·福特的，说的是苏美贸易公司的美国律师，一个叫伊萨多·吉比·尼德尔曼的人，是联邦调查局的线人。

苏美贸易公司是苏联官方设在美国的采购机构，通常暗地里搞间谍活动。尼德尔曼并不是联邦调查局的线人，但给他贴上"告密者"的标签后，兰菲尔指望既能玷污尼德尔曼，又能在苏美贸易公司内播下怀疑的种子。这一招近年来在联邦调查局臭名昭著的反情报项目中得到了广泛的使用。

福特按指令在三月四日星期五那天，把这份备忘录传递到了科普朗小姐的办公桌上，此时离她按计划去纽约过周末已经没多少时间了。这一次，科普朗与古比切夫设法试图避开可能的监控，但最后盯梢队担心会跟丢——而且明白这可能是他们最后的机会——于是他们冲上去把两人都抓起来了。

经搜查，科普朗的包内有二十八份联邦调查局的文件，大都是"资料纸条"，摘要地记录了联邦调查局的一些专题报告。还有一份复制的副本，是胡佛给福特的虚假备忘录。还有一张体现了犯罪证据的打字机打印的便条，是这样开始的："我没能（我也认为不可能）拿到我与迈克尔说过的联邦调查局的报告，内容是关于苏联和共产主义在美国的活动……"②[15]

这似乎是一个铁定的案子。但胡佛本人后来把它描述成是联邦调查局有史以来最大的灾难之一。

一九四九年三月四日被捕后，十月二十六日科普朗在华盛顿特区出庭受审，指控的罪名是偷窃政府文件。开始的时候，一切都很顺利。但当控方把资料纸条作为证据提出来的时候，辩方律师阿奇博尔德·帕尔默要求介绍据以摘录的

---

① 希斯案的不确定状况，肯定是其中的一个因素使得胡佛不愿意再搞另一个间谍案，局长刚刚获悉他的主要证人钱伯斯不但在作证的时候唠唠叨叨，而且还供认以前是同性恋者。

② 这是一份有115页的总结报告，记录了在过去的15年间苏联克格勃和军事情报局在美国的活动情报，还包括了卫星国的间谍活动情况。

文件。在双方表达了赞成和反对的争论意见后，法官艾伯特·里维斯说，他要在中午休会的时候考虑一下这事。兰菲尔似乎是唯一知道形势严峻的人，他几近恐慌地从法庭匆匆赶到联邦调查局总部，把问题报告了局长助理 D. M.“米基”·莱德，但莱德的反应不是很敏捷，他靠的是政治关系（他父亲曾经是联邦参议员），他的晋升靠的是“忠诚”，过了好长时间他才明白事情很严重，只能去扰乱局长和副局长的中饭计划了。

局长认识到，如果做出同意的裁决，后果是相当严重的。他立即打电话给司法部长；为保护自己，他使用了免提功能，以便让旁边的证人莱德能够听到。在调查局的历史上，此前从来没有公开过其原始档案，胡佛通知司法部长，现在只能这么办了，他敦促克拉克寻找无效审判①或拒绝引证的案例。同意的裁定不但违反国家安全和暴露绝密的线人，而且因为这些特定档案的内容，还会让联邦调查局、司法部和克拉克本人感到难堪。胡佛甚至还说，由于档案里还有未经证实的闲言碎语和指控，也许会伤害到无辜的人。考虑到胡佛之前并不在乎这样的材料泄露给从温切尔到非美活动委员会的每一个人，这是一个新的论据。莱德回想起来，当时的电话交谈，司法部长那边只是偶尔说声“嗯，埃德加……”，但他却是留下了印象，并传达给了兰菲尔和弗莱彻，说司法部长答应帮忙。

胡佛还不放心，他采取了极端的行动。在把他与克拉克的争论用备忘录形式写下来之后，他派遣联邦调查局与白宫的联络员拉尔夫·罗奇，拿上一个文本匆匆赶赴位于宾夕法尼亚大道 1600 号的白宫，把备忘录的内容念给了杜鲁门的一位顾问听。约翰·斯蒂尔曼顾问答应会向总统报告，并且会“密切关注这事”。[16]

这一切全都落空了。克拉克什么忙也没帮，法官裁决说，控方不能两手都抓：“不能既坚持这些文件对国家安全的重要性，同时又用国家安全作为理由来拒绝展示文件的内容。”[17]

“我是在报告递交了法庭之后，才知道它们被当作了证据。”胡佛后来痛苦地回忆说，“当作证据的报告，都是由司法部挑选的，不是调查局。”[18]

这是历史性的时刻，政府以外的人士第一次见到了联邦调查局原始文件的副本。辩方和媒体都进行了充分的利用。其中一份报告说好莱坞演员弗雷德里

---

① 因诉讼程序错误或陪审团意见不一致等原因。——译注

克·马奇、海伦·海斯、约翰·加菲尔德、卡纳达·李和保罗·穆尼是"赤色分子"。还造谣中伤爱德华·U. 康登夫人那样的著名人士，她是国家标准局局长的夫人（康登先生要求胡佛道歉，但联邦调查局局长没有道歉），还有关于不那么有名人士的闲言碎语，比如一份标志着"秘密"的报告，说的是布朗克斯的一个男子声称看到一位邻居赤身裸体地在自己的家里走来走去。这样的事情还有很多，但很少真正涉及政府的秘密，大都是与政治有关，有些太"难听"了，虽然在法庭上宣读，但不便在这里说。显然，联邦调查局实施了真空吸尘器般的工作，把每个人的每件事都收集起来存档，而不是倒入垃圾桶。

一九四九年六月十五日，《纽约时报》在头版头条报道："联邦调查局头目据称已经辞职。"在有关联邦调查局档案正直性的司法部政策问题上，与司法部长克拉克"一次面红耳赤的摊牌之后"，胡佛已经递交辞呈，该报纸报告说，消息来自《华盛顿时代先驱报》的正版故事。

真正的故事来源，德鲁·皮尔逊很快报告说，是"J. 埃德加·胡佛的公关经理路·尼科尔斯"。尼科尔斯长相英俊，很可能是希腊裔美国人，原来的姓氏是尼科罗波卢斯，在他狂热地保护他的老板的过程中，有时候可能过分地表现了自己。

据皮尔逊说："是尼科尔斯发布了谣言，说胡佛准备辞职——以此来回击杜鲁门关于胡佛辞职也许是件好事的暗示。"[19]

不管私下里也许说过什么，但在每周一次的新闻发布会上，总统公开说过的是，他认为胡佛干得很好。记者们注意到他使用的是过去时态。

虽然没做报道，但皮尔逊知道，尼科尔斯是胡佛－克拉克争吵的幕后人物，因为尼科尔斯曾经努力向他灌输过此事。

联邦调查局认为，应该对全国律师协会开展调查。通过搭线窃听，调查局获悉，该协会正在准备一份冗长的报告，内容是关于调查局的违法活动，这是自一九二四年由十二个律师联名报告之后的第一次。每当完成新一轮的稿件，联邦调查局就会潜入全国律师协会的办公室偷偷复制一个副本。在该报告实际出台之前，司法部长和总统手头上早就准备好了反驳的材料。

而在科普朗受审期间，纽约分局的科普朗案子高级特工罗伯特·R. 格兰维尔作证说，这个案子没有使用搭线窃听。在文件方面失败之后，控方在其他三个动议方面获胜：法官拒绝了辩方申请无效审判的两个要求，以及把一百一十五页间谍报告作为证据的要求。至于在她手提包里的文件，帕尔默提供了新的辩护理由：科普朗小姐把其抄录下来作为资料来源，为她的一部小说做准备。至于与古比切夫的会面，帕尔默以恋爱作辩护：科普朗"疯狂地"爱上了他。但陪审团都并不买账（否决了恋爱的故事，控方与司法部律师抓住了科普朗小姐的幽会地点），并在一九四九年六月三十日认定科普朗有罪，判处其十年监禁。

胡佛为定罪和判刑而感觉的高兴，才刚刚一个星期，就因为希斯案一审时陪审团意见的不一致而消失殆尽。第二次预审已经计划好了，这次是针对科普朗和古比切夫，安排在十二月份的纽约市。由于没有传递文件的证据，这对男女的罪名是阴谋发送文件给外国。①

其间，科普朗辞退了阿奇博尔德·帕尔默，法庭指定了三名律师为她辩护，其中一个是年轻的伦纳德·布丁律师，他是左翼人士，对共产党不抱好感，但极为关注民权自由。在核查了大量证据之后，布丁总结认为，一个代号为"老虎"的绝密线人，有可能是搭线窃听者。他说服二审法官西尔维斯特·瑞安，就此事举行一次听证。

听证期间，司法部律师极不情愿地向法庭承认，这个他们是刚刚发现的——与高级特工罗伯特·R.格兰维尔的证词相反——到处都有窃听器，在科普朗的公寓和办公室电话，以及她父母亲在布鲁克林的住宅电话，而且在华盛顿预审期间，这些窃听器一直在工作，记录的内容包括了被告与其律师之间的会话。他们声称，在要求联邦调查局特工宣誓没有安装窃听器的时候，由于"特工们拒绝宣誓"，他们才得知这个情况。[20] 深挖之后，瑞安法官获悉，大约有三十名特工参与了窃听器的安置，就在一个月前的纽约预审开始之前，高级特工霍华德·弗莱彻才下令撤走窃听器。

一九四九年十一月九日，弗莱彻发备忘录给局长助理莱德："上面提及的线人（老虎），一直在提供关于对象的活动信息。觉察到她的受审的迫切性，建议立即停止该线人的工作，纽约分局关于这个线人行动的所有记录也要停止。

---

① 在两次预审的 1949 年 7 月 26 日至 10 月 13 日之间，莱德发给了胡佛两份报告，内容是关于全国律师协会和科普朗案"我们活动中可能的薄弱点"。根据《信息自由法》公开的文本，经过了严格的审查之后——其中一页半被涂黑了——根本无法辨认。

人们可以比较保险地猜想，割裂的部分是比现在知道的更为无法无天的活动。

"由线人提供的相关材料，已经以信件的形式提供了，为目前和将来的安全起见，最好是把相应的记录销毁。"

虽然布丁要求控方出具非法搭线窃听的结果（上面提及的信件），但政府予以了拒绝，法官支持拒绝。然而，布丁也曾指出，联邦调查局逮捕古比切夫和科普朗的时候，没有事先取得逮捕证。

一九五〇年三月七日，科普朗和古比切夫都被定罪，分别被判处十五年监禁。[①]

根据四十年的全部"统计数字"；美国公民第一次因被控苏联间谍而定罪；加上联邦调查局局长坚持认为，苏联利用其联合国工作人员开展谍报活动——在胡佛看来，这些都不能与联邦调查局的好名声在公众面前受损相提并论。许多参与该案子的特工，遭到了各种严厉的责难。例如弗莱彻，他只是遵照局长的指示销毁搭线窃听的记录，却受到了审查、降级和调往下属的华盛顿分局。

一九五〇年十二月五日，由勒尼德·汉德担任庭长的美国巡回上诉法庭，听取了布丁对科普朗案子的上诉后，一致同意撤销华盛顿和纽约的定罪审判。华盛顿定罪之所以发生逆转，是因为搭线窃听到的科普朗和她的原律师阿奇博尔德·帕尔默之间的秘密会话。纽约定罪被撤销有两个原因：非法逮捕；政府的拒绝和美国地区法院的支持，对非法搭线窃听的产品予以重新考虑。[②]

十二月二十七日，在联邦调查局局长 J.埃德加·胡佛的敦促下，国会通过立法，在遇到间谍、破坏和其他重大罪行的时候，赋予联邦特工在没有逮捕证的情况下实施逮捕的权限。

帕尔默和布丁律师，以及瑞安、西尔维斯特和汉德法官，都被永久性地列入到了 J.埃德加·胡佛的敌人名单上。至于科普朗，胡佛花了十七年的时间来策划他的复仇。

虽然汉德关于非法逮捕的决定意味着科普朗提包里的材料不能作为证据，没有这些证据，司法部就不能立案，因此也不能重审科普朗，但胡佛说服司法部长拒绝撤销指控。

[①] 作为联合国工作人员，古比切夫没有外交豁免权。然而，在国务院的请求下，他在获刑之后被立即驱逐出境。

　　作为后话，或许还可以增添一笔：苏美贸易公司不知道该相信谁，于是把其律师伊萨多·吉比·尼德尔曼给解雇了。

[②] 然而，法庭注意到在纽约案子中，科普朗的"罪行是明明白白的"。

至于这是什么意思，那么科普朗自己的表达最为清楚，哈里森·索尔兹伯里发表错误的声明，说她被定罪之后就已经逃离了这个国家，她随后在一九八四年十二月二十二日写了一封信给《民族》杂志。

在谴责了索尔兹伯里的指控是个"令人惊讶的谎言和粗枝大叶的编造"之后，她继而说："在预审之后的三十四年里，我一直居住在纽约市，抚养家里的四个孩子，① 参加工作并且是社区的积极分子。在一九六七年案子撤销之前的十七年时间，我一直处在保释之中，由我家筹集了四万美元的保释金现金，是不计利息的（当时是很大的一笔钱）。那些年，我不能参加投票，不能开车，也不能离开纽约的东区或南区。确实是逃离了这个国家！我不能跨越哈德森河去参加父亲墓碑的揭幕仪式。"

科普朗的定罪，最后是司法部长拉姆齐·克拉克撤销的——他父亲汤姆·克拉克是科普朗案预审时候的司法部长——是在林登·贝恩斯·约翰逊总统的当政时期，曾遭到了联邦调查局局长 J. 埃德加·胡佛的非常强烈的反对。[21]

科普朗案导致了许多变化，全都是秘密的。六月二十九日，胡佛通知各分局长，"绝密的"和"最秘密的"来源——也就是说，所有技术监控的记录——必须与案子的普通档案分开保管，这样，按照艾森·G. 泰奥哈里斯和约翰·斯图尔特·考克斯的说法，它们就不会"因为法庭调查、国会传讯，或司法部的要求而不能自圆其说"。[21]

这样的信息从分局送到联邦调查局总部后，就会被放进一个信封内封起来，标上"六月"的代码，然后又会放进第二个信封内发给局长，并做上了"个人和绝密"② 的标记。

七月初，胡佛以写信给各分局长的形式，又修改并扩充了这个程序。特工的报告，如果含有"敏感"的材料，被外人知道后会对调查局造成难堪的，要分成两部分：调查材料和行政材料，敏感的材料归入后者。例如，胡佛假想了

---

① 二审之后，朱迪思·科普朗嫁给了伦纳德·布丁的一位律师同事。

② 据前局长助理威廉·萨利文说，代号"六月"的邮件后来改名了，虽然有些老特工继续这么称呼。"我记得，所有这次电子监听资料都保存在我们称之为'六月'的档案内，没有编入总索引之内。我好像记得，这些电子资料都是受到特别保护的，我不能确定，但我认为也许24 小时都有人在值班看管这些档案。"[22]

一位共产党员作风腐败、经常酗酒和与一个知名的妓女同居的案子。关于他的党员身份的证据，应该归入调查材料之内，而他的作风问题则放进行政材料之中。或者，在他引用的另一个例子中，如果在调查白奴贩运的过程中，特工们发现了"一本通讯录，上面有著名官员的信息……除非那些名字与正在调查的事情有关，不然的话，这种信息应该放到行政材料中去"。[23]

但胡佛的脑袋，要比妓女的本子更为高明。因为发给分局长的信件，即使是以用户电报或加密的方法，也还有可能落入别人的手中，因此通常是由处长或局长助理打电话给分局长，口述传达局长的真正意思。①

应该归入行政材料的敏感问题，仅限于线人的身份；政府证人的颠三倒四证词；上述人员的有罪信息；特别的医疗记录；密封的法庭文件；非法取得的有关银行、电话或信贷记录；税务和统计资料（虽然不会承认，但通常是以非正式的形式，或者是由某些合适部门的线人提供给联邦调查局）；当然，还有各种形式的技术监控——邮件审查、非法闯入、搭线窃听、微型话筒，以及盗取和密码破解——和由此获得的产品。

但最后，司法部有些律师"得知"了这些手段，于是在一九五一年，胡佛改进了程序，使得行政材料"有了打掩护的信件"。前特工 G. 戈登·利迪解释了这个方法："报告不是采用一页页的叙述，每次询问都采用一个特别的形式，叫作 FD302。只有这个形式提供给辩方。"而调查的"线索和敏感材料则放进一个随同报告的'打掩护'信件内，但由于认为这些信件不是报告的一部分，所以就没有交给辩方和法庭"。[24]

然而，最敏感的材料，司法部律师或任何局外人都是从来没有看到过的。它们分别存放在各分局长的保险箱里、联邦调查局总部的特别档案室里、印刷所的"敲诈勒索档案"里，以及局长助理和副局长的档案里。最最敏感的材料，则存放在局长自己的"官方/绝密"和个人档案内。

这样，大概从一九四九年起，作为科普朗案子的遗产，再也不能从联邦调查局的案卷（包括很大一部分后来根据《信息自由法》公开了）中了解实际情况了。这些资料只是部分的事实，或者诚如《民族》杂志编辑和出版人维克

---

① 这样的指示，也在巡视各分局的时候向分局长和分局副局长进行传达，或者在分局领导人定期来总部参加"培训"的时候进行传达。

托·纳瓦斯基的说法，那是在对希斯案一位作者的作品进行评论时所说的："他犯了错误，以为联邦调查局的备忘录能提供答案而不是线索。"[25]

还有一份遗产，前特工沃尔特·谢里丹指出。当科普朗案子的负责特工在调查的时候作证说没有使用搭线窃听，而后来的证词则证明恰恰相反，搞得调查局"很狼狈"。为避免这种事情再次发生，引进了"职能分离"制度。比如在涉及搭线窃听的一个案子里，被叫去法庭证人席上作证的，不是实际参与了搭线窃听的特工或职员，"这样，他就会老老实实地说，他不知道信息的来源"。①[26]

联邦调查局特工拒绝宣誓作证，科普朗案子没有实施搭线窃听，肯定是引起了局长的关注。一个特工代表调查局作了伪证，并不意味着所有的特工将来也会那么做。用这个方法，他可以保护他们，当然还有他自己。

在科普朗的两次审讯期间，联邦调查局一直保守着一个秘密："绝密线人"的身份，其提供的线索导致了朱迪斯·科普朗很可能是苏联间谍的结果。整个一九四九年，梅雷迪斯·加德纳耐心地继续译解"维诺那"，也就是莫斯科克格勃总部与苏联驻华盛顿使馆和驻纽约总领馆之间的电报往来。他的其他发现现在也开始有了成果。联邦调查局取得的证据，辨明了在曼哈顿项目内部的苏联间谍，那就是英国核物理学家克劳斯·福克斯。而在一九四四年至一九四五年期间，英国驻华盛顿使馆的间谍嫌疑人数量已经从五人减少至三人，其中最大的嫌疑人是唐纳德·麦克莱恩。

由于与英国有关，军情五局和军情六局的新代表在一九四九年八月抵达华盛顿，来开展与联邦调查局和中央情报局的联络工作，他也获知了这个消息。他的朋友圈不久包括了联邦调查局的米奇·莱迪和中情局的詹姆斯·杰西·安格尔顿。虽然在圈内人们知道他叫金，但他的全名是哈罗德·阿德里安·拉塞尔·菲尔比。②

---

① 这个方法后来得到了很大的改进：在沃伦委员会作证的是艾伦·贝尔蒙特，而不是参与了约翰·F.肯尼迪总统遭暗杀案的调查员；出席丘奇委员会作证的是詹姆斯·亚当斯，而不是约翰·莫尔，如此等等。

② 军情五局（MI－5）的职能是负责国内安全，类似于联邦调查局，而军情六局（MI－6）则负责国外安全，相当于中央情报局。胡佛尽管极度仇视英国，但在必须做出选择的时候，他宁愿与军情五局打交道。然而，菲尔比虽然是属于军情六局（许多人认为他在这个组织内青云直上），但他的联络工作则代表了军情五局和六局两个组织。

前总部人员把司法部大楼地下室的印刷所描述成为类似于：联邦调查局的恐怖室。

从表面看，隶属于刑事信息部的印刷所负责出版年刊《统一犯罪报告》、月刊《执法公告》和内部杂志《调查员》，以及局长的讲话。但在一直关门落锁的房间内，则是更为黑暗的秘密。其中一个房间叫"蓝屋"，是一个小剧场，胡佛、托尔森和其他经挑选的联邦调查局官员有时候在里面观看监控影片和淫秽电影。在另一个超级保密的房间里，存放着档案和实体证据——诸如指纹、胶卷和特别敏感的录音带——是局长认为值得保存的。① 还有一个房间是办公室，其办公人员二十多年来一直担任着联邦调查局的首席敲诈勒索者。

联邦调查局与国会的联络员，总是现任的刑事信息部领导人——路易斯·尼科尔斯或其接班人卡撒·"德克"·德洛克、罗伯特·威克和汤姆·毕晓普。联络员的其中一项工作职责，毕晓普有一句直截了当的描述：是"让含有敌意的国会议员'喜欢上联邦调查局'"。[27]

常常，这工作由在印刷所的那个人去执行，根据五楼的口头指示开展行动。

威廉·萨利文在离开联邦调查局后接受一次采访时，解释了这个做法："每当（胡佛）想从一位联邦参议员那里得到什么的时候，他就会派遣一个跑腿的去告诉该参议员，我们在开展一项调查，碰巧得知了关于你女儿的这个信息。但我们想让你知道，我们明白你是想知道的。噢，天哪，我们该怎么对参议员说呢？从此以后，该参议员就成了他的囊中之物。"[28]

卡撒·德洛克另外举了一个例子，一九六三年十一月，也就是肯尼迪总统遇刺的那一周，大约五十名高级特工来到总部参加培训，由德洛克讲课。在被问及总部所有这些"根据我们的调查发现写成的备忘录"有什么用处时，德洛克回答说："你们这些人都在调查局工作十多年了，那我就给你们讲讲课程以外的东西吧。一天晚上，我们得知一位参议员酒后驾车和交通事故逃逸，车内还有漂亮的女子同行。第二天中午的时候，这位参议员知道我们已经掌握了这个信息，以后在预算拨款方面，我们从来没与他发生过矛盾。"[29]

---

① 估计让约翰·F.肯尼迪怕得要死的英戈·阿瓦德的性爱录音带，就存放在这里。一般说来，从话筒和窃听器翻录的将来用处不大的录音带，通常只保留几个星期，然后就把内容抹去了。

据说在华盛顿，除了胡佛和托尔森，印刷所的那个人比任何人知道更多人的负面信息，他是与国会和政府其他机构的非正式联络员。他也是首都最令人恐怖和最令人痛恨的人之一。当他访问一个政府机构，接待员通报了他的名字之后，据说官员们吓得脸色发青。

这样的访问，从来没有备忘录的记载。

西弗吉尼亚的威灵市，在共和党全国委员会看来，是一个三流的演讲点。于是在一九五〇年二月，一位三流的演说家，来自威斯康星州的初出茅庐的联邦参议员，接受了在林肯纪念日那天向俄亥俄县共和党妇女俱乐部做演讲的任务。

"目前，我还不能说出国务院内被指名为共产党员和间谍网成员的名单，"约瑟夫·R.麦卡锡即兴发言说，"可我现在手头上有一份二百零五人的名单——这个名单国务卿是知道的，而且他们还在工作，参与国务院政策的制定。"[30]

当麦卡锡抵达下一个演讲点盐湖城的时候，名单的人数已经变成了五十七个，而且放错了公文包，但那没有关系。这样的指控先是通过美联社的广播，很快就成了全国各地的头条新闻。

麦卡锡的问题，除了记性不好，是他根本就拿不出名单和名字。

返回华盛顿后，他把惊人的消息告诉了他的朋友们，包括记者杰克·安德森。麦卡锡和安德森差不多是同时来到首都华盛顿的，当时麦卡锡是一个没有名气的联邦参议员，安德森则是为德鲁·皮尔逊跑腿的。

具有讽刺意义的是，安德森现在的这份工作还多亏了 J. 埃德加·胡佛。几个月前，胡佛私下里告诉朋友德鲁·皮尔逊，他的首席助手安德鲁·奥尔德是共产党员。于是皮尔逊得以在其对手把此事写成故事之前炒掉了他。作为奥尔德的接班人，皮尔逊选拔了刚从上海《星条报》回来的年轻记者安德森。胡佛将为这次人情而悔恨一辈子。

安德森初来乍到华盛顿，不知道皮尔逊有多少敌人，他发现麦卡锡的办公室"是一个好客的绿洲，但看上去常常像是充满了敌意的荒漠。他知道如何让一个跑腿的记者感觉到尊严"。而且，"由于简单的旁敲侧击的天赋，麦卡锡是我们的消息来源，他掌握了同事的信息和秘密"。麦卡锡还会让安德森在旁边听着，自己甚至打电话给罗伯特·塔夫脱和威廉·诺兰那样的资深参议员，用安德森准备好的问题去询问他们；他们深信是在与一位知己的同事说话，给出的回答是安德森怎么也得不到的。他们的关系发展了。"我进入了他的内层圈子。"安德森后来回忆说，而且"在一九四九年我的婚礼上，他作为头面人物来出席，给了我面子"。

在威灵的演讲之后，麦卡锡告诉安德森说，他"获得了成功"，掌握了"一个议案"。但他需要帮助。麦卡锡对共产主义，不管是国内的还是国外的，几乎一无所知。之前在谋求一九五二年重新选举的时候，这位参议员就议案的事情咨询过几位顾问：其中一个建议增加老人的退休金；另一个提议优先维护圣劳伦斯河道；第三位是乔治敦大学教务长埃德蒙·沃尔什神父，他推荐的议案最后被麦卡锡选中了，那是共产党对政府的渗透。

安德森感觉欠有他的"人情"，未经他老板的同意，就把皮尔逊档案里的某些信息拿过去了，警告说，这些是未经证明的指控，需要进一步核实；那些证实了的已经用在了专栏文章内。在其短暂而又辉煌的生涯中，麦卡锡将不去理会这种根本的区别。①[31]

麦卡锡以"我们的事业处在了危险之中"为借口，他还去恳求联邦众议员理查德·尼克松。最近阿尔杰·希斯被定罪之后，尼克松的地位上升了，他显然给了麦卡锡查阅众议院非美活动委员会档案的方便，但最多的帮助则来自他的朋友 J. 埃德加·胡佛。

胡佛–麦卡锡的友谊也可以追溯到一九四七年。初到首都的时候，羽毛未丰的联邦参议员很快就向联邦调查局局长表示了敬意，两人似乎一拍即合，因为不久麦卡锡就与胡佛和托尔森一起吃早饭了，他还陪同他们去观看赛马。早在一九四八年二月，胡佛就安排麦卡锡对联邦调查局学校的毕业班学员讲话，即使胡佛甚至已经积累了关于这个参议员的许多档案，包括公开后能够摧毁麦卡锡前程的指控。

结束巡回演讲回到家里后，麦卡锡告诉胡佛，他很关注共产主义的议题。

―――――――――――――

① 安德森把材料交给麦卡锡，回到办公室后，发现皮尔逊正在写专栏文章，谴责这位联邦参议员。皮尔逊是第一个，而且是长久以来唯一质疑麦卡锡指控的记者。

　　"他是我们国会山消息的最好来源。"安德森争论说。

　　"他或许是一个很好的来源，杰克，但他是坏人。"皮尔逊回答。

　　不久，安德森对麦卡锡的幻想就破灭了，因为麦卡锡把给他的资料不是当作参考而是当作事实呈现出去了，摧毁了一位很可能是清白者的生涯。[32]

但他坦陈，共产党员的数量是他在讲话的时候编造的（胡佛是统计专家，他建议麦卡锡不要使用特别的数字），他请求联邦调查局能够提供有关资料和帮助。

胡佛把会话写成了备忘录，由艾伦·贝尔蒙特拿去给威廉·萨利文看。由于麦卡锡是个不负责任的人，萨利文觉得调查局应该远离这位联邦参议员。① 贝尔蒙特虽然极为关注，但他争辩说："我认为没必要去尝试，参议员麦卡锡对我们很有用的。"[34]

在两件事情上，贝尔蒙特是对的。局长是不会改变主意的——"查查档案，把能给的东西都给他。"胡佛已经下达了这样的命令——而且麦卡锡将证明是很有用的。"麦卡锡只不过是胡佛先生的一个工具，"一位前助理这么回忆说，"在有用的时候利用他，然后在没用的时候就抛弃他。"[35]

尽管萨利文提出抗议说："我们没有足够的证据可资证明国务院有个共产党员，更不用说有五十七个了。"[36] 但联邦调查局特工还是花费了几百个小时的时间，在调查局的安全档案中翻找，抽取后交给参议员和他的助手。可胡佛的帮助远不止这些。刑事信息部把发言稿的撰写人提供给了麦卡锡和他的两名助理，罗伊·科恩和 G. 戴维·沙因。路·尼科尔斯亲自口授计议，告诉麦卡锡如何在媒体的截稿期限之前发出消息，使得记者们没时间回绝。更为重要的是，他还点拨他避免使用"有证件的共产党员"这个短语，因为通常很难证明；应该使用"共产党的同情者"或"忠诚风险"这样的短语，因为这只需要归属在司法部长名单上的组织就可以了，不管程度如何——在请愿书上签名或订阅某份报纸或杂志就都行。（通常麦卡锡甚至根本不加理会。在国务院、政府部门或部队中工作过的人就足以使他成为嫌疑分子了。）当麦卡锡赢得再次选举，当上了参议院政府行动委员会常设调查小组委员会主席后，胡佛让他借用前共产党员的证人（钱伯斯、路易斯·布登兹、约翰·劳特纳），以及他们的证词总结。他还帮他挑选人员（一度有许多前特工在为麦卡锡工作，以致他的办公室被戏称为"小调查局"），同意前特工唐·A.苏赖因作为他的首席调查员，虽然苏赖因在巴尔的摩的一个白奴案子中因为与一名妓女的交往而被调查局开除，但胡佛本

---

① 其他人，尤其是担任联邦调查局国内安全工作的，也不想与麦卡锡来往。"麦卡锡参议员在发动圣战……我很讨厌他。"反间谍专家罗伯特·J.兰菲尔后来这么写道，"麦卡锡的方法和策略使得许多自由人士违法去打击共产党在美国的活动，尤其是对政府雇员中的已知共产党人。"[33]

人喜欢他，而且苏赖因与局长助理米基·莱德的紧密配合，虽然是秘密的，可被认为符合调查局的利益。胡佛还警告麦卡锡说，他的一些助手，包括罗伊·科恩，据说是同性恋，而且那个查尔斯·戴维斯是因为同性恋而被美国海军辞退的，但麦卡锡并没有重视。甚至在来自威斯康星州年轻的共和党领导人埃德·巴布科克，因为在拉斐特公园勾引同性恋被抓后承认有罪，麦卡锡还是不以为然。为便于否认，联邦调查局的绝密报告进行了改写和清洗，通常由军事情报局作为中间人。还有名字核对，几百个名字，以及至少在几个案子中的邮件检查、监听和搭线窃听。

"麦卡锡主义"从开始到结束，都是由一个人创办的，那就是联邦调查局局长 J. 埃德加·胡佛。

这当然是有补偿的。作为回报——除了给予联邦调查局一个新的政治迫害任务，其结果是更多的特工、更多的经费和更多的权力①——胡佛的敌人成了麦卡锡自己的敌人。胡佛提供弹药给麦卡锡去进攻两人的共同敌人——主要是哈里·S. 杜鲁门、埃莉诺·罗斯福、喜欢谈及伊利诺伊州州长资历的联邦参议员阿德莱·史蒂文森，以及《纽约邮报》的詹姆斯·韦克斯勒——还有组织，尤其是中央情报局。

莱曼·柯克帕特里克说："麦卡锡从来不放过在公众场合批评中央情报局的机会。"[38] 虽然在艾森豪威尔时期，柯克帕特里克是中情局的监察长，但他也是非正式的"麦卡锡专案情报官"。他的其中一项工作是确保麦卡锡主义者没有渗入中情局，还有一项工作是确保现在的员工没有受到必须与该参议员合作的要挟。当时的中情局局长是艾伦·杜勒斯——与其担任国务卿的哥哥约翰·福斯特·杜勒斯不同，哥哥屈服于麦卡锡的攻击——在麦卡锡每次指控中情局内部有共产党员的时候，他都有一套标准的对付办法，其中一个表明杜勒斯绝对有

① 1950 年 3 月，众议院拨款委员会削减了 9.79 亿美元的联邦预算。虽然司法部也是要削减预算的部门之一，但委员会满足了联邦调查局的预算要求，使得调查局能够扩编招募 700 名员工，据胡佛的说法，其中 325 名是所需的特工，以便与颠覆活动作斗争。

　　"向联邦调查局局长 J. 埃德加·胡佛致敬，"《纽约时报》刊登的文章说："委员会还批准把他薪水增加到 20000 美元。现在是 16000 美元。"[37] 这意味着，二战结束 5 年后，胡佛的工资翻了一番。

幽默感：去告诉联邦调查局，他挑战了，让他们来调查呀。但麦卡锡随之转移了目标，因为联邦参议员罗伯特·A.塔夫脱对他提出过忠告："如果一个案子行不通，就去搞另一个案子。"[39]

麦卡锡主义的许多受害人中，有一个是与胡佛有着二十年友谊的专栏作家德鲁·皮尔逊。即使麦卡锡没有参与，两人或许最终还是不可避免地要起冲突。皮尔逊是一位揭丑的记者，专门曝光政府的不端行为；胡佛是官僚主义者，认为压制曝光也是他工作的一部分，除非这样的曝光符合他的最大利益。令人惊讶的是，分裂没在之前出现，而且原因是如此地不相关联：一个女人来吃饭。

一九五〇年十一月下旬，麦卡锡的秘书琼·克尔去夏威夷度假，胡佛指示檀香山分局长约瑟夫·洛格："与她保持联系，在她访问期间做好接待工作。"[40]根据洛格的说法，这是联邦调查局局长对来访要人的不偏不倚的正常考虑，只是发生了一次不幸的意外事故。在与分局长和几位特工一起观光游览的时候，克尔跌了一跤，摔断了股骨。她被匆匆送进医院，由一位骨科专家给她动了手术，特工们时刻关注着她的康复进展，定期去病房探视她，向她转达局长的圣诞和新年问候，在一月下旬——折腾了差不多两个月和二十五次绝密的无线电报往来之后——很可能终于可以宽慰地松了一口气，特工们把她送上了回家的航班，迎候她的将是轮椅和救护车。

过了两个月的时间，杰克·安德森才了解这个故事，他问路·尼科尔斯，为什么联邦调查局特工驾车载着麦卡锡的秘书在夏威夷兜风。尼科尔斯说，檀香山分局只是尽地主之谊，对国会议员和他们手下的工作人员表示通常的敬意，而且观光游览是在下班以后，也是该特工的个人业余时间，这并不是说麦卡锡参议员与联邦调查局有什么特殊关系。胡佛对这样的打听甚为恼火，他用蓝墨水笔做了记载："这个叫安德森的家伙和他那帮人，他们的灵魂比令人反胃的秃鹰还要肮脏。"胡佛还把安德森标记为"一条仓促逃窜的走狗"，他下令与他有关系的人——这当然包括他的老板德鲁·皮尔逊——都应该是"同一类的"。[41]

杰克·安德森和德鲁·皮尔逊被列入了令人可怕的"不可接触名单"。

这是在一九五一年的四月。六月十四日，皮尔逊在日记中写道，联邦调查局特工走访了他的一位朋友，天真地问道："皮尔逊与J.埃德加·胡佛有什么纠葛？"皮尔逊注意到，这是"联邦调查局今年第二次或第三次在打听我了"。大概两个月之前，他回忆起来，特工毛里斯·泰勒和查尔斯·莱昂斯就与大约三十人谈过话，试图"调查我家勤杂工的名字，在我离家去农场的时候是否雇用了值夜人，赴农场期间，房子是不是没人值守，我的档案材料保存在哪里，我的档案里都记载些什么，更不用说我谈论过的人了……

"这类似于盖世太保在德国和苏联的做法。但联邦调查局已经建立了——部分也有我的帮助——牢不可破的地位，不会做什么错事。显然，公民自由权和公民住宅或办公室不受侵犯的原则，现在已经成了一纸空文。"[42]

皮尔逊低估了自己的作用。自从一九三二年他的首期"华盛顿快乐旋转木马"专栏开辟以来，他经常赞颂联邦调查局及其局长，甚至在外出度假的时候，还让胡佛撰写客座专栏文章。在霍默·卡明斯时期，皮尔逊曾建议调查局需要一位优秀的宣传员。除了温切尔，他是，或者他相信自己是局长最喜欢的专栏作家。一位年长的特工回忆起他的其中一项工作，是在每周五晚上把一个厚实的大信封放到皮尔逊家门口的台阶上，按响门铃后走开，为皮尔逊送去一份或多份独家新闻，为其提供星期天半小时的专题广播节目材料，以及他的日常专栏文章素材。

奇怪的是，在皮尔逊六月十四日日记的第二天，路·尼科尔斯在楼下叫他，要他下来见他。"他带着歉意说，他认为我知道联邦调查局已经在调查我了，他要我理解。他说他担心我对胡佛感冒，他要我理解这不是胡佛的过错。"[43]他被调查了——皮尔逊怀疑，已经不是两次或三次了，而是那一年的第五次——是根据司法部长麦克格拉斯和杜鲁门政府的命令。皮尔逊认为，这一次也许是动真格的了——杜鲁门对他的最客气称呼是"那个狗娘养的"——他还指责胡佛，甚至更迁怒于他的出版社老板。

第二天，皮尔逊安排去见一位可能的报料人，却发现联邦调查局特工已经在他打电话约时间之后的二十分钟刚刚与那人谈过话了，由此他得出了显然的结论：他的电话已经被联邦调查局搭线窃听了。

七月六日，路·尼科尔斯告诉他，他已经不再受到调查了。同一天，非美活动委员会公布的证词显示，皮尔逊的前雇员安德鲁·奥尔德是共产党员。公告没有提及，在由胡佛评估这个事实的时候，这位坚定的反共专栏作家已经立即炒掉了奥尔德。

虽然皮尔逊在感觉有必要的时候，继续撰写文章赞扬胡佛和他的组织，但他现在开始以更加挑剔的眼光来透视联邦调查局的活动。

对于联邦调查局负责刑事信息部的尼科尔斯，皮尔逊仔细策划自己的复仇计划。假如他是温切尔或佩格勒或乔治·索科尔斯基，那么他很可能会用他的专栏文章去淹没他；但皮尔逊这位贵格会教徒选择了相反的策略：他赞美他。他用一篇篇看似平淡无奇的文章，系统性地摧毁了路易斯·B.尼科尔斯在联邦调查局的职业生涯。

资料来源：

[1] 加里·威尔斯：《力士尼克松：白手起家者的危机》（纽约：新美国图书馆，1979年），第37页。

[2]《尼克松回忆录》，第58页。

[3] 莫顿·莱维特和迈克尔·莱维特：《连篇谎言：尼克松对希斯》（纽约：麦格劳－希尔出版公司，1979年），第67页。

[4] 尼科尔斯致 J.埃德加·胡佛，1948年12月2日。

[5]《尼克松回忆录》，第69页。

[6] 弗雷德·库克，"自由奖章获得者"：《民族》杂志，1984年3月10日。

[7] 弗莱彻致莱德，1949年2月15日。

[8] 约翰·W.迪安三世：《盲目的野心：白宫岁月》（纽约：西蒙与舒斯特出版公司，1976年），第57页。

[9]《纽约邮报》，1959年10月5日。

[10] "快乐旋转木马"，1949年4月11日。

[11] 贝尔蒙特致 J.埃德加·胡佛，1949年11月21日。

[12] 贝尔蒙特采访录。

[13] 前联邦特工。

[14] 罗伯特·J.兰菲尔和汤姆·沙哈特曼：《联邦调查局－克格勃的战争：联邦特工的故事》（纽约：兰登书屋，1986年），第105页。

[15] 同上，第113页。

[16] J.埃德加·胡佛备忘录，1949年6月14日；官方绝密档案，编号：53。

[17] 多纳，"电子监控"：《民权自由评论》，1975年夏季号。

[18] 怀特黑德：《联邦调查局故事》，第288页。

［19］"快乐旋转木马"，1949年6月22日。

［20］特纳：《联邦调查局》，第324页。

［21］西奥哈里斯和考克斯：《老板》，第258页。

［22］萨利文采访录。

［23］J.埃德加·胡佛致分局长信件，1949年7月9日；西奥哈里斯和考克斯：《老板》，第258页。

［24］利迪：《意志》，第258页。

［25］《民族》杂志，1978年4月8日。

［26］谢里登采访录。

［27］丘奇委员会记录，第二册，第240页。

［28］《洛杉矶时报》，1973年5月15日。

［29］派克委员会记录，第三部分，第1068页。

［30］戴维·M.奥辛斯基：《大阴谋：乔·麦卡锡的世界》（纽约：自由出版社，1983年），第109页。

［31］杰克·安德森和詹姆斯·博伊德：《一位记者的告白：杜鲁门、艾森豪威尔、肯尼迪和约翰逊当政时期华盛顿生活的内幕故事》（纽约：兰登书屋，1979年），第176—181页。

［32］同上，第188页。

［33］兰菲尔和沙哈特曼：《联邦调查局－克格勃的战争》，第136—137页。

［34］萨利文采访录。

［35］前胡佛助手。

［36］萨利文采访录。

［37］《纽约时报》，1950年3月22日。

［38］小莱曼·B.柯克帕特里克：《真实的中情局》（纽约：麦克米兰出版公司，1968年），第139页。

［39］莱瑟姆：《共产主义的争议》，第1页。

［40］J.埃德加·胡佛致檀香山分局长，1950年11月28日；约瑟夫·洛格采访录。

［41］安德森和博伊德：《告白》，第228页。

［42］皮尔逊：《日记》，第165页。

［43］同上。

第二十五章　朋友和敌人

当海伦·甘迪销毁和烧毁已故局长 J. 埃德加·胡佛个人档案的时候，她相信已经抹掉了联邦调查局局长对支持者和朋友特殊照顾的回报记录。但有些早已为人所知。

在小约翰·D.洛克菲勒需要为其在纽约塔里敦的房子设置监控系统的时候，胡佛安排了专业人员去帮助安装，用的是纳税人的钱。通过华盛顿说客汤米·韦伯，胡佛把监督管理机构——最高法院——即将出台的决定透露给他在加州德尔马的好友克林特·默奇森和锡德·理查森。作为回报，除了为胡佛和托尔森每年来加州南方的度假买单之外，德州的两位富商还向联邦调查局局长提供石油股市的信息，而且还好几次送他免费股票。威廉·萨利文相信，一位法律随员安排到美国驻瑞士使馆，不做其他事情，只是为了帮助局长的富商朋友打理他们的瑞士银行账户。胡佛的朋友杰克·华纳需要演员斯特林·海登出演一部影片，但又担心会被列入黑名单（海登曾在一九四六年加入共产党，但几个月后就退党了），胡佛安排海登说说清楚，但只能是在向联邦调查局全部坦白，并在非美活动委员会作公开忏悔和交代其他人之后才行。海登供出了几个熟人，包括他的前情妇贝娅·温特斯，她也是他经纪人的秘书。后来，海登终生悔恨自己成了"J. 埃德加·胡佛的托儿和帮凶"。①[1]

胡佛向自己喜欢的政治家发出警告，谁会是他们的对手、他们的背景是什么，以及他们有什么不可告人的秘密。有时候，联邦调查局甚至为这些政治家

---

① "我真的是在地上爬动的长腿昆虫。"海登在其自传《徘徊者》中写道。[2] 但海登出卖的人数，远远不及影视剧编剧马丁·伯克利，经他出卖的好莱坞艺人有 155 个。

的选举推波助澜。杰拉尔德·福特是密歇根州的共和党人，有望当选联邦众议员，也是胡佛所喜欢的人，于是调查局在一九四六年安排了对他的支持。后来福特在首次发言时，要求增加J. 埃德加·胡佛的薪水。

在胡佛的特别通讯录上，有广播电视网络的一些总裁（哥伦比亚广播公司的威廉·S.佩利，以及全国广播公司/无线电公司的戴维·萨尔诺夫），金融家（约瑟夫·肯尼迪和杰西·琼斯），至少一位乐队的领队（劳伦斯·韦尔克），牧师（比利·格雷厄姆、诺曼·文森特·皮尔），① 国会议员（几十个），最高法院法官（一位大法官，其任命要归功于J. 埃德加·胡佛的帮助），福特汽车、西尔斯百货、华纳兄弟和美国商会的高管，以及美国许多银行的总裁或董事长。

根据胡佛一副道貌岸然的外表，他与之交往的朋友应该也是老实人的类型。其实不然，据一位高级助手的说法，"胡佛交往的人，都是可以利用的。" 例如，梅尔文·勒罗伊之所以能够担任《联邦调查局故事》的电影版导演，只因胡佛认为"我们捏住了他足够的把柄"。[3]

几乎每一个分局的前局长，都掌握了一些从来没有提起过指控的刑事犯罪材料，只是这些证据都与局长特别通讯录上的联系人有关。

在他西北第三十街的住宅里，纵观挂满了墙壁的旧照片可以发现（一位邻居描述说，照片实在太多了，连墙纸的图案都看不出来了），局长的朋友绝大多数是名人，其中多数是影星。虽然很喜欢好莱坞，但局长更喜欢的是其阴暗面。多年来，洛杉矶和圣迭戈的分局长——以及他的朋友赫达·霍珀和卢埃拉·帕森斯——向他提供了成千上万份绝密报告，由此，他获悉了哪些演员似乎面临婚变、吸毒或酗酒的问题；哪些得了性病，或者是同性恋，或者喜欢幼女。

在"受人尊敬者"中，多萝西·拉莫尔、葛丽雅·嘉逊、金格尔·罗杰斯和秀兰·邓波儿一直是他终生的朋友，并得到了许多特别照顾。前童星邓波儿在夏威夷度假时遇到了商人查尔斯·布莱克，她要求老朋友J. 埃德加·胡佛对他开展调查。显然，布莱克通过了联邦调查局局长的安全调查，因为邓波儿后来嫁给了他。关于携带妻子和四个孩子的欧洲旅游，《联邦调查局故事》的主演詹姆斯·斯图尔特后来回忆说："不管我们是在西班牙、意大利或其他地方降落，总有一位男子会迎上前来，他从人群中出来，说：'老板要我来问问，是不

---

① 每当牧师朋友来访之前，一位助理都会把《圣经》放置在局长的办公桌上。

是一切都很顺利?'然后递给我一张名片,补充说:'不管什么时候,如果需要我们的话,这是我们的联系地址。'"[4]在著名喜剧女演员露西尔·鲍尔怀孕测试有喜之后,一名同时也是洛杉矶分局线人的医务人员报告了这个消息,使得胡佛能够打电话给鲍尔的丈夫德西·阿内斯,抢在他妻子之前,告诉他快要做父亲了。锡德·勒夫特是女歌手朱迪·加兰的未婚夫,当他告诉她要飞往特尔萨出差时,一直怀疑的加兰直接打电话到华盛顿找联邦调查局的朋友。结果,加兰的怀疑得到了证实:勒夫特是飞到了特尔萨,但他由此转机飞去了丹佛,在那里他与青梅竹马的心上人共度良宵。第二天早上回到自己的酒店房间后,他接到了加兰打来的一个电话,愉快地提醒他别忘了今晚他们要去贝弗利山庄参加一个派对。二十年来,勒夫特一直搞不明白,加兰是怎么追踪他的行迹的,直至因为另一件事在接受联邦调查局问讯时,一位特工评论说:"我认识你,你的名字让我想起来了。有一次我要找你,结果在凌晨五点钟发现你在丹佛的布朗宫酒店。"[5]

有时候,胡佛想寻找名人,比如侦探小说作家雷蒙德·钱德勒。一天晚上,钱德勒在拉赫亚的一家餐馆喝酒吃饭,服务员走上前来说,联邦调查局局长及其同事克莱德·托尔森要他坐到他们那边去。钱德勒告诉服务员,让胡佛滚开。联邦调查局的钱德勒档案有二百五十页之多。

胡佛与喜剧演员 W.C.菲尔兹的接触倒是碰到了好运气。一天,菲尔兹待在自己的洛斯费利克斯的家中,联邦调查局局长突然登门来访,他深感惶恐,以致一直叫他赫伯特。①

最后,胡佛道出了此行的目的:"听说你有几幅有趣的图画,是吧?"

这个,菲尔兹是有的。他的朋友约翰·德克尔画过埃莉诺·罗斯福的三幅微型油画,但他不喜欢埃莉诺。倒过来看,这三幅画活像粗俗夸张的女性生殖器解剖图。但由于担心持有淫秽图画而被逮捕,菲尔兹假装对此一无所知。

"有没有仕女画?"客人追问道,"或许你能找到一幅小画,或者甚至是关于华盛顿某位女士的两幅习作?"

菲尔兹拉开写字台抽屉,取出那幅油画,惶惶不安地递给了联邦调查局局长。使菲尔兹深感欣慰的是,胡佛的哈哈大笑证明了他显然也不是该女士的拥

---

① 慌乱中错把他当成前总统赫伯特·胡佛。——译注

赶。当胡佛问他能不能把这个作为礼物送给他的时候，菲尔兹大方地把三幅画都给了他，作为回报，他幽默地说胡佛必须答应"在政府换届之前，别把这些画挂出去"。①[6]

他对待敌人则很不相同了。一位前助理评论说："胡佛先生绝对不会心慈手软半途放弃。如果他不喜欢你，他就会弄死你。"[7]

一九五〇年八月，胡佛从《出版人周刊》的预告中获悉，威廉·斯隆出版公司即将出版一本批判图书，题目是《联邦调查局》，作者麦克斯·洛文塔尔是一位律师、前国会顾问和杜鲁门总统的顾问。虽然洛文塔尔花了十多年的时间才写成这书，但调查局是第一次听说这事，局长指责刑事信息部工作失职。据两位在场的局长助理说，尼科尔斯被批评得哭了，泣不成声地说："胡佛先生，假如我知道这本书要出版，我会扑到印刷机的滚筒里去阻止它。"[8]

胡佛通过尼科尔斯，要求莫里斯·厄恩斯特去说服威廉·斯隆取消该书的出版发行，理由是该书"充满了歪曲、半真半假和断章取义以及错误的陈述"。

厄恩斯特是著名的民权自由论者，在反对封杀詹姆斯·乔伊斯《尤利西斯》的成功战役中起到过重要的作用。他恳求不要这样，争辩说联邦调查局局长动用"律师"来联系他，也许反而会被出版商所利用。[9]

有趣的是，胡佛知道这本书的内容，在一九五〇年九月，也就是图书出版前的两个月，他下令准备反击。不管是否巧合，反正那个时候，在从印刷厂到出版商的运输途中，图书的付印清样在边三轮摩托车的侧座车厢里消失了。

胡佛没有等到图书的出版，就开始对作者进行名誉损毁。洛文塔尔是哈佛毕业生，当过弗兰克福特的文书，认识希斯兄弟，还是哈里·S.杜鲁门的密友，担任过参议院一个小组委员会的顾问。他被传唤去非美活动委员会，回答关于他的全国律师协会会员身份和有关新政的各种问题。（非美活动委员会千方百计要让出版商威廉·斯隆与犯罪挂上钩，严厉盘问他与妻弟的关系，以致斯隆反唇相讥："难道我是我内弟的监护人吗？"）[10]

爱荷华州的伯克·B.希肯卢珀受命在参议院玷污这本书（"一个绝对有偏

---

① 来胡佛家做客的男士，肯定会被引到地窖娱乐室去观看那几幅小画，这是在联邦调查局局长家中游览的高潮。但这些油画并没有列入已故的J.埃德加·胡佛的遗产清单。谣传说，现在这些画已经落入了某位局长助理的手中。

见的宣传品"），[11]密歇根州的霍默·弗格森也煽风点火（"骨子里，这是邪恶的可怕的诽谤"），[12]密歇根州的联邦众议员乔治·A.唐德罗则在众议院发动攻击（"洛文塔尔的图书是在为莫斯科服务。斯大林肯定是很欣赏洛文塔尔的"）。[13]除了发表评论员文章（《玷污联邦调查局》——《纽约先驱论坛报》；《哈里追猎胡佛？》——《纽约每日新闻报》），媒体喜欢的沃尔特·温切尔、小富尔顿·刘易斯、乔治·索科尔斯基、雷克斯·科利尔，以及沃尔特·特洛伊也纷纷出马，还有各地的分局长，他们得到指示别让书商进书。（一位分局长建议特工们去图书馆偷走该图书，总部反对这个建议，因为一位局长助理指出，这样做很可能导致图书馆再次进书，由此反而增加了销量。）莫里斯·厄恩斯特，胡佛的律师和美国公民自由协会的领导人，最终找到了一个办法。他与路·尼科尔斯和编辑富尔顿·奥斯勒合作，写了一篇文章《我为什么不再害怕联邦调查局》，发表在一九五〇年十二月份的《读者文摘》上——并在此后几年多次重印和发行。

在一片争论声中，《华盛顿邮报》和《星期六文学评论》选择了不偏不倚的安全做法，每一期刊登两篇评论文章，一个唱红脸，一个唱白脸。① 在少量头脑清醒的声音中，有一个是《华盛顿每日新闻报》的约翰·基茨发出来的，他评论说："公众对国家联邦警察的检验，如果是深思的客观的，那就不是邪恶的。"[14]由于基茨的这句话，他本人和他的报纸，都被联邦调查局列入了"不与交往"的名单。至于作者洛文塔尔，则被置于监控之下，还受到了公开的和私底下的玷污——他再也没有写过新书，再也没能为政府工作——而且只要他没在城里，他妻子就会遭到联邦调查局半夜敲门的恐吓。

大多数书评没有指出，但个别读者很快发现的是，《联邦调查局》一书基本上是些单调乏味的诉讼案情摘要。图书的销量不到七千五百册——可能是六千册——而且按照图书编辑埃里克·P.斯温森的说法，假如没有联邦调查局的宣传，很可能连这个销量都达不到。

然而，这是一个前人没有做过的尝试——以批评家的视角，剖析了J.埃德加·胡佛及其虚构的联邦调查局神话的第一本图书。

---

① 《华盛顿邮报》的反洛文塔尔评论，是由乔治敦大学教务长埃德蒙·沃尔什神父撰写的，他曾经建议，麦卡锡也许想利用政府中的共产党人作为他的战役主题。

局长还决定，这是最后的一本。"此后，"威廉·萨利文注意到，"我们在出版社内部发展了线人。"[15]这可不是低层次的雇员。这些人至少包括了亨利·霍尔特和贝内特·瑟夫这两位出版商。瑟夫是兰登书屋的出版人，他给联邦调查局送去了弗雷德·库克《没人知道的联邦调查局》的稿件副本，该书的延期出版，他也许负有不可推卸的责任。①

一九六二年，前特工威廉·特纳在广播脱口秀上提及，他正在撰写一本关于他在联邦调查局经历的图书。接替尼科尔斯的刑事信息部负责人卡撒·"德克"·德洛克，在纽约的出版界进行了询问——根据德洛克的一张手写便条，被询问的出版社包括"兰登书屋、霍尔特公司和哈珀等"——但那个时候，"谁也没有听说过此事"。[16]三个月后，特纳完成了写作，他开始寄送书稿，至少有一位出版商把书稿文本转交了联邦调查局，使得调查局能够在该图书付印之前早就准备好了一章一章的"反驳"。②[17]

调查局的渗透，也不局限于图书出版。刑事信息部决心在新闻发出之前就要提前知晓，而且如果是对联邦调查局的批评意见，就设法阻止其出现，还利用机构内部的渠道，如大型刊物《时代》《生活》《财富》《新闻周刊》《商业周刊》《读者文摘》《展望周刊》和《美国新闻与世界报导》，定期获取编辑会议的材料，获知哪些文章在会上得到了推荐和讨论。

当获悉一份杂志的出版人正在考虑曝光联邦调查局及其长期担任领导的局长的时候，胡佛用狠招采取了先发制人的打击。全国各地的友好报社都收到了一个普通的棕色信封，下面没有落款地址。里面是一套照片，画面是一辆汽车停放在石溪公园，车内是该出版人的妻子在为她的黑人司机口交。女子的身份

---

① 库克的《没人知道的联邦调查局》一书直到 1964 年才得以出版，此前六年，该书的大量章节曾在《民族报》上刊登——当时克莱德·托尔森曾亲自干预，要求麦克米兰公司不予出版，但没有成功。

　　除了《没人知道的联邦调查局》，库克还著有《阿尔杰·希斯：没有说完的故事》和《噩梦的十年：联邦参议员乔·麦卡锡的一生和时代》，从而成为胡佛黑名单上的永久敌人，并出现在胡佛的"官方/绝密"档案和个人档案里。

② 威廉·特纳等了 7 年才看到他的图书《胡佛的联邦调查局：其人及其神话》在 1970 年由舍伯恩出版社出版。不但特纳受到了恶毒的诽谤攻击，他的编辑后来也被诽谤为淫秽图书作者，联邦调查局复活了 1965 年的一项指控，说他出版了淫秽图书，没有提及当故事内容展开后，该指控已经被撤销了。

　　胡佛对待前特工特纳的态度，引起了调查局内部普通员工的强烈反应。

是不会搞错的，还有那辆汽车，车牌清晰可辨。当然，这些照片从来没有公开过（虽然因为检验已经卷角）——其目的是要造成最大的羞辱。该出版人很快就投降了，他派遣个人代表登门访问，拜倒在路·尼科尔斯的脚下。尼科尔斯否认联邦调查局与此事有关，但承认"听说过"这些照片，随之把话题转到了拟曝光的文章上面。后来，不但该文章从来没有写过，而且只要出版人还活着，在他的出版物上从来没有出现过批评局长或调查局的文章。胡佛对那些杂志的仇恨甚至更为长久。它们一直留在"不可交往"的名单上，直至局长自己去世的前几年，那个时候他需要泄露关于他的仇敌的一些故事。

相比之下，胡佛把特别的待遇给了他的朋友：《读者文摘》的出版商和编辑德威特·华莱士和富尔顿·奥斯勒，以及《展望周刊》的考尔斯兄弟。一九四〇年至一九七二年间，《读者文摘》刊登了关于联邦调查局局长的十几篇影子文章。超过《读者文摘》的是《美国杂志》，登载了十八篇，以及《美国新闻与世界报导》，发表了二十五篇。① 《展望周刊》得到的优待，常常包括了能够独家获得联邦调查局的当前事件调查报告，使之能够领先于主要对手——《生活》杂志。考尔斯兄弟从胡佛那里得到了特别优待，允许他们的《展望周刊》杂志刊登由两部分组成的关于局长的系列文章，以及联邦调查局的"正式历史图志"。

胡佛不但要操控新闻出版，也要决定人民群众该知道什么和不该知道什么；他还在与他的一个仇敌——"财政部的那个犹太人"亨利·摩根索——的斗争中改变了历史。[19]

在担任财政部长的差不多十二年（一九三四年至一九四五年）期间，摩根索坚持每天写日记，内容不但包括他自己的重大事件，还有他参加会议谈话和电话通话的逐字记录。而且作为富兰克林·德拉诺·罗斯福的"内阁内层人员"，他还暗中参与了政府的其他幕后活动。按照历史学家杰森·伯杰的说法，对新政时期的学者来说，摩根索日记的重要性是不言而喻的。由于是"在华盛顿发生的日常事情的唯一来源，"伯杰注意到，"该日记是研究者梦寐以求的信

---

① 弗兰克·唐纳在其《监控的年代》一书的附件中，列出了关于 J.埃德加·胡佛的图书、文章、传单、讲话和采访。虽然该清单并不是很完全，只涵盖了联邦调查局局长最近 30 年的生活，但包括了 304 条记录，内容多达小字体印刷的 10 页，唐纳由此得出结论："政府官员与人民大众的沟通，没有一个像 J.埃德加·胡佛那么频繁。"[18]

息。"对从小亚瑟·施莱辛格到特德·摩根那样的作家来说，该日记是不可或缺的原始历史资料。[20]

离任的时候，摩根索把日记交给国家档案馆保管，直至由他决定什么时候公开。① 一九五一年，当获悉摩根索在讨论日记的出版事宜时，胡佛发起了攻击。

"这是一项很隐蔽的行动，"担任袭击队队长的一位高级特工回忆说，"非常隐蔽。我们一共是五个人，我们都宣誓绝对保密。我们甚至是分别以不同的路线从华盛顿分局出发的。我们要在不同的时间进入（国家档案馆一个偏僻的房间），这样，没人会知道五个特工在那个房间里。而且钥匙只有我们才有。"

他们放在提包里的唯一装备是剪刀。"我们简直是在用剪刀翻阅（日记），剪去对胡佛先生和联邦调查局的不利之处，把它们从日记中清除掉。我们的工作是删除每一处暗示，或者甚至影射胡佛先生在品质上的污点。"[21] 然后我们把页面重新打印并编制页码，这样就看不出缺失了什么。整个行动持续了几个星期的时间。他们留给以后历史学家的，是经 J. 埃德加·胡佛批准之后的一部关于新政的历史。

虽然这位高级特工本人没有参与，但他通过局内的小道消息获悉，罗斯福总统的日记也被类似地进行了"消毒处理"。根据位于纽约海德公园的富兰克林·德拉诺·罗斯福图书馆管理员的说法，联邦调查局的许多报告消失了。还有一些已经改头换面了。蒂莫西·英格拉姆是由贝拉·亚比茨格担任主席的众议院一个小组委员会的调查员，一九七六年，他发现存放在海德公园的联邦调查局一些文件，与委员会传唤取得的，或根据《信息自由法》取得的联邦调查局打印这些文件的复写纸不相符合；海德公园的文本有整段和整页的缺失，说明这些文本，或者是原件已经经过了编辑和重新打印以及重新签署。做这种事

---

① 与这位特工的回忆不同的是，这里有一些疏忽，比如在 1941 年 10 月 2 日摩根索与他的几位助手，包括哈里·德克斯特·怀特的会话中，司法部长比德尔似乎害怕说出 J. 埃德加·胡佛的名字，在提及联邦调查局局长的时候老是说"他"。

怀特："重点人物'他'？"（大笑）

加斯顿："他没有提及胡佛的名字。这是亵渎神灵。"

在这次会话期间，摩根索和他的助手们还取笑马丁·戴斯关于财政部有 56 个共产党员的声称（"与他们相比，我们更像是共产党呢"）。只有怀特似乎严肃对待这个话题，他评论说："我说埃德，如果有共产党员……似乎在我看来，我们最好是早点知道，早点把他们赶出去。这里游荡着一些绝密的材料。"

情的时候，胡佛不可能知道有朝一日联邦调查局自己的档案会被公开，虽然他知道罗斯福的日记是会的。

在其他的总统图书馆，也有可能被消毒处理了。

自一九五〇年代起，联邦调查局向国家档案馆派去了一名永久的员工，目的是了解联邦调查局和司法部的哪些记录会被保留下来、公之于众、没受检验，或者已经销毁。

胡佛也没有放过他的原先工作单位——国会图书馆。

最高法院法官菲利克斯·弗兰克福特是胡佛的对手，他也保存着一套日记。在约瑟夫·拉什为出版该日记进行编辑的时候，他注意到"除了弗兰克福特（自己）对日记的删节之外，在法官的日记交到国会图书馆之后，有些部分被偷走了"。拉什原先就不信任 J. 埃德加·胡佛，现在他再也无法沉默了，"有朝一日，联邦调查局也许能够把它们恢复。"[22]弗兰克福特日记的灭失内容中，包括了这位法官撰写的唯一的一份讲话稿，那是批评联邦调查局局长的，但从来没有发表过。

胡佛也没有忘记他的另一些老冤家。

在杜鲁门任命埃莉诺·罗斯福为美国常驻联合国代表之后，① 联邦调查局局长保存的关于她的档案更加丰富了。每当听到人们称她为"世界第一夫人"的时候，他就会火冒三丈。他担心她也许能够获得诺贝尔和平奖，这个奖项也是他所觊觎的。虽然在民主党当政的时候，攻击她的机会是不多的，但还是可以获得一些小小的满足。

一九五一年，一个敌对的批评家向罗斯福夫人发送了一些特别恶毒的信件和电报。为了她的安全，她的秘书联系了联邦调查局官员亚历克斯·罗森。罗森转而建议去找局长，或许调查局可以说服作者停止骚扰。胡佛一副自以为是的口气，欢快地说："不，这是民主。除非内容中有威胁的成分，调查局不能干涉个人写信的自由。不然的话，我们就是心胸狭窄，而且是侵犯了民权，这个

---

① 1948 年，厄尔·米勒的第三任妻子、埃莉诺·罗斯福的已结婚多次的警卫员兼司机提起了离婚诉讼，她任命罗斯福夫人为通讯员。该诉讼案后来是庭外解决的，审理材料封存起来了。但胡佛的一个线人偷窥了一下封存的档案，由此，联邦调查局局长在前第一夫人的"官方/绝密"档案中增添了一笔。

我们是绝对不能做的。"[23]

在被杜鲁门突然解职之后，威廉·多诺万回归了民营企业。不久，他感到厌烦了，于是在一九四六年决定谋求纽约州的联邦参议员席位。但由于性格的直率和真诚，他没有获得成功。在共和党领袖托马斯·德威表示支持他，并要他支持德威的一九四八年总统竞选作为回报时，多诺万直截了当地回答："我认为你现在没有资格当总统，到时候也没有资格。"听说这事后，欧内斯特·库尼奥评论说："除了纽约州的联邦参议员，他还喜欢什么工作呢?"[24]

只有一个工作是他真正需要的，那就是在由他自己而不是别人创建的机构里担任领导。但主要是由于 J. 埃德加·胡佛的敌意和捣乱，他只能坐在一边当看客，看着一个又一个合格的人选尝试去填补空缺。

一九四六年一月至六月，担任中央情报组领导的是西德尼·W. 索尔斯，曾经的"小猪扭扭"连锁超市的经理人。作为预备役的海军上将，他的情报工作背景局限于曾在海军情报局担任过一阵子副局长，他发觉他的新组织一团糟糕，内部明争暗斗不断，有一段时间，他考虑把这个组织交给联邦调查局去管理。

索尔斯的接班人是霍伊特·S. 范登堡中将，他是参议院共和党领袖和参议院外交关系委员会主席亚瑟·范登堡的侄子。但他的任期，从一九四六年六月到一九四七年五月，还不到一年，其间的大部分时间他一直按兵不动，直至被任命为美国空军参谋长。在范登堡的任职期间，根据总统的命令，联邦调查局不得不把南美洲的行动转交给中央情报局。

胡佛很不高兴。根据他的直接命令——通过负责墨西哥和南美洲情报行动的威廉·萨利文的传达——联邦调查局和特别情报处特工烧毁了他们的档案，并解雇了联系人，没把这些移交给他们的新对手。①

一位被派去南美洲国家的中情局官员回忆说："调查局撤离后，我只发现一排空荡荡的保险箱，以及联邦调查局暗室内的一副橡皮手套。但我设法与调查局的资源重新接上了关系，因为我雇用了前联邦调查局特工队长的司机，他知道上哪儿去找那些联系人。"[26]

---

① 当中情局抱怨的时候，胡佛公开回应说，不能相信中情局，不能把档案托付给它，因为中情局"安全意识"不够——由此为伊丽莎白·本特利的指责搭建了舞台，仅仅几天以后，她就出现在非美活动委员会面前，声称战略情报局受到了共产党的渗透。[25]

胡佛不但失去南美洲，他还失去了部分优秀的特工。一些掌握了外语技能和当地的联系人、又经过了专业培训的特别情报处骨干特工，投靠了中情局，此后在美国本土工作的其他特工也加入了他们的阵营。其中包括雷蒙德·莱迪、温斯顿·麦金利·斯科特和威廉·金·哈维，后来都在中情局担任了关键的岗位，而其他人，诸如罗伯特·马修，则从事了隐蔽工作。

但根据威廉·科森的说法，胡佛并没有哀叹这些损失：有几个人是他秘密安插进去的。甚至那些不是联邦调查局局长"卧底"间谍的人，如果将来需要，也会提供帮助。后任的中情局局长，从沃尔特·贝德尔·史密斯和艾伦·杜勒斯开始，试图把这些"卧底者"清除出去，但诚如他们自己所承认的，此举并不是很成功。

接替范登堡担任中情局局长的是罗斯科·希伦科特海军少将，他几乎花了整个三年的任期时间来处理官僚主义的矛盾，主要是与国防部、国务院和联邦调查局作斗争。他遭受了几次重大的失败，由于没能预见苏联原子弹和氢弹的研发进展，以及一九五〇年六月朝鲜和韩国的战争，他的几个情报策略因此而黯然失色。

直到一九五〇年十月，以及沃尔特·"甲壳虫"·史密斯将军的任命，胡佛才再次遇上了几乎与威廉·多诺万一样可怕的对手。

一九四九年七月，最高法院大法官弗兰克·墨菲去世。杜鲁门做出了后来会后悔的决定，用胡佛的现任老板去接替其前老板，任命汤姆·克拉克为最高法院大法官，并任命 J.霍华德·麦克格拉斯接替他担任司法部长。

麦克格拉斯是罗得岛州的前州长和前联邦参议员，他是一个纯粹的政客，总统欠了他的人情，因为在杜鲁门一九四八年竞选的时候，麦克格拉斯是民主党全国委员会主席。

麦克格拉斯有几个问题。按照罗伯特·J.多诺万的说法，他是一个英俊潇洒的人物。"不然的话，"多诺万补充说，"他就是个懒汉，华盛顿许多人都知道，他喝酒太多……麦克格拉斯似乎对周围发生的事情知之不多。"[27]

联邦调查局局长与新任的司法部长相处融洽。在朋友问及如何操控胡佛时，麦克格拉斯回答说不能那么做，"他是个惹不得的大人物"。[28]胡佛很快就说服麦克格拉斯，司法部面临的最大问题是共产党的活动。麦克格拉斯批准了联邦调查局局长的大部分要求，或者交给他的副手、实际管理司法部的佩顿·福特去处理。胡佛胆子大了，他决定测试一下麦克格拉斯能给他多少权力，他要求司法部长批准涉及非法闯入的安装监听器行动。麦克格拉斯回答说，他不能批准这种做法，因为这样会违反《第四修正案》，但他没说胡佛不能去做，于是联邦调查局立即开展了非法闯入安置窃听器的行动。

在离开司法部的时候，汤姆·克拉克似乎留下了他的有点变味的品行，因为不久国会和媒体就开始调查杜鲁门政府的腐败，重点是司法部。早在一九五〇年一月，胡佛警告马特·康纳利①——总统秘书和联邦调查局局长精心开发的白宫一位"朋友"——某些报纸在策划开展一场反对聚众赌博的战役，第一个故事将在二月中旬发表，内容是"批评司法部长"，还"包括据说他与黑社会成员，尤其是堪萨斯城黑帮的关系，而且据说总统也与这些人有染，在总统竞选的时候得到过他们的献金"。

与往常一样，这样的警告是一箭双雕。该警告备忘录最后说，"这个信息不但发给你让你知道，也抄送给司法部长"——由此，司法部长也欠下了他的人情。[29]

整个一九五〇年和一九五一年，这个丑闻扩散了，波及国税局，然后又回到了司法部，集中到了希伦·拉马尔·考德尔身上。考德尔是司法部副部长，主管司法部的税务部门，他被控没能起诉某些税收案子和纳税申报欺诈。② 没有证据表明麦克格拉斯本人的腐败行为，但有大量的证据表明，他在起诉其他案子的时候不够积极和努力。

杜鲁门要麦克格拉斯炒掉考德尔。当司法部长拖着没办后——他经常在寻欢作乐——杜鲁门亲自解雇了他。他还认定，麦克格拉斯在政府腐败调查中不称职，尤其是在调查他自己部门的时候，所以杜鲁门暗地里决定找人替换他。

总统找到的下一任司法部长人选是贾斯廷·V. 米勒，此人以前是美国哥伦比亚特区的地区上诉法院法官，是刑法专家。杜鲁门认为，米勒是一个坚定和独立的司法部长，不是胡佛喜欢的那种类型。但胡佛反对米勒，还有其他原因。早在三十年代，米勒为霍默·卡明斯处理过与媒体的关系，为司法部长——而

---

① 康纳利本人后来被认定接受礼物和贿赂，并被判入狱。
② 考德尔后来也被定罪税务欺诈而入狱。

不是为 J. 埃德加·胡佛——"与犯罪作斗争"。假如不是最近的一次严重的冒犯，胡佛也许会饶恕这事，这次的罪行是不可饶恕的：米勒在一次演讲中说，联邦调查局需要加强对上层领导的管控。

虽然杜鲁门向米勒提供了司法部长的职位，而且米勒也已经接受了，但总统突然改变主意，撤回了这项任命。据多诺万观察，"我怀疑 J. 埃德加·胡佛听到了有什么事情要发生的风声，或许是通过他的朋友马特·康纳利获悉的。"[30]因此采取某种办法说服杜鲁门撤销了任命。杜鲁门改变主意所给出的唯一解释，考虑到总统对联邦调查局局长的态度，几乎是难以置信的。他告诉一位朋友，也就是当初推荐米勒的查尔斯·墨菲，他不能任命曾经公开批评过联邦调查局的人担任司法部长！

很有可能，在反腐败的议题之下，在狂暴的来自威斯康星州的联邦参议员约瑟夫·R.麦卡锡的更为凶猛的攻击下，指责他和他的政府对待"共产主义太软弱"，使他做出了务实的决定，即他最好的防御是让联邦调查局局长站到他这边来。不然的话，是很难解释杜鲁门的下一步举措的。先把司法部长麦克格拉斯搁置起来，他决定任命一位受人尊敬的全国知名人物来领导反腐调查，这个人的信誉是不容置疑的，他把这工作交给了 J. 埃德加·胡佛。

除了礼节性活动，比如总统的表扬等，联邦调查局局长很少去杜鲁门的白宫走动。但这次访问之所以令人难忘，还有另外的原因。这导致了由联邦调查局刑事信息部开展的一次奇特的调查。

胡佛婉拒了总统建议的任命，引经据典地说明自己为什么不能领导调查工作。他不但会调查他自己的部门司法部和自己的上级司法部长，而且大规模调查政府部门的不当行为，会疏远华盛顿各部门和部门领导的关系。胡佛记性很好，他回顾了调查局对哥伦比亚特区警察局开展调查而引起的喧闹。他不想重复一个更大的错误了。至于他秘密地为自己收集资料，则是另一回事。

在谈话结束的时候，总统痛苦地评论说，他对某些官员的任命很是失望，他认识多年的某些人，一旦上任之后就辜负了他的信任。联邦调查局局长表示同情，他评论说，即使耶稣基督也遭到了他的一个门徒的背叛。不是一个，总统纠正他的说法，而是三个。除了犹大，多马和彼得都说不认识耶稣，而且彼得还否认了三次。

J.埃德加·胡佛不喜欢被人纠正，尤其是关于《圣经》的学问（毕竟，他差不多就可以成为长老会的牧师了，这是他在接受采访时经常说起的），特别是由哈里·S.杜鲁门来纠正，杜鲁门不了解他，却自以为是地卖弄《圣经》知识。

回到联邦调查局总部后，胡佛气急败坏地下达了命令。刑事信息部已经习惯了奇特的要求，但这个要求很快就传遍了各个楼层："老板要我们调查耶稣基督！"

调研结果很快就出来了：总统是对的，局长错了，但调查报告的措辞却花费了很大的精力，要把报告写成从技术上来说，局长是对的。但几天来，没人敢把报告交过去。最后是威廉·萨利文接受了这个任务。使萨利文感到惊奇的是，胡佛先生没有发火。"他只是一副若有所思的样子。"萨利文回忆说，不知道一颗种子已经播下了，将来会发展成着魔般的执着。[31]

J.埃德加·胡佛搜查三个犹大的战役已经开始了。

由于找到的人都不愿意承担这项工作，杜鲁门瞄准了纽博尔德·莫里斯。莫里斯是法官勒尼德·汉德的女婿（法官本人也之前谢绝了该任命），担任过纽约房地产律师和纽约市政委员会主席，他的资历表明他是个改革家和名义上的共和党人，他没有联邦政府任职的经验，从来没有开展过调查工作。他是一头已经成熟了可以剪毛的绵羊。在华盛顿众多朋友的帮助下，胡佛证明了他是乐于助人的。

一九五二年一月下旬抵达首都后，莫里斯被麦克格拉斯任命为司法部长特别助理，他立即宣布，他要调查的第一个机构就是司法部。他开始约谈各部局领导。其他人都很尊重，只有胡佛例外，他拒绝与莫里斯见面，直至总统下令才不得不去。

胡佛声称自己很忙，只给他十分钟的时间。莫里斯在约定的时间下午二点三十抵达了。联邦调查局局长一直夸夸其谈到六点四十五。"我能开口说话的机会，没有超过两次，"莫里斯后来回忆说，"我们根本没有谈及我要讨论的主题……他告诉我关于那些袭击事件，关于那时候被射杀的黑帮人员。他告诉我关于去看一些戏剧的开场演出，中途有事被叫出去了。他要我去昆亭可的联邦调查局靶场练习射击，而且他不理解我为什么不想去。"这个经历多年后还让莫里斯感到敬畏，他总结说："假如我只是一个小学生，那肯定是一生中最激动人心的一个下午。"[32]

接下来，莫里斯把调查问卷发送给政府的所有高级官员，包括国会议员，要求他们填写收入来源。从震惊中恢复过来后，官员们几乎没人照办，包括司法部长麦克格拉斯，他甚至拒绝分发调查问卷。

三月十日，莫里斯犯下了第二个，也是致命的错误：他告诉媒体，为保证公平公正，他不会使用联邦调查局的现职或离职人员作为调查员。

三月十六日，沃尔特·温切尔发表广播讲话说，联邦调查局的批评家和杜鲁门的密友麦克斯·洛文塔尔是莫里斯的幕后推荐人。联邦众议员唐德罗在众议院愤怒地重复着指责，而在参议院方面，帕特·麦卡伦要求调查莫里斯的任命。回到众议院，三月十八日，帕特里克·J. 希林斯抱怨莫里斯怎么还没被联邦调查局赶走。

对于谁是真正的敌人和如何行使权力方面，莫里斯没有那么天真。第二天他宣布，在司法部内，他不想开展调查的部门是联邦调查局，他也不会把调查问卷分发给胡佛局长和联邦调查局员工。

在总统问及为什么不把调查问卷分发下去的时候，麦克格拉斯声称，这是侵犯人权的。杜鲁门现在遭到了政府部门几乎每个人的批评，他决定考虑一下这事。

莫里斯根本不知道自己的日子已经是可数的了，他在三月二十六日要求司法部长上交他自己的调查问卷，加上他的所有工作笔记、电话记录、通讯往来和日记。

一九五二年四月三日中午，司法部长麦克格拉斯的身边站着联邦调查局局长 J. 埃德加·胡佛，他宣布刚刚炒掉了纽博尔德·莫里斯。

下午四点钟——因为在机场迎接到访的荷兰女王朱莉安娜而受到了耽搁——杜鲁门总统召开新闻发布会，宣布他刚刚炒掉了司法部长麦克格拉斯。

至于这个空缺，总统任命了来自费城的地区法官詹姆斯·P. 麦格雷纳里作为司法部长，由他来负责腐败的调查。这是时间不长的任职——因为一九五二年是大选年，由于杜鲁门无意参加竞选，就会有一位新的总统，来年一月份的时候应该也会有一个新的内阁——麦格雷纳里根本没能完成这项工作。胡佛认为麦格雷纳里的威胁最小，他告诉国会的支持者，别去反对他的任命。

莫里斯回到了纽约州，麦克格拉斯回到了罗得岛州，两人都领教到了，联邦调查局局长 J.埃德加·胡佛"是个惹不得的大人物"。

还有一个调查员也是联邦调查局局长不肯与之合作的，那是埃斯蒂斯·基福弗，他的职务是参议院州际贸易有组织犯罪特别调查委员会主席。司法部长麦克格拉斯为了胡佛和他自己，曾经声称——在一系列的听证会前夕——司法部没有掌握有说服力的证据，表明存在着一个"全国性的犯罪集团"。[33]

美国公众不久获悉的却是恰恰相反。第一批上电视的国会调查节目中，基福弗的听证会收视率很高，差不多两千万观众，很快而且往往是震惊地知道了黑帮大佬的犯罪活动，诸如卢西亚诺、科伦坡、甘比诺、卢凯塞、马塞洛和特拉菲坎特。对许多人来说，最富戏剧性的是弗兰克·科斯特洛的作证。这位纽约黑手党大佬不让记者拍摄他的脸部，于是照相机镜头对准了他那表情丰富的双手；每当他说谎的时候，他的双手就会露馅。相比之下，对委员会主席本人来说，听证会的高潮似乎是美女弗吉尼亚·希尔的出现。在联邦调查局的档案中，基福弗被标记为"好色之徒"，他的眼睛怎么也离不开已故的本杰明·"巴格西"·西格尔情妇希尔那双穿着丝袜的优雅修长的美腿。

没能得到联邦调查局的帮助，委员会转而求助于胡佛的死对头联邦麻醉品局的哈里·安斯林格，以及芝加哥、迈阿密和洛杉矶的犯罪委员会，请求他们提供有关黑社会犯罪的信息。胡佛甚至不肯协助保护证人。当两个证人在作证之前被谋杀后，基福弗去恳求联邦调查局局长，胡佛只是冷冷地回答说："很遗憾，联邦调查局无权行使保护的职责。"[34]

证词涉及的有组织犯罪团伙人员中，有局长的朋友，诸如克林特·默奇森、约瑟夫·肯尼迪、沃尔特·温切尔、谢尔曼·比林斯利、① 刘易斯·S.罗森斯蒂尔和迈尔·沙因。

委员会动用了十五个城市的八百多个证人，使得之前默默无闻的田纳西州联邦参议员基福弗成为著名人物，人们甚至认为，如果提出申请，他有可能成为一九五二年的民主党总统候选人。但在一九五一年五月，在一系列的听证会开始后刚刚过去一年的时候，基福弗出人意料地辞去了主席的职务。虽然他给

---

① 比林斯利让联邦调查局局长感到有点难堪。在他的一次射击事件之后，听说这位斯托克会所的老板和前私酒贩子谈及他的持枪许可证，是经 J.埃德加·胡佛批准的。

出了下台的几个理由，但他没说三星期之前赫伯特·布罗迪的被捕。布罗迪是他的朋友和竞选捐助者，是纳什维尔的一位头面人物。后来的竞选记录显示，一九四八年布罗迪为基福弗竞选联邦参议员捐献了一百美元。然而谣传说，数额是五千美元，基福弗把余额都放进了自己的腰包。所有这一切，加上这位参议员支票账户中一些解释不清的存款，都记入了联邦调查局关于基福弗的档案之中，以备将来使用。五年后，当基福弗作为阿德莱·史蒂文森的竞选伙伴，参与竞选副总统的时候，胡佛将把这些珍闻和他此后收集到的资料，与理查德·尼克松进行了分享。①

资料来源：

［1］斯特林·海登：《徘徊者》（纽约：阿尔弗雷德·A.诺普夫出版公司，1963 年），第 390—391 页。

［2］同上。

［3］前胡佛助手。

［4］德马里斯：《局长》，第 27 页。

［5］杰罗德·弗兰克：《朱迪》（纽约：哈珀与罗出版公司，1975 年），第 303 页。

［6］吉恩·福勒：《上次会议的纪要》（纽约：维京出版社，1954 年），第 56—59 页。

［7］前行政助理。

［8］贝尔蒙特和萨利文采访录。（两位局长助理是贝尔蒙特和休·克莱格。）

［9］尼科尔斯备忘录和信件，1950 年 9 月 6 日和 22 日；西奥哈里斯和考克斯：《老板》，第 276 页。

［10］埃里克·P.斯温森采访录。

［11］《国会议事录》，参议院，1950 年 11 月 27 日。

［12］日期不详的剪报。

---

① 默尔·米勒在其《林登》一书中，把基福弗描述成"一个酒鬼、色鬼，谁送钱都会拿"。[35] 鲍比·贝克尔曾经行贿过部分钱款，包括 2500 美元以求帮助达拉斯获得美国国家橄榄球联盟的特许经营权，根据他的说法，参议员基福弗"并不特别在乎给钱还是给女人"。[36] 记者沃尔特·特洛伊也许从胡佛那里得到过信息，他把基福弗说成是"国会山一个活跃的浪荡子……他常常把参众两院委员会的许多会议桌搞成了性爱场所"。[37] 当基福弗在 1963 年去世时，他的保险箱被打开了，发现里面有价值 30 万美元的股票，据说是从他一直在调停的医药公司得到的。

[13]《国会议事录》，众议院，1950 年 12 月 1 日。

[14]《华盛顿每日新闻报》，1950 年 11 月 20 日。

[15] 萨利文采访录。

[16] 1962 年 12 月 13 日《民族卫报》文章上的一张便条。

[17] 琼斯致德洛克，1963 年 4 月 24 日。

[18] 多纳：《年代》，第 467 页。

[19] 胡佛前助手。

[20] 杰森·伯杰采访录。

[21] 前华盛顿分局高级警官。

[22]《菲利克斯·弗兰克福特日记选》（纽约：W. W. 诺顿出版社，1972 年），第 ix 页。

[23] 罗森致 J. 埃德加·胡佛，1951 年 2 月 2 日。

[24] 邓禄普：《多诺万》，第 488 页。

[25]《纽约时报》，1948 年 7 月 22 日

[26] 戴维·艾特利·菲利普斯：《守夜人》（纽约：雅典娜神殿出版社，1977 年），第 1 页。

[27] 多诺万：《冲突与危机》，第 375—376 页。

[28]《华盛顿邮报》，1972 年 5 月 3 日。

[29] J. 埃德加·胡佛致康内利，1950 年 1 月 17 日。

[30] 多诺万：《冲突与危机》，第 377 页。

[31] 萨利文采访录，前助手。

[32]《纽约邮报》，1959 年 10 月 9 日。

[33] G. 罗伯特·布莱克和理查德·N. 比林斯：《暗杀总统的阴谋》（纽约：时代图书出版公司，1981 年），第 281 页。

[34] 史蒂夫·福克斯：《鲜血与权力：二十世纪美国的有组织犯罪》（纽约：威廉·莫罗出版社，1989 年），第 296 页。

[35] 默尔·米勒：《林登：口述传记》（纽约：普特南出版社，1980 年），第 196 页。

[36] 鲍比·贝克和拉里·L. 金：《不择手段：一位国会山工作人员的告白》（纽约：W. W. 诺顿出版社，1978 年），第 48 页。

[37] 特洛伊：《政治动物》，第 141 页。

（京权）图字：01-2017-5287

图书在版编目（CIP）数据

秘密控制一切：J.埃德加·胡佛传（上） / （美）柯特·金特
里著；舒云亮译. -- 北京：作家出版社，2019.11
　　ISBN 978-7-5063-9798-8

　　Ⅰ．①秘… Ⅱ．①柯… ②舒… Ⅲ．①胡佛（Hoover. John Edgar
1895-1972）– 传记 Ⅳ．①K837.127=5

中国版本图书馆 CIP 数据核字（2017）第 302507 号

J.Edgar Hoover：The Man and the Secrets By Curt Gentry
Copyright © Curt Gentry 1991
Simplified Chinese Translation Copyright © 2019 by The Writers
publishing house
All rights reserved.

秘密控制一切：J.埃德加·胡佛传（上）

作　　　者：[美] 柯特·金特里
译　　　者：舒云亮
责任编辑：赵　超
特约编辑：邬四四
装帧设计：异一设计
出版发行：作家出版社有限公司
社　　　址：北京农展馆南里10号　　　邮　　编：100125
电话传真：86-10-65067186（发行中心及邮购部）
　　　　　　86-10-65004079（总编室）
E-mail:zuojia@zuojia.net.cn
http://www.zuojiachubanshe.com
印　　　刷：北京中科印刷有限公司
成品尺寸：170×240
字　　　数：441千
印　　　张：27.25
版　　　次：2019年11月第1版
印　　　次：2019年11月第1次印刷
ISBN　978-7-5063-9798-8
定　　　价：128.00元（上、下册）

J. EDGAR HOOVER
The Man and the Secrets

秘密控制一切

J.埃德加·胡佛传

下

〔美〕柯特·金特里◎著　舒云亮◎译

作家出版社

第八部
铁面无私

J.埃德加·胡佛已经达到了一种状态，这在美国的社会中几乎是独一无二的。我们认为，他在执法圈子的地位，就像橄榄球圈子的克努特·罗克尼，或者是棒球圈子的贝比·鲁斯。与他们一样，他也是铁面无私的。

——《大众福利》，一九五五年十一月二十一日

第二十六章　罗氏夫妇

虽然杜鲁门已经决定不再谋求竞选连任，但在一九五二年四月之前，除了自己家人、手下员工和亲密朋友，他一直没把这个决定说出去。可是联邦调查局局长早就知道了，很可能是从总统的密友——和胡佛在白宫的奸细——乔治·艾伦那里获悉的，因为在一九五一年十二月的时候，胡佛命令刑事信息部开展名单排查，看看谁最有可能成为民主党候选人。他对共和党进行的同样排查是在二月份开始的，是根据第二份名单才做出了自己的决定。虽然他一开始看好道格拉斯·麦克阿瑟上将，这是他的一位老朋友，他们的友谊可追溯到"补助金进军"时期，对这位将军，他已经建立了一份丰富的档案，而且他们还有一个共同的敌人哈里·S.杜鲁门，当后来发现麦克阿瑟的候选人资格已经没戏了的时候，他转而效忠另一位将军：前欧洲盟军最高司令官德怀特·戴维·艾森豪威尔上将。但由于对一九四八年的大选记忆犹新，他没有采取进一步举措，直至在那年七月份的共和党全国代表大会上，艾森豪威尔在第一轮投票时击败了"共和先生"罗伯特·塔夫脱参议员。

对于共和党选择来自加州的资浅联邦参议员理查德·M.尼克松作为艾森豪威尔的竞选伙伴，胡佛尤为高兴。尼克松年轻（刚满三十九岁），平衡了各地区的选票，他很顽强，而且享有坚定反共的声誉。（由于艾森豪威尔大多数时间是在部队服役，只是在几个月之前才宣布回归共和党，人们不能确定他的各方面立场。）尼克松来到华盛顿的时候已经是卓有声望了，一九四六年，他用一把"红刷子"[①]挫败了民主党对手杰里·沃里斯，这一招很灵，他在一九五〇年参

---

① 这里指的是把对手刷成赤色分子。——译注

议员竞选战役中对海伦·嘉哈根·道格拉斯也重复使用过，他把她标记为"粉红女士"。当然，最有名的是非美活动委员会和阿尔杰·希斯的定罪。

至于民主党，该党将在两个星期后举行全国代表大会，有组织犯罪的一系列听证会，已经使联邦参议员埃斯蒂斯·基福弗成为英雄人物和选票的主要追逐者。但时任总统不喜欢他，对大都是民主党人的犯罪集团头目和当地政治家的电视转播，也让他感觉极大地损害了党的形象。杜鲁门的点头和大会的任命——第三轮投票时，基福弗领先了第一轮和第二轮——让伊利诺伊州州长阿德莱·史蒂文森勉强同意成为候选人。史蒂文森机智聪明、温文尔雅，他撰写的精彩的发言稿，耐听但更耐读，他成了"书生气"的候选人。他的竞选战役支持者开玩笑地说，他的竞选伙伴，即来自亚拉巴马州的联邦参议员约翰·斯帕克曼，不但在地理上而且在知识上提供了平衡。对于阿尔杰·希斯，史蒂文森也亮明了自己的观点：虽然他与他不熟，但从他为联合国所做的工作来看，他已经声明了是希斯一审时的品格证人，而且与大多数自由民主党人一样，对希斯后来的定罪依然感到震惊。

一九五二年的大选战役，以专栏作家马奎斯·蔡尔兹的观点来看，或许是到那个时候为止美国历史上最肮脏不堪的。在艾森豪威尔走正道的时候，参议员尼克松、麦卡锡和詹纳则施展了泼脏水、含沙射影和歪曲的手段。"在这场精神分裂的战役中，甚至还有更卑劣的时刻，"蔡尔兹回忆说，"民主党总部接到的一份报告说，麦卡锡将要上全国电视广播，开展声讨史蒂文森的战役。他一直在吹嘘，他要说史蒂文森的竞选团队，是由粉色人士、流氓阿飞和脂粉气男子所组成。这最后指的是诋毁战役中史蒂文森的私生活。"[1]

胡佛是这种诋毁素材的来源。据说联邦调查局从当地警方获得了笔录，说阿德莱·史蒂文森曾分别在伊利诺伊州和马里兰州两次被抓，都是因为同性恋行为。在两个案子中，警方一获悉他的身份，史蒂文森就被释放，逮捕记录即被删除，但在执行抓捕的警官记忆里是抹不去的。通过隐藏调查局参与的迂回路径，刑事信息部把这个信息和其他负面信息捅给了尼克松、麦卡锡和媒体。①虽然许多报纸得到了这个故事，但都没有采用。可是故事流传广泛，参与竞选

---

① 胡佛利用执法的渠道散播这个故事，刑事信息部则把它泄露给当地的警方，警方转而去让自己喜欢的记者分享。

战役的人都可以作证。

"我们许多人都对此（玷污）深感震惊，"一位当时在刑事信息部工作的前特工回忆说，"但胡佛先生下决心要选举尼克松和艾克，[1] 而且他一旦决定的事情是不会改变的。"[2]

联邦调查局还密切监视着候选人的前妻艾伦·博登·史蒂文森。一直患有"迫害妄想症"[3]的史蒂文森夫人告诉许多人——包括詹姆斯·"斯科蒂"·赖斯顿、亚瑟·克罗克，以及晚会上的陌生人——说她前夫是个同性恋。她还说，他杀过人，与无数女性有风流韵事，无论在精神上还是道德上都不适宜担任总统的职务。

然而，民主党人也有他们的弹药：马歇尔将军愤怒地写给艾森豪威尔将军一封信的复制件，内容是关于后者在战后想与妻子玛米离婚，以便迎娶陆军妇女队的凯·萨默斯比，这是他们从五角大楼的档案中搞到的。蔡尔兹说："内部通知说，如果麦卡锡说脏话，就把这封信抛出去。结果麦卡锡的电视讲话，对麦卡锡来说，相对还是平淡无味的。"[4]

同性恋的指责，后来在一九五六年的总统大选时重现，其产生的反弹是没有预见到的：这导致了沃尔特·温切尔短暂的电视生涯的结束。

在约翰·F.肯尼迪当政和罗伯特·肯尼迪担任司法部长的时候，胡佛还把有关史蒂文森的材料传给了他们，其目的是想阻止史蒂文森出任美国驻联合国大使。值得赞扬的是，肯尼迪兄弟早就知道了这样的指控，他们没有加以理会。[2]

艾森豪威尔后来在紧跟一九五二年十一月大选——其间他获得的选举人票数是四百四十二票，而史蒂文森获得的是八十九票——之后的那个时期写道："我听到了一个故事，说的是联邦调查局局长 J.埃德加·胡佛已经在华盛顿不受欢迎了。可我对他还是尊重的，我邀请他来会面，我唯一的目的是安慰他，只要我自己还在岗位上，我是想让他留在政府部门工作的，他能够得到我的全力

---

① 艾克是艾森豪威尔总统的昵称。——译注
② 阿德莱·史蒂文森的"官方/绝密"档案，迄今只有最刺激的几个部分公之于众。这几个部分提及了据说在纽约因道德败坏被抓后假释失败，但没说在伊利诺伊州和马里兰州的被抓。然而，这些档案也揭示了胡佛把史蒂文森列入了性变态的索引之中。

支持。"[5]

胡佛很快显示了他的欣赏和价值，他告诉当选总统，他的一位顾问，一位实力强大的共和党参议员的儿子，是同性恋。艾森豪威尔得以悄悄地把他替换掉，没让政府或其父亲感到窘迫。①

胡佛还向艾森豪威尔提供了各种负面信息，涉及的人员和组织有：最高法院费利克斯·弗兰克福特、威廉·O.道格拉斯法官、伯纳德·巴鲁克、J.罗伯特·奥本海默、莱纳斯·波林、伯特兰·罗素，联合汽车工人工会、美国有色人种协进会，以及一帮其他的敌人，当然包括威廉·J.多诺万，以免艾森豪威尔考虑让他担任新的中央情报局局长，以接替疾病缠身的沃尔特·贝德尔·"甲壳虫"·史密斯。②（结果是艾森豪威尔任命多诺万为驻泰国大使，这是放逐，使得胡佛和托马斯·E.杜威深感欣慰，虽然联邦调查局局长还是对多诺万、其家庭及其朋友开展侮辱性的全面调查——特工们打听他的父母亲是什么人、是不是在美国出生。）

胡佛也没有放过埃莉诺·罗斯福。继艾森豪威尔当选后，罗斯福夫人辞去了美国驻联合国代表的职务，以便当选总统能够自由地指定谁去这个岗位履职。但她没有设法掩盖她希望被再次任命的想法。在事情还在考虑的阶段，胡佛安排让尼科尔斯去向两名白宫顾问透露"拉什－罗斯福事件"，以及她的其他一些"有问题的社交"。这对总统的决策产生了什么影响是不得而知的——很可能前第一夫人积极支持艾克最近的对手阿德莱·史蒂文森，以及她严厉批评艾森豪威尔本人，在其导师乔治·马歇尔将军遭到参议员约瑟夫·麦卡锡攻击的时候，没能对他实施保护，致使天平发生了倾斜——但罗斯福夫人没有得到重新任命。

深信艾森豪威尔不熟悉内部安全，胡佛就发去情况简报和备忘录让他长见识。威廉·萨利文回忆说："杜鲁门对胡佛告诉的事情都抱怀疑的态度……艾森豪威尔与杜鲁门不同，他盲目地相信局长告诉他的一切，从来不会有丝毫的疑问……他也许是一位优秀的将军，但他也是一个容易上当的人，胡佛不久就把他玩弄于股掌之上。"[6]艾森豪威尔对胡佛是如此之信任，以致甚至在他宣誓就

---

① 胡佛没有告诉艾森豪威尔，他核查了他的所有顾问和密友的名单。
② 史密斯的身体状况——重度胃溃疡——胡佛至少应负部分责任。自1950年杜鲁门任命艾森豪威尔的前参谋长为中情局局长以来，两人一直争论不断。

职之前，根据埃德·塔姆的说法，"局长就关于他的内阁人选和发展政策对他提出了建议。"局长与现任政府的关系是如此之密切，以致他向塔姆法官吹嘘，现在他已经原谅了塔姆，白宫已经安装了通往他住宅的直线电话。不但总统会打电话给他，而且副总统也每天两次来电。"就在局长离家上班之前，"塔姆回忆起胡佛告诉他的话，"副总统尼克松先生每天早上都会打电话给他。"然后又会在"每天晚上来电，告诉他第二天要发生的事情，以及他要去见什么人"。[7]

深知总统并不特别喜欢副总统——有一次尼克松因为其"贿赂资金"遭揭露，差点让他输掉了选举——联邦调查局局长努力改善与两人的关系，但并不完全信任他们。与以前的历届政府相比，艾森豪威尔时期的白宫有了更多的联邦调查局奸细。艾克总统的做事风格助长了这个可能性：骨子里依然是一位将军，他几乎把所有事情都授权给手下的工作人员，而且这是共和党而不是民主党政府，胡佛发觉这更容易安排耳目。虽然他没能说服艾森豪威尔，把联邦经济情报局的警卫工作让联邦调查局来承担（艾克确实让他喜欢的奥林·巴特利特特工陪同他多次旅行），但胡佛已经有那么多线人在白宫了，没有必要安插更多的了。

至于新来的司法部长赫伯特·布劳内尔，艾森豪威尔的前竞选团队经理人，胡佛与他相处得很好。但他与威廉·罗杰斯相处得更好，罗杰斯是布劳内尔的副手，他将在一九五七年接任司法部长。根据理查德·吉德·鲍尔斯的说法，罗杰斯采取特别的方法，使政府与胡佛的关系有了一个良好的开端，让他知道之前常被杜鲁门政府不屑一顾的联邦调查局忠诚度报告，现在有了法律效力。他甚至还通知胡佛，在他担任司法部长的第一年，光是根据联邦调查局的报告，就否定了总统提名的三十三个人的任命。"联邦调查局的调查价值是再好不过了。"他告诉胡佛。[8]

赫伯特·布劳内尔是一个很戒备和很孤独的人。他与联邦调查局局长的工作关系很好，但从来没有建立起私交。他的副手和接班人威廉·罗杰斯则两方面都搞得很好。使司法部几乎人人感到惊讶的是，尤其是他自己的助手们，胡佛甚至还与罗杰斯家庭交往，去他们家一起吃饭，还与他们一起围着钢琴唱歌。胡佛特别喜欢罗杰斯夫人，据詹姆斯·克劳福德的说法，在司法部长出差期间，局长至少有一次与她单独一起吃饭。

更为重要的是，罗杰斯成功地把联邦调查局局长带进了司法部"家庭"，自比德尔之后，没有一位司法部长做过这种尝试，而且比德尔也没有成功。"我和布劳内尔先生让他来参加各项活动，"罗杰斯回忆说，"我们每周两次与高级助理们一起吃中饭，讨论和解决问题。"[9] 很可能是在这样的一次午饭期间，胡佛第一次遇到和注意到民事法庭一位杰出的年轻律师，名叫沃伦·伯格。

与许多司法部长不同的是，罗杰斯避免与联邦调查局局长发生文件战，而是采用简便的与他商量的办法。罗杰斯告诉司法部的检察官们，"你们都不要以书面的形式去与胡佛先生或联邦调查局特工发生争论。如果有问题，直接与他们交流，如果经过了讨论之后，问题得不到解决，那就来找我，我去与埃德加·胡佛沟通。"[10]

胡佛后来陈述说，他和比尔·罗杰斯"很亲密。当他担任司法部长、尼克松总统还是副总统的时候，我们经常去迈阿密海滩共度圣诞节日"。[11] 胡佛对朋友罗杰斯的背叛，还要过几年才会发生。

自从麦克格拉斯谈及了窃听的话题以来，胡佛一直想获得使用话筒窃听器的合法性。在布劳内尔的领导下，他最终在卧室窃听器的案子中获得了机会。

一九五四年二月，在"欧文诉加州"案子中，最高法院严厉批评当地警方在有嫌疑的赌徒家中安放窃听器。然而，法官最恼火的是，这种做法是违宪的，而且这个窃听器竟然安置在了卧室里。

胡佛看到了机会，他要求司法部长布劳内尔对此做出解释，因为这影响到了联邦调查局，同时他递交了"一份非正式草案"，以表示他的可能的回应，是由局长助理艾伦·贝尔蒙特起草的。

一九五四年五月二十日，布劳内尔回复了："显然在某些案例中，使用话筒窃听监控，是发现间谍活动、可能的破坏分子和颠覆分子的唯一可能的手段。我认为在这样的案例中，为了国家利益，必须由联邦调查局实施话筒监控。"司法部长也没有限制使用窃听手段获取起诉的证据。"联邦调查局的情报职能，是与内部安全相关的，是同样重要的。"在这样的案例中，"内部安全和国家安全是头等重要的，因此，为了国家利益也许不得不采用这种技术手段"。

胡佛获得了话筒窃听的授权，他将在未来的十年里使用这种手段。虽然他的要求没有完全得到满足——授权没谈及刑事案件，这是他一点也不在乎的——授权使用了"没有限制"这个词语；至于什么是"国家利益"，则留给他去判定；授权还宣称，侵入（非法闯入安装窃听器）的使用，要根据各个案子的情况来定。布劳内尔甚至也没有禁止在卧室使用窃听器。当这个案子"惹恼"了法官的时候，他注意到，显然"在卧室或其他私密部位安置话筒窃听器，应当尽可能避免"，在某些情况下，也许是获得情报或证据的唯一办法，于是布劳内尔宣布："我的意见是，在那样的情况下，这么做是合适的，在欧文案子中，最高法院不应该禁止。"[12]

在一九五四年五月二十日的命令中，布劳内尔全权委托胡佛，由其决定选择谁和采用什么必要的方法。"在执行该命令的时候，没有规定可以采用什么方法，"前司法部长后来回忆说，"方法留给了联邦调查局去判定。"[13]

胡佛在艾森豪威尔当政的八年时间里最为开心。"事实上，"威廉·罗杰斯后来回忆说，"胡佛先生经常告诉我，那些年……在布劳内尔和我担任司法部长的时候，是他经历的最好和最快乐的几年。"[14]

在德怀特·戴维·艾森豪威尔的当政时期，J.埃德加·胡佛达到了权力的巅峰。他在总统和副总统那里都有耳目，在他们的工作人员那里也有。白宫不但会对他的抱怨做出反应，还会批准他的建议；他还被获准，甚至鼓励为政策的制定出点子，尤其是关于执法、国内安全和民权方面的。

他的上级司法部对他放纵不管。他只与布劳内尔在一个方面意见不合，又是民权，在摊牌的时候，艾克支持的是他，而不是司法部长。

他在国会也有人马。虽然人数随着年份而不同，名字也有变化，就局长来说，乔治·唐德罗、L.门德尔·里弗斯、哈罗德·H.维尔德、约翰·兰金、H.R.格罗斯、罗曼·鲁斯卡和伯克·B.希肯鲁珀，都是联邦调查局的啦啦队队长。他们会为主队加油，为其对手喝倒彩，但真正的选手是一号队的，是局长多年来精心呵护的，他们远没有那么咋咋呼呼，但要强大得多。总体上，他们是南方保守的种族主义者，这方面与胡佛一样，他们也像他，是老资格的官员，地位显赫，影响巨大：多数派和少数派领袖、发言人和几个关键委员会的主席。他们中包括了约翰·麦克莱伦、约翰·麦科马克、林登·贝恩斯·约翰逊、约翰·斯坦尼斯、埃弗雷特·德克森、斯泰尔斯·布里奇斯、帕特·麦卡伦、黑尔·博格斯和托马斯·多德。然而，胡佛最重要的国会同盟是三个民主党人，其中两个是纽约人。

来自密西西比州的詹姆斯·O.伊斯特兰，是参议院司法委员会主席，对司法部，包括联邦调查局有立法管辖权，但从来没有对调查局行使过监督权。而且伊斯特兰运用其权力，确保别人也不得去监管调查局。

伊斯特兰在众议院的对手，是来自布鲁克林的伊曼纽尔·塞勒，他已经在众议院司法委员会工作了四十年，担任了二十二年的主席。塞勒是国会的元老，但一直没能当个大领导，他深信J.埃德加·胡佛对国会的每一位议员都建立了档案，经常对他们的电话实施搭线窃听。他后来下定论说："我们不能再有第二个胡佛了。我们不能把大权在握的人放到那个职位上。"[15]但这个评语他是一九七四年对作家奥维德·德马里斯说起的，而且是在联邦调查局局长已经入土为安之后。胡佛在世期间，塞勒支持二十个提案，从而增加了联邦调查局局长的权力。

第三个人是最重要的，也是来自布鲁克林的一位联邦众议员。那是约翰·J.鲁尼。他从一九四九年起担任众议院拨款小组委员会主席，在胡佛的联邦调查局局长任期内，一直担任这个职务。

他的前任是来自内布拉斯加州的共和党人卡尔·斯蒂芬。鲁尼知道，斯蒂芬犯了一个几近致命的错误，他不想重蹈覆辙：斯蒂芬削减了J.埃德加·胡佛的预算。"那年当斯蒂芬回家乡去参加选举的时候，"鲁尼后来回忆说，"他们想揍他，因为他拿走了胡佛的钱。回来后，斯蒂芬告诉我：'约翰，千万别去削减联邦调查局的预算。他们不喜欢预算减少。'……我可是从来没有削减过他的预算，也从来不想那么做。"鲁尼是说到做到的，他确实从来没有削减过。①[16]

使胡佛的权力更大的是，国会的三个委员会当时也在调查共产党的活动。伊斯特兰和麦卡伦不想让众议院非美活动委员会独占功劳，他们在一九五〇年设立了参议院内部安全小组委员会，开展了自己的听证（延续了二十七年），并与联邦调查局保持着紧密的联络。在清剿颠覆分子的时候，参议院常设调查小组委员会还是个新机构，麦卡锡要到一九五三年才接任该委员会主席的职务。

此外，有几个州的调查委员会也在调查据说的共产党颠覆活动；纽约、芝加哥、底特律、洛杉矶和旧金山都成立了警方的"剿红小分队"或情报小组；在大学的层面上，许多前特工出身的校园警察严密监督学生和学系组织，开展

---

① 鲁尼是联邦调查局局长能够与之袒露心扉的几个国会议员之一。关于联邦调查局的真正特权，据说他比历届总统或司法部长都知道得多。在局长的葬礼上，他是应邀去墓地参加仪式的唯一的国会议员。

效忠宣誓调查。这一切都得到了局长父亲般的祝福和很多帮助。

对前特工来说，这是一个快乐的时期。没有得到各委员会雇佣的许多前特工，组建了他们自己的安全咨询公司，诸如菲德里法克斯公司（有四十五名前特工，分布在三十个城市），为"企业机构提供事实和人员调查服务"；[17]其他的，诸如美国商务咨询调查公司，则是先（在出版物《红色渠道》和《反击》上）诋毁黑名单上的人士，收费之后再进行删除。

在艾森豪威尔当政时期的大部分时间，国务院充满了大量的前特工，笼罩着一种恐怖的气氛。为安抚参议员麦卡锡、布里奇斯和麦卡伦——并经 J. 埃德加·胡佛亲自批准之后——国务卿约翰·福斯特·杜勒斯雇佣的 R. W. "斯科蒂"·麦克劳德，是国务院安全与领馆事务局的管理人，但他很快也接管了人事工作，决定谁应该受调查、雇佣或解雇。（"国会要求人员流动，我就让他们流动起来，"麦克劳德有一次这么说："吸收外面的新鲜血液这样的事情。"）[18]在员工大都由前特工组成之后，麦克劳德还采用了调查局某些不那么体面的做法——监控、搭线窃听和非法闯入。作为超级爱国者，麦克劳德仇恨共产党人、共产党同情者、自由人士、知识分子和妖精，他对员工就是这么说的，而且显然他们之间没什么区别。据说在他掌权的起初七个月内，共有一百九十三个"安全风险"被终止了。在被问及有多少颠覆分子的时候，他回答说："我认为人们是不在乎对他们进行分类的。人们不在乎他们是酒鬼，是变态狂或者是共产党人。人们只是想摆脱他们。"[19]根据另一组数据——像他的导师麦卡锡一样，麦克劳德也不擅长数字统计——在一九五三年五月至一九五五年六月之间，只有八个人因为安全风险而被解雇，但另有二百七十三人提交了辞呈。针对麦克劳德的政治迫害，国务卿杜勒斯既不控制他，也不支持被他指控的人员，国务院的士气直线下降，尤其是在外交事务这一块。一个结果是自查，这无疑影响到了美国的外交政策，很少有人敢于自由发表观点，唯恐要去向麦克劳德做解释，最终还有麦卡锡，麦克劳德的调查报告是让麦卡锡分享的。

通过麦克劳德及其手下的干部，胡佛对国务院的每个部门都实施了搭线窃听。助手们说，杜勒斯的许多决定，局长比总统还要知道得早。①

麦克劳德不是胡佛在国务院的唯一盟友。局长也与担任护照处负责人的露

---

① 杜勒斯最后说服艾森豪威尔总统，摆脱了麦克劳德，让他去担任驻爱尔兰大使。

丝·B.希普利夫人，及其接班人弗朗西斯·奈特小姐保持着紧密的联系。①

希普利、奈特和胡佛，至少有一件事情是共同的：他们都是说一不二的人，在自己的工作范围内有绝对的权威（有一次，希普利夫人甚至把她老板的妹妹埃莉诺·杜勒斯的护照收回了）；他们的在位时间都很长，胡佛当了四十八年的局长，希普利和奈特甚至比他还多两年，从一九二七年到一九七七年长达整整半个世纪，但必须把她们两人的工作年限相加；而且想把她们搞掉的企图都失败了。（一九六六年，奈特小姐的名义上级阿巴·施瓦茨想把她炒掉，因为她授权对在国外旅行的著名美国人士实施监控。奈特向 J.埃德加·胡佛提出了抱怨，局长去找了托马斯·多德，多德对国务卿迪安·腊斯克施加了压力，结果是施瓦茨被炒掉了。）

在希普利和奈特（还有胡佛，他经常指导她们的行动）的迫害下，诸如歌手保罗·罗伯逊和作家霍华德·法斯特那样的已知共产党员，他们的护照申请被驳回或原护照被撤销。民权人士的律师也一样，诸如伦纳德·布丹，他成了护照申诉的当事人。还有美国外交政策的批评家，例如欧文·拉铁摩尔和约翰·斯图亚特·谢伟思。要申领护照的前共产党员，首先必须按要求证明愿意与诸如联邦调查局那样的政府机构合作。上了黑名单的好莱坞编剧、导演和演员，想去国外找工作发展的，诸如爱德华·G.罗宾逊和小林·拉德纳，都在申领护照时被拒，除非他们先与非美活动委员会或其他委员会搞好关系（罗宾逊与之和好了，但拉德纳没有）。那些被怀疑有可疑往来的人，诸如两项诺贝尔奖获得者莱纳斯·鲍林，他们的护照申请耽搁了一年多才获批准。②

---

① 希普利姓名中的"B"，是有故事的。这个"B"代表了比拉斯基（Bielaski）。她的两位哥哥是前平克顿侦探事务所的侦探，后来当上调查局特工，参加了 A.米切尔·帕尔默的"围剿赤色分子"行动。其中一位，即 A.布鲁斯·比拉斯基，甚至早于 J.埃德加·胡佛，在 1912 年至 1919 年就担任了调查局局长，另一位弗兰克·布鲁克斯·比拉斯基曾经是战略情报局的调查处处长，参与了对《美亚》杂志的袭击行动。这是一个保密意识很强的家庭。

② 关于鲍林的《美国的审判：冷战中的正义与非正义》这本专著，斯坦利·I.库特勒添加了一些有趣的思考："有人说，阻止鲍林出访英国，护照管理处说不定反而会让鲍林史无前例地获得第三项诺贝尔奖。鲍林是研究生物分子化学结构的第一位美国科学家。其他人研究的是基因在生命本质中的功能。最终，这两个对立的方法在发现 DNA 结构的时候是殊途同归的。假如鲍林在 1952 年去了伦敦，他也许能够在罗莎琳德·富兰克林和毛里斯·威尔金斯的实验室里看到 DNA 的 X 光图片。这个信息很可能会促使他检验自己的步骤，并解决 DNA 的结构问题。当然，这是我们永远无从知道的。"[20]

通过使用"监控名单"，胡佛得以监视一些可能的颠覆分子的国外旅行情况，这样的嫌疑人包括阿尔伯特·爱因斯坦、J.罗伯特·奥本海默、约翰·斯坦贝克、欧内斯特·海明威和美国最高法院法官威廉·O.道格拉斯。

胡佛的权力，并没有在美国最高法院的大门外止步。对最高法院法官的所有任命，必须先由联邦调查局进行审查，写成调查报告。在艾森豪威尔当政时期，总统填补了最高法院的四个空缺。这四个胡佛全都批准了，他自己也在其中挑选了一个。

胡佛的导师、最高法院首席大法官哈伦·菲斯克·斯通在一九四六年去世后，杜鲁门总统任命弗雷德·文森为首席大法官。一九五三年，随着文森的过世，艾森豪威尔想对最高法院进行改革。他想找周边的民主党人去填补这个空缺，选中了加利福尼亚州州长厄尔·沃伦。

胡佛第一次见到厄尔·沃伦是在一九三二年，当时霍默·卡明斯把一些年轻的律师叫来华盛顿，帮助起草新的刑法。那时候，沃伦是加州阿拉梅达县的司法局长，也是一位以顽强著名的检察官。华盛顿之行的四年以后，沃伦得罪了劳工，因为他参与了那时候一个经典的反工会阴谋，即金-拉姆齐-康诺案。这在胡佛看来是优点而不是缺点，联邦调查局局长与之保持着联系——沃伦在他的特别通讯录上——并伴随着沃伦的事业发展，当上司法部长和家乡的加州州长。一九五一年，局长指示他的一名助手，"不管州长有什么要求，必须立即照办"。[21]当沃伦来首都的时候，联邦调查局局长为他安排了一辆汽车和一名司机。在沃伦去最高法院担任领导职务后，其他的优惠服务也跟上了，比如调查他女儿妮娜的求婚者背景情况。

约翰·M.哈伦在一九五四年加入最高法院，接替大法官和前司法部长罗伯特·杰克逊。诚如艾森豪威尔所指望的，哈伦一直是最高法院一名保守的大法官，但即使他那样的人，最后也让胡佛失望了。

一九五六年，艾森豪威尔任命威廉·J.布伦南接替退休的大法官谢尔曼·明顿。虽然是民主党人，但布伦南似乎也是一位保守人士。在他的背景中——经过律师资格考试，他加入了一个专门搞劳工法管理的律师事务所，然后当上了法官，最终成为新泽西州最高法院的法官——没有迹象表明，到了美国最高法院之后，他会成为著名的"立宪主义者"，他的标志性的决定极大地加强了言论自由、刑事被告和少数民族的权利。

与杜鲁门一样，离开总统职位后，艾森豪威尔也被问及，在他当总统的时候是否犯下过什么实质性的错误。"是的，有两个，"他回答说，"那两个人现在都坐在最高法院。"[22] 对于沃伦和布伦南，艾森豪威尔的失望程度，是与 J. 埃德加·胡佛一样的。

然而在艾森豪威尔当政时期，联邦调查局局长也挑选了一位大法官，那就是波特·斯图尔特。具有讽刺意味的是，这是斯图尔特的第二次遭遇：一九四一年，胡佛否决了斯图尔特要求当联邦调查局特工的申请，部分原因是他母亲曾经是一个叫和平联盟的孤立团体成员。（他自己在耶鲁大学期间是优等生联谊会成员或许也是一个因素。）然而在一九五八年，在获悉哈罗德·伯顿快要退休的消息后，联邦调查局局长又去核查了在辛辛那提上诉法院担任法官的斯图尔特，发现他是一个保守主义者，"显然很欣赏执法的问题"，而且"没有发表过可被认为反执法或反调查局的观点"，于是把他推荐给了司法部长罗杰斯。[23] 艾森豪威尔总统在第二天就宣布了对他的任命。

联邦调查局还对最高法院的书记员和其他雇员进行审查，根据胡佛的几位前助手的说法，其中至少有些人是在为联邦调查局通风报信。虽然这也许可以解释为什么 J. 埃德加·胡佛常常离奇地预知最高法院尚未公布的决定，但一位法官有另一种解释：威廉·O. 道格拉斯相信，最高法院受到了窃听，有一次还成了"提包工作"的受害人。

胡佛的通风报信者很可能至少有一个是法官。汤姆·克拉克对最高法院厌烦了。帕特里夏·柯林斯律师曾经为他工作（也为十三位司法部长工作过），她注意到，克拉克喜欢交际，她还补充说："我认为是那里阴沉的气氛造就了他。汤姆在司法部的时候，这是一个非常活跃的地方。他一直在说话，人们三五成群坐在一起等着见汤姆·克拉克。"但到了最高法院后，他很少见人。人们说："电话铃响起来后，他抓起听筒就粗鲁地说'喂'。他不想与人说话。"[24]

虽然在克拉克担任司法部长期间两人常常意见不合，但胡佛和托尔森现在哈维饭店的餐桌上给他留了一个位子，与他共进中餐。有几个人注意到，包括德鲁·皮尔逊，巧合的是，每次一起吃饭似乎都与最高法院讨论联邦调查局的事情有关。

即使这样，胡佛还是尽可能努力与历届的内阁官员建立私人关系，虽然他的权力是从这些交往中得到，但最有收获的同盟常常是那些低层次的，例如美国邮政局的例子。据说邮政局长从来都没有得到过正式的通知说，联邦调查局在开启邮件。他们大都知道，联邦调查局在收集"邮件信息"，抄录信封上的地址，这应该是合法的，于是就把具体的细节留给部下去做，通常是首席邮政督察和他的助手，但即使他们也不知道联邦调查局的刺探规模——调查局开展了八个大规模的行动项目，其中一个延续了二十六年，开启了几百万封邮件。但在胡佛看来，这还不能满足。一九五七年，联邦调查局局长获悉中央情报局也在执行自己的邮件开启项目，而且已经搞了五年，他就要挟中情局，要求与之分享"收获"。

联邦调查局与国内税务局也保持着密切的联系，也是低层次的工作人员，虽然税务局至少有一些高官知道是怎么回事。从艾森豪威尔当政的时候起，延续到林登·贝恩斯·约翰逊时期，联邦调查局到底得到过多少次退税，是无法证实的。反之，在从艾森豪威尔时期开始的调查局反情报行动期间，税务局向联邦调查局提供了五十多万份个人的和一万多份组织的纳税信息，其中许多人和组织被定为调查和审计的"目标"，不是因为怀疑其有犯罪活动，只是为了骚扰。

与马基雅维利一样，胡佛也知道知识就是力量，而这种知识的主要来源，在他长期担任联邦调查局局长期间，一直是他的众多的通风报信者，他们渗透到了联邦政府的每一个部门。

随便提及一个部门或机构，威廉·萨利文就会说："我们在其内部有一个或一个以上的线人，通常还要多得多。"[25]

令人惊讶的是，这些线人有不少还是同性恋。据一位胡佛的前助手说，在调查背景情况的时候，特工们有时候能发现，有一个人是同性恋。如果他地位显赫，在得到了调查局对他感兴趣的指示后，特工们就会努力去"策反"他，而且——由于不配合的结果是曝光、被辞退和今后不能在政府部门就职——往往是能够成功的。"换句话说，"那位助手解释说，"如果我们发现某人是同性恋——他们的活动大都是很隐蔽的——那人就会成为'两面派'，就会成为联邦调查局的耳目。"[26] 那个时候，同性恋是不能在政府机关就职的，他们容易受到敲诈。联邦调查局局长 J.埃德加·胡佛以亲自实施敲诈，证明了这一招是管用的。

胡佛的力量并不局限于联邦政府的层面。除了在许多州市、大型公司和银行发展线人之外，他还努力争取一些有影响的全国性组织。

对联邦调查局来说，其中最重要的是美国退伍军人协会，这是胡佛的长期死对头威廉·J. 多诺万帮助建立的。

一九五三年的时候，胡佛要求托尔森的一位助手，卡撒·"德克"·德洛克，帮他调查"美国退伍军人协会的问题"。桑福德·昂加尔注意到，问题大都是过分的热情。该协会追随麦卡锡的狂热，要求联邦调查局调查某些特定的人，大都是自由人士和左翼人士。在之前的二战期间，当该协会开始自行其是，提出协会成员可以调查间谍和破坏分子的时候，胡佛建立了一种机制，去引导这些义务警察，让该协会各地分会的指挥官把他们发现的可疑分子报告给当地的分局长，由联邦调查局开展调查行动。据昂加尔的说法，德洛克是一名老练的特工，胡佛要他加入该协会，去"把事情搞定"。德洛克认真接受了任务，表现得非常出色，担任了地方分会的指挥官、部门副指挥、部门指挥和全国副总指挥，最后被鼓励竞争总指挥的职务，但按照昂加尔的说法，胡佛"不同意这样，认为这对于联邦调查局的一名特工来说，显得'太政治化'了"。也有可能是他认为，这样一来，德洛克本人的权力太大了。"反之"，昂加尔在记录中写道，"德洛克在一九五八年当上了美国退伍军人协会全国公关委员会主席"，而且"在担任这个职务和协会的其他职务的时候，他对这个组织的内部政策和公共地位施加了很大的影响"。[27] 美国退伍军人协会，以及规模稍微小一点的国外战争退伍军人和天主教战争退伍军人组织，都是联邦调查局的坚定的支持者。如有针对调查局或其局长的批评，会立即引起这些老兵组织的快速反击，常常是由刑事信息部在幕后策划的。在路·尼科尔斯"退休"后，刑事信息部已经由德洛克当家了。

J. 埃德加·胡佛的一个最重要的力量来源，完全依存于各州各市，尤其是各个小镇的当地警察。

这是颇具讽刺意味的，因为在美国社会中针对执法机构的批评，最多的是联邦调查局。自从迪林杰和卡尔皮斯时期以来，联邦调查局一直被指责爱出风头，窃取本应该属于地方警察的荣誉（和统计数字），在参与的案子中抢夺领导权，对案子挑挑拣拣，把脏活累活推给地方警察。

这全都是真实的。但胡佛找到了回避的方法，从而消除了批评声。联邦调查局局长利用各种手段，包括恐吓、敲诈和一些高压政治，赢得了对当地警方的控制。但他最有效的手段是诱惑——提升和高薪，以及小警局无法提供的去大单位工作的前景。

局长在地方警察面前挥舞的最大的胡萝卜，是胡佛本人称之为"执法机关的西点军校"——联邦调查局国家学院。① 学员是经过仔细挑选的，初始时期的数量是全国每年不超过两百个，都是各警局最优秀的人才，由地方警察局局长和联邦调查局分局长选定，在华盛顿参加为期三个月的培训，其间他们学习最先进的调查技术、学习使用最先进的设备、学习执法职业必需的刑事科学知识。

结业后，每一位警官都可获得一份由局长签署的文凭；一张与局长本人的合影，上面写有合适的评语；以及特别校友会会员身份证书，这是联邦调查局国家学院的一本通讯录，每年更新，记载了该学院的全部毕业生。②

联邦调查局国家学院的毕业生回到原单位后，各地的调查分局至少每两个月联系他们一次，询问一些也许会让调查局感兴趣的案子情况，以及关于警察局内部的事情。联邦调查局特工还与这些联系人互相留下住宅电话号码，以备在特殊的情况下需要帮助，而且邀请他们参加区域性的短期培训和调查局组织的活动，让他们由此产生大家庭一员的感受。作为联邦调查局的回报，胡佛获得了遍及全国的通风报信网络，由此，威廉·萨利文评论说，"我们在大多数州市的警察机关，都有经常能够秘密帮助我们的人"。[29] 感觉到事情发展顺利，胡佛渐渐地对入学的学员不那么挑剔了，最后该学院每年可为联邦调查局培养出两千到三千名联系人，他们很可能都不会知道，就在相隔两三个教室的地方，未来的联邦调查局特工们在听讲如何去控制和支配当地的警察。

联邦调查局经常宣称，国家学院的毕业生有百分之二十八以上在他们的部门担任了领导的职务，当上了州市的警察局长或典狱长。虽然联邦调查局的数字是值得怀疑的，但参加联邦调查局国家学院学习的重要性并没有被夸大。前

---

① 联邦调查局警官培训学校是在 1935 年建立的，后来在 1936 年改名为联邦调查局国家警官学院，在 1945 年又改名为联邦调查局国家学院。最初的校址是在华盛顿市内，有两三个拥挤的教室和在城外的一个手枪射击靶场，授课老师是查尔斯·阿佩尔、弗兰克·鲍曼和休格·克莱格。最后的学院，经大规模扩建后，永久性地搬迁到了弗吉尼亚州昆亭可。

② 或者是几乎全部。那些后来冒犯了局长或让局长失望了的人，他们的名字就消失了，"好像突然死了或不存在了"，桑福德·昂加尔评论说。[28] 胡佛声称，通讯录上的人名被删除，只是因为触犯了刑法或性变态，因此而有了污点。

纽约市警察专员帕特里克·V.墨菲把这个称为"美国执法部门晋升梯子的加油站。没有联邦调查局国家学院的入门券,是不可能在警察部门获得成功的"。[30]墨菲后来成为警察基金会主席,也出现在J.埃德加·胡佛的仇敌名单榜首,他回忆起另一位墨菲,即迈克尔·墨菲律师一九六一年申请纽约警察专员接受面试时的情况。面试官罗伯特·瓦格纳市长对这位具有公共管理学位的律师提出的唯一问题是:"你是联邦调查局国家学院毕业的吗?"[31]

国家学院的证书是许多警官在求职简历上填写的唯一继续教育经历。对一位想从现在的部门退休,去地方小镇担任警长的警官来说,有没有这样的证书,常常意味着能不能得到这个职位。

联邦调查局国家学院的官方政策,是接受美国各地的警官和友好国家的警官。但也有例外。胡佛与洛杉矶警察局局长威廉·H.帕克长期不和。① 结果,洛杉矶县警长推荐的申请人立即获准了该学院的入学资格(洛县警长彼得·皮彻斯是前特工),但洛杉矶警察局则被告知要等待七年到十年,帕克局长不由得发牢骚说:"恐怕我们是一个不友好的外国。"[32]

即使是友好国家也有问题,尤其是在边境以南的国家。二战期间,为了打造其在中南美洲的势力,胡佛让当地的一些警官——来自阿根廷、巴西、智利、乌拉圭、墨西哥、巴拿马和古巴——到北方的美国联邦调查局国家学院参加培训。后来,他们有的获得了晋升,当上了他们自己国家的秘密警察头子。审讯后幸存下来的几位嫌疑人,后来回忆起一个奇怪的景象:那是一张显著地悬挂出来的照片,照片中他们的刑讯者竟然与美国联邦调查局局长J.埃德加·胡佛在握手。这些毕业生的名字也从学院的校友通讯录中消失了。

帕克和墨菲并不是列在J.埃德加·胡佛仇敌名单上的仅有的警官。其他的还包括芝加哥的O.W.威尔逊、伯克利的奥古斯特·沃尔默、纽约的斯蒂芬·肯尼迪、华盛顿特区的杰里·威尔逊,以及纽黑文的詹姆斯·F.艾亨。虽然他们各不相同,但有一个共同点:都是全国著名人物。这个国家只能有一位"执法先生"。

詹姆斯·艾亨很快就上了胡佛的仇敌名单。艾亨才当上纽黑文警察局长不

---

① 帕克建议成立全国刑事信息交换所,胡佛认为这是对联邦调查局领头地位的威胁,他持反对的态度。两人都喜欢出风头,讨厌别人抢风头。

久，一位联邦调查局的特工找上门来，自我介绍是联邦调查局的联络员：他还要来，每天要来，来了解警察局的案子处理进展和情报报告。好啊，警察局长艾亨回答说，如果有可能，他也要每天了解联邦调查局的案子进展。那个特工再也没有来过。

被联邦调查局国家学院拒之门外，并没有对大城市的警察局产生很大的影响；他们大都认为，他们的培训项目要优于联邦调查局的。胡佛有办法让他们感觉他的厌恶。申请核对联邦调查局档案资料的要求会被耽搁；送来做对比处理的指纹样本有时候会遗失，造成了工作量的成倍增加。送往联邦调查局实验室的证据，例如要做弹道测试的枪械和子弹，会莫名其妙地没有送达。在联邦调查局发行年度全国统计资料汇总《美国的刑事犯罪》的时候，会遗漏某个城市的统计数据，唯一的解释是一个小小的脚注，说该统计数据是不可接受的。墨菲观察到，"这样的事情都会发生，可见当地的出版媒体对一个人的伤害真的是不容小觑。"[33]联邦调查局局长 J. 埃德加·胡佛不止一次地说过，"联邦调查局愿意，并且时刻准备着与所有执法机关的合作。唯一的例外是执法官员有腐败行为或者是受制于贪赃枉法的政客；他们缺乏信心而且不能被信任；或者他们没有能力，与其合作会使我们的目的受挫。"[34]

当地的记者可以自由选择。使那些得到这种待遇的人高兴的是，臭名昭著、腐败成风的费城警察局倒是每年都被列入了名单。

自一九三〇年代以来，胡佛以掌控国际警察局长协会的手段，控制了小城镇的警察部门。联邦调查局局长每年都会收到在该组织的全国代表大会上做中心发言的邀请，他接受过六七次。不管他是在抨击"伤感的法官"还是"胆怯的监狱长"，他都能够获得长时间的起立鼓掌。决议委员会几乎每年都会发表宣言（事先由刑事信息部起草，并经局长本人批准），赞颂"尊敬的 J. 埃德加·胡佛"。

但对国际警察局长协会的真正操控，是在幕后进行的。奎因·塔姆是埃德·塔姆的弟弟，多年来他一直担任联邦调查局与国际警察局长协会的联络员，协助策划了该协会的选举工作。

虽然奎因·塔姆从来没有像他哥哥那样上升到第三把手的位子，但他在联邦调查局的生涯也是相当卓越的。他在一九三四年加入调查局；四年后，二十八岁的他已经是最年轻的警监了。他在身份部当了十七年的负责人，接着是培训部和联邦调查局实验室。即使在埃德·塔姆因失宠而去法院工作之后，胡佛依然信任奎因·塔姆，要他担任如此敏感的与国际警察局长协会的联络工作。

"当时我们控制着官员的选举，"塔姆后来说，"我们周边有许多朋友，我们控制了提名委员会。"[35]只有经胡佛批准的候选人——那些赞同他的法律和秩序、没有不良记录的人——才能得到提名。

一九五九年，洛杉矶警察局长帕克竞选国际警察局长协会副主席的职位，这是以后当主席和得到圈内认可的第一步。但帕克没有成功。倒是一个小城镇的警长成功了。塔姆的游说确保了那样的结果。

但胡佛对警察的控制，远不止选举这方面。还有恐惧。谁也不敢反对联邦调查局局长。害怕他那传奇般档案的人，并不只是政治家。谣传说——胡佛没去阻止这样的谣言——联邦调查局局长储存的各地警方档案非常详细。帕特里克·墨菲认识的许多警官——他担任过纽约市、底特律、雪城①和华盛顿特区的警察局长——都"害怕"胡佛和他的档案。墨菲说，警察圈内都在传说："他想整人就能整人。"[36]

J.埃德加·胡佛对国际警察局长协会的失控时间，是说得清楚的。那是在一九六一年，当时奎因·塔姆离开了联邦调查局——虽然J.埃德加·胡佛在幕后极力阻挠——他接受了国际警察局长协会执行理事的职位。

几天后，国际警察局长协会在圣路易斯召开年会，塔姆在会上评论说，国际警察局长协会过去曾经是，将来还要是"执法机关的主流声音。恐怕这个说法是不真实的"。他没有提及J.埃德加·胡佛的名字，没有这个必要。从现在起，塔姆说，国际警察局长协会"必须是这个国家执法机关的发言人"[37]。

动真格的了。但那个时候，胡佛的权力已经在快速削弱，他已经顾不上国际警察局长协会和奎因·塔姆了。

总统对官员的任命，并不全都是胡佛所喜欢的。一九五三年二月，艾森豪威尔任命艾伦·杜勒斯，即国务卿约翰·福斯特·杜勒斯的弟弟，为中央情报局局长。

虽然只要不是多诺万，胡佛都不会介意，但他相信，艾伦·杜勒斯有秘密

---

① 又名锡拉丘兹，位于纽约州中部。——译注

的共产党倾向；事实上，他怀疑杜勒斯全家，包括他们的妹妹埃莉诺，都是"国际主义者"。[38]但他最关心的是，这种兄弟姐妹关系是不是意味着中情局权力的加大。

至少在关于这件事情上，即杜勒斯的任命，J. 埃德加·胡佛和威廉·J. 多诺万是完全赞同的。在任命宣布之前，杜勒斯访问过多诺万。这是对美国情报界老前辈的一次礼节性拜访，刚刚过了七十岁生日的多诺万，对这事可谓头脑清醒。他被提名为中情局局长，杜勒斯说：多诺万认为他应该接受这个提名吗？

但多诺万已经没有像对付杜威时那样圆滑了。多诺万告诉他的前下级杜勒斯，他的个人能力是很棒的，在瑞士的任务完成得很好，然后话锋一转对他说，"艾尔①，中情局的工作需要的是一位组织专家，这不是你的强项。"此后他一直坚持这个观点。

在叙述杜勒斯对斯坦利·拉维尔的拜访时，多诺万补充说："他让我感到忐忑不安。如果他出任中情局局长，但愿上帝保佑美国。这就像让一位出色的报务员去担任西部联盟电报公司的董事长一样。"[39]

胡佛已经有了关于杜勒斯的一份丰富的档案，在他担任中情局局长的八年期间，他还会增补许多内容。杜勒斯的传记作者伦纳德·莫斯利承认说："艾伦·杜勒斯禁不起漂亮女人的诱惑。"[40]胡佛记录了杜勒斯的一些风流韵事，包括一个叫玛丽·班克罗夫特的女子，她是《华尔街日报》的出版商和前战略情报局特工的女儿。

诙谐刻薄的班克罗夫特夫人有好多亲密的男性朋友。在与一位叫亨利·卢斯的男性朋友通信的时候，她把联邦调查局局长 J. 埃德加·胡佛称为"那个道貌岸然的家伙"。[41]卢斯的妻子克莱尔·布思很喜欢这个评语，把它作为自己的话，向许多人进行重复，她的剽窃使得她——不是班克罗夫特夫人——获得了胡佛仇敌名单上的特殊地位。

虽然胡佛和杜勒斯互相看不顺眼，但杜勒斯在某种程度上阻止了联邦调查局对中央情报局的渗透，他们的下级特工，尤其是在反情报部门工作的特工，建立了紧密的工作关系。例如，威廉·萨利文和詹姆斯·杰西·安格尔顿常常秘密碰头，交流对他们的行动来说非常重要的信息，而现在为中情局工作的前

---

① 艾伦的昵称。——译注

调查局特工，诸如威廉·金·哈维，依然在利用调查局老员工的信息网络。胡佛和托尔森有可能知道这些交流，但默许了，因为调查局也能从中获益。但以此为借口的人，则知道他们是在踩踏雷区。①

但胡佛与杜勒斯也达到了某种程度的和谐。一九五四年二月，司法部和中央情报局起草了一份协议，规定中情局情报官如果在执行"国家安全"行动时因为犯罪而被抓，则要向中情局报告，而不是交给执法当局。这样的谅解，其实是把中情局置于法律之上，但该协议执行了二十年。

胡佛如法炮制，虽然是非正式的，与各地警方达成了共识。如果联邦调查局特工因为醉酒驾车、偷窃、家庭暴力、同性恋勾引、行凶打人或任何其他犯罪行为而被抓，在提起指控（极少发生）之前，要先通知联邦调查局总部或各地的分局。调查局自行处理该事件，既当法官又当陪审团，采用通常的开除或其他纪律处罚。联邦调查局手册内有一个条款，专门针对这样的事情："关于针对调查局雇员的指控……而进行的调查，必须立即开展，所有可以建立事实的合乎逻辑的线索，必须全部使用，除非这样的行动会使调查局难堪……"（补充强调）[43]

一九五三年六月十八日黎明前，六名特工离开纽约分局，驱车朝着北方约三十英里外的奥斯宁驶去。这次行程是经过周密计划的，这样在他们抵达的时候，天还没有亮，不会让人看到。

其中两人是联邦调查局高级官员：主管国内情报部的局长助理艾伦·H. 贝尔蒙特，他是在霍华德·弗莱彻遭贬黜之后担任该职务的；谍报科负责人比尔·布兰尼根。团组中最低级的是一名年轻的特工名叫安东尼·维拉诺，他加入调查局还不到四年，此行对他来说是一次愉快的放飞，能摆脱办公室的日常工作。他能够随行只有一个理由：他能够在一分钟内记录一百七十个单词。维拉诺视

---

① 联邦调查局与中央情报局之间是有正式联络员的，那就是卡撒·德洛克。然而，按照前特工罗伯特·兰菲尔的说法，德洛克"常常向中情局转达局长的否定态度，使得两个情报机构之间的问题突出，而不是去解决问题"。[42] 在德洛克调任刑事信息部部长之后，山姆·帕皮奇担任了与中情局的联络员。帕皮奇认为，联邦调查局与中央情报局之间应该齐心合力对付共同的敌人，因此经常受到局长的批评，但他在这个岗位上一直工作到 1971 年，直到胡佛脾气发作撤销了所有的联络部门。

为偶像的局长做过规定，禁止女速记员与男特工一起出差旅行。

进入辛辛监狱大门后，他们被引到了监狱长的宿舍。威尔弗里德·德诺典狱长已经腾空了车库上面的一套公寓，以便特工们可以留宿。他还提供了两个房间作为他们的办公室。虽然他们是在死囚室的楼上，但他们要审问的那两个人是看不到他们的。通讯联络已经建立起来了，与联邦调查局总部架起了一条直线电话线，另一头直线把局长与白宫的总统连接起来了。

贝尔蒙特和布兰尼根已经准备好了一份要审问的问题清单：共有十三页。维拉诺已经得到过指令，要为他们的一个月逗留提供办公用品。估计是需要那么长的时间才能完成他们的任务。如果一切顺利——局长似乎深信一切都会顺利——这六个人将参与计划的高潮部分。这个计划已经准备了三年，历史将会记载，这或许是 J. 埃德加·胡佛最辉煌的情报工作成就：朱利叶斯·罗森伯格和埃塞尔·罗森伯格的招供。

在经调查局批准的记录中，诸如《联邦调查局故事》，联邦调查局确定，英国核物理学家克劳斯·福克斯是苏联间谍；福克斯确认，化学家哈里·戈尔德是他的美国联系人；戈尔德确认，驻扎在洛斯阿拉莫斯①的年轻士兵戴维·格林格拉斯，是他的一个联系人；格林格拉斯暗示了他妻子露丝、他姐姐埃塞尔和姐夫朱利叶斯·罗森伯格。

事情并不是那样发展的。

联邦调查局确实认定了福克斯，在截获的克格勃电文中、在最近发现的伊斯雷尔·霍尔珀林的笔记本内提及了他的名字，以及在战后起获的盖世太保档案确认了克劳斯·福克斯是德国共产党员。联邦调查局也确实警告了英国人，英国人成功地突破了福克斯的防线。福克斯指认了戈尔德的一张照片，但那是在戈尔德本人向联邦调查局供认后的第二天，以及格林格拉斯原先被怀疑另一个罪行，即偷窃了一些铀的样本——洛斯阿拉莫斯的许多工作人员把铀的样本留作纪念品，当作烟灰缸使用——特工们只是把格林格拉斯的照片给戈尔德看了一下。格林格拉斯确实暗示了他的姐夫朱利叶斯，但他否认他姐姐埃塞尔的

---

① 即洛斯阿拉莫斯国家实验室，位于新墨西哥州，以 1943 年研制出世界上第一颗原子弹而闻名于世。——译注

参与——直至十天前的预审开始。然而，联邦调查局并没有因此而没去逮捕埃塞尔，他们制订了一个计划，把她关押起来可以起到"杠杆作用"，撬开她丈夫朱利叶斯的嘴巴，使他招供。

格林格拉斯被捕之后，朱利叶斯·罗森伯格的近十位亲密朋友消失了。① 由此，特工们得出结论，朱利叶斯本人领导着一个庞大的间谍网，其大多数成员都是他所知道的。他们明白，如果朱利叶斯招供，那么他们很可能会把所有的间谍一网打尽。不是逮捕两三个人的问题，局长或许可以声称抓捕了十几个或二十几个间谍。让朱利叶斯开口成了首要任务。关键是他妻子和两个孩子的母亲的埃塞尔。

一九五○年七月十七日——朱利叶斯·罗森伯格被捕的日子——局长助理艾伦·贝尔蒙特写了一份备忘录给莱德，建议调查局"考虑一切可能的手段，对罗森伯格施加压力，迫使他招供……包括仔细研究埃塞尔·罗森伯格的卷入。以便在可能的情况下也许可以对她提起指控"。看到这份备忘录，胡佛表示赞同，他在空白处写道："同意采用一切手段。如果刑事起诉部门耽搁太久，让我知道，我去找司法部长。"[44]

两天后，胡佛写报告给司法部长麦克格拉斯说，"毫无疑问，如果朱利叶斯·罗森伯格能够提供其庞大的间谍活动的细节情况，就有可能对其他人提起指控"，他还补充说，"对他妻子的指控，或许可以在这个案子中起到杠杆的作用"。[45]只有一个问题：没有针对埃塞尔的证据。

八月四日，助理司法部长迈尔斯·莱恩讯问戴维·格林格拉斯，关于他两次把洛斯阿拉莫斯的资料转交给朱利叶斯·罗森伯格的情况。

莱恩："这两次转交的时候，埃塞尔是否在场？"
格林格拉斯："从来没有。"
莱恩："埃塞尔是不是与你说起过此事？"
格林格拉斯："从来没对我说起过，这是事实。倒不是我要保护我姐姐，相

---

① 其中一人，莫顿·索贝尔，在墨西哥被发现了，在被秘密警察绑架和殴打之后，被扔到了国境线对面的拉雷多，在那里，他立即遭到了联邦调查局特工的逮捕，及时地与罗森伯格一起受审。

信我，这是事实。"[46]

一个星期后联邦调查局逮捕了埃塞尔·罗森伯格。虽然缺乏证据，但把她囚禁起来是胡佛计划中一个必要的部分。罗森伯格夫妇入狱后——每人的保释金定在了十万美元，这是一个满足不了的数额——他们家两个年轻的男孩，从一个亲戚转移到了另一个亲戚，谁都不肯接手，最后他们被安排到了在布朗克斯的犹太儿童福利院。根据女子拘留所女看守的说法，埃塞尔十分想念孩子们，患上了严重的偏头痛，经常在半夜里哭醒。

但朱利叶斯没有开口。

决定加大压力，提高可能的惩罚力度。一九五一年二月八日，大概在计划的预审前一个月，国会联合原子能委员会在华盛顿召开秘密会议，讨论对罗森伯格的指控。参加会议的有二十位政府高官，包括五位参议员、六位众议员、三位原子能委员会委员和两位司法部的代表，其中一位是迈尔斯·莱恩。会议的主要目的是确定哪些加密信息可在预审时公开，但话题很快转移到了针对罗森伯格的案子。

莱恩告诉与会者，朱利叶斯·罗森伯格是"找出其他许多潜在间谍的关键人物"，司法部相信，唯一能让罗森伯格松口的是"死刑或坐电椅的前景"。他补充说："如果我们能把他老婆也一起定罪，判她二十五年到三十年的监禁，这样结合起来，或许能让这个家伙向我们吐露其他人的情况。这是我们能够针对其他人的唯一的杠杆。"

虽然莱恩承认，这案子针对罗森伯格夫人是"证据不足"的，但他说："重要的是，她必须也被定罪，而且要重判。"①

戈尔顿·迪安（原子能委员会主席）："看来罗森伯格是一个大舞台的主角，如能用死刑的阴影来攻破他，我们就去做。"

----

① 如同索尔·斯特恩和罗纳德·拉多什在《隐藏的罗森伯格案：联邦调查局如何陷害埃塞尔去攻破朱利叶斯》（《新共和》杂志 1979 年 6 月 23 日）一文中评论说："政府想对一个证据明显不足的人判处 20—30 年的监禁，但满屋子的律师中，似乎没人感到不安。"
　　拉多什和乔伊斯·米尔顿后来把这些发现扩展为专著《罗森伯格档案：真相的探索》，毫无疑问，这是关于这个案子的最好的纪实图书。

布里克参议员："你的意思是指预审之前？"

迪安先生："预审之后。"

莱恩还告诉委员会说："法官还没有定下来。我们希望最好是挑一个最严厉的法官。"[47]莱恩并没有对委员会说实话。虽然还没有宣布，但已经选定了一位法官：他是纽约南区的联邦法院法官、尊敬的欧文·R.考夫曼，曾经在汤姆·克拉克手下担任司法部副部长，根据联邦调查局一名前官员的说法，他"崇拜J.埃德加·胡佛"。[48]

如果戈尔顿·迪安的日记是可信的，那么在头一天，也就是预审前一个月，这位法官在与检察官的一次单方面谈话时已经声称，"如果证据确凿"，他愿意施加死刑作为杠杆来攻破朱利叶斯·罗森伯格。

考夫曼法官很想承办罗森伯格案，这是没有多少疑问的。罗伊·科恩后来声称，经过他的牵线搭桥，才把这个案子交给了考夫曼审理，然而，这样的说法同样让人怀疑，科恩是不是又在吹嘘了，尤其是因为在那个时候，科恩虽然相当活跃，但只是检察组的一名初级检察官，还没有遇到他的导师约瑟夫·R.麦卡锡。①

一九五〇年二月七日，也就是在国会委员会秘密会议的前一天，迪安在工作日记中写到，他已经用电话与司法部刑事司负责人詹姆斯·麦金纳尼进行了协商，询问了关于朱利叶斯·罗森伯格会不会全盘招供的问题。在他的日记中，对方的回答是："麦金纳尼说，这个时候还没有（招供的）迹象，他认为除非我们宣判死刑，否则是不会的。他已经与法官谈过了，如果证据确凿，他准备施加死刑。"[50]

单方面的谈话——私下接触法官，而且在法律程序中只有一方面参与——根据一九七二年通过的《美国律师协会司法行为准则》的3A（4）原则，这是

---

① 但考夫曼是科恩家的老朋友，罗伊的父亲艾尔·科恩法官还帮助考夫曼当上了联邦法官。根据科恩的说法——源自西德尼·蔡恩的《罗伊·科恩自传》，在科恩死后两年出版——考夫曼"渴望"主持这次"世纪审判"。获悉这一情况后，科恩直接去找负责刑事案法官调度的书记员，进行了牵线搭桥。科恩还说，在整个预审期间，他一直在与考夫曼法官秘密沟通。他声称："考夫曼在预审开始之前告诉我，他准备对朱利叶斯·罗森伯格判处死刑。"[49]

被禁止的。然而，在一九五一年，当上述事情发生的时候，这种行为并不是被禁止的。但只有在极为紧迫（诸如死亡威胁）的情况下才被允许。考夫曼这次或其他无数次与控方的单方面谈话，并没有涉及任何紧迫情况。

在对戴维·格林格拉斯和露丝·格林格拉斯再次"约谈"之后，埃塞尔·罗森伯格案的证据不足问题，在一九五一年二月二十三日至二十四日解决了，此时距离她的被捕已经差不多两个月了，距离预审开始只有十天的时间了。之前在一九五〇年七月十七日的陈述中，戴维声称，他把自己收集的原子能资料在纽约的一个街角交给了朱利叶斯。但现在他说，他是在罗森伯格的纽约公寓起居室里把资料交给朱利叶斯的，埃塞尔按照朱利叶斯的要求做记录，用"打字机打了下来"。露丝在被重新约谈的时候，扩大了她丈夫的版本："朱利叶斯然后把资料拿到卫生间去阅读，出来后他要埃塞尔把这个资料立即用打字机打下来。（露丝）说埃塞尔就坐到了放置在起居室桥牌桌上的打字机前面，开始为戴维交给朱利叶斯的资料打字。"

最后，联邦调查局搞了一次公开的行动，把埃塞尔拖进了阴谋之中。

露丝进一步暗示，另有一次，她问埃塞尔为什么看上去那么疲惫，埃塞尔回答说她在熬夜，把戴维交给朱利叶斯的资料用打字机打下来。根据露丝修改过的陈述，埃塞尔告诉露丝："她总是在用打字机记录朱利叶斯的材料……偶尔她还得熬夜来做这工作。"①[51]

格林格拉斯夫妻并不是在预审前改变证词的仅有证人。一九五〇年十二月二十八日，联邦调查局安排哈里·戈尔德和戴维·格林格拉斯在"墓群"的一个会议室里秘密碰头，消除他们的证词中分歧之处。②

预审是在一九五一年三月六日开始的，持续了不到三个星期。总的认为，罗森伯格夫妇的首席辩护律师伊曼纽尔·布洛克采用了错误的辩护战略。布洛

---

① 虽然这项交易从来没有正式见报，但可以理解的是，如果露丝·格林格拉斯能够大胆揭发朱利叶斯和埃塞尔·罗森伯格，那么她就不会被定罪。然而，格林格拉斯夫妇都清楚地知道，如果他们两人不配合，那么露丝随时都会被定罪。

　　与罗森伯格夫妇一样，格林格拉斯夫妇也有两个小孩。

② 戈尔德和格林格拉斯都被关押在"墓群"的11楼，那个楼层被称为"唱歌区"，因为许多"鸣禽"都被囚禁在那里。（这里的"唱歌"指的是招供，"鸣禽"指的是招供的人——译注）

克没有否认犯下了间谍罪，只不过这是他的当事人犯下的。他谢绝了对哈里·戈尔德的对质，向陪审团总结说："因为我坚定地认为，他给你们和所有的人都留下深刻的印象，所以他说的绝对是真话。"[52]他没有询问格林格拉斯窃取的原子能资料的价值——一些科学家，包括阿尔伯特·爱因斯坦和哈罗德·尤里，后来也窃取过——而是强调资料，说应该保管好资料，"这样最高法院、陪审团和律师都不会知道这个秘密了"。[53]他抨击格林格拉斯夫妇，但忽视了一件可以击败他们的事情——他们在预审前的陈述。

预审进行到十天的时候，贝尔蒙特写了一份备忘录给莱德说："三月十六日下午在与司法部的雷·惠里交流的时候，他谈到关于罗森伯格的案子，如果罗森伯格被定罪，那么他认为考夫曼法官会判处其死刑。我询问为什么他认为考夫曼会给出死刑，他说，'我知道，如果他没有改变主意，他就会判死刑。'"[54]

控方把案子的证人减少到几个人，但安排进来一个苏联间谍"专家"伊丽莎白·本特利。本特利作证说，在一九四〇年代初期，一个自称叫"朱利叶斯"的人深夜里打了她五六次电话，要求她把信息转交给她的间谍头子和情人戈罗斯。

辩方只叫来了两个证人，但对朱利叶斯和埃塞尔都没有帮助。虽然两位被告都声称自己是清白的，但朱利叶斯援引《第五修正案》来反驳关于他的信仰、社交和指控的美国共产党员身份的问题，没能得到陪审团的支持。作为贤妻良母的埃塞尔，因为被迫与两个孩子的分离，本来或许可以获得某种程度的同情，但她显得一副冷漠的样子，而且毫不隐藏对法律程序的蔑视。根据律师的建议，他们的同案犯莫顿·索贝尔没有出庭。

陪审团用了不到一天的时间就得出了结论。一九五一年三月二十九日，三名被告全都被认定有罪。考夫曼法官把判决延迟到一个星期后的四月五日。

在判决前三天的四月二日一大早，司法部副部长佩顿·福特来找胡佛。平常很淡定的福特，今天深感不安，那是因为谣传说，考夫曼法官要对罗森伯格夫妇判处死刑。

胡佛也对这次谈话忐忑不安。他认为对一个女人执行死刑的争论只不过是情感上的事情，而一位妻子和母亲被处死、留下两个孤儿的公众"心理反应"才是让他感到害怕的。他预计，公众的强烈反应将会是排山倒海般的批评，谴责联邦调查局、司法部和整个政府。

福特同意胡佛的担忧。考夫曼肯定会来征求他们的意见，他要求联邦调查局准备好判刑的建议。

联邦调查局并不是一个讲究民主的机构。但这次，很可能是为了以后判决遭谴责的时候避开矛头，胡佛征求下属的意见，包括实际承办案子的贝尔蒙特、兰菲尔和谍报科的其他特工。

从至今已经公开的联邦调查局所有的备忘录来看，联邦调查局没有一个人，包括其局长，赞成对埃塞尔判处死刑。诚如米基·莱德在备忘录中所说的，显然忘记了打字机的证词，"预审时，我们针对她的证据显示，她的参与只是协助戴维·格林格拉斯的活动"，而局长本人只是把埃塞尔·罗森伯格当作一名帮凶，"假定是受到了她丈夫的影响"。由此，胡佛和莱德都默认埃塞尔的案子证据不足。

现在胡佛开始怀疑，他的"杠杆"战略是否行得通——到目前为止，朱利叶斯和埃塞尔都没有显示准备供认的任何迹象——但其他人依然相信。例如，司法部长助理詹姆斯·B.基尔什梅尔争论说，"无论是否执行死刑，现在都是不重要的。可我认为，必须努力让这些被告透露他们的非法活动"。[55]基尔什梅尔赞成判处三次死刑。

在当天晚些时候起草的写给司法部长的报告中，胡佛建议对朱利叶斯·罗森伯格和莫顿·索贝尔判处死刑，对埃塞尔·罗森伯格和戴维·格林格拉斯判处有期徒刑。他提议对埃塞尔判三十年，格林格拉斯判十五年。①

第二天胡佛获悉了一些流言。来源是助理检察官罗伊·科恩。科恩已经与考夫曼法官谈过了，他后来向纽约分局的雷·巴洛加报告了。根据科恩的说法，考夫曼法官就如何宣判的事宜已经与其他两位法官协商过了。巡回上诉法院法官杰罗姆·M.弗兰克反对判处这几个被告死刑，而地区法院法官爱德华·温菲尔德则据说赞成对三人全都判处死刑。

科恩报告说，考夫曼法官本人"想对罗森伯格夫妇判处死刑，（据说）他想

---

① 在写给司法部长的信中，联邦调查局局长发表了关于索贝尔没有涉及盗取原子能资料的惊人言论。"虽然针对索贝尔的证据没有对其他被告的那么有力，"胡佛承认说，"但已经足够让陪审团认定他有罪。"他补充说："他不肯与政府合作，而且尽管我们不能证明，但他无疑把绝密的信息提供给了苏联人。"[56]

对莫顿·索贝尔判处监禁"。

至于他本人的意见，科恩告诉考夫曼，他认为三人全都应该被判死刑，但"他同时认为，如果罗森伯格夫人被判处监禁，那么她有可能会供认，这样可以根据她的证据来进行进一步的指控"。①[57]

第二天是四月四日，也就是判决的前一天，考夫曼法官又与人谈话了，这一次是与首席检察官欧文·塞波尔。在被问及有什么建议的时候，塞波尔回答说，他赞成对罗氏夫妇判处死刑，对索贝尔判处三十年监禁，但他承认还没与司法部领导协商。考夫曼敦促他赶紧去协商——他尤其想得到 J. 埃德加·胡佛的意见——在他的催促下，塞波尔当天就飞赴华盛顿去与麦金纳尼和福特协商了。

他发现意见有分歧，但"一个或两个判处死刑是肯定的"。[59]福特希望能得到一致的意见，他告诉塞波尔，晚上他回到纽约后打电话给他。那天晚上，塞波尔和考夫曼参加了同一个晚会活动，塞波尔当着考夫曼的面打了电话。得知意见依然有分歧之后，考夫曼要求塞波尔别再为第二天的法庭判决发表意见了。

决定将由他自己单独做出。

在宣读判决的时候，考夫曼法官把被告的罪行描述成"比谋杀更为恶劣"。"我们最优秀的科学家预测，多年后苏联才能造出原子弹，通过把原子弹交到苏联人的手里，导致了共产党对朝鲜的进入，由此造成了超过五万人的伤亡。由于你们的背叛，天知道是不是还会有千百万人要付出什么代价。确实，你们的背叛无疑改变了历史的进程，使之朝着不利于我们国家的方向发展。"[60]

没有任何证据可以把罗森伯格夫妇的行为与共产党进入朝鲜联系起来，确实没有证据可以证明，格林格拉斯提供的资料，已经被苏联利用起来，使之获得了制造原子弹的"秘密"。如果有人罪有应得，那是梅和福克斯。但考夫曼不

---

① 科恩后来声称，他说服考夫曼对埃塞尔·罗森伯格判处死刑。在《罗伊·科恩自传》中，科恩陈述说："考夫曼法官说过，决定判刑之前他在犹太教堂寻求神灵的指点。这个我无法确认或否认。据我所知，他走到了公园大道犹太教堂旁边的一个电话亭。他从那里打电话到法庭找我，要我提议他是不是应该判处埃塞尔·罗森伯格死刑。在罗氏案子的审理期间，我们经常用这种方式联系。"

　　根据科恩的说法，他建议考夫曼对埃塞尔施加死刑，他解释说："我认为她比朱利叶斯更坏。她更加老到，她会用脑子……整个事情都是她搞起来的，她是这个阴谋的策划者……你很难解释清楚为什么要放她一马。"[58]

去关心这样的技术问题。他宣判罗森伯格夫妇死刑，判了莫顿·索贝尔三十年徒刑，戴维·格林格拉斯十五年监禁。①

新闻发布会结束后，考夫曼法官打电话给纽约分局的爱德华·沙伊特，要他转达他对胡佛局长的谢意和最崇高的敬意。

考夫曼把处决的日期定在了一九五一年五月二十一日。但上诉拖了两年的时间，直至一九五三年六月，特工们才得以赶赴奥西宁。即使那样，又发生了耽搁，道格拉斯法官提议延期执行，只是被合议庭否决了，于是行刑时间改为六月十九日晚上十一点钟。

布洛克律师最后一次诉求考夫曼法官，他希望至少延迟一星期，其理由是如果按照预定时间行刑，那就会是犹太人的安息日。考夫曼自己也是犹太人，他表示同情，但他不同意改变日期，只是把行刑时间提前到了日落前的晚上八点钟。

但问题又来了。刽子手是一名电工，他居住在上纽约州，要到晚上九点钟才能赶到。可能的进一步耽搁，使胡佛火冒三丈，盛怒之下，他下令派直升机去接上电工。但他坐汽车抵达了，在联邦调查局特工和州警察的陪同下，是提前抵达的。

艾森豪威尔在白宫等待着，如果从胡佛那里获悉罗氏夫妇愿意招供，他就准备签署减刑裁定书。胡佛和他的员工，包括局长助理米基·莱德和警督罗伯特·兰菲尔都在联邦调查局总部等待。

之前关于议程有过争论。应该是埃塞尔还是朱利叶斯先受刑？根据先例应该是丈夫（虽然夫妻双双被处决这样的案例不是很多），但典狱长丹诺之前研究过这对夫妇，他认为埃塞尔更为意志坚强。如果她先受刑，经过她丈夫的囚室被带往行刑室，丹诺怀疑朱利叶斯也许会招认。但胡佛平静地否决这个想法。联邦调查局坚决不同意让妻子和两个孩子的母亲死在丈夫的前面。路·尼科尔斯认为，这将是公共关系的噩梦。

程序改了又改。一位犹太教拉比分别询问朱利叶斯和埃塞尔，他们是否愿意供认。如果愿意，他们就能够保命。即使已经被绑缚到了电椅上，只要突然

---

① 几个月之前，承认自己有罪的哈里·戈尔德，被判处 30 年监禁。

表示愿意招供，行刑也会停止。已经为联邦调查局的特工设置了一个信号，他们将在死囚室的尽头等待。当处决完成后，卫队长就会走到廊道上来挥手。

在朱利叶斯·罗森伯格被送进行刑室后不久，当卫队长来挥手的时候，年轻特工安东尼·维拉诺惊讶了。他相信在几十部电影里出现过的辛辛监狱的一个古老的神话，他认为灯光应该暗淡下来，殊不知电椅自身是有电源的。

"胡佛先生，"局长助理贝尔蒙特对着电话话筒说，"我刚刚听说，朱利叶斯已经被宣告死亡。"

如果局长做了回答，那么维拉诺没有听到。

现在是胡佛这场赌博的高潮时刻。他已经打赌，如果朱利叶斯没有招供，那么埃塞尔是会招供的，没有母亲愿意扔下两个小孩。随着时间的推移，汗珠从贝尔蒙特的脸上淌了下来，似乎局长已经赢了。然而，在卫队长回到廊道上来的时候，维拉诺就明白了。卫队长又发出了信号，"花了好长的时间她才死去"。

"胡佛先生，"贝尔蒙特说，"埃塞尔完了。"虽然维拉诺听不到局长的回答，但他显然对贝尔蒙特的用词感到不安，因为局长助理现在说："嗯，她死了。"然后又是一次迟疑，其间局长显然重复了一遍他说的，于是他正式陈述说："埃塞尔刚刚被宣布死亡。"[61]

胡佛能够通过直线电话了解情况，但民众必须等待聚集在监狱门口的电台和电视台记者的宣告。其中有专栏作家鲍勃·康西丁，他播报说，处死朱利叶斯·罗森伯格只花了两分钟时间，但对付埃塞尔就没那么容易了，她的心脏还在跳动，因此他们不得不加大电流，结果花了五分钟才完成。康西丁在广播结束的时候总结说："埃塞尔·罗森伯格遇到了上帝，她不得不做出许多解释。"[62]

在联邦调查局总部，有人说了一句恐惧玩笑。原来就没指望罗氏夫妇会招供的兰菲尔，挥拳想去打他，但莱德把兰菲尔推到了大厅里。"我们不是要他们死，"兰菲尔后来声称，"我们是要他们开口说话。"[63]

在贝尔蒙特和布兰尼根准备要问朱利叶斯·罗森伯格的长达十三页的问题中，只有一页牵涉到埃塞尔。但在调查局的整个案子中，其实最重要的是这个简单的总结性询问："你妻子知道你的活动吗？"[64]

维拉诺对发生的事情感到恶心。当特工们驱车返回纽约去的时候，局长助理贝尔蒙特谈论说，胡佛心胸狭窄、气量太小，震惊中他不在乎这样的评论说了几遍。维拉诺后来回忆说："这是我对自己崇拜的人第一次感觉到他的弱点。"在以后的岁月中，这样的弱点还会有很多。"在回程途中，我们这些人全都改变了原先的看法。"[65]

到了那年的秋天，与往常一样，工作重点又回到了政治方面。在加州大选前夕的十一月六日，在对芝加哥一群企业家讲话的时候，司法部长赫伯特·布劳内尔指责说，杜鲁门总统虽然从联邦调查局的两份报告中获悉，已故的哈里·德克斯特·怀特是"共产党间谍"，但还是推荐他去国际货币基金组织工作。

"我现在可以正式首次公开宣布，"布劳内尔说，"我们司法部的记录显示，一九四五年十二月……联邦调查局给白宫写过详细的报告，描述了怀特为苏联政府进行的间谍活动。"[66]

布劳内尔夸大了不止一点点。胡佛从来没说过怀特是间谍，只是听到指责——而且他承认是未经证实的——说怀特是"苏联一个地下间谍组织的得力助手"。但前总统杜鲁门深信，怀特的忠诚是可疑的，立即发表了两份虚伪的陈述，先是说他记不清是不是看到过联邦调查局关于怀特的报告，继而又补充说："我们一获悉他不忠诚，就马上炒掉了他。"[67]但怀特因为健康原因，已经辞职了。

杜鲁门并没有就此停止。在一次全国性的电视讲话中他纠正了这些错误，但犯下了新的错误，他说他是在一九四六年第一次获悉对怀特的指控，于是想停止对怀特的任命，但参议院已经确认了该任命，这样他就让他去了，认为否则会引起怀特和其他人的警觉，由此会妨碍联邦调查局的继续调查。

这位前总统依赖的是他的记忆——杜鲁门离职才不到一年，他的总统令还在包装箱里面，等待图书馆建成后放进去——而他的记忆是错误的。也有可能作为一九四六年讨论时的中间人，汤姆·克拉克对报告进行了篡改。

胡佛史无前例地出现在联邦参议院面前，对这些虚伪的陈述进行了纠正。十一月十七日，在司法部长布劳内尔的陪同下，胡佛出现在参议院由他的朋友威廉·詹纳担任主席的内部安全委员会面前。除了每年一次出现在众议院拨款委员会面前之外，虽然经常受到邀请，联邦调查局局长一般不愿在国会各委员会露面。但这次他破例来了。

司法部长首先作证，朗读了联邦调查局关于怀特的报告记录，是他专门为这次作证解密的。布劳内尔向政治家们公开的这些事实，是联邦调查局局长完全赞同的，在热烈的掌声中，他被詹纳介绍为"国家安全卫士"，随后他跟在司法部长后面上了讲台。

他的讲话稿是经过精心准备的，但由于没人观看他的全国电视直播，因此也就错过了他的言辞的真正重要部分：联邦调查局局长不但把美国前总统称为说谎者；他还暗示，在国家安全方面，杜鲁门表现出令人难以置信的天真——或者更为严重。

"这里还有更多的指控。在我们这个引以为豪的宪法国家里，这种外来生活的渗入已经有了三十五年……我没有同意把怀特从财政部调往国际货币基金组织工作。这不是我的职责范围……联邦调查局决不会同意提拔哈里·德克斯特·怀特，联邦调查局决不会同意这样的事情……留用怀特的决定是由政府高层做出的。"

胡佛继续陈述说，怀特的晋升"妨碍"了联邦调查局的调查，因为国际货币基金组织的财产和人员是"享有治外法权的，联邦调查局无权跟踪该组织的雇员或其他人"。胡佛也没法跑到里面去抓人："就像对待联合国那样，我们受到了同样的限制。"

在被问及为什么杜鲁门采取行动的时候不反对时，胡佛回应说："那就要进行公开抗议了。我只不过是司法部长下级一个小小的官员。我没有决策权。我必须服从领导。"[68]

在《纽约时报》记者詹姆斯·赖斯顿看来，这个出现在参议院听证会的小小的下级官员"很可能是国会山权力最大的人"。[69]《美国新闻与世界报道》认为，这个事件是如此重要，以致调取了联邦调查局所有的有关文件以及布劳内尔和胡佛的证词。《时代周刊》则轻描淡写地说："胡佛的出现引起了轰动。"[70]

"胡佛一直在等待这个时刻，"那天晚上，德鲁·皮尔逊在日记中写道，"他看不惯杜鲁门及其身边的几乎每一个人。"[71]但这不单单是甜蜜的复仇——而且甚至不单单是证明自己对共和党政府的有用和同情。

奇怪的是，胡佛还受到了一个没想到的组织的批评，对美国右翼来说，他可以算是恩人；尤其是约翰·伯奇协会，虽然赞成他抓出了希斯、怀特、福克斯、戈尔德和罗氏夫妇，但他们纳闷的是，为什么他花了那么长的时间才去做这事。在几个案子中，这些隐藏的苏联间谍已经在 J. 埃德加·胡佛和联邦特工的鼻子底下活动了几十年。杜鲁门成了一个现成的替罪羊。胡佛现在可以说，而且也说了，我们警告过他们，但他们无动于衷。

虽然在杜鲁门那里报了宿怨，胡佛还是冒了一个很大的风险——有可能疏远他在国会最强大的支持者南方民主党人。他们秘密聚会，连参议员伊斯特兰也认为，如果民主党赢得一九五六年的大选，胡佛必须走人，甚至已经在准备替换他的计划了。但民主党没能获胜——在再次面对史蒂文森的时候，艾森豪威尔在竞选连任中轻松地获得了成功——即使伊斯特兰也及时接受了胡佛的解释，即布劳内尔命令他作证（布劳内尔后来回忆说，联邦调查局局长是"自愿"的），他也就原谅了他。但山姆·雷伯恩则不依不饶，他告诉德鲁·皮尔逊说："胡佛这家伙是政府的一个长期祸害。"[72] 这位大权在握的众议院多数党领袖从此成了胡佛的终身仇敌。

联邦调查局局长敢于攻击前总统，说明了他的权力之大。这也是他难以置信的高傲自大的一个表现，随着时间的推移，这使得一些高层人士——包括他的一些助理——的担心加剧了。①

怀特事件还有一个奇特的附言。在电视上批评布劳内尔的时候，杜鲁门指责他在搞"麦卡锡主义"。麦卡锡要求并得到了在电视广播中相等的答辩时间，他利用这个机会指责杜鲁门和艾森豪威尔政府都对共产党心慈手软。麦卡锡瞄准了一九五六年的大选，他现在开始攻击艾克。这意味着胡佛必须与这位参议员保持距离，至少是在公开场合。两人再也不会一起去波维或哈维餐馆吃饭了。但还有其他非公开的会面，在局长家里的私人会餐，或者在麦卡锡的秘书和后来成为他妻子的琼·克尔的公寓里聚餐。罗伊·科恩后来回忆说，在克尔公寓里吃饭有个一成不变的老规矩。胡佛和托尔森会在七点钟准时抵达，一分钟不早，一分钟不晚，而且总是带来一瓶葡萄酒。麦卡锡参议员然后敦促联邦调查

---

① 胡佛后来向作家拉尔夫·德托莱达诺解释说："我和司法部长都没有暗示杜鲁门总统的不忠诚或亲共。他对共产党置若罔闻，而且判断失误。但假如他没有把我和联邦调查局拉进这场公开辩论的话，我是绝对不会去参议院作证的。通过解释哈里·德克斯特·怀特的任命——以及通过他放风说，他这么做是听从了我的主意——他让联邦调查局显得可笑和低效。只有我的露面才能把事情完全理清。我知道我会因此而受到攻击，可我必须担当起对调查局的责任，不然的话，全世界都会认为我们受蒙骗了。"[73]

局局长脱下外套，而胡佛会表示反对。在这样的一次来访之前，麦卡锡与科恩打赌二十五美分，看看他能不能让胡佛脱掉外套。科恩同意打赌。这一次，麦卡锡没有提出通常的要求，胡佛注意到了习惯的偏差，询问是怎么回事。麦卡锡一脸严肃的样子，他回答说，"约翰，坦率地说——因为这与我没有丝毫关系——有个权威人士告诉我，你不肯脱下外套的原因，是因为你在外套里面有一台录音机，说你即使在这样的绝对私交场合也进行录音。"据科恩的说法，胡佛明显感觉震惊，他跳起来脱下外套，愤怒地嚷嚷："哪个捣蛋鬼告诉你这个谎言的？"[74]科恩然后付了麦卡锡二十五美分，并解释这次打赌的情况。局长虽然也喜欢取笑别人的实质性玩笑，但他没对科恩说这个玩笑很有趣。但此后他总是脱下外套。

尽管胡佛刻意避免在公开场合与麦卡锡的交往，但也有失误的时候。其中一次发生在加利福尼亚，是在一九五三年八月局长的半年"非正式度假"期间。

在德尔马《圣迭戈论坛晚报》记者的公然挑衅下，在没有刑事信息部代表的保护下，联邦调查局局长感觉心情很好——在用咖啡杯喝了几杯葡萄酒之后，通常能够增加这种游玩的兴致——在被问及如何看待麦卡锡的时候，他回答说："麦卡锡是前海军陆战队员。他是业余拳击手。他是爱尔兰人。把这些结合起来之后，你会发现这是一个鲜明的人物，不是随便听人摆布的。我不会说麦卡锡委员会的详细情况，或者是参议院其他委员会的情况。那是这位参议员自己的责任。但调查委员会工作很棒。他们有传唤权，不然的话，有些重要的调查工作就没法完成了。

"在麦卡锡参议员来参议院之前，我从来都不认识他。现在我与他关系很好，无论是工作上还是私交上。我把他当作朋友，相信他也是这么对待我的。

"当然，他是一个有争议的人物。他是认真的、真诚的。他有敌人。在打击颠覆分子的时候，无论是共产党人、法西斯分子或三K党人，都会遭到极为邪恶的批评。这个我是知道的。但有时候，批评也是进步。如果某些人停止对我的攻击，那我就会退步。"[75]

最有趣的是联邦调查局局长为麦卡锡进行辩护的时间：目前麦卡锡正在受到司法部的调查，其罪名是滥用公款。①

---

① 针对他下属的评论，司法部长布劳内尔告诉媒体说："我对胡佛先生充满了信心和欣赏。一有机会，我就强调这个。"[76]

而且在胡佛接受采访的时候，他下榻在克林特·默奇森拥有的查洛酒店，但他并不是入住该酒店的唯一名人：虽然用的是假名登记，参议员麦卡锡也是这里的一位客人，是在胡佛和托尔森的几天之后登记入住的。① 但显然他被发现了，因为在被问及他的出现时，胡佛回答说，那只是"巧合"。[77]

实际上，与胡佛的一帮朋友——包括约瑟夫·肯尼迪、H. L. 亨特、阿尔弗雷德·科尔伯格和刘易斯·罗森斯蒂尔——一样，石油大亨默奇森除了拥有这家酒店和跑马场之外，还是麦卡锡的主要资金支持者之一。几年后，在难得一次接受采访的时候，默奇森令人惊讶地坦陈："我已经与 J. 埃德加·胡佛说过了关于麦卡锡的事情。他说乔②的问题在于指控时不够笼统。麦卡锡说的是'有二百四十七名共产党员渗透进来了'，而没说'大量共产党员'。这样联邦调查局就要对这个数字负责了。这使得工作难度大量增加。"[78]

约瑟夫·麦卡锡在联邦调查局的档案是很厚实的，但损害最大的是薄薄的不到十二页的一个卷宗，据说其中的内容只是两份宣誓书和一份总结备忘录。

厚厚的档案中，除了局长与这位参议员的通信往来和他们之间大量的谈话备忘录之外，还有后来会公之于众的无数的指控："尾炮手乔"的军旅生涯记录基本上是假的，他的"战斗中意外受伤"；在威斯康星州担任法官时他收钱判决快速离婚；他利用大选献金去投资大豆期货；他接受了软饮料销售经理两万美元去为他们的贷款做担保，并在后来大力宣传解除食糖配额的管制（从而使他获得了"百事可乐孩子"的绰号）；他是个被动的赌徒和酒鬼，如此等等。还包括了——从来没有公开过的——联邦调查局局长对这位参议员的警告，据说他的某些助手是同性恋。

档案里还有关于麦卡锡本人是同性恋的指控。胡佛并不是唯一收集这种资料的人。诚如德鲁·皮尔逊在一九五二年一月十四日的日记中写道："（参议员米勒德·E.）泰丁斯手里有一封令人惊奇的书信，是一名年轻的陆军中尉写给康涅狄格州联邦参议员比尔·本顿的，说的是麦卡锡在华德曼公园酒吧选中他

---

① 虽然麦卡锡是与罗伊·科恩和 G. 戴维·沙因一起抵达的，但都没被允许入住，因为查洛酒店是有"接待限制"的。默奇森同意接待的唯一一例外是，亚利桑那州联邦参议员巴里·戈尔德沃特和某些犹太人的黑帮成员。

② 麦卡锡名字约瑟夫的昵称。——译注

以后，对他实施了鸡奸行为。"皮尔逊试图采访这位中尉，但没有如愿："作为
预防措施，我先联系本顿，他告诉我说，白宫已经插手了，中尉的案子现在由
联邦调查局在承办。我有点怀疑，联邦调查局会如何询问某些证人，尤其是在
司法部刑事司负责人詹姆斯·麦金纳尼近两年与麦卡锡关系很好的情况下。"①

一月十六日："本顿告诉我说，麦克格拉斯和总统都在管年轻中尉与麦卡锡
的事件。这是关于麦卡锡搞同性恋活动的第三份报告，而且是最确定的。其他
的报告只是详细叙述，但不是结论性的。"

一月二十一日："我从本顿和泰丁斯那里听说，联邦调查局在纽约询问年轻
中尉时，情况急转直下。中尉否认写过那封信，声称是另一个同性恋者出于嫉
妒安插了那封信。"

这样的指控，皮尔逊收集了许多——说还有一次类似的事件，是在威斯康
星州与一位年轻的共和党官员，说麦卡锡经常光顾"鸟窝"，那是一个同性恋的
聚会地点，位于中央火车站附近，以及如此等等。但都只是那样的指控，缺乏
证据，他没有公开这些指控。但皮尔逊确实让《拉斯维加斯太阳报》编辑汉
克·格林斯庞看了他的档案，格林斯庞看不惯麦卡锡，他就没有那么谨慎了。
在拉斯维加斯的一档电台节目里，麦卡锡把格林斯庞称作"前共产党员"。他后
来收回了这个指控，声称是说错了，他的意思是想说，"有前科"，这话说对了，
因为格林斯庞曾经获罪蹲过监狱，那是在一九四八年的以色列独立战争时期，
他向以色列走私武器（信息是胡佛提供给麦卡锡的）。在"我的立场"栏目和
其后的回忆录中，格林斯庞重复了皮尔逊档案中的指控，加上他自己挑选的一
些材料，包括这位参议员去拉斯维加斯公费旅游期间的赌博活动，以及关于对
这位参议员喜欢旅馆行李生和电梯操作员的指控。② 然而，与麦卡锡一样，格林
斯庞也是贫民出身的斗士，在他的词汇表里是没有"据说"这样的词语的。"乔·
麦卡锡独身四十三年，"他写道，"他极少与女孩约会，如果有约会，他嘲笑地

---

① 胡佛警告麦卡锡，联邦调查局在调查该指控，强调说那是根据司法部长麦克格拉斯的命令。
麦卡锡只要求调查悄悄地进行，别让德鲁·皮尔逊知道。
② 1954 年 3 月 3 日，波多黎各恐怖分子在联邦众议院开枪射击，造成了一些国会议员的重伤。
几天后，胡佛告诉麦卡锡，一名线人从恐怖分子那里获悉，他们还计划暗杀麦卡锡："有个
人要来华盛顿杀你，他将扮作西联的信使，出现在你的旅馆房间。"但"如果这个计划失败，
就会有一个穿着行李生制服的人来你的房间杀你"。[79]

把这样的事情描述为装饰门面……在（密尔沃基）白马客栈聚会的同性恋常说，乔·麦卡锡参议员经常参加同性恋活动。在内华达州收听麦卡锡电台讲话的人们认为，他的声音很怪。确实如此。"[80]

一九五三年九月二十三日，麦卡锡与他的秘书和行政助理琼·克尔结婚了。有人认为，他这么做是想结束关于他的同性恋的谈论。

"关于麦卡锡参议员的档案，我们有很多。"胡佛的一名前助手回忆说，这个时期他在联邦调查局总部工作，能够接触到几乎所有的档案。虽然他并不是这位参议员的拥趸，但在查阅了这些档案的内容后他得出结论说，关于同性恋的指控是没有根据的，大都是一些无法证实的闲言碎语、猜测推断，以及显然是从怪人那里获取的匿名报料。"麦卡锡猛烈攻击国务院，这是他们对他发动反击的一个手段。"他总结说。[81]

然而，据说还有一份档案，是这位助手从来没有看到过的，但与联邦调查局总部人员一样，这位助手也是从调查局的小道消息渠道听说的。该档案根据非常严格的"需要知道"原则，由甘迪小姐保管着，很可能是在局长的私人档案里面，据说该档案涉及了麦卡锡与年轻女孩的关系，非常年轻的女孩。

在首都华盛顿，人们大都知道，麦卡锡酒醉饭饱后会把咸猪手伸向妇女，摸胸部捏屁股什么的。例如记者沃尔特·特洛伊就目击过这样的一幕，他回忆说，麦卡锡"在其单身汉期间抵挡不住年轻姑娘的诱惑。他忍不住要向年轻姑娘伸手。作为反对党的共产党，为什么不在他那里安插一名年轻女子从而提起强奸的指控，我就不明白了"。[82]

总部的闲言碎语说，该档案内有一份备忘录汇总和两份宣誓书。这位参议员的一些前密友告诫其他朋友要小心，千万不要在房间里留下麦卡锡与小孩子独处，因为以前发生过"意外事件"。据说两份宣誓书就是关于那样的意外事件，两次都涉及了不足十岁的幼女。

这样的闲言碎语也不仅限于联邦调查局的上层。据说中央情报局局长艾伦·杜勒斯也掌握了相同的或类似的信息，但杜勒斯是君子，即使在中情局遭到麦卡锡攻击的时候，他也没有利用这样的信息进行反击。

约瑟夫·麦卡锡参议员的儿童性骚扰事件的揭露，如果情况属实，那么其对麦卡锡自我吹嘘的铁杆哥们儿联邦调查局局长 J.埃德加·胡佛的名誉和职业生涯会造成什么程度的损害，只能是想象了。

资料来源：

[1] 蔡尔兹：《见证》，第 67 页。

[2] 前联邦特工。

[3] 约翰·巴特罗·马丁：《伊利诺伊州的阿德莱·史蒂文森》（纽约州花园城：双日出版
    社，1977 年），第 198 页。

[4] 蔡尔兹：《见证》，第 68 页。

[5] 德怀特·戴维·艾森豪威尔：《改革的权利》（纽约州花园城：双日出版社，1977
    年），第 90 页。

[6] 萨利文：《调查局》，第 45 页。

[7] 塔姆采访录。

[8] 罗杰斯致 J. 埃德加·胡佛，1953 年 12 月 12 日；鲍尔斯：《秘密》，第 317 页。

[9] 德马里斯：《局长》，第 151 页。

[10] 同上，第 148—149 页。

[11] 《国家商业》杂志，1972 年 1 月号。

[12] 布劳内尔致 J. 埃德加·胡佛，1954 年 5 月 20 日；丘奇委员会记录，第 3 册，第
    296—297 页。

[13] 布劳内尔证词："社会主义工人党对司法部长"；《纽约时报》，1981 年 6 月 28 日；
    《卫报》，1981 年 7 月 8 日。

[14] 德马里斯：《局长》，第 151—152 页。

[15] 德马里斯与伊曼纽尔·塞勒访谈录。

[16] 《华盛顿邮报》，1968 年 2 月 25 日。

[17] 《纽约时报》，1956 年 5 月 10 日。

[18] 奥辛斯基：《阴谋》，第 262 页。

[19] 同上，第 264 页。

[20] 库特勒：《美国的调查》，第 90—91 页。

[21] 《纽约时报》，1985 年 11 月 19 日。

[22] 艾森豪威尔与弗雷德·弗兰德利会话录；纳特·亨托夫，"立宪派"：《纽约客》，
    1990 年 3 月 12 日。

[23] 贝尔蒙特致 J. 埃德加·胡佛，1958 年 10 月 6 日；西奥哈里斯和考克斯：《老板》，

第 202 和 303 页。

［24］德马里斯：《局长》，第 135—136 页。

［25］萨利文采访录。

［26］前胡佛助手。

［27］昂加尔：《联邦调查局》，第 282—283 页。

［28］同上，第 432 页。

［29］萨利文：《调查局》，第 115 页。

［30］帕特里克·V. 墨菲和托马斯·普拉特：《委员：美国执法高层的观点》（纽约：西蒙
　　　与舒斯特出版公司，1977 年），第 85 页。

［31］墨菲采访录。

［32］罗伯特·科诺：《黑暗之河，血腥之河》（纽约：威廉·马罗出版公司，1967 年），
　　　第 235—236 页。

［33］墨菲采访录。

［34］怀特黑德：《联邦调查局故事》，第 152 页。

［35］昂加尔：《联邦调查局》，第 435 页。

［36］墨菲采访录。

［37］《华尔街日报》，1968 年 10 月 15 日。

［38］莫斯利：《杜勒斯》，第 131 页。

［39］洛弗尔：《间谍》，第 176 页。

［40］莫斯利：《杜勒斯》，第 142 页。

［41］W. A. 斯文伯格：《卢斯和他的帝国》（纽约：斯克里伯纳出版社，1972 年），第 396
　　　页。

［42］兰菲尔和沙哈特曼：《联邦调查局 - 克格勃的战争》，第 73 页。

［43］《民族》杂志，1979 年 3 月 3 日。

［44］贝尔蒙特致莱德，1950 年 7 月 17 日。

［45］J. 埃德加·胡佛致司法部长麦克格拉斯，1950 年 7 月 19 日。

［46］索尔·斯特恩和罗纳德·拉多什，"隐藏的罗森伯格案"：《新共和》杂志，1979 年
　　　6 月 23 日。

［47］同上；约翰·韦克斯利：《审判罗森伯格夫妇》（纽约：巴兰坦图书公司，1977 年），
　　　第 28—29 页。

［48］丹尼尔·叶尔金，"绝望时代的受害人"：《纽约时报》，1975 年 4 月 19 日。

［49］西德尼·蔡恩：《罗伊·科恩自传》（新泽西州锡考克斯：莱尔·斯图尔出版社，

1988 年），第 76 页。

[50] 罗纳德·拉多什和乔伊斯·米尔顿：《罗森伯格档案：真相的探索》（纽约：霍尔特、莱因哈特和温斯顿出版公司，1983 年），第 277 页。

[51] 同上，第 163—164 页。

[52] 兰菲尔和沙哈特曼：《联邦调查局 – 克格勃的战争》，第 218 页。

[53] 同上，第 213 页。

[54] 贝尔蒙特致莱德，1951 年 3 月 16 日。

[55] 拉多什和米尔顿：《罗森伯格》，第 180—181 页；兰菲尔和沙哈特曼：《联邦调查局 – 克格勃的战争》，第 225—226 页。

[56] J. 埃德加·胡佛致司法部长，1951 年 4 月 2 日。

[57] 莱德致 J. 埃德加·胡佛，1951 年 4 月 3 日。

[58] 蔡恩：《科恩》，第 76—77 页。

[59] 塞波尔致联邦调查局局长克拉伦斯·凯利，1975 年 3 月 13 日。

[60] 拉多什和米尔顿：《罗森伯格》，第 284 页。

[61] 安东尼·维拉诺和杰拉尔德·阿斯特：《普通特工》（纽约：四方院出版社/纽约时报图书公司，1977 年），第 26 页。

[62] 《时报》，1975 年 5 月 5 日。

[63] 合众社，1978 年 6 月 18 日。

[64] 布兰尼根致贝尔蒙特，1953 年 6 月 18 日。

[65] 维拉诺和阿斯特：《普通特工》，第 27 页。

[66] 《纽约时报》，1953 年 11 月 7 日和 8 日。

[67] 《美国新闻与世界报道》，1953 年 11 月 27 日。

[68] 同上。

[69] 《纽约时报》，1953 年 11 月 18 日。

[70] 《时报》，1953 年 11 月 30 日。

[71] 皮尔逊：《日记》，第 284 页。

[72] 同上，第 341 页。

[73] 德托莱达诺：《胡佛》，第 256 页。

[74] 罗伊·M. 科恩："他能在水上行走吗？"，《君子杂志》，1972 年 11 月。

[75] 《圣迭戈论坛晚报》，1953 年 8 月 22 日。

[76] 《I. F. 斯通周刊》，1953 年 9 月 5 日。

[77] 《纽约邮报》，1959 年 10 月 14 日。

［78］同上。

［79］J.埃德加·胡佛致麦卡锡，1954 年 3 月 12 日；奥辛斯基：《阴谋》，第 412 页。

［80］汉克·格林斯庞和亚历克斯·皮特：《我的立场》（纽约：戴维·麦凯出版公司，1966 年），第 221 页；格林斯庞采访录。

［81］前胡佛助手。

［82］特洛伊：《政治动物》，第 250 页。

第二十七章　一次发病

　　有一段时期，胡佛－麦卡锡之间的关系似乎真的是很铁，麦卡锡会经常去满足局长的虚荣心。在一封典型的信中，这位参议员写道："没必要让人给你树碑立传。你以联邦调查局的形式树立了自己的丰碑——因为联邦调查局就是 J. 埃德加·胡佛，我们很放心，联邦调查局将一如既往。"[1] 对此，胡佛的回答是："联邦调查局取得的一切成就，在很大程度上，是因为我们能够得到像你这样的优秀朋友的全心全意的支持和合作。"[2]

　　但那是在一九五二年。到一九五四年年初的时候，胡佛认为他不得不断绝与麦卡锡的关系，因为这位参议员在攻击总统的时候，危及了联邦调查局局长自己的安全。此外，胡佛已经有了好多怨言，虽然都很小，但积累起来后效果就不小了。麦卡锡和科恩经常引用联邦调查局的报告，虽然大家都否认是来自调查局，但并不是每个人都会相信这种否认，参议员福布莱特就是一个，他宣称再也不会把信息提供给联邦调查局了，因为似乎总是能够看到这样的材料出现在来自威斯康星州的资浅参议员的手中。麦卡锡还未经与胡佛商量就聘用了他的两名骨干特工——纽约分局剿红小分队队长弗朗西斯·卡尔，以及他的助手吉姆·朱利亚纳。而且麦卡锡的助手科恩和沙因还在公开场合说出令人窘迫的蠢话，两人一有机会就吹嘘他们与联邦调查局局长的亲密关系。

　　在四年的大部分时间，胡佛在某种程度上能够容忍麦卡锡。例如，他已经说服他别去调查原子能委员会，或者卷入联邦调查局正在处理的奥本海默案子。之前，在艾森豪威尔选派的驻苏联大使查尔斯·E."奇普"·波伦的征求意见听证会上，胡佛知道总统急于想让提名获得通过，但他不想透露有关波伦的某些高度私密的信息，虽然他承认联邦调查局对这个候选人的调查显露有一些同性恋的事情。在麦卡锡问及波伦是否为同性恋的时候，胡佛回答说，他"不知道"，他"没有证据可以证明任何公开的举止"，但是"波伦在与同性恋交往的时候肯定是判断失误"。[3]麦卡锡继续攻击波伦，但由于缺乏特定的证据，他的讲话影响不大，波伦的提名获得了通过。①

到一九五四年春天的时候，胡佛明白，他自己也有可能被控与问题人物的交往，就像他曾经指控过许多人那样，于是诚如副总统理查德·尼克松所说，胡佛去向总统抱怨说："麦卡锡已经在妨碍对共产党员的调查了。"[5]这也不是胡佛第一次认为应该去向总统提醒当心麦卡锡。去年七月，胡佛就通过司法部长警告总统，他从一个绝密渠道获悉，有一个"阴谋"要中伤艾森豪威尔政府，并选举麦卡锡当总统。据他认为"可靠"的线人的说法，这帮人的头目是斯佩尔曼红衣主教和约瑟夫·肯尼迪，并得到了其他富裕的天主教徒的协助。[6]（由于该红衣主教已经失宠于教皇，显然罗马教皇没有参与阴谋。）至于艾森豪威尔和布劳内尔是不是重视这样的指责，则不得而知，但胡佛本人，从他的备忘录的语调来看，是很认真的。

不知道胡佛是不是会利用这个时机，把其保存的关于斯佩尔曼和科恩的同性恋档案与他的上级分享，但这应该是一个合适的机会。

胡佛决定与麦卡锡断绝关系的时机，对这位参议员来说是致命的。联邦调查局局长不予提供帮助的命令，就在"陆军－麦卡锡听证会"之前，是麦卡锡最需要联邦调查局帮助的时候。从一九五四年三月十六日开始，并于两个月之后结束的一系列听证会，使得麦卡锡遭遇了滑铁卢。通过电视媒体，几百万美国民众看到了麦卡锡的嘴脸：一个盛气凌人的变态的说谎者，对诽谤无辜的人们没有丝毫悔意。罗伊·科恩在一边低声为他出谋划策也没起到任何帮助作用。

---

① 对波伦的背景情况开展调查的特工不够敏感。德鲁·皮尔逊在其 1953 年 3 月 5 日的日记中写道："联邦调查局就有关'奇普'·波伦的事情来见我。他已被提名为驻苏大使。在他们问我他是不是同性恋的时候，我感到很吃惊……"皮尔逊告诉他们，他从来没有听说或怀疑过这样的事情。"实际上，"他在日记中继续写道，"我与波伦不太熟。最近几年，当他约他的时候，他总是一副高高在上的样子。"[4]胡佛肯定知道，让特工去问皮尔逊，他也是在帮助扩散这样的指控。

反对的意见界限清楚，至少有一点是共同的，诚如《大众福利》一位记者所观察的，"显然双方都想窘迫地躲进胡佛的保护伞下"。[7]

虽然联邦调查局局长毫发无损，但来自威斯康星州的这位资浅参议员则不然。一九五四年十二月二日，参议院以六十七票对二十二票通过决议，谴责麦卡锡，使他成为第四个受到同事处罚的参议员。

挨批之后，麦卡锡完蛋了。他依然有参议员的席位，承担着委员会的工作，但当他站起来说话的时候，大多数参议员离席而去，记者们也不参加他的新闻发布会。他从来都不是衣冠楚楚，他的秘书琼·克尔照顾了他一段时间，但现在他又回到了过去的样子。倒不是说他酒喝得多了，按照理查德·罗维尔的说法，至少开始的时候不是，但他似乎管控能力不行了。那些与他不期而遇的人注意到，他常常有口臭，而且频繁地有呕吐的感觉。

他与 J. 埃德加·胡佛的一次性友谊，是他唯一留下来的：他在一次次讲话中提及这事，为的是给人们留下印象，他们依然是铁杆朋友，是一起与颠覆威胁作斗争的战友，但在现实中，似乎让他最为受伤的是，每当他打电话到联邦调查局总部的时候，局长不是"在开会"，就是"出差去了"，即使路·尼科尔斯也让自己的助理接听他的电话。他试图得到胡佛的重新优待——一九五六年的"胡佛当总统"的呼声，基本上就是他的主意——但他的努力甚至没能得到一声"谢谢你"的回答。在贝塞斯达，由于显然与酒精或精神有关的各种怪病的结果，或者是两者的合成结果，他于一九五七年五月二日去世，年仅四十七岁，他比胡佛年轻了十四岁，却比他早死了正好十五年。①

虽然已经有三年没与麦卡锡说话了，但胡佛还是参加了他的葬礼。就联邦调查局局长来说，尽管麦卡锡协助公布了共产党的威胁，并由此大幅增加了调查局的预算，却被当作一个微不足道的小人物：在经调查局批准的唐·怀特黑德的历史书《联邦调查局故事》的索引中，没有提及他的名字。

在所谓的麦卡锡主义现象开始的时候，J. 埃德加·胡佛原本可以把它挡住；

---

① 麦卡锡死因的官方说法是急性肝炎。"没有提及肝硬化或震颤性谵妄，"传记作者大卫·M. 奥谢斯基说，"虽然媒体准确暗示，他是喝酒喝死的。"[8]

在早期快要形成了一定气候的时候，参议员罗伯特·塔夫脱本可以拒绝提供共和党的支持；更为重要的是，假如拒绝与麦卡锡"同流合污"，那么德怀特·戴维·艾森豪威尔总统肯定能够阻止它。而且假如有一个组织是由其他人当家，那么也有可能会产生完全不同的结果，或者至少能够表达有道理的和负责任的不同声音。然而，美国公民自由协会选择了与之合作，不是直接与这些政治迫害者合作（虽然也有各种零星的例子），而是与他们的导师联邦调查局局长 J. 埃德加·胡佛合作。

美国公民自由协会首席法律顾问莫里斯·厄恩斯特，倒是警告过关于麦卡锡的事，但只是出于联邦调查局档案圣洁的考虑。他写信给路·尼科尔斯说："我知道你很现实，你明白我们共和党内许多受人尊敬的党员相信，麦卡锡和其他人如果不是看过某些档案，那就是得到了内部消息。如果这种感觉发展下去，其对联邦调查局的损害，会超过一百本洛文塔尔图书的能力。我很担心，我只希望你和埃德加不要太过骄傲自满。"[9]

厄恩斯特也许会因为许多事情而受到指责，但不会是因为骄傲自满。他担心"我们的联邦调查局"。这样，他有时候会惹恼胡佛。

"……至于效忠誓言的情况，恕我冒昧，"厄恩斯特写信给胡佛说，"我能不能说，我认为你有点敏感，我认为你写了太多的信去纠正对联邦调查局的攻击。我不是在指责你的恼火，可我认为，肯定有比你回击这些攻击更好的策略。"[10]"告诉埃德加，我是第一次为他担心，"厄恩斯特写信给尼科尔斯，"他写给我的关于弗莱（前联邦通信委员会主席、胡佛的老冤家詹姆斯·劳伦斯·弗莱）的信件，表明了他心中的怒气，这不但没有必要，而且是危险的，因为这会带来不安全的因素。"[11]

对于莫里斯·厄恩斯特喜欢提出这种免费的忠告，或者以胡佛对待别人的这种屈尊俯就的口气，联邦调查局局长从来就没给过好脸色，但由于厄恩斯特依然是美国公民自由协会的首席法律顾问，胡佛也就忍耐了。但厄恩斯特在一九五四年退休了，在他一九五五年十二月二十二日的一封信中，他最后做得过分了。在华盛顿游荡的时候，他向胡佛报告，他听说"一些愚蠢的共和党人"甚至还有一些随机的民主党人"在谈论，如果艾森豪威尔不谋求连任，'胡佛想竞选总统'"。这种"胡说八道"会让他难堪，厄恩斯特忠告说，而且他已经尽了最大的努力去阻止这种说法。① 厄恩斯特总结说："我喜欢你当联邦调查局局长，不喜欢你去当总统或者哪怕是总统候选人。你不会因此而认为我不厚道吧。"

此后，胡佛（也就是尼科尔斯）的回答明显地出现了冷淡。但厄恩斯特显然没有注意到。

一九五七年八月，厄恩斯特打电话给尼科尔斯谈论一些事情，却被告知说，他在希斯案子中指控联邦调查局拼装那台打字机之后，现在还敢打电话来，胆子倒是不小啊。厄恩斯特试图解释，想说服尼科尔斯，他没说过这样的话。在阅读了阿尔杰·希斯《公众舆论法庭》② 一书后，他只是陈述他"现在倾向于相信希斯是无罪的"，他有一种预感，"希斯案的法庭审理，某一天也许会发生意义深远的重新鉴定"。[12]

引用局长的话，尼科尔斯告诉厄恩斯特说："如果希斯是无辜的，那么是联邦调查局说谎了。"[13]

"亲爱的路，"厄恩斯特写信给尼科尔斯，"你从埃德加那里发送过来的信息，让我感到迷茫和震惊。我认为，编造打字机的故事根本就没有说服力。不管怎么样，你现在应该明白，我公开陈述过的我对联邦调查局的欣赏和信心，这是意义深远的。"[14]

但胡佛根本不去理会这种表态。"他在说谎，"在尼科尔斯与厄恩斯特的会话备忘录上，局长做了这样的批注，"我不想听到他的解释。我不允许联邦调查局再与他交往下去。"[15]

虽然他们做了二十五年的"朋友"，但胡佛命令全面审查联邦调查局保存的关于厄恩斯特的档案。局长的一位助手明白风向已经改变，他反馈说，厄恩斯特与一些共产党的阵线有联系。胡佛还下令把厄恩斯特从他的特别通讯录中清除掉。这意味着再也不会有来自"埃德加"的署名信件了，还意味着再也不会

---

① 相比之下，胡佛对待这样的谈论是很认真的，甚至询问多位分局长，想听听各分局的意见，这使得分局长们处在一种窘境之中，由于必须回答，他们就尽可能使用外交辞令，说没有意见。

② 阿尔杰·希斯出狱后的这本书，是那年的早些时候由诺普夫书局出版的。胡佛不但尽力诋毁该图书，他还为诺普夫及其妻子布兰奇建立了档案，其内容甚至包含了两人没在说话的时间段。这并没有必然地表明，两人受到了窃听，因为这显然不是一个不寻常的事件。这位作者是其中的一人，他度过了一个非常奇特的晚上，在饭桌上向对面的一位叙述对文章的评论。

发送生日贺卡、圣诞贺卡和周年庆祝贺卡了。

厄恩斯特深感受伤，他写了好几封信给胡佛，试图"澄清"在他与联邦调查局打交道时他心中的"郁闷"，[16]但虽然尼科尔斯和他在刑事信息部的接班人给了冷淡的回复，联邦调查局局长与美国公民自由协会首席法律顾问之间的长期友谊，已经结束了。

一九六四年还有一个最后的下文。在参议院一个小组委员会的一次小范围听证会上作证时，厄恩斯特把J.埃德加·胡佛说成是"一位珍贵的朋友"。胡佛做出的反应，只能说是一种适度的妒火——他只有一个"珍贵的朋友"，其名字绝对不是莫里斯·厄恩斯特——克莱德·托尔森已经把厄恩斯特的名字放在了"外出"的名单上。这意味着，如果厄恩斯特想联系胡佛，一位助理会告诉他说，局长"不在城里"。[17]

在一九五二年至一九五九年间，欧文·弗曼是美国公民自由协会华盛顿分会主任。一九五三年，厄恩斯特建议尼科尔斯与弗曼见个面——"我认为，你们两人认识一下是互惠互利的事情"——殊不知那两个人早就很熟悉了。[18]

弗曼定期向路·尼科尔斯发去关于隶属于美国公民自由协会的积极分子名单，要他确认一下，他们是不是共产党员或在从事颠覆活动。联邦调查局对每个人都建立了档案。弗曼发表声明说，民权的议题与罗森伯格案无关。除了定期报告之外，他还会临时汇报美国公民自由协会正在策划什么活动。他给尼科尔斯发去了美国公民自由协会的许多文件，包括会议纪要，常常附有诸如这样的评论："我确信这是共产党政治的产物"和"这帮人相信言论自由的又一个例证"。弗曼向联邦调查局告发反对派人员的情况，以及有一帮人打算成立一个委员会来反对众议院非美活动委员会。他还向联邦调查局发送了美国公民自由协会部分成员的名单，显然，这些人的唯一罪状是不同意欧文·弗曼的观点。

多年后，为证明与联邦调查局的秘密关系，弗曼声称，尼科尔斯已经协助否决了一份由非美活动委员会起草的关于美国公民自由协会的"极不负责的"报告，由于他的努力，已经把美国公民自由协会从司法部长的名单上去掉了，他已经提供协助，成功地使诸如美国退伍军人协会那样的反对美国公民自由协会的组织"陷入了困境"。他说他已经采取了行动，这样美国公民自由协会用不着捍卫自身，可以花时间去捍卫民权了。[19]

假如莫里斯·厄恩斯特知道了弗曼的行动，他是会大惊失色的。

虽然联邦调查局局长已经与总统建立了良好的工作关系，但他还是收集关于总统的负面信息，以防他们的关系发生恶化。一九五五年九月，麦卡锡的首席调查员和因为与妓女交往而被开除的前联邦调查局特工唐·苏赖，给他的朋友尼科尔斯送去了一些有趣的信息：根据他自己的一个消息来源，苏赖说，艾克的前陆军妇女队司机和传说中的战时情妇凯·萨默斯比，住在肖勒姆旅馆，而且在一个月到一个半月以来一直在"使用假名"。

联邦调查局局长已经为萨默斯比建立了档案。他知道，例如因为通奸，她在一九四三年与第一任丈夫离婚，目前嫁给了华尔街的一位股票经纪人。现在她使用假名入住一家靠近白宫的旅馆，说明她很可能秘密地与总统重叙旧好。"看看我们能否悄悄地搞到名字。"局长下达了命令。但虽然胡佛手下的特工试图确认她的身份，不管是守候在旅馆外面，还是调查她的娘家姓名和婚后姓名，他们都没有获得成功。找借口打电话到她的纽约住处，接听的是萨默斯比本人，这只能证明，目前她不住在肖勒姆旅馆。调查局追查另一个关于总统性生活不忠的谣言，也没有起色。一九五四年，特工们通过在圣路易斯对一个名叫约翰·瓦伊塔尔的"意大利歹徒"的搭线窃听，偷听到了瓦伊塔尔与底特律一位朋友之间的一段会话，其中瓦伊塔尔需要一名律师，对方提议可以试试美国总务署一位专门的律师。通常，这样的谈话对局长是没有什么意思的，但窃听记录很快就被送到了胡佛那里，主要是因为后随的评论。朋友说，那人不但是一个优秀的律师，而且他"老婆长得很好看——他说艾克一直想把她弄上床"。[20]虽然此后对这对夫妻的调查积累了一份长达十页的备忘录——至今还没有公布——但显然并没能证明总统的意图成功与否。①

联邦调查局局长与司法部长布劳内尔之间的重大矛盾，在白宫的一次内阁

---

① 凯·萨默斯比后来在其回忆录《过去的记忆：我与德怀特·戴维·艾森豪威尔的风流韵事》中声称，虽然她与将军深深相爱，很想结婚，但在3次圆房的时候，艾克都是阳痿不举。

会议期间爆发了。联邦调查局局长至少取得了暂时的胜利，这个胜利维持了几年。

矛盾爆发的时间是一九五六年三月九日，议题是民权。布劳内尔要求国会通过新的民权法（自从南北战争后重建以来，还没有一部民权法），建立一个独立的民权委员会，让司法部的民权科升级为民权处，授权把联邦法院的诉求转为投票权。

他的下级联邦调查局局长 J. 埃德加·胡佛，是根据总统和内阁的要求，陪同布劳内尔来参加会议的，现在与他唱起了对台戏。

"南方人的状态是普遍怀有怨恨，他们认为这是对他们生活的一种不公平的描述，认为是对他们的干涉。"胡佛警告全神贯注的听众。他还指责一九五四年和一九五六年美国最高法院废除学校的种族隔离制度。他提醒说，在"混合教育"的紧张气氛的幕后，是"追随异族通婚的幽灵"。他声称，美国有色人种协进会和其他民权团体鼓吹"种族仇恨"，激化了本来就很紧张的形势。而且，他们已经被列为共产党要想渗透的目标。① 此外，最近从南方各地涌现出来的白人公民委员会，反对废除种族隔离制度，他们的成员包括了"银行家、律师、医生、州议员和企业家……这是南方主要的公民"。显然，胡佛已经选择了站队。至于三K党，联邦调查局长轻描淡写地认为这个可以"忽略不计"。胡佛总是带着图标和统计数字，他用一个数据来显示，私刑的数量已经下降了。因此，立法要求联邦调查局承担这种案子的责任，肯定是没有必要的。

谈及即将召开的美国有色人种协进会代表大会，他以纯政治的观点进行围攻："共产党计划利用这次大会，向支持会议的政府和南方各州的民主党人发难，逼迫政府在民权立法上站到现在的国会一边。共产党希望通过裂口对一九五六年的大选施加影响。"

桑福德·昂加尔注意到，"局长的报告，回过头来看似乎是偏激和心胸狭窄的，产生了巨大的影响。这很可能是一个主要的因素，导致艾森豪威尔总统做出决定，不支持布劳内尔倡导的民权项目。"

据另一位历史学家 J. W. 安德森的说法，联邦调查局局长的内阁发言，"加

---

① 起先发现美国有色人种协进会是反对共产党的，但联邦调查局还是对这个组织进行了长达25年的调查。

强了总统"对民权立法"的消极冷漠"。[21]

在这个时期，联邦调查局本身当然是消极冷漠的。一九五六年八月，胡佛授权开展第一个反情报项目。这样的项目，以后会发展到十二个，其目的是"扰乱、破坏和摧毁"特定的目标。

反情报项目在调查与隐蔽行动的界限上跨出了一大步。与所有的反情报活动一样，这些项目的目的说起来都是要摧毁敌人，不管是个体的还是意识形态的。

手法也都不是新的；自一九四〇年代以来，特工们就已经在使用许多手法了。变化只是胡佛现在感觉地位稳固了，他可以正式批准超越法律的行动了。

第一个目标是美国共产党。① 八月二十八日，贝尔蒙特为博德曼制订了行动纲要。这是"从内部发起针对共产党的一次全面进攻"："换句话说，调查局要发动一个规模空前的针对共产党的反情报项目，不是从外部进行骚扰，那也许只会使各个派系团结起来，而是在目前上演的内部争斗中煽风点火。"[22]

到一九五六年的时候，美国共产党已经差不多奄奄一息了。从一九三九年的苏德条约起，发生的事件都对共产党不利。宗派主义、大清洗、《史密斯法》审讯、死亡和投诚，已经使该党大伤元气。据估计，在余留的不到五千名党员之中，大约有五百人是联邦调查局的线人。

为什么要在共产党处于垂死挣扎的这个时候开展反情报项目呢？调查局种族情报科负责人乔治·C.摩尔后来作证说："联邦调查局之所以要开展反情报项目，是因为如果你要在调查局有所作为，就得有一个以行动为导向的团队，他们能够看到事情的发生，并努力促成事情的发生。"[23]特工大量过剩，许多人无所事事。不受法律支配地骚扰共产党人和其他意识到的敌人的行动，不但能够有事情做，而且还有其他的效果。诚如弗兰克·多纳所观察到的，联邦调查局授权的简单的调查，"抹杀了特工们渴望行动的高涨的积极性，以及实际追猎敌

---

① 针对社会主义工人党的第二个反情报项目，规模几乎一样大，其结果是几百条鬼鬼祟祟的记载和成千上万次非法行动。1960年代，社会主义工人党的十分之一党员是被联邦调查局买通的告密者（其中3人竞选党内职务）。在1960年到1976年之间，大约1300个线人领取了约莫170万美元的劳务费，虽然联邦法官后来没有发现证据可资证明，联邦调查局的线人告发过任何计划或实际的暴力、恐怖或颠覆美国政府机构的事例。

人的乐趣"。①[24]

由于法院的限制而遭到挫败之后——在一九五六年到一九五七年间，美国最高法院撤销了《史密斯法》的大多数定罪条款——联邦调查局局长和特工们发现，反情报项目是一条路，可以继续打击在他们心目中威胁美国生活的敌人。

在被问及反情报项目是不是会有合法性问题的时候，摩尔回答说："没有，我们从来没有考虑过这事。"[26]局长要那么做，这就够了。

方法也是老套的，只有局长的正式认可和鼓励才是新的。在初始成功的鼓舞下，胡佛很快就命令特工负责人提交新的更富想象力的方法。这包括以下几个方面：

一、向"友好"的媒体联系人发送故事。其内容有相对琐碎的事情，例如共产党领导人格斯·霍尔购买了一辆新车，据说是动用了党内经费；还有比较严重的贪污、重婚、欺诈和其他犯罪行为的指控。

二、以写匿名信和打匿名电话的方式，散播或真或假的负面信息，诸如造谣说某某人是同性恋或"另类的性变态"。在反情报行动中，性发挥了重要的作用。例如，人们在为通奸指控辩解的时候，不可能全身心地投入到党的工作中去。性病的谣言，也不可能提高党的领导人威望。一名年轻女子的刻板传统的父母亲接到通知说，他们的女儿在与一个共产党员非法同居。通过搭线窃听获悉自由派人士律师行的一个合伙人，与另一合伙人的妻子有了风流韵事，使用匿名信的方法，结果律师行所有员工都知道了，包括他们的配偶。

三、像偷拍、同步监控和心理折磨这样的骚扰方法，能造成混乱，使得其他人，比如同事和朋友，认为那个人已经受到了调查。

四、告诉雇主、邻居、客户和朋友，这个目标被怀疑是共产党员，这是反情报项目中惯用的手法，因为其结果往往是丢了工作、坐立不安和社交遭排

---

① 线人也是不安分的。除了偷窃成员名单、报告令人乏味的决议的通过、党内资金不足或成员之间存在龃龉之外，他们想更有作为。调查局鼓励他们努力去搞破坏，但没有提及限制范围，这样，他们将在反情报项目中起到关键的作用。贝尔蒙特发备忘录给博德曼说，"某些线人"，在12个大分局的指挥下开展行动，将"参加会议和接受指令，将在他们自己的支部、部门、地区，甚至是全国范围内开展破坏活动"。他们将"抓住一切机会，不但在大小会议上捣乱，而且在共产党员和共产党领导人开展社交工作时也搞破坏"。[25]

斥。① 在工作单位开展盘问尤其有效，因为这能造成目标的同事议论纷纷。如果目标有孩子，特工们会去走访和盘问孩子的老师，以及同学的家长。

五、使用"选择性执法"，要求税务局或审计安置证据，在由配合行动的当地警方发现后，就可以抓人了。

六、在某人身边安置"告密者"。威廉·艾伯森是共产党纽约分部的高官。自年轻时候起，他就是一个坚定的马克思主义者，他也是一位努力和高效的党员干部，因此成了反情报项目的美国共产党大目标。联邦调查局通过似乎是调查局线人关于他的汽车问题的报告，从而"废掉"了艾伯森。结果，艾伯森被清除出党，在《工人日报》上被谴责是"内奸"，还丢了工作，朋友们对他唯恐避之不及。虽然后来艾伯森死于一次意外事故，但有些人说他是自杀，或者是因为压力过大导致心脏病发作去世。

反情报项目开始的时候是缓慢的，然后像病毒发展般地迅速成长扩散。每一个新的意识中的威胁——不管是民权运动、新左翼或黑人民族主义——都带来了一个新的反情报项目。

那个时候，还没有谈及对青少年的毒害，没有提及一位著名的民权运动领袖的自杀，或同意和鼓励实施暗杀。谋杀要等后来才会发生。

虽然是胡佛的下级——艾伦·贝尔蒙特、威廉·萨利文、乔治·C.摩尔和各地的分局长——提议搞"阴谋诡计"，但胡佛本人批准了每一项反情报行动，包括在艾伯森身边安置告密者。用蓝墨水书写的批语"我同意"或"好的"，出现在几十份备忘录之中。尽管一九五六年至一九七二年间在调查局工作的特

---

① 这样的手法，有时候会引起反弹。当联邦调查局两名特工去通知恩里科·班杜奇——旧金山"饥饿夜总会"老板，也是一位伯乐，发现了全国天才人物，包括比尔·科斯比、芭芭拉·史翠珊、莫特·萨尔和金斯顿三重奏乐队——他的灯光师阿尔瓦·贝西，是"好莱坞十人"之一，曾在监狱服刑。班杜奇脾气暴躁，动手把特工赶了出去，他的唯一遗憾是，由于他经营的是地下室的夜总会，不可能把他们踢下楼梯。乔治·古特孔斯特是附近索萨利托著名的水精灵饭店的老板，也是一个坚定的激进分子，他有一处楼上的经营场所，当两名特工告诉他，他的一个餐馆服务员在和平请愿书上签了名时，他满足了班杜奇的愿望，把特工从楼上踢了下去。

但身穿蓝色西服、表情严肃的两名联邦调查局特工的出现，常常会引起雇主的重视，会去重新评价雇员是否合适。

工都知道反情报项目，而且大都参加过至少一次行动，但它们依然是调查局最深藏最黑暗的秘密之一。直到一九五八年，联邦调查局局长才认为最好是向上级报告，这样的项目是存在的。那年的一月，胡佛在不留记录的作证期间告诉众议院拨款委员会，调查局在搞一个"大项目"，为的是"破坏"和"扰乱"共产党，该项目已经存在"好几年"了，扰乱的策略是通过"通风报信者"。[26]

看到国会没提出反对意见，他就写了一份措辞仔细的备忘录，向总统和司法部长报告说："一九五六年八月，调查局开展了一个项目，其目的是促成美国共产党队伍内部产生混乱……为完成目标，我们采用了一些手段。"例如，胡佛只提及了使用线人去造成"剧烈的争吵"，以及投寄反共产党材料的匿名邮件，根本不会激怒民权自由论者，更不用说罗杰斯或艾克了。当他引证"共产党员幻想破灭和弃暗投明，以及各级干部派系增加……这样的实际成就"[27]的时候，他们也不可能会有抱怨。

J.埃德加·胡佛善于保护自己。

一九五六年的大选战役，共和党的口号依然是"我喜欢艾克"，这显然赢得了选民的赞同。胡佛用不着自己出手。他的新近复活的针对史蒂文森的同性恋玷污战役，现在有了一个接班人，即他的朋友沃尔特·温切尔。在电台互动节目中，温切尔评论说，"投票给阿德莱·史蒂文森，就是投票给克莉丝汀·乔金森"。乔金森是公众知道的第一批接受变性手术的人之一。但温切尔的电视节目主办者认为受到了冒犯，于是把他抛弃了，迫使这个节目取消。温切尔还没有很好地理解电视屏幕的作用。他的电台广播节目的听众，也没有以前那么多了。他的传记作者莱特利·托马斯注意到，温切尔还没有很好地成熟。他的话"听起来很刺耳。他的偏见使得其他方面黯然失色。他似乎不像旧时小心翼翼的记者，更像是一个饶舌多嘴、固执己见的怪人"。[28]有些人已经开始对J.埃德加·胡佛做同样的评论了。

史蒂文森的竞选伙伴是埃斯蒂斯·基福弗。这是很相配的一对，联邦调查局局长告诉他的助手们：一个臭名昭著的同性恋和一个臭名昭著的老色鬼。"臭名昭著"是胡佛最喜欢使用的词语之一。

甚至在加州投票开始之前，史蒂文森就取消了竞选。

对联邦调查局及其局长来说，一九五六年的重大事件，不是艾森豪威尔和尼克松的成功竞选连任，而是十二月份经批准的唐·怀特黑德的历史专著《联邦调查局故事》的出版。

唐·怀特黑德是美联社的专题记者，在一九五四年采访过胡佛，也就是在他担任局长三十周年的一个月之前，还曾把三个小时不间断的讨论改变为高度赞扬调查局及其局长的系列文章。怀特黑德想把这些材料汇编成书，于是带着这个想法去找路·尼科尔斯。尼科尔斯表示"怀疑"，但在一九五五年初，尼科尔斯把怀特黑德叫来，告诉他说："你千万不要去对老板说。他说要告诉你，调查局同意你出书的事情。完全同意。"[29]这是怀特黑德的版本。路·尼科尔斯的回忆就不同了。出书是他的主意，尼科尔斯声称，他让怀特黑德去写。"我们（胡佛和我）感觉该是撰写关于联邦调查局故事的时候了"。实际上，这个主意要早于怀特黑德，初次提议是在一九五〇年，作为对洛文塔尔那本书的反驳。考虑到了不同的作家，但在怀特黑德通过了特别征询类型的调查之后，才选定了他。他曾两次获得普利策奖，这个因素或许起到了决定性的作用。联邦调查局安排了一个办公室和一名研究人员，还提供了有关资料。虽然怀特黑德认为这些都是联邦调查局的原始资料，但实际上他得到的大多数是经特别准备的备忘录摘要。除了联邦调查局的帮助，尼科尔斯坚持认为，这本书是"百分之百的怀特黑德作品"。

奥维德·德马里斯："你是不是安排了人员去接受采访？"

路易斯·尼科尔斯："没有这个必要。"

怀特黑德因此只保留了局长喜欢的故事，略去了相反的，或许是批评的版本。尼科尔斯还否认对该书进行过"编辑"，只说"在写作过程中，他看过书稿"。[30]

胡佛的朋友贝内特·瑟夫安排了该书在兰登书屋的出版。一切都安排得天衣无缝。刑事信息部实际上接管了出版社的出版宣传工作，而且在诸如沃尔特·温切尔和埃德·萨利文那样的杰出人士的帮助下，说服了出版社把该书的出版作为全国重大事件来对待。许多评论是事先安排的（尼科尔斯为小城镇的报社提供了千篇一律的评语，以及赞美的社论文章），而且当然都是极力颂扬的。胡佛的一个老冤家、前联邦通信委员会主席詹姆斯·劳伦斯·弗利，在《星期六评论》杂志上发表文章，痛批这本书。但诺曼兄弟采取稳定措施，在杂志的同一期安排了另外的三篇赞颂评论，其中一篇是由莫里斯·厄恩斯特撰写的。社会党人诺曼·托马斯在《评论》杂志上撰文说："怀特黑德先生书写的历史，证实了我在阅读这本书之前就已经形成了的观点，即在美国这样一个泱泱大国的复杂多变的形势下，胡佛先生领导下的联邦调查局一直表现良好，甚至超过了人们对一个调查机构的指望。"[31] 假如托马斯知道联邦调查局对他进行了近三十年的调查，他或许不会那么慷慨了。为提高图书的销量，胡佛安排联邦调查局娱乐协会购买了几千册，但其实没有这个必要。正式上市前一周，兰登书屋第一次印刷就已经售出了五万册，而且新的订单以每天三千册的数量到来。总销量达到了二十万册，在畅销书榜单上保持了三十八周，有一百七十家报纸刊登了系列连载，还出了简装本，并由华纳兄弟公司拍摄电影，主演是杰米·斯图尔特。

经胡佛拍板后，梅尔文·勒罗伊被选定为电影的制片人和导演。从档案和好莱坞的闲言碎语中，局长掌握了勒罗伊足够的秘密可以对他进行操控。一支特工小分队被派遣去了洛杉矶，去监督电影的制作。勒罗伊后来承认："影片中的每一个人，从木匠和电工到最高层，每一个人都必须得到联邦调查局的点头认可。"[32]

其间出现了一些问题。杰米·斯图尔特在联邦调查局靶场射击时没有打中靶子，于是站在远处的唐·雅各布森特工一枪击中了斯图尔特靶子的靶心。还有一个问题是，勒罗伊要在联邦调查局总部安排几个大胸部的秘书——"电梯里挤满了丰乳肥臀的女人。"[33] 雅各布森后来回忆说——但经联邦调查局审阅后，这些镜头都被剪切了。当影片于一九五九年九月二十四日在纽约无线电城音乐大厅首映的时候，联邦调查局局长叫了起来。

然而，这并不是胡佛和托尔森第一次观看这部影片，拍摄期间，两人都参加过客串演出。几个星期之前，勒罗伊就已经在联邦调查局总部的放映室安排了小范围的放映，让联邦调查局高层官员观摩。"我的一生从来没有这么紧张过，"勒罗伊承认说，"我出汗了……我出汗之多是你们从来没有见过的。我浑身被汗水浸透了。在这样的场合，他们没有笑，他们都没有任何表露，包括胡佛先生、托尔森先生和德克·德洛克，还有在场的每一个人。因此当灯光亮起来的时候，我都累垮了。埃德加站起来，示意我到他那边去。他抱住我说：'梅尔文，你干得很棒。'在场的人都开始鼓掌。我猜想他们都在等着看他是不是喜欢。"然后，勒罗伊本人也叫了起来，部分是由于宽慰，部分是因为"这是一个优美的故事，这是一个关于联邦调查局的故事"。[34]

J.埃德加·胡佛依然在为他的一九三八年《隐身人》一书而感到刺痛，所以直到一九五八年，他才出版他的第二本由影子写手写作的书《骗术大师》。

虽然胡佛对《联邦调查局故事》一书的出版反响和电影版感到欣慰，但私下里他对唐·怀特黑德的成功感到非常痛苦。他凭什么发财呢，胡佛抱怨说，联邦调查局做了那么多的工作，尼科尔斯凭什么同意这是他百分之百的创作?①

就新书的出版和促销而言，胡佛不再冒风险了。胡佛新的出版商是亨利·霍尔特图书公司，该公司刚刚被他的朋友克林特·默奇森收购了，收购后的第一项工作，是消除共产党的影响。

"收购之前，他们出版了一些强烈亲共的图书，"默奇森告诉《纽约时报》，"他们中有坏人。"由于他不能简单地"辞退任何人，说他是共产党员"，默奇森说："我们只是把他们全都清除出去，换了一些好人进来。创伤肯定是有的，但现在我们的业务开展得很好。"[35]

胡佛的《骗术大师》的出版，是亨利·霍尔特公司新秩序的象征。在默奇森担任出版公司领导人的短暂期间，这也是他获得的最大的成功之一。胡佛对共产主义威胁的记述，精装本售出了二十五万册，平装本售出了两百万册，连续三十一周荣登最佳畅销书名单，其中三周名列非小说榜首。

一九五八年二月九日，甚至在该书出版之前，联邦调查局局长宣布，他想把著作权版税捐献给联邦调查局的娱乐协会。

媒体忙于赞美局长的慷慨，他们都没想到去问问胡佛，联邦调查局的娱乐协会拿这个钱去干什么。然而，这个问题也是每年必须向这个基金会捐款的联邦调查局许多特工多年来一直在问的，但他们没有得到过令人满意的回答。

事实上，联邦调查局娱乐协会是个小金库，由胡佛、托尔森和他们的主要助理在掌管和使用。这也是一个洗钱的手段，这样，局长就不用为他的图书版税支付税款了。联邦调查局局长的善举直接返归他们这些人的口袋里了。据负

---

① 怀特黑德从《联邦调查局故事》一书赚到了一大笔钱，由此他辞去《纽约先驱论坛报》华盛顿记者站站长的工作，成为一个自由撰稿人。他还与联邦调查局合作，在 1970 年出版了另一本书：《打击恐怖活动：联邦调查局在密西西比州与三 K 党的斗争》。

责监督《骗术大师》写作的威廉·萨利文——联邦调查局监督组的八名特工，将近半年来把上班时间全部用在了协助该书上——介绍，胡佛"把该书的好几万美元收入……装进了自己的口袋，还有托尔森，还有尼科尔斯"。[①][36]

胡佛还出版了两本书：一九六二年与霍尔特、莱因哈特和温斯顿合作的《共产主义的研究》，大约售出了十二万五千册，使联邦调查局局长赚取了将近五万美元的版税；《J.埃德加·胡佛论共产主义》，由兰登书屋在一九六九年出版，售出了大约四万册，总收入从来没有公开过。同样，这两本书也是联邦调查局员工写的——一个经常性的玩笑是，局长不但没有写过自己的书，而且甚至连看也没看过——也同样，为避税，他把版税放进联邦调查局娱乐协会洗清了。

当美国广播公司签订合同，准备播出系列剧《联邦调查局》的时候，胡佛追加了一个条件，即广播公司还要花七万五千美元买下《骗术大师》的电影版权。《联邦调查局》系列剧在一九六五年首播，连播了九年。胡佛赚到了每集五百美元。每一个铜板都进入了联邦调查局娱乐协会。[②]

诚如后面的章节还要叙述的，联邦调查局隐藏最深和最黑暗的一个秘密是，美国的头号执法官员其本人是个骗子。

一九五七年六月三日，美国最高法院以七票对一票，撤销了对克林顿·詹克斯的定罪。詹克斯是新墨西哥州的劳工领袖，在签署宣誓书之后，被定罪为

---

① 1971 年 10 月份，在会见《洛杉矶时报》一位高管和该报驻华盛顿记者站站长戴维·克拉斯洛时，胡佛本人令人惊讶地承认，《骗术大师》的版税被分成了 5 份，每份 20%，分别给了他本人、托尔森、路·尼科尔斯、比尔·尼科尔斯（与此无关，他是《大观杂志》的写手，显然为该书进行过润色），以及联邦调查局娱乐协会。同样不自然的是，胡佛还坦陈时至今日，每人得到了约七万一千美元。

　　这次见面完全没有记录。但这依然是一个奇特的供认，因为这样说等于是胡佛承认自己偷逃税费。

② 至少有一个记录在案的例子，说明胡佛拒绝了他的稿酬。

　　1951 年，纽约制片人路易斯·德罗奇蒙特同意把 1951 年 5 月期《读者文摘》的关于福克斯-戈尔德案子的一篇文章，改变为电影剧本《世纪大案》，为此支付胡佛一万五千美元的电影版权费。但在 1952 年 12 月，联邦调查局长写信给德罗奇蒙特，"我不想接受之前说过的电影版权费"，[37] 为此他们的合同也进行了修改。虽然文章没有提及罗森伯格夫妇，但在公众眼里，两个案子是互相关联的，胡佛十分清楚全球对这个死刑判决的抗议，他显然害怕万一外界知道他从这个案子拿钱会产生的反响。罗氏夫妇被处决后，这部电影的计划取消了。

作伪证。最高法院认为，刑事犯罪的原告有权看到证人之前指控他们的证词。①
前司法部长汤姆·克拉克是唯一反对的，他警告说，这个决定会导致在联邦调
查局档案中的"钓鱼活动"，并开创"实实在在的潘多拉魔盒问题"。[38]

再也没有比关于詹克斯的决定更让联邦调查局惊恐的了。这并不意味着，
任何人都可以来窥探联邦调查局的档案。但这确实意味——对胡佛也是同样惊
恐——如果被告提出要求，必须准备好之前由诸如伊丽莎白·本特利和戴维·
格林格拉斯那样的证人做出的不能自圆其说的陈述。

大规模的反击开始了，由刑事信息部头头和调查局与国会的联络员路·尼
科尔斯挂帅。胡佛没有公开谴责最高法院，但他做了大量的暗示，尼科尔斯则
确保让《纽约时报》和其他报纸都知道，为保护其绝密的来源，联邦调查局或
许不得不退出一些间谍案子，诸如即将开庭的对鲁道夫·阿贝尔上校的预审。
艾森豪威尔总统现在已经对他的最高法院法官任命感到非常失望——布伦南已
经写好了决定书，沃伦已经同意了——他说，联邦调查局档案的开放会造成
"无法估算的损失"。[39] 享有崇高声誉的美国律师协会，由尼科尔斯秘密起草一
份决议，对最高法院及其决定提出了强烈的批评。

但与最高法院的真正斗争，是在幕后开展的，是在国会的衣帽间和过厅里
开展的。胡佛号召他以前帮忙过的议员，并动员支持他的团组，通过游说提出
了一份两党支持的议案——在众议院由来自纽约州的共和党人肯尼斯·基廷、
在参议院由来自怀俄明州的自由民主党人约瑟夫·奥马霍尼倡议——说是要保
护联邦调查局档案的神圣不可侵犯，言外之意是反对关于詹克斯的决定。②

虽然该议案在参众两院以多数获得了通过，但最高法院就其是否合乎宪法
的裁决，差不多过了两年以后才做出。一九五九年六月二十二日，当最高法院
做出决定时，显然这是 J.埃德加·胡佛的一个重大胜利。联邦调查局局长不但
敢于与最高法院较量，他还能迫使最高法院撤销它自己的决定。

不幸的是，为这个胜利冲锋陷阵的人却不能为之一起鼓掌喝彩。路·尼科

---

① 指控詹克斯的关键证据，是哈维·马图索的证词。马图索是联邦调查局一个收费的线人，他
后来撤回了自己的证词。
② 新议案的关键词语，把法庭案子对联邦调查局档案的调阅限制在诸如"经由美国证人签名后
的报告或陈述，或者是经由该证人认可或同意，认为与他作证的事情是吻合的其他材
料"。[40] 这样，未经签名的陈述或由主持审问的特工准备的汇报备忘录，就不会遭到暴露了。

尔斯几乎一手创办起联邦调查局庞大的公关帝国，并忠心耿耿地为局长效劳了二十三年，但他在一九五七年十一月辞职离开了调查局，由此成为第一个犹大。

德鲁·皮尔逊在好几个月前就仔细地安置了定时炸弹。一九五七年一月十四日的"华盛顿快乐旋转木马"栏目说："路·尼科尔斯最近在讨好关键的参议员。在他们的印象中，尼科尔斯准备当胡佛的接班人。对此，尼科尔斯谦虚地回答说：'我唯一的愿望是为胡佛先生效劳'。"一九五七年九月五日的"快乐旋转木马"栏目说："联邦调查局和蔼的媒体代理人路·尼科尔斯在奉承尼克松副总统。路瞄上了 J. 埃德加·胡佛的工作，与重量级人物走得很近。"这样的说法还有很多，但这些是最贴切的。每次出现这样的栏目文章之后，胡佛就不会与尼科尔斯说话。

尼科尔斯确实有愿望，而且与尼克松谈起过，但两人都认为，在可预见的将来，胡佛是不可能退位的。尼科尔斯虽然比局长年轻了十二岁，但他已经有过两次精神失常和一次心脏病发作。他喜欢这工作的外快——他后来向本作者承认，他分享了《骗术大师》的版税——但最近的游说活动把他搞得筋疲力尽。而且，诚如尼科尔斯本人的观察，"与局长靠得越近，挨批的机会也越多"。[41]而尼科尔斯确实靠得很近，不但在实际距离上——他的 5640 号办公室，与局长的 5636 号接待室只相隔一个过厅，所以胡佛随时都可以很快把他召唤过去——而且在专业上也很靠近：胡佛做出的几乎每一个重大决定，都首先会找尼科尔斯试行。尼科尔斯也像托尔森那样，有时候敢于说不。克莱德·托尔森也有问题。他们之间曾经亲密过，但最近几年疏远了。托尔森不满意尼科尔斯规避局长的做法，这一切全都由他的忠诚的助理向他一五一十报告了。

尼科尔斯的退休宣告不是操作得很好。除了说他其他的不是之处，胡佛称他是犹大。虽然局长参加了他的退休聚会，还送了他一枚联邦调查局的警徽，但对他的背叛颇有微词。① "以后在这个组织内，不允许有第二个大权在握的

---

① 联邦调查局的员工知道尼科尔斯与尼克松关系密切，他们不相信他会永久离开。结果，按照威廉·萨利文的说法，联邦调查局总部、华盛顿分局和波士顿分局分别为尼科尔斯举行了 3 场退休晚会，他还得到了一些贵重的礼物，包括适用于农场的农机设备和一头公牛。
　　后来萨利文回忆起他自己在调查局干满 30 周年的时候，他通知总部人员，他与前任不同，他不想为他搞晚会，也不想接受礼物。一张简单的贺卡就行了。这使他的助手们甚为欣慰，却让即将退休或庆贺工作周年的局长助理们很不高兴。

人"。[42]与违背局长明示愿望的任何人一样，离开联邦调查局后的尼科尔斯也遭到了搭线窃听、监控和盯梢。因为尼科尔斯住在弗吉尼亚州利斯堡附近的一个农场，只能安排"有限的实际监控"，但他去纽约市工作和去佛罗里达度假的时候，特工们就会实施随时随地的跟踪。知道被监控后——他自己也搞过几次监控——尼科尔斯一直很谨慎，只说赞美不说批评局长的话，他确信，这样胡佛很快就会对他失去兴趣。

尼科尔斯没有退归农场。他去为刘易斯·罗森斯蒂尔的申利公司打工了，担任公司的董事副总裁，工资增加了许多。罗森斯蒂尔与他的朋友约瑟夫·肯尼迪一样，在禁酒时代也是酿制私酒的，现在他渴望受人尊敬，愿意花费巨款——大约七千五百万美元——建立公益慈善家的形象。路·尼科尔斯是形象打造的专家。

罗伊·科恩为他们做了介绍。① 尼科尔斯后来在纽约州刑事犯罪委员会作证时说："当罗森斯蒂尔先生与我谈及，要我加入申利公司的时候，自然地，我开始核查关于他的背景情况。我使用了手头上的每一个渠道去了解，我没有发现罗森斯蒂尔先生与黑社会交往的负面信息证据。如果他有一丁点儿的不良记录，无疑我是绝对不会与他来往的。"

引进联邦调查局前局长助理，让罗森斯蒂尔挣足了受人尊敬的面子。② 尼科尔斯的一项工作职责，是向各个调查机构证明，罗森斯蒂尔先生"从来没有直接或间接地与迈耶·兰斯基、弗兰克·科斯特洛，或任何其他黑社会人物做过交易或有过来往"。[43]

但尼科尔斯的作用不只是鸣锣开道。除了公关天才之外，他还是游说大师。当初他——使胡佛很不高兴——离开调查局的时候，带走了联邦调查局的一本国会议员联系名册。在加入申利公司的第一年，尼科尔斯游说国会通过了《福兰法案》，使得公司——依然由罗森斯蒂尔一人拥有——节省了四千万至五千万的税费。

尼科尔斯去为罗森斯蒂尔打工，让胡佛感觉很难堪。但使他更加痛苦的是

---

① 多年后，罗伊·科恩被取消了律师资格，主要是因为在罗森斯蒂尔行将就木的时候，伪造刘易斯·罗森斯蒂尔遗书附件上的签名。

② 从1950年代初期到1960年代，罗森斯蒂尔还雇佣过靠非法生意起家的前州长和总统候选人托马斯·E.杜威，聘用他担任申利公司的首席法律顾问。

尼科尔斯的离职时间。他是在一九五七年十一月二日退休的，十二天后调查局发生了历史上最大的公关危机。

阿巴拉钦是纽约州的一个小村镇，坐落在山区，靠近宾夕法尼亚州的边界。星期六上午，那里通常没什么动静，在纽约州巡警埃德加·克罗斯韦尔停车的镇子外面的山丘里，就更加安静了，但一九五七年十一月十四日是个例外。克罗斯韦尔看到，一辆接一辆的黑色加长型豪华轿车，开进隐藏在浓荫中的约瑟夫·巴巴拉的庄园房子大门后消失了。在阿巴拉钦，这样的豪华轿车来一辆就很稀奇。但克罗斯韦尔数了数，两个小时内来了五辆，全都是林肯或卡迪拉克，全都是外州的车牌，全都是同一个目的地。这足以引起人们的好奇。

虽然他没有理由怀疑巴巴拉的身份——加拿大软饮料经销商——但在巴巴拉购置了这个房子后不久，在听说他有一支枪之后，克罗斯韦尔已经对他进行了核查，发现巴巴拉在宾州警察局有刑事犯罪的记录，一共被抓了十多次，包括两次的谋杀嫌疑，但被定罪的都是些小事情，而且都发生在前几年。

现在来了那么多豪华轿车。而且肉店老板说，巴巴拉已经专门订购了好多牛排。加上以巴巴拉的名字在当地的一家汽车旅馆预订了大量的房间，这是他在调查空头支票顺便查看登记时发现的。他在脑海里想把这些都拼凑起来，只是还缺少互相关联的部分。埃德加·克罗斯韦尔渴望解开这个谜团。

因为没有证据表明，这里有犯罪行为的发生，所以他不能袭击巴巴拉的住宅。但他有办法满足对这些客人的好奇。根据纽约州机动车法，克罗斯韦尔可以在公路上拦下任何车辆，要求车内人员出示有效的身份证件。由于通往大宅只有一条路，他只需要把路堵住，然后等待车辆的到来。他认为，豪华轿车既然来了，总归还要分别离开，所以他不需要很多人，于是他用无线电召唤一辆增援警车和三名助手。刚刚设置好路障，他们就听到了震耳欲聋的轰鸣声，抬头一看，朝他们驶过来的不是五辆，而是几十辆豪华轿车。

一个送货员只说了声"警察"，巴巴拉的豪宅就像炸开了锅，五十多人纷纷冲出房门或跳出窗户。许多人冲向汽车，从而落入了克罗斯韦尔设置的陷阱。其他人跑向田野，陷入了齐膝深的淤泥之中。一个人（后来证实是布法罗市的议员）在跨上铁丝网栅栏的时候被卡住了。最后，当一名警员提醒他的时候，他似乎更关心的是他的骆驼毛外套，而不是他的私处。警员托起他的身体，让他的双脚踩到了另一侧的实地上，然后指着旁边"不许侵入"的牌子，把他抓起来了。

只有那些聪明人留在了原处（共约有四十人，包括芝加哥团组的全体人员），避免了遭受盘问，但通过汽车旅馆的登记卡片或汽车租赁表格，还是有几个人后来被确认了身份。

至于其他人，总共六十三人被赶拢后确认了身份，然后被释放了。其中六十二人是意大利血统的在职或退休的"商人"（唯一例外的是巴巴拉的一个仆人，他与其他人一样逃往外面）。在被问及为什么来阿巴拉钦时，他们大都回答，听说巴巴拉感觉身体不舒服，于是就来探望他。至于大家在同一天到来，那只是巧合。

第二天早上，身后跟着几只凯恩梗小狗，J.埃德加·胡佛走到前门外面，从台阶上捡起了星期日的报纸，从而发现了黑手党的存在。

即使是高官，通常也要在周六至少工作半天或几个小时（许多人是必须加班的，为的是处理堆积如山的工作），周日则是与家人团聚的唯一日子。但这个周日不行了。早饭才吃了一半，他们就匆匆赶去司法部聚集了，发现情况比预计的更为严峻。

根据当时总部一位官员的说法，联邦调查局不但不知道歹徒们要聚会，甚至不知道他们是什么人。

维多·吉诺维斯、约瑟夫·博南诺、约瑟夫·普罗法齐、卡尔米内·加兰特、托马斯·卢凯塞（纽约市）；约翰·斯卡利西（克里夫兰）；斯蒂法诺·马加蒂诺（布法罗）；约瑟夫·泽赖里（底特律）；詹姆斯·兰扎（旧金山）；弗兰克·德西蒙（洛杉矶）；约瑟夫·奇韦洛（达拉斯）；桑托斯·特拉菲坎特（迈阿密/哈瓦那）——对联邦调查局来说，这些名字和其他五十三个名字全都是陌生的。

三十年来，局长已经努力确保在全国范围内没有黑帮组织这样的事情。如果报纸没有说错——胡佛相信报纸的准确性——那么有人犯错误了，没把事实真相告诉他。犯错误的人显然就是刑事调查部的负责人——局长助理艾尔·贝尔蒙特。

贝尔蒙特无疑是有过错的，他重复着局长的亲自宣判，承认由他独自接受批评，与他的下级无关。

但责任是需要分担的。局长的批评大都集中到了前刑事信息部负责人的头上。但第一个犹大路·尼科尔斯已经在十二天之前安全地离职了。实际上，胡佛十分需要尼科尔斯，因为这是一次严重的公关危机。但尼科尔斯不但抛弃了他，而且还跑去为许多人相信是与黑社会有染的一个人打工。①

压力也没有减轻。除了媒体的攻击，约瑟夫·肯尼迪的傲慢自大的年轻儿子、联邦参议员麦克莱伦的非法经营委员会的首席顾问罗伯特·肯尼迪，未经预约就直接冲进来，要求调查局拿出关于这些歹徒的所有资料。

在离开联邦调查局后，肯尼迪和一帮记者直接去了联邦麻醉品管理局，局长哈里·安斯林格给了他们一大捧档案和报告。② 听到这样的消息，胡佛丝毫没有感到高兴。

联邦调查局的官方反应是，这是地方的问题，应该由地方警察处理。但这样的推诿很难让媒体感到满意，他们指出，从东海岸到西海岸，全国上下都让阿巴拉钦给代表了。

其实，联邦调查局总部是在拖延，绝望中，他们努力查找更多的可以发布的信息。紧急电传发给了各大分局（奥尔巴尼和布法罗分局声称，阿巴拉钦不是他们的管区），但大多数分局反馈说，这样的询问是不是搞错了，因为主体是当地的商人，要么是受人尊敬的，要么是已经退休了的，或者两者都是。例如达拉斯的约瑟夫·奇韦洛，是"意大利人社区的一位顾问"。[45]

胡佛深感绝望，他召集部门领导人开会，要求他们出点子。主管研究与分析部门的威廉·萨利文出了一个点子。如果他把最优秀的人员从其他任务中撤回来，让他们去研究黑手党课题怎么样？胡佛欣喜地抓住这个提议，命令他作

---

① 尼科尔斯确实主动来联系过，询问在"危机"期间是否需要他的帮助，但胡佛没去理睬他。

② 罗伯特·肯尼迪后来回忆说："阿巴拉钦的会面有70人参加，会后我要求拿出（他们）每个人的档案资料，但联邦调查局拿不出大约40人的档案资料。"肯尼迪还说，而他们能够拿出来的信息资料，大都是报纸的剪辑材料，相比之下，联邦麻醉品管理局"能拿出他们每个人的一些信息。关于这些美国黑社会的大佬，联邦调查局真的是什么都不知道"。[44]

为头等大事马上去办。

这项研究直到一九五八年秋天才完成，其结果是一部两卷本的专著，第一卷阐述了黑手党在意大利的历史，另一卷讲的是黑手党抵达美国和在美国的发展。

萨利文对部下的努力感到十分自豪——他们找到并总结了 J. 埃德加·胡佛长期以来一直认为不存在的组织的两百多本书——他通过时任调查局第三把手的博德曼，把这本专著和五页的大纲转交给局长。博德曼说，有时间他会阅读这本专著，然后他把大纲交给了局长。胡佛立即用蓝墨水笔做了赞同的批注："这个观点以前被忽视了。现在必须阅读这两卷专著，以便了解黑手党在美国的存在状况。"[46]

萨利文很高兴，因为他已经说服了胡佛，美国确实存在着黑手党，所以他下令把这本专著分发出去。在中午之前，已经有二十五份副本分发出去了。与往常一样，胡佛和托尔森是在五月花餐馆吃午饭的。回到办公室后，局长边处理公文边开始阅读专著，他发现有些事情使他深感不安。这份研究专著不但证明了美国确实存在着黑手党，还认为，在他否认其存在的期间，黑手党一直在活动。更糟糕的是，文本已经分发给了司法部内部的其他机构，包括联邦麻醉品管理局的安斯林格。

接到"立即收回"的命令后，萨利文派遣特工赶赴司法部大楼的各个办公室，从收文篮内把文本取了回来，至少有一份，是从司法部副部长的手中抢夺过来的。萨利文的不朽研究专著被压下了，联邦调查局以外的人士从来不曾阅读过。

在萨利文的专著完成的时候，联邦调查局已经在深入开展对有组织犯罪的调查，虽然是私底下的。

一九五七年十一月，就在阿巴拉钦的故事曝光后几天，胡佛下令启动"黑帮大佬项目"，要求每个分局在其辖区内确认十大黑帮人物的身份。虽然在执行的时候出现了一些问题——有些分局报告说，那样的歹徒数量众多很难选定；有些分局没有找到；还有些分局，例如新奥尔良分局和达拉斯分局，尽管有许多证据证明了存在，但他们坚持认为，他们那里没有黑手党——现在，信息开始涌入联邦调查局总部，数量之浩瀚，不得不进行细分以便分门别类建立档案。

但这些信息的重要性，都比不上由芝加哥一个叫"少壮派"的团组所提供的。

一个简单的窃听器，虽然谁也没有真正指望能够获得授权同意，将成为联邦调查局历史上大规模电子情报工作的鼻祖。它不但能够让 J. 埃德加·胡佛获得美国政治进程中做梦也想不到的权力，还能确保他可以终身坐在这把交椅上。

联邦调查局芝加哥分局长是马林·约翰逊，他的身材只比他从来没有提及过的前任小梅尔·珀维斯高了一点点，但他手下有一帮不安分的年轻特工。他们对日常的办公室工作和安全检查厌烦了，渴望到外面放飞一下。所以在"黑帮大佬项目"成立之后，约翰逊就把这任务交给了他们。

他们不但年轻而且天真。奇怪的是，他们的天真起到了帮助的作用。例如，弗雷德·希尔特工被安排去跟踪马歇尔·凯法诺，那是一个令人敬畏的芝加哥辛迪加头面人物。① 凯法诺因刑事犯罪而被抓进去的次数，甚至超过了希尔的年龄。凯法诺很快发现了身后的尾巴，他转身返回面对着希尔，使他宽慰的是，对方只是联邦调查局的一名特工。凯法诺忠告希尔，对他进行盯梢是在浪费时间。他大致只是赌博、看书、听音乐、抽抽大麻、喝点小酒，还有几个保镖罢了，这样的事情不致引起胡佛先生的兴趣。

那么他的朋友呢？希尔试探性地问道，或许他们更能引起联邦调查局的兴趣。

凯法诺并不是挂名的傀儡，他报出了几个大佬的名字，解释了他们的地盘和活动，说明他们也不是联邦调查局感兴趣的人物。在友好地分别时，希尔告诉凯法诺，他应该是被误导了。

监控结果汇总后，特工们明白，他们的目标经常去两个地方，一是福里斯特帕克郊外的军械库会所，山姆·詹卡纳似乎主要是在那里谈生意的；还有就是北密歇根大道的一家二楼裁缝店，许多大佬——莫瑞·汉弗莱斯、保罗·里卡、托尼·阿卡多、格斯·亚历克斯、詹卡纳和凯法诺——上午在那里聚集。如果能够在那两个地方的任何一处放置窃听设备……

---

① 年轻的特工们很快就获悉，黑手党成员都不会说这个组织的名字：通常被称为"我们的事业"。各地的分支机构名称各不相同。在芝加哥，当地的组织叫"集体""辛迪加"或"手臂"。在克里夫兰是个组合名字（因为犹太人和希腊人也允许加入）。在堪萨斯城，是个组合名字或"辛迪加"。在新英格兰州叫"办公室"，在费城叫"大男孩"或"意大利俱乐部"。

老于世故的特工，也许未经授权就"偷偷地"去放置监听器或进行搭线窃听，但特工组组长小威廉·F.罗默是严格按照规定来的。首先，他们要准备可行性侦查，确定监听设备能否安置、起到监控的作用，以及"安全"撤出，也就是说，不能让调查局难堪。然后是书面工作，发送加密的传真电报给联邦调查局总部，要求授权、任务代号和必要的装备等等。作为第一目标，他们选定了裁缝店，因为军械库会所由福里斯特帕克警方在保护。

约翰逊分局长对此不太乐观，但大家都感到惊讶的是，授权马上就通过了。局长受到了国会、白宫和媒体的批评——他还拒绝了麦克莱伦委员会和由司法部长罗杰斯设立的一个对付黑社会的特别小组的要求——他急于获得有关信息。但安置窃听器则是另一码事。最后在一个星期日的上午，特工们设法进去了——虽然有过几个问题，一名特工钻进了两个楼面之间的夹层，差不多爬遍了楼下餐馆的天花板——成功地安放了窃听器。①

后来比尔·罗默宣称，"一个窃听器可匹敌一千个特工"，他说的是安放在裁缝店的窃听器。这个微型的监听设备，在裁缝店安置了五年之久，着实让联邦调查局明白，它对黑社会的了解，胜过其多年使用的各种窃听器。

名字，日期，数额。法官，参众议员，市长，警察。杀人犯，强盗，骗子，选举作弊。据威廉·布拉什勒说，芝加哥特工从"这些恶棍嘴里听说了"谁有权势、权势是如何分配的，谁去公关了、打通了哪个关节，做出了什么决定、谁受到了影响、谁解决了问题。他们听到了各种故事、轶闻、家庭问题，甚至还有莫瑞·汉弗莱斯添油加醋讲述的关于黑帮决策的历史。[47]

绰号为"骆驼"或"驼背"的汉弗莱斯，② 是芝加哥辛迪加的法律顾问，也是黑帮的公关高手。正是通过汉弗莱斯之口，J.埃德加·胡佛解开了困惑多年的一个谜团：前司法部长和现任最高法院大法官的汤姆·克拉克，一九四七年在受贿后同意了对芝加哥黑手党四个大佬的假释。

好故事是从来不用谦虚的，汉弗莱斯承认是公关能手，他观察到司法部长一直是"百分之百图回报的"，但在假释的丑闻曝光之后，"你总不能去做徒劳

---

① 通常在非法闯入过程中，一名特工会去与警方调度员坐在一起，以确保警察局不会用无线电发指令给巡逻警车，但在芝加哥，他们不信任警方。

② 英语中，"驼背"（Hump）接近"汉弗莱斯"（Humphreys）的发音。——译注

的事情吧".[48]

此项公关有双重目的,汉弗莱斯解释说。还有两个人遭到了起诉,案子还悬着:要实施假释,先得让他两个出来。这由莫里·休斯在处理。他是达拉斯的一位律师,也是汤姆·克拉克的密友和前律师行的合伙人,休斯"去找了他(司法部长克拉克)",汉弗莱斯说。圣路易斯的律师保罗·狄龙之前参加杜鲁门在密苏里州的竞选战役,他安排了假释。钱款——汉弗莱斯没有提及具体数额,只说是"一大笔钱"[49]——在芝加哥的斯蒂文斯酒店易手了。

胡佛不满足阅读会话的记录,他下令把录音带空运到华盛顿交到他手里。①

从联邦调查局局长开始收到裁缝店会话的录音起,年轻的特工们就做得有板有眼。他们要求增加窃听器的申请——要安放在军械库会所、詹卡纳和其他黑手党头目的家里,以及在政治上十分重要的市政厅马路对面的民主党第一支部——递交上去后马上就获得了批准。小道消息说,其他分局也纷纷提出了这样的申请。到一九五九年秋天的时候,各种信息源源而来。联邦调查局局长敦促各地分局递交更多的窃听器申请。

通过话筒窃听,联邦调查局获悉黑社会在当地活动的程度,有时候还有暴力和血腥的细节。在讨论著名的谋杀案时,特工们得知了尸体实际被埋葬在哪里。他们发现,"封存"的意思是,凶杀受害人被密封在一栋未经使用的楼房内;"成双装箱"是指纽约州尼亚加拉大瀑布的丧葬地,其主人没钱安排火化,用一口棺材装了两具遗体。获知的许多信息都是地方上的——在谈及芝加哥警察局顾问委员会的时候,一个歹徒评论说,"一共有五个委员,我们搞定了三个",然后报出了他们的名字——但常常还有令人吃惊的重大情况。例如,联邦调查局一名特工报告说:"一九五九年九月,CH－T－1揭露了一个小团伙的存在,它代表了美国各地的团组,被称为'委员会'。"[51] CH－T－1是芝加哥裁缝店的那个窃听器,说话遭偷听的是该委员会的委员山姆·詹卡纳。一九五九年

---

① 在通过窃听器倾听会话的过程中,特工们喜欢上了"驼背"。他经常说,"早上好,先生们和各位听众。这里是芝加哥黑社会的九点钟会议"。与詹卡纳的连篇粗话不同,汉弗莱斯从来不骂人。除了被威廉·布拉什勒描述成为"芝加哥黑帮中最有头脑的人"之外,他还善于讲故事。虽然是英国威尔士人,不是意大利人,但他完美地发挥了旧时西西里人的作用。
在被这些特工逮捕后不久,莫瑞·汉弗莱斯死于心脏病发作。[50]

九月这个时间，比罗伯特·F.肯尼迪从线人约瑟夫·瓦拉齐那里获悉同样的信息早了两年零九个月。

就黑社会内部信息而言，胡佛不但抢在了肯尼迪的前头，而且他获取的大多数情报，甚至连联邦麻醉品管理局的哈里·安斯林格也不知道。

由于使用了窃听器，一些旧的刑事案子得到了解决，新案子有时候也得到了预防。但这不是胡佛的关注焦点。在一九五九年给分局长的一封信中，可以了解他最感兴趣的是什么材料。他特别想知道关于与犯罪有染的政治同盟、警察效率和对警察机构的政治管控信息。其中最迫切最重要的是第一个。

联邦调查局在阿肯色州温泉城安置了搭线窃听和监控器后二十四小时，该州的一位主要政客——也是J.埃德加·胡佛的大力支持者——被偷听到在从一个黑帮成员那里拿取回报。从设置在詹卡纳家中的窃听器里，特工们听到他号召把"他的众议员"赶出国会。借助从这种秘密情报战役中获取的大量信息，联邦调查局局长J.埃德加·胡佛将废黜一名联邦参议员（路易斯安那州的爱德华·朗格），摧毁另一名（新泽西州的科尼利厄斯·加拉赫），听到暗杀一位总统和一位司法部长（约翰·F.肯尼迪和罗伯特·F.肯尼迪）的阴谋，获悉大量的敲诈材料，足以说服另一位总统（理查德·M.尼克松）延迟他的联邦调查局局长的任期。这一切全都远远早于肯尼迪家族宣称，他们已经"迫使"J.埃德加·胡佛认识到黑帮的存在。

胡佛的情报收集行动是如此之广泛——在高峰期很可能任何时候都有超过一千个窃听器在工作，而且这个数字也许是低估的——以致必须采取特别措施来维持设备采购的秘密。① 这意味着，资金的来源和用途必须用某种方法加以伪装，不能让国会知道在搞什么名堂。

负责调查局预算的约翰·莫尔，拿出了解决办法。大多数的采购资金来自于"秘密基金"（据说该基金还用于支付线人的报酬），或者是联邦调查局保持的说不明白的其他基金。为加强保密，早在一九五六年，莫尔就与华盛顿的一家电子公司达成了秘密协议，该公司名叫美国唱片公司，老板兼总经理约瑟

---

① 除了微型话筒和搭线窃听装置，设备还包括无线电收发报机、录音机、录音回放机、闭路电视系统和录像机。

夫·泰特是莫尔的一位密友。双方做出了特别安排：联邦调查局从美国唱片公司独家采购所有设备。例如在一九六三年三月十四日，莫尔通知联邦调查局实验室助理主任伊凡·康拉德，"调查局购买的所有录音机，不得从美国唱片公司以外的渠道进货，理由是因为万一国会关注调查局采购录音机的委员会提出疑问的时候，泰特先生能够保护联邦调查局。"[52]

某个时候到底有多少个窃听器在使用，是不可能知道的。其中的一个原因是，胡佛死后，莫尔和局长助理尼古拉斯·P.卡拉汉销毁了"秘密基金""图书馆基金"和联邦调查局娱乐协会的许多记录。然而，一定数量的采购还在继续，因为司法部要开展秘密调查，由此揭露了联邦调查局经常通过美国唱片公司进行采购，价格贵了百分之四十至七十。

要进入军械库会所有一个问题。锁具倒是可以撬开的，但要花时间，福里斯特帕克警方的某些警官与詹卡纳有"约定"，他们随时都会驱车抵达。

在监控期间，特工们注意到，一名餐馆勤杂工兼任着"清洁工"，在酒吧打烊关门后打扫卫生。一天夜晚，他在驾车回家的时候，三名"缉毒官员"把他的汽车逼停在路边，然后把他抓起来了。当他在黎明前被释放时——谢天谢地，他们没有对他提出指控，也没有通知"山姆先生"——联邦调查局特工拉尔夫·希尔、马绍尔·拉特兰和比尔·罗默已经有了一套复制的钥匙。

相比他们之前已经安放了窃听器的詹卡纳的家里，军械库会所的后屋甚至连"朋友弗兰克"的照片都没有挂上，也没有鲣夫山姆的长期情妇、歌手菲莉丝·马圭尔的照片。这是一间陈旧的储藏室，只配置了一张桌子和几把椅子，根本不像一个拥有几百万美元资产的公司——芝加哥辛迪加——的办公室。

特工们静静地干活，安装窃听器，然后进行了彻底的搜查。在以后的几个月里，每当他们来调整这些设备的时候，他们都会重复这个程序。只有一次，他们才有所发现，但该发现是令人惊讶的，必须作为"特急事件"立即电告局长。

其中一个纸箱内装的不是酒或酒吧用品，而是特工们见到过的最先进的电子监控设备。谁也用不着轻声说出这东西的英文缩写 ELSUR；他们的脑海里都不约而同地闪现出这种窃听装置，而他们现在看到这东西的尺寸，比联邦调查局的小很多，调查局使用的窃听器差不多有可乐瓶那么大。特工们嫉妒地最后看了一眼，把它们按照原样放好，然后匆匆走下楼梯去询问联邦调查局总部：

这些设备显然是属于中央情报局的，山姆·詹卡纳想拿来干什么呢？

一九五九年，胡佛失去了他的一个老对手。

威廉·J.多诺万在泰国待得厌烦了，两年后他辞去大使的职务，在一九五五年回到美国干起了律师的老行当。科里·福特了解他最后几年的惨状。"他曾经直接联系总统；现在他的社交也许只局限于青年商会或妇女俱乐部的午餐"。[53]

一九五七年二月十三日，多诺万中风了——很可能是四年前开始的一系列发病的其中一次。被送进梅奥诊所后，诊断的结果是患上了脑动脉硬化性萎缩症。这是无法治愈的。先是他的思维垮了，然后是他的身体。前战略情报局的一些同事前往萨顿广场4号公寓探望"野比尔"，其中有中情局首席法律顾问劳伦斯·R.休斯敦。"躺在床上，他可以看到外面的昆斯伯勒大桥，"休斯敦后来回忆说，"在他那迷茫的脑海里，出现了苏军坦克驶上大桥，去攻占曼哈顿的景象。"[54]

一九五九年二月八日，多诺万死了，享年七十六岁。他的死在联邦调查局刑事信息部引起了一次小小的危机。局长要求发一封慰问信，但他至少退回了刑事信息部起草的六个文本。最后的版本是：

> 亲爱的多诺万夫人：
>
> 　　惊悉您丈夫去世的噩耗。在这悲痛的时刻，我想让您知道，我的心是与您在一起的，同时向您表示深深的慰问。
>
> 　　在这样的时刻，我难以用什么语言或行动来安慰您，但他毕生的工作和为他人所做的贡献，应该让所有有幸认识他的人得到了满足。如果需要我什么帮助，敬请告诉我。
>
> 您诚挚的
J.埃德加·胡佛[55]

露丝·多诺万很有眼光，她没有回复。

即使老冤家已经死了，但胡佛依然仇恨难消。私下里，他散布毫无根据的谣言，说前战略情报局局长死于梅毒，是二战期间与妓女狂欢的时候得病的。

前一年，胡佛本人觉察到了自己的死亡，这使他吓坏了。

今天的医学专业把这种状况称为一次"发病"。但在一九五八年，这种症状被描述为轻微心脏病发作。不管怎么样，这是一个警告，胡佛留心了。

只有他最亲密的助手知道。但很快就闹得人人皆知——调查局每个特工都知道了——局长的医生说他太胖了，结果他开始了严格的节食并参加健身，在三个月内甩掉了三十三磅肥肉。

自己完成减肥之后，他认为其他胖子特工也可以这么做。减肥的要求纷纷下达，配之以寿险公司的图表，设置了"最低""理想"和"最大"的体重标准。由于该图表是根据身高制作的，而胡佛有一个长期的数字造假的习惯，他轻松地把自己归入了"理想"体重的范围之内。不管身材和身体状况，特工们都被要求仿效局长。

几位聪明的特工找到了对付新规定的办法。在因为其他事情被召唤到胡佛办公室时，其中一位的衣物明显大了几号，没等局长发表评论，他就喋喋不休地感谢胡佛的减肥项目：这位特工感激地宣称，该项目挽救了他的生命。

这位特工倒是生存下来了，他的策略是以后避开局长，但其他许多人就没那么幸运了，包括调查局一些最优秀的特工；如果在现在已经是强制性的减肥考核中不合格，他们就会收到警告书、被调离重要岗位，直至最后被辞退。特工纳尔逊·吉本斯曾因单枪匹马破获了一个苏联间谍网而获得过嘉奖，然后因为体重的原因而被解雇。纽约分局的一名特工，因突击减肥节食，在工作时倒下，死在了办公桌边；他的遗孀后来控告联邦调查局，声称是减肥项目害死了他。

大概也是在那个时期，胡佛和托尔森都起草了新的遗嘱。据约翰·莫尔的说法，当托尔森的遗嘱遭到辩驳而作证的时候，这位副局长修改了自己的遗嘱，不是因为健康原因，而是因为现在"我们处于一个特殊的时期，预计苏联会向我们扔原子弹"。[56]

胡佛一直患有某种程度的疑心病。现在的症状加重了。除了咨询自己的医生约瑟夫·肯尼迪大夫，以及偶尔去问托尔森的医生罗伯特·乔伊瑟以外，联邦调查局局长还悄悄地去看了首都和纽约的几十位医生——这是特工们在开展忠诚度审查期间询问医生和药剂师时惊讶地获悉的。无论叫来哪个人，局长似乎都是认识的。那些鲁莽的特工问及局长有什么抱怨时，得到的回答是，它们大都是心理上的：在读到或听到某个疾病的时候，胡佛突然间有了这种症状。医生们也不是没有抱怨。他们这位著名的病人随时都会打来电话，询问处方和医嘱。而且他从来不付费。

然后还有恐惧症，起先只有总部人员知道，但现在各地的分局也在纷纷议论：局长的强迫洗手（山姆·努塞特曾经估计，在他二十五年的调查局生涯中，有一半时间花在了给胡佛先生递送毛巾上面）；他对细菌的恐惧（他家里有空气滤清系统，据说能够"电死"空气中有毒的颗粒物，而且看到一只没被拍死的苍蝇，他会变得几乎神经错乱）；他还坚持，特工们不得踩踏他的身影。

特工中间流传着一个喜闻乐见的故事，说的是局长明白他和他的伙伴已经相处多年，于是派遣副局长去墓地洽谈相邻两个墓穴的价格。价格全都很高，埃德加抱怨克莱德两手空空返回。"毕竟，"他补充说，"我的坟墓只需要三天的时间。"

这只是个故事，是虚构的。J. 埃德加·胡佛不想死。大约也是在这个时期，胡佛委托威廉·萨利文去执行一项特别敏感的任务。不管有多少牵强附会或不着边际，研究与分析部要承担起据说可以延长寿命的配方或疗法的调查任务。关于这些主题的任何文章，一经出版或发表，都要尽快递交给局长。

这种怪异的信息从来没有扩散到总部以外。但即使分局的特工也开始听到关于局长日益严重的偏执狂故事。

一九五九年十月，《纽约邮报》分十五期刊登了一篇标题为"J. 埃德加·胡佛与联邦调查局"的系列文章。调查局是在大约一年前获悉这篇系列文章的，当初该提议才刚刚冒出来，他们也曾努力制止文章的刊登，使用了不是那么遮遮掩掩的威胁，并与广告商打了招呼。在努力失败之后，关于该报纸的出版商多萝西·希夫，以及编辑詹姆斯·韦克斯勒的负面信息就泄露出来了；[①] 为报社工作的记者们受到了跟踪；其中一位叫爱德华·科斯纳的记者是住旅馆的，特工们对他的旅馆房间进行了"提包工作"，此前他们接到过指示，不但要对他的笔记进行拍照，还要努力确定"是否有女人在房间内或者他是否有酗酒的迹象"。但这样的迹象都没有找到。[57] 特工们考虑是否在房间里放置毒品，然后通知华盛顿特区警察局的缉毒警察，但总部认为这计划风险太大，所以放弃了。

---

① 保守的媒体被告知——或许是第 100 次——韦克斯勒是共产党员。韦克斯勒及其妻子是在 1930 年代入党，然后在 1937 年退党——该事实在几个委员会作证时得到了公开的承认。胡佛还故意忽视韦克斯勒已经在 1947 年辞去了《下午报》华盛顿记者站的站长工作，因为该报纸是共产党主办的。

虽然这只是即将刊出的关于胡佛和联邦调查局的雄心勃勃的系列文章——六名记者差不多写了一年的时间——但遇到了很大的困难：政府人员，不管是白宫、国会、司法部或调查局本身，几乎都不想谈及内部记录。诚如《纽约邮报》在最后一篇文章中指出的："这是一篇评论文章，但由于受到了联邦调查局禁令的影响，关于胡佛及其工作的许多潜在信息——好评和批评等——都不肯向我们的记者透露。要想了解他就像要反对他那么困难。"

《纽约邮报》总结说，胡佛既不是法西斯主义者或恶魔，也不是本世纪的英雄人物，他只是"一个普通人"。

胡佛深信，该系列文章不过是精心策划的给新总统—— 一九六〇年是大选年，艾克不能连任三届——不再任用他的一个理由。

联邦调查局局长密切注视着一九六〇年的任命大会，包括电视镜头以外的活动。当民主党选择约翰·F.肯尼迪为他们的领袖的时候，胡佛把关于肯尼迪及其家庭和朋友的档案，搬移到了自己的办公室，这样既安全又方便随时查阅。共和党候选人，即现任副总统理查德·M.尼克松的档案，已经在那里了，处在海伦·甘迪小姐的严密监控之下。

资料来源：

[1] 麦卡锡致 J.埃德加·胡佛，1952 年 7 月 30 日。

[2] J.埃德加·胡佛致麦卡锡，1952 年 8 月 6 日。

[3] J.埃德加·胡佛致克莱德·托尔森，1953 年 3 月 18 日；官方绝密档案，编号：105；查尔斯·E.波伦：《历史的见证，1929—1969 年》（纽约：W.W.诺顿出版社，1973 年），第 309 –336 页。

[4] 尼克松：《尼克松回忆录》，第 149 页。

[5] 皮尔逊：《日记》，第 252 页。

[6] J.埃德加·胡佛致布劳内尔，1953 年 7 月 27 日。

[7] 《大众福利》，1955 年 11 月 21 日。

[8] 奥辛斯基：《阴谋》，第 505 页。

[9] 厄恩斯特致尼科尔斯，1954 年 3 月 16 日。

[10] 厄恩斯特致 J.埃德加·胡佛，1948 年 2 月 13 日。

[11] 厄恩斯特致尼科尔斯，1949 年 12 月 3 日。

[12]《纽约时报》，1957 年 5 月 13 日。

[13] 索尔兹伯里：《奇特的通讯》。

[14] 厄恩斯特致尼科尔斯，1957 年 8 月 7 日。

[15] 索尔兹伯里：《奇特的通讯》。

[16] 厄恩斯特致 J.埃德加·胡佛，1958 年 2 月 6 日。

[17] 多纳：《年代》，第 147 页。

[18] 厄恩斯特致尼科尔斯，1953 年 1 月 8 日。

[19] 奈尔："坚持原则"；《纽约时报》，1977 年 8 月 4 日。

[20] 西奥哈里斯和考克斯：《老板》，第 273—275 页。

[21] 丘奇委员会记录，第 2 册，第 250—251 页；丘奇委员会记录，第 6 卷，第 473—474
     页；昂加尔：《联邦调查局》，第 407—409 页；泰勒·布兰奇：《分水线：马丁·路
     德·金时代的美国，1954—1963 年》（纽约：西蒙与舒斯特出版公司，1988 年），第
     181—182 页。

[22] 贝尔蒙特致博德曼，1956 年 8 月 28 日。

[23] 丘奇委员会记录，第 2 册，第 145 页。

[24] 多纳：《年代》，第 185 页。

[25] 贝尔蒙特致博德曼，1956 年 8 月 28 日。

[26] 丘奇委员会记录，第 3 册，第 279 页。

[27] J.埃德加·胡佛致卡特勒（艾克）和司法部长罗杰斯，1958 年 5 月 8 日。

[28] 鲍勃·托马斯：《温切尔》（纽约州花园城：双日出版社，1971 年），第 264 和 256 页。

[29]《悼文》，第 227 页。

[30] 德马里斯采访录；德马里斯：《局长》，第 68 页。

[31]《评论》杂志，1957 年 4 月。

[32] 德马里斯：《局长》，第 69 页。

[33] 唐纳德·C.雅各布森采访录。

[34] 德马里斯：《局长》，第 70 页。

[35]《纽约邮报》，1959 年 10 月 14 日。

[36] 德马里斯：《局长》，第 89 页。

[37] 官方绝密档案，编号：56。

[38]《纽约时报》，1957 年 6 月 4 日。

[39] 戴维·科特：《大恐惧：杜鲁门和艾森豪威尔当政时期对共产党的大清洗》（纽约：西

蒙与舒斯特出版公司/试金石图书公司，1979 年)，第 138 页。

[40] 库克：《联邦调查局》，第 385 页。

[41] 尼科尔斯采访录。

[42] 利迪：《意志》，第 138 页。

[43] 路易斯·B. 尼科尔斯在联合司法委员会关于纽约州犯罪、其原因、控制及其对社会影响的声明，1971 年 3 月 11 日。

[44]《新闻周刊》，1988 年 5 月 9 日。

[45] 约翰·F. 肯尼迪遇刺，卷 9，第 60 页。

[46] 萨利文：《调查局》，第 121 页。

[47] 威廉·布拉什勒：《大佬：山姆·詹卡纳的一生》(纽约：哈珀与罗出版公司，1977 年)，第 167 页。

[48] 布莱基和比灵斯：《阴谋》，第 249 页。

[49] 同上；布拉什勒：《大佬》，第 168 页。

[50] 布拉什勒：《大佬》，第 166—167 页。

[51] 约翰·F. 肯尼迪遇刺，卷 9，第 11 页。

[52] 莫尔致康拉德，1963 年 3 月 14 日；司法部关于美国唱片公司的报告。

[53] 科里·福特：《战略情报局的多诺万》(波士顿：小布朗出版社，1977 年)，第 324 页。

[54] 邓禄普：《多诺万》，第 506 页。

[55] 凯夫·布朗：《最后的英雄》，第 833 页。

[56] 莫尔的证词，关于托尔森遗嘱的争议。

[57]《纽约邮报》，1975 年 7 月 22 日；科斯纳采访录。

第九部

局长对部长

胡佛没从傻瓜和司法部长那里吃到苦头，
偶尔他还会去愚弄他们一下。

——《华盛顿先驱报》一九七二年五月三日

詹姆斯·V.贝内特是司法部监狱局的退休局长，
在被问及司法部长最头疼的问题是什么时，他
说："他们都有同样的问题——如何掌控J.埃德
加·胡佛。"

——维克多·纳瓦斯基《肯尼迪法官》

"我希望某个人开枪杀了那个狗杂种。"

—— 克莱德·托尔森在联邦调查局高层官员会议上的讲话
时间：罗伯特·肯尼迪遭暗杀前六周

第二十八章　肯尼迪兄弟

听着耳机里传来的酒店隔壁房间里的声音，年轻的小弗雷德里克·艾尔特工几乎臊得满脸通红。虽然加入联邦调查局才几个月的时间——在一九四一年八月二十五日宣誓就职后，经过一次匆忙的强化培训，然后立即被分配到了华盛顿分局——年轻的特工已经开始了他的第一次技术监听任务。

而且他的目标也不是（据说的）德国间谍，而是一个二十八岁的金发美女和欧洲小姐，她——诚如呻吟声、吱嘎声和欢叫声所表示的——此刻正忙于与一位年轻的海军情报官在床上"交战"。

艾尔的伙伴，一位经验丰富的电子情报员，刚才只把简单的情况向他做了介绍，然后就把耳机递给了他。这是一次"特别的"监听，他告诉他。现在他在打印要亲手递交给局长的报告，艾尔则在监听隔壁房间的动静。

喘气声已经结束，那两个人在懒散地交谈着。突然间，艾尔僵住了。他听出了那男子的声音；这是不会搞错的；这是他的哈佛大学一位同班同学的声音。

虽然这意味着违反联邦调查局员工手册的规定，但艾尔还是等不及回家告诉他妻子：*猜猜今天我窃听到了谁？约翰·菲茨杰拉德·肯尼迪。*

英戈·阿瓦德在她二十八年的生活中一直很忙碌。先是丹麦小姐，继之是欧洲小姐（由法国著名电影演员莫里斯·切瓦力亚为她戴上花冠），与一位埃及贵族的结婚和离婚，冒充哥本哈根一家报纸驻柏林的记者，采访赫尔曼·戈林，被选为少数几个应邀参加他婚礼的贵宾，在婚礼仪式上被介绍给他的好朋友阿道夫·希特勒。显然元首被她迷住了，称赞她是"一个完美的北欧美女"，还接受了她的三次独家采访，把她当作私人朋友，带她去观看一九三六年的柏林奥运会。[1]回到丹麦后，她出演了一部电影，嫁给了该电影的导演保罗·费耶什，并成为富裕的瑞典实业家爱尔克·温尔格林的情妇。一九四〇年来到美国，进入哥伦比亚大学新闻学院学习，在那里，她被《纽约时报》的访问学者阿瑟·克罗克发现了。克罗克人称"好色之徒"，他把她介绍给《华盛顿时代先驱报》执行编辑弗兰克·沃尔德罗普，推荐说也许可以雇佣她。这已经不是克罗克第一次为年轻漂亮的女子介绍工作了（沃尔德罗普开玩笑地问过他："你是什么人呢？是不是我们的员工采购员？"），沃尔德罗普安排她担任采访专栏"你看到了没有"的作者。[2]经《华盛顿时代先驱报》的同事和肯尼迪妹妹凯思琳的介绍，她为专栏文章采访了约翰·F.肯尼迪，并把他发展成另一个情人。年轻的海军少尉肯尼迪比她小了四岁，但感到难分难舍，甚至要求父亲同意他娶她。

老肯尼迪强烈反对这样的联姻。除了明显的理由——阿瓦德是已婚妇女，而肯尼迪家庭是信奉天主教的——另一个理由很可能没有说明：如果她与希特勒的友情被人们知道，会重新引起关于这位前大使①的亲德倾向。（约瑟夫·肯尼迪向英戈保证，他个人对她没有意见，并在儿子离开房间的时候向她调情来证明他的态度。）②

珍珠港事件后不久，《华盛顿时代先驱报》的一名女员工向沃尔德罗普指责阿瓦德，声称她是德国间谍。沃尔德罗普则把阿瓦德及其指控者的情况都报告了联邦调查局，胡佛指示华盛顿分局长麦基，"立即开始适当的实质性监控"。[4]

联邦调查局里面有几个红脸，其中一个比较特别。三个月之前，阿瓦德说服了华盛顿一位很低调的官员，对他进行采访。她的十月三十日的专栏人物——她把他描述为"体格强健、目光敏锐"——不是别人，正是全国第二号联邦特工。[5]

克莱德·托尔森极少接受采访；这是他接受的最后几次采访之一。

对阿瓦德的背景进行核查之后，联邦调查局发现了她与希特勒和戈林的友谊，以及她与温尔格林的关系。联邦调查局和海军情报局都在对温尔格林开展

---

① 老肯尼迪曾在 1937 年至 1940 年担任驻英国大使。——译注
② 多年后阿瓦德对自己的儿子罗纳德·麦科伊说，她认为"整个家庭都在乱伦，这是很不道德的"。[3]

调查，他们怀疑他使用他那三百二十英尺长的游艇"南方十字"号，在为德国的 U 型潜艇添加燃油。一九四二年初，监控显示，她还在与约翰·F.肯尼迪等人交往。胡佛似乎更关注的是她依然是费耶什的老婆，而不是她与德国人的关系，因为联邦调查局的好几份报告都不赞同肯尼迪"与一个已婚女人的风流韵事"[6]。

胡佛把发现的情况报告了罗斯福总统（总统敦促对她进行"特别监控"）、[7]司法部长比德尔（司法部长授权进行搭线窃听）和海军情报局。

海军情报局局长西奥多·S.威尔金森海军上校和副局长霍华德·F.金曼海军上校，都想把肯尼迪清除出海军。但肯尼迪的直接上级塞缪尔·A.D.亨特海军上校却争辩说，这会影响这个年轻人的一生，他说服他们，把肯尼迪调往南卡罗来纳州查尔斯顿一个闭塞的海军基地，去一个接触不到机密的岗位工作。这是一个安全的、具有同情心的决定：大家心里都明白，因为前大使的影响，这事的政治敏感性很强。

然而肯尼迪并没有就此结束这桩风流韵事。在一九四二年二月份的两个周末，联邦调查局跟踪阿瓦德（她旅行时使用芭芭拉·怀特的假名）从华盛顿到了查尔斯顿。一份监控报告说："监控时段自主体于一九四二年二月六日上午八点二十分抵达南卡罗来纳查尔斯顿起，至其于一九四二年二月九日凌晨一点零九分离开那里返回华盛顿特区为止。在那期间，美国海军少尉约翰·肯尼迪每个晚上都是在主体入住的萨姆纳堡旅馆度过的，还进行了无数次性交。"[8]在调查局的要求下，之前旅馆方面已经为他们安排了一个放置了窃听器的房间。他们交流了关于华盛顿的一些闲言碎语，但没有谈及军事秘密。

根据一些理由，此后不久，约瑟夫·肯尼迪获悉了联邦调查局的监控——很可能是从他的老朋友 J.埃德加·胡佛那里得知的——他说服前华尔街的一位同事、海军部副部长詹姆斯·福里斯特尔，把他儿子调往海外。据威廉·萨利文的说法，是胡佛本人"为安全起见"建议调动的。[9]

虽然最后的结果肯定不是联邦调查局局长所愿意的，肯尼迪被调往了南太平洋战区，战斗中他指挥的鱼雷艇被日军驱逐舰撞成两截后沉没，获救回国后成了英雄，而且根据他精心编辑的战事记录，出版了由影子写手写作的两本书，加上他父亲的幕后运作，开始了他的政治生涯，先是担任联邦众议员，然后是联邦参议员，并在一九六〇年七月当上了民主党的美国总统候选人。

假如胡佛感觉肯尼迪的兴起有他的功劳，那么他从来没有吹嘘过。

一九四七年，这位来自马萨诸塞州的年轻的联邦众议员第一次来到了华盛顿，他告诉他的密友和立法助理小兰登·梅尔文，现在他是众议员了，他要做的一件事情，是想从联邦调查局要回关于英戈的录音磁带。"我告诉他，别想这事了，"梅尔文后来回忆说，"他从来没有要回来过。"

后来在被选为联邦参议员后，肯尼迪告诉梅尔文，这次他真的想要回录音带，对此他朋友的回答是直截了当的，"我告诉他别傻了"。显然，他对此事耿耿于怀。而且唯恐忘记，还经常提醒自己。

在一九六三年的哈佛大学校庆仪式上，肯尼迪总统是头号嘉宾。参加典礼的还有一位前同学和联邦调查局特工小弗雷德里克·艾尔。当肯尼迪戴着华丽的丝质高筒帽、身穿燕尾服，从廊道上走过来时，艾尔大声对老同学说道："英戈好吗？"总统怒目瞪了他一眼，咝咝响着说："你这个狗杂种！"[10]

胡佛关于阿瓦德事件的记录，以及联邦调查局局长也许用得到的其他信息，涉及了约翰·F.肯尼迪和他父亲在整个一九六〇年大选期间，以及后来的很长时间。

揭露肯尼迪与一个德国间谍嫌疑人之间的性关系，会对他的政治希望造成损害，而且还可能更加糟糕。因为联邦调查局关于肯尼迪－阿瓦德的档案——共有六百二十八页，包括了周末在查尔斯顿旅馆房间的两次窃听录音稿——是不完全的。

最后，联邦调查局认为英戈·阿瓦德很可能不是间谍，或者至少"没发现什么颠覆活动"，[11]于是在一九四五年结束了这项调查。

对肯尼迪来说，幸运的是，胡佛从来没有获悉这对露水夫妻一九四六年十一月在纽约市的最后一次见面。三个月后，阿瓦德嫁给了比她年长三十岁的前牛仔演员蒂姆·麦科伊，并搬迁去了亚利桑那州。六个月后，她生了个儿子，起名为罗纳德·麦科伊。

直到二十年后，在罗纳德已经上大学后，英戈才打破长期以来的沉默，告诉儿子说，她是在怀孕期间嫁给麦科伊的，还补充说："我不能确定你父亲是谁……我不知道是杰克①还是蒂姆。我真的不知道。"[12]

这也不是胡佛为肯尼迪家族建立的唯一档案。关于约瑟夫·肯尼迪本人就有好几份档案，而且在许多其他档案中都有大量提及。

老肯尼迪当然是对胡佛的档案很介意的，他别出心裁地去讨好联邦调查局局长，在所有的周年节日都会寄送贺卡。②他也没有忘记托尔森。在每年的圣诞节，除了寄送一盒杰克·丹尼的黑牌威士忌之外，这位前私酒贩子还加上了一盒黑格威士忌。他还邀请两位参加他儿子约翰与杰奎琳·鲍维尔的婚礼。胡佛遗憾地表示不能出席，但派遣科德角的驻勤特工代表他们两人参加，该特工后来汇报说，即使在婚礼的中间，新郎也挤时间赞美联邦调查局局长。"肯尼迪参议员赞誉你和调查局全体特工取得的伟大成就，还自告奋勇地说，他渴望和愿意自始至终'支持胡佛先生和联邦调查局'……在说这番话的时候，尊敬的约瑟夫·肯尼迪也在场，他附和儿子，表达了对调查局的崇高敬意"。[13]

除了葡萄酒、威士忌和奉承献媚，对英戈·阿瓦德事件和档案中其他极为难堪的事情，肯尼迪家族只有一个方法可保证胡佛继续保持沉默。没人需要把这事抖出来。这是知情者都明白的事情。因为没说，所以没人可称之为要挟或敲诈。

一九六〇年八月四日，在约翰·肯尼迪被任命为民主党总统候选人后还不到三个星期，《纽约时报》报道说："在今天草坪上的一系列新闻发布会上，肯尼迪参议员被问及如果当选，是否会继续留用 J. 埃德加·胡佛为联邦调查局局长，并继续调查局的既往方针政策。他回答说，他当然会留用胡佛先生，而且不会对该局做出重大变更。"[14]

虽然该声明很可能是以通常的方式触发的，由一位支持的记者预先准备了这个问题，但候选人及其父亲肯定是事先有准备的，他们明白这只有一个可能的回答。

---

① 杰克是约翰的昵称，这里指的是约翰·F. 肯尼迪。——译注
② 局长与前驻英大使显然也有大量的私人通信往来，估计在胡佛死后都被海伦·甘迪销毁了。除了列在局长的"特别通讯录"中（意思是亲密到可以直呼其名）之外，肯尼迪还被提升为联邦调查局在波士顿地区的线人，其头称是"地区特别联络员"。有报告说，胡佛保存着有关约瑟夫·肯尼迪的 343 份独立的档案。

虽然胡佛支持尼克松，并在幕后尽力帮助他的竞选，但他并没有忽视肯尼迪当选的可能性，于是他采取了相应的措施。

例如，胡佛通知肯尼迪，说他的工作人员中有一个前共产党员，让他有时间去辞退该人，并让他欠下联邦调查局局长的人情债，然后把这事泄露给尼克松。尼克松迫不及待地公布了这消息。

一方面，这位虔诚的长老会教徒还与尼克松的演讲稿首席写手克罗宁神父建立了工作关系，主动提供给他关于肯尼迪家族的负面信息和他们的动作。另一方面，他显然为联邦调查局不断增加的罗马天主教员工而感到烦恼，深信他们都是约翰·F.肯尼迪的支持者。

他们的忠诚是至关重要的，因为胡佛对民主党候选人的监控，已经在"官方/绝密"档案中增加了大量的内容。主题不是传统上关于总统的。

"头号歹徒的同事与麻州联邦参议员约翰·F.肯尼迪一起参加宗教仪式"，这是特工提交的早在一九五八年二月一次事件的报告标题。凤凰城的特工获悉，"头号歹徒的密友"[15]约瑟夫·博南诺在图森的圣彼得与保罗教堂，在肯尼迪旁边参加弥撒仪式。

早在一九六〇年，写给局长的一份机场宾馆备忘录，描述了在拉斯维加斯拍摄狗仔队电影《十一罗汉》①时的狂欢景象。"全城的艳舞女子在参议员的套房进进出出"，报告写道。肯尼迪在金沙酒店与歌手弗兰克·辛纳特拉聚会，一名线人把辛纳特拉描述为"暴徒的一个卒子"，他的当演员的内弟彼得·劳福德，据说在黑社会控制的赌场持有"千分之五的股份"。参加聚会的还有一位十分漂亮的女子，是"一个身份不明的微黑型高个子美女"，这是第一次观察到的。当她在第二年开始访问白宫，提供下午的性服务时，胡佛就对她相当了解了。[16]

通过原意是为了解黑帮活动的搭线窃听和监控器，胡佛获悉，辛纳特拉联系臭名昭著的芝加哥黑手党大佬山姆·"莫莫"·詹卡纳，要求帮助戴利市长管控可预测的选区。事实上胡佛获悉，选票的回归进行了创造性的篡改，为的是让伊利诺伊州倒向肯尼迪的阵营。这个信息他是确定的。他的搭线窃听涵盖了

---

① 又名：《瞒天过海》。——译注

芝加哥河贫民选区一些狡猾的反对派的电话，窃听到了他们假装的胜利。

肯尼迪的险胜不需要伊利诺伊州的选票，德克萨斯州的结果就能够使他获胜。德州是他的竞选伙伴林登·约翰逊的家乡，他的拉选票能力几乎能把死人都动员起来。在最后时刻洪水般涌来的选票，使他成功当选为联邦参议员，并获得了"排山倒海林登"的绰号。

但在胡佛看来，伊利诺伊州的选票本身，还不如那些选票的如何获得更为重要。

大选后的第二天，在麻州海厄尼斯港的肯尼迪家别墅里吃过晚饭后，《新闻周刊》记者本·布拉德利和艺术家比尔·沃尔顿在休闲聊天。

约翰·F.肯尼迪提议他们称呼他为"总统"，现在他顽皮地说："嗯，我给你们每人一个任命、一个工作选择。"[17]沃尔顿是肯尼迪家族的老朋友，他立即要求甩掉胡佛。记者布拉德利认为，中情局局长艾伦·杜勒斯也得走人。第二天，总统公开宣布的新政府第一批两项任命是胡佛和杜勒斯。①

头天晚上，当大选的结果似乎已经确定下来之后，联邦调查局局长立即表示支持，肯尼迪则向他保证，他不会被替换。乔·肯尼迪的儿子别无选择。

而且，在被问及为什么不替换胡佛的时候，杰克·肯尼迪喜欢这样回答："总不能把上帝辞退吧?"[18]

在大选前一天的十一月九日，第一项任命的消息出现在《纽约时报》上。胡佛知道其含义，这是在试探，即使该报纸发表了评论员文章，他的疑虑还是没有消除。

几天后，来约时间了。局长显然怀疑这样的礼节性拜访是由约瑟夫·肯尼迪安排的。他猜对了。

据罗伯特的说法，他父亲、哥哥和其他一些人都敦促他接受司法部长的职位。但他还是举棋不定，很想听听胡佛先生的意见。

罗伯特·肯尼迪彬彬有礼地来见他的潜在的下级，把他当作一位年长的政

---

① 即使民主党的候选人已经确保胡佛在肯尼迪执政时期的局长职位，但胡佛不相信这个爱尔兰政治家的话，他安排国会同盟通过一项法案，如果退休他也能拿到全额的工资。

治家和父辈的朋友。

但胡佛还是感到很不自在。与华盛顿的许多人一样，他不得不面对现实，这个难以对付的年轻人是当选总统的弟弟。

胡佛温和地告诉肯尼迪，这是一份好工作，应该接受。"我不想这么对他说，但我还能说什么呢？"[19]胡佛后来告诉威廉·萨利文。萨利文已经是调查局国内情报部负责人了，他知道该任命是因为他是天主教徒和民主党员的缘故。联邦调查局局长从其自身出发，相当讥讽地评论说，罗伯特·肯尼迪具有担任全国头号司法官员的资质：他策划过总统竞选战役，从来没有过司法实践，从来没在法院审理过案子。

在这次怪异的会面期间，纳什维尔的《田纳西报》记者约翰·席根塔勒等候在外面的密室里，之前他已经请假参加罗伯特的战役。肯尼迪出来后告诉席根塔勒，胡佛说话不够坦率。显然，至少在罗伯特看来，这个谨慎的官僚不想他接受司法部长的任命。

他说对了。而且胡佛并不是单枪匹马。罗伯特向政府其他几位老练的拥护者进行了咨询，但没有获得大力的支持。胡佛的朋友、前司法部长威廉·罗杰斯警告他，该工作令人讨厌。道格拉斯大法官建议他要么接受大学校长的职位，要么去休假。

十二月二十九日，当选总统肯尼迪公布了这项任命。美国首席执法官将是总司令的弟弟，这是史无前例的。

在总统就职典礼日，J.埃德加·胡佛兴高采烈。知心朋友、调查局同事和他们的家人像过节般地聚集在他的办公室里，观看电视直播的权力更替。他深信肯尼迪家族致力于开展大规模的反犯罪运动（意味着更多的特工编制），深信总统这个职位是神圣的，他的工作就是要保护总统本人的名誉，局长对国家的前景感到高兴。大约二十二年后在写给《纽约时报》的一封信中，这至少是奎因·塔姆能够回忆起来的那天的情景。

确实，联邦调查局头头有理由感到高兴，因为他已经证明，他可以利用他的官僚主义老办法为"新边疆"聪明的年轻人带来良好的效果。在就职庆典之前的高潮中，当肯尼迪的高级顾问们正忙于安排工作和确定社会责任的时候，胡佛写了一封满满当当的五页纸长信，分送给尚未上任的司法部长罗伯特·肯尼迪和副部长拜伦·R.怀特，以及未来的国务卿迪安·腊斯克。

信中的一个段落，简单而又含糊地承认了调查局一个十分重要的计划，即其"精心准备的反击美国共产党，使其站不住脚跟的计划"，而且"已经在党组织内部和外部开展起来了"。这个计划，胡佛写道，已经"成功地预防了共产党取得组织合法性的阴谋"。

三位收信人都没有提出反对的意见。很可能在忙碌的工作中，他们都没看过这封信。[20]

但在多年之后，当参议院的一个委员会调查联邦调查局滥用职权的时候，这封信可以，而且确实被引证为证据，说明联邦调查局局长曾经把反情报计划的存在警告了肯尼迪政府的高级官员。

大选后的第二天上午，联邦调查局局长就打电话给总统表示祝贺。他还说，特工考特尼·埃文斯将作为他与新政府之间的联络员。

杰克和鲍比①都喜欢埃文斯。在参议员肯尼迪调查劳工管理不适当活动的时候，他们就知道了这位年轻的具有奉献精神的特工。大选战役期间，每当罗伯特需要与联邦调查局打交道的时候，都会告诉埃文斯。

埃文斯的问题在于，他既喜欢肯尼迪兄弟，又忠于联邦调查局局长。虽然身处困境，但埃文斯善于周旋，能够冷静地评估双方，甚至在胡佛与作为他老板的年轻人之间产生摩擦的时候，也能够认真地完成任务。

罗伯特·肯尼迪与J.埃德加·胡佛之间的冲突，可以有许多理由，但考特尼·埃文斯能够看清紧迫的形势，有时候是非常紧迫的形势，得出令人惊讶的结论。埃文斯认为，他们闹矛盾的一个原因，是"他们太相像了。当我看到鲍勃·肯尼迪在一九六一年开展行动的时候，我心里想，那正是胡佛在一九二四年开展行动的套路……还有同样的对待低效率的不耐烦和暴躁脾气，要求了解详情，在其位谋其职，而且都是严厉的监工"。[21]

埃文斯的说法，与所有的神话恰恰相反，两人之间没有直接的对抗。而他作为联络员，是不大可能知晓的。虽然埃文斯是联邦调查局与司法部直接的官方联络员，他同时也是胡佛与肯尼迪总统之间的联系人，在白宫他主要是通过

---

① "鲍比"或"鲍勃"都是罗伯特的昵称，这里指的都是罗伯特·肯尼迪。——译注

约翰·F.肯尼迪的秘书和总管肯尼·奥唐奈。据奥唐奈说，胡佛因为没被允许可以直接进入椭圆形办公室而感到"很不开心"。在肯尼迪将近三年的执政期间，这位自我感觉良好的局长应邀进入白宫的次数少于十二次。

但约翰·F.肯尼迪似乎与这个保存着能够摧毁他总统生涯并使他的家族蒙羞的档案的人相处融洽。即使他的留用胡佛的决定是因为形势所迫——不但是他父亲的愿望，而且在旗鼓相当的大选险胜之后还有疏远选民的风险——肯尼迪显然明白局长及其痴迷。按照他们的心照不宣的君子协定，谁也不想去破坏。

罗伯特·肯尼迪的工作人员决心"马上行动起来"。提高效率、努力工作和积极奉献是能够获奖的，因此，司法部一位副部长工作积极性高涨，每天早上第一个来上班就不足为怪了。他的办公室与胡佛在一条走廊上，冬天的早上华盛顿天气阴暗，他进大楼走向自己办公室时会去开亮廊道上的每一盏电灯。不久，联邦调查局一名特工出现了，要求他停止这种做法。"局长喜欢自己来开这些灯。"他不动声色地解释说。[22]

然而，在那班忠于肯尼迪、信仰坚定、工作雷厉风行的司法部员工与胡佛那些老派的亲信之间的巨大差异之中，脾气的古怪还不是最糟糕的。但有些小摩擦似乎是非常丑陋的冰山一角。

一方面，显然胡佛一有机会就忍不住要在他的年轻上司面前摆老资格。肯尼迪全然不管华盛顿的节日和大多数的联邦节日，像平常那样来办公室工作。

"看到你的车停在司法部车库内，"第二天胡佛在信中写道，"我感谢你在二月二十二日全国节日期间来上班工作……我们希望，你表现出来的精神——福吉谷精神和卡西诺山精神——将在司法部发扬光大。继续努力做好工作。"[23]

如果说这封信的口气还可以原谅的话，那么胡佛的其他举动就不能原谅了。

当游客们排队来联邦调查局参观，想看看这个全国性的执法机构是如何运作的时候，他们得到了暗示。导游们被告知要这么解说："一九二四年在司法部长还没出生的时候，胡佛先生就已经当上了调查局局长。"[24]这事被肯尼迪发觉后，他命令在印制的旅游小册子中删去这种冒犯的说法。

但他显然不知道联邦调查局领导在欢迎新特工仪式上的标准讲话。一位主管行政的局长助理表扬了这些年轻人，因为多年来申请加入特工队伍的有三千六百万人遭到了失败，其中包括理查德·尼克松和罗伯特·肯尼迪。原因是尼克松"进取心不够"，而现任司法部长则因为"骄傲自大"。

爱好锻炼的肯尼迪是在上任后两星期才发现司法部地下室有一个健身房。但胡佛已经料到他会去。一天，当司法部长要去健身的时候，守候在门口的一名特工拦住了他，解释说非联邦调查局工作人员不能进去。肯尼迪显然不想为这种小事争吵，他退回去了。①

但他在其他事情上的退缩是很不明智的。有一次在关于民权议题的会议期间，他需要立即得到一个数据，于是他打电话找局长。"联邦调查局在伯明翰有多少名特工？"他问道。"够多的了。"[25]在接下来的二十分钟时间里，两人一直在交谈，或者说是肯尼迪在倾听。挂上电话后，他依然没有搞清楚伯明翰的联邦特工人数。

但如果说肯尼迪和司法部官员感到恼火的话，那么胡佛、托尔森和联邦调查局的其他员工则因为这位新来者的怪异方式而感到了恐惧。司法部长的举措与他们之前看到过的截然不同，几乎立即成了传奇。

有一次，局长以爷爷的姿态仁慈地邀请肯尼迪家几个顽皮的孩子来他那著名的办公室游玩。孩子们放肆地在房间里跑来跑去，其中一个好奇地按下了局长的"报警按钮"，致使特工们冲进去保护他免受威胁。他的防护措施是明摆着的。

更糟糕的是，司法部长把狗带来了办公室。狗每天出现在肯尼迪和胡佛办公室所在的五楼，直接违反了《公共建筑物规定第二部第八章第二〇一条款》："除非工作需要，否则不得带狗……进入。"

肯尼迪喜爱的宠物，是一只身材高大的狗，它与主人一样不拘礼节。最后，联邦调查局为这种轻率的举动召开了一个高层官员的紧急会议，与会的十二名高官（不包括胡佛，他从来不参加），平均有三十多年的工作经验，他们负责监督一百六十种违法规定的执法任务。

似乎是有一天肯尼迪带着狗来上班了，狗在司法部长办公室的地毯上到处撒尿。在下一次行政会议上，十二名高官讨论，除了违反《第二〇一条款》，是

---

① 健身房事件的联邦调查局说法是，司法部长想进去，遭到了拒绝，虽然气得涨红了脸，但他没有再次尝试。按照肯尼迪的说法，进去遭到拒绝后，司法部长命令联邦调查局健身房每天晚上要为司法部全体员工开放到 11 点钟（之前是在每天晚上 6 点钟关闭）。联邦调查局局长不希望看到司法部长和司法部员工徘徊在地下室，因为印刷所也在那里。

否以损坏政府财物的罪名对他进行指控，但经过激烈争论之后，会议决定这次不予正式追究。

在局长看来，肯尼迪与他的狗一样不受拘束。实际上，他甚至当着胡佛的面也会去损毁政府的财产。有一次，联邦调查局局长和他的副手托尔森几乎忍无可忍，他们进入司法部长办公室后，肯尼迪根本不屑一顾。他专注于玩英格兰酒馆的一个游戏——射飞镖。虽然谈话已经开始了，但一名助手嘲讽地评论说，肯尼迪显然"并没有认真理会局长"。胡佛感觉司法部长既违法又侮辱人。"这纯粹是亵渎。"他后来指责说，"亵渎政府的财物。"[26]肯尼迪没有射中目标，飞镖把护墙板戳得坑坑洼洼的。

工作时间，司法部长及其内层圈子里的人会脱去西装，解开衬衣的领子纽扣，松开领带，并卷起袖子。"司法部长卷着衬衫袖子在大楼内走来走去，样子很滑稽，"胡佛对威廉·萨利文抱怨说，"如果我的办公室坐着客人，我该如何介绍他呢?"[27]

但肯尼迪的打扰并不仅仅是风格上的。虽然朋友们都认为，他真的是想努力表现出对长者的尊重，但胡佛还是会往别处去想。至少有一次，肯尼迪按蜂鸣器叫他过来解释为什么某个事情一直拖着没办好。"没人会按蜂鸣器召唤胡佛!"司法部一名官员惊奇地说。[28]局长对肯尼迪史无前例的要求肯定是愤恨的，比如，偶尔他的发言稿被修改了，或者联邦调查局的新闻发布会要经过司法部公关部门的审批，或者肯尼迪未经宣告突然出现在他的办公室里。①

毫无疑问，最麻烦的是肯尼迪喜欢直接找联邦调查局特工，而不是通过胡佛，像以前所有的司法部长那样。年轻的司法部长经常走访受到局长"谴责"而被发配到外地分局的员工。肯尼迪认为，那些特工也是"司法部的组成部分"。在胡佛看来，这是干扰，是不应该的和不可原谅的。（当然，发往其他渠道的一连串命令，对局长来说都不是神圣的。他以前经常越过司法部长，直接与白宫联系，但这条路现在走不通了。）

在这样的走访之后，常常在肯尼迪还没走出大楼，分局长就已经开始发电传了。据一位退休的分局长介绍，总部与分局之间的提问和答问，就像"含有

---

① 肯尼迪设法避开甘迪小姐警惕的目光，闯进了胡佛每天两小时的"私人会议"，惊醒了老人的午睡。这或许只发生过一次，但那已经足够了。这位新贵看到了局长的狼狈相。

敌意的盘问"。[29]在司法部长离开后四十八小时之内，总部的一位高级官员会来到分局。回去的时候，他会带上经在场的每一位特工签字后的陈述报告。

海伦·甘迪小姐为他建立了一个专门的档案。

这样的走访，有些特工不可避免地被肯尼迪所感动，为他感到同情。有一次，芝加哥分局的特工为他深感遗憾，因为他们目击他陷入了胡佛精心设置的一个陷阱。

局长的一名铁杆特工询问司法部长是否想听听黑帮的录音。肯尼迪天真地同意了。他很可能认为，这录音是由当地的警方制作的。

在一盘录音里，黑手党一名杀手兴高采烈地向他那些"自作聪明"的同事描述了为期三天的拷打杀人过程，受害人是放高利贷的威廉·"行动"·杰克逊，他被（错误地）怀疑在为联邦调查局通风报信。

他那热情的描述是令人发指的。但验尸官的报告说明了一切："挂在肉钩上，浑身湿淋淋的；在肛门和阴部使用过赶牛棒（电棒）；遭到过枪击；肢体被切割（显然用的是冰镐）；身体多处遭殴打（显然使用的是棒球拍）；身体遭重度烧伤，遭受过喷灯的摧残；阴茎遭受过焚烧。"[30]

肯尼迪震惊得说不出话来，因为恐惧和愤怒，他满脸通红，匆匆地离开了放映室。

那天晚上，总部的两名高级特工到来了，他们收集了经证实的陈述，以便存入甘迪小姐的档案之中。J.埃德加·胡佛现在有了证据，可证明司法部长听过了微型话筒监控器的录音，但没有提出一个字的反对意见。"他（肯尼迪）根本不知道他中套了。"萨利文回忆说。[31]

这样的事情只会加深内部的代沟。对年轻特工来说，唤醒局长午睡的那个人，似乎能够唤醒整个部门。许多人之前从来没有见到过活生生的司法部长，见到过如此直接、如此亲近和如此随意的司法部长的人，则更少了。是的，罗伯特·F.肯尼迪代表了未来，而胡佛正在退缩到过去。

私底下传播的一个轶闻，似乎显示了大多数老家伙是如何顽强（和愚蠢）地墨守成规和抗拒变化的。肯尼迪在走访纽约分局，分局长是联邦调查局的一名局长助理，名叫约翰·弗朗西斯·马龙，年轻的特工给他起了个"花岗岩脑袋"的绰号。

司法部长问了个工作上的问题："马龙先生，你能不能给我讲讲到目前为止，黑帮组织都有些什么活动？"

"说实话，司法部长先生，"胡佛的铁杆同事回答说，"对不起，我不能，因为我们这里发生了报纸罢工。"[32]

冷枪来自双方的阵营。

开始的时候，肯尼迪阵营的人谈论了局长爽快、辉煌和高效的"好时光"，以及他那卡通人物般愚蠢的"坏时光"。席根塔勒①第一次私访局长的时候，胡佛向他愤怒地大倒苦水。报纸都是不能信赖的，更糟糕的是，已知的共产党人在担任《纽约先驱论坛报》的编辑工作，阿德莱·史蒂文森是一个"臭名昭著的同性恋"——肯尼迪的助理惊讶得不断地眨眼睛。这次长篇演说不但变换着一个个无关的话题，而且史蒂文森的有些"事实"，被联邦调查局的其他官员用来取笑前外交官萨姆纳·韦尔斯。

席根塔勒回到司法部长的办公室后，肯尼迪看了他一眼，说："他今天不太正常，对吧？"[33]胡佛心情的瞬息万变成了一个笑话。

肯尼迪手下的工作人员也喜欢谈论他们老板的轻浮玩笑。当托尔森住院要动手术的时候，司法部长俏皮地说："什么情况啊，是不是要切除子宫？"[34]在胡佛办公室外面的接待室经过迪林杰展品柜的时候，他笑嘻嘻地说："他们最近有什么活动？"

甚至与局长至少有过一次争吵的肯尼迪的妻子埃塞尔，也采取了行动。朋友们知道，她把一张纸条塞进了联邦调查局的建议箱："洛杉矶警长致调查局局长"[35]。她清楚地知道胡佛厌恶这位加州警察的局长。

这样的恶意玩笑会有什么回报？据不止一个联邦特工的说法，调查局内大家都知道，胡佛已经对整个司法部都进行了监控。肯尼迪很害怕，想起这事，他就尽量不与助手在他的专用电梯内谈及某些话题。

估计胡佛从来没有注意到这些谈话有多少随意，他认为也许是电梯使得警惕性大为迟钝。当然，这样一来可以通过由特工安置的窃听器获取更多的信息。

有一次，下降的电梯起到了一个意想不到的作用。在两人之间发生一场大

---

① 约翰·劳伦斯·席根塔勒，记者和作家，1960—1962年间担任司法部长行政助理。——译注

吵后，肯尼迪决定去白宫，把自己的故事直接向总统诉说。他慢慢地下降到了司法部大楼的地下车库，快步走向宾夕法尼亚大道，由此进入了白宫，这时候，他的对手才刚刚迈步出来。

在椭圆形办公室，他哥哥涨红着脸，厉声说："你必须与老头子相处！"[36]

没有找到或公布过关于总统与联邦调查局局长说了些什么的记录。没有任何暗示流入当天华盛顿的闲言碎语之中。

当然，虽然不是直接地，但胡佛还在提醒约翰·F.肯尼迪，关于他的档案综合内容和不断增加的新内容。

"差不多每个月，"罗伯特·肯尼迪回忆说，"局长总会派人送来一些信息，要么是关于我认识的某个人，要么是我的家庭成员，要么是与我自己有关的指控。所以，显然——不管是对是错——在这些事情中，他总是掌握了主动权。"[37]

胡佛很快获悉，约翰·F.肯尼迪喜欢闲言碎语（辛纳特拉和劳福德会给他在好莱坞卧室里放上一份报纸），他感觉有机会了。他为新当选的总统提供了反对他的参议员，或者是诸如鲍比·贝克那样的爱情冒险家的故事。例如，他告诉他，与约翰·F.肯尼迪特别亲近的南方一位参议员，比"皮条客"好不了多少，他私下里把国会的旅游安排到他的家乡，还有收费美女的陪伴。这对约翰·F.肯尼迪来说并不稀奇，因为他自己也参加了。胡佛还提供了一位大使的丑闻故事，说的是该大使试图从华盛顿一位已婚妇女的卧室逃跑时被抓。联邦调查局局长通过考特尼·埃文斯，一再追问总统的秘书奥唐纳："这事总统想怎么处理？"奥唐纳漫不经心地逐字重复了总统的反应："他说从现在起，他要雇佣跑得快的大使。"[38]奥唐纳是肯尼迪的铁杆追随者，被一些记者称为"宫廷小丑"，他写道，肯尼迪要他让埃文斯停止这种信息的发送，但他的说法没被广泛接受。

然而，每一个这样的故事都是在微妙地提醒，联邦调查局局长在总统的档案里都保存着什么材料。唯恐被忽视，像传说中的"中国水刑"① 那样，胡佛把信息一滴一滴地释放出来。

---

① 受害人赤身被绑缚在椅子上，头顶上方悬着一个大水桶，水一滴一滴地掉落在受害人的额头上，久而久之，受害人会发狂和崩溃。但这种刑罚不一定是中国人发明的。——译注

一月三十日，就在壮观的总统就职典礼后仅仅十天的时间，胡佛通知司法部长说，一份意大利的杂志刊登了对一名女子的采访，该女子声称已经与杰克订婚。但据说肯尼迪家庭已经向她支付了五十万美元要求退婚。

紧随一月份的信息之后，一份备忘录告诉司法部长，"据说该女子已经怀孕了"。[39]

二月十日，罗伯特收到了一份主动送来的有关他哥哥一位朋友的档案汇总材料。胡佛还附上一封短笺，上面写道，他认为该信息"也许是有意思的"，因为材料强调了辛纳特拉据说与黑帮有联系，还说他和杰克与应召女郎有过幽会，包括"纽约两名黑白混血妓女的宣誓口供"。[40]

同时，埃文斯对胡佛的作用变得越来越重要了，二月份，他晋升为局长助理。然而，这样的提拔显露了他的声望，因为尊敬肯尼迪兄弟的他，在许多人的眼里，某一天会成为替代胡佛的竞争者。在罗伯特获悉联邦调查局局长在白宫安插了线人之后，显然他很可能受到了怀疑。二月十三日，司法部长立下了一个明白无误的规矩：司法部员工与白宫助理人员之间的联系，"必须首先经由司法部长"。[41]

总统、司法部长和联邦调查局局长这三个个性很强且又迥异的人，不可避免地要见面讨论一些国家大事。他们之间第一次没有记录的会议，是在二月二十三日，延续了一个半小时。所有这样的会面都以这种形式进行——约翰·F.肯尼迪要求任何会面都要保密——总统的客人避开媒体，通过白宫的游客入口进入。这次会议期间，戴夫·鲍尔斯迎接胡佛，陪同局长去了"大厦"即第一家庭的居住区。

奥唐纳猜测，总统会利用这个机会提醒胡佛即将在猪湾开展的军事行动。不管是真是假，这次被鲍尔斯描述为"非常非常冗长"的会议，[42]并没有预示在肯尼迪执政时期胡佛的未来。

如果奥唐纳没有记错，那么在肯尼迪执政期间，椭圆形办公室的门只为局长开过五次至七次，而且几乎每次都有罗伯特等候在一边。鲍尔斯说，胡佛或许与总统共进了三次没有记录的晚餐。此外，联邦调查局局长迫不及待地参加过一年一度的白宫颁奖仪式，那是为勇敢的年轻人颁发"美国青年奖章"。

但胡佛很不满意，他继续提醒肯尼迪兄弟，在罗斯福和艾森豪威尔当政时期，他是如何频繁地出入白宫和如何受到热烈的欢迎。约翰·F.肯尼迪同情他不得不在年龄只有他一半的人手下工作。罗伯特会声称，他也不是懵然不知局长的感受。"我安排哥哥每两三个月打电话给他，还安排他请J.埃德加·胡佛吃饭，就他们两人……这使胡佛三年来一直感到高兴，因为他认为他能够直接接触总统。"[43]

如果说高兴，那么胡佛积极争取让自己感到满意，他一点也没有依靠年轻的罗伯特。他靠的是自己。

在五月四日写给司法部副部长拜伦·怀特的一份备忘录中，胡佛花言巧语歪曲历史，并使用了不正当的语言，为的是给联邦调查局争取到新的更多的权力。同时，肯尼迪及其助手正忙于立法方面的准备，在事关"国家安全"和"刑事"犯罪活动的调查工作中，力图让国会授权司法部长实施搭线窃听。他们实在太忙了，没有注意到胡佛自己知道的隐藏在字里行间的意思。

胡佛宣称，艾森豪威尔当政时期的司法部长赫伯特·布劳内尔，在一九五四年批准了微型话筒监控器（即"窃听器"）的使用，"不管是否非法闯入"。没错，那年布劳内尔的一份备忘录确实写道，"为便于联邦调查局完成重要的情报任务，考虑到内部安全和国家安全是头等大事，因此为了国家利益，也许不得不实施这种技术装备的无限制使用"。没错，就这段话来说是这样的，但前司法部长在整个备忘录中清楚地表明，他的意见是仅适用于为了国家安全的情况下。

胡佛诡辩地暗示，布劳内尔赋予了很大的余地。他向怀特报告说，好像自一九五○年代就已经批准了似的，"为了国家安全的利益，话筒监控器也在有限的范围内得到了使用，在揭露严重刑事犯罪的过程中，即使非法闯入也是必要的"。这就造成了既成事实，好像是服从命令似的。

此外，他还陈述了"为内部安全"而使用的窃听器，全都集中在调查"苏联间谍和共产党领袖活动"的领域。[44]实际上，目标包括了被认为同情共产党的那些人、众议院农业委员会主席哈罗德·D.库利和一个主张种族隔离的团组。

未经罗伯特·肯尼迪事先批准，他们全都被窃听了，但怀特的备忘录，如果其含义完全被理解了的话，并没有带来快速的回报。而且早在二月十七日，司法部长就已经知道，联邦众议员库利即将在曼哈顿会见一些富裕的"砂糖游说"团组成员，胡佛可以对该会面实施窃听。后来，肯尼迪研究了该窃听的汇总材料，但没人提交他所知道的或怀疑的——或者甚至是他所要求的——使用了什么窃听技术的证据。[①]

肯尼迪是否明白，胡佛创建的搭线窃听与监控窃听之间的重大区别？在道义上和法律上，这似乎是类似的。由于上级显然并不更加聪明，联邦调查局局长经过不懈的努力，悄悄地搞了一套双轨制的监控，其灵活性令人惊讶。

一方面，由于肯尼迪完全赞同他的观点，认为国会要禁止搭线窃听的努力是错误的。胡佛向司法部长报告说，他支持肯尼迪的做法——立法批准司法部长授权联邦调查局实施话筒监控——表明了一位执法人员渴望使用经批准的调查工具，以及他希望得到认可，这样的使用应该是有限制的。

但在五月四日的备忘录中，胡佛狡猾地开启了一个新的魔盒。正当肯尼迪的助手们忙于讨论立法提案优点的时候，联邦调查局局长则纵容自己完全不受限制地使用一个替代的设施。安置这样的一个设施，通常需要特工们开展"非法闯入"，这是直接违反刑法的。

回想起来，这是一个惊人的成就。

国会山的议员们和资深政治记者们认为，关于肯尼迪建议的立法讨论涉及了宪法原则的基础。隐私权与国家安全的需要如何直接进行平衡？这项立法的通过与否，将会对全国的执法工作产生极大的影响。

他们也许是在讨论关于针尖上能容纳多少天使跳舞的问题，这似乎是中世纪神学家们讨论过的。这个议题是由联邦调查局提出来的。

尤金·"公牛"·康纳有一个富有创意的计划。

作为亚拉巴马州伯明翰市主管公共安全的官员，他是警察局长，但一个史

---

① 中央情报局认为，"砂糖游说"的调查具有重要的国家安全意义。目前砂糖的进口配额在1961年结束，根据中情局的说法，多米尼加共和国"强烈要求美国国会通过砂糖法案，使配额有利于该国政府"。[45]中情局分析家担心，该项立法对未来的美国与加勒比海产糖国的关系"极为重要"。联邦调查局怀疑，多米尼加的民族主义者在贿赂美国国会议员、政府官员和执行机构。然而，政府原版配额法案还是获得了通过，一年后，在考虑对新的立法进行修正的时候，政府调查员又听到了关于多米尼加贿赂的谣传。在两次事件中，都没有发现回扣的证据。1961年和1962年，肯尼迪批准了一些搭线窃听的申请，包括农业部官员的住宅电话和为多米尼加游说团工作的美国公民。众议员库利没有受到搭线窃听。

无前例的事件使他深信，必须采取史无前例的措施去应对，他寻求当地三 K 党的帮助。

"看着上帝的分儿上，要做就要把这事做好！"他命令三 K 党的一名成员。

就在几天之后的五月十四日，参加"争取种族平等大会"的静坐抗议系列活动的黑人和白人"自由乘车者"，搭乘一辆灰狗巴士在南方地区巡游，即将抵达伯明翰。

康纳预计会有暴力行动。为使自己的计划不致落空，他决心策划一些暴力行动。首先，他向三 K 党保证，他将装作没看见。在巴士抵达车站——市政厅警署的马路正对面——后"十五至二十分钟内"，警察不会出现在现场。

然后他提出了具体建议，显然是根据他多年的维稳经验。当自由乘车者进入种族隔离的洗手间后，推荐的做法是跟进去，剥光他们的衣服，对他们进行殴打，使之"看上去像是遭到了斗牛犬的袭击"。他答应，如有乘坐者伤风败俗地赤身裸体跑出卫生间，那就把他们送进监狱。他会就此事去"搞定"陪审团。

康纳还提议说，万一警察不得不逮捕三 K 党人，那也是因为"黑人"挑起暴力的。他还承诺，三 K 党人的审判都会得到从宽处理。

有了康纳的合作，三 K 党组织了六十人，准备袭击乘坐公交车跨州旅行的男女乘客，根据州际贸易法这样做是合法的。这些人将分为六个小组，每组十人，他们将携带棒球拍、大头棒和钢管。三 K 党人被警告不得携带手枪，除非是有持枪证。

在那些巴士抵达伯明翰两天之前的五月十二日，这些信息全都由伯明翰分局长用传真电报的形式发送给了 J. 埃德加·胡佛。但他无动于衷。[46]

五月十四日的流血冲突，在受害人和证人的记忆中，三 K 党的一个小组长特别残暴。他野蛮袭击在巴士车站等待未婚妻的一个黑人，然后按住他，让其余的三 K 党暴徒对他实施殴打。这个组长还把一位报社的摄影记者打得失去知觉，又去追击另一位对事件进行拍照的记者，一把夺过他的相机，摔在了地上。

原先提着灌铅棒球拍的这位凶狠的三 K 党徒，现在手里换成了一条包铅的棍棒。在举棍朝向一名电台记者打过去的时候，他错过目标一棍子砸在了墙上。后来在与当地几个黑人斗殴的时候，这个暴徒的喉咙撕裂了，在医院里缝了八针。他从联邦调查局领取了五十美元的医疗费和一百二十五美元的"劳务费"。

加里·托马斯·罗是胡佛主要的付费线人，他隐藏在三K党内，从来没有因为五月十四日的狂暴而遭到犯罪的指控，在以后的岁月里也没有受到他的五名"管理员"的限制。① 联邦调查局局长事先就知道，三K党已经策划了伏击行动，他的线人罗意图携带一根特殊的球棒。

但在这次骇人事件之前，局长就获得了详细的信息。差不多在两个星期前的五月五日，伯明翰分局长托马斯·詹金斯就报告说，康纳手下主管情报工作的警官汤姆·库克中士在向三K党传递消息。头一天，从安插在争取种族平等大会的线人那里，胡佛就已经获悉了自由乘车者的初步日程。以黑人读者为主要对象的《黑木》和《黑玉》杂志的华盛顿记者站站长、联邦调查局线人锡米恩·布克告诉调查局说，他也许会面临危险，要求提供保护。

他是在白费口舌。

詹金斯早在四月二十四日就知道库克中士与三K党有联系，他在五月十四日打电话给中士，告诉他说，那辆巴士已经从附近的安尼斯顿出发了。②

当大巴车进入视线的时候，三K党徒已经做好准备进入了战斗阵地。幸好，之前讨论过的机关枪，没从支部办公室扛过来。

---

① 1980年，司法部准备了一份长达302页的秘密报告，内容是关于加里·托马斯·罗及其代表联邦调查局的地下活动情况。根据司法部调查员的说法：

　　1. 罗不仅仅是个线人。三K党党徒们说，对于三K党亚拉巴马支部策划的任何暴力活动，他都有否决权。

　　2. 暴徒制造的伯明翰第16街浸礼会教堂的爆炸事件，导致了4名年轻黑人姑娘丧生。他否认参与该爆炸事件，但两次都没有通过测谎仪的测试。

　　3. 虽然罗承认，在一颗子弹射杀民权积极分子维奥拉·格雷格·里兹佐的时候，他与3名三K党徒一起坐在一辆汽车内，但他没有受到参与谋杀的指控，反而成为政府的主要证人出庭作证。后来，由于他的同伙的指控，他被问及是否发射了致命的子弹，他没有通过测谎仪的检测。

　　4. 从1960年到1965年，罗从联邦调查局获得了至少22000美元的报酬，还得到调查局的帮助，使用假名先是在加州后来到佐治亚州开始了新生活。

　　这一切，以及其他的情况，胡佛全都是知道的。联邦调查局局长还知道，罗吹嘘曾在1963年杀死过一个身份不明的黑人男子，在伯明翰公园里参与过殴打几个黑人。然而，他们没对罗采取任何行动。"只要他能够提供有用的信息，"司法部的报告总结说，"伯明翰分局似乎愿意忽视罗的亲身参与"。[47]

② 詹金斯警告过杰米·摩尔警长，这事很可能会有麻烦。摩尔决定离开城市，他在5月13日晚上打电话给詹金斯说，他第二天整天都在外面。所以5月14日联邦调查局打电话过去的时候，是库克中士接听的。胡佛后来把詹金斯提拔为局长助理。

一时间，南方的执法官员颇为得意。在被问及如何处置发生在灰狗车站袭击事件的时候，康纳的表现很不严肃。他解释说，因为那天是母亲节，警局人手不够。

由于胡佛撒手不管，罗伯特·F.肯尼迪忙于应付猪湾惨败的质询，南方各州的官员就肆无忌惮了，直至亚拉巴马州蒙哥马利市所有的白人救护车都不能动弹。

司法部长明白危机的事态严重了。自由乘车者决心继续他们的抗议活动，亚拉巴马州州长约翰·帕特森拒绝响应肯尼迪的电话号召。最后，总统来干预了，他派遣席根塔勒去会见了帕特森。州长和巡警队长这才答应保护下一辆巴士。

这一次，二十一名黑人和白人学生在蒙哥马利巴士客运站下车的时候，看到车站里聚集了大约一千人。司法部民权局第一副局长约翰·多尔用电话向司法部长办公室报告说："噢，他们挥舞着拳头在打人呢……现场没有警察。场面太可怕了，太可怕了。"在巴士朝城里驶来的时候，联邦调查局又一次警告了当地的警方。

在血腥混乱中，席根塔勒的汽车冲上去，想去营救两名白人姑娘，她们被一群妇女团团围住，遭到了提包的拍打和恶毒的咒骂。"住手，"他说，"我是联邦官员。"他在后面遭到了袭击，失去知觉后倒在了人行道上，将近半个小时后，警察才最后驱车把他送进了医院，因为正如蒙哥马利警察局长解释的，"报告说城里所有的白人救护车都出了故障"。[48]

司法部长肯尼迪立即命令调动联邦法院的执法官队伍，并启动了司法部民权斗争的程序。很多次，罗伯特和他的助手们受到了反对意见的指责，恳求稳定但又要法治。

肯尼迪显然并不知道，胡佛的调查局一直赞同康纳在伯明翰实施的计划，或者继续在为像蒙哥马利警察局长那样的官员传递消息。

如同在阿巴拉钦小镇的做法一样，胡佛认为他已经尽到了自己的努力。别的就不管了。

至少有一件事情，胡佛的做法与一位美女是相同的，那是一九六〇年在金沙酒店由辛纳特拉介绍给约翰·F.肯尼迪的那位微黑型女子。两人都从后门进出白宫。

一九六二年三月二十二日，联邦调查局局长与总统秘密会面吃了一顿中饭之后，美女朱迪思·坎贝尔就失去了进入白宫的特权。军械库会所的窃听器使他渐渐发现，即使老江湖也会惊讶得目瞪口呆。坎贝尔是总统的情妇，但她同时也与辛纳特拉、詹卡纳和约翰尼·罗塞利有风流韵事。这个罗塞利是芝加哥黑帮在拉斯维加斯和好莱坞的代理人。

阿巴拉钦镇的事件是一堂速成课，胡佛由此了解了全国性组织的力量和影响。

在大选前不到一个月的十月十八日，他通知中央情报局和军事安全机构说，詹卡纳已经与一名杀手碰面了三次，该杀手意图在十一月暗杀古巴领导人菲德尔·卡斯特罗。其实，按照黑帮头目詹卡纳的说法，"杀手"打算把一个"药片"交给一位"姑娘"，由她去把它放进古巴革命家的食物或饮料内。[49]

同一天，胡佛要求纽约、芝加哥和迈阿密的特工去了解更多的情况，并密切注意詹卡纳，还说他自己正在散播一个"经过精心编制的"故事。为对其他情报机构的头目隐藏其窃听器的使用，他引用了"一个信息来源，其可靠性尚未进行测试，但能够获得情报"。[50]

但令人痛恨的中央情报局隐藏着更多的信息。

中情局副局长理查德·比斯尔在八月份经历了一场头脑风暴。在卡斯特罗严厉的社会主义制度下，在被剥夺了赌场巨额利润之后，赌博集团的某些成员会不会产生把卡斯特罗搞掉的动机？罗伯特·马修是二战期间胡佛的一名得力助手，他已经离职去搞民营的安保公司了。根据中情局内部的一份备忘录，马修被要求"扮作大公司代表去接触赌博集团，希望能为他们在古巴的利益提供保护"。[51]

詹卡纳和罗塞利很聪明，他们知道马修的真正后台老板是谁。他们愉快地接受了这个主意，但提出了一个条件，他们告诉马修，他们"不想参与"中情局批准的十五万美元付款。显然，这个人知道芝加哥地区几千张选票的真正价值，他可以精明地估算出中央情报局能够为一位朋友带来的非物质奖励。

詹卡纳瞒着中情局，他要求马修对喜剧演员丹·罗恩安置窃听器。罗恩似乎对黑帮头目的女朋友、大众欢迎的著名的麦圭尔姐妹三重唱的菲莉丝·麦圭尔太过友好了。在对罗恩在拉斯维加斯酒店房间内安装搭线窃听的时候，马修雇佣的一个人被当地警方抓住了，① 然后由罗塞利把他保释出去了。

---

① 笨手笨脚的阿瑟·巴莱蒂，是马修的朋友、佛罗里达州调查员爱德华·迪博瓦的一名雇员。显然，巴莱蒂有理由相信，罗恩整个下午都会外出。但他忘了打扫卫生的服务员。当他把搭线窃听的设备随便一放离开后，值班服务员看到就报警了。

这个荒唐的插曲——据罗塞利的说法，詹卡纳笑得差点把雪茄烟都吞咽下去了——激怒了联邦调查局局长。在决心指控这个不幸的搭线窃听安装工的时候，他慢慢地明白，还有比侵犯隐私更为严重的事情。从中情局总部兰利传来了重大事件的消息。

一九六一年四月十八日，胡佛对马修失去了兴趣。这个马修后来只告诉联邦调查局说，该夭折事件与"中情局反卡斯特罗行动"[52]的一个项目有关。他建议联邦调查局直接去联系中情局。

根据在五月二十二日发送给罗伯特·F.肯尼迪的一份总结备忘录，胡佛从中情局获悉，马修和詹卡纳在对古巴领导人搞阴谋，虽然中情局官员并不知道这两个人的"脏事"详情。[53]

他没向司法部长提及，詹卡纳曾经把非常肮脏的谋杀说成是"反卡斯特罗的活动"。是他忘了他们之间的联系，还是把牌揣在怀里，心里琢磨如果不警告中情局——或者也许还有他的顶头上司——承认自己已经知道了多少，这样他是不是还可以知道得更多？

中情局让胡佛知道，拉斯维加斯的喜剧演员在某种程度上涉及了国家安全，司法部没有追究搭线窃听的指控，联邦调查局局长在观察，在纳闷。

他也听到了。到十一月的时候，他知道朱迪思·坎贝尔已经至少两次打电话到白宫，① 其中一次是通过联邦调查局实施搭线窃听的山姆·詹卡纳别墅内的电话。②

---

① 9月份，由于坎贝尔与罗塞利有联系，跟踪坎贝尔的特工从洛杉矶一位"信誉值得怀疑的"私家调查员那里获悉，据说坎贝尔在与约翰·F.肯尼迪睡觉。9月9日，在监控值守的时候，特工们看到两名盗贼在坎贝尔空关的公寓内行窃，他们没去阻止，只是在报告中记录了该事件。

② 前一年，詹卡纳在芝加哥奥黑尔机场被联邦调查局气得脸色铁青。麦圭尔被单独引到一边去谈话，因为调查局一直想"策反"她和詹卡纳的其他熟人。比尔·罗默特工认为，他可以激怒这个黑帮头目使其来攻击他，从而以妨碍公务实施逮捕，于是他大声叫喊："女士们、先生们，他来了！芝加哥的头号歹徒和黑社会的头目，犯下过许多罪行，干下过许多坏事。"詹卡纳强忍怒火，气得咬牙切齿，但最后他咝咝响着说："嗨，我们应该是一条战线的，对吧？"[54]罗默愣住了。

当联邦调查局在骚扰这位黑帮头目的时候，中央情报局还在帮助他处理内部事情。但在12月，他对中情局有个小小的抱怨。军械库的窃听器记录了他对罗塞利的谈话："这不好。这不是我要的那种类型。我要的是房间里的那种类型，哪里都可以用，一个小小的碟片，放在哪里都可以。"[55]会话继续了一段时间，反映了詹卡纳迫切想知道他的情妇在干什么和说什么。胡佛在窃听这位黑帮头目，而中情局则在帮助他对他的女朋友实施窃听。

十二月十一日，他给罗伯特·肯尼迪发去了一份不同类型的爆炸性事件报告。正在实施的芝加哥监控，发现了詹卡纳态度中有一种令人不安的信心。他似乎肯定，他能够让美国总统转移视线。这事辛纳特拉可以出力，他会去联系杰克和罗伯特，还有老乔·肯尼迪。

之前詹卡纳已经通过肯尼迪家族转出一笔数目不详的现金，为的是帮助他们家儿子赢得关键的西弗吉尼亚地区的支持。[①] 他还去游说卡车司机工会，这无疑会使选民转变立场和改变想法。但他认真的努力没有得到回报，詹卡纳感觉，而且人们也听到了他在抱怨说，今后他再也不会为肯尼迪的竞选战役捐献一个铜板了。

胡佛对这句话的不动声色的描述，是居心不良的。他写信给他的老板即总统的弟弟说："他为肯尼迪总统的竞选捐了钱，但没有得到回报。"[57]侮辱是很明显的。

在接下来的几天里，肯尼迪父子三人之间发生的事情，只能作猜想了。罗伯特显然会警告约翰，不管是真是假，胡佛相信这个故事（也就是说，他的手里还有一张牌）。典型的做法是，司法部长会去面对老肯尼迪，肯定会问起这个故事，很可能会大声抱怨。竞选期间，他就与父亲争吵过不止一次，当时毛手毛脚的错误威胁到了清廉、年轻和富有理想的肯尼迪的形象。罗伯特肯定会对最近胡佛施加的压力火冒三丈。

十二月十八日，在佛罗里达州棕榈滩的家族度假屋享受阳光和沙滩的时候，老肯尼迪得了中风。他再也不能说话了，虽然他又活了差不多八年，其间两个儿子遭到暗杀，第三个儿子受到羞辱。

胡佛获悉了第三个电话。

二月二十七日，当肯尼迪家族依然沉浸在失去了父亲的指导和鼓励的震惊之中，很可能是因为罗伯特·肯尼迪打了一个电话的结果，另一位老人悄悄地担任起父亲的角色。如同发给罗伯特和奥唐纳的备忘录那样，联邦调查局局长表达了他对坎贝尔的关注。据他所知，她至少打了三次电话给白宫，但她经常

---

① 辛纳特拉还参与了资金的转移。朱迪思·坎贝尔后来声称，詹卡纳曾经对她说："听着，甜心，假如没有我，你的男朋友就不会在白宫了。"[56]

联系罗塞利和山姆·詹卡纳，而按照他的说法，这个詹卡纳是"芝加哥黑社会的著名人物"。[58]

约翰·F.肯尼迪想必明白了胡佛无所不在的监控网的新象征，知道这报告的副本已经放进了他的档案里面。

三月二十二日，总统和联邦调查局局长在白宫的居住区私下里一起吃了个午饭。"饭局上究竟讨论了什么，也许是永远无从知道的，"十三年后，参议院的一份报告说，"因为两个参与者都已经死了，联邦调查局的档案里没有这方面的记录。"[59]

也许杰克·肯尼迪是第一次确信，胡佛现在掌握的信息，如果泄露出去他就当不成总统了。杰克必须独自来处理这个问题。

总统先生，这会对你造成极大的伤害。胡佛很可能会这样说，把侵犯白宫的私密归咎于爱国的动机。按照他的风格，他会强调与芝加哥黑手党的联系，让关于坎贝尔夫人的另一件事未经表述地自然形成。

我是会尽一切努力保护你的，但如果记者得知了此事……胡佛也许发出了警告。总是渴望使对方就范，他手头上掌握的关于詹卡纳、罗塞利、辛纳特拉和坎贝尔夫人的信息，肯定是吓着了肯尼迪。假如这个道貌岸然的单身汉没去教导坐在总统宝座上的年轻人，那才奇怪呢。

他用不着提及英戈，她肯定存在于两人的心目之中。与此相比，杰克不知不觉地与一位可能是纳粹间谍的年长女子交往，是年轻的越轨行为。

许多人认为，胡佛会利用这次午餐的机会，透露另一个惊人的消息——他发现中央情报局是詹卡纳阴谋暗杀卡斯特罗的后台老板。①

但肯尼迪并不是那么愚笨。与坎贝尔夫人的联络是不真实的，按照白宫的记录，自他宣誓就职以来，她实际上打了他七十次电话。

虽然看问题的角度很不相同，但两人都明白，J.埃德加·胡佛现在对他的

---

① 胡佛显然并不反对谋杀古巴共产党领导人菲德尔·卡斯特罗，只不过是中央情报局和黑社会参与了。当中情局的阴谋失败之后，胡佛提供了联邦调查局的帮助。1962 年 10 月 29 日，局长发来了一份备忘录给司法部长，说联邦调查局的一个线人声称可以安排对卡斯特罗的暗杀："我们告诉这个线人，这事与我们无关，这个他明白了。我们没有向他布置任务。现在这个时候，我们无意追究此事。对于我们与他之间的关系，我们已经采取了仔细的保护措施。这事我们有义务负责与他之间的继续联系。"[60]

总司令的掌控力度有多大。

或许自那天后，约翰·肯尼迪有所成熟。现在是家族的头领，现在面对着日益增长的官僚主义内斗的现实，以及他自己的软肋，他显然挺身而出保护自己和自己的工作。他用白宫的线路给朱迪思·坎贝尔打了最后的一个录音电话。

第二天，胡佛从洛杉矶分局长那里获悉，总统要与辛纳特拉一起去度周末。这位歌手希望建立某种形式的西岸白宫，他在棕榈泉自己的住宅添加了两个客房，改建了一个直升机停机坪，并架设了通信线路：五条私密的电话线、电传打字机设备，以及根据联邦调查局的报告，"如有必要，可以操作总机房的足够的电线"。[61] 准备工作还包括了一些特殊设施，因为主人是著名人士，而且总统以前很是欣赏。

但肯尼迪取消了。他自己不想出面取消，于是他叫来了彼得·劳福德，告诉他说："我不能去住在那里。你是知道的，虽然我很喜欢弗兰克，但在鲍比正在调查这个（詹卡纳）的时候，我不能去那里。"[62]

更为严重的是，总统选择去了棕榈泉旁边的棕榈沙漠，与另一个歌手和共和党人宾·克罗斯比去度周末了。①

辛纳特拉很痛苦。他后来向有时候（总是秘密地）与总统交往的女演员安吉·迪克逊抱怨说："假如他能够打电话给我，说他有难处不能来我这里，那么我是可以理解的。我不想伤害他。但他没打电话。"[63]

这位歌手恐怕不会知道，每一次联络都会遭到胡佛的窃听，不管会话是多么的正常，都会存入档案之中。

辛纳特拉感觉受伤了，他采取报复行动，拒绝了肯尼迪家族的其他亲戚和随从人员。遭到拒绝的客人，从门槛处看到了贴在墙上的一张条子。时间是一九五九年，上面写着："弗兰克——那些来自拉斯维加斯的人，我们能指望他们什么？杰克。"[64] 这纸条很可能是伪造的，但在好莱坞、拉斯维加斯和华盛顿引

---

① 假如联邦调查局局长愿意的话，他是能够向总统提供关于这位新主人的同样刺激的闲言碎语的。虽然宾·克罗斯比在联邦调查局的档案，远远不如弗兰克·辛纳特拉那么丰富，但根据他的档案，据说他有嫖娼的行为，向皮条客支付过一万美元的敲诈款，还与已知的罪犯交往，尤其是以前的"底特律紫帮"成员、后来成为拉斯维加斯著名人士的莫·戴利茨。

起了闲言碎语。①

　　山姆·詹卡纳甚至更加痛苦。芝加哥的联邦特工跟着他的屁股后面寸步不离，跟着他去高尔夫球场，在他后面玩耍，嘲笑他的动作。他不得不去法院寻求限制令以摆脱他们。联邦法官下令他的骚扰者必须在他后面玩两次以上的四人对抗赛。芝加哥黑帮集团没法开展工作了，他向黑帮同事格斯·亚历克斯和爱德华·沃格尔进行了抱怨。詹卡纳说，从现在起，"大家各自为战"。[65]

　　他谴责辛纳特拉。歌手做出过承诺，但从来没有履行。在联邦调查局窃听到的一次谈话中，詹卡纳与他的拉斯维加斯前线人员约翰尼·福摩沙讨论了辛纳特拉的欺骗行为。

　　福摩沙想搞掉整个"鼠帮"②。"我们让他们知道。我们让那些讨厌的好莱坞怪人知道，他们不能像没事那样逃脱惩罚……我要把其中的两个家伙痛打一顿。劳福德，还有那个刺头马丁，还有那个黑鬼，我要把他的眼珠挑出来。"至于辛纳特拉，福摩沙提议，"我们打他一顿"，并自告奋勇要去充当打手。

　　"不，"詹卡纳说，"对付他，我另有办法。"[66]

　　调皮的孩子和心怀不满的员工知道如何让权威人物出丑。在几个精心挑选的案例中，完全按照他说的去做，一字不差。

　　四月十一日，胡佛立即按照司法部长的要求去办理。如同他所预计的，这样的欣然接受，损害了罗伯特·F.肯尼迪在"自由记者"心目中原本良好的声誉。

　　当美国钢铁公司首席执行官宣布钢材涨价之后，其他五家钢铁企业的老总也紧随其后，包括伯利恒钢铁的总裁。然而此前不久，这位伯利恒的老总却告诉股东说，涨价是不必要的，涨价对公司在市场上的活力实际上是危害的。

　　表面上，他的转变意味着制造商是可以定价的。这样的违背《反垄断法》

---

① 辛纳特拉对报复的渴望还没有得到满足。在总统遭暗杀之后，这位歌手向白宫一位著名的女士求婚，两人约会时还被拍下了照片。最后，两人决定在一次社会名流的聚会时宣布订婚，成为一个重大新闻。但女的在这帮名人面前丢尽了面子，因为随着时间一分一秒的推移，她的求婚者始终没有出现——甚至再也联系不上了。

② 由弗兰克·辛纳特拉、迪安·马丁、小萨米·戴维斯、乔伊·毕晓普和彼得·劳福德 5 人组成，也叫"好莱坞五鼠帮"，他们经常在一起客串演出和喝酒作乐。——译注

的事情，照例是由联邦调查局去调查的。但调查局特工从来没有表现出这么高涨的热情，他们半夜三更去记者家里敲门，把他们从睡梦中叫醒，手里晃着联邦调查局的警徽。①

威尔明顿和费城的记者——总共是三人——报道了伯利恒的股东大会，他们没能证实已经在《纽约时报》刊登的受到指责的总裁评论。但他们能够，而且确实让同事们知道了现在由罗伯特·肯尼迪在实施的"警察国家策略"。

司法部长确实要求过对会议进行采访，现在他别无选择，只能对他的雇员采取行动的时机负起责任来。在台后，他告诉朋友们，胡佛想让他难堪。他已经成功了。

胡佛相信"自由媒体"已经击败了尼克松。他现在播下了怀疑肯尼迪兄弟的种子。

"如果你看到肯尼迪先生目光严厉、声音低沉、说话准确，你肯定感觉很不高兴。"[67]劳伦斯·休斯敦如是说。

中央情报局这位首席顾问最后已经直接去找司法部长，解释了难堪的局面。肯尼迪对之前中情局的表现已经没有印象了，他敦促考特尼·埃文斯"全力"投入涉及詹卡纳的案子和对丹·罗恩开展搭线窃听。现在，休斯敦不得不摊牌。

为了国家安全的利益，詹卡纳的小小过失是可以原谅的，休斯敦解释说。然后，肯尼迪唯一一次听到中情局官员说，黑帮和中情局在策划暗杀碍手碍脚的古巴领导人。他还听说，这个古怪的提议已经彻底结束了。②

"我相信，"肯尼迪带着明显的嘲讽口气说，"如果你们再次与有组织犯罪集团——黑社会——开展合作，就得通知司法部长。"[68]

---

① 一旦肯尼迪遭曝光，胡佛还有退路。《纽约时报》记者汉森·鲍德温发表过一篇关于苏联导弹系统的文章，被认为是基于秘密的情报。7月份，在司法部长口头要求对鲍德温实施搭线窃听之后，局长照办了，他还自行决定对该记者的秘书也开展搭线窃听。7月31日——在鲍德温遭搭线窃听3天后和秘书遭搭线窃听4天后——司法部长正式书面批准了开展"技术监控"。

② 休斯敦所不知道的是，中情局已经重启了暗杀卡斯特罗的阴谋，向罗塞利提供了一小瓶剧毒药片。参加这次会面的还有中情局的安全主管谢菲尔德·爱德华兹，他告诉罗伯特·F.肯尼迪，行动是在1960年8月至1961年5月间开展的。然而，根据中情局调查员他们自己的说法，爱德华兹无疑没有说实话，他肯定知道，与罗塞利的合作计划已经重新启动。

在胡佛仇敌的干预下，司法部长不得不放过詹卡纳，但在他的黑名单上，詹卡纳依然位列前茅。

肯尼迪不得不去找胡佛。五月九日，司法部长去见了他的联邦调查局局长，确认了之前胡佛所怀疑的关于中情局的鬼把戏。在第二天书写的一份备忘录里，胡佛对阴谋者雇用了马修表示"极为惊讶"，因为"鉴于（马修的）坏名声"。[69]使联邦调查局特工再次惊讶的是，局长之前宠爱的得力干将还是拒绝向调查局透露有关情况。①

根据局长备忘录的记录，肯尼迪明确告诉胡佛，中情局官员承认，对该阴谋司法部从来就没有搞清楚过。两人都对中情局的肆无忌惮感到很气愤。

当然，胡佛倒是感觉颇为愉快，因为中情局阻挠对黑手党的打击计划从而得罪了肯尼迪。相比之下，联邦调查局听从年轻的司法部长，特别是尽力保护他哥哥的名声免遭各种闲言碎语的伤害。

约翰·F.肯尼迪提及，胡佛已经光荣地当了三十八年的局长，但话说得相当程式化："在政府雇员中，你创造了很不寻常、很卓越的历史纪录。"[71]胡佛听了感觉既惊讶又苦恼，像打翻了五味瓶。

五月十日，司法部长宣布要搞一个切蛋糕的仪式。但胡佛恼火地表示不能接受。他打算整天上班，他解释说。他很忙，还要起草罗伯特·F.肯尼迪从中情局获悉的情况备忘录。

玛丽莲·梦露使得与她一起工作的摄影师们目瞪口呆。她身材一般，臀部很大，但她在照片和电影中显得生机勃勃。

她清楚地知道，胡佛对她极为关注，把她的第二任丈夫、具有左翼倾向的剧作家阿瑟·米勒列入了黑名单。联邦调查局和卡车工会主席吉米·霍法的一些同事，在一九六〇年代初期就在密切注意她了。

---

① 在获悉马修的参与后，胡佛立即认为他可以估算这位前助理对调查局的忠诚度。在马修与詹卡纳最近的一次迈阿密会面之后，胡佛让两名高级特工去与他谈谈。特工们告诉马修说，局长指望他能够把他知道的关于詹卡纳和罗塞利之间的活动情况都说出来。但马修已经与黑帮有了"君子协定"："他们答应我说，他们不会与同事谈论暗杀的阴谋。我也答应他们，我也不会把我听到的事情说出去。"而且他也不能背叛中情局。因此，局长愤怒地咒骂这位曾经的得力干将。[70]

玛丽莲·梦露公开告诉许多朋友,当约翰·肯尼迪还是个参议员的时候,她就已经深深地爱上了他——在一九六〇年民主党大会期间,据说两人的幽会地点,是在曼哈顿非常时尚的卡莱尔酒店他所保留的"爱巢",以及在棕榈泉或洛杉矶——但在当上总统后不久,他就结束了这种风流韵事。她朋友中的某些人还相信,到一九六二年年中的时候,司法部长已经接替他的位置,投入了这位性感女神的怀抱之中。

假如这位女演员的长期朋友弗雷德里克·范德比尔特的话是可信的,那么这是在 J. 埃德加·胡佛的一次刺激性的讨论之后开始的。

罗伯特·肯尼迪和梦露都以客人的身份参加彼得·劳福德家中的晚餐聚会。据菲尔茨的说法——他是从玛丽莲那里听说的——两人去了书房,在那里"他们长时间交谈,谈的都是政治方面事情"。玛丽莲投诉菲尔茨,"她问肯尼迪是不是打算解雇 J. 埃德加·胡佛——她对他很坦率——肯尼迪回答说,他和总统虽然心里是这么想的,但感觉条件还不够成熟"。[72]

这次相遇是在一九六二年二月一日,媒体对晚餐——如果不是他们的谈话内容——进行了报道。显然,两人交换了电话号码,因为不久玛丽莲就开始频繁地打电话给他,但司法部的总机房,显然是遵照司法部长的指示,拒绝为她转接电话。

联邦调查局对她的风流韵事,先是与杰克,然后是与鲍比,知之多少?威廉·萨利文认为,如果真有其事(他表示怀疑),那么调查局知道前者的事情,但不清楚后者。然而,有可能联邦调查局偶然发现了罗伯特·F. 肯尼迪的风流韵事,但没有真正明白是怎么回事。

一九六二年八月一日,电子窃听器记录了黑帮头子迈耶·兰斯基的一段谈话。他告诉妻子泰迪,鲍比在埃尔帕索与一个姑娘有风流韵事。兰斯基夫人认为,那全都是辛纳特拉搞出来的,因为他"专门为那些家伙和女人之间拉皮条。是辛纳特拉介绍他们认识的"。迈耶为他的朋友抱不平说,这不是弗兰克的过错,"这事从总统开始,沿着那条线发展下去"。[73]

但录音不清楚。根据安东尼·萨默斯的说法,兰斯基有可能说的是"塔霍湖"。七月的最后一个周末,梦露在访问加州这个山区胜地。之前的周五,司法部长是在洛杉矶地区,但他在周六和周日的活动就不知道了。

虽然谣传说,接下来的周末,他是在她的布伦特伍德住宅里度过的,在她八月四日去世的时候很可能在她身边——劳福德帮助他逃离了，胡佛则拿走梦露的电话记录从而掩盖了他的在场——但与其他人一样，联邦调查局局长没有证据可以证明肯尼迪的卷入，他也没被请去提供帮助。假如胡佛真有证据，那么他几乎肯定会利用这个把柄来对付肯尼迪，因为后来他在档案中疯狂地寻找负面材料。[1]

在梦露去世后十六天的八月二十日，她的名字确实出现了，当时胡佛派遣考特尼·埃文斯去通知司法部长，提及了在窃听兰斯基电话时的那个身份不明的女人。肯尼迪哼了一声说，他从来没有去过埃尔帕索。但他感谢埃文斯提供了情况，还动情地讲述了无事生非者的议题。根据埃文斯的报告，司法部长自己说："他知道有人指责他可能在与玛丽莲·梦露交往。他说因为她是他妹妹帕特·劳福德[2]的朋友，所以他至少见过她一次，但这些指责已经是不着边际了，与事实相差甚远。"[74]

显然，司法部长是说给怀疑他的联邦调查局局长听的，是对没有说出来的指控的澄清。

然而，他的拐弯抹角的否认并没有得到相信。到一九六四年的时候，也就是肯尼迪总统死后大约八个月之后，胡佛提醒罗伯特·F.肯尼迪关于梦露的谣言——以及在局长个人档案中尚未开发的资源。

在一份备忘录中，胡佛认为应该警告肯尼迪，一位作家计划在一本新书中揭露与已经去世的梦露的风流韵事。

J.埃德加·胡佛喜欢赌赛马，曾经迷恋灯红酒绿的斯托克会所，但他对富有外国情调的拉斯维加斯却不感兴趣，这就令人奇怪了。十月九日，他平生第一次也是最后一次访问这座赌城，在美国退伍军人协会的年会上做了发言。观察家们注意到，他直接穿过酒店的大堂，瞪着眼睛直视前方，全然不顾周围的喧闹，以及赌桌和老虎机闪亮的灯光，好像它们不存在似的。

---

[1] 时至今日，联邦调查局只从经由严格审查的玛丽莲·梦露的档案中公开了80页。这位女演员很可能遭到了搭线窃听或话筒窃听，或两者都有，但这些录音稿都被销毁了或被压下了，公开的材料并不包含胡佛认为或怀疑的她与罗伯特·F.肯尼迪在8月20日会面之前的交往，那天是司法部长自己提及这个话题的。

[2] 即帕翠西亚·肯尼迪·劳福德。——译注

但这次，通过一百多次的搭线窃听和监控，有些安装在豪华的卧室内，他对位于内华达州这个千百万美元帝国的了解程度，比任何"黑杰克"① 玩家、赌桌管理员和赌场服务员都要深刻得多。

他知道谁在抽取赌场的利润——以及抽取了多少。他知道这些钱去了哪里，又是如何到了大老板的手里。②

他还知道，与这地方关系紧密的某些人很讨厌肯尼迪兄弟，讨厌到了在谈论要暗杀他们。

詹姆斯·里德尔·霍法是卡车工会主席，他与在巴吞鲁日的卡车工会第五区领导人爱德华·格雷迪·帕廷是亲密的同事。一九六二年七八月间，霍法告诉帕廷："我要对狗娘养的鲍比·肯尼迪采取措施。他必须走人。"[75]

然后霍法讨论了在希科里希尔的罗伯特·肯尼迪住宅的布局和暴露部位；注意到司法部长经常驾驶一辆经改装的敞篷车，一名孤独的杀手在配上点270步枪和高倍瞄准镜之后，可以在高楼上轻易地进行瞄准和射击；还讨论了最好是把暗杀地点选择在南方，这样，人们会指责那狂热的种族隔离主义者。霍法说，杀手的挑选是很重要的，不要留下证据牵扯到卡车工会或霍法本人。

但霍法说，他偏向于用炸弹炸死鲍比，他问帕廷有没有办法搞一些塑胶炸药。

九月份，帕廷成了联邦调查局的线人。获悉霍法的计划后，胡佛通知了总统和目标受害人司法部长。根据罗伯特·肯尼迪的命令，联邦调查局局长对帕廷进行了测谎仪测试。"通常，联邦调查局不会根据测谎仪的测试得出确定的结论，"司法部长的助手和前联邦调查局特工沃尔特·谢里丹说，"这次他们下结论了……调查局的备忘录从各方面得出结论，帕廷说的是实话。"[76]

---

① 即二十一点。——译注
② 联邦调查局最后发现，抽取的大多数利润，落入了迈耶·兰斯基的口袋里。例如在 1963 年的某个月，从赌场抽取的利润是 12.35 万美元，兰斯基拿了其中的 7.1 万美元，然后把其余的汇给了新泽西州的黑帮头目杰拉多·卡丹纳。卡丹纳在北方分钱，兰斯基在佛罗里达州分钱。扣除了付给赌场工作人员的封口费之后，每个收款人分享了一笔小小的份子钱。还有信使，30 万美元存入瑞士银行，10 万美元存入巴哈马银行。根据电子监控，黑帮还讨论了以 500 万美元出售马蹄铁俱乐部的可能性，这个价位被认为是合适的，因为年利润在 70 万美元左右。马蹄铁的组成设施，费蒙街赌场和金沙酒店，老板是卡丹纳、里奇·博亚尔迪、安吉洛·"骗子"·德卡洛、文森特·艾洛和山姆·詹卡纳。

佛罗里达州黑手党大佬小桑托斯·特拉菲坎特，是中情局－黑手党阴谋暗杀菲德尔·卡斯特罗的主谋之一，富裕的古巴流亡者小何塞·阿莱曼则是特拉菲坎特在哈瓦那时的朋友。也是在九月份，特拉菲坎特在与阿莱曼开会，话题转向了肯尼迪兄弟。"你是不是知道，他的弟弟是如何打击霍法的？"特拉菲坎特痛苦地说。"霍法是工人，不是百万富翁，他是蓝领的朋友。肯尼迪不知道这样的冲突是很微妙的。注意我的用词，这个肯尼迪有麻烦了，接下来他的情况不妙了。"阿莱曼提议说，肯尼迪很可能不会连选连任。特拉菲坎特回答说："没错，何塞，他会遭到暗杀。"[77]

阿莱曼后来回忆说，在他的印象里，是霍法卷入了该计划，而特拉菲坎特虽然知情，但不是主谋。

后来在一九七六年接受《华盛顿邮报》记者乔治·克赖尔三世采访的时候，阿莱曼声称，在一九六二年和一九六三年，至少有两次他把这个信息转告了联邦调查局。克赖尔追查到了阿莱曼声称询问过他的两个特工，乔治·戴维斯和保罗·斯克兰顿，但他们都表示，没有总部的批准，他们不会肯定或否认阿莱曼的说法，斯克兰顿还补充说："我不想让联邦调查局难堪。"[78]如果说胡佛知道阿莱曼的指控，那么他没有报告总统或司法部长。①

也是在九月份，路易斯安那州黑手党头子卡洛斯·马塞洛与两位同事爱德华·贝克和卡尔·罗波洛见面了，地点是马塞洛在新奥尔良郊外占地三千英亩的丘吉尔农场。

最痛恨肯尼迪兄弟的人，很可能莫过于马塞洛。罗伯特·肯尼迪对待马塞洛太极端了，甚至安排了对他的绑架并把他驱逐到危地马拉。在他返回美国的时候，司法部长又以欺诈、作伪证和非法入境而对他提出了指控。

这三个人都喝了好多酒，贝克同情地说："鲍比·肯尼迪真的把你搞得很难受。"

"拔掉这颗眼中钉！"马塞洛愤怒地喊道，"别担心那个狗娘养的小鲍比。他会得到照顾的。"

---

① 1978 年，阿莱曼向众议院特别委员会的调查员重复了相同的故事。但在阿莱曼向该委员会作证的时候，他说特拉菲坎特的意思也许只是说，总统会遭到"许多来自共和党的选票或类似事情的暗杀"。[79]从子弹到选票的转换，发生在阿莱曼向委员会的调查员承认他害怕遭到特拉菲坎特黑帮的报复之后。特拉菲坎特也向该委员会作证了。虽然他承认见到过阿莱曼，但他否认说过那样的话。

贝克明白，马塞洛是很认真的，对他来说，这事关荣誉。他还明白，暗杀已经处于策划阶段了，因为马塞洛说他不想派遣他自己的助手，他在考虑使用局外人去执行暗杀行动。

但马塞洛没有谈及暗杀罗伯特·肯尼迪，目标是他的总统哥哥。"如果仅仅是砍去尾巴，那条狗还会来咬你。"马塞洛解释说。如果他们暗杀了鲍比，杰克会动用军队来实施报复。但如果把狗头砍下，他补充说，整条狗就死了。[80]

在卡洛斯·马塞洛的办公室里面，有一条装在镜框里的格言，客人在离开的时候都能够看到。格言写的是："如果三人中两人死去，秘密就不会泄露了。"①[81]

十月三日，联邦调查局局长在见到总统的时候，很可能与之讨论过霍法的阴谋——杰克担心他的弟弟——但如果此事当真，那么在胡佛第二天发给托尔森的关于这次会话的备忘录中却没有提及。

总统提出了一个要求，胡佛说。总统在十月底要去联邦调查局全国学院的毕业典礼上讲话，他要求列出"一个重大事件和五六个想法"，他尤其要求局长提供"具体成就"。胡佛回答说，调查局在"民权领域和反对黑社会的斗争"中的成就，应该就是合适的答案。[83]

在十月三十一日联邦调查局全国学院的讲话中，总统对胡佛和联邦调查局大加赞赏，说他"非常尊敬"局长和他的"表现非凡的员工"。胡佛虽然对总统的评论感到很高兴，但他并没有感到惊奇，因为讲话稿是由调查局的刑事信息部起草的。但肯尼迪也添加了他自己的话。其中一个评论颇为突出。面对在座的未来执法官们，肯尼迪说："我们非常感谢你们，你们使我们的人身安全有了保障。"

鲍比颁发了毕业证书。胡佛授予总统一枚特殊的警徽，使他成了"联邦调

---

① 胡佛显然直到 1967 年才知道贝克的指控。贝克把这事告诉了埃德·里德。里德是前《拉斯维加斯太阳报》的记者，也是奥维德·德马里斯《绿色丛林》一书的合著者。里德想把这个故事写进他的新书《冷面死神》之中，于是他联系了联邦调查局。但调查局不但没有询问贝克，也没开展调查；特工们在 1967 年 6 月 5 日写给局长的一份备忘录中，"极力在里德面前诋毁贝克的声誉，为的是想在里德的新书中删去卡洛斯·马塞洛的这次事件"。[82]
　　马塞洛后来以两项罪名被判处 17 年监禁，他在众议院关于暗杀的特别委员会作证时，否认了与暗杀肯尼迪总统阴谋的关系。他还声称，他从来没有见到过贝克，虽然该次见面已被另行确认。

查局大家庭的一员"。[84] 显然，对所有在场人员来说，他们三人决心团结一致，为公众的幸福开展执法。

"金博士批评联邦调查局在南方的做法。"十一月十八日，《纽约时报》刊登了一篇文章，报道了民权领袖小马丁·路德·金指责联邦特工在佐治亚州的一个小镇赞成种族隔离。

这位三十三岁的牧师声称："我在奥尔巴尼看到的联邦特工，都是与当地警方在一起的。"为对奥尔巴尼运动做出反应，努力支持公共设施取消种族隔离，当局已经囚禁了几百名黑人和白人抗议者，许多黑人参与者遭到过殴打或恐吓。

"我们在南方与联邦调查局面临的一个大问题是，联邦特工都是南方的白人，他们受到了当地风俗的影响。"

这是在指责沆瀣一气蔑视法律的行径。

"为维持这种状态，他们不得不与当地警方和鼓吹种族隔离的人友好相处。"

早在一九六一年初，金就抱怨说，联邦调查局没有积极努力雇佣黑人。但这是另一回事。他在全国最具影响力的报纸上进行了详细的描述，实际上是指责联邦调查局的失职。

这样，他树立了一个敌人，对方的复仇将伴随他的一生，直至进入坟墓。

资料来源：

[1] 官方绝密档案，编号：7。

[2] 琼·布莱尔和小克莱·布莱尔：《搜寻约翰·F.肯尼迪》（纽约：伯克利奖章书局，1977 年），第 129 页。

[3] 同上，第 143 页。

[4] J.埃德加·胡佛致莱德，1942 年 1 月 24 日。

[5] 布莱尔：《搜寻》，第 145 页。

[6] 官方绝密档案，编号：7。

[7] 同上。

[8] 联邦调查局报告，1942 年 2 月 9 日；官方绝密档案，编号：7。

[9] 萨利文：《调查局》，第 48 页。

[10] 布莱尔：《搜寻》，第 144 页和 133 页。

［11］官方绝密档案，编号：7。

［12］布莱尔：《搜寻》，第520页。

［13］J. J. 凯利致 J. 埃德加·胡佛，1953年9月23日。

［14］《纽约时报》，1960年8月4日。

［15］罗森致博德曼，1958年9月23日。

［16］新奥尔良分局长致 J. 埃德加·胡佛，1960年3月23日。

［17］本杰明·C. 布雷德利：《与肯尼斯谈话录》（纽约：W. W. 诺顿出版社，1978年），
第33页。

［18］丘奇委员会记录，第二卷，第139页。

［19］小阿瑟·M. 施莱辛格：《罗伯特·肯尼迪和他的时代》（波士顿：霍顿·米夫林出版
公司，1978年），第231页。

［20］J. 埃德加·胡佛致罗伯特·F. 肯尼迪，1961年1月10日；丘奇委员会记录，第六
卷，第821—826页。

［21］考特尼·埃文斯采访录。

［22］《全国观察家报》，1971年4月12日。

［23］J. 埃德加·胡佛致罗伯特·F. 肯尼迪，1963年2月23日。

［24］维克托·S. 纳瓦斯基：《肯尼迪的正义》（纽约：雅典娜神殿出版社，1971年），第
8页。

［25］同上，第14页。

［26］约瑟夫·L. 肖特：《别向左转》（纽约：普雷格出版社，1975年），第192—193页。

［27］施莱辛格：《罗伯特·肯尼迪》，第257页。

［28］同上。

［29］前分局长。

［30］约翰·F. 肯尼迪遇刺，卷IX，第14页。

［31］萨利文采访录。

［32］昂加尔：《联邦调查局》，第391页。

［33］布兰奇：《分水线》，第402页。

［34］《全国观察家报》，1971年4月12日。

［35］施莱辛格：《罗伯特·肯尼迪》，第260页。

［36］前胡佛助手。

［37］《新闻周刊》，1988年5月9日。

［38］德马里斯：《局长》，第190页。

[39] 驻罗马法律随员致 J. 埃德加·胡佛，1961 年 1 月 30 日；J. 埃德加·胡佛致罗伯特·F. 肯尼迪，1961 年 2 月 6 日。

[40] J. 埃德加·胡佛致罗伯特·F. 肯尼迪，1961 年 2 月 10 日。

[41] 阿塔恩·G. 西奥哈里斯：《刺探美国人：从胡佛到赫斯顿计划的政治监控》（费城：天普大学出版社，1978 年），第 167 页。

[42] 鲍尔斯采访录。

[43] 施莱辛格：《罗伯特·肯尼迪》，第 254 页。

[44] 丘奇委员会记录，第三册，第 297 页。

[45] 同上，第 328—330 页。

[46] 伯明翰分局长致 J. 埃德加·胡佛以及亚特兰大和莫比尔分局长，1961 年 5 月 12 日。

[47] 《纽约时报》，1980 年 2 月 17—18 日。

[48] 布兰奇：《分水线》，第 447 页。

[49] J. 埃德加·胡佛致中央情报局局长，1960 年 10 月 18 日。

[50] J. 埃德加·胡佛致纽约、芝加哥和迈阿密分局长，1960 年 10 月 18 日。

[51] 中情局存档备忘录，1962 年 5 月 14 日。

[52] 迈阿密分局长致 J. 埃德加·胡佛，1961 年 4 月 20 日。

[53] J. 埃德加·胡佛致司法部长（罗伯特·F. 肯尼迪），1961 年 5 月 22 日；丘奇委员会记录，第一卷，第 127 页。

[54] 布拉什勒：《大佬》第 191 页。"犯罪集团"，旧金山公共公众广播电台，1989 年 5 月 6 日。

[55] 日期不详的联邦调查局报告（标题是：洛杉矶 92 –113 – 行政），第 2 页，系引用了 1961 年 12 月 6 日的窃听总结。

[56] 朱迪思（·坎贝尔）·艾克斯纳告诉过奥维德·德马里斯，也写进了她的专著《我的故事》（纽约：格罗夫出版社，1977 年），第 194 页。

[57] J. 埃德加·胡佛致司法部长（罗伯特·F. 肯尼迪），1961 年 12 月 11 日。

[58] 丘奇委员会记录，第 1 卷，第 129—130 页。

[59] 同上。

[60] J. 埃德加·胡佛致司法部长（罗伯特·F. 肯尼迪），1962 年 10 月 29 日；托马斯·鲍尔斯：《守口如瓶的人：理查德·赫尔姆斯和中央情报局》（纽约州花园城：阿尔弗雷德·A. 诺普夫出版公司，1979 年），第 346—347 页。

[61] 洛杉矶分局长致 J. 埃德加·胡佛，1962 年 3 月 5 日。

[62] 施莱辛格：《罗伯特·肯尼迪》，第 496 页。

［63］同上。

［64］《滚石》杂志，1981 年 3 月 19 日。

［65］约翰·F. 肯尼迪遇刺，卷 V，第 437 页。

［66］布拉什勒：《大佬》，第 197 页。

［67］丘奇委员会记录，第 1 卷，第 133 页。

［68］同上。

［69］同上。

［70］罗伯特·马修采访录。

［71］德托莱达诺：《胡佛》，第 294 页。

［72］安东尼·萨默斯：《女神：玛丽莲·梦露的神秘一生》（纽约：新美国图书馆，1986
　　　年），第 280 页。

［73］同上，第 448 页。

［74］埃文斯致贝尔蒙特，1962 年 8 月 20 日。

［75］沃尔特·谢里登：《吉米·霍法的兴衰》（纽约：星期六评论出版社，1972 年），第
　　　217 页；谢里登采访录。

［76］同上。

［77］《华盛顿邮报》，1976 年 5 月 16 日。

［78］同上。

［79］约翰·F. 肯尼迪遇刺，卷 V，第 306 页。

［80］埃德·里德：《死神：美国有组织犯罪分析》（纽约：矮脚鸡出版社，1970 年），第
　　　160—161 页；约翰·F. 肯尼迪遇刺，卷 IX，第 82—83 页；戴维·E. 沙伊姆：《黑
　　　手党暗杀约翰·F. 肯尼迪》（纽约：斑马图书公司，1989 年），第 79—83 页。

［81］约翰·H. 戴维斯：《黑手党首领：卡洛斯·马塞洛与暗杀约翰·F. 肯尼迪》（纽约：
　　　新美国图书馆，1989 年），第 76 页。

［82］约翰·F. 肯尼迪遇刺，卷 IX，第 86 页。

［83］J. 埃德加·胡佛致克莱德·托尔森，1962 年 10 月 4 日。

［84］《华盛顿邮报》，1962 年 11 月 1 日。

第二十九章　民权领袖

　　事实上，金牧师搞错了。在南方工作的联邦调查局特工，大约百分之七十是在"梅森－迪克森线"①以北出生并长大的。这符合调查局的政策。从专业和种族考虑，新特工都会被分配到陌生的地方去工作。

　　但高级特工就不同了。如果他们的上头有一位有影响的"恩师"，比如局长助理莫尔，或德克·德洛克，那他们就会进行哄骗，要求被分配去他们喜欢的地方工作。各分局的局长和副局长大都是南方本地人，他们选择回到故乡工作。

　　而且，南方有所不同。那是吸引人的地方。

　　这个封闭社会的外来人很快就吸收消化了南方人的讲话，口音变得像灌了蜜糖似的。但这种感染可以渗透到骨子里面，带来观念的改变，而且使得新南方人对于粗麦面和冰镇薄荷酒的喜爱，甚至超过了本地人。

　　对于"我们的生活方式"这个短语，或许可以进行石蕊测试。这并不是金博士和他的追随者可以随心所欲实现愿望的一种生活方式。②

　　胡佛确实努力让他的高级特工保持独立，甚至反对他们去与当地的警方交往。但总部的规定在分局是不适用的。合作是必要的。如果从不一起喝酒和吃饭，这样的人是难以信任的。没错，特工们确实展示了他们的职业技能——还有他们与华盛顿的关系和令人敬畏的联邦调查局实验室。但他们也让当地警方知道，一旦离开办公室，脱下深色的制服，联邦特工照样能够成为好朋友。

---

①　美国宾夕法尼亚州与马里兰州之间的分界线，也是美国南方北方的分界线。——译注

②　崇尚民权自由的律师小查尔斯·摩根，是土生土长的南方人，在接受奥维德·德马里斯采访的时候，他说："作为南方的白人，我知道这些年来到南方的大多数北方人，变得比南方人还要像南方人。只是因为在别的地方出生，并不意味着这个人就不能成为美国南部邦联的旗手。"[1]

伯明翰人是理解的。当联邦调查局詹金斯分局长拜访也是三 K 党的那位警官的时候，人们知道他并没有本末倒置。詹金斯知道"我们的生活方式"。他与当地警方建立了联系。

尽管金博士把事实搞错了，但他的解释已经相当接近了。

"在五十年代末和六十年代初，"金博士的年轻助手安德鲁·扬格后来回忆说，"我们把联邦调查局当作我们的朋友……我们的唯一希望。"[2]

这是靠不住的。

早在一九五七年，J. 埃德加·胡佛就下令要求特工们开始监控小马丁·路德·金的活动，还有南方基督教领袖会议。

金是一九五五年十二月在全国舞台上崭露头角的，当时他领导了蒙哥马利的巴士抵制运动。黑人们坚持了三百八十二天，直至公交车种族隔离法的结束，金阐明了非暴力抗议的概念。一九五七年一月十一日，抵制运动的许多领导人，主要是来自南方的黑人牧师，成立了南方基督教领袖会议。

金当选为会议的主席，他曾经说："我们要用不配合来诞生正义。"

到五月份的时候，他在华盛顿特区三万五千人的集会上戏剧性地发表了演讲，一遍又一遍地呼吁："我们要参加选举!"[4]

胡佛立即建立了一份档案，标题为"种族事务"。南方基督教领袖会议已经宣称，要在南方发动一场识字黑人登记的运动，这使联邦调查局局长认为应该开展隐蔽的监控行动。金的档案里将放进"所有相关的信息"。[5]

在一九六〇年的总统选举期间，金因为在亚特兰大的一次抗议活动中"组织未经批准的游行"，被判处四个月的强制劳动。约翰·菲茨杰拉德·肯尼迪接受竞选战役顾问的暗示，他打电话给这位牧师的夫人科雷塔，向她表示了同情，并肯定了她丈夫的运动目标。这个著名的电话，根据一些分析家的说法，敲定了肯尼迪的获胜。

这留下了痛苦的余味。不管是真是假，人们得到的印象是，金可以接近白宫和司法部，可以接近杰克·肯尼迪和罗伯特·肯尼迪。

胡佛的接近更为正式。他越来越恨的这个人显然与他的两个老板都很密切。①

---

① 在接受作者采访时，林登·贝恩斯·约翰逊当政时期的司法部长拉姆齐·克拉克说："胡佛有三大偏见。"他是种族主义者，他赞成传统的性价值，他反对温和抵抗——这 3 项金都是违反的。[6]

但他可以阻止那种关系。通过非法闯入获得的信息肯定是有用处的。

一九五九年一月，胡佛完全出自个人而非官方的目的，开展了一项安全调查，他命令联邦特工对南方基督教领袖会议的办公室实施非法闯入。这是从那天至一九六四年一月的二十次已知非法闯入的第一次。根据金死后司法部的一项研究，"有些闯入的主要目的，是为了获取关于金博士的信息"。[7]

标准的行动程序——而且考虑到重要的材料是不大可能随便放在房子里的——是调查局利用非法闯入的机会安放监控装置。电话搭线窃听肯定是开展了。前局长助理萨利文后来承认说，自一九五〇年代末期开始，联邦调查局就对金在亚特兰大的电话实施了搭线窃听。[8]

一九六一年五月当公交车自由乘坐开始的时候，胡佛得出了结论，他要求获取关于金和另外四人的信息。

显然他考虑到了由此产生的内部备忘录会包含预料不到的消息。在提及"著名的主张取消种族隔离的人士"的时候，调查局的一位官员认为，"金没有受到联邦调查局的调查"。局长在这句话下面画了一条线，还用箭头指向他用蓝墨水书写的评论："为什么没有？胡佛。"①[9]

十一月，亚特兰大分局通知总部说，"没有发现可以据以开展安全询问的信息"。[10]但胡佛不为所动。他甚至为亚特兰大分局长一直仔细领会他的意图而感到震惊。一九五八年，罗伊·摩尔分局长曾告诉一名部下特工，"我们必须明白，我们是在为一个疯子打工，我们的职责……是去找到他需要的东西，开创一个他所相信的世界。"[11]

那样的世界开始奠基。

一九六二年一月八日，南方基督教领袖会议迈出了令人惊讶的一步。它公布了一份特别报告，攻击胡佛领导下的联邦调查局。

胡佛早有准备。一月八日，他给罗伯特·肯尼迪发送了一份他自己的详细报告。调查局第一次声称，已经掌握了金及其民权运动与宣扬无神论的共产主

---

① 在该备忘录中，虽然看不出金与共产党之间有什么思想上或政治上的联系，但透露出他的血管里流淌着共产党的血液。调查局的记录显示，这位牧师曾经感谢共产党官员小本杰明·戴维斯，因为在金受伤治疗期间，戴维斯捐献过鲜血。

义有染的证据。

激发联邦调查局局长动用储备的弹药发出齐射的原因，是南方基督教领袖会议指控说，他在佐治亚州奥尔巴尼的特工没有努力开展警方对当地黑人施暴的调查工作。这份报告在那年的晚些时候进行了修改补充，并促发了金在《纽约时报》上刊登批评文章。

南方基督教领袖会议的报告吸引了公众的关注，但并没有给奥尔巴尼无辜的黑人带来立竿见影的好处，他们遭受了当地警察的野蛮殴打。然而，该报告却让金博士损失了一些最可信赖的顾问。

斯坦利·莱文森是一位富裕的社会主义者，他支持左翼和共产主义事业是众所周知的，在一九五六年遇到金之前，他积极参加了反对种族隔离的斗争。虽然他符合调查局关于某种共产党人的"形象"——对黑人彬彬有礼的白人——莱文森肯定是偏离了莫斯科当时提出的目标："破坏国家的发展"，或者把美国分裂成几个黑人共和国。

然后还有杰克·奥代尔，他也是一位杰出的运动支持者，以前与共产党有过关系。这两人都很复杂——奥代尔是信仰宗教的，而莱文森是一个成功的资本家——他们对共产党的同情程度，一直备受探询和争议。

第三个人的政治信仰似乎更容易界定。贝亚德·拉斯廷出身贫苦、自幼失父、长相英俊，曾在整个一九三〇年代热情地投入共青团的工作，成效显著，结果共产党在纽约的哈勒姆贫民窟创建了唯一的种族融合社交俱乐部。他在一九四一年退党，当时美国共产党放弃了亲黑人的政策，把工作重点转向遭到希特勒进攻的苏联。直至蒙哥马利的巴士抵制，拉斯廷积极参加许多和平与种族平等的示威游行，由此遭到了野蛮殴打和监禁。

不管怎么说，胡佛用不着费力把他与共产党联系起来。贝亚德公开的同性恋身份就足够了。

这三个人都是金的得力助手——策划、组织和鼓励他按照既定方针深入开展运动。这三个人似乎都不可能成为叛徒。必须对他们下套。

针对莱文森的战役，很可能是由"独流"提供的信息打响的。"独流"是联邦调查局为美国共产党内部通风报信的两兄弟设定的代号。莫里斯·蔡尔兹和杰克·蔡尔兹成功地潜伏了二十八年左右——谣传说，莫里斯与勃列日涅夫合影过，还见到过毛泽东——直至调查局安排他们转移出来。他们后来活了很久，但老年时活得很艰辛。①

据他们的信息透露，在一九五五年之前的七年时间里，莱文森负责处理党的资金。即使如此，在此期间，他似乎是干净的。后来他成为金最亲密的白人朋友，这就足以向联邦特工发送危险信号了。

联邦调查局想得到更多的信息。先是在一九六一年秋天，他们对罗伯特·肯尼迪的助手施加压力，要求金摆脱莱文森。但没有做出解释，当然也没有证据。因为信息太"敏感"了。

当司法部把这个警告转达给金的时候，他惊得目瞪口呆。这事是在他即将去白宫与总统共进一次秘密午餐之前几分钟告诉他的，当初他感到很荣幸，对他所从事的民权运动的结果相当乐观。联邦调查局这一招使他的心情一落千丈。②

在一月八日之后发给罗伯特·F.肯尼迪的经典的备忘录中，胡佛巧妙地提及了这次午餐。还有据说从莱文森经由金通到司法部长的共产党线路。也就是说，因为民权领导人的"通路"，美国总统及其弟弟都陷入了受骗的危险之中。

胡佛想保护肯尼迪兄弟免受他们还没有察觉到的邪恶的危害。他已经向几位参众议员做了"来自内部的威胁"的解释，尤其是关于莱文森的。③[12]

司法部的一位助理试图再次质疑调查局的证据，但胡佛拒绝了，他暗示"独流"的身份将会"陷入险境"。此外，他还在内部询问中发了一条潦草的信息给肯尼迪的助理，声称"不管怎么说，金不是好人"。[14]

这样的评语不会不流入调查局的小道消息之中。局长的行动也不会不引起评论。

二月十四日，在司法部长出差期间，④ 胡佛给奥唐纳送去了一份材料，内容

---

① 奸细"独流"的身份，最早是戴维·J.加罗在其精心调研后的专著《联邦调查局与小马丁·路德·金：从"独流"到孟菲斯》中揭露出来的。加罗还著有一部姐妹篇：《背负十字架：小马丁·路德·金与南方基督教领袖会议》。

② 这次午餐虽然很开心，结果证明是令人失望的。当他获悉第一夫人杰奎琳·肯尼迪也加入饭局时，他怀疑吃饭时不会讨论实质性的事情。他的猜测是正确的。

③ 胡佛解释说，根据克里姆林宫的命令，莱文森在引导金博士，由此影响了民权运动的进程。在一次听证会上，他把美国共产党描述成"由死板的狂热分子所组成的特洛伊木马，要把这个自由的国度拉向国际共产主义"。他可能一直在与他的老板争斗，因为司法部长最近说过，美国共产党"再微弱不过了，几乎没什么威胁，而且其党员大都由联邦调查局特工构成"。肯尼迪发现胡佛安排了1000多名特工负责内部安全，而对付黑社会的只有12人，这让他感到惊恐。[13]

④ 当然，肯尼迪已经下过令，联邦调查局与白宫的任何联系，必须经由司法部。

是关于金与许多左翼活动家的联系人汇总。

回到办公室后，他在接下来的星期把朱迪思·坎贝尔致罗伯特·F.肯尼迪的备忘录副本直接发送给了奥唐纳。

一星期后，他提了个建议，司法部长同意了。三月二十日，根据罗伯特·肯尼迪的授权，对莱文森的办公室安置了电话搭线窃听。五天前，在肯尼迪和局外没人知道的情况下，联邦调查局特工已经在一次非法闯入期间安置了一个监听器。

这两个电子监控设备都没能为联邦调查局指控莱文森提供有用的信息。或许在胡佛看来更糟糕的是，监听结果表明，莱文森赞同金的高瞻远瞩，还常常在这位牧师遇到困难和挫折的时候予以鼓励。

联邦调查局一名特工曾经敌视金，相信他也是共产党员。根据这位特工的说法，至少有一次录音会话表明："莱文森也许是在帮助金，但不管怎么说，他（金）没有受到他的控制……应该是反过来。"[15]

在"独流"的警告下，冷战勇士胡佛也许真的认为莱文森是在利用金，但他的监控设备证明他错了。不可避免地，他抓住了问题的核心。他要增加监控。

亚特兰大没能提供任何帮助。四月份，分局长再次向总部报告，特工们没能找到共产党对金施加影响的证据。

没有关系。

就这么说。

四月二十日，在胡佛例行发送给司法部长的一份关于金博士顾问的备忘录中，他提及了"共产党地下党员斯坦利·戴维·莱文森"。[16]

没有解释。

在五月十一日胡佛下达命令，把金列入"储备名单第一部分"中"共产党人"的时候，也没有给出任何解释。所谓的储备名单，是他目前拟定的在"国家危急"时期要实施逮捕和拘禁的秘密名单。①

---

① 根据联邦调查局的内部标准，那些人在"国家危急时候会对其他人产生影响，或者由于他们自己与颠覆活动和颠覆思想有关，很可能会去资助颠覆分子"。储备名单的第一部分包含了劳工领袖、教师、律师、医生、记者、娱乐界人士，以及"在当地和全国范围内有潜在影响力的其他人"[17]。

对胡佛来说，耐心和坚持最后有了回报。六月份，他听说莱文森在与金讨论，是否聘请奥代尔担任行政助理的问题。这样的一个正式职务，加上他过去的经历，会让奥代尔"遭到另眼相看"。

金认为也许不能用老眼光看人，从而确认了胡佛的怀疑，他回答说："一个人不管其过去如何，如果他现在能够站出来说已经与过去决裂了，那么我认为他是适合为我工作的。"[18]对于这样的观点，胡佛从来没有表示过理解，更不用说赞同了。

为达到最大的效果而进行剪接之后，他编写了一份备忘录去骚扰司法部长。一句评论更是切中要害："莱文森还说，如果奥代尔与金达成一致，很可能金会来见你，要求你'别去理会奥代尔'。"[19]

联邦调查局局长还是努力想让肯尼迪相信，与金之间的友谊会使他容易受到莫斯科的影响。肯尼迪虽然真诚地欣赏政治自由人士，但他仇恨共产主义。信仰开始出现动摇。

那年的晚些时候，另一个未经证实的短语出现在联邦调查局写给罗伯特·F.肯尼迪的备忘录之中。奥代尔是"共产党全国委员会委员"。[20]

就这么说。

但现在已经确定，金在与共产党的"地下党员"交往，这就有足够的理由要求亚特兰大和其他有关分局，是否对这位民权领袖开展"共产党对南方基督教领袖会议渗透"的调查。①

显然，胡佛在二月份的探询已经失败了。当时他命令各有关分局，从档案中挑选未经描述的有关金的"颠覆"信息，然后赶写材料。总部需要"适合做宣传的"报告。[21]

最后，经过九个月令人费解的延误，火车终于出站了。十月份，共产党对南方基督教领袖会议渗透的调查开始了。奇怪的是，调查的焦点并不是据说的金博士手下那些顾问的共产党关系和阴谋。

---

① 信是在 7 月 20 日发送的，也许是为佐治亚州奥尔巴尼的执法官员解围。当天，市政官员谋求禁止举行由金领导的反种族隔离的示威游行。因为金的支持者似乎危及了当地警官和联邦调查局特工的生命安全。

许多人注意到，胡佛一心想摧毁金。他们预料他会用通常的方法开展进攻，即散播玷污金牧师名声的谣言。

金已经是世界闻名的人物了，他是从默默无闻开始兴起的，靠的是他的讲话号召力，以及他的音乐般的独特的充满激情的讲话方式。在这条道路上，他很快成为某种世俗圣人。

联邦调查局局长力图证明，这位圣人其实是泥塑木雕的。但长期以来，他搞错了方向，是从共产党的角度，因为他还没有发现金在其他方面有什么软肋。

十月八日，德洛克收到了关于奥代尔的旧闻文章汇总，说奥代尔"在亚拉巴马那样的南方诸州的新闻媒体方面，可能被一些朋友利用了，因为金博士已经在那里宣布了下一批种族融合大学的目标"。[22] 至少有一家报纸听信了。

压力之下，金宣称在南方基督教领袖会议审查该项指控期间，奥代尔将会暂时离职。"情况并没有好转。"罗伯特·F.肯尼迪批示给一位助理说。[23] 他的意思是，金还在频繁地会见奥代尔和莱文森。他们的接触很快就被报告了J.埃德加·胡佛。

有关指控的事情，金与司法部官员见面了，但他们没能提供证据，于是时间一个月一个月地过去了。一九六三年六月，罗伯特·肯尼迪告诉胡佛说，他派一名助手去一次性地警告金，要当心他那些危险的朋友。在记录这次电话的备忘录里，联邦调查局局长虔诚地写道，他"指出，如果金继续这种交往，他会毁了自己的事业……南方对种族融合抱有偏见的人，已经在指责金博士与共产党有染"。[24] 他没有告诉肯尼迪，那些"偏见分子"是从哪里得到消息的。

但现在还有其他的事情。几个月来，J.埃德加·胡佛一直很悲伤。

当金批评联邦调查局南方特工的时候，调查局的亚历克斯·罗森做出了合适的反应，他写道，金博士的批评"似乎与他的顾问是共产党员和他在接受共产党领导……的信息十分切合"。[25]

为"纠正他的看法"，[26] 按照贝尔蒙特的说法，北方人萨利文和南方人德洛克要与金见面。联邦调查局打了他两次电话，都是由秘书接听和记录的。但不管出于什么理由，这位民权领袖从来没有回电。联邦调查局讲究形象，担心批评文章的刊登和受到哪怕是一丁点儿的侮辱，现在他们发怒了。

如果说胡佛对起初的攻击感到"心烦意乱"，那么按照萨利文后来声称的，德洛克在以下的备忘录中似乎显得不紧不慢："看来金牧师不想得知真相。他显然在用欺骗、谎言和背叛作为宣传，来推进他自己的事业。"

这就是臭名昭著的一九六二年一月十二日备忘录，局长助理在其中不但把这位牧师称作"邪恶的撒谎者"，还引证了他受共产党领导的罪状。但胡佛欣赏这样的反击。"我同意。"他在备忘录上批注说。[27]

从那天起，没有回电给联邦调查局的人，至少又有一次错过了与调查局的联系。按照程序，联邦调查局在获悉了针对民权领导人的暗杀阴谋之后，向他们发出了警告。

但金没有接到警告。他再也没有接到过警告。

不管怎么说，他太忙了，忙得没有时间接听电话。

四月份在伯明翰的示威游行期间，金还在监狱里。五月初，警察使用警犬和高压水枪驱散游行者的做法，使千百万美国人感到震惊。伯明翰的领导人同意在五月十日举行谈判，勉强结束了种族隔离的某些官方做法。

面对欢乐的支持者人群，金采取了现实的观点："现在，任何人都愚弄不了你们……没有你们用身躯和生命去阻挡这个城市的警犬、坦克和高压水枪，就不会有这个胜利！"[28]

确实，警察袭击示威游行者的电视剪辑，使得民权运动大获全胜。"如果没有全体公民的自由，"六月十一日，肯尼迪总统宣称，"就没有我们国家的希望和主张的完全自由"。面对金博士一直要求的某种形式的第二次"解放宣言"，这届政府终于做出了反应。拟定中的立法将保证少数民族的投票权和工作机会，以及在所有公共设施中结束种族隔离。

这几个月来，胡佛一直源源不断地发送关于共产党影响的备忘录。当金再次去白宫参加一次没有记录的会面时，他是准备讨论重大社会问题的——但遭到了意外的打击。

先是司法部民权局局长伯克·马绍尔与他说悄悄话，莱文森和奥代尔必须走人。根据他和金都不允许看到的具体证据表明，那两个人都在为共产党效劳。这话如果传出去，约翰·肯尼迪的政治生涯就会受到威胁。约翰·肯尼迪是民权立法的支持者……

金迷惑了。这样的指控使他不甚明白。马绍尔已经被胡佛劈头盖脸的备忘录给感化了，他也同样感到迷惑。为什么金就不能认真对待此事呢？

假如金考虑了此事，他也许会认为这是又一个迷惑。假如国家最高安全官员——总统、联邦调查局局长、司法部长和其他几个人——有了这样的秘密证据，那么谁会去泄露呢？

然后是罗伯特·肯尼迪，在具体问题询问过胡佛后已经做好了准备。私下里，司法部长已经根据他助手的提示，树立了危险的国际阴谋正在酝酿的观念。而且，莱文森的真相相当可怕，不能透露给别人。

这对金就更缺乏说服力了，他感觉知道了关于他的最忠诚支持者的一两件事情——还有更多的对民权运动的粗暴的玷污。

但他和肯尼迪都不愿意听从对方。总统的弟弟感到震惊，这么重大的消息竟然没让金感到惶恐不安，随着批评力度的加大，这个人竟然变得越来越怀疑了。

过了一会儿，在与美国总统一起在白宫外面的玫瑰园散步时，金又听到了这个话题。

"我认为你应该知道，你已经处在了严密的监控之下。"总统先说话了。金感到纳闷，他们之所以到外面来散步，是因为总统知道，或者害怕，白宫也是遭窃听的。

"他们是共产党员。"肯尼迪总统柔和地说，他把一只手搭在了金的肩上。奥代尔是"美国共产党的第五把手"。莱文森在党内的地位是如此之高，以致肯尼迪不能讨论这事。两人都是"外国势力的间谍"。

约翰·F.肯尼迪解释说，他立即开始关注即将在八月份举行的华盛顿大游行是否能获得成功。胡佛认为这个想法是共产党鼓动的，他肯定会把他的观点透露给他喜欢的记者——保守分子也会把他的意见作为事实来接受。

金想对此事一笑了之，但肯尼迪很严肃，而且决心已定。他提及发生在英国的"普罗富莫事件"，[①] 威胁到了哈罗德·麦克米伦首相的政府。或许，麦克米伦犯下了一个政治错误，依然相信他的老朋友普罗富莫。肯尼迪明确表示：

---

① 英国战争部部长约翰·普罗富莫在与漂亮的应召女郎克莉丝汀·基勒搞婚外情的时候，该女子同时与几个男人有染，其中包括一名苏联外交官。丑闻暴露之后，美国总统要求国务院把了解的情况都报告给他。朱迪思·坎贝尔和山姆·詹卡纳理解他的心思，虽然他自己更为关心。他曾经与普罗富莫事件的其中一个女子发生过短暂的风流韵事。

"如果他们能够打倒你，他们也会来打倒我们。"[29]

这次奇怪的会谈是很简短的。两人及时回到里面，与许多民权运动领导人一起举行了公开会面。

金同意重新考虑他的怀疑。肯尼迪答应向他提供至少是关于莱文森的证据。该证据将以令人惊奇的形式出现。

莱文森正在南方欢度每年一个月的假期，但在白宫事件之后的两天，奥代尔与金和几位积极分子见面了。大家都认为，胡佛把肯尼迪兄弟吓着了，所以才会要求开展清洗。失去奥代尔和莱文森，将会对杰克·肯尼迪坚决支持的民权运动造成巨大的损害。

但如果星期六的会面有任何指向性的话，那么金能够理解妥协的必要性。马绍尔、罗伯特·肯尼迪和总统只对他说了一件事情。这事阻挡了大目标的实现。

六月二十六日，他勉强地通知奥代尔要他离开。白宫并不满足。六月三十日，伯明翰的一份报纸在头版发表了攻击金与奥代尔有联系的文章，依据的是联邦调查局的档案材料。写报道的记者被认为与司法部长关系密切。

金很受伤，但也很实在，他写了一封解职信给奥代尔，并抄送给马绍尔。他还是希望能够保持与莱文森的关系。他不希望总统会出具答应过的"证据"。

马绍尔充当了信使。由于没能从胡佛那里得到确定的消息，罗伯特·肯尼迪也就不能形成书面的报告，但有人进行了令人颇为痛苦的对比。在现在这种迷惑的气氛中，马绍尔在新奥尔良联邦法院的大厅里与安德鲁·扬格见面了。他只能间接地说，似乎金要求的"证据"就在这里：莱文森很像鲁道夫·阿贝尔上校。

阿贝尔是克格勃情报官，在美国搞间谍活动时被抓。他扮作纽约布鲁克林区一个贫困潦倒的艺术家，成功地"潜伏"了好多年。莱文森是不是在那个时候由苏联派遣潜入美国的？

这是荒谬可笑的，但金不得不认输。他在对付的那些人，不是轻信受骗就是钻牛角尖的。

但对莱文森还不好解雇，他不是南方基督教领袖会议的在册人员。胡佛和肯尼迪兄弟要求提供更有力的证据，能够切入自由交往的核心里面。金应该切断与其朋友和顾问的所有联系。

他试图妥协，通过克拉伦斯·琼斯向马绍尔提议，司法部能不能暗示一下，哪几部电话被搭线窃听了，这样金和莱文森就可以避开胡佛的监控。罗伯特·F.肯尼迪发火了，这位司法部长本来就不相信琼斯，① 他立即命令对琼斯及其领导小马丁·路德·金开展搭线窃听。

实际上，他是要胡佛向他申请安装搭线窃听。局长准备正式申请报告的速度快得出奇。琼斯将被安置三个永久性的窃听器。肯尼迪签字了。

对金的要求，则要慎重考虑。其一，是胡佛使用的短语是"对他目前的住宅或将来他会搬去的其他地址"。[30]这话的意思是，不管金去哪里，即使是在旅馆房间里住一个晚上，都要授权对他进行搭线窃听。其二，肯尼迪是在与联邦调查局局长玩一个危险的游戏。胡佛想得到授权，但文字记录将显示司法部长应该为这样的搭线窃听负责。胡佛想玷污金，但对他的指控很可能会牵扯到公开保护他的肯尼迪兄弟。

两天后，肯尼迪做出了决定。使胡佛懊恼的是，该窃听未获授权。

金全然不知他的妥协、努力触犯了什么，但他知道目的没有达到。莱文森也明白了，为了民权运动着想，他决定自己主动退出。

奥代尔和莱文森离去了，琼斯遭到了搭线窃听。监控结果给胡佛带来了完全意想不到的丰厚的收获。

然后胡佛把注意力转向了拉斯廷。贝亚德·拉斯廷已经被选为华盛顿游行的组织者，但民权运动的许多领导人担心他的表现——和平主义者、社会主义者和同性恋——会妨碍事业的发展。金与拉斯廷的关系最近两年并不密切，但拉斯廷的工作热情和杰出的组织才能是策划示威游行所必需的。他能够搞好这次活动。

联邦调查局局长对泰勒·布兰奇做出了强烈的反应。"胡佛不喜欢看到，由一位他所厌恶的牧师来领导一场大规模要求自由的游行，参加者是他多年来所不齿的来自侍女、司机和犯罪嫌疑人那样的阶层。"[31]

---

① 琼斯是一个雄心勃勃的娱乐律师，罗伯特·F.肯尼迪认为他极不稳定，部分是因为他与一个富裕的白人女子的异族通婚。在司法部长遭到作家詹姆斯·鲍德温批评的时候，他没能成功地为他辩护。根据联邦调查局关于他的档案的描述，他过的是肯尼迪厌恶的某种快节奏的生活方式。

所以在游行前两星期，南卡罗来纳州联邦参议员斯特罗姆·瑟蒙德把来自加州的一张纸条列入了《国会议事录》之中。他通知议员同事说，一九五三年一个叫贝亚德·拉斯廷的人曾因为流浪、邪恶和性变态而被逮捕。

瑟蒙德对拉斯廷的攻击已经有一段时间了，引证了他过去与共产党的关系。这个材料，与加州的纸条一样，都是联邦调查局总部提供给他的。媒体感到无聊，但两天后，加州的联邦特工通知华盛顿说，拉斯廷一直在"积极参加"与两个白人男子的口交鸡奸活动。[32]洛杉矶分局随后接到了总部雪片般的命令，要求提供更多情况。

策略的改变，很可能是金本人在不经意间提出来的，他与琼斯的谈话遭到了窃听。当时他谈及了预计南方的议员会攻击拉斯廷的政治和士气等问题。对方显然表示了同意，说："我希望贝亚德别在游行前喝酒。"

"是啊，"金牧师回答说，"别再去抓一个小兄弟，因为他喝酒后总要抓一个小兄弟顶班。"[33]

胡佛很高兴能够让金的担心成为事实。

攻击小马丁·路德·金的战役在各条战线上都开展得很顺利，但家里的事情却不太顺利。八月二十三日，负责国内情报部的萨利文交给胡佛一份六十七页的报告，内容是关于美国共产党在策反黑人，尤其是在民权运动方面获得的成就。萨利文说，以前是没有任何成就的。

至于即将到来的游行，共产党没去"鼓动"，而且目前"没能力去指导或控制"游行。[34]萨利文后来声称——但并不是完全相信——他预计这事会引起骚动，他期盼能够平安度过，要求他手下的调查员们"阐述事实"[35]。

局长以潦草的笔迹表达了雷霆般的愤怒："这份备忘录让我生动地回想起卡斯特罗夺取古巴政权的时候我收到的情报。当时你声称，卡斯特罗那帮人不是共产党员，没有受到共产党的影响。时间证明你错了。"①[36]

由于同样的坦陈，萨利文的报告有致命的破绽，他用自己的专论证明黑手

① 在向胡佛报告说拉斯廷不是在为共产党工作之后，纽约分局长受到了温和的——同时也是坚定的——训斥。"也许没有直接的证据可证明拉斯廷是共产党员，"局长回答说，"但也没有具体证据可证明他是反对共产党的。"[37]

党是确实存在的——而且与之共命运。两份报告都被压下了。

另一个部门的努力产生了很好的效果。

"小马丁·路德·金：共产主义运动的盟友。"纽约分局的这份报告，是调查局喜欢发给司法部的第一份专论。该报告使用了煽动性的信息，是由"独流"兄弟提供的，他们一直在观察莱文森为共产党工作时期的活动。"我是马克思主义者。"[38]报告引用了金对他朋友罗伯特·F.肯尼迪说的话。这使司法部长害怕得浑身发冷，他退回了这份绝密报告，告诉埃文斯说，如果这事泄露出去，他是会遭到弹劾的。

胡佛又要被证明是正确的吗？八月十三日就不是了。那天，罗伯特·F.肯尼迪收到了一份两页纸的黄色丑闻总结报告，依据的是从琼斯窃听器里获悉的金牧师的讲话。从联邦调查局的角度来说，幸运的是，金博士决定在琼斯家中住三个星期，由此陷入了罗伯特·F.肯尼迪曾经拒绝授权对他实施的搭线窃听。像对付拉斯廷那样，虽然通过不同的渠道，胡佛现在明白，他可以用性丑闻而不是政治来扳倒他的敌人。

金牧师谈吐粗野，经常和女士谈论性。他没有克制自己使用《所罗门之歌》的语言。

对金的批评依然在各条战线展开。

在《耶鲁政治杂志》上，局长写道："极端主义者已经走得很远了，甚至指责联邦调查局搞种族主义……他们的思想偏激程度，堪比拉着白布条游行，要求联邦调查局'停止打探国家和当地事务'的那些人，还教唆证人违反民权，'什么也不要告诉联邦调查局'。"[39]

同时，虽然遭到了鄙视的拉斯廷只有两个月的时间来安排复杂的准备工作，但游行已经是不可避免的了。成千上万的人在涌入华盛顿。胡佛已经尽力阻止某些著名人士的参加，包括电影演员查尔顿·赫斯顿，他让特工上门去联系他们，警告他们别上街，联邦调查局估计会发生暴力事件。

但胡佛的一切努力都是徒劳的。八月二十八日，世人看到大量的人群涌向了华盛顿纪念碑。下午，在林肯纪念堂集会的美国人有二十万到五十万之众。

"他很了不起。"[40]肯尼迪总统说，在这个历史性的日子，他在白宫观看电视。

金发表了历史上经典的演说，他拖长声音吟诵了种族融合社会可能性的演讲。他的讲话具有强烈的戏剧效果，许多著名的段落都是即席发挥的。"我有一个梦想……我们将能够加速这一天的到来，那时，上帝的所有儿女，黑人和白人，犹太人和异教徒，基督教徒和天主教徒，都将手携手，合唱一首古老的黑人灵歌：'自由啦！自由啦！感谢万能的上帝，我们终于自由啦！'"[41]

那天晚上在威拉德旅馆的套房里，金的讲话使胡佛更加兴奋。窃听器也许是当地警方设置的，但联邦调查局很快就拿到了录音，记录显示了"男女两性朋友"热情的休闲聚会。[42]在听取了威拉德窃听结果之后，联邦调查局局长决心重启罗伯特·F.肯尼迪没有签署的搭线窃听授权，能够窃听发生在一个晚上的讲话。

游行后的第二天，萨利文认输了。"局长是正确的，我们完全搞错了……我个人认为，鉴于昨天金鼓动民心的演讲，在广大的黑人中产生了巨大的影响，他在所有黑人领袖中鹤立鸡群。如果说之前我们没有重视他，从共产主义、黑人和国家安全的角度出发，没把他作为这个国家未来最危险的黑人来看待，那么我们现在必须把他打上标记。"[43]后来在九月十六日，萨利文进一步建议，"共产党对黑人的影响已经扩大了。"引用了关于共产党对金博士施加影响的"书面记录信息"。[44]

但胡佛并不是那么容易息怒的。他要的是彻底投降，展示出细节。"不，"他写道，"我不明白你是怎么做到快速改变想法和评价的……我不想浪费时间和金钱，我要你赶紧认清目前的形势。"

九月二十五日，这位遭到了批评的下属想出了一个办法，他要用尴尬的口吻和谄媚的语言去挽回局长的信任。

他写给贝尔蒙特说，他的部门渴望"尽一切努力来改正我们的缺点"。回顾自己之前的备忘录，他欣喜地得到了启发。"显然，我们现在是明白了，之前我们没有很好地理解就把情况报告了局长"。他完全赞同胡佛的真正目的。"我们完全同意局长的观点，即共产党在对小马丁·路德·金施加影响"。[45]

自从八月二十二日破绽百出的备忘录以来，萨利文有大量的时间来提高自己的官僚公文写作技巧。他的老板已经不跟他说话了。但从九月二十五日的备忘录之后，胡佛又开始说话了。

在九月十六日被否定的备忘录中，萨利文提议加强对金的监控。十月七日，联邦调查局研究了对金的亚特兰大住宅和南方基督教领袖会议的纽约办公室实施搭线窃听的可能性，胡佛要求司法部长授权开展这两项窃听行动。这样的窃听，包括了"或者他也许会搬去的其他未来地址"。

肯尼迪告诉埃文斯说，他担心对金的住宅实施搭线窃听也许会被发现，从而造成政治损害，但还是在十月十日签字同意了。十月二十一日，他又勉强批准了对南方基督教领袖会议办公室的监控，但他要求一个月以后对这两个窃听的效果做出评估。

其间，肯尼迪再次领教了胡佛的诡计多端。十月十八日，联邦调查局向政府许多机构发送了一份关于金博士高度煽动性的备忘录。

贝尔蒙特试图通过托尔森警告胡佛，这是一个危险的举动。但由于不敢对抗局长，他只能采取间接的渠道去表达意思："附件里关于共产主义和黑人运动的分析，具有高度的爆炸性，这会被认为是针对马丁·路德·金的个人攻击……备忘录本身写得很好，信息来源也是可靠的。但表达这样明确的观点和结论，我们很可能会遭到指控……这份备忘录也许会让司法部长震惊，尤其是因为他过去与金的交往，而且我们还抄送给了司法部以外的许多部门。他也许会光火。"

但胡佛还没看完就写道："我们必须尽到我们的责任。"[46]

肯尼迪果然怒气冲天，他偶然发现该备忘录还抄送给了军方。

迫于压力，调查局在二十八日收回了其所有的文本。马绍尔把这事描述为"一次个人的谩骂……在没有证据支持的情况下的一次个人攻击"。[47]

肯尼迪真的会去指望，在搭线窃听失败，或者没能获得大量的证据时，胡佛就会停止这种玷污吗？朋友们认为，他之所以同意开展临时的搭线窃听，是因为这样一来胡佛就不会去破坏政府对民权的立法了。有一次，他在不经意间脱口说出，他只能签字同意，不然就"没法与调查局相处了"。[48]

于是，全面的战争开始了。

这包括在一个月后的一九六三年十一月二十一日，对金和南方基督教领袖会议搭线窃听情况的内部评估，然后决定是否继续开展至少三个月的搭线窃听。

这包括搭线窃听金博士的"未来住址"，比如大西洋城的克拉里奇旅馆、洛杉矶的凯悦酒店汽车旅馆，以及"一位朋友的住宅"。

如被问及，那么局长是在忠实地执行他的上级，即美国司法部长的指令。

这也不是唯一的战争。联邦调查局最终已经向有组织犯罪宣战。按照罗伯特·肯尼迪要求"像对付共产党那样对付它"[49]的指示敦促下，胡佛全力以赴，在每月一期的一九六二年一月号《联邦调查局执法公报》上发表社论文章称："这是一场联合的战役。黑帮组织迫使我们披挂上马。让我们团结起来，全面出击，消灭这些不共戴天的敌人。"

有些人表示怀疑，尤其是联邦调查局一些经验丰富的特工。但在一九六三年二月十五日，局长发了一封信给有关地区的分局长，把他们惊得目瞪口呆。"有些城市存在着'我们的事业'的盲点，"胡佛抱怨说，"必须充分认识到，以往我们的某些分局认为，在他们管辖的地盘上不存在'我们的事业'，只是后来才明白，这个家族式的黑社会组织实际上是存在的，而且已经存在了好多年。"[50]

这样的转变惊讶得使人难以领悟，有些分局长认为这是局长一时心理失常，担心有朝一日他会恢复理智，于是他们为安全起见按兵不动，什么也没做。例如，新奥尔良分局长雷吉斯·肯尼迪认为，路易斯安那州没有，或者极少有黑社会组织的存在，因此没有必要开展搭线窃听或无线窃听的监控行动。他描述了卡洛斯·马塞洛，那是美国历史最悠久而且势力强大的一个黑手党家族的头目，其地盘范围不但包括了路易斯安那州，但主要是在德克萨斯州，人称"西红柿销售员"。①[51]达拉斯和迈阿密分局也有盲点。② 结果，除了短暂地对迈耶·兰斯基实施过搭线窃听和话筒窃听之外，没有对马塞洛、桑托斯·特拉菲坎特和迈耶·兰斯基开展这样的电子监控。

一九六三年四月，罗伯特·肯尼迪针对有组织犯罪的战争变成了他个人的战争，这是联邦调查局以前从来没有经历过的。也是在当月，卡洛·甘比诺家族的老大卡迈因·隆巴多兹去世，混杂在殡仪馆人群中的联邦调查局特工约

---

① 联邦调查局对约翰·F.肯尼迪总统枪杀案的调查工作，在新奥尔良地区将由雷吉斯·肯尼迪分局长负责。

② 1962 年 2 月 26 日，达拉斯分局长写备忘录给联邦调查局总部，声称"没有关于约瑟夫·弗朗西斯·奇韦洛非法活动的证据"。奇韦洛参加过阿巴拉钦的聚会，是达拉斯黑帮团伙的老板，与卡洛斯·马塞洛关系特别密切。该报告还说，"德克萨斯州的黑手党势力不如其他地方那么强大。"

翰·P.福利，被四个送葬者揪出来，遭到了毒打。

这样的事件是前所未有的，引起了强烈的反响。胡佛传下话来说，特工们可以以牙还牙自由采取报复行动："我们每损失一个人，"这里引用的是他的原话，"通过合法的手段，我们要确保，歹徒最起码也要损失一个人。"[52]于是要对甘比诺家族开展电子窃听行动，纽约分局对该组织的头目、顾问、副手和助手实施了严密的监控。特工们甚至盘问了艾伯特·阿纳斯塔西亚家担任天主教牧师的兄弟，以及另一个家族成员中一位当修女的女儿。至于甘比诺，根据后来安吉洛·布鲁诺的叙述，特工们问他："你们是不是改变了家族的规矩，是不是可以殴打联邦调查局特工，可以拳打脚踢？嗯，那就试试看，如果你们改了规矩，现在要殴打联邦调查局特工，那么我们就抓人，敲扁他们的脑袋。"[53]

针对这个突发的令人震惊的事态转折，美国所有的黑帮家族都进行了讨论——他们尤为惊恐地发现，联邦调查局甚至知道家族的结构——并同意不再发生类似的事情。但俄亥俄州扬斯顿的黑帮头目没有获悉这样的信息。特工们窃听到他们在讨论，在三个职业杀手中要派遣哪个去杀死他们最讨厌的联邦调查局特工。该地区大约二十名人高马大、长相凶狠的特工，冲进了黑手党头目的顶层公寓，"意外地"打破了昂贵的花瓶，把香烟和正在燃烧的火柴打落到了地毯上，还朝精美的盆栽棕榈树撒尿。"你们也许有三个杀手，"特工们告诉他，"可胡佛先生有几千号人。"[54]

此后，在窃听到的谈话中，没人再敢把联邦调查局特工称作"童子军"了。

但黑手党徒并不责怪联邦调查局局长J.埃德加·胡佛，他那么多年来一直对他们听之任之。他们深信，他只是勉强为之，是在执行司法部长罗伯特·肯尼迪的命令。

但窃听器的记录中，并不是没有关于胡佛的讨论。费城的特工们很可能经过了长时间的仔细考虑，才决定把电子窃听的录音稿寄送联邦调查局总部。录音记录了两个人之间的谈话，一个是费城黑帮家族头目安吉洛·布鲁诺，另一个是该家族的一名高管，是马乔兄弟的其中一个，也是布鲁诺的朋友和姻亲：

马乔："肯尼迪要离开了，他们准备让他当一名特别助理……他们要他离开，他太过分了，他打击了许多人，比如工会。他不但打击非法经营者，还打击其他人，还有反托拉斯……但他不肯离开的唯一原因，这个我是以前听说的，嗯，是他想让埃德加·胡佛开路。"

布鲁诺："埃德加·胡佛?"

马乔："他要埃德加·胡佛离开联邦调查局，因为他是妖怪。这话我是以前听到的……听着。埃德加·胡佛没结过婚，他的副手也一样，可以回顾一下他的经历。"[55]

但他们更多谈及的是肯尼迪兄弟，随着时间的推移，话说得越来越难听了。

一九六三年五月十日，J. 埃德加·胡佛举行仪式，庆祝他担任联邦调查局局长四十周年。

五月的晚些日子，在一个星期五的下午，联邦调查局发给司法部一份关于拉斯维加斯赌场的上下册调查报告。这是长达一年半的强化调查结果，大都是通过电子监控手段取得的，虽然内华达州的法律禁止使用搭线窃听和话筒窃听。

司法部只有三个人看到过这报告：负责有组织犯罪部门的威廉·亨德利、他的助手亨利·彼得森，以及调查员杰克·米勒。米勒把报告带回了家，以便周末的时候可以阅读。罗伯特·肯尼迪没有看到过。

星期二的时候，黑帮有了一份一模一样的副本，是联邦调查局通过电子监控设备获悉的。

胡佛愤怒地指责司法部安全措施松懈，暗示这三人中有人应该对此负责。但也有其他的可能性。亨德利怀疑，只是在几天前，联邦调查局得知他们的一些窃听器已经被发现了，于是"他们把报告发送给我们，使得我们成为替罪羔羊"。[56]但其他人还有另外的说法，认为早在肯尼迪的人员来司法部工作之前，联邦调查局的一些报告就已经落入了黑帮人物的手中。黑社会经常传播的一个谣言说，迈耶·兰斯基在联邦调查局高层安插了自己的人。威廉·萨利文也有自己的怀疑，与局长和托尔森走得很近的某个人，其生活消费水平远远高于其收入水平。

这个案子是联邦调查局从来没有解决过的。一九七一年，当萨利文离开调查局的时候，泄密事件还在继续发生。

关于拉斯维加斯的调查报告，还有一个问题。看报告的人肯定知道使用了窃听器。在把原始报告发送给司法部之后，胡佛很可能想继续对罗伯特·肯尼迪下套。肯尼迪后来声称："在我当司法部长期间，这是我第一次和唯一一次发觉联邦调查局的窃听活动，我要求联邦调查局立即停止。"为确保联邦调查局执行这项禁令，司法部长让尼古拉斯·卡岑巴赫去问考特尼·埃文斯："这事是不是确实停止了？"考特尼回答说："是的，已经停止了。"[57]

卡岑巴赫在很晚的后来获悉，联邦调查局并没有停止窃听活动。只是在拉斯维加斯停止了，因为那里的赌场老板对政府提起了指控。

一九六三年九月，在参议员麦克莱伦永久性调查委员会的电视转播听证会上，司法部线人约瑟夫·瓦拉齐"现身"了。瓦拉齐是维多·吉诺奇黑帮家族的一名成员，因为走私海洛因而在亚特兰大的联邦监狱服刑，他是在一九六二年六月成为线人的，他被策反是一直保密的，只有执法部门的少数几个人知道，但黑帮已经知道——至少在一九六三年春天就知道了——他在向联邦特工泄露秘密。①

作为一名低层人员，瓦拉齐提供的信息数量是惊人的，但大多数信息是联邦调查局通过其电子监控已经掌握了的。对这个瓦拉齐，胡佛主要关心的是宣传：局长想让联邦调查局，而不是司法部，获得功勋。

为达到这个目的，他努力在司法部长周围活动。作为司法部的新闻秘书，埃德·格斯曼必须在发布前批准联邦调查局所有的文章和声明，包括 J. 埃德加·胡佛影子写手的文章。格斯曼深知联邦调查局局长的花招，他已经学会了仔细阅读和考虑每一个单词。

在瓦拉齐被策反后六个月，但早在他作证之前，格斯曼在审阅一篇为《读者文摘》撰写的文章的时候，注意到故事里面夹杂了关于"我们的事业"的两句话。

"你们这是在干什么？"他责问主管刑事信息部的卡撒·德洛克，"这应该是保密的吧？"[58]

德洛克撤回了文章，却在几个月之后再次提交，只是稍作改动。格斯曼知道，投送《读者文摘》的稿件，至少要等三个月后才能刊发，到那个时候瓦拉

---

① 瓦拉齐担心吉诺奇的追杀，他杀死了他认为是要来杀他的一个狱友，他同意成为线人，从而把指控减轻为二级谋杀，争取戴罪立功。除了司法部的交易，在让瓦拉齐持续吐露内情方面，特工詹姆斯·P. 弗林立了大功。

齐已经作证了，所以他批准了这个故事。

但德洛克没把故事发给《读者文摘》，而是发给了星期日报纸的副刊《炫耀》杂志。该杂志的稿件刊发期大为缩短，于是在一九六三年九月十五日——瓦拉齐预定在委员会作证前十二天——《炫耀》的读者看到了 J. 埃德加·胡佛的署名文章："有组织犯罪集团的内幕故事及如何实施攻破"。作为杂志的特约文章，其开始部分是这样写的："读者在报刊上看到的'我们的事业'，是一个秘密的邪恶的黑社会组织，但对联邦调查局来说，这并不是什么秘密。"

唯恐人们不知道是谁应该为发现了"我们的事业"而获得殊荣，胡佛在每月一期的一九六三年九月号《联邦调查局执法公报》上发表编辑文章称，瓦拉齐的证词"支持并完善了联邦调查局早在一九六一年获知的事实"。

但当司法部也想那么做的时候，联邦调查局不高兴了。罗伯特·肯尼迪已经授权他的世交朋友彼得·马斯，根据约瑟夫·瓦拉齐的故事写一本书。但直到瓦拉齐作证之后，胡佛才允许马斯去采访他。为打破这种封锁，肯尼迪预先给了马斯许多信息，这样他就能够为《星期六晚报》写一篇全面的文章，并将在瓦拉齐浮出水面后不久发表。联邦调查局早在一九六三年五月二十二日就知道了，因为那天，埃文斯就这事的进展写了一份备忘录给贝尔蒙特，他评论说："即将发生的事情表明，司法部是出于政治考虑才这么做的。他们显然接受了我们的观点，即瓦拉齐不应该接受杂志记者的采访，但他们是在利用整个形势为他们自己牟利。"

胡佛使出了愤怒的狠招，他用蓝墨水钢笔在备忘录上批示："同意。我从来没有看到过这样的诡计，司法部神圣的档案，包括调查局的报告，都是过去的事情了。胡。"①

---

① 胡佛不但试图阻止《瓦拉齐文件》一书的出版（他失败了，法庭支持马斯），还不遗余力诽谤作者、图书及其内容。例如，他用以下的对话记录来贬低瓦拉齐在众议院拨款委员会作证的重要性：

鲁尼："多年来，这方面的情况你基本上都知道？"
胡佛："是的。"
鲁尼："瓦拉齐对调查局是否有帮助作用……"
胡佛："没有人因为瓦拉齐提供信息的直接结果而被定罪。"
这一切都与司法部长肯尼迪的说法完全矛盾，他声称瓦拉齐提供的材料是"我们所获得的最大的情报突破"。但 1964 年 1 月 29 日，胡佛在该委员会开会的时候，他并不怎么在乎他的名义领导的观点，因为司法部长的总统哥哥已经死了。

在电视摄像机面前，瓦拉齐显得很不自在。他浑身冒汗，说话含糊不清，看上去像是一位慈善的老叔，根本不像走私毒品、杀人越货的歹徒。但联邦调查局的电子监控显示，有些人很认真地收看了电视报道。

一九六二年九月二十七日，在佛罗里达州迈阿密市，安吉洛·布鲁诺一位亲戚的家里，电子监控的记录显示，未知男子："听证会全都是政治性的，是由罗伯特·肯尼迪煽动起来的。他们对意大利人有偏见。"[59]

司法部长在瓦拉齐之前就已经提出申请，深情地要求国会通过一系列新的法案，包括授权对黑帮组织实施电子监控。

纽约市对约翰·马谢洛及其密友安东尼·"希基"·洛伦佐的电子监控显示，洛伦佐："他们要去骚扰人了，他们肯定想要通过电子监控的法律。如果他们让那样的法律获得了通过，那就麻烦了。他们很可能有拼凑起来的长达几英里的录音带。他们会说，嗯，这就是我们的证据，然后他们就会开始定罪。"

马谢洛："美国再也不是一个自由的国度了。"①[60]

一九六二年二月八日，在窃听费城黑帮老板安吉洛·布鲁诺及其朋友威利·韦斯伯格的谈话时，联邦调查局特工听到了这样的会话：

韦斯伯格："这个肯尼迪，与所有卑鄙的家伙那样，是个挨刀的主儿，一刀杀了这个（淫秽词语）。得有人去杀了这个（淫秽词语）。我是认真的。这是真的。向上帝保证。该是走人的时候了。可我还告诉你。我希望提前一星期得到通知，我会去杀他。就在白宫（淫秽词语）。得有人去搞掉这个（淫秽词语）。"

然后布鲁诺说起了意大利的一个民间故事。从前有一位国王，他的臣民说他是一个坏国王。听到这话，国王去找到一个很聪明的老太婆，询问这是不是真的，他是不是很坏？老太婆说，不，他不是一个坏国王。在被问及为什么她的说法与别人都相反时，她回答说，"嗯，我知道您的曾祖父。他是一个坏国王。我知道您的祖父，他更坏。我知道您的父亲，他比他们还坏。而您，您比

---

① 肯尼迪提出的刑事法案，只有极少数获得了通过。电子监控的法案不在其中。联邦调查局的电子监控后来窃听到了山姆·詹卡纳的众议员朋友罗兰·利博纳蒂的吹嘘："我否决了他提出来的6项法案。搭线窃听法案和令人恐怖的线人法案。"[61]

他们还要坏，但您的儿子，如果您死了，您的儿子将会比您更坏。所以，最好还是与您在一起。"

布鲁诺指出，这个故事的寓意在于，布劳内尔是个很坏的司法部长，而肯尼迪则更坏。但"如果这家伙出了什么事……"（两人都哈哈大笑起来）。[62]

但从一九六三年开始，笑声已经停止了。由于电子监控设备，联邦调查局特工能够得知美国黑社会头目的心情。一九六三年初，他们注意到一种不是很微妙的变化，紧张和不安正在转化为气急败坏和忍无可忍，到了那年的秋天，终于爆发了万丈怒火，目标是肯尼迪兄弟——罗伯特·肯尼迪和约翰·肯尼迪。

一九六三年一月十五日。芝加哥分局致联邦调查局局长的电文：

"查克·英格利希在哀叹说，联邦政府在围剿黑帮组织，显然已经无法扭转乾坤。对肯尼迪政府做了许多杂七杂八的煽动性评论。"[63]

一九六三年一月三十一日。"我们的事业"的总结：

"正在寻求（委员会的）允许，以便对曝光'我们的事业'的联邦特工、新闻记者和政客采取报复行动"。[64]

一九六三年五月二日。纽约市的电子监控记录。"我们的事业"的两个成员，萨尔·普罗法齐和米凯利诺·克莱蒙特。

克莱蒙特："不把我们全都投进监狱，鲍勃·肯尼迪是绝不会罢休的。等到委员会碰头采取行动，事情早就尘埃落定了。"[65]

一九六三年六月十一日。布法罗市的窃听记录。黑手党头目斯特凡诺·马加蒂诺和来自锡拉丘兹城的一位年轻人安东尼·德·斯特法诺。

马加蒂诺："'我们的事业'形势严峻……他们全都知道了。他们知道谁是后台老板。他们知道每个人的名字。他们知道谁是老板。他们知道'阿米可诺斯特拉'（口令，意思是：我们的朋友）。他们知道有一个委员会。"

马加蒂诺表达了对罗伯特·肯尼迪的痛恨。[66]

一九六三年九月十七日。布法罗市的电子窃听记录。马加蒂诺在与其他人讨论约瑟夫·瓦拉齐（在其去麦克莱伦委员会作证之前）。

马加蒂诺："我们通过了决议，这家伙非死不可。"[67]

一九六三年十月一日。佛罗里达州电子窃听记录，在由文森特·詹姆斯·帕米沙诺（化名吉米·迪）经营的一家餐馆里。迪与其他人在通过电视观看瓦拉齐作证。

迪："这样的听证会，其结果是发生许多杀戮。"[68]

一九六三年十月十四日。芝加哥裁缝店的电子窃听记录。在场的有山姆·詹卡纳、查尔斯·"查克"·英格利希、托尼·阿卡多和多米尼克·"屠夫"·布拉西：

他们在讨论高尔夫球。有人问及，鲍比·罗伯特是否打高尔夫；他们知道约翰·肯尼迪是打高尔夫的。有人提议在他的高尔夫球包里放置炸弹。[69]

一九六三年十月十五日。芝加哥的电子窃听记录。布迪·雅各布森和山姆·詹卡纳的政治前线人员帕特·马西：

"雅各布森说，他从来没有看到过这个时候他们在芝加哥的局势会那么糟糕。雅各布森说，保罗·里卡（芝加哥黑帮集团的前头目，得到了司法部长汤姆·克拉克的原谅）向他建议，集团组织要有耐心，等待压力的减轻。"[70]

一九六三年十月十六日。芝加哥的电子窃听总结：

"山姆·詹卡纳已经向所有的政治盟友下达指示，取消参加歹徒家庭的婚庆和葬礼仪式的做法。"[71]

一九六三年十月三十一日。布法罗的电子窃听记录。斯特凡诺和彼得·马加蒂诺在讨论肯尼迪总统。

彼得·马加蒂诺："他必须死。"

斯特凡诺·马加蒂诺："他们应该杀全家，包括母亲和父亲！"[72]

同一天，联邦调查局局长 J. 埃德加·胡佛最后一次去见约翰·F. 肯尼迪总统。这是一次漫长的见面，包括共进午餐。如果这次见面至今还保存着记录，那么，这样的记录是没有公布过的。一九六二年七月的时候，总统在椭圆形办公室安装了一套手动的录音设备，但根据肯尼迪图书馆的说法，这次特别会面是没有录音记录的。①

———————————

① 总统敢于对联邦调查局局长录音的可能性是很小的，因为他很可能像其他许多人那样推测，胡佛随身携带着一个微型的探测器。（显然他是没有携带的，虽然在 1960 年代的某个时候，联邦调查局实验室认为，他适合在身上缠绕导线。但日期和理由都是未知的。）在猪湾惨败之后，肯尼迪可能安装了录音设备，因为当时五角大楼高官否认告诉过他该次入侵能够获得成功。时至今日，肯尼迪的白宫录音设备录制的内容，只有少量——听说总共才大约 230 小时——获得了公开，清单上的 7 项记录，是肯尼迪图书馆从来没有收到过的。

总统很可能提及了他最近要去一趟德克萨斯州——一九六四年的竞选战役已经非正式地开始了——联邦调查局局长详细谈论了当前的威胁。由于两人都不想对抗，安全的猜测是，两人都没说心里话。肯尼迪想的是，他再也不用忍耐这个烦恼的事情了；胡佛在考虑的是，谣传说，在肯尼迪连任期间他将被替换。这恐怕不只是谣言。罗伯特·肯尼迪说话特别不够慎重，"这使得胡佛非常痛苦，"考特尼·埃文斯评论说，"我认为，这是胡佛最痛苦不过的事情。"[73] 自一九六三年开始变得明显的联邦调查局局长与司法部长之间的对立，在威廉·亨德利看来，是"由于鲍比在回答针对胡佛投诉的时候，当着许多人的面说：'哦，再等待一下。'这样的回答是很明确的，即在杰克再次当选之后和胡佛迈入七十岁的时候，他们将安排他退休。这话传到了他那里"。[74] 胡佛有太多的耳目和太多的窃听器，不可能没听到这样的谈论，而且不止一次，而是经常重复。到一九六五年一月一日，胡佛将达到七十岁的强制退休年龄。总统说情都没用。按照埃德·格斯曼的说法，是计划让他"载誉光荣退休"。[75] 胡佛告诉托尔森，他将不得不在大选之后退离，而大选的结果是可以预知的，肯尼迪肯定获胜。托尔森向威廉·萨利文重复了局长的评论。按照萨利文的说法，"胡佛非常非常不开心。"[76]

　　司法部长与联邦调查局局长之间的分歧，他们的联络员考特尼·埃文斯是最有感受的了。埃文斯在这种关系中的地位，不但很敏感，而且几乎是最难招架的，因为谣传和议论都说，总统想替换胡佛。虽然在媒体上还没有提及，但德鲁·皮尔逊已经写好了文章，一旦得到进一步确认之后就会刊发。司法部的闲言碎语——很可能来自鲍比本人——说，肯尼迪总统选定的 J. 埃德加·胡佛的接班人是考特尼·埃文斯。

　　电话打过来的时候，罗伯特·肯尼迪正在希科里希尔的住宅吃中饭，这是预计要开一整天会议的中途休息时间，议题是打击有组织犯罪。从这天起到他自己死去期间，他将永远不会忘记或原谅这个电话，以及此后接踵而来的电话。

　　胡佛："我有消息要告诉你。"
　　罗伯特·肯尼迪："什么消息？"
　　胡佛（非常非常冷酷和公事公办的口气）："总统遭到了枪击。"

罗伯特·肯尼迪（非常震惊）："什么？噢。我……这是真的吗？我……"

胡佛："我认为这是真的。我正在努力了解详情。有情况我会再次打电话给你的。"

罗伯特·肯尼迪后来回忆说，胡佛"并没有激动，就好像在汇报一个事实——他在霍华德大学发现了一名共产党员"。

半小时后，胡佛又来电话了，简单地陈述说，"总统死了。"[77]

资料来源：

[1] 德马里斯：《局长》，第 211 页。

[2] 利昂·豪厄尔，"采访安德鲁·扬格"：《基督教与危机》，1976 年 2 月 16 日。

[3] 莫顿·H.霍尔珀林等：《无法无天的国家》（纽约：企鹅图书出版社，1976 年），第 61—63 页。

[4] 同上。

[5] 同上，第 63 页。

[6] 拉姆齐·克拉克采访录。

[7] 马丁·路德·金遇刺，第 VI 卷，第 67 页。

[8] 萨利文：《调查局》，第 136 页。

[9] 罗森致贝尔蒙特，1961 年 5 月 22 日。

[10] 亚特兰大分局长致 J.埃德加·胡佛，1961 年 11 月 21 日。

[11] 马丁·路德·金遇刺，第 VI 卷，第 97 页。

[12] 布兰奇：《分水线》，第 564 页。

[13] 同上。

[14] 布兰德致萨利文，1962 年 2 月 3 日。

[15] 马丁·路德·金遇刺，第 VI 卷，第 101 页。

[16] 施莱辛格：《罗伯特·肯尼迪》，第 353 页。

[17] 丘奇委员会记录，第三册，第 87 页。

[18] 同上，第 95 页。

[19] 布兰奇：《分水线》，第 597 页。

[20] 鲍姆加德纳致萨利文，1962 年 10 月 22 日。

［21］J.埃德加·胡佛致亚特兰大分局长，1962 年 2 月 27 日。

［22］鲍姆加德纳致萨利文，1962 年 10 月 8 日。

［23］丘奇委员会记录，第三册，第 96 页。

［24］同上，第 97 页。

［25］罗森致贝尔蒙特，1962 年 11 月 20 日。

［26］贝尔蒙特致克莱德·托尔森，1962 年 11 月 26 日。

［27］德洛克致莫尔，1963 年 1 月 15 日。

［28］布兰奇：《分水线》，第 791 页。

［29］同上，第 837—838 页。

［30］J.埃德加·胡佛致司法部长（罗伯特·F.肯尼迪），1963 年 7 月 23 日。

［31］布兰奇：《分水线》，第 903 页。

［32］同上，第 862 页。

［33］同上，第 861 页。

［34］鲍姆加德纳致萨利文，1963 年 8 月 23 日。

［35］丘奇委员会记录，第三册，第 106 页。

［36］鲍姆加德纳致萨利文，1963 年 8 月 23 日。

［37］多纳：《年代》，第 143 页。

［38］戴维·加罗：《联邦调查局与小马丁·路德·金：从"独流"到孟菲斯》（纽约：W.
    W.诺顿出版社，1981 年），第 67 页。

［39］《华盛顿邮报》，1963 年 8 月 5 日。

［40］布兰奇：《分水线》，第 883 页。

［41］同上，第 882—883 页。

［42］施莱辛格：《罗伯特·肯尼迪》，第 362 页。

［43］萨利文致贝尔蒙特，1963 年 8 月 30 日。

［44］鲍姆加德纳致萨利文，1963 年 9 月 16 日。

［45］萨利文致贝尔蒙特，1963 年 9 月 25 日。

［46］贝尔蒙特致克莱德·托尔森，1963 年 10 月 17 日。

［47］丘奇委员会记录，第三册，第 133 页。

［48］布兰奇：《分水线》，第 909 页。

［49］福克斯：《鲜血与权力》，第 337 页。

［50］J.埃德加·胡佛致分局长的信件，1963 年 2 月 15 日。

［51］约翰·F.肯尼迪遇刺，卷 IX，第 71 页。

［52］特纳：《联邦调查局》，第 180 页。

［53］约翰·F.肯尼迪遇刺，卷 IX，第 33 页。

［54］昂加尔：《联邦调查局》，第 403 页。

［55］约翰·F.肯尼迪遇刺，卷 V，第 445 页。

［56］纳瓦斯基：《肯尼迪的正义》，第 80 页。

［57］同上。

［58］埃德温·格斯曼采访录。

［59］约翰·F.肯尼迪遇刺，卷 IX，第 39 页。

［60］同上，卷 V，第 450 页。

［61］同上，卷 IX，第 24 页。

［62］同上，第 40 页。

［63］同上，卷 V，第 438 页。

［64］同上。

［65］同上，第 446 页。

［66］同上，卷 V，第 439 页；卷 IX，第 26—27 页。

［67］同上，卷 V，第 449 页。

［68］同上，第 451 页。

［69］同上，第 447 页。

［70］同上，第 440 页。

［71］同上，第 452 页。

［72］同上，第 448 页。

［73］埃文斯采访录。

［74］德马里斯：《局长》，第 147 页。

［75］格斯曼采访录。

［76］萨利文采访录。

［77］威廉·曼彻斯特：《总统之死》（纽约：哈珀与罗出版公司，1967 年），第 145—146
　　 页；施莱辛格：《罗伯特·肯尼迪》，第 607—608 页。

第十部
借用的时间

我跟你说一件事，再过两个月，联邦调查局就会像五年前那样。他们再也不会老是盯着我们了。他们说，联邦调查局会接管（枪杀肯尼迪总统案件的调查）。他们开始追查"争取公平对待古巴"和"争取公平对待马祖"。他们认为，与我们这些人相比，这事对国家更具威胁。

——在军械库会所窃听到的查克·英格利希与布奇·布拉西和山姆·詹卡纳之间的谈话，一九六三年十二月三日

我们接受了我们得到的答案，即使它们是不合适的，而且也不能推进调查的开展。那么做的话，我们就必须挑战联邦调查局的正直。但在一九六四年的时候，我们没有那么做。

——伯特·W.格里芬法官，沃伦委员会助理法律顾问

第三十章　破绽百出

联邦调查局对暗杀约翰·F.肯尼迪事件的调查，从一开始就破绽百出。调查是建立在虚伪的假设基础上，假设局长是永远正确的。

事件发生几分钟之后，胡佛就从达拉斯分局长戈登·L.香克林那里获悉总统遭到了枪击。香克林之前安排了两名特工在警用频道监听总统车队的动态。

针对总统被杀，假设有联邦法律，联邦调查局有管辖权，胡佛通知香克林，作为在现场的高级特工，他应该负责这次调查。但局长很快就获悉，没有这样的法律——德克萨斯州已经声称，该罪行被标为谋杀重罪，其结果与酒吧斗殴没有不同——由此引起的管辖权噩梦，将会使整个调查工作更为复杂。①

当天和接下来的一天，香克林一直抱着电话机，达拉斯的特工们向他报告最新的发现，然后他立即向联邦调查局总部转达。许多电话是接听或拨打局长的。下午刚过三点钟，② 香克林通知胡佛，已经逮捕了李·哈维·奥斯瓦尔德，相信是他枪杀了总统和达拉斯的一名警官。达拉斯分局有一份公开的关于奥斯瓦尔德的档案，分局长向局长报告说，他总结了档案的要点，知道他会激怒领导。过了一会儿，胡佛回电了，但不是追问这事，而是询问总统的状况。这让香克林感到迷惑了，他已经向局长汇报了肯尼迪的死讯——这个时候全世界都知道了——于是他重复了帕克兰医院的宣告。不，是新总统，胡佛强调说，约翰逊总统。看电视的时候，胡佛注意到，约翰逊以奇特的方式把外套紧紧地抓

---

① 1934年，胡佛本人曾经通过游说，把杀害联邦调查局特工列入了联邦犯罪立法，但没人想到过为总统立法。

② 本章采用的是美国东部标准时间。达拉斯是中部标准时间，所以早了一个小时。

在胸前，好像是心脏病发作了似的。虽然大多数美国人要经过几天时间的调整才能适应领导人的更换，但 J. 埃德加·胡佛立即就适应了总司令的变换。

晚上六点零五分，"空军一号"载运新总统、被杀害总统的遗体以及悲痛欲绝的遗孀，降落在安德鲁斯空军基地。华盛顿的大多数官员都去迎候了，但联邦调查局局长没去，他已经回家了，临走时给联邦调查局总机室留下的指示是，总统打电话来时——他肯定总统会来电——就马上接过来。晚上六点二十六分，总统的直升机降落在白宫的草坪上。到晚上七点钟的时候，总统已经与肯尼迪的大多数内阁成员和国会领导人谈过话了。七点零五分，他打电话给前总统哈里·S. 杜鲁门，七点十分与前总统德怀特·戴维·艾森豪威尔通了话。七点二十分，他口述了两封动情的短信给小约翰·F. 肯尼迪和卡罗琳·肯尼迪。① 然后在七点二十六分，他打电话给 J. 埃德加·胡佛。总统告诉局长，他要求关于暗杀的全面报告。胡佛正在等候总统的授权，他通知总统，联邦调查局已经在调查该案子了，他的三十名特工已经整装待发，准备飞往达拉斯，与已经在那里的七十名特工会合，如有需要还可派遣更多的特工。他还主动提出，要派送特工去白宫，以增强联邦经济情报局的安保力量。林登·贝恩斯·约翰逊不知道是不是有消灭整个政府的阴谋，但他清楚地知道，联邦经济情报局没能保护好他的前任，因此他高兴地同意了这个请求。虽然第二天联邦调查局特工就从白宫撤走了，然而此后无论约翰逊去哪里或者是在车队之中，联邦调查局特工都会随行保卫。但胡佛再也没有建议由联邦调查局取代联邦经济情报局的白宫警卫任务，自那天在达拉斯发生了事情之后就再也没有提出来过。

虽然要等到第二天下午两点半之后，李·哈维·奥斯瓦尔德才会遭到谋杀总统的指控，但胡佛已经认定奥斯瓦尔德是有罪的。那天下午的晚些时候，前副总统理查德·尼克松打电话给联邦调查局局长，接通后他问道："怎么回事？是不是右翼死硬分子干的？"

"不，"胡佛回答，"是共产党人。"②[1]

---

① 分别是已故总统的儿子和女儿。——译注
② 尼克松回忆说："几个月后，胡佛告诉我说，奥斯瓦尔德的妻子已经透露，奥斯瓦尔德一直谋划在我访问达拉斯的时候杀死我，她好说歹说才把他关在屋子里，阻止了他的暗杀行动。"[2]

暗杀第二天的十一月二十三日，胡佛向白宫发送了联邦调查局对肯尼迪总统死亡的"预审"情况报告，以及调查局获取的关于奥斯瓦尔德信息的一份总结备忘录。

联邦调查局现在正式公开认为，应该是李·哈维·奥斯瓦尔德独自行动，暗杀了已故的总统。胡佛下决心坚持这个观点——实际上是在二十四小时之内破案的——无论是否有别的证据出现，他咬定青山不放松，决不改变主意。

十一月二十四日凌晨三点十五分，香克林唤醒了胡佛——联邦调查局总机按照指示，把紧急电话转接过去了——通知他说，有人打电话给达拉斯分局说，那天晚些时候，当奥斯瓦尔德被从达拉斯警察局转移去一处秘密监狱的时候，将会遭到枪杀。

联邦调查局局长指示这位分局长打电话给达拉斯警察局长杰西·柯里——如有必要，把他唤醒，胡佛很可能补充了这句话——告诉他这个威胁，同时敦促他不要公布押解转移的时间。于是香克林给柯里打了电话，对方还在办公室。香克林只是获悉，达拉斯警方也接到了同样的电话。他用不着担心奥斯瓦尔德的安全，警察局长说，因为警方会出动两辆装甲车，一辆押送囚犯，另一辆作为诱饵。至于媒体，柯里不得不去对付，达拉斯的负面新闻已经是够多的了。

下午十二点二十一分，在达拉斯警察局的地下室，达拉斯夜总会老板杰克·鲁比在众目睽睽之下把奥斯瓦尔德枪杀了，这事得到了全国广播公司的电视直播。与他被指控残杀的前总统一样，奥斯瓦尔德自己也在下午两点零七分死在了帕克兰医院。

当天下午的晚些时候，香克林叫来他手下的特工小詹姆斯·P.霍斯蒂，向他下达了几条指示。联邦调查局开始掩饰其在奥斯瓦尔德案子中的作用。实际上，这事在前一天就已经开始了，当时联邦调查局局长 J.埃德加·胡佛决定，在他的初步报告中向总统隐瞒调查局关于李·哈维·奥斯瓦尔德的信息。

特工小詹姆斯·P.霍斯蒂是李·哈维·奥斯瓦尔德案子的承办人。当初奥斯瓦尔德从苏联回来后，曾遭到沃思堡分局特工的约谈。他们发现他傲慢自大，不肯合作。在新奥尔良因散发"争取公平对待古巴"的传单发生扭打而被抓之后，奥斯瓦尔德要求见联邦调查局的人，但他只告诉当地的特工，他是马克思主义者，不是共产主义者。在得知奥斯瓦尔德已经转移到达拉斯地区之后，新奥尔良分局转交了关于他的案卷，一九六三年十一月一日，霍斯蒂特工去了德克萨斯州欧文，去与鲁斯·佩因夫人说话，想寻找奥斯瓦尔德。佩因夫人告诉他说，虽然奥斯瓦尔德夫人与她住在一起，但李在达拉斯工作，在德克萨斯教科书仓库楼上班，住在那里的出租房内。她没有他的地址，但答应找找看。十一月五日，霍斯蒂在高速公路驾车，看到了欧文出口，于是决定去见佩因夫人拿地址。但她拿不出地址。

在十一月一日访问时，经人介绍，霍斯蒂见到过玛丽娜·奥斯瓦尔德，但没询问她。他确实把自己的名字和联邦调查局达拉斯分局的地址和电话号码都给了她。在他驾车离开的时候，玛丽娜·奥斯瓦尔德抄下了他的汽车牌照号码。总统遭暗杀之后，达拉斯警方在奥斯瓦尔德的一本通讯录上发现了关于霍斯蒂信息的记载。

在霍斯蒂第二次访问——没人记得确切的日期，但显然是在十一月六日、七日或八日——之后，奥斯瓦尔德出人意料地出现在达拉斯分局。

当时的接待员是南妮·李·芬纳。看到一个男子从电梯里出来，她注意到了他。"从我的书桌上，我可以清楚地看到他，"她回忆说，"我的台子就在廊道边。他走到我的台子边，说：'我找霍斯蒂特工。'他目露凶光，一副心神不定的样子，手里拿着一个三乘五英寸的信封。"信封里有一张纸，折叠成信纸的模样，"在这段时间，他一直把信纸从信封里拿进拿出"。

芬纳夫人打电话到楼下，了解到霍斯蒂外出了。她把这个情况告诉男子后，他从信封里抽出信纸，"就这样（示范）把它扔到了我的台子上，然后说：'嗯，把这个给他。'说完转身走向了电梯"。

芬纳夫人看了下纸条。内容不多，只有两行字，是手写的，像小孩的笔迹，很潦草。后来，她记不起开始部分写了什么，但大概意思是说，如果霍斯蒂继续骚扰他老婆，那么笔者就会"炸毁达拉斯警察局或者是联邦调查局达拉斯分局"。

芬纳夫人自一九四二年开始就为联邦调查局工作了。"噢，我看到过人们进来，把手枪和刀子放到我的台子上，我一点也不怕。"她回忆说。但这次她看到了威胁，于是她拿上便条去见分局的副局长凯尔·克拉克。看了一下内容后，克拉克说："没事，把它交给霍斯蒂吧。"芬纳夫人回到自己的台子边后，速记组的一个女孩海伦·梅正好从旁边经过，"想知道大厅里的那个家伙是什么人"，芬纳夫人说："'哦，应该是李·哈维·奥斯瓦尔德'，因为信件上有他的签名。这名字对我没什么意义。"她把信件递给了梅，梅也看了一遍。"此后不久，"她记得"霍斯蒂先生来到我的台子边拿走了信件，后来我就再也没有看到过"。[3]

霍斯蒂读过信件后认为，"这没什么大不了的。"他后来解释说，"这似乎是某种平淡无奇的抱怨……我认为。那个时候似乎用不着采取什么行动，所以我就把它放进了我的文件架里面。"①

十一月二十二日，霍斯蒂在游行路线附近吃午饭，这时候他听说总统遭到了枪击。他先是奔赴帕克兰医院，然后返回分局办公室，查阅当地右翼团伙的档案——霍斯蒂是当地三K党问题专家——后来得到消息说，达拉斯警方已经抓住了刺杀肯尼迪总统的杀手，他的名字叫李·哈维·奥斯瓦尔德。震惊之下，霍斯蒂跑到达拉斯警察局，要去参加对奥斯瓦尔德的审讯。上楼梯的时候，他遇到了达拉斯警察局的杰克·雷维尔中尉，向雷维尔简单介绍了关于奥斯瓦尔德的情况，然后他们匆匆去了审讯室。霍斯蒂做出了今后使他长久后悔的评论："我们知道李·哈维·奥斯瓦尔德能够暗杀美国总统，但我们做梦也想不到他真的会动手。"雷维尔中尉是负责警方情报组的，他后来把这话报告了柯里警长。

参加完对奥斯瓦尔德的审讯回到分局后，霍斯蒂被叫到了香克林分局长的办公室。在场的除了香克林，还有肯尼思·豪，他们都是他的上司，现在他们得到了奥斯瓦尔德的那张便条，是豪从霍斯蒂书桌上的文件架里拿来的。根据霍斯蒂的说法，香克林"相当恼火和不安"，他命令霍斯蒂准备一份备忘录，说明他对佩因住宅的访问，又是在何时和如何收到这张便条的，如此等等。霍斯蒂口述了这份备忘录，在那天的晚些时候交给了香克林。在霍斯蒂离开分局长办公室后，香克林拿起了电话听筒。

联邦调查局总部的恐慌只能是想象了。一张纸，两段话，这纸条证明，联邦调查局在总统出行前两周就已经知道，李·哈维·奥斯瓦尔德是潜在的危险分子，这事本应该报告给联邦经济情报局，让他们把他列入"危险人物名单"，即在总统要去该地区的时候，应该严加监控的那种人。

---

① 霍斯蒂对该纸条的回忆，没有芬纳夫人那样清楚。他回忆说："纸条的第一部分说，没有经过他的同意我一直在访谈他的老婆，我不应该那么做；他对此感到不安。在结尾的第二部分，他说如果我还不停止与他老婆说话，他就要对联邦调查局采取措施。"

而且，该纸条还意味着，也许是联邦调查局本身触发了奥斯瓦尔德的怨恨，因此至少要对美国总统遭暗杀承担部分的责任。

十一月二十四日是星期天，但大家都在上班。在宣布奥斯瓦尔德死亡大约二至四个小时后，香克林把霍斯蒂召回到他的办公室——豪也在场——从一个档案袋里取出奥斯瓦尔德的便条和霍斯蒂的备忘录，递给了霍斯蒂。据霍斯蒂的说法，香克林当时是说："奥斯瓦尔德已经死了，不会有审讯了；这东西就不要了。"

于是霍斯蒂就想把两份材料撕碎，但香克林说："不，不要在这里销毁。我不想在这个办公室里销毁；去处理掉。"虽然霍斯蒂有粉碎机，但他把便条和备忘录拿到了厕所里，撕成纸片后扔进马桶里放水冲掉了。[4]

几天后，香克林询问霍斯蒂是不是销毁了那张便条，他回答说是的。当芬纳夫人问他："奥斯瓦尔德的信件后来怎么样了"的时候，霍斯蒂的回答并没有让她感到惊奇，因为他已经在二十四日星期天接到过分局克拉克副局长的指示："别再理会奥斯瓦尔德的便条。"①[5]

---

① 知道奥斯瓦尔德便条的人数是严格控制的。在联邦调查局总部，知情人数很可能少于 6 人，包括胡佛、托尔森，可能还有约翰·莫尔，虽然莫尔后来否认知道这事。显然，联邦调查局负责暗杀肯尼迪调查工作的艾伦·贝尔蒙特从来未被告知。至少，在作者向他问及此事的时候，他表现出来的惊讶似乎是真实的。"这封信件的事情我一点都不知道，"贝尔蒙特说，"我从来没有听说过。"香克林只是告诉威廉·萨利文——萨利文负责对奥斯瓦尔德背景和社交情况的调查工作，每天与香克林通几次电话——他有个"内部人员的问题"，他的一名特工收到了"奥斯瓦尔德的一封威胁信件"。萨利文说："我要求了解详情，但香克林先生似乎不想讨论此事，只是说他把此事当作员工问题在与 J. P. 莫尔一起处理。"香克林没有提及，该信件已经被销毁。

香克林是莫尔的门生，在调任达拉斯之前，他已经在调查局最轻松的岗位——檀香山分局——担任过分局长。熟悉香克林——他在 1988 年去世——的人认为，他一切行动听从指挥，在事先没有获得联邦调查局总部同意的情况下，他不会下令销毁那张便条。而且他忠心耿耿：1975 年，他发誓不知道奥斯瓦尔德的便条。

"胡佛下令销毁便条，"萨利文告诉作者，"我拿不出证据，可我确信无疑。"萨利文还就霍斯蒂的便条宣誓作证说："在艰难长久的调查过程中，我确实听说，关于奥斯瓦尔德的一些文件已经被销毁了，另有一些失踪了，其内容，即使我知道，也已经想不起来了。我记不清谁告诉我这个信息，或者信息渠道是一个或多个。"

1977 年在众议院暗杀特别委员会作证的时候，萨利文也许会回顾对这些失踪文件的记忆，这种可能性是有的，但我们永远无从知道，因为在预定作证前几天，萨利文遭到了枪杀。[6]

暗杀事件后几天，霍斯蒂去走访佩因夫人，她给了他奥斯瓦尔德写给苏联领事馆的一封信件的草稿，是她在废纸篓里找到的。（感谢调查局的邮件检查工作，在苏联人看到之前，联邦调查局已经看到了原件。）在撰写访谈佩因夫人报告的时候，霍斯蒂不知道这信件是否应该成为被告的一部分，或者是要单独处理，于是他请示了香克林。显然，香克林把这个与奥斯瓦尔德的便条相混淆了，据霍斯蒂的说法，香克林"显得很不安，似乎快要崩溃了，然后说：'我已经告诉过你，这东西不要了，去处理掉'"。①[7]

暗杀前两个星期奥斯瓦尔德写给联邦调查局威胁信的这个事实，被压下了十二年。

一九六四年五月十四日，联邦调查局局长 J. 埃德加·胡佛在沃伦委员会作证说："截止暗杀的时候，没有任何迹象表明这个人是危险分子，有可能伤害总统或副总统。"[8]

几天前，迫于调查局的巨大压力，霍斯蒂告诉委员会说，"在美国总统遭暗杀之前，我掌握的信息都没有表明李·哈维·奥斯瓦尔德具有暴力倾向。"[9]

在肯尼迪遭暗杀后几个小时内，被销毁的文件也不止这些。估计的数量从几份到几十份，或许甚至超过了一百份。有可能，甚至很有可能，还包括了对何塞·阿莱曼的询问报告。古巴流亡者阿莱曼告诉特工戴维斯和斯克兰顿，黑手党头目小桑托斯·特拉菲坎特曾经预言："没错，何塞，他会遭到暗杀。"如果此话当真，那么联邦调查局又没有把这个威胁报告联邦经济情报局或肯尼迪兄弟——而且绝对不会向沃伦委员会提及。[9]

罗伯特·肯尼迪因为悲伤过度，要等几个月之后才会来上班。在他缺席期间，司法部副部长尼古拉斯·卡岑巴赫负责司法部的全面工作。胡佛和卡岑巴赫都想尽快切断关于阴谋的谈论。十一月二十四日，在暗杀后仅仅两天和在鲁比枪杀奥斯瓦尔德之前的几个小时，卡岑巴赫发了一份备忘录给约翰逊总统的新闻秘书比尔·莫耶斯。"重要的是，有关肯尼迪总统遭暗杀的所有事实，都要

---

① 但霍斯蒂没有销毁这封信，他感觉这是案子的材料（内容有奥斯瓦尔德渴望返回苏联，以及他最近在墨西哥城访问苏联和古巴使馆的情况），把它写进了他的一份报告之中。

公之于众，让美国人民和世界人民感到满意，因为所有的事实都已经告知了，大致情况的声明现在也要发表了……必须让公众满意，奥斯瓦尔德是杀手；他没有逍遥法外的帮凶；已经有了证据足以在预审的时候把他定罪。必须打消对奥斯瓦尔德作案动机的猜测。"为达到这个目的，卡岑巴赫建议，"联邦调查局关于奥斯瓦尔德的全面、彻底的调查报告，必须尽快公之于众"。[10]

杰克·鲁比的突然介入，并没有改变什么，至少对胡佛来说是这样。在奥斯瓦尔德被谋杀后，胡佛立即打电话给白宫顾问沃尔特·詹金斯说："我和卡岑巴赫先生最关心的事情，是发表一项声明，这样我们就能够说服公众，奥斯瓦尔德是真正的凶手。"[11]

公布一份报告说明奥斯瓦尔德是孤独的杀手的压力，也反映在联邦调查局的内部备忘录上。同一天，贝尔蒙特发备忘录给托尔森说，他现在派遣总部的两名督察去达拉斯，检查"我们的特工在奥斯瓦尔德事件上的调查发现，这样我们就可以准备发给司法部长的备忘录，安排有关证据以表明奥斯瓦尔德要对枪杀总统负责"。[12]

特工们不会不明白这种信息的意思：局长已经认定，奥斯瓦尔德是独自行动的，任何与此相左的证据都是不受欢迎的。十二年后，众议院暗杀特别委员会总结认为，"胡佛关于奥斯瓦尔德是一个孤独杀手的个人倾向性意见，影响了调查工作的方向，还在关于阴谋范围的匆匆考虑之后就在备忘录中得出了调查的结论。"[13]

虽然总部和分局都知道局长的立场，但公众是不知道的。这在暗杀后三天的十一月二十五日得到了补救。

"（美联社）华盛顿十一月二十五日消息：联邦调查局局长J.埃德加·胡佛今天说，所有掌握的信息都表明，李·哈维·奥斯瓦尔德独自实施了对约翰·F.肯尼迪总统的暗杀行动。

"'在奥斯瓦尔德暗杀肯尼迪总统的阴谋中，没有丝毫证据可把其他人联系起来。'胡佛在声明中说。"

胡佛还在努力推动尽快发布联邦调查局关于暗杀的一份报告。十一月二十六日，他与卡岑巴赫讨论了此事，卡岑巴赫觉得联邦调查局的报告，"应该包括公众和媒体也许会提问的关于这事件的方方面面信息。换言之，就奥斯瓦尔德和他的行动来说，无论是从他是暗杀总统的凶手这个观点来看，还是从奥斯瓦尔德本人、其行动和其背景情况来看，这报告要让尘埃落定"。[14]

考特尼·埃文斯依然担任着联邦调查局与司法部的联络员，虽然影响已经大为减少，他插话了。"毫无疑问，"奥斯瓦尔德发射了子弹，埃文斯写备忘录给局长，"问题是要有动机。这么大的事情是不可能在一星期的时间内调查清楚的。"

胡佛不想听考特尼的意见，他另有想法，他在备忘录的下面写道："那你估计要花多长时间？在我看来，我们现在已经有了基本的事实。"[15]

胡佛想用一份报告快速结案，从而避免暴露联邦调查局的不作为并掩盖这个案子，但他的计划遇到了一个很大的障碍：总统。十一月二十九日，胡佛接到了约翰逊的一个电话。在关于他们谈话的备忘录里，联邦调查局局长把德克萨斯商人的手腕发挥得淋漓尽致。先是约翰逊恭维他，说些他想听的话。"总统说，他想用我的档案和报告去应付。"胡佛预计接下来会有什么——已经有了关于独立调查的传说，参众两院也想开展他们自己的调查——但还是想先发制人，他插话说："我告诉过他，冲动地开展调查是不好的。"约翰逊虽然并不更加聪明，但他毕竟是总统："他然后表示阻止这事（阴谋论）的唯一方法，是任命一个高级委员会来评估我的报告，并告诉参众两院别去开展调查。"胡佛暂时被打败了，感到很不高兴，他接下去说："那就热闹了。"[16]

那天下午，约翰逊总统签署了第 11130 号行政命令，建立了沃伦委员会。①

胡佛知道工作的轻重缓急：他命令对委员会的每一位委员立即开展档案查阅；在如愿以偿地解决了肯尼迪枪杀案之后，他现在把注意力转移到了去对付更重要的事情，即寻找替罪羊。

联邦调查局督察部负责人詹姆斯·盖尔展开了调查。十二月中旬，局长秘

---

① 约翰逊任命了一个由 7 名委员组成的两党委员会。有参议院的一名民主党人和一名共和党人——佐治亚州民主党人理查德·B.拉塞尔，以及肯塔基州共和党人约翰·谢尔曼·库珀；众议院也是各一名——路易斯安那州民主党人黑尔·博格斯，以及密歇根州共和党人杰拉尔德·福特；中央情报局前局长艾伦·W.杜勒斯；曾长期为政府服务的纽约投资银行董事长约翰·J.麦克洛伊；担任委员会主席的美国最高法院首席大法官厄尔·S.沃伦。
　　沃伦起先不愿接受这项任命，但林登·贝恩斯·约翰逊凭借其传奇般的说服力进行劝说，可以想象，如果外国阴谋的谣言没能得到平息，就会把这个国家引入核战争，会牺牲 4000 万人的生命，沃伦最后勉强接受了。

密地审查了十七名特工在暗杀前对奥斯瓦尔德调查工作中的"失职"和"缺陷"。大多数特工——总部的八名和分局的九名——都被通报了没有把奥斯瓦尔德列入"安全威胁名单"之中，或者没有"及时报告"他从苏联返回后的所作所为，或者"调查不够仔细"。处罚的力度，从警告到调离岗位到停职停薪。这样一来，如果沃伦委员会指责联邦调查局没把奥斯瓦尔德在达拉斯的消息提醒联邦经济情报局，那么胡佛就会透露纪律整顿，会辩护说，我已经认定了谁应该负责，并已经对他们进行了处罚。

局长助理威廉·萨利文是受审查的最高级别的官员，他强烈反对审查，不是因为他被通报了——他当着托尔森耳目的面，把警告书揉成一团，丢进了废纸篓——而是因为这事对他部下所产生的士气影响。在慌乱地掩饰自己后院的时候，胡佛"实际上是说，我们总得分担一点美国总统遭暗杀的责任吧……这是不得已的事情……对他们进行处罚是可怕的事情"。[17]

与往常一样，处罚的力度根据级别，到了下面就加大了。最严厉的处罚落到了特工小詹姆斯·P.霍斯蒂的身上。①

胡佛用中国水刑来教训霍斯蒂。一九六三年十二月十三日，胡佛把他留局察看三个月；一九六四年九月二十八日，在沃伦委员会最终报告发布后一天，胡佛下令把他调往密苏里州堪萨斯城；十月五日，胡佛把他停职停薪一个月，然后又把他留局察看；十月八日，胡佛否决了霍斯蒂生活困难申请照顾的请求（霍斯蒂夫妻有七个孩子，其中两个患有呼吸疾病，因此他要求去气候暖和的南方工作）；十月九日，胡佛拒绝了霍斯蒂在停职停薪期间主动要求工作的申请。托尔森也在霍斯蒂的个人档案上写下了"不得重用"的批示：只要是胡佛和托尔森在掌管联邦调查局，他就不能得到晋升。②

----

① 霍斯蒂对达拉斯警察中尉雷维尔的评论（"我们知道他能够杀死总统，但我们做梦有没有想到他真的会这么去干"），由雷维尔转告了柯里局长，最后这话传到了胡佛和媒体那里。联邦调查局局长勃然大怒，他指示助理"让达拉斯分局告诉霍斯蒂，闭住他那张臭嘴。他已经造成了不可修补的损害"。[18]

　　在向沃伦委员会作证的时候，霍斯蒂否认做过这样的评论。雷维尔中尉的证词则与此相左。

② 多年后在拿到自己的档案后，霍斯蒂发现，他回答督察员盖尔的提问已经被篡改了。

　　虽然有3位分副局长受到了审查，但戈登·香克林不在其中。督察部是由约翰·莫尔主管的。

这是联邦调查局最大规模的调查行动。几个大分局都参加了。总部向达拉斯派遣了八十多人，总共进行了两万五千次访谈，写成了长达两万五千四百页的两千三百份报告。众议院暗杀特别委员会后来发现，联邦调查局在各方面都很出色。"联邦调查局在全世界的刑事调查机构中获得了崇高的令人尊敬的信誉，"委员会在其最终的报告中写道，"联邦调查局在肯尼迪枪杀案的调查中，显示了高度的认真和正直。确实，在打击犯罪方面，调查局承担了其历史上最多的刑事案件数量，这样的努力和态度是无与伦比的。"[19]

但也有问题。胡佛先入为主证明奥斯瓦尔德是单独行动就是其中之一；匆忙行动又是一个。还有管辖权方面的争议：联邦调查局对达拉斯警察局，尤其是联邦调查局对达拉斯检察院，因为检察院在起诉鲁比的案子。① 还有联邦调查局本身的结构问题。许多事情搅在了一起。

局长助理艾伦·贝尔蒙特主管这个案子，但调查工作本身是由两个部门负责的。局长助理威廉·萨利文领导的国内情报部，担任奥斯瓦尔德背景、活动、社交和动机的调查工作，以及有关国外阴谋的问题。但萨利文本人后来形容说，虽然产生了巨大的文字工作量，但这样的努力是匆忙的、混乱的和走过场的。因为奥斯瓦尔德与莫斯科的关系，有关可能的国外阴谋调查工作，分配给了苏联科。② 虽然国内情报部有古巴问题和古巴流亡者活动方面的专家，但没去向他们请教。这样，经验丰富、能够提供许多关于阴谋可能性的亲古巴和反古巴专业人士，几乎没去触及。由局长助理亚历克斯·罗森负责的刑事调查部，处理案子的刑事方面问题，包括发射了几颗子弹和弹道等。但罗森认为，确定是否有除了奥斯瓦尔德以外其他人的参与，是"附属问题"，不是他这个部门的事

---

① 达拉斯检察长亨利·韦德和副检察长威廉·亚历山大都是前特工。在有人把奥斯瓦尔德的日记透露给《达拉斯晨报》之后，联邦调查局两名特工询问亚历山大，是不是由他泄露的。亚历山大愤怒地回答说，让林登·B.约翰逊、J.埃德加·胡佛、联邦调查局和沃伦委员会都来"舔我的屁股吧"。在向局长汇报这句惊人评语的时候，特工罗伯特·M.巴雷特和伊凡·D.李至少把顺序说对了："亚历山大竟然对J.埃德加·胡佛、联邦调查局和约翰逊总统说出这么难听的话，他受到了特工们的强烈批评。"[20]

② 即使关于与苏联关系的调查，也没能使萨利文满意，1976年，他告诉作者说，调查工作有3件事和3条鸿沟依然在困扰着他："第一，我们不知道奥斯瓦尔德在苏联期间干了些什么；第二，为什么玛丽娜同意嫁给奥斯瓦尔德，为什么他们能获准离开苏联，而其他人则不能？第三，我们对奥斯瓦尔德与古巴人的关系，几乎一无所知。"萨利文发现了"令人深思"的事实，即玛丽娜显然比她丈夫聪明得多了。

情。在说明他在调查中作用的时候，罗森声称："我们的任务是站在角落里，张开口袋，等待着有人把信息装进去，我们把得到的消息散播出去……转告给沃伦委员会。"[21]

鸿沟自上而下扩展。对杰克·鲁比的调查任务，交给了隶属于刑事调查部的民权处，其理由是鲁比杀死奥斯瓦尔德从而侵犯了他的民权。但有关黑手党和黑帮组织问题的所有专家，都在由局长助理考特尼·埃文斯主管的特别调查部。肯尼迪死后，埃文斯成了调查局内不受欢迎的人，有组织犯罪也立即不再是首要问题了。局长甚至不与埃文斯说话了。结果，最有能力探查鲁比与黑社会联系的特工，被排除在调查工作之外。如同埃文斯后来回忆说："他们肯定没来找过我……根据我的记忆，我们没能参加。"[22]鲁比是芝加哥黑帮老板的下属，被派到达拉斯来开设赌场。白宫通讯员塞斯·坎特知道这事，他是一位有进取心的记者，为斯克里普斯·霍华德基金会撰写文章，但联邦调查局却从来没有发现这事。① 鲁比为小桑托斯·特拉菲坎特把赌场的钱从哈瓦那转移到迈阿密，但不是联邦调查局，而是众议院暗杀特别委员会在十六年后经过一次看似无望的追踪发现了这个秘密。鲁比还与卡洛斯·马塞洛团伙关系密切。联邦调查局又是一无所获，部分原因是新奥尔良分局的调查是督察员雷吉斯·肯尼迪进行的，他依然深信马塞洛是一个"西红柿销售员"。虽然知道，奥斯瓦尔德在新奥尔良有一位舅舅，叫查尔斯·F.莫雷特，舅舅好像代理父亲，奥斯瓦尔德经常住在他那里并从他那里拿钱。但也许因此联邦调查局忽视了莫雷特是赛马赌注登记员和赌场合伙经营人，参与了马塞洛控制的跑马场业务；或许也因此没有重视，奥斯瓦尔德的母亲玛格丽特多年来一直是黑帮歹徒山姆·泰尔米内的"一个亲密朋友"。而泰尔米内虽然是路易斯安那州警方的雇员，但同时担任了一位黑帮大佬的司机和保镖。该黑帮大佬告诉其朋友们，他们准备启用一个"疯子"去拔掉他的眼中钉。联邦调查局没有获得鲁比的电话记录，但又是众议院暗杀特别委员会，而不是联邦调查局或沃伦委员会，发现了打电话时间的一

---

① 塞斯·坎特1978年出版的专著《鲁比何许人？》，虽然需要增补众议院暗杀特别委员会最近的一些发现，并予以重新出版，但依然是迄今最佳的有关鲁比的背景和社交的描述。关于黑社会很可能参与暗杀的两本优秀图书，可参见戴维·E.沙伊姆的《美国合同：黑手党谋杀约翰·F.肯尼迪总统》（1988年），以及约翰·H.戴维斯的《黑手党大佬：卡洛斯·马塞洛与暗杀约翰·F.肯尼迪》（1989年）。

个模式，确认了许多受话人的身份，诸如卡车工会官员和黑帮人物。根据联邦调查局提供的资料，沃伦委员会报告说，实际上鲁比所有的芝加哥朋友都声称，他与黑社会组织没有紧密的关系。那么他的这些朋友都是些什么人？其中有山姆·詹卡纳的密友伦尼·帕特里克（因拷打和谋杀被警方抓了二十八次，但只有一次定罪，因为抢劫银行），詹卡纳的另一个密友戴夫·耶拉斯（被抓捕十四次，但没有定罪）。根据奥维德·德马里斯在其《囚禁的城市》一书中的描述，耶拉斯是"几次黑帮杀戮的主要疑犯"，也是"签约为黑帮董事会效劳的二十多人小组的一名成员"。[23]联邦调查局很难否认对这些背景的知情。调查局有他们每个人的档案，一九六二年联邦调查局从窃听器中获悉，耶拉斯在讨论想在迈阿密搞一次黑帮杀人的血腥计划详情，这事调查局是可以预防的。甚至 J. 埃德加·胡佛也认识帕特里克和耶拉斯。那两个人——也是残杀本杰明·"巴格西"·西格尔的疑凶——与鲁比的另一个朋友威廉·布洛克一起被定过罪，罪名是在一九四六年谋杀联邦调查局胡佛局长不肯保护的詹姆斯·拉根。①

在参阅了依然存在的档案和获取了依然存活的证人证词之后，众议院谋杀特别委员会在一九七九年得出结论说："联邦调查局对阴谋的调查，委员会认为在某些方面是值得怀疑的——有组织犯罪、亲古巴和反古巴，以及李·哈维·奥斯瓦尔德和杰克·鲁比可能的社交朋友方面。尤其是在这方面，委员会认为，联邦调查局的调查是不够的，没能发现阴谋。"[25]

J. 埃德加·胡佛不想发掘有帮助的材料。

从一开始，胡佛就把沃伦委员会当作对手。他公开表示向委员会提供全面合作——毕竟，这个委员会是总统要求成立的——但他指示特工们，除了接到要求之外，不要主动提供帮助，而且事先必须经过联邦调查局总部的批准。他故意拖延对委员会要求的回答，直到委员会快要公布报告、调查局面临巨大压力的时候，才把大量的资料提供过去，他知道这样一来，委员会就没有人力和时间去仔细核实。

---

① 或许是出于习惯，联邦调查局倒是对鲁比的性生活这方面进行过调查。特工们仔细斟酌语言——为的是不致冒犯刻板拘谨的局长，或者是阅读过所有这些材料的甘迪小姐——他们报告说，鲁比的性习惯是"怪异的"和"不正常的"。显然，特工们不赞同这种堕落的行为，他们注意到，鲁比喜欢与女人口交，"由他采取主动，而不是被动地参与"。[24]

委员会完全依赖于他——主席沃伦注意到，第一届七名委员都没有调查的经验——然而，委员会越来越不信任他了。

委员会也怕他。

委员会第一次会议在十二月五日召开了。委员们无事可做。之前答应的联邦调查局报告还没有送达。但至少他们可通过《芝加哥论坛报》或《华盛顿星报》来阅读这些报告。联邦调查局刑事信息部在两天前就把调查的信息透露给了那些报纸，使得参议员拉塞尔刻薄地评论说："在提交给本委员会之前，联邦调查局把多少发现的情况透露给了媒体？"①[26]

如果联邦调查局能够把报告送过来，那么沃伦倒是赞同这些报告，并展开讨论，然后根据委员会的发现公布一份报告。但其他人大多认为，应该开展更为全面的调查，要有传讯权，并使用他们自己的独立调查员。不然的话，联邦调查局是在调查它自己。麦克洛伊说："这方面，联邦经济情报局，甚至联邦调查局，是有潜在责任的。而这些报告，毕竟因为人性的因素，可能有一些是自说自话的。"[27]

胡佛在委员会的线人，通过德洛克很快就把委员会的审议情况反馈过来了。

胡佛最讨厌的是一伙私家侦探开展他们自己的调查，或许发现了联邦调查局没有发现的情况。委员会"不应该有其自己的调查员队伍"，[28]艾伦·贝尔蒙特注意到，情况也确实如此。虽然委员会从国会获得了传讯权，但联邦调查局将继续自己开展调查。

十二月九日，委员会收到了联邦调查局关于暗杀的五页报告。

沃伦："呃，先生们，坦率地说，我已经把联邦调查局的报告读了两三遍，但这些内容媒体都已经刊登过了。"

博格斯："……看过联邦调查局的报告之后，我有许多疑问。"[29]

十二月十六日，委员会收到了调查局关于调查发现的初始五卷报告，但都

---

① 1963年12月4日，《芝加哥论坛报》的文章标题是："联邦调查局深信，奥斯瓦尔德与鲁比之间没有联系。证据表明，在达拉斯暴力事件期间，两人都是严格地自行其是，各干各的"。

　　胡佛在泄露消息时依照的是标准的程序。他先把材料分发给其他的三四个部门或机构，然后透露出去，反过来指责一个或几个收件人。在这个案子中，他事先就定下责任人是司法部副部长卡岑巴赫，因为他感觉卡岑巴赫在推动报告发布的时候不够努力。

不能令人满意。

麦克洛伊："为什么联邦调查局的报告对于尸检的说法言辞不一？……关于子弹的说法让我感到迷惑。"

沃伦："完全是模棱两可的。"

博格斯："嗯，联邦调查局的报告没说清楚。"

沃伦："等于没说。"

博格斯："我有了许多新问题……关于鲁比这个家伙和他的活动，讲得很少……他在干什么，他是怎么进入（达拉斯监狱）里面的，这事很怪异。"[30]

联邦调查局的报告备受批评，委员们认为，该报告"缺乏深度""很难解读"，而且"破绽百出"。诚如兰金所说："看到这样的报告内容，任何人都会认为，这根本就不是本委员会想要的和有权知道的答案。"[31]

联邦调查局敷衍塞责的调查努力，震惊了委员会，有些委员表现出对情报机构的不屑一顾。为首的是沃伦主席。在被麦克洛伊问及是否联系过中央情报局时，沃伦回答说："没有，我没联系，理由同样简单，因为我从来没有听说过，中情局会知道此事。"

麦克洛伊："他们知道的。"

沃伦："我肯定他们是知道的，但我不想让中情局介入此事，除非是他们自己想介入。"[32]中央情报局前局长艾伦·杜勒斯主动推进中情局的报告进度。

参议员拉塞尔不信任联邦调查局和中央情报局，他提议说，要有一个"天生持怀疑论和魔鬼代言人那样的"员工，来分析联邦调查局和中央情报局报告中的"每一处矛盾和每一个软肋……就像我们是在指控他们或准备指控他们那样……也许另外的人可以干这事，了解这里的情况，阅读这些报告，就像我们要指控 J. 埃德加·胡佛似的"。[33]

奇怪的是，当传到胡佛那里的时候，拉塞尔的评语并没有导致联邦调查局局长的第二次心脏病发作。

一月二十二日，沃伦主席召集一次秘密会议，讨论一个令人震惊的新进展。他说："我召开委员会的这次会议，是因为今天有了新的情况，我认为我们的每一位委员都应该知道，这事你们在外面是听不到的。我让兰金先生从头给你们讲述。"

兰金解释说，这个耸人听闻的进展，是德克萨斯州司法局长瓦戈纳声称，李·哈维·奥斯瓦尔德是联邦调查局付费的线人。

委员们惊呆了。"如果此事当真，那么在暴露出来和确认之后，"兰金说，"人们就会认为，是有完成这次暗杀的阴谋存在，这是本委员会或任何人都摆脱不了的。"

博格斯："你说得太对了。"

杜勒斯："噢，很可怕。"

博格斯："这事的含义是很丰富的，你说是吧？"

沃伦："太可怕了。"

兰金："但这事是很难证明的……我深信，联邦调查局是绝不会承认的，他们也不会显示记录。"[34]

杜勒斯承认说，假如他还在中央情报局，那么在发生类似情况的时候，他就会否认整个事情。他甚至还会宣誓后撒谎。当然，他补充说，他决不会向总统撒谎。

这次会议期间，所有的挫折都汇聚起来了，所有的怀疑都认为联邦调查局隐藏着什么事。胡佛一直坚持，联邦调查局不去评估或得出结论，那他为什么迫不及待地宣称，已经死去的奥斯瓦尔德是唯一的杀手并由此结案？兰金问道。这是不是胡佛在隐藏的，即奥斯瓦尔德是在为联邦调查局工作？

兰金："他们想让我们卷铺盖撤离。"

博格斯："就这样结案了，你明白了吗？"

杜勒斯："是的，我明白了。"

兰金："他们找到了那个人。再也没有什么可做的了。委员会支持他们的结论，事情结束了，我们可以回家了。"

博格斯显然担心，如果这次讨论传到胡佛的耳朵里，不知道会有什么反应。他紧张地评论说："我认为，我们这次会议没有必要做记录。"

杜勒斯："是的，我认为会议记录应该销毁。"①

博格斯："我倒是指望，这些记录不要每个人传阅。"[35]

这样的指望是靠不住的。一月二十七日，当委员会再次开会的时候，一封书信正在等待着他们。胡佛怒不可遏，他承担了自己的线人在委员会遭暴露的风险。"本调查局从来没有把李·哈维·奥斯瓦尔德用作线人，"联邦调查局局长在信中写道，"他从来没有因为提供情报而收到过钱，他绝对不是联邦调查局的线人。如果关于联邦调查局在这件事情上的做法你们还有疑问，我们敬请你们直接联系我们。"[36]

但胡佛的书信并没有解决这事，它只是使事态恶化。除了胡佛的一面之词，委员会还需要更多的情报。问题是，如何在不触犯他导致他撤回合作的情况下去获得情报。沃伦主席注意到，在调查材料方面，委员会是完全依赖于联邦调查局的。一月二十七日的会议持续了三个半小时，其中两个多小时的时间花在了胡佛的问题上。在接到信件后去质问他，无疑是怀疑他的诚意。不，兰金争辩说，没人说他撒谎；他们所要求的只是一些证据，据此证明他说的是真话——这是一个微妙的区别，但在联邦调查局局长面前几乎肯定是行不通的。

兰金："如果连这件事情我们都不能使国人满意，那我们怎么能使他们愿意接受这个（委员会报告）呢？"[37]但你又如何去证明是否定的呢？

杜勒斯："我认为这是不能（证明）的，除非你能相信胡佛先生，如此等等，这样，很可能大多数人会感到满意。"[38]

拉塞尔说，他愿意相信胡佛，但你不能据此而得出委员会的结论。因为没人胆敢去对抗联邦调查局局长——几个月来，委员们一直在争论如何去接近他——委员会最终接受了他的保证，即奥斯瓦尔德和鲁比都不是联邦调查局的线人。

然后在二月二十四日，委员会发现，在递交给委员会的奥斯瓦尔德通讯录上，原先用打字机打印的关于霍斯蒂的记录，已被联邦调查局删去了。但活干得不够细致：页码搞乱了，页面的空白处也不同了。联邦调查局的解释——只有调查线索才复制副本，因为这不是调查的线索（他们知道霍斯蒂是什么人），所以没必要制作副本——不能令人信服，但现在委员会已经不去抱怨了。

----

① 记录没被销毁，但被压了 11 年。即使是那天开过这样的一个会议的事实，也在沃伦委员会的索引中被删除了。

证人作证花去了整个夏天的时间——胡佛作了证，还有艾伦·贝尔蒙特和经过仔细排练的詹姆斯·霍斯蒂——此后，委员会匆忙写就了最终的报告，但有些委员和工作人员私下里承认，许多问题依然没有得到回答。奥斯瓦尔德在达拉斯游行队伍沿线的一栋楼房里工作，联邦调查局没把这个情况通知联邦经济情报局，委员会委员福特反对就此指责联邦调查局。但沃伦主席坚持要提出批评，于是在一九六四年九月二十七日沃伦提交给约翰逊总统的最终报告里，夹杂了一个温和的、几乎是道歉般的责备。胡佛采取了报复行动，把厄尔·沃伦的名字从特别通讯录中删除了。

沃伦委员会的完整报告，包括证词和证据，总共有二十六卷。应该告诉但没有告诉委员会的情况，很可能也有那么多。甚至委员会的委员、前中央情报局局长艾伦·杜勒斯，也认为不应该提及暗杀卡斯特罗的阴谋，任其延续到肯尼迪遭枪击的那天。就在总统被暗杀前几分钟，中情局联系人把一件毒药设备转交给了一个代号为"阿姆拉什"的古巴流亡者。委员会也没有获知，中情局一直在与黑帮大佬约翰尼·罗塞利、山姆·詹卡纳和小桑托斯·特拉菲坎特合谋，因此，他们有着既定的利益，都会努力掩盖在肯尼迪遭暗杀中他们也许发挥过的作用。① 委员会对于杰克·鲁比几乎是一无所知；对于李·哈维·奥斯瓦尔德的社交朋友也知之不多；而对于联邦调查局通过窃听手段和线人渠道获取的关于总统和司法部长受到了黑帮团伙不断升级的威胁，更是闻所未闻。他们没有获知关于霍斯蒂的纸条、特拉菲坎特的威胁、马塞洛叫嚣的"拔掉这颗眼中钉"，或联邦调查局也许窃听到并压下来的关于暗杀的其他谈论。他们也没被告知，胡佛在委员会的线人是共和党人杰拉尔德·福特。

沃伦委员会的总结，如同胡佛开始时的观点一样，暗杀肯尼迪总统是李·哈维·奥斯瓦尔德一个人干的，没有国内或国外的帮凶。委员会进一步发现，

① 虽然在公开场合胡佛坚持认为奥斯瓦尔德是孤独的杀手，但在私下里，联邦调查局局长至少曾经怀疑中央情报局是有牵涉的。罗伯特·肯尼迪也一样。在暗杀后几个小时内的一次难以置信的戏剧性对抗中，肯尼迪问中情局局长约翰·麦科恩："是不是你们杀了我的兄弟？"后来肯尼迪对沃尔特·谢里丹讲述了这次事件："当时我问麦科恩……他们有没有杀我兄弟，我问他的气势使他不可能对我撒谎，但他们没有。"[39]

杰克·鲁比杀死奥斯瓦尔德也是独自所为，两人之间没有其他的联系。

这一切也许是真的。或者诚如众议院暗杀特别委员会所暗示的，也许还有完全不同的设想。幸亏联邦调查局局长 J.埃德加·胡佛的努力，很可能没人会知道。

约翰逊，根据他的传记作者罗伯特·卡罗的说法，"在参议院行使的权力，超过了美国历史上的任何人"。[40]在一九五〇年代，约翰逊根据自己的喜恶编织了一张复杂的权力关系网，其中一个枝节是他担任了参议院拨款委员会主席，负责国务院、司法部和其他司法部门的预算拨款，并因此"监督"J.埃德加·胡佛的工作。

约翰逊参议员的委员会工作，并没有削弱联邦调查局局长与"孤星州"公民的亲密关系。①"他们是不同的人，"有一次胡佛对报纸编辑说，"我欣赏那种人的智慧和无畏。"[41]像默奇森和理查森那样，命运在他的街区安排了一位邻居。约翰逊家庭在一九四五年搬入了第三十街的一座房子里。

在回忆安定岁月的时候，胡佛认为，这是战后纯真年代美国小镇美好生活的赞歌。

有时候在星期天早上，胡佛就像一位讨人喜欢的伯伯，他会邀请约翰逊全家到他家共进早餐。约翰逊家的两个女儿，琳达·比尔德和露西·贝恩斯，认为这位全国头号联邦特工是保护人。当家里的宠物狗跑到附近打理得干干净净的灌木丛中后，约翰逊议员就会去按响局长家的门铃。"埃德加，小猎兔犬约翰逊又跑走了。我们一起去找找。"有时候是姑娘们自己去追寻，指望她们这位慈爱的大伯会放弃正在观看的西部牛仔片电视剧，来帮她们一起找狗。

二十年后，约翰逊总统与联邦调查局局长一起在白宫草坪上散步，突然他打了个响指，"埃德加，过来！"

胡佛吃了一惊，他仔细斟酌着回答说："我在这里啊，总统先生。"

约翰逊是在叫唤原先那条猎兔犬的继任者，是在第一条宠物狗死后由女孩们住在第三十街的大伯送给她们的。这个礼物是以赠送者的名字命名的。

"我没叫你，我是在叫唤我家的狗。"约翰逊说，这位德克萨斯人颇为幽默。[42]

---

① 孤星州是德克萨斯州的别名。——译注

在公众生活中，约翰逊没像大多数人那样把私下的人格和工作上的人格结合起来。在椭圆形办公室接受记者采访时，他严肃认真，一副领导的样子。在被问及谁是"现世最伟大的美国人"时，他停下来陷入了沉思。

　　"J.埃德加·胡佛，"他最后回答说，"没有胡佛，这个国家在三十年前就闹起了共产党革命。"

　　朋友们向他抱怨，老头子胡佛滥用警察职权。对此，林登·贝恩斯·约翰逊的回应全然不同。

　　"我宁愿让他在帐篷里朝外面撒尿，而不是在帐篷外朝里面撒尿。"[43]

　　实际上，约翰逊总统尽管有其形象，但他从来都不在乎联邦调查局局长的所作所为。

　　"谁与谁出去了，谁在为谁做什么。"肯尼迪的打杂工奥唐纳的评论，直接从胡佛反馈到了林登·贝恩斯·约翰逊那里。①[44]汇报材料包括了这样的"闲言碎语"，据一位顾问的说法，这材料退回去了，因为不适合总统过目。也许是这样。但更多的材料送过去了，包括小马丁·路德·金色情插曲的录音稿，以及录有床垫弹簧吱吱嘎嘎响声的磁带。

　　总统并没有感到厌恶。

　　"有时候，他感觉关于别人弱点的闲言碎语是工作之余的调节。"约翰逊的顾问比尔·莫耶斯说，暗示在追求守宪的时候也许是鼓励了"违宪"。

　　但林登·贝恩斯·约翰逊认识到这种武器的两面性。在他的要求下，记录了他自己负面活动——性活动和资金活动——的磁带和备忘录，都被从联邦调查局的原始档案中转送去了白宫。此后人们再也没有看到过。

　　即使那样，莫耶斯很清楚，总统"本人是害怕J.埃德加·胡佛的"。[45]

　　有理由认为，富有传奇色彩的联邦调查局局长获取信息的能力，甚至胜过了媒体的狗仔队。

　　"讨厌的媒体老是指责我没有干过的事情，"退休后林登·贝恩斯·约翰逊

---

①　"闲言碎语绝对是一种武器，"1981年10月26日，兰斯·莫罗在《时代》杂志上撰文说，"林登·约翰逊知道个人的隐私能起到神奇的杠杆作用，必须努力获取和巧妙地散播。他认为必须了解朋友的嗜好和敌人的观点。"

告诉一位顾问，"他们从来都没有搞清楚我干过什么事情。"[46]

德克萨斯州关于约翰逊在选举中施展的花招，包括伪造一九四八年参议院获胜的结果，以及他从富裕的石油大亨那里得到巨额资金支持的谣言，肯定是流传到了胡佛和托尔森每年去度假的加州拉赫亚的小屋区。尤其是在一九五六年，局长在拉雷多县发现了贿选的阴谋。但他手下的特工却遭到了挫折，因为根据联邦调查局一个线人的说法，约翰逊"认为拉雷多是他的私人地盘"。如果政府机构开始提问，"约翰逊先生就会在六个小时之内得到消息，他会让调查停止"。[47]

但胡佛会在他的档案里做一个备注，在司法部长布劳内尔询问联邦调查局是否调查过约翰逊在奥斯汀购买一个无线电台时，他也做了备注。局长发现，税务局不是很感兴趣，部分是"鉴于当地税务局所有雇员与当地政治人物之间紧密的政治联系"的原因，不大可能去开展秘密询问。[48]

这并不能证明，约翰逊在欺骗关于自己的所得税。这是一个很好的显示，表明如果想欺骗的话，他是有这个能力的。

谣言和含沙射影依然针对着林登·贝恩斯·约翰逊。一九六二年，调查局的一份报告说，副总统约翰逊在与"黑帮合作"，[49]也许加入了他们的肮脏活动。① 在联邦调查局调查一桩离奇死亡案子的时候，也提到了约翰逊的名字，对死者的调查导致了对比利·埃斯蒂斯的定罪，那是与约翰逊关系密切的一个骗子。

在这些指控和其他几十项指控中，胡佛究竟发现了什么？现世的人很可能都是不得而知的。联邦调查局引用隐私权，扣压了一些报告，对其他的一些报告进行了指责。胡佛在林登·贝恩斯·约翰逊整个政治生涯中积累起来的大量关于约翰逊的材料，显然已经减少了。

其中的许多材料对总统和对胡佛同样具有损害作用，因为林登·贝恩斯·约翰逊以令人惊奇的方式利用了联邦调查局。一九五〇年代，他邀请电台的滑稽演员约翰·亨利·福克加入德克萨斯广播公司，担任公关部负责人。然后该项邀请突然撤回了。打电话给胡佛征询意见后获悉，福克的政治观点引起了调

---

① 根据阿瑟恩·G.西奥哈里斯和约翰·斯图尔特·考克斯的推测，该报告涉及了林登·贝恩斯·约翰逊在马里兰州北大洋城旋转木马汽车旅馆的住宿。鲍比·贝克是约翰逊的一个朋友，名声不太好，据说他把应召女郎派往那家旅馆，去为政界和商界的要人提供服务。在约翰逊当上总统之后，联邦调查局就没向司法部发送关于鲍比·贝克的报告了。

查局的怀疑。①

实际上，联邦调查局局长经常向约翰逊参议员提供拟雇佣人员的背景情况审查，地点是在不断发展的德克萨斯广播电视帝国或是在参议员的办公室。联邦调查局不让颠覆分子从事关键的工作岗位，这是颇有争议的。

对于攻击约翰逊并触及其痛处的人，政府设立一名联络员支持联邦调查局去威胁那个人，其利益驱动是什么呢？当约翰逊副总统对一篇评论感到恼怒的时候，联邦调查局的德洛克会安排一些特工突然出现在该作者的面前，"确认（他）对这样的虚假指控是不是有什么依据"。这样的安排，其本身是很简单的。受到了冒犯的约翰逊，会让他的顾问沃尔特·詹金斯去联系德洛克要求帮忙——这样的事情，用局长的话来描述，是"必须要做的工作"。[50]

约翰逊当上总统后，德洛克接替考特尼·埃文斯担任了联络员。林登·贝恩斯·约翰逊需求的联邦调查局的协助显然是越来越重要了，以致在白宫与德洛克的床头边架设了一条电话专线。最后，谣传说德洛克很快就要接替胡佛了，胡佛开始为其下属与约翰逊之间的关系亲密而感到烦恼。

德洛克似乎能够得到联邦法律的强有力的支持。胡佛的七十岁生日——国家公务员强制退休的日期——很快就要到来。一九六五年一月一日。

先是托尔森把德洛克搞得很不爽，他建议约翰逊取消这个要求——他自己当局长的希望也由此渺茫了。"德克，"约翰逊对德洛克说，"我希望你知道自己陷入了什么境地。"[51]

他对一位参议员说："我可不想挑选他的接班人。"[52]

媒体的猜测把情况搞得更加迷乱。在提名德洛克为局长接班人后，胡佛会生气。看到记者似乎能够预测总统的下一步举措，林登·贝恩斯·约翰逊光火了。

一九六四年五月初的时候，《新闻周刊》编辑本·布拉德利从约翰逊的新闻秘书比尔·莫耶斯那里获悉，总统想替换 J. 埃德加·胡佛。"我们终于可以摆脱那家伙了，"莫耶斯告诉布拉德利，"林登要我去寻找他的接班人。"这是重大新闻，布拉德利准备了一篇文章，说的是林登·贝恩斯·约翰逊寻找胡佛的接班人。

---

① 在被列入了黑名单的人物中，约翰·亨利·福克是比较幸运的。倒不是他在与阿威尔公司的官司中被判获赔 350 万美元（后来减少为 72.5 万美元），而是因为他努力在黑名单时期挺过来了。其他许多人则没有。作为一名滑稽演员，有人把他比作威尔·罗杰斯，他在《预审的恐惧》一书中（1964 年）中讲述了自己的故事。

五月八日，总统召集记者，在白宫玫瑰园举行特别新闻发布会，宣读总统行政令。当林登·贝恩斯·约翰逊宣读命令的时候，站在旁边的胡佛露出了灿烂的笑容。"对千百万遵纪守法的公民来说，J. 埃德加·胡佛是英雄，而对邪恶的坏人来说，他是令人讨厌的。"总统拖长声调说。为此，约翰逊已经决定对这位联邦调查局局长，"不定期限地免除其强制退休的规定"。[53]

胡佛是相当老练的官僚，他明白最后一段话的意思。这个"不定期限"是操控在约翰逊手中的拴狗皮带。从理论上来说，总统可以根据自己的心情收紧或放松这条皮带。

在担任局长四十周年纪念日的那天，胡佛没有收到继续聘用的合同。①

在电视摄像机镜头前亮相之前，约翰逊转身对莫耶斯耳语说："你打电话给本·布拉德利，告诉他他是'混蛋'。"多年后，布拉德利会回忆起，人们说："是你干的，布拉德利。是你干的，你让他终生担任了局长。"[54]

胡佛从来没有认识到，监控苏联使馆大门也许能够获得冷战时期关于共产主义的情报。

根据萨利文的说法，这个头脑风暴是约翰逊发起的。尤其是因为"对于共产主义的威胁，约翰逊几乎与胡佛一样偏执"，[56]他想知道，有没有参众议员去访问苏联使馆。随着关于他的越南政策的批评声音升温，他显然真诚地相信，他的对手都已经着迷于莫斯科。

联邦调查局是干这种事情的机构，还能提供特别保护。

"总统一直在担心可能遭到暗杀。"[57]德洛克在一九七五年告诉丘奇委员会说。在打击犯罪的历史上第一次，胡佛的调查局派遣特工去担任"空军一号"专机的保卫工作。或者在总统车队经过时，在街道上承担警戒任务。胡佛的调查员因此被当作警卫员使用，联邦调查局局长没有怨言。

---

① 联邦调查局的文人在赞颂他们老板的时候，没像总统那么谨慎。分发给群众的一份传记小册子，把联邦调查局局长称为"无畏的战士和共产主义无神论的不共戴天的仇敌……鼓舞人心的领袖人物、人民的卫士和杰出的美国人"。在另一部《J. 埃德加·胡佛担任联邦调查局局长四十年》的作品中，调查局对美国历史的看法，可以这样推断："1945 年 4 月 12 日，富兰克林·罗斯福因脑溢血在佐治亚州去世，J. 埃德加·胡佛失去了一位伟大的支持者和欣赏者。"[55]

在恐吓和惩罚反对者的时候，约翰逊还知道了他可以把调查局利用到何种程度。限制是很小的。

"那些人再也不为我们工作了。"

司法部长说得对。他直接打给胡佛的电话，被转移到了甘迪小姐的座机上。而联邦调查局总部和椭圆形办公室之间的联络却很繁忙。杰克·肯尼迪任命的官员的档案，被用快递送到了约翰逊那里。罗伯特·F.肯尼迪把这种变化称作"联邦调查局造反"。[58]

与胡佛一样，林登·约翰逊也对"哈佛毕业生"深表怀疑。以前两人迫于形势都不敢吐露对肯尼迪兄弟的真实感觉，都已经憋了三年了。现在，他们互相增添对方的仇恨。约翰逊欢快地阅读胡佛提供的材料，鼓励这位曾经的邻居提供更多的情况。据一位前联邦调查局特工的说法，新总统的第一个要求，是向他提供想象中一千两百个对手的绝密资料。

但联邦调查局局长并没有完全忽视他在司法部的上级。一九六四年七月，他警告罗伯特·F.肯尼迪说，一份新的宣传小册子就要出版了。作者意图"提及你与已故的玛丽莲·梦露小姐的所谓的友谊……他将在书中表示，你与梦露小姐很亲密，在梦露小姐去世的时候，你就在她的家里"。①[59]

这份警告是书面的。此后胡佛与肯尼迪就再也没有互相说话了，胡佛就会吹嘘在正式场合冷落这位司法部长。

虽然在背后说坏话和互相猜忌，但在目标没有冲突的时候，他们三人也能够开展合作。

当南方的暴力活动升级，三K党威胁要发展壮大的时候，在地方官员的怂恿下，肯尼迪写备忘录给约翰逊，建议联邦调查局启用"技术装备和经过特殊训练的特工人员渗入共产党团组中去"。实际上，他是提议对三K党实施反情报行动。他提醒总统，他们两人显然都深信："调查局对共产党员或共产党组织的情报收集技术，肯定是特别有效的。"[60]

---

① 该小册子并没有激起联邦调查局局长所预期的波浪。由右翼作家弗兰克·卡佩尔写作的《玛丽莲·梦露的离奇去世》一书，攻击罗伯特·肯尼迪是国际共产主义的代理人。按照卡佩尔的解读，司法部长的共产党朋友同意杀死这位女演员，为的是保护他，掩盖所谓的风流韵事。据推测，这个丑闻将延迟推翻美国政府的进程。

约翰逊也要求联邦调查局采取行动，让南方令人恐慌的动乱降降温。但他没有指责胡佛，直至六月二十二日以后，当时三个年轻的民权工作者在密西西比州费城附近失踪了。那个地区已经因为纵火和袭击黑人，以及白人参与运动而臭名昭著了。

总统派遣艾伦·杜勒斯去密西西比州视察，看看联邦政府应该做些什么。六月二十七日，约翰逊的特使提出了两条意见。必须削弱三K党的力量，胡佛必须派来更多的特工。

调查局的"密州之火"，即代号为"密西西比州之火"的调查行动，在当地政府没能提供线索之后开始了。美国海军的大约两百名水兵也被派来协助搜索，但使总统越来越惊恐的是，这次行动一无所获——只是除了比较能够说服人的推断，即三个年轻人已经死了。在附近的沼泽地里，他们的汽车被发现了。车内物品已被掏空，汽车还遭到过焚烧。

随着时间一周一周地过去，约翰逊和胡佛都遭到了调查工作不够努力的批评。然后总统采取了一次戏剧性的公共举措，他逼迫不太情愿的联邦调查局局长在密西西比州设立分局。胡佛经历过许多场面，已经对杜勒斯的建议窝了一肚子的火，但他别无选择，只得去了杰克逊①的现场，② 象征性地表示联邦调查局决心抓住杀害民权积极分子的凶手。这种姿态与其之前的拒绝参与形成了对比。"我们是调查员，"他曾经这么说，"不是警察。"

但是，案子依然没有取得有用的线索。

全国上下还是有人怀疑，对胡佛的声誉是不是宣传过度。如果他领导的调查局是战无不胜的，那为什么在密西西比州一个微不足道的尼肖巴县的小镇，他的精英特工没能解决三个人的谋杀案？联邦调查局是闻名遐迩的，专长于追猎最邪恶的杀人凶手、最狡猾的腐败分子和最危险的颠覆分子，所以，没能解决这个案子肯定是有什么原因的。或者是不想破案。

---

① 密西西比州首府。——译注
② 约翰逊做得有点过分，他派遣总统专机送胡佛去参加大肆宣扬的分局成立仪式。新任分局长压力很大，他必须在5天时间内做好一切准备，为此他选定了一个虚假的办公室，是在一家新银行大楼的顶层，还没有完工，里面空荡荡的。他设立了纤薄的隔墙，借来了办公家具。对这个临时凑合的办公地点，胡佛没有发表评论，但新闻媒体不负责任地把它描述成"豪华"。《华盛顿星报》记者杰里迈亚·奥利里更有切身体会。他的身体在靠向临时隔墙的时候，差点把这个搭建的舞台给掀翻了。

由于胡佛受到了约翰逊的驱使，他转而对特工们施加了压力，于是在四十四天内，联邦调查局把尼肖巴县翻了个底朝天，但还是没能取得突破。直至特工们发现，或者说是猜测，他们熟悉的某个人愿意揭发凶手并领取三万美元赏金。他知道歹徒的所作所为。他是他们的一员。

十九个人遭到了起诉，其中八人被定罪，罪名是通过绑架和枪杀侵犯民权残害了三个年轻人。被指控的人全都是三K党徒，包括那个通风报信的线人，他是司法人员，曾与联邦调查局合作破案——他还清楚地知道，受害人的尸体已被运到建筑工地，埋在了三十英尺深的大坝底下。

这样一来，遭到鄙视的罗伯特·肯尼迪、令人厌恶的艾伦·杜勒斯和其他许多人都感觉，联邦调查局的资源应该集中到南方混乱的问题上去。曾经说过"不定期限"的林登·约翰逊也是这么认为，他还说，他要求联邦调查局局长"布置力量调查三K党，一个县接一个县地开展研究工作"。[61]

八月二十七日，在回应胡佛关于可行性研究要求的时候，联邦调查局国内情报部建议开展一个"揭露、扰乱或打击三K党"的项目。九月二日那天，局长提议各分局长"应该考虑扰乱这些团伙的有组织活动，尽可能利用团伙头目的组织之间和个人之间的矛盾冲突"。这个反情报项目的执行是绝密的，他警告各位分局长说。

当"敏感行动"开始执行后，胡佛连续发送了具有他那冗长啰唆特点的备忘录给司法部长。这些备忘录似乎把联邦调查局在南方开展的行动描写得面面俱到，其实不然。非法的"反情报项目－种族歧视"活动提及很少、很简单、很模糊。接收了这些报告的尼古拉斯·卡岑巴赫这样评论说，胡佛"使用了艺术的术语，或委婉的说法，没有告诉司法部长这些是艺术的术语"。[62]

在各地分局，特工们对联邦调查局员工手册的严厉规定很有怨言，他们到处游说要求得到更大的行动自由——或者干脆不理会调查局有几条不怎么严格的禁令，即关于遵纪守法的美国公民的政治活动的报告。反对三K党的秘密的不合法和不适当的行动项目，一直延续到一九七一年，平均每年采取四十项"行动"。① 被列为目标的有三K党的十七个团伙和其他九个组织，诸如美国纳粹党和国家权力党。

---

① 相比之下，同一时期对已经奄奄一息的共产党所采取的"行动"，是平均每年一百次。

胡佛在这些事情上的印记是很明显的。为"诋毁和骚扰"[63]三K党头目，联邦调查局使用了非法手段获取个人的退税和有关材料。在没有依法通知税务局信息公开处的情况下，特工们悄悄地从税务局情报处的雇员那里搞到了。联邦调查局的线人们还设立了各个"名义上的"组织，为的是粉碎美国联合三K党。这样的一个虚假团组，高峰时其受骗的成员数量达到了二百五十名。

但J.埃德加·胡佛的精神，在匿名信的起草中发挥得淋漓尽致，那是为了拆散婚姻和中断友情，全都是以仇视团组的"破坏"名义。至少从某种意义上来说，联邦调查局局长认为，在他们的罩袍之下，三K党徒也与美国共产党员一样：他们不可能丢下家里的怨妇，集中精力全心全意地为党工作。

于是，大龙头①和他们的伙伴们受到了这种粗鲁发明的困扰，诚如这封匿名信所示："是的，A夫人，他一直在通奸。乡亲们说，他们不相信这事，可我认为他们是相信的。我感觉想哭。我亲眼看到她了。他们叫她露比……嗯。我看到她出现在集会人群之中，一副趾高气扬、自作聪明的样子，眼睛里流露出强烈的渴望。"② 落款为"一个虔诚的三K党徒妻子"，其实是一名特工，他按要求"以一种业余的方式在一张白纸上"打印了这份便条。[65]

使调查局感到吃惊的是，并不是每一位美国公民都吃这一套。在北卡罗来纳州，三K党徒收到了联邦调查局的一个产品，似乎是来自该团伙影子般的"全国情报委员会"，由此他们炒掉了州级大龙头，暂停了军师罗伯特·谢尔顿的工作。谢尔顿立即向当地的邮政督查员提出申诉，而且显然他相信联邦调查局，于是也向最近的分局提出了抱怨。调查局吃了一惊，调查员们决定再也不向司法部建议任何行动了，他们还决定在邮电局的意图明朗之前暂缓发送第二封信。在邮政当局看来，这封信似乎是三K党内部的争斗，而不像是欺诈邮件。

---

① 美国三K党州级组织的头目。——译注

② 这样的信件，如果不是出于萨利文的手笔，总的来说也是反映了他的关于人性脆弱的观念。局长或许认为，性一直可以作为一种杠杆，但已婚男人知道，关于钱的谎言更具"破坏性"。在这张便条上，那位"虔诚的三K党徒妻子"报告说："他们（她的'乡亲们'）绝不会相信，'他从三K党的（删除）处偷钱，或现在他的年收入超过25000美元的故事。他们绝不会相信，你们在（删除）的家中现在有了新冰箱、洗衣机和烘干机，而仅仅在一年前你们家还一贫如洗的故事。他们不会相信，你丈夫现在拥有3辆汽车和一辆卡车，包括一辆白色新轿车。可这一切我全都相信，我可以原谅他们，因为这是一个男人想尽力用他最好的方法为自己的家庭谋利益。"这种能够激起怨恨的说辞，提议收信人从来没有看到过房子、家用电器和汽车，或许指望能够在"露比"附近的什么地方找到那辆"白色新轿车"。[64]

联邦调查局光是听着，没加评论，也没有供认，然后准备第二封信件，但这个时候，有人提出了一个更为激动人心的"名义上"机构的概念。

在林登·贝恩斯·约翰逊的领导下，当这些活动扩展的时候，胡佛感觉在细节问题上用不着劳驾他的老板——罗伯特·肯尼迪、尼古拉斯·卡岑巴赫和拉姆齐·克拉克。在备忘录中最好的委婉说法是"使其无效"。但至少有一次，虽然知道即使能够获得司法部长克拉克的含糊其词的批准，也会被忽视，胡佛还是在一份十页的备忘录中坦陈："我们发现，通过我们的线人搞掉三K党的高级官员，并在州级的三K党组织内部制造丑闻，某个特定地方的三K党就会失去作用。"[66]

上头没什么反应。虽然克拉克后来在参议院的一个委员会作证说，"反情报项目－白人仇视"行动"必须完全禁止，并受到刑事指控的管束"，[67]但他还说，他要么没有看到上面的句子，或者是没有看仔细。这方面，与历任司法部长一样，他必须处理胡佛雪片般飞来的备忘录。

胡佛有理由值得自豪。他的一份副标题为"取得积极的效果"的备忘录声称，美国的一个纳粹分子，在联邦调查局"提供"信息后，导致了他的犹太人后裔身份的"公开"，从而被清除出党。①[68]有一次，俄亥俄州的三K党成员收到了让人心烦意乱的匿名明信片，上书："三K党徒：想掩盖你的身份吗？现在你收到了这个——有人知道了你是什么人！"联邦调查局辛辛那提分局没对这个邮件的说法进行澄清，但声称说，"我们不知道是谁搞的"。[69]实际上，联邦调查局是在美国第40号公路沿线的一个乡村邮筒里投寄了一些明信片，不但完全清楚投寄的地址，而且还知道喜欢饶舌的小镇邮电职工肯定会注意到。正式参加这种行动的特工，都是在几份红头文件的指导下开展的。"提议中所有针对三K党和仇视团体的反情报行动，都需要经过联邦调查局总部的批准。"[70]

一九六五年，当联邦调查局局长在向白宫吹嘘其打击三K党成就的时候，他显然认为，他是所有这些反情报－白人仇视团体活动的领头人物，但他没有解释该项目。他吹嘘说，他手下的特工差不多发展了有关三K党事务的两千个线人，渗入了目前存在的三K党的十四个团组之中，并能接触到其中七个团组

---

① 他是彻底"失去了作用"。他自杀了。

的头目。他附带提及了一个反情报项目的活动——挫败了一次佣金的阴谋，那是一个保险推销员把保险费返回到三 K 党的金库里。

胡佛的信件还陈述说，他的线人向联邦调查局发送警报，透露了用于种族主义阴谋活动的武器隐藏地，从而协助阻止了南方的暴力活动。"我举了这几个例子，为的是向总统说明，调查局正在采取这些措施迎接种族主义目无国法的挑战。"[71]

但事情并不尽如老人的意愿。是的，特工们想让联邦调查局总部批准某些特别行动。是的，特工们生活在华盛顿的恐惧之中。即使这样，在反情报项目 - 白人仇视的岁月里，还出现了不在少数的自由行动，因为分局的特工知道胡佛要的是结果。他们还知道，胡佛在联邦调查局的面子寄托在相信奇迹的发生。

一九六三年六月十二日，在反情报项目实施前一年多的时候，发生了梅德加·埃弗斯的谋杀案。联邦调查局通过行贿和线人的告密，获悉了杀害美国有色人种协进会密西西比州秘书的几个阴谋者的名字，但不是实际行凶的枪手。在胡佛的压力下，联邦调查局特工决定求助于在武装抢劫中被抓住的一个小混混。

交易很简单。如果抢劫犯能够迫使某个人说出杀害埃弗斯的凶手的身份，那他就可以获得"自由"。联邦调查局知道他们的目标。在一名特工的帮助下，他在杰克逊绑架了一名白人公民委员会成员和电视推销员。在夜间驶往路易斯安那州三角洲地区的一路上，一支枪一直顶着推销员的肋骨，然后在一间废弃的安全房子里，他被绑缚在了厨房的一把椅子上。几名联邦调查局特工蹲伏在敞开的窗户外面，歹徒推销员说出了一个杀人的版本。但特工们不满意，他们知道得更多。第二个版本也没有获得通过。最后，抢劫犯急了，在专注的联邦特工面前，他感到西西里人的面子受到了挑战，于是他把点 38 口径的手枪捅进人质的口中，解释了自己的意图。浑身颤抖的推销员指认了拜伦·德拉贝克威斯，是一名前海军陆战队员，谋杀现场留有他那支 30.06 的来复枪。[72]

兴高采烈的胡佛会得意扬扬地吹嘘说，联邦调查局实验室采集了来复枪瞄准镜上的部分指纹，结果与德拉贝克威思在海军陆战队留下的记录是相符的。但部分证据是不能用来证明未知疑犯身份的。这是不可能的。胡佛是不是相信，他的技术人员能够克服自然的限制？他是不是真的不想知道分局到底发生了什么事情？

不管怎么样，他的特工并没有因为这样的诓骗而受到惩罚，而且话语也不可能不流传出去。老头子要的是结果。老头子不会——或者不愿意——去体会字里行间的意思。联邦调查局正在越来越积极地投入打击三K党和民权领袖的行动之中，而华盛顿的监督官们似乎遥不可及。

"那次会议的目的是让联邦调查局特工集中精力去窥视和恐吓马丁·路德·金博士。"[73]在一九七五年下半年的丘奇委员会听证会上，参议员沃尔特·蒙代尔这么总结说。在大约十二年之前的一九六三年十二月二十三日——约翰·肯尼迪被谋杀之后的一个月零一天——胡佛表明了他的工作重点。当其他人围绕着暗杀的不同意见在争论不休的时候，全国警察头子却聚集在联邦调查局总部开会，讨论更重要的事情。萨利文的描述给了参议员一个预示，但用官腔来说：胡佛的得力干将想开辟通道，"把黑人领袖金博士拉下马"。[74]

亚特兰大分局的两名特工与萨利文和四名总部人员，包括联邦调查局国内安全部的负责人碰头开会，讨论决定"如何更好地开展我们的调查工作，在不让调查局难堪的情况下取得所需的效果"。根据萨利文备忘录的说法，"会议获益匪浅"。

结果并不是出乎意料。经过长时间的讨论，他们精心构思的一份清单上罗列了二十一个建议，全都是富有特色的：

一号建议：在亚特兰大地区，有色人种的特工对我们是否有帮助？如是，则需要多少？

五号建议：调查局在媒体人员中是否有熟人，能够积极地为我们提供协助？

七号建议：对于金博士的女管家，我们了解了多少？以哪种方式我们可以利用她？

十二号建议：在金博士的办公室里安插一个卧底美女的可能性有多大？[75]

与会人员都知道，胡佛虽然没有亲自参加，但很关注这次会议。"这不是一个孤独的现象，"萨利文后来向丘奇小组作证说，"这是调查局历年来的做法。"没有人反对或躲避。"部门内每一个人都遵照执行胡佛的政策。"局长的"第三个犹大"解释说。[76]

胡佛和他的人员已经令人信服地知道，金博士即将获得嘉奖。这是局长的一个心病，让他很是烦恼。有关报刊的编辑会议内部备忘录依然定期发到他的手里。《时代周刊》的记者和编辑，无疑已经在为定于一月三日出版的刊物准备封面文章了："黑人群体不可挑战的声音"已被选定为《时代周刊》的"年度人物"。

引用合众国际社关于嘉奖消息的一份备忘录，于十二月二十九日放置到了胡佛的案头上。他在上面批注说："他们必须深挖垃圾才能发表这样的消息。"

但如果主体是高大上的，那么文章本身是经过精雕细琢的，就像中世纪僧侣分析圣典那样精准。民权领袖年轻时代的绝望心理是特别值得注意的。根据《时代周刊》介绍，十三岁前，金有两次试图自杀，曾从二楼的窗户跳下。联邦调查局在沉思，其思考的结果在年内完全成熟了。

"这能够搞垮那个黑人。"J. 埃德加·胡佛评论说，他刚刚看完了由威拉德酒店的窃听器录制的录音稿。[77]

《时代周刊》刊登封面故事后两天，即一九六四年一月五日，首都的联邦调查局特工已经在威拉德酒店金牧师的房间里安置了微型窃听器。"使用了非法闯入的手段，"萨利文在内部的备忘录中承认说，[78] "还会有另一种非法闯入。"

通过这种微型话筒的窃听方式，录制了十五盒磁带，但亮点是在第一个晚上。费城海军船厂的两名女员工，加入了"年度人物"和南方基督教领袖会议几位朋友的纵情狂欢。当联邦调查局工作人员在不辞辛劳地抄录这段无聊录音的时候，① 萨利文正在观望未来，"当这个国家的人民和黑人追随者们获悉，他实际上是一个骗子、蛊惑民心的政客和道德恶棍的时候"。他认为，调查局应该在金博士遭到彻底唾弃的时候，帮助小塞缪尔·皮尔斯站出来，② "能够发挥其领导黑人的作用"。皮尔斯是曼哈顿的一位律师，当时在为前司法部长工作。

---

① 联邦调查局特工们不止一次地发现，对金博士的电子监控结果不能令人满意，因为录制质量"不好"。或许，这是在接到美国总统关于他已被二十四小时监控的警告之后，一个人能采取的最基本的预防措施。

② "纯属吹牛。"联邦众议员路易斯·斯托克斯把萨利文的计划叫作赶走"整个种族的领袖，摧毁那个人"，[80] 并试图选择一个替换人。但萨利文写道，他"从哲学和社会学的角度"与一位牛津的教授探讨了这事。教授举荐了皮尔斯。萨利文认为，候选人"具有这种黑人的所有资质，所以我心目中想把他推荐为全国黑人领袖"。[81] 萨利文对皮尔斯的指望，虽然皮尔斯本人浑然不知，但在政治现实中得到了实现。在被任命为里根内阁的住房和城市发展部部长后，皮尔斯本人因为令人难以捉摸而获得了"沉默的山姆"（山姆是塞缪尔的昵称——译注）的绰号。他甚至避开了总统的直接关注。在为全国各地的市长举行的一次招待会上，里根朝这位内阁官员露出了热情的笑容，用力与他握手，说："欢迎你，市长先生。"当调查员发现，在里根的两任当政时期，政治影响常常能够决定住房补贴的时候，他的公仆身份遭到了严格的质疑。

在下属发送过来的这份荒唐计划的备忘录上，胡佛写了个"很好"的批注。[79]

一月十日，在听取了威拉德酒店的部分窃听录音后，他坚定了关于对这个"黑人"的评论，他还闻到了血腥味。他打电话提醒约翰逊的亲密顾问沃尔特·詹金斯，谈及了这份材料的性质。这是周五下午，林登·贝恩斯·约翰逊还得等上几天，才能看到准备就绪的联邦调查局书面报告。

他的不耐烦是可以想象的，但在四天后当德洛克带着八页纸的关于威拉德酒店聚会的"绝密分析报告"到来的时候，他感到了心满意足。联邦调查局特工、总统和总统顾问讨论了这份材料的内容。詹金斯提议，最好是把信息透露给媒体。德洛克回答说，局长已经考虑到了这个主意。

圈子之外的是司法部长。胡佛的下属担心罗伯特·肯尼迪也许会警告金博士关于其课外活动的情况，由此影响到接下来的行动。联邦调查局局长表示了同意。"是的，"胡佛在报告上批示，"不用抄送给司法部长。"[82]

有些特工还在追求调查局的共产党战略，但局长已经不感兴趣了。对南方基督教领袖会议办公室的电子监控已经结束了。主要精力应该集中到收集更有"娱乐趣味"的材料上来，萨利文说。在接下来的两年时间里，至少对十四个酒店安置了窃听器去监控金博士，特工们还对这位民权领袖、其同事和女朋友开展了视频和照片的拍摄。

在联邦调查局总部九个小时的战略会议之后一个月，在众议院拨款委员会的内部会议上，胡佛展开了对金博士的诽谤。附带的后果似乎是他在名义上提出了共产党的观点。但当一位富有同情心的众议员提出要公之于众的时候，他没话说了。其他的反应表明，联邦调查局局长已经换了话题，至少向委员会提供了关于金博士私生活的大量暗示。

他还一直要求提供更多的像威拉德酒店录音带那样的弹药。当密尔沃基的特工提议，对金博士的监控很可能是没有用处的，因为他的警方保镖将会住在隔壁的房间里时，胡佛没有同意。

"我不能同意这样的推测，"他写给萨利文说，"金是'雄猫'，性欲很强，一定会找女人鬼混。"①[83]

---

① 在《联邦调查局金字塔》一书中，前调查局副局长马克·费尔特描述说："在录音稿中读到金博士在旅馆房间里搞的饮酒乱性活动，包括涉及多人的淫乱和性变态行为，清教徒式的局长甚是愤怒。他厌恶地把这些插曲称为'那些性行为'。"[84] 根据联邦调查局其他官员的说法，局长尤其担心金牧师嗜好与白人女子的交往。

然后是在洛杉矶的两天两夜。二月二十二日，金博士一行登记住进凯悦酒店，放松下来后开始了喧闹的社交聚会活动。金牧师随口说着带有两性含义的宗教玩笑，给朋友们起了带有黄色的绰号。这是在纵情狂欢，金博士肯定是让正在倾听的自我清高的长老会成员感到了震惊和愤怒。但还有更精彩的呢。金牧师绘声绘色地回忆起电视直播的总统葬礼，当时总统的遗孀俯身吻了一下棺材的中部。"这是她最想念的。"他提高音调说。[85] 现在，胡佛有理由要把司法部长罗伯特·肯尼迪拉回到圈子里来。

随同其他材料一起，洛杉矶的窃听录音也被送往詹金斯和肯尼迪那里去了。对于后者，调查局的目的是"在司法部长的心目中抹去金博士是什么类型人物的疑虑"。[86] 按照萨利文的说法，要把注意力导向"金博士对已故总统及其夫人的恶言诽谤"。[87]

一个月之前，肯尼迪还试图警告白宫说，联邦调查局对金博士说三道四。现在，他肯定对于自己的无知而感到目瞪口呆。不管是出于现实政治的原因，还是因为对个人的侮辱，肯尼迪很快躲开了小马丁·路德·金。他的眼光容易招致危险，而且还视而不见。胡佛先让他考虑这些事情，然后才要求增加搭线窃听。

但对林登·贝恩斯·约翰逊就用不着隐瞒了。三月九日，胡佛与他的联络员德洛克去白宫与总统碰头。三个人花了整整一个下午的时间讨论金博士的事情。

自从与约翰·F.肯尼迪一起秘密谈论了关于朱迪思·坎贝尔的事情以来，这是联邦调查局局长与总统在一起最长的一次时间。

显然，胡佛和德洛克留下了一份礼物，因为在他们的访问之后，美国总统开始有选择地为访问白宫的客人播放关于金博士的某些磁带录音。

一九六〇年代，胡佛千方百计阻止高校授予金牧师学术荣誉。

一九六四年三月，惊悉马凯特大学要为这个民权领袖颁发荣誉学位的消息后，联邦调查局向该学术机构的一位官员施加了压力，结果学位没有颁发。① 但

---

① 在联邦调查局的一位官员看来，这个学位的授予是一个特别无情的打击，他在备忘录中写道："1950年，这个学术机构曾授予局长学位，现在金有可能在同一个学术机构获得同样的荣誉学位，这真的是令人震惊的。"[88] 上层同意了。说服该大学重新考虑的那位特工，获得了胡佛颁发的奖状和一笔奖金。

在阻止斯普林菲尔特学院的学位授予时却遇到了挫折。联邦调查局在该学院的联系人报告说，学院的领导层有太多的"自由人士"。[89]

更让人心烦意乱的是在一九六四年八月三十一日窃听到的谣言。金博士计划去罗马访问教皇保罗六世。红衣主教斯佩尔曼及时发出警告，先是打电话给梵蒂冈，一星期后又致电主教特别会议，还亲自警告国务卿，说圣彼得的继任人应该与金博士没有任何关系。

当教皇还是接见了这位浸礼会牧师之后，胡佛在新闻发布会上向听众说，这是"令人震惊的"。联邦调查局官员们纳闷，"是不是哪里出了差错"。[90]假如信息传达到了，那么保罗六世肯定是会听从斯佩尔曼的。

但他应该不会忽视来自联邦调查局局长的直接联系。根据调查局在开始传播的一个谣言，特工们窃笑说："教皇已被列入了不可接触的名单。"

J.埃德加·胡佛一直梦寐以求全球性的荣誉，但在他的眼里，还有更糟糕的事情要发生。当他敦促调查局争取获取更多的关于金博士的负面录音，并努力传播这些闲言碎语的时候，瑞典的一个委员会则在认真研究其他的材料，关于这位牧师支持非暴力和国际和平概念的演讲和文章。

十月十四日，该委员会正式宣布，马丁·路德·金获得了诺贝尔和平奖。

胡佛气坏了，调查局忙坏了。一个曾经遭罗伯特·F.肯尼迪压制的粗糙的修改版被送去了白宫。难道这样重要的文件不应该抄送给"政府的负责官员"吗？[91]总统特别顾问比尔·莫耶斯是这么想的。十三页的印刷小册子分发出去了。①

调查局还努力使金博士的即将来临的欧洲之行尽可能"不受欢迎"。预计美国驻英国、挪威、瑞典和丹麦的大使"也许会考虑在金博士领取诺贝尔奖后顺便招待他"，这些使节都听取了关于这位牧师的私生活和据说的与共产党的关系。在获悉诺贝尔奖的获奖者也许是英国首相哈罗德·威尔逊的时候，美国驻伦敦大使按指示向英国高级官员通报了这些事情。

金博士返回时的场面也估计到了。纽约和华盛顿已经准备了无数场招待会。为阻止高级官员的参加，还向美国驻联合国代表阿德莱·史蒂文森和拉尔夫·本奇通报了关于这位民权领袖私生活的情况；纽约州州长纳尔逊·洛克菲勒听

---

① 根据丘奇委员会的报告，收件人包括了国务卿、国防部长、中情局局长、代理司法部长卡岑巴赫、各军事情报机构的负责人，以及美国新闻署。

取了详细情况的通报；副总统休伯特·汉弗莱则不但被灌输了修改版的金博士独白，还阅读了标题为"小马丁·路德·金个人行为"的备忘录。

在这样的狂热期间，联邦调查局最高层已经心理变态，他们考虑了一个计划，很可能会使金博士在世人注视下最风光的时刻掉进万丈深渊。更坏更邪恶的是，联邦调查局总部的某个人——或许不止一个人，因为即使萨利文在其后来的忏悔年月里也从来没有承认过——决定，金博士应该离开国家的舞台。是什么会触发一个十二岁的男孩绝望地从父亲房子的楼上窗户一跃而下？

"金，你看看自己的心灵。你知道自己是一个彻头彻尾的骗子，欺骗了我们广大的黑人群众……你知道你根本就不是什么牧师。我再说一遍，你是一个大骗子，而且很邪恶……可你已经完蛋了。你的'荣誉'学位、你的诺贝尔奖（真是一场可怕的闹剧）和其他奖励，都挽救不了你，金。我说你已经完蛋了……

"金，你还有一件事情可以做。你知道是什么事情。你还有三十四天的时间可做这事（这一确切数字的选择是有特别理由的，这肯定是有实际意义的）。你完蛋了。你只有一条出路。在你那肮脏、奸诈的自我暴露出来之前，你最好是接受这条出路。"

十一月中旬的某一天，包含了这些段落的一封冗长、邪恶的信件，附上一盒录音带后，寄给了在亚特兰大的南方基督教领袖会议的金博士。磁带上录制的是在华盛顿、洛杉矶和旧金山旅馆的窃听材料的混合。

为什么要搞这种怪异的举动？在这个案子中，通常的方法已经使胡佛失败了。几个月来，他一直在华盛顿兜售这些材料，但媒体记者都不想触及。政府机构也都没有透露出消息。胡佛和他的高参们都不明白为什么。

"在公众和朋友圈内一直是'上帝的人'和牧师的金博士，通过对他的活动的监控，一旦得知他不是那样的人，至少他的性行为就不符合作为一个'上帝的人'的形象，问题是要不要让科雷特·金知道……似乎是应该把发生的事情告诉她。"这是贝尔蒙特在去世前不久向作者叙述的。萨利文则回答得更为简单和干脆，在被问及"你们有什么正当的理由把那样的材料发送给一个人的妻子？"的时候，萨利文告诉作者："他违背了婚姻誓言。"[92]

计划是把邮件寄送到南方基督教领袖会议办公室，收件人是金的名字，因为联邦调查局的监控显示，在他外出期间是由金夫人开启他的邮件的。①

"在南方的某个州寄发这封信。"胡佛提议说。[93]在佛罗里达州坦帕，萨利文信任的一位不知情的特工把信件投进了邮筒。

他们想让她听到，他们知道这么做是正确的——即使萨利文和贝尔蒙特都担心，这一招也许会泄露联邦调查局对这位牧师的监控严密程度，以及所采用的何种非法手段。

这里，我们不能回避明显的事实。全国警察头子以隐私录音带破坏一个人的婚姻的手段来保护国家利益。如同调查局以前做过的那样，虽然是用业余的谎言，去与左翼积极分子和右翼种族主义者联姻。但这不但是非常怪异和卑鄙的举措，而且是非法的。根据联邦法律，政府机构不得向第三方泄露录音或窃听的会话。而且政府的财产——在这里是"娱乐"的录音带——也不得用在官方以外的场合。还有通过邮寄发送所谓的"淫秽"材料的问题。

这一切都为难不了胡佛，即使分享磁带违反了由局长亲自批准的调查局自己的规定。

有些人争辩说，局长是因为金博士的傲慢才不得不采取这种极端措施的。十一月十八日，局长突然请来十八位女记者到他办公室喝咖啡。他在晚年期间极少召开记者招待会，但这次长达三个小时的漫无目的的"记者招待会"是很有吸引力的。一方面，他谴责发生在密西西比州的暴力，认为"在该州南部的沼泽地，唯一的居民似乎是响尾蛇、水生噬鱼蝮蛇和乡巴佬警察"。另一方面，他抱怨说，联邦调查局"不可能帮助培养一大批人去南方实施改革和对黑人群体开展再教育"。当他回忆起金博士对奥尔巴尼特工评论的时候，他的火气爆发了："我要求金博士（报出名字来），但他不肯报，所以我认为他是全国的大骗子。这是有记录的……"②[94]

---

① 关于这次事件，有些报告站在辩解的立场上没有道明要点，说联邦调查局只是想让金看到这个邮件的内容，恰恰相反的是，联邦调查局知道，他会离开办公室，而科雷特则在上班。连骗子都难以相信，在这样的情况下，寄给小马丁·路德·金的一个邮件，其真实意图是给科雷特·斯科特·金看的。

② 联邦调查局内部人员认为，尼科尔斯绝对不会允许胡佛把自己的真实感情暴露到那种程度，他们甚至怀疑是德洛克给老人设了个套。也许是这样，但在关于"骗子"的评论之后，德洛克连续给局长发去了3份报告，敦促他把该内容从记录中去除。但胡佛立场坚定："德洛克告诉我说，我应该保存有关金博士的这些记录，但这不关他的事。我做的记录，你们可以来查阅。"[95]然而，但他后来认为，整个事件已经玷污了他在媒体的形象，因此不能排除他谴责下属的可能性。

没有记录的是，在这次活动期间，他补充说："他是全国的劣等人物之一。"[96]

民权运动的许多人震惊了，还有的人做出了回应，但那纯粹是骂人，但金博士发表了一份有节制的公开声明："我很难想象，胡佛先生是在没有巨大压力的情况下做出这样的一个声明。他肩负着令人敬畏的纷繁复杂的工作重担，显然已经摇摇晃晃、走路蹒跚了。"在也已经公开了的发送给局长的一份电报中，他说他将很高兴与他见面，探讨一下他的关于报出名字的要求是否记录在案，但"没有成功"。[97]

胡佛认为，该电报满是谎言。过了一两天，磁带的包裹寄给金夫人了。十一月二十四日，局长又发火了，他脱离预先准备的讲稿，谴责"压力团体"中的"道德堕落"。这是在攻击民权运动。①[98]

根据有些报道，总统已经开始关注和积极物色人选，来替代这个不可捉摸的联邦调查局局长。在白宫与民权运动领袖的一次会面时，他默默地倾听着针对联邦调查局的批评声音。在十一月下旬的一次记者招待会上，他赞扬胡佛为保护民权工作人员所做出的努力，但语气显得不温不火："他一直很努力，效率也不错。"[101]

十一月二十七日，美国有色人种协进会的罗伊·威尔金斯与德洛克碰头了，显然是因为关于金博士磁带的谣言。"我告诉他说……如果金想挑战的话，我们肯定会应战。"德洛克在写给约翰·莫尔的备忘录中这么说。威尔金斯记得还有一次不同的会面，其间他严肃地警告说，揭露金博士将意味着美国黑人与白人之间的分裂。但德洛克却向同事们吹嘘说，威尔金斯已经答应"告诉金博士，他与联邦调查局的交战是不可能获胜的，他最好是退出公众舞台"。[102]

还有其他的冲突发生。约翰逊总统得到警告说，他的联络员德洛克把关于金博士的录音带交给了媒体。消息的来源是本·布雷德利。由于林登·贝恩斯·约翰逊在白宫招待某些客人的时候，自己也播放过这些磁带，所以他很难去指责德洛克。相反，为表明自己的立场，他通过莫耶斯提醒德洛克说，布雷

---

① "大家都知道，他不能忍受自发曝光，"多年后，联邦调查局一位匿名人士说，"他要么是手头上有个文本，或者他会说出他的想法，然后就麻烦了。"[99]或者还有其他的吗？在会见女记者两天后，胡佛罕见地出席了在华盛顿举行的一次社交鸡尾酒会，媒体刊出了"胡佛抢镜头"的标题文章。他在酒会上说，他已收到了关于他的评论的400份电报，"全都是赞扬的，除了有两三份是批评的或是含有敌意的"，他说，这些"很可能来自与马丁·路德·金有关的种族主义团体"。但他确实说起了他刚刚举行的记者招待会："我要让作者们抓紧回应这些信息。"[100]

德利这个人"不够正直"，[103]在传播谣言。① 但他还得担心胡佛下一步会有什么想法和做法。

按照萨利文的说法，十一月下旬的某一天，约翰逊"命令胡佛与金博士见面，修补好关系"。[105]联邦调查局局长别无选择，只得顺从，于是在十二月一日，两人在局长的办公室举行了一次"峰会"。

虽然关于这次会面有许多版本，② 但大多数人认为，局长和牧师双方都很客气，甚至是彬彬有礼。（"这与把马丁叫作大骗子的判若两人。"金博士的顾问安德鲁·扬格后来回忆说。）[108]很有可能，关于磁带和其他负面材料都没有进行讨论，甚至也没有间接提及。"气氛相当友好。"[109]金牧师后来对公众说。这是匆忙做出的评论，因为局长的长篇大论差点让牧师错过了飞机航班。

根据萨利文的说法，胡佛沾沾自喜，感觉通过关于联邦调查局成就的长达五十五分钟的独白，"他已经抓住了金博士，真的是迷住了他"。③ 或许，一切都很正常，但后来的搭线窃听录制了金博士的评论："老头子太唠叨了。"根据萨利文的说法，"随后（金）感觉失望了"。[111]

---

① 使约翰逊感到宽慰的是，布雷德利与约翰·肯尼迪过从甚密。然而根据莫耶斯的说法，这位记者发表过肯定有两党寓意的评论：如果联邦调查局会对马丁·路德·金做这种事情，他们无疑也会出于个人的原因对任何人来这一手。[104]约翰逊是想让胡佛知道，调查局这个策略现在过于明显，尤其是在某些大圈子内。

② 德洛克称其为一场"爱的盛会"，[106]《新闻周刊》在 1964 年 12 月 14 日报道说，金博士对局长关于南方执法官员的腐败信息深表"敬畏"。到 1970 年的时候，胡佛已经建立了一个完全是虚构的陈述："他就坐在你现在坐着的地方。"局长告诉《时代周刊》的记者："说他从来没有批评过联邦调查局。我说，金先生——我从来不叫他金牧师——打住，你在说谎。他然后拿出了一份说是要交给媒体的新闻稿件。我说，别来向我展示，也别读给我听。我不明白，他怎么能够在我们甚至还没见面的时候就准备好这份新闻稿件。然后他问我，能否到外面与他一起合影，我说我肯定是介意的。我还说，如果你再说谎，我就再给你打上骗子的烙印。奇怪的是，在他的有生之年，他再也没有攻击过调查局。"除非其他的参加者——金博士、德洛克、扬格、拉尔夫·艾伯纳西和沃尔特·方特罗伊——都说谎，否则胡佛的版本只是一面之词。[107]

③ 此后德洛克立即试图去对争取种族平等大会的詹姆斯·法默打上他自己的烙印。法默是遵照金博士的吩咐来会面的，因为谣言说联邦调查局准备第二天"曝光"这位民权领袖。"我告诉他说，我们的档案是神圣的，没有听说过联邦调查局会把这样的信息泄露给记者，"德洛克在他自己的正式备忘录中报告，"我告诉他说，我对联邦调查局会做这样的事情深感震惊。"[110]

在局长的生活中，三个十分重要的日子接踵而至。

十二月十日，金博士在斯德哥尔摩领取了诺贝尔奖。谣传说，联邦调查局还是想公布磁带上的信息，这使他感到疲惫和痛苦，在第二天的领奖发言时，他说："那些和平与自由的先锋斗士，还会受到迫害和打击，使他们不得安宁，再也无法承受这样的重担。"[112]

胡佛更感兴趣的是金博士的一些支持者所发生的一次事件。一天晚上，当聚会搞得热闹过头的时候，两个"全身赤裸"的民权工作人员在他们下榻的酒店大堂追逐几名妓女，因为她们刚刚偷走了他们的钱包。幸亏贝亚德·拉斯廷的干预，这事被压下了，① 但联邦调查局听说了。于是很快就有谣传说，金本人也参与此事。他没有参与。但联邦调查局局长"十分鄙视"这位诺奖获得者，他可以声称，这里有更多的证据表明，"他是世界上最不应该获（诺贝尔）奖的人。"[113]

接着是圣诞节，也就是向南方基督教领袖会议办公室寄送录音带和信件的三十四天之后，到该日子的时候，金博士应该已经"一去不返"了。然而，他还没有收到联邦调查局的邮件。是在一月初的时候，金夫人才打开这个小小的包裹，并呼唤她丈夫，她的语调和反应使联邦调查局很是兴奋。

金博士请他的几位亲密顾问一起阅读信件和倾听磁带。使联邦调查局感觉惊恐的是，他们当即认定这是联邦调查局所为。金博士非常痛苦，晚上辗转难眠，窃听器记录了他说的一句话："他们想摧毁我。"[114]

然而在某种意义上，这只能进一步证明了第三个重要日子——一九六五年一月一日——所发生事件的正确。在敌人陷入越来越绝望的时候，胡佛正与托尔森一起在迈阿密度假，这一天他整整七十岁了。有些人会在那一天安排一场退休晚会来庆祝这个生日，但局长没有。他和朋友们正在讨好林登·约翰逊，总统已经在过去的一年里知道他对他们的需要程度。

胡佛能够回忆起，在夏天和秋天的时候，他为他的总司令提供了不同寻常的帮助。他可以微笑着看到，搭线窃听揭露出金博士迅速陷入痛苦，加剧了他的恐惧和负罪感，因为他没能担当起历史的使命而受到了上帝的惩罚。他或许

---

① 调查局是通过对拉斯廷实施搭线窃听才获悉这些淫秽闹剧的。事件的高潮部分转发给了约翰逊总统。

还可以嘲笑仅仅在几个星期之前关于联邦调查局新局长人选预测的重大消息。但这是一次侥幸的胜利。

资料来源：

［1］尼克松：《尼克松回忆录》，第 252 页。

［2］同上。

［3］芬纳证词，"联邦调查局监管"，第 36—59 页。

［4］霍斯蒂证词，"联邦调查局监管"，第 124—175 页。

［5］芬纳证词。

［6］贝尔蒙特和萨利文采访录；萨利文，"向贝斯特督察员和贝茨分局长自愿做出的个人绝密声明"，1975 年 9 月 16 日。

［7］霍斯蒂证词。

［8］《纽约时报》：《沃伦委员会听证会精心挑选的证人》（纽约：麦格劳－希尔出版公司，1965 年），第 599 页。

［9］同上，第 593 页。

［10］卡岑巴赫致莫耶斯，1963 年 11 月 24 日。

［11］詹金斯存档备忘录，1963 年 11 月 24 日。

［12］贝尔蒙特致克莱德·托尔森，1963 年 11 月 24 日。

［13］约翰·F.肯尼迪和马丁·路德·金遇刺报告，第 244 页。

［14］贝尔蒙特致萨利文，1963 年 11 月 26 日。

［15］埃文斯致 J.埃德加·胡佛，1963 年 11 月 26 日。

［16］J.埃德加·胡佛致克莱德·托尔森、贝尔蒙特、德洛克、莫尔、萨利文和罗森，1963 年 11 月 29 日。

［17］萨利文采访录。

［18］霍斯蒂证词。

［19］约翰·F.肯尼迪和马丁·路德·金遇刺报告，第 242 页。

［20］达拉斯分局长致联邦调查局总部，1963 年 12 月 5 日。

［21］约翰·F.肯尼迪和马丁·路德·金遇刺报告，第 243 页。

［22］同上，第 242 页。

［23］德马里斯：《堕落的城市》，第 354 页。

［24］沃伦委员会文件，第 86、231 和 312 页。

[25] 约翰·F.肯尼迪和马丁·路德·金遇刺报告，第242页。

[26] 约翰·F.肯尼迪遇刺，卷XI，第32页。

[27] 塔德·肖尔，"沃伦委员会的自说自话"：《新共和》杂志，1975年9月27日。

[28] 彼得·戴尔·斯考特，"肯尼迪遇刺的掩盖"：《调查》，1979年5月14日。

[29] 约翰·F.肯尼迪遇刺，卷XI，第33页。

[30] 肖尔，"沃伦委员会"。

[31] 约翰·F.肯尼迪遇刺，卷XI，第33页。

[32] 同上。

[33] 肖尔："沃伦委员会"。

[34] 约翰·F.肯尼迪遇刺，卷XI，第35页；肖尔，"沃伦委员会"。

[35] 约翰·F.肯尼迪遇刺，卷XI，第36页；肖尔，"沃伦委员会"。

[36] 约翰·F.肯尼迪遇刺，卷XI，第41页。

[37] 同上，第38页。

[38] 同上，第39页。

[39] 施莱辛格：《罗伯特·肯尼迪》，第616页。

[40] 罗伯特·A·卡罗："林登·约翰逊的岁月"，《大西洋》杂志，1981年10月号。

[41] 鲍尔斯：《秘密》，第394页。

[42] 德鲁·皮尔逊和杰克·安德森，"J.埃德加·胡佛最后的日子"，《真实》杂志，1969年1月号。

[43]《时代周刊》，1975年2月10日。

[44] 德马里斯：《局长》，第193页。

[45]《新闻周刊》，1975年3月10日。

[46] 利奥·雅诺什，"总统的最后日子：林登·贝恩斯·约翰逊的退休生活"：《大西洋》杂志，1973年7月号。

[47] 西奥哈里斯和考克斯：《老板》，第344—345页。

[48] 同上。

[49] 同上，第346页。

[50] 同上。

[51] 昂加尔：《联邦调查局》，第292页。

[52]《生活杂志》，1971年4月9日。

[53]《纽约时报》，1964年5月9日。

[54] 卡尔·伯恩斯坦和鲍勃·伍德沃德：《总统班底》（纽约：西蒙与舒斯特出版公司，

1974 年），第 289 页。

[55]《生活杂志》，1964 年 5 月 22 日。

[56] 萨利文：《调查局》，第 64 页。

[57] 丘奇委员会记录，第 6 卷，第 175—176 页。

[58] 施莱辛格：《罗伯特·肯尼迪》，第 629 页。

[59] J. 埃德加·胡佛致司法部长（罗伯特·F. 肯尼迪），1964 年 7 月 8 日。

[60] 纳瓦斯基：《肯尼迪的正义》，第 106 页。

[61] 唐·怀特黑德：《打击恐怖活动：联邦调查局在密西西比州打击三 K 党》（纽约：芬克 & 瓦格诺出版社，1970 年），第 91 页。

[62] 丘奇委员会记录，第 6 卷，第 202 页。

[63] 丘奇委员会记录，第 2 册，第 93 页。

[64] 丘奇委员会记录，第 3 册，第 51—52 页。

[65] 同上。

[66] 同上，第 68 页。

[67] 同上，第 69 页。

[68] 联邦调查局备忘录，1970 年 7 月 20 日。

[69]《辛辛那提问询报》，1966 年 5 月 24 日。

[70] 鲍姆加德纳致萨利文，1964 年 8 月 27 日。

[71] J. 埃德加·胡佛致沃森（林登·贝恩斯·约翰逊），1965 年 9 月 2 日。

[72] 维拉诺和阿斯特：《柔肠特工》，第 90—93 页。

[73] 丘奇委员会记录，第 6 卷，第 50 页。

[74] 萨利文致贝尔蒙特，1963 年 12 月 24 日。

[75] 同上。

[76] 丘奇委员会记录，第 3 册，第 135 页。

[77] 加罗：《联邦调查局与金》，第 106 页。

[78] 萨利文致贝尔蒙特，1964 年 1 月 6 日。

[79] 萨利文致贝尔蒙特，1964 年 1 月 8 日。

[80] 马丁·路德·金遇刺，第 6 卷，第 353 页。

[81] 萨利文致贝尔蒙特，1964 年 1 月 8 日。

[82] 萨利文致贝尔蒙特，1964 年 1 月 13 日；加罗：《联邦调查局与金》，第 105—106 页。

[83] 萨利文致贝尔蒙特，1964 年 1 月 27 日。

[84] 费尔特：《联邦调查局金字塔》，第 125 页。

[85] 绝密来源。

[86] 丘奇委员会记录，第 3 册，第 124—126 页。

[87] 萨利文备忘录，1968 年 4 月 9 日。

[88] 丘奇委员会记录，第 3 册，第 141—142 页。

[89] 同上。

[90] 鲍姆加德纳致萨利文，1964 年 9 月 8 日。

[91] J. 埃德加·胡佛致莫耶斯，1964 年 12 月 1 日。

[92] 贝尔蒙特和萨利文采访录。

[93] 萨利文采访录。

[94]《新闻周刊》，1964 年 11 月 30 日。

[95] 丘奇委员会记录，第 3 册，第 157 页。

[96] 同上。

[97]《纽约时报》，1964 年 11 月 20 日。

[98]《新闻周刊》，1964 年 12 月 7 日。

[99]《华盛顿星报》，1972 年 1 月 2 日。

[100] 同上。

[101]《新闻周刊》，1964 年 12 月 7 日。

[102] 德洛克致莫尔，1964 年 11 月 27 日。

[103] 丘奇委员会记录，第 3 册，第 154 页。

[104] 同上。

[105] 萨利文：《调查局》，第 140 页。

[106] 丘奇委员会记录，第 6 卷，第 173 页。

[107] 丘奇委员会记录，第 3 册，第 166—167 页。

[108] 同上，第 167 页。

[109]《新闻周刊》，1964 年 12 月 12 日。

[110] 丘奇委员会记录，第 3 册，第 169 页。

[111] 萨利文：《调查局》，第 140 页，萨利文采访录。

[112] 加罗：《背负十字架》，第 365 页。

[113] 丘奇委员会记录，第 3 册，第 169 页。

[114] 加罗：《背负十字架》，第 374 页。

第三十一章　约翰逊下台

胡佛孤身站在司法部大楼自己办公室的阳台里，高踞于一百二十万欢乐的人群之上，注视着林登·贝恩斯·约翰逊的就职游行庆典。"淑女鸟"① 注意到了这个"孤独的观望者"。她在一九六五年一月二十日的日记中写道："他已经见证了我们许多人的来来去去。"[1]

实际上，之前她丈夫一直与胡佛一起观看过许多人的来来去去。

接受那位富裕的雄心勃勃的参议员，虽然该参议员并不特别喜欢约翰逊，但希望能够成为他的竞选伙伴……还有小马丁·路德·金博士，总统和他肯定是有共同的基本目标，但在民主党大会上想搞改革则是够莽撞的……还有厌恶约翰逊的罗伯特·肯尼迪，以及对他忠心耿耿的沃尔特·詹金斯。

这些人，以及其他无数人，全都一个个地受到了联邦调查局的审查，而林登则巧妙地周旋，让胡佛清楚地看到，在白宫的政治目标中他是不可或缺的人物。

那位参议员对自己在全国政治舞台上的价值估量，是严重失实的——在一家男同性恋寻找性伙伴的酒吧中，他被纽约市警方抓住之后就更不用说了。这位参议员的政治生涯也就定格在参议院，不会有上升的可能了。虽然他认为在大多数社交时还是自由的，但不久他就经常为联邦调查局局长唱赞歌了，为的是能够列入《国会议事录》之中。这个故事传到了约翰逊总统那里，由此他知道胡佛的触角已经伸到了全国的最基层警署——但这可以起到经常性的提醒作用。

如果说胡佛能够确切地知道总统如何欣赏黄色的闲言碎语，那么他也感觉可以预见总统的政治需求。显然，在没有通知白宫的情况下，联邦调查局对八

---

① 美国人民对第一夫人克劳迪娅·泰勒·约翰逊的爱称。——译注

月份的民主党全国代表大会开展了电子监控。争取种族平等大会和学生非暴力协调委员会受到了话筒窃听，金博士受到了搭线窃听。

白宫要求组建一支三十人的特工小分队，协助预防"民事破坏活动"。[2]许多材料报送给了詹金斯，显然，小分队某些特工写就的报告信息肯定是来自窃听的内容。除了这些"绝密的技术"，根据德洛克的描述，联邦调查局小分队的信息收集，还来自"线人……渗入主要团伙的卧底便衣特工和乔装打扮成记者的特工"。[3]

对金博士的搭线窃听，显示了策略——都不是"破坏活动"——是策划好的全都由白人组成的密西西比州代表团的座位表。在几个小时之内，詹金斯就知道了黑人占优势的密西西比自由民主党将要采用的战略的各个要素，包括几位参众议员和州长用电话告知的意见和建议。①

胡佛并没有要求司法部长肯尼迪允许对金牧师实施搭线窃听。他对之前关于"住宅"的模糊授权做了广义的解释。所以，罗伯特·F.肯尼迪的勉强批准，导致了其下属对金博士的搭线窃听。肯尼迪与这位民权领袖之间的一切接触，不管是通电话还是当面的，都受到了密切的关注，并被立即汇报给了德洛克——约翰逊在联邦调查局的亲信。

白宫顾问接受医疗和心理诊断的奇特景象，是由于在男士洗手间的一次拘捕所引起的。按说，嫌疑人也许至少会感觉一丝愚蠢，因为这个时候，联邦调查局局长和美国总统要考虑更重要的事情，他们会表现出适度的尊严。十月份的事件是反其道而行之。

早在一九五九年一月，沃尔特·詹金斯就在与白宫相隔两个街区的基督教青年会大楼同一个洗手间遭到过拘捕。② 那次事件没作声张，而且在大约一个星

---

① 德洛克后来解释说，他委托的是"提供信息……使之能够反映大会的进展和对一些要人的危险性，尤其是对美国总统构成的危险"。[4]对约翰逊来说其中的一个危险，是与金牧师的公开争议。这是一份没有署名的备忘录所报告的，是由德洛克在与白宫某个人通电话时揭示的。令人担心的是，这位民权领袖打算在总统计划参加的一个会议上"要与总统说话"。为这次及时的警告和其他所有的努力，胡佛对德洛克关于大西洋城行动最终报告的评价是，"德洛克应该获得功勋奖"。[5]

② 虽然G大街的基督教青年会，以及华盛顿的其他几十个场所是联邦调查局人员禁止出入的地方，但有些特工还是悄悄地去玩耍，因为那里晚上也开放，而且还有手球场。其他的禁区包括某些公园和公共厕所、大多数的夜总会和许多酒店、社区会所和公寓楼。

期之内，该事件也没被当作"扰乱治安（行为不端）"。当新闻记者开始调查该事件的时候，阿贝·福塔斯和克拉克·克利福德说服他们的编辑不要刊发这个故事，解释说，这事件已经惊动了另一个人，詹金斯会被勒令辞职。

但因为巴里·戈德华特的总统竞选战役陷入奄奄一息的境地，共和党全国委员会主席忍耐不住了。"白宫在努力掩盖一个重大的新闻故事，影响到了国家安全。"[6]在联邦调查局，胡佛的下属正在认真对待"国家安全"的问题。这个狗一般忠诚和努力的詹金斯，由于调查局是通过他把雪片般的信息发送给椭圆形办公室，包括令人质疑的联邦调查局备忘录，因此对于某些事情他有可能知道得比他的老板还要多。

约翰逊总统渴望在竞选战役中盖过肯尼迪在一九六〇年的风头，但他的竞选彩车在路上遇到了阻碍，这使他很不高兴。他产生了怀疑，并萌发了报复的念头。德洛克被命令去梳理戈德华特团队的负面信息，但在很快检查了该参议员电话通讯录上的十五个名字之后，结果一无所获。① 约翰逊已经宣布了詹金斯的离职，他还告诉美国人民，他已经要求 J. 埃德加·胡佛"立即开展全面的调查"，[7]尤其是国家安全受到威胁的可能性。

詹金斯已经听从福塔斯的建议，住进了一家医院。但使胡佛感到窘迫的是，谣传说，一束鲜花出现在詹金斯的床头边，还附有一张纸条，写有热情洋溢的言辞，落款署名是："J. 埃德加·胡佛和同事"。按照萨利文的说法，是德洛克导演了这个善举，目的是要羞辱局长。②

当胡佛在为医院送花的玩笑感到郁闷的时候，林登·贝恩斯·约翰逊则集中精力处理手头上的事情。先是总统要求联邦调查局特工对与詹金斯一起被抓的人施加压力，下令说："特工们应该（对该嫌疑人）施加压力，要求他说说关

---

① 戈德华特的员工都异常干净，在联邦调查局的档案里，只有一名助理有过一次交通违章和一次小错误的记录。由于没能在其对手的员工身上找到像詹金斯那样的弱点，约翰逊想把詹金斯本人与戈德华特联系起来，因为两人曾一起搭乘参议员的空军飞行中队的飞机。

② 或许是为了保护自己，德洛克发了一份备忘录给胡佛，说林登·贝恩斯·约翰逊还是支持他的："他说虽然因为这个事件局长也许会受到批评，但总统的感觉是，历史将记录这样的事实，局长为人道主义做出了伟大的贡献。总统还补充说，每当他患重感冒或卧床休息一两天的时候，赫鲁晓夫都会送来鲜花。他表示，这并不能说他会就此而喜欢赫鲁晓夫，而美国公众肯定是认可这个事实的。"[8]

于……共和党全国委员会委员的情况。"[9]接着，约翰逊和福塔斯认定，詹金斯已经患上了"重病，导致了大脑分裂"。[10]但当联邦调查局找到治疗詹金斯的医生去核实时，却遭到了否认。白宫的诊断从来没有公布过，"医院方面还不能确定他们的发现"，德洛克在写给胡佛的备忘录中是这么描述的。[11]在林登·贝恩斯·约翰逊的鞭策下，联邦调查局对内政部长斯图尔特·尤德尔施压，要求确认公园管理局一名警察的故事，该警察曾说十月份的时候，詹金斯试图在拉斐特公园向他求爱。联邦调查局得知这个消息太晚了。总统已经试过这一招了。但那位警察也予以了否认。

当由林登·贝恩斯·约翰逊开展的特别民意调查显示，美国公众总体上也很关心时，联邦调查局总部和白宫的歇斯底里总算平息下来了。

总统在公开场合最终赞扬他的忠心耿耿的老朋友"奉献、忠诚和不知疲倦的努力"。私下里，他让联邦调查局在报告中把从宾夕法尼亚大道1600号获得的医疗诊断包含进去。身心疲惫的詹金斯"在生理上"不是同性恋。[12]在调查局的狂热中，三百多人接受了访谈，他们都证明，约翰逊的顾问并没有出卖国家安全。而且爱打听的总统与爱唠叨的联邦调查局局长一样，对于他的顾问因道德问题被拘捕之前的事情一无所知。①

在十一月份一边倒的大选胜利中，这次事件很可能使林登·贝恩斯·约翰逊失去了少量的选票。然而，一些著名的反民权的激进右翼人士恶毒地攻击他们在联邦调查局总部的这位前英雄，说他的调查局报告是在"粉饰"。本人也是反共急先锋的前联邦参议员沃尔特·贾德，也是怒火万丈。他大声责问，胡佛及其调查局是否"参与了这个事件，所以害怕詹金斯的揭发"。他指责说，那束著名的鲜花是联邦调查局"妥协"的表示。[14]

四十六岁的沃尔特·詹金斯带着妻子和六个孩子，带着尊严悄悄地回到了德克萨斯州。

多年来，在谢绝了（他说的）六百多次的约请之后，十二月份，胡佛与现

---

① 实际的文字并非没有兴趣："在1963年当上总统的时候，约翰逊先生还是不知道1959年1月的被捕事件。"[13]

在由他的老朋友、前总统艾森豪威尔新闻秘书吉姆·哈格蒂担任经理的美国广播公司签了约。① 曾经制作过《联邦调查局故事》的制片人杰克·华纳，拍摄了经调查局批准的一部电视连续剧，在第二年秋天首映。这部在一九六五年播映季排名前列的新的电视连续剧《联邦调查局》，播放的时间长达九年之久。

四千万美国人每周一次在客厅电视机里看到的每一个场景、每一句台词和每一个动作，都在联邦调查局内部经由了托尔森和其他人的审查。② 一名特工专门驻扎在好莱坞，监督剧本的编写和电视剧的制作。

胡佛对于制片是很有经验的，他抱怨某些未经批准的画面拍摄质量不好。当然在经批准的影片中，没人会像吉米·斯图尔特第一次见到联邦调查局局长时做出那样的反应："他能够让水流向高处。"[16]

演员的选派，当然是头等重要的。胡佛很高兴，选定的主演是长相英俊干净的小埃弗雷姆·津巴利斯特。这位演员饰演的联邦调查局局长，有好几次表露出"很甜蜜"，而他所遇到的特工都是"很仁慈"。在描述第一次在联邦调查局总部见到胡佛的时候，津巴利斯特的回忆是，"他认定这位富有传奇色彩的老人能够让你进入角色。"在经过胡佛的一番独白之后，他们进行了两个小时的漫谈，重点是关于赫鲁晓夫与秀兰·邓波儿的对比。由此，津巴利斯特深信，这位老人不但是"一缕新鲜的空气"，而且也确实是"一位理想的、慈善的领导"。[17]胡佛很高兴有这个新星。

不但扮演特工的演员要受到背景的审查，其他许多人也一样。胡佛告诉大家，他不想让犯罪分子、颠覆分子或共产党员以任何形式来参与电视剧的制作。好莱坞一位负责挑选演员的星探因这方面的问题而没有获得通过。华纳和他的朋友们大概知道，《联邦调查局故事》的场景必须重演和重拍。调查局发现在拍摄的画面中有一个负面的镜头。

虽然采取了一切措施，但第一集的首映使托尔森大吃一惊，他立即写了份

---

① 除了调查局的合作和建议，官方的认可意味着制片公司可以在屏幕上使用联邦调查局的印章。1954 年，国会曾经把调查局印章作为政府的两个象征之一，不得作为商业用途。另一个是"护林熊"。

② 这并没有夸张。在拍摄一个脚本的时候，两位老太太在一起谈论过去的好时光。男演员埃弗雷姆·津巴利斯特应该是微笑的。根据理查德·吉德·鲍尔斯的说法，拍摄出来的这个表情必须改变，因为他的表达可能另有含义。[15]

只有一句话的备忘录，建议取消。"我同意。"胡佛写道。[18]问题是，在这一集中，罪犯因为不寻常的变态人格，受到刺激想杀人。无论什么时候，只要触及女人的头发，这个长相英俊的歹徒就会产生一种无法控制的想勒死她的念头。德洛克已经就这部电视剧与"福特水星"签订了五年的合同，他采取行动与电视剧评论家闲聊。他们也与托尔森和胡佛一样，不喜欢开头的第一集。于是就没有了头发奇异功能的一幕。

调查局的创造性的掌控，开创了一种现实与幻想的奇特的结合。电视剧中所有的特工都是中产阶级的白人男子，这与事实是大致相符的。但当津巴利斯特在一辆装备了无线电通信设备的新型轿车上分派任务的时候，在华盛顿现实生活中的联邦调查局特工拿到了公交车乘车券，因为要离开办公室去执行任务。起先，津巴利斯特每周都在打击各种犯罪分子，但实际上联邦调查局特工很少会拔出武器。然后，由于电视中的暴力画面，批评声音越来越强烈了，托尔森下令不能出现死亡的镜头。"我认为我们没有杀人，""联邦调查局"的影星说，"最近两三年内没杀人。"[19]

在托尔森的指导下，好莱坞的联邦调查局没去调查"我们的事业"或黑手党的活动。确实，他们从来没有听说过这些黑帮组织。在屏幕上禁止出现这样的词语。

同样遭到禁止的，还有接受过访谈的许多人所熟悉的调查局特工的行为。在电视上，联邦调查局人员对老百姓总是彬彬有礼、热情似火、"非常仁慈"。他们在证人席上作证的时候从不说谎。

即使这样，胡佛还是至少有七次想取消该电视剧的播映。每一次，小心翼翼的德洛克都会写一份备忘录为电视连续剧辩护。对这位年轻人来说，胡佛已经丧失理智了，害怕其中某一集会有漏洞，会被敌人抓住把柄作为攻击的新弹药。"他只想确保获胜，"德洛克后来说，"他不是在为调查局创建形象，只是想维持形象。"[20]

总的说来，对这个形象局长还是比较高兴的。这位传统的影星不管在台前还是在台后，都表现得中规中矩，胡佛很喜欢他，向他表达了祝贺和同情，还表示如有个人方面的需求，联邦调查局也可以提供帮助。

或许胡佛本人，与许多观看了电视剧的其他人那样，最终认为这个皮肤被晒黑了的津巴利斯特，实际上是调查局的一名特工。在学院的一次毕业典礼上，胡佛敦促羽毛渐丰的特工们，在未来的职业生涯中要向这位影星"学习"。[21]不止一次，J.埃德加·胡佛似乎发现幻想要比现实更吸引人。

考特尼·埃文斯是曾经的局长宝座觊觎者，他向贝尔蒙特提出了一个敏感的官场问题。作为联邦调查局与已被局长忽视的司法部长之间的联络员，他在调查局会有什么未来？

"你没有未来，考特。"贝尔蒙特回答说。[22]

罗伯特·肯尼迪因为兄长遭谋杀而感到悲伤，还因为他所服务的总统的仇视而感到愤慨，他在一九六四年九月辞职了。夏天的时候，他已经决定竞选纽约州的联邦参议员。① 尼古拉斯·卡岑巴赫担任了代理司法部长。

几乎四年来一直夹在胡佛与肯尼迪兄弟之间的考特尼·埃文斯，在十二月十二日辞职了——他去为卡岑巴赫工作。他立即被列入"不可接触者"的名单。胡佛还发动了某种形式的玷污战役，目标是让司法部炒掉埃文斯，但没有成功。

（一年后，贝尔蒙特也走了，距离他的三十年退休时间相差一年左右。他的过错是不止一次地向局长说真话。美国总统眼中的红人德洛克接替他担任了第三把手。）

卡岑巴赫最终实现了从"肯尼迪的人"到总统信任的门生之间的转换。但要撬动胡佛则并不是那么快就可以完成的。

几个月来，总统一直让他的"代理"司法部长挂在那里，这种不确定的临时工状态不可能使他在司法部内部开展政策的重大调整。当他在二月份转正之后，林登·贝恩斯·约翰逊把他和他的副手召唤到椭圆形办公室谈话，指示他

---

① 肯尼迪的支持者们天真地认为，在全国代表大会上，约翰逊将会被迫接受罗伯特·F.肯尼迪为副总统的提名，总统会高兴地听从他们的摆布。实际上，对戈德华特的任命和约翰逊自己在白宫的胜利，加强了他与肯尼迪原本指望能够争取到的那些投票人的关系。在约翰逊传统大本营的南方，马萨诸塞州自由派难辞其责。"我不需要那个小矮子就可以获胜。"总统说。肯尼迪当然明白，就如其指出的那样，约翰逊不需要"一个小家伙扭头来看"。当约翰逊最后邀请肯尼迪来椭圆形办公室，为的是告诉他不会选择他的时候，肯尼迪从日程上几次不同寻常的谈话中注意到，显然"他从联邦调查局收到了详细报告，是关于好几位众议员和参议员的活动情况"。肯尼迪还注意到，林登·贝恩斯·约翰逊的录音设备灯光闪亮，表明这次谈话是被录音的。[23]

们要与胡佛及其调查局"搞好关系"。于是德洛克在一份备忘录中通知局长，并告诉了总统的承诺："司法部长卡岑巴赫不会长期待在这个位子上，总统希望我们暂时能够忍耐他一下。"[24]

这事没那么容易。三月三十日，卡岑巴赫下达指示说，胡佛的"话筒窃听器"必须与搭线窃听那样走相同的授权程序。司法部长感觉，联邦调查局根据布劳内尔备忘录的声称是"站不住脚的"。[25]当天他还下令，搭线窃听必须每六个月进行重新评价，如要继续必须获得司法部长的批准，而不是调查局可以自行决定。胡佛可以回顾他的档案中在这样的限制下见不得光的大量材料。

这样的举措，威胁到了卡岑巴赫十分明白的细微的平衡："实际上，（胡佛）在两方面都获得了独特的成功：因为有一位理论上的上司可以承担他在工作上的责任，他没有受到公众的批评；又因为他的公众信誉，他也不会受到上司的指责。"①[26]

司法部长生性聪明和平易近人，他努力去与胡佛当面沟通，在一九六三年十一月二十二日之前从来不用电话联络。但那天他遭到了冷遇。胡佛与司法部官员的联系越来越少了，他也不与自己的员工联系了。

他用其他方法与这位令人讨厌的新老板联系。卡岑巴赫知道，联邦调查局在向媒体透露不利于他的故事。当他追查这些透露的时候，胡佛的人员"异口同声地"否认与此相关。在一九七五年丘奇委员会的听证会上，卡岑巴赫惊讶地看到了由他缩写签名的三份文件。他避免使用"伪造"一词，他作证说记不清是否看过这些文件，但肯定是要看的。每份报告都是关于对小马丁·路德·金开展的未经授权的话筒窃听。联邦调查局实验室宣称，卡岑巴赫确实用姓名的首字母签署了这些备忘录。

有一次，司法部长特别明确地表示，在黑手党头目的卧室里放置话筒窃听器不符合司法部的政策，他后来也重申了这一立场。

最后，矛盾终于爆发了。最高法院有一个案子，其中的被告被使用了话筒窃听。几个星期以来，胡佛和卡岑巴赫一直在为司法部允许这种窃听的措辞进

---

① 虽然卡岑巴赫知道，联邦调查局局长是司法部长的下级，但他怀疑，"在这种正式关系中，自哈伦·菲斯克·斯通之后的历届司法部长是否能够或实际管控过调查局"。这样的评论，或许会被看作是自私的，但也是一种深刻的感受。"如果没有抓住关于局长行为极不合适的明确铁证，那么在公众、国会或总统的眼里，司法部长是很难去与胡佛先生争斗的。"[27]

行争论。联邦调查局对前司法部长罗杰斯撒谎、利用林登·贝恩斯·约翰逊对罗伯特·肯尼迪的鄙视、对参议员拉塞尔·朗格施压，还试图恐吓司法部副部长拉姆齐·克拉克，为的是不致留下让人联想胡佛超越权限的书面说法。司法部感到头疼的，是要求其揭露肯尼迪对这些侦查知情的威胁，这样的指责是不可能（如同卡岑巴赫怀疑的）证明的。

在胡佛的强烈反对下，司法部长对最高法院宣称："关于本案，没有……特别的法令或行政令明确授权安置窃听设备。"这个声明和其他的声明是不可饶恕的。"我与胡佛先生的联系……不可避免地感觉越来越痛苦了，"卡岑巴赫回忆说，"由此我相信，这个司法部长我是再也当不下去了，因为胡佛先生显然对我怀有敌意。"[28]

卡岑巴赫由于陷入了如他所说的与"J.埃德加·胡佛历史事件"的冲突，[29]他辞去了内阁部长的职务。他接受薪水的削减，于九月份加入国务院，在迪安·腊斯克手下担任副国务卿。他决定发挥自己的聪明才智，去解决日益严重的越战危机。

他的副手——汤姆·克拉克的儿子拉姆齐·克拉克——接替了司法部长的职位。拉姆齐·克拉克在工作中要比他的前任强势得多，由于他的强悍，胡佛后来把卡岑巴赫叫作"水母"。

尽管沃伦委员会对联邦调查局提出了批评，但局长要维护奥斯瓦尔德是单独行动这个结论的既定利益。到一九六六年秋天的时候，几十本图书或文章都对委员会的发现提出了挑战。胡佛指望能够找到负面信息来诋毁这些作家，在总统的要求下，他调查了对沃伦报告非常重要的七本图书的作者，发现一位作家因为精神障碍而被部队辞退，还有几个则属于左翼组织。没找到国外势力参与的证据，但一位评论家的档案描述了大量的个人特性。这个人叫昆斯·康迪，根据纽约警方的记录，他曾因行为不端而被捕（该指控后被撤销）；根据两名妓女的证词，是因为该行为的性质而被捕；照片中该人全身赤裸，似乎双臂被绑在背后，面孔扭曲呈现痛苦的样子，其中一个妓女在用针头扎入他那勃起的阴茎。

草率写成的备忘录包含了这些调查的成果（照片放入了十一个附件之中），

并于一九六六年十一月八日通过白宫顾问马文·沃森送到了约翰逊总统那里，①还分送给沃伦委员会的几位委员，以及关系密切的媒体联系人，他们立即给照片中的人起了个"针头"的绰号。

沃伦委员会委员黑尔·博格斯也看到了这些材料。这位路易斯安那州的联邦众议员是胡佛的长期支持者，他震惊地发现，总统和联邦调查局局长为摧毁这些批评家准备采取极端行动。

博格斯对林登·贝恩斯·约翰逊并不抱什么幻想，但他对胡佛的积极参与深感震惊。他对儿子小托马斯·黑尔·博格斯说："如果他们要那样对待写了一本书的小人物，那他们会怎样对待我呢?"[31]这个问题很快他就能够得到答案。

博格斯已经多次看到过其他人受到的待遇。

当民权活动家维奥拉·里兹佐被枪杀的时候，联邦调查局的一个线人就在现场——加里·托马斯·罗与杀手坐在同一辆汽车上——胡佛想诋毁受害人，于是这个故事出现了淫秽的转折。他告诉林登·贝恩斯·约翰逊："她在车上与那个黑人坐得很近很近……看上去像是耳鬓厮磨的样子。"

在打这个电话给约翰逊的时候，他还补充说："那女人的手臂上有针孔的痕迹，说明她在吸毒。"过了一会儿，当总统回电的时候，联邦调查局局长报告说，"我们在那女人的身体上发现了许多针孔的痕迹，表明她在吸毒，虽然我们不能肯定，因为她已经死了。"胡佛相信这个谎言。所以很可能他在密西西比州的特工因此而编造了这样的说法。

约翰逊想打电话给里兹佐的鳏夫表示哀悼。在他的备忘录中，第一个电话的措辞是，"底特律已故女子的丈夫"，胡佛建议第一个电话应该由林登·贝恩斯·约翰逊的助理去打，"如果那男的说话得体，总统才可考虑此后与他通话"。

特工们狂热地寻找谋杀受害人、其丈夫及其民权运动同事的负面信息。联邦调查局用相同的言辞向媒体和三K党的线人透露了诽谤中伤的内容。搭线窃听显示了这么一份信息："马丁·路德·金已经打电话通知该家庭，他将在三月

---

① 在写给沃森的备忘录中，胡佛说明，"这次通讯没有抄送给代理司法部长"（拉姆齐·克拉克）。[30]虽然联邦调查局对肯尼迪被暗杀的调查工作已经结束，但对沃伦委员会批评家的调查还在进行之中。即使在总统已经更换之后，胡佛还是继续向白宫发送新的材料。

二十八日抵达底特律。"为表示同情，这位民权领袖已经决定参加里兹佐夫人的葬礼。联邦调查局得知消息后，派去了许多特工人员。

金博士显然认为里兹佐夫人是本案的受害人，因此在联邦调查局逮捕了谋杀疑犯之后，他向胡佛发去了贺电。调查局决定甚至不予承认，而且很少宣传，这个姿态是"因为回复只会把事情闹得沸沸扬扬"。[32]

这些年来，事情最终开始变得对 J. 埃德加·胡佛不利。

密苏里州联邦参议员爱德华·朗格已经在担心政府开展的"军械所电子窃听设备"。[33] 他的行政实践和程序小组委员会开始了解一九六五年政府机构在采用的监控技术，先从税务局及其邮件发送范围开始。联邦调查局局长立即查看了自己的防御措施。

他说服林登·贝恩斯·约翰逊命令卡岑巴赫去协调各个情报机构的反应。朗格的员工在探询联邦调查局未经授权的邮件检查项目。司法部长根本不知道胡佛隐藏了什么，他想告诉参议员，这样的探询影响到了"十分重要的国家安全事务"，但参议院这个委员会的探询调查也得到了副总统休伯特·汉弗莱的支持。

卡岑巴赫所不知道的是，德洛克去找了司法委员会主席詹姆斯·伊斯特兰参议员，要求对方向盲目探询的小组委员会主席进一步施加压力。不久，司法部长得知朗格已经同意了，有人已经"唤醒了他"。[34] 但胡佛认为，朗格是"不靠谱的"，[35] 因为其下属人员已经开始查问关于搭线窃听和无线话筒的事情了。单纯的卡岑巴赫欣喜地同意就此事准备一份备忘录。

虽然参议员已经在努力合作了，但媒体采取行动了。① 关于联邦调查局电子监控的做法，有许多刺激性的谣传。朗格向德洛克问计，如何消除他和他的委员会所面临的日益增长的压力。

媒体所不知道的是，在调查局监控黑帮集团的时候，朗格本人也被发现参与了黑帮的活动，不止一次而是多次。他在领取报酬的名册上。在以黑帮歹徒为主的卡车工人工会，他是支持运动的受益人，他曾公开热情赞颂该工会臭名

---

① 在听证会期间，记者和民众高兴地看到了由旧金山私家侦探哈尔·利普塞特展示的一个橄榄型的"窃听器"，是专门在鸡尾酒会上使用的。

昭著的领导人吉米·霍法，但私下里在两年多的时间内，他从卡车工人工会官员的律师那里收取了总共四万八千美元的报酬。这些事情胡佛全都知道，他让朗格明白他是知情的。

朗格要求联邦调查局局长看看已经公开了的某些电子监控录音稿。使朗格感到惊奇的是，局长提供了热情的配合，但他还出了一个更好的主意：他要把调查局所有的电子监控录音稿，包括有朗格本人内容的，全都公之于众。密苏里州的联邦参议员谢绝了这个想法。[37]

德洛克提出了一个很有帮助的建议，要求小组委员会主席发表一个声明，说他非常满意，因为"联邦调查局从来没有开展过未经批准的搭线窃听或话筒窃听，而且联邦调查局每次使用这种设备都是合法的"，对此，朗格欣喜地同意了。但他想确认，他没有搞错这事。难道联邦调查局不能"在严格保密的情况下"为他起草这个声明?[38]这是德洛克做得到的，而且也做了。

对联邦调查局来说，不幸的是，不管朗格承受了多大的压力，都没有摧毁他的常识。他认为，调查局起草的这个声明，即"对本机构这些活动、程序和技术的详尽研究"之后，发现电子监控"任何时候都是处于司法部的严密控制之下"的说法，会让他的职员和正在焦急地等待着的媒体大跌眼镜。伯纳德·芬斯特沃尔德律师是一位坚忍顽强的审讯员，在他的领导下，小组委员会认为不能支持联邦调查局单方面做出的结论："我方人员经调查后发现，联邦调查局特工或各地的分局都没有使用未经授权的电子监控装置。"[39]

这一招失败之后，德洛克与朗格和芬斯特沃尔德碰头，要求小组委员会承诺不再让调查局难堪。芬斯特沃尔德律师提了一个合理的建议。联邦调查局官员，甚至是德洛克本人，能否出席听证会去陈述说，调查局"只是在涉及国家安全和涉及人身安全的绑架案的时候，才会实施搭线窃听，而话筒窃听只是在对待邪恶犯罪和'我们的事业'的时候才会实施"?[40]

这是不可能的。芬斯特沃尔德在获悉他的提议与联邦调查局为朗格准备的声明是雷同的时候，他肯定会惊讶而目瞪口呆。不，德洛克解释说："对我们在媒体的敌人来说，让联邦调查局的证人去听证会作证，无疑是想打开潘多拉魔盒。"当芬斯特沃尔德提议叫某个前联邦调查局特工去委员会作证的时候，德洛克宣称，他的这个前同事是"一流的混蛋，一个说谎的骗子，其之所以愿意当证人只是想出风头"。[41]

德洛克向胡佛报告说，朗格小组委员会已经被"废除了功能"，[42]但还是值得审查。联邦调查局局长确实下令查看小组委员会所有成员及其律师的档案。他还起草了一份新的声明，以便在万一要被迫作证时使用。他在声明中声称，"正式的记录……是抹不掉的，也是非常清楚的，即在罗伯特·肯尼迪担任司法部长期间，联邦调查局使用的话筒窃听和搭线窃听，都是肯尼迪先生知情的，也是经过他批准的。"[43]

但小组委员会退避了。没有必要去指责肯尼迪兄弟……还没有这个必要。

然而，这样的对抗已经相当危险了，在紧急关头由于朗格的胆怯和多变，局长已经吃了苦头。联邦调查局以前保护过这位参议员，但后者有没有努力来保护联邦调查局？

胡佛很快得到了答案。到一九六七年春天的时候，朗格的小组委员会已经起草了立法提案，要求禁止搭线窃听和话筒窃听，除非是关系到国家安全的案子，但必须遵守严格的导向。

五月份，《生活杂志》刊出的一篇文章借用了联邦调查局透露的消息。在文章中，作者不但揭露朗格从霍法的律师那里收受了四万八千美元的报酬，还详细解释说，朗格委员会的所有活动都是旨在保护犯罪分子、对抗执法机关的行动。尤为恶劣的是，那位参议员还积极帮助霍法为其在田纳西州查塔努加贿赂陪审团的罪名翻案。根据这个理论，小组委员会将获取政府在该案子中开展搭线窃听的证据，由此让卡车工人工会的领导人打消其翻案或重新审理的念头。①[44]

参议院的一个委员会后来悄悄地进行了调查，免除了朗格参议员的罪责。他的小组委员会关于控制话筒窃听和搭线窃听的提案被搁置到了一边。后来在民主党大会选举期间，朗格的联邦参议员连任没有成功，他被托马斯·伊格尔顿击败了。

---

① 霍法关于"减少政府开展的搭线窃听、话筒窃听和其他非法闯入行动"的动议，被美国最高法院否决了。最高法院认为，该动议实际上应该由查塔努加地方法院进行新的审理。新的审理从来没有同意过，霍法的小组为搭线窃听所进行的积极努力失败了。在定罪 3 年多以后，这位卡车工人工会的领导人被投进了监狱。当一位律师没能成功地调阅向联邦法院的最后申诉书的时候，他的当事人抓起了电话，这时候，电话机底部的一个设备掉了出来。"嗯，我是怎么告诉你的，"霍法说，"即使这部电话也被窃听了。"[46]

"议长先生，这是最糟糕的腐败，其中心人物是 J. 埃德加·胡佛。他仗势欺人，恐吓国会，致使我们不敢提出关于十年来——或者在更长的时间里——他是如何管理联邦调查局这个严肃的问题。他已经成为美国的贝利亚，[1] 他在摧毁对他的帝国有威胁的人，在恐吓质疑他权威的人，在威吓对他那已经老套过时的世界观持不同意见的人。"[45]

这是来自新泽西州的联邦众议员科尼利厄斯·E. 加拉赫在美国众议院的发言，他的话掷地有声，被认为是一次有勇气和敢于批评的发言。但到了一九七二年四月份，他已经奄奄一息了。这位聪明、英俊和崇尚自由的人在一九六四年的时候曾被列为林登·贝恩斯·约翰逊的副总统候选人之一，但后来胡佛在总统耳边说了一番话。不久，加拉赫就因为避税的问题承认有罪，并被判处两年监禁。在他还没来得及站起来说话的时候，胡佛的联邦调查局就摧毁了他的信誉和光辉灿烂的政治前程。

事情有可能更加糟糕。几年前，他给胡佛的随从罗伊·科恩看了一份完全不同类型的发言稿："我注意到，联邦调查局局长和副局长像男女夫妻那样一起用公费生活了二十八年。作为国会议员，我们有监督的责任，监督的目的是确保联邦调查局资金的妥善使用……"科恩惊恐了，但加拉赫态度坚定。"我也许会下台，"他说，"但我要拖上那个老同性恋与我一起下台。"[47]该发言在《国会议事录》里从来没有过记载。第二天，据这位众议员的说法，科恩打电话要求为胡佛做个交易。

事情是从加拉赫的关注开始的，得到了朗格的响应，矛头对准了政府滥用监控设备。他后来回忆说："就像我是众议员中的先锋那样，朗格参议员是参议院的秘密先锋。"作为众议院政府行动委员会委员，他已经了解了测谎、废纸篓窥探和邮件监控。到一九六六年的时候，他的小组委员会已经准备好举行听证会，议题是关于在计算机技术快速发展的今天，如何应对日益增长的潜在的新型侵犯隐私的做法。

一天早上，他在文件架上发现了一封奇怪的信件，是他秘书留下的，要他签字。信中，他要求卡岑巴赫把司法部授权对金博士和拉斯维加斯赌场进行窃

---

① 拉夫连季·巴甫洛维奇·贝利亚：前苏联部长会议主席、内务部长和国家安全委员会（克格勃）主席，是斯大林清洗计划的主要执行者。——译注

听的批文送过来。这个信件，是由科恩通过电话口授，并由德洛克执笔起草完成的。加拉赫众议员"很不高兴"，当他找到科恩的时候，对方解释说，胡佛因为受到了非法监控的批评而感到"生气和疲惫"，并"对参议员（罗伯特·）肯尼迪就此事指责胡佛先生感到气愤"。

加拉赫与科恩及其妻子认识已经很久了，也曾在他与母亲合住的家里请他们吃过几次饭。他敏感地认为，他不想卷入这种官僚主义的内斗，虽然他经常在公开场合表达对联邦调查局的支持。

他的感觉快要改变了。"你会感到遗憾的，"科恩回答说，"我知道他们的套路。"后来，胡佛的头号闲言碎语专栏作家也与众议员加拉赫联络过几次，强调了调查局的不愉快。在胡佛看来，侵犯隐私小组委员会是最好的挡箭牌，可以让他"避开公众的批评"。但加拉赫不肯。

他的听证会召开了，第一次向公众警告了利用计算机进行特别滥用的可能性。但他不知道的是，即使在那个时候联邦调查局已经在开发大型的信息数据库了。[48]

《生活杂志》刊登那个故事的日期是一九六八年八月份，采用的是与加速参议员朗格曝光相同的透露材料。对黑社会的搭线窃听再次产生了意料不到的成果，这次是关于一位联邦众议员的信息。在这个案子中，据说加拉赫被怀疑与"我们的事业"头目乔·齐卡雷利过从甚密。齐卡雷利的许多非法营生的大本营是在该众议员的家乡新泽西州巴约讷。① 《生活杂志》的写作小组不是不知道这样的讽刺意味，他们承认，加拉赫是"众议院一位主要的发言人，反对政府侵犯隐私，包括首次发现他自己与黑帮交往的那种调查手段"。

最令人震惊的揭发，来自一个被定罪的杀手，他后来转变为调查局的线人。据说他声称，在加拉赫的要求下，他从众议员在巴约讷家中的地下室搬走一具尸体，埋在了养鸡场内废弃酒厂的一个泥浆池里。

---

① 杂志的文章介绍说，齐卡雷利人称"乔·巴约讷"，是乔·博南诺家族的首领，经营赌场、贩卖军火给多米尼加共和国独裁者拉斐尔·特鲁希略，他还涉及试图使利尔卓的进口合法化。据说利尔卓是一种治疗癌症的药物，是从杏仁和桃仁中提取出来的。加拉赫向《生活杂志》的记者作最后的辩解说，"假如邦妮和克莱德能治愈癌症，你们就应该同意。"（邦妮和克莱德是美国电影《邦妮和克莱德》的男女主角，又译《雌雄大盗》——译注）美国食品和药品管理局没有同意。[49]

在被标上齐卡雷利的"工具和帮凶"之后，加拉赫不久就被排除在众议员领导层的晋升名单之外了。但胡佛还不满意。"如果你还记得那个家伙，"德洛克对科恩说，"你最好是传话给他，要他从国会辞职。"①

如果他不肯辞职，联邦调查局准备泄露这个故事，其实他们已经在城里随意传播了，说《生活杂志》曝光的死者，是黑帮的一个小人物，在与众议员老婆偷情被捉奸时死去的。② 在一九七二年的国会发言时，加拉赫愤怒地评论说："恐怕戈培尔③也没有像德洛克那样能够编造弥天大谎，戈培尔也没有像德洛克那样卑鄙。"[52]

但在一九六八年，他计划在同一个论坛上针对胡佛和托尔森发动一场基本上是他个人的攻击。德洛克暂时受到了阻碍。科恩不但传达了联邦调查局局长重视友情的誓言，他还询问调查局可以做什么。

加拉赫要求联邦调查局宣布，所谓的他打电话给齐卡雷利的搭线窃听录音稿是伪造的。不管怎么样，调查局确实这么做了。对于非法搭线窃听，胡佛已经做好了迎接挑战的准备。

然而，众议员加拉赫从来没有实施过他的威胁，而关于他妻子的谣言也从未平息过。一九八六年，在科恩因艾滋病引起的并发症去世前大约三个月，他同意签署一份声明，肯定加拉赫关于整个事件的版本。根据旁观者的说法，他签认的时候并不愉快。他作证说，加拉赫夫人受到了诽谤，这是联邦调查局策划的要挟她丈夫离开公众舞台的一个阴谋。[53]

但到那个时候，胡佛已经死了，所以科恩签认了。

朗格和加拉赫并不是胡佛所摧毁的仅有的国会议员。在一九六四年的时候，

---

① 1968 年这篇文章的起因，是头一年《生活杂志》一篇文章的一个简单的段落，加拉赫把这个描述为"迎头砸向我的第一棒"。在调查有组织犯罪的时候，加拉赫再次被简单地提及是巴约讷非法经营的"工具和帮凶"。科恩随后立即告诉德洛克说："这是调查局要打倒加拉赫所采取的一个相当卑鄙的计谋。"根据这位律师的说法，德洛克回答说："罗伊，你也一样，要时刻与我们的敌人作斗争。"加拉赫认为，科恩告诉他这事的动机也许不完全是纯朴的。[50]

② 根据加拉赫的说法，大概是在那个时候，联邦调查局特工冲进了他女儿与 3 位女友合租的公寓。租约是加拉赫签订的，因为这几个度假的女大学生还没到法定的年龄。特工们想知道，哪个"寄宿生"在与众议员一起睡觉。[51]

③ 保罗·约瑟夫·戈培尔——纳粹德国宣传部长，擅长演说。——译注

康涅狄格州的联邦参议员托马斯·多德听到了令人失望的消息：与他期望相反的是，林登·贝恩斯·约翰逊不打算提名他为副总统候选人。

他其实没被总统抛弃，多德告诉他的一位助理。"有两份工作，我是愿意放弃参议员的职位去追求的，"他继续说，"联邦调查局局长和中央情报局局长。我或许会在其中一个岗位上干到退休。"[54]

这番自说自话的评论没使参议员受到胡佛打击的唯一原因，是局长当时没听到这话。

多德当过一年的联邦调查局特工，是参议院内调查局的卫士。双方的联系并没有松懈。早在一九三三年，司法部长卡明斯就把年轻的多德推荐给胡佛，明示说这是一个志向远大的年轻人，要为他的政治生涯提供跳板。诚如这位参议员的高级顾问后来解释的，简短的时期已经"足以在他的公众形象方面打上联邦调查局的永久烙印"。[55]

这位来自康州的联邦参议员并不是等闲之辈。他是民主党在参议院司法委员会的二号人物、内部安全小组委员会主席和势力强大的对外关系委员会委员，他是所谓的俱乐部成员，是参议院中的参议院。随着调查局职员的加入，他发表了几十次讲话，赞扬 J. 埃德加·胡佛的个人美德，往往是在局长或调查局遭到批评的时候率先赤膊上阵。①

胡佛很是感激。多德得到了联邦调查局发现的敏感的政治信息，当外界出现谣传说他的收入与花费明显不符以及其他危险情况时，他还得到了警告。当这位参议员因私事去纽约的时候，联邦调查局派了一名特工和一辆公车帮他办事。当多德怀疑手下的一名工作人员上班时间在谈情说爱，胡佛下令特工们去跟踪那人，每小时报告他的活动和行踪。

虽然有联邦调查局的关照，但所有这一切都使这位参议员如履薄冰。一个不受管束的职员感到愤怒，因为多德的演讲，讲稿是由右翼利益方为他撰写的，

---

① 在约翰·肯尼迪遭暗杀后，多德差点惹恼胡佛犯下一个致命的错误。11 月 25 日，联邦调查局局长获悉，这位前特工建议说，应该由国会而不是调查局来负责谋杀的调查工作，并就此而催促约翰逊总统。两人至少在政治上是很接近的；作为参议院多数党领袖，林登·贝恩斯·约翰逊越过几位资深参议员，把多德安排到了外交委员会的位子上。沃伦委员会的任命挫伤了多德的积极性，但胡佛对于他的建议颇为愤怒。然而这位来自康州的参议员拿得起放得下，因为在 1963 年和 1965 年，他帮助否决了要求委任参议院确定联邦调查局局长的立法提案。

他却拿了高昂的演讲费，他结交许多易于引起利益冲突的富人和权势人物，他挪用答谢宴会和大选献金供自己挥霍。他还为亲戚和能给他钱或借给他钱的人介绍工作。他以参议员正常的服务而向选民收取费用。

最后，整个一九六〇年代联邦调查局在国会的这位首席发言人触犯了员工的众怒，他们采取了绝望的行动。他们知道胡佛是不可信任的，于是其中的四人，包括多德的行政助理，在参议员的档案中复制了将近七千份文件，把它们交给了专栏作家德鲁·皮尔逊和杰克·安德森。结果，由调查记者撰写的二十三篇专栏文章，显然向读者证明了联邦调查局的参与。

胡佛做出了决定。他立即认为，那些员工应由联邦调查局特工来进行审讯，以便确定材料是如何泄露的。对雇员的监控工作也开始了。多德很快得到了一些信息，是由胡佛的人员了解到的检举者和专栏作家皮尔逊的负面信息。

有一次，杰克·安德森要邮寄一封检举揭发多德的信件给某个人，要求核实，但信件被从他的办公楼收发室的邮件收集架上拿走了。邮电局长劳伦斯·奥布里安进行了调查，他后来向总统暗示，这是联邦调查局干的。多德雇佣私家侦探，另一位前特工，去了安德森办公室检查废纸篓。

多德愚蠢地要求参议院调查针对他的指控，并起诉皮尔逊和安德森。这只是把事情炒热了，即关于他和联邦调查局，以及多年来他与调查局的紧密关系。

然后联邦调查局抢先截获了一篇文章，该文章含有那位牢骚满腹的行政助理准备出版的一本图书的节选，其亮点是参议员多德预言，实际上林登·贝恩斯·约翰逊打算安排他去联邦调查局或中央情报局。

原来这个前特工出身的参议员一直在觊觎他的职位，而且甚至很可能是在与林登·贝恩斯·约翰逊一起谋取，这使得局长怒火万丈。这是不可饶恕的罪行。

胡佛再也不为多德在遇到麻烦时提供帮助了，而且很可能反而利用联邦调查局档案给多德增添麻烦。约翰逊私下里得到了皮尔逊的警告说，还会有更具杀伤性的情况揭露，于是他躲开了这位多年的老朋友和越战鹰派的盟友。①

一九六七年六月二十三日，在他也许可以成为副总统的不到三年时间之后，

① 至少有一个理由，多德与胡佛和林登·贝恩斯·约翰逊是站在同一条战壕里的，即他明确表示鄙视肯尼迪兄弟。在暗杀的当天，新总统的几位顾问在机场接上喝醉酒的多德，却震惊地听到这位参议员对已故总统发表了一连串诽谤性的评论，殊不知他们的老板打算不久就要任命他为副总统。当总统的葬礼在全国所有电视频道播出的时候，因为看不到其他节目，多德愤怒了，甚至面对葬礼游行的画面，哀叹着做了几个下流的手势。

美国参议院以九十二票对五票的表决，通过了一项决议，谴责托马斯·多德。他自己的康州党团在一九七〇年拒绝了对他的再次任命，他自己想以无党派人士获胜的努力也遭到了失败。他在第二年去世了。

罗伯特·肯尼迪现在是纽约州的联邦参议员。一九六六年六月二十六日，就联邦调查局总部的一系列活动，他向电视台记者做了一些含糊其辞的评论。记者们想让他说一些他不想说的话：在他担任司法部长的时候，联邦调查局开展的搭线窃听是他不知情的。他想这么暗示⋯⋯

"嗯，我希望某些事实也许会被揭示出来。"肯尼迪最后回答说。[56]

胡佛也以类似的希望，开始准备攻击，这一直是他最有效的防守。联邦调查局鼓动的一份材料，引起了全国连续几周的新闻报道：肯尼迪在司法部当政时期确实监督了调查局的窃听活动。在此，胡佛直指这位参议员在现场直播回答时的软肋。罗伯特·R.肯尼迪否认在"一九六二年或一九六三年授权联邦调查局对拉斯维加斯赌场的电话开展搭线窃听"。这是诚实的回答，但他授权使用话筒窃听器，这在泄露材料的时候已经把区别说清楚了。

但泄露所引起的关注，还不如司法部副部长瑟古德·马歇尔在最高法院的承认，即联邦调查局局长实际上可自行决定何时开展无线话筒监控。这是司法部给最高法院的部分回复，最后导致了胡佛与卡岑巴赫之间的争论。

马歇尔还首次公开宣称，自去年七月以来，司法部和其他联邦机构都在执行由约翰逊总统制定的新策略。除非是"涉及影响到国家安全的情报收集"的案子，否则不允许使用话筒窃听或搭线窃听。[57]

到了现在这个时候，胡佛听说全国关于政府监控的争论已经很激烈了。这个固执好斗的老家伙也许身体多处患上了动脉硬化，但即使在一九六〇年代快速变化着的美国，他的政治本能并没有消失。他可以快乐地整人，对象是野心勃勃想当总统的他的前老板罗伯特·F.肯尼迪。①

在策划战略的时候，胡佛突然停止了"黑包"工作。在德洛克的要求下，萨

---

① 在《华盛顿邮报》的一篇记者述评中，理查德·哈伍德巧妙地总结了这个冲突："假如司法部长肯尼迪像胡佛局长坚持认为的那样，不但意识到，而且赞同联邦调查局多年来一直在开展的非法窃听，那么他的政治地位就很难增强。由于他毫无保留地否认了胡佛的说法，他的信誉会受到损害。他与自由知识分子的地位也会因此而受到损害，因为窃听与美国当时盛行的公民自由权利概念是格格不入的。"[58]

利文写过一份"信息丰富"的备忘录，内有可供调查局使用的技术和已经获得的某种授权。"这样的技术涉及了擅自侵入，显然是非法的，"萨利文解释说，"因此，这是不可能获得合法认可的。"备忘录里有两页的篇幅赞美了几项"黑包"行动，结果起获了"颠覆团伙和组织的绝密和严加保管的"成员名单和通讯录。

胡佛的评论："这样的技术不要再使用了。"[59]这是一条措辞奇特的指令，因为它出自一位以用词准确而感到自豪的人。不管是否模棱两可，该命令只适用于这项特殊的非法活动。

为什么他要在这个特定的时间结束非法闯入？他仅仅是为了留下一份书面记录，以备万一与肯尼迪的争论导致听证会或其他调查吗？

那些能够最准确解读局长意思的人，显然不相信他真的想结束非法闯入。就在一月六日，他还在向托尔森发牢骚说，"调查局官员"还在要求获准开展黑包工作。"我之前就已经表示，今后我不会批准这样的要求。"他写道。[60]当然，调查局的学究们会对这些话进行语法分析，去理解字里行间的意思。"这种做法，包括任何形式的鬼鬼祟祟的入室，今后是不会得到我的批准的。"[61]好啊，他是不会"批准"的，但这是不是意味着他不想让他们自发地闯入？大家都知道，局长老了，做事谨慎了。他们知道，他引以为豪的是那些通过非法获取信息而侦破的案子。他们知道，他承受着来自公民自由运动施加的压力。

因此，解读也不是统一的。例如在芝加哥，分局长立即遵从了胡佛评语的字面意图。在他的辖区内再也没有了黑包工作。在纽约，根据特工托尼·维拉诺的说法，程序并没有改变。"对调查局内部的安全小组来说，（禁令）或许是真的，但如果禁令包括了在与犯罪分子作斗争的特工，那他们对我是保密的。"[62]

来自联邦调查局总部的命令结束了所有的搭线窃听、所有的话筒窃听和所有的邮件检查。① 芝加哥分局的一位少壮派拉尔夫·希尔哀叹说："我们撤回了

---

① 按照联邦调查局局长助理马克·费尔特的说法，胡佛"对国会的气氛很敏感"，在1965年期间已经要求他"大规模"撤回搭线窃听。局长没有说明具体怎么做，只是要求费尔特筛选和撤出那些效果不好的窃听器，显然具体是由特工做出判断和选择。这样的做法在1980年受到了全国的关注，费尔特和爱德华·米勒被认定阴谋违反了人权，因为他们授权对被怀疑与左翼激进组织"地下气象员"有染的5个人家中进行了非法闯入和搜查。检察官说，他有"自1966年到1972年之间无数个非法闯入的例子证据"。[63]虽然胡佛在1月6日签发了备忘录，但在他的有生之年的最后6个月里，联邦调查局特工一直在纽约市开展非法闯入活动。费尔特和米勒是在这方面被定罪的第一批联邦调查局高官。在被判刑之前，两人都得到了罗纳德·里根总统的"彻底的无条件的原谅"。[64]第二天，前总统理查德·尼克松给他们两人送去了香槟以示祝贺。"我认为他是一个好人。"米勒说。[65]

所有的搭线窃听。就好像黑灯瞎火待在山洞之中。"[66]

胡佛最后是不是向司法部递交了提纲，说马歇尔告诉最高法院的话在一年以后依然有效？局长肯定知道，约翰逊的决策是深有感触的。在情报界里，大家都知道，总统有可能会对这个话题发怒，虽然他很欣赏由胡佛获得的对金博士和其他人的搭线窃听结果。司法部长克拉克认为，林登·贝恩斯·约翰逊对搭线窃听的怀疑起源于他过去的一个事件。

胡佛最后是不是认识到，调查局的行动会事与愿违，反而损害他的信誉？如果那样的话，他是经过了奇特的精心选择。不但反情报项目还在反常地继续着，而且新的项目也将很快实施。①

还有其他的迹象表明风声渐紧。从六月十五日开始，胡佛已经不得已向司法部副部长提交了一份年度员工和财务报告。这样的侮辱是可以感知的。一些无足轻重的小人物现在已经在监督他的个人收支了，至少是在某种程度上。胡佛已经开始第一次感觉到了些许寒意，还有官方的正式探询。

但他依然在进攻。自从第一次泄露的所谓罗伯特·F.肯尼迪授权窃听这一招没有见效之后，他派德洛克去《晚星报》想办法编一个故事。但如果不说明消息是来自一位不肯透露姓名的调查局人员，那么即使是关系很好的媒体也不会刊发这样的文章。

然后在十二月份，胡佛收到了来自联邦众议员 H.R.格罗斯的一封信，这让局长感觉"如坐针毡"。这并不奇怪。来自爱荷华州的这位众议员接受过调查局刑事信息部的辅导，他在信中要求胡佛这边提交关于窃听的争辩。"过去我一直以为，只是在获得了司法部长的授权之后，联邦调查局才会开展'窃听'和搭线窃听……"方便的话，他要求出示授权的文件。

在四十八小时之内，联邦调查局一名特工在密西西比州的格罗斯亲戚家里追踪到了他，并给了他一个回答："联邦调查局所有的搭线窃听都是事先经由司

---

① 11月份，局长告诉几位分局长说，调查局准备发动对K粹党的反情报项目："我们认为，三K党和美国纳粹党也许会组建K粹党……目的是戏弄和刺激三K党的某些领导人去攻击美国纳粹党。"[67] 一个月前，有人提出了一个十分类似的简单计划去骚扰美国共产党和"我们的事业"，采用的方法是"让他们互相攻击消耗精力"。[68] 所谓的共产党发传单攻击黑帮经营的工厂劳动条件恶劣，是"障眼行动"的第一个成果。

法部长的书面批准。"

几个月来，这无疑是胡佛一直在公众面前试图攻击的手段。"肯尼迪先生在当政时期热衷于追猎这样的事情，"局长报告说，"在城市地区，不但喜欢倾听监控的录音，而且提出了关于采购先进设备的问题……联邦调查局使用这种设备，一直都是很谨慎，控制得很严，而且都是经由司法部长的特别授权，显然是在肯尼迪先生在位的时候，在他的坚持下才增加的。"[69]

肯尼迪的工作人员做好了准备，或者自认为是做好了准备，他们说联邦调查局局长是在"误导"。他们开展了反击，但后来获悉胡佛的信中含有一九六一年八月十七日备忘录的一份影印件，要求司法部长批准"使用租借的电话线作为我们开展无线窃听的辅助手段"。罗伯特·F.肯尼迪在上面签了字。

当肯尼迪的工作人员看到那份文件之后，他们公开了从考特尼·埃文斯那里得到的一封信。为保险起见，这封信是在二月十七日准备的。这位前联邦调查局联络员在信中陈述，他与肯尼迪从来没有讨论过关于话筒窃听的事情。至于搭线窃听，他"不知道什么时候发送（罗伯特·F.肯尼迪）有关这个程序的任何书面材料，或者是有关在特定地点使用或安装任何设备的其他详情"。

胡佛是再高兴不过了，把这个信息标定为"绝对难以相信"的。为证明他的惊讶程度，他引证了埃文斯的两份备忘录。一九六一年七月七日，这位联络员在备忘录中写道，司法部长"高兴地看到……我们在有关黑帮组织中使用话筒监控"。同年八月十七日，他报告了肯尼迪签署胡佛之前公布的那份文件的情况：司法部长"批准了有关这事的提议程序，还在所附的备忘录上签署了他自己的名字以证明对这事的批准"。

肯尼迪拒绝承认。"或许我本应该知道，而且因为我曾经担任司法部长，我肯定要为此而承担责任，然而事实是，我并不知道这事。"但他的信誉已经受到了损害，他试图反击："由于胡佛先生是选择性地公开一些文件，我建议他公开所有的档案，并表明这样的做法是在哪一任司法部长开始的，是不是有哪位前任司法部长授权批准过这种事情，他们是不是与我一样有统一的格式。"

胡佛明白，这是在虚张声势。肯尼迪已经乱了阵脚。"我认为，我们已经把知道的所有信息全都公布了。"调查局平静地回答。[70]

肯尼迪想让约翰逊帮他在幕后调停，但白宫工作人员说，总统也控制不了联邦调查局局长。① 肯尼迪受伤不轻，以致媒体怀疑，是不是约翰逊与胡佛合谋了给格罗斯的信件。白宫没有站出来表示否认。然而，林登·贝恩斯·约翰逊并不反对宣告这个议题。当媒体和公众热切地追寻肯尼迪与胡佛争吵的时候，总统在国情咨文中宣称，除了国家安全方面，他反对一切形式的搭线窃听。电视摄像机镜头显示一大群参议员在为此鼓掌，而罗伯特·肯尼迪则双手抱着脑袋，坐在那里。遭受失败后他说，这场争吵"就像是与圣乔治作斗争"。②[72]

这个时候，不幸的朗格参议员在举行他的听证会，一些观测员认为，让胡佛和肯尼迪来就此事作证是一个好主意。朗格说，他确实已经邀请了两位来参加听证会："如果肯尼迪参议员和 J.埃德加·胡佛中谁愿意来作证，我还是欢迎的。"[73]但他们都没有接受邀请。

六十年代的场景：

这是"对联邦执法性质和公平的冒犯"，最高法官厄尔·沃伦在四比三的决定做出之后写给少数派说。罗伯特·肯尼迪的司法部"抓捕霍法"小组，只是使用了秘密线人之后才完成了任务，线人证词的结果导致了卡车工人工会领导人在一九六四年三月四日在查塔努加被定罪。一九六六年十二月，多数派的决定对此表示了不同的意见："使用秘密线人在本质上并不违反宪法……"[74]

在两年半前的定罪之后，肯尼迪的工作人员举行了胜利庆祝。参与霍法案子的联邦调查局特工，虽然接到了热情的邀请，但他们没去参加。他们不想因为参加与司法部长的聚会而冒犯联邦调查局局长……

威廉·勒布是极端的保守人士，也是臭名昭著的持有偏见的《曼彻斯特工会领导人》的出版商。十二月份，他决心要证明是肯尼迪命令联邦调查局去搭线窃听霍法的。作为卡车工人工会养老金贷款的受益人，他努力想让这位工会领导人免受牢狱之灾。他通过德洛克，愿意为胡佛本人或其喜欢的慈善项目提供十万美元，回报是给他一份电报，指控是罗伯特·F.肯尼迪对霍法开展了搭线窃听或话筒窃听。德洛克告诉勒布，这样的事情有失 J.埃德加·胡佛身

---

① 《纽约时报》专栏作家詹姆斯·赖斯顿半开玩笑地说："约翰逊不介入肯尼迪与胡佛之间的争论。对于这位参议员与其新的自由派支持者之间的窘境，他装作不知道。"[71]

② 圣乔治是基督教圣徒。——译注

份……[75]

一九六七年三月一日，弗兰克·查韦斯从波多黎各飞到了华盛顿。作为这个岛国的卡车工人工会领导人，他在一九六四年来过纽约市，想暗杀罗伯特·肯尼迪，但有人改变了他的主意。一九六七年，这个念头又冒了出来。那年的三月一日，最高法院驳回了霍法在一九六六年已被否决的再次听证的上诉请求。这是霍法最后的一张牌。当他准备入狱的时候，司法部从联邦调查局获悉波多黎各卡车工人工会的意图之后，要求调查局在查韦斯也许会乘坐航班的航空公司建立联系人。胡佛的人员解释说，联邦调查局没有开展这种活动的权力……[76]

林登·约翰逊睡不着觉了。深夜里，他让他的顾问马文·沃森拨打德洛克的住宅电话。总统突然间深信，对他前任的谋杀是一个阴谋，他要求联邦调查局提供更多的信息。但即使是为了林登·贝恩斯·约翰逊，胡佛也不想重新揭开这个魔盒。德洛克很快回答说，白宫已经有了联邦调查局关于马修、詹卡纳和中情局阴谋的所有信息。还会有什么信息呢？为什么总统这么关心呢？[77]

三月十日，拉姆齐·克拉克被命名为司法部长。五天后，这个被胡佛称作"水母"的人加强了司法部对搭线窃听的管控。① 六月十六日，他制定了甚至更为严格的规定，要求政府的所有机构开始"加强管控"，这样话筒窃听或搭线窃听就"得不到非法使用，即使是合法使用，也要实施更为严格的控制"。[78]

胡佛与最近的这个"害人虫"在对待罪犯方面意见相左。"要清楚地认识到我们的监狱现状：要有临时牢房供以后的罪犯使用。"克拉克在发言时这么说。不久之前，联邦调查局局长刚刚公开宣称，他送进监狱去的各色罪犯，总刑期达到了四万年。[79]

或许克拉克是美国历史上唯一怀旧的司法部长，他常常回想起小时候在司法部大楼外面走过的情景，② 他设法与胡佛处理好关系。他的想法是定期与联邦

① 克拉克公开宣布，所有的搭线窃听都必须得到他的书面批准，他还声称，搭线窃听只适用于国家安全的案子，即国家安全受到了直接威胁的时候。根据新任司法部长自己的说法，他知道当时只有38个搭线窃听，全都用在国家安全方面。

② "我对司法部并不陌生，"克拉克后来告诉丘奇委员会，"在第一次正式来到这里的时候，在走过大厅的时候，我就像依附在父亲身边的一个9岁男孩。我喜欢这个地方。"[80]为避嫌起见，克拉克大法官在儿子出任司法部长后，主动从最高法院退了下来。约翰逊总统为此任命瑟古德·马歇尔接替他，马歇尔是最高法院首位黑人大法官。

调查局局长和其他高官一起吃午饭。胡佛孤身前来吃饭。根据克拉克的说法，"胡佛不想让他的下级官员与司法部发生直接联系"。午饭期间，胡佛显得彬彬有礼，表现得很正式，很会说话，喜欢先来一杯雪利酒。然后，他会主导谈话，谈论他喜欢的话题：金博士制造的麻烦、年轻人的价值观下降、同性恋的可恶。如果克拉克坚持，他也许能够"愉快地"插上一句关于业务的话。①

至于通信的材料，胡佛继续依赖大量的备忘录。在克拉克看来，似乎调查局"有几千人在书写备忘录。你会陷入一场备忘录的战争之中。你不会有时间去处理其他事情"。司法部长发现这种做法很危险、很浪费，而且容易营造不信任的气氛。"毫无疑问，这是保护调查局的一种持续的做法。"他说。[82]

但有时候，在翻阅备忘录的时候，在把备忘录转交给员工的时候，克拉克也能处理一些事情。使胡佛感到很烦恼的是，克拉克有时在公务出差的时候，会顺便去看看联邦调查局的当地分局。有一次在芝加哥，他作为"司法部长"被介绍给分局副局长。"你好，罗杰斯先生。"副局长说。[83]另一位特工说，他总是在看到联邦调查局自己证书的时候得知现任司法部长名字的。但在一九六○年代，证书都是由胡佛签署的。

克拉克阻止了几次搭线窃听，包括对金博士的新监控，以及对以色列外交部部长阿巴·埃班和坦桑尼亚驻联合国使团的搭线窃听提议。在金博士遭暗杀前两天，胡佛还提出申请想对这位民权领导人实施搭线窃听，克拉克否决了这个请求。

他还警告胡佛，特工如因违法而被抓，司法部将作为"重大案件"全力起诉。[84]以前汤姆·克拉克从来没有对联邦调查局局长这么强硬过。按照家庭一位朋友的说法，对于这样或那样的做法，"人们猜测，拉姆齐·克拉克的整个人生，是对他父亲做出的回应。"[85]

这几年期间，克拉克对胡佛的评价是没有记录的。直到很晚以后，他认为联邦调查局局长对共产党的着魔般的打击，是"对非常宝贵资源的可怕的浪

---

① 克拉克后来这样回忆与胡佛之间的谈话："我从来没与他谈论过哲学问题。这些谈话基本上是独白，这是他喜欢做的事情。"此外，托尔森在司法部长的印象中，是"一个温和的、深思熟虑的人"。他可以"进行许多议题的非常投入的会话，但你感觉不到任何热切的观点，你绝不会认为这是一个能够做出重大决策的人。如果遇到要做决定的事情，他总会听从胡佛，或者说，'我要看看老板怎么说'"。[81]

费"。[86]他深切地关注老人对民权运动案子的故意拖延，以及在处理警察过度执法时的犹豫不决。司法部长还因为联邦调查局与其他机构——尤其是中央情报局——的缺乏合作而受到了挫折，他清楚地看到了调查局拒绝改变的这种危险倾向。

克拉克认为，"从许多观点来看，胡佛先生都应该从联邦调查局退下来"。克拉克向林登·贝恩斯·约翰逊提议，在二十多个联邦调查机构中设立"一名监督官"，相当于"巡视员，其职责是纠正滥用职权、胡作非为和违反纪律及规章制度这方面的事情"。司法部长甚至还建议，应该让胡佛去担任这个职位，"只是几年的时间"，虽然他从来没与联邦调查局局长讨论过此事。约翰逊认为，这个主意"太雄心勃勃，太沉重了，是难以执行的"。[87]

如果说克拉克在担心，过去的十年至二十年来联邦调查局的效率和培训项目的质量下降问题，那么胡佛是在各个层面对他的老板提出了批评。与罗伯特·F.肯尼迪一样，克拉克穿着随意，在与局长一起共进午餐的时候，甚至没有穿上西装。更糟糕的是，胡佛深信，克拉克"只不过是个嬉皮士"。他向一位经常把信息透露出去的记者说："有一次我路过那里，他老婆竟然光着一双脚丫子。这是什么人啊！"[88]

具有讽刺意味的是，克拉克收到的关于批评胡佛的信息，按照一般的标准，其性质要严重得多了。在一九六八年左右，用联邦调查局洛杉矶分局文稿纸打印的一封信件指责说："胡佛生活在过去……周围都是些老人和庸人，他们的生涯是回顾过去，说些（他）喜欢听的话。"

该信件指控说，有一位分局长是偏执狂，在家里打骂老婆，却受到了庇护，因为他知道，并且"公开声称，他很亲近的胡佛和托尔森以及他们的一些朋友，都是同性恋"。还有其他的故事，说的是有一位嗜酒如命的高官，他的小舅子是臭名昭著的恶棍，他的错误包括命令两名妓女无偿为芝加哥分局提供服务，以及免费为他的摩托艇配置了一台价值一千美元的新发动机。

"胡佛利用职务致富……联邦调查局员工为他著书立说，让他赚取了成千上万美元，还花费了成千上万美元的政府资金，由联邦调查局员工为他装修在华盛顿和加州的房子……与胡佛和托尔森相比，康州的联邦参议员托马斯·多德和纽约州的联邦众议员亚当·克莱顿只能算是小偷小摸。四十年来，胡佛和托尔森一直使用联邦调查局的公费在纽约、佛罗里达州和加利福尼亚州度假，自已用不着花费一个铜板，但交来了一大沓账单。"

写信人还说："克拉克先生，你采取的行动能极大地鼓舞我们的士气。"司法部长没有做出反应。日期为一九六八年八月二十八日的第二封信，也是用洛杉矶分局的公文纸打印的，其内容大致相同。新的指控是说，霍法的人员搞定了联邦调查局另一位高官，"用的是美女、美酒和豪华宾馆，但因为没有可见的照相机镜头和录音机话筒"，于是该官员不得不"为霍法办事"。他在信中提到的几个官员，都是有名有姓的。但主要目标是胡佛本人，他"为了在超过联邦退休年龄规定之后继续保住这个职位，不惜出卖自己的组织和公正"。联邦调查局这位员工在匿名信中祈求"一位有能力的局长，年轻活泼、平易近人，最好是正常结婚的基督教徒，为人正直，这样我们就能够让我们的组织脱离政治，重新去做美国公民期待我们做的事情"。

司法部没有开展调查。多年后，当这封检举信的作者向克拉克出示信件副本的时候，克拉克评论说："我们收到了成千上万的信件，其中大多数来自心理失衡的人。当一个人从遥远的加利福尼亚写信给你，告诉你说，约翰逊总统正在认真考虑替换胡佛的问题，而你是总统身边的工作人员，是他的顾问，这方面的情况你要清楚得多了，你就会质疑那个人的判断力。"[89]

而且为了个人的事情去吞食诱饵，也不是克拉克的性格。林登·贝恩斯·约翰逊和胡佛都知道，克拉克不像他们之间的互相欣赏，他不想分享与公众人物之间的亲密关系。

后来得知，似乎在林登·贝恩斯·约翰逊一九六八年离任之前，司法部长和联邦调查局局长只是在克制着自己。① 显然，胡佛看到了克拉克定于一九七〇年出版的图书《美国的犯罪》的小样，书中描述说，在 J. 埃德加·胡佛一个人的长期统治下，在他以自己和调查局荣誉为自我中心的方针指引下，联邦调查局已经凋谢了。[91]局长指责这位前司法部长是"水母……软蛋"，是他长期工作体会中"最糟糕的"领导。[92]克拉克回答说，在胡佛的领导下，调查局已经成为"意识形态的"机构。[93]

在后面的年月，约翰逊似乎是站在胡佛一边。他告诉采访的记者说："我认

---

① 1968 年初，面对关于如何处理与他的著名雇员关系的问题，克拉克干巴巴地回答说："我把我们的关系描述成诚恳的，他则描述为正确的。"[90]

为我任命汤姆·克拉克的儿子为司法部长，是一个错误。"[94]

已退休的最高法院大法官汤姆·克拉克则没有丝毫怀疑。"（拉姆齐）一直敢于说话，"在关于他儿子专著的评论声中，他这么说，"我从来没听说他回避过什么问题。"他还赞扬胡佛是"一位老朋友"，在工作中"表现很出色"。

但他并没有就此止步。"我们都老了，"这位在战后担任过司法部长和最高法院大法官的老人说，"所以我退休了。"[95]

这话没错。一九六八年的一项规定说，未来的联邦调查局局长必须经由参议院批准，这是不可避免的威胁，但只影响到极少数人。胡佛遵从了这个规定，但这并不意味着他已经收拾好档案准备优雅地离开了。这是保险，万一他被迫退休的时候可以给他的支持者按照他的模式批准候选人。未来的局长任期不会超过十年。

胡佛现在遇到的一九六七年夏天少数民族聚居区的骚乱问题，想必以后将由某个人来处理。在七月下旬的四天时间内，有四十三人在底特律的骚乱中丧生，胡佛告诉约翰逊说："他们在底特律完全失控了。哈勒姆随时都会爆发。他们计划摧毁一切。"[96]其他的观测员在向约翰逊报告的时候有所节制，只说底特律实际上陷入了混乱。总统派遣联邦部队去发生骚乱的城市恢复秩序。哈勒姆没有爆发骚乱。

另外，联邦调查局在准备帮助约翰逊的总统竞选连任，其战略是"扰乱"反战的"和平党"所预期的候选人名单。指导思想是"在越南问题上有效地把他们标为共产党或共产党支持的更为歇斯底里的总统对手，这对约翰逊先生来说将是实实在在的恩惠"。[97]

但在发生温和抵抗的时候，在另一场总统竞选对抗临近的时候，在越南战争升温的时候，J. 埃德加·胡佛自己在七月二十六日达到了一次重大的转折期。六天来，举行了一系列的活动来庆祝、宣传和赞扬他为政府工作五十年的光辉成就。

也许该是深刻地思考一下的时候了。或者也许他依然像往常那样上班工作。还是顺其自然，让事实去说话吧。

八月一日，他忙于对付市内混乱的挑战。

在总统的关于温和抵抗国家咨询委员会会议上，胡佛在作证的时候罗列了那些"疯狂叫嚣的煽动分子，他们具有军事性质，而且有时候鼓动了大量人员参加活动"。[98]他把小马丁·路德·金也包括在其中。那天的晚些时候，他开始准备联邦调查局的"煽动分子名单"，敦促特工们加强有关情报收集，目标是"那些发起（破坏捣乱）行动，然后就消失了的煽动分子"。[99]

八月二十五日，调查局新的反情报项目已经把一些黑人民族主义分子列上了目标，为的是"曝光、扰乱、误导、诋毁或破坏"他们的活动。局长签署了动员令："你们要热情和积极地投入到这个新的反情报行动中去，调查局欢迎你们提出建议和办法。"[100]

九月份，司法部长克拉克向联邦调查局布置了一项任务：调查骚乱是不是由于某些"阴谋"的结果。他还提出了具体的建议，即胡佛应该开发"黑人民族主义组织、学生非暴力协调委员会和其他知名度不高的团组中的资源或线人"。[101]局长开始了"少数民族聚居区的线人项目"，该行动一直持续到一九七三年。一九七二年的时候，参加者有七千四百零二人。开始时的目标是招募社区所谓的监听站，比如"糖果店或理发店的老板"。最后，该项目鼓励线人确认"极端分子"的身份，包括"非裔美国人类型的书店"业主、经理和客户。[102]

同时，联邦调查局也在调查反战的越战老兵协会，看看这样的组织是否由共产党指导或控制。① 调查局已经与中情局联手，鼓动国家安全局开展非法的监控项目，目标是反战和民权活动。

十月份，林登·贝恩斯·约翰逊给联邦调查局布置了任务，因为在他发表越战政策讲话之后，有些人发来了"批评"的电报，他要求调查这些人的情况。在这样的气氛下，这个要求似乎并不是不寻常。五十份"强烈批评"的电文得到了调查局刑事报告部的及时处理。[103]

但在一九六〇年代，联邦调查局不可能核查、监控、质问、存档和恐吓参与大规模社会抗议活动的每一个人。十月二十一日和二十二日，五万多美国人在华盛顿举行声势浩大的示威游行，抗议美国在东南亚发动的这场战争。

然而胡佛没有听到。他忙于例行的公事。他的员工准备了一份发给克拉克

---

① 联邦调查局没能发现马克思列宁主义在这个组织的影响，从而导致了到次月才结束的一场调查。类似的项目是在 1968 年开始的；全面的调查行动是在 1971 年 8 月发动的，并延续到 1974 年。

的长篇备忘录，共有十页，标题颇为夸张："关于三K党的调查——联邦调查局的成就"。文中提及调查局线人在该组织内部"清除"三K党干部，并且"煽动丑闻"。[104]由于这只是克拉克收到的雪片般飞来的备忘录之一，他没有看到。如遇到质疑，胡佛现在可以说，我们已经把关于白人仇恨的反情报项目通知了司法部长拉姆齐·克拉克。

二月份，胡佛与众议员鲁尼的拨款小组委员会关于一九六七年的事件是意见一致的。① 他认为，一切骚乱都是因为"动乱分子、极端分子和颠覆分子"煽动的"业已混乱的形势"所触发的。他还认为，已经发生的一系列骚乱都可证明与阴谋有关，他警告众议院的看门狗们："我们千万不要忽视共产党和其他颠覆团伙的活动，一旦动乱发生，他们肯定会积极投入进去。"他没有"灵丹妙药"，但他确实提议，"应该对无法无天的暴力行为予以迎头痛击，应该把违法犯罪分子抓起来，立即对他们进行审判和惩罚。"

为缓和少数民族聚居区的骚乱，他的处方是很特别的，但他确实赞扬了迈阿密一位警长的成就。在警察开始携带霰弹枪、牵着警犬在社区开展巡逻后，"黑人聚居的市内三区"抢劫犯罪率下降了百分之六十二。[106]

至于学生的不满情绪，新左翼分子的这一代人"不关心国家的建设"。他们几乎热切地"渴望摧毁、消灭和推翻国家"。局长担心共产党正在利用美国愤青。② 根据他的观点，日益增长的民权领导人支持反战运动的趋势，是美国共产党取得的"一些进展"，因为共产党高兴地看到，这些民权领导人"建议美国黑人拒绝去越南打仗"。他警告说，黑人民族主义运动"使外国人有机可乘……对我们的国家安全绝对是一个威胁"。[108]

在这次出席众议院拨款小组委员会的听证会期间，联邦调查局每年的花费是两亿美元。胡佛的证词仅仅是个形式。"我从来没有削减过这个预算，"在这次会议召开前的几个星期，众议员鲁尼说，"我也从来不想削减。"在鲁尼与胡

---

① 这些一年一度的会议并不是没有惊奇。在 1966 年，胡佛脱离事先准备的讲稿开始声讨拉斯廷，使众议员们甚为不安。局长指控拉斯廷"犯有鸡奸、违反《兵役法》的罪行，还承认是共青团员……他承认了鸡奸。他在加州帕萨迪纳被捕"。[105]

② "这些共产党高官接到了学校和学术团体的邀请，"联邦调查局局长作证说，"我认为这是不允许的，我也认为学生们不应该去与说谎的人见面。"他说，调查局向一些学院和高校派去了宣讲团，去做"关于共产党真实情况"的报告。[107]

佛达成了协议的情况下，参议院委员会对调查局预算审核的指控后来实际上不了了之。

颂扬再也不是普遍的了。《华盛顿邮报》记者理查德·哈伍德发表了一篇温和的批评文章，他引用了一个匿名的联邦调查局特工的话，该特工称胡佛是"其他人负面信息"的首席档案员。其他许多人的话也得到了类似的引用，但托尔森写了一封严肃的信件给编辑，对这些评论做了正确的分析。那是"许多诽谤者和冗员的实际或可疑的吹毛求疵"。[109]

不能忘记的是，当 J.埃德加·胡佛谈及国际共产主义和外国阴谋，以及美国青年诱惑的时候，许多有见识的人士相信胡佛是头脑清楚的。这其中有林登·约翰逊，在联邦调查局局长对现实误解的鼓励下，他继续推行他的注定要失败的越战政策。

一九六五年四月下旬，在被白宫问及反战运动是否受到共产党影响的时候，胡佛给约翰逊送去了由媒体写的包含几个观点的文章，要点是他们认为日益增长的不满情绪是受共产党鼓动的，但他没有告诉总统，这些文章实际上是根据调查局的印刷品撰写的。

四月二十八日，胡佛见到了总统。约翰逊说他"无疑"认为，共产党是"骚乱的幕后推手"。那个时候，学生争取民主社会运动已经宣称，计划在全美八十五个城市举行示威游行。局长完全同意总统的观点，他指责学生争取民主社会运动已经"被共产党大量渗透了，而且……我们知道，现在的民权运动形势是受到了共产党的很大影响"。约翰逊听了后感到很高兴。根据胡佛对该次会面的备忘录记载，林登·贝恩斯·约翰逊要求联邦调查局把情况"传达给至少两名参议员和两名众议员，最好是每个党派一人"，[110]这样他们就可以发表公开演讲，引经据典地谴责共产党煽动了反战运动。

这样一来，约翰逊更加盲目了。胡佛的作用降低了，在一段可悲的很长的时间里，总统完全忽视了狂风暴雨般的公众反战运动。这个错误的代价让林登·贝恩斯·约翰逊丢了总统的职位，也推迟了战争的结束，造成了更多的兵员伤亡，并且极大地增加了国家的悲痛和怨恨。

早在一九六四年的时候，联邦调查局在发给司法部长的年度报告内，就阐述了共产党发动的"要求美军从南越撤走的声势浩大的运动"。[111]胡佛知道，中

私 人 生 活

胡佛称呼比他年轻五岁的克莱德·安德森·托尔森为"小字辈"。在公开场合，托尔森称呼胡佛为"老板"，但在只有他们两人相处的时候，则称呼他为"速度"。托尔森在 1928 年加入调查局，几乎立即成为局长的常年伴侣。他们之间的亲密导致了同性恋关系的谣言。

——国家档案，编号 65-H-746

to 'speed' with affectionate regards
Clyde
9/11/44

致"速度"

深情的问候

克莱德
1944 年 9 月 11 日

1937 年，克莱德与埃德加在巴尔的摩月桂赛马场。最新信息方面是胡佛的弱项。托尔森则持怀疑态度，对赛马和总部的工作都一样。

——乔·弗莱舍和国家档案，
编号 65-H-100-1

在迈阿密海滩的阿诺德·鲁本饭店，与沃尔特·温切尔（右）和两位身份不明的女子在一起。这位深受大众喜爱的专栏作家和广播评论员对 J.埃德加·胡佛及其联邦特工的神话最为了解。作为回报，联邦调查局局长向他提供当前案子的内部情况，以及关于他们共同敌人的令人窘迫的珍闻。其中的关于民主党总统候选人阿德莱·史蒂文森的珍闻，使温切尔上了电视演播。

——国家档案，编号 65-H-563-1

1939 年在半年一度的"非度假"迈阿密海滩之行。胡佛告诉媒体，他们在佛罗里达是为了开展一项与"刑事犯罪分子"作斗争的行动。背景里能看到胡佛的一辆防弹车。

——大世界图片

1935 年在斯托克会所的温切尔专席边，胡佛庆祝自己的生日和新年的到来。他同意上演搞笑的镜头。但在他要求一个长相凶狠的人摆姿势的时候，那人拒绝了，还匆匆离开了会所。当重量级拳击冠军吉姆·布拉多克自告奋勇来扮演的时候，温切尔和会所老板比林斯利都宽慰地松了一口气。与胡佛不同，他们都认出了那个"小气鬼"。那是特里·雷利，是一个黑社会杀手，目前正在到处徘徊寻找敲诈勒索的目标，还在假冒特工。

——合众社 / 贝特曼新闻图片和国家档案，编号 65-H-182-2

胡佛通常很谨慎，尽可能不让人们拍摄到他与威斯康辛州联邦参议员和他的"反共"门生约瑟夫·R.麦卡锡在一起的镜头。然而，1953 年 8 月在石油大亨克林特·默奇森的加州度假胜地查洛酒店，这张照片显示，当司法部据说在调查麦卡锡经济问题的时候，两人却在一起度假。

胡佛对朋友和敌人都保存着大量的档案材料。麦卡锡的档案是具有爆炸性的，能够结束他的政治生涯。从左开始：麦卡锡、托尔森、罗亚尔·C.米勒和胡佛。

——国家档案，编号 H-65-141-1

华盛顿哥伦比亚特区西北第三十街 4936 号住宅，自 1938 年至去世的 1972 年，J．埃德加·胡佛一直住在这里。房子的修缮和维护都是由纳税人买单的。

——国家档案，编号 65-H-1989-1

胡佛住宅的客厅。地上铺有一层层东方地毯，到处放满了古董文物，走路要绕来绕去。

——国家档案，编号 65-H-1895-1-8

胡佛的地窖娱乐室。包括几位共和党总统在内的男宾们，观看过挂在那里的埃莉诺·罗斯福的淫秽图画，是局长从喜剧演员Ｗ.Ｃ.菲尔兹那里"得到"的。

——国家档案，编号 65-H-300-1

胡佛的秘密花园。地下室的墙面上饰有女士裸体画，包括著名的玛丽莲·梦露的日历照片；花园里安放了男士裸体雕像。

——国家档案，编号 65-H-300-2

冤 家 对 头

J.埃德加·胡佛的仇敌名单和秘密,在他担任局长的五十年来已经积累了很多,比众所周知的尼克松总统的花名册人数还要多,虽然有些是重复的。

胡佛的死对头威廉·J."野比尔"·多诺万,是战斗英雄、司法部副部长和战略情报局的创建人。胡佛一直关注着多诺万,解读他的想当中央情报局局长的伟大梦想,甚至在他死后还要对他进行诽谤。

——大世界图片

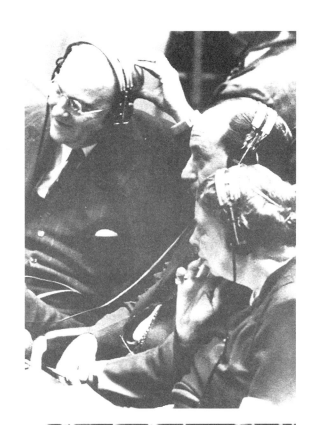

胡佛鄙视第一夫人埃莉诺·罗斯福。她指责他创建了美国的盖世太保。在她丈夫死后，联邦调查局局长泄露了关于据说她与一些男人和女人风流韵事的丑闻。

胡佛强烈反对联合国，他认为那只是间谍的巢穴。这里显示的是 1951 年联合国巴黎大会期间局长的三个敌人。从左开始：胡佛怀疑具有"共产党倾向的"约翰·福斯特·杜勒斯；在 1953 年和 1956 年总统竞选战役中被胡佛打上了同性恋烙印的阿德莱·史蒂文森；以及被胡佛称为调查局"最危险敌人"的罗斯福夫人。

——富兰克林·D.罗斯福图书馆

总统的知己密友和最高法院大法官菲利克斯·弗兰克福特帮助 J.埃德加·胡佛保住了饭碗。作为回报，联邦调查局局长一直对弗兰克福特保持着几近经常性的监控。

——大世界图片

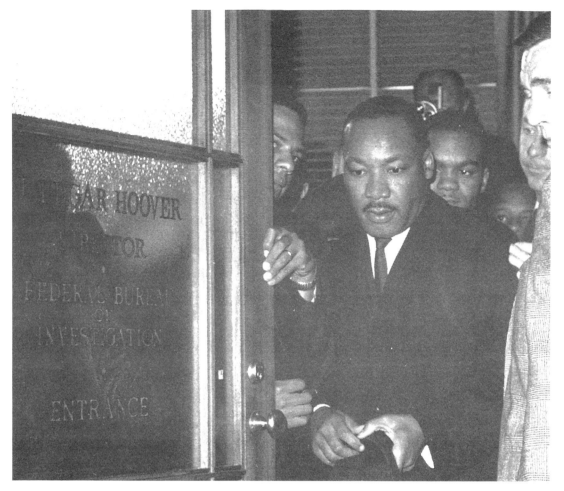

小马丁·路德·金是民权运动领袖，在胡佛的眼里，他是一个"臭名昭著的骗子"，是"一个好色之徒"，着迷于坠落变态的性刺激。图中的金博士一脸的忧虑，在与胡佛进行了著名的 1964 年对抗会谈之后，他被引出了局长的办公室。当金博士遭暗杀的消息传来后，联邦调查局一些特工欢喜雀跃。

——合众社 / 贝特曼新闻图片

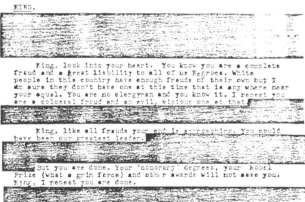

联邦调查局寄送给金博士的匿名信，指望他会由此采取自杀行动。删去部分涉及的是金博士的性活动。该信件是由民权运动领袖的妻子科雷塔启封的，信中还附有金博士在酒店幽会时的磁带录音。

三 个 犹 大

第一个犹大是路易斯·尼科尔斯。他是调查局势力强大的公关部门——刑事信息部的领导人，负责创建和维护联邦调查局的形象及其局长的传奇。但当尼科尔斯离开调查局去为前私酒贩子刘易斯·罗森斯蒂尔打工时，胡佛指责他是叛徒。

——合众社／贝特曼新闻图片

也是刑事信息部负责人的卡撒·"德克"·德洛克，是第二个犹大。联邦调查局局长怀疑德洛克阴谋抢他的饭碗，在德洛克被迫退休的时候，胡佛并没有不高兴。

——合众社／贝特曼新闻图片

内部举报人威廉·科尼利厄斯·萨利文。在他们最后一次会面的时候，胡佛指责他一直把他当做儿子看待的萨利文是第三个犹大。"我不是犹大，胡佛先生，"萨利文反驳说，"你当然也不是耶稣基督。"

——大世界图片

历 届 总 统

在超过这个国家历史四分之一的漫长的岁月里，J.埃德加·胡佛经历了十位总统，虽然他
没把第一位总统伍德罗·威尔逊计算在内，或许他希望公众能够忘记，在司法部长A.米切
尔·帕尔默臭名昭著的搜捕赤色分子的行动中，他这个司法部的年轻职员所起到的关键作用。
图中显示的是富兰克林·德拉诺·罗斯福签署1934年的刑事法案。该法案授权调查局携带
枪支，并可实施逮捕。罗斯福后来授予胡佛几近无限的权力。
从左开始：司法部长霍默·卡明斯、罗斯福总统、胡佛、亚利桑那州联邦参议员亨利·F.艾
舍斯特，以及司法部副部长约瑟夫·B.凯南

——国家档案，编号 65-H-206-2

胡佛讨厌罗斯福的接班人哈里·S.杜鲁门，因为杜鲁门想约束联邦调查局局长，但没有成功。
图中胡佛和杜鲁门与司法部长J.霍华德·麦克格拉斯在一起。

——合众社/贝特曼新闻图片

胡佛与德怀特·戴维·艾森豪威尔总统建立了友好关系。然而，他们的互相羡慕并没有阻止胡佛去调查关于艾克（艾森豪威尔的昵称——译注）与其情妇凯·萨默斯比的谣言。图中总统与联邦调查局局长和司法部长赫伯特·布劳内尔在一起。在艾森豪威尔当政时期，胡佛发动了非法的有时候是致命的反情报项目，即联邦调查局对付持不同政见者的秘密战争。

——合众社／贝特曼新闻图片

联邦调查局局长与艾森豪威尔的副总统理查德·M.尼克松的关系要亲密很多，他们的关系可以追溯到希斯案子时期。胡佛向自己的助理们吹嘘，是他创建了尼克松。这并不是瞎吹。图中显示的是两人1959年出现在布伊赛马场上。

——国家档案，编号 65-H-1515

联邦调查局局长保存了关于肯尼迪家族的大量档案，包括约翰·F.肯尼迪总统、他的弟弟司法部长罗伯特·F.肯尼迪和他的父亲约瑟夫·肯尼迪，以及他们的妻子和其他女人。杰克（约翰的昵称，即肯尼迪总统——译注）和鲍比（罗伯特的昵称，即司法部长肯尼迪——译注）的替换胡佛计划，因总统遭谋杀而流产。

——大世界图片和国家档案，编号 65-H-1676-1

胡佛与林登·贝恩斯·约翰逊是门对门的邻居，当时后者是一位联邦众议员。在当上总统后，林登·B.约翰逊免除了联邦调查局局长在 70 岁时的强制退休，但用皮带拴住了他。

——国家档案，编号 65-H-2204

胡佛秘密协助理查德·尼克松当上了总统。作为回报，尼克松两次试图炒掉联邦调查局局长。虽然胡佛两次从椭圆形办公室返回时都保住了职位，但尼克松的"宫廷警卫"计谋损害了局长。图中显示的是尼克松刚刚获得大选胜利后，两人在纽约皮埃尔酒店里。胡佛播下了最终导致理查德·尼克松下台的种子。

——合众社／贝特曼和国家档案，编号 65-H-2821

晚 年 岁 月

J.埃德加·胡佛的两面人生。联邦调查局局长最后一张正式照片是在 1971 年拍摄的，摄影师是约翰
逊总统最喜欢的冈本洋一。
这里的胡佛坐在自己的外间办公室，是他用来接待客人的房间。

——冈本洋一

对年老的联邦调查局局长来说，1971年10月肯定是最残酷的月份。他不得不解雇第三个叛徒——威廉·萨利文；尼克松总统试图炒掉他；他打算销毁他的大多数秘密档案，但发现下不了手；他的老朋友弗兰克·鲍曼死于癌症。图中的胡佛飞抵佛罗里达州代托纳比奇，去参加鲍曼的葬礼，他受到了警长和前联邦调查局特工埃德·达夫的迎接。在走下飞机舷梯的时候，胡佛差点摔倒。

——大世界图片

回到自己的圣所之后，胡佛似乎要垮塌了。这些照片，包括在封面显示的，是在联邦调查局局长77岁最后一次生日之前拍摄的。

——冈本洋一

在 J.埃德加·胡佛死后，国会表决后同意将他的遗体隆重地安放到国会的圆形大厅内。这是莫大的荣誉，之前只授予了二十一位美国人——总统、政治家和战斗英雄——从来没有让一名公务员或警察享受过。

为保护胡佛的遗体免受破坏分子袭击或可能的核爆炸，联邦调查局选用了一口铅板衬里的棺材，重量超过了一千磅。抬棺材的年轻军人中，有两人小肠气发作了，另有一名仪仗队队员倒在了地上，如图所示。

——大世界图片

在尼克松总统致悼词之后，胡佛被埋葬在国会墓地，距离他在 77 年前出生的那栋排屋相隔只有十三个街区。他的多年助理和伴侣克莱德·托尔森（前左）似乎显得更为迷茫，而不是悲伤；他比局长多活了三年。在墓地的仪式结束之后，联邦调查局官员们开始静静地讨论，如何尽快摆脱选定为胡佛接班人的那个外来和尚，以及处理掉胡佛的秘密档案。

——大世界图片

他的遗产：位于华盛顿哥伦比亚特区第九街与宾夕法尼亚大道交叉口的 J．埃德加·胡佛大厦。

——《联邦调查局》

央情报局正在告诉约翰逊，某些国家希望鼓动美国校园的学潮，由此造成公共秩序的混乱，导致美军撤回国内以平息全国的紧张形势。如果不能做得更好的话，他至少应该做出同样的贡献。他向下属下达指示，要求根据事先预定的对学生争取民主社会运动的倾向性意见，"立即准备好"给约翰逊的一份备忘录："我要发给总统的报告，其重点的背景是共产党在学生争取民主社会运动中的影响。"[112]这份抱有偏见的备忘录还要抄送给行政官员，让他们在演讲的时候引用。标题为"有关美国越战政策的共产党活动"的报告，显示了共产党确实想对持不同意见者施加影响。就这么办。

实力强大、能言善辩的参议员们现在开始发表反对当局政策的讲话。当参议院对外关系委员会决定就此事召开电视直播听证会的时候，林登·贝恩斯·约翰逊命令胡佛把他们的评论与"共产党的路线"进行逐条对比。① 此外，联邦调查局还通过了一份备忘录，认为各种各样的"和平"示威，是共产党成功策划的证据。[115]

学生组织受到了监视和渗透，调查局得到情报说，"越战示威"项目计划组织反战游行。胡佛关注的重点是那些持不同政见者的潜在暴力，他们的人数在快速增加。全国各地的其他观察家们从这种史无前例的现象中得出了不同的结论，但胡佛没去注意。直至一九六六年，他还向所有的分局长写备忘录说，反对示威游行的"公众愤怒浪潮一浪高过一浪"。[116]

被萨利文称为"起到说明作用的"联邦调查局这些淘气的备忘录，是故意的夸张，对以后的尼克松政府产生了持续的影响，加深了白宫对民意的误解。

丘奇委员会总结说："最高决策层的观念混乱对于国家命运所产生的巨大影响，是不可估算的。"[117]也难以统计那些白白牺牲的战士人数。

一九六八年，如果不算总统，那么其他的政治家已经理解了。罗伯特·肯

---

① 约翰逊向德洛克抱怨说，只有6名参议员组成了反战派的核心，包括莫尔斯、福布莱特和罗伯特·肯尼迪。总统说，这几个人要么是在苏联驻华盛顿使馆吃过饭，或者与苏联大使悄悄地吃过饭见过面，才变得这么直言反战。对于这些人的动机，总统的分析颇为鄙视：福布莱特"心胸狭窄、野心很大、想当总统"；肯尼迪只是"想给政府添乱，给自己出风头"。[113]至于这场战争，约翰逊告诉联邦调查局，他感觉福布莱特和莫尔斯"绝对是在苏联使馆的控制之下"。[114]

尼迪是第一批感知到了风向变化的人之一，三月十六日，他宣布自己有意与约翰逊竞争民主党总统候选人的提名。对许多人来说，这并不奇怪，但林登·贝恩斯·约翰逊则不然。胡佛通知他说，肯尼迪已经要求金博士对他的决定做出评价。

仅仅十二天之后，这位刚刚宣布的候选人以惨淡的方式创造了政治历史。在俄勒冈州的初选时，他成了在竞选中失败的第一个肯尼迪。

但民主党显然也与这个国家一样，是有深深的分化的。在对这个决定愤怒了几个月之后，并在与许多人讨论了此事之后，约翰逊在三月三十一日的举动震惊了全国，他宣布不参与连任的竞选。由此，他避免了两天后在威斯康星州初选的必然失败。此外，"我当总统第一天就担心的事情确实成真了，"他后来回忆说，"为纪念他的兄长，罗伯特·肯尼迪已经公开宣布有意竞选总统。而且美国人民是着迷这个名字的，他们已经在大街上载歌载舞了。"[118]

胡佛没有参与其中。在这场两个大人物互相指责对方是骗子的史诗般的战役之后，在肯尼迪的政府里是没有他现在这个联邦调查局局长位子的。按照胡佛的性格，他不会去给林登·贝恩斯·约翰逊出谋划策的。但似乎他会提醒总统，肯尼迪与共产党教唆的马丁·路德·金博士走得很近，这个金博士因为站出来反对越战而惹恼了约翰逊。

但这样的关注，在四月四日的时候是不切实际的。

"他们搞掉了狐狸！他们终于搞掉了那狗杂种！"[119]当收音机里首次传来金博士在孟菲斯遭枪杀的消息时，联邦调查局亚特兰大分局内回响着这样的喊声。亚特兰大分局是监控这位民权领袖的主力军。几分钟后当金博士死去的消息传来时，一位特工高兴得手舞足蹈。

拉姆齐·克拉克之前就注意到，在约翰·F.肯尼迪遭暗杀后，胡佛从来没对肯尼迪家族的悲伤表现出丝毫的同情。金博士之死，胡佛的表现则更为麻木了。在谋杀后的两天，当骚乱席卷华盛顿市区的时候，司法部长哪里都找不到联邦调查局局长。这是星期六，胡佛已经去了巴尔的摩观看赛马。

根据克拉克的说法，托尔森"倒是善于表达感情的"。[120]一九六八年年初，在联邦调查局的一次高层次会议上，当肯尼迪获得总统候选人提名的可能性增大的时候，胡佛的这位朋友说："我希望某个人开枪杀了那个狗杂种。"[121]

六月六日，他的愿望实现了。索罕·索罕在洛杉矶大使饭店的配餐室扣动了手枪的扳机。

六月七日和八日，大约十五万人去了安放着遗体的纽约圣帕特里克大教堂致哀。美国人民和全世界许多人的目光，再次转向了被杀手子弹击倒的年轻的肯尼迪葬礼现场。

在电视摄像机的镜头下，当灵柩被抬下教堂台阶的时候，突然间在紧随其后的送葬者队列里出现了一个小小的骚动。联邦调查局一名特工把拉姆齐·克拉克拉到一边，耳语着要他打电话给德洛克："事情很急，你必须立即打他电话！"

当克拉克找到电话并打过去的时候，德洛克报告说，暗杀马丁·路德·金的嫌疑人詹姆斯·厄尔·雷已在伦敦被捕。当然，联邦调查局不想打断现在的葬礼仪式，但苏格兰场已经决定要发布消息了。自然地，全国的注意力都转向了联邦调查局这一惊人之举的新闻报道。

后来，克拉克了解了真相。德洛克在头天晚上把逮捕的消息告诉了调查局喜欢的一位记者。因此，在那天晚上或在葬礼那天的早上，冗长详细的新闻发布材料就出现在司法部各个办公室的案头上了。克拉克冷漠地叫来德洛克。他拒绝继续使用这位特工担任与调查局之间的联络员。"我不能忍受的是，我受骗了，"他解释说，"你不能再做那样的事情了。"[122]

七月二十一日，在底特律黑帮头目彼得·"马脸"·里卡沃利在亚利桑那州图森拥有的农场，一颗炸弹爆炸了。第二天晚上，两颗炸弹炸飞了当地黑手党大佬约瑟夫·博南诺（乔·巴纳纳斯）住宅的庭院围墙。第二年又发生了十五次爆炸事件，黑帮战争在西南部的沙漠城市快速升级。

乔·巴纳纳斯的儿子报了警。他想帮助警方查明"损害我们家族在这里形象的那些坏蛋"。

这场黑帮战争实际上是联邦调查局一名特工开创和启动的一次反情报项目，是他独自行动的。一九七〇年，三个证人就是这么作证的。特工戴维·奥林·黑尔是黑手党专家，被称为"很有能耐"。据说他告诉安放炸弹的两个人，他们都是在参加联邦调查局的一次行动，目的是要挑起图森黑手党徒之间的仇恨。他们中的一人在爆炸后逃跑时被霰弹枪击伤，据说该特工建议，他的伙伴去用弓弩射杀一名黑手党的保镖作为复仇。根据法庭的证词，该特工去医院看望了伤者，还询问他能否在自己的床单下把"帽子卷成导火线"。伤员解释说，一只手还不能活动，无法只用一只好手来完成这任务。

此后，一位学习人类学的金发碧眼的美女大学生告诉朋友说，她和黑尔试图去炸乔·巴纳纳斯的汽车。后来她被发现死于头部的枪伤。警方判定她是自杀。

法庭预审开始后，黑尔被停职了。当一个安放炸弹者兄弟的女朋友在法庭上提及黑尔的名字后，他从调查局辞职了。虽然联邦调查局的官员被政府描述成为"疯子"，但其中一位声称，他们已经准备开除黑尔，因为他接受了私人贷款和礼物。预审法庭的法官决定对安放炸弹者每人罚款二百六十美元，相信他们是"受骗上当，被误导而走上了"由联邦调查局一名特工"指引的那条铺满了鲜花的道路"。他分析黑尔的所谓计划是"他自己的闹剧，给所有有关人员带来了烦恼"。[123]

黑尔在本案中从来没有受到起诉，这个案子也被司法部压下了。亚利桑那州决定不去指控他。在从联邦调查局辞职后，他受雇于一家公司的领导职位；这说明他的前雇主没有做出对他的负面评语。

司法观察家们指出，司法部长约翰·米切尔答应要摧毁黑帮组织，但如果控告黑尔，就不得不起诉这位前联邦调查局特工阴谋剥夺黑帮大佬乔·巴纳纳斯的民权。

由于民主党也许能够获胜，胡佛对共和党总统候选人理查德·尼克松的帮助和安慰必须是隐蔽的。但这次，他不需要克罗宁神父来担任中间人。路·尼科尔斯在负责前副总统竞选战役的安全工作。尼科尔斯是第一个犹大，如果还是不能完全信任的，至少已经得到了原谅。他发动了"鹰眼行动"，全国范围内的前联邦调查局特工和检察官接受任务，确保一九六○年的失窃不再重演。联邦调查局局长可以安稳地坐在办公室里，把有用的信息提供给尼科尔斯，假装没有介入。

他没有指望林登·贝恩斯·约翰逊。

距离大选不到两星期的时候，约翰逊总统叫停了对北越的轰炸，提议恢复巴黎和谈。这既是一次巧妙的政治举措，来帮助民主党总统候选人休伯特·汉弗莱，也是为他自己打算，因为在约翰逊看来，最重要的是，他想在离任之前结束这场战争。不幸的是，南越总统阮文绍却百般阻挠，他拒绝派遣代表团赴巴黎。根据国家安全局截获的电报往来和中央情报局的报告（中情局对阮文绍的办公室实施了窃听），约翰逊获悉，阮文绍意图破坏巴黎和谈，指望如果尼克松当选，他会提出更加苛刻的条件。约翰逊对此并不感到特别惊奇，他怀疑尼克松的人员在策划这场戏。疑点集中到了"龙女"身上，那是二战时期飞虎队司令员陈纳德的遗孀、中国出生的陈香梅女士。陈女士是共和党的一位领导人，也是尼克松的"关注亚洲人"团组的负责人，还是公认的南越驻美大使裴艳的红颜知己。约翰逊通过德洛克，要求对陈香梅、裴艳和南越使馆开展实际监控和电子监控。

大选的日期已经逼近，这个要求使胡佛和他的助手们感到惊慌失措。由于陈香梅在共和党内的声望，德洛克写备忘录给托尔森："一旦人们知道联邦调查局在窃听她，会使我们陷于难以招架和非常难堪的境地。"[124]

约翰逊虽然是快要下台的跛子鸭总统，但他依然是总司令，一天深夜，他在电话中提醒德洛克，二十四小时的监控已获批准。约翰逊的怀疑在十一月二日得到了证实，联邦调查局截获了陈香梅女士打给南越使馆的一个电话，她在电话里敦促西贡当局保持坚强：他们可以更好地与尼克松打交道，她说。当使馆官员询问尼克松是不是知道这个电话的时候，陈女士回答说："不，但我们在新墨西哥州的朋友是知道的。"[125] 那天，副总统候选人斯皮罗·阿格纽的竞选专机在新墨西哥州阿尔布开克做短暂停留，于是约翰逊让联邦调查局去核查电话费记录，看看阿格纽或他的人员是否打电话给了陈香梅。结果没有发现这样的电话记录，虽然林登·贝恩斯·约翰逊强烈怀疑共和党拖延战争的结束纯粹是出于政治原因，但他拿不出证据，所以他只好极不情愿地丢下了这事。

这就让胡佛为难了。假如尼克松获胜——胡佛热切地渴望他能够获胜——那么关于陈香梅–阿格纽的调查，确实会使联邦调查局陷入"难以招架和非常难堪的境地"。但联邦调查局局长是足智多谋的，他已经为自己留好了出路：如果尼克松获胜，他就告诉他关于调查的事情，并把责任推给林登·贝恩斯·约翰逊。

资料来源:

［1］《淑女鸟约翰逊：白宫日记》（纽约：霍尔特、莱因哈特和温斯顿出版公司，1970年），第227页。

［2］丘奇委员会记录，第3册，第346页。

［3］德洛克致莫尔，1964年8月29日。

［4］丘奇委员会记录，第3册，第348页。

［5］德洛克致莫尔，1964年8月29日。

［6］维克托·拉斯基：《这不是从水门开始的》（纽约：戴尔出版社，1977年），第191页。

［7］同上。

［8］德洛克致 J. 埃德加·胡佛，1964年10月27日。

［9］同上。

［10］德洛克致 J. 埃德加·胡佛，1964年10月19日。

［11］同上。

［12］维克托·拉斯基：《这不是从水门开始的》，第192页。

［13］《华盛顿每日新闻报》，1964年10月23日。

［14］《纽约时报》，1964年10月28日。

［15］鲍尔斯：《联邦特工》，第244页。

［16］同上，第241页。

［17］德马里斯：《局长》，第28页、78—79页。

［18］奥利里采访录。

［19］德马里斯：《局长》，第71页。

［20］鲍尔斯：《联邦特工》，第246页。

［21］《洛杉矶时报》，1966年11月8日。

［22］贝尔蒙特和埃文斯采访录。

［23］施莱辛格：《罗伯特·肯尼迪》，第658和661页。

［24］德洛克致 J. 埃德加·胡佛，1965年2月23日。

［25］丘奇委员会记录，第6卷，第200—201页。

［26］同上。

［27］同上。

[28] 同上，第 218 页。

[29] 同上，第 219 页。

[30] J. 埃德加·胡佛致沃森（林登·贝恩斯·约翰逊），1966 年 11 月 22 日。

[31] 托马斯·黑尔·博格斯采访录。

[32] 约翰尼·格林，"联邦调查局是不是杀了维奥拉·里兹佐?"：《花花公子》杂志，1982 年 3 月。

[33] 《洛杉矶时报》，1966 年 1 月 19 日。

[34] 西奥哈里斯和考克斯：《老板》，第 363—364 页。

[35] 丘奇委员会记录，第 3 册，第 308 页。

[36] 《生活杂志》，1967 年 5 月 26 日。

[37] 尼尔·J. 韦尔奇和戴维·W. 马斯顿：《胡佛的联邦调查局内幕》（纽约州花园城：双日出版社，1984 年），第 232 页。

[38] 丘奇委员会记录，第 3 册，第 308 页。

[39] 同上，第 309 页。

[40] 同上，第 410 页。

[41] 同上。

[42] 同上。

[43] 官方绝密档案，编号：129。

[44] 《生活杂志》，1967 年 5 月 26 日。

[45] 《国会议事录》，众议院，1972 年 4 月 19 日。

[46] 谢里登：《霍法》，第 406 和 413 页。

[47] 尼古拉斯·冯·霍夫曼：《公民科恩》（纽约：双日出版社，1988 年），第 338—339 页。

[48] 《国会议事录》，众议院，1972 年 4 月 19 日。

[49] 《生活杂志》，1968 年 8 月 9 日。

[50] 《国会议事录》，众议院，1972 年 4 月 19 日。

[51] 冯·霍夫曼：《科恩》，第 337 页。

[52] 《国会议事录》，众议院，1972 年 4 月 19 日。

[53] 同上，第 341 页。

[54] 《华盛顿星报》，1967 年 1 月 2 日。

[55] 詹姆斯·R. 博伊德：《法律之上》（纽约：新美国图书馆出版社，1968 年），第 9 页。

[56] 纳瓦斯基：《肯尼迪的正义》，第 95—96 页。

［57］《华盛顿邮报》，1966 年 7 月 15 日。

［58］《华盛顿邮报》，1966 年 12 月 18 日。

［59］萨利文致德洛克，1966 年 1 月 19 日；官方绝密档案，编号：36。

［60］J. 埃德加·胡佛致克莱德·托尔森和德洛克，1967 年 1 月 6 日；官方绝密档案，编号：36。

［61］同上。

［62］维拉诺和阿斯特：《普通特工》，第 223 页。

［63］《旧金山纪事报》，1980 年 9 月 9 日。

［64］《旧金山观察家报》，1981 年 5 月 15 日。

［65］《旧金山观察家报》，1981 年 8 月 20 日。

［66］昂加尔：《联邦调查局》，第 397 页。

［67］J. 埃德加·胡佛致里士满、亚特兰大、巴尔的摩、伯明翰、洛杉矶和莫比尔分局长，1966 年 11 月 8 日。

［68］丘奇委员会记录，第 3 册，第 50 页。

［69］格罗斯致 J. 埃德加·胡佛，1966 年 12 月 5 日；J. 埃德加·胡佛致格罗斯，1966 年 12 月 7 日。

［70］维克托·拉斯基：《罗伯特·F. 肯尼迪：其人及其神话》（纽约：三叉戟出版社，1968 年）第 353 页。

［71］《纽约时报》，1966 年 12 月 15 日。

［72］拉斯基：《肯尼迪》，第 356 页。

［73］同上，第 3586 页。

［74］《纽约时报》，1966 年 12 月 13 日。

［75］谢里登：《霍法》，第 401 页。

［76］同上，第 407 页。

［77］丘奇委员会记录，第 6 卷，第 182 页。

［78］西奥哈里斯：《刺探》，第 113 页。

［79］罗伯特·塞佩斯：《犯罪战争》（纽约：新美国图书馆出版社，1968 年），第 27—28 页。

［80］丘奇委员会记录，第 6 卷，第 220 页。

［81］克拉克采访录。

［82］同上。

［83］同上。

[84] 同上。

[85] 前政府官员。

[86]《民族》杂志，1971 年 2 月 8 日。

[87] 克拉克采访录。

[88] 奥利里采访录。

[89] 克拉克采访录。

[90] "快乐旋转木马"，1968 年 2 月 5 日。

[91] 拉姆齐·克拉克：《美国的犯罪活动：其性质、原因和管控》（纽约：袖珍书出版社，1971 年），第 65 页。

[92]《华盛顿邮报》，1970 年 11 月 16 日。

[93]《华盛顿邮报》，1970 年 11 月 18 日。

[94] 雅诺什：《最后的日子》。

[95]《华盛顿邮报》，1970 年 11 月 18 日。

[96] 林登·贝恩斯·约翰逊：《登高望远：关于 1963—1969 年的总统职位之观点》（纽约：霍尔特、莱因哈特和温斯顿出版公司，1971 年），第 170 页。

[97] 丘奇委员会记录，第 2 册，第 248 页。

[98] 同上，第 3 册，第 491 页。

[99] 同上，第 492 页。

[100] 同上，第 6 卷，第 385 页。

[101] 同上，第 2 册，第 83—84 页。

[102] 同上，第 75—76 页。

[103] 萨利文：《调查局》，第 66 页。

[104] J. 埃德加·胡佛致司法部长（克拉克），1967 年 12 月 12 日；丘奇委员会记录，第 6 卷，第 518 页。

[105]《华盛顿邮报》，1968 年 2 月 25 日。

[106] J. 埃德加·胡佛在众议院拨款委员会的证词，1968 年 5 月 21 日。

[107] 同上。

[108] 同上。

[109]《华盛顿邮报》，1968 年 3 月 13 日。

[110] 丘奇委员会记录，第 3 册，第 484—485 页。

[111] 同上，第 483 页。

[112] 同上，第 484—485 页。

[113] 德洛克致 J. 埃德加·胡佛，1966 年 3 月 3 日。

[114] 德洛克致 J. 埃德加·胡佛，1966 年 3 月 15 日。

[115] 丘奇委员会记录，第三册，第 489 页。

[116] 同上，第 490 页。

[117] 同上，第 489 页。

[118] 多丽丝·基恩斯：《林登·约翰逊与美国梦》（纽约：哈珀与罗出版公司，1976 年），第 343 页。

[119] 马丁·路德·金遇刺，第 6 卷，第 107 页；《旧金山观察家报》，1976 年 10 月 10 日。

[120] 克拉克采访录。

[121] 施莱辛格：《罗伯特·肯尼迪》，第 808 页；萨利文采访录。

[122] 克拉克采访录。

[123]《纽约时报》，1971 年 6 月 11 日。

[124] 德洛克致克莱德·托尔森，1968 年 10 月 30 日。

[125] 鲍尔斯：《守口如瓶的人》，第 199 页。

第十一部
难忘的人

迪克，你要依靠埃德加。在一帮懦夫中，他是力量的支柱。你要时刻依靠他以求得安稳。他是你唯一可以完全信赖的人。

——林登·贝恩斯·约翰逊总统致
当选总统理查德·M.尼克松

我总是感觉，（赫伯特·）胡佛总统实在是太委屈了。大家都责怪他造成了经济大萧条。他为人低调，讲究人性。在他当总统之后，我们经常在纽约的街头一起散步，竟然没人认出他来。我心里想，"被人忘记是多么可怕的事情啊。"

——一九七二年一月，联邦调查局局长J.埃德加·胡佛
最后一次接受《美国商业》杂志采访

第三十二章　向恺撒致敬

在纽约皮埃尔酒店的临时总部，当选总统尼克松召见的第一批政府官员中，有联邦调查局局长 J. 埃德加·胡佛。

"埃德加，"尼克松告诉他，"你是极少数随时可以直接来见我的人之一，这事我已经与米切尔说过了，他是理解的。"[1]

八年来，J. 埃德加·胡佛一直在等待这样的话。

为表示适当的谢意，他带来了自己的特殊礼物。

在竞选战役的末尾，胡佛通知尼克松说，约翰逊总统已经下令，要联邦调查局以国家安全的名义去调查他的竞选伙伴斯皮罗·阿格纽和陈香梅女士。

年龄并没有减慢胡佛的说话语速。有时候，他那跳跃式的机关枪般的讲话似乎速度更快了（其原因，至少他的几位助理怀疑，是因为他每天"注射维生素"的结果）。这也许可以解释当时发生的事情。因为从胡佛列举的搭线窃听、话筒窃听和从竞选专用飞机打出的长途电话的细节来看，显然尼克松和 H. R. 霍尔德曼都误解了他：他们认为，胡佛说的是林登·贝恩斯·约翰逊下令联邦调查局来对他尼克松进行搭线窃听，而且他的竞选飞机已经被窃听了。

诚如胡佛所期待的，尼克松指责了林登·贝恩斯·约翰逊，而没有指责他。然而，后来很快被任命为白宫幕僚长的霍尔德曼则明白，联邦调查局局长纯粹是在"编造托词"。对此，霍尔德曼后来不无幽默地进行了补充："没人像他那样精于掩饰。"[2]

但这些并不是胡佛唯一的惊奇。最精彩的还在后头。出于礼节和传统，当选总统已经接到邀请要去白宫访问总统。临行前，胡佛警告尼克松，他说话时应该很小心。不单是电话有监控，约翰逊还在白宫安装了复杂的电子设备，可使他秘密地录制谈话的内容。

这使尼克松和霍尔德曼大为惊奇，以致他们都没对胡佛解释的设备原理引起重视：窃听系统是手动操作的，开关在林登·贝恩斯·约翰逊的书桌下面，他可以根据自己的选择在椭圆形办公室里开启或关闭。

种子就这样播下了。

十一月十一日，约翰逊夫妇陪同尼克松夫妇参观白宫，向他们展示了自从艾森豪威尔时期开始发生的变化。吃中饭的时候，当两位夫人在自己交谈时，当选总统询问总统对联邦调查局局长 J. 埃德加·胡佛和中央情报局局长理查德·赫尔姆斯的看法。虽然约翰逊对赫尔姆斯的评论已经记不清了（尼克松后来重新任命了他），但在尼克松的记忆中，"林登·约翰逊对胡佛的赞扬几乎是没完没了的。"[3] 约翰逊敦促尼克松留用胡佛，尼克松向他保证说，他已经通知了联邦调查局局长他会要他的。

约翰逊和尼克松在十二月十二日又碰面了，这一次是私下里，在椭圆形办公室内，在论及"泄露"的时候，关于胡佛的话题又出现了。

约翰逊告诉尼克松，在涉及国家安全的所有事情上，维持保密是至关重要的。约翰逊抱怨说，如果他在上午与内阁全体成员或国家安全委员会碰头开会，会上他所说的一切都出现在下午的报纸上，那么他是很恼火的。他甚至都没有让休伯特来参加他的许多会议，唯恐他的工作人员会泄露什么事情。

"假如不是为了埃德加·胡佛的缘故，"约翰逊神秘地补充说，"那么我是不会来履行作为总司令的职责的。迪克，① 你要依靠埃德加。在一帮懦夫中，他是力量的支柱。你要时刻依靠他以求得安稳。他是你唯一可以完全信赖的人。"[4]

在这次会面或在之前十一月的一次会面期间，约翰逊还告诉尼克松，"假如不是埃德加·胡佛的帮助，他是不可能当上总统的，"[5] 而且"没有胡佛先生……他是不可能在最后几个月担任总统的困难期间执行这个国家的外交政策的"。

这些神秘分分的评论，使得尼克松在白宫整个执政时期和其后的很长一段时间都感到迷惑不解。"我不知道他到底在说些什么。"在一九七六年一次很少人知道的宣誓作证时，这位前总统这么陈述说。[6]

---

① 迪克是理查德的昵称，这里指的是理查德·M.尼克松。——译注

在宣誓就职前的这次最后会面时，约翰逊和尼克松还讨论了总统图书馆，以及保管好历史记录的重要性。

坐在他即将正式工作的椭圆形办公室里，在与离任总统交谈的时候，理查德·尼克松肯定是明白，这本身就是一个历史时刻，而且他们说的每一句话都很可能被录制下来了。

种子就这样生根发芽了。

尼克松本打算在一九六九年一月一日联邦调查局局长七十四岁生日的时候宣布对胡佛的留用任命，但在获悉《真实杂志》准备在一月号刊登"曝光"联邦调查局局长的专题文章，并且安排在十二月三十日发行之后，胡佛说服当选总统把任命的公布提前两个星期。

由德鲁·皮尔逊和杰克·安德森撰写的题目为"J. 埃德加·胡佛的最后日子"的文章，更多的是颂扬而不是批评，更多的是改头换面而不是调查研究。文章透露说，胡佛的"圣徒人生"是由"四十年的安插新闻公告"所培养出来的（没有提及"华盛顿快乐旋转木马"栏目刊登过他们的许多专栏文章），说胡佛是一个很守纪律的人，他的下属都敬畏他；但唯一真正的揭示，是说胡佛的"密友和伴侣"、现年六十八岁的托尔森"身体不好"，这方面其实每一个看到过他的人都是知道的。

总之，文章本应该让胡佛放心，他的神话毫发未伤。当然，情况不是这样。专门安排的歌颂胡佛和称赞尼克松留用他的社论文章，开始出现在全国的各大报纸上。

联邦调查局局长 J. 埃德加·胡佛不知道这是他最后一次的观赏，一九六九年一月二十日，他从司法部大厦的五楼阳台观察着总统就职仪式的游行。

当车队经过宾夕法尼亚大道的时候，当选总统抬起头来，看到了胡佛。他伸出右臂，手心向上，来了个罗马人的敬礼。而联邦调查局局长的回应是露出了灿烂的微笑，或许伴随着一次屈尊俯就的点头。

似乎当选总统在接受他的检阅。

此后，这成了联邦调查局局长最喜欢说的一个故事，即新当选的总统向他致敬。这是一个了不起的故事。其中只有一个错误。这事从来就没有发生过。

在准备就职典礼的游行时，尼克松生怕遭到暗杀，他否决了乘坐敞篷车的方案，联邦经济情报局欣喜地表示了赞同。负责总统警卫工作的鲁弗斯·扬布拉德特工回忆说："我们从宾夕法尼亚大道行驶过去，乘坐的不是敞篷车，而是一辆用最新技术设计的防弹防爆封闭式轿车。"[7] 报纸刊登的照片和电视台播放的画面，都是一辆有顶棚的轿车。

或许，当选总统真的是挥手了。而站在五楼鹰巢里的胡佛，也许发现了这个动作。但向恺撒致敬？

人们有足够的理由怀疑上了年纪的联邦调查局局长老态龙钟，除了一个事实：站在胡佛旁边的几位助理，他们也声称看到了尼克松站起来伸出手臂敬礼。

假如他们一开始就不知道要看 J. 埃德加·胡佛的眼色行事，那他们是绝对不会站到阳台上去的。

胡佛确实需要夸大他与新总统之间的关系。理查德·尼克松最终能够当上总统，在很大程度上是亏了他的帮助。尼克松有许多理由要表示感谢。在联邦调查局局长已经效劳过的八位总统中，胡佛对这位总统最为了解。他保存的关于尼克松的档案，可追溯到一九三九年——年轻的杜克大学毕业生来联邦调查局申请当特工的时候，因为"缺乏进取心"而遭到了拒绝——此后覆盖了所有的年份。他知道尼克松的强项和弱点。他知道的危机比尼克松能记住的还多。他知道在尼克松的竞选活动中从来没有露面过的资金和人际关系。

胡佛还有一个感到满足的理由。作为联邦调查局上级的司法部长，尼克松挑选了他的前律师合伙人和竞选活动经理人约翰·米切尔。这是一个顽强的坚持法律和秩序的人，其许多观点完全与胡佛的不谋而合。（米切尔抱怨说，美国的司法体系，遭受了"公平对待被告的偏见"的损害。)[8]

但当尼克松告诉胡佛未来的司法部长是什么人的时候，他做出了史无前例的事情：他要求联邦调查局不要对米切尔开展背景情况调查。

尼克松本应该知道，这就像在公牛面前挥舞红布。"光是提出这样的要求，"威廉·萨利文明白，"尼克松就把自己装进了局长的口袋里。"[9]

胡佛执行了这个要求，但萨利文悄悄地进行了一些探询。他的全部发现是，米切尔的妻子玛莎在治疗酒精中毒，这是大家都知道的事情；在米切尔还没有与前妻办完离婚手续的时候，玛莎已经怀上了第一个孩子。当然，这两个情况都不足以否决他担任新的职务。

"我从来没有发觉米切尔隐藏着什么，"萨利文回忆说，[10]"也许本来就找不出什么东西。"有可能尼克松只是为了消除其朋友关于妻子病情问题的窘迫。

还有一个可能性，即理查德·尼克松某些人格特性的副产品，只是 J. 埃德加·胡佛在未来的几个月里将会认识到并会加以利用。

在杜鲁门执政时期，联邦调查局就已经接管了对总统提名官员的调查工作——包括最高法院法官候选人、内阁部长、驻外大使和白宫工作人员。这是胡佛很喜欢做的工作，而且此后的每一任总统都感觉很有用处。但当联邦调查局的报告送进白宫之后，尼克松与他的历届前任不同，他不想看这些报告。"因为，"他会声称，"如果某人要成为一名工作人员，我不想知道他以前有过什么问题……我只想知道，现在他是否合格，是否能够胜任工作。就他当前的生活来说，除非是与他的工作有冲突，否则我不想去知道的，因为这会在我与工作人员之间产生一种不愉快的关系。"[11]

除了几个密友之外，尼克松对大多数人都感觉惴惴不安，他不想从感情上拉近与身边工作人员的关系。他不想知道他们有什么问题。（但他的顾问则对这样的信息很感兴趣，于是胡佛继续向他们提供。）他甚至发觉很难雇佣人员。更不可能解雇他们了。

尼克松欺骗了胡佛，但联邦调查局局长过了几个星期才明白。尼克松并没有允许胡佛直接来找他的意图。如同约翰·埃利希曼的评说："尼克松不想让胡佛随意过来。"[12]霍尔德曼先发制人，最近任命埃利希曼为白宫顾问，其主要工作是缓冲和沟通。埃利希曼怀疑，之所以选择他，是因为罗丝·玛丽·伍兹与胡佛走得太近了，尤其是与海伦·甘迪。

尼克松也不是一点不考虑局长的感受，他还是定期征求他的意见。当他派埃利希曼去见胡佛的时候，他安排给他带去了一些好消息。

几十年来，联邦调查局局长第一次碰到了预算的问题。联邦调查局新大楼的建造预算，已经用去了四千多万美元，而建设的进度还停留在地下层面，现在的追加预算遭到了否决，部分是因为局长一直在修改结构布局。① 尼克松利用

---

① 开始的时候，联邦调查局新大楼的造价预算是 6000 万美元，这已经是最昂贵的政府办公大楼了。到 1970 年的时候，决算造价达到了 1.045 亿美元，打破了 8700 万美元的雷本众议院办公大楼的纪录。

其总统的影响，帮助胡佛拿到了所需的资金，还授权埃利希曼去告诉他，希望此举能够理顺良好的工作关系。

埃利希曼发现，去访问著名的联邦调查局局长，类似于观看电影《绿野仙踪》。在参观了胡佛的几个"战利品陈列室"——一系列的接待室和办公室，墙上挂有几百张照片、奖状、画卷和匾牌——之后，他最后被引进了一个镶有漂亮的护壁板的房间，对于看过电视的人来说，这个房间是熟悉的。这里拥有一切：豪华的大班桌，还有旗帜和联邦调查局印玺，都挂在墙上，镶嵌在长毛绒地毯之中。唯一缺少的是局长本人。

直到那个时候，埃利希曼才知道这只是一个会议室，也用来举行各种仪式和播放调查局授权批准的电视节目。胡佛的密室是在书桌后面，在另一扇门里面。

这是一个小小的办公室，面积不会超过十二乘十二英尺，局长就坐在一张简易的木质书桌后面一把很大的皮椅子上，俯视着整个办公室。

"当他站起来的时候，显然他本人和书桌都是在一个六英尺高的平台上。"白宫顾问在局长的示意下在柔软的皮质长沙发上落座之后，他注意到了这个特点。然后胡佛"俯视着我，开始了讲话。一个小时后，他还在讲。"

埃利希曼事先得到过警告，与联邦调查局局长的所有会面，都是被秘密录像录音的，他努力想找到照相机或录像机镜头，但没有成功。① 他没有注意到，在天花板附近"一个摇摇晃晃的紫色电灯"，他想不出这个灯泡的用途。（这是胡佛的"窃听灯"，他还以为是灭蚊灯。在局长的私密洗手间内还有一个类似的设备。）

在埃利希曼回到白宫后，总统问他与胡佛的会面感觉如何。"棒极了，"他回答说，"都是他在说话。"

尼克松点点头，"我知道的。但这是必要的，约翰。这是必要的。"[13]

埃利希曼对传奇的联邦调查局局长没什么印象，对联邦调查局的情报报告就更没什么印象了，常常是退回去要求重写。这样的事情甚至连肯尼迪兄弟都不敢做。

---

① 按照联邦调查局前实验室主任的说法，胡佛在会见的时候没有摄影。摄录设备是在位的，但只是偶尔使用。例如，胡佛与小马丁·路德·金的会面，是启用了录像设备。

发现联邦调查局的表演欲望后，埃利希曼开始依靠纽约市警察局的情报小组来获取信息，他甚至把纽约警察局前警官杰克·考尔菲尔德招募为自己的工作人员，让他去开展某些特别调查。这些调查工作因为非常敏感，所以不能信任联邦调查局去做。

这一切胡佛都看在眼里。他很快就明白，霍尔德曼、埃利希曼和其他的"宫廷卫士"意图限制他与总统的接近。胡佛按兵不动。五个月后，时机来了。

利用他自己在白宫的人员，胡佛加紧了与意识形态敌人的斗争，目标是最近的威胁——黑豹党①，局长把该组织标志为"国内安全最大的威胁"。[14]

一九六八年十一月二十五日，甚至在约翰逊和克拉克都还没有离任的时候，胡佛就命令各地的分局长交出"狠狠打击黑豹党的计划和措施"。[15] 除了邮件检查、偷窃、侦查监控、搭线窃听和话筒窃听，② 以及动用付费线人之外，还采取了其他许多手段。其中的匿名信依然是十分喜欢的做法。

圣路易斯分局写了一封匿名信给黑豹党一位领导人的妻子，说她丈夫"在这里与玛尔瓦·巴斯和托妮·巴斯姐妹跳摇摆舞，他说她们在床上的表现比你好"。唯恐这位夫人——联邦调查局把她描述为"一位忠诚的有爱心的妻子"，也是"一位知识分子和令人尊敬的年轻母亲，是卫理公会的一个积极分子"——不向其丈夫提及这封信，也由一位"共同的朋友"给他本人抄送了一个副本。[17]

一位白人妇女的丈夫在一个混合人种的组织工作，他收到了一封信，信中说："听着，朋友，我估计你老婆在家里没有得到满足，要不然她就不会来耍弄我们的黑人兄弟了，你明白吗？她是女人，要的是床笫欢乐。我们的黑人姐妹也是很棒的，不比我们男人差到哪里去。"根据这封信的"实际结果"，分局后来吹嘘说，目标与她的丈夫分道扬镳了。③[18]

---

① 20世纪60年代活跃在美国的一个黑人左翼的激进政党，其领导人主张武装自卫和社区自治，实际上是要在黑人聚居区建立黑人革命政权。——译注
② 各分局在提供搭线窃听黑豹党的录音稿时遇到了一个问题，最后纽瓦克分局决定采用星号来"提及那个通俗的短语……暗示了与一位母亲的不自然的肉体关系"，这样就不会让局长和海伦·甘迪感到窘迫。[16]
③ 调查局的匿名信书写专家是局长助理威廉·萨利文。他是金博士自杀信的作者，他的写作风格是全国各分局都在仿效的。显然，新英格兰州的北方人实际上很少接触黑人、波多黎各人和西班牙人，因为在萨利文鼓动的匿名信中，他们不但词语相似（更多的是使用方言，而不是J.埃德加·胡佛一度喜欢的广播喜剧"阿莫斯与安迪"的怀旧词语），而且同一个单词常常会发生拼写错误。

一些雇主接到通知说，他们的雇员与诸如黑豹党那样的黑人民族主义团组混在一起，一些房东、银行、汽车保险公司和零售信贷公司也接到了那样的通知，而且如果目标有犯罪记录，这些也向他们提及了。

"托儿电话"，即假装某个人打电话，也是一种手段。这样的电话打给了黑人权力运动发起人斯托克利·卡迈克尔的母亲，警告她说，黑豹党要暗杀她儿子，吓得卡迈克尔第二天就逃离纽约，然后飞去非洲躲了好几年，只引起了中情局的关注。①

在黑人社区的眼里，诋毁黑豹党领导人的努力，宣称他们的"暴力、邪恶、缺德和普遍吸食麻醉品"，很少起到什么作用。这是胡佛不得不承认的，因为"不像白人社区，黑豹党典型的黑人支持者对这样的指控是无所谓的"。[19]

局长发现，确实起到作用的是"奢侈生活"和挪用资金的指控。当休伊·牛顿受到联邦调查局鼓动的死亡威胁，为保命而悄悄地搬迁住进了奥克兰市内租金为每月六百五十美元的豪华顶层公寓，调查局把这个故事泄露给了他们喜欢的一个记者——《旧金山观察家报》的埃德·蒙哥马利。该记者甚至还刊登了牛顿的假名和地址。

最要紧的任务是在黑豹党领导层内部造成分裂，尤其是在休伊·牛顿与埃尔德里奇·克利弗之间。当亡命徒克利弗经由加拿大和古巴逃到阿尔及利亚之后，联邦调查局的工作就简单得多了。在两个领导人相隔重洋的情况下，调查局使用假信息和丢失通信的手段，来加大裂痕。这一招很成功，对他们的思想意识分歧、自我和偏执方面都起到了作用，以致他们互相深信对方已经把他列为暗杀目标。②

这是了不起的成功，但联邦调查局还不肯放过他们，一九七一年一月二十八日萨利文在电文里写的一段话即可证明：

"休伊·P. 牛顿最近脾气暴躁，任何人如果质疑他的命令、策略、行动，或

---

① 中情局一直在密切关注流亡的黑人激进分子，监控他们的电话、邮件和访客，还采取了各种卑鄙的伎俩，向他们的祖国诋毁他们，由此迫使他们迁往不太同情他们的地方，这样安排引渡就方便了。

② 两个派系都下令要驱逐对方派系。这个黑豹党的分支都"被清洗"了。至少有两个例子可证明这是没有夸张的。1971 年 3 月 9 日，克利弗的一个追随者在纽约街头出售党报的时候遭到了枪击。1971 年 4 月 19 日，该报纸的发行部主任和牛顿的支持者，遭报复被杀身亡。

使他不开心，他都会发火。他那希特勒般的歇斯底里，很可能是被我们当前的反情报项目所激怒的，导致了黑豹党许多忠心耿耿的员工没办法工作。看来，牛顿也许已经快要精神崩溃了，而我们则必须加强我们的反情报项目。"[20]

简而言之，萨利文的哲学是：把他们逼向发疯的边缘，然后继续对他们施压。

但胡佛有不同的意见。"既然牛顿与克利弗两人现在似乎是不可调和的，"他在一九七一年三月二十五日写道，"现阶段就没有必要继续对此开展反情报行动。现在应该去设立新的目标。"[21]

当然，最有效的策略之一，是说服当地的警方以各种罪名去把黑豹党的领导人抓起来，直至他们无法假释。采取之前在一九六七年费城对待"革命行动运动"那样的手段，证明是很成功的，结果该组织完全丧失了功能。①

一九六九年十一月九日，芝加哥分局从一个线人处获悉，黑豹党秘书长戴维·西拉德惹上了官司，如果他入狱，就由伊利诺伊州黑豹党分部领导人弗雷德·汉普顿接替他。

这对全国领导层来说是一件大事，联邦调查局决心予以阻挠。汉普顿年轻（二十一岁）、活泼，是一个出色的组织者（十八岁时他领导了美国有色人种协进会争取游泳池取消种族隔离的斗争），表现出今后有可能成为有闯劲有潜力的新的黑人"救世主"，这是联邦调查局特别害怕的。

调查局线人威廉·奥尼尔的位子安插得很合适。他不但是伊利诺伊州黑豹党的安全部长，而且也是汉普顿的保镖。他向联邦调查局提供了汉普顿的活动日程、目前地址、使用南侧公寓的黑豹党成员名单、存放在那里的武器清单，以及公寓楼层的详细平面图，精确到了可以标明"弗雷德的睡床"。

拿到这样的信息后，联邦调查局几次努力，试图说服当地的执法机构去袭击那座公寓楼，但没有成功，很可能是因为联邦调查局承认，枪支是"合法购买的"。[22]

十一月十三日，两名芝加哥警察在一次枪战中被打死，黑豹党也死了一人。芝加哥警察局和州检察院突然间产生了极大的兴趣。十一月二十三日，联邦调查局向他们通报了由奥尼尔提供的情况。当天，芝加哥分局报告局长说："芝加哥警察局官员表示，该局目前正在积极制订与这些信息有关的行动计划。"

---

① 这些手法几乎都不是新的，自干草市场暴乱之后，在劳动争议中基本上都是使用过的。

一九六九年十二月四日凌晨四点四十五分，州市两级警察（只是联邦调查局除外，他们的参与是保密的）采取联合行动，砸碎了公寓的房门。谁开的第一枪是有争议的。已知的是，当九分钟后枪声停止的时候，发射的子弹数量在八十三至九十九颗之间，其中只有一颗子弹是从黑豹党的枪支里发射出去的；两个黑豹党人，汉普顿和马克·克拉克死了；另有五人受伤。汉普顿甚至还没从床上起来。他很可能是在睡眠中死去的，因为有证据表明，在袭击之前他被下了药。

联邦调查局极少不露锋芒，但在大多数反情报项目行动中，调查局不得不保持低调。但芝加哥分局长在十二月十一日发电报给胡佛时则宣称："袭击是根据线人提供的信息……这样的信息通过其他渠道是得不到的，结果证明是很有价值的。"在这个案子中，"考虑到支付给线人的特别费用，感觉这个信息是相当有价值的。"

胡佛同意了，十二月十七日，他回答说："领导上同意，在目前付费的基础上，再向该线人支付一笔特别报酬三百美元，以表彰他在过去几个月里体现的特殊价值。"

另一个喜欢的手段，是假惺惺地把一个目标标为线人。至少，如果信息是可信的，就会疏远其与团伙的关系，增加了偏执。但在黑豹党那里，调查局非常清楚，后果是相当严重的。一九七一年二月，黑豹党处决了两个嫌疑的线人。第二个月，胡佛至少授权开展了三项"告密者保护"的行动。

从杀伤力来说，更有潜在效果的是给有暴力倾向的团伙下套，让其去与另一个团伙争斗。这样合法合理的鼓动谋杀，显然不会引起联邦调查局法律专家的关注。①

一九六九年初，联邦调查局邮寄了一封匿名信给芝加哥武装黑帮"黑石头游骑兵"领导人，告诉他说："黑豹党的兄弟们指责你们挡了他们的道，可能会来暗杀你。"

寄送匿名信的目的，芝加哥分局长在发给总部的电文中坦陈，是"为了增

---

① 从法学家的观点来看，回顾联邦调查局在这种冲突中的作用，弗兰克·多纳总结说："调查局显然是在合谋对两个团伙实施暴力。更确切地说，调查局参与了阴谋，为的是剥夺宪法赋予个人的权利和生命本身，这正是警察要指控的那种阴谋。"[23]

加两个团伙之间的憎恨"，并制造"以牙还牙的行动，扰乱黑豹党或导致对其领导层的复仇"。[24]

一九六八年十一月，胡佛通知各分局长说，黑豹党与另一个黑人组织"联合奴隶"之间发生了争斗，其激烈程度已经出现了"黑帮交战并威胁要开展暗杀和复仇行动的苗头"。分局长们被要求拿出反情报措施，这些措施必须"充分利用黑豹党与联合奴隶之间的区别"，以及"在黑豹党内部各个层面制造进一步的矛盾"。[25]

一九六九年一月十七日，加州大学洛杉矶分校的校园里爆发了一场争论，焦点是黑人学生会该由黑豹党还是联合奴隶来领导。黑豹党赢得了选举的胜利，但联合奴隶打胜了接下来的战役，他们射杀了黑豹党的两名成员。

在接下来的几个月里，联邦调查局激化了这场争斗，结果又造成两人的死去，都是黑豹党的，还有几十人受伤，双方都有，都是由殴打、刺杀、枪击和纵火引起的。这是一场漫长的战争，每当要出现休战的迹象时，调查局就会插入进去干一些事情，从而挑起新的暴力。到一九七〇年五月的时候，洛杉矶分局长建议，应该把"黑豹党活动的时间和地点悄悄地通知联合奴隶，这样也许能把两个组织都凑在一起"。[26]

取得这样的成就之后是不可能不吹嘘的。一九六九年十一月十五日，圣迭戈分局向联邦调查局总部报告说："殴打、枪击和暴乱在圣迭戈东南部的少数民族聚居区继续流行。虽然在这样的形势下不宜开展反情报的特别行动，但我们感觉大量的骚乱应该直接归咎于这个项目。"

使胡佛愤怒的一个特别目标，是黑豹党的"给孩子们早餐"的项目。该项目已经得到了大范围的宣传，虽然联邦调查局向工商界领导人和"合作的媒体"指出，许多捐助都是恐吓和威逼的结果。

当旧金山分局长斗胆提议，这样的社区利益项目最好是别去触及，胡佛愤怒地回答："你显然是理解错了。黑豹党并不是出于人道而开展'给孩子们早餐'的项目。黑豹党开展该项目显然另有原因，包括创建文明形象，推动社区黑人管控，并在暗地里向青少年灌输他们的毒药。"[27]

或许受到了局长说的"毒药"这个词语的鼓舞，纽瓦克分局长提出了一个真的是很古怪的计划，该计划既能够扰乱早餐项目，又能够破坏黑豹党即将召开的全国代表大会。

电文

致：联邦调查局局长

由：纽瓦克分局长

事由：反情报项目——黑人极端分子

兹呈上以下反情报建议供考虑：

建议从加州奥克兰发电报给纽约州泽西城高峰大道 93 号黑豹党总部（也抄送给黑豹党所有的地区总部）。电报的内容类似如下：

"传说由反对黑人解放的白猪①捐赠给黑豹党的食物是有毒的。症状有肚子痛、腹泻和胃部绞痛。销毁了为大会准备的所有怀疑有毒的捐赠食物，但还是要你们准备好食物配额。"

信息部

建议调查局考虑让实验室处理诸如橙子那样的水果，用针筒或其他合适的方法把泻药灌注进去，并把水果作为赠品由佛罗里达州迈阿密的一个虚构人士托运去泽西城的黑豹党总部。

"结果是在即将举行的大会上造成迷惑，以及黑豹党内部的互相猜忌和饥渴。"纽瓦克分局长预测说。[28]

胡佛考虑了这个主意，但最后否决了，他在发给纽瓦克和旧金山分局长的电报中说，"因为在运输途中无法对该水果实施管控"——黑豹党之外的人士或许会误食。

胡佛补充说，电文里的这个主意"也是有优点的"。[29]

一九六九年一月号的《生活杂志》是在总统就职典礼四天后出刊的，其中的社论文章向约翰逊政府道了别，还补充说："我们不喜欢看到三个道别的延

---

① 对白种人的蔑称。——译注

迟：七十四岁的联邦调查局局长 J. 埃德加·胡佛、七十五岁的兵役局刘易斯·B. 赫尔希将军，以及七十七岁的民主党众议院主席约翰·W. 麦科马克。三个人的年龄加起来比美国的历史还要悠久，我们应该为他们举办隆重的道别仪式，他们应该从荣誉和不思进取的生涯中退下来。如果他们继续工作，那么对于许多人，特别是年轻人来说，就是对当今挑战的不负责任。"

亨利·卢斯①现在已经死了，不能再去说他了。

不到两个月之后，《圣路易斯邮报》报道说，尼克松政府在想办法说服胡佛退休。胡佛有两次想去白宫亲自与总统谈谈"无关紧要的事情"，只是被告知要通过司法部长。一位不愿透露姓名的白宫官员把胡佛比作温斯顿·丘吉尔："我认为丘吉尔挽救了西方文明，但现在该是这头老山羊离开的时候了。"

胡佛很生气，他谴责这篇文章是由"无根无据的谣言和恶劣的假话拼凑起来的"，并对作者——驻华盛顿记者理查德·达德曼开展了调查。②[30]

一个月后，"华盛顿快乐旋转木马"报道说，前联邦调查局高官路·尼科尔斯一直在告诉朋友们，他指望能够接替胡佛。"尼科尔斯相信，他有尼克松的支持，总统期望再让胡佛干上一年，然后让他在七十五岁的时候退休。"[32]

尼科尔斯想打电话给胡佛否认这事，但局长不接他的电话。第一个犹大路易斯·尼科尔斯再次成为联邦调查局总部不受欢迎的人物。

为结束这样的谈论——他希望一次性地、永久性地——胡佛在五月八日告诉美联社记者："关于未来，我有许多计划和愿望。没有一个是退休。"

这对尼克松总统和他的顾问们来说，是一个清楚的信息，即他不想平静地接受退休。这不会是简单的离职，或者像提议的那样去担任名誉局长。

胡佛深信，这一切谣言的背后是有人的，有一个阴谋小集团，他怀疑是约翰·埃利希曼及其在白宫的同事。这不是随便的猜想。局长在白宫有自己的人脉，他们提供了埃利希曼和其他人的评论。

反击的时刻已经到来了。

---

① 原名亨利·鲁滨逊·卢斯，1898—1967，在世时被称为哈里，美国著名出版商，创办了《时代周刊》《财富杂志》和《生活杂志》三大杂志，被称为"时代之父"。——译注
② 1962 年的时候，达德曼因为《极右派人士》一书的出版而登上了"不与交往"的名单。他在书中把 J. 埃德加·胡佛说成是右翼激进派的"守护神"。[31]

一九六九年五月初，胡佛叫来了萨利文，告诉他说："白宫高层人士里面有一个同性恋群体。我要求给我一份全面的调查报告。"[33]然后胡佛确定了三个怀疑的"另类"：H.R.霍尔德曼、约翰·埃利希曼和德怀特·蔡平（后者是霍尔德曼在J.沃尔特·汤普森广告公司的保护人，也是尼克松的私人顾问）。

胡佛的资源是一位自由职业的记者，也是调查局的线人。他已经提供了一份关于指控行动的名单、日期和地点，包括一个特别的度假胜地，还告诉了联邦调查局的联系人，他要出售这个故事，除非调查局向他保证已经开展了调查，而且发现事情有出入。萨利文知道，如果没有消息，那么要去调查这样的指控是很困难的，所以他按兵不动，指望这是局长的又一次临时心理失常，以后是会忘记的。

但胡佛几个月来一直想了解他在白宫的"敌人"情况，他不想让这么危险的事情不了了之。为强调这事，他把有关的指控通知了总统，为确保信息的抵达，他采用的方法是经由司法部长约翰·米切尔和总统秘书罗丝·玛丽·伍兹。

这样的指控显然把尼克松惊得目瞪口呆。这正是他不想知道的身边工作人员的个人事情。更糟糕的是，如果这事得到证明，之前他自己与比比·雷博佐的亲密关系所引起的类似谣言，也会重新浮出水面。一九六七年，这样的丑闻使得加州州长罗纳德·里根很难堪，当时德鲁·皮尔逊揭露说，他的一些顾问与几个少年一起在塔霍湖度周末。

除了自己的畅销书书名，理查德·尼克松没能处理好一些危机。如果他不能把问题交由别人去处理，那么他通常是尽量不去理会问题，显然是指望问题能够自行解决。然而，由于明显的原因，他不能把这个特殊的问题交给霍尔德曼或埃利希曼，就像他最近的另一个关于他弟弟唐纳德的案子，虽然不是涉及同性恋的。

总统通过各种渠道获悉，他弟弟在秘密地与霍华德·休斯的代表约翰·迈耶见面。与司法部长米切尔一样，理查德·尼克松自己也在与休斯做交易，不想因为弟弟的随心所欲而遭到曝光。但当时他也不能信任J.埃德加·胡佛，把对弟弟的搭线窃听任务交给他。"我不想使用胡佛，"总统告诉埃利希曼，"他会据此要挟我。看看中央情报局能不能做这事。"[34]于是埃利希曼要求中情局去实施全面的监控——对唐纳德·尼克松开展搭线窃听和二十四小时的跟踪，但中情局担心联邦调查局局长会知道他们抢了他的地盘，因此婉拒了这个要求。最后，尼克松找了联邦经济情报局，该局没有抱怨就接受了任务。尼克松知道，这是有先例的：林登·贝恩斯·约翰逊就使用过联邦经济情报局，而不是联邦调查局，去跟踪自己的弟弟山姆·休斯敦·约翰逊，这个山姆也有惹麻烦的倾向。但这次去使用联邦经济情报局就没有意思了，因为胡佛已经知道了指控。所以尼克松按兵不动。

这个时候，关于同性恋的谣言在扩散。五月二十七日，尼克松的前竞选经理人默里·乔蒂纳已经听说了。六月二十四日，米切尔通知尼克松说，他自己也接受了询问。为保护自己，司法部长建议总统，现在是别无选择只得要求联邦调查局调查这个指控。尼克松极不情愿地同意了，并找了胡佛。联邦调查局局长答应，会安排"口实很严的高官"马克·费尔特局长助理负责这项调查。

在联邦调查局速记员的陪同下，费尔特在几个嫌疑人的白宫办公室里询问了他们。（"对于指控的日期，我有不在犯罪现场的铁证，"埃利希曼回忆说，"我在别处，与其他人在一起，包括一大群女人。"）[35] 费尔特没找到可以证明指控的证据，他提议结束该案子，胡佛也同意了。但几个月来，谣言一直在华盛顿流传。

埃利希曼知道，联邦调查局局长 J. 埃德加·胡佛也许是老了，但他可以依然表现得很强硬。

虽然白宫的埃利希曼等人在策划让胡佛退休，但他们的主人却发现他还是用处很大，不能被替换。

尼克松要求联邦调查局某个分局提出核查要求，对象是即将被任命为驻英国大使的沃尔特·安纳伯格。按照埃利希曼的说法，总统收到的调查报告有"四五英寸之厚，内容包括了摩西·'莫'·路易斯·安纳伯格的家史、他的传媒帝国，和他与下层社会的各种联系"。"但档案里并没有关于他儿子沃尔特的负面内容。"[36] 然而，联邦调查局局长还有这样的信息，包括至少能把沃尔特·安纳伯格与其父亲的某些活动联系起来的法庭文件。胡佛压下了该信息，因为他知道尼克松渴望看到著名的《电视指南》出版商是一个清清白白的人。报道说，他为尼克松的竞选战役贡献了一百万美元。

至少有两次，局长想讨好总统而不按规定走捷径，导致了事与愿违。对于尼克松提名的最高法院大法官人选小克莱门特·F. 海恩斯沃思和 G. 哈罗德·卡斯韦尔，联邦调查局的背景调查搞得太马马虎虎了，以致联邦调查局忽视的材料，包括可能的经济问题和赞成种族隔离的言论被参议院抓住了把柄，从而否定了对他们的任命。

对海恩斯沃思的调查和澄清，是在一天之内完成的，而且只打了两个电话。一九六九年七月一日，胡佛致电南卡罗来纳州哥伦布分局长，对方报告说，法官被"认为非常保守"，而且"绝对拥护法律和秩序"；第二个电话是胡佛打给司法部长米切尔的，向他转达了这个信息。[37]

"我们对卡斯韦尔的调查实在是太肤浅了，"威廉·萨利文回忆说，"我们竟然没有发现他是同性恋。"[38]一九七六年，卡斯韦尔在塔拉哈西一个购物中心的男士洗手间因为勾引一名警官而被抓捕。直到这个时候，调查局才知道他是闻名多年的同性恋。①

但在为达到自己目的的时候，胡佛的调查是很彻底的。

在接受对三名美国最高法院大法官人选（拟替代约翰逊还在当政时就提出辞职的厄尔·沃伦）背景调查的时候，联邦调查局局长发现了所有三个人的潜在负面材料，由此为他自己所喜欢的沃伦·伯格铺平了道路。伯格是前司法部副部长，艾森豪威尔在一九五六年任命他为美国上诉法院法官。甚至在尼克松宣誓就职之前，胡佛就已经推荐伯格为候选人。

然后胡佛与司法部长米切尔紧密合作，编写了一份联邦上诉法院法官的名单，都是符合尼克松对职位的要求：他要求的是一位保守人士，奉献于自己的哲学，观点明朗、为人正直、具有司法经验和行政管理能力，而且要足够年轻，起码能干上十年。②

尼克松在看这份名单的时候——按照鲍勃·伍德沃德和斯科特·阿姆斯特朗的说法——有一个名字特别显眼，那是沃伦·G.伯格。司法部长米切尔是在五月十九日把伯格这个名字给了联邦调查局局长。这并不奇怪，因为他是胡佛提名的候选人。伯格很快获得了通过。五月二十一日，总统宣布了这项提名。

---

① 卡斯韦尔放弃对性侵（抚摸该警官）的辩护，被罚款100美元。

② 在胡佛的坚持下，司法部长米切尔同意在名单上去掉一个人，即爱德华·塔姆法官，前联邦调查局三号人物。虽然塔姆与胡佛已经修补了他们之间的分歧——塔姆偶尔在联邦调查局学院讲课——但胡佛从来没有宽恕这个联邦调查局的逃兵，或者还有一个叫奎因·塔姆的兄弟。

胡佛想把事情做得四平八稳，他找了老朋友、参议院司法委员会主席詹姆斯·O.伊斯特兰，因为该委员会准备就此任命召开一次听证会。但伊斯特兰已经有许多人找过他了，他向胡佛保证，他个人是会支持这个候选人的。

在一九六九年六月二十三日的新任大法官宣誓就职仪式的照片中，J.埃德加·胡佛的脸上透露出明显的沾沾自喜和满足感。①

"胡佛选择了沃伦·伯格，"威廉·萨利文后来直截了当地陈述说，"他让他当上了大法官。"[39]

为伯格让路从而被胡佛否决的三人中的一个人，是他的前老板和多年的"朋友"威廉·罗杰斯。

联邦调查局局长在协助尼克松对最高法院进行改革的时候，没做得那么出色。

尼克松在竞选战役时答应的一件事情，是一旦当选后他要对最高法院实施"大刀阔斧的改革"。但仅仅把沃伦替换成伯格，是不能完成这项任务的，因为最高法院的大法官与助理法官一样，手头上只有一票。为确保保守派占多数，必须把一个或多个自由派法官替换掉。

在胡佛的帮助下，一份排挤名单出笼了。名字倒是不多，只有三个。根据这些助理法官的脆弱程度顺序排列，他们是威廉·O.道格拉斯、威廉·J.布伦南和阿贝·福塔斯。

根据记录，尤其是淫秽下流议题方面，道格拉斯被认为是最脆弱的（他还要求延迟处决罗森伯格夫妇），他的经常自相矛盾的观点（据说谁也没有一直同意道格拉斯的观点，即使他本人也一样），他的个人生活（他是已婚男士，在六十七岁第四次结婚时，娶了一位二十三岁的女律师），他在艾伯特·帕尔文基金会的董事身份，为此他每年可以有一万两千美元的收入。该基金会由加州一位商人创办，作为与共产党作斗争的一个方式（这个主意来自道格拉斯写的一本书），让外国学生来美国学习美国政府的组成和运作。然而胡佛发现，基金会的股票投资组合，包括了拉斯维加斯一家赌场的部分抵押利息。② 虽然没有证据表

---

① 没过 3 年，大法官沃伦·伯格在 J.埃德加·胡佛的追悼会上致了悼词。

② 联邦调查局未能发现，迈耶·兰斯基在该赌场有秘密的股份。有关佛罗里达州的这位黑帮老板，胡佛还是有盲点的。

明道格拉斯本人与黑手党的联系，但似乎会自然而然地往这方面去想。胡佛把这个信息发出去了，先是给司法部长米切尔，然后是给联邦众议员杰拉尔德·福特，由福特去发动一场弹劾战役。

布伦南唯一的敏感点，似乎是他与福塔斯和一些低层法官共同投资的一万五千美元的房地产。这一信息也很快被泄露给了富有同情心的媒体联系人。他们暗示，布伦南在审阅合伙投资人决策的时候也许会受到一些影响。这是对弱者采取的恶毒攻击，但这是胡佛能够拿到的全部把柄，即使他痛恨布伦南做出了限制警方权力的决定。

福塔斯似乎是三人中最不软弱的，因为他是几个月前才由参议院批准开始全力投入工作的，当时林登·约翰逊提名他接替即将退休的沃伦大法官的职位。但有消息透露说，即使在进入最高法院工作之后，他依然在向林登·贝恩斯·约翰逊提供司法建议，这使得他的提名失败，给了尼克松任命沃伦为接班人的机会。

但结果证明最脆弱的是福塔斯，不是道格拉斯，而且把他拉下马的是司法部长约翰·米切尔，不是联邦调查局局长 J. 埃德加·胡佛。

之前在确定人选期间，有证词把福塔斯与他的律师事务所客户路易斯·沃尔夫森联系起来了。沃尔夫森是身家千万的实业家，但受到了起诉，并被定罪为违反了证券委员会的规定。在档案中深挖后，司法部刑事司领导人威廉·威尔逊发现在一九六六年的时候，加入最高法院才一年的福塔斯接受了由沃尔夫森资助的一家基金会的两万美元，十一个月之后才归还这笔钱款，那个时候沃尔夫森早就遭到了指控。

米切尔，或者是为他工作的某个人，把这个信息透露给了《生活杂志》。该杂志刊登了一篇长达六页的文章，曝光了福塔斯与沃尔夫森的联系，包括这位法官在金融家遭控告之后还秘密与其见面的事实。

福塔斯现在声称，这两万美元是用来研究和写作的，而且在他发现没时间承担任务的时候最后已经归还了。但沃尔夫森本人显然希望达成一个交易，他驳斥了这个解释，他出示的文件表明，他同意在福塔斯的有生之年每年支付两万美元，在他过世后则在他遗孀的有生之年每年向她支付同等数额。

面对这样的文件，福塔斯向最高法院递交了辞呈。

胡佛并不因为这个胜利而感到光荣。实际上，他明白自己很可能会成为主要的嫌疑人，于是他用一份特别的备忘录仔细地撇清了与此事的关系。一九六九年六月二日，他给司法部长发去了一份"个人的私密"备忘录，声称他得到了"一个可靠的消息"说，"在调查前最高法院法官阿贝·福塔斯的时候，（司法）部向《生活杂志》作者威廉·兰伯特提供了许多信息，不但使兰伯特能够曝光福塔斯与沃尔夫森基金会的关系，还让他能够随时获得关于联邦调查局正在进行的调查进展"。

再也没有比这个能更好地证明胡佛对官僚主义程序的娴熟运用了。用这么一份备忘录，他达到了三个目的：一是他撇清了联邦调查局与信息被泄露给《生活杂志》的同谋嫌疑；二是他让米切尔知道他做的一切他都是知道的；三是他搞了一个文件，如果司法部长甚至是总统想来对付他的时候，那么政府当局会感到很难堪。

米切尔只做了一件聪明的事情：他装聋作哑，回复说："我们已经在部内开始了调查，希望能够确定信息的泄露源头。"[40]

搞掉福塔斯并不能解决尼克松对最高法院的问题，因为参议员否决了他提名的海恩斯沃思和卡斯韦尔两人之后，他还得去找到一个能够接受的保守人士来填补空缺。但如果他可以再清除一个自由人士……

道格拉斯法官在从尼克松下令的税务审查中幸存下来之后，再次成了目标，众议员杰拉尔德·福特接受了发动一场弹劾的任务。与之前一样，胡佛提供了许多弹药，虽然这一次中情局也做出了贡献。

然而，福特的努力效果甚微，于是在一九七〇年六月五日，尼克松要胡佛去核查一项可能的指控。他是不是知道，总统问到，道格拉斯在"这些杂志中"有一篇文章？胡佛是知道的，他声称该刊物是——文学杂志《常青评论》刊登过道格拉斯法官最近的图书《反叛的观点》的节选——"色情的"。关于这次会话，胡佛在备忘录中写道："总统询问他是不是让杰里·福特联系了我，① 我愿不愿意向他提供这方面的信息，他是一个好人。我告诉他说我愿意。"[41]

杰拉尔德·福特几乎不需要尼克松的批准。胡佛发现他一开始成为联邦众议员候选人的时候就是一个有希望的人，这是对福特第一次发言时的判定，因

---

① 杰里是杰拉尔德的昵称。——译注

为福特要求为联邦调查局局长加薪。而且福特还是胡佛在沃伦委员会的线人。

胡佛给了福特信息，他去使用了，但没什么效果。经过几周时间的听证，众议院委员会发表了一份长达九百二十四页的报告，得出结论说："没有可靠的证据，不同意开展弹劾指控的准备工作。"[42]

最高法院助理法官威廉·O.道格拉斯有理由怀疑，胡佛提供了许多用来指控他的"证据"。他们是宿敌，自一九三九年道格拉斯第一次加入最高法院的时候起，他们就是冤家对头了。

道格拉斯法官还怀疑联邦调查局局长的其他事情。一九六六年，在非常敏感的"黑人起诉美国政府"的案子中，涉及了联邦调查局的搭线窃听，道格拉斯犹豫不决的一票在宣布决定之前就被知晓了。道格拉斯很是不安，他找到大法官沃伦，问他多长时间"打扫"一次会议室。沃伦对于道格拉斯问出这么平常的问题深感惊奇，他回答说清洁工应该是每天打扫的。

在道格拉斯澄清了他的用意之后，沃伦做了一些检查，发现"清除"房间里"窃听器"的费用大约是五千美元。最高法院的预算开销中没有这种费用的规定。然而大法官发现，联邦调查局愿意免费"打扫"这个会议室。沃伦认为这可以使道格拉斯高兴，于是他答应了联邦调查局的主动服务。[43]

虽然难以证明，但道格拉斯依然深信，会议室是有窃听器的——还有其他的泄露——他还"确信"，在不同的时段，最高法院所有的电话都是由"联邦调查局、中央情报局和国家安全局搭线窃听的"。道格拉斯发现到处都有窃听器。①他相信，"六十年代在华盛顿举行的重要谈话和会议，没有不受到搭线窃听或电子监控的"，而且"在尼克松时代，华盛顿到处都是隐蔽的电子窃听器"。[44]

有些人认为，道格拉斯法官是偏执狂。但道格拉斯也一直受到联邦调查局的搭线窃听，从哈里·杜鲁门政府开始，在科克伦的搭线窃听中就有了他的记

---

① 这是有一定理由的。1969年3月在与司法部一位官员进行没有录音的会谈时，沃伦和布伦南法官获悉，联邦调查局对驻华盛顿的所有109个外国使馆都开展了搭线窃听。然而在接下来的4月份，在参加年度众议院拨款小组委员会听证会的时候，联邦调查局局长胡佛作证，联邦调查局在使用的只有49个电话搭线窃听和5个无线话筒监控。当法官们问及是谁在说谎时，司法部官员在与其上司协商之后报告说，连续使用的搭线窃听只有46个，对于另外的63个使馆只是偶尔实施搭线窃听。

录，一直到理查德·尼克松当政时期。一九七〇年六月二十五日，胡佛给 H. R. 霍尔德曼发去了一份报告，内容是搭线窃听的关于弹劾战役讨论时道格拉斯谈论的策略。①

但道格拉斯怀疑的不只是电子监控。他还深信，他在最高法院的办公室进了贼。这事发生在约翰逊当政时期，主要怀疑对象还是联邦调查局。

几年来，威廉·O.道格拉斯一直在写书，而且自己认为是极为隐蔽的，写的是关于他在最高法院岁月的回忆录最后一卷。为防止泄露，他绞尽脑汁只打印了一份手稿。

在一九六八年十月四日至十一月十二日期间的某个时候，他的回忆录关于林登·贝恩斯·约翰逊部分的最后修改稿，在最高法院他的办公室失窃。

道格拉斯已经出版了三十本图书，绝对不是新的写手，他开始艰难地根据记忆重新创作失踪了的几页："……他在追求权力的时候也不放过金钱。他和'淑女鸟'当初来到华盛顿的时候，只有两万美元。在从白宫离任的时候，林登把那笔钱滚雪球般地滚到了至少两千万美元。他的指纹没在文件上留下过，他的脚印也从来没有出现过。电话记录从来没有录制过他说的话，因为他是通过山姆·雷伯恩那样强大的同盟，向联邦通信委员会劳伦斯·C.弗利那样的强大的官僚说话的。"[45]

但他知道，这是不一样的。根据他的记忆，之前的文稿语气更为强烈。为此，他绝对不会原谅 J. 埃德加·胡佛，或林登·贝恩斯·约翰逊。

具有讽刺意味的是，对道格拉斯的弹劾似乎没有必要了。如果联邦调查局在持续窃听道格拉斯，如同他所怀疑的，那么胡佛就会知道，该法官计划在他为最高法院服务满三十周年的一九六九年春天退休——他已经写好了辞呈——但关于税务审计和弹劾的传说，使得这位坐立不安的道格拉斯决定，"无限期地留在岗位上，直到最后的那条猎狗不再来追咬我的脚跟"。[46]

---

① 道格拉斯也不是最高法院受到窃听的唯一法官。在 1988 年回应《信息自由法》指控的时候，联邦调查局承认，经过对电子索引的搜查，发现除了道格拉斯，电子监控记录中还有厄尔·沃伦、阿贝·福塔斯和波特·斯图尔特法官：沃伦 7 次，福塔斯和斯图尔特都是两次。联邦调查局没有公开对道格拉斯窃听的次数、窃听日期和窃听内容，也没有公开最高法院其他遭窃听人的身份、遭窃听的内容，以及电子监控的手段是搭线窃听或话筒窃听。

在被问及最高法院是否遭到了窃听的时候，威廉·萨利文告诉作者说："没有这个必要。我们在最高法院里有的是像书记员那样的消息来源。"[47]

最近解密的联邦调查局文件，证明了某些提供信息者的身份。在罗森伯格案子的不同的上诉时期，联邦调查局紧密监视着最高法院。最高法院法警队长菲利普·H.克鲁克就是一个线人。在一九五三年的一份备忘录中，克鲁克被描述为能够"通过其布置在最高法院大楼各个角落的法警的听闻，立即提供所有的信息。他随时向特工们报告本案中重要人物的抵达和离开"。联邦调查局另一份备忘录陈述说，时任最高法院书记员的哈罗德·B.威利告诉联邦调查局特工，应该通过哪条渠道去"知道某个法官采取了什么行动，或最高法院做出了什么集体决定"。罗森伯格夫妇被处决后几天，联邦调查局的一份备忘录建议，克鲁克队长、威利先生和最高法院执法官T·佩里·利皮特，"由于在本案中的全力合作，应由局长给他们写一封感谢信"。[48]

一九六九年五月九日星期五，《纽约时报》在头版刊登了其驻五角大楼记者威廉·比彻的一篇报道说，美国在对柬埔寨实施空袭。虽然越战的升级对柬埔寨人来说已经不是什么新闻了，越南北部或美国空军自轰炸以来就一直在编造报道，但美国公众一直是不知道的。这个时候，亨利·基辛格正在佛罗里达州基比斯坎的总统度假营过周末，看到这篇文章后他生气了。

上午十点三十五分，基辛格打电话给J.埃德加·胡佛，要求他"如有必要，不管通过什么渠道，尽最大的努力"去发现消息泄露的源头。胡佛告诉基辛格，他马上就去调查此事。没有提及搭线窃听，至少在联邦调查局局长关于这次会话的备忘录里是没有提及的，但基辛格的评论，以及他提出调查工作必须"悄悄地"进行的要求，肯定是不排除这个手段的。[49]

基辛格还是惴惴不安，那天他又打了胡佛两个电话，询问调查进度如何。下午五点零五分，胡佛打电话向基辛格报告说，比彻也许是从多个渠道获得信息的：国防部，那里的工作人员"大都是肯尼迪的人，是反尼克松的"；五角大楼的系统分析局，那里的"一百二十四名雇员中有一百一十八人还是麦克纳马拉的人，他们的观点绝对是肯尼迪的"；或者是基辛格自己在白宫的人员，是国家安全委员会的某个人。

从胡佛关于这次会话的备忘录来看，不清楚是谁先提到了基辛格的助理莫尔顿·霍尔珀林这个名字。联邦调查局局长把这个人描述成"所谓傲慢的哈佛类型的肯尼迪人员"之一，① 但显然胡佛认为他是主要的嫌疑人。

胡佛报告说，这是目前他们的调查进度。基辛格敦促局长让联邦调查局继续深入调查下去，还补充说，"不管是谁干的"，他们（大概指的是他和总统）将"摧毁这个人"。[51]

在基辛格不知情的情况下，胡佛已经命令威廉·萨利文对霍尔珀林的住宅电话开展了电子监控。胡佛告诉萨利文，这将是特别监控，要严格按照需要知道的原则。在老邮电大楼的办公室里，萨利文也向华盛顿分局督察员考特兰·琼斯重复了这个要求。

联邦调查局有一些秘密的监听站，分布在华盛顿及其周边地区，包括在弗吉尼亚州昆亭可联邦调查局学院的一个大型设施——据说是从这里对附近兰利的中央情报局电话线进行搭线窃听——但电子监控的中心则是在老邮电大楼。该楼房坐落在联邦三角地，靠近在司法部大楼办公的联邦调查局总部，但隔了一段距离，司法部长不可能偶尔散步走到那里去。

由于邮电局已经在一九三四年搬迁到了新的大楼，调查局已经渐渐地占用了这座老大楼的大多数面积。在紧闭的门窗后面，在最严密的安全措施下，几十名监听员坐在仪表控制板前面，头上戴着耳机，在倾听和录制成千上万次通话。

然而，老邮电大楼出现了一个问题：里面闹鬼了，而且是个活鬼。大家都

① 在胡佛的备忘录中，约翰·F.肯尼迪母校的名字常常是不上档次的。

胡佛很清楚，基辛格本人是前哈佛大学的教授。在麦卡锡时期，基辛格博士还不止一次当过联邦调查局的线人。在1953年7月，基辛格联系波士顿分局，要求面见一位特工，以便递交一份批评美国核能项目的传单，那是他在开启某个人邮件的时候获取的。在与一名特工面谈的时候，"基辛格亮明了自己的身份，说他非常同情联邦调查局，还补充说，他现在受雇成为美国陆军的顾问，是前反情报部队的特工"。

波士顿分局的特工在给局长的报告中总结说："除非基辛格再来电话，否则波士顿分局不会就此事采取进一步的行动。但会采取一些步骤，使得基辛格成为本部门一个绝密的消息来源。"[50]

记得，多年前，极地探险家理查德·伯德海军上将在这里分配到了办公室，他会在大厅里散步，随便走进联邦调查局的监听站。锁门、接待员、卫兵和密码通行证似乎都阻挡不了他：在控制板上埋头工作的监听员突然抬头时，看到海军上将站在门口。幸好他对他们所做的一切都不感兴趣。特工们认为，他只是感到孤独，想听某人给他讲讲故事。胡佛努力了无数次，想把他请出去，搬迁到另一栋办公楼去，但伯德也是个传奇人物，有他自己的支持者，他们不想使他难堪。当他在一九五七年去世之后，特工们很是想念他。

拿到萨利文的指示后，琼斯去找负责华盛顿分局监听站的欧内斯特·贝尔特。

"我刚刚接到了比尔·萨利文的电话，他是接到了白宫的电话，他要我们立即开展这项监听任务。"琼斯说。然后他递给贝尔特一张纸条，上面潦草地写着莫尔顿·霍尔珀林的名字、地址和电话号码。

"真的很急吗？"贝尔特问道。

"嗯，这是萨利文交办的，"琼斯回答说，"所以自然是急事。"

琼斯告诉贝尔特，这次监听的知情人数必须加以严格控制；只能使用老员工和能够信任的员工。他们不会收到纸面的任务书，他们也不用交出纸面的作业。不会有冗长的记录总结索引，不会使用符号编码，不会使用话筒监控卡片。只是要制作每天一份记录文本，第二天一早就直接送交萨利文的办公室。

这违反了所有的规章制度。为此贝尔特有点担心，他不断地进行着思想斗争，但最后他横下心来，开始了工作。他派遣监督员和与电话公司的联络员詹姆斯·加夫尼去见霍勒斯·汉普顿。

汉普顿是切斯皮克和波托马克电话公司的高层领导，他与联邦调查局有长期良好的合作关系，按照贝尔特的说法，是建立在"可靠的互信基础上"的。二十多年来，他经办了调查局为国家安全而在华盛顿地区开展的所有搭线窃听的要求。他是一位自觉的爱国者，感觉自己和电话公司是在为国防做贡献。但他警告过特工们，如果他们想让他去执行一项任务，开展的搭线窃听不是为了国家安全这个目的，那么他就会立即与他们脱离关系，而且以后再也不会帮助他们了。①

不到一个小时，加夫尼就回来了，还带来了霍尔珀林住宅电话的线路配对号。很快，一条主线从电话公司架设到了老邮电局大楼，一名技术人员被派去楼下处理必要的搭接。

问题出现了。霍尔珀林居住在马里兰州贝塞斯达，意味着要增加一个长距离的回路才能接上电话线，这样一来会影响音量，需要专门的扩音设备，到该设备开始运作的时候，已经是下午将近五点钟光景了。

此后，程序就相当简单了。在线路上有打进打出电话的时候，控制板上的一个红灯就会发亮，戴耳机的监听员就会用一只手把插头插入控制板，另一只手去摁下录音机的开始开关，接着开始监听，同时做记录。然后如有必要，他会重播录音，把当天接收的通话内容用打字机打好一份总结或日志。

除非特别要求，整个会话的逐字逐句文稿是不需要的，而磁带的内容通常也会每隔两星期被抹去。从技术上来说，这是并不复杂的音频系统，而且与人们传说相反的是，这么做在线路上不会产生"咔嚓"声或反馈噪音。

然而这么做确实会造成相当大的纸面工作量。除了做成两份日志——一份给项目管理员，另一份存入绝密文件档案室——还有电子监控编目卡片，也是双份的，记载在磁带上监听到的每个人的名字；一本线路配对书；如果该材料还要送交大档案室，还得编制档案、密级、系列和案子编号；符号任务书（使用符号来表示和授权联邦调查局人员，材料的来源是通过搭线窃听），以及索引等等。

但这个案子就不同了。萨利文要求只是每天一份日志，不得使用纸面，除了琼斯拿过来的字迹潦草的纸条——已经被贝尔特销毁了——他们甚至不需要

---

① 在被问及与联邦调查局开展合作的 20 多年来，在某个时间段内有多少个搭线窃听的时候，霍勒斯·汉普顿陈述说："可能有 100 个。可能有更多……我会说，在肯尼迪和约翰逊当政时期，我们使用的数量是不少的。此后就逐渐减少了。在肯尼迪之前是很少的。"
问："很少指的是多少？"
答："呃，我说是 100 个。"
问："在一年之内吗？"
答："在一个时段，你说过的。可能有那么多，或者可能比这个多一点点。"[52]
在众议院一年一度作证的时候，联邦调查局局长 J. 埃德加·胡佛从来没有报告说在全国范围内有 100 个搭线窃听；平均数量通常是 40 出头。但切斯皮克和波托马克电话公司只是一家公司，只负责华盛顿地区。汉普顿的数字没有包括用于刑事案件的搭线窃听。

书面的授权。这也是让贝尔特颇感烦恼的事情之一。

　　还有一件不那么重要的事情，是线路上静悄悄的。然而因为第二天是星期六，贝尔特不想来这里确认搭线窃听在正常工作，于是在过了正常下班时间之后，他留下来了。但在下午六点二十分，监控员报告线路上有了动静。一个声音——监控员立即听出是霍尔珀林博士的——出现在线路上。搭线窃听现在正式开始运作了。

　　因为这是贝尔特记忆中极少的"白宫特别任务"之一，他把这事交给了两位监控员，告诉他们这涉及了"信息泄露"——这话很模糊，但他们会认为必须记录所有可能有关的内容——然后他就回家了，整个周末他都忐忑不安。

　　欧尼·贝尔特所不知道的是，考特·琼斯也在担心这事。[53]

　　星期六上午，基辛格的助理小亚历山大·M.黑格上校来到萨利文的办公室，要求搭线窃听四个人，三个是国家安全局的工作人员，一个是国防部长助理。该要求来自"最高当局"，黑格陈述说（对此，萨利文猜测他指的是基辛格或总统），而且涉及了我们的国家安全"最严重的事情"。黑格"一直重复着这一点"，萨利文回忆说，"他自己也因此而显得焦躁不安，他说基辛格博士更为操心，"基辛格博士"认为如果这些泄露不去堵住，那么他的全部政策就会落空，国家的损失就会不可弥补"。[54]

　　黑格还强调说，这事"非常敏感，必须要求以需要知道的原则来处理，不要保存书面的记录。实际上他是说，如果可能，最好在处理的时候别通过司法部"——跳过司法部长。但萨利文告诉他，司法部长已经知道了这事。

　　黑格还不希望把情况报告发送到他的办公室，他提议自己到萨利文的办公室来看阅。这样他们可以对这事保持密切的掌控。[55]

　　看着这四个名字，萨利文发现有一个名字很熟悉。但他没有告诉黑格，霍尔珀林已经受到了搭线窃听。

　　那天萨利文没能联系上局长——海伦·甘迪小姐接听了信息，但不肯把电话转过去，这意味着胡佛很可能在观看赛马——但星期天萨利文与他说上了话，复述了黑格的要求。

　　从他处理事情来看，显然胡佛已经感觉到了潜在的敲诈。

　　"就按照白宫的要求去做吧，"他指示萨利文，意思是他应该开展其他的搭线窃听，"但确保一切都有书面的记录。"[56]

如果黑格真的是在萨利文的办公室阅读那些日志，那倒是好的；但日志的总结报告应该通过特别信使递交（这意味着需要签认收条）给总统和基辛格博士。当然，调查局会保留文本。而且每一个搭线窃听都必须经由司法部长的书面授权。

一切都不是口头的，一切都是书面的。所有的书面记录都安全地保存在一个地方，在局长自己的办公室里。后来在他受到攻击的时候，甚至他自己的办公室似乎也不再安全的时候，胡佛修改了这些指示，要求萨利文把这些材料放在他的办公室里。这个决定他一直到死都在后悔。

局长并不是唯一着迷于书面的人。这是联邦调查局的一个职业风险。

五月十二日星期一上午，欧尼·贝尔特向考特·琼斯谈及了自己的担心。总部人员都知道，比尔·萨利文和局长一直不和，气氛相当紧张。他们得到的关于搭线窃听的所有授权只是一个电话，是萨利文打来的。

"天哪，我希望萨利文不是自由行动直接与白宫打交道，违反了正常的流程。"绕过司法部长是一回事——是很正常的——但他会不会越过了局长本人？想到这个，琼斯感到很害怕，他承认他很担心，说他要去询问一下。

但在那天的晚些时候，他们收到了授权书——是由司法部长和局长两人签署的——不但指示要对霍尔珀林开展搭线窃听，还增加了其他三个人。他们深感宽慰，开始了增加三个新搭线窃听的工作。"这事还是让我们感到有点紧张，"贝尔特回忆说，"我们在窃听的是白宫人员……白宫的在职人员。"他们经常听到亨利·基辛格讲话，他在讲话的时候似乎知道他的每一个词语都被记录下来了——确实如此——偶尔甚至还有尼克松总统熟悉的声音。[57]

五月二十日，基辛格和黑格来萨利文的办公室阅读所有的日志。当总统的外交政策顾问看完后，他对萨利文评论说："情况已经清楚了，除了这里的黑格上校，我办公室的其他人我全都不能信任了。"[58]然后他增加了两个名字，都是国家安全委员会委员。

到这个时候，萨利文得到的印象是，基辛格已经上了秘密窃听器的当，他的主要兴趣是想听听其他人在背后是怎么议论他的。

项目开始两个月后，萨利文在一项大规模的间谍调查中急需人员和设备，他请示胡佛是否能够撤销这些窃听器。

"不，是白宫装上去的，让他们来撤下，"局长回答说，"这不是联邦调查局的行动。这是白宫的行动。"[59]

当萨利文向黑格提议，这些窃听器没能起到作用——还是不清楚泄露给《纽约时报》的信息源头——在与基辛格协商之后，黑格坚持认为仍要保留这些搭线窃听，这样可以建立起"一种清白的模式"。[60]

总共是十七个搭线窃听，周期从五个星期到二十一个月，其中最长的是莫尔顿·霍尔珀林，在离开国家安全委员会和不再接触绝密文件之后，他还被搭线窃听了一年半。被窃听的人包括国家安全委员会的七名工作人员、四名记者、白宫的两名顾问、国防部的一名部长助理、国务院的一名驻外大使、国防部的一名准将和尼克松的一名发言稿写手。① 在这些搭线窃听中，亨利·基辛格下令安置了十四个，约翰·米切尔是两个，H.R.霍尔德曼是一个。

从来没有发现过国家安全的泄密。白宫从来不曾知道是谁泄露了柬埔寨的轰炸故事，但其他事情倒是获知了不少，包括那些被窃听者的社交联络、度假计划、夫妻吵架、精神问题、烟酒嗜好、药物使用和性生活，还有他们的老婆

---

① 被搭线窃听者按照时间先后顺序排列是：国家安全委员会莫尔顿·霍尔珀林，1969 年 5 月 9 日—1971 年 2 月 10 日；国家安全委员会赫尔穆特·索南费尔特，1969 年 5 月 12 日—1971 年 2 月 10 日；国家安全委员会丹尼尔·戴维森，1969 年 5 月 12 日—1969 年 9 月 15 日；国防部罗伯特·E.珀斯利上校（准将），1969 年 5 月 12 日—1969 年 5 月 27 日，1970 年 5 月 4 日—1971 年 2 月 10 日；国家安全委员会理查德·L.斯奈德，1969 年 5 月 20 日—1969 年 6 月 20 日；国家安全委员会理查德·M.穆斯，1969 年 5 月 20 日—1969 年 6 月 20 日；《星期日时报》亨利·布兰顿（伦敦），1969 年 5 月 29 日—1971 年 2 月 10 日；《纽约时报》赫德里克·史密斯，1969 年 5 月 4 日—1969 年 8 月 31 日；白宫约翰·P.西尔斯，1969 年 7 月 23 日—1969 年 10 月 2 日；总统发言稿作者威廉·萨菲尔，1969 年 8 月 4 日—1969 年 9 月 15 日；哥伦比亚广播公司新闻记者马文·卡尔布，1969 年 9 月 10 日—1969 年 11 月 4 日；国务院威廉·H.萨利文大使，1970 年 5 月 4 日—1971 年 2 月 10 日；《纽约时报》威廉·比彻，1970 年 5 月 4 日—1971 年 2 月 10 日；国务院理查德·P.佩德森，1970 年 5 月 4 日—1971 年 2 月 10 日；国家安全委员会温斯顿·洛德，1970 年 5 月 13 日—1971 年 2 月 10 日；国家安全委员会托尼·莱克，1970 年 5 月 13 日—1971 年 2 月 10 日；以及白宫詹姆斯·W.麦克莱恩，1970 年 12 月 4 日—1971 年 1 月 27 日。

孩子以及亲戚朋友的情况。①

按照理查德·尼克松的说法,搭线窃听只获得了"大量的材料:八卦和忽悠"。"搭线窃听效果非常非常不好,"他后来在白宫的录音中告诉约翰·迪恩,"这个我是一直知道的。至少,我是绝对不会,在我开展的行动中这东西从来没有什么用处。"[61]

但总统的手下人则不那么认为。通过搭线窃听他们的亲密顾问,亨利·基辛格可以窥探国防部长梅尔文·莱尔德和国务卿威廉·罗杰斯的动静。

"大量的材料"也包括了许多政治信息,例如:

两个遭搭线窃听的人离开政府去为民主党总统候选人埃德蒙·马斯基效劳了。他的竞选计划及时报告过来了,还有林登·贝恩斯·约翰逊关于不支持马斯基的决定。

对记者亨利·布兰顿的搭线窃听,得到了特别的收获。布兰顿的妻子是琼·肯尼迪的密友,这使得在查帕奎迪克事件之后白宫能够获知肯尼迪夫人对她丈夫的评价。②

一九六九年十二月,胡佛通知总统说,前国防部长克拉克·克利福德准备在杂志上发表一篇文章,批评尼克松的越南政策。埃利希曼致霍尔德曼:"这种早期的预警系统,我们还需要更多——你的游戏设计师现在处于优势的地位,可以规划预期的行动了。"[63]霍尔德曼致杰布·马格鲁德:"我同意约翰的观点。我们行动吧。"[64]

一九七〇年五月,在第一个搭线窃听设备安置后一年,胡佛在椭圆形办公室见到了尼克松和霍尔德曼,他们讨论后决定,在搭线窃听录音稿的发送名单中删去基辛格。此后,所有的汇总材料都发送给了霍尔德曼。到这个时候,已经不需要查找泄露的借口了:那些搭线窃听的使用只是为了收集政治情报——而且具有讽刺意味的是,还要监视亨利·基辛格的一举一动。

---

① 丹尼尔·埃尔斯伯格是莫尔顿·霍尔珀林的朋友,也是他家偶尔的座上客。在对霍尔珀林搭线窃听时,埃尔斯伯格也被窃听到了15次。他从来没有谈及关于国家安全的事情,虽然后来向《纽约时报》泄露了五角大楼的文件,但他确实谈论过性、大麻和致幻剂。

② 这信息至少有些部分没让白宫获知。华盛顿分局督察员考特兰·琼斯独自行动,他销毁了琼·肯尼迪关于"特迪一些问题"的极为私密的讨论稿,因为他"知道那些人会拿这份材料做出什么事情来"。[62]

同时，大批大批文件积累起来了——给总统的三十四份汇总备忘录、给基辛格的三十七份、给霍尔德曼的五十二份和给埃利希曼的十五份。为保证安全，讨论决定所有的汇总材料和有关的通信往来都应该回归调查局保管。

　　这个时期，还有白宫下令的另一个监控。这个监控任务不是基辛格下令的，而显然是埃利希曼用来窃听他的。

　　一九六九年六月，埃利希曼要求联邦调查局开展一项搭线窃听，目标是全国联合专栏作家约瑟夫·克拉夫特的住宅电话。但尼克松告诉迪恩，[65]"胡佛不想跟克拉夫特过不去"，于是埃利希曼把任务交给了前纽约警察局的约翰·考尔菲尔德，以及负责共和党全国委员会安全工作的前联邦调查局特工约翰·拉根。① 具有二十三年调查局工作经验的拉根，还担任过三十五人的纽约市刑侦技术组组长，负责在曼哈顿和其他县区的所有搭线窃听工作。但拉根的努力白费了，因为当他爬上乔治敦的克拉夫特住宅后面的电话线杆子，去安装搭线窃听装置的时候，听说该专栏作家正在巴黎报道越战和谈。埃利希曼显然不想麻烦中情局，他要求胡佛帮忙，于是威廉·萨利文飞去了巴黎，在那里他让与联邦调查局对应的法国领土监视局协助，在克拉夫特入住的乔治五世旅馆的房间里安置了窃听器。听说克拉夫特已经采访了越南北部地区代表团，但当时其他许多记者也在进行会谈的报道。报告送到了联邦调查局总部，然后递交给了白宫。（为表示谢意，联邦调查局局长出于职业的礼节，向法国领土监视局局长让·罗歇赠送了一张亲笔签名的照片。）

　　那年的秋天，白宫要求对克拉夫特实施二十四小时的跟踪监视。在胡佛指出这样做太危险之后，白宫与调查局达成了妥协，即从十一月五日至十二月十二日之间的六个星期里，对这位专栏作家开展"晚间有选择的监控，以确定他的社交活动"。[67]

　　"我感到纳闷，他们为什么要那么做，"在联邦调查局的监控暴露之后，克

---

① 约翰·拉根是路·尼科尔斯的人，他还负责尼克松朋友们的住宅打扫，包括查尔斯·"比比"·雷博佐、百事公司总裁唐纳德·肯德尔和罗伯特·H.阿普拉纳尔普。

　　亨利·基辛格没有使用拉根的服务。他的白宫办公室打扫工作，以随机的次序交给了联邦经济情报局、中央情报局、国家安全局和联邦调查局。在被问及为什么不是定期交给联邦调查局的时候，他回答说："谁能相信胡佛呢？"[66]

拉夫特后来这么告诉作家戴维·怀斯，"华盛顿是我了解和生活的地方，可我简直适应不了。"[68]

克拉夫特的社交生活显然就是线索。他和妻子波利进入了与基辛格及其朋友相同的乔治敦社交圈。他们之间关系亲密，可以直呼"亨利"和"乔"。而且乔还听到过亨利自己主动泄露的一些信息。

由于无法对亨利·基辛格实施监控，埃利希曼就采取了变通的办法：监控他朋友约瑟夫·克拉夫特的活动。这方面最有力的证据是，基辛格本人没有接收到关于克拉夫特的监控报告。那些报告，与十七个搭线窃听的汇总备忘录一样，后来都回归调查局保管，最后到了威廉·萨利文的办公室。

美国第三十七任总统没有社交。与亨利·基辛格不同，他从来不参加华盛顿的晚会活动。但在一九六九年十月一日晚上，尼克松总统、司法部长米切尔和白宫顾问约翰·埃利希曼来到了西北三十大街4936号，在联邦调查局局长 J. 埃德加·胡佛家里吃了一顿饭。

尼克松以前来过这里，来过好多次——他甚至还在这里留宿过，与妻子和女儿们一起，那是在一九五〇年代，当时波多黎各的恐怖分子威胁要杀死副总统尼克松和联邦调查局局长胡佛，于是调查局决定让他们待在一个地方对他们实施保护——但至少埃利希曼是第一次到访，后来他对这里的一切进行了取笑，从"昏暗的几乎是肮脏的"客厅到那些褪了色的合影照片：胡佛与汤姆·米克斯、胡佛与各位总统、胡佛与"旧时代的电影女演员"。① 胡佛的司机克劳福德已经脱下联邦调查局服装，换上了白色的侍者制服，他为他们端上了饮料。克莱德·托尔森"看上去脸色苍白"，他蹒跚着进来了，摇摇手，然后就回到楼上去了。胡佛用医学术语详细解释了托尔森的健康恶化情况。

晚餐本身算不上是美味佳肴，菜品有从德州克林特·默奇森农场空运过来的牛排，以及来自贝弗利山庄查森的辣椒。

席间基本上是胡佛在说话。他的主要抱怨似乎是关于国务院使得他无法去

---

① "我怀疑室内装饰与芒斯特家庭的是同一个设计师。"埃利希曼后来评论说。但在晚饭后，埃利希曼的嘲笑变成了惊奇，因为胡佛陪同客人走下楼梯去娱乐室观看裸女的图片和海报。"这个展览的效果使人难以置信——似乎很不自然。在胡佛故意让我们参观他的淘气的展品时，这样的印象就更加深刻了，好像他要我们由此来了解 J. 埃德加·胡佛似的。"[69]

窃听苏联新使馆，因为国务院同意苏联建筑队来负责使馆的施工。总统答应考虑是否惩罚一下"国务院那些混球"。[70]

然后，在埃利希曼看来好像是长达几个小时似的，"胡佛为取悦我们开始给我们讲故事，讲述那些'黑包'工作和惊心动魄的逃跑等。"总统用"棒极了"和"怎么样，约翰"这样的插话来表示对这些故事的兴趣。

"在晚上结束的时候，"埃利希曼总结说，"胡佛肯定会理所当然地认为，他已经获准开展'黑包'工作了。"[71]

但埃利希曼搞错了：这不是这天晚上的真正目的。精彩的一幕发生在胡佛打开前门和客人们走出去进入电视摄像机弧光灯之中。除了通常的联邦经济情报局警卫员和几位好奇的邻居，胡佛家门前挤满了记者和电视摄像机。

华盛顿的社交名媛没有一个可把理查德·尼克松吸引过去，但 J. 埃德加·胡佛可以。与富兰克林·德拉诺·罗斯福著名的拇指朝下手势一样，尼克松的来访是总统坚定支持的象征。

是的，胡佛看上去特别健康，司法部长告诉媒体："他与以往一样，身体健康，思维敏捷。"没有，没有谈及退休的问题。

但在那个时候，约翰·米切尔补充了一个令人烦恼的确认，他说："现在没人可以接替他的位子。"[72]

为保证继续获得青睐，胡佛对总统大献殷勤。得知尼克松正在编制"仇人名单"后，① 联邦调查局查阅了档案，然后提出了让税务局去审计的可疑对象。与胡佛所有的行动一样，这里也有一个对等的做法，联邦调查局获得了同等的好处——退税和其他的税务数据，用来对付三 K 党、新左翼和黑人民族主义团组那样的目标是很有帮助的。然后还有"特别要求"，比如在一九六九年十一月，H. R. 霍尔德曼要求提供华盛顿地区新闻媒体中已知和怀疑的同性恋名单。几个小时之内，一份详细报告递交给了白宫，显示了联邦调查局局长的手头上掌握了这种特殊信息。

为理顺提供给白宫的政治信息流，局长在一九六九年十一月二十六日建立

---

① 尼克松"仇人名单"的人数较多。每一届政府都有这样的名单。凭借资历，最早的是 J. 埃德加·胡佛自己的名单。毫无疑问，这是人数最多的。即使是死者（比如威廉·多诺万和小马丁·路德·金），也没从名单上被删去。

了一个新的项目，代号为"情报书信"，所有的分局长都得到指示，要定期向联邦调查局总部发送情报：关于国家安全、游行示威、动乱抗议，以及"也许会引起总统和司法部长特别关注的突发事件，或者是出现崭露头角的人物这样的事情"。[73]联邦调查局局长已经给尼克松送去了几百份这样的报告，但显然他希望能够像中情局每天上午发送给白宫的世界热点事件报告那样，在国内建立起类似的报告制度。

联邦调查局还悄悄地提供了有关的负面信息，目标是南方基督教领袖会议主席拉尔夫·艾伯纳西牧师和已故的小马丁·路德·金博士，为的是帮助副总统斯皮罗·阿格纽在发言中去攻击他们。① 有传言说，要为遭谋杀的那位民权领袖设立全国性的纪念日，胡佛千方百计去阻止这种做法。

调查局甚至还协助阿格纽起草那些更具煽动性的发言稿，使得华盛顿一些老练的观察家认为，副总统说的话像是联邦调查局局长每天在说的那样。

一九六九年十一月十八日，约瑟夫·肯尼迪死了。

最后，所有的肯尼迪都走了，他们要么是死了，如约翰、罗伯特、约瑟夫；要么是名声扫地，如特迪。

J. 埃德加·胡佛比他们都混得长久。②

---

① 1970 年 5 月 18 日，阿格纽打电话给胡佛要求帮忙。在关于这次会话的备忘录中，胡佛写道："副总统说，他必须摧毁艾伯纳西的声誉，所以如果我能够帮得上忙，他将十分感激。我告诉他说，我很愿意帮助。"[74]

② 在 1969 年 7 月 18—19 日的查帕奎迪克事件后不久，司法部副部长理查德·克兰丁斯特对卡撒·德洛克提出要求，请联邦调查局提供关于玛丽·乔·科佩奇尼的国外旅行信息。显然白宫希望发现，科佩奇尼曾有一次陪同肯尼迪参议员出国旅行，但就联邦调查局所知，科佩奇尼小姐从来没有离开过美国。

　　波士顿分局的一次非正式询问，也没能解答各种说法的许多分歧。

　　然而后来，按照威廉·萨利文的说法，科罗拉多州一位可靠的线人提供了一个版本，与肯尼迪参议员和其他人在审理时的陈述有很大的不同。

　　在这个版本中，当意外事件发生的时候，肯尼迪与"锅炉房女孩"（罗伯特·F.肯尼迪1968 年竞选总统时的一个工作团队——译注）的其中一位女子驾车去了沙滩，后来在汽车里发现了该女子的钱包。他们从下沉的汽车里逃出来后，把整个事件当成是一场玩笑（附近居民回忆在刚过午夜不久，听到了一个男人和一个女人的笑声），他们步行返回晚会，一路上经过了消防站和几座住人的小房子。只是在后来，玛丽·乔·科佩奇尼的缺席才引起了注意。这个时候，有人志愿说，最后看到的是玛丽·乔·科佩奇尼抱怨说感到累了，于是去外面一辆汽车的后座小睡。

　　不管是真是假，萨利文认为，这故事至少比肯尼迪的故事要好。

资料来源:

[1] 埃利希曼:《见证权力》,第156页。

[2] H.R.霍尔德曼和约瑟夫·迪莫纳:《权力的结束》(纽约:时代图书出版公司,1978 年),第81页。

[3] 尼克松:《尼克松回忆录》,第596页。

[4] 同上,第934页。

[5] 同上,第596页。

[6] 理查德·尼克松在霍尔珀林讼案中的证词。

[7] 鲁弗斯·扬布拉德:《联邦经济情报局二十年生涯:我与五位总统》(纽约:西蒙与舒斯特出版公司,1973年),第232页。

[8] 纳什:《公民胡佛》,第161页。

[9] 萨利文:《调查局》,第199页。

[10] 同上。

[11] 理查德·尼克松在霍尔珀林讼案中的证词。

[12] 埃利希曼:《见证权力》,第157页。

[13] 同上,第158页。

[14] 《纽约时报》,1968年9月8日。

[15] J.埃德加·胡佛致十四位分局长,1968年11月25日。

[16] 丘奇委员会记录,第3册,第41页。

[17] 圣路易斯分局长致J.埃德加·胡佛,1968年2月14日。

[18] 圣路易斯分局长致J.埃德加·胡佛,1970年1月30日。

[19] 联邦调查局总部致旧金山分局长,1968年9月30日。

[20] J.埃德加·胡佛致波士顿分局长,1971年1月28日。

[21] J.埃德加·胡佛致旧金山和洛杉矶分局长,1971年3月25日。

[22] 芝加哥分局长致J.埃德加·胡佛,1969年12月11日。

[23] 多纳:《年代》,第223页。

[24] 芝加哥分局长致J.埃德加·胡佛,1969年1月12日和30日。

[25] J.埃德加·胡佛致巴尔的摩分局长,1968年11月25日。

[26] 洛杉矶分局长致J.埃德加·胡佛,1970年5月26日。

[27] J.埃德加·胡佛致旧金山分局长,1968年6月30日。

［28］纽瓦克分局长致 J.埃德加·胡佛，1970 年 11 月 6 日。

［29］J.埃德加·胡佛致纽瓦克和旧金山分局长，1970 年 11 月（日期模糊难辨）。

［30］《圣路易斯邮报》，1969 年 3 月 13 日和 1969 年 5 月 13 日。

［31］理查德·达德曼：《极右翼人士》（纽约：金字塔图书公司，1962 年），第 163 页。

［32］"快乐旋转木马"，1969 年 4 月 12 日。

［33］萨利文采访录。

［34］怀斯：《警察国家》，第 135 页。

［35］埃利希曼：《见证权力》，第 159 页。

［36］同上，第 61 页。

［37］J.埃德加·胡佛致克莱德·托尔森，J.埃德加·胡佛致司法部长（米切尔），1969
　　　年 7 月 1 日；西奥哈里斯和考克斯：《老板》，第 405 页。

［38］萨利文采访录。

［39］同上。

［40］米切尔致 J.埃德加·胡佛，1969 年 6 月 5 日。

［41］J.埃德加·胡佛致克莱德·托尔森，1970 年 6 月 5 日；西奥哈里斯和考克斯：《老
　　　板》，第 406 页。

［42］蔡尔兹：《见证》，第 51 页。

［43］同上，第 50 页；威廉·O.道格拉斯：《法院岁月，1939—1945 年》（纽约：兰登书
　　　屋，1980 年），第 256 页。

［44］道格拉斯：《法院岁月》，第 256—258 页。

［45］同上，第 312 页。

［46］同上，第 377 页。

［47］萨利文采访录。

［48］《纽约时报》，1988 年 8 月 21 日。

［49］J.埃德加·胡佛致克莱德·托尔森、德洛克、萨利文、毕晓普，1969 年 5 月 9 日；
　　　理查德·尼克松弹劾案卷，第 VII 册，第一部分，第 142 页。

［50］波士顿分局长致 J.埃德加·胡佛，1953 年 7 月 15 日；西格蒙德·戴蒙德，《基辛格
　　　与联邦调查局》：《民族》杂志，1979 年 11 月 10 日。

［51］J.埃德加·胡佛致克莱德·托尔森等，1969 年 5 月 9 日；理查德·尼克松弹劾案卷，
　　　第 7 册，第一部分，第 143—145 页。

［52］汉普顿在霍尔珀林讼案中的证词。

［53］贝尔特在霍尔珀林讼案中的证词。

［54］萨利文在霍尔珀林讼案中的证词。

［55］萨利文致德洛克，1969 年 5 月 11 日。

［56］萨利文证词。

［57］贝尔特证词。

［58］萨利文证词。

［59］萨利文采访录。

［60］西摩·M. 赫什：《基辛格与尼克松在白宫》，《大西洋》杂志，1982 年 5 月。

［61］白宫录音稿，1973 年 2 月 28 日。

［62］赫什："基辛格与尼克松"。

［63］埃利希曼致霍尔德曼（未标明日期）；丘奇委员会记录，第 3 册，第 350—351 页。

［64］霍尔德曼致马格鲁德（未标明日期）；丘奇委员会记录，第 3 册，第 351 页。

［65］白宫录音稿，1973 年 4 月 30 日。

［66］赫什：《基辛格与尼克松》。

［67］怀斯：《警察国家》，第 22 页。

［68］同上，第 6—7 页。

［69］埃利希曼：《见证权力》，第 162 页。

［70］同上，第 160—163 页。

［71］怀斯：《警察国家》，第 142 页。

［72］《华盛顿邮报》，1969 年 10 月 4 日。

［73］J. 埃德加·胡佛致各分局长，1969 年 11 月 26 日。

［74］J. 埃德加·胡佛致克莱德·托尔森，1970 年 5 月 18 日。

第三十三章　苏联间谍

"我们的纽约分局谍报科有一个苏联间谍。"威廉·萨利文向局长报告，并出示了让他得出这个结论的证据：信息的泄露、行动的失败和身份的暴露。

"去查清楚他是什么人。"胡佛命令道。

萨利文解释说，该间谍隐藏得很深，通过内部调查很难把他揭露出来。唯一的解决方法是把人员逐步调出这个科室，把新人替换进去。

"绝对不行，"胡佛回答说，"一些聪明的记者肯定会发现我们在把纽约分局的人员调走。"

这事我们要悄悄地进行……

不。

萨利文在调查局工作了将近三十年，主要是在总部，他知道有一个方法在争论中往往可以说服局长。"胡佛先生，"他恳求说，"如果公众获悉我们已被苏联克格勃渗透，您的名声将会受到极大的损害。"

"这个我是知道的，"局长厉声说，"但不能调动人员。"

尽管陆续收到了一份份备忘录和新的证据，但胡佛还是态度坚定。

"在一九七一年我离开联邦调查局的时候，"萨利文后来陈述，"我们内部的苏联间谍依然存在着，而且我们没有一个人知道他是谁。"[1]

一九七〇年一月一日，J. 埃德加·胡佛满七十五周岁了，他做事更加小心翼翼了。他知道自己生活在借用的时间里，他还知道霍尔德曼、埃利希曼，甚至很可能还有米切尔，都想把他赶走，他决心不让他们抓住可能的理由。只要一个小小的错误就能达到这个目的。

对柬埔寨的秘密轰炸之后，接下来是对这个国家实施的一场秘密"入侵"。当公众知道越战的升级已经到了这个地步的时候，举国上下的大学校园里爆发了一波又一波的抗议浪潮。

萨利文向局长发出请求：让我们把校园线人的年龄从二十一岁下降到十八岁。在目前的形势下，我们不知道会发生什么事情。

不，局长告诉他，使用当地的警力。这样的话，如果发生什么坏事情，就不会来指责我们了。

坏事情确实发生了，时间是那年的五月，地点是俄亥俄州的肯特州立大学。

克格勃并不是唯一想渗入联邦调查局的组织。托尼·维拉诺特工在纽约市打击有组织犯罪小分队工作，他获悉他的同事约瑟夫·斯塔比尔特工收受了黑手党一万美元的贿赂。

斯塔比尔不是普通的特工。他是少数几个能说西西里方言的特工之一，实际上在纽约和新英格兰地区对黑手党开展的所有搭线窃听行动中，他担任译员工作。他不但知道窃听对象是什么人和说了些什么，还知道小分队最秘密线人的身份。

当维拉诺拿着报酬的证据与他当面对质的时候，斯塔比尔邀请他参与此事。"这里可以发一笔财呢，"他吹嘘说，"马上就能得到十万美元——比分配到拉斯维加斯要强得多了。"[2]维拉诺挡住了诱惑，他告发了斯塔比尔。

这样的指控震惊了联邦调查局总部。胡佛一直引以为豪的是，联邦调查局特工从来没有收受过贿赂。[①] 一批批督察员纷纷从总部赶来纽约分局。使维拉诺感到惊奇的是，他们这些人似乎对诋毁他比对斯塔比尔的调查更感兴趣："基本上他们对发现更多的证据不怎么关心，而是想知道我是不是意图让调查局难堪。"[3]

斯塔比尔和维拉诺两人都接受了测谎仪测试——两人都通过了。虽然还有

---

① 当然是有一些的，但都没有受到审判。只是有 3 名分局长被怀疑从黑帮团伙那里接受过"好处"。例如迈阿密的一名分局长利用卡车工人工会的养老金贷款，送自己的儿子读完了大学。当联邦的一个督察机构开始调查此事的时候，这位分局长被调走了，但仍被允许留在调查局内，直至遭到关于"多次工作失误"的新指控后，他才获准悄悄地退休。

其他的证据支持维拉诺的指控，但模棱两可的测谎结果却让联邦调查局总部作为借口结束了这次调查。约瑟夫·斯塔比尔留在了打击有组织犯罪小分队。安东尼·维拉诺决定辞职。

自从一九五三年这位年轻的理想主义特工进入辛辛监狱，期待着去审讯罗森伯格夫妇之后，已经发生了许多变化。十九年后，在试图解释为什么要离开调查局的时候，维拉诺告诉自己的儿子："我已经四十五岁了，我崇拜的所有偶像结果都令我失望。"

"这就是我们之间的差距，"他儿子隔着代沟回答说，"我十七岁的时候是没有偶像的。"①[4]

虽然联邦调查局的秘密反情报项目还在继续，但如果能预见会让调查局难堪的新行动，就难以获得批准了。除了基辛格的十七个搭线窃听——是白宫下令的，并经司法部长批准——胡佛大幅削减了联邦调查局的搭线窃听和话筒窃听的数量，致使许多反间谍和反犯罪领域的行动不得不停顿下来。

胡佛不愿意让他的手下人去走这样的调查捷径，他不想为他人去承担这样的风险。当国家安全局常规地要求联邦调查局协助开展三项提包工作的时候，胡佛拒绝了。当中央情报局例行地提议，要求对两个外国使馆实施搭线窃听的时候，胡佛告诉中情局局长理查德·赫尔姆斯，必须拿来总统或司法部长的书面批件，这是赫尔姆斯不想做的。当司法部长本人要求对司法部的一个案子提供窃听协助的时候，胡佛坚定地要求出具包括"擅自闯入"字样的授权书。

虽然其他情报部门的领导人纷纷抱怨这个"新胡佛"——小心谨慎，致力于保护自己的名声，经常给自己"留好后路"——但联邦调查局局长与理查德·尼克松的良好私交是大家都知道的，也是长期的，所以没人胆敢去向白宫抱怨。

即使是在一九七〇年二月二十六日，胡佛与中央情报局关系破裂之后，情况也是如此。

---

① 1978年，联邦调查局局长克拉伦斯·凯利重新启动了这项调查。约瑟夫·斯塔比尔被控犯有伪证、阴谋和妨碍司法等八项罪行，成为第一个犯罪的在职联邦调查局特工。斯塔比尔在当天辞职。1978年11月9日，斯塔比尔承认妨碍司法的指控，其他的指控就撤销了。1979年1月17日，他被判处一年零一天的监禁。

好像胡佛一直在等待关系破裂的借口。触发全国两个最大情报机构关系决裂的事件起因是微不足道的。联邦调查局丹佛分局的一名特工把一些信息告诉了中情局丹佛情报站站长。该站长却公开转告了当地的警方，胡佛听说了这事。

但胡佛不知道这位特工的身份，于是他要求中情局局长理查德·赫尔姆斯提供名字。赫尔姆斯打电话给情报站长，要他说出信息的来源。情报站长认为这是"事关信誉和人品"的问题，因此不肯说出来。赫尔姆斯显然认为胡佛会尊重这种君子规矩，所以他写信给联邦调查局局长，说明了这个情况。

"这是不能令人满意的，"胡佛在信件的末尾潦草地写道，"我要求我们的丹佛分局断绝与中情局的一切往来，我要求终止我们总部与中情局的直接联络，将来与中情局的任何联系，都只能通过书信。胡。"[5]用蓝墨水画了几笔之后，胡佛结束了与中央情报局的正式联络。

这本来就是拉郎配，是由总统撮合的，联邦调查局局长是极不情愿与之联姻的。虽然在过去的几年里，胡佛在这场婚姻中得到了更多的好处，离婚肯定能使他获得极大的个人满足感。这是他对威廉·"野比尔"·多诺万及其后代的最后的复仇。

对抗胡佛的指示，在工作层面上的联系依然是有的——例如，威廉·萨利文继续定期会见中情局传奇的间谍大师詹姆斯·杰西·安格尔顿，虽然两人都是小心翼翼地维持着这样的秘密见面——但联邦调查局与中央情报局的联络员山姆·帕皮奇的工作岗位已经取消了，帕皮奇是调查局的一位优秀员工，此后不久他就辞职了。赫尔姆斯请求说："只有与联邦调查局开展紧密协调和通力合作，本局才能为国家安全发挥充分的作用。"但这话是说给聋子听的。[6]中情局局长关于联邦调查局继续提供电子监控和国内监控协助的要求，也是同样的下场。

凑巧的是，就在胡佛与中情局断绝联络的那天，他应召去椭圆形办公室面见总统和埃利希曼。这并不是一次安抚的会见。尼克松对联邦调查局在某些方面的表现很不满意。就他来说，调查局在对付骚乱、学生游行、国内持不同政见者和有组织犯罪方面做得太少了。

尼克松先从后者开始。根据最近的民意调查，美国公众最关心的是黑手党，而不是越南战争。尼克松敦促胡佛让调查局深入这种案子中去。

为证明自己的辉煌业绩，局长开始炫耀他的"统计数字"。他告诉尼克松，就在那一天，司法部起诉"我们的事业"的积压案子数量是一千零五十七件。这些案子之所以没有得到审理，是因为检察官人手不够。既然积压的案子没有办结，那为什么还要去增加新的呢？

　　但局长来白宫不是想谈论有组织犯罪，或者是总统议程上的其他事情。在尼克松或埃利希曼还没来得及插话的时候，他开始愤怒地谴责黑豹党。"是谁给黑豹党提供了资金？"他花言巧语地问道，"他们的钱来自伦纳德·伯恩斯坦和彼得·达钦那帮人。"

　　但过了一会儿，胡佛陈述说："我们怀疑——现在还不能证明——通过美国共产党，黑豹党从苏联拿到了千百万美元。"[7]

　　这是可笑的，而且没人比 J. 埃德加·胡佛更加清楚。奄奄一息的美国共产党已经被彻底渗透了，联邦调查局知道该党的每一分钱来自何方和用在了何处。自从一九五〇年代初期两名通讯员杰克和莫里斯·蔡尔兹（两兄弟合用"独流"这个代号）担任调查局线人以来，联邦调查局确切地知道苏联在为美国共产党提供多大的支持。

　　与胡佛的见面常常像以往的那样，尼克松发觉自己听得多，讲得少。总统的其他议程没有得到讨论。

　　"伦纳德·伯恩斯坦和彼得·达钦那帮人"，局长是很在乎的。最近，这位交响乐指挥家①在他的公园大街复式公寓里举行了一场为黑豹党筹款的晚会。汤姆·沃尔夫后来在其欢快有趣的文章《激进的高雅：伦尼家的聚会》② 中让这事名垂青史。但 J. 埃德加·胡佛并不感到丝毫的有趣。在聚会的次日，他让社会栏目的记者梳理了参与者的名字。那些在联邦调查局档案里还没有留名的现在留名了，而晚会的主人则被列为反情报项目的特别目标。

　　为"打击"伯恩斯坦，调查局试图捏造关于这位指挥家的所谓同性恋，而且还尤其喜欢年轻小伙子，但由于没有被抓的记录来支撑这样的诽谤，连好莱坞演员工会都不愿听信。

---

① 指的是伦纳德·伯恩斯坦。——译注
② 伦尼是伦纳德的昵称。——译注

在打击黑豹党另两个支持者的时候，胡佛就做得好得多了。在抗议警察对付黑豹党的请愿书签名者之中，有一位著名的女歌手。在她早年奋斗的岁月里，现场演唱会是很少的，她参与过色情片的演出。拍摄地点是旧金山的一个汽车旅馆房间，这是一段为时大约十分钟的短片，其间她为一位穿戴成海员的男演员进行口交。多年来，她相信这部片子已经不存在了。

但联邦调查局有一份拷贝——根据胡佛一位前助理的说法，这是局长最喜欢的影片之一，常常在"蓝房间"里为一年一度前来总部回炉培训的分局长们播放。

一张翻拍的照片寄给了这位歌手，一起寄送的还有一张匿名的纸条，建议说如果她一心想出名（附有她支持黑豹党的一张剪报），那么她的粉丝也许会很喜欢观看她的第一部影片。曾经的"自由签名人"，后来她再也不敢在有争议的事情上随便签字了。

女演员珍·茜宝也是目标。在监控到黑豹党总部打给茜宝一个电话的时候，联邦调查局得知这位女演员怀孕了，不是她那离异的丈夫——法国作家罗曼·加里的。理查德·华莱士·赫尔德是联邦调查局负责对付黑豹党的反情报项目特工，他错误地以为胎儿的父亲是黑豹党宣传部长雷蒙德·"马萨伊"·休伊特，于是给总部拍发电报提出了建议：

"请求调查局批准散布关于著名白人电影女演员珍·茜宝的怀孕消息。通过（黑豹党雷蒙德·休伊特），通过好莱坞的'八卦专栏记者'……公布这个消息。感觉对'茜宝困境'的宣传能够使她窘迫，降低她在公众中的形象。"[8]

胡佛回答说："珍·茜宝一直在为黑豹党提供资金的支持，应该打击她。"[9]

出现在《洛杉矶时报》上的第一篇专栏文章，是乔伊斯·哈伯写的，说得"模模糊糊"：没有提及茜宝的名字。然而，唯恐对这位女演员的身份产生怀疑，胡佛在当天就发送了一份关于茜宝的报告给埃利希曼、米切尔和克兰丁斯特。

六月八日，《好莱坞报道》的专栏文章说："朋友们纳闷，珍·茜宝还能把这个秘密保持多久……"但没说是什么"秘密"。[10]

好莱坞的工会报纸也跟着在七月十五日发表文章说："听说一个黑豹党人是某个影后期待中婴儿的爸爸，但她的前夫想把她领回去。"[11]

八月七日，珍·茜宝服用了过量的安眠药试图自杀。

《新闻周刊》把所有的故事都汇集起来了。其八月二十四日的期刊——是八月十七日上架的——声称，茜宝和加里据说要复婚了，"即使珍期待在十月份要出生的婴儿是因为另一个男人——她在加州相遇的一位黑人活动家。"[12]

三天后，茜宝生产了。由于早产了两个月，她的婴儿只活了两天。这位女演员坚持在葬礼上使用开放式棺材。参加葬礼的人说，这个女婴是淡色皮肤，具有白种人的特征。

葬礼后，加里后来说："珍患上了精神病……她从一个精神病院转到另一个，从一次试图自杀转到另一次。她有七次尝试自杀，通常是在女婴生日的周年纪念日。"[13]

一九七九年八月二十日，她的尝试成功了。珍·茜宝丧失了作用。①

同时，胡佛继续收集信息，以保证他能够继续担任联邦调查局局长。

一九七〇年三月十九日，司法部长约翰·米切尔秘密会见霍华德·休斯的使者理查德·丹纳，② 告诉他说，司法部不反对休斯在拉斯维加斯再收购一家叫"沙丘"的赌场酒店。

尽管负责反垄断的司法部副部长理查德·麦克拉伦强烈反对这项收购（休斯已经在拉斯维加斯拥有了五家酒店和六家赌场），但米切尔还是开了绿灯。

米切尔和丹纳会面后十天，胡佛写了一份简短的但又有趣的备忘录："一九七〇年三月十九日，本局内华达州拉斯维加斯分局收到的信息表明，霍华德·休斯的一名代表联系了内华达州拉斯维加斯沙丘酒店的高管，声称休斯已经得到了司法部反垄断局的保证，不反对休斯收购沙丘酒店。上述信息供参考。"[14]

表面上，显然胡佛的这一招能起到三个作用：一份备忘录，他保护了自己；通知了自己的上司，他的举动也是受到监视的；做了一份记录，以备将来可能要使用。

---

① 过了一年多一点，罗曼·加里也自杀了。

② 丹纳的经历丰富多彩。他当过特工，1936 年至 1946 年间他在调查局的最后 10 年期间担任迈阿密分局长。1946 年，他协助乔治·斯马瑟斯竞选联邦众议员，后来被控接受了赌场一万美元的竞选献金。1946 年至 1948 年间担任迈阿密市行政官，在警方的一次丑闻中，他因为与著名黑帮的联系而被解雇。自 1940 年代起，与理查德·尼克松和"比比"·雷博佐关系密切——有人说是他介绍他们认识的——1970 年的时候，他为另一位前特工工作，那是传奇人物罗伯特·马休，是霍华德·休斯的内华达州项目首席执行官。丹纳的主要工作是担任与尼克松政府之间的联络员或"中间人"。

但还有更深层次的意义。首先，胡佛不是把备忘录发给米切尔，而是发给了麦克拉伦。米切尔也许会压下这文件，声称没收到过。但胡佛知道，麦克拉伦会把它永久地记入休斯的档案之中。① 其次，最重要的是，胡佛没有提及丹纳与米切尔的会面，虽然他无疑是知道这事以及年内的之前另两次会面。② 引用拉斯维加斯分局作为消息来源，他没有把焦点对准很可能是真正泄露源头的司法部。

关键是胡佛还知道多少——而且他是不是知道，沙丘酒店的收购获批是与霍华德·休斯支付给尼克松十万美元的报酬有关。所有这一切，在丹纳与米切尔会面期间或许进行了讨论，或许没有；联邦调查局的电子监控或许窃听到了，或许没有。

那年的七月份，丹纳与查尔斯·G."比比"·雷博佐在加州圣克莱门蒂的西白宫见面，交给了他一个厚实的大信封，里面是一百元面额的五万美元。八月份，丹纳把另五万美元，也是同样面值的美钞，汇入了雷博佐在佛罗里达州基比斯坎的银行账户。

胡佛有可能获悉这些付款。（至少，他肯定是强烈怀疑其中有交易才使司法部的态度发生突变。）也有可能，他从来没有知道过这事。具有讽刺意味的是，他知道与否并没有什么区别，因为尼克松和米切尔不能肯定他不知情。对他们来说，因为一九七〇年三月二十九日的备忘录，联邦调查局局长掌握了可把休斯十万美元"献金"曝光的钥匙。

对 J. 埃德加·胡佛知情的担心是持久的、可怕的，就像在他档案中记载的事情那样。

胡佛曾经担心的"坏事情"发生了。一九七〇年五月四日，在肯特州立大学的校园内，国民警卫队队员朝游行抗议的学生人群开枪射击，造成了四死九伤。

---

① 司法部副部长麦克拉伦对前上司的秘密交易措手不及，他写信给司法部长米切尔说："我相信所附的联邦调查局报告错误地反映了对司法部的理解。"米切尔根本不予理睬。[15]

② 毕竟理查德·丹纳是前迈阿密分局长，曾经是胡佛所喜欢的人物。他刚刚走进司法部楼房的大门，在联邦调查局警卫处登记之后，胡佛很可能就知道他已经在大楼里了，而且不是来看望局长的。

与约翰·F.肯尼迪遭暗杀一样，J.埃德加·胡佛很快就确定谁应该对此负责，在五月十一日的一次电话里，他告诉白宫助理埃吉尔·"小年轻"·克罗赫，是"学生们惹事的，他们是咎由自取"。[16]

五月的晚些时候，在肯塔基大学校园的一次示威游行期间，肯塔基州前州长 A.B."快乐先生"·钱德勒在一位学生的鼻子上打了一拳。此后胡佛写了一封感谢信给他，声称如果其他人也能够采取快速的行动，那么这个国家就不会这样乱糟糟了。

那年的下半年，在参议院小组委员会开会的时候，联邦调查局局长抱怨说，对肯塔基州四名学生死亡事件的调查，付出了调查局二十七万四千一百美元的成本，动用了三百零二名特工去处理该案子，还产生了六千三百一十六小时的加班。相比之下，虽然胡佛没有提及，对黑豹党成员弗雷德·汉普顿和马克·克拉克的死亡调查，只花费了联邦调查局通常的线人费用，加上三百美元的奖金。

一九七○年五月二十二日，克莱德·托尔森到了强制退休的七十岁年龄。为讨好胡佛，司法部长米切尔安排对他进行退休后返聘，也就是说，联邦调查局支付他的公务员管理委员会退休金与调查局工资之间的差额。但为保证返聘的质量，托尔森必须去做体检。

一九五一年至一九七○年间，托尔森住院十一次。一九六三年和一九六五年是因为十二指肠溃疡。一九六四年，他做了心脏外科手术，是主动脉瘤的修复。一九六六年，是因为高血压引起的脑血栓，也就是身体右侧的严重中风。一九六七年，又是同样的病症，只是这次中风发生在左侧，还有伴有高血压动脉硬化性心脏病的并发症，以及十二指肠溃疡的突然发作。一九六七年，他的体重下降到了一百三十五磅，此后体重再也没有恢复过。

一九七○年的时候，他骨瘦如柴、面色苍白，无法刮胡子，两只手都不能写字。他的右眼已经完全失明，虽然视力奇迹般地不时恢复。他走路非常缓慢，右腿像是拖在身后。

相比之下，局长走路依然像往常那样快捷。

联邦上诉法院法官爱德华·塔姆定期来联邦调查局学院讲课。常常在他讲课结束之后，担任联邦调查局第三把手多年的官员会代表局长来寒暄几句。有一次，塔姆、胡佛和托尔森决定一起离开大楼。通往局长办公室后面的电梯出了故障，于是他们从大厅走过去想搭乘另一部电梯。"我与局长走得一样快，"塔姆法官后来回忆说，"我们两人很快走过大厅，可怜的老克莱德步履蹒跚地跟在后面，显得相当痛苦。我们走到电梯旁后，等待托尔森的时间似乎很漫长，我想大概有四十秒钟。"[17]

这是经常性的景象，许多见过的人认为局长残酷无情或麻木不仁。但局长身边的人和他的助手知道，他是给克莱德锻炼的机会。然而，埃米尔·库埃①的格言"每天每种方法我都在好转"，对一个脑部受损的人没起到什么效果。胡佛渐渐地对托尔森失去了信心，但他拒绝接受那样的事实。"我不能让他退休，"局长告诉马克·费尔特，"如果退休，他就会死去。"[18]

克莱德·托尔森通过了体检。

由于托尔森经常性地无能为力，他的许多职责和权力落到调查局第三把手卡撒·"德克"·德洛克的肩上。但在一九七〇年六月六日，在再过两年就满调查局工作三十周年的时候，德洛克出人意料地宣布了自己的退休。德洛克自己说是离开调查局去接受他无法拒绝的职位：尼克松总统的朋友唐纳德·肯德尔要他去担任百事公司副总裁。但对于德洛克的突然离职，华盛顿的风言风语赞美的是《洛杉矶时报》的记者杰克·内尔森，而不是肯德尔。

内尔森曾经是调查局喜欢的记者，收到过无数的"泄露"信息。但在担任《洛杉矶时报》亚特兰大记者站站长的时候，内尔森惹恼了胡佛，因为他抢在联邦调查局前面采访了小马丁·路德·金遇害的几个证人，那个时候调查局还没有发现他们。（更糟糕的是，《生活杂志》在报道谋杀的时候提及了这事。）这一年还发生了一件事，三K党两个恐怖分子试图在密西西比州梅里迪恩一个犹太商人的住宅安放炸弹的时候，被子弹击倒了。其中的女教师凯西·安斯沃思中弹身亡，她的同伴托马斯·塔兰茨三世受了重伤。起初，内尔森按照联邦调查局和当地警方的吩咐写了个故事，标题是："白天当老师，晚上干恐怖"。只是后来挖深之后他才得知，联邦调查局和当地警方为三K党的两名线人支付了三万六千五百美元，让安斯沃思和塔兰茨去干这事。更使胡佛愤怒的是，内尔

---

① 埃米尔·库埃（1857—1926），法国心理学家和药物学家。——译注

森还在其与杰克·巴斯共同写作、并于一九七〇年出版的《奥兰治堡大屠杀》一书中证明说,在奥兰治堡的南卡罗来纳州立大学校园里发生枪击的时候,三名联邦调查局特工在现场目睹了枪击的发生,他们还作了伪证,发誓说没在现场。

一九七〇年一月,在调到《洛杉矶时报》华盛顿记者站之后,内尔森开始调查联邦调查局高层的腐败传言。有些谣言涉及了德洛克。

但内尔森还没有就此止步。他开始探询关于局长本人的事情:听说联邦调查局实验室为 J.埃德加·胡佛在西北三十街 4936 号的住宅设计建造了门廊,甚至还在实验室里做了一个比例模型,这是不是真的?联邦调查局局长多长时间更换他的防弹车?其费用与为总统支付的相差多少?谁租赁了他的汽车?胡佛出书后,尤其是那本畅销的《骗术大师》,收入是怎么处理的?那些书真的是联邦调查局员工在上班时间代笔的吗?分期付款给调查局的电视系列剧《联邦调查局》,每期是多少费用?神秘的"联邦调查局娱乐基金"到底是怎么回事?图书和电视剧的收入是不是也在这里面?谁掌控了"不与联系者名单"?当亡命天涯的安吉拉·戴维斯被抓获的时候,所有的大报都提前得到了要实施抓捕的消息,除了《洛杉矶时报》。

虽然内尔森继续打探有关联邦调查局的事情,他的德洛克文章却从来没有见报。尽管有关人员都不想谈及,但显然《洛杉矶时报》的高层与联邦调查局之间达成了一个交易:《洛杉矶时报》结束对德洛克的调查,而德洛克则辞去政府的公职。

根据卡撒·德洛克的说法,在他告诉胡佛他要离职去百事公司工作的时候,局长淡定地回答说:"我还以为你是永远不会离开我的呢。"[19]

然而,按照威廉·萨利文的说法,局长"很是担忧"德洛克的离职。"德洛克的离去留下了一大片疑云"。胡佛对德洛克的最大愤怒的证明,是选定了他的接班人:威廉·萨利文。"我和德洛克是冤家对头,"萨利文回忆说,"坦率地说,(胡佛)指定我是为了羞辱德洛克,因为他能够对德洛克做出的最大报复是任命他的头号仇敌来接替其位子。他以这样的方式贬低了德洛克……"[20]

卡撒·"德克"·德洛克是第二个犹大。胡佛新的局长助理将成为第三个犹大。

《洛杉矶时报》记者杰克·内尔森上升到了胡佛目前仇敌名单的前几名，联邦调查局局长下令把他污蔑为一个不负责任的酒鬼。多年后，在读过联邦调查局自己的档案之后，内尔森说："他们不明白的是，打上酒鬼的烙印是摧毁不了一个新闻记者的。"[21]

一九七〇年六月五日，尼克松总统在椭圆形办公室会见了四大情报机关的负责人：联邦调查局局长 J. 埃德加·胡佛、中央情报局局长理查德·赫尔姆斯、国家安全局局长诺埃尔·盖勒海军中将，以及国防情报局局长唐纳德·V. 班尼特中将。

尼克松告诉他们，他收到的关于持不同政见者的情报质量是令人失望的。举国上下正经历着一场"史无前例的瘟疫般的国内恐怖主义"，然而，情况知道得太少了。"肯定有几百或几千个大都是三十岁以下的美国人想摧毁这个社会。"总统说。为对付这种威胁，政府需要"硬情报"，还要有"一个计划，能使我们去打击非法活动，打击那些社会破坏分子"。[22]

为此，他决定成立一个临时委员会，由四位情报局长组成，并任命 J. 埃德加·胡佛为委员会主席。他自己的联络员是汤姆·查尔斯·赫斯顿。

二十九岁的赫斯顿之前担任过保守的美国青年争取自由组织全国主席，最近才被任命为白宫助理。在国内安全领域，他是个新手——他唯一的经验是在陆军情报部门待过一阵子——但他努力以坚强的决心和总统个人代表的身份去做弥补。胡佛打第一眼看到时就不喜欢他。后来在与威廉·萨利文谈话的时候，胡佛把赫斯顿形容为："那个拖鼻涕的臭小子，那个嬉皮士的书呆子。"[23]

在会议结束前，总统询问胡佛和赫尔姆斯，他们两个情报机构之间的合作有没有什么问题。两人都保证说没有问题。

三天后，临时委员会碰头了，地点是在联邦调查局局长的会议室，但马上就有问题出来了。胡佛主席说，总统要求他们准备一份到目前为止历史上这个国家的动乱总结。

这不是总统要求的，赫斯顿插话说。胡佛误解了总统的意图。"我们无意谈论过去的事情，"这位年轻的总统助理告诉年长的联邦调查局局长，"我们要谈论的是目前。"[24]报告的内容不是历史的总结，而是对当前和未来的威胁评估，对情报分歧的回顾和对方案以及行动变化的总结。

胡佛涨红了脸。这个拖鼻涕的臭小子不但敢于反驳他，而且还要求联邦调查局准备一份据说是自己失责的报告！确实是情报分歧！

胡佛花了好长时间才压制住怒火，他征询其他几位局长，他们认为总统到底是什么意思。经过一番讨论，三位局长都支持赫斯顿。事情发展到这个地步，胡佛真的是火了，他最后同意，他们准备一份报告，列上几个方案，然后就突然解散了会议。

后来，汤姆·查尔斯·赫斯顿在回顾这几次会议的时候，惊讶地感觉到了他自己和总统的幼稚。从一开始，就有一种"重复的气氛"。[25]会议桌的一头坐着美国总统，他要求提供关于情报收集的综合报告，去对付国内的激进分子。桌子的另一头是国家四个情报机关的局长，他们都认为不宜告诉他，许多技术都已经用来对付这些团伙了。他们只是默默地坐着——胡佛、赫尔姆斯、盖勒和班尼特——每个人都有自己的秘密。尼克松不知道中央情报局的邮件检查项目，不知道联邦调查局的反情报项目，不知道国家安全局的国内电话监控，也不知道国防情报局在校园团组中安插线人的行动。

他们不但在欺骗总统及其代表，还在互相间玩游戏。"调查局在玩自己的游戏，"赫斯顿后来明白，而在波托马克河的对面，"中情局在玩自己的游戏……他们都不想揭露的是，他们都在自己的地盘上忙活。"[26]

报告起草的任务留给了由四个情报机关的代表和赫斯顿组成的一个工作小组。组长是威廉·萨利文，他认为这是一个很好的机会，经总统批准后，可以恢复胡佛自一九六六年后就禁止了的情报实践。虽然最后的报告大家都称之为"赫斯顿计划"，但真正的设计师是萨利文，他带领勤奋好学的赫斯顿在这条道路上走过了每一步。把这个项目向其他情报机关推销是不成问题的；多年来，他们一直在乞求胡佛取消他所设置的与其他情报机构合作的限制。萨利文的真正问题是如何把计划推销给自己的老板。

早在六月六日，也就是与总统一起开会后的第二天，萨利文就写了一份热情的备忘录给局长："在我们的情报圈子里，个体是相对渺小的，其能力也是有限的。团结起来后，我们的合成潜能就加大了，变成无限了。通过联合行动，我们能够极大地增加我们的情报收集潜能，而且我敢肯定，我们还能获得总统要求的答案。"[27]

经过几次磕磕碰碰，工作小组最终完成了第一稿，各成员都向自己的上级汇报了。在获悉其他几位局长都没有反对意见之后，萨利文把报告交给了胡佛。联邦调查局局长当即表示不同意，拒绝签字认可，除非完全重写，删去几个极端的方案。在一份要求开展搭线窃听、话筒窃听、邮件检查和入室盗窃的报告上，他是不会签字的。他也不会批准把临时委员会改为永久委员会，因为这样一来该委员会的权力将会超越联邦调查局。

"多年来，我已经批准了邮件检查和其他类似的行动，但现在不行，"他告诉萨利文，"这样的事情变得越来越危险了，我们可能被抓住。我不是反对这么做。我不是反对继续开展入室盗窃、邮件检查和其他类似的活动，只要职位比我高的人批准就可以了……我再也不想独自承担责任了。（如果）司法部长或白宫某个高层人士（批准），那我就执行他们的决定。可我再也不会自己去承担责任了，即使我已经做了那么多年。

"第二，我不能指望司法部长会批准这些，因为司法部长并不是临时委员会的委员。我也不能像这里提议的那样，转而要求临时委员会来批准这些入室盗窃和邮件检查。临时委员会根据其性质，在这份报告获得批准之后，将完成历史使命。

"那就只有我一个人做出了这个决定。这样的事情我再也不做了。"[28]

对其他有关人员来说，重写这个报告是不公平的，萨利文争论说。能不能把他的反对意见以脚注的形式附上去呢？胡佛同意了，于是萨利文开始修改报告。六月二十三日，他把修改版交给局长看，胡佛批准了。

看到局长愿意走到这一步，萨利文决定再试试自己的运气。中央情报局不太高兴，因为与联邦调查局的联络已经中断，中情局感觉受到了歧视。现在是不是可以重新建立联络？中情局肯定已经吸取了经验教训。

但萨利文误解了胡佛的心情。听到这话，局长立即跳了起来。为证明没有歧视中央情报局，他告诉马克·费尔特，也切断与其他情报机关之间的联络，包括国家安全局、国防情报局、联邦经济情报局，以及陆军、海军和空军的情报部门。唯一留下来继续运作的联络处，是与国会和白宫打交道的。

"这样的事情真的是令人难以置信，"威廉·萨利文回忆说，"这是噩梦。"[29]他开始怀疑，这么做是不是理智。

但在胡佛看来，这么做不但是理智的，而且是必要的。如果报告最终版本的极端方案获得通过并得到执行，大规模的话筒窃听、搭线窃听、邮件检查和非法闯入被公众知道——在由业余人员去执行的情况下，这几乎是肯定的——尼克松政府就会搬起石头砸自己的脚。

通过切断联络的方法，胡佛是想保护联邦调查局及其名声，与不可避免的灾难保持距离。

当天，其他几位局长看到了附有脚注的报告。J. 埃德加·胡佛的做法，没让理查德·赫尔姆斯感到惊奇，但盖勒海军中将和班尼特中将都是刚刚加入情报圈的新人，他们愤怒了。他们向赫斯顿抱怨，胡佛的反对意见看上去好像是他们进行了推荐，而不是提议可能的方案。赫斯顿努力安抚他们，答应会把他们的抱怨转告总统。其他的他基本上是没事可做了。签字仪式是两天以后。赫斯顿本人并不特别在乎胡佛的反对意见。他的态度似乎是"白宫想怎么做，就能够怎么做"。[30]

误解 J. 埃德加·胡佛的，并不只是威廉·萨利文一个人。萨利文和赫斯顿都不知道的是，联邦调查局局长还藏着一个法宝。

签字仪式如期在一九七〇年六月二十五日举行了，地点是在 J. 埃德加·胡佛的办公室。

与其他三位局长相比，联邦调查局局长年长几近二十岁。比起那个"嬉皮士的书呆子"，他起码要年长四十五岁。但并不是因为年纪或资格或总统的任命，才使他当上了这个临时委员会的主席。他是美国情报界的领头人，他不想让他们这些人忘记这一点。

其他人都指望能够很快结束签字，除了赫斯顿，他们都是大忙人，有许多工作要做。他们没在心理上准备好参加一场讲究排场的仪式。

J. 埃德加·胡佛开始了签字仪式，先是表扬工作人员的杰出努力和合作精神。然后，使他们惊讶的是，他开始一页一页地逐页朗读总共四十三页的报告。每读完一页，他就要停顿下来询问。有何评论，盖勒海军中将？有何评论，班尼特将军？有何评论，赫尔姆斯先生？他把赫斯顿放在了最后。胡佛公开表示对年轻的白宫联络员的蔑视，他一直念错他的姓氏：有何评论，霍夫曼先生？有何评论，哈奇森先生？在第六次或第七次念错之后，满脸通红的赫斯顿不想去纠正他了。

每一个门类都有两个建议方案：情报收集行动是继续原来的规模还是稍微加强，或者应该是加大、扩展或大力加强？

例如，在电子监控和渗透这方面，最普通的方案是把当前的做法改为加强监控外国人，最极端的是加强监控"对国内安全构成严重威胁的在美国的个人和团组"。

然后是新增添的脚注："联邦调查局不希望改变当前的做法，即对构成国内安全威胁的进行选择性的监控，因为相信这样的监控在目前是合适的。联邦调查局不反对其他情报机关谋求司法部长的授权批准他们所要求的监控，并由他们自己去实施这样的监控。"[31]

总而言之，联邦调查局不会去开展非法行动，但你们要做就你们自己去做，如果能够得到司法部长的批准。

邮件监控："联邦调查局反对开展任何邮件监控，因为这显然是违法的。"秘密潜入："联邦调查局反对秘密潜入。"

没有承认联邦调查局开展过这样的行动，或者在邮件检查的时候，调查局依然在分享中情局一些项目的成果。

校园资源的开发："联邦调查局反对撤销目前的控制和限制。"使用军方便衣特工："联邦调查局是反对的。"成立一个永久性的情报机关联合委员会："联邦调查局是反对的。"[32]

最后，盖勒海军中将再也忍耐不住了。他反对联邦调查局的其中一个脚注，班尼特将军立即支持他的意见。

J. 埃德加·胡佛不习惯在讲话中被人打断，或者他的意见受到挑战。虽然中情局局长试图加以抚平，但胡佛显然极为不安，他加快朗读速度，匆匆念完了剩余的几页。

签字本身只花了几分钟时间，此后胡佛就宣布会议结束。赫斯顿把这份特别报告交给了总统，他还写了一份长长的备忘录给霍尔德曼，叙述了委员会磕磕碰碰的历史，同时他还强调了自己的作用。他报告说，在"这场练习中"，他预计中情局会拒绝合作，但"唯一的阻碍却是胡佛先生"。从一开始，胡佛就颠覆委员会的目的，但赫斯顿"拒绝默认这种做法，并成功地让委员会回到了原来的目标上"。除了胡佛，大家都不满意当前的情报收集程序，包括联邦调查局自己的人员。局长是"牛脾气"，而且"年纪也大了，担心自己的名声"，但赫斯顿有信心，经过总统当面安抚之后，他还是会顺从的。胡佛是老演员，赫斯顿依然深信，他会"服从总统做出的决定"。[33]

赫斯顿然后介绍说，所有的极端方案都被采纳了。

尼克松把这份报告搁置了几个星期，然后他通过霍尔德曼传过话来说，他已经批准了赫斯顿的所有提议，除了一条。他不想见胡佛。

赫斯顿计划现在成了总统的政策。经批准的报告文本由通讯员分别派送一份给四位局长：胡佛、赫尔姆斯、盖勒和班尼特。

班尼特是最不在意的，这个计划与国防情报局没什么关系。但盖勒"惊奇地"发现，总统选择了最极端的方案，赫尔姆斯是"极为关注"。而胡佛，按照萨利文的说法，则是"怒气穿透了天花板"。[34]

或者更准确地说，他是穿过了大厅。胡佛暗藏的法宝，除非迫不得已，他是一直避免使用的。这个法宝就是司法部长约翰·米切尔。

司法部长对该计划一无所知。他甚至没接到过通知说有这个临时委员会的存在。他告诉胡佛要淡定，等待几天后总统从圣克莱门蒂返回。

回到办公室后，联邦调查局局长把自己关在里面口述了另一个备忘录，他叙述了自己与米切尔的会话，更新了自己原先"明确和特别反对取消各种调查限制"的观点。但他毕竟是一个好战士，他补充说，联邦调查局准备执行计划的各条规定——但只是在获得司法部长或总统的明确授权之后。[35]

当七月二十七日尼克松返回白宫后，他第一批招来谈话的人当中就有司法部长。根据米切尔的说法，他通知总统说："计划中的一些建议，与国家利益是完全相抵触的，肯定是美国总统不应该批准的。"[36]

尼克松还没有设置好录音系统，所以无法证明关于这次会话的米切尔版本。由于米切尔后来批准了其他类似的非法行动，因此有理由怀疑，他告诉总统的是，胡佛强烈反对这个计划，如果要他去执行，他很可能会制造麻烦。

尼克松很可能更知道底细，多年后他在自传里写道："我知道如果胡佛铁定不予合作，那么我无论决定什么或批准什么都是无关紧要的。即使我直接对他下达命令，他无疑是会去执行的，但他很快就会搞出一个是我造成的自相矛盾的结果来。"

J.埃德加·胡佛打赢了这场战役。尼克松撤回了他的批准，下令联邦调查局、中央情报局、国家安全局和国防情报局把计划的文本退回白宫，以作"重新考虑"。

在检验这些文本的时候，发现所有四份都被重新装订过了，表明每个情报机关都已经拆除原先的订书钉，进行了复印。

赫斯顿还不知道自己已经失败了，他继续撰写"仅供霍尔德曼看阅"的备忘录。"某些时候，必须告诉胡佛谁是总统……我不得不顽强奋战……胡佛的做法是把自己凌驾于总统之上。"[38]

只是在很晚的后来，赫斯顿才承认，"这些备忘录，我是写给我自己的。"[39]虽然被甩在了一边，但赫斯顿还是待到了一九七一年六月十三日，远远晚于约翰·迪恩接管了国内情报工作之后。

J.埃德加·胡佛扼杀了"赫斯顿计划"。在这个空缺上，总统及其顾问们创建了他们自己的情报部门："白宫管道工"。

胡佛大获全胜，摆平并打败了总统、总统的代表和另外三个情报机关的头目。但他也付出了巨大的代价。现在，甚至连总统也认为，差不多该是替换胡佛的时候了。

获胜之后，胡佛就与托尔森一起飞赴加州，去拉赫亚小城欢度一年一次的三周假期了。这是一次熟悉和舒适的度假：去斯普里克斯诊所体检，在德尔马展览开馆之前的起初几天，胡佛还躲了几天；上午在泳池休闲，研究安南伯格的《每日赛马成绩》；下午去赛马场，由杰西·斯特赖德驾驶联邦调查局的公车来回接送他们；接下来是午睡，然后晚上是在小屋的凉台上享用葡萄酒和烧得"咝咝"作响的牛排（后者是从德州空运过来的），全由"那班老人"上酒上菜。那些还活着的，也就是说，乔·麦卡锡已经走了，老克林特·默奇森和锡德·理查森也走了。然后在旅程结束前的两三天时间，去了贝弗利山庄的多萝西·拉莫尔和比尔·霍华德那里，就他们四人围坐在一起烧烤，由局长调制"联邦特工"鸡尾酒。

每年都一样，但也不尽然。这几天，许多事情都有一种结束的气氛。胡佛不喜欢变化，然而虽然他不高兴，虽然他大权在握，但他无法预防或推迟变化的到来。即使哈维餐馆也已经变化了，朱利叶斯·吕利已经把它出售给了杰西·布林克曼。这个布林克曼竟然厚颜无耻地向他们收取餐饮费。他们再也没有回去过。

假如胡佛被告知，这是他和托尔森的最后一次拉赫亚之行，那么他很可能是不会感到惊奇的。倒不是胡佛感觉到了自己的死亡，而是托尔森的健康状况急剧恶化。有好多天他卧床不起。至于局长自己的健康，他后来声称：“一九七〇年八月的时候，我的体格比一九三八年的时候更好。”[40]

但在回到联邦调查局总部的时候，胡佛还是感觉疲惫和心情不好。在局长和副局长外出期间，调查局是威廉·萨利文在当家。在他们返回的时候，萨利文的仇敌已经对这位新任局长助理发起了大规模进攻。虽然德洛克已经走了，但他的大多数手下人依然留着，尽管他们的权力已经大为削弱，但他们与约翰·莫尔形成了共谋，而莫尔对于萨利文升为第三把手深感怨恨，于是他们向胡佛和托尔森不断灌输流言蜚语和批评抱怨。

虽然联邦调查局以外很少有人知道，但局长的火爆脾气已经成为传说。根据他的助手们的说法，一九七〇年秋天，他的脾气变得更坏了。倒不是说老板已经老态龙钟了——没人那么想过——而是随着年老，他变得暴躁和易怒。在联邦调查局总部，每个人都在掐指计算，距离十二月份他去迈阿密还有多少个日子，他们都在小心翼翼地做事。

除了威廉·萨利文。

联邦调查局演讲团内颇有名气的局长助理威廉·萨利文，十月十二日在威廉斯堡为合众国际社的一帮编辑做了一次发言。起初一切都很顺利，但到了提问的时候，有人问道：“是不是说，激进的骚乱和到处蔓延的暴力和剧变，应该由美国共产党负责？”[41]

萨利文熟知答案是什么。但他已经厌倦了说谎，厌倦了把极为需要的人力和资金浪费在早就已经消亡了的威胁上面，而真正的苏联间谍则逍遥自在地漫游在全国各地。例如，华盛顿分局的一个小分队不干别的事，专门对付美国共产党，虽然在华盛顿哥伦比亚特区的美共党员人数只有四个。

萨利文决定坦诚回答。"不，这绝对不真实。"他回应说。没有证据表明，在大学校园或少数民族聚居区发生的动乱，不是由团组或全国性的阴谋策划的，他说。至于美国共产党，它已经不像以前那么强大、那么有影响了，它"不可能导致或操控我们今天所遭受的动乱"。即使共产党不再存在，还是会发生学生的不同意见和种族关系紧张这样的问题，萨利文声称。[42]

这是严重的异端邪说，即使在返回联邦调查局总部之前，萨利文就知道自己有麻烦了。局长怒不可遏。"如果你一直贬低共产党的作用，那我怎么拿得到预算拨款呢？"他尖叫起来。[43]

这是威廉·萨利文为联邦调查局做的最后一次演讲。

萨利文并不是胡佛愤怒的唯一目标。

在纽约市约翰·杰伊刑事司法大学做研究工作期间，特工约翰·肖不同意教授亚伯拉罕·S.布卢姆伯格博士对联邦调查局及其局长的一些尖锐评价。在反驳的时候，肖给布卢姆伯格写了一封长达十五页的书信，他承认联邦调查局是有一些过错，但基本上是在捍卫这个组织。肖的努力是真诚的，但也是幼稚的。尤为幼稚的是，他让联邦调查局秘书科去打印这封信件。在例行的废纸篓检查期间，发现了十五页中的八页草稿。

肖的上司命令他交出整个文本，但他拒绝了。没过几个小时，他收到了局长的电报，指责他"判断严重失误"，没有立即把教授的负面批评向自己的上司汇报，因此给予他留职察看的处分，并收缴了他的枪支、警徽和证件。

胡佛然后下令把他贬谪到蒙大拿州比尤特。肖要求推迟去比尤特报到，解释说他妻子患癌症快要死了，他要照顾四个孩子。胡佛铁石心肠，以强烈的偏见下令开除约翰·肖。

对于杰克·肖的事件，胡佛还没有就此止步。当约翰·杰伊大学的官员拒绝解雇布卢姆伯格教授的时候，胡佛命令在该大学进修的十五名特工全都退学。在华盛顿哥伦比亚特区的美利坚大学，一位教师对局长在约翰·杰伊的行为提出了批评，之后联邦调查局的十一名文职人员与美利坚大学断绝了关系。

自从一九六四年J.埃德加·胡佛愤怒地谴责小马丁·路德·金牧师，从而在一群女记者面前发了脾气之后，他再也没有举行过公开的新闻发布会，也没有接受过个人的采访。①

一九七〇年十一月十六日，联邦调查局局长做出了完全出人意料的举措：他同意接受独家采访，记者却是来自"不可接触名单"最上面的报纸：《华盛顿邮报》。

开始的时候是一场赌博：在桑苏西吃午饭。一九七〇年夏天，《华盛顿邮报》的执行总编本·布拉德利想搞点创新。大报刊的传统做法，是让同一个记者负责最高法院和司法部的报道，这个记者要么是律师，要么是精通法律的——简而言之，是司法记者。但理查德·尼克松的司法部却情况不同。因为约翰·米切尔是总统的密友，所以他首先是而且最重要的是政治家，然后才是司法部长。因此，布拉德利派遣了之前一直在报道白宫的肯·克劳森去负责司法部的报道工作。

克劳森接受新任务才一个月时间左右，布拉德利就要他去联邦调查局整一些大故事出来。联邦调查局不但把《华盛顿邮报》列上了黑名单（虽然布拉德利不知道调查局的"不可接触名单"，但他可以感觉到），而且很喜欢《邮报》的当地竞争对手——《华盛顿星报》。

克劳森仗着胆子认为，他也许可以先从采访局长开始，于是给胡佛写了一封信，用的是《华盛顿邮报》的信纸信封，提出了约见的要求。局长的回答是言简意赅的："来信收悉。在可以预见的未来，我认为你我相见是不可能的。"

"这使我很生气。"克劳森回忆说。但布拉德利只是取笑这封回信，这正是他预料到的。克劳森更气愤了，他与布拉德利打赌，他要在三十天之内采访胡佛。赌注是在华盛顿高消费的桑苏西饭店请吃一顿午饭。

由于刚刚从报道白宫的岗位上转过来，克劳森在那里有很好的人脉。② 他请求总统的两位高级顾问霍尔德曼和埃利希曼写信给联邦调查局局长，要求他能够见他。但两人都不愿管闲事。克劳森在国会也有良好的人脉，其中有局长的密友，参议院司法委员会主席、密西西比州的联邦参议员詹姆斯·O.伊斯特兰。

---

① 一些出版物刊登了胡佛的"采访录"，但都是在一些精选问题的回答基础上编写的，记者们从来都没有直接访谈过局长，而是采访了调查局刑事信息部的代表。

② 肯·克劳森后来加入了尼克松政府，担任白宫通讯主任的职务，并起草了臭名昭著的《法裔加拿大人》的书信，用以诋毁民主党总统候选人埃德蒙·马斯基。

如果他不肯见我，能不能暗示你要削减他的预算拨款？克劳森提议说。"肯，我把你当成儿子看待，"伊斯特兰回答说，"但要我写这样的一封信，与我要从阳台上跳下去一样不可能。"克劳森的三十天期限快要到了，他最后去试试胡佛的"老板"约翰·米切尔。"你是我最后的希望，"他告诉司法部长，"我要你命令胡佛见我。"米切尔认为这是他听说过的最有趣的事情，但在笑过之后，他变得严肃了，像是自言自语地说："天知道会有什么结果呢。"

米切尔冒了一个险，他只能帮忙到这个地步了。十五分钟后，联邦调查局局长要来他的办公室会面。他必须穿过大厅抵达这里。

当胡佛从自己的办公室出来的时候，克劳森已经在门口等待了。这位记者挡住了他的去路，自我介绍说，他写过一封要求采访的书信，但收到了"最消极最粗野的"回复，这是他在与政府官员打交道时所从来没有经历过的。

局长吃了一惊。从来没有人胆敢走过来以这种态度与他说话，他看了看周围，想找他的助手，但只有他一个人。他瞪了一眼，似乎是想说："真讨厌。"急忙答应会考虑这事，然后就匆匆走过大厅，安全地进入了米切尔的办公室。[44]

这次邂逅发生在十一月十二日星期四。

十一月十六日是星期一，克劳森到《邮报》上班后，发现联邦调查局来过八个紧急电话。回电话的时候他被告知，如果他马上赶过来，那么"老板"可以给他二十五分钟的时间。

其间在十一月十五日星期天，媒体评价了拉姆齐·克拉克的新书《美国的刑事犯罪》。虽然前司法部长在书中赞扬了联邦调查局取得的一些成就，但他也说，调查局遭受着"长期由 J.埃德加·胡佛一个人说了算的强势统治，而且他特别在乎自己的和联邦调查局的名声"。[45]

没有多少寒暄，克劳森的第一个问题是："拉姆齐·克拉克的书评昨天出来了，对你是很不利的。这方面你可不可以与我谈谈？"

拉姆齐·克拉克是"水母"，胡佛说，是"软蛋"。在胡佛担任联邦调查局局长的四十五年间，他是他遇见过的最差劲的司法部长。他甚至比鲍比·肯尼迪还要差劲，胡佛说。与克拉克相处的时候，"你不可能知道他会怎么失败"。

就是这位司法部长，他挺身而出反对联邦调查局局长，拒绝同意他对小马丁·路德·金和其他许多人开展搭线窃听；就是这位司法部长，他致力于对民权的支持，使得胡佛害怕克拉克知道搭线窃听、话筒窃听、邮件检查和黑包工作这样的"情报搜集"手段之后会采取什么措施，因此不得不暂时禁止。

"至少肯尼迪能够坚持原则，"局长继续说，"即使是做错了。"

相比之下，约翰·米切尔是一个"真诚和讲究人性的人"。胡佛补充说："是我所尊敬的司法部长。"

就是这位司法部长，胡佛对他采取了收集敲诈黑材料的手段。

那局长与罗伯特·肯尼迪有什么麻烦？克劳森问道。

与肯尼迪的麻烦，胡佛告诉克劳森说："是肯尼迪想降低我们的标准和资格；想取消特工具备法律或会计学位的要求。他甚至还想取消学士学位的要求。"

"简而言之，他想招募更多的黑人特工。"

他告诉罗伯特·肯尼迪，胡佛说，在他降低联邦调查局的标准之前，他自己首先会离职。会话之后，他立即去白宫，向约翰逊总统诉说了这次对抗。总统告诉他"站稳立场"。他是站稳了立场，胡佛说："在鲍比·罗伯特担任司法部长的最后半年时间里，我没与他说过话。"

克劳森知道，在开头的十分钟，他已经获得了独家消息，但局长显然自得其乐，不想中断。

校园的混乱是会停止的，胡佛说："只要大学的校长们有勇气有胆量去阻止去平息。"他赞扬 S. I. 早川校长在处理旧金山加州州立大学混乱局面的做法。许多高校的校方都很软弱，胡佛说。"他们是搞学术出身的，心胸狭窄的知识分子是最糟糕的。他们是软弱的，他们从来都不想承担责任。"[46]

一个小时过去了。克劳森试图脱身，但胡佛开始炫耀卡尔皮斯的故事。最后，在将近两个小时之后，克劳森记者恳求说，他的手指头已经抽筋了，于是局长告诉他，以后不管什么时候如果需要调查局的帮助，可以随时提出来。

肯·克劳森赢得了在桑苏西餐馆的一顿午餐。而 J. 埃德加·胡佛则错过了自己的中饭。当克劳森离开局长办公室的时候，特工们怀着敬畏团团围住了他。他们告诉他，在他们的记忆中，局长是第一次错过了在五月花饭店的午饭。

对于这次采访，胡佛很是高兴（他给克劳森寄去了他的一张热情题词的照片），虽然他的一些朋友很不高兴。《星报》《芝加哥论坛报》和《美国新闻与世界报道》那样的保守出版物，已经支持了联邦调查局局长几十年，他们愤怒地认为，胡佛打破多年的沉默，在所有的报刊中给了凯·格雷厄姆的《华盛顿邮报》一次独家采访的机会。

令人惊奇的是，虽然有许多报刊支持克拉克，并批评胡佛最近的牢骚怨言爆发——《洛杉矶时报》刊登了标题为"J.埃德加·胡佛：给他荣誉，给他奖励，对他尊重，让他开路"的社论文章——但局长对于这个结果颇为满意。[47]

不出他的预料，他对肯尼迪和约翰逊政府的攻击，以及他对尼克松任命的司法部长约翰·米切尔的过度赞美，并没有引起白宫的不高兴。但胡佛不知道的是，这次受访也造成了许多人的不安，包括总统和司法部长。

胡佛是不是衰老了？更糟糕的是，他是不是失控了？而且，如果他还想乱讲，那么这次他会选择谁作为目标？

胡佛对于《邮报》的采访很是高兴，他决定再来一次。但这一次，刑事信息部说服他找一家比较保守的报刊，于是他选了《时代周刊》。《时代周刊》把采访任务交给了其驻华盛顿记者迪安·费希尔。

费希尔留着长发和鬓角，但得到警告之后，他先去修剪了一下，才赴约去见传奇人物联邦调查局局长。但胡佛还是注意到了，他评论说："这里是找不到长头发长鬓角的。"

从费希尔的角度来看，他惊奇地发现胡佛比实际年龄显得年轻。虽然他动作僵硬，显示了动脉硬化的迹象，但费希尔在会面后的一份备忘录中写道，他对局长的体格印象颇深，"坚定的目光和橡树般结实的体形就是明证，经历了四分之三个世纪之后依然没有弯曲。"[48]

然而，胡佛的心思却在别处。

克劳森在采访了局长之后得出结论说："我出来后就深信，局长不但没有衰老，而且在我打过交道的人当中，（他是）思维最敏捷最活跃的人之一。"[49]

好像迪安·费希尔是在采访一个不同的人。

费希尔带来了二十五个精心准备的问题，希望能在所给的一个小时内得到回答。虽然采访延续了三个小时，但他只是成功地询问了四个问题，因为胡佛上演了"一场几乎是没有中断的独角戏"。尽管他的话声坚定有力，但"话题杂乱无章"，费希尔注意到了。"比之当前，他的思绪更容易跳跃到三四十年以前的名字和事件。麦克阿瑟、巴鲁克、赫伯特·胡佛、老约翰·D.洛克菲勒和哈伦·斯通这些名字，在他的记忆中飞进飞出。他详细地回忆起他与沃尔特·温切尔的第一次见面……但他在回答关于压制这个问题的时候，他陷入了回想之中"——回想的内容包括了对他养过的宠物狗"游戏仔"和"辛蒂"的几乎是荡气回肠的描述。[50]

这样的材料是不会写进采访报告的。

但在气愤的时候，局长为费希尔提供了意料不到的额外情况。在被问及马丁·路德·金接受诺贝尔奖的时候，胡佛厉声说："他是天底下最不应该获取该奖项的……由于他的言行，我是绝对看不起他的。"

在谴责了"假释委员会的软心肠"以及法官们投入的时间不够之后，他开始谈论"媒体的豺狼"。

在被问及关于总统安保问题的时候，他没有像费希尔很可能预期的那样去攻击联邦经济情报局，但他说出来的话会让西班牙裔的媒体连续几天发表社论和编者按：

"你不用去担心总统遭受波多黎各人或墨西哥人的枪击，"联邦调查局局长说，"他们枪法不准。但如果他们持刀朝你冲过来，就要当心了。"[51]

十一月二十七日，在托尔森和莫尔的陪伴下，局长来到参议院补充拨款小组委员会作证。他要追加一千四百五十万美元的预算，胡佛告诉委员会，这样他就可以雇佣一千名联邦调查局新特工。他最喜欢谈论的美国共产党威胁被萨利文否定之后，胡佛现在抛出了耸人听闻的新威胁：武装天主教牧师和修女，尤其是菲利普·贝里根神父和丹尼尔·贝里根神父两兄弟，他认为这两个人是"一个初期阴谋"的领导人，试图"炸毁华盛顿特区的地下电缆和蒸汽管道，以破坏联邦政府的运作"。

"阴谋者正在策划绑架一名政府高官。白宫一个工作人员的名字已被列为可能的受害人。"[52]

"阴谋"的证据由几个凭空想象所组成，"假如"天主教修女伊丽莎白·麦卡利斯特的几封信被偷运进丹伯里监狱，交给因为销毁征兵局记录而正在那里服刑的菲利普·贝里根神父。麦卡利斯特修女显然是爱上了贝里根神父和革命理想；朋友们说，她认为自己是现代的圣女贞德。使这对情人不幸的是，信使小博伊德·F.道格拉斯是联邦调查局的付费线人和特工的坐探。

那位政府高官不是别人，正是亨利·基辛格。麦卡利斯特已经提议把他"抓起来"，以阻止美国对东南亚的狂轰滥炸。

九月份的时候，联邦调查局局长已经把发现的这个阴谋通知了基辛格、总统和"大老党"①的主要领导人。虽然尼克松似乎是重视此事的，但潜在的受害人却显得满不在乎。基辛格依然保持着他那精心开发的花花公子形象，开玩笑地推测，那些"性饥渴的修女"是阴谋的幕后策划者。[53]

胡佛是在封闭的会议室内作证的。但他的一名助手带来了他的三十五份印刷发言稿，交给委员会秘书去分发。然后一些关系密切的记者，诸如《华盛顿邮报》肯·克劳森那样的人，从司法部拿到了文本。

联邦调查局局长的评论在司法部引起了惊恐。在胡佛出席委员会会议之前，威廉·萨利文就警告他说，如果他提及该案子，那么他可能会危及正在进行中的一项刑事调查。但胡佛对这个警告没有理会。他也没有通知司法部长。米切尔愤怒了，因为胡佛违反了司法部关于预审前陈述的规定。米切尔之前告诉过胡佛，司法部的国内安全司已经看阅了联邦调查局的案子，发现证据不足，不能批准递交给大陪审团。为挽救胡佛的面子，他现在不得不提起指控。

然而，最强烈的反响却发生在通常是虔诚地提及 J.埃德加·胡佛名字的地方：众议院。

发言人是来自田纳西州的联邦众议员威廉·安德森。他是退休的海军上校和二战英雄，当过"鹦鹉螺"号核潜艇艇长，担任了四届的联邦众议员，是众议院德高望重的元老，他的说话分量很重。

安德森先是引用了一段话："'历史上真正的革命动力，不是实质的力量，而是宗教的精神。当今世界需要一场精神丰富的真正革命，不是没有意义的舞枪弄棒。我们必须摧毁所有的伪善、欺诈和仇恨这些东西，我们的社会应该是充满了仁爱、慈善和宽容'。"

然后安德森问道："这些深切反省的话，是一位教士、一位反越战运动的成员说的吗？也许是丹尼尔·贝里根神父或菲利普·贝里根神父说的吗？

"不，这是联邦调查局局长 J.埃德加·胡佛说的话，是他在他的《骗术大

---

① 美国共和党的别称。——译注

师》一书中所说的鼓舞人心的话。"

众议员安德森表明，自己一直很欣赏胡佛先生和联邦调查局。他不无悲伤地说："我们在越南战争中遭受了巨大的创伤。我们的许多国内和国际问题就是因为这场没有必要的和未经宣告的战争产生的，或者是因此而加剧的。现在，令人痛苦的证明是，我们共和国一位终生热心奉献的、或许是无懈可击的人民公仆，在某种意义上，也受到了这场战争的创伤。"

他说，他说的是 J.埃德加·胡佛。联邦调查局局长置宪法程序条款于不顾；他通过参议院公开提出指控，而不是通过正常的法院途径解决；他这么做是采用了人们记忆犹新的"麦卡锡主义的手段"。[54]

虽然会场上有人想阻止他，但这位众议员在一个小时内成功地完成了他的声明。跟在他后面发言的人大致上平等地分成了两派，赞成的和反对的，尽管胡佛的支持者——包括鲁尼和理查德·艾科德——的声音明显地最是响亮。参议院也举行了一场类似的辩论会。

几十年来，J.埃德加·胡佛第一次在众议院受到了攻击。

继安德森的发言之后，胡佛对这位众议员展开了调查。特工向应召女郎出示安德森的照片，询问他是否为她们的客户。虽然这一招没能引来肯定的证据，但纳什维尔的一名特工发现了一位女士，她"认为"安德森几年前来过她的生意场子。于是胡佛就在备忘录里潦草地写上"嫖客"，并通知白宫说，安德森惠顾过妓女，还安排把这个故事泄露给安德森家乡的媒体。

胡佛对待安德森的手段没有精妙可言，没有试图隐藏调查局的作用。这是对这位众议员批评联邦调查局局长的直接的和残酷的回应。如同一位前助理所评论的："安德森的头皮挂出来晾在了那里，以警告那些也许有同样想法的其他人。"[55]

一九七二年，威廉·安德森——二战英雄、前"鹦鹉螺"号核潜艇艇长，担任了四届联邦众议员的田纳西州政治家——在竞选连任时遭到了失败。

"总统先生，"在众议员安德森发言后的当天，在一次全国电视转播的记者招待会上，哥伦比亚广播公司白宫记者丹·拉瑟询问理查德·尼克松，"作为律师和他的直接上级，您会不会批准联邦调查局局长 J.埃德加·胡佛的以下行动？已经公开了的一项指控——控告两位先生，在被正式起诉和预审之前，阴谋绑架政府官员以及/或者爆炸政府办公楼，作为一次反战行动。而且继续把已故的马丁·路德·金称作骗子。您会批准这些行动吗？"

尼克松总统的回答有点拐弯抹角："我一直被问及对胡佛先生有什么看法。我相信，他为这个国家做出了极大的贡献。总的说来，我批准他已经采取了的行动。我不会说你今晚也许要问的关于证词的任何特别行动，例如你已经提及了的。司法部正在研究胡佛先生所作的证词，也会采取合适的行动，如果该证词符合事实。"①[56]

这与联邦调查局局长所期待的全心全意的支持相去甚远。

胡佛需要一个替罪羊，他选择了威廉·萨利文。

在托尔森坐在一边的点头鼓励下，红脸的胡佛转向了局长助理。"你本应该事先警告我，"胡佛说，"假如你警告了我，我就不会提及这个信息了。"

萨利文只是把一份备忘录的副本递给了局长，那是他在胡佛去参议院露面之前发送给他的。

胡佛看了看，然后抬起头来严肃地说："你为什么不把那份备忘录给撕了？"

"我还以为我也许要用它来保护呢。"萨利文坦诚地回答。

"你知道你在调查局里是不需要这种保护的。"胡佛最后微笑着说。

萨利文后来注意到，"这就像是在观看《化学博士》。② 如果我没有保留这份备忘录的副本，他是会立马把我开除的。"[58]

然而，华盛顿在议论的却是胡佛可能被开除，而不是威廉·萨利文。

---

① "让胡佛摆脱困境。"米切尔本人后来是这么描述的，[57] 1971 年 1 月，联邦大陪审团根据司法部长递交的这个案子，投票后决定起诉菲利普·贝里根神父、麦卡利斯特修女和其他 4 个人。被联邦调查局局长认定是阴谋领导人之一的丹尼尔·贝里根神父，则没有受到起诉。

1971 年 4 月，胡佛提出的耸人听闻的绑架和炸弹阴谋案被撤销了，被告后来因为反对征兵及其有关活动而被预审。

1972 年 1 月，经 11 个星期的预审（前司法部长拉姆齐·克拉克为贝里根做了辩护），陪审团以僵持不下的 10 票对 2 票，否定主要的罪责指控，宣告无罪释放，但认定贝里根神父和麦卡利斯特修女犯有轻微的偷运违禁书信的罪行。

1972 年 7 月，在 J. 埃德加·胡佛死后两个月，政府撤销了整个案子。

② 作者史蒂文森，原文书名《Dr. Jekyll and Mr. Hyde》。小说描写杰基尔博士是个聪明而善良的人，他发明了一种化学试剂，能够把人分裂成两个截然不同的人，一个伸张正义，救济穷人；另一个则惹是生非，作恶多端。——译注

在不到一个月的时间里，联邦调查局局长攻击了两位前司法部长，其中一位已经去世；一位已经去世了的民权领袖；两位还没被定罪的天主教教士；以及一位二战海军英雄。似乎这样还不过瘾，此外他还抛出了一些令人惊奇的不那么敏感的关于黑人和西班牙裔的评论。

然而开除胡佛的问题在于，没人会大胆或愚蠢到去做这事的地步。

"我们必须摆脱那家伙，"在司法部一次会议上遭联邦调查局局长一顿痛骂之后，司法部副部长威廉·拉克尔肖斯恳求司法部长约翰·米切尔，"他越来越不像话了。"

"你说得对，"米切尔回答说，"你听我说，今天晚些时候我要出城，所以我任命你为司法部代理部长。你开除他。"[59]

资料来源：

[1] 萨利文采访录。

[2] 维拉诺和阿斯特：《普通特工》，第 10 页。

[3] 同上，第 218 页。

[4] 同上，第 228 页。

[5] 中情局局长（赫尔姆斯）致 J. 埃德加·胡佛，1970 年 2 月 26 日；丘奇委员会记录，第 2 卷，第 342—345 页。

[6] 同上。

[7] 埃利希曼：《见证权力》，第 164 页。

[8] 赫尔德致 J. 埃德加·胡佛；戴维·理查兹：《身心疲惫：珍·茜宝的故事》（纽约：兰登书屋，1981 年），第 237—238 页。

[9] J. 埃德加·胡佛致洛杉矶分局长，1970 年 5 月 6 日；理查兹：《身心疲惫》，第 238 页。

[10] 理查兹：《身心疲惫》，第 241 页。

[11] 同上，第 244 页。

[12] 同上，第 248 页。

[13] 同上，第 375 页；《旧金山纪事报》，1979 年 9 月 15 日。

[14] 唐纳德·L. 巴特莱特和詹姆斯·B. 斯蒂尔：《帝国：霍华德·休斯的一生、传奇和疯狂》（纽约：W.W. 诺顿出版社，1979 年），第 450 页；参议院水门听证会文件，第

26 册，第 12876—12878 页。

[15] 同上。

[16] J. 埃德加·胡佛致克莱德·托尔森，1970 年 8 月 11 日。

[17] 塔姆采访录。

[18] 费尔特采访录。

[19] 昂加尔：《联邦调查局》，第 294 页。

[20] 德马里斯：《局长》，第 220—221 页。

[21] 杰克·纳尔逊采访录。

[22] 丘奇委员会记录，第 3 册，第 936—937 页。

[23] 萨利文采访录。

[24] 德马里斯：《局长》，第 294 页。

[25] 丘奇委员会记录，第 3 册，第 962 页。

[26] 同上，第 962—963 页。

[27] 萨利文致德洛克，1970 年 6 月 6 日；丘奇委员会记录，第 2 卷，第 212 页。

[28] 丘奇委员会记录，第 3 册，第 942 页。

[29] 萨利文采访录。

[30] 丘奇委员会记录，第 3 册，第 944 页。

[31] 同上，第 946 页。

[32] 同上，第 947—950 页。

[33] 赫斯顿致霍尔德曼，1970 年 7 月；丘奇委员会记录，第 2 卷，第 189—192 页。

[34] 丘奇委员会记录，第 3 册，第 956 页。

[35] J. 埃德加·胡佛致司法部长（米切尔），1970 年 7 月 25 日；丘奇委员会记录，第 3 册，第 957 页。

[36] 丘奇委员会记录，第 3 册，第 957 页。

[37] 尼克松：《尼克松回忆录》，第 474—475 页。

[38] 赫斯顿致霍尔德曼，1970 年 8 月 5 日和 7 日；丘奇委员会记录，第 2 卷，第 249—254 页。

[39] 丘奇委员会记录，第 3 册，第 960 页。

[40] 《华盛顿邮报》，1970 年 11 月 17 日。

[41] 萨利文采访录。

[42] 《纽约时报》，1970 年 10 月 13 日；德马里斯：《局长》，第 201 页。

[43] 丘奇委员会记录，第 3 册，第 962 页。

［44］克劳森采访录。

［45］克拉克：《犯罪》，第 65 页。

［46］《华盛顿邮报》，1970 年 11 月 17 日。

［47］《洛杉矶时报》，1970 年 11 月 20 日。

［48］迪安·费希尔备忘录，1970 年 12 月 4 日；《时代周刊》档案。

［49］克劳森采访录。

［50］费希尔备忘录。

［51］《时代周刊》，1970 年 12 月 14 日。

［52］杰克·纳尔逊和罗纳德·J.奥斯特罗夫：《联邦调查局和贝里根兄弟：阴谋的形成》
（纽约：科沃德、麦卡恩和盖根出版社，1972 年），第 17—18 页。

［53］同上，第 189 页。

［54］《国会议事录》，众议院，1970 年 12 月 9 日。

［55］前胡佛助手。

［56］纳尔逊和奥斯特罗夫：《联邦调查局和贝里根兄弟：阴谋的形成》，第 30 页。

［57］多纳：《年代》，第 90 页。

［58］萨利文：《调查局》，第 155 页。

［59］《时代周刊》，1975 年 12 月 22 日。

第三十四章 遭遇围攻

查尔斯·"查克"·埃利奥特觉得联邦调查局特工在从各个窗口盯着他。他驾车从巷子驶过几次之后，才在西北第三十街4936号的后面停下来，跳出汽车去拿取。

虽然这个过程不到一分钟时间，而且没有迹象表明受到了监视，他还是尽快驶离巷子，马上返回第十六大街，回到了杰克·安德森的办公室。

埃利奥特进入了自己的工作区，那是与另外几个"调查记者"学徒合用的。他把一份《华盛顿邮报》展开来放在地上，然后把装有 J.埃德加·胡佛家垃圾的垃圾袋都倒了出来。

分类之后，埃利奥特发现，联邦调查局局长喝的是杰克·丹尼的黑标威士忌和爱尔兰雾利口酒、刷牙用的是超亮牙膏、洗澡用的是棕榄肥皂、刮脸用的是宝洁卸妆霜。

还有一些扔掉的菜单，是胡佛写给安妮·菲尔茨的，用的是凹凸印刷的"局长办公室专用"抬头的便笺纸。有一份菜单显然是为周六或周日准备的，上面写了："早餐（供两人）上午十点四十五分，水果、烤饼、乡村香肠、鸡蛋、咖啡。"晚餐是六点十五分开始的，菜肴有："蟹肉浓汤、肉丸面条、芦笋（辣味）、西红柿片、洋葱头片、比布生菜、薄荷味冰淇淋、草莓。"

埃利奥特还发现了一些氢氧化铝抗酸药片的瓶子，这就说明了为什么要服用这种药物的原因。

在获悉自己受到了联邦调查局监控之后——同样，谁也不知道多少次[1]——

---

[1] 这个时期，安德森也受到了中情局、税务局、五角大楼和白宫的调查，全都想确定出现在他的专栏文章里的消息"泄露"源头。

专栏作家杰克·安德森决定以其人之道还治其人之身，他要对 J. 埃德加·胡佛开展"联邦调查局式"的调查，用这种方法来对付局长本人。除了"检查垃圾"，埃利奥特还跟踪局长上下班（没被联邦调查局发现）；观察他在五月花饭店吃午饭以及在华尔道夫美发店理发；走访他的邻居（一个长头发的小伙子说，当他在街上玩耍的时候，胡佛不敢从防弹车下来；他和司机就坐在车上，直至他走到里面）。

安德森还挖得更深。在采访了查洛酒店的前经理之后，他获悉在胡佛和托尔森来加州度假的时候，他们的费用都由德州石油老板克林特·默奇森买单，然后默奇森通过自己拥有的保险公司向他们收账。安德森没有发现的是，这个美国的警察头子在向政府重复报销费用。

胡佛对专栏作家安德森的反应是可以预见的。他对查尔斯·埃利奥特开展调查和事实监控；他的联邦调查局护卫人员增加了两倍；对他的垃圾处理安排了其他的措施；还写了一封投诉信，不是给安德森，而是给贝尔－麦克卢尔集团公司总裁福琼·波普，该公司是安德森"华盛顿快乐旋转木马"专栏的上级公司——只是得到了一位执行副总裁的通知说，贝尔－麦克卢尔集团公司是支持安德森的，而且据他所知，波普先生已经对贝尔－麦克卢尔的所有权不感兴趣了。

一九七一年一月三日，《洛杉矶时报》报道说，政府每年为 J. 埃德加·胡佛购买新车，费用大约是三万美元。[1] 相比之下，联邦经济情报局租用了总统的防弹车，成本大概是五千美元。文章的作者是杰克·内尔森。

一月十七日，内尔森发表了一篇为杰克·肖遭解雇鸣不平的文章："一封信结束联邦调查局生涯：胡佛排斥批评过他的前特工"。美国公民自由协会代表杰克·肖提起了诉讼，声称联邦调查局局长 J. 埃德加·胡佛停止该特工的工作是违反了公务程序，践踏了该特工根据第一、第四、第五、第六和第九条款规定本应享受的权利。

一月二十九日，司法部推翻长期以来的一条政策，公布了联邦调查局少数民族雇员的人数。在调查局七千九百一十名特工中，只有一百零八个不是白种

---

[1] 美国总务管理局每年购买一副卡迪拉克汽车的底盘，运送到辛辛那提的艾森哈特，去安装装甲钢板、防弹车窗和特制轮胎。头一年的旧车就被送去纽约市、迈阿密或洛杉矶，去更新局长留在那里的老型号车辆。

人（五十一个黑人、四十一个西班牙裔美国人、十三个亚裔人和三个印第安人）。而且在联邦调查局一万八千五百九十二名总员工中，只有不到百分之十的员工是少数民族的。

在获悉杰克·内尔森和专栏作家卡尔·罗恩显然已经得到了这一信息而且准备公布的时候，司法部长米切尔不顾 J.埃德加·胡佛的强烈反对，打算抢在前面自己发布这个消息。

二月一日，有望成为民主党总统候选人的乔治·麦戈文把杰克·肖的案子提交参议院。声称这是"不公平的，应予纠正"，[1] 他要求参议院行政实践小组委员会立即开展调查。

会上出现了踢皮球的现象。小组委员会的主席是另一位想出任民主党总统候选人的爱德华·M.肯尼迪参议员，他清楚地知道联邦调查局有关于他和他家庭的详细档案，他并不急于接受这个挑战。

胡佛的反应又是可以预见的。他在档案里查找关于麦戈文的负面信息。结果找到了十八页的道听途说和风言风语，大都是麦戈文的对手在过去政治战役中编撰出来的。于是精选后的珍闻就泄露出去了，包括一个很老的没有依据的玷污，后来还影响到了即将举行的大选战役，该信息说，在大学时代，麦戈文抛弃了已怀孕的女朋友。

发言后过了几天，麦戈文收到了一封匿名信，是在联邦调查局的信纸上打印的，好像是现任的十名特工一起写的一封联名信。信件说，由于杰克·肖的案子，现在联邦调查局士气低落，要求国会调查这种"个人崇拜"。

为诋毁这封信，胡佛的一位助手告诉《金融杂志》出版商，这是克格勃执笔的。总之，参议员上了苏联间谍的当。

但托尔森还不肯放过。他下了双倍的赌注，让调查局二十名高管联合写信给麦戈文。副局长自己的书信定下了调子。托尔森把麦戈文标记为"机会主义者"，声称参议员攻击过胡佛先生，因为他急需宣传以保住他那垂死挣扎的政治生涯。"在差不多五十年的华盛顿工作期间，你这样的人我并不是第一次碰到，"托尔森写道，"眼高手低的。我不禁纳闷，在你的政治气球耗完热空气之前，还有多少令人尊敬的公务员会遭到玷污和侮辱。"

约翰·莫尔跟在托尔森后面鹦鹉学舌，他写道："我不由想起了一句'老话'，政治野心可能会让弱者和投机取巧者性格变坏。"

几乎所有的书信都把矛头对准了参议员手里的匿名信。然而，许多书信还进一步去攻击麦戈文的个人抱负或政治抱负。都没有提出指控，除了詹姆斯·盖尔的不经意的批评，他显然已经着迷了，指责局长的批评者"试图把胡佛先生描述为一个自恋狂，一个独断专行、反复无常和老态龙钟的人物，其唯一的目的是吹捧自我"。[2]

麦戈文把十九封书信归入《国会议事录》之中。只少了一封信，是局长助理威廉·萨利文的，他反应滞后（他的书信在四月一日愚人节那天归入《国会议事录》中）。在调查局内部，对局长的辩护并不是全心全意的："胡佛先生几十年来的独特记录，本身就说明了问题。我的任何评价都是多余的……"[3]

莫尔和费尔特认为，萨利文那种小心翼翼、模棱两可的话表明是他在垂涎胡佛被强制退休后的局长职位，他们的猜测很可能是对的。

写信给麦戈文的二十位联邦调查局高层人士的平均年龄是五十八岁，他们在调查局的平均服务时间是三十一年。这是麦戈文注意到的问题的一部分，也是他想对联邦调查局的管理开展国会评价的一个理由。

这个要求也没有出现什么结果，联邦调查局以外的人士很少有人在乎对麦戈文的指控。毕竟，他是在参与竞选，而且至少他的部分证据——那封匿名信——是令人怀疑的。

虽然胡佛当时并没有明白，但实际上，麦戈文的攻击反而在他十分需要帮助的地方给了帮助，那个地方就是白宫。

然而，压力并没有消除。突然间，经过多年的几近偶像般的崇拜之后，J.埃德加·胡佛再也不是不可挑战的了。联邦调查局局长现在是可以攻击的对象了。

二月初，《华盛顿邮报》刊登了分两期连载的一篇文章，是由罗纳德·凯斯勒撰写的，标题是"联邦调查局搭线窃听：如何得到了广泛扩展？"。凯斯勒的仔细调研文章对胡佛向国会提供的搭线窃听数字的准确性提出了疑问（前司法部长拉姆齐·克拉克声称，准确的数字至少是胡佛说出的数字的两倍；胡佛说，他去国会之前习惯拆除一些搭线窃听，以便降低总数）；确认了霍勒斯·汉普顿是切斯皮克和波托马克电话公司的高管，处理了联邦调查局的搭线窃听；注意到许多众议员相信他们是联邦调查局搭线窃听的目标；还引用了罗伯特·艾默里的话，艾默里在一九五二年至一九六二年之间担任中情局负责情报的副局长，他说在他任职期间，白宫官员向他出示了证据，表明他的电话遭到了联邦调查局的搭线窃听。艾默里还说，他怀疑他之所以遭到搭线窃听是因为他赞成中国加入联合国。[4]

联邦调查局的发言人对这些指控全都予以否认。

过了两天，局长叫来了萨利文。下个月他就要出席众议院拨款小组委员会的年度会议。他能否说服黑格拆除一些搭线窃听？萨利文说他去试试看。

萨利文抓住这个机会，而且发挥得更好：他要求黑格能否把所有的搭线窃听都拆除。例如对霍尔珀林的搭线窃听，已经使用了二十一个月——现在莫尔顿·霍尔珀林早就离开了政府机构——已经没有什么价值了。黑格说他要核查一下，然后来电话说，好的，全都拆除。

一九七一年二月十日，基辛格下令和白宫批准的十七个搭线窃听的最后一批九个都拆除了。

萨利文请示胡佛：要不要把基辛格搭线窃听的日志、汇总、授权和其他文件送到他的办公室来？

不，局长回答说，由萨利文在自己的办公室里保管这些材料，但要确保安全，不要做记录。

碰巧的是，在搭线窃听拆除后四天，理查德·尼克松总统却在他自己的白宫安装了一套搭线窃听系统。在尼克松当选后不久由 J. 埃德加·胡佛无意间播下的种子，最后生根开花了。

理查德·尼克松安装的搭线窃听系统是自动的：记录会话，总统不需要激活该装置，但他同样也无法关闭。（"需要一个切换开关，"白宫工作人员后来报告说，"总统迷糊了。"）[5]

虽然没有文件可以证明，联邦调查局局长知晓这个秘密搭线窃听系统——甚至罗丝·玛丽·伍兹似乎也不知道——他很可能是知道的。安装这套系统的是联邦经济情报局，当时担任局长的詹姆斯·罗利深信"胡佛当然是知道的"。

罗利是不知道这个事实，他是猜想的。在会见威廉·R.科森的时候，罗利评论说，"有一台示波器，可以放在口袋里携带——体积很小——如果受到了搭线窃听，你就可以知道。胡佛着迷于这种东西，他很想使用这种设备。"[6]事后作为一个嘲弄的想法，他补充说，或许毋庸赘述，在联邦调查局局长来访问总统的时候，联邦经济情报局没对他进行搜身检查。

二月份的结束，与开始时一样糟糕。二十八日，《德梅因纪事报》华盛顿记者站站长克拉克·莫伦霍夫报道说："白宫深切关注关于联邦调查局局长 J. 埃德加·胡佛的最近一些争论，准备在明年大选战役之前把他替换掉。"

其他的记者也有类似的猜测，但莫伦霍夫被认为是特别接近尼克松政府的人士。而且莫伦霍夫避开通常模糊的说法，采用这样的措辞来写报道，似乎是在直接引用总统的话。

"白宫的结论是，为维护尼克松先生在一九七二年的政治形象，为维护胡佛的长期形象价值，必须找到一个办法强行通过辞职的事宜。总统已经说过，必须妥善安排，使之符合胡佛所做的贡献和一切荣誉，不让胡佛的对手感到高兴。"

只有一个有希望的注释。莫伦霍夫还说："也许目前对胡佛来说，他脑子里想得最多的是他的主要对手的身份——参议员爱德华·M.肯尼迪和乔治·麦戈文……尼克松不肯屈服于这两个民主党人的批评，因为他们很可能在寻找反对他的机会，以便与他竞争一九七二年的总统大选。"

现在事情已经明朗了。甚至尼克松也想让胡佛走人。

专栏作家杰克·安德森采取捡垃圾、监控和采访的手段来调查 J. 埃德加·胡佛。

一九七一年三月八日，当千百万美国人通过电视观赏穆罕默德·阿里与乔·弗雷泽的重量级拳击锦标赛的时候，一小撮调查局的敌人，根据一个说法，"或许三四个人"，[7] 采用了联邦调查局的一种技术。他们潜入宾夕法尼亚州梅迪亚的联邦调查局驻勤办事处，拿走了一千多份文件。

与大多数驻外办事处一样，梅迪亚办事处很小。只有两名特工在那里工作，他们占用了特拉华县政府大楼二层的一个套间，楼房没有安装警报系统。虽然套间里有保险文件柜，但特工们没在里面储存文件，而是放置了他们的枪支、手铐和证件。

进去是容易的，拿上要拿的东西就不那么容易了。盗贼们绕过数量浩瀚的手册和许多内部资料，以及所有的刑事档案，他们专拿机密文件。

然而，梅迪亚并不是一个典型的驻勤办事处。坐落在费城一个宁静的郊区，它的周围都是些学术机构。大多数文件都与对大学校园的调查有关——总共有二十二个学院——虽然从费城分局流入的一系列文件也涉及了联邦调查局其他方面的事情。

　　梅迪亚驻勤特工第二天上午来上班时的反应，成了联邦调查局的一个传说。发现办公室被盗之后，他打了两个电话，第一个打给了联邦调查局总部，第二个打给老婆，要她准备收拾行李。

　　梅迪亚的非法闯入触发了联邦调查局历史上最大规模的调查。胡佛的第一反应，在指责（驻勤特工被停薪一个月，并受到纪律处分和被贬谪到亚特兰大）完之后，下令关闭所有的五百三十八个驻勤办事处。虽然约翰·莫尔劝说他撤销这个命令，但还是有一百零三个被关闭了，剩余的都加强了安保。尽管被确定为特大案件，还起了个代号叫"梅迪窃案"，并由局长助理罗伊·穆尔挂帅担任专案组长，但案子从来没有被侦破过——至少不是由联邦调查局侦破的。

　　作家桑福德·昂加尔开发了与行动关系密切的一些资源，按照他的说法，大概有二十个反战积极分子，"大都，不是全部，来自费城地区"，他们分成了三个小组："偷窃小组，实际非法闯入驻勤办事处并拿走了文件；分拣小组，他们确定哪些文件值得传播；发行小组，复印文件并选择他们认为适合接收的记者和组织。"[8]

　　第三小组显然很有时间观念。他们让联邦调查局担惊受怕了两个星期，然后才发送第一批经复印后的文件，仔细地选择了参议员、众议员和新闻记者。虽然司法部长米切尔试图阻止媒体的刊登，威胁说要去拿法院的命令，但《华盛顿邮报》还是在三月二十四日发表了第一个故事。

　　一个星期后，又是一批文件的发送。

　　黑人众议员帕伦·J.米切尔收到的一份文件，是关于J.埃德加·胡佛下令对所有的黑人大学生和类似的组织开展调查。斯沃斯莫尔学院院长收到的一些文件证明，校园的警长、总机室接线员和教务主任的秘书，是联邦调查局的线人。美国童子军组织收到了联邦调查局的一份调查报告说，童子军的一位领导人写信给苏联使馆，询问能否接纳童子军探险队员去苏联野营拉练。黑豹党费城分部收到的是其总部遭搭线窃听的日志记录。众议员亨利·罗伊斯接到通知说，他在斯沃斯莫尔学院上学的女儿杰奎琳被列为联邦调查局的约谈对象，显然是因为这位众议员对越战的"鸽派"立场。几个新左翼组织分享了联邦调查局关于新左翼的会议纪要，会议敦促特工们加强对潜在对象的约谈工作，因为"这样能够增强这些圈子内部特有的猜忌，还能够进一步增强每个邮箱后面都有特工在监视的观点"。[9]

这就像是定时炸弹。每两三个星期，就有一批新的文件在报刊上或电波中或在匆忙召开的新闻发布会上爆炸。没有办法去拆除引信。调查局任何解释的努力，都被自己更多非法活动的曝光所淹没。

使联邦调查局最难堪的是，每一批新文件出笼的时候都强调了调查局没能力破案。

局长尤为恼火的是，许多备忘录都让调查局出丑闹笑话。例如，每个特工都接到命令要发展少数民族聚居区的线人。然而有些地方没有少数民族聚居区，这样的话，该特工就要把情况报告总部，"他就不会因为没去执行而受到批评"。[10]

"在面试（文员）申请者的时候，请注意长头发、大胡子、头发理成了梨形的人和卡车司机等等。我们的人手还没有紧张到那个地步。"[11]

还有一份备忘录指出了招聘熟练特工的一个不足之处："因为被开除的熟手要比刚毕业的大学生年长几岁，有些人也许有过'放荡不羁'的经历。调查工作或许应该更加严格一点。"[12]

梅迪亚文件没有一份可成为头条新闻。但马克·费尔特说得对，他把这次非法闯入归纳为"一个转折点"，"很可能永久性地改变了在许多美国人心目中联邦调查局的形象"。[13]几十年来，只有少数几份自由的出版物，比如《民族》和《新共和》曾经声称，联邦调查局正在系统性地侵犯美国公民的人权、侵犯他们的隐私、践踏他们的民权、监控他们的信仰和社交。

现在，由于联邦调查局自己档案里的这些零星曝光，人人都知道了。

然而，还有一份晚来的具有煽动性的关于新左翼的单页备忘录。内容是相对平淡的，所附的是由保守杂志《巴伦周刊》刊登的关于激进主义的文章，建议匿名邮寄给高校的教育者和管理者。

在阅读备忘录的时候，美国广播公司新闻记者卡尔·斯特恩注意到了页面上方一个神秘的词语。

反情报项目（COINTELPRO），这个术语是什么意思？他感到纳闷。

他决定去查清楚。

虽然梅迪亚的非法闯入是发生在九天之前，但在第一批文件还没有邮寄的一九七一年三月十七日，胡佛一年一度又出现在众议院拨款小组委员会面前。

就像是进入了世界隧道。在外面，似乎人人都在攻击联邦调查局局长。但在大门紧闭的会议室里面，J.埃德加·胡佛得到的待遇像是到访的皇亲国戚。

今年他还是认为要多花些时间去反击他的敌人。

他把前司法部长拉姆齐·克拉克称作"水母"，在比较了克拉克写的书与他在一九六七年"前联邦调查局特工协会"年会上制作的录音评论之后，胡佛解释说，克拉克在大会上高度赞扬了调查局及其局长。

鲁尼主席："他也是这么对待我的。在纽约华尔道夫饭店请我吃饭的时候，他极力称赞我，把我捧上了天。事实上，我感到有点恶心，他说得很过头。"

胡佛先生："他是花言巧语。"

鲁尼主席："他后来攻击我，还支持我的主要敌人……"

至于罗纳德·凯斯勒在《华盛顿邮报》上发表的关于联邦调查局搭线窃听的文章，媒体的豺狼正遭受着"搭线窃听的狂躁症"，胡佛继续说。那些文章充满了"曲解、错误和赤裸裸的谎言"。

联邦调查局局长向委员会保证，拉姆齐·克拉克说在赴委员会开会之前已经拆除了搭线窃听，这是不真实的，而且他还在数字上做了手脚。

"我还想补充一下，在我担任调查局局长起，我们从来没有对众议员或参议员搭线窃听过一部电话。

"而且，指控联邦调查局搭线窃听中央情报局电话也完全是凭空捏造的。在联邦调查局的历史上，从来没有发生过这样的事情。"

学生的动乱，是校园里持不同政见的亲苏的和亲华团体鼓动的，并不是因为战争的原因，胡佛说："我认为，如果今天就结束了越南战争，他们还会就其他事情而惹是生非。"

虽然副局长在身体尚好的时候会陪同局长一起来众议院出席会议，但他难得说话。这次是例外。联邦调查局的防弹汽车是必需的，克莱德·托尔森作证说，因为"在一九七〇年期间，胡佛先生收到了二十六封威胁他生命的恐吓信，今年到现在为止，他已经收到了十六封"。

当联邦调查局局长授权公开他的证词的时候——总是在他需要做宣传的时候——标题是现成的："胡佛的生命今年受到了十六次威胁"。[14]

鲍先生："很高兴你来这里。我们对你和你的同事充满了信心。由于你们的努力，我们可以睡上安稳觉。"

当联邦调查局局长 J. 埃德加·胡佛离开听证会议室的时候，他刚刚获得了一九七二年三千一百万美元的追加预算，使得联邦调查局来年的总预算超过了三点一八亿美元。他有理由相信，除了几个投机取巧的总统候选人，他依然得到了众议院的热情支持。

三个星期后，在众议院的会议上，多数党领袖黑尔·博格斯要求发言。

"主席先生、各位同事，请原谅我的说话声音，我感冒了。

"我要说的是遗憾的事情，因为一位为国家贡献了一生的伟大人物到了他生命的风烛残年，而且他还不明白现在该是离职享受退休生活的时候了，所以这是个悲剧。

"主席先生，我说的是联邦调查局局长 J. 埃德加·胡佛。现在该是让美国司法部长要求胡佛先生辞职的时候了。"

会场一片沉寂。甚至连众议院主席卡尔·艾伯特事先也不知道，这位来自路易斯安那州的联邦众议员要说些什么。黑尔·博格斯是联邦调查局的人，是"埃德加的宠儿"之一，在他担任所有十一任联邦众议员期间一直如此。

"当联邦调查局搭线窃听本议会议员和参议院议员电话的时候，"博格斯继续说，"当联邦调查局派驻特工进入校园渗入学生组织的时候，当联邦调查局采用苏联和纳粹德国盖世太保手段的时候，该是——其实已经过了时候，主席先生——让现在的局长不要再担任局长了……我再次请求，美国司法部长米切尔先生，应该鼓起勇气命令胡佛先生离职。"[15]

在措手不及的情况下，只有一位代表，众议员少数党领袖杰拉尔德·R. 福特站出来驳斥博格斯的指控。由于他不知道是什么引起了指控，所以磕磕绊绊地为联邦调查局做辩护说："他们也是人，与我们一样。"[16]

"他喝醉了吗？"在获悉博格斯那番耸人听闻的讲话之后，似乎华盛顿人人都提出了这个问题。众议院多数党领袖的嗜酒几乎不能算是秘密，至少有两次，由于喝酒他挥拳打人或者挨了一拳。

但那些在博格斯做了评论之后询问过他的记者说，他是清醒的，虽然是相当的愤怒。除了暗示他自己的电话也遭到了搭线窃听之外，他拒绝讨论他的"证据"，但他答应在不久的将来是会提供的。

博格斯的推迟提供是有理由的。没有证据——至少目前还没有。几个星期以前，电话公司的修理工在博格斯的住宅电话上发现并拆除了一个搭线窃听装置。显然，他是在这么盘算的，罗恩·凯斯勒的文章和梅迪亚文件的揭露更是让人想入非非，由此他得出结论认为，联邦调查局是有罪的。①

提出指责后，博格斯现在面临的问题是如何去证明。

在联邦调查局总部，最初的反应是极为愤怒，继之是迷茫和惊愕。威廉·萨利文后来声称："我们没有搭线窃听过黑尔·博格斯，或国会的其他议员。那是愚蠢的。"[17]

胡佛不想失去众议院多数党领袖的支持，他派遣华盛顿分局长罗伯特·孔克尔去见这位众议员。但博格斯害怕孔克尔也许还带有其他的目的（他没有忘记胡佛曾用"大头针"照片来诋毁沃伦委员会的一位批评者），于是拒绝见他。

在白宫，总统的顾问们开了四十五分钟的会议，试图决定该怎么办。搭线窃听的指控是否有什么根据？谁也说不准。最后，在打了几个电话给联邦调查局和在佛罗里达州的司法局长之后，他们认为最好是由总统出面保护联邦调查局局长，于是发表了一份声明说，尼克松总统依然完全信任 J. 埃德加·胡佛。

同时，司法部长米切尔也联系了在基比斯坎的媒体，"断然"否认联邦调查局"现在或过去"搭线窃听过参众两院任何议员的电话，要求博格斯收回其

---

① 修理工发现搭线窃听实际证据这一事实，将意味着这很可能不是联邦调查局授权的搭线窃听，因为这些线路的实际搭线窃听通常发生在老邮电大楼。

然后，黑尔·博格斯对联邦调查局的认清至少是在一年之前，当时因为司法部调查维克托·J. 弗兰基尔，他和朋友们以及许多同事都被调查局约谈了。弗兰基尔是巴尔的摩承包商，他因为雷伯恩办公大楼车库工程的成本超支而向政府提出了几百万美元的索赔。弗兰基尔是博格斯的朋友（也是卡撒·德洛克的朋友），他以极低的价格为众议院多数党领袖家的车库进行了改建。虽然巴尔的摩的一个大陪审团投票表决后起诉了弗兰基尔，并认定博格斯和其他人是同谋但免予起诉，然而司法部长米切尔拒绝提起指控。

"无中生有的诽谤"，并"向一位伟大的美国人道歉"。[18]

由于米切尔不在首都，保护胡佛的任务落到了司法部副部长理查德·克兰丁斯特的肩上。胡佛告诉克兰丁斯特说，根据局长关于这次会话的备忘录，他要司法部长和总统知道，如在任何时候感觉他也许会成为"竞选连任的负担或障碍"，那么他"将高兴地站到旁边去"。这样的措辞，对胡佛来说是相当安全的。

克兰丁斯特告诉胡佛，"他是个好人"，然后还向他保证说，"事情已经基本上过去了，我们还是继续去做该做的工作"。[19]

但胡佛很快发现，克兰丁斯特不是一个令人满意的代言人。在四月十七日接受电视采访的时候，司法部副部长半遮半掩地提及了博格斯的嗜酒问题，说众议院多数党领袖肯定"不是病了，就是无能为力"，[20]而且——使在家里观看这个电视节目的 J. 埃德加·胡佛感到非常恐怖——补充说，司法部欢迎众议院去调查联邦调查局。

胡佛愤怒了，第二天上午他打电话给克兰丁斯特予以大声谴责，他的声音是如此之大，以致司法部副部长不得不把听筒从耳边拿开。结果，当时也在克兰丁斯特办公室的司法部国内安全司司长罗伯特·马迪安偷听到了会话的大部分内容。克兰丁斯特说"欢迎调查"不要紧，但他本应该明白："如果要我去众议院作证，"胡佛喊道，"我就会把我知道的这件事情全都说出来。"[21]

克兰丁斯特不知道基辛格的搭线窃听，他错过了对总统的暗示威胁。联邦调查局局长显然是明白这个的，他然后打电话给总统，直接重复了他的评论。

《纽约时报》一九七一年四月九日："克兰丁斯特攻击博格斯：要求询问联邦调查局"。

《纽约时报》一九七一年四月十日："克兰丁斯特修改众议院调查联邦调查局的建议"。

跟随另外的四位民主党总统候选人——乔治·麦戈文、埃德蒙·马斯基、哈罗德·休斯和伯奇·贝赫——爱德华·肯尼迪现在也要求 J. 埃德加·胡佛辞职，最后他披挂上阵，提议他的参议院行政实践小组委员会去调查联邦调查局。

这个提议没造成什么响动，同一时间的另一个提议也一样，参议院的小组委员会没就宪法权利对联邦调查局开展调查，此时该委员会正在召开关于侵犯隐私的一些听证会。提议刚刚出笼，该委员会主席就对这个想法进行了审查。小山姆·J.欧文声称，他的委员会还没有找到联邦调查局非法活动的证据，至于局长J.埃德加·胡佛，欧文说："我认为他在艰难的岗位上干出了非凡的成就。"[22]

根据威廉·萨利文的说法，这位和善的来自北卡罗来纳州的联邦参议员是"我们手里的面团"。是经济问题，与阿贝·福塔斯事件相似。所以他会站出来赞扬联邦调查局。[23]欧文参议员后来因为其在水门事件中的作用而为世人所知。

在四月五日的发言之后，众议院多数党领袖黑尔·博格斯迎来了两位客人。他们是纽约州的民主党人马里奥·比亚吉，以及新泽西州民主党人科尼利厄斯·"尼尔"·加拉赫。后者自一九六八年《生活杂志》指责关于其妻子与死去的黑手党徒的关系之后，就成为胡佛的敌人了。

比亚吉本人是前纽约市警察，他带来了礼物：一盒录音带。他声称这是联邦调查局录制的对众议院各位议员的搭线窃听录音。博格斯没在录音里出现，但他知道录音里的声音都是什么人，经过一番检查，他认定这些录音会话都是真实的，确实是未经授权的监控录音。现在他确信有了他所需要的证据。利用这盒磁带作为指控的文件，博格斯准备在众议院做第二次发言，应该是在复活节休会之后。

但到了那个时候，比亚吉撤回了把录音带公之于众的念头，声称那样做会暴露提供磁带人的身份。①

四月二十二日，众议院多数党领袖发表了他期待已久的演讲。他的发言持续了一个小时，而且是滔滔不绝的，但由于缺乏答应的证据，反而起到了负面的宣传作用。在几个月后接受一次采访的时候，J.埃德加·胡佛自己对此进行了总结："关于那个指控，他让自己处在了'要么拿出证据要么闭嘴'的境地，结果他闭嘴了。"[24]

胡佛的报复是快速而稳妥的。他的助手们拼凑了一份博格斯酒后恶作剧的

---

① 录音带的来源和比亚吉的突然变卦至今依然是个谜。如果说联邦调查局在压制这盒磁带方面起到过什么作用，则纯属猜想。1976年，在接受作者采访的时候，众议员比亚吉拒绝讨论该磁带的问题，而且在提及这事的时候突然中断了采访。前众议员加拉赫谢绝了采访。1972年，众议员黑尔·博格斯在乘坐飞机飞越阿拉斯加上空的时候消失了，推定已经死亡。

清单——包括那次政治辩论会期间在华盛顿一家酒店的男士洗手间，被尼克松的一位支持者进行了涂脂抹粉的化妆——并把它泄露给了媒体。（甚至杰克·安德森也采用了。）而且首都还有流言蜚语说，博格斯遭搭线窃听了，但窃听者是他老婆雇佣的私家侦探，因为他老婆在寻找他在阿灵顿包养小三的证据。

原本期望有耸人听闻的信息曝光，但结果没得到，所以很少人去关注博格斯的第二次演说。他在这次发言时声称，众议院"与联邦调查局同流合污"没能维持对调查局的监督，应该为调查局的许多非法行动负责。

"在战后的那么多年，"博格斯说，"我们授予了系统内精英秘密警察新的巨大的权力，使得他们凌驾于人民的生活和自由之上。在这些机构可信任的和令人尊敬的领导人的要求下，在他们需要加强国家安全的恳求下，我们同意免除了对他们的本应该实施的审计和严格监督。历史已经走过了其必然的过程。

"自由已经退让了。

"政府的权力已经达到了顶峰……

"主席先生，我认为一九八四年比我们想象的更为接近。"[25]

胡佛身上的压力并没有减轻。在博格斯第一次攻击后四天，《生活杂志》刊登了一个封面故事，标题为："J. 埃德加·胡佛的四十七年当政：联邦调查局的皇帝"。该杂志已经让一位雕塑家制作了一尊罗马式的局长全尺寸半身塑像，并建议说，这样的当政快要结束了。① 三天后，道·琼斯公司出版的周报《全国观察家报》，发表了负责司法部和最高法院的记者妮娜·托滕伯格一篇仔细平衡的报道，其标题为："七十六岁老警察的生活和时代"。托滕伯格的文章占了两页；胡佛的愤怒反应和总编亨利·格米尔为自己记者的逐条辩护，则有五个页面。使胡佛最为不安的是以下的指责："在最近因为追踪一个大案的通宵工作期间，有人看到胡佛先生扶着墙壁作倚靠。显然在头晕了一会儿之后，他才恢复了力气。"[27]

虽然托滕伯格试图把事实从虚构中分离出来，但这样的说法倒是真假成分

---

① 雕塑家尼尔·埃斯顿认为联邦调查局局长是"一个无人疼爱和缺乏爱心的人。但因为胡佛从来不会去刻意隐藏自己的想法和感情，所以他的脸上是真情暴露的，这在其他公众人物的脸上一般是看不到的"。[26]

都有一点。明显的头晕确实发生了——司法部员工已经看到过了——尽管刑事信息部依然声称，精力充沛的局长常常是通宵工作的，但胡佛已经几十年没有那么做了。（这方面，政府的其他局长很可能也没有通宵工作的。）

胡佛写信给道·琼斯公司总裁，要求开除托滕伯格，但没有成功。因此，局长不得不把她和该报纸列入了调查局的"不可接触名单"。而格米尔总编则遭到了特别调查，他的档案也被收入了胡佛的"官方/绝密"档案之中。

四月十二日，在采访了局长四个月之后，迪安·费希尔在一份内部备忘录里提议，《时代周刊》给 J. 埃德加·胡佛刊发一个封面故事。"老人遭到了前所未有的批评，"费希尔写给自己的编辑，"自由的民主党人要求他下台。保守的共和党人开始怀疑他的能力是否还能担任联邦调查局局长。各个层面都有不同意见的吵嚷声。士气在降低……他显然迷恋职权。他显示出越来越快的衰老迹象。他应该辞职。"[28]

但《新闻周刊》走在了《时代周刊》的前面，该刊物发表了自己的封面故事——"胡佛的联邦调查局：该是改变的时候了吗?"，文章引用了一次新的盖洛普民意调查，结果百分之五十一的受访者认为，胡佛应该退休，并列出了最有可能的接班人，其中有威廉·萨利文。①

五月五日，《洛杉矶时报》报道说，联邦调查局有二十八名特工借调给了众议院拨款小组委员会作为调查员，这样的话，实际上是联邦调查局在调查自己的预算要求，甚至还有点裙带关系。全职借调到委员会的四名特工中，有一人叫保罗·P. 莫尔，其哥哥约翰·莫尔是负责联邦调查局预算工作的。

《新闻周刊》发表故事的一九七一年五月十日，也是 J. 埃德加·胡佛担任联邦调查局局长的四十七周年纪念日，刑事信息部事先动员了其在国会的一批人。虽然他的许多支持者已经过世、退休或在竞选连任时失败（胡佛通常要比他的朋友和敌人混得长久），七十一位众议员和五位参议员在《国会议事录》中呈上了他们的颂词。

即便是专栏作家杰克·安德森也向局长表达了祝贺，虽然是间接的。

---

① 大概 41% 的人要求胡佛留任，8% 的人"不知道"。然而，参加调查的 70% 人认为，胡佛作为联邦调查局的领导人，他干得很好或不错，只有 17% 的人给他打分"还行、不好或很差"，而在几天后公布的哈里斯民调，在关于胡佛是否应该退休的问题上，则是平分秋色，百分之 43% 对 43%。

一年四次（圣诞节、胡佛生日、加入司法部的周年纪念日，以及司法部长哈伦·斯通任命他为调查局代局长的周年纪念日），任务分配给了联邦调查局总部、各分局长和分局副局长，要求"送贺礼给局长"。①

今年他们给了他一个垃圾压缩机。

但国会的嘉奖不足以掩盖一个明显的事实：联邦调查局局长 J. 埃德加·胡佛在其整个生涯中遭到了最持久最猛烈的交叉火力攻击。

与老练的将军一样，胡佛尽力减少暴露的地方。

一九七一年四月二十八日，在梅迪亚非法闯入事件后不到两个月，在博格斯第二次攻击后不到一个星期，联邦调查局局长发了一份备忘录给"所有的分局长"，正式停止所有剩余的七个反情报项目。

然而，这并不意味着结束反情报项目类型的活动，因为有一段文字是这么写的："反情报项目，除了经批准的之外，应该按照个人自己的选择，经过严格的程序，以确保绝对的安全。"

况且，许多特工已经依赖这些骚扰和瓦解的手段好长时间了，他们都不想放弃。许多行动继续下去了，不管是否经过授权。

而且虽然备忘录正式结束了反情报项目，但有一句话经仔细解读后，会给人留下深刻的印象，即这次中断很可能是暂时的："尽管在过去几年里是成功的，但因为其敏感程度，感觉现在为安全起见应该停止"（增加了强调）。[29]

这也不是胡佛保护自己的唯一做法。面临不得不亲自去法院证明自己的招聘做法，针对美国公民自由协会代表、前特工杰克·肖提起的诉讼，联邦调查局局长勉强同意了应诉。

虽然杰克·肖没能恢复职位，但"带有偏见的"调派在他的记录中撤销了，一九七一年六月十六日，肖收到了案子的赔款一万三千美元。这正好抵过三个月前死于癌症的他妻子的住院和医疗费用。

胡佛在工作中依然使用的另一个手段，是公开讨好总统和司法部长。在一

---

① 所有其他人，一直到"最低层特工"，都被要求寄送贺信或贺卡给局长。虽然有些分局长对顺从的人做了标记，但大多数特工不会在意，除非他们希望得到调动或晋升。

次特别的仪式上，胡佛把刻有联邦调查局印玺的一副金袖钉——原属一名被开除的调查局员工——送给了尼克松；而司法部长则获赠一枚特工的金警徽，象征着他为执法机构带来的信心，"这样的信心在你当政之前我们是没有的"。[30]

他还进一步迎合这位名义上的领导。五月二十四日晚上，美国女记者协会在肖勒姆酒店举办年会晚餐。这场正式欢聚的高潮，是协会新闻故事年度奖获得者的演讲。虽然本年度的获奖者是玛莎·米切尔，但晚会最抢镜头的是同意做演讲的联邦调查局局长 J. 埃德加·胡佛。

最近几年，胡佛极少参加这样的公开聚会活动。使许多记者惊奇的是，在第一次近距离看到的时候，联邦调查局局长似乎不摆架子、平易近人。他是在晚餐前的鸡尾酒会进行到一半的时候抵达的，进来后径直走到吧台，要了一杯杰克·丹尼威士忌，然后步入了人群之中。更让人惊奇的是，局长似乎很有幽默感。在被问及有没有在半夜里接到过米切尔夫人电话的时候，胡佛回答说："我没有睡觉，一直在等待她的来电。"

聚会的娱乐活动，由大奥普里剧院①的"小珍珠"提供。她穿着热裤，戴了一顶桶帽，上面还晃荡着价码标签。胡佛说，这是他第一次遇到珍珠小姐，他很高兴，因为他一直喜欢乡村音乐。"我认为我是古板的，"联邦调查局局长说，"我喜欢乡村音乐，还喜欢西部音乐和女孩。"

那么热裤呢？有人问道。

"穿在合适的人身上，热裤是不错的，"胡佛回答，"与超短裙一样。"

（但第二天，在联邦调查局总部，女员工都不敢去尝试局长的评论。）

然而，人们很快就感觉胡佛的幽默感是短暂的。在谈及晚会主人的时候，胡佛评论说："媒体的女士没有男士那么狡诈。媒体女士中间混杂着几条豺狼。有一个捡破烂的。杰克·安德森的助手翻找了我的垃圾桶。我认为，杰克·安德森是所有专栏作家中的破烂王。杰克·尼尔森也是很卑鄙的。"

美联社记者珍妮特·斯塔哈尔趁此机会问局长，他有没有退休的打算。"没有，"胡佛被迫回答，"只要身体好，没这个打算。"

站在旁边的司法部长约翰·米切尔对这个提问感到不高兴了。"你这个话离题太远，我要惩罚你，"他用威胁的口吻说，"或者罚酒一杯……"当有人拉住

---

① 该剧院在田纳西州纳什维尔市，素有乡村音乐灵魂的名声。——译注

他胳膊的时候，米切尔已经倒了半杯酒，他说："哦，我是开玩笑的呢。她是我朋友。"斯塔哈尔后来说，她之前从来没有遇见过米切尔。

玛莎·米切尔则不像她丈夫那样。在他做了介绍之后，她抱了一下胡佛，评论说："埃德加，我知道你很少参加晚会，所以我要大家很好地看看你，因为如果见过一位联邦调查局局长，那就见到了全部。"

她在丈夫的脸上拧了一下，司法部长似乎一直不习惯他妻子和前情人这种愚蠢的举动。然后玛莎补充说："约翰告诉我，他从来没为这么好的人打工过。"[31]

但在维持与白宫关系的时候，胡佛遇到了问题。

一九七一年六月十三日，《纽约时报》刊登了"五角大楼文件"系列的第一篇。① 两天后，司法部长米切尔根据总统的指示，命令联邦调查局去调查绝密文件的泄露。

一般情况下，胡佛是努力回避这样的任务的，因为在泄密发生后的源头确定，诚如基辛格搭线窃听所证明的，通常是不可能完成的，但这个案子，很快就确定了源头。那是前国防部和兰德公司的研究员丹尼尔·埃尔斯伯格，他已经从"鹰派"转为"鸽派"。联邦调查局要做的只是确定埃尔斯伯格是不是有同谋，同谋是谁，以及这是不是单独行动或者是一个大阴谋的一部分。而且，如同 J. 安东尼·卢卡斯所说的，胡佛很可能认为，这是一场打不胜的战役，是政府与媒体之间的战役，在此"他只会受伤"，因此他不想深入参与。[32] 不管有什么理由，反正他没有重视调查工作。

他没有明白的是尼克松的愤怒及其偏执。② 虽然五角大楼的那些文件涉及的是肯尼迪和约翰逊政府采取的行动，但总统深信，刊登这些文件是一个巨大阴谋的一部分，目的是要中伤他的政府。

使问题更为复杂的是还发生了一个小小的奇怪的误会，那是因为 J. 埃德加·胡佛的字迹越来越难以辨认的结果。

---

① 根据国防部长罗伯特·麦克纳马拉的指示，该项研究是在 1967—1968 年间准备的，其正式题目是："美国对越政策决策史"。
② 尼克松要求对所有能接触到绝密文件的人进行测谎仪测试，不管人数是"100 万"或"3000、4000 或 5000 人"。"听着，"他告诉埃利希曼和克罗赫，"我对测谎仪是一窍不通的，也不知道其准确度如何，可我知道它们能让人吓破胆的。"[33]

路易斯·马克斯是丹尼尔·埃尔斯伯格的岳父，也是一位极为保守的富裕的玩具制造商，正好又是 J. 埃德加·胡佛的一个普通熟人。除了偶尔在赛马会上的见面，每年的圣诞节，马克斯都会给联邦调查局局长寄送一大批玩具，胡佛据此分送朋友的孩子和一些关系良好的慈善机构。虽然算不上密友，但马克斯也在局长的特别通讯录名单上，也就是说，他收到的信件或回复，是直接称呼名字的。知道这层关系后，负责埃尔斯伯格案调查工作的查尔斯·"奇克"·布伦南认为，最好是先问问局长，然后再去与马克斯谈话。① 胡佛否决了这个要求，用蓝墨水在备忘录的底部涂了个"NO"，但他写得实在是太潦草了，以致布伦南以为是"OK"，是授权他去访谈。

获悉他的指示没有得到执行，胡佛把布伦南调到了弗吉尼亚州亚历山德里亚。威廉·萨利文对部下很好，他为布伦南的调动提出了抗议，先是向局长，失败之后去向罗伯特·马迪安提出。马迪安是司法部负责国内安全部门的副部长，他向司法部长米切尔进行了诉说。米切尔要求胡佛取消这条命令，说他需要布伦南留在华盛顿处理埃尔斯伯格的案子。但胡佛只是在把布伦南降级、留用察看并开展审查之后，才默认同意了。他还给予了冷遇：联邦调查局其他高级官员在大厅里遇到布伦南的时候，都不与他打招呼，唯恐会被局长知道。

胡佛拒绝质问马克斯的流言，传到了尼克松那里。总统发火了。"在我们越来越关注埃尔斯伯格及其可能的同谋的时候，"尼克松后来写道，"我们获悉，J. 埃德加·胡佛却裹足不前，仅仅把这个案子当作一般案子来处理。他没有成立专案小组，他显然认为，如果他全力以赴追查此案，媒体会把埃尔斯伯格塑造成烈士，把联邦调查局塑造成'老于世故'……

"我不管什么理由或借口。我要求有人在联邦调查局屁股后面踢上一脚，加快埃尔斯伯格案子的调查进度，在追查泄露者的过程中，各部门各机构都要积极。如果有阴谋的存在，我要知道，我要动员所有的政府资源去查清楚。如果联邦调查局不去追查这个案子，那就我们自己去调查。"[34]

七月十七日，埃利希曼指派埃吉尔·"小年轻"·克罗赫去负责该项目，不久后，前基辛格助理戴维·扬格、前中央情报局特工霍华德·亨特和前联邦调

---

① 查尔斯·布伦南长期担任威廉·萨利文的助理，当萨利文被任命为第三把手之后，他当上了国内情报部门的负责人。

查局特工 G. 戈登·利迪加入进来了，形成了后来的"白宫管道工"。

因此在这事七年之后，理查德·尼克松在其备忘录中解释说，是 J. 埃德加·胡佛迫使他走上了通往水门之路。

胡佛因为自己的助手而惹恼了总统，他浑然不知道尼克松对待埃尔斯伯格案子的重视程度。一直到八月的第二周，联邦调查局局长才把它升格为调查局的特别案子。

到那个时候，他专注于与自己调查局内部的反叛作斗争。这次反叛是联邦调查局有史以来的第一次，领头者是他一直把他当儿子看待的第三个犹大——威廉·科尼利厄斯·萨利文。

资料来源：

[1]《国会议事录》，众议院，1971 年 2 月 1 日。

[2] 同上，1971 年 3 月 8 日。

[3] 同上，1971 年 4 月 1 日。

[4]《华盛顿邮报》，1971 年 2 月 7 日和 8 日。

[5] 霍尔德曼和迪莫纳：《权力的结束》，第 81 页。

[6] 科森采访录。

[7] 昂加尔：《联邦调查局》，第 484 页。

[8] 同上。

[9] 联邦调查局报告，"新左翼情况——费城"，1970 年 9 月 16 日。

[10] 费城分局长致所有驻勤特工，1968 年 3 月 29 日。

[11] 联邦调查局日常便条，未标明日期。

[12] "招聘熟手项目"备忘录，未标明日期。

[13] 费尔特：《联邦调查局金字塔》，第 98—99 页。

[14]《华盛顿每日新闻报》，1971 年 6 月 8 日。

[15]《国会议事录》，众议院，1971 年 4 月 5 日。

[16] 同上。

[17] 德马里斯：《局长》，第 325 页。

[18]《华盛顿邮报》，1971 年 4 月 6 日。

［19］J. 埃德加·胡佛致克莱德·托尔森，1971 年 4 月 5 日；鲍尔斯：《秘密》，第 468 页。

［20］《华盛顿邮报》，1971 年 4 月 8 日。

［21］利迪：《意志》，第 156 页。

［22］《华盛顿邮报》，1971 年 4 月 20 日。

［23］萨利文采访录。

［24］《国家商业》杂志，1972 年 1 月。

［25］《国会议事录》，众议院，1971 年 4 月 22 日。

［26］《生活》杂志，1971 年 4 月 9 日。

［27］《全国观察家报》，1971 年 4 月 12 日。

［28］费希尔备忘录，1971 年 4 月 12 日；《时代周刊》档案。

［29］布伦南致萨利文，1971 年 4 月 27 日；J. 埃德加·胡佛致各分局长，1971 年 4 月 28 日。

［30］《纽约时报》，1971 年 6 月 1 日。

［31］《华盛顿邮报》，1971 年 5 月 25 日。

［32］卢卡斯：《噩梦》，第 96 页。

［33］白宫录音稿，1971 年 7 月 24 日；尼克松弹劾案卷，第 VII 册，第二部分，第 873 页。

［34］尼克松：《尼克松回忆录》，第 513 页。

第三十五章　第三个犹大

　　即便是威廉·萨利文自己也说不清楚，是什么时候决定与 J. 埃德加·胡佛作斗争的。

　　也许是早在一九五七年，那时他试图说服局长确实有黑手党的存在。或者是在十年后的一九六七年，那时他建议说三 K 党的威胁要比美国共产党大得多了。到一九七〇年六月的时候是肯定会发生矛盾的，那时他在起草赫斯顿计划中扮演了双重角色，那年的十月绝对已经有了冲突，那时他在威廉斯堡做演讲。此后在大小不等的十几次意见相左中都出现了对抗的迹象。

　　但他肯定已经知道，在一九七一年六月他书写他的第一份"诚信备忘录"的时候，事情已经不可逆转了。

　　胡佛走下坡路的迹象是，总统对联邦调查局很不满意，批评其未能全力以赴开展打击他的国内敌人，这个时候，J. 埃德加·胡佛认为时机已经成熟，该是与中央情报局竞争海外情报的时候了。

　　在基辛格的刺激下，尼克松已经公开表示了对中情局情报产品的不满。胡佛抓住这个机会，希望进一步讨好白宫，他决定增加联邦调查局驻外法律随员机构。这样内容的一份备忘录在联邦调查局的高层会议上进行了讨论，要求与会者提出评论意见。通常的高层会议都会毫无例外地通过局长的"建议"，但这次遇到了不同意见。

　　"由于种族冲突、学潮和可能的失业率增加，"威廉·萨利文写备忘录给局长，"这个国家正在走向混乱，调查局应该为对付未来的困难做好充分的准备。要完成这个任务，我们不能过分地扩散，我们为行动花费的每一个美元，都应该能给我们带来相应的回报……"

萨利文不但反对增加法律随员，他还赞成减少。但他是用书面表达这个意见的，他肯定知道这样是会惹恼胡佛的，因为这是在提醒他，一九七〇年的时候他曾经决定断绝与其他情报机关的联络："我并不是不知道，局长曾经指出，如果不设花费昂贵的国内联络科，我们也能过得很好，因此他解散了该科室。至于局长要求的国外联络处，我认为这个结论当然还是有效的，我们至少应该减少，使之符合调查局的利益。"

　　这纯粹是异端邪说，但萨利文并没有就此止步。他在高层会议上发言说："我已经看过了上述人员的名单。我感觉有点苦恼和悲哀的是，他们的评论缺乏目标性、创造性和独立思考性。他们的想法是整齐划一的，这构成了他们的自我反驳。我能够肯定的是，这当然不是调查局这些高级官员的意图，他们都担任着独特的工作，要在与会者的心目中留下一个印象，他们之所以这么说，都是因为他们认为局长要他们这么说的，但在我看来，这样的印象已经传递了。"[1]

　　J.埃德加·胡佛是艺术大师，他认为这样的言论是要记录下来的。萨利文有想法了，必须马上把他打压下去。

　　并不奇怪的是，高层会议同意了。局长让大家传阅的萨利文评论，在联邦调查局引起了轩然大波。鲁弗斯·R.比弗做出了典型的反应，他指责局长助理"没有站在联邦调查局一边，更多的是站在中央情报局、国务院和军事情报机关一边"。[2]

　　局长感到很痛苦——因为他还是用昵称"比尔"来称呼这位长期的助理，书面通信的开头也是"亲爱的萨利文"——他同意了。自从威廉斯堡的演讲开始，萨利文已经离经叛道了。但局长不能让他走人，在开除了一位"不忠诚的"特工杰克·肖之后，他已经不容易发火了。也不能把他降级或调动工作。在调查局发言人的名单上去掉萨利文的名字，已经由媒体进行了报道。（胡佛怀疑萨利文本人泄露了这个消息和其他的消息，尤其是出现在埃文斯和诺瓦克的专栏文章内的消息，包括最近一条特别让人烦恼的"垃圾信息"，其标题是"首都在玩新的猜谜游戏：谁会继任J.埃德加·胡佛？"）

　　在十多个外部敌人，包括国会、媒体和白宫阴谋小集团的围攻下，胡佛显然无须证明就知道联邦调查局内部的宫廷政变。

　　J.埃德加·胡佛是华盛顿的大官僚，他决定采用官僚主义的解决方法，那就是贬降萨利文（就像萨利文的晋升贬降了德洛克一样），限制他的权力，让他闭嘴，直至被迫退休。

七月一日，局长叫来马克·费尔特，告诉他说，他准备提升他去担任一个新的职位：局长特别助理。这个职位只是在副局长托尔森之下，是局长助理萨利文的直接上司。虽然胡佛强调，"留用萨利文"是这项任命的主要原因，但费尔特明白这是第二个原因。尽管没有提及副局长的健康状况，但需要有人来接替托尔森的工作。

他能管得住萨利文吗？局长问道。

虽然是威廉·萨利文不顾约翰·莫尔的强烈反对，说服局长把费尔特提升为调查部的负责人，但马克·费尔特知道自己应该忠于谁。他肯定能够的，他回答说。

"仔细留意来自国内情报部门的所有信息。"[3]胡佛提醒说，不知道自己的警告有多少预见性。犹大的叛变只有几天的时间了。

继费尔特的任命之后，萨利文的住宅电话被搭线窃听了，他的一位女秘书也被"策反"了。① 这种事情多年来比尔·萨利文干得太多了，他不会不知道。

威廉·萨利文与司法部国内安全司负责人罗伯特·马迪安的频繁见面，也引起了注意。就在一个月之前，联邦调查局高层会议提醒调查局官员，与马迪安打交道要"非常小心"。[5]胡佛甚至直截了当地告诉萨利文，警告他远离"那个讨厌的亚美尼亚犹太人"。[6]但萨利文忽视了这个告令，就像他经常忽视其他告令一样。

费尔特获得任命后不久，萨利文又去见马迪安了。他告诉司法部副部长，

---

① 萨利文后来回忆说："当然，调查局提供给双面间谍的假信息，我也经常提供给她，她忠实地反馈给了胡佛和托尔森。离开调查局之前，我忍不住告诉她说，她的活动我全都知道。她窘迫极了，最后她说，'我希望你们男人的事情不要把我们女人牵扯进来'。"[4]

为监控萨利文，很可能还使用了其他的技术。在至今依然没有解密的 J. 埃德加·胡佛"官方/绝密"档案中，有一份标号为 OC 第 142 号。该档案的标题是"特别邮件检查"，类型为"调查"，长度共有 5 页，监控的时间段是 1971 年 7 月 2 日—7 日期间，有两份备忘录："绝密信息，对……的安全监控"。虽然在绝密档案中删去了名字，但其长度很可能是 15 至 17 个字母。"威廉·萨利文"是符合的。日期也是符合的：7 月 2 日是马克·费尔特被任命后的第二天。

胡佛已经准备开除他了。但在此之前，他想交出去保存在自己办公室内的一些相当敏感的文件。

这是"渠道之外"的材料，萨利文解释说，来自搭线窃听。他担心胡佛会利用这样的材料去要挟总统让他留在联邦调查局局长的宝座上。胡佛过去也利用过这样的类似材料。

马迪安不知道基辛格的搭线窃听，但他知道这不是他能够处理得了的事情，他答应萨利文，在与司法部长谈话之后会回头找他的。①

获悉萨利文的评论之后，米切尔显然是打电话给了在圣克莱门蒂西白宫的总统，或者是总统的一位顾问，因为马迪安接到了来自那里的一个电话，要他立即去安德鲁斯空军基地赶上快递飞机飞赴加州。他在当天的七月十二日赶过去了，抵达后马上向总统做了简要汇报。

在回答的时候，尼克松要他返回华盛顿，从萨利文那里拿到那些材料并保管好，等待白宫的进一步指示。

第二天回到首都之后，马迪安联系了萨利文，稍后联系了在同一栋楼办公的查尔斯·布伦南。布伦南拿来了上面写有"W.S."② 字样的一只破烂的书包。马迪安把它放在柜子里藏了两天，然后他接到了一个电话，要他把东西交给白宫的基辛格博士和黑格上校。

当基辛格和黑格打开书包的时候，马迪安注意到里面"塞满了"文件。他没去做检查，但基辛格和黑格做了，而且非常仔细地把这些文件与萨利文提供的一份清单进行了核对。除了十七份搭线窃听的授权、总结材料、日志和相关的通信往来，还包括了一九六九年对约瑟夫·克拉夫特的监控文件。在一切都符合，他们都满意了后，马迪安带着书包去椭圆形办公室见霍尔德曼。霍尔德

---

① 马迪安与萨利文关于这次会谈的说法是不同的。马迪安说，萨利文要他亲手把这些材料交给总统，在得知要去与自己的上级司法部长米切尔讨论这事的时候，他感觉很不安。萨利文则说，他从来不想让这些材料离开司法部，他要马迪安把它们安全保管起来。假如他想把材料交给白宫，那他肯定要找基辛格或黑格。

当然，争议的焦点是，萨利文是不是想讨好总统，希望被任命为胡佛的接班人。

马迪安还说，萨利文告诉他："胡佛先生利用搭线窃听的信息去要挟美国的其他总统。"[7] 然而，萨利文则声称，马迪安传错了他的话："我从来没有说过'总统'这个词语。"他说的是，胡佛利用搭线窃听的信息去要挟"其他人"，不是"其他总统"。萨利文补充说，"胡佛没有要挟过总统，他控制过他们"——一个很有趣的区别。[8]

② 威廉·萨利文姓名的英文缩写。——译注

曼也核对了材料与清单。① 霍尔德曼检查完之后，马迪安把材料交给了埃利希曼或总统本人（他后来拒绝指认到底是谁）。不管怎么说，最后是埃利希曼收下了这些东西，放进了他自己办公室一个有两只抽屉的组合锁柜子里。

J. 埃德加·胡佛不知道的是，他的部分保险已经失效了。

在联邦调查局总部提包作业后不久的一天早上——具体日期不详，但可能是一九七一年七月的某一天——马迪安打电话给萨利文，要求他来他的办公室。

这时候是上午九点四十五分，司法部副部长指着墙上的挂钟，对局长助理说："十点钟，我们与胡佛的问题就可以解决了。套在我们脖子上的枷锁即将卸去。总统已经要求胡佛十点钟去白宫见他，他会要求胡佛辞职。"

萨利文的反应，据他后来的回忆，却相当简单："我很高兴。"

然而，如果说萨利文期待自己能被命名为胡佛的接班人，那么这样的希望是短暂的。马迪安还通知他说，他们已经有了"一个人，准备接班"。②[9]

萨利文回到自己的办公室，去准备等待已久的宣告。但当下午马迪安打电话过来的时候，他感觉事情出错了。萨利文不相信电话，他直接去了马迪安的办公室。司法部副部长气得脸色铁青。"他奶奶的，"他咒骂说，"尼克松胆怯了。他把胡佛叫到自己的办公室，他知道应该说什么，但他临阵畏缩。他说不出口。"[11]

萨利文后来读到了局长关于这次会面的备忘录，他得出结论认为，一进入椭圆形办公室，胡佛就一直在说话，没有停下来过。"是他通常说的那些事情，关于约翰·迪林杰和'巴克妈妈'，以及几千个人物，他滔滔不绝地说着，最后尼克松结束了这次会面。"[12]

---

① 奇怪的是，当霍尔德曼做检查的时候——基辛格和黑格已经检查过了——他发现少了两份总结报告。

② 有可能尼克松选择的胡佛接班人就是 L. 帕特里克·格雷三世。格雷已经在 1970 年 12 月被命名为司法部副部长。虽然是分管民事部门，但他显露了对联邦调查局日常工作的浓厚兴趣。早在 1971 年 1 月，他和胡佛就已经发生过冲突。

这事引起了总统的关注，他要求约翰·埃利希曼告诉格雷，要"尊重"胡佛，告诉胡佛，"帕特是总统的朋友"。根据埃利希曼关于这次谈话的记录，尼克松还评论说："胡佛是个问题。下次搞民调的时候，让霍尔德曼做一份关于胡佛的赞成/不赞成调查报告。"[10]

显然是"赞成"获胜了，因为尼克松等到了 7 月份才打算炒掉胡佛。

萨利文返回自己的办公室，开始考虑自己的选择。他没有多少选择，实际上只有一个。

因为胡佛不会离职，所以他必须走。但他认为他不能悄悄地走掉："我走的时候要闹出点响动来。"[13]

一九七一年七月十九日，J. 埃德加·胡佛签署了一份新的遗嘱，见证人是他办公室的两个女人：艾尔玛·D. 梅特卡夫（海伦·甘迪的秘书）和埃德娜·霍姆斯（局长办公室主任）。

虽然也有一些少量的特别遗赠，他的房地产大头是要给克莱德·托尔森的，托尔森也被任命为他的遗嘱执行人。"如果克莱德·托尔森死在我之前，或者与我同时死去"，胡佛说，该房地产就平均分为两份，一份给美国男童群益会，另一份给达蒙·鲁尼恩癌症研究基金会。

由于之前的遗嘱推定已经销毁——要么是现在或者是在局长死后——所以不知道有什么改变，或者是不是同样诡谲，为什么他选择在这个时候安排好自己的后事。

在被招募为"白宫管道工"之后，G. 戈登·利迪接受的第一批任务之中，有一个是督促联邦调查局对埃尔斯伯格案子的调查进度。

利迪干这工作是最拿手的，因为他是前特工（一九五七年至一九六二年），当过卡撒·"德克"·德洛克的门生（由此应该知道套路），而且是进取心很强的那种人。老特工们对利迪印象最深的是两件事：对女朋友开展了联邦调查局的检查，然后才娶她为妻；在密苏里州堪萨斯城开展提包作业的时候被当地警察抓住了。调查局流传的闲话说，只是给当地的警长、前特工克拉伦斯·M. 凯利打了一个电话之后，他就被释放了。

通过马迪安，利迪能够搞定司法部的访客登记要求，由此应该不会让胡佛知道他的来访。与某些前同事重新建立联系之后，利迪获悉，自他离开之后，调查局已经变了。他被告知，"能发挥个人积极性的过去美好时光"已经消逝了。"我收到的关于埃尔斯伯格的案情调查，内容很少，"利迪向白宫报告说，"我听说，胡佛……没把调查放在心上。而且胡佛身体和精神都不好，是自然衰老的结果。有一位政府雇员的妻子是护士，听说她在为胡佛注射某种针剂，使他保持精力。"① 利迪获悉，局长与萨利文的争斗，已经把国内情报部害惨了，"造成了人们必须选择站队，或者害怕站错队而引起的后果。情况变得越来越糟糕。"

八月二日，利迪与萨利文谈话了，在利迪看来，萨利文似乎"对自己的处境感到很不安全，几乎很害怕。他给人的印象是，一个人自认为已经在工作中尽到了最大的努力，但受到了上面和下面的夹击"。由于萨利文负责联邦调查局的日常调查工作，所以整个组织都受到了影响。

根据萨利文的提议，利迪与布伦南一起吃了个午饭。布伦南介绍了直接负责埃尔斯伯格案子的两个人，科长沃纳尔和调查局监督员瓦戈纳。瓦戈纳显得渴望合作，但沃纳尔则不然。利迪怀疑沃纳尔是"鱼雷"（调查局的术语，意思是向领导打小报告的人）。当利迪要求关于埃尔斯伯格案子的调查档案的时候，沃纳尔说要与胡佛澄清一下。"他还说，"利迪在发给白宫的报告中陈述，"联邦调查局的政策是，其他情报机关的安全泄露问题是他们自己的问题，不是联邦

---

① 许多人怀疑，根据胡佛的行为特性，他每天的注射液中不单单是维生素。有一次，联邦调查局局长在上午9点钟接受注射后，他的心情变好了，精力旺盛得几乎发狂，中饭后又不行了，常常要午睡到下班回家的时间。助手们知道，去找他的最佳时间是在上午9点到12点之间。

在肯尼迪当政时期，麦克斯·雅各布森大夫是总统夫妇的家庭医生，他不但每星期来白宫三四次，而且常常伴随肯尼迪家庭旅行。就像菲尔古德大夫照顾名人患者——包括温斯顿·丘吉尔、塞西尔·德米勒、朱迪·嘉兰、玛琳·黛德丽、田纳西·威廉斯、杜鲁门·卡波特和其他几十位名人，以及当时名气不大的朱迪思·坎贝尔——雅各布森也是这个时期的一位大夫，认为开出大剂量的安非他明（也叫苯基丙，是一种兴奋剂——译注），不管是口服的还是注射的，都没什么危险。

胡佛虽然很担心自己的健康，而且还悄悄地在纽约和华盛顿咨询过"几十位"医生，但他显然没有联系过雅各布森（即使联邦调查局存有关于这位医生的详细档案材料）。在为自己的专著《一个名叫杰姬的女人》（杰姬是杰奎琳的昵称，这里指的是肯尼迪总统的夫人杰奎琳·肯尼迪——译注）做研究的时候，C.戴维·海曼查验了已故的雅各布森大夫的医疗记录，以及他写的还没有出版的回忆录，上面都没有胡佛的名字。但胡佛肯定知道总统的"治疗"情况，甚至还有确切的处方，因为在1961年，司法部长罗伯特·肯尼迪关心自己哥哥的身体健康，但又不相信雅各布森，他把雅各布森的5个小瓶子药物交给联邦调查局实验室去做分析化验。检验报告揭露了大量的安非他明，以及类固醇和多种维生素成分。因此胡佛有了配方，很容易就能够找到一个愿意开这种处方的医生。至于他是不是那样做了，很可能是永远无从知道的，因为胡佛的护士瓦莱丽·斯图尔特，即一位前特工的妻子，以及他的私人医生罗伯特·乔伊瑟大夫，都谢绝了采访，声称这是医疗秘密。

当罗伯特·肯尼迪把联邦调查局实验室的分析结果告诉总统的时候，约翰·F.肯尼迪据说是这样评论的："即使是马尿我也不介意，只要有疗效。"[14]

调查局要去清理的。"

这话是白宫不想听的。

利迪报告的流转范围超出了他的预期，甚至流回到了司法部的马迪安和米切尔那里。因为议论了司法部与胡佛之间的冲突，司法部长对萨利文和布伦南很不满意。"这个问题是大家都知道的，还引起了美国总统的关注，"他告诉他们两人，"你们不需要与利迪谈及。"[15]

在白宫，这份备忘录给利迪的上级扬格、克罗赫和埃利希曼留下了深刻的印象，以至于两个月后他接受了敏感的任务——准备一份清单，列上总统如何与 J. 埃德加·胡佛打交道这个问题的一些方案。

但在此之前，利迪还有更加要紧的事情需要处理，诸如非法闯入埃尔斯伯格心理医生的办公室。

由于不能信任其他人，萨利文在一个星期六的上午来到办公室，坐下来自己打印信函。

"亲爱的胡佛先生：

"我很遗憾不得不写这封信……"

对于比尔·萨利文的评价，是很不相同的。拉姆齐·克拉克认为他是"一个坚强的人，会告诉你冷酷的事实"。[16]路·尼科尔斯知道，萨利文是调查局对付共产党的专家（关于这个议题，他帮助局长撰写了一些专著并起草过局长的发言稿），他认为萨利文入错行了："比尔本应该去耶稣会修道院当个教士。"[17]由于从来没人公开反对过局长，有人认为他疯了，至少是患上了妄想症。但还有一个不管是朋友或是敌人的经常性的评论。比如朋友艾伦·贝尔蒙特，也当过第三把手这个敏感的职位，他评论说："萨利文个性很强，他是忠于局长的。"[18]

再也不会了。他现在认为，他的忠诚是归于调查局的。这不是同一个忠诚，也不是相同的，萨利文最后得出结论，再也不会了。在信中，萨利文努力去区分"连体双胞胎"。

这是一封满含悲痛的个人书信，不是供存档的。信中描述了萨利文所经历的痛苦和愤怒，尤其是局长对手下为他卖命苦干者的麻木不仁。信中回顾了他与胡佛之间的分歧，以及他们曾经和谐地工作的时光。信件的最后结论是：

"我在这里说的一切，并不是为了激怒你，但很可能会起到这个作用。我以这种直截了当的毫无策略的方法努力要你理解的是，你今年的一些决策是不好的；你应该很好地冷静地和公正地总结一下你的想法和政策等。你不会相信，但事实是，我不想看到你在这么多年来树立起来的声誉，毁于你自己的决定和行动。当你选择退休的时候，我希望你能够带着大家公认的荣誉离开。我不想看到我为之高兴地服务了三十年的这个联邦调查局组织……会四分五裂或受到任何形式的玷污……

"之前我已经说过，这封信很可能会激怒你。在你愤怒的时候，你会采取一些极端的举动。你在联邦调查局拥有绝对的权力（我希望某一天来接替你的人不会拥有绝对的权力，因为人非圣贤，不可拥有这样的权力，也不能在每一件事情上行使好这样的权力）。因为你有绝对的权力，你可以炒掉我，或者撤掉我……或者调走我，或者用其他方式来发泄你对我的不满。一切都悉听尊便。我喜欢联邦调查局，但某些事情会影响到你和这个调查局，我已经把我的想法告诉了你，你是知道的，我一直愿意承担自己的思想和行动所带来的后果。

"威廉·C.萨利文敬上。"[19]

三天后，局长把萨利文召到了自己的办公室。他们争论了两个半小时，结果什么也没谈成。九月三日，胡佛写信给"萨利文先生"——这样的称呼表明他已经失宠——要求他递交退休申请书，在休完累积的假期之后立即生效。萨利文去休假了，但要求的申请书则没有了下文。

九月三十日他们又见面了，这是最后的一次，而且又吵了起来。

"自从我担任联邦调查局局长以来，我还从来没有收到过这样的书信，而且此前也从来没人对我这样说过话。"

"假如以前有人这样对你说过话，"萨利文回答说，"现在我就用不着这样说了。这些事情我早就应该告诉你的。"

胡佛反驳说："我一直在为我们之间的这场论战进行着祈祷。"

骗子，萨利文想这么说，但忍住了没说。反之，他告诉局长说他依靠恐吓统治着调查局，而他萨利文再也不会屈服于恐吓了。

"在我听来，显然你是不信任我的领导地位。"局长喊道。

"没错，"萨利文回答说，"再清楚不过了。"

"你已经不再信任我的管理了。"

"没错。我认为如果你退休，你是为这个国家做了一件大好事。"

"可我不想退休呢。"胡佛咕哝着说。

局长的声音现在变成了自我怜悯的呜咽："我绝对想不到你会背叛我——你也会成为犹大。"

"我不是犹大，胡佛先生，"萨利文反驳说，"你当然也不是耶稣基督。"

胡佛最后说："我已经把这事与司法部长米切尔商量了，他同意我的意见，你必须走人。我还与尼克松总统讨论了这事，他也同意了。"[20]

萨利文顾不上道别，转身走出去，回到自己的办公室继续收拾个人物品。第二天十月一日上午，萨利文来上班的时候，发现办公室门上的姓名指示牌已被撤下，门锁也更换了。

这几乎肯定是胡佛后来才想到的，又是年纪衰老和记忆衰退的严重迹象。

直到十月一日上午，国内情报部新上任的负责人 E. S. 米勒才去搜查萨利文的办公室，在没有找到他要找的东西之后，又去国内情报部的档案柜和其他安全区域寻找，但同样没有收获。

基辛格的搭线窃听材料，属于联邦调查局的绝密资料。在调查局内部，只有局长、萨利文和实施搭线窃听的那些人知道这种资料的存在。即便是米勒起初也不知道"萨利文先生为局长保管的极为敏感材料"都有些什么内容。[21]

但在米勒获知之后，他很快就认识到了其重要性。他向亚历克斯·罗森报告说："不言而喻，这份窃听材料泄露出去后，会给调查局造成极大的难堪，对尼克松政府会是一个政治灾难。材料文本可被用来进行政治要挟，并造成尼克松、米切尔和政府其他人的毁灭。"[22]

一整天，总部人员纷纷来萨利文办公室窥视，想看看流言蜚语是否当真。确实如此。只有一个例外，萨利文的办公桌一直都是联邦调查局最凌乱的，现在则是干干净净的。萨利文唯一留下的物品，是由局长本人签字的一张照片。①

作为先锋，《华盛顿邮报》在第二天刊登了这个故事："与胡佛产生政策分歧，联邦调查局高官被逐"。威廉·萨利文履行了自己的诺言，他没有悄悄地走

---

① 在搜查布伦南办公室的时候，米勒发现了6个文件柜，标有"萨利文个人用品"的记号。根据马克·费尔特的说法，柜子里"塞满了联邦调查局绝密的研究资料"[23]。在他的《联邦调查局金字塔》一书中，费尔特给出的印象是，假如他没有采取快速行动更换门锁，萨利文很可能也会拿走这些材料。萨利文对费尔特的回应是典型的："马克·费尔特在说谎。"[24]

掉。联邦调查局关于萨利文是"自愿退休"的官方声明，很快就被揭穿了。虽然没有直接引用，但显然是萨利文自己在说话。

他还在写另一封信，如有必要，这封信是适合存档的。

虽然联邦调查局吹嘘自己具有强大的调查能力，但它没能发现基辛格搭线窃听材料失踪的线索。后来马克·费尔特打电话给威廉·萨利文，询问这些东西在哪里。萨利文告诉费尔特，他把它们交给了司法部的罗伯特·马迪安。这话，不由得让人怀疑，是带有几分得意的。

马迪安则声称，他已经销毁了这些记录。

尽管这个电话不好打，但局长还是在十月二日打电话给司法部长，通知他说，之前由威廉·萨利文保管的"特别监控"材料已经失踪了。

米切尔告诉胡佛，用不着为难自己了，材料是在白宫。但现在轮到埃利希曼了，他声称那些记录已经被销毁了。

胡佛不知道该相信谁。但这并不要紧。要紧的是，现在他已经失去了这些东西。

虽然渴望能够实际占有这些材料，但在胡佛看来，也并不是绝对需要。如果他威胁要把搭线窃听材料公之于众，从而要挟尼克松保留他的局长职位，那么他需要的只是基本事实：谁遭到了搭线窃听、何时开始和时间长度、是谁要求和授权的。具体窃听的内容真的不是很重要。根据胡佛的指示，一个调查小组接受了构建搭线窃听历史的任务。但很快就遇到了问题：对身份和日期知道得最清楚的人，是切斯皮克和波托马克电话公司的霍勒斯·汉普顿；然而，由于凯斯勒文章的发表，再去联系他是不合适的。于是转而对贝尔特和那些实际参加了监听和记录的人员进行了访谈，他们能够回忆起大部分的名字和大概的日期。但与基辛格和黑格会面的时候，只有萨利文在场。而且——因为胡佛的坚持——没有能够把那些材料与白宫扯上关系的书面要求文本，或者更重要的是，也没有司法部长米切尔的签字授权书。

胡佛也不能虚张声势。因为萨利文知道没有副本，白宫很可能进行了复制。在最后分析的时候，这将是 J. 埃德加·胡佛对阵约翰·米切尔。但如果到了那个地步，他已经输了这场战斗。

就基辛格的搭线窃听来说，胡佛是下了一局和棋。但这些并不是他可以用来对抗尼克松的唯一档案。

十月六日，在萨利文写完了他的最后一封信之后，他把信寄到了局长的家里，而不是联邦调查局总部。他解释说："你应该知道，现在调查局大嘴巴太多了，如果这封信被看到，是会引起闲言碎语的，我肯定这是我们都想避免的。"

"我已经多次告诉你，我认为联邦调查局哪些做得好做得对，"他说，"但现在我开始感觉我的那些想法是错误的……"

这封信有十二张纸，分成了二十七个部分，每个部分都有一个或多个令人窘迫的新闻故事，比如有些标题是：约瑟夫·麦卡锡参议员和你自己，联邦调查局与黑人，联邦调查局与犹太申请人，你的专著《骗术大师》，在你家的义务劳动，隐藏真相，联邦调查局与中央情报局，联邦调查局与黑社会，我们的战略，敏感材料的泄露，胡佛的传说和神话，以及最后的联邦调查局与政治。

首都的记者都会千方百计抓住机会引用几段话："我最初的记忆是泄露你所憎恨的埃莉诺·罗斯福夫人的信息……你清楚地知道，我们避免雇佣犹太人特工。你总是在前方安排一名犹太人特工，去让人们看。多年前，我听说是内森先生。在我的时期，是艾尔·罗森……当你与麦卡锡参议员和他的不负责任的反共战役混在一起的时候，我们调查局好多人都受到了干扰。你让我们定期为他准备材料，一直向他提供情报，而你自己却公开否认我们在帮助他。而且你还与其他人做过同样的事情……我们都知道（我们的统计数字）既不是明确的，也不是完全可靠的……切断与中情局的直接联系是不合理的……你也明白，我手下的一些人几个月来一直在为你写作（《骗术大师》一书）。只是近来我才获悉，你私吞了几千美元，托尔森也分享了……我认为，我们以安全名义开展的调查实在是太多了，其实这都是政治性质的。在约翰逊当政时期……"

虽然种类很多，但萨利文的信函很有选择性。信中没有提及基辛格的搭线窃听，或者是联邦调查局为尼克松政府开展的其他特别行动（虽然提及了之前的民主党政府）。没有说到任何搭线窃听、话筒窃听或提包作业；联邦调查局在暗杀约翰·F.肯尼迪总统调查中的无能；打击小马丁·路德·金的计划；或者是反情报项目——在所有这些活动中，威廉·萨利文都表现得十分出色。

萨利文的信件是部分吓唬，部分要挟。胡佛的问题是要判断各部分的分量。这些事情我是知道的，萨利文似乎会这样说，如果你不对联邦调查局实施"改革、重组或现代化管理"——或者辞职——我就会把这些事情公开。在最后的一段，这样的威胁是很明显的：

"胡佛先生，如果因为你自己的原因，你不能或不愿实施（调查局的改革），那么我建议你还是退休吧，这是为你自己着想，也是为调查局、为情报界和为执法机关着想……因为如果你不能按照以上的建议去做，那么你真的应该退休，带上属于你的这么多年来为政府做贡献的认可。"[25]

去掉客套之后。这封信与威廉·萨利文在七年前匿名写过的另一封信相似：

"金，你只有一个选择。你知道是什么。你只有三十四天的时间了……你只有一条出路。你最好是选择这条路，否则你那肮脏的、变态的欺骗行为就会暴露在全国人民面前。"

胡佛没有答复这封信。但当时他也没把它拿给米切尔或尼克松看。

为证实萨利文没在吹牛，就在他寄出信件四天之后，《纽约时报》在头版刊登了头条故事，其标题是：

据说联邦调查局已经切断
与中央情报局的直接联系

一年半前胡佛参与争吵
导致情报官员对反间谍事宜的关注

当局长在佛罗里达州代托纳比奇下飞机的时候，他看上去一脸的衰老和疲惫。在从舷梯走下来的时候，他步履蹒跚，要不是有人及时扶住他的胳膊，他是会摔倒的。

前来迎接的人群中，有一位前助手。他观察到，胡佛看上去因年老身子缩小了。他脸色苍白、离群孤僻、焦虑不安，他的双手一直在动。"他要么是在绞动，要么是在拍击——他以前不是这样的。"[26]

他被直接送到了殡仪馆。他的老友和曾经的密友弗兰克·鲍曼死于癌症。

退休后，鲍曼沉迷于饮酒。酗酒是许多前特工的普遍问题。以前鲍曼对他们的生活管得很严，他们很少有时间与家人团聚，也很少有其他的爱好。现在退休了，他们感觉独立了、自由了。虽然作为弹道学专家，鲍曼偶尔去法庭为刑事案件的审理作证，但大多数的活动和友情是关于过去的事情。每个月最开心的事情，是前联邦特工协会的闲言刊物《小道消息》的送达。有时候，老同事去世的讣告占据了六页之多。

只有少量的人参加了这次追悼会，其中只有两名前特工。原因是鲍曼生前朋友不多，因为他不喜欢与人打交道。他曾经十分健谈——他的轶事在添加了埃德加的辛辣语言之后是很合适的——现在变得唠唠叨叨，老是在念叨，例如，他感到非常自豪，因为局长参加了他的婚礼。多年来，他对局长的态度已经钙化为几近偶像般的崇拜。局长寄来的圣诞贺卡，几乎是他们之间唯一的联系，节后会在壁炉架上摆放好几个月。然而那么多次的佛罗里达之行，胡佛从来没去看望过他。

在遗体告别仪式上，曾经脸色红润、精力充沛、肚子浑圆的鲍曼——他在发福之前已经退休——因为癌症的折磨已经瘦得皮包骨头。局长只在敞开的棺材前停留了片刻。不管心里在想什么，他都没有说出来。"他看上去，"前助手注意到，"与他每次出现在公众面前一样：焦虑不安、屈尊俯就，好像他是勉强来这里似的。不，没有感情的流露。我从来没听说过他真正在乎什么事或什么人，也许除了他的狗之外。他是一个很冷漠的人。"[27]

胡佛后来向埃德·塔姆提及了这次仪式。他惊奇地获悉了一件事情，胡佛说。他们之间互相了解多年，弗兰克·鲍曼欺骗过他：他的实际年龄比他自己说的要小。他为参军而谎报年龄，甚至为加入调查局也说谎了。胡佛对此深感震惊。这是他对死亡朋友的唯一已知评论。

联邦调查局局长 J. 埃德加·胡佛的命运，现在掌握在他的一位前特工的手中。早在一九七一年十月的时候，埃吉尔·"小年轻"·克罗赫打电话给 G. 戈登·利迪。总统想听听如何对待胡佛的意见，他告诉他。利迪马上着手工作，准备了一份各种方案的菜单。

由于已经"确定"胡佛必须走人，所以第一个问题就是时间。有好几个意见反对等到一九七二年，利迪在自己的备忘录中写道。贝里根案和埃尔斯伯格案的审理都安排在那个时候；撵走胡佛有可能影响这些案子的结果。更为逼人的是，一九七二年是大选年，"渴望闹点事情的"民主党人有可能指望在参议院确认胡佛接班人的听证会上挖掘点东西出来，从而指责"不负责任"。那就只有一九七一年剩下的几个月时间。

利迪然后引证了"反对立即赶走的争议"。他看到这样的意见寥寥无几。第一，"胡佛会抗议，会威胁总统。我不知道威胁的性质，因此不能对风险加以评论"。[①] 第二是政治影响："赶走胡佛将使总统难以获得左翼的选票。"利迪看到了这个现实问题。"左翼反对尼克松的倾向，是发自内心的，不是理性的。此外，如果有些右翼人士难以接受局长接班人的话，他们也会疏远。"利迪然后讨论了选择一个左翼和右翼都可接受的接班人的问题。

毫无疑问，利迪本人倾向于马上让胡佛开路。他列出了九个"理由"：

"一、萨利文，可能还有其他人，在向媒体谈论。信息是准确的、大量的和具有损害性的。我认为，我们必须假定还会有真正损害性的信息泄露……

"二、如果胡佛立即走人，联邦调查局内部不会出现乱子。大多数特工是会认可的。几个老朋友，诸如克莱德·托尔森那样的人，可望生着气辞职……

"三、立即走人可保证总统任命联邦调查局下一任局长，其重要性类似于最高法院的任命。

"四、在未来的贝里根和埃尔斯伯格案审理时，胡佛的任职问题已经冷却了。

"五、问题现在尽快结束，就可以为一九七二年的大选战役了却了一件潜在的事情。

"六、现在按兵不动，加上继续泄露信息给媒体，有可能导致对总统的指责，说他是知道，或者应该知道联邦调查局的腐败问题，但由于关注竞选连任而没有采取行动。

"七、从短期看，迅速清除能够增强总统的形象，说明他是一位雷厉风行的总统，由此挫败那些批评他的人。

"八、从长期看，这个行动相当于杜鲁门总统在处理道格拉斯·麦克阿瑟案子时的坚强决心，当时是不得人心的，但现在认为是他的政绩。

"九、根据我的判断，我们国家已经做好了这样改变的准备。"

现在是最棘手部分了，即"方法"。利迪只能设想三个可能性：

"一、最理想的，是让胡佛要求总统找一个接班人，按照他的判断，因为'未找到'人选（对他）的打击，在总体上是损害国家利益的，尤其是他所敬

---

① 马迪安把偷听到的联邦调查局局长胡佛与司法部副部长克兰丁斯特之间的谈话，告诉了利迪。

爱的联邦调查局。这也许可以通过米切尔－胡佛的谈话去达成。

"二、第二个友好解决方法，是让总统亲自向胡佛表达上述的意见。这样的话，如果事情处理得体，他可能会很好配合的。

"三、总统直截了当地宣布，自一九七二年一月一日起，他不会顶着法律的强制退休规定，再为胡佛先生谋求延长工作一年。他声称根据理智，他和这个国家都无权过多地去指望一个人，他希望现在宣布他要选定的接班人，这样在交接的时候就不会产生党派政治斗争了。"

具有讽刺意味的是，利迪选择了他在联邦调查局学到的一招来对付胡佛。他的备忘录模仿的是《联邦调查局手册》的套路，而且是约翰·埃德加·胡佛争论年代的遗留物：争议、赞成和反对，评论，建议。

利迪只用了最后的两条：

"评论：胡佛已经在司法部工作了五十五年。而他的秘书生涯则可追溯到第一次世界大战时期。要求这样的一个人卸下工作重担，是没有明示或暗示的不光彩可言的。

"建议：在权衡了上述之后，我相信，为国家为总统为联邦调查局和为胡佛先生着想，局长应该在一九七一年底之前退休。"[28]

利迪的建议几乎立即引起了反响。克罗赫第一个打来了电话："总统说，这是他多年来看到过的最好的备忘录，要求用作如何给总统写备忘录的样板。"埃利希曼接着来电话说："戈登，我认为应该让你知道，你写的关于胡佛的备忘录，大家的反馈意见都是'A＋'的评分。干得好。"①[29]

G.戈登·利迪的备忘录——标题：联邦调查局的局长职位——日期是一九七一年十月二十二日。J.埃德加·胡佛通过其在白宫的某个联系人，有可能看到过早期的备忘录草稿。或者他已经感知到了有什么事情要发生——华盛顿的人事变动风声都是令人敏感的，虽然联邦调查局局长对在其他地区刮起的风暴通常是无动于衷的——因为在一九七一年十月二十日，胡佛开始执行在他将近

---

① 虽然尼克松认为利迪的备忘录"相当精辟"，但米切尔并不这么看待。诚如他向总统指出的，尽管最近对联邦调查局局长有一些批评，但胡佛依然"在全国和国会中受到广泛的支持。对千百万美国人来说，J.埃德加·胡佛依然是民族英雄"。替代他的努力——尤其是如果涉及公开的对抗——有可能损害到他个人，米切尔忠告尼克松，"还有可能使得本届政府变得不受欢迎"。[30]

半个世纪的局长生涯中最艰难的任务：他开始销毁他的绝密档案。

理查德·尼克松勉强接受了利迪的第二方案，因为约翰·米切尔拒绝执行第一方案，即建议他去说服胡佛辞职。毕竟，联邦调查局局长是为他工作的，总统争论说。但司法部长反驳说："总统先生，你我都知道，在对待这个问题的时候，除了美国总统，埃德加·胡佛听不进任何人的话。"[31]

在埃利希曼和米切尔的帮助下，总统对于对抗也失去了信心。他绝对不会抛弃"一个忠心耿耿的老朋友，只是因为他受到了围攻"，尼克松写道，但他也很烦恼，"胡佛越来越古怪的行为，显示了与联邦调查局士气格格不入的迹象"。他承认说，还有一个政治方面的考虑："我不能确信，我是否能够获得竞选连任的成功。我知道在一个带有政治动机的反对党手中，联邦调查局会发生什么事情。我们不能给民主党任命一名新局长的机会，因为那样的局长肯定会执行他们的嘱咐，在未来的四年或八年时间里反对共和党。"[32]

他们安排了一次早餐见面会。总统把它当成高峰会议一样做了准备工作。方案是要总统对胡佛大加赞扬，回忆他们的长久友谊，然后用外交辞令提议联邦调查局局长在事业的高峰期，带着荣耀现在退休。

这样的方案写在纸面上读起来也许是不错的，但实际上是行不通的。

首先是胡佛来到的时候并不显得疲惫或窘迫或遭到了围攻，而是与尼克松以往见到他时一样敏捷、决断和健谈。显然在总统看来，联邦调查局局长"试图证明，尽管年纪很大，但他依然身体健壮、智力正常、干劲十足，可以继续工作"。

尼克松开始切入"话题"，用的是同情胡佛最近遭到批评的方法。"埃德加，你不能让这样的事情把你压垮，"他说，"林登告诉过我，没有你的忠告和协助，他是当不成总统的，我也同样尊重你，我们之间的感情可以追溯到几乎二十五年之前。"说完这些后，尼克松尽可能温和隐约地指出，接下去的形势只会变坏不会变好，如果他是在围攻之下，"而不是在全国公认的光环之中"结束自己的生涯，那就是悲剧了。

胡佛回答了，其用词与博格斯讲话之后他与克兰丁斯特的交谈极为相似。"最重要的是，我能够看到你在一九七二年再次当选。如果你觉得我留在调查局领导的位子上，会损害你竞选连任的机会，你就告诉我好了。就目前的围攻，以及计划之中的将来围攻而言，对我来说没什么区别。我认为，围攻越是猛烈，我就越是坚强。"

到这个时候，显然总统已经明白，联邦调查局局长是不会主动提出辞职的："只有在我的专门要求下，他才会递交辞呈。"明白这个之后，尼克松退却了："我不想那么做。个人的感情在我的决策中起到一定的作用，但同样重要的是我的结论，即胡佛在大选之前的辞职虽然能够解决一些政治问题，但也会引起更多的政治问题。"

这是尼克松－胡佛早餐会面的"官方"版本，在几年后这位前总统的回忆录里进行了细叙。然而，还有一个版本，是桑福德·昂加尔在调研他的专著《联邦调查局》的时候，从调查局各位官员那里听来的。根据这个说法，总统确实谈起了局长辞职的话题，"但胡佛立即进行了抵制，威胁并隐约提及了局长私人档案中关于尼克松的材料"。[33]

如果真相如此，"隐约提及"很可能是所有要做的事情，因为可以猜测，尼克松并不渴望胡佛把那些事情说清楚，他知道他的话是会被录音的。出于同样的理由，胡佛也不大可能会说得太明确。

时至今日，前总统理查德·尼克松通过各种法律花招和诉求，已经成功地把长达四千多个小时的录音稿保管起来了，没有公开过。他想炒掉J.埃德加·胡佛的一九七一年七月和十月的两次会面的录音稿，都被压下了。

联邦调查局局长再次离开了椭圆形办公室，他的地位似乎依然没有动摇。他不但没被炒掉，甚至还获得了总统的允许，可以扩展调查局的国外联络项目。

但没有举行庆祝。胡佛获得了暂时不动的待遇。他知道这就够了。胡佛现在生活在借用的时间之中。①

是在与尼克松的见面之后，J.埃德加·胡佛决定销毁他的大部分档案。

这个决定是一个月来不断的背叛和损失达到高峰的时候做出的。一九七一

---

① 总统想炒掉联邦调查局局长已经变成了常识，以致喜剧演员戴维·弗莱伊也在他的节目《超级明星理查德·尼克松》中对他们进行了讽刺。

尼克松总统："我想与你讨论一下退休的事情。"

J.埃德加·胡佛："哦，太可笑了。为什么呢，你还年轻啊？"

尼克松总统："不是我的退休，胡佛先生。我在坦率地谈论你的退休。"

J.埃德加·胡佛："哦，罗斯福先生。我不相信你的话。"[34]

年十月初，他的一个很信任的助手被开除了，然后是总统想让他辞职——即使对于比他年轻一半的人来说，这两个创伤也是相当严重的精神打击。

不但他的多年老朋友弗兰克·鲍曼上个月死了，他的更亲密的朋友沃尔特·温切尔，也被诊断出得了无法治愈的前列腺癌（这位著名的专栏作家死于次年的二月），而且他的常年伙伴克莱德·托尔森，也在慢慢地但无可救药地疏远他。

两个月前，托尔森在自己的公寓里因头晕摔倒，显然脑袋撞在了浴缸上。当司机发现他的时候，他已经是血流满面、晕晕乎乎，茫然不知所措。他已经不是第一次发生头晕或摔倒了，但这是他第一次被救护车送去医院：他的病情已经是众所周知了，虽然他的具体病症，突发性脑血管障碍或中风，是保密的。九月份托尔森出院后，胡佛让他住到了西北第三十街的 4936 号，以便让安妮·菲尔兹和詹姆斯·克劳福德照顾他。他太虚弱了，无法去参加鲍曼的追悼会。有时候，他依然无法保持几分钟的精力集中，还经常忘事、搞错日期和认错人。现在胡佛极需他的建议和支持，但他无法提供帮助。

胡佛没有人可以信任。背叛接二连三地发生了。

颇具讽刺意味的是，在历届总统中，不是罗斯福、杜鲁门、肯尼迪或约翰逊，而是理查德·米尔豪斯·尼克松对他翻脸了。而且尼克松甚至背叛了他们生涯中最基本的共同事业。几十年来，他们一直共同反对共产党威胁。但在七月份，一次简单的宣布，说总统已经接受邀请，要在一九七二年访问中华人民共和国，而且继中国之行后，总统甚至还计划访问苏联——避免触怒苏联人！萨利文宣称，美国共产党已经奄奄一息，加上总统的缓和政策，意味着他必须在讨论预算的时候找到一个新的威胁。

但在所有的背叛中，比尔·萨利文的背叛是最不祥的。虽然多年来相继有其他的高官的叛逃，包括两个塔姆、尼科尔斯、埃文斯、德洛克和贝尔蒙特，但只有萨利文违反沉默的规矩，谈论了联邦调查局的内部政策。即便是塔罗和珀维斯，虽然出版了自我吹嘘的书，但并没有泄露能让调查局或局长感到难堪的信息。

八月二十六日，在萨利文还是局长助理的时候，高层会议发布了一个决议，特别告诫高层官员，甚至包括分局，"绝对禁止与以下新闻媒体的代表会谈或回答问题：《华盛顿邮报》《纽约时报》《洛杉矶时报》、哥伦比亚广播公司和全国广播公司。"[35]

到目前为止，即在十月份的前三个星期，不同特性但显然来自萨利文的有关联邦调查局的信息，出现在上述的每一份报刊上，而且还出现在《生活杂志》《时代周刊》和《新闻周刊》上。迄今例外的只是两家广播公司。

故事更多的是令人难堪，而不是什么损失，但这并不能给人安慰。谁知道萨利文下一步会说什么呢？他的"坦诚的备忘录"包含了几十份令人害怕的线索——而且这些并不是萨利文所知道的最可怕的事情。

胡佛也没法相信任何人了。在获悉萨利文已经把基辛格搭线窃听的材料交给马迪安之后，他立即让费尔特去所有的局长助理办公室收集敏感的档案（"我有自己的一些吸引人的材料。"[36]约翰·莫尔后来承认说），安全地存放到局长的办公套房内。多年来，胡佛对下级频繁调动岗位，使得他们难以了解他的情况，也不让一个人在很长的时间里掌控大权。这一切都是游戏大师克莱德·托尔森安排的，同时也保护和孤立了局长。胡佛依然孤独——他现在完全是孤家寡人了——但也没有了保护。每个局长助理都有他们自己的日程，而且大多数人，如果不是全部的话，不管他们如何坚决否认，都在私下里觊觎着局长的宝座。在几乎半个世纪之后，最后只剩下了顶层房间的景观。甚至局长的司机詹姆斯·克劳福德也注意到了变化。他后来简单但逼真地描述说，在局长的晚年时期，"那里有许多人，但他们并不像以前那样害怕他。"[37]

这不单单是调查局内的真相。那种害怕——害怕 J. 埃德加·胡佛，以及害怕多年谣传的他的秘密档案——已经在国会失去了往日的效果，虽然田纳西州联邦众议员威廉·安德森最近遭到的严厉打击会改变少数几个人的看法。至于媒体，以前的时候，他可以做到向美国的各大报纸口述他要说的话。那样的时光已经过去了。没有人再会害怕自己的名字被列在"不可接触"的名单上。不像过去似乎人人自危那样。

但最大的背叛他是从来没有承认过的，甚至也没有采取过极端措施来进行掩饰。他的身体正在衰老。吃完中饭回来后，局长常常是在"开会"，直至应该下班回家的时间。只有他的直属下级知道——虽然其他人是有怀疑的——他经常一次午睡达到四个小时，或者在周末的时候需要护士来家里探访他，为他注射"维生素针剂"。（一个白衣女士进出胡佛家门的景象是如此使人震惊，以致即使她没穿白大褂，邻居们也能够马上猜到她的作用，虽然有一段时间，他们认为她是来照顾托尔森的。）那些亲近的人往往没有发现什么变化，但另一些有一段时间没看到他的人，则注意到了变化。《华盛顿星报》记者杰里迈亚·奥利里，曾经获得过调查局泄露的信息，但后来被列到可怕的"不可接触"的名单上。他观察到了胡佛下汽车的情景。即使观看也是很痛苦的。"我亲眼看见，他真的是行动迟缓了。"[38]——感觉很凄惨，因为他第一次遇见这位传奇的联邦调查局局长是在一九三九年，那时候他还是《星报》一个跑腿送稿件的小年轻。

虽然胡佛依然吹嘘他的身体健康报告，而且显然不是虚构的，① 但他与调查局本身一样，似乎正遭受着动脉硬化。他已经衰老疲惫了。长寿秘方都没有起到作用，灵丹妙药也一样。得感冒后，往往会历时好几个星期。

"在生命的最后十年间，局长发生了可怕的事情，"弗兰克·多纳写道，"这位长老已经到了暮年，行动鲁莽、残酷和任性，体现了他的'正常'独断专横行为的漫画形象，尤其是挑战他的权威的隐约批评，甚至是异议……这不单单是年老的过程，而是对死亡的恐惧，才导致局长的暮年疯狂。"[40]

多纳看到了胡佛害怕死亡的迹象，视角是从他没能培养一个接班人，他寻求灵丹妙药、防弹汽车，以及怕特工在尾随他的恐惧症。

但这还不是胡佛唯一害怕的。自一九二〇年代起，当他用"J"来替代"John"（约翰）的时候，他就害怕他的名字受到玷污；害怕他精心构筑起来的名声受到损害；害怕遭到取笑和窘迫（似乎源自他年轻时说话口吃的恐惧折磨）；害怕失去职位，并由此失去权势——如果他的档案落入了铁石心肠者的手中，这一切都是有可能发生的，甚至是很有可能发生的。

萨利文是他当前最大的恐惧，但梅迪亚文件的泄露紧随其后。只有身边的工作人员知道，宾州小镇的驻勤处遭窃使胡佛震惊到了何种地步。自从科普朗案子以来，联邦调查局局长自己的备忘录被用作了反对他的材料。似乎这些还不够，他甚至害怕过去的一个鬼魂：拉尔夫·H.范德曼少将——他早期的导师，也是美国情报界的元老。

---

① 1967 年，继 72 岁的联邦调查局局长访问斯克利普斯研究所之后，奥利里看到了据说是胡佛年度体检报告的一个副本。他后来报道说："体检报告显示，血压的数值是 50 岁的人所羡慕的。"[39]

继范德曼在一九五二年去世之后，他的遗孀把关于颠覆分子的大量档案交给了陆军方面，最终这些档案被送交到了马里兰州的霍拉伯特堡。在那里保管期间，各联邦机构，包括联邦调查局，都可以去使用，核查颠覆分子的名字。

一九七〇年秋天，陆军在对这些档案进行编目的时候，发现其中的索引，范德曼将军的全套线人名单和一些非常敏感的档案已经消失了，疑点是某个时候联邦调查局或许已经对这些档案进行了"摩根索的处理"。① 如此的话，特工们搞得毛手毛脚，留下了几百份显得有罪的文件，由此证明尽管司法部长哈伦·斯通在一九二五年发布了命令，但 J. 埃德加·胡佛从来没有停止过对美国公民个人生活和信仰的刺探。②

一九七一年初，参议员山姆·欧文的参议院宪法权利小组委员会，就陆军对公民的信息调查事宜举行了听证会。五角大楼的高官们清楚地知道，范德曼的档案具有政治轰动效应：陆军方面不但部分资助过这位前将军的私人调查网络，而且还自由地获得过该网络收集到的信息。为避免这些档案落入欧文的手中，五角大楼的一个委员会搞了一个巧妙的计谋。委员会把档案给了另一个参议院小组委员会，即由詹姆斯·O. 伊斯特兰领导的内部安全小组委员会，彼此达成的谅解是双方都会保守秘密。档案是在国防部副部长罗伯特·F. 弗洛海克要去欧文委员会作证的当天安排转移的，这样的话，如被问及，弗洛海克就可以说，陆军方面已经不再拥有范德曼的档案了。因此由于某种原因——很可能是欧文选择不去调查联邦调查局的同样原因——弗洛海克没被问及，因此，J. 埃德加·胡佛与范德曼的长期合作显然能够得以继续保密。

然而几个月后，《纽约时报》作者理查德·哈洛伦获悉了范德曼档案的存在。他还从协助档案编目的军方人员处得知，这些档案包含了联邦调查局的几百份绝密报告，表明已退休的将军根据需要，可以自由地从调查局获取他需要

---

① 源自二战时期美国财政部长小亨利·摩根索提出的消灭战后德国工业潜力的"摩根索计划"。——译注

② 与胡佛一样，范德曼的兴趣也是有选择的。将军的调查和信息交易对象包括了总统（富兰克林·D. 罗斯福、哈里·S. 杜鲁门）、联邦参议员（保罗·道格拉斯、韦恩·莫里斯）、联邦众议员（伊曼纽尔·塞勒、亚当·克莱顿·鲍威尔）、影星（琼·克劳馥、梅尔文·道格拉斯、海伦·海丝）、作家（约翰·斯坦贝克、赛珍珠）、工会和民权活动家，甚至还有诺贝尔奖获得者（莱纳斯·鲍林）。与胡佛一样，范德曼也把信息提供给搞政治迫害时期的联邦众议员理查德·尼克松、众议院非美活动委员会、加州的坦尼委员会，以及联邦参议员约瑟夫·麦卡锡。

的任何信息。① 而且这位范德曼与他的弟子J.埃德加·胡佛一样，热衷于收藏和存档。他甚至保留着自己的图书卡片，表示何时联邦调查局借用了，何时归档了。②

《纽约时报》在上个月，即一九七一年九月刊登了哈洛伦的报道。对胡佛来说，范德曼的档案，即使是安全地保管在他的盟友伊斯特兰参议员的手中，似乎也是一颗潜在的定时炸弹，同时也提醒了如果他自己的档案落入别人之手会发生什么事情。

每天上午，在局长来上班后不久，海伦·甘迪都会拿来一大沓档案，放到胡佛的办公桌上。只要时间允许，他会一份份过目。他在有些档案上做标记作为要销毁的，很可能标上了"D"的字样，因为那是调查局对文档处理的象征，表示要安排绞碎或烧毁。其他的他标上了"OC"的字样，要转移到"官方/绝密"档案中去。

这些特别档案，每一份都标有字母"PF"的记号，是来自局长的个人档案。海伦·甘迪后来作证说，这个档案是从她的三十五个抽屉里整理出来的，里面全是J.埃德加·胡佛在担任联邦调查局局长差不多半个世纪以来的私人通信往来，没有关于调查局的公事——"我很仔细，公事都没有放进这个私人档案里面。"[42]

但胡佛从私人档案转移到"官方/绝密"档案去的材料类型，是不符合这个声明的。第一批八个档案夹的标题有："联邦调查局与联邦经济情报局关于保护总统的协议""伊丽莎白·本特利——证词""黑包工作""小弗雷德·B.布莱克""弗雷德·布莱克（2#）""轰炸国会山""调查局记录设备"，以及"E.R.巴茨"。

起初，私人档案和"官方/绝密"档案很可能是根据它们的名称加以区别

---

① 胡佛与范德曼紧密合作的事实，可从将军不但获得了总结备忘录，而且还有这些备忘录出处的原始调查档案得以证明。

② 在被问及对哈洛伦报道有何评论的时候，联邦调查局发言人承认，调查局借用过范德曼的报告材料，但说这是"合适的"，因为"平民有义务把他认为也许有用的信息报告给调查局"。
　　然而，对联邦调查局那些绝密报告存在的辩解，需要如簧的巧舌来闪烁其词。报告"不可能直接来自调查局"，发言人解释说，因为联邦调查局"不会把信息透露给未经授权的人士"。[41]

的。但多年来，它们之间的界限变得模糊了，胡佛本人搞得联邦调查局事务和他的个人事务之间没什么区别了。

即使是严格意义上的个人通信，无疑也含有大量除了平淡无味的客套之外的内容，因为联邦调查局长也像调查敌人那样，在彻底调查他的朋友、同事和支持者。（有些档案很厚，根据一位前助手的说法，是关于诸如克林特·默奇森、罗伊·科恩和默文·勒鲁瓦那样的朋友的"大量负面材料"[43]，他还补充说，"胡佛不相信会有很清白的人"。[44]）还包括了胡佛愿意对一些人的善意给予锦上添花的特别考虑。

马克·费尔特是胡佛的守护神，根据他的说法，除了"与权势显赫的政府高官之间的大量个人通信往来……胡佛的个人档案还包括了信件，有些是相当谄媚肉麻的，来自调查局的各级官员，他们试图逃离胡佛的狼窝，或者是想讨好他。毫无疑问，有些通信中包含了关于这个世界上大型警察机构的内部闲言碎语，写信的官员认为也许会让胡佛感兴趣或高兴"。[45] 虽然费尔特没有使用禁语，但上述信件很可能包括了几百份报告，都是来自胡佛的"潜艇"，即调查局内部和政府机构的巨大的线人网络。

胡佛的其他前助手相信，"个人档案"还包含了更多的邪恶材料，诸如胡佛纵容并未经报告或批评的罪行证据，有些是特工干的，其他的是朋友或同事干的，包括一次耸人听闻的"未解决"的谋杀，涉及了联邦调查局局长在国会的一位支持者。

J. 埃德加·胡佛现在选择要检查和销毁的，就是他的"个人档案"中的这些卷宗和材料。

这肯定是一项艰巨的甚至是痛苦的任务。联邦调查局局长把自己关在办公室内，逐页翻阅这档案。他经常被指责喜欢生活在过去，现在他被迫重现自己的过去生涯。但以一种奇特的方式。不是按照事情发生的先后顺序，而是按照字母顺序——颇具讽刺意味的是，在目前的情况下，这位前图书管理员无疑是不喜欢干这事的。

每一个卷宗都有一个双向选择的问题：这还有用吗？如果落入敌人之手，会不会构成危险？

每做一次选择，胡佛都必须面对他已经不在联邦调查局局长职位上的可能性——甚至可能是他自己已经死去的更深层面。

就像贪污腐败的银行行长担心外出度假期间，他的记录会使他露馅一样，胡佛现在发现自己是个囚徒，是他自己档案的最大受害人。他的最大的敌人，不是威廉·"野比尔"·多诺万，不是三个犹大，也不是其他对手，而是这些档案。胡佛已经中了他自己精心设置和维护的圈套，认为光是这些档案就是他真正的力量源泉，他不忍心销毁它们。在他开始后还不到两个星期，他就放弃了这项工作。

他甚至还没完成字母"C"部分。

资料来源：

［1］萨利文致 J. 埃德加·胡佛，1971 年 6 月 6 日；丘奇委员会记录，第 3 册，第 540 页。

［2］比弗致 J. 埃德加·胡佛，1971 年 6 月 18 日；丘奇委员会记录，第 3 册，第 540 页。

［3］费尔特：《联邦调查局金字塔》，第 133—134 页。

［4］萨利文：《调查局》，第 107 页。

［5］联邦调查局高层会议备忘录，1971 年 6 月 2 日；丘奇委员会记录，第 2 册，第 124 页。

［6］萨利文：《调查局》，第 225 页。

［7］罗伯特·马迪安采访录；理查德·尼克松弹劾案卷，第 VII 册，第 2 部分，第 757 页。

［8］萨利文采访录。

［9］萨利文：《调查局》，第 240 页；昂加尔：《联邦调查局》，第 494 页。

［10］埃利希曼：《见证权力》，第 165 页。

［11］萨利文：《调查局》，第 240 页。

［12］同上。

［13］同上，第 242 页。

［14］C. 戴维·海曼：《一个名叫杰姬的女人》（纽约：莱尔·斯图尔特出版社，1989 年），第 313 页；C. 戴维·海曼采访录。

［15］利迪，存档备忘录，1971 年 8 月 2 日；利迪：《意志》，第 150—155 页。

［16］克拉克采访录。

［17］尼科尔斯采访录。

［18］贝尔蒙特采访录。

［19］萨利文致 J. 埃德加·胡佛，1971 年 8 月 28 日。

[20] 萨利文：《调查局》，第13—14页；萨利文采访录。

[21] E.S.米勒采访录；理查德·尼克松弹劾案卷，第7册，第3部分，第1433页。

[22] 米勒致罗森，1971年10月20日；理查德·尼克松弹劾案卷，第7册，第4部分，第1769页。

[23] 费尔特：《联邦调查局金字塔》，第141页。

[24] 萨利文采访录。

[25] 萨利文致J.埃德加·胡佛，1971年10月6日。

[26] 前胡佛助手。

[27] 同上。

[28] 利迪致克劳：《联邦调查局局长职位》，1971年10月20日；利迪：《意志》，第172—180页。

[29] 利迪：《意志》，第180页。

[30] 尼克松：《尼克松回忆录》，第597页。

[31] 同上，第598页。

[32] 同上，第597—598页。

[33] 同上，第598—599页；昂加尔：《联邦调查局》，第494页。

[34]《新闻周刊》，1972年1月10日。

[35] 联邦调查局高层会议致克莱德·托尔森，1971年8月26日；丘奇委员会记录，第三册，第443页。

[36] "调查"，第68页。

[37] 克劳福德采访录。

[38] 奥利里采访录。

[39]《华盛顿星报》，1972年1月2日。

[40] 多纳：《年代》，第124页。

[41]《纽约时报》，1971年9月7日。

[42] "调查"，第46页。

[43] 前胡佛助手。

[44] 德马里斯：《局长》，第28页。

[45] 费尔特：《联邦调查局金字塔》，第228页。

第三十六章　最后的日子

一九七二年一月一日，作为总统的特别客人，在从迈阿密飞往华盛顿的"空军一号"专机上，J. 埃德加·胡佛庆祝了自己的七十七岁生日。总统还在飞机上安排了一只蛋糕。一起乘坐飞机的其他人，包括国务卿（前司法部长）威廉·罗杰斯，都注意到联邦调查局局长似乎特别高兴。

他有理由感到高兴。即便是埃文斯和诺瓦克也报道说，"胡佛的政治力量是如此可怕"，以致总统不会"在大选的年头考虑替换他"。[1]

后来，理查德·尼克松不辞辛苦地让胡佛感觉是政府"团队"的一部分，例如，在局长一年一度的佛罗里达州逗留期间，邀请他去基比斯坎参加一个小范围的密友晚餐。

返回首都后，作为回报，胡佛向总统提供了关于其可能的民主党对手的最新情报，包括他们的演讲和出席活动的日程，消息很可能来自他们的内部战役组织。一月十三日，胡佛发备忘录给各分局，要求"你们档案中关于非在职主要候选人的真实背景情况和资料，在他们得到任命之后……应该马上非正式地传送过来"。[2]（胡佛已经保留了那些在职者的档案。）想必这些材料的某些部分——市长、州长、参议员和众议员的候选人——也是要提供给白宫的。

布鲁克林联邦众议员和众议院拨款小组委员会主席约翰·鲁尼，是胡佛的老朋友，但他面临着与民主党的斗争。对于这位老朋友，胡佛更是帮忙。他命令对鲁尼的对手、美国民主活动主席阿拉德·洛温斯坦的政治活动展开特别调查，结果发现洛温斯坦是个隐蔽的同性恋。

标定洛温斯坦不仅仅是为了帮助朋友。如果鲁尼没能坐稳众议院拨款小组委员会主席的位子，就会有一个新的主席。虽然委员会的任务是由筹款委员会来决定的，但毫无疑问，众议院多数党领袖黑尔·博格斯会挑选谁来当主席，他不太可能会同意鲁尼那样的橡皮图章自动批准联邦调查局的预算。意外的惊喜，同时也能为总统提供额外帮助的是，原来洛温斯坦因为参与"倒尼克松"活动，也是白宫仇敌名单上的人。①

尽管做了那么多的努力，但根据总统对霍尔德曼和埃利希曼的指令，通往白宫的大门对联邦调查局局长依然是紧闭的。

为获得继续当局长的更多支持，胡佛甚至原谅了第一个和第二个犹大——路易斯·尼科尔斯和卡撒·"德克"·德洛克。两人都与总统关系密切，尼科尔斯担任过尼克松一九六八年战役的安全工作；德洛克是百事公司副总裁，该公司董事长唐纳德·肯德尔是总统的朋友，曾经是尼克松与马奇、罗丝、格思里和亚历山大合伙的法律事务所的客户。一月七日，胡佛写信给尼科尔斯："在调查局期间，德洛克就是一个有能力的忠诚的管理者，离开调查局后，他依然忠心耿耿。我知道有那么几个例子，他能够挺身而出捍卫调查局，特别是一次在与来自路易斯安那州的老醉鬼联邦众议员博格斯谈话的时候。至于萨利文，你对他的评论肯定是真实的。我只是希望，我能够在早期发现他的反复无常。当危机最后到来的时候，我迅速采取行动迫使他退休……我个人认为，在我的调查局执政期间，我一直都有非常杰出的高级员工的协助，除了萨利文。你在调查局工作的时候，肯定是很优秀的，在你离开之后，我从来没有质疑过你的忠诚。"[3]

得到宽恕的还有前联邦特工协会，胡佛在该协会的华盛顿特区分会做了一次讲话。胡佛对该协会的憎恨，可追溯到三十年前的协会成立时期，当时，前调查局局长 A.布鲁斯·比拉斯基被任命为首届会长。（传说中 J.埃德加·胡佛的十个戒条之一是，"在我之前不能有局长"。）协会每年都会邀请胡佛来年会上讲话，但联邦调查局局长每年都会客气而坚定地予以谢绝。胡佛对这个团体的

---

① 虽然胡佛没能活着看到，在一次充满了复杂的玷污、讽刺和欺诈的战役之后，鲁尼击败了洛温斯坦。后来，洛温斯坦和彼得·G.艾肯伯里（曾在 1970 年的大战役中反对过鲁尼）两人都提起了诉讼，指控联邦调查局代表布鲁克林的联邦众议员秘密地对他们开展了调查。因为从事反尼克松的活动，洛温斯坦还受到了税务局的审计，并在 1980 年被谋杀，凶手是一个前民权保护人。

主要抱怨——根据他对助手们的说法——是协会的会员在利用他们曾经与调查局的关系。这经常是这么回事。例如，该协会有一个"执行服务"委员会，帮助会员找工作，主要是有关安全方面的工作，称赞他们是世界上接受过最好训练和最有调查经验的工作申请人。① 第二个抱怨是，协会招收会员时不分青红皂白，来者一律照收，接受了不受局长看好的联邦调查局离职者，后来协会采取补救措施，实施了双重否决程序。入会申请人要经过所有会员的认可，还要经调查局联系人的同意，以剔除可能的不合格人员。

胡佛以前忽略了，直到晚年受到围攻的时候才想起来的是，他有一支约莫一万人的忠心耿耿的啦啦队，专门维护联邦调查局的神话和局长的威望。胡佛对前特工起立鼓掌做出的回应，是对"新闻记者的婊子"发起精神上的攻击，尤其是杰克·安德森这个目标。

现在的朋友之中，已经没有必要手下留情了，他已经是老胡佛了。联邦调查局无意降低标准"去迎合疯子、怪人、庸人、醉鬼和懒汉"，他告诉他们。"别再娇惯那些制造当今大麻烦的歹徒和嬉皮士了。让我们把他们当作社会的邪恶敌人，其实他们是那么回事，不管年龄大小。"

使前特工们很可能颇感惊奇的是，他甚至带有一丝幽默地说："你们都看到了吧，我的脚下并没有垫着箱子。"[4]

为获得公众的支持，已经开展了一场新的宣传活动，只是这次限制在一些"安全的"报刊内，诸如在一九七二年一月，美国商会的正式刊物《全美商业杂志》为他刊出了封面故事和十四页的图文采访文章，标题是："J. 埃德加·胡佛说话了：他所知道的总统，他所知道的司法部长，他所知道的各种骗子"。

在八位总统手下担任过局长的他，说他与赫伯特·胡佛、富兰克林·D. 罗斯福、林登·约翰逊和理查德·尼克松关系较为密切。

关于十六位司法部长，他认为他最喜欢的是哈伦·菲斯克·斯通、约翰·萨金特、赫伯特·布劳内尔、威廉·P. 罗杰斯和弗兰克·墨菲。他补充说，"当然，还有约翰·米切尔，现任的司法部长。他能力很强，非常务实，与《华盛顿邮报》的赫布洛克漫画很不相同。我被他妻子完全迷住了。玛莎很了不起。

---

① 协会的会员名单显示，前特工主要集中在银行、储蓄、贷款、汽车制造（有"劳动关系"）、航空公司、赌场、霍华德·休斯，以及耶稣基督后期圣徒教会（摩门教）的教堂安全部门。

她会说心里话。她思想正直。我喜欢那样。"

至于骗子，他回想起迪林杰和"巴克妈妈"，叙说了一些细节，包括"捕获"阿尔文·"毛骨悚然"·卡尔皮斯，但在被问及"胡佛先生，有没有你记得最清楚的一个骗子?"的时候，他毫不犹豫地回答说:"加斯顿·B.米恩斯。我认为他是我所知道的最邪恶的骗子……他是个十足的歹徒。但他那种类型是某些人喜欢的——某种可爱的恶棍。"

有些批评家要求他退休，"把联邦调查局的领导权交给年轻人"，对此，胡佛的回应是:"在判断我能否继续担任联邦调查局局长的时候，年龄不是一个重要的因素——况且，在二十九岁的年轻时候，我就受命担任这个职位了。当时，人们说我是'童子军'。现在，他们对我的称呼是'那个老头子'。"[5]

在许多照片中，联邦调查局局长有三张近照是由林登·贝恩斯·约翰逊最喜欢的白宫摄影师冈本洋一拍摄的。虽然照片本身并没有经过润色修整，但显然照片中人物的头发是经过了加工，依然乌黑，只是带有些许的灰白。第一张照片是在他的礼仪办公室拍摄的，胡佛显得苍老，但依然与往常一样坚毅决断，像是一条年老的斗牛犬。第二张照片拍摄于他自己的办公室，他的脸颊看上去肿胀，并布有黑斑，双下巴也没有经过掩盖。然而是他的眼睛，以及周围的眼圈，最能够说明年龄。他看上去疲惫，甚至衰竭。最后一张照片，也是在他自己的办公室里摄制的，在这张照片里，胡佛背对着相机镜头，在观望外面的城市，那是他出生的城市，是他生活了一辈子的城市，也是他一直在为政府服务的城市。

这是胡佛最后的正式图片，也是他接受的最后一次采访。

一月十日，在接受胡佛的冤家对头《洛杉矶时报》记者杰克·内尔森采访的时候，威廉·萨利文第一次公开批评联邦调查局"僵化的"官僚主义。

然而，二月份的时候，反战联盟出版的刊物《胜利》登载了一篇几近完整的偷盗档案集锦，至此，媒体盗贼的定期揭露终于停止了。在他们都刊登了之后，胡佛可以松一口气了，推定这些揭露再也没有报道价值了。

但在三月二十日，全国广播公司记者卡尔·斯特恩写信给司法部长，要求提供"一、授权建立和维持针对新左翼的反情报项目;二、终止了这样的项目;三、命令或授权这种项目的目的、范围或性质的改变"的相关文件。[6]九个月后，当司法部长拒绝这个要求的时候，斯特恩援引一九六六年的《信息自由法》

条款，提起了诉讼。

还有最后的两个战役——一个是针对中央情报局，另一个是针对白宫——以及出席众议院拨款小组委员会的最后一次会议。

在之前的四月份，中情局局长理查德·赫尔姆斯曾要求胡佛对智利使馆开展搭线窃听。当胡佛拒绝（自从赫斯顿计划夭亡之后，他已经拒绝了中情局和国安局所有这样的要求）之后，赫尔姆斯去向司法部长米切尔提出这个要求。米切尔否决了联邦调查局局长的做法，要求他去安装窃听器。使胡佛更加不高兴的是，赫尔姆斯坚持要使用中情局自己最先进的微型窃听设备。在书面上保护好自己——取得米切尔签署的"非法闯入"电子监控授权书——之后，胡佛安置了窃听器，然后他忍耐到了一九七二年二月，即出席一年一度的众议院拨款委员会会议的前一个月，他通知赫尔姆斯说，如果电子窃听依然在位，那么他认为有必要告诉国会，那是中情局的行动。赫尔姆斯立即退却了，那些窃听器也就休眠了。①

J.埃德加·胡佛打赢了与中央情报局对抗的最后一次战役。

自一九四九年起，来自布鲁克林的联邦众议员约翰·鲁尼就担任了众议院拨款委员会主席。此后那么多年来，该委员会没有一次减少过联邦调查局要求预算数额的一分钱，虽然其他机关，包括司法部本身，感觉委员会主席"极为抠门"。[7]

一九七二年三月二日，胡佛在委员会的最后一次露面也不例外。规矩并没有改变。在赞扬联邦调查局局长的时候，鲁尼甚至更加恭维——这是有原因的。因为联邦调查局对洛温斯坦的秘密调查，鲁尼似乎肯定能够再担任一届。②

---

① 1972 年 12 月，胡佛的继任人 L. 帕特里克·格雷三世把那些窃听器激活了。
② 在胡佛的帮助下，虽然旗鼓相当，鲁尼还是在 6 月份的民主党候选人选拔会上，以仅仅1000票的差额击败了洛温斯坦。洛温斯坦对选举提出抗辩，有证据显示投票的异常情况——包括登记投票人中有死者，但还是投票了——联邦法院命令重新举行选拔，结果鲁尼以 1200 票获胜。
　　继与黑社会的长期关系和无数次不当得利，包括接受非法竞选献金遭到揭露之后，这位布鲁克林的联邦众议员在 1975 年任期结束的时候选择了退休。他在那年的 10 月去世。

除了那些常备的打击对象，如共产党和社会主义工党之外，这次胡佛还带来了新的邪恶名单，包括同性恋解放、妇女解放、黑人解放军和气象员。①

鲁尼先生："在联邦调查局，你们不允许同性恋活动，对不对？"

胡佛先生："在联邦调查局，我们不允许任何形式的活动，不管是同性恋还是其他的。"[8]

胡佛最后战役的对手是白宫，并涉及了由总统和杰克·安德森之流的一个据说是伪造的要挟企图。

白宫二月十五日宣布，约翰·米切尔辞职去担任总统竞选连任委员会主席，他的接班人是司法部副部长理查德·克兰丁斯特。虽然被提名人已经获得了确认听证，但在安德森发布了迪塔·比尔德夫人的备忘录故事之后，听证会重新召开了。据说是由国际电话电报公司华盛顿首席院外活动家书写的这份备忘录，叙述了一九七一年与约翰·米切尔的一次会话，其间司法部长好像同意撤销针对国际电话电报公司的三项反托拉斯诉讼，回报是在一九七二年共和党全国代表大会期间得到四十万美元的会议经费。该备忘录还暗示，克兰丁斯特和总统都参与了这个交易。

白宫的一个特别小组，组长是查尔斯·科尔森，接受了诋毁这份备忘录的任务。科尔森认为，最好的方法是让联邦调查局实验室宣布这个备忘录是伪造的。

科尔森的精明是不为人知的。他处理这事的方法是去告诉胡佛：这是总统的要求；去做吧！于是总统顾问约翰·迪安接受了去找联邦调查局局长这个敏感的任务。

这是迪安第一次与胡佛会面。虽然他后来把他描述成为"衣冠楚楚、抹了香水的局长"，但他显然因为胡佛令人敬畏的存在、坚定有力的握手和突然间严肃的问话"迪安先生，有什么事吗？"而放松了警惕。

迪安紧张地开口了："胡佛先生，这个，我们白宫，也就是埃利希曼先生和其他人有充分的理由相信，所谓的迪塔·比尔德备忘录是虚假的，我们想让你们的实验室检验一下，因为我们确信你们的实验室能够肯定这是伪造的。"

---

① 左翼激进组织。——译注

胡佛往椅背上一靠，思考了一会儿，然后回答说："我当然会检测的。我很高兴这么做。"

然后胡佛告诉迪安，把备忘录原件交给马克·费尔特（安德森已经把它交给了参议院司法委员会主席詹姆斯·伊斯特兰参议员，目前司法委员会正在召开让克兰丁斯特确认的听证会），还有打印的样本和由比尔德夫人打字机打印的任何标有日期的文件，可以用来对比。

"这就帮了个大忙了，"迪安说，"因为迪克·克兰丁斯特正为那份文件而受折磨呢。他的确认听证再也不会与他有什么关系了。这是针对政府的一次政治攻击。杰克·安德森是拿着这份备忘录的始作俑者，如果我们能够证明这是假冒的……"

"迪安先生，我完全理解你们的需求，"胡佛打断了他的话，"我也很高兴能够效劳。杰克·安德森是人渣，专门打探丑闻，还说谎和偷窃。我告诉你，迪安先生，他为挖掘故事，连狗屎都不如。"

"狗屎都不如。"局长强调说。

"迪安先生，我给你说一个故事。我的管家每天晚上把报纸放在门厅里，让我的狗方便，每天早上她捡起报纸，扔进房子后面的垃圾桶里。嗯，有一天，安德森和他的手下人来到我家后面，在垃圾桶里翻找故事。查看我的垃圾，你能相信吗？不管怎么说，他们翻遍了垃圾，一直翻找到桶底，在狗屎下面寻找，看看还能找到什么。所以，当你谈及安德森的时候，我知道你是在谈论一个为了寻找故事，甚至连狗屎都不如的人。是不是这样，迪安先生？"

总统顾问哈哈笑了起来，然后他明白这不是联邦调查局局长所期待的反应，于是他咕哝着说："这确实是一个故事，胡佛先生，一个好故事。"

在引导迪安出门的时候，局长主动提出："我们的档案里有关于杰克·安德森的材料，如果你们需要，我会很高兴地送过来。"迪安愉快地接受了。

科尔森向总统报告了迪安的进展。打字机的提及，使尼克松回忆起他经历过的六次危机中的一次。"打字机往往能说明问题。我们在希斯案子中也获得过这样的证据。"[9]

同时，国际电话电报公司也雇用了自己的文件专家珀尔·泰特尔去检验迪塔·比尔德的备忘录。根据提供的复印机，泰特尔宣称，这很可能是伪造的，但她要保留评判，直至她检验了从联邦调查局拿来的原件之后。然后泰特尔做了检验，并声称她愿意拿她的声誉来保证自己的发现：该文件是伪造的，是在近期的一九七二年一月打印的，而不是应该写成的一九七一年七月。

联邦调查局实验室主任伊凡·康拉德则做出了相反的结论。拿到文件并把它和打印的样本交给科学分析家之后，伊凡告诉费尔特，有强有力的——虽然不是完全结论性的——证据表明，该备忘录是"在其标定的日期或大致这个时候"打印的，因此很可能是真实的，虽然在正式报告中，康拉德的用词是倍加小心的，声称实验室无法判定真假。[10]

费尔特把这个情况报告了胡佛，然后报告了迪安。迪安把坏消息带给了椭圆形办公室。根据迪安的说法，总统很生气。"有时候，我不能理解埃德加，"他抱怨说，"他恨安德森。"使尼克松更为惊讶的是，胡佛答应的而且最后送来给迪安的关于安德森的档案，却是报纸和杂志的剪辑。

埃利希曼、迪安、马迪安，甚至 L. 帕特里克·格雷三世都对联邦调查局施加压力，① 要求对最后报告的用词进行"修改"，这样就不会与国际电话电报公司专家的发现产生矛盾了。总统甚至亲自写了条子给胡佛，要求他"合作"。[11]

胡佛这么做应该是很容易的，而且肯定对他个人也是有好处的。如果享有盛誉的联邦调查局实验室同意泰特尔的发现，事情很可能马上就解决了；总统在竞选连任获胜之后，也许会重新考虑炒掉胡佛的事情，认为他还是有价值的，还是不可替代的；这会使新的司法部长陷入更深的债务危机之中（胡佛已经用证据挑战过克兰丁斯特，指责对方没有报告卡森案子中的十万美元贿金）；国际电话电报公司和胡佛多年来一直很喜欢的其他大型企业，将会感激涕零，很可能会在胡佛需要的时候提供幕后支持；而且他还可以给老冤家杰克·安德森以毁灭性的打击。

三月二十日，国际电话电报公司发布了他们的专家分析结果。

三月二十一日，迪塔·比尔德的律师公布了她的宣誓书，与她之前向安德森的同事布里特·休姆承认的相反，她在宣誓书中否认写过这份备忘录。

现在，大家都等待着联邦调查局的报告。

参议员伊斯特兰和约翰·迪安差不多每小时打电话来，想知道报告什么时

----

① 如果格雷的任命能够获得通过，他是要接替克兰丁斯特的，在这场确认的战役中，他也代表了克兰丁斯特。

候可以准备好。马迪安把接收报告的最后时限设定在三月二十七日星期一上午十点钟。

胡佛赶在了最后时限之前。三月二十三日星期四下午，他把报告递交给了伊斯特兰。

那天晚上七点钟，迪安打电话给费尔特，问道："你们是进行了修改，还是原来的形式？"

"是原来的形式。"费尔特回答说。

经过长时间的停顿，迪安说："我明白了。"说完就挂断了电话。[12]

面对巨大的压力和诱惑，J.埃德加·胡佛拒绝亵渎联邦调查局的名声。

科尔森想要胡佛立即离开。不管是否大选年，已经有了更多的关于"提升"胡佛为荣誉局长的说法。但秘密的民意调查显示，联邦调查局局长依然受到公众的支持，而胡佛的档案里到底收集了关于理查德·米尔豪斯·尼克松的什么材料，这个神秘的事情依然让总统的幕僚颇费猜测。

联邦调查局局长与总统继续保持着正式的通信——联邦调查局发给白宫的雪片般的报告，依然是由J.埃德加·胡佛签署的，从来没有过变化——但个人之间的通信直到四月中旬才有。

一九七二年五月二日或其后的某个日子，尼克松在日记中写道："我记得上次我与他会话是在大约两个星期之前，当时我打电话给他，并提及了调查局在处理那些绑架案子时做得很好。他表示他很欣赏这个电话，还说他完全支持我们在越南的行动。"[13]

这是他们最后一次说话。

埃德·塔姆是在四月二十六日星期三最后一次看到胡佛的，当时这位法官刚刚在全国警察学院讲完一堂课。在局长办公室停留的时候，塔姆发现胡佛依然思路清晰，几乎与他们第一次见面的时候一样精力充沛。两人交往长久，有四十多年了，但胡佛没有心情回忆过去的事情。他在为某件事情生气——塔姆后来没能记住到底是什么事情——但他认出了一个非常熟悉的迹象。当局长在椅子里身体前倾的时候，他后颈的头发竖起来了，"就像硬毛杂种狗发怒时那样"。曾经，这样的信号能够让整个调查局，从高层到低层，从总部到分局，都感到害怕。

"他与往常一样犀利，"塔姆后来回忆说，"也一样的冷酷和对抗。"[14]

詹姆斯·克劳福德在一月份退休了，汤姆·莫顿接替他担任了胡佛的司机。一九七二年五月一日星期一，大概上午九点钟光景，莫顿驾驶那辆长长的黑色轿车进入了司法部大楼的地下车库，停在了局长专用电梯的几步之遥，胡佛下了车。他孤身一人，因为托尔森的最近一次心脏病发作，两人已经不是一起去上班了，托尔森的司机先送他去医生那里。但今天上午，托尔森已经打电话给马克·费尔特，说自己感觉不好，不去上班了。

电梯门一打开，莫顿就走向一部专用电话，打了个电话到楼上。信息很简单——"他上来了"——但与往常一样，这话引起了局长办公套房内的一阵忙乱，这话也迅速传遍了整个大楼。

根据马克·费尔特的说法，"这天没什么不寻常的"。局长特别助理看到了局长，并在内部通讯器上与之交谈了几次。"他思维敏捷、精力充沛、干劲很足，就我所知，各方面都完全正常。"[15]

与费尔特回忆相反的是，五月一日根本就不是一个平常的日子。局长抵达后不久，海伦·甘迪拿来了一个肯定会让老年的胡佛血压升高的东西：那天上午《华盛顿时报》刊登的杰克·安德森的专栏文章，这是一系列曝光联邦调查局文章的第一篇。

"联邦调查局局长 J. 埃德加·胡佛，这个执法力量中的老倔头，"胡佛看到文章这样写道，"拼命抵制白宫建议他派遣几百名特工去打击贩毒吸毒。但他却派遣特工去窥探某些人的性习惯、商业活动和政治追求，其实这些活动根本没有违法。"

安德森以前也写过这样的文章。但只是这次有所不同：这篇专栏文章的信息来自调查局自己的档案。

"胡佛的密探为充实联邦调查局的档案，专门搜集各种人物的挑逗人的珍闻，包括电影演员马龙·白兰度和哈里·贝拉方特、橄榄球明星乔·纳马斯和兰斯·伦策尔、前拳击冠军乔·路易斯和穆罕默德·阿里、黑人运动领导人拉尔夫·阿伯内西和罗伊·英尼斯。

"联邦调查局骚扰种族兄弟会和崇尚非暴力抗议的传教士小马丁·路德·金，已经算不上什么秘密了。我们已经看到了联邦调查局关于他的政治活动和性生活的报告。"

安德森继续说，人民不知道的是，联邦调查局现在"注视着他的遗孀科雷塔·金"。其他人也受到了定期的监控，专栏文章说，包括"孜孜不倦专揭丑事的 I. F. 斯通"。安德森接着引用了来自联邦调查局监控报告的话："一九六六年二月十一日下午一点零九分，观察到目标要去华盛顿特区西北部的康涅狄格大道 1107 号，要在哈维饭店前面会见奥列格·D. 卡卢金。最后，他们一起走进了哈维饭店。"①

联邦调查局局长还看到文章这么写道："胡佛似乎还有性心理障碍。他的密探在华盛顿和好莱坞到处打听谁在与谁睡觉。"

然后安德森引用了"一位著名电影演员"的档案。即使里面含有那位演员的声明，说"不是联邦调查局的调查目标"，还进一步声称，他没有犯罪记录或指纹数据，但档案"没有包括其他内容，只有关于他的性生活谣言"。

安德森只删去了那位演员的名字，然后逐字逐句地引用了联邦调查局的一份总结报告："一九六五年期间，一个绝密的线人报告说，几年前他还在纽约的时候与一位影星有过风流韵事……该线人根据其个人的知识声称，他知道……那是同性恋。线人以'个人知识'所表达的意思是，他个人纵容了同性恋的行为……或者从搞同性恋的人那里见证或获悉了这样的信息。

"另有一次，洛杉矶分局获悉的信息是，在电影界……怀疑同性恋倾向是很普通的事情。

"应该注意的是，一九六一年五月，纽约的一个绝密消息还说，那……肯定是同性恋。"[17]

因为安德森的专栏文章，一九七二年五月一日很难算得上一个典型的日子。这给定于五月十日举行的 J. 埃德加·胡佛担任联邦调查局局长四十八周年的庆祝活动计划浇了一桶冷水；这让调查局的高官每当内部通讯器鸣响的时候都会心惊肉跳；这成了总部和分局都在谈论的话题，还有对明天的专栏文章会刊登

---

① 卡卢金是苏联使馆的新闻秘书。斯通选择了他们的会面地点，他后来告诉作者："去捏捏胡佛的鼻子。"他知道哈维是胡佛最喜欢的饭店。[16]

最后的日子　783

什么的猜测，以及——更为重要的是——局长会如何反应。

他最初的反应是容易预测的：胡佛下令调查谁应该为这个泄露负责。①

这很可能是他最后一次下令进行这样的调查。

局长在六点不到的时候离开办公室，由莫顿驾车载着他去托尔森的公寓，然后两人在那里一起吃饭。不知道他们吃饭的时候谈论了什么，但可以预计的是，其中一个话题是关于那位专栏作家的。在不同的场合，胡佛把那人描述为"布满跳蚤的狗""令人作呕的拾荒者""狗屎都不如的人"和"令人反胃的肮脏的秃鹰都不如的人"。

莫顿驾车把胡佛送回到西北第三十街 4936 号，抵达的时间是晚上十点十五分。

走进房子后，胡佛发现他在杰克逊和珀金斯商店订购的玫瑰花已经送来了，他打电话给克劳福德，告诉他第二天上午八点半过来，这样他就可以指示他把玫瑰花种在哪里。

安妮·菲尔茨没有听到胡佛的到来——她居住在地下室——但她后来推测，在他抵达后不久，他把两条凯恩梗"游戏仔"和"辛蒂"放到了后院里，这是他回家后的一个习惯。②

在把狗收回来，并重新设置了警报——这是一个复杂的系统，是由联邦调

---

① 在下令者死去和埋葬后很久，这项调查还没有结束。

　　当然，一开始怀疑的是威廉·萨利文。然而，当安德森以后的专栏文章刊登出来之后，显然他所引用的不是来自调查局自己的档案文本，而是来自联邦调查局分送给白宫和其他机构的总结备忘录。虽然这使得怀疑对象增加了好多，但也让联邦调查局（和萨利文）摆脱了困境。

　　不管安德森的信息来自何处，这是一个重大的泄露。他获得的"名人档案"，共有 5000 多页，含有大约 50 个人或组织的信息，包括索尔·阿林斯基、詹姆斯·鲍德温、马里恩·巴里、丹尼尔·贝里根和菲利普·贝里根、中国手工洗衣协会、卡修斯·克莱、关注的美国母亲、奥西·戴维斯、沃尔特·方特罗伊、简·方达、阿尔杰·希斯、贾尼斯·乔普林、艾萨·凯特、乔·路易斯、格劳乔·马克斯、泽罗·莫斯特尔、马达琳·默里、艾尔维斯·普雷斯利、托尼·兰德尔、杰基·罗宾森、本杰明·斯伯克和罗伊·威尔金斯。

　　调查局内有人指责杰克·安德森的 1972 年 5 月 1 日专栏文章，是在诅咒联邦调查局局长 J. 埃德加·胡佛的死亡。

② 这后来由马克·费尔特进行了验证，他搞了一次小小的调查，发现"报纸上没有证明它们是在哪里附近睡觉的，由此表示它们没像往常那样在外面放开自己"。[18]

查局实验室安装的，但常常发生故障，导致联邦调查局车辆疾驰而来，尖厉的刹车声惊醒了邻居——之后，J. 埃德加·胡佛去了二楼的卧室，宽衣准备睡觉。

詹姆斯·克劳福德没有理由感觉忧虑。但他还是忧虑了。

他走进西北第三十街，扫视着这条死胡同的两头。看上去一切正常。没有陌生的汽车，没有什么大的动静，只有寥寥几个人离家准备去上班，都是熟面孔。他们应该如此。这么多年之后，他了解他们的习惯，如同了解自己的习惯一样。

既然没看到什么异常，忧虑的感觉就应该消失了。但没有消失。他凭本能知道有什么事情不对头……

美国总统在追悼会上致悼词。

"埃尔森博士、艾森豪威尔夫人、尊敬的外交使团各位代表、美国同胞们：

"今天是美国一个悲哀的日子，但也是一个自豪的日子。美国的自豪一直是她的人民，这是由亿万善良的男人和女人组成的，是由许多伟人组成的，长期以来，他们是这个国家的出类拔萃人物，为我们大家树立了崇高的标准。

"J. 埃德加·胡佛就是一位伟人。他的一生成就非凡，他终生为他所敬爱的这个国家服务。生活中的一个悲剧和规律，是一个人的真正伟大，往往是在他死后才被认识到的。J. 埃德加·胡佛是极少数打破这个规律的人之一。在年轻的时候，他就已经是个传奇人物了，几十年过去了，他依然保持着他的传奇。他的去世只是提高了全国人民和世界上爱好自由的人民对他的尊重和羡慕。

"埃德加·胡佛的伟大，是与他创建和毕生建设的联邦调查局这个组织的伟大依然难以分割的。他使联邦调查局成为这个星球上最优秀的执法机构，成为不可战胜的和廉洁的卫士，捍卫着美国人民最珍贵的自由免受恐惧的威胁。"

> "他对每个人都建立了档案，该死的。"
>
> ——尼克松与迪安的谈话，白宫录音资料，
>
> 一九七三年二月二十八日

"然而，美国之所以尊敬这个人，不单单因为他是一个机构的局长，而且也是凭他自己本事创立的一个机构。在将近半个世纪以来，在这个国家的将近四分之一的历史上，J.埃德加·胡佛对我们全国人民的生活产生了一个良好的影响。在八位总统来来去去的时候，在其他各种品行和观点的领导人上上下下的时候，局长依然在这个岗位上。①

"我回忆起在我当选之后，共和党总统艾森豪威尔和民主党总统约翰逊都强烈推荐，要我把他留任为联邦调查局局长。毫无疑问，他是极少数优秀的人才之一，能够挑起这副重担。例如他的高超的领导能力帮助维持了美国的骨气以及美国公民的自由。"

> 总统："胡佛是我的密友。实际上，与约翰逊相比，他对我更加亲近，虽然约翰逊更多地使用了他。"
>
> 迪安："这对已故的局长来说，也许是很有价值的财产，我认为假如他还活着，那么在整个水门事件期间或许我们的处境会好很多，因为他知道如何操纵调查局——知道如何掌控他们。"
>
> 总统："他是会战斗的，这是关键。他是会炒掉几个人的，或者把他们吓死。"
>
> ——白宫录音资料，一九七三年二月二十八日

"他象征着正直，他象征着荣誉，他象征着原则，他象征着勇气，他象征着纪律，他象征着贡献，他象征着忠诚，他象征着爱国。这都是他留给他所创建的调查局和他所服务的国家的遗产。我们能够向他表达的敬意，莫高过于我们继承这些美德，像他的一生那样热爱他所热爱的法律，全力以赴地尊重、支持和配合他所大力推进的执法职业。

"当这样高大的一位伟人——在这个领域全面掌控了那么多年的一个人——最终从舞台上消失之后，人们常常会说，'嗯，一个时代结束了'。

"人们相信，换岗也意味着换规矩。但有 J.埃德加·胡佛，这样的事情就不

---

① 虽然这无疑是写稿子人的出错，但似乎是个怪异的先兆，即尼克松把自己归入了胡佛见证过的来来去去的其他七位总统。他的辞职正好发生在联邦调查局局长去世的两年零三个月之后。

会发生。未来的联邦调查局将发扬过去的这个优良传统，因为不管反对者和诽谤者想如何误导我们，事实是，胡佛局长是根据原则，而不是根据人格来建设调查局的。他建设得很好，他建设到了最后。因此，联邦调查局将保持他心目中的丰碑，一个活的丰碑，继续创建一种符合每一个美国人利益的保护、安全和公平正义的氛围。"

　　总统："我们能够追随调查局吗？……我们要看未来。约翰，彻底诋毁联邦调查局，会对国家造成多么严重的伤害？"

　　迪安："我认为这会损害联邦调查局，嗯，但也许现在该是对联邦调查局进行重组和重建的时候了。我不能确信，联邦调查局真的像夸奖的那么神奇。我，我深信联邦调查局并不是人们所认为的那么神奇。"

　　总统："不是。"

　　迪安："我清楚地知道不是。"

　　　　　　　　　　　　　　——白宫录音资料，一九七三年三月十三日

　　"J.埃德加·胡佛做过的好事是不会消亡的。与他的名字有关的良好原则是不会消退的。我预计在将来，那些尊重法律、秩序和正义的原则，将会比以往任何时候更加全面地深入全国人民的生活之中。因为这个国家的悲观趋势，J.埃德加·胡佛毕生与之斗争的这个趋势，危险地腐蚀着我们遵纪守法传统的这个趋势，正在得到逆转。

　　"今天的美国人民已经厌倦了无序、混乱和对法律的蔑视。美国要求法律回到生活中来，今天在我们回归法律的时候，对这位伟人的怀念，对这位从来没有把法律从生活方式中脱离出来的伟人的怀念，将会是更多的荣誉而不是命令。"

　　总统："在起初的四年时间里，我们没有行使这个权力。"

　　迪安："说得对。"

　　总统："我们从来没有行使这个权力。我们没有利用过调查局，我们也没有利用过司法部，但现在事情要发生变化了。"

　　迪安："这是一个令人激动的前景。"

　　　　　　　　　　　　　　——白宫录音资料，一九七二年九月十五日

"在过去，在美国开发边疆的日子里，那些佩戴徽章执法的勇敢的人，被称为我们现在不常听到的一个名称。他们被叫作'和平官'。今天，虽然这种叫法已经不时髦了，但它表达的真理依然是存在的。全世界都在渴望和平，国家之间的和平、民族之间的和平。但如果没有和平官，我们就永远不能得到和平。J. 埃德加·胡佛知道这个原始的真理。他用自己的生活去适应它。他是没有贵族身份的和平官。

"因为这位好人在我们中间生活了七十七年，所以美国变得更美好了。我们每个人都欠了他一份情。在未来的岁月里，让我们珍爱对他的记忆。让我们忠诚于他的遗产。让我们尊重所有继承了他的崇高职业的男男女女，因为他们在帮助维持我们社会的和平。这是我们能够赋予他的荣誉，也正是他所渴望得到的荣誉。

"埃德加·胡佛把《圣经》称为他的'日常生活指南'。在《圣经》中，我们发现了最能够表达对他去世的祝福词语。那些词语来自赞美诗：'爱你律法的人有大平安。'J. 埃德加·胡佛热爱上帝的律法。他热爱自己国家的法律。他当之无愧地在永生之中获得了平安。"

致完悼词之后，总统和胡佛的牧师埃尔森博士一起站到棺材旁边，默哀一分钟。[19]

资料来源：

[1]《洛杉矶时报》，1972 年 1 月 18 日。

[2] J. 埃德加·胡佛致各分局长，1972 年 1 月 13 日。

[3] J. 埃德加·胡佛致尼科尔斯，1972 年 1 月 7 日；昂加尔：《联邦调查局》，第 275 页。

[4]《华盛顿星报》，1972 年 1 月 2 日；昂加尔：《联邦调查局》，第 257 页。

[5]《国家商业》杂志，1972 年 1 月。

[6] 卡尔·斯特恩致代理司法部长克兰丁斯特，1972 年 3 月 20 日。

[7] 埃利诺拉·W. 舍内鲍姆：《时代简介：尼克松－福特当政时期》（纽约：H. B. 乔万诺维奇出版社，1979 年），第 547 页。

[8] J. 埃德加·胡佛在众议院拨款委员会的证词，1972 年 3 月 2 日。

[9] 迪安：《盲目的野心》，第 54—57 页。

［10］费尔特：《联邦调查局金字塔》，第 170 页。

［11］迪安：《盲目的野心》，第 58 页。

［12］费尔特：《联邦调查局金字塔》，第 172 页。

［13］尼克松：《尼克松回忆录》，第 599 页。

［14］塔姆采访录。

［15］费尔特：《联邦调查局金字塔》，第 179 页。

［16］I.F. 斯通采访录。

［17］"快乐旋转木马"，1972 年 5 月 1 日。

［18］费尔特：《联邦调查局金字塔》，第 179 页。

［19］《美国四位伟人》，第 53—57 页；总统八次会谈的录音稿；1974 年第 93 届国会第 2 次会议期间众议院司法委员会听证会，系列号 34。

尾声 潘多拉魔盒

J. 埃德加·胡佛死后，发生了一些奇怪的事情。

不管是詹姆斯·克劳福德或安妮·菲尔兹发现的尸体，至多只是一个历史的注脚，还没有重要到要去进行掩饰。要解释清楚为什么詹姆斯·克劳福德会出现在死亡现场，很可能会有打开潘多拉魔盒的风险。而且要打开盒盖是很容易的，只要有一个爱打听的记者询问几个问题，第一个问题可以是："克劳福德那天怎么也来了？他应该已经退休了啊。"

这位担任过司机的前特工还曾是胡佛家的园丁和管家，这一情况的发现，也许会让人好奇，已故的局长还用公费获得过其他什么服务。例如，调查局设备科（基本上是调查局的木工车间，设计制作了审判室的模型、培训设施等等）为胡佛的住宅装修投入了成千上万美元。有些设施，如警报系统和后院的十英尺高的封闭围墙，可被算作是必要的安全措施，但新修建的正面门廊、鱼池院子的地坪石、步行道、阿斯特罗草皮、景观美化、阳台、吧台、酒柜、娱乐室壁画、男仆、装饰考究的桌子、立体声音响、柜子、墙纸和每年的油漆粉刷保养，或者是设备科在胡佛家厨房里安装的大功率换气扇——因为局长有一次抱怨不喜欢煎培根的气味——都不是为了安全的目的。设备科每年还为局长的生日和工作的周年纪念日制作特别礼物，维护他的所有家用电器，还保持二十四小时的电工值班，在胡佛家电视出现故障的时候能随时赶来维修。

或许更重要的是——目前就掩饰来说——不但已故局长的声誉处在了危险境地；胡佛还不是联邦调查局唯一让设备科为他干私活的官员。

关于挪用政府的时间、金钱、设备和服务的质问，不可避免地会引向一个敏感的已经发生的关于局长几本畅销书的版税、出售为电影的利润，以及美国广播公司的电视系列剧每剧付费的问题。"联邦调查局"几乎肯定会关注联邦调查局娱乐协会、预付款基金、绝密基金、图书馆基金和特工互惠互利协会的免税事宜。

总共有成千上万的美元消失了、挪用了、侵吞了，或者下落不明。

还有一两个问题，也会引向在华盛顿特区的美国唱片公司；该公司总裁约瑟夫·泰特与调查局局长助理约翰·P.莫尔之间的亲密关系；以及在蓝岭俱乐部的周末扑克牌游戏。

负责胡佛和托尔森纳税事项的一位特工曾告诉威廉·萨利文，如果局长的股权收购、油井租赁和所得税申报都被揭露出来，恐怕胡佛先生要在恶魔岛①度过余生了。他说得相当恐惧，萨利文回忆，说明他害怕自己很可能也会连带坐牢。

不，最好是让安妮·菲尔兹去发现尸体。

但在J.埃德加·胡佛死后的几天时间里，随着一封寄给新任代局长L.帕特里克·格雷三世的匿名信，整个掩饰几乎没有得到澄清。匿名信的作者，除了指责J.P.莫尔在关于没有秘密档案这事上的说谎，并告诉格雷，那些秘密档案已经被转移到了西北第三十街4936号之外，声称还有其他事情"系统性地瞒着"格雷，并举了两个例子：动用设备科办私事，以及胡佛和托尔森安排联邦调查局雇员为他们经办税务事宜和打理投资业务。

然而，格雷踏着已故局长的足迹，没去调查这些指控，反而下令要查清匿名信作者的身份。②

谋杀还是衰老？

事实似乎很简单，他是老人——七十七岁了——老人是会死的。但根据他的声望和时间，或许不可避免地会有J.埃德加·胡佛遭谋杀的谣言传播。

在官方的联邦调查局局长死讯宣布的时候，司法部代部长理查德·克兰丁

---

① 位于加州旧金山湾的一个岩石岛屿，曾作为军事监狱和联邦监狱，现为旅游胜地。——译注
② 虽然联邦调查局实验室没能完成这项任务，但调查局内部人员猜测该匿名信的作者是威廉·萨利文（在反情报项目期间，他有相当丰富的书写这种信函的经验），或者是有人按照他的授意书写的。尽管萨利文已经在九个月之前离开了联邦调查局，但他依然保持着小道消息的渠道，经常在几个小时之后就会听说总部或分局发生了什么事情。

斯特试图制止这种猜测，他声称："他的私人医生告诉我，他是自然死亡。"[1]

谣言的支撑——如果不是证据的话——是胡佛死后延迟三个小时的死讯公布，没有进行尸体解剖，以及关于死亡时间和死亡原因的某些分歧。

但延迟是由于调查局坚持要先通知内部人员，再向公众宣告，而尸体解剖的安排，根据华盛顿哥伦比亚特区和其他大多数地区的规定，必须符合以下情况：一、家属要求；二、死因不明；三、怀疑死亡是由于非自然原因。本案都没有这些情况。

哥伦比亚特区公共卫生局签发的约翰·埃德加·胡佛的正式死亡证书，给出的日期是"一九七二年五月二日"，时间是"上午九点钟"。由于尸体是在之前二十五至三十分钟发现的，而胡佛是在头天晚上十点十五分以后的某个时间去世的，这似乎明显是个错误。然而，根据验尸官办公室发言人的说法，如果不知道死亡的确切时间，那就通常采用死者死亡的宣告时间，上午九点钟大致是胡佛的医生罗伯特·乔伊瑟大夫的抵达和检验尸体的时间。

更容易解释的是另一个歧义。在填写死亡证书的时候，地区医疗检验官詹姆斯·L.卢克博士在死因一栏内写上了"高血压心血管疾病"，来源于"罗伯特·乔伊瑟大夫"的说法。[2]但第二天乔伊瑟大夫告诉媒体，二十多年来，胡佛的高血压是很温和的，也就是说，血压稍微偏高。他是所谓的"临界高血压"，而且就乔伊瑟大夫所知，"胡佛从来没有心脏病的证据"。他没有提及一九五七年的那次"发病"。[3]

由于没有进行尸体解剖（这还可以揭示胡佛是否在服用安非他明），困惑依然存在，但距离凶杀的证据甚远。

随着水门事件和白宫管道工的揭露，谋杀之说重新浮现。使欧文委员会调查员感到震惊的是，为威廉·洛布《曼彻斯特工会领导人》打工的记者阿瑟·伊根，在接受关于卡车工人工会为尼克松一九七二年竞选提供献金的盘问的时候，顺便提及了"谋杀J.埃德加·胡佛"。在一次秘密会议受质问的时候，伊根声称："听到这话，每个人都说我疯了，但水门事件的某个人谋杀了……J.埃德加·胡佛。"然而伊根承认，他没有这方面的证据，这只是他"自己的直觉"。①[4]

---

① 1977 年出版的罗伯特·陆德伦的畅销小说《钱斯勒手稿》，有一个谋杀联邦调查局局长 J. 埃德加·胡佛的阴谋。当一队人马去盗取档案的时候，却发现另一队人马已经拿走了。这与实际发生的有某些雷同，即格雷率领一队人马晚了一天抵达。

据说另一个证人告诉欧文委员会，按照《哈佛深红报》的说法，[①] 他听说后来卷入水门偷盗的有些人，领头者熟悉联邦调查局局长家里的警报系统，光顾了胡佛的住宅，把硫代磷酸酯类毒物，包括致命的心脏病毒物，放入了胡佛的个人洗漱用品内。

在局长死后的几个小时内，海伦·甘迪并不是唯一忙于销毁文件的人。随着"D"清单，即销毁清单的启动——当时显然是被销毁了——在联邦调查局总部，从领导办公的五楼到地下室的印刷所，碎纸机不停地运转，源源不断地吐出五彩缤纷的碎纸屑。类似的忙碌也发生在华盛顿分局的办公地老邮电大楼，以及其他分局和联邦调查局帝国遍布各地的法律代表处。

随着五月三日的宣布，联邦调查局新局长将是一个"外人"，不是"自己人"，销毁文件的活动更加狂热了。这是"自我保护"的时候，每一位局长助理和分局长都有一些自己不想解释的文件。

但也有疏漏的地方。"不予存档"的备忘录存档了，或者是放进特别文件夹之后忘记了。托尔森自己的"个人档案"的一部分，以及路·尼科尔斯的"官方/绝密"档案被疏忽了。由纽约分局在一九五四年至一九七二年之间"偷偷写下"的全套记录，没被粉碎和焚毁。分局长约翰·"花岗岩脑袋"·马龙人称"收破烂"，什么东西都舍不得扔掉。

胡佛的联邦调查局产生了数量浩瀚的受牵连文件，要全部销毁是不可能的。

在胡佛死去两天后的一九七二年五月四日，海伦·甘迪向局长特别助理马克·费尔特转交了联邦调查局局长的"官方/绝密"档案。费尔特把装满十二个纸箱的档案转移到自己的办公室，放进了配有组合密码锁和两个抽屉的六个文件柜内。

"官方/绝密"档案由一百六十七个独立的文件夹组成。不知什么时候，除了参与者知道，其中三个文件夹失踪了。三个夹子都标有一位现任或前联邦调查局高官的名字：一个文件夹没什么问题，都是些无意违反了安全规定的事；第二个稍微有点问题，涉及了财务方面的违章；而第三个除了其他方面外，还

---

① 《哈佛深红报》是哈佛大学运动队的刊物。——译注

怀疑与黑社会有关。

三年后，在获悉那些"官方/绝密"档案依然存在，而且是在司法部长爱德华·利瓦伊的手中后，威廉·萨利文告诉作家戴维斯·怀斯，"哦，可他没有找到金子。"约翰·莫尔把真金转移走了，萨利文说，里面有一些"非常神秘的档案……胡佛办公室里敏感的具有爆炸性的档案，包括国家一些要人的政治信息和负面信息"。[5]

萨利文说的应该是胡佛的"个人档案"，虽然他告诉众议院的一位调查员说，要想理清各种档案之间的区别，是"一团乱麻"。[6]

J.埃德加·胡佛"个人档案"的销毁——如果确实全都销毁了——用了两个半月时间。根据三年后海伦·甘迪的宣誓证词，她在联邦调查局总部销毁了一半的档案（一九七二年五月二日至五月十二日之间），在胡佛前住宅的地下室里销毁了另一半（五月十二日至七月十七日之间）。

甘迪小姐从来没有明确过这些档案的数量。但她确实声称，档案柜的三十五个抽屉已被腾空，文件都装进了纸箱内，以便转移到西北第三十街 4936 号住宅。此外，她还作证说，六个档案柜已被搬走，其中四个存放的是前局长的"个人事务"信息，另两个是关于副局长的。

华盛顿分局负责了两个阶段的搬运：把材料从联邦调查局总部转运到西北第三十街；然后——在甘迪逐页仔细检验没发现官方内容之后，或者她是这么作证的——把它们转移到老邮电大楼去粉碎和焚毁。没有转移的记录，但能够回忆起来。

雷蒙德·史密斯是一位卡车司机，他参与了第一阶段的搬运。在一份签字的宣誓证书上，史密斯声称，除了纸箱，他还亲自把不是六个，而是二十五个文件柜搬运到了胡佛先生的住宅。因为文件柜装满了东西，他协助把它们搬下楼梯，这事他记得很清楚。他还回忆说，在搬运过程中，有一个抽屉移出来了，他注意到里面塞满了淡色的文件夹，每个夹子大约有一英寸厚。

史密斯的作证是在一九七五年，是根据司法部长爱德华·利瓦伊命令的一次秘密"内部"调查期间。过分热情的调查局也想参加这次调查，但遭到了谢绝。史密斯的证词产生了问题，因为这与海伦·甘迪、约翰·莫尔、安妮·菲尔兹和詹姆斯·克劳福德的证词不一致。他们都认为，没在地下室看到过这么多的文件柜。为解决这个问题，联邦调查局特工两次询问了史密斯，但他还是坚持自己的说法。

调查小组最后认为，虽然史密斯的工作记录支持他声称的参与了搬运的说法，虽然所有的细节，包括文件夹的颜色，都是正确的，但在文件柜数量方面，他们宣称："我们只能得出结论，史密斯是真诚的，但他记错了，因为胡佛先生已经死了三年多。"[7]

或许是这样。

J. 埃德加·胡佛留下了一份简单得只有一页的遗嘱。

他指定把他的坟墓，包括他双亲和姐姐（婴幼期夭亡）的坟墓，都修建在国会墓地，并能够得到永久性的维护。

他还要求克莱德·托尔森能够"为我的两条狗保留或安排一个或几个好人家"。①

没给他的法定继承人，两个侄子侄女和四个外甥外甥女——他姐姐莉莲和哥哥小迪克森的孩子——留下遗产。

海伦·甘迪获得了五千美元；安妮·菲尔兹获得了三千美元，在一年内付给；詹姆斯·克劳福德得到了两千美元，在三年内付给。克劳福德还得到了胡佛个人穿戴服饰的一半，另一半给了 W. 塞缪尔·努瓦塞特。②

乔治·鲁赫（胡佛的第一个影子写手）和路易斯·尼科尔斯（他的长期出版人）都曾分别把他们的一个儿子命名为联邦调查局局长的名字。看在名字的分儿上，约翰·埃德加·鲁赫继承了胡佛的铂金手表和白金表带，约翰·埃德加·尼科尔斯则获得了他的星形蓝宝石戒指。两人还各自得到了一副袖扣。

至于克莱德·托尔森，即他指定的遗嘱执行人，胡佛计划赠予"我所有财产的所有剩余部分，包括不动产和动产"。[10]

---

① 在主人去世后几个月，两条狗都死了，十八岁的"游戏仔"先死；年龄只有它一半的"辛蒂"也在几星期后死去。"辛蒂"是胡佛养过的所有狗当中最喜欢的，因为就像胡佛告诉克劳福德的那样，"它最为亲近。"克劳福德回忆说，"它是因为悲伤死的。它不肯吃。它整天都躺在那里，躺在胡佛的椅子里。"[8]

② 这是南方白人家庭的习俗，即把死者的衣物，不管是否合身，留给有色人种的仆人。克劳福德把一套西服改了一下，但没有穿戴其他的。他解释说："我的孩子们让我穿戴得稍微时尚一点。"[9]

J. 埃德加·胡佛的财产价值，估算为五十六万美元。

有人说，这是低估了的。安东尼·卡洛马里斯是胡佛的邻居，也是同行的古董收藏家，他对西北第三十街 4936 号房子及其室内财产很了解。根据他的说法，四万美元的增值估价，"至少值十六万美元"，而胡佛的珠宝、图书、古董和其他家什的七万美元报价，应该翻倍，"这还算是保守的"。①[11]

胡佛还有十六万美元的股票和债券（他投资很谨慎，很少购买一家公司的一百股以上股权）；在德克萨斯州和路易斯安那州有十二万五千美元的油田、气田和矿山的租赁权；还有二十一万七千美元的现金，其中五万四千美元是里格斯国民银行和美国联邦储蓄和贷款银行的存款；五万四千美元是人寿保险；五万九千美元是在退休时可以得到的；一万八千美元是未发工资和退休前未使用的假期折算。

他自己的债务——除了丧葬费五千美元——是一份六百五十美元的账单，那是他去世前一个月在纽约市萨尔瓦多里·坎迪多裁缝店定做的一套西装的花费。

胡佛房地产被低估的一个原因，是托尔森，或者他的代表，甚至在评估师抵达之前就已经开始通过 C. G. 斯隆拍卖行，悄悄地出售那些古董。这事由马克辛·切希尔在《华盛顿邮报》上进行了揭露。

托马斯·A. 米德和巴里·哈根是哥伦比亚特区法庭的评估师，他们接受了对已故局长财产整理的工作。② 由于胡佛贪得无厌，这是一项艰巨复杂的任务，

---

① 威廉·萨利文也对胡佛财产的价值提出了异议。他告诉奥维德·德马里斯："如果谁能够进去看看，我认为他在死去的时候肯定值 100 万。除非他已经悄悄地抛出去了，否则的话他在德克萨斯州中心和斯奈德，以及新墨西哥州的法明顿拥有许多股权。我不知道他们是怎么处理这些股权的。多年来，这里面水很深……有时候，他在所得税方面遇到了严重的问题，我们不得不从纽约派遣一名会计师……去业务发生地德州休斯敦。后来他告诉我说：'天哪，如果真相揭露出来，胡佛就会有大麻烦了，他显然违反了法律，可我认为，我已经把事情全都摆平了。'这个人应该是调查局最好的会计师——比我们在华盛顿的更为优秀。显然，他确实把事情摆平了。但他也说，胡佛做了严重违法的事情。"

萨利文之前说过："胡佛曾与默奇森达成交易，他投资油井，如果他们能够开采到石油，他就拿利润的分红，但如果他们开采不到石油，他就不分担成本。这话我是听某个人说的，他负责处理胡佛的所得税申报。"[12]

② 米德是首席评估师，哈根是他的助手。他们每年平均要做 750 项财产评估工作。他们已经不再敬畏与名人生活的接触。颇具讽刺意味的是，他们评估过的两份著名的财产是属于胡佛的老冤家的：前最高法院大法官费利克斯·弗兰克福特和前中央情报局局长艾伦·杜勒斯。

结果整理出一份长达五十二页的财产清单，包括了八百个分类物品（其中一个并非不典型的记录是"有联邦调查局印玺的烟灰缸 60 个"）。他们是经验丰富的评估师，在四天内完成了任务——一九七二年七月十一、十二和十三日，并在九月十四日对胡佛保管在里格斯银行保险箱内的一些珠宝和股票进行了额外评估。

他们从屋顶的阁楼开始，一直到地下室，分类整理所有的古董、东方地毯和签名的照片。第二天下午，他们遇到了海伦·甘迪和约翰·莫尔。甘迪在客厅一边忙于秘书工作，基本上没理会他们，但莫尔表现出很大的兴趣，当天和第二天一直待在那里，观察着他们打开盛有胡佛物品的一个个箱子。托尔森会定期进进出出，徘徊一下，但他主要还是待在楼上。

几年后接受询问的时候，两位评估师回忆起至少看到过一个很可能是两个文件柜，加上甘迪小姐旁边的一些纸箱；楼梯旁边的一个房间里，则"另有一两个文件柜，或许还有几个箱子"。[13]

由于两人都想不起是否见过二十至二十五个文件柜，因此米德和哈根的证词不能支持雷蒙德·史密斯的说法。但他们也都没有否认史密斯，因为在从联邦调查局总部搬来之后，已经过去了两个月，其间任何物品都有可能转移到别处去——确实如此。甘迪已经快要结束她的工作了。华盛顿分局最后一次来装运定于七月十七日，没剩下几天时间了。

他们证词的重要，还有另一个原因：在一个关键问题上与海伦·甘迪和约翰·莫尔的证词发生直接的矛盾。

甘迪声称，没把官方性质的文件转移到胡佛的家里。确实，即使是联邦调查局一两份备忘录也许不经意错误地放进了个人文件之中的提议，也招致了胡佛这位长期秘书的愤怒抗议："我没有销毁属于调查局公务的材料。我很仔细，确保那样的材料不会放进个人档案之中。"[14]莫尔也做了类似的陈述说："胡佛先生死后，我们从来没有把调查局的任何文件带到胡佛先生的家里。"[15]

托马斯·米德和巴里·哈根给出了一个完全不同版本的宣誓证词。在注意到文件柜和纸箱的时候，他们询问甘迪小姐，这里面是否有需要编制目录的东西。

米德："我们询问这话之后，甘迪小姐表示，墙边——从她坐着的写字台到那个房间的文件柜——放着的东西，都是调查局的财产和政府的财产。我们被告知别去碰它们。"

问："那你们是否检查了沿墙壁——地下室东墙——摆放的箱子或文件柜里的东西？"

答："没有，我们没去检查。她坚定地说，那是政府的财产。"

问："你们能否描述一下你们被告知是政府财产的那些箱子？"

答："是普通的棕色瓦楞纸箱，看上去就像装西红柿的箱子，长长的，两端开了孔用作提手。"

在被问及写字台里面的物品是否得到了检查的时候，米德回答说："没有，没做检查。"他解释说，那张写字台，与地下室内的文件柜和箱子一样，他们"被告知那是政府的财产"，是"不应该去评估的"。[16]

甘迪小姐不但否认告诉过哈根和米德这样的话；她还声称是约翰·莫尔和詹姆斯·克劳福德回答评估师提出的问题，她只是坐在自己的凳子上。

但然后，在众议院和参议院小组委员会的几次露面的时候，甘迪小姐还否认——即使是面对相反的证据——胡佛在办公室里保管过有关政治数据的文件。（答："确实没有。"问："那么在办公套房的其他地方呢？"答："套房内哪里都没有。"）[17]经宣誓后，她还坚持，胡佛曾指示她，在他死后销毁他的个人通信往来资料，但她私底下向其中一个委员会的工作人员承认："胡佛先生从来没特别告诉过她要销毁个人通信资料，但她'知道'那是他想要做的事情。"[18]她作证说，格雷同意她把这些材料转移到胡佛的住宅，但当格雷否认这种说法的时候，她改变了证词，说是时任副局长的托尔森批准的。她还坚持，属于调查局的东西都没动过，也没销毁过什么。然而，在与一个委员会的调查员对话的时候，她描述了在胡佛家地下室检查那些箱子的时候，她拿出一个很厚的文件夹，里面的内容是与前局长助理威廉·萨利文的往来备忘录，以及她请示莫尔和托尔森，该怎么处理这些东西。托尔森告诉她："销毁吧。他现在已经死了。"①[19]

---

① 甘迪小姐描述的这个有两英寸厚的文件夹，除了其他内容之外，里面包含了萨利文在 1971 年 8 月 28 日和 10 月 6 日写给胡佛的书信，以及局长的回信。幸好萨利文本人保存着这些书信，他提供给了作者。

这样的矛盾显然使海伦·甘迪感到有点不安。在被质问各种分歧的时候，她快速回答："我已经说过了，我说话算数。"[20] 即使可以证明，她在关于档案方面说谎了——例如声称"个人档案"中的每一份文件都已经被销毁了——但哪个官员会愚蠢到去指控一个为政府机关服务了半个多世纪的七十八岁的老太太呢？当她在参众两院的小组委员会面前作证的时候，参议员弗兰克·丘奇或众议员贝拉·艾布扎格肯定是不会去指责她的。

罗伯特·孔克尔是华盛顿分局的局长。他应该对甘迪小姐证词的最重要部分提出怀疑——她声称胡佛的所有"个人档案"都已经被销毁了——这事特别具有讽刺意味，因为孔克尔是"甘迪的人"之一，那些在调查局干事的曾经的年轻人，他们的成长需要局长机要秘书的美言。就孔克尔来说，他能够从一名普通文员上升到联邦调查局一个重要分局的领导岗位，甘迪是帮过大忙的。①

由于这项任务的敏感性，孔克尔亲自监督了两个阶段的档案转移，以及碎纸工作。后来，因为受到格雷当政初期的排挤打击而离开联邦调查局之后，孔克尔与一位朋友说起了差点被发配去偏远的蒙大拿州巴特的事情。

虽然没做记录，但他的印象是他手下工作人员搬出来的文件，大多数转移到了地下娱乐室，只有少量的搬去了别处。

甘迪小姐的证词难以博得人们的相信。调查局内外谣言四起，说胡佛最机密的档案依然存在着，在他死后这些档案已被用来保护调查局的利益，继续事业生涯和作为保险。② 参众两院小组委员会的调查小组听到这样的谣言之后，试图开展调查。闲言碎语一再把调查小组引向位于西弗吉尼亚哈珀斯费里附近的蓝岭俱乐部，约翰·莫尔的一帮朋友在那里举行扑克聚会。参议院小组委员会

---

① 但即使是甘迪小姐的影响，也不可能一直保护他免受胡佛的愤怒批评。在担任驻日本使馆法律随员这个美差的时候，孔克尔被召回华盛顿，出任胡佛办公室主任一职。但他的一个孩子得了重病，他要求延迟一个月上任。为此，他被贬谪到达拉斯当普通特工，他在那里经过 3 年的苦修才被允许继续逐步爬升。恢复局长的好感和信任之后，作为华盛顿分局长的他，被委以负责局长股票内情通报的重任。

② 传说最多的是，水门事件期间这些档案"保护了"调查局。到底怎样保护的则没有明确，虽然威廉·萨利文暗示，关于联邦参议员欧文的那些档案，使得他一直在深入刺探联邦调查局的作用。

约定要去走访这个俱乐部，并询问那里的员工，但在他们计划访问的头天晚上，俱乐部被焚毁了。调查发现，纵火嫌疑人是一个九岁男孩。

胡佛死后几周和几个月之内，邻居们注意到在胡佛－托尔森住宅后面的巷子里，各种各样的人把许多箱子装上车辆。他们确认的一个人是詹姆斯·克劳福德，另一个人是约翰·莫尔。一位邻居回忆起第三个人，他说那人很像中央情报局传奇间谍詹姆斯·杰西·安格尔顿。即使胡佛禁止这样的交往，但安格尔顿一直与联邦调查局关系密切。威廉·萨利文也是他的朋友之一，还有约翰·莫尔。虽然不是蓝岭俱乐部的会员，但安格尔顿偶尔也会与莫尔及其一帮朋友在那里一起打扑克。

约翰·莫尔宣誓后否认从第三十街的住宅搬走过任何东西，只有一个例外。在与托尔森遗嘱诉讼相关的宣誓作证时，莫尔宣称他只拿走了一件东西，拿到了自己的家里，那是"几箱变质的葡萄酒"。[21]当时，谁也没有想到过问他，既然葡萄酒已经变质，为什么还要费力地搬到家里去，何不留下来与其他垃圾一起扔掉。

参众两院的调查小组都没去询问安格尔顿，虽然华盛顿人都知道，玛丽·迈耶与肯尼迪总统有过一段较长时间的风流韵事，在她被谋杀之后，作为她家朋友的安格尔顿，得到并销毁了迈耶的日记。① 但谣言经久不衰。

一九七八年在接受作者电话采访的时候，这位前中情局反情报部门的负责人既不肯定也不否认拿走过任何档案。在被问及是不是像谣言说的，胡佛关于威廉·"野比尔"·多诺万的负面档案，已经与中情局对 J.埃德加·胡佛所谓的同性恋调查档案进行了交换的时候，安格尔顿哈哈大笑起来，他说："首先，你必须搞清楚，这些档案是否已经失踪。"如果安格尔顿是这个意思，那么这是一条有趣的线索，因为胡佛关于多诺万的大多数档案已经失踪。在应该是几千页的档案中，只有几百页保留下来了，其中的内容不包括助理们认为胡佛会对老冤家大量收集的负面材料。

"我告诉你一件事，"安格尔顿吃吃笑着说，"这是我最不想说的。我没有搬走过什么变质的葡萄酒。"[22]

---

① 1964 年 10 月，在乔治敦古老的切斯皮克和俄亥俄运河纤道走路的时候，玛丽·迈耶被匕首刺死。一个年轻的黑人流浪汉后来经预审后被判定有罪。据说迈耶的日记记载了她与朋友的聚餐，以及在白宫与肯尼迪之间的性关系情况。

即使在 J. 埃德加·胡佛死后，他的档案依然保持着威力。

虽然托尔森的健康每况愈下，但他还是比胡佛多活了将近三年。生病住院越来越多了，有些人说，在托尔森每次返回西北第三十街 4936 号住宅之后，他都要比以前虚弱一点，而且也更糊涂了。

有一段时间，他和他的一位医生约瑟夫·V.肯尼迪也会每周去看一次赛马，但在他开始依赖于扶车以及最后要使用一条三爪拐杖之后，这些观光活动就停止了。去墓地和吉福德冰激凌店的次数也减少了，然后结束了。

显然，他的最后几年大都是在电视里观看智力竞赛和肥皂剧中度过的。除了莫尔、菲尔兹和克劳福德，他很少见人。曾经写过《联邦调查局故事》的唐·怀特黑德，现在想写 J. 埃德加·胡佛的授权传记，但遭到了断然拒绝。他的兄弟希勒里·托尔森几次来电和留信息，但从来都没得到过回复。老朋友和老同事打来的电话，都是菲尔兹接听的。如果他们坚持，也只能与莫尔说上话。莫尔还负责接收关于胡佛财产的所有邮件。①

那些奇怪的电话，不知道是什么时候开始的。五六个人声称接到了奇怪的电话，很可能还有更多的人。大多数电话是在夜晚拨打的，但也有几个是在白天非正常时间拨打的，好像托尔森知道他们的秘书会离开那样。在有几个电话里，他亮明了自己的身份；另一个电话里，他没说自己是谁，但他的声音被听出来了。一位全国性杂志的记者以前写过一篇吹捧副局长的文章，这次他接到警告说，他的一位编辑在散布关于他的坏话。该记者很是怀疑，但他被托尔森的关心所感动，对此不敢掉以轻心。一位还在调查局工作的前助理，被告知了为什么他从来没有得到提升——他的档案里有一封负面材料的信件——他得到的忠告是辞职和领取养老金，于是他照着做了。一九七三年，托尔森，或者是某个人冒用他的名字，几次试图打电话给尼克松总统，但都没有打通。②

此后，托尔森的电话特权显然被取消了。他再也打不出电话了，他告诉一

---

① 除了邻居们——其中一位说起过他，"他是个坏脾气的老人。这是我对托尔森先生最有礼貌的描述"——外人很少看到过他。[23] 他接受了参议院水门委员会两位调查员 R. 斯考特·阿姆斯特朗和菲利普·海尔的采访，但莫尔也参加了，并回答了询问托尔森的大多数问题。
② 一九七四年，在水门事件听证期间，总统倒是收到了一封由克莱德·托尔森签名的书信，敦促他不要辞职。

位股票咨询师朋友。他的卧室里还是有一部电话，但已经被改为通向楼下的直线电话。当他想打电话找某个人的时候，接听的总是安妮·菲尔兹。

朋友们怀疑他已经衰老了。但托尔森从来没有像其他人那样，感觉被关在了自己的家里。

一九七四年，也就是托尔森去世的前一年，林登·约翰逊总统的前高级顾问鲍比·贝克收到了一条令人震惊的信息，是通过托尔森的一位私人女护士转告的，该女人多年前照看过贝克家的孩子。"你的朋友鲍比·贝克应该知道，"托尔森告诉她，"他的秘书乔治娅·利亚卡吉斯多年来一直是领取报酬的政府线人。她把贝克的许多文件提供给了政府。"

贝克的起初反应是，"老克莱德·托尔森肯定是神志不清了。"利亚卡吉斯大约自一九六八年起就为他工作了，就像是贝克的家庭成员那样。她照顾他的孩子们，有他家的钥匙，还管理他的档案。"对她来说，我的生活是一本敞开的图书。"

对联邦调查局来说也一样，他很快就确认，还有税务局。在一次秘密的诉讼期间，利亚卡吉斯承认，她不但把贝克的私事和公事信息提供给联邦调查局和税务局，还录制了他的电话会话并把他的关于约会、约会对象以及时间和地点，都通知她的管理员（联邦调查局的汤姆·萨利文和税务局的弗朗西斯·J.考克斯），显然由此他们就能够去监控那些人了。她声称是在压力之下才成为付费线人的，因为税务问题。然而，萨利文和考克斯都说，是她主动来找他们的。①

贝克不明白为什么托尔森这个"实际上已经躺在了死床上的人"，要把这个信息告诉他，"除非他是想在死去前让灵魂得到安息"。[24]

一九七五年四月十日，七十四岁的克莱德·安德森·托尔森因肾衰竭，被紧急送医救治。他死于四天后的四月十四日，只有一名护士和詹姆斯·克劳福德在他身边。约瑟夫·高勒父子公司办理了殡仪事宜；埃尔森博士致了悼词；托尔森也被埋葬在国会墓地，与胡佛的坟茔相隔不远。参加葬礼的人很少。《华

---

① 政府最后给了从他的档案中窃取的 900 多页的文件。其中的一些文件可追溯到约翰逊 1960 年的大选战役和再早的事情，在利亚卡吉斯受雇之前，而且是来自她不可能看到的档案。贝克由此得出结论，要么她不是他的第一个"特洛伊木马"，或者联邦调查局对他实施过一系列的提包工作。值得注意的是，许多文件是关于林登·贝恩斯·约翰逊的公事和私事。

盛顿邮报》在讣告中，把他描述为 J. 埃德加・胡佛的"难得抛头露面和几乎是匿名的心腹朋友"，然后为证明这个观点，却错误地附上了路・尼科尔斯的一张照片。[25]

克莱德・托尔森的遗嘱，没有 J. 埃德加・胡佛的遗嘱那么简单。

胡佛死后不到三个星期，约翰・莫尔获得了克莱德・托尔森的授权委任，以及他的银行账户的授权委任，两份授权文件使他能够控制托尔森的金融和已故的 J. 埃德加・胡佛的财产。

两份文件都是"克莱德・A. 托尔森"用颤抖的手签字的，见证人是联邦调查局的两名高官尼古拉斯・P. 卡拉汉和詹姆斯・B. 亚当斯。卡拉汉是行政部副部长，亚当斯是他的助理。两人都是约翰・莫尔的部下，也是他的打扑克伙伴。

然后莫尔为托尔森准备了一份新的遗嘱。日期为一九七二年六月二十六日的这份新遗嘱，签字的笔迹也是颤抖的，见证人是卡拉汉和约翰・P. 邓菲。邓菲是联邦调查局实验室设备科的负责人，也是定期在蓝岭俱乐部聚会的莫尔的牌友。除了任命莫尔为执行人之外，该遗嘱还安排了以下的遗赠：给托尔森的秘书多萝西・C. 斯基尔曼夫人五千美元；给他的前秘书助理莉莲・C. 布朗夫人四千美元；给约翰・P. 莫尔四千美元；给莫尔的女儿小约瑟夫・亨利・斯考特夫人一千五百美元；给安妮・菲尔兹五千美元；给詹姆斯・克劳福德五千美元；给照顾过托尔森母亲晚年生活并为她送终的约翰・J. 凯利夫人一千美元；① 给艾伯特・保罗・贡塞尔两千美元（虽然是调查局职员，但贡塞尔参与办理了胡佛和托尔森的投资和所得税申报事务）；给托尔森的前女佣拉海尔・吉尔一千美元；给海伦・甘迪四千美元；其余的财产平均分配给美国男童群益会和达蒙・鲁尼恩癌症研究基金会。

该遗嘱有一段是这样写的："根据本遗嘱，我不留下任何财产给我的兄弟希勒里・A. 托尔森和他的孩子詹姆斯・沃尔特・托尔森、罗伯特・H. 托尔森，以及帕梅拉・托尔森・霍尔斯特，或者是他们的孩子。"

除了被剥夺继承权的希勒里・托尔森及其家庭成员，这是一份相当大方的

---

① 特工约翰・J. 凯利被分配到了爱荷华州锡达拉皮兹市，说是这样他和他妻子可以照顾托尔森的母亲。

文件，考虑到克莱德·托尔森是出了名的守财奴。①

还没过两个月，莫尔重新起草遗嘱，增加了一段话，给他自己作为执行人留了一笔财产处置费。修改后的版本，其日期是一九七二年八月十四日，与之前的相同——只是见证人不同。由于卡拉汉和邓菲都在休假，因此见证的是 G. 斯贝茨·麦克迈克尔和达尔文·M.格雷戈里。他们两人也是莫尔手下的——麦克迈克尔是调查局的首席采购员——而且也是蓝岭俱乐部团组的成员。

在接下来的两年半时间里，有了五份遗嘱附件，全都是由邓菲和卡拉汉见证的。

第一份遗嘱附件，日期是一九七三年七月五日，另外给贡塞尔两千美元。

第二份遗嘱附件，日期是一九七三年九月六日，② 另外给斯基尔曼、莫尔、菲尔兹、克劳福德和贡塞尔每人两千美元。菲尔兹还获得"所有的摆设、家具、地毯、电视机和她卧室的……所有其他的家具"，还有托尔森的所有床单和毛巾。作为遗嘱执行人的约翰·莫尔，他获得的遗赠是"所有的纪念品、奖章、牌匾、照片，以及可以简单地确认为已故的 J.埃德加·胡佛个人财产的所有其他物品，本遗赠的目的，是要把这些纪念品放置到……联邦调查局新大楼的 J. 埃德加·胡佛室。③ 我的遗嘱执行人应有权独自做出决定和判断，个人财产中的哪些项目可包括在本遗赠之中。"

第三份遗嘱附件，日期是一九七四年三月六日，极大地增加了筹码：额外再给斯基尔曼、莫尔和贡塞尔每人两万美元；额外分别再给菲尔兹和克劳福德每人两万五千美元。

日期为一九七四年九月十一日的第四份遗嘱附件，出现了两个新的名字。两人都是托尔森的医生：多年的朋友约瑟夫·V.肯尼迪大夫获得遗赠一万五千

---

① 1964 年，在动了心脏手术之后，托尔森在西北第三十街4936 号的住宅内康复疗养了两个月。其间由安妮·菲尔兹照顾卧床休息的副局长，她得到了 10 美元的辛苦小费。在搬到胡佛家之后，托尔森一直让菲尔兹作为他的厨工、管家和护工，付给她的报酬是每周 72 美元（托尔森告诉她，如果他付多了，就要纳税）。每年的圣诞节，托尔森都会给菲尔兹 20 美元和一盒糖果。克劳福德也收到过 20 美元和一条领带。当克劳福德定期驾车送托尔森去胡佛和他的几只狗的坟地看望的时候，通常是由克劳福德支付汽油费的。
② 在一次法庭命令的宣誓作证期间，莫尔在获悉托尔森已经在 1973 年 9 月 6 日入住达科塔斯医院之后，声称这份附件的日期是错误的。
③ 即使大楼最终是以已故联邦调查局局长的名字命名的，但楼内没有 J.埃德加·胡佛室。然而，胡佛的办公桌倒是陈列着，放置在一个小平台上，作为联邦调查局游览区的一部分。

美元；邻居威廉·B.沃德罗普大夫获得遗赠五千美元。此外，斯基尔曼还获赠一张柚木桌子，上面有八角形的大理石镶嵌；菲尔兹获赠一幅由山姆·努瓦塞特绘制的冬景油画；克劳福德获赠托尔森的所有"衣物"。

第五份遗嘱附件，日期是一九七五年一月二十九日，再给沃德罗普大夫一万美元；而同时作为胡佛和托尔森医生的罗伯特·V.乔伊瑟大夫，也获赠一万五千美元。

美国男童群益会和达蒙·鲁尼恩癌症研究基金会也许是幸运的，因为克莱德·托尔森在一九七五年四月十四日去世后，还留下了一些钱。在胡佛－托尔森联合财产估算剩余的五十万美元中，他已经赠送了十九万八千五百美元。

遗嘱及其附件都在一九七五年四月二十四日存档，以作遗嘱检验。

一九七五年七月十日，希勒里·托尔森提出了对遗嘱的诉求，指控约翰·P.莫尔运用"欺诈手段"，排除了他对兄弟财产的权益。在克莱德·托尔森的晚年时期，诉求书声称，"托尔森的身体和智力都很衰弱"，因此他"容易受到（莫尔）和与（莫尔）相关的那些人强加于他的过度的影响……由于（托尔森）身体上和智力上虚弱的状况，（莫尔）和与他一起的那些人禁止其他人，包括（希勒里·托尔森）去看望（克莱德·托尔森）。（克莱德·托尔森）实际上成了隐士"。[26]

希勒里·托尔森选了罗兰·拉门斯道夫作为律师。从律师的角度看，这不是一个很好的案子。虽然托尔森兄弟之间还在互相寄送圣诞节和生日贺卡，但两人已经十多年没见面了。关系的疏远，显然是一次令人难堪的"恶作剧"的结果。希勒里的一个儿子沃尔特已经在联邦调查局当了十五年的特工——或者是克莱德·托尔森告诉约翰·莫尔的——他"带上费尔法克斯警察局的几个女子私奔了"，[27]为此副局长至少在心底里认为，这对调查局和托尔森家庭都是很没面子的事情。

希勒里·托尔森是白宫历史协会的一名执行董事，虽然他的办公地点与司法部大楼只相隔几个街区，但自从一九六二年发生了"私奔"事件以来，两人都不想跨过这段短短的距离互相走动。在胡佛死后，希勒里曾几次打电话给克莱德，但都没有打通。

况且在对两份授权委任书、两份遗嘱和五份附件上的"克莱德·A.托尔森"签字进行了比较之后，发现这些签名很可能出自同一个人的手笔。更为不利的是，这些签名与克莱德·托尔森还在联邦调查局工作时在文件上的签字极为类似。

而且他指控的是联邦调查局一些高官的"欺诈"。

但拉门斯道夫律师有一个预感。

在准备陪审团预审的时候，他开始收集证词。托尔森的三位医生——肯尼迪、沃德罗普和乔伊瑟——都拒绝作证，也拒绝提供医疗记录，理由是医生与病人之间的秘密（即使病人已经死了），但拉门斯道夫获取了托尔森在医院的一些记录，虽然这些资料主要是关于他的身体方面的，但也给了他一些智力状况的线索。

克劳福德、菲尔兹和莫尔都已经作证了，莫尔坚持认为，虽然托尔森在晚年时期身体状况已经从"正常"转变为"良好"，但他在死去之前的心理状态一直是"极好"的。莫尔还声称，在这些文件签字和见证的时候，他记不清自己是否在场。

然后拉门斯道夫来找证人了，先从尼古拉斯·P.卡拉汉开始，他大有所获。卡拉汉虽然是约翰·莫尔多年的密友（萨利文把他描述为"莫尔的左右臂"），[28]但他作证说，他实际上没有看到托尔森在两份授权委任书上签字，他这么做只是遵照莫尔的吩咐。而且他还怀疑这是不是托尔森的签字。看上去更像是他近年在联邦调查局其他文件上的签名模式。

到这个时候，拉门斯道夫已经相当确信，他知道了是谁签上了托尔森的名字。

一九七六年九月，他让她宣誓作证。在获得托尔森多年的秘书多萝西·斯基尔曼的证词之后，事情就结束了。

斯基尔曼夫人承认，是她用患有关节炎的手签上了克莱德·托尔森的名字，而且多年来她一直在这么做。她还作证说，她这么做是遵照约翰·P.莫尔的指示，从来没就此事与托尔森本人商量过。

这次揭露促使控辩双方律师之间举行了一次会谈。预计冗长的诉讼很可能导致否定遗嘱及其附件，从而把所有的财产留给克莱德·托尔森的近亲希勒里·托尔森，于是提出了一个和解建议，经洽谈后接受了。希勒里·托尔森收到了十万美元，条件是撤诉。

根据和解协议条款，两个慈善机构拿出了八万美元，八个最大的继承人——斯基尔曼、莫尔、菲尔兹、克劳福德、贡塞尔，以及肯尼迪、沃德罗普和乔伊瑟大夫——拿出了剩余的两万美元，各占他们遗赠收入的百分之十点六。例如莫尔本来可拿到两万六千美元，现在只拿到二万三千二百四十四美元。但莫尔还拿到了作为财产遗赠执行人的那份收入。

根据约翰·莫尔的说法，在克莱德·托尔森告诉他要剥夺希勒里·托尔森及其家庭财产继承权的时候，他补充说："如果希勒里或他的家庭成员也拿到部分财产，那么克莱德是会回来纠缠我的。"[29]

克莱德·托尔森的鬼魂，并不只是要来纠缠约翰·莫尔的唯一幽灵。

在短暂担任联邦调查局代局长期间，L. 帕特里克·格雷三世没去理会关于行政部的腐败谣言——包括会计处和采购处、联邦调查局实验室、设备科和无线电工程科，以及监察部——但他的接班人克拉伦斯·M. 凯利则不得不采取措施。

一九七三年秋天，参议院情报特别委员会（派克委员会）提供信息给司法部说，在调查局与其指定的电子设备供应商美国唱片公司的业务交往中，据说联邦调查局的某些官员一直在拿好处费。司法部长爱德华·H. 利瓦伊要求联邦调查局局长凯利对这个指控开展调查，凯利把任务交给了监察部。①

约翰·莫尔是被调查的主要目标之一，但大多数监察员是他的老部下，结果没发现什么问题。

但司法部长发现调查报告"不完整"和"不满意"，他命令开展一次新的调查，这次是由司法部来进行调查。司法部刑事司的两名律师担任负责人。他们也使用了联邦调查局特工充当调查员，只是这次特工们来自基层的分局，入选的条件是经验丰富和与被调查者没有瓜葛。

---

① 调查局内部都知道，监察部也不是没有腐败。前布法罗分局长尼尔·J. 韦尔奇总结了公职人员受贿的许多做法，他说："各分局普遍害怕来自调查局总部的监察员下基层，部分是因为担心他们仲裁不公的名声——但主要是因为他们评判的代价往往是相当实际的。去分局的监察员盼望并接受免费的餐饮和招待、礼物和旅游，而且被监察的分局长知道'当地的土特产'，喜欢拿名酒送礼。可以预见，监察报告是与分局的慷慨大方及其业绩表现明显相关的。在返回华盛顿时，监察员们常常是大包小包满载而归，在总部清理和登记战利品也是一项很重要的工作——作为一个基准，下次去该分局监察的时候应该有所超越。"[30]
韦尔奇说得很委婉，他没有提及"当地的土特产"往往包括了职业伴侣。

第二次调查几乎历时十一个月，从最初的指控顺藤摸瓜深入到了群众有反映的其他违法乱纪情况。财务特工和税务特工检查了没被销毁的数量浩瀚的文件资料，总共有"几百名"联邦调查局前雇员和现任雇员被访谈了，许多人很配合，有些人不配合，至少有一位前官员千方百计地对抗调查。

　　特别调查小组发现，十二年（根据业务的曝光，是从一九六三年到一九七五年）来，联邦调查局实际上只从一家公司采购所有的电子设备——在成本基础上的加价售价，往往高达百分之四十到七十。①

　　该供应商是设在华盛顿特区的美国唱片公司，老板是约瑟夫·泰特。在约翰·莫尔的一份秘密备忘录里，泰特被描述成"一位私交朋友"，也是"（调查局）的一个优秀朋友，（他）会尽一切努力来保护我们的利益"。[31]

　　莫尔和联邦调查局其他官员后来作证说，这种排外的特别关系是基于保密性考虑。但这样的解释没能经得起严格的检查。美国唱片公司的员工没有安全意识。公司曾有两次被盗。给联邦调查局送货选择的是工作时间，使用的箱式小货车刷有"美国唱片公司"的标志。业内几乎人人都知道这样的安排：实际上，其他电子设备公司也在供货，但美国唱片公司提高了售价作为其中间人的佣金收入。

　　然而，保密方面的一个原因是出于联邦调查局的考虑。一个例证是一九六三年三月四日，莫尔发了一份备忘录给时任实验室主任助理的伊凡·W.康拉德。"调查局不得通过美国唱片公司以外的渠道采购录音机，"莫尔下令说，"这么做的理由，是因为万一国会的委员会就联邦调查局采购录音机的事情提出质问的时候，美国唱片公司的泰特先生会保护调查局。其他公司是不会那么做的。"[32]

　　联邦调查局不想让国会或公众知道其在搞窃听。为掩饰这些采购耍了许多花招。联邦调查局的部分年度预算资金——"不超过七万美元"——花在了"不可预见的应急保密事项"上。被称为"保密基金"的这些钱，似乎应该是支付给线人的。但在一九五六年八月至一九七三年五月之间，基金中至少有七万五千美元被用来购买了电子设备。还有两千五百美元以下的个人订购，以避

---

① 联邦调查局一开始是在 1943 年与美国唱片公司打交道的。到 1971 年，该公司大约 60% 的销售额是依靠联邦调查局的。

开公开招标的要求。结果除了平均为百分之二十三点八的高昂加价售价，联邦调查局损失了大批量购买可以享受的折扣。例如在一九七一年，继梅迪亚驻勤办事处遭窃之后，调查局为购买防盗警报设备，向美国唱片公司支付了十四万七千二百六十一美元，如从纽约的供货商进货，只要花费八万一千三百五十七美元就够了。

司法部特别调查小组没能发现胡佛、托尔森、莫尔或联邦调查局其他官员从美国唱片公司拿取回扣或收受贿赂的证据。但他们发现了泰特与调查局许多官员之间的交往模式和小额馈赠。泰特在蓝岭俱乐部的周末牌局上做东。他还在贝塞斯达县俱乐部、比利·马丁的马车房酒店，以及在乔治敦和国会山的圆顶餐馆招待官员。圣诞节的时候，泰特给实验室的工作人员送去小礼品——诸如领带夹、钱包、指甲刀和台历——莫尔则收到了为他的卡迪拉克汽车配套的八声道立体声磁带录音机和音响。但虽然司法部的结论是，联邦调查局官员"存在着收取泰特先生和美国唱片公司好处的不当行为，违反了利益冲突的特别规定……但没有证据表明，根据联邦贿赂或欺诈条令足以构成欺诈的意图"。[33]

泰特后来因逃避所得税、对政府说谎、邮件欺诈和阴谋诈骗而受到了审讯，但都没有构成罪状。

特别小组还调查了其他领域的不当行为。

定额备用金是一个小额基金：能够确定的是，只少了一千七百美元。调查组发现，至少有一位联邦调查局官员把基金用于个人购买。G. 斯贝茨·麦克迈克尔是调查局首席采购员和托尔森遗嘱的"证人"之一，也是这个基金的出纳员，他拒绝配合调查。

联邦调查局行政部部长助理尼古拉斯·P. 卡拉汉，也是托尔森遗嘱的一位"证人"，他还在一九四六年至一九七三年间掌管着秘密基金。与他的顶头上司、主管行政事务的局长助理约翰·P. 莫尔，以及大老板副局长克莱德·托尔森和局长 J. 埃德加·胡佛一样，他也可以批准用钱。司法部调查组发现，这个基金至少有九万八千美元花费不当。除了七万五千多美元用在了购买电子设备上之外，大约还有两万三千美元花费在公关上，包括招待来访的国内外执法官员的住宿费、餐饮费和礼品费。

为掩盖用途，这些钱是以旅行凭证的形式从账户上提取的，然后转换成现金。与联邦规定相反的是，这些钱到年底时也没有归还。一九七六年在特别调查小组的审计期间，基金只有三万四千美元。虽然没发现证据可表明联邦调查局官员把基金挪作私用的情况，但都说不清楚这些钱的去向，因为实际花费都没有记录。

联邦特工互助协会是一个非官方组织，致力于为联邦调查局员工提供人寿和健康保险。在审计这个协会的时候，调查组发现了更多有问题的费用开销。协会的钱被用于橄榄球赛季的门票、结婚周年礼物和圣诞以及退休晚会的费用（约翰·莫尔的支出达到了六百三十五点二一美元，包括罗巴克海钓渔船的租费）。

然后他们来检查联邦调查局娱乐协会——J.埃德加·胡佛的个人洗钱部门。联邦调查局娱乐协会成立于一九三一年，采用调查局员工缴纳会费的运作方式，声称其目的是为促进员工的体育、社交和福利活动。对最后一条的理解相当松散：根据卡拉汉的解释，为促进联邦调查局福利而开销的钱，是为了员工的最大利益。

除了出版月刊《调查员》杂志之外，一直都有一些用途不明的神秘开支。当分局的特工们抱怨说，虽然他们的缴费是强制性的，但他们不能问及这些钱用在了哪里。分局的一名特工被安排进入了基金会的五人董事会之中，显然是为了堵住牢骚和批评。在第一次参加董事会议的时候，该特工天真地问及现在账户里有多少钱。他得到的回答是"一阵长时间的沉默"。[34]此后不久，董事会认为，他的存在是没有必要的，于是董事会的人选又回到了全部由总部人员担任的状态。

虽然许多资料已被销毁，但特别调查组还是发现在一九五八年至一九七二年之间，有五万五千多美元用在了招待联邦调查局全国学院学生和客人方面。另有两千美元花费在其他公关方面。在一九五一年至一九七二年间，卡拉汉提取了三万九千五百九十点九八美元，用在了所谓的图书馆基金方面。没有记录表明了这笔资金的去向。胡佛死后不久，莫尔和卡拉汉就结束了图书馆基金的提取，并销毁了所有的记录。

已知有超过二十万美元的关于胡佛图书和电影的版税捐献给了联邦调查局娱乐协会。此后这些钱就消失得无踪无影。这些钱到底有多少落入了胡佛、托尔森和其他人的口袋里，则永远无从知道了。由于缺乏书面线索，司法部只得做出结论说："没有证据表明，调查局的官员把这些钱转化为私人用途，因此根据《美国法典》第 654 部分第 18 款,没有证据表明他们有刑事犯罪的意图。"[35] 此外,对主要嫌疑人 J. 埃德加·胡佛和克莱德·托尔森已经不适宜追诉了。

已经列出了一份不完全的修改清单,内容是关于 J. 埃德加·胡佛家里及其作为美国警察头子时所收取的特别"外快"。托尔森一直是住在公寓里,虽然使用了政府的公车和联邦调查局的司机,而且也使用了调查局的会计来为他打理所得税申报和投资事务,但似乎他的占有欲不是很强,因此他没有拿取很多好处。

胡佛出书,托尔森搞发明,包括了可再次使用的瓶盖、窗户自动升降装置(林登·约翰逊在白宫自己的卧室里安装了一套),以及在飞机和航天器上的应急舱窗操作设备。虽然想法是托尔森的,但实际制作的是联邦调查局实验室。然而与胡佛以自己的名义出书拿取版税,但实际上由联邦调查局员工写作所不同的是,托尔森是以联邦调查局的名义获得设备的专利,他自己没有从中获利。但他让实验室对瓶盖进行了涂金,作为礼品。

显然局长能拿好处的,大家都有好处,联邦调查局其他高级官员根据行政级别制订了好处享受的分配系数。没有具体的日期表明,按级别分配外快的做法是从什么时候开始的。(即使在一九三八年搬入新居之前,胡佛也有大量的工作是在家里完成的,花费的是政府的开支。)但似乎小规模的做法,是在托尔森第一次心脏病发作,再也不能在调查局充当看门狗之后的一九五〇年代中期开始的,在此后的二十年间愈演愈烈。

约翰·莫尔的卡迪拉克轿车,是由联邦调查局员工负责洗车、加油、修理和保养的。他们还负责给当牙医的莫尔儿子一辆名爵汽车的修理和车身喷漆,并为他设置了一个复杂的牙齿陈列室。调查局实验室电子工程科员工为莫尔修理车载收音机、他家的电视机和立体声音响,还为他安装了调频波段、电话、高保真喇叭和报警系统(莫尔支付了电话和高保真喇叭的费用)。设备科员工为他油漆了写字台和绘图板,为他制作了一个鸟笼,改装了屋内的房门以适应新地毯的铺设,复制了他们给局长的许多同类礼品,包括一个盾徽、梳妆台上面的衣帽架,以及一个葡萄酒桶模样的便携式酒柜。

莫尔显然喜欢胡桃木。根据他的指示,设备科为他制作了一个胡桃木雪茄盒、一个胡桃木磁带架、一个胡桃木葡萄酒柜(估价两千美元)和两个胡桃木枪匣。

莫尔还拿取了一套盗版的唱片，是由电子工程科根据前局长助理卡撒·D.德洛克的指令复制的。

一九七二年六月莫尔从联邦调查局退休之后，他继续接受许多这样的服务。

既然胡佛和莫尔都有了，那么尼古拉斯·卡拉汉也要有一个盾徽、梳妆台上面的衣帽架，以及一个葡萄酒桶模样的便携式酒柜。

设备科员工制作了一个丝网毛毡桌垫，可供卡拉汉玩棋牌类游戏，修整了房门以适应新地毯的铺设，为他制作胡桃木鱼竿架子，为他的沙滩屋组装了一道木栅栏，以阻止沙土的侵袭，印制了沙滩屋的导航图，为小屋的屋顶做了防水处理，为他女儿和女婿的房子设置了门牌，为他的个人照片裱上了画框，还给了他一块有爱尔兰经文的牌匾。

卡拉汉显然喜欢塑料和聚苯乙烯泡沫。设备科为他的沙滩屋制作了时尚的泡沫塑料航海饰品，还为他做了一套塑料折叠桌子，以及小纪念品作为礼物送给朋友。卡拉汉还接受了自己汽车的大量免费服务，并"借用"了一架拍立得照相机拍摄个人照片，由调查局提供胶卷。①

伊凡·W.康拉德是联邦调查局实验室前主任助理，也是一名无线电爱好者。他把联邦调查局大量的设备拿到了家里，包括电压表、蓄电池测试器、立体声功放、控制台、喇叭、话筒、电线、线圈绕线机、混合器、录音机、变压器和其他电子配件。一九七三年七月，康拉德从联邦调查局退休了。当监察部调查小组在一九七五年十二月初质问他关于那些"去向不明设备"的时候，他回答说不知情。但那些问题肯定是敲醒了他，因为在当月的晚些时候，他安排美国唱片公司把价值两万多美元的设备——大都从来没有使用过——装运到公司仓库去了。一年后，司法部调查小组得知了秘密运输，他们提出了质疑。康拉德声称，他从来没有想到过要把这些设备占为己有，他保存这些东西是准备为胡佛局长的"特别项目"派用场的，打算在局长死后归还。面对事实是胡佛死于一九七二年五月，而美国唱片公司是在两年半之后的一九七五年十二月接运的质问，康拉德承认是"晚了些"。他的记忆再次恢复了，他现在归还了，又是一次装运，这次是归还联邦调查局，物品包括了车载收音机、控制电缆、电

---

① 司法部的报告指出："卡拉汉先生作证说，特工们被允许把照相机带回家私用，以维持设备的熟练使用。担任此次调查的特工证明说，情况确实如此，但他们表示，这种保持熟练使用的做法适用于比拍立得更为复杂的照相机。"

缆接头、喇叭、天线、分类的设备附件、一台立体声收音机、更多的磁带录音机、话筒和一台音频录制设备。

在接受司法部调查的所有人员中，只有前设备科负责人和克莱德·托尔森遗嘱的另一位"证人"约翰·邓菲被定罪。对于他的辞职和在其他阶段调查的配合，邓菲被允许只承认一项错误做法——动用价值约一百美元的木材搭建鸟笼和其他的个人不当行为——并被罚款五百美元。①

伊凡·康拉德交了一张一千五百美元的支票，作为私用电子设备的补偿。

原先，这样的调查是打算在内部进行的。但在水门事件之后的气氛下，接替利瓦伊的司法部长格里芬·B.贝尔决定把这事公开。②

J.埃德加·胡佛的名声，在一九七五至一九七六年的丘奇委员会揭露中已经受到了伤害，③ 这次成了主要的受伤目标。联邦调查局局长、执法先生本人、美国人民心目中最受尊敬的政府官员，在其参加工作的大部分时间里一直是个小偷的消息，似乎比一年多来追究联邦调查局的搭线窃听、话筒窃听、非法闯入、反情报项目和其他非法行动，更让公众感到震惊。

《洛杉矶时报》发表编者按说："随着腐败的揭露，这是鸡毛蒜皮的小事，几乎让人反感。但问题不在这里。问题是，世界上最强大执法部门的领导人，平常对下级要求极为严格，员工的个人行为稍有违反联邦调查局正式规定的，就会被开除，但他本人没能抵挡住诱惑，厚颜无耻地经常贪污公款。而且由于胡佛的腐败，他身边的一些调查局高官认为他们也有权搞腐败。"[37]

---

① 邓菲在承认有罪的前一天辞职。这样调查局依然可以维持其从来没有联邦调查局特工犯罪的记录。

② 在解释为什么这事与以往做法不同的时候，司法部长贝尔说：

"在报告针对政府雇员采取的纪律检查行动的时候，联邦机构传统上是公开已经采取的行政行动，以及导致这种行动的事情性质，但一直没有指明涉事者的身份。

"然而，还是有一些雇员，他们的不当行为引起了人们对该机构正直性的质疑。如果该机构的使命特别敏感，不当行为又很严重，或者是由高级官员作为，那么为保护公众的利益，最好是尽可能把事情公开。

"我在报告中发布的就是这样的错误行为。"[36]

③ 正式名称是参议院调查政府在情报活动方面行动的特别委员会。该委员会主席是爱达荷州联邦参议员弗兰克·丘奇。

事情还有可能更加严重。司法部调查小组获得了其他的犯罪证据，由于时间、人手和法律的限制，他们决定不再追究。这其中有火器和汽车的采购，以及联邦调查局与福特汽车公司特别融洽的关系。调查组没有深入探究调查局与赫兹国际和安飞士的关系，这两个大型汽车租赁公司在遭遇车辆失窃的时候，能够得到优先处理案子的待遇。没有对许多不当的个人行为进行调查，比如总部人员大量采购酒和肉；分局为来访的联邦调查局总部官员提供妓女（总部的一名高级官员在访问芝加哥分局的时候，醉酒后下令安排并且得到了两个女人陪他过夜）；也没去追究那些掩盖和放任犯罪行为的做法（例如一个大分局的分局长野蛮殴打老婆，使其住院治疗，但她的投诉被担任过调查局特工的当地警长压制下来了）。特别调查小组也没去深究关于新的 J. 埃德加·胡佛大厦建造成本的指责，包括在涉及的公司中至少有一个是受黑社会控制的指控。或许调查小组认为公众已经是够受的了。

司法部一九七八年报告中还提及了一个人的名字：联邦调查局局长克拉伦斯·M.凯利。

凯利是自 J. 埃德加·胡佛死后的第三任局长。虽然代局长 L. 帕特里克·格雷三世的任期很短暂——从一九七二年五月三日至一九七三年四月二十七日——但他确实干了一些事情。他让联邦调查局向妇女开放，这一举措在男性处于主导地位的调查局并不是很得人心。在胡佛的领导下，男士可在办公室的工作岗位上抽烟，但妇女不能。格雷进行了改革。他还修改了衣着规定。特工可以穿有色衬衣或白衬衣，甚至还可以留鬓发，只要不是很长。体重的限制也放松了。他下令在调动工作的时候也要考虑家庭情况。他努力拉近联邦调查局与司法部的关系。在五十九个分局中，他走访了五十八个——"他在竞选局长呢。"他的一位亲密同事评论说[38]——只有檀香山分局没去走访。但在他出差期间，他留下的照看联邦调查局的那些人则阴谋让他退位。

他逼迫诸如约翰·莫尔和刑事信息部最后的负责人汤姆·毕晓普那样的胡佛分子辞职；他大幅度削减刑事信息部的规模，把他不能信任的人员分散到全国各地；而且使特工们感到高兴的是，他替换了几个不受欢迎的分局长——华盛顿分局长罗伯特·孔克尔、洛杉矶分局长韦斯利·格拉和檀香山分局长理查德·罗格——但替换得太少和太晚了。他们已经把矛头对准了他，并获得了成功，确保他的错误言论和行为广而告之，使他深深地陷入了非法闯入和秘密窃听之中。他几乎完全依赖马克·费尔特，把他提拔为代理副局长，但费尔特更关心的是自己能够当上局长，而不是去为格雷殿后。

格雷还发表了演说，只是没有经过尼克松的批准；销毁了霍华德·亨特保险箱里的文件；给了总统顾问约翰·迪安八十份材料，都是还没评估而且从来没有流入局外的原始调查报告；允许迪安和总统改选委员会的检察官们参与询问，使得证人害怕，影响了证词的实话实说；还与迪安和埃利希曼私下会面，想推翻水门事件的调查。

一九七三年二月，尼克松任命格雷为正式局长。这项任命的确认听证——是第一次为一名联邦调查局局长举行的听证——在二十八日开始了，但从一开始就遇上了麻烦。格雷一直主动提供司法委员会或许永远无从获悉的信息，他还把水门事件调查员的注意力转向了迪安。到三月七日，白宫决定放弃格雷，埃利希曼告诉迪安说："嗯，我认为我们应该让他挂在那里。让他慢慢地晃动，在风中慢慢地晃动。"[39] 三月十三日，白宫的录音带上好像可以听到总统的讲话："我的意见是，格雷不应该担任联邦调查局的负责人。"三月二十二日，他说："他的问题是，他有点傻。"四月二十七日，格雷要求撤回他的名字。他在这个位子上坐了五十一个星期。①

当格雷出局已经很明显的时候，迪安询问马克·费尔特，如果任命威廉·萨利文为局长，联邦调查局会有什么反响。代理副局长显然很是不安——他认为自己是最合逻辑的人选——他预计调查局会陷入"混乱"之中。另一个经常提起的名字，虽然不是很友好，是约翰·莫尔。尽管莫尔已经在九个月之前的一九七二年六月离开，但他与留下来的联邦调查局高官依然保持着密切的联系，许多人相信，他秘密策划了格雷的下台。但尼克松任了前环境保护局局长威廉·拉克尔肖斯为联邦调查局代局长。

拉克尔肖斯在一九七三年四月三十日来报到上任——同一天，总统宣布了司法部长理查德·克兰丁斯特、约翰·埃利希曼、H. R. 霍尔德曼和约翰·迪安的辞职——发现他的书桌上放着一份电报。代理副局长、所有的局长助理和各

---

① 卡尔·伯恩斯坦和鲍勃·伍德沃的《都是总统的人员》一书出版之后，许多人怀疑"深喉"是联邦调查局的一名官员，其中马克·费尔特、约翰·莫尔和 L. 帕特里克·格雷三世是经常被提及的怀疑对象。

分局的分局长，除了一个，① 都已经致电总统，要求"从组织内部"任命一位经验丰富的职业人员。[40]这与他个人无关，联邦调查局官员们告诉拉克尔肖斯。他们都认为他是一个好人，但他没有执法经验，对调查局的传统一无所知。

拉克尔肖斯是个看门人，也得到了这样的待遇。他只待了七十天，没时间开展重大变革行动。他确实发现，丹尼尔·埃尔斯伯格的声音出现在基辛格的搭线窃听中，结果撤销了在五角大楼文件案子中针对埃尔斯伯格和安东尼·拉索的全部指控。他还做了一次人事变动。他与马克·费尔特发生了冲突，他发现费尔特在向媒体泄露信息。费尔特提交了辞呈，使他惊异的是，拉克尔肖斯接受了。

为选择长久局长，尼克松和拉克尔肖斯去联邦调查局以外找人，但没有走得很远。他们选定了克拉伦斯·M.凯利。凯利曾在调查局工作二十一年（一九四〇年至一九六一年），后来在密苏里州堪萨斯城当了十二年的警察局长，具有"铁汉警察"和"严守纪律、热情待人"的名声。《洛杉矶时报》职员杰克·内尔森的评论是："作为联邦调查局局长，克拉伦斯·凯利将面临与他去堪萨斯城当警察局长时类似的局面：内部士气低落，公众形象腐败。"[41]

他甚至还有一个更大的问题：让J.埃德加·胡佛的鬼魂安息。

在获得参议院九十六票对零票一致通过之后，凯利获得了改革的委任，但他没有急于求成。他确实推行了"参与管理"的政策，他这一招曾在堪萨斯城大获成功；作家桑福德·昂加尔在改革期史无前例地获准了采访联邦调查局的工作方法，结果根据他的说法，"高层会议变成了更像是一家公司的董事会议，而不是耶稣基督门徒的会议。"[42]但凯利与胡佛分子和J.P.莫尔的追随者打成了一片，他们尽最大的努力配合他的工作，甚至拖他参与了他们的小偷小摸。

凯利每开展一项改革，不管多么微小，都要面对"这不是以前局长做法"的批评。当要求各分局在办公室墙上的前任局长照片旁边挂出现任局长照片的时候，几乎爆发了一场小规模的造反。问题不是照片的悬挂，而是照片的尺寸。凯利下令，照片应该是一样大小。分局长们发了大量牢骚之后照办了，多少能

---

① 孤独的抵抗者是田纳西州诺克斯维尔分局长华莱士·埃斯蒂尔，他是萨利文的支持者，他怀疑该电报是想让马克·费尔特得到任命的一个手段。

让他们得到一些安慰的是，由于格雷和拉克尔肖斯只是"代理"局长，他们没资格把照片挂在分局的墙上。

但凯利不需要图片来提醒胡佛的存在。胡佛无所不在，经久不散，一直笼罩在头上，影响着凯利做出的每一个决定。

与胡佛不同，凯利同情警方，并与之紧密合作，包括已故局长的老冤家、现在是警察基金会负责人的帕特里克·墨菲。[①] 凯利还与其他情报机构和司法部建立了良好的工作关系。他努力工作，改进犯罪统计的准确性，强调案件数量对质量的影响，授予分局更多的权限，在尼克松离职之后，恢复了对有组织犯罪的打击，并取得了几个重大的胜利。他削弱了国内情报部——大多数滥用权力就是发生在这个部门——把该部门的案件数量减少到调查局总量的百分之十以下，但他也强调"在非常严重的威胁明显演变成违反联邦法律之前……采取保护行动"。[44]他为反情报项目进行了道歉，但在某种程度上显示，他并没有很认真。他声称欢迎国会的监督，但在向各委员会出示所要求的文件时，往往很不自然。他根据《信息自由法》解密了数量浩瀚的档案，但常常是无关紧要和不会受到牵连的类型，试图捂住潘多拉魔盒的盖子，虽然不是很成功。他说，联邦调查局玷污人们的日子已经过去了，但他的对外事务部（刑事信息部已经重新洗牌）一位助手提醒作者说，别去理会威廉·萨利文说的话，萨利文已经精神崩溃了。有时候，凯利说话的口气就像胡佛似的。在谈及要求增加电子监控的一项法案的时候，他说："我希望上帝能让我以合适的方式向你们转达，这件法定的武器在打击邪恶、腐败和暴力方面具有巨大的价值。"[45]但他也有同样的发言稿写手，其中的主笔是威廉·乔治·"比尔"·冈恩。

他所做的一切，都有若隐若现的前任的影子。凯利不得不小心翼翼，保持与胡佛的距离，但从不谴责他，甚至在凯利当上局长和丘奇委员会的听证之后也没有那么做。他的最具争议的一次演讲是在密苏里州富尔顿的威斯敏斯特学院，三十年前也是在那里，温斯顿·丘吉尔爵士发表了关于"铁幕"的著名

---

① 1976年，帕特里克·墨菲告诉作者："在我的书中，克拉伦斯是个体面的好人。他不是有些人所暗示的那种懦夫。他肩负重担，日子很不好过。我认为他清楚地看到，联邦调查局是非常重要的——这是一个很重要的组织——在那样的重压之下，在泼出去洗澡水的同时，有可能连同婴儿也一起抛出去了。"[43]

演讲。

在题目为"权力的视角"的演讲时，凯利告诉听众："在我担任联邦调查局局长期间，我一直不得不把我的许多时间花在了试图重新构建上，还有就是解释多年前搞过的活动。

"这样的活动，有些显然是错误的，是站不住脚的。我们必须确保这样的事情以后不会重复发生。现在受到指责的许多活动，考虑到发生的时间——暴力的六十年代时期——确实是出于良好的动机，是为了预防流血事件和损毁财产。然而，那样的活动滥用了权力。"

凯利叙述了权力的滥用，"主要是发生在胡佛先生担任局长的后期"（凯利一九四〇年至一九六一年间在调查局工作，他知道得很清楚），并提及了没人能在局长的岗位上干十年以上，他还补充说："可我感觉，我们不应该全盘否认胡佛先生为保卫美国和平所做出的无与伦比的贡献。"[46]

错误？站不住脚？滥用？凯利这种几乎是道歉般的评论引起了极大的愤怒，联邦调查局局长不得不给前联邦特工协会发去了一份"澄清"。该协会的既定利益，是维护伟大的已故廉吏 J. 埃德加·胡佛的清白名声，以及在他领导下的道德高尚的"童子军"。①

凯利的演讲是在一九七六年五月八日发表的，这个时候他已经当了三年的局长，距离丘奇委员会公布胡佛领导下的联邦调查局采取了成千上万次非法的和不道德的行动，也已经过去了一年的时间。一直到他在一九七八年退休的那天，凯利还在小心翼翼地走钢丝。"我认为对联邦调查局的批评家来说，该是把注意力集中到联邦调查局的现在和将来的时候了"（一九七六年五月八日）。"自从担任联邦调查局局长以来，我的工作方法一直是努力把事情改变得更好，而不是去证明或谴责错误的事情"（一九七六年十二月二日）。"我渴望让旧伤口愈合，允许联邦调查局朝前迈进"（一九七七年三月三日）。

---

① 好像胡佛还活着似的，每当国会揭露什么的时候，他的年老的啦啦队队长们就会发出声音来，该组织的月刊《小道消息》的一些文章标题就是例证："抗议对胡佛的玷污""协会认为，攻击联邦调查局就是损害美国的安全""协会执委会在华盛顿开会，讨论反击针对调查局的攻击""采取行动支持联邦调查局""纪念胡佛的活动开始了"。

　　然而，当司法部在1978年公布了联邦调查局领导层腐败情况的报告之后，该协会却是出奇地沉默。对许多前特工来说，这样的揭露肯定是证实了他们长久以来所怀疑的事情，调查局管理层的"决策者"一直在违反联邦调查局的信条：忠诚、勇敢和正直。

凯利从来都没能驱离胡佛的鬼魂。即使搬入新的联邦调查局大厦，也不是一个重新开始的象征。一方面，新大楼是以 J. 埃德加·胡佛的名字命名的。另一方面，夜班工人声称，他们能够听到已故局长在楼上大厅内匆匆走动的声音，一两分钟后，跟随在他那双小脚后面的是已故副局长拖着一条瘸腿的痛苦的脚步声。

在从堪萨斯城搬迁到华盛顿后，联邦调查局新局长高兴地接受调查局的安排，在他自己的公寓里安顿下来了。在设备科的协助下，新的窗帘架安装上去了，根据副局长卡拉汉的指示，两台电视机也买来并安装好了。设备科还制作了一张胡桃木桌子、一套叠放桌和一个首饰盒，都是作为高层官员送给凯利局长的礼物。凯利并不知道这些礼物是设备科制作的。设备科员工还为联邦调查局局长修理了一个破损的柜子，把联邦调查局警徽安置到一只金盘子上，为的是取悦已经患癌症奄奄一息的局长夫人。此外，凯利局长的汽车偶尔也接受了联邦调查局员工的保养服务，联邦调查局为他配置的司机还为他个人的事情跑腿。有一个周末，当他的妻子还能够走动的时候，凯利局长与夫人参加了一些前任和现任联邦调查局高官和家属的纽约之行，在那里他们遇见了联邦特工互助协会的保险人——保诚人寿保险公司的高管。参加活动的还有前局长助理约翰·莫尔及其妻子，以及现任局长助理汤姆·詹金斯和他的夫人。① 团组下榻于华尔道夫·阿斯托利亚酒店。凯利局长从密苏里州堪萨斯城到纽约以及返回华盛顿特区的旅费，以政府差旅费的名义报销了。联邦特工互助协会支付了凯利夫人和其他人的旅费，所有其他的费用都由保诚承担。

明白自己中了圈套，以及接受从窗帘架到周末纽约免费之行的幼稚行为之后，凯利疯了。"我从来没有看到他如此狂暴，"他的一位助理回忆说，"他一直在生气，最后就爆发了。"②[48]

当司法部开展腐败调查的时候——他自己的监察部没发现什么不当之处——凯利向司法部调查小组提供了全力的配合。最后的调查报告说："凯利局长应该

---

① 在 1972 年 6 月退休之后，莫尔担任了联邦特工互助协会的顾问。他后来作证说，华尔道夫·阿斯托利亚周末之行"纯属社交"活动。[47]
② 凯利后来补交了窗帘架的费用，归还了两台电视机，并向保诚补交了纽约之行的费用。

受到表扬，他结束了本报告中描述的错误做法。他的合作，对司法部调查员发现那些事实起到了极大的帮助作用。他的合作，使得我们写成了这份调查报告。"[49]由于凯利已经下达了这样的命令，所以"几百名"现任和前任的联邦调查局职员能够配合调查工作。

如果说这次调查主要受伤的是 J. 埃德加·胡佛的名声，那么主要得益的则是联邦调查局。虽然凯利花了五年的时间才完成，但他清理了内部。他炒掉了副局长尼古拉斯·P.卡拉汉，理由不是报告中所说的，而是其他未明确的"滥用职权"。① 他完全重组了监察部；重建了联邦调查局编目系统，使之能够提供内部管控和审计记录；建立了新的审计和会计制度；把预算从财产采购中分离出来；结束了从美国唱片公司独家进货的关系；更换了秘密基金；重组了联邦调查局的娱乐协会；或许最重要的，诚如司法部长贝尔所谨慎指出的："开发和改进了联邦调查局员工职业生涯发展项目，由此减少了官员提拔晋升由一个人或一小部分人说了算的做法。"[50]

贝尔没有提及名字。他不需要这么做。

凯利的重组，是在司法部一九七八年一月十日报告公布之前完成的，这是他最后的精彩举措。九天后，吉米·卡特总统任命了一位新的联邦调查局局长。

威廉·萨利文没能看到司法部的报告，或者是局长的更换，虽然他肯定会热烈欢迎这样的变化。

在一九七一年离开联邦调查局之后，萨利文努力去讨好尼克松政府，写了两份备忘录给约翰·迪安，举了几个例子说明民主党，尤其是约翰逊政府，在政治上利用联邦调查局。② 尼克松狂乱地抓住了每一份这样的材料，去为他在水门事件中的行动作辩护。虽然有尼克松的帮助，但萨利文只是短暂地被考虑是否去替代格雷——费尔特告诉迪安，如果萨利文得到任命，调查局会公开造反；霍尔德曼也反对他，认为他这个人"太独立"了——虽然他确实临时担任过司

---

① 这些理由很可能包括了卡拉汉没有通知他关于各种基金的管理混乱，以及销毁这些和其他可能会有牵连的记录。

② 萨利文依然活泼好动，特立独行，他忍不住把自己对水门事件的看法告诉了迪安："很可能是没有必要的，但我还是想先说一下，这次行动概念的强调，说得轻一点，反映了判断的凶残，而概念的执行甚至更加糟糕，因为缺乏专业和能力。"[51]

820 尾声

法部下属的国家禁毒情报局局长。退休后，萨利文交替生活在两个地方：他在新罕布什尔州舒格希尔的家中，以及他在马萨诸塞州波尔顿附近林中建造的一座孤独的木屋，距离他妹妹家不远。

虽然胡佛把萨利文赶出了联邦调查局，但调查局内部许多谣传说，这位前局长助理早就在准备可能的离职了，他的准备工作包括复印大量机密文件。萨利文否认了这种说法。然而，在他死去前几年他妹妹家谷仓被焚毁的时候，萨利文告诉许多人说，他的所有记录都毁于那场大火。

有些人怀疑，萨利文之所以那么说，是反对联邦调查局提包工作的一个策略。当作者去他的木屋访问的时候，他那里没有电话，因为他想节省纳税人的搭线窃听成本。他知道，他在舒格希尔的住宅电话是被搭线窃听的，他的邮件也是受到开启检查的，因为他知道这事是谁干的：在他担任国内情报部负责人的时候，他们也对他执行过类似的任务，他一直保持着警惕。

萨利文晚年的大部分时间，是在众议员各委员会作证，为各个法庭案子提供证词，诸如莫尔顿·霍尔珀林搭线窃听的诉讼。

一九七七年十一月九日大约在日出前一刻钟的时候，威廉·萨利文在新罕布什尔州舒格希尔住宅附近的林中散步，一位二十一岁的猎人用一支雷明顿30-06自动步枪在他身后射击，子弹钻进萨利文的右肩，再从他的脖子左侧穿出。萨利文被送达了附近舒格希尔警长加里·扬格的家中，扬格是萨利文的密友，他们原打算当天晚些时候一起去打猎。当救护车以及州警察部门、渔政狩猎部门和联邦调查局官员抵达的时候，萨利文已经死了。猎人是一名州警官的儿子，他说他错把萨利文当成了一头鹿。① 州警察部门以及渔政狩猎部门都就此次射击事件开展了调查，十一月十九日，这位年轻的猎人做了无罪申诉②，违反了渔政狩猎部门的第207:37条规定，表现为粗心大意朝人开枪。他后来被罚款五百美元，并被吊销持枪证十年。萨利文家庭通过一名发言人说，他们接受了

---

① 猎人后来对这次事件陈述如下："大约在早上6:10，我站起来……看到田野的另一侧有动静。我提起步枪，通过瞄准镜看到了棕色的东西。我扔下步枪，看到了白色的闪烁。我不能确定是什么东西，可我认为这是一头鹿的下垂（尾巴）。当我看到白色的时候，它似乎已经离我更远了一点，我认为它已经闻出了我的气味在逃跑。我提起步枪，通过瞄准镜我又看到了棕色的东西，然后我扣动了扳机。"[52]

② 刑事诉讼中，被告不认罪但又放弃申辩。——译注

射击是意外事故的说法，并宽恕了这位猎人。

由于他曾经是联邦调查局的三号人物，而且他与已故的联邦调查局局长 J. 埃德加·胡佛之间的争斗是众所周知的，因此萨利文之死并不只是在讣告栏内简单地提及一下，但他原本是要在下周去参议院露面的，接受参议院暗杀约翰·F.肯尼迪和小马丁·路德·金特别委员会的调查——萨利文的部门参与了联邦调查局对这两起暗杀事件的调查——这就肯定会成为报刊的头版新闻。律师威廉·孔斯特勒召开了一次新闻发布会宣称，"毫无疑问"，威廉·萨利文是被谋杀的，因为他即将"举报"[53]联邦调查局的行动，由此能够揭露关于暗杀肯尼迪、金博士和马尔科姆·X 的直接线索。孔斯特勒还宣布，他将要求司法部长格里芬·贝尔让司法部开展调查。司法部后来声称，没有理由开展这样的调查，司法部发言人特伦斯·亚当森说，因为"对射击负责的人已经承认了，而且还有确凿的证据证明了他的说法"。[54]

克拉伦斯·凯利已经宣布，他打算在一九七七年初卡特总统上任后不久退休。总统也已经任命了一个高级小组来挑选凯利的接班人。小组的成员包括了小 F. A. O. 施瓦茨、前美国公民自由协会南方区负责人查尔斯·摩根、司法部长贝尔和凯利本人，他们筛选了二百三十五份简历。他们知道是有很大的倾向性，所以没有使用联邦调查局的名字审查方法，而是依靠一些坦率的和难度很大的提问。例如，与反情报项目有关联的人都被排除了。虽然最后的名单上只有五个人了，但一致的挑选意见是为人正直的布法罗分局长尼尔·J.韦尔奇。在回答小组的提问时，他说："为改进联邦执法，最好的办法是用沙包把调查局总部封起来，再扯掉电话线。"[55]卡特对最后的候选人进行了面试，但选定了来自圣路易斯的前检察官和初审及上诉法院法官威廉·赫奇科克·韦伯斯特，一九七八年二月二十三日，参议院以九十票对零票确认了他的任命。

根据《纽约时报》的说法，韦伯斯特法官，他喜欢别人这么称呼他，在工作中带来了"绝对正直的名声"。[56]《新闻周刊》把他描述成像一支"直箭，刚正不阿"，是一个"正直和慎重"的人。《华盛顿邮报》在评价他前三年工作的时候，说他"让联邦调查局重新拾回了自豪"。[57]该报纸还说，"如果没有其他成就，韦伯斯特至少成功地让联邦调查局离开了全国主要报刊的头版"。[58]

"刚到那里的时候，我有一个熟悉的过程，"韦伯斯特后来承认，"这是一个艰难的时期。人们在谈论要把 J. 埃德加·胡佛的名字从大楼撤下来。"[59]虽然他任命詹姆斯·B. 亚当斯为副局长,但他并不怎么在乎那些老派的胡佛分子——剩余的大都已经快到七十岁的强制退休年龄,他们是不可能再搞特殊化了。与凯利不同,韦伯斯特可以提及"新联邦调查局"而不会遭惹麻烦。韦伯斯特采取高度象征性的行动,把胡佛的一尊半身雕像和一幅画像从局长的办公套房搬走,但他等待了十七个月的时间,等到胡佛时期最后的两个老家伙亚当斯和约翰·J. 麦克德莫特都退休之后,才干了这事。在替换他们的时候,韦伯斯特重新搭建了上层领导班子,不是任命一名副局长,而是三名执行副局长——小霍默·A. 博因顿、小唐纳德·W. 摩尔和李·科尔维尔——三人都与胡佛关系一般。他们还接受过良好的教育,年龄分别为五十二、四十九和四十五岁,比他们的前任年轻许多。① 韦伯斯特说,他的头等大事是要重振士气和鼓舞干劲。在这些任务令人满意地完成之后,他把调查局的工作方向从盗窃和抢劫银行——胡佛简单的统计数据——转向到联邦调查局新的惩治白领犯罪、公务员腐败,以及后来的禁毒领域。代号为"阿伯斯坎"的调查行动——导致了一名参议员和六名众议员被查处和认定有罪——就是在韦伯斯特领导下开展的。虽然有些人谴责调查的手段是钓鱼执法,但韦伯斯特至少从胡佛那里学到了一招:吓唬一下国会并不一定是坏事。韦伯斯特表现得相当公正,虽然有所保留,因此众议院监督委员会基本上是赞扬他的,拨款委员会也满足了他的要求。谍报方面得到了特别的重视,反间谍方面也一样。韦伯斯特法官对调查局的高科技刑事侦破颇为得意,这包括了计算机的大量使用,以及法院授权的更多的电子监控手段。联邦调查局再也不是清一色的白人男性职员了:到一九八七年的时候,调查局总数九千一百名的特工,包括了三百五十名西班牙裔特工、三百五十名黑人特工和六百五十名女特工。印第安纳波利斯分局长和亚特兰大分局长都是黑人。有些规定也松动了。特工们再也不会因为婚外情或与小三同居而被自动开除了,但"同性恋活动"依然是在调查局内禁止的。②

　　还有一些众所周知的问题,主要是在反间谍方面。调查局的一位监督官等

---

① 他还任命尼尔·J. 韦尔奇为纽约分局长。

② 1990 年 6 月 9 日,一位 20 年来清清白白的资深特工指责调查局有偏见,声称在发现他是同性恋之后,开展了对他的安全调查。两个星期后,联邦调查局把他解职。如果该指责获得成功,其他人是会仿效的。

待了三个月时间，才去调查芭芭拉·沃克关于她的前夫约翰·沃克是苏联间谍的举报。爱德华·李·霍华德是中情局的叛徒，应该是在联邦调查局的监控之下，却逃到了苏联。洛杉矶分局特工理查德·米勒供认，曾把调查局关于美国情报需求的一份文件交给了与之有风流韵事的克格勃女间谍。米勒是第一个为苏联从事间谍活动的联邦调查局特工，经审讯后他被判处两次终身监禁另加五十年。① 但这都是个别情况，调查局发言人解释说，与调查局大量的成功相比，是微不足道的。区别在于，与胡佛的做法不同，韦伯斯特的头等重要工作不是为了报纸的头版新闻。这是对头的。韦伯斯特的声望依然很高。

也有不同意见的微词，主要来自那些在克拉伦斯·凯利手下干过的特工。他们指出，是凯利为联邦调查局带来了高科技的时代，采用了新的数据和情报收集系统，是凯利首先开展了"阿伯斯坎"行动（尼尔·韦尔奇在担任布法罗分局长期间，使用了视频监控，给陪审团留下了深刻的印象），也是凯利清除了行政部的腐败，但韦伯斯特获得了所有的荣誉。

凯利的遗产包括联邦调查局行为准则，是一九七六年由司法部长利瓦伊起草的。詹姆斯·亚当斯作为调查局在丘奇委员会的发言人，他就这部准则向国会申诉，暗示假如联邦调查局的权限能够阐明，那么胡佛时期的许多"越权行为"是不会发生的。但威廉·萨利文认为，这是站不住脚的借口。"看在上帝的分儿上，"他在接受采访时说，"我们在调查局有许许多多的手册，包含了众多的行为准则……准则告诉我们如何握手，如何着装，最重要的是叫我们千万不能违法……所有这些准则，如果我们都能遵守这些准则，就不会惹上那些事情了。"[60]

根据利瓦伊-凯利的准则，联邦调查局必须获得了犯罪的证据，或者是犯罪的意图，才能够对个人开展监控，或者是渗入刑事犯罪或政治颠覆组织的内部去。

但在罗纳德·里根当上总统——担任最高职位的第二个联邦调查局线人，

---

① 虽然在上诉时罪名被推翻了，但再审之后，米勒第二次被定罪，并被判处 20 年监禁。
后来还有了其他的第一个。1990 年 6 月 12 日，在田纳西州派克维尔驻勤处工作的马克·鲁尼恩承认杀人，并被判处 16 年监禁，由此成为联邦调查局第一个与凶杀犯罪有关的特工。鲁尼恩的女朋友是联邦调查局一个窃车案的线人，已经怀孕，他把她勒死后藏尸一年。

在他之前是杰拉尔德·福特——之后，有一个倾向要松动对联邦调查局的这些"限制"。起初是隐蔽进行的，隐藏在司法部长一九八一年八月三十日关于打击犯罪的一份洋洋洒洒的任务报告书之中，知情者很少。第三十一号建议书要求综合性地评估"妨碍"联邦法律有效执行的所有立法、准则和规定，并提议司法部长"在宪法的框架内"采取"一切必要的合适措施"，去消除那样的妨碍。①[61]

到一九八三年三月，这事已经公开化了。司法部长威廉·弗兰奇·史密斯宣称，他刚刚完成了自一九七六年以来的第一部联邦调查局行为准则的综合修改版。调查局再次可根据"支持"暴力的证据去对一个组织开展调查。新的红字标题不是"国内安全"，而是"国内和国际恐怖主义"。一个典型的文章标题是："联邦调查局在国内刺探中获取了更大的权限"。

虽然美国公民自由协会和其他民权运动提出了抗议，声称最高法院已经裁定，光是支持还不足以提起指控，而且这样的调查会让"合法的《第一修正案》活动感到恐惧"，批评没有维持很长时间。[62]似乎人人都深信，只要是韦伯斯特法官当局长，就不会有什么坏事发生。

里根总统在一九八七年五月宣布，威廉·韦伯斯特将出任中央情报局局长，接替已故的威廉·凯西。但直到七月份，总统和司法部长埃德温·米斯三世才找了一个人来填补联邦调查局的空缺。那是威廉·S.塞欣斯，他来自德克萨斯州，是一位坚强的追求法律和秩序的法官。《新闻周刊》立即把塞欣斯描述为"韦伯斯特的克隆"。在被问及为什么总统挑选了塞欣斯的时候，一位资深行政官员俏皮地说："因为他愿意担任这工作。"[63]华盛顿的小道消息说，至少有十二个人被要求接受这工作，但都婉言谢绝了。

九月份，在他的任命以九十票对零票获得通过之后，塞欣斯说，他要保证准则的清楚和特别。但他的屁股还没在办公室里坐稳，就遭到了雪片般的批评，公正地说，大多数的批评是针对他的几位前任的。联邦调查局的新局长只得花

---

① 后来被泄露给媒体的第一稿建议书，将允许联邦调查局，还有中央情报局开展国内的窃听、非法闯入和渗入与国外有联系的国内团组，以便去影响他们的活动。该草稿还取消了须由司法部长对每次电子窃听、视频监控、非法闯入和邮件检查进行审批的要求。

人们不由得怀疑，这是不是汤姆·查尔斯·赫斯顿的鬼魂，只是他还活得好好的。

费许多时间去为他不应该负责的事情进行道歉。

在塞欣斯当局长的时候，一九八七年十一月，联邦调查局有四百三十九名西班牙裔特工。一九八八年，其中大概三百名特工起诉调查局有"系统性的歧视"。除了受到隐蔽的和公开的骚扰之外，该诉讼声称西班牙裔特工没能分配到正常的工作（他们许多人干的是"低等活"，被派去监控对西班牙裔嫌疑人的搭线窃听），得不到提升，进不了"联邦调查局职业生涯发展项目"①。特工们打赢了官司，一九九〇年九月，在一个法院特别指定的评估小组的推荐下，塞欣斯提拔了十一名西班牙裔的特工，之前因为种族背景的原因他们得不到提升。

对某些部门来说，这并不是一个受欢迎的决定。"这里许多老员工相信，如果我们为西班牙裔的特工提供晋升，调查局就会接纳太多，"一位高级官员评论说，"当然，我们是在这么做。我们承认这里有一个严重的问题，我们正在设法解决这个问题。"[65]

歧视不单单局限于西班牙裔。唐纳德·罗尚是芝加哥分局的黑人特工，他也起诉了调查局，声称他的白人同事往往策划一些邪恶的种族骚扰恶作剧，来伤害他和他的妻子。他们在一份死亡和残疾保险单上伪造他的签名，把一张猩猩的照片粘贴在家庭照片他儿子的头像上，把模拟的黑人布娃娃浸泡到水里，把不需要的商品寄送到他的家庭地址，在办公室聚会的邀请书上潦草地涂上"别来"的字样，还打威胁和淫秽电话给他的白人妻子。显然没人告诉他们，针对黑人的反情报项目已经结束了。罗尚特工向上司抱怨之后，自己却受到了审查。当参与骚扰的加里·米勒特工供认了一些"恶作剧"，并由此被停发两周工资之后，特工同事们建立起一个基金会，补足了他的薪水损失。另两名也参与了干坏事的特工，被命令与米勒一起参加三次每次一小时的搞好种族团结的培训。在多次要求联邦调查局严肃纪律遭到失败之后，诚如罗尚的一位律师派翠西亚·莫托所指出的："你开始感觉像是在与胡佛的鬼魂决斗似的。"②[66]

"联邦调查局是一个自豪的组织，"塞欣斯局长告诉众议院关于民权和宪法

---

① 据说迈阿密分局长威廉·C.韦尔斯反对诉讼，他把手下的西班牙裔特工召集起来开会，高举联邦调查局证书，声称："既然干了这一行，你们就失去了《第一修正案权利》。"[64]

② 1990 年 8 月，联邦调查局决定庭外解决这个诉讼，同意全额支付罗尚的养老金，总金额可能超过 100 万美元。解决争议的另一个条件是调查局对罗尚受骚扰的指责开展全面的调查，并公布调查结果。

权利的司法小组委员会，"但有时候我们很难认识到，在我们自己的队伍里也有非正义的倾向"。[67]

委员会主席唐·爱德华兹以前当过联邦调查局特工，也是联邦调查局最深刻的批评家之一，他公布的数据表明，相比白人特工，黑人特工离职的比例差不多是两倍。

局长助理约翰·D.格洛弗是调查局最高级别的黑人官员。他对爱德华兹的结论有不同的意见。格洛弗在同一个月离开联邦调查局，去百时美公司担任安全部负责人的职务。

一九八八年还有令人震惊的揭露说，威廉·韦伯斯特领导下的联邦调查局对多达一千三百多个组织和个人开展了调查，因为他们反对里根的南美政策。主要的目标是设在华盛顿的支持萨尔瓦多人民团结委员会，五十五个分局中有五十二个参加了这项调查，但目标很快就包括了全国教会委员会、玛丽诺姐妹会、汽车工人联合会和南方基督教领袖会议。在一些老特工看来，这似乎像是"回老家一周"的活动，只是这次行动从一九八一年到一九八五年延续了四年之久，而且有证据表明在遭最后曝光之后，该行动还在进行。①

调查工作显然是在一九八一年下半年开始的，当时调查局有人怀疑，支持萨尔瓦多人民团结委员会是未经登记的南美洲马克思主义团组的外国代理人。然而，对这样的怀疑并没有找到证据，也不能证明该团组与萨尔瓦多游击队的联系，于是调查工作似乎停顿下来了。但到了一九八三年，联邦调查局的两名线人声称，该团组在美国和萨尔瓦多支持"恐怖主义"。② 由此，调查工作全面展开了，调查对象包括了修女、大学生、工会会员、教会人员和外侨。虽然没有发现与恐怖主义的联系，但几百个人受到了监控和拍照，他们的会议被渗透了，他们的家人、亲朋和雇主被约谈了，他们的垃圾桶、财务收支和电话记录

---

① 1990 年 10 月，总会计署揭露，在 1982 年至 1988 年间，联邦调查局开展了 1.9 万多项关于"恐怖主义"的调查。

② 后来发现，其中一个线人除了他自己的名字是真话，其余都是假话。而另一个线人已经在联邦调查局 1968 年 9 月 27 日的一份报告中被定性为"一个没有原则和没有道德的人"，他的信息"是不可靠的"。调查局还从一些右翼的文章中获取证据，其中一篇文章的标题是，"支持萨尔瓦多人民团结委员会：一个恐怖主义的宣传网络"。[68]

被检查了。根据新的准则，调查恐怖组织的规定没有像调查国内政治团组的规定那么严格。

律师团组宪法权利中心得到了在《信息自由法》下开展调查的证据。该中心的戴维·勒纳评论说："听起来，有些（经严格审查的）文件像是胡佛时期的音调。当然，在胡佛的领导下，事情往往是很阴毒的。但类似的是，对待政治积极分子的态度同样是邪恶的。"[69]

在签发长达一百三十八页的关于支持萨尔瓦多人民团结委员会案子报告的时候，参议院情报委员会认为，"在联邦调查局每年开展的成千上万次反情报和反恐怖调查中，这是一个偏差。"[70]

联邦调查局局长塞欣斯承认，该调查"没有必要兴师动众"，[71]并且再次要求进一步明确行为准则。显然，他的愿望得到了满足。一九八九年九月，司法部长理查德·索恩伯格宣布，他已经起草了新的联邦调查局行为准则，适用于针对美国国内涉嫌参与国际恐怖主义团组的调查工作。

这些准则一直都是机密文件。

一九八八年，塞欣斯还不得不解释图书馆项目。事情是这样的，联邦调查局在搜查苏联间谍的时候，接触了一些图书馆员——至少二十个是在纽约市——要求他们报告那些有外国口音和名字古怪读者的阅读习惯。① 调查局对这次刺探行动的理由是，公共领域里有许多技术信息，苏联间谍正在全面加以利用；如果能够知道，例如联合国的苏联雇员在查找什么信息，那么联邦调查局就很可能据以确定苏联人已经了解到了什么。应该只去接触专门的科技图书馆，但显然某些特工不知道那样的区别。当美国图书馆协会和其他团组提出抗议后，塞欣斯解释说，该项目是"自愿的"。实际上，图书馆项目在塞欣斯、韦伯斯特、凯利、拉克尔肖斯和格雷之前就已经开始了，是 J. 埃德加·胡佛在一九六

---

① 诚如马修·米勒在《华盛顿月刊》（1989 年 1 月号的文章，标题为："夫人，你需要的是一位新的改进型的胡佛"）所指出的，如果使用这个标准，那么"兹比格涅夫·布热津斯基随时都会在哥伦比亚图书馆被捕"。（布热津斯基 1928 年生于波兰华沙，1938 年随父母移居加拿大，1950 年就读于美国哈佛大学，1958 年入籍美国，是美国当代著名的政治理论家、地缘政治学家、国际关系学者、国务活动家和外交家，担任过卡特政府的国家安全顾问和美国国家安全事务助理，是美国重量级的智囊人物。——译注）

二年建立起来的。四分之一个世纪以来，联邦调查局一直想把图书馆员发展成提供信息的线人。

在接受《民族》杂志采访的时候，塞欣斯至少为图书馆项目做了一些辩护，他说："只要我们的国家存在着安全威胁，那么对于敌对情报机构及其在美国的代理人所带来的威胁，我们就必须继续努力加以确定和打击。"[72]

"打击"也是 J. 埃德加·胡佛喜欢使用的词语。

关于是否把长期以来备受争议的 J. 埃德加·胡佛大厦改换名字，联邦调查局局长威廉·斯蒂尔·塞欣斯做出了最后决定。"胡佛先生创建了联邦调查局，"塞欣斯告诉全国记者协会，"是他的天才，是他的灵感，是他的组织能力，才使得联邦调查局发展成为世界上卓越的执法机构。我认为，大厦以 J. 埃德加·胡佛的名字命名是合适的。"塞欣斯还补充说："有人说，在他的时期有过一些问题，对此我认为是不幸的。"[73]

或许联邦调查局局长塞欣斯应该到宾夕法尼亚大道去走走，去看看矗立在国家档案馆入口东侧"未来"雕像上的简单题词。那是威廉·莎士比亚戏剧《暴风雨》第二幕第一场的一句话："凡是过去，皆为序章"。

资料来源：

[1]《华盛顿星报》，1972 年 5 月 2 日。

[2] 约翰·埃德加·胡佛死亡证书。

[3]《洛杉矶时报》，1972 年 5 月 4 日。

[4]"快乐旋转木马"，1973 年 11 月 23 日。

[5] 怀斯：《警察国家》，第 282 页。

[6]"调查"，第 58 页。

[7] 同上，第 205 页。

[8] 克劳福德采访录。

[9] 同上。

[10] 约翰·埃德加·胡佛的遗嘱，1971 年 7 月 19 日签署并见证。

[11] 德马里斯：《局长》，第 48 页。

[12] 同上，第 91 页。

[13] 米德和哈根的证词。

［14］"调查"，第 46 页。

［15］同上，第 204 页。

［16］米德和哈根的证词。

［17］"调查"，第 59—60 页。

［18］罗伯特·芬克和蒂莫西·H.英格兰姆采访录。

［19］英格兰姆采访录。

［20］"调查"，第 48 页。

［21］莫尔在托尔森遗嘱争议中的证词。

［22］詹姆斯·杰西·安格尔顿采访录。

［23］德马里斯：《局长》，第 42 页。

［24］贝克和金：《不择手段》，第 259—260 页。

［25］《华盛顿邮报》，1975 年 4 月 15 日。

［26］《华盛顿星报》，1975 年 7 月 10 日；《华盛顿邮报》，1975 年 7 月 11 日。

［27］莫尔证词。

［28］萨利文采访录。

［29］莫尔证词。

［30］韦尔奇和马斯顿：《胡佛的联邦调查局内幕》，第 142 页。

［31］莫尔备忘录，1964 年 5 月 22 日；司法部关于美国唱片公司的报告。

［32］莫尔致康拉德，1963 年 3 月 14 日；司法部关于美国唱片公司的报告。

［33］司法部关于美国唱片公司的报告。

［34］萨利文采访录。

［35］司法部关于美国唱片公司的报告。

［36］司法部长格里芬·B.贝尔的声明，1978 年 1 月 10 日。

［37］《洛杉矶时报》，1978 年 1 月 13 日。

［38］昂加尔：《联邦调查局》，第 522 页。

［39］卢卡斯：《噩梦》，第 314 页。

［40］联邦调查局全体官员致尼克松总统的电文，1973 年 4 月 30 日；昂加尔：《联邦调查局》，第 545 页。

［41］《洛杉矶时报》，1973 年 6 月 8 日。

［42］昂加尔：《联邦调查局》，第 600 页。

［43］墨菲采访录。

［44］克拉伦斯·M.凯利"关于《1975 年人权法案程序》和《1975 年监控实践和程序的

法案》"的证词，1975 年 6 月 26 日。

[45] 克拉伦斯·M.凯利在联邦和州搭线窃听和电子监控法律全国委员会的证词，1974 年 9 月 17 日。

[46] 克拉伦斯·M.凯利在威斯敏斯特学院约翰·格林基金会的系列讲座上的发言，1976 年 4 月 8 日。

[47] 莫尔证词。

[48] 前凯利助手。

[49] 司法部关于美国唱片公司的报告。

[50] 贝尔的声明，1978 年 1 月 10 日。

[51] 萨利文致迪安，1973 年 3 月 1 日。

[52] 《新时代》，1978 年 7 月 24 日。

[53] 《旧金山观察家报》，1978 年 4 月 19 日。

[54] 《旧金山观察家报》，1978 年 4 月 11 日。

[55] 韦尔奇和马斯顿：《胡佛的联邦调查局内幕》，第 242 页。

[56] 《纽约时报》，1978 年 3 月 4 日。

[57] 《新闻周刊》，1978 年 3 月 16 日。

[58] 《华盛顿邮报》，剪报，日期不详。

[59] 同上。

[60] 萨利文采访录。

[61] 《旧金山纪事报》，1981 年 8 月 30 日。

[62] 《旧金山纪事报》，1983 年 3 月 8 日。

[63] 《新闻周刊》，1987 年 8 月 3 日。

[64] 《华盛顿月刊》，1989 年 1 月。

[65] 《纽约时报》，1990 年 9 月 2 日。

[66] 《华盛顿月刊》，1989 年 1 月。

[67] 《旧金山纪事报》，1989 年 3 月 1 日。

[68] 《华盛顿月刊》，1989 年 1 月。

[69] 《纽约时报》，1988 年 1 月 1 日。

[70] 《民族》杂志，1989 年 10 月 10 日。

[71] 《华盛顿月刊》，1989 年 1 月。

[72] 《民族》杂志，1988 年 4 月 9 日。

[73] 《纽约时报》，1988 年 9 月 2 日。

（京权）图字：01-2017-5287

图书在版编目（CIP）数据

秘密控制一切：J.埃德加·胡佛传（下） / （美）柯特·金特
里著；舒云亮译. -- 北京：作家出版社，2019.11
　ISBN 978-7-5063-9798-8

　Ⅰ. ①秘… Ⅱ. ①柯… ②舒… Ⅲ. ①胡佛（Hoover. John Edgar
1895-1972）- 传记 Ⅳ. ①K837.127=5

中国版本图书馆CIP数据核字（2017）第302507号

J.Edgar Hoover：The Man and the Secrets By Curt Gentry
Copyright © Curt Gentry 1991
Simplified Chinese Translation Copyright © 2019 by The Writers
publishing house
All rights reserved.

秘密控制一切：J.埃德加·胡佛传（下）

作　　者：[美] 柯特·金特里
译　　者：舒云亮
责任编辑：赵　超
特约编辑：邬四四
装帧设计：异一设计
出版发行：作家出版社有限公司
社　　址：北京农展馆南里10号　　　　邮　　编：100125
电话传真：86-10-65067186（发行中心及邮购部）
　　　　　86-10-65004079（总编室）
E-mail:zuojia@zuojia.net.cn
http://www.zuojiachubanshe.com
印　　刷：北京中科印刷有限公司
成品尺寸：170×240
字　　数：415千
印　　张：25.75
版　　次：2019年11月第1版
印　　次：2019年11月第1次印刷
ISBN　978-7-5063-9798-8
定　　价：128.00元（上、下册）